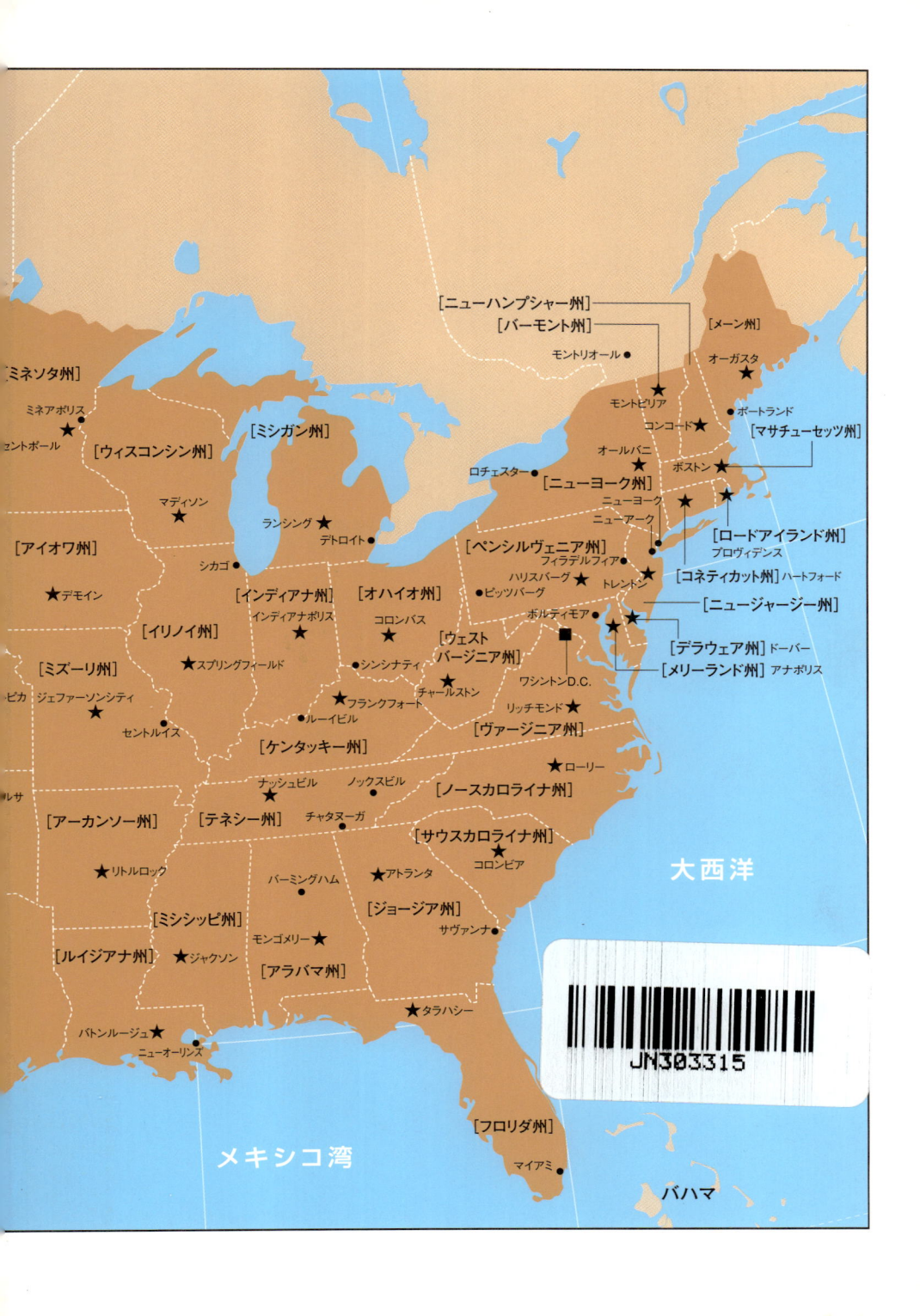

[ミネソタ州]
ミネアポリス
セントポール
[ウィスコンシン州]
マディソン
[ミシガン州]
ランシング
デトロイト
シカゴ
[アイオワ州]
デモイン
[イリノイ州]
[インディアナ州]
インディアナポリス
[オハイオ州]
コロンバス
[ミズーリ州]
スプリングフィールド
シンシナティ
ジェファーソンシティ
セントルイス
ルーイビル
フランクフォート
[ケンタッキー州]
チャールストン
[ウェスト バージニア州]
[アーカンソー州]
リトルロック
[テネシー州]
ナッシュビル
ノックスビル
チャタヌーガ
[ミシシッピ州]
バーミングハム
[ルイジアナ州]
ジャクソン
モンゴメリー
[アラバマ州]
バトンルージュ
ニューオーリンズ
タラハシー

[ニューハンプシャー州]
[バーモント州]
[メーン州]
モントリオール
オーガスタ
モントピリア
ポートランド
コンコード
[マサチューセッツ州]
オールバニ
ロチェスター
ボストン
[ニューヨーク州]
ニューヨーク
ニューアーク
[ロードアイランド州]
プロヴィデンス
[ペンシルヴェニア州]
[コネティカット州] ハートフォード
フィラデルフィア
ハリスバーグ
ピッツバーグ
トレントン
[ニュージャージー州]
ボルティモア
[デラウェア州] ドーバー
ワシントンD.C.
[メリーランド州] アナポリス
リッチモンド
[ヴァージニア州]
ローリー
[ノースカロライナ州]
[サウスカロライナ州]
コロンビア
アトランタ
[ジョージア州]
サヴァンナ

大西洋

[フロリダ州]
マイアミ

メキシコ湾

バハマ

JN303315

アメリカ文学案内

寺門　泰彦　　渡辺　信二
武田千枝子　　佐藤　千春
矢作　三蔵　　水谷　八也
　　　　編著

朝日出版社

世界文学シリーズについて

　あの作家はどういう人だろう，あの詩人はどういう人だろう，そして，どんな作品を書き，どの程度わが国に紹介されているのだろう——このような問いに，即座に，的確に，しかも簡明に答えてくれるのが，この世界文学シリーズです．これまでにも，世界文学関係の紹介書として，数多くのすぐれた文学史，文学案内，入門書，事典などが出版されています．しかし，それらは，人や時代によって，詳しすぎたり，簡単すぎたり，あるいは，伝記的記述と作品解説が入りまじったりして，知りたいこと，調査したいことが，検索しにくいものも少なくありません．この世界文学シリーズは，この点を特に考慮し，なによりも利用しやすいことを主眼として編まれました．たとえば，このシリーズの最大の特色は，各国の主要作家が若干の例をのぞいて，すべて見開きに収められていることです．すなわち，左ページには，その生涯が簡潔にまとめられ，右ページには簡単な解説を付した主要作品の一覧が収録されています．そのほか，思潮や作家，そしてそのかかわりあいがひと目でわかる文学史年表など，さまざまな工夫がなされ，多面的，立体的に各国の文学を展望できるように構成され，さらに詳しい翻訳文献のための一項目を設けてあります．世界文学シリーズは，文学を愛好する人びとの教養書として，読書案内として，便利な作家・作品事典として，また，学生の参考書として，さらに専門家の備忘録として，広くご利用いただけるものと確信しております．

　なお，このシリーズをより完璧で利用しやすいものにするために，みなさまのご批判をあおぎ，新しい資料もとり入れて，機会あるごとに改訂・増補していきたいと思っております．

　　　　　　　　　　　　　　　　　　　朝 日 出 版 社

は　し　が　き

　アメリカ文学が世界文学のなかで大きな地位を占めるようになったのはロスト・ジェネレーションの時代，つまり1920年代からのようである．ヘミングウェイやフォークナーが認められた時代にメルヴィルやホーソーンも真価が理解されたのだ．日本における受容はもっと遅れたように見受けられる．あまり確かな記憶ではないが，アメリカ文学がヨーロッパ文学と対等の地位を獲得するのは第2次大戦後からではなかったろうか．ところが80年代あたりからアメリカ文学の人気は過剰の観を呈してきて現在に至っている（誤解のないよう急いで断わっておくが，もちろん同時代文学のことであって，古典のことではない．また，本の売れ行きがよいということではけっしてないようだ）．いまや最も読まれる外国文学は（エンターテインメント系を含めると）アメリカ文学であることは間違いなさそうだ．
　本書は文学運動や時代精神という俯瞰的な全体ではなくそれを構成する個々の作家作品に焦点を移した文学史である．作家作品を目の前に置くことによって話はにわかに具体的な親しみやすいものになる．これが本書のねらいである．執筆にあたっては，まず作家作品事典として必要に応じて活用されるための周到で正確なものであることを目指した．だがそれだけでなく文学史として通読にも堪えるような面白いものであることをも目指した．読者の興味を引きつけるよう工夫の一つとして，各項目に小見出しをつけて主題を際立たせるようにし，以下の点にも留意した．

1. **想定される読者**　主として英米文学科の学生を対象にしているが，専門外の学生，アメリカ文学に興味をもつあらゆる人を想定している．専門外の読者こそじつは高度な知識を求めるものなので，噛んで含めるような平易すぎる説明法はとらない．
2. **項目の選定**　可能な限り数多くの作家作品を採録したが，際限なくというわけにはゆかず，残念ながら割愛したものも少なくない．思いつくままに列挙すればラフカディオ・ハーン，ヘンリー・ロス，メアリー・マッカーシー，ハーバート・ゴールド，ロバート・クーヴァー等々といった面々である．

3. **第一部　アメリカ文学とは**　詩, 劇, 小説の3分野の文学史的スケッチを描いている.

   第二部　作家解説Ⅰ　主要作家を対象とする大項目—2頁を割き, 左頁に生涯と作風, 右頁に全作品の概要を紹介する. ヘミングウェイ, フォークナーなど最重要作家については4頁を割いている. 現代作家はこの作家解説Ⅰの部で扱う比率がやや高くなっている. 通常, スティーヴン・キングのような作家はホラー文学として, またウィリアム・ギブスンのような作家はSFとして扱われ, 文学史には登場しないことが多いが, 本書ではその圧倒的な人気 (キング), 大きな影響力 (ギブスン) を重視して, 取り上げ, しかも大項目で扱っている.

   第三部　作家解説Ⅱ　中小項目扱いの作家. ラルフ・エリソンなどはその重要性からみて大項目がふさわしいのだが, 作品数が少なく右頁を埋めようがないという理由で中項目 (1頁) 扱いになっている. またO・ヘンリーのような作家は日本における大衆的人気からみて少なくとも中項目に値するが, この作家に関しては伝記, 研究書のたぐいが皆無に近いので小項目 (半頁) とせざるを得ない.

   第四部　重要作品　1つの作品の解説に1頁をあてるのだが (『白鯨』などは2頁), ドス・パソスの『USA』のような大作のためにはこれではなんともスペースが足りなすぎた. しかし多くの場合1頁でストーリー, 主題, 時代背景などかなり詳しく述べることができている. アメリカ文学では短編小説がかなり重要な地位を占めている. 第一級のごく少数の短編には1編だけで1頁を与えたが, 他の場合, 短編集としてまとめて扱ったり (カポーティ『夜の樹』などの場合), 作家の全短編のなかから何編か選んだり (O・ヘンリーの場合) した.

本書の前身は田島俊雄・中島斉・松本唯史の三氏による『立体アメリカ文学』(1968) である. 40年近くを経てアメリカ文学も大きな変貌をとげたところで,

新版を書いてみないかと薦めてくださったのはかつての学習院大学の同僚教授で『イギリス文学案内』の著者のひとり，荒井良雄氏である．文学史のような仕事は本来，大家のみのなしうることなので私としては大いに躊躇したのだが，博学な共編者たち，気鋭の共同執筆者たちとのコラボレーションということなので，恐る恐るお引き受けすることになった．準備段階で万般にわたって荒井氏のお世話になった．最後に末尾ながら，遅れに遅れた完成を痺れを切らしながらも辛抱強く待ってくださった朝日出版社編集部の稲穂保彦氏に心より感謝の意を表したい．

2008年7月　著者を代表して　寺門泰彦

総合もくじ

- 第一部　アメリカ文学とは ……………… 15
- 第二部　作家解説Ⅰ ……………………… 39
- 第三部　作家解説Ⅱ ……………………… 179
- 第四部　重要作品 ………………………… 347
- 第五部　アメリカ文学史と文学史年表 … 583
- 第六部　主な文学賞　受賞者一覧 ……… 609
- 第七部　参考文献 ………………………… 631
- 第八部　翻訳文献 ………………………… 649
- 第九部　索　　引 ………………………… 749
- 編著者及び執筆者一覧 …………………… 829

も　く　じ

総合目次
第一部 アメリカ文学とは ……… 15
第二部 作家解説 I ……… 39
第三部 作家解説 II ……… 179
第四部 重要作品 ……… 347
第五部 アメリカ文学史と文学史年表 … 583
第六部 主な文学賞　受賞者一覧 …… 609
第七部 参考文献 ……… 631
第八部 翻訳文献 ……… 649
第九部 索　　引 ……… 749
編著者及び執筆者一覧 ……… 829

アメリカ文学とは ……… 15

作家解説 I ……… 39
フランクリン ……… 40
ブラウン（C.B.） ……… 42
アーヴィング（ワシントン） ……… 44
クーパー ……… 46
エマソン ……… 48
ホーソーン ……… 50
ロングフェロー ……… 52
ホイッティア ……… 54
ポウ ……… 56
ソーロウ ……… 58
ホイットマン ……… 60
メルヴィル ……… 62
ディキンソン ……… 64
トウェイン ……… 66
ハウエルズ ……… 68
ジェイムズ（ヘンリー） ……… 70
ノリス ……… 74
ドライサー ……… 76
クレイン（スティーヴン） ……… 78
キャザー ……… 80
グラスゴー ……… 82
フロスト ……… 84
ロンドン ……… 86
アンダソン（シャーウッド） ……… 88
スティーヴンズ ……… 90
ウィリアムズ（W.C.） ……… 92
ルイス ……… 94
パウンド ……… 96
ムア ……… 98
エリオット ……… 100
オニール ……… 102
ドス・パソス ……… 104
シャーウッド ……… 106
フィッツジェラルド ……… 108
ワイルダー（ソーントン） ……… 110

フォークナー ……… 112
ナボコフ ……… 116
ヘミングウェイ ……… 118
スタインベック ……… 122
ヘルマン ……… 124
ライト ……… 126
ボウルズ ……… 128
ウィリアムズ（テネシー） ……… 130
マラマッド ……… 132
ベロウ ……… 134
ミラー（アーサー） ……… 136
マッカラーズ ……… 138
サリンジャー ……… 140
ヴォネガット ……… 142
メイラー ……… 144
ボールドウィン ……… 146
カポーティ ……… 148
スタイロン ……… 150
サイモン ……… 152
オールビー ……… 154
ディック ……… 156
バース ……… 158
モリソン ……… 160
アップダイク ……… 162
ロス ……… 164
デリーロ ……… 166
ピンチョン ……… 168
アーヴィング（ジョン） ……… 170
オースター ……… 172
キング ……… 174
ギブスン ……… 176

作家解説 II ……… 179
ウィンスロップ ……… 180
ブラッドフォード ……… 180
ウィリアムズ（ロジャー） ……… 181
ブラッドストリート ……… 181
ウィグルズワース ……… 182
テイラー ……… 182
シューアル ……… 183
ウルマン ……… 183
マザー ……… 184
エドワーズ ……… 185
ペイン ……… 186
ジェファソン ……… 186
ブラッケンリッジ ……… 187
フレノー ……… 187
ホィートリー ……… 188
タイラー（ロイヤル） ……… 189
シムズ ……… 189

ブライアント	190
ホームズ	191
ストウ	192
ヴェリー	193
デ・フォレスト	193
ロウエル（ジェイムズ・ラッセル）	194
エイキン	195
アルジャー	195
オールコット	196
ハート（ブレット）	197
エグルストン	198
アダムズ	199
ビアス	200
ケイブル	201
ジュエット	202
バーネット	202
ショパン	203
ベラミー	204
ベラスコ	204
ウォヴォカ	205
フレデリック	206
ボーム	206
ガーランド	207
ギルマン	208
ウォートン	209
ウィスター	210
O・ヘンリー	210
ブラック・エルク	211
ワイルダー（ローラ・インガルス）	212
マスターズ	213
ロビンソン	214
ムーディー	215
ダンバー	215
スタイン	216
ロウエル（エイミー）	217
ウェブスター	217
サンドバーグ	218
シンクレア	219
リンゼイ	219
ロイ	220
グラスペル	220
ティーズデイル	221
ワイリー	222
ラードナー	223
リード（ジョン）	223
ドゥーリトル	224
ブルックス（ヴァン・ワイク）	225
ジェファーズ	226
ランサム	227
チャンドラー	227
アンダソン（マクスウェル）	228
マッキイ	229
コーフマン	229
ポーター	230
ハワード	231
マクリーシュ	231
ハーストン	232
ミラー（ヘンリー）	233
ライス	234
ミレー	235
バック	236
ヘクト	237
グリーン	237
ローソン	238
トゥーマー	238
カミングズ	239
サーバー	240
ウィルソン（エドマンド）	240
バリー	241
ローリングズ	241
クレイン（ハート）	242
テイト	243
ウルフ（トマス）	244
ミッチェル	245
カウリー	246
ブラウン（スターリング）	246
ヒューズ	247
ジャクソン（ローラ）	248
ヴァン・ドゥルーテン	248
ナッシュ	249
ニン	249
ウェスト	250
カレン	251
コールドウェル	251
ハート（モス）	252
ズーコフスキー	252
シンガー	253
エバハート	254
クーニッツ	254
ウォレン	255
キングズリー	256
ハインライン	256
オデッツ	257
オーデン	258
レトキ	259
サロイヤン	260
ウェルティ	261
ビショップ	262
オルソン	263
パッチェン	263
チーヴァー	264
ショー	265
ヘイデン	265
シャピロ	266
ルーカイザー	266
インジ	267
スタフォード	268
バロウズ	268
エリソン	269
ベリマン	270

ファスト	271	コジンスキー	306
ジャレル	272	ロード	307
アンダソン（ロバート）	272	ストランド	307
パーシー	273	バラカ	308
ロウエル（ロバート）	274	サンチェス	309
ブルックス（グウェンドリン）	275	プリンズ	309
ジャクソン（シャーリー）	275	ブローティガン	310
ダンカン	276	キージー	311
ネメロフ	276	ピアシィー	311
クランピット	277	ウィリアムズ（C.K.）	312
ブコウスキー	277	ワコスキー	312
ブラッドベリー	278	ウィルソン（ランフォード）	313
ウィルバー	278	コービット	314
ヘイリー	279	リード（イシュメイル）	314
ジョーンズ	279	ハーパー	315
ケルアック	280	シミック	315
ギャディス	281	カーヴァー	316
ディッキー	281	マクナリー	317
シンプソン	282	レイブ	317
パーディ	282	メイソン	318
レヴァトフ	283	ムーカジ	318
ヘラー	283	ピンスキー	319
ギャス	284	ホワイト	319
コーク	284	バンクス	320
オコナー	285	ハース	320
ホークス	286	オーティス	321
ヴィダル	287	タイラー（アン）	321
アモンズ	288	ハナ	322
メリル	289	オールズ	322
クーミン	290	ジョヴァンニ	323
スノドグラース	290	グリック	323
ギンズバーグ	291	シェパード	324
オハラ	292	ヴォイト	325
クリーリー	293	ミルハウザー	325
ブライ	293	ウォーカー	326
アッシュベリー	294	ウィルソン（オーガスト）	327
キネル	295	ビーティ	328
マーウィン	295	コムニヤカ	328
ライト（ジェイムズ）	296	ノーマン	329
アンジェロウ	296	アイ	329
セクストン	297	マメット	330
オジック	298	クック	331
マーシャル	298	ションゲイ	332
リッチ	299	ワッサースタイン	332
ルグィン	300	キンケイド	333
フリードマン	301	エリクソン	334
スナイダー	301	ハージョ	335
ハンズベリ	302	ソート	335
エルキン	302	ダヴ	336
ウルフ（トム）	303	リオス	336
バーセルミ	303	マキャモン	337
プラス	304	フィリップス	337
タリーズ	305	タン	338
ゲルバー	305	アードリック	338
ソンタグ	306	セルヴァンテス	339

マキナニー	339
ソング	340
クシュナー	340
コーンウェル	341
マイノット	341
ジャノウィッツ	342
リー	342
パワーズ	343
ケイニン	343
クープランド	344
レーヴィット	345
スミス	345
ダニエレヴスキー	346
ラヒリ	346
重要作品	**347**
コモン・センス	348
ウィーランド	349
死生観	350
自伝（フランクリン）	351
リップ・ヴァン・ウィンクル	352
最後のモヒカン族	353
自然論	354
トワイス・トールド・テールズ	355
アッシャー家の崩壊	356
エッセー第1集、エッセー第2集	357
黒猫	358
大鴉	359
旧牧師館の苔	360
エヴァンジェリン	361
市民としての反抗	362
代表的人間像	363
緋文字	364
白鯨	366
アンクル・トムの小屋	368
ブライズデール・ロマンス	369
ピエール	370
アンクル・トムの小屋（戯曲）	371
ウォルデン―森の生活	372
ハイアワサの歌	373
草の葉	374
大理石の牧神	376
「小鳥が小道をやって来た」ほか	377
雪ごもり	378
若草物語	379
ロアリング・キャンプのラック、その他	380
トム・ソーヤーの冒険	381
デイジー・ミラー	382
ある婦人の肖像	383
現代の事例	384
ハックルベリー・フィンの冒険	385
サイラス・ラパムの向上	386
小公子	387
かえりみれば―2000年より1887年	388
いのちの半ばに	389
赤い武功章	390
ねじの回転	391
目覚め	392
マクティーグ	393
シスター・キャリー	394
オクトパス	395
使者たち	396
荒野の呼び声	398
ジャングル	399
O・ヘンリーの短編小説	400
ヘンリー・アダムズの教育	401
イーサン・フローム	402
あしながおじさん	403
ボストンの北	404
スプーンリヴァー詩華集	405
シカゴ詩集	406
プルーフロックとその他の観察	407
私のアントニーア	408
ワインズバーグ・オハイオ	409
無垢の時代	410
ヒュー・セルウィン・モーバリ	411
本町通り	412
アンナ・クリスティ	413
バビット	414
荒地	415
ニューハンプシャー	416
迷える夫人	417
ハルモニウム	418
チューリップと煙突	419
計算器	420
春とすべて	421
ビリー・バッド	422
楡の木蔭の欲望	423
必要なものはわかっていた	424
われらの時代に	425
キャントーズ	426
不毛の大地	427
グレート・ギャッツビー	428
アメリカの悲劇	429
もの憂いブルース	430
日はまた昇る	431
サン・ルイス・レイの橋	432
奇妙な幕間狂言	433
響きと怒り	434
街の風景	435
武器よさらば	436
天使よ故郷を見よ	437
橋	438
死の床に横たわりて	439
花咲くユダの木	440
喪服の似合うエレクトラ	441
これら十三編	442
サンクチュアリー	443
八月の光	444
神の小さな土地	445

ミス・ロンリーハーツ	446
北回帰線　南回帰線	447
夜はやさし	448
子供の時間	449
化石の森	450
醒めて歌え	451
レフティを待ちつつ	452
ウィンターセット	453
詩選集（ムア）	454
秩序の観念	455
デッド・エンド	456
金はあの世じゃ使えない	457
愚者の喜び	458
アブサロム、アブサロム！	459
彼方なる山脈	460
二十日鼠と人間	461
イリノイのリンカーン	462
わが町	463
長い谷間	464
USA［北緯42度線　1919年 　　　ビッグマネー］	465
君が人生の時	466
怒りのぶどう	467
フィラデルフィア物語	468
心は孤独な狩人	469
わが名はアラム	470
アメリカの息子	471
誰がために鐘は鳴る	472
ラインの監視	473
危機一髪	474
四つの四重奏	475
悲しき酒場の唄	476
ママの思い出	477
ガラスの動物園	478
デルタの結婚式	479
すべての王の臣	480
パターソン	481
犠牲者	482
みんな我が子	483
欲望という名の電車	484
遠い声、遠い部屋	485
裸者と死者	486
シェルタリング・スカイ	487
セールスマンの死	488
夜の樹	489
ライ麦畑でつかまえて	490
老人と海	491
見えない人間	492
エデンの東	493
賢い血	494
ナイン・ストーリーズ	495
オーギー・マーチの冒険	496
ピクニック	497
お茶と同情	498
るつぼ	499
山にのぼりて告げよ	500
熱いトタン屋根の上の猫	501
ロリータ	502
この日をつかめ	503
吠える、その他	504
フローティング・オペラ	505
夜への長い旅路	506
アシスタント	507
ワップショット家の人々 　ワップショット家の醜聞	508
I・B・シンガーの短編小説	509
魔法の樽　白痴を先に 　レンブラントの帽子	510
ティファニーで朝食を	511
人生研究	512
雨の王ヘンダソン	513
日なたの干しぶどう	514
同じひとつのドア　鳩の羽根 　ミュージック・スクール	515
さようなら、コロンバス	516
酔いどれ草の仲買人	517
マクシマス詩篇	518
動物園物語	519
エントロピー	520
走れウサギ	521
映画狂い	522
フラニーとゾーイー	523
高い城の男	524
ヴァージニア・ウルフなんかこわくない	525
もう一つの国	526
青白い炎	527
V.（ヴィー）	528
猫のゆりかご	529
ダッチマン	530
ユリアヌス	531
火星のタイム・スリップ	532
転落の後に	533
おかしな二人	534
コーソンズ入江	535
アメリカの夢	536
競売ナンバー49の叫び	537
ナット・ターナーの告白	538
アンドロイドは電気羊の夢を見るか？	539
スロータハウス5	540
青い眼がほしい	541
天のろくろ	542
帰ってきたウサギ・金持ちになった 　ウサギ・さようならウサギ	543
重力の虹	544
チャンピオンたちの朝食	545
スーラ	546
フンボルトの贈り物	547
凸面鏡の中の自画像	548
サンドーヴァーの変化する光	549
ソロモンの歌	550

ガープの世界	551
埋められた子供	552
ソフィーの選択	553
タリー家のボート小屋	554
カラー・パープル	555
ゴールデンボーイ―恐怖の四季・春夏編 スタンド・バイ・ミー―恐怖の四季・秋冬編	556
おやすみ、母さん	557
フール・フォア・ラブ	558
大聖堂	559
ブライトン・ビーチ回顧録	560
グレンギャリー・グレン・ロス	561
ホワイト・ノイズ	562
ニューロマンサー	563
サイダーハウス・ルール	564
縛られたザッカーマン	565
It	566
フェンス	567
ニューヨーク三部作	568
ビラヴド	569
ハイジの年代記	570
ムーンパレス	571
黒い時計の旅	572
ヴァインランド	573
ピアノ・レッスン	574
偶然の音楽	575
エンジェルス・イン・アメリカ―国家的テーマに関するゲイ・ファンタジア	576
オレアナ	577
死の記憶・夏草の記憶・緋色の記憶・夜の記憶	578
幸せの背くらべ	579
グリーンマイル	580
アンダーワールド	581
紙葉の家	582
アメリカ文学史と文学史年表	**583**
草創期の文学	584
国民文学誕生へ	586
アメリカ・ルネサンスの文学	588
アメリカ・リアリズムの芽生えと展開	590
失われた世代の文学	594
30年代の文学（第2次大戦まで）	596
第2次大戦後の文学	598
60年代以降の文学状況	600
70年代、80年代文学の波	602
90年代から21世紀への流れ	604
主要な文学賞　受賞者一覧	**609**
参考文献	**631**
翻訳文献	**649**
索　引	**749**
編著者及び執筆者一覧	**829**

第 一 部

アメリカ文学とは

アメリカ詩とは
アメリカ演劇とその特質
アメリカ小説史寸見

アメリカ詩とは

　アメリカ詩は，総体としてひとつの理念であり，ひとつの有機体である．
　単純に図式化するなら，アメリカ合衆国は国家成立以前から，2つの夢を胚胎している．1つは，ヴァージニアを中心に植民したグループが代表する経済的成功の夢である．個人レヴェルなら，立身出世や財を成すことであり，国家でいえば，黒人奴隷を受け入れてまでも経済的に繁栄し，その結果，列強に伍し，場合によっては，他国を搾取しながら経済的な富を占有することである．もうひとつの夢は，ボストンなどニューイングランドを中心に植民したグループに由来する自由追求の夢である．個人のレヴェルでいえば，植民地時代は，国家的制約から信仰の自由を守ることであったし，現在では，社会や国家からの個人の自由を確保することである．国家レヴェルで言えば，自由平等を理念とする民主主義の実現である．
　アメリカの歴史から振り返れば，この2つの夢は決して，単純な二項対立ではない．むしろ，奇妙にも相補的な役割を果たしてきた．歴史的事実を思い出せば，まっ先に，「1619年の皮肉」があげられるだろう．アメリカ初の黒人奴隷売買と民主主義的な代議制度である植民地議会とが，ヴァージニア植民地東部のジェイムズタウンで，同じ年の同じ8月に初めて行なわれている．
　東部でもまた「信仰の自由を守る」ために，先住民たちの土地を奪って生活圏を広げていった．メルヴィルの『白鯨』でエイハブ船長やイシュメールが乗り込む捕鯨船ピーコッド号の由来となった，ニューイングランドに住んだアルゴンキン系インディアンの一部族ピーコット族の殲滅は，1637年に起きている．
　自由・平等・人権擁護を謳うアメリカ独立宣言やアメリカ連邦憲法の起草者は，奴隷制の上に繁栄していたヴァージニア出身者たちである．同様の皮肉な現実は，21世紀初頭においても危険な形で現われている．ブッシュ政権は，民主主義のグローバルな拡大をブッシュ・ドクトリンの目標のひとつとして掲げながら，イラク戦争を起こすような軍事行動を選択する．
　アメリカ詩は自由追求の夢をアメリカ本来の夢と見なし，個人の自由の確保，万人平等の実現，正義と公正の実現のために，自覚的にアメリカを愛し，アメリカ本来の夢に殉じようとする．国家としてのアメリカがこの夢を実現しようとする時，アメリカ詩は，アメリカを鼓舞し賞賛する．しかし，アメリカが夢を踏みにじろうとするならば，強くアメリカを批判する．
　たとえば，13の植民地が自然権としての抵抗権を掲げて，イギリス側に対して武力で立ち上がろうとしていた頃，フレノーとヒュー・ヘンリー・ブラッケンリッジは，アメリカが人類全体の希望を実現する国家であるとして，その輝かしい未来を讃える．南北戦争

もまた，実際の意図や隠された狙いは別にして，高邁な目標として奴隷解放を掲げており，ウォルト・ホイットマンらによって支持され鼓舞された．

批判的な事例としては，19世紀，ヘンリー・デイヴィッド・ソーロウがメキシコ戦争に反対して税金の納付を拒否し，投獄されている．ロングフェローやホィッティア，J・R・ロウエルなどは奴隷制度反対の作品や評論を発表している．20世紀では，2つの世界大戦における個人の卑小さが様々に作品化される．ヴェトナム戦争では，アレン・ギンズバーグやアドリエンヌ・リッチなど多くの詩人たちが立ち上がり，反戦運動に加わったり，反戦詩を書いた．同様に，21世紀冒頭のイラク戦争に対しても，反戦詩人たちや，桂冠詩人たちが反対の声をあげている．

1 「アメリカ性」の追求

アメリカ詩とは，現在アメリカ合衆国として知られる国において英語で書かれた詩作品，あるいは，そこに住む者か国籍を持つ者が英語で書いた詩作品の総体を意味する．基本テーマは，アメリカであり，素材もまた，アメリカである．アメリカとは何か，アメリカ人とは何か，「アメリカ性」とは何かを追求している．この代表格は，ホイットマンであるが，彼から始まったわけではなく，既に，植民地時代や独立の革命の頃の詩人たち，また，19世紀のブライアントやエマソンらが実践したり，強調したことであったし，姿かたちを変えてはいるが，20世紀を通して常にアメリカ詩が問題意識として抱えてきた．別の見方をすれば，アメリカ詩は，同じ英語を使うイギリス詩とは，内容，言葉使い，形式，リズムなどで異なること，英詩の伝統を覆すことに価値を見出している．

2 自己分析，自己説得

アメリカ詩は，宗教的には神との関係で，国家的にはヨーロッパとの関係で，人種的・民族的にはとりわけてインディアンとの関係で，常に，自分とは何か，アメリカとは何かを問い続けた．そこには，異質なものをばねとする発想，あるいは，同質なものからいかに自分が異なるのかを証明しようとする努力が常に払われていると言えよう．この特質の歴史上の起源は，植民地時代にあると言われる．

もともと，イギリスでの弾圧を避けるためにアメリカに植民したピューリタンたちは，自分とは何者なのか，いかなる一日で今日はあったかを自省するクリスチャン的な省察を行なっていた．ほとんど全てのピューリタンが日記を書いていたと言っても過言ではない．その目的のひとつは，「目に見える聖者」（Visible Saints）として，神の恩寵を記すこと，そして，それを知ること，つまり，「アメリカ」に生きるじぶんの存在を確認しつつ，宗教的な意味での自己告解・自己点検を行なうことであった．これに加えて，1649年にピューリタン革命が本国イギリスで成就した事実を前に，なぜ，自分たちがわざわざ植民したのか，なぜイギリスに戻らずに新大陸に留まるのかを自問し，かつ，自己説得せねばならなかった．クロムウェル政権は，イギリス中心主義を継承し，ケルト支配を持続する

ように，アメリカに対しても植民地占領政策を維持している．このために，ニューイングランドの植民地側には見捨てられた子どもという自意識が芽生えたと説明される．

3　アメリカ独立から19世紀へ

アメリカの詩人たちは，社会的関心や社会に対する責任感・使命感が強い．

植民地時代，海をこえて渡ってきたイギリス人たちが，彼等にとっての「新」大陸で生活する経験をうたったが，その頃は神との関係および人の死が主たる関心であった．詩人たちは，神の前において人とは何ものであるのかを問うた．アメリカ初の詩人かつ女性詩人として名高いアン・ブラッドストリートは，特に，後期の叙情的・個人的内容の作品が評価されている．草稿が20世紀になってから発見された牧師エドワード・テイラーは，神との対話を長年，聖餐式の前に詩として書き留めてきた．当時，爆発的に売れたのは，やはり牧師のマイケル・ウィグルズワースが「黙示録」をバラード調に書き直した『最後の審判の日』（1662）であった．

18世紀は，アメリカ独立に向けて政治詩が多いが，フィリップ・フレノーは，アメリカ的な素材をもとにした叙情詩においても才能を発揮している．

19世紀は，真の意味での文化的独立を求める時代であった．歴史から言えば，1776年の政治的な独立，1812～14年の第2次対英戦争を通して手に入れた経済的な独立に続いて，真の独立を獲得するには，文化的な独立が不可欠であると認識され始めた．この際に最も決定的な要素は，どうアメリカ的なものを打ち出すかであった．詩を感情の自然な流露であるとみなすイギリスロマン派に真っ向から挑戦するように，エドガー・アラン・ポウは，印象と効果を計算しつくした人工的な生産物と詩をみなす，優れてアメリカ的な詩人である．当時のアメリカでは評価されなかったが，彼は，フランス象徴主義へ大きな影響を与えた．ホイットマンの『草の葉』は，文体が脚韻を無視した息の長い行で構成され，内容は「民主主義の詩」と見なせる．その多くの作品で，語り手であり登場人物でもある「私」が自分自身とアメリカ，世界や宇宙を称えている．19世紀のもう一人の詩人エミリー・ディキンソンは，20世紀に入ってから注目されるようになったが，彼女もまた，アメリカ的な要素をうたい込みながら，優れて個人的な世界を開示している．

4　20世紀のアメリカ詩

20世紀は，アメリカの時代であり，アメリカ詩が花咲く世紀であった．

19世紀までのアメリカは熱烈なナショナリズムとセクショナリズムの下，国土の膨張と国内産業の整備，前近代的な奴隷制度の克服等に国力を集中してきた．アメリカが国際的な関係に入っていくのは，他国より遅れて帝国主義戦争に参加した1898年の米西戦争からであり，また，指導的な地位を手に入れ始めるのは，第1次世界大戦への参加，および，その後の戦後処理の会議に参加してからである．これに並行してアメリカ詩もまた，英詩の世界における指導的な役割を担うようになってゆく．

20世紀前半は，地域主義と口語を特徴とする．黒人詩人ポール・ローレンス・ダンバーが描いた南北戦争以前の南部黒人の生活を先例として，それぞれ地方を舞台としたエドガー・リー・マスターズやエドウィン・アーリントン・ロビンソン，ロバート・フロストなどがいる．とりわけ，フロストは，ニューイングランドの自然と人々の生活を懐疑と皮肉，観察と洞察に溢れたタッチで描きながらモダニズムと鋭く対立し，国民詩人に成長してゆく．民主主義を理念として，フリーヴァースで人民へ訴えるというホイットマン的な伝統は，カール・サンドバーグやヴェイチェル・リンゼイ，黒人詩人ラングストン・ヒューズに生きている．

　イマジズムを発端として第1次世界大戦前後から始まったモダニズムは，アメリカの詩人たちが主導しているが，これは，アメリカが国家としての発言力を強める時期に重なる．パリに住み，これまでにない文体で作品を書いたガートルード・スタイン，イマジズムやモダニズムの運動を通じて英詩の革新を行なったエズラ・パウンド，ヨーロッパ文明への警鐘をならした大文学者T・S・エリオット，アメリカ国内に留まりながら哲学的な遊び心で全く新しい傾向をアメリカ詩に持ち込んだウォレス・スティーヴンズ，ホイットマンを継承しながらアメリカ語の創成をめざしたウィリアム・カーロス・ウィリアムズなどがいる．アメリカの夢に殉じたハート・クレインや人工性の極致を目指したマリアン・ムア，イマジストとして出発し凝縮したイメージで女性の声を作品化したH.D.なども忘れてはならない．南部という地域に根ざしながらモダニストであったのは，ニュークリティシズムをもたらしたジョン・クロウ・ランサム，アレン・テイト，ロバート・ペン・ウォレンたちである．彼らは，フュージティヴ・グループと言われ，北部がもたらす工業化・都市化・非人間化を批判した．

　50年代，60年代に若い詩人たちが頭角を現わしている．おおまかな分類であるが，アメリカの苦悩を個人の苦悩として生きるロバート・ロウエル，ジョン・ベリマン，セオドア・レトキなどの告白派，新しい精神的なアメリカを求めるアレン・ギンズバーグ，ゲイリー・スナイダーなどのビート派，詩人固有の呼吸法を重視する投射詩法を唱えたチャールズ・オルソンを中心にして，より口語に密着し新しい生活感覚を言語化しようとするブラック・マウンテン派，新しい都市的な感覚を絵画的な要素と融合させながら言語表現しようとしたニューヨーク派などが活躍している．それぞれにおいて，アメリカへの批評性が通底していることは確実であるが，とりわけ，告白派とビート派は明白に，アメリカ詩に流れる伝統的な自己省察と社会批判を継承している．

　女性詩人エリザベス・ビショップは，自伝的な素材だけでなく社会や異国での観察から新しい領域を切り開いている．アン・セクストンやシルヴィア・プラスは，女性として生きる苦悩を作品化した．やはり，女性詩人として名をあげるべきミュリエル・ルーカイザーは，その社会性において着目されるべきだし，アドリエンヌ・リッチは，女であること，妻，母，娘であることを鋭く問うている．彼女の怒りは，セクストンやプラスと異なって自己破壊に向かわず，社会への批判と改革へ向けられる．60年代は，公民権運動

とヴェトナム戦争への反戦活動が高まったが，詩人たちの多くは，こうした政治的な動きとともに成長・変化を遂げる．詩作品も，これまで以上に形式から離れ，より口語的で政治的になっていった．

　70年代後半から80年代に三大詩人と言われたジョン・アッシュベリー，A・R・アモンズ，J・メリルは，傾向が全く異なるが，それ自体がアメリカ詩の豊かさと言ってよいだろう．しかし，ヴェトナム戦争前後からのアメリカ詩は，マイノリティ出身の詩人たち抜きには語れない．

5　アフリカン・アメリカンの詩

　人は全て平等であるとうたい，生命・自由・幸福追求は人間本来の権利であるとするアメリカ独立宣言は，奴隷制度と完全に矛盾するが，当時のほとんどの白人たちは，黒人は知性で劣っていると考えていた．アメリカ詩史上初めての黒人詩人で女性のフィリス・ホィートリーが高く評価されたのは，西欧文化の優秀さの証明例，環境が遺伝に勝利する例としてであった．彼女が詩集をロンドンで出版したのは，アメリカ独立戦争の頃であったが，これ以降，アフリカン・アメリカンの詩人たちは，その激しさや方法に違いはあるにしろ，自由，独立，平等，自己同一性というアメリカの大義に常に殉じることとなる．

　19世紀には，奴隷制度の廃止と奴隷解放を訴える黒人詩人たちが出現した．名前をあげれば，ジョージ・モーゼズ・ホートン，ジョシュア・マッカーサー・シンプソン，フランシス・エレン，ワトキンズ・ハーパーなどだが，受容する聴衆が白人であるため，彼等の作品は白人英語を使用して，黒人のための訴えを行なっている．

　1920年代から30年代にかけて，ラングストン・ヒューズやジーン・トゥーマー，カウンティ・カレンなどアフリカン・アメリカンの詩人たちが輩出され，ハーレム・ルネッサンスと呼ばれた．60年代には，公民権運動の高まりと並行して，以前の穏健派や白人社会への同化主義者を批判して，より先鋭的で戦闘的な黒人芸術運動が高まりを見せる．黒人で初めてピューリツァー賞を受賞したグウェンドリン・ブルックスや，のちにアミリ・バラカと改名するリロイ・ジョーンズなどが中心であった．モダニストたちが否定され，ホイットマンやビート派が称揚される．黒人社会で使われる言葉と，ジャズやブルースの伝統を生かす方向となる．彼ら以外にも，ソニア・サンチェス，ニッキ・ジョヴァンニ，マイケル・S・ハーパー，ユセフ・コムニヤーカなどが活躍している．

6　非英語の詩—ネイティヴ・アメリカンの口承詩など

　英語で書かれること，あるいは，書かれることそのものを条件としなければ，アメリカ詩は，もっと豊かであったかもしれない．なぜならば，そこには，ネイティヴ・アメリカンの神話・民話と口承文学の伝統があるからである．自然観や自然との共生などに関して学ぶべきことは多かったであろう．しかし，実際にはその多くの民族や言語が消滅し，現存するものも英語に訳されて残っているに過ぎない．

アメリカ植民の歴史のなかで，インディアンたちは滅ぼすべき対象であった．彼らの滅びか，少なくとも服従が確実な限りにおいて，「高貴なる野蛮人」とか「滅びゆく民族」という概念が生まれるにすぎない．これは，既に19世紀のホイットマンの作品に見られる．インディアンたちの武力抵抗が無くなる頃から国家予算が割当てられ，インディアン文化や口承文学へのアカデミックな成果が，学術雑誌に英語で大量に記録されるようになった．1918年には英訳のインディアン詩が一般に紹介され，そののち徐々に，出身の部族の自然哲学や人生観を英語で発表する詩人が輩出される．

ネイティヴ・アメリカンの伝統と同様に，スペイン語で書かれた詩も，植民地時代のスペイン人探検家たちから現代のチカーノとチカーナの詩までを含めて，アメリカ詩を豊かにするはずである．中国語やイディシュ語などの作品もまた評価を待っているであろう．

7 アメリカ詩の今後

21世紀における世界的な問題は，「グローバリゼーション」である．これは，経済原則において表層的な平等原理を導入することで，経済的な弱者を駆逐することであり，これによって，文化の画一化・均一化が齎され，個人や少数民族の尊厳が無視されがちになる．歴史から見れば，東西冷戦が解消された後，大航海時代から進行している西欧化，植民地化，近代化の流れを，「グローバリゼーション」と再命名したものである．この動きは現在，アメリカ合衆国の資本主義・消費経済体制がもっとも先端的に担うが，奇妙なのは，支配され搾取される側がそれに気付かずに喜んで支配され，搾取される点である．

これからのアメリカ詩の選択肢は，少なくとも2つあるだろう．ひとつは，世界ナンバーワンの経済力・軍事力で他国を圧倒するなか，確実に生活が全般的に豊かになっているとき，英詩の可能性を純粋に追求してゆく方向である．これは，言葉の実験や新しいイメージ感覚を追求するスティーヴンズから始まり，アッシュベリーなど，さらには，ランゲージ・ポエッツたちが代表していると言えよう．もうひとつは，個人の能力や意欲を過度に重視する余り，あるいは上記の「グローバリゼーション」によって，依然として敗北してゆく人々やさまざまに抑圧される人々が今もなお存在するアメリカ社会や世界のなかで，女として，マイノリティとして，あるいは，人として差別を受け続けている人々が，批評性を維持する方向があるだろう．この2つの選択肢は対立するわけではなく，ともに鋭敏な現実感覚に基づいている．

はたして，アメリカ詩はこれから，どのような声をあげてゆくのであろうか． （渡辺）

アメリカ演劇とその特質

　アメリカ演劇と言った場合，一般的には「アメリカ人」が「アメリカ」を素材に書いた戯曲を「アメリカ」で上演したもの，あるいはその戯曲を指すと考えていいだろう．しかし「アメリカ人」や「アメリカ」は「多様性」以外，ひとつの定義を下すことはまず不可能である．したがってアメリカ演劇をコンパクトにまとめることは不可能に近い．しかしそれでも強引にそこから何らかの特質を抽出してみたい．ひとまずアメリカ演劇を「アメリカ」と「演劇」に分けて考えてみることにする．

「アメリカ」演劇
　最初に「アメリカの演劇」であることを意識した戯曲は，おそらくロイヤル・タイラーの『コントラスト』(1787) であろう．ただ彼は元来，法曹界の人間で，この作品もたまたま観た英国の劇作家シェリダンの『悪口学校』(1777) に触発され，きわめて短期間で書かれたものである．しかし1776年のアメリカ独立宣言，1783年の独立，1787年の合衆国憲法制定，1789年の憲法発効というアメリカ合衆国が独立する過程の中で書かれたこの戯曲は，独立国家「アメリカ」を強く意識したものになっている．
　『コントラスト』のプロローグではまず最初に，「今夜は堂々と我々のものと呼べる作品をお見せしましょう」と高らかに宣言し，英国ではなく，ニューヨークを舞台にしていることを誇らしげに語り，何度も「愛国心」に訴えかける．シェリダンを利用しつつも，これが「アメリカ」を意識した最初の戯曲ということはできるであろう．
　ここに見られる高揚した気分は，「アメリカ」という新たな理念に基づいた建国の喜びから生まれたものであり，たとえば独立宣言の冒頭の部分，「すべての人間は平等につくられ，創造主により生命，自由そして幸福の追求を含む，奪うことのできない権利が創造主により授けられており，これらの権利を確かなものとするために，政府が人の間に組織され，その政府の正当な権力は統治される者の同意から成る」ことを自明の真理とうたう，疑いなき無垢な自信に起因している．個人に全幅の信頼を置いたこの新しい近代民主国家が目指すべき理念はアメリカの出発点であると同時に，アメリカ演劇において扱われる多様な問題の原点でもある．
　しかし原点であるこの建国理念の理想から現実世界に足を踏み入れたとたん，自分が立つ現実の場と原点との距離，続いてそのギャップにどう対処するかが常に問題となってくる．そのギャップを埋めることが可能であると信じて，その距離を埋めるべく現実を何とか変革しようとするのか．あるいはこここそユートピアであると決め込み，原点との距離など存在しないと現実に目を覆うのか．あるいはその距離をなくすために相容れないものを暴力的に排除しようとするのか．あるいはここではない他の場所に移動するのか．

たとえば，キング牧師は1963年夏のワシントン大行進のクライマックスを飾るあの有名な演説で，「わたしたちの共和国を作り上げた人々が壮大な言葉で憲法と独立宣言を書いた時」すべてのアメリカ人が享受すべき権利を保証する約束手形に署名したにもかかわらず，いまだに債務不履行のままであり，その約束手形を早急に現金化する必要性を熱く説いている．「アメリカ」を題材とする演劇とは，個々の戯曲で展開する領域は多様であるにせよ，原点である理念と現実との落差，建国と同時にその内部に抱え込んだ自己矛盾を問題にしている，とひとまず言えるだろう．しかし，このような戯曲が書かれるのは，やはり20世紀に入ったオニール以後である．

アメリカ「演劇」

　『アメリカ文学案内』という本の性質上，ここでは演劇という行為の土台になる戯曲にのみ焦点を当てることになる．しかし，それでも戯曲の周囲の事情，つまりその戯曲を上演する劇団，あるいは演出家，俳優などのあまり文学的でない要素が絡んでくる．アメリカ演劇はオニールから始まった，あるいはアメリカ演劇の流れはオニールにより大きく変えられた，とするのはごく一般的な見方であると思うが，そのオニールを考える際に，非文学的な要素を含んだ「演劇」を少し考える必要がある．

　オニール以前にも，アメリカには演劇は存在したし，1869年の大陸横断鉄道の完成以後はむしろ活気を呈していたと言っても良い状況であったが，多くは英国やヨーロッパの風習喜劇を上演していた．また英国の劇団がアメリカを巡業するということも一般的であった．アメリカ人の劇作家も少数いたが，戯曲としてうまく書けている作品はあるにしても，先に述べたような「アメリカ」を意識した戯曲は少ないと言わざるをえない．例外として，ストウ夫人の『アンクル・トムの小屋』の翻案（1853）があるが，戯曲に脚色したジョージ・エイキンは戯曲にすること，スペクタクルにすること，観客を呼べることに主な関心があり，人種問題に関する意識においては，おそらくストウ夫人とは大きな差があったに違いない．

　結局19世紀の演劇は娯楽が最大の目的であり，いかに観客の目，耳を楽しませるかが重要であった．さらに1896年に作られたいわゆる「シアトリカル・シンジケート」が全米の劇場をほぼ独占し，スター中心の娯楽を目的とした演劇が花開き，経済的な利益が追求されていた．その意味では，演劇は盛んであったが，それは文学性，芸術性に富む戯曲が産まれる土壌ではなかった．そして20世紀初頭，アメリカの演劇状況は過渡期にさしかかる．

　1914年にニューヨークのグレニッチ・ヴィレッジで結成されたワシントン・スクエア・プレイヤーズは小さな劇場でチェホフ，イプセン，G・B・ショーなどを中心に上演を始めた．1915年にはマサチューセッツで，スーザン・グラスペルと夫のG・C・クックがプロヴィンスタウン・プレイヤーズを結成し，商業演劇や娯楽劇には背を向けて，演劇の芸術性，文学性を第一に考える劇団を結成する．どちらも「アメリカ」の劇作家を育てよ

うとした点でも似ている．また1913年には，ハーヴァード大学のジョージ・ピアス・ベイカー教授が「47ワークショップ」と呼ばれる戯曲の創作クラスを始めている．つまり1910年代半ばまでに「アメリカ」の劇作家を育てようという気運が高まりつつあったということだ．

　この流れに見事に呼応したのがユージン・オニールである．後にブロードウェイを意識して作品を書くようになるオニールであるにしても，また19世紀のアメリカ演劇を説明する際に頻繁に使われる「メロドラマ」的な作品を書くオニールであるにせよ，彼はヨーロッパで展開されていた演劇の流れ，自然主義リアリズム，象徴主義，未来派，表現主義，フロイト心理学などを十分に意識し，自作の中に貪欲に取り入れ，19世紀のアメリカの戯曲とは一線を画す作品を書き始める．生涯『モンテ・クリスト伯』を演じ続けたスター俳優を父親に持つオニールとプロヴィンスタウン・プレイヤーズとの1916年の出会いは象徴的であると言って良いだろう．この出会いが，少なくともそれ以前のアメリカにおける演劇の流れの方向を変える出来事であったことは否定できない．

　もうひとつ，アメリカの「演劇」を考える場合に気になるのは，ブロードウェイという劇場街の存在である．あたかもアメリカ演劇の聖地のように一般的には，考えられがちであるが，ブロードウェイで上演されるときに，そこには商業的な要素が強く働いてくる．もちろんその上で優れた芸術性，文学性をあわせ持つものもあるのだが，たとえばエドワード・オールビーの『動物園物語』(1960)は当初ブロードウェイ，ニューヨークでは上演の引き受け手がなかった．その後逆輸入の形で，オフ・ブロードウェイで上演される．つまり演劇の場合，文学的，芸術的側面で優れていても，商業的に優れていなければ，一般の人々の目に留まらないというつらさがある．商業性と，それとは必ずしも相容れない文学性，芸術性がひとつの舞台に乗らざるを得ないのが演劇である．もちろん，最初から利潤を求めないものもあるし，地方に根づく演劇が多くあることも事実だが，演劇という行為には，程度の差こそあれ世俗的な要素が入ってくる．さらにすべての演劇は上演される以上，俳優という個別の肉体を持った存在が戯曲に深く関わり，最終的にその戯曲の評判を左右する．

　以上の文学以外の雑多な要因を引き受けた上で，アメリカ「演劇」は素材としての「アメリカ」をどのように戯曲の中で扱っているのか，大まかに4つの点からまとめてみたい．

1　帰属問題，アイデンティティの問題

　この問題は，ヨーロッパのような歴史を持たず，侵略と植民地化の歴史をあいまいにしたままに肥大化した国家の問題と関連し，さらに移動性をその特色とする国民性を持ったアメリカが直面せざるを得ない本質的な問題である．アメリカ演劇の変質の出発点にあったオニールが死の床で語ったと言われている「畜生，ホテルで生まれ，ホテルで死ぬのか」という言葉に象徴されるように，自分の居場所を求める，あるいは見つからないことの問題はアメリカ演劇の最初から頻繁に扱われている．オニールとプロヴィンスタウン・

プレイヤーズとの記念すべき第一作である『カーディフ指して東へ』(1916) でも，船乗りヤンクは海にいながら陸地への憧れを口にし，安定した地を夢見る．一方『地平の彼方』(1920) のロバートはここではない「向こう」に自分がいるべき場所があるのではないかと思い続けて死んでいく．また『毛猿』(1922) のヤンクも，自分の世界を支配する世界を発見し，一種のアイデンティティ・クライシスに陥る．『毛猿』で，オニールがこの問題の背景に明確に近代資本主義社会を描き込んでいることからもわかるように，資本主義が高度になればなるほど個人は阻害され，20世紀が深まるにつれ，この問題は深刻度を増していく．オールビーの『動物園物語』(1960) や，『ヴァージニア・ウルフなんかこわくない』(1962) の根底にもこの問題は潜んでいる．1の問題は次の2の問題と密接に関連し，重なる部分が多い．

2 資本主義，近代文明，中産階級

第1次世界大戦後から，20年代にかけて，アメリカはひとつの繁栄期を迎え，これまでとは異なる大量生産，大量消費のサイクルを回転させ始めた．このシステムを回転させ続けるために企業は様々な戦略を仕掛け，広告や分割払いという新たな手段を使って，消費を促進させていった．独立宣言の「幸福の追求」とは，ひとまず，物質的な豊かさによって応えられることになり，いくつかの商売上のサクセス・ストーリーが「アメリカの夢」として語られてゆく．

しかし「夢」を追いかけるが故に，巨大な資本主義システムに巻き込まれ，自由なはずの個人が疎外され始める．そして広がるばかりの理想と現実の距離，そして矛盾を描く戯曲が生まれる．初期においては，機械以下の存在として扱われる労働者の疎外が，オニールの『毛猿』を筆頭にエルマー・ライスの『計算機』(1923) で扱われている．また資本主義社会の底辺を描くライスの『街の風景』(1929)，シドニー・キングズリーの『デッド・エンド』(1935) も資本主義社会の影の部分を舞台にしている．また第2次大戦後の物質的に恵まれた時代においても，アーサー・ミラーの『セールスマンの死』(1949) や，一見叙情的な作品として読まれがちなテネシー・ウィリアムズの『ガラスの動物園』(1945) にもこの要素は色濃く現れている．時代が下ってデイヴィッド・マメットの『グレンギャリー・グレン・ロス』(1983) までこの流れは脈々と続く．

この流れを1の問題と重ねれば，資本主義を支える労働者として歯車になることによる人間性喪失の問題，あるいは豊かな中産階級に属しながらも，精神的な根を持たないがゆえに物質的な豊かさでそれをまぎらわせようとする精神的空虚の問題が浮き彫りになってくる．

しかし20年代の好景気に沸くアメリカ経済は29年秋の株の大暴落により一変する．大恐慌は演劇にも大きな影響を及ぼした．30年代に主流となった演劇の多くは，行き詰まった資本主義経済の質を問うもの，労働問題に焦点を当てるものなど，社会的意識を前面に出したものが多い．クリフォード・オデッツの『レフティを待ちつつ』(1935) や『醒め

て歌え』(1935) などがその代表的なものである．

3 自由の問題，寛容／不寛容

　この問題は先に挙げた独立宣言の冒頭部分，あるいは民主主義国家アメリカの根本精神に関わる問題である．アメリカ演劇の中では，組合運動や共産主義に対する極端な「排除」の問題として姿を見せる．もうひとつは人種問題における「排除」と「差別」である．どちらも根本的なアメリカの理想を支える精神とは矛盾する動きであるが，アメリカの歴史においては見逃すことのできないものである．

　「排除」がもっとも明確に現われるのはアーサー・ミラーの『るつぼ』(1953) であろう．時代は17世紀のマサチューセッツに置き換えられているが，マッカーシズムが作品の根底にあることは明らかである．しかしこの戯曲は，単に善悪の二元論に陥ることなく，「排除」が生まれる過程における人々の心理や，様々な利害関係の中で孤立し，自己の尊厳を守り，死を受け入れる主人公の悲劇性などを力強く描いている．

　同様に「排除」の構造から劇的なドラマを作り上げているのがリリアン・ヘルマンの『子供の時間』(1934) である．この戯曲では排除の対象になるのが同性愛であるが，同性愛の問題それ自体を議論することを避け，「同性愛」＝「不道徳」＝「悪」として世論が出来上がっていく過程に焦点を当てている．ロバート・アンダソンの『お茶と同情』(1953) もまた同性愛の問題を扱い，「排除」を描くが，この作品の場合「排除」の構造の前景にマッチョな「男らしさ」を出している点が「アメリカ演劇」として考えた場合に非常に興味深い．30年代のマックスウェル・アンダソンの『ウィンターセット』(1935) は，イタリア系移民で無政府主義者の二人が無実のまま死刑にされたサッコ＝ヴァンゼッティ事件を前提にしている．

　また一見このような問題とは無縁に見える作品の中にも，「排除」の問題を取り上げているものがある．たとえばウィリアム・インジの『ピクニック』(1953) の主人公ハルは，動きが停滞し「生気」が感じられない保守的な地方の小さな町に突然現われ，町の空気を一変させるが，最終的にはその共同体から追放されるような形で町を出て行く．

　また人種問題に関してはこの排除の構造がより複雑に屈折している．アメリカ演劇で黒人（奴隷）問題を最初に取り上げたのは，『アンクル・トムの小屋』であるが，その後この問題を意識的に取り上げ，かつ商業的にも成功したのはロレイン・ハンズベリの『日なたの干しぶどう』(1959) である．この戯曲がブロードウェイでも認知された背景には，50年代後半から盛り上がりを見せた公民権運動の影響がある．この戯曲でもすでにアフリカ系アメリカ人の意識が多様であることは示されているが，60年代半ばのアミリ・バラカの『ダッチマン』(1964) では中産階級のアフリカ系アメリカ人の精神に焦点が当てられ，その白人中産階級的な意識が暴力的に剥ぎ取られ，その下に潜む「黒人性」が露わになり，旧来の差別構造を見せた上で殺害されるという状況を作り，『アンクル・トムの小屋』と比べて，より複雑化したアフリカ系アメリカ人の立場，状況が強烈に劇化されて

いる．バラカの戯曲は単に演劇を鑑賞の域にとどめることなく，演劇を通して，後にはもっと広い芸術活動を通して，アフリカ系アメリカ人の歴史認識を明確にし，「黒人」意識を純化する教育運動の一環となっていった．劇作家，活動家としてのバラカはその後のアフリカ系アメリカ人の劇作家，エド・ブリン，オーガスト・ウィルソンらに多大な影響を残した．「ジャズ」がアメリカ音楽の代名詞として通用するなら，アメリカの建国以来最大の国内矛盾である黒人問題を扱う戯曲はある意味で，もっとも「アメリカらしい」戯曲と言えるかもしれない．

4 「アメリカ」

合衆国憲法の序文の書き出しは "WE THE PEOPLE of the United States" である．国璽でもあり，1ドル紙幣の裏面にも印刷されている印章には "E Pluribus Unum"（多にして一）という標語が記されている．アメリカという国家の主体たる多様な人々がいかにその多様性を保ちつつ，一つの国家を形成できるのか．これはアメリカという国家の問題でもあり，また民主主義の本質的な問題でもある．多様性を持つ個人を前提としたアメリカという国家あるいは民主主義は，常に「他」と「一」の合一という矛盾を解消しようと様々な試みをしているわけだが，そのようなアメリカ（民主主義）の本質を戯曲にしているひとつの典型がソーントン・ワイルダーの『危機一髪』（1942）である．主人公アントロバスは，その名からもわかるように人類そのものであると同時に，彼の一家はアメリカの典型的な家族としても描かれている．「アメリカ」という視点から考えると，アントロバスの宿敵が外部の者ではなく，息子のヘンリーであること，戯曲そのものを円環構造にすることにより，一家の内部の矛盾をどのようにまとめるかという模索を現在進行形にしていることは意味深い．

また1970年代後半からは，20世紀のアメリカの歩みを批判的に見直す戯曲が現われる．50年代後半の明るいアメリカに決定的な影を落としたのは63年11月22日のケネディ大統領暗殺である．次のジョンソン大統領の下で，ベトナム戦争は本格的に長期化，泥沼化していった．小さな北ベトナムに雨のように爆弾を降らせ，ナパーム弾で森林を焼き尽くし，枯葉剤でジャングルを丸裸にしても，結局アメリカは勝てず，大義すら疑問視される戦争での敗北は国民感情として空しさを残すのみならず，帰還兵の社会復帰の問題など深刻な負債を生み出した．

60年代，そしてベトナム戦争終結の75年まで，戦争への見方はネガティブになる一方であり，特に徴兵制でベトナムに送られる可能性のあった若者の間には，次第にアメリカという国家の体制に強く反発する傾向が生まれ，若者を中心にベトナム戦争を含め，アメリカの近代を全面否定するようなカウンター・カルチャー，ヒッピー文化を生み出す．

このような状況は，70年代から80年代前半にかけて書かれた，たとえばサム・シェパードやランフォード・ウィルソンの戯曲の中で，荒廃した現実とその現実の中から何とか家族（＝アメリカという国家）の再生を望む決して甘くない希望として提示されている．

またウェンディ・ワッサースタインはフェミニズムに焦点を当て，60年代から80年代という時代を読み直している．このような傾向は90年代に入り，トニー・クシュナーの『エンジェルス・イン・アメリカ』(1991-92) ではさらにそのスケールが広がり，明確に20世紀のアメリカの歴史そのものの読み直しを試みている．新たな人間の関係を探ろうとしているこの戯曲は，89年から91年にかけて20世紀の世界を分断してきた象徴的な存在（ベルリンの壁，南アフリカのアパルトヘイト政策，米ソの冷戦関係の崩壊）と決して無関係ではないだろう．そしてこれらの戯曲は絶望の淵に立ちながらも，アメリカ（民主主義）の可能性にかすかな希望を託しているように思う． (水谷)

アメリカ小説史寸見

揺籃期

18世紀,イギリスではリチャードソン,フィールディング,ロレンス・スターンらが活躍し,ヨーロッパ大陸でもルソーやゲーテのロマンティックな恋愛小説が話題をさらっていたが,若い国アメリカでは長らく,国際的な著作権の取り決めがない状態が続いたこともあって,旧世界の小説の複製版が読書界の需要を充たしていた.小説読みを悪徳とみる識者たちの思想も小説作者の出現を妨げていた.最初のアメリカ小説とされるものは1789年に現われたウィリアム・ヒル・ブラウン(William Hill Brown)の『共感力』(*Power of Sympathy*)であった.100頁ほどの,今日の基準からみれば貧弱な作品に過ぎないが,扱われている主題は興味深いものである.「共感力」というのは20年後のゲーテの小説『親和力』(*Die Wahlverwandtschaften*)(注1)と似た発想で,宿命的な不思議な引力のことなのだが,愛し合う男女が異母兄妹であることがわかって二人とも悲劇的な死を遂げるという話である.リチャードソンに倣った書簡体による感傷小説という体裁をとっているのだが,英国の師匠の「誘惑」(セダクション)の主題を飛び越えて近親相姦タブーにまで行き着いてしまう.そしてこれはアメリカ小説史に付きまとっている重いテーマであり,「アッシャー家の崩壊」,『ピエール』,『アブサロム,アブサロム!』などの名作に顕在化するのだ.これらの作品はすべて自殺や殺人で結末を迎えるのだが,レスリー・フィードラー(Leslie Fiedler)は「死に至る愛」(Liebestod)というワグナーの楽劇『トリスタンとイゾルデ』を思わせる用語によってこれらの結末を統一的に理解しようとしている(『アメリカ小説における愛と死』*Love and Death in the American Novels,* 1961).

ヒル・ブラウンからおよそ半世紀後にアメリカ小説は最初の黄金期を迎えるのだが,その前に少なくとも三人の重要な作家を生み出している.チャールズ・ブロックデン・ブラウンはアメリカ最初の職業作家で,ウィリアム・ゴドウィン,アン・ラドクリフ,マシュー・グレゴリー・ルイスの影響のもとにゴシック小説を書いた.貴族の館や修道院の納骨堂のかわりに悪意をもったインディアンたち,心の秘密,黄熱病,腹話術などを恐怖を喚起するゴシック的装置として用いて,世紀転換期に矢継ぎ早に4つの重要な作品を発表した.ゴシック小説はイギリスでは18世紀末に流行するものの傍流といってよいが,アメリカではポー,ホーソーン,メルヴィル,フォークナー,ピンチョンなど,むしろ今日に至るまで主流をなしている.きわめて多くの作品を残したジェイムズ・フェニモア・クーパーは何よりも白人とインディアンとの出会いを歴史の様々な段階でとらえた5部作からなる『革脚絆物語』で有名だが,両者の狭間に位置する主人公ナッティ・バンポーは第1巻の70代から始まり,いったん80代で死を迎えたのち甦り,最終巻で20代の青年に若返る.「老いた皮膚を脱ぎ捨てていき,新たな青春を手に入れる.それはアメリカの神話なのだ」とD・H・ロレンスは喝破している(『アメリカ古典文学研究』*Studies in*

Classic American Literature, 1923). そして文明と都会を避けるとともに文明社会の守り手たる女を避け，孤高な独身生活を全うするナッティは，女房の支配する家庭を逃れて山へ出かけて行く，ワシントン・アーヴィングの「リップ・ヴァン・ウィンクル」の主人公とともに，ヘミングウェイはじめ多くのアメリカ小説のヒーローである「女のいない男たち」の原型になっている．

アメリカ・ルネサンス

　この呼称は1941年（奇しくも太平洋戦争の始まった年にあたる）に刊行されたF・O・マシセン（F.O. Matthiessen）の著書の題名に由来する．これは19世紀中葉の主要作家ラルフ・ウォルド・エマソン，ヘンリー・デイヴィッド・ソーロウ，ナサニエル・ホーソーン，ハーマン・メルヴィル，ウォルト・ホイットマンについての研究書であり，高弟ハリー・レヴィン（Harry Levin）の提案に従って『アメリカ・ルネサンス』（*American Renaissance*）と名付けられたものなのだが，この時代のロマン主義的文芸主潮を指す用語として定着した．のちにはこの5名のほかにエドガー・アラン・ポウと女性詩人エミリー・ディキンソンもその範疇に加えられることになった．

　フランスではボードレール，マラルメ，ヴァレリーらによって最高の栄誉を与えられながら，アメリカ本国で真価が認識されるまでに長くかかったポウは才気と奇想に富む多数のゴシック的な短編（彼の時代には short story でなく tale と呼ばれた）を書き，雑誌編集者としても敏腕を振るい，ホーソーンの『トワイス・トールド・テールズ』の洞察に富む書評を発表しながら，ホーソーンの最高作『緋文字』(1850) の出版を見ることなくその前年に他界してしまった．ポウの影響は世界中に，また多様なジャンルに及び，精神分析，現象学，構造主義など様々な新しい批評の実験台にもなってきた．

　アメリカ的ゴシック小説の極致はこの『緋文字』である．罪の報いを誇らしげに耐える者，罪に怯え黙秘する者，罪を暴くことに執念を燃やす者という三者がせめぎあう，息詰まるようなこの小説には，情事のプロセスは描かれず，すべてが終わったところから話が始まる（この点，『ボヴァリー夫人』『アンナ・カレーニナ』などヨーロッパの姦通小説と比較してきわめて特異である）．「自分の社会が生きていく規準である善悪の定義を否定できずにいるが，それにもかかわらず，それに挑戦することを選ぶ人間」（佐伯彰一・井上謙治・行方昭夫・入江隆則訳）をフィードラーは「ファウスト的人間」（Faustian man）と呼んでいるのだが，この小説の三当事者はいずれもこの範疇に該当する．彼らは社会の「是認と保護」の外に身を置くので，孤独と疎外という罰をうけ，「幽霊」として生きるのだ．「痣」「ラパチーニの娘」あるいは「若いグッドマン・ブラウン」「ウェイクフィールド」などをはじめ数々の短編において，ホーソーンは世俗倫理ばかりか神の掟をも踏み越えようとするアメリカ的ファウストたちを描いている．その宿命を逃れるのは昼寝をしている間に悪魔の誘惑かもしれないものたちが次々と頭上を通り過ぎてしまう「デイヴィッド・スワン」の主人公くらいのものである．

ホーソーンを尊敬してやまぬメルヴィルは多感な20代の4年間を過ごした海の生活を題材にして小説と取り組み，ついに海のゴシック小説『白鯨』(1851)を完成した．片足を食いちぎった鯨に対する復讐の鬼と化して乗組員たちの命を含めてすべてを犠牲にするピークォド号の船長エイハブは「自分の社会」の「善悪の定義」どころかいかなる社会のモラルも良識も逸脱してしまっている恐るべきファウストである．彼にとってモービー・ディックは全世界，全宇宙を意味し，彼はその秘密を解き明かし，征服しようとしている．アメリカ人の「マニフェスト・デスティニー」の原型をここに見ることも許されるかもしれないのだ．

　「ウォルト・ホイットマン，一つの宇宙」「万物はどれもぼくに宛てられた手紙，ぼくはその文面を理解してやらねばならぬ」(杉木喬・鍋島能弘・酒本雅之訳)と歌うホイットマンの無限に大きな自我もある．これは後世に対する影響が絶大である．たとえばトマス・ウルフやヘンリー・ミラーの，自我のすべてを書き尽くそうとする文学は日本的な私小説の概念には収まりきらない豊かさとおおらかさ，宇宙的感覚をもっており，ホイットマン的と考えるのが一番分かりやすい．また一国のすべてを描きつくそうという途轍もない野望にとりつかれたドス・パソスの『USA』はミニアチュアに圧縮された形で「カメラアイ」という強烈な自我を隠し持っており，意外にも「ぼく自身の歌」なのだ．そこにはなんと「われもまたウォルト・ホイットマン」という1行まで入っている．宇宙的感覚ということでは，ポウの天文学的・哲学的ファンタジー『ユリイカ』(それは宇宙生成論(コズモゴニー)であると同時に，いわば精神の現象学でもある)を忘れてはならない．

　これらの作家たちと同時代に奴隷解放という政治的な目的意識に支えられたハリエット・ビーチャー・ストウの『アンクル・トムの小屋』(1851)が書かれており，この小説は南北戦争の起爆剤になったとも言われる．

南北戦争後から世紀末へ

　ホーソーンとメルヴィルの暗黒のロマン主義，求心的な自己探求の文学のあとに来るのはこれと対照的な，遠心的なリアリズムの時代である．様々なリアリズムがある．マーク・トウェインの『ハックルベリー・フィンの冒険』は日本では長らく児童文学として分類されてきたが，この扱いがアメリカ人にとって意外かもしれない．なんといっても国民文学なのだ．「準州へ逃げ出さなくてはならない」という西部に馳せる夢，アメリカの神話を体現しているだけでなく，一人称の語り形式，卓抜なユーモア，どれをとっても後世に与えた影響が大きい．もう一つ重要なのは地方訛り(vernacularism)である．東海岸の知識人のハイブロウな文学のあとでこれまで有力な表現者を持たなかった中西部や西部の現実を描くリアリズムを確立するためには口語的な文体が不可欠だった．この言語的打開作業を最初にラディカルに敢行したのが『ハックルベリー・フィン』のマーク・トウェインである．フィードラーは，多くの人は『ハック・フィン』と『トム・ソーヤー』を混同しており，逃亡奴隷ジムとの共同生活のうちに至福の時を味わうハックではなく，判事

の娘ベッキー（ベッシー）との結婚を夢見る「善良な不良少年（グッド・バッド・ボーイ）」トムを愛しているのだという皮肉な見方をしているのだが，少なくとも言語的に見た場合，真に革新的なのは後者ではなく前者のほうである．「すべての現代アメリカ文学は『ハックルベリィ・フィン』というマーク・トウェインの一冊の本に由来する」とヘミングウェイは言っている（『アフリカの緑の丘』）．彼はマーク・トウェインをヴァン・ワイク・ブルックスのいわゆる「役に立つ過去」（usable past）(注2)として選択したわけである．これにたいし，ウィリアム・ディーン・ハウエルズは実作のみならず評論と編集の活動によっていわば市民的リアリズム小説の方法を確立した人である．

あのハイブラウなヘンリー・ジェイムズの文学も，同じ用語で括るのはいささか無理な気もするが，一種のリアリズム，心理的リアリズムである．彼は視点人物の眼に映じた世界を提示するという認識論的厳密化を小説作法に導入した．これは文学史的イノヴェーションであった．世界は客観的実在としてではなく，意識の様態として提示されるようになった．たとえば『メイジーの知ったこと』では純真な少女が目撃した，彼女の理解を超えることが，作者の注釈なしで提示される．『ねじの回転』では，幽霊が実体を持った存在なのか幻覚なのか，推論による以外に判断できない．ジェイムズのもう一つの貢献はもちろん国際状況小説というサブジャンルを創始したことである．これまたヘミングウェイ，フィッツジェラルド，マラマッド，ボールドウィンらに直接・間接の影響を与えている

サラ・オーン・ジュエット，トマス・ネルソン・ペイジ，ケイト・ショパン，ハムリン・ガーランドらの「ローカル・カラー」の作家たちがおり，また南北戦争を皮肉な眼でとらえた短編作家アンブロウズ・ビアスがいる．そして世紀末のもう一つの文学的現象は自然主義である．自然主義とは冷静な科学的客観性をもって人間と世界をとらえようとする手法・文学観である．人間は本能，欲望，遺伝，環境などのなすがままになり，自由意志のはたらく余地をもたないという生物学的，経済学的決定論が前提になっている．フランスにおける代表者エミール・ゾラの影響が大きい．だがアメリカの自然主義はフランク・ノリスにしてもスティーヴン・クレインにしてもロマンティックな要素が加わって変容をこうむっている．ジャック・ロンドンの場合はダーウィンよりもむしろハーバート・スペンサーやニーチェの影響が大きく，人間の手を離れた犬は群れの中の闘争を通じて狼に進化する．アプトン・シンクレアら「暴露作家たち」（Muckrakers）も自然主義と結びついている．歴史上の自然主義時代が終わった後も自然主義的なものは長く尾を引いて残存する．ドライサー，ドス・パソス，ファレル，コールドウェルらは自然主義の系譜につらなる．リチャード・ドーキンスの「利己的な遺伝子（セルフィッシュ・ジーン）」理論を先取りしているようなソール・ベロウの幻視者（ヴォワイヤン）の物語「父親予定者」は自然主義的と言うべきか，それともポストモダン的と言うべきか．

世紀転換期には特定の地域を背景にした優れた文学が全米の各地に現われた．これは「地域主義」（Regionalism）として括られる．シカゴでは詩人カール・サンドバーグ，批評家兼作家フロイド・デル（Floyd Dell）らの仲間とシャーウッド・アンダソンがおずお

ずと交流をはじめていた．セオドア・ドライサーも時折り仲間に入った．『シスター・キャリー』の前半はシカゴの物語なのだ．その現象は「シカゴ・ルネサンス」（Chicago Renaissance）と呼ばれる．アメリカ最初のノーベル賞に輝いたシンクレア・ルイスはミネソタの中小都市の俗物たちをアンビヴァレントな愛情をこめて風刺した．ウィラ・キャザーはネブラスカの開拓地の生活を描いた．エレン・グラスゴーの土地はヴァージニアだった．そしてイーディス・ウォートンの主題は時の流れのなかで変容してゆくニューヨークのたたずまいであった．

モダニズム，ロスト・ジェネレーション

　伝統的な書き方，文体，約束事と断絶して革新的(イノヴァティヴ)な文学を目指すのがモダニズムである．モダニズム草創期の理論家・推進者として特筆すべき人はガートルード・スタインである．大学で心理学者ウィリアム・ジェイムズから意識の流れの理論を学んだ彼女は『三人の女』などの小説でそれを実験した．パリのセーヌ左岸に芸術家サロンを開いた彼女はピカソ，マチスら当代最高の画家たちと親交を結び，またアメリカの若い作家・詩人たちのアドバイザーになった．そのなかにイマジズムの詩人として大成することになるエズラ・パウンドとヨーロッパ文学の伝統の先端に自らの詩『荒地』を創造するT・S・エリオットがいた．2人とも伝統主義とモダニズムを両立させる人だった．未来志向的にとらえ直された伝統，「役に立つ過去」としての伝統は，そのままモダニズムに通じるものと考えられる．シャーウッド・アンダソンもヘミングウェイもスタインの文体指導を受けた．アンダソンの印象主義的文体，そしてヘミングウェイのぎりぎりまで削ぎ落とした簡潔な文体（「真実のワンセンテンス」）は直接ないし間接にここから生まれたと言っても過言ではない．ロスト・ジェネレーションの名付け親もスタインである．

　第1次世界大戦に際しアーネスト・ヘミングウェイとジョン・ドス・パソスは傷病兵運搬車の運転手として実戦を体験した．スコット・フィッツジェラルドの場合は欧州に派遣されようとする間際に休戦の報を受けた．ウィリアム・フォークナーはカナダの英国航空隊に入って飛行訓練を受けたが，実戦に参加することはなかった．19世紀末に2，3年の違いで生まれたこの4人は戦中，そして戦後の20年代という同じ時代の空気を吸い，同じ時代精神を体現する作品を書いた．ヘミングウェイの『日はまた昇る』『武器よさらば』，ドス・パソスの『三人の兵士』『マンハッタン乗り換え駅』，フィッツジェラルドの『楽園のこちら側』『グレート・ギャッツビー』．そしてフォークナーだが，彼の場合はモダニズムを追求しながら同時に過去に引きずられ，時間は過去になってからはじめて生きはじめるかのようである．『兵士の報酬』は戦争の終わった後の主人公に残る後遺症の小説，『響きと怒り』は早すぎる処女喪失の後に行方をくらましたヒロインが家族の心に残っていった哀愁の物語であり，事後性において『緋文字』に似ている．

30年代から第2次大戦へ

大恐慌時代の文学といえば、ジョン・スタインベックの『怒りのぶどう』、ドス・パソスの『USA』、ジェイムズ・T・ファレルの『スタッズ・ロニガン』である。時代の指導理念たるプロレタリア文学の頂点にたつものとされるわけだが、これらは政治的理由のみで優れているわけではむろんない。しかも最も政治に深く関わったドス・パソスは30年代半ば過ぎには深刻な幻滅に陥っていて、スペイン内戦を扱った『ある青年の冒険』は共産党批判の小説になってしまっている。スペインの反ファシズムの団結を描くヘミングウェイの大作『誰がために鐘は鳴る』の場合も、主人公は自分の闘いを動機づけているものはコミンテルンの指導ではなく「生命、自由、幸福追求の権利」というアメリカ独立宣言の精神だと言っている。

このころフォークナーは何をしていたのか。彼にとっては、資本主義の矛盾という現在の問題ではなく、むしろ奴隷制という過去の問題、南部社会の負の遺産こそが考えなければならない問題であった。いわば過去こそが現在なのであった。『八月の光』『アブサロム、アブサロム!』『行け、モーセ』の3大作はそれぞれに黒人問題をきわめて深いところでとらえた作品であるが、なかでも『行け、モーセ』の中の一編「熊」は近親相姦による血の呪いをラディカルな形で可視化している点で、70年代以降のトニ・モリソンとアリス・ウォーカーの仕事につながるところがある。フォークナーにあっては、審美的な20年代、ラディカルな歴史創造的な30年代のあと、スノープス3部作の喜劇的時代が訪れる。

南北戦争を南部の女性の立場から描いたマーガレット・ミッチェルの『風と共に去りぬ』は同じ時期にプロットの山場が設けられている『アブサロム』と奇しくも同じ36年に出版された。30年代のもう一人の重要な女性作家（しかもノーベル賞受賞者）は、中国の農民の物語『大地』の作者パール・バックである。巨大な自伝的小説を4冊も書いたあと夭折するトマス・ウルフは30年代をむしろ肯定的に生きた人である。この時代の最も異色な作家はナサニエル・ウェストである。『ミス・ロンリーハーツ』と『いなごの日』の幻想的リアリズム、そして『バルソ・スネルの夢の生活』のシュールレアリスム的ファンタジーは50, 60年代のマラマッドを思わせるところがある。

第2次大戦後

第2次大戦後、アメリカは未曾有の繁栄を謳歌することになるが、文学においても多様な作家たちが水を得た魚のように活動を開始する。ノーマン・メイラーの『裸者と死者』やアーウィン・ショウの『若き獅子たち』をはじめとする数々の戦争小説が現われる。放浪とドラッグに至福（beatitude）を探求するビート・ジェネレーション（Beat Generation）の運動が興る。小説における代表者はいまや古典的名作とされる『路上』のジャック・ケルアックである。フォークナーの後継者ともいうべき南部の作家たちが現われる。トルーマン・カポーティ、ウォーカー・パーシー、ウィリアム・スタイロン、キャサリン・アン・ポーター、カーソン・マッカラーズ、ユードラ・ウェルティなどの面々であるが、南

部特有の叙情性，幻想性，悲劇性に彩られた彼らの世界は「南部ルネサンス」（Southern Renaissance）として括られる．もう一つの重要な現象はエスニック文学の興隆である．黒人小説，ユダヤ系小説，アジア系小説など．だがここでエスニシティの紹介に入る前に『ニューヨーカー』の果たした役割を一瞥しておきたい．1925年から続いているこの洒落た文芸週刊誌は文体の洗練を何よりも重視する作家たちを育ててきたのだが，その申し子ともいうべき作家として思い浮かぶのはジョン・チーヴァー，J・D・サリンジャー，ジョン・アップダイクである．一時期サリンジャー研究は「サリンジャー産業」と呼ばれるほどの加熱ぶりをみせたし，彼の人気は執筆をやめてしまった後も久しく続いている．アップダイクは熱狂的な人気を醸しはしないが，一作ごとに時代の風俗と夢を定着させて，読者の期待を裏切ることがない．

　黒人文学は早くから存在し，20世紀初頭に「ハーレム・ルネサンス」（Harlem Renaissance）と呼ばれる開花を見せるし，戦う文学の象徴的な存在であるリチャード・ライトが『アメリカの息子』を発表したのは1940年のことである．戦後に登場したラルフ・エリソンやジェイムズ・ボールドウィンが追求したのは黒人としての抗議よりもむしろ人間としてのアイデンティティであった．そのことは前者の『見えない人間』，後者の『誰も私の名を知らない』（評論集）というタイトルにも現われている．そして70年代の到来とともに黒人文学は更なる深化を見せる．黒人でありかつ女性であることは何を意味するかという問題提起がなされるのだ．トニ・モリソンの『青い眼がほしい』は1970年に，アリス・ウォーカーの『カラー・パープル』は1982年に出版された．そこでは単なる人種差別だけではすまされず，黒人社会内部の性差別，父親の性的暴力という問題まで抉り出される．

　ユダヤ系小説も20世紀初頭から書かれており，『金のないユダヤ人』（*Jews Without Money*）のマイケル・ゴールド（Michael Gold），そして古典的名作とされる『眠りと呼ばんか』（*Call It Sleep*）のヘンリー・ロス（Henry Roth）はともに30年代の作家である．だがユダヤ系作家がアメリカ文学の中心に躍り出るのは，フィードラーが証言するとおり，皮肉にも「まさに彼のユダヤ人意識が消え去ろうとする」50，60年代のことである（『終わりを待ちながら』*Waiting for the End,* 1964）．『アシスタント』のバーナード・マラマッド，『オーギー・マーチの冒険』のソール・ベロウ，『さようなら，コロンバス』のフィリップ・ロスが代表御三家とされる（ただし御当人たちは並べられることを好まないらしい）．アイザック・バシェヴィス・シンガーはポーランドからの移民1世で，はじめはイディッシュ語で書いていた．スタンリー・エルキンはユダヤ的ブラックユーモアの巨匠である．ユダヤ系でありながらユダヤ性を主題にしない人も少なくない．例えばノーマン・メイラー，新しいところではポール・オースター．

　アジア系の高名な作家としては，中国系のエイミー・タン，インド系のバーラティ・ムーカジ，ジュンパ・ラヒリ，韓国系のチャンネ・リー（Chang-Rae Lee），日系のシンシア・カドハタなどがいる．先住民系（アメリカ・インディアン）の作家ではレスリー・

マーモン・シルコ（Leslie Marmon Silko）が特に有名である．

ポストモダニズム

　60年代はユダヤ系が文学界の表舞台に陣取っていた時代であったが，じつは背景のあまり目立たないところで小説の概念を変えてしまうほどの革命的な文学運動が胚胎していたのだ．ポストモダニズム（postmodernism）である．リチャード・ルーランドとマルカム・ブラッドベリー（Richard Ruland & Malcolm Bradbury）の言うとおり，ポストモダニズムはモダニズムと同様，分かりにくい用語である（『ピューリタニズムからポストモダニズムまで――アメリカ文学史』*From Puritanism to Postmodernism: A History of American Literature*）．だが現代小説の様々な革新的潮流はこのタームによって包摂されることになっている．

　ウラジーミル・ナボコフにとって一つの作品（テクスト）は先行テクストと間テクスト的（intertextual）な関係にあり，いわば多様な先行作品のパロディである．『ロリータ』はポルノグラフィーではなくて夥しい引用とアルージョンの織物なのだ．（そのことを証明しようとする『注釈つきロリータ』〈*The Annotated Lolita*, edited by Alfred Appel, Jr., 1971〉という本まで現われた）．その延長線上に位置づけられるのが『青白い炎』であり，そこでは詩の注釈が詩そのものを侵食し乗っ取ってしまう．

　これにたいし，ジョン・バースにとって，あらゆる小説はすでに書き尽くされてしまっているので，残された道は小説を書くこと自体についての小説，自己言及の小説，即ちメタフィクション（metafiction）の制作あるのみなのだ．彼は様々な意匠をこらして奇想天外な入れ子構造の物語を紡いでいき，この道が決して袋小路ではなく豊かな鉱脈であることを証している．

　バースの発想の原点が『千一夜物語』とアルゼンチンの幻想作家ホルヘ・ルイス・ボルヘスであるとすれば，最も難解な作家トマス・ピンチョンのそれは19世紀中葉に発見された熱力学の第2法則（エントロピーの理論）である．秩序あるものが時間の経過とともに無秩序に向かってゆくというこの「熱死」（エネルギー消尽，究極の平衡状態）を意味するエントロピー（entropy）という言葉が彼の霊感の源なのだ．彼はこの一語をそのまま題名に用いた短編を書くことからスタートした（因みに50, 60年代のアメリカ小説に関する最も重要な研究書で今なおあり続けているトニー・タナー（Tony Tanner）の『言語の都市』（*City of Words*, 1971）でもこの言葉がキーワードの一つになっている）．長編秀作『V.』『競売ナンバー49号の叫び』をへて，ピンチョンの超大作『重力の虹』は20世紀後半の『ユリシーズ』と評されもする．

　ピンチョンとほぼ同じ方向を歩む作家に『アンダーワールド』のドン・デリーロがおり，彼のキーワードの一つは廃棄物（ゴミ）である．ウィリアム・ギブスンは脳科学の進歩を待ちきれずに，コンピューターが脳に直結された電脳空間なるものを描いてしまっている（『ニューロマンサー』）．一世代年長のカート・ヴォネガットも理系の頭脳の持ち主で，戦

争など現代の悪夢を表現するためにSFの奇想をふんだんに取り込んで小説の概念を拡大してみせた．またフィリップ・K・ディックは現実の疑わしさの感覚，代替的な現実を提示してみせた．本書ではSF小説，ミステリー小説，ホラー小説をも最小限の範囲内で取り上げている．最近では純文学とミステリー・ホラーの境界線上に位置するような作家が少なからず登場している．なんといってもアメリカはSFとミステリー双方の生みの親たるポウの国なのだ．

批評の時代

戦後のアメリカ文学を考えるにあたって無視できないのは大学の英文科と大学院の創作コース（creative writing program）の拡充である．アイオワ大学は1936年，全米に先駆けて創作コースを設置したという栄誉を担っている．戦後には多くの作家が創作コースで育ち，またそこで教えている．ジョン・バースとフィリップ・ロスはその典型だ．また英文科の教師たちは「書かざる者は滅ぶべし」（Publish or perish）という厳しい環境の中で論文製造に励む．そこで頼りになるのが文学研究の方法論である．30年代，テネシー州ナッシュヴィルにあるヴァンダービルト大学のジョン・クロウ・ランサム（John Crowe Ransom）教授のもとに集まった学者＝詩人たち，アレン・テイト，ロバート・ペン・ウォレン，クレアンス・ブルックス（Cleanth Brooks）らが中心になって，「ニュー・クリティシズム」（New Criticism）なる方法論を編み出し，体系化した．マルクス主義に代表される外部からの考察を退けて，作品を自己完結的な有機的全体，クレアンス・ブルックスのいわゆる「よく作られた壷」（well wrought urn）と見なしてその構造を精密に吟味してゆくという方法である．50年代にはこの便利な方法が金科玉条とされた．当然のことながら様々な反応が起こったが，ひとたび制度と化したこの方法の影響は長く尾を引いた．少なくとも作品を正確に読むという研究態度を定着させた功績は大きかった．その後，フランスから実存主義，現象学，記号論，構造主義，ラカン派精神分析，脱構築などの批評理論がなだれ込んできて，それを消化するだけでも大仕事であった．理論の洪水，批評の前景化が起こる．ヴィンセント・B・リーチの『アメリカ文学批評史』（*American Literary Criticism from the Thirties to the Eighties,* 1988）を繙いてみれば，20世紀後半のアメリカの大学の英文科がまさに批評理論の総合商社の観を呈していたらしいことが想像できる．ポストモダンの作家たちはこれらの理論を研究したうえで作品を書く．ここに作家と批評家の根競べが起こる．両者ともますます洗練された知的なものとなってゆき，素朴さは容赦されざるものとなる．だがアカデミズムなどとは無関係のところで，ジョン・アーヴィングのような作家，スティーヴン・キングのような作家，そしてたぐい稀な教養人ジョン・アップダイクのような作家も，それぞれにベストセラー小説を書いてゆく．

（注1）この長いドイツ語は文字通りには「選択的親和力」であり，英訳書のタイトルは

Elective Affinities となっている．本来この言葉は化学用語で物質間の化合力を意味するが，男女間の相性のメタファーとして用いられている．ヒル・ブラウンの *Power of Sympathy* も同様な意味で用いられている．普通このタイトルには『同情の力』という訳語が当てられている．『共感力』という訳語は巽孝之氏の『アメリカ文学史―稼動する物語の時空間』に拠った．なお『共感力』がゲーテの『親和力』と似ていることを教えてくれたのは何度も言及したレスリー・フィードラーである． （寺門）

（注2）これはルーランドとブラッドベリーが『ピューリタニズムからポストモダニズムまで』において「伝統」，「間テクスト性」と並んで重視している概念なのだが，もともとはヴァン・ワイク・ブルックスが名著『アメリカ成年期に達す』の続編のような形で発表した「役に立つ過去の創出について」(On Creating a Usable Past, 1918) という短い論文において造語したものである．彼はここで，過去は選ぶべきもの，発見すべきもの，必要とあらば創造すべきものであると説いている．因みにこの概念を中心にすえて南北両アメリカの文学史を考察した Lois Parkinson Zamora, *The Usable Past: The Imagination of History in Recent Fiction of Americas*（1997）という好著がある．

付記　本書の本文の見出しとして登場しない作家，作品，用語のみについて原語を併記しました．アメリカ以外の国の歴史上の重要人物名（ルソー，ゲーテなど）の原綴りは省略しました．

第二部

作家解説 I

フランクリン〜ギブスン
作家解説
主要作品

フランクリン　ベンジャミン
Benjamin Franklin（1706 - 90）　政治家　科学者　文人

自由の都市へ　ピューリタンを両親に蝋燭製造屋の子としてボストンに生まれる．印刷業を営む兄のもとに徒弟奉公として修行に出される．わずか2年の小学校教育しか受けず，仕事のかたわら，ジョン・バニヤン，ダニエル・デフォー，ジョン・ロックなどの作品を読みあさり，知識の蓄積と文筆の修行に励む．匿名で兄の発行する新聞『ニューイングランド新報』に寄稿などもする．17歳の時，兄とのいざこざ，息苦しいボストンでの生活もありフィラデルフィアに出奔する．ここで2,3年印刷業に携わり，ついでイギリスのロンドンに渡り，印刷，出版の技術や新しい思想をさらに深く身につけ，1726年再びフィラデルフィアに戻る．

アメリカ最初の成功物語　戻ったフランクリンは印刷屋として独立し，『ペンシルヴェニア・ガゼット』を買収，これを刊行，経営し，富と名声への第一歩を踏み出す．続いて『貧しいリチャードの暦』を出版．寸鉄人を刺すような警句，格言の書き添えられたこの暦はたちまちベストセラーとなる．

多彩な才能の開花　フランクリンの業績は，驚くほど多方面にわたっている．フィラデルフィアにおけるアメリカ最初の図書館の設立（1730），消防組合の設立（1736），改良ストーブの発明（1742），アメリカ哲学会〔学術協会〕の創始（1744），ペンシルヴェニア大学の設立（1751），凧による稲妻の実験から思いつく避雷針の製造（1752），その他郵便制度の確立，市の病院施設を設立，市街地の舗装道路化，さらに数々の雑誌の発行等．実業家，教育者，科学者，発明家としてばかりでなく政治家としての活躍も見のがせない．1748年，フィラデルフィア市会議員に選ばれ，1753年から74年まで植民地郵政長官代理として，その間ペンシルヴェニア代表として重要な会議（「オールバニー会議」the Albany Congress, 1754）にも出席，そして1757年から一時の中断をはさみ75年まで植民地代表としてイギリスに渡り，植民地側からの税に関する苦情，陳情などを代弁し，両者の和解に努力する．帰国後ペンシルヴェニア代表として大陸会議に出席，76年には『独立宣言書』の起草者の一人として署名している．このあと大使として9年間フランスに渡り独立運動におけるフランスの援助獲得に努力する．85年に帰国，3年間ペンシルヴェニア州知事を務め，87年には憲法制定会議に参加，90年に84歳で没した．

くり返すに異存なき生涯　つねに有用性ということを念頭におき，理性的，実験的な英知をその生活の中心テーマとしたフランクリンは，まさにアメリカに形成されつつあった新しい精神，合理主義が生みだした人物である．神への奉仕は人に善をなすことと信じた彼は「もしお前の好きなようにして構わないと言われたならば，私はもう一度最初から同じ生涯をくり返すことに何の異存もない」と語った．

◇主 要 作 品◇

◻『ペンシルヴェニア・ガゼット』（*The Pennsylvania Gazette,* 1729-66）ロンドンでの2年間におよぶ生活の後，フィラデルフィアに戻ったフランクリンが1729年10月2日に買いとった新聞．フランクリンは紙名を短くし，これにみずからも原稿を寄せる．紙上では数名の架空の人物を創造し，その人物との議論を行なうといった形式をとったり，当時の社会の関心事についてのエッセーなどを書き，また天気予報などの情報を紙面に採り入れたり，1754年の植民地代表会議「オールバニー会議」の時には，この新聞に代表する植民地を表わした8つの部分からなる蛇の絵と，「団結か死か」という見出しをつけたアメリカで最初の時事漫画を思わせる記事を発表した．この新聞を通しフランクリンは次第にその文名が知られるようになっていくが，1748年以降は編集責任者も次々と替わっていった．

◻『貧しいリチャードの暦』（*Poor Richard's Almanack,* 1733-58）フィラデルフィアでフランクリンが執筆し，出版した日めくりの暦で，アメリカで最も有名なベストセラーとなったもの．ただこの原型はこれより早く植民地にもイギリスにもあったといわれる．当時のアメリカ庶民の一般家庭で印刷物といわれるものは，わずか聖書と暦だったといわれる．たとえばフィラデルフィアでも1728年に出版された13冊のうち7冊が暦だった．フランクリンはこうした事情に着目し，鋭い商売感覚をもって独自の暦の出版をめざしたと思われる．また『貧しいリチャードの暦』という名称も1663年に出版されたイギリスの暦『貧しいロビンの暦』に合わせたもので，さらに「リチャード・ソーンダース」（Richard Saunders）という架空のペンネームもイギリスの実在する暦の編者と同名である．1747年からは『改心した貧しいリチャード』（*Poor Richard Improved,* 1747-58）と改題したが，これはフランクリンがこの暦の出版を売却したことによるものであり，おそらくこの中には彼自身の手になる文章は含まれてはいないのではないかと思われている．いずれにしても以後この暦は1796年まで続き，架空の人物リチャードとその妻ブリジェット（Bridget）の名前もよく知られるようになる．最初に出された1733年版の序言では，暦出版の競争相手タイタン・リーズ氏に対し「私の計算によると彼は1733年10月17日午後3時29分に死ぬ．……」などというスウィフトばりのブラックユーモアをまじえてからかっているが，こうした辛辣なユーモア，機知，実用的警句や諺を余白に書きこんだ暦は当時の人々の生活の中に，ある種の潤いと笑いを与えたことであろう．その中には，「天はみずから助くる者を助く」「空の袋は立ちにくい」「今日の一日は明日の二日」などがある．

◻「富への道」（The Way to Wealth, 1757）1758年版の『暦』につけた序文だが，機知と皮肉に富んだ観察眼から勤勉と徳と節約を旨とする格言が多くみられ，ピューリタン的生活信条をうかがわせる内容となっている．「時は金なり」「寝たいなら墓場に入ってからでも遅くはない」「第一の悪は借金，第二の悪は嘘」「女と酒，賭と詐欺，富は減り，不足がふえる」「台所が肥えれば遺言書はやせる」などがある．

◆『自伝』（*Autobiography,* 1818）→351頁． (佐藤)

ブラウン　チャールズ・ブロックデン
Charles Brockden Brown（1771 - 1810）　小説家

生い立ち　クェーカー教徒を両親に，フィラデルフィアで生まれた．病弱な身体と繊細な気質の持ち主だったが，少年時代から地理学や政治学などの分野に興味をもち，勉学に没頭していった．当時の詳しい資料は残されていないが，1781年にクエーカー派の中等学校に入学し，ラテン語とギリシャ語に非凡な才能を発揮した．16歳で中等学校を出ると，法律界を志してフィラデルフィアで弁護士見習の仕事に就いた．他方，文筆活動への並々ならぬ情熱から，文芸団体も組織した．とうとう情熱が昂じ，1793年には法律界から完全に手を引き，フィラデルフィアとニューヨークを拠点に作家の経歴をスタートさせた．

文筆活動　ウィリアム・ゴドウィン（William Godwin, 1756-1836）やメアリ・ウルストンクラーフト（Mary Wollstonecraft, 1759-97）などイギリス作家の影響を受け，「アルクイン」（Alcuin: A Dialogue, 1797）と題する女権論を書いた．しかし，ブラウンにとって記念すべき作品は，第一作目の小説『ウィーランド』（1798）である．というのも，『ウィーランド』の成功により，彼はアメリカ最初の職業作家となったからである．その後，『オーモンド』（1799），『アーサー・マーヴィン』（1799），『エドガー・ハントリー』（1799）と立て続けに作品を出版する．それらはいずれも怪奇と恐怖をテーマにしたゴシック小説である．また，一方で『クララ・ハワード』（Clara Howard; In a Series of Letters, 1801）や『ジェイン・タルボット』（Jane Talbot, A Novel, 1801）といった恋愛小説も発表している．

アメリカ小説の父　ブラウンは，当時のイギリス文学やドイツ文学を賑わせていた，恐怖というテーマをアメリカ文学に持ち込み，新たな小説ジャンルを切り拓いた作家である．平等や社会正義のクェーカー的思想にゴドウィンらのユートピア思想を織り交ぜた彼の世界観は，異常心理への深い洞察力と相俟って，独特な物語世界を生み出した．自らの意志決定と行動に過剰なまでの自信を抱く人物が登場し，権力の悪用や権威の打倒，秩序の転覆を画策する．いわゆるアメリカン・ゴシックは，進歩主義や個人主義の害悪がアメリカ社会を蝕んでいく様を物語る格好の形式として発展していく．

まとめ　ブラウンは寡作だったが，アメリカン・ゴシックの先駆という文学史上の重要な役割を果たした．その系譜は，ナサニエル・ホーソーン（Nathaniel Hawthorne, 1804-64）とエドガー・アラン・ポウ（Edgar Allan Poe, 1809-49）に確実に継承されていく．以来，ブラウンは「アメリカ小説の父」と称され名声を博してきた．

◇主　要　作　品◇

◆『ウィーランド』（*Wieland; or, The Transformation*, 1798）→349頁．

◇『オーモンド』（*Ormond; or, The Secret Witness*, 1799）気高く理知的なコンスタンシャ（Constantia）は，破産した商人の娘だった．オーモンド（Ormond）はその知性に惚れ，コンスタンシャに恋をする．コンスタンシャも彼に惹かれていくのだが，彼女の父親の激しい反対で恋愛は成就しない．それを逆恨んだオーモンドは，こっそり仕組んでコンスタンシャの父親を殺させる．とうとう悪鬼に変貌したオーモンドは，さらに彼女自身にまで襲いかかっていく．しかし，コンスタンシャは持ち前の勇気で危機を乗り越えると，最後はオーモンドを刺し殺して我が身を守る．理性をなくした人間の異様な行動と，それが醸し出す恐怖を描いた作品．

◇『アーサー・マーヴィン』（*Arthur Mervyn; or, Memoirs of the Year*, 1793, 1799）主人公マーヴィン（Mervyn）には，妻に先立たれた父親がいる．しかし，父が身分の卑しい女と再婚すると，マーヴィンはいたたまれずに家出してしまう．行く当てもなく，街で途方に暮れていると，助けてくれたのは悪党のウェルベック（Welbeck）だった．マーヴィンは，そうとは知らず彼の家に居候する．やがてウェルベックの悪事に気づくのだが，時既に遅く，マーヴィンも悪党の一味と罵られる．そこで我が身の潔白を証明するために，医師のスティーヴンス（Stevens）にすべてを告白する．そして，告白の一部始終が，スティーヴンスの語りで明かされていく．黄熱病が流行した1793年のフィラデルフィアに暮らす，若い農夫の危険な体験にまつわる話．

◇『エドガー・ハントリー』（*Edgar Huntly; or, Memoirs of a Sleep-Walker*, 1799）主人公のハントリー（Huntly）は，婚約者メアリー（Mary）の兄ヴォルドグレーヴ（Waldegrave）を殺した犯人を探そうと，手がかりを求めて殺害現場に出かけていく．そこで不審な行動をとる夢遊病者のクリゼロー（Clithero）なる者に出会う．疑いを抱くハントリーはクリゼローを問い詰めるが，やがてクリゼローは殺人には無関係だと分かる．そんなハントリーがいつしか夢遊病者になり，ネイティヴ・アメリカンを殺す羽目になってしまう．しかし，最後には，ヴォルドグレーヴ殺しの張本人がそのネイティヴ・アメリカンだったという真相をハントリーは突き止める．他方，別な殺人を企むクリゼローは，凶行を果たそうとするもハントリーに阻まれ逮捕される．結局，護送中に船から川に飛び込み，クリゼローは溺死する．デラウェア川渓谷上流を舞台に，ネイティヴ・アメリカンの残忍さを取り上げた小説．

【名句】I have acted poorly my part in this world. What thinkest thou? Shall I not do better in the next?（*Wieland*）「僕はこの世で役を演じるのは下手だった．どうだ？　あの世ではもっと上手くいくだろうか？」（ウィーランド）

The cup is gone by, and its transient inebriation is succeeded by the soberness of truth.（*Wieland*）「運命の杯が尽きてしまうと，酔いも束の間，醒めて真実が残る」（ウィーランド）

（難波）

アーヴィング　ワシントン
Washington Irving（1783 - 1859）　　短編作家

生い立ち　ニューヨークの富裕な商人の子として生まれる．ワシントンという名は，彼が生まれた日，のちに大統領となったジョージ・ワシントンの率いる植民地軍が独立戦争で最後の勝利を得てニューヨーク市に乗りこんできたのに因んで名づけられたという．19歳頃から兄の経営する新聞や雑誌などにいくつかの文章を寄稿し，次第にすぐれた才能の片鱗を見せ始める．

ヨーロッパ旅行　1804年，虚弱な身体であったうえに胸の病のおそれもあり，静養をかねてのヨーロッパ旅行に出る．フランス，イタリア，オランダ，イギリスと巡り見聞をひろめ，語学の習得，自然，その土地の風俗，習慣，人間を観察する．06年帰国すると文学への転向を真剣に考える．その第一歩が，雑誌『サルマガンディ』の出版で，大成功をおさめる．

悲しみをこえて　09年，『ニューヨークの歴史』を出版する．出版後の世間の反応はさまざまだったが評価は高く，これによってアーヴィングは一躍その文名を認められるようになる．だがこの成功にもかかわらず彼は文筆家として立つ気持ちはなかった．それは，この書物を書き上げる前に婚約者マチルダ・ホフマン（Matilda Hoffman）が17歳にして亡くなったことに起因するといわれる．のちにアーヴィングはある女性との恋愛をするが，これを無視し，感傷好きな伝記作家たちは，彼が一生を独身で過ごしたのは亡くなった婚約者の思い出を心に秘めていたからだという．いずれにせよ以後6年間は兄たちの商売を手伝ったり，代理人としてヨーロッパに赴いたりしてほとんど筆を執ることはなかった．

国際的作家へと　15年，兄の商売の代理としてイギリスのリヴァプールに向かうが，はからずもこれが17年間家を留守にする生活の始まりとなる．また18年に兄の会社が倒産するにおよび生計のため再び文筆の世界に戻らざるを得なくなり，職業作家への道は次第に近づいてくる．19年，『スケッチ・ブック』の分割原稿をニューヨークに送り出版にこぎつける．これが大好評となりイギリスの雑誌『ロンドン・リテラリー・ガゼット』でも数編が掲載される．これをもってアーヴィングの名はたちまち知れわたるようになる．以後『ブレイスブリッジ・ホール』（1822），『旅人の話』（1824），『クリストファー・コロンブス伝』（*History of the Life and Voyages of Christopher Columbus,* 1828），『グラナダ征服記』（*A Chronicle of the Conquest of Granada,* 1829），『アルハンブラ物語』，さらに，17年ぶりに帰郷し「サニーサイド」（Sunnyside）と名づけるわが家で伝記などを含む数多くの執筆を手がける．42年スペイン公使に任命され数年を過ごすことになるが，その間イギリス，フランスなどへの旅をしつつ『ワシントン伝』の執筆を始める．45年スペイン公使を辞し，翌年「サニーサイド」に帰宅，その後13年間の幸福な歳月を過ごし眠りにつく．『ワシントン伝』が完成するのは死と同年のことであった．

◇主要作品◇

◻『サルマガンディ』（*Salmagundi,* 1807-08）「寄せ鍋料理」から「寄せ集め」「雑録」という意味．長兄等3人と月2回の割合で，気の向いたときに発行した雑誌．題材は手当たり次第，興味の対象となるものを風刺，批判，悪口，機知，賞賛，揶揄を織りまぜて書きまくり，筆者名も当初は仮名だった．その一人アーヴィングの執筆姿勢は生涯その文体，その文学の向かう方向と無縁ではなかったといわれている．「われわれの意図はほかでもない，若者を教育し，老人を改善，市の風俗を改め，時世を正すこと」と彼は述べている．

◻『ニューヨークの歴史』（*A History of New York,* 1809）ディードリッヒ・ニッカーボッカー（Diedrich Knickerbocker）という筆名で出版．まず出版6週間前に，行方不明となったニッカーボッカー老人の所在を尋ねる新聞広告を出しておく．やがてその老人が宿泊していたとされるマルベリー通りの下宿の一室から同氏の筆跡による奇妙な本の原稿が発見された．同氏が見つかるまでの宿泊費の肩代りにこの本を出版，売りさばいて宿泊費にあてるという広告を出す．世間の好奇心をあおったこの書物は天地創造と世界の様子から始まり，アメリカの発見，それ以前の住民のことについての記述，1609年にオランダを出帆したヘンリー・ハドソンの航行と植民地ニューアムステルダムの建設といったオランダ植民地時代から，やがてニューヨークと改名されるまでの歴史をたどり，次にそこを統治していた3代にわたるオランダ植民地の総督と，その間に起こったさまざまな出来事をとりあげながら風刺とユーモアをこめて語ったもので全体が7部から成る．「アメリカ人によって書かれた最初の偉大な喜劇文学」と評され，驚きの的となった．

◻『スケッチ・ブック』（*The Sketch Book of Geoffrey Crayon,* Gent., 1819-20）アーヴィングの名を国際的に知らしめた作品．ジェフリー・クレイヨンという一紳士の筆名で，初めアメリカ，次いでイギリスで出版され，やがてドイツ語，フランス語にも翻訳された．34編の作品が収録され，なかでも「リップ・ヴァン・ウィンクル」（→352頁）や「スリーピー・ホローの伝説」（The Legend of Sleepy Hollow）などが有名である．

◻『ブレイスブリッジ・ホール』（*Bracebridge Hall,* 1822）前作と同じ形式，構想で書かれ，イギリスでの生活をロマンティックなスケッチ風に描いた短編集．

◻『旅人の話』（*Tales of a Traveller,* 1824）イタリア，フランスなどの物語をとり集めた作品で前作ほどの評判は立たなかった．

◻『アルハンブラ物語』（*The Alhambra,* 1832）1826年からアーヴィングはスペインで7年ほど過ごすが，その間訪れたグラナダ，アルハンブラなどでの体験を綴ったもので「スペイン版スケッチ・ブック」といわれている．

◻『ワシントン伝』（*The Life of George Washington,* 1855-59）アメリカ初代大統領ワシントンの5巻より成る伝記．構想，構成はすでに1825年からあったが完成は死を迎える年となった．はじめの3巻はワシントンの先祖や彼の生い立ち，青少年時代，やがて独立戦争での指揮官としての壮年時代が述べられ，あとの2巻は大統領に就任して以降の姿が描かれている．

（佐藤）

クーパー　ジェイムズ・フェニモア
James Fenimore Cooper（1789 - 1851）　**小説家**

生い立ち　ニュージャージー州で判事の子として生まれる．翌年にはニューヨーク州辺境にあるクーパーズタウン（Cooperstown）に移住したが，その名のとおり，クーパーズタウンは父ウィリアムが開拓した村だった．クーパーは，このオトシーゴー湖（Otsego Lake,「皮脚絆物語」のグリマーグラス〈Glimmerglass〉）のほとりの豊かな自然の中で少年時代を過ごした．13歳でイェール大学に入学するが，火薬を使った悪戯がもとで，1805年に大学を放逐されてしまった．翌年には見習船員となってイギリスに航海し，08年には海軍に入隊した．父は広大な土地を所有する傍ら，フェデラリストとしてニューヨークの政界で活躍した人物でもあった．その富と地位のお陰で，クーパーは悠々自適の青年時代を送ることができたのだった．しかし，09年，父は政敵の手に倒れ，亡くなってしまう．11年の結婚を機に海軍を除隊すると，故郷に戻り大地主の生活に落ち着いた．

文筆活動　クーパーは，余技に芸術を楽しんだり，道楽で政治に手を出したりと，気の向くままにクーパーズタウンで過ごしていた．そして，このアマチュア精神が彼を創作に向かわせる原動力となった．当時のイギリス小説に飽き飽きし，自分の方が上手いとばかりに小説を書き始めたのだ．妻の反対を押し切って書いた第一作目は『警戒』（Precaution: A Novel, 1820）だ．それは誠にお粗末な小説だった．けれども，第二作目の『スパイ』（The Spy: A Tale of the Neutral Ground, 1821）の成功で，その名を知られるようになる．『スパイ』は，ナショナリズムの昂揚していく時代にあって，多くの国で受け容れられたからだ．次に海洋小説『水先案内人』（The Pilot: A Tale of the Sea, 1823）を出版すると，いよいよ「皮脚絆物語」に取りかかっていく．『開拓者』（1823），『最後のモヒカン族』（1826），『大平原』（1827），『探検者』（1840），『鹿殺し』（1841）と続き，5部作は完成する．一方，7年間のヨーロッパ滞在を活かした旅行記や，アメリカ海軍の歴史なども著した．多作なクーパーは，作家活動を始めて32年の間に50余りの作品を世に送り出した．

まとめ　荒野を背景に白人とネイティヴ・アメリカンが織り成す逃走劇．海を舞台に繰り広げられる追跡劇．クーパーは，人種や恋愛，冒険をテーマにアメリカ独自の物語世界を現出した最初の作家である．感傷小説やゴシック小説の途方もないアイデアを避け，大自然やネイティヴ・アメリカンという現実に対峙する．そうして新たな神話を描いてみせたアメリカ小説の革新者，アメリカ神話の作家として，文学史上の揺るぎない地位を占めている．

◇主　要　作　品◇

⊠「皮脚絆物語」(The Leatherstocking Tales, 1823-41) 主人公ナッティ・バンポー (Natty Bumppo) の波乱に満ちた生涯を描いた5つの作品の総称．クーパーの代表作であるこれら5作品はナッティの年齢を追ってクロノロジカルに書かれていったものではない．発表順とは異なるが，物語は青年ナッティが登場する『鹿殺し』から始まり，『最後のモヒカン族』，『探検者』，『開拓者』を経て，ナッティが世を去る『大平原』で終わる．

⊠『鹿殺し』(The Deerslayer, 1841) 20歳の血気盛んなナッティは，モヒカン族チンガチグック (Chingachgook) との約束を果たすため，オトシーゴー湖まで旅していく．湖で出くわしたオオヤマネコ (Le Loup Cervier) なる綽名をもつイロクォイ族の戦士に騙され，殺されそうになったナッティは，初めて人間を撃ってしまう．ナッティの介護も虚しく死んでいくオオヤマネコは，腕のいい白人の手に倒れることを誇りに思い，ホークアイ (Hawkeye) と呼んでナッティを称える．ナッティが精神的試練を乗り越え，戦士に相応しい人間へと成長していく物語．

◆『最後のモヒカン族』(The Last of the Mohicans, 1826) →353頁．

⊠『探検者』(The Pathfinder, 1840) フレンチ・インディアン戦争 (the French and Indian War, 1754-60) の最中，ナッティはエリー湖での戦いに加わり大活躍する．ここでのナッティは，新しいアメリカ人像，つまりアメリカン・アダム (American Adam) として描かれている．海洋物語と辺境物語の特徴を兼ね備えた作品．

⊠『開拓者』(The Pioneers, 1823) テンプルトンの住人テンプル判事 (Judge Temple) は，辺境開拓を推進する中心人物である．年老いたナッティは，若い頃と同様，有りのままの自然を愛する気持ちを抱いている．ナッティは開拓派のテンプル判事に反対するが，抗議も虚しく自然は失われていってしまう．初老を迎えたナッティが，チンガチグックと辺境に暮らす様子を描いた小説．この作品において，チンガチグックはこの世を去ってしまう．

⊠『大平原』(The Prairie, 1827) ナッティは80歳を過ぎ，西部のネイティヴ・アメリカン，ポーニー族のもとに寄留している．たまたま旧友ヘイワード (Heyward) の息子に出会ったナッティは，彼の恋人が捕虜になっていると知る．妻子はもたず，失われていく大義に忠誠を誓うナッティは，彼女の救出に奔走する．その姿は哀調に満ちてさえいる．そして時は過ぎ，ナッティは人生を悟り達観しながら，誉れ高い戦士として最期を迎える．ロッキー山脈東方，カナダとアメリカにまたがる大草原地帯に展開する，壮大な叙事詩的作品．

【名句】The pale-faces are masters of the earth, and the time of the red-men has not yet come again. My day has been too long. (The Last of the Mohicans)「白人がこの地の支配者だ，インディアンの時代が再び訪れることはない．私は長生きし過ぎたのだ」(最後のモヒカン族)

God gave him enough, and yet he wants all. Such are the pale-faces. (The Last of the Mohicans)「神は白人に十分に与えたのに，それでも白人はもっと手に入れたがる．白人とはそんな人種だ」(最後のモヒカン族)

(難波)

エマソン　ラルフ・ウォルド
Ralph Waldo Emerson（1803 - 82）
思想家　批評家　詩人

生い立ち　ユニテリアン派の牧師を父としてボストンに生まれる．8歳の時，父が他界し切り詰めた貧しい生活をおくる．その中でエマソン家の子供たちが心の支えとしたのは，叔母メアリ・ムーディ（Mary Moody Emerson）であった．厳格なカルヴィニストであった彼女の「些細なことなど無視し，目標をもっと高く掲げなさい．怖くてできないと思うことをしなさい．崇高な人格というものは必ずや崇高な動機から生まれてくるものです」という言葉はやがてエマソンの作品中，「自己信頼」（Self-Reliance）の思想となって結実してゆく．

影をさす青春時代　1813年，ボストン・ラテン語学校に入学．数学には興味がなく，文学や詩作を好む．クラスでの成績は下位，というより影の薄い存在であった．17年，ハーヴァード大学に入学．この頃から日記をつけ始め，これは生涯続き，彼にとってその後の講演，作品の貴重な源となる．彼はこれを「貯蓄銀行」（Savings Bank），「森のエッセー」（Forest Essays）と呼んでいる．21年，大学を卒業するが，この間の生活は暗いものだった．若き日のエマソンの日記は，内に野心を秘めつつも自嘲，自虐，ひいては人生に対する嫌悪感に塗りつぶされている．交友関係も少なく他人との間に壁をつくる孤独な性格であった．

新たな旅立ち　卒業後，兄ウィリアムの経営する女子塾のアルバイト教師をしていたエマソンは25年に復学，ハーヴァード大学の神学部に籍を置き，牧師となるための教育を受ける．26年に説教者の資格を得てマサチューセッツ各地で説教を行ない，29年，ユニテリアン派のボストン第二教会の牧師となる．この年の9月エレン・タッカーと結婚するが，31年，エレンは結核に冒され，この世を去る．32年，ユニテリアニズムのもつ合理主義に飽きたりず牧師職を辞すると，同年12月ヨーロッパに向けて旅立つ．ランドー，コールリッジ，カーライル，ワーズワースを訪ね親交を結ぶ．35年，リディア・ジャクソンと結婚，コンコードに居を構える．

コンコードの哲人　36年，『自然論』を出版．翌年ボストンにて「アメリカの学者」，続いて「神学部講演」の講演を行なう．40年，「トランセンデンタル・クラブ」の機関誌『ダイヤル』（The Dial, 1840-44）の編集にあたる．『エッセー第1集』『エッセー第2集』『詩集』を発表．47年から翌年にかけイギリスで講演，それを『代表的人間像』として出版する．その後各地での講演を行ない，『イギリスの国民性』『処世論』，詩集『五月祭その他』，『社会と孤独』を発表する．72年，3回目のヨーロッパ旅行に出発．ブラウニング，ラスキンらと交わり，帰国に際しコンコード中の熱烈な歓迎を受ける．『文学と社会の目的』の出版を最後に公の仕事から身を引く．文学者として自然散策と思索の日々をおくるなか，コンコードの町の人々の尊敬を受けつつ82年この地に没す．

◇主　要　作　品◇

◆『自然論』（*Nature*, 1836）→354頁．

◻「アメリカの学者」（*The American Scholar*, 1837）ハーヴァード大学の学友会「ファイ・ベータ・カッパ」（Phi Beta Kappa）で行なった講演．中心思想「自己信頼」が明確に出されている作品で，理想的個人像としての「学者」像が描かれている．「学者」は他人の思想を口真似するものではなく，独自の立場に立って「考える人」（Man Thinking）となるべきことが力説されている．この理想的タイプの人間像はアメリカという国自体にも当てはめられ，アメリカが他国への依存，隷属を断ち切るべき時が来たこと，ヨーロッパのあらゆる伝統や権威から決別し，新しい思想，文学を持つべきことが訴えられている．まさに「アメリカの知的独立宣言書」（Intellectual Declaration of Independence）といわれる所以となっている．

◻「神学部講演」（*The Divinity School Address*, 1838）ハーヴァードの神学部で行った講演．徹底的な自己信頼に基づく個人の尊厳とその霊性を主張し，神の子としてのキリストの神性を否定，キリストはきわめてすぐれた人格を具えた「神となれる人」に他ならないと述べた．人間の魂こそ真理を認識するすべての手段であり，救いは教会の仲介を必要とせず魂自身にあり，その魂が神と完全に合一した過程と姿，それがイエス・キリストだと説いた．保守派から反感を買い，以後30年間母校での講演の機会を与えられなかった．

◆『エッセー第1集』（*Essays, First Series*, 1841）→357頁．

◆『エッセー第2集』（*Essays, Second Series*, 1844）→357頁．

◻『詩集』（*Poems*, 1846）

◻『五月祭その他』（*May-Day and Other Pieces*, 1867）機関誌『ダイヤル』やその他の雑誌等に発表したものをまとめたもの．哲学的，抽象的内容のもの，いわゆる思想詩が中心で叙情的，叙景的なものは少ないが思想の核心を凝縮した形で歌い上げ，エッセーなど散文の作品を圧縮した内容のものとなっている．「日々」（Days）「ブラーマ」（Brahma）「二つの川」（Two Rivers）「ロードーラ」（The Rhodora）などがある．

◆『代表的人間像』（*Representative Men*, 1850）→363頁．

◻『イギリスの国民性』（*English Traits*, 1856）それまでの2度にわたるイギリス滞在で得た印象を講演し，これを発表したもの．イギリス人ならびにその文学の特性を鋭く分析している．

◻『処世論』（*The Conduct of Life*, 1860）初期の神秘的，霊的宇宙観とは違い，より鋭い現実感覚でこの世界と人間を捉えようとする姿勢がうかがわれ，別なエマソン像を知るに重要な作品である．「運命」「力」「富」を含め9編が収録されている．

◻『社会と孤独』（*Society and Solitude*, 1870）それまで行なった講演「文明」「芸術」「雄弁」「家庭生活」「仕事と日々」など12編を収録したもの．現実の日常生活の中で見いだされる，いわば形而下のテーマがとりあげられている．

◻『文学と社会の目的』（*Letters and Social Aims*, 1875）「詩と想像力」「社会の目的」など11編の講演，またそれまでの原稿や日記を整理して発表したものだが，老いのため整理には相当の人手を借りたといわれている．

(佐藤)

ホーソーン　ナサニエル
Nathaniel Hawthorne（1804 - 64）　　　**小説家**

孤独な日々　マサチューセッツ州北東部の港町セイラム（Salem）に生まれる．先祖に，17世紀魔女裁判を行なった判事がいる．3歳の時に，南米北東部ギアナで，船長の父親を黄熱病で失う．9歳の時，足を怪我．家に閉じこもり，書物に親しむ．ミルトン，スペンサー，バニヤンなどの文学作品を読む．1821年，メイン州，ボードン大学（Bowdoin College）に入学．ロングフェローを学友に持つ．ロングフェローは，語学に秀でた秀才．ホーソーンは，凡庸な学生．卒業後12年間，セイラムで「孤独な時代」を送る．

短編を書く　28年，『ファンショー』を自費出版．気に入らずに，残部を燃やす．37年に，スケッチや短編を集めた『トワイス・トールド・テールズ』を出版．比較的成功を収め，ロングフェローから好意的な評価をもらう．39年，ボストン税関に勤務．41年，実験農場「ブルック・ファーム」（Brook Farm）に参加．翌年，ソファイア・ピーボディー（Sophia Peabody）と結婚．ボストン郊外のコンコード（Concord）で3年3ヶ月，楽しい新婚生活を過ごす．すぐれた短編を書き，46年に『旧牧師館の苔』として出版．

長編を書く　46年，セイラムに戻り，税関で働く．49年，政争の犠牲となり，職を失う．妻ソファイアの励ましを得て，創作に専念．50年に，『緋文字』を出版．成功を収め，作家として広く認められる．同年，マサチューセッツ州西部レノックス（Lenox）に移り住む．メルヴィルと出会う．「時間や永遠，この世やあの世のこと」などについて語り合う．51年，『七破風の屋敷』『雪人形，その他のトワイス・トールド・テールズ』，52年，『ブライズデール・ロマンス』，さらに，ボードン大学時代の旧友ピアスのために，『フランクリン・ピアスの生涯』（Life of Franklin Pierce）を，それぞれ出版．この頃，コンコードに戻り，家を購入．「ウェイサイド」（Wayside）と命名し，住む．

リヴァプールへ赴任　ピアスがアメリカ大統領に当選すると，領事に指名され，53年，リヴァプールに赴任．同年，『タングルウッド物語』を出版．58年，イタリアを旅行し，『大理石の牧神』（1860）を書き始める．60年，帰国．再び「ウェイサイド」に住む．不老長寿をテーマにした作品などを手がけるものの，体力，気力とも衰え，未完のままに終わる．63年，イギリスのことをまとめた『なつかしの祖国』（Our Old Home）を出版．64年，旅行中に死亡．コンコードに眠る．

生得の堕落　「あらゆる人の心には，邪悪なものが潜んでいる」と，日記（The American Notebooks）に書き記す．人間は生まれながらにして罪深い．ホーソーンの思想の根本は，カルヴィニズム．しかし，「生得の堕落」から，「暗い共感」や「幸運な堕落」などの光明を見出せないか．ホーソーン文学は，読者に粘り強く問いかける．

◇主 要 作 品◇

▢『ファンショー』(*Fanshawe, A Tale*, 1828) ボードン大学在学中に書かれたとされている．誘拐を絡ませ，孤独な青年の姿を描く．主人公はエレン（Ellen Langton）に恋心を抱くが，身を引き，学問に没頭，ほどなくして死ぬ．

◆『トワイス・トールド・テールズ』(*Twice-Told Tales*, 1837, 42) →355頁．

◆『旧牧師館の苔』(*Mosses from an Old Manse*, 1846) →360頁．

◆『緋文字』(*The Scarlet Letter*, 1850) →364頁．

▢『七破風の屋敷』(*The House of the Seven Gables*, 1851) 序で，「ロマンス」(Romance) 作家としての立場を表明．「ロマンス」は，事実に忠実な「小説」(Novel) とは異なり，自由な「ある領域」(a certain latitude) が許されている．過去に犯した罪の呪いは，後の代まで重くのしかかるが，愛によって消える．物語全体の構成に優れ，結末は明るい．

17世紀，セイラムでのこと．ピンチョン大佐（Colonel Pyncheon）は，マシュー・モール（Matthew Maule）から土地をせしめる．モールは，「神様があいつにすするほどの血をお与えなさる」と言って死ぬ．大佐は，奪った土地に，立派な七つの破風の家を建てる．やがて，モールの呪いが，ピンチョン家を襲う．大佐の謎めいた死．セント・ショップを守るヘプジバ（Hepzibah Pyncheon）の屈辱的な生活．長きに亘るクリフォード（Clifford Pyncheon）の濡れ衣．ピンチョン判事（Judge Jaffrey Pyncheon）の変死．やがて，ピンチョン家の血筋を引くフィービー（Phoebe Pyncheon）が，下宿人の銀板写真師，ホルグレーヴ（Holgrave）と結婚．実は，ホルグレーヴはモールの末裔．ふたりが結ばれたことで，両家はひとつとなる．ヘプジバとクリフォードは遺産を相続する．

▢『雪人形，その他のトワイス・トールド・テールズ』(*The Snow-Image, and Other Twice-Told Tales*, 1851) スケッチや物語など，15編のすぐれた作品集．「雪人形」(The Snow-Image: A Childish Miracle, 1850)――無心に遊ぶ子供たちにとって雪だるまは，命を帯びた友達．「大きな岩の顔」(The Great Stone Face, 1850)――山の崖に似た顔の人が，いつか現われて，村人を幸せにしてくれると，アーネスト（Ernest）は信じ続ける．「イーサン・ブランド」(Ethan Brand: A Chapter from an Abortive Romance, 1850)――「許されざる罪」(the Unpardonable Sin) は，温かみを失ったみずからの心にあるとの結論．「僕の親戚モリヌー少佐」(My Kinsman, Major Molineux, 1832)――青年の開眼物語．立派であるはずの少佐が，私刑に会い，見るも無残な姿．少年ロビン（Robin Molineux）は，失望するが，ひとり立ちするように忠告される．

◆『ブライズデール・ロマンス』(*The Blithedale Romance*, 1852) →369頁．

▢『ワンダー・ブック』(*A Wonder-Book for Boys and Girls*, 1852) ギリシャ神話を，ホーソーン流に書き換えたもの．「ゴルゴンの首」(The Gorgon's Head) など．

▢『タングルウッド物語』(*Tanglewood Tales for Girls and Boys*, 1853) 『ワンダー・ブック』の続編．

◆『大理石の牧神』(*The Marble Faun: or, the Romance of Monte Beni*, 1860) →376頁．

(矢作)

ロングフェロー　ヘンリー・ワズワース
Henry Wadsworth Longfellow（1807 - 82）　詩人

語学の才　メイン州南西部ポートランド（Portland）に生まれる．父親は弁護士．母方は，ピルグリム・ファーザーズの流れをくむ名家．15歳でボードン大学（Bowdoin College）に入学．3歳年長のホーソーンや後の大統領フランクリン・ピアス（Franklin Pierce, 1804-69）と机を並べる．早くから言語の才能が認められ，1826年，ヨーロッパへ留学する．フランス，スペイン，イタリア，ドイツで学び，帰国後，29年から6年間，母校で近代語の教授として教鞭を執る．31年に，ポートランドの判事の娘，メアリー・ポッター（Mary Potter）と結婚．妻を伴って再度渡欧するものの，妻はロッテルダムで病死．帰国後，36年，ハーヴァード大学でフランス語及びスペイン語の教授となる．

名声を確立　35年，『巡礼紀行』，1839年，『ハイペリオン』，いずれも散文．同年，『夜の声』を出版．「人生の賛歌」「夜の賛歌」などを含む．この詩集によって，詩人として知られる．41年に『バラードその他の詩』を出版．「村の鍛冶屋」「ヘスペロス号の難破」などを含む．詩人として名声を確立．43年，ボストンの資産家の娘，フランシス・アップルトン（Frances Appleton）と再婚する．47年，『エヴァンジェリン』，50年，『海辺と炉辺』（The Seaside and the Fireside）を出版．詩作に専念するために，54年，ハーヴァード大学を辞する．55年，『ハイアワサの歌』を出版．後に，ラテン語を含め，多くの言語に訳される．58年，『マイルズ・スタンディシュの求婚，その他の詩』を出版．ロンドンで，一日で，1万部を売ったと言われている．

妻の悲劇　妻と子供らと過ごす幸せな毎日．「書斎から，ランプの明かりに照らされて／玄関の間に通じる広い階段を下りてくる子供らの姿が見える／まじめくさったアリス，笑っているアレグラ／金髪のエディス」（「子供たちの時間」The Children's Hour, 1859）．ところが，61年7月9日，悲劇に見舞われる．妻が，記念にと，娘の髪の毛をわずかに切り取り，封筒に入れ，蝋で封をしていた時のこと．夏のドレスに火が燃え移る．ロングフェローは，懸命に妻を助ける．結局，妻は死亡，自身も火傷を負う．傷を隠すため，その後，鬚をたくわえ続ける．悲しみは大きく，創作活動にも影響が出る．67年，『神曲』（Divine Comedy）を翻訳．72年，宗教詩『クリスタス』（Christus: A Mystery）．この間，『路傍の旅籠屋の物語』（1863, 72, 73）を出版．1879年，「雪の十字架」．死後4年を経て出版．

教訓的な内容　ボストン・ブラーミン（Boston Brahmins）の中心的な存在．J・R・ロウエル，ホームズらとともに，「お上品な伝統」（genteel tradition）を継承する．言葉は平明，韻律は，時に甘く，時に力強い．内容は馴染みやすく，説く教えはやさしい．当時，多くの人々に好まれ，絶大な人気を誇った．だが，現在では，評価はさほど高くはない．

◇主要作品◇

◻︎『巡礼紀行』(*Outre-Mer: A Pilgrimage Beyond the Sea*, 1835) アーヴィングの『スケッチ・ブック』の影響が見られる．ヨーロッパの風俗習慣などが描かれている．国外に出ることなど簡単にできなかった当時，多くの人々に好んで読まれた．

◻︎『ハイペリオン』(*Hyperion*, 1839) ヨーロッパ旅行中，スイスで出会い恋をしたフランシス・アップルトンを主人公にしたロマンス．彼女の気を引こうとして書かれた作品．

◻︎『夜の声』(*Voices of the Night*, 1839) わかりやすく，親しみやすい詩からなる．「人生の賛歌」(A Psalm of Life, 1838) では，生きることの意義を説き，強弱のリズムが快い．「悲しげな調子で言ってくれるな／人生はただ空ろな夢にすぎないと」(Tell me not, in mournful numbers, / Life is but an empty dream !).「されば，立ち上がって行動するのだ／どんな運命にも勇気を持って」．「夜の賛歌」(Hymn to the Night, 1839) では，夜を女性に喩えて美しい．[s] の音が，絹ずれのような響きを静かにかもし出す．I heard the trailing garments of the Night / Sweep through her marble halls! / I saw her sable skirts all fringed with light / From the celestial walls!「大理石の廊下を掃くような／夜の衣擦れの音／黒てんのスカートの縁にはすっかり／天空の壁から差し込む光」．

◻︎『バラードその他の詩』(*Ballads and Other Poems*, 1841)「鎧を纏った骸骨」(The Skeleton in Armor, 1841),「ヘスペロス号の難破」(The Wreck of the Hesperus, 1840),「さらに高く」(Excelsior, 1841) など．「村の鍛冶屋」(The Village Blacksmith, 1839) では，人生を悲しみつつも喜び，労働に励む姿が描かれている．「枝を広げた栗の木の下に／村の鍛冶屋がある／鍛冶屋は，力持ち／手は大きく頑丈（中略）労働しつつ，喜びつつ，悲しみつつ／人生の道を進む」(Toiling, — rejoicing, — sorrowing, / Onward through life he goes).

◆『エヴァンジェリン』(*Evangeline: A Tale of Acadie*, 1847) →361頁．

◆『ハイアワサの歌』(*The Song of Hiawatha*, 1855) →373頁．

◻︎『マイルズ・スタンディシュの求婚，その他の詩』(*The Courtship of Miles Standish and Other Poems*, 1858) 長編詩，強弱弱の6歩格．気性の激しい軍人スタンディシュは，気の弱い友人，ジョン・オールデン (John Alden) に恋の橋渡しを頼む．「プリマスのいとも愛らしい乙女，プリシラのところへ行ってくれ」(Go to the damsel Priscilla, the loveliest maiden of Plymouth). そして，無愛想な軍人が身も心も捧げたいと言っていると，伝えてくれ．しかし，結局は，ジョンとプリシラとが結ばれ，スタンディシュも祝福する．

◻︎『路傍の旅籠屋の物語』(*Tales of a Wayside Inn*, 1863, 72, 73) 物語詩．1886年，既に書かれたものをまとめる．ボストン近郊，サドベリーの旅籠屋 (Red Horse Tavern) で，気の合う者たちの語る話や伝説．

◻︎「雪の十字架」(The Cross of Snow, 1879) 不慮の死を遂げた妻への悲しみを，事故18年後に歌ったソネット．山の斜面の雪を，心の悲しみの十字架になぞらえる．「山腹に雪の十字架が見える／私の胸にもそうした十字架がある」(Displays a cross of snow upon its side. / Such is the cross I wear upon my breast).

(矢作)

ホイッティア　ジョン・グリーンリーフ
John Greenleaf Whittier（1807 - 92）　　**詩人**

バーンズ　マサチューセッツ州北東部ヘーヴァリル（Haverhill）
からの影響　近郊に生まれる．本人，家族とも，クェーカー教徒．
地元の学校で教育を受け，父親の農業を手伝う．シェイクスピア，バニヤン，スコット，ワーズワースなど，幅広く文学作品に親しむ．バーンズからは強い影響を受ける．1828年，詩「船長アイルソン荷車の人」を書く．31年，『散文と詩で綴るニューイングランドの伝説』を出版する．

反奴隷　ギャリソン（William Lloyd Garrison, 1805-79）の反奴隷の姿勢に共感．クェーカ
主　義　ー教徒としての資質も手伝い，積極的に反奴隷運動に乗り出す．35年，マサチューセッツ州議会議員に選出される．38年，反奴隷誌『ナショナル・インクワイアラー』（*National Enquirer*）の編集に参加．翌年，『ペンシルヴェニア・フリーマン』（*Pennsylvania Freeman*）と改称され，全面的に編集する．やがて，強行路線についていけず，ギャリソンと袂を分かつ．「ホイッグ党」を辞し，みずから「自由党」を設立する．『自由の声』（*Voices of Freedom*, 1846）を出版．詩の多くは，奴隷制度反対を唱えるプロパガンダ的なもの．49年，『詩集』（*Poems*）を出版．「序詩」（Proem）で，詩人としての態度を示す．「だが，この詩集には，少なくとも／人間の権利や幸福を思う真摯な気持ちが表われている」（Yet here at least an earnest sense / Of human right and weal is shown）「同胞の苦しみや悲しみは，あたかも，私自身の苦しみや悲しみでもある／おお，自由よ，（中略）我が最良の才能を汝が社に捧げる」（I lay . . . my best gifts on thy shrine!）．50年，『労働の歌，その他の詩』（*Songs of Labor and Other Poems*）を出版．同年「イカボッド」，53年，『隠者のチャペル，その他の詩』（*The Chapel of the Hermits and Other Poems*），63年，「バーバラ・フリーチー」，65年，「神を称えよ」．

再びニューイン　既に，50年中頃から，詩材を，再び，ニューイングランドの景色や伝説に
グランドを描く　求める．「モード・マラー」（Maud Muller, 1854），「裸足の少年」（The Barefoot Boy, 1855），「ミツバチに告げて」（1858）などが有名．この傾向は，南北戦争後，いっそう強まり，「ニューイングランドの詩人」として，広く認められる．65年，759行からなる長詩『雪ごもり』を書き，翌年出版する．ホイッティア最高の作品．ニューイングランドの人々の心に郷愁を掻き立て，多くの人から支持され，数多くの読者を得て，詩人としての名声を確立する．

フロスト　ホイッティアの詩の世界は，エマソンらの洗練された詩の世界とは，趣を異にす
に繋がる　る．多くは，いかにもニューイングランドの土地に根ざしたもの．味わいは，あくまでも素朴．親しみやすい表現，美しい情景，静かな祈り．ロバート・フロストの世界に通ずる．

◇主要作品◇

◻「船長アイルソン荷車の人」(Skipper Ireson's Ride, 1828) 船長アイルソンは，沈む船に出会っても，助けず，乗組員を死なせてしまう．子や夫や兄弟などを失ったマーブルヘッドの女たちは，怒り，船長を晒し刑にする．船長は，「体中にタールを塗られ，鳥の羽根を付けられ，荷車に乗せられ引き回される」(Tarred and feathered and carried in a cart)．

◻『散文と詩で綴るニューイングランドの伝説』(Legends of New-England in Prose and Verse, 1831) ニューイングランドに代々伝わる，迷信，冒険談などを集めたもの．インディアンの戦いなど様々な話が，ニューイングランドの自然の中に描かれている．7つの散文と11の韻文から成る．

◻「イカボッド」(Ichabod, 1850) マサチューセッツ州選出の上院議員ダニエル・ウェブスター (Daniel Webster, 1782-1852) の心変わりを糾弾する詩．ウェブスターは，元来，「逃亡奴隷取締法」(the Fugitive Slave Law) 反対論者であった．ところが，議会で，賛成の演説を行なう．ホイティアは，激怒し，怒りを詩にこめる．「あの男の白髪交じりの髪の毛から，栄光は，／永遠に去った」(The glory from his gray hairs gone / Forevermore!)．イカボッドとは，聖書に出てくる子供の名．「栄光去る」の意味．

◻「ミツバチに告げて」(Telling the Bees, 1858)『アトランティック・マンスリー』に発表され，『故郷の民謡，詩，抒情詩』(Home Ballads, Poems and Lyrics, 1860) に収められる．1ヶ月ぶりに，恋人の家を訪れると，お手伝いの少女が，人が死んだと，ハチに向かって歌っている．きっと，おじいさんが亡くなったにちがいないと思う．僕のメアリーは涙にくれているはず．深く恋人を気遣う．ところが，座っている老人の姿が見えるではないか．死んだのは，おじいさんではない．少女は，なおも歌う．「かわいいハチさん，家にいなさい．飛んで行ってはだめ．／メアリーお嬢様がお亡くなりになったのだから」(Stay at home, pretty bees, fly not hence! / Mistress Mary is dead and gone!)．日常の生活の中に，突然顔を覗かせる悲劇．素朴な詩ゆえに，かえって悲しみは深い．

◻「バーバラ・フリーチー」(Barbara Frietchie, 1863) 実話を基に，南北戦争時に書かれた詩．『戦時下，その他の詩』(In War Time and Other Poems, 1864) に収められる．将軍ストーンウォール・ジャクソン (Stonewall Jackson) の率いる南部連合軍が，メリーランド州フレドリックに進攻．これを，老女がみずからの命をも顧みず，止める．「どうしてもと言うのならば，この老いた白髪まじりの頭を撃ち抜くがよい／でも，お国の旗だけは撃ってはならぬ」(Shoot if you must, this old grey head, / But spare your country's flag)．将軍は，老女の勇敢な姿に感動．撃つなと命ずる．

◻「神を称えよ」(Laus Deo!, 1865) 1865年，奴隷制度を廃止する憲法修正案が議会で承認される．この喜びを，強弱のリズムで力強く表現した詩．「大事が成し遂げられた／鳴り響く鐘，轟く大砲が／その知らせを方々に伝える」(It is done! / Clang of bell and roar of gun / Send the tidings up and down)．

◆『雪ごもり』(Snow-Bound: A Winter Idyl, 1866) →378頁． (矢作)

ポウ エドガー・アラン
Edgar Allan Poe（1809 - 49） 短編作家 詩人

生い立ち 旅役者を両親にボストンに生まれる．父親は失踪，1811年に興行先のリッチモンドで母親が亡くなると，ポウは当地の煙草輸出商ジョン・アランの養子となる．15年，アラン夫妻と5年間イギリスに暮らした後アメリカに帰り，この頃より詩作の試みを始める．26年，ヴァージニア大学に入学，最初は秀才ぶりを見せていたが，学費の足しと称し賭博に手を出し多額の負債をつくってしまう．怒った養父は彼を退学させ自分の下で働かせていたが，翌年ポウは家をとび出しボストンに向かう．

詩人として 27年，偽名で軍隊に志願，除隊後再び陸軍士官学校に入学するが（1830），この生活にも馴染めず翌年みずから学校を去る．この間臨終の床にあったアラン夫人の懇願もあり，養父との多少の和解が生じる．すでに彼は処女詩集『タマレーンその他』，『アル・アーラーフ，タマレーンほか小詩編』を出版していたが，31年，短期間のニューヨーク滞在中に『ポウ詩集』を発表する．父方の叔母でボルディモア在住のマライア・クレム夫人宅に身を寄せる（1831-35）．その娘ヴァージニア（Virginia Clemm）がのちのポウの妻となる（当時8歳）．

短編作家として 33年（24歳），雑誌に応募した短編小説「壜の中の手記」（A Manuscript Found in a Bottle, 1833）が当選，懸賞金を得たのを機にジャーナリズムとの生涯にわたる関係を持つ．35年，リッチモンドの雑誌『サザン・リテラリ・メッセンジャー』の編集主筆となる．36年，ヴァージニアと結婚．37年，飲酒のため雑誌編集の仕事を解雇され，妻と義母を伴いニューヨークへ行く．その後フィラデルフィア，リッチモンドなどを転々としながら創作を続ける．38年，長編『アーサー・ゴードン・ピムの物語』を出版．40年，これまで発表した25の短編を含む2巻本『グロテスクとアラベスクの物語』を出版．42年，「ホーソーンの『トワイス・トールド・テールズ』論」を発表．44年，妻とニューヨークに転居．この間雑誌に「モルグ街の殺人」（41），「マリー・ロジェの謎」（42），「黒猫」（43）など数多くの作品を発表，これらを含む『ポウ物語集』を出版する．この頃発表した詩「大鴉」が好評を博し，詩集『大鴉その他』を出版する．さらに翌年に代表的評論「創作の哲理」を発表する．47年，すでに胸を患い，喀血までしていた病床の妻ヴァージニアが死ぬと，ポウは失意のどん底に落とされ，酒と妻にかわる女性を求めてますます狂乱の生活を続ける．貧困も彼につきまとって離れない．禁酒の努力をしながら「詩の原理」などの講演，さらには散文詩といわれる論文『ユリイカ』を出版する．だが生来の鬱病発作に加え飲酒による悪癖は彼の心身を蝕み，49年，ボルティモアの酒場近くで意識不明のまま行き倒れているのを発見される．その4日後，彼は「神よ，この哀れな魂をお救いください」という言葉を残して死んだ．亡骸はすでにこの地に眠る亡き妻のかたわらに葬られた．

◇主要作品◇

◇『タマレーンその他』（*Tamarlane and Other Poems*, 1827）年老いて死の床にある西アジアの征服王タマレーンが，野望を遂げながらも成就できなかった恋の夢を見知らぬ僧に語る形式の物語詩．当時のポウ自身の境遇をタマレーンの心境に託して書いた告白詩で，バイロンの影響が強いといわれる．

◇『アル・アーラーフ，タマレーンほか小詩編』（*Al Aaraaf, Tamarlane and Minor Poems*, 1829）イスラムの神話に出てくるアル・アーラーフという地獄と天国の辺土を，16世紀に発見されやがて消滅した星になぞらえ，そこに美の概念が生まれてくるものと考えた．ここはかつて地球で生きたミケランジェロを含む著名人たちが住んでいる場所と想定した．ポウ自身の抱く詩の世界をアレゴリカルに描いたものと思われる．

◇『ポウ詩集』（*Poems by Edgar A. Poe*, 1831）「ヘレンに」「イズラフェル」「海底の都市」など代表的な詩が含まれ，詩人ポウの地位を不動のものとした詩集となる．

◇『アーサー・ゴードン・ピムの物語』（*The Narrative of Arthur Gordon Pym, of Nantucket*, 1838）唯一の長編小説．ナンタケット島生まれのゴードンが事実談に基づいて語るという想定の一種の精神の旅といえる寓喩的物語．

◇『グロテスクとアラベスクの物語』（*Tales of the Grotesque and Arabesque*, 1840）ポウ最初の短編集で2巻より成る．「約束ごと」「ライジーア」「ウィリアム・ウィルソン」「アッシャー家の崩壊」(1839)（→356頁）など25の短編が収録されている．

◇「ホーソーンの『トワイス・トールド・テールズ』論」（*Twice-Told Tales by Nathaniel Hawthorne*, 1842）詩と同じく彼の短編小説論が展開されている．

◇『ポウ物語集』（*Tales*, 1845）これまで発表した短編「黒猫」(1834)（→358頁），「モルグ街の殺人」(1841) や「エレオノーラ」「告げ口心臓」「盗まれた手紙」などを含む12の短編が収められている．

◆『大鴉その他』（*The Raven and Other Poems*, 1845）『ニューヨーク・イーヴニング・ミラー』に発表し好評を得た「大鴉」（→359頁）や「勝ち誇る蛆」「夢の国」などを含むポウ最後の詩集．

◇「創作の哲理」（The Philosophy of Composition, 1846）『グレアムズ・マガジン』に発表した代表的評論．詩集『大鴉その他』に収録した「大鴉」の創作過程を明らかにし，特に詩の効果について，長さや領域，主題や調子などをとりあげながら分析している詩論．

◇「詩の原理」（The Poetic Principle, 1850）講演旅行で1849年に発表したもので死後刊行された．詩の本質は魂を高めて感激を与えるもの，真理とか道徳を説くものではない．人間の心の奥底にある不滅の本能は美の感覚で，これが人間に喜びを与える．これは音楽において最も満たされる，ゆえに詩は美の韻律的創造（The Rhythmical Creation of Beauty）だ，と彼は述べている．

◇『ユリイカ』（*Eureka: A Prose Poem*, 1848）物理学的，倫理的，形而上学的意味における宇宙全体の構造についてのポウの直観的考えを科学的，理性的分析を駆使して述べたもの．ユリイカとはアルキメデスが王冠の金の純度を測る方法を発見した時の叫び，「発見はなされた」の意．

(佐藤)

ソーロウ　ヘンリー・デイヴィッド
Henry David Thoreau（1817 - 62）
散文作家　エッセイスト

生い立ち　マサチューセッツ州コンコードに鉛筆製造業者の子として生まれる．1833年，ハーヴァード大学に入学する．大学時代は病気をしたり教会制度への不満もあったりで成績はかんばしいものとはいえなかった．37年，大学を卒業，コンコードに戻り小学校の教師になるが，生徒への体罰に反対し，2,3週間でやめてしまう．38年，自宅で私塾を開き，続いて兄ジョンの援助でコンコード・アカデミーでの教育にあたるが，兄の健康状態が思わしくなく41年に閉校しなければならなくなる．兄とは39年の夏，2週間にわたる旅行をし，この体験は10年後，『コンコード川とメリマック川での一週間』として出版される．この頃彼は失恋を経験，これが機となったのか生涯を独身で過す．

新たな出発　36年に発表されたエマソンの『自然論』はソーロウの思想形成に影響を与えたといわれるが，このエマソンを通し超絶クラブの一員となり機関誌『ダイヤル』の編集に携わる．同誌に詩を含む数十編の文章を寄稿している．41年から3年ほどエマソンの家に同居する．A・B・オールコット，マーガレット・フラー，エラリ・チャニング等との交友を得る．42年1月，兄ジョンがこの世を去る．やがて打撃から立ち直るとコンコード・ライシーアムでたびたび講演を行なう．

ウォルデンでの生活　45年7月4日，アメリカ独立記念祭の当日，ソーロウはほとんど独力で建てたウォルデン湖畔の小屋に移り住む．ここでのおよそ2年間にわたる生活の間『コンコード川とメリマック川での一週間』を書き終え『ウォルデン―森の生活』の執筆を手がける．この間ソーロウは人頭税支払い拒否のかどで逮捕，投獄されるが，翌朝には釈放される．このときの経験を基にして書かれたのが「市民としての反抗」(1849)である．47年9月6日ソーロウはウォルデンを去り1年間エマソン家に住んでいたが，49年にエマソンが旅先から帰ると父の家に戻り，鉛筆製造の仕事をしたり，測量の仕事，また各地を旅行したり，その間講演や文筆の仕事もしながら多忙な日をおくる(1849-53)．ハーヴァード大学の図書館，ボストン博物学協会へと足を運び博物学研究への強い関心も見せる．セイラム・ライシーアムでは1,2回の講演も行なう．54年『ウォルデン―森の生活』が出版される．56年，用事で出かけたニューヨークでウォルト・ホィットマンと会い，翌年には奴隷制度反対運動をしていたジョン・ブラウンと知り合う．59年，ブラウンが武力に訴えてこの運動の遂行を計画し捕らえられた時，その弁護のための演説を行なう．同年2月父がこの世を去る．残された母と妹のため父の商売を続ける．50年，風邪にかかり，それが原因で気管支を傷め，病を悪化させてしまう．翌年ミネソタ州に転地療養に行ったりするが，62年5月6日，コンコードでその生涯を閉じる．

◇ 主 要 作 品 ◇

◨ 『コンコード川とメリマック川での一週間』（*A Week on the Concord and Merrimack Rivers*, 1849） 1839年8月31日から9月13日にかけ兄ジョンとニューハンプシャーのホワイト・マウンテンまで旅をしたときの記録．手製の平底舟の描写からその地方に住む人々についての記述に加え，歴史，宗教，哲学，詩，古典文学作品，さらにはエマソンのエッセーに関する議論など幅広い範囲のわき道にそれている．

◆「市民としての反抗」（Civil Disobedience, 1849）→ 362頁．

◆『ウォルデン—森の生活』（*Walden; or, Life in the Woods*, 1854）→ 372頁．

◨「散歩」（Walking, 1862） 後半部で野性について論じているが，すべてよきものは野性的で，生命と一致する生き生きしたものだという考えは，やがて『メインの森』でその具体的姿を示すことになる．

◨「遠出」（Excursions, 1863） ソーロウの死後1863年にエマソンによる伝記を含む序をつけた形式で発表されたもの．

◨「原則なき生活」（Life Without Principle, 1863） 死後『アトランティック・マンスリー』誌に発表されたが，材料は日記からとられ1854年12月プロヴィデンスで「何の得になるか」などの題目で講演されたものをまとめたもの．当時のアメリカの政治を含む文化のあり方が厳しく批判されている．

◨『メインの森』（*The Maine Woods*, 1864） ソーロウは3回にわたるメイン州への旅を行なっている．1846年ウォルデンでの生活の中，クタードン山への登山旅行をし翌年これをコンコードのライシーアムで講演，1848年『ユニオン・マガジン』に5回に分けて掲載される．1853年，「アメリカヘラジカ狩り」という目的で，インディアンの道案内とともにバンガーからチェサンクック湖への旅をし，これを基に講演，1858年，『アトランティック・マンスリー』に掲載される．この旅で，ヘラジカ狩りの行為を前にソーロウは「ヘラジカこそ森の住人」「神の持ちもの」と感じ，狩に加わった自分の旅が清浄さを冒すものと思い喜びも失せてしまうのを痛感する．ヘラジカ狩りはとりもなおさず自然の破壊だと良心の咎めさえ覚えるのであった．3回目の旅は1857年，バンゴーからムースヘッド，チェサンクック湖を経由してセント・ジョン湖までアレガッシュ川を遡って源流にまで行き，そこからペノブスコット川の東支流を下って帰るという旅である．インディアンの道案内ジョー・ポリスが同行し，彼から多くのことを学ぶ．ソーロウの死後にこれらの旅行記がまとめられ，『メインの森』として出版された．『ウォルデン』にみられる自然とのいくぶん神秘的体験とは違い，荒々しく人手の加わらない野性の自然に惹かれ，これに対峙するその姿はソーロウの自然観をうかがわせてくれる作品である．

◨『ケープ・コッド』（*Cape Cod*, 1865） 1849年，1850年，1855年のケープ・コッドへの短期間の旅に基づき，そこの住民に関する歴史や気質について記述したもの．

◨『日記』（*Journal*, 14vols., 1906刊行）

◨『詩集』（*Poems of Nature*, 1895; *Collected Poems*, 1943） 　　　　　　　　　　（佐藤）

ホイットマン ウォルト
Walt Whitman（1819 - 92） 詩人

クェーカーの家庭 ニューヨーク州の南東部に位置する島，ロング・アイランド（Long Island）の田舎町ウェスト・ヒルズ（West Hills）に生まれる．父親は農業を営む，腕のよい大工．母はオランダ系の健康的な女性．両親はともに，クェーカー教の牧師，ヒックス（Elias Hicks, 1748-1830）に傾倒．ウォルト（本来は，父親と同じWalter）4歳になろうとするときに，一家は，ロング・アイランドの西端，ブルックリン（Brooklyn）に越す．自然に育くまれ，大きく影響を受ける．

ジャーナリストとして 11歳で小学校をやめ，法律事務所の給仕などを務める．1835年，ニューヨーク市に出て，印刷所で働く．大火災発生後，地元に戻り，2年間教師をする．38年，『ロング・アイランダー』（*Long Islander*）を発行．46年，ブルックリン『デーリー・イーグル』（*Daily Eagle*）主筆．「自由土地」（奴隷を使うことを許さない地域）（Free Soil）運動を支持し，解雇される．48年，弟ジェフ（Jeff）とともにニューオーリンズへ出向く．『クレスント』（*Crescent*）の編集スタッフとなる．数ヶ月ほどでやめる．帰路，ミシシッピ川を通り，五大湖を進み，広いアメリカを知る．この経験は，後に，「まさかりの歌」（Song of the Broad-Axe, 1856），「開拓者よ，おお，開拓者よ」（Pioneers! O Pioneers! 1865）などに生かされる．

詩人として 既に，詩人としての下地が作られていた．『聖書』や『千夜一夜物語』，ヒンズーの詩，さらにホメロス，シェイクスピア，ミルトン，カーライルなどの作品に親しむ．とりわけ，エマソンから受けた影響は大きい．ブロードウェイを訪れては，アメリカの躍動を体感し，イタリア・オペラを見ては，言葉のリズムに接していた．55年，『草の葉』を自費出版．ほとんど売れ残る．ただ，エマソンからは「君の門出に祝す」（第2版に掲載）と，挨拶文をもらう．以降，改訂に励み，筆を入れつつ，詩を書き加え，『草の葉』を大きく育てる．

従軍看護人として 62年，ヴァージニア州に出向き，南北戦争で負傷した弟のジョージ（George）を見舞う．63年，首都ワシントンで，看護人として献身的に活躍．1864年，病院でマラリアに感染．65年から，内務省などで働く．71年，『民主主義の展望』を出版．73年，中風の発作に見舞われる．以降，ニュージャージー州南西部キャムデン（Camden）に移り住む．82年，『自選日記および散文集』，88年，『十一月の枝』をそれぞれ出版．

アメリカの詩人 ホイットマンは，アメリカを代表する詩人の一人．エマソンの思想を詩に体現すると同時に，肉体を称えることなど，エマソンとは異なる独自の世界を切り開く．エミリー・ディキンソンが，自我を内向きに見詰めるのに対し，ホイットマンは自我を宇宙に解き放つ．平等意識，万物との合一など，いかにも民主主義の詩人にふさわしい．

◇主 要 作 品◇

● 『草の葉』(*Leaves of Grass*, 1855) → 374頁.

◳ 『民主主義の展望』(*Democratic Vistas*, 1871) ホイットマンの詩の本質を，側面から知る上で重要な散文．南北戦争後，アメリカでは富がはびこり，腐敗が目立つ．今，アメリカに必要なのは，民主主義と「人格主義」(Personalism)．前者はすべてを平等とし，結び付ける．後者はあらゆるしがらみを断ち切り，純潔な「個性」(Individuality) を確立させる．「人格主義」とは，結局，「来るべき未来の民主的な民族」，「アメリカの将来の人間像」(model fit for the future personality of America)，「陽気で，宗教心に富み，誰よりも先駆ける」，「健全な」アメリカ人を目指すこと．こうした人間像を描き歌うのが詩人の務め．「今日ほど，そしてここ合衆国ほど，現代の詩人，現代の偉大な文学者が必要とされている時も所もない．おそらく，いつにあっても，いずれの国においても，中心は（中略）国民文学であり，とりわけ，その原型ともいうべき詩である」．

◳ 『二つの流れ』(*Two Rivulets*, 1876) 散文と韻文とからなる．『民主主義の展望』と『戦争中の覚書』(*Memoranda During the War*, 1875) を再録．

◳ 『自選日記および散文集』(*Specimen Days and Collect*, 1882) まず，「家系」(Genealogy)，「僕の読書始め，ラファイエット」(My First Reading—Lafayette)，「ブロードウェイの光景」(Broadway Sights) など生い立ちが中心．次に，南北戦争に関する記述．野戦病院などでの傷病兵の描写は，実にリアル．時として，凄みがある．「アトランタの前の戦闘で，一見して若者と分かる，大柄な反乱軍兵士．頭のてっぺんに，脳が一部吹き出てしまうほどの致命傷を受けた」．さらに，身の回りの自然の観察記録や西部やカナダなどの旅行記が続き，最後に，文学者たちとの出会いや別れなどが記されている．「トマス・カーライルの死」(Death of Thomas Carlyle)，「ロングフェローの死」(Death of Longfellow)，「エマソンの墓の傍らで」(By Emerson's Grave)．特に印象深いのが，「ボストン・コモン，さらにエマソンについて」(Boston Common—More of Emerson)．ホイットマンとエマソンは，ボストン・コモン沿いの楡の並木道を行き来する．エマソンはホイットマンに，「アダムの子供たち」を『草の葉』から削除するように迫る．それは，「偵察であり，検閲であり，攻撃であり，強襲である」(reconnoitring, review, attack and pressing)．ホイットマンは，2時間エマソンの説得にじっと耳を傾ける．そして，決意する．「言われたことにはいっさいそむき，自分の道を進もう．間違いなくはっきりと確信が固まっていくのを，僕は，魂の奥底で感じた」(I felt down in my soul the clear and unmistakable conviction to disobey all, and pursue my own way).

◳ 『十一月の枝』(*November Boughs*, 1888) 詩と散文からなる．『草の葉』について論じた「歩みし道を振り返って」(A Backward Glance O'er Travel'd Roads)，「シェイクスピア一考察」(A Thought on Shakespeare)，「アブラハム・リンカーン」(Abraham Lincoln)．その他，エライアス・ヒックスやジョージ・フォックス (George Fox) などについて． （矢作）

メルヴィル　ハーマン
Herman Melville（1819 - 91）　　　小説家

**船乗り
として**　ニューヨーク市に生まれる．貿易商であった父親が事業に失敗．裕福であった生活が一変．12歳のとき，父親が死亡し，多額の借金が残る．銀行や叔父の農場など，職を転々とする．1839年，リヴァプール行きの商船に平水夫として乗船．41年，捕鯨船に乗り込むものの，やがて脱走．南洋諸島で人食い人種の中をさ迷う．その後，アメリカ海軍のフリゲート艦の水夫にもなり，海洋や船上での生活から，様々なことを学ぶ．「捕鯨船は，僕にとって，イェール大学，そしてハーヴァード大学」（『白鯨』）．

海洋小説　46年『タイピー』，47年『オムー』を出版．いずれも，南洋諸島での体験を生かしたもの．多くの読者を得る．47年，マサチューセッツ州の最高裁判事の娘，エリザベス・ショー（Elizabeth Shaw）と結婚．49年，アレゴリカルな作品『マーディ』を出版するが，不評に終わる．再び，船乗りとしての経験に基づく作品を書く．同年，『レッドバーン』，翌年『ホワイト・ジャケット』を出版．

**ホーソーン
との出会い**　50年，実名を隠して，「ホーソーンと『苔』」（Hawthorne and His *Mosses*）を雑誌に発表し，ホーソーン文学を絶賛する．マサチューセッツ州西部ピッツフィールド（Pittsburgh）に居を構える（Arrowhead「矢尻」と命名）．ここで，ホーソーンと出会い，文学や哲学など，さまざまなことについて語り合う．『白鯨』執筆中だけに，ホーソーンから受けた影響は計り知れない．

**忘れ去
られる**　51年，『白鯨』を出版．「ナサニエル・ホーソーンに捧げる」と，フロントページに書く．ホーソーンに評価されるが，世間からは顧みられない．52年，『ピエール』，55年，『イスラエル・ポッター』（*Israel Potter: His Fifty Years of Exile*）をそれぞれ出版．56年には，「バートルビー」（1853）と「ベニト・セレノ」（1855）を収めた『ピアザ物語』を世に問うものの，読者は戻らない．同年，ホーソーンをリヴァプールに訪ねる．ホーソーンには，メルヴィルが「憂鬱の影に覆われている」（overshadowed）ように見える．「メルヴィルは，信仰を持つことができない．かと言って，信仰がなければ，落ち着かない」．57年，『信用詐欺師』を出版．66年，ニューヨーク税関で職を得，その後ほぼ20年間留まる．散文よりも，詩を書き始める．66年，『戦闘詩，及び戦争の諸相』，76年，私家版として，詩『クラレル』を出版．作家として，すっかり忘れ去られる．死後，『ビリー・バッド』の原稿が発見され注目を浴びる．

究極の無　メルヴィルは，20世紀になって認められた作家．その世界の究極には，虚無的な「白さ」が見え隠れする．人間の堕落，沈黙する神，地上の倫理と天上の倫理との乖離．アメリカ・ルネサンスで同じ「暗」の系譜を形成しながらも，ホーソーン文学とは趣を大きく異にする．

◇主 要 作 品◇

◻『タイピー』（*Typee: A Peep at Polynesian Life*, 1846）タイピー族と過ごした体験に基づく．美しい女性，ファヤワイ（Fayaway），親切な土人たち．タイピーの谷はまさに楽園．だが，人食い人種が住む恐ろしい谷でもある．物語は謎を秘めながら進む．主人公は，からくも逃げ帰る．

◻『オムー』（*Omoo: A Narrative of Adventures in the South Seas*, 1847）タヒチ島での経験に基づく．『タイピー』の続編．タヒチでは，伝道師らの影響によって，「王権の権威が失墜して」いる．文明化することは，果たしてよいことなのか．『タイピー』に引き続き，大きな問題を投げかける．オムーとは，現地語で「放浪者」の意味．

◻『マーディ』（*Mardi: and a Voyage Thither*, 1849）主人公タジ（Taji）は，南洋諸島の愛と美の女神イーラー（Yillah）を求め，島々を巡る．倫理，政治，美学，哲学など，様々な議論を導入．形而上学的追求は，『白鯨』など後期の作品を予感させる．

◻『レッドバーン』（*Redburn: His First Voyage*, 1849）リヴァプールへ行った体験が生かされている．主人公の青年は，「見習い水夫」としてハイランダー号に乗船し，イギリスに渡る．悪や悲劇を知り，貧困にあえぐ人々を目撃する．無垢の少年は，人生の認識を深める．テーマの一つは人生への「イニシエーション」（initiation）．

◻『ホワイト・ジャケット』（*White-Jacket; or, The World in a Man-of-War*, 1850）アメリカ海軍の実態を描く．主人公は，首に白い上着が巻きつき，帆桁から海に転落．上着を切り裂くことで，ようやく助かる．「ホワイト・ジャケット」とは，一つには「無垢」を示す．

◆『白鯨』（*Moby-Dick; or, The Whale*, 1851）→366頁．

◆『ピエール』（*Pierre; or, The Ambiguities*, 1852）→370頁．

◻『ピアザ物語』（*The Piazza Tales*, 1856）中編を含む作品集．「ピアザ」（The Piazza）――アローヘッドからの眺めを空想豊かに描いたもの．「バートルビー」（Bartleby, the Scrivener, 1853）――バートルビーはニューヨークの法律事務所で働く．やがて，「したくありません」（I would prefer not to）を繰り返し，「死壁」（dead-wall）をじっと見つめる．バートルビーは何を拒否し，何を見つめ続けるのか．以前，「死書」（dead letter）（配達不能の郵便）を扱っていたという．「ベニト・セレノ」（Benito Cereno, 1855）――黒人らの反乱によって，船が乗っ取られる話．

◻『信用詐欺師』（*The Confidence-Man: His Masquerade*, 1857）ミシシッピ川での蒸気船を舞台にした作品．諧謔味にあふれ，寓意性に富む．人間を悲観的に捉える．

◻『戦闘詩，及び戦争の諸相』（*Battle-Pieces and Aspects of the War*, 1866）南北戦争を扱い，戦争とは何かを明らかにしようとする．72編の詩．

◻『クラレル』（*Clarel: A Poem and Pilgrimage in the Holy Land*, 1876）エルサレムを訪れた体験に基づく．150のcantoからなる．宗派も，生い立ちも異なる人々が聖地を訪問．哲学，科学，宗教などさまざまな話を通じて，真理を追究．

◆『ビリー・バッド』（*Billy Budd, Sailor*, 1924）→422頁． (矢作)

ディキンソン　エミリー
Emily Dickinson（1830 - 86）　　　詩人

名門の出　マサチューセッツ州中央よりやや西，アマスト（Amherst）の名門の家に生まれる．一家はアマスト大学との関係が深い．祖父は大学設立に尽力，父は大学の財務担当理事として活躍．また，弁護士としても著名．マサチューセッツ州議会議員や下院議員なども務める．エミリー，9歳の時，アマスト・アカデミーで学ぶ．16歳の時，マウント・ホリヨーク女学院（Mount Holyoke Female Seminary）で，さらに1年間勉学を続ける．家や学校で，カルヴィン主義を教え込まれるものの抵抗．しかしながら，カルヴィン主義の影響は，その後も消えがたく残る．

精神的な影響　人間として，幾人かから影響を受ける．最初は，父親の弁護士事務所の見習い，ニュートン（Benjamin F. Newton）．エマソンの作品など，文学作品を多く紹介され，詩を書くように強く勧められる．ニュートンは結核で早世．エミリーは，悲しみに沈む．

　24歳の時，牧師ワズワース（Charles Wadsworth）と出会う．心の支えとし，牧師から助言を受ける．やがて，妻ある身の牧師は，サンフランシスコへ旅立つ．エミリー，32歳になる年のこと．この頃より，もっぱら白いドレスを着て（「白の選択」the White Election），家に閉じこもる．だが，ふたりの関係は，伝記的には，必ずしも明確ではない．ただ，詩の中では，相手が誰であれ，恋する人への思いがせつせつと歌われる．「あの方が乗る船を浮かべる海が羨ましい / あの方を運び去る馬車の / 車輪の幅が羨ましい / 旅行くあの方をじっと見つめる / 曲がった丘が羨ましい」(498)．

詩を書き続ける　この頃既に，雑誌『アトランティック・マンスリー』（*Atlantic Monthly*）の記事を通じて，ヒギンソン（Thomas Wentworth Higginson）を知る．ヒギンソンはエミリーを励まし，エミリーもまた，ヒギンソンに詩の批評や出版を依頼する．ただ，せっかく書いた独自の詩を，従来の詩法に書き改められ，エミリーは詩を出版する意欲を失う．その間，家族にも知られないまま，詩を書き続ける．エミリーの詩は，いわば，孤独な人の「世間に宛てた手紙」（my letter to the World）．最終的には，詩の数は，1862年頃に書かれた「小鳥が小道をやって来た」など，1800編近くに及ぶ．しかし，存命中に活字になったのは，ごくわずか．エミリーの死後，引き出しの中から，多量の詩が見つかる．束ねられたもの，紙切れに書かれたものなど，様々．

本格的な詩集　エミリーの死後4年，1890年，ヒギンソンらにより，本格的な詩集『エミリー・ディキンソン詩集』（*Poems by Emily Dickinson*）が出版される．好意的に受け止められ，すぐに第2集が出る．ジョンソン（Thomas H. Johnson）によって，1955年，『エミリー・ディキンソン詩集』，1958年，『エミリー・ディキンソン書簡集』が，それぞれ三冊本で出版される．凝縮されたイメージはイマジズムに通ずるとして，評価が高い．

◇主 要 作 品◇

■「小鳥が小道をやって来た」(A Bird came down the Walk—, 1862年頃) ほか→377頁.
◎『エミリー・ディキンソン詩集』(*The Poems of Emily Dickinson*, 1955) ハーヴァード大学に寄贈されたディキンソンの原稿をていねいに調べ上げ, 編集された決定版. 1775編の詩. 創作年代や創作過程まで窺え, 厳密なもの (詩には, 番号が付されている. 本文中の詩の末尾の番号は, これと符合する). 詩には, タイトルがなく, ダッシュや大文字の普通名詞が多用されている. 通常, 1スタンザ4行からなり, 言葉は短く, エマソンの警句的な表現を想起させる. Love—is anterior to Life— / Posterior—to Death— / Initial of Creation, and / The Exponent of Earth— 「愛—それは生に先立つもの / 死の—後ろにあるもの / 愛は, 創造の始まり, / この世を説明してくれるもの」(917).

ディキンソンにとって, 詩は, いわば, 「この上なく美しい人」(the fairest) が訪れる「優美な館」. 散文にはない「可能性」を秘めた場所.「私は, 可能性に住む / 散文よりも優美な館 / 窓は, ずっと多く / 扉も上等」(I dwell in Possibility— / A fairier House than Prose— / More numerous of Windows— / Superior—for Doors—) (657).

題材は, 家や庭, 近くの野原など, 身近なもの. 対象を見つめる眼差しは, 鋭く真剣だが, 心情は, 時に応じて様々. ユーモアを交えたり, 斜めに構えたり, 憂いに沈んだり. 詩には, 相反する力が働き, 緊張感が漂う. 自然を前にしながら, 自然を超えたいと願う. 死を恐れながら, 永遠を想う. 愛の成就を願いながら, 愛の終わりを予感する. 絶望, 祈り, 苦悶, 願い, 悲しさ, 嬉しさが, 美しくも透き通るイメージで綴られる. さまざまなテーマに,「永遠」と「時間」が交差する.

〈自然〉「杯に入れて夕日を運んで」(Bring me the sunset in a cup) (128),「小鳥が小道をやって来た」(328),「その名は秋」(The Name—of it—is "Autumn"—) (656),「自然, こよなくやさしい母は」(Nature—the Gentlest Mother is) (790).
〈愛〉「私の川はあなたへ注ぐ」(My River runs to thee—) (162),「荒れ狂う夜よ—荒れ狂う夜よ」(Wild Nights—Wild Nights!) (249) →377頁.「月は海から遠く離れている」(The Moon is distant from the Sea—) (429),「もし秋にいらっしゃるのならば」(If you were coming in the Fall) (511) →377頁.「あなたと一緒には暮らせない」(I cannot live with You—) (640).
〈生〉「成功はもっとも甘味なもの」(Success is counted sweetest) (67),「私の人生は, 閉じる前に二度閉じた」(My Life closed twice before its close—) (1732).
〈死〉「頭の中で葬式を感じた」(I Felt a Funeral, in my Brain) (280),「私が死のために寄れなかったので」(Because I could not stop for Death—) (712) →377頁.
〈神・天国〉「天国は届かないもの」("Heaven"—is what I cannot reach!) (239),「稲妻は黄色のフォーク」(The Lightning is a yellow Fork) (1173).
◎『エミリー・ディキンソン書簡集』(*The Letters of Emily Dickinson*, 1958) ジョンソンらが編集した三冊本. 詩を挿入しつつ人と心の交流を図る様子が窺い知れる. (矢作)

トウェイン　マーク
Mark Twain（1835 - 1910）　　　　小説家

生い立ち　当時は辺境の開拓地であった現在のミズーリ州フロリダ生まれ．本名はサミュエル・L・クレメンズ（Samuel L. Clemens）．父親が投機に失敗したため，4年後同州のミシシッピ川沿いの小村ハンニバルに移る．河畔の緑豊かな自然の中で過ごした自由な少年時代は後の作品に色濃く投影され，例えば『トム・ソーヤーの冒険』（1876）の中のトムやハック（重要作品解説参照）となって結晶する．

修業と放浪の時代　11歳の時に父親が他界したので，学校をやめて印刷所の見習いとなり，自立後は長く一ヶ所に定住することなく，夢や冒険心，野心に駆られて，その実現に邁進する．一攫千金を夢見て南米に渡ろうとしたが，途中で志を変え，少年時代の憧れであった蒸気船の水先案内人（ペンネーム Mark Twain は航行安全な水深2尋を意味する専門用語）を目指す．修業の末，免許を獲得し，水先案内人となるが，2年あまりで南北戦争が勃発し，川の航行が遮断され，失職する．その後ロマンティックなヒロイズムに駆られて南軍の義勇兵となるもすぐさま幻滅し，兄の私設秘書として西部へ向かい銀鉱探しに夢中になる．

作家活動と投機熱　結局はジャーナリズムの世界に落ち着き，ほら話（tall tale）「ジム・スマイリーと彼の跳び蛙」（Jim Smiley and His Jumping Frog, 1865）によって東部までその名を知られるようになる．欧州・聖地旅行中の寄稿文をまとめて出版した『赤毛布外遊記』（1869）の成功は作家として盤石の地位をもたらし，欺瞞に満ちた文明社会をユーモアと誇張を交えて斬っていく中に真実が光り，その小気味よさと新鮮な語り口で広く読者の心を掴む．大衆の口語を生かしたフォークロアを文学にまで高め，更にアメリカ文学をヨーロッパから独立させた作家とされる．どの作家よりも早くタイプライターを使い，いち早く電話を個人宅に引くなど，科学を信奉し，合理主義的な面も見せた．また著作権確立の為に尽くし，出版社の経営に乗り出すなど，利にさとく商魂たくましいヤンキー精神の持ち主でもあった．つまりは一作家としての自分に飽きたらず，事業熱に浮かれ投資を繰り返したのだが，結局失敗して大負債を抱えることになる．その借金返済の為に世界中を講演してまわる一方，執筆も続け借金を完済するが，妻や娘に先立たれるなどの家庭的不幸が重なった．

まとめ　トウェインはアメリカ人がかくありたいと憧れる人物と言われる．それは一番夢があり，夢が叶った時代に何度も躓きながらも夢追い人であり続けたからで，銀鉱探しや投機熱にしても，一般大衆とともに踊らされ，行動を一にしたこととも係わっている．晩年は厭世観が募り，人間や文明社会に辛辣な言葉を投げるようになるものの，希望があってこそ絶望は生まれるものであり，晩年のペシミスト像は求めてやまないロマンティストの裏返しと言える．事業の失敗や家庭的な不幸を境に，ユーモア作家とペシミストに二分する安易な公式化は避け，多面性を探ることが望まれる．

◇主要作品◇

◇『キャラヴェラス郡の名高き跳び蛙，その他のスケッチ』(*The Celebrated Jumping Frog of Calaveras County, and Other Sketches,* 1867) 表題作は「ジム・スマイリーと彼の跳び蛙」に手を入れ，東部的価値対西部的価値の構図を明確化した作品．賭に熱中する西部の男が，東部からやって来た男の策略を見抜けずに負ける．狡猾さによる勝利より，敗北した前者の愚かともいえる単純さを際立たせる．

◇『赤毛布外遊記』(*The Innocents Abroad,* 1869) アメリカの精神的独立宣言と言われ，この作品を以てヨーロッパの模倣や追従をやめ，アメリカ文学は独立したとされる．ヨーロッパや中近東の聖地を巡りながら，無知と紙一重の無垢を武器として，旧世界の社会や文明の欺瞞（過去の栄光にすがり，眼前の貧困を蔑ろにする）を攻撃し，見る前から礼賛を決め込むアメリカ人のヨーロッパに対する盲目的崇拝や容易に騙される愚かさを痛罵．新・旧双方の世界にメスを入れ，下卑て見えようとも教養人のひんしゅくを買おうとも見たままを描く．

◇『苦難を忍びて』(*Roughing It,* 1872) 書記官として赴任する兄に伴って，故郷から西部へ旅立ち，カリフォルニアやハワイを経て，ニューヨーク到着までを描く実体験を交えたほら話．テーマは「お上品な伝統」に代表される東部的価値（都会・洗練・虚飾）と西部的価値（自然・野生・無垢）の拮抗や自然（脅威）の中における卑小な人間の姿（翻弄）である．

◇『金めっき時代』(*The Gilded Age,* 1873) C・D・ウォーナーとの共著．南北戦争直後の世相を諷刺した作品．この書名が，この時代を表わす呼称となる．

◆『トム・ソーヤーの冒険』(*The Adventures of Tom Sawyer,* 1876)→381頁．

◇『王子と乞食』(*The Prince and the Pauper,* 1882) 瓜二つの王子と乞食が立場を入れ替えるも誰一人見破ることができない．外見でしか判断できない人間を痛烈に揶揄．

◇『ミシシッピ川の生活』(*Life on the Mississippi,* 1883) 前半は水先案内人見習時代の回顧を中心とし，蒸気船最盛期を描く．川を学ぶとは美しい川面に酔えるロマンティストから川に潜む危険看破が可能なリアリストになることであり，その意味を問う．後半は再訪後，8年を隔てて執筆．センチメンタリズム排撃に徹するが，懐かしの地では現実を嫌って眼を閉じ，リアリティを拒否．少年・水先案内人時代を昇華させ，その中に真実があるとする．

◆『ハックルベリー・フィンの冒険』(*Adventures of Huckleberry Finn,* 1885)→385頁．

◇『アーサー王宮廷のコネティカット・ヤンキー』(*A Connecticut Yankee in King Arthur's Court,* 1889) 機械文明の申し子である東部出身の青年が中世にタイムスリップ．諷刺物語．

◇『人間とは何か』(*What Is Man ?* 1906) 老人と青年の対話形式で進み，人間とは機械に過ぎず，悪事をなすゆえ動物よりも劣り，自己満足という衝動によってのみ動くとする．

◇『マーク・トウェインの「不思議なよそ者」原稿集』(*Mark Twain's Mysterious Stranger Manuscripts,* 1969) 晩年の未完成遺稿集．ペシミズム一色の暗い厭世観に彩られることなく，斬新で深遠な一段高い次元の世界を切り開く．「不思議なよそ者第44号」(No.44, The Mysterious Stranger)の最後は，現実を捨て去り夢の中に新しい世界を創造．夢の中に真実を見るという境地に辿り着く．唯我の世界は虚無でも悪夢でもない． (岸上)

ハウエルズ　ウィリアム・ディーン
William Dean Howells（1837 - 1920）小説家　詩人　批評家

生い立ち　印刷業を営むジャーナリストの息子としてオハイオ州で生まれる．州内各地を転々とする貧しい生活のため，父の印刷所で文字を覚え，地方紙の記者となる．

初期の文筆活動　1860年にJ・J・ピアットとの共著『友人ふたりの詩集』（*Poems of Two Friends*）を出版．リンカーンの選挙用伝記執筆の見返りとして，ヴェニス駐在の領事に任命され，61年から4年間イタリアで過ごす．2年間にわたって『ボストン・アドヴァタイザー』（*Boston Advertiser*）に連載したヴェニス便りは，『ヴェニスの生活』（1866）として出版される．帰国後の66年2月，『アトランティック・マンスリー』（*Atlantic Monthly*）の副主幹に迎えられ，71年1月，西部出身者として初めて，この権威ある雑誌の編集主幹に就任，81年に辞職するまでブレット・ハート，マーク・トウェイン，ヘンリー・ジェイムズら若い才能の発掘とリアリズム文学の育成に努めた．その間，旅行記の色彩濃い『二人の新婚旅行』（*Their Wedding Journey,* 1872），『偶然知り合ったひと』（*A Chance Acquaintance,* 1873）を経て，性格創造と社会風俗に力点を置く『既定の結末』（1874）や『アルーストック号の婦人』（1879）などを発表．1880年代前半には，社会秩序の混乱を日常生活のレベルにおいて描いた『現代の事例』（1882）や『サイラス・ラパムの向上』（1885）などが生まれる．

ニューヨークでの活動　86年『ハーパーズ・マンスリー』（*Harper's Monthly*）のスタッフとなり，ニュヨークに拠点を移す．経済恐慌相次ぐ80年代後半から経済・社会小説を手がける．トルストイの影響を受けて，拡大する貧富の差，社会正義の問題に関心を抱く．投機的資本主義のもたらす道徳的堕落を描いた『新しい運命の浮沈』（1890）は代表的な例である．86年から92年まで『ハーパーズ・マンスリー』に連載したリアリズム論は，まとめられて『批評と虚構』となる．93年の経済恐慌をきっかけに資本主義国アメリカの将来を考えるようになり，94年に最初のユートピア小説『アルトルーリアからの旅人』を，1907年には続編『針の穴から』を出版．世紀末前後から回想録・自伝を出版．『少年の町』（*A Boy's Town,* 1890），『文学界の友人と知人』（*Literary Friends and Acquaintance,* 1900）はその主なものである．1908年アメリカ芸術院長に選出される（〜20年）．晩年にも長編小説を手がけるなど創作活動は衰えることなく続いた．

まとめ　『アトランティック』以後もハムリン・ガーランド，フランク・ノリス，スティーヴン・クレインら若手作家を援助，生涯の大半をジャーナリストとして精力的に活動し，東部知識階級の主導する文壇に君臨，そのミドルネームにかけてアメリカ文学のディーン（長老）と呼ばれた．小説家としても，愚かで哀れな人間にも注がれる温かい目，ユーモア溢れる語り口と性格を描き分けるぬきんでた描写力等，その魅力は大きい．

◇主 要 作 品◇

◇『ヴェニスの生活』（*Venetian Life,* 1866）1861年から65年にかけて領事としてヴェニスに滞在した際に見聞した平凡な日常生活の詳細を長期滞在者の視点で忠実に書き留めた旅行記．好評を博した．

◇『既定の結末』（*A Foregone Conclusion,* 1874）イタリアを舞台に土地の僧侶ドン・イッポリト（Don Ippolito）とアメリカ娘フロリダ・ヴァーヴェイン（Florida Vervain）の愛の悲劇を二人の共通の友人であるアメリカの領事ヘンリー・フェリス（Henry Ferris）の視点を通して描く．ヘンリー・ジェイムズの『デイジー・ミラー』に影響を与えたとみられる．

◇『アルーストゥク号の婦人』（*The Lady of the Aroostook,* 1879）ボストンからヴェニスへ向かう貨物船の船客の中でただ一人の女性である若く美しいリディア・ブラッド（Lydia Blood）と二人のボストンの青年との船上での交流を中心に，ヴェニスでリディアが遭遇する出来事と，青年の一人と結婚してアメリカへ帰国するまでを描く．

◆『現代の事例』（*A Modern Instance,* 1882）→384頁．

◆『サイラス・ラパムの向上』（*The Rise of Silas Lapham,* 1885）→386頁．

◇『新しい運命の浮沈』（*A Hazard of New Fortunes,* 1890）「金の魅力が富める者をも貧しい者をも一様に惹きつける都会」ニューヨークを舞台に，石油業界の成功者ジェイコブ・ドライフーズ（Jacob Dryfoos）の後援によって創刊されることになっている新しい文芸雑誌をめぐる衝突と，ニューヨーク社交界に入り込もうとする成金（ドライフーズ家の姉妹）の試みを中心とする物語．金銭に執着する父親が後援する雑誌の名目上の所有者である息子コンラッド（Conrad）は，キリスト教社会主義に傾倒，牧師になることを望んでいるが，父親の反対にあう．コンラッドは市街電車のストライキに巻き込まれて不慮の死を遂げる．この時，ドライフーズと立場を異にする雑誌のスタッフも命を落す．息子の死に打ちひしがれたドライフーズは，金に支配され堕落した自己の姿を見つめる．

◇『批評と虚構』（*Criticism and Fiction,* 1891）ハウエルズのリアリズム理論表明の書．「動機の蓋然性」，「素朴で自然な，現実に即した」素材の使用，対象とすべきは「人生のより微笑ましき側面」，アメリカ語法の使用を主たる論点とする．

◇『アルトルーリアからの旅人』（*A Traveller from Altruria,* 1894）マルクス主義の立場からアメリカ社会を批判したユートピア小説第一作．利他主義（Altruism）に立脚した架空の国アルトルーリアからの旅人が利他主義の原理を披露する．続編『針の穴から』（*Through the Eye of the Needle,* 1907）では，競争より協同作業，利己主義より利他主義をとるアルトルーリアの秩序が詳述されている．

◇『我が文学的情熱』（*My Literary Passions,* 1895）正規の学校教育を受けていないハウエルズが，父の書棚の本を読んで文学的情熱を満足させた過去を回顧する．対象はゴールドスミス，ポープ，シェイクスピア，ディケンズ，サッカレー，テニスンらイギリスの作家，セルヴァンテス，ハイネ，ゲーテ，ダンテ，ゴルドーニ，ツルゲーネフ，ゾラ，トルストイらヨーロッパの作家，ロングフェロー，ホーソーンらアメリカの作家など広範囲に及ぶ．　（武田）

ジェイムズ　ヘンリー
Henry James（1843 - 1916）　　　小説家

近代西欧小説のパイオニア　生涯の大半を国外居住者としてイギリスに暮らし，小説の地位を芸術の高みにまで向上させるべく技法の発展に努め，戯曲や文芸評論・美術評論などを含む膨大な数の作品を著した．また，人間の複雑な内的世界を綿密に描き上げ，心理的リアリズムのジャンルを開拓し，ジョイスやV・ウルフら「意識の流れ」を扱う近代西欧作家たちの先駆的役割を果たした．

相対的視点の獲得　ニューヨーク市生まれ．同名の父親はフーリエやスウェーデンボルグ哲学を信奉する思想家，兄はプラグマティズムの提唱者となった心理学者のウィリアム．アイルランドから移住した両親の経済的成功により有閑の身を許された父親は，自身が受けたカルヴァン主義遵守の教育法に疑念を抱き，子供たちに偏りのない物の見方と自己判断力を身につけさせるため家庭教師を伴い幾度となく長期に亘る欧州旅行を敢行した．この経験を通してヨーロッパの文化や伝統ならびに芸術に親しんだことが，ジェイムズの人格形成とその後の作家活動に大きな影響を与える．また，ニューポート在住時に英米文学のみならずバルザックをはじめとするフランス文学にも親しんだことや，画家のアトリエに出入りして芸術家の実態や制作の様子などを間近で観察したことも作家としての成長を促した．

初期—国際テーマへ　1863年にハーヴァード大学の法学部を退学したジェイムズは，64年に無署名の処女作「あやまちの悲劇」（A Tragedy of Error）を，その翌年には短編「ある年の話」（The Story of a Year）を署名入りで発表し，ウィリアム・ディーン・ハウエルズの励ましを受けて作家活動の場を広げる．さらに，69－70年，72－74年の二度のヨーロッパ旅行を通して，自身が追究すべき主題を国際状況（international situation）に見出し，「情熱の巡礼」（A Passionate Pilgrim, 1871）や『ロデリック・ハドソン』（1876）を創作する．75年には，風習を描く小説家を目指し，ヨーロッパに移住する決意を固め，パリに渡る．その地で亡命中のツルゲーネフを訪ね，ある性格から必然的に生じる出来事を描くという創作法に確信を得る．また，フローベール，ゾラ，ゴンクール兄弟らフランスの文人たちの知遇をも得て文学的刺激を受ける．翌年には永住の地となるロンドンに居を移し，本格的な創作活動に従事し『アメリカ人』（1877）を刊行，『デイジー・ミラー』（1878）によって名声を博し，初期を代表する長編『ある婦人の肖像』（1881）を刊行するに至る．

中期—実験と劇作　80年代に入ると，社会小説や政治小説の創作に挑み，『ボストンの人々』（1886）や『カサマシマ公爵夫人』（1886）を出版するが，厳しい批判にさらされ，『悲劇の美神』（The Tragic Muse, 1890）も失敗に終わる．活路を劇作に求め，満を持して発表した戯曲『ガイ・ドンヴィル』（Guy Domville, 1894; 上演1895）も悲惨な結果に帰し，さらに身内や親しい友人の不幸も重なり精神的にも経済的にも危機の時代を迎える．しかし，この

◇主 要 作 品◇

経験から会得した作劇術によって，小説の執筆再開後の作品はより緊密な内部構造を有するようになる．例えば，『メイジーの知ったこと』（*What Maisie Knew,* 1897）や『ポイントンの蒐集品』（1897）などの中期の作品，ならびに後期を代表する三大長編にも場面の積み重ねによる構成法が採用されている．また，この時期には「絨毯の下絵」（The Figure in the Carpet, 1896）や『ねじの回転』（1898）といった問題作に加えて，数多くの中・短編や旅行記ならびに評論集なども著している．

後期—円熟の域へ 経済的不安が続く中，心機一転，サセックス州ライに自邸を購入したジェイムズは完璧なる小説世界の創造を目指し長編執筆に専念し，世紀が変わると『鳩の翼』（1902），『使者たち』（1903），『黄金の盃』（1904）を連続して発表する．これら後期を代表する作品は，初期の国際テーマを再び取り扱いながらもその世界は人生哲学的な色彩を深め，技法においても洗練の極みを示しジェイムズ文学における三大傑作と称される．また，1904年9月には，ニューヨーク版選集出版の打ち合わせを兼ね20数年ぶりに母国を訪れ，翌年の1月から数ヶ月に亘る大陸横断講演旅行に出発する．その体験をまとめた『アメリカ印象記』（*The American Scene,* 1907）には，変貌を遂げた故国の光景に強い衝撃を受けた自身の姿が描かれている．同年8月，ライに戻り，選集のための作品選定，改訂と加筆，序文の執筆などに専心し，自伝や回想録にも着手する．1911年と12年にハーヴァード大学とオックスフォード大学から名誉学位を，1916年にはメリット勲章を授与される．1915年にイギリスに帰化，翌年ロンドンのチェルシーで死去．

まとめ ジェイムズは主に，①国際状況　②超自然的な出来事　③社交界の人々　④芸術家と人生あるいは芸術家と社会などに主題を見出している．特に，国際状況に関してジェイムズは初期と後期の二期に亘って取り扱い，ダーウィニズム的決定論やデカダンスが時代の思潮である時期に，異文化との接触によって生じる苦境の中で自身の道徳観に従い人生を選択し精神的勝利を得る主人公を数多く描いた．また，主人公たちが抱く矛盾した感情—行動に対する強い希求と恐れ—は，生来の観察者であり国外居住を選択し傍観者として生きたジェイムズ自身の姿を想起させる．一方，初期の作品に比べ後期の作品では，アメリカとヨーロッパの文化的相違から生じる対立そのものよりも，それを克服しようとして葛藤する主人公の内的世界の描写に一層の配慮が払われ，繊細な心の襞を表現する複雑で難解な文体が用いられている．とりわけ晩年には一部の知的読者層にしか支持されなかったジェイムズだが，主題に相応しい内容と形式の一致に徹して小説に芸術的様式美を付与したこと，全知の語り手を可能な限り廃し，特定の人物の観察を通して得た主観的事実を描く視点の技法，心理的リアリズムの開拓などの点で文学史上重要な地位を占めている．死後，国粋主義の風潮が席巻するアメリカでイギリスへの帰化を理由に非難され，軽視された存在となるが，20世紀の中ごろニュークリティシズムを提唱する批評家たちの研究対象となり復活を遂げた．近年では，フェミニズムやクイアーの視点からの再読や「金銭」に関する問題の考察なども試みられている．

◇主要作品◇

▨『ロデリック・ハドソン』(*Roderick Hudson*, 1876) 才能ある若いアメリカの彫刻家ロデリックが，修業のため訪れたローマで腐敗したヨーロッパ社会と接触し，クリスティーナ (Christina Light) という美女に魅了され破滅していく姿を，彼のパトロンであるローランド (Rowland Mallet) の意識を通して描く．実際には二作目の長編であるが，最初の長編として作者自身が認めた小説．後にジェイムズが発展させていく「国際テーマ」「芸術家および芸術論」「視点の技法」の萌芽がみられる，作者の小説の起点にあたる作品．

▨『アメリカ人』(*The American*, 1877) 南北戦争後，一代で財を築いたアメリカの紳士クリストファー・ニューマン (Christopher Newman) は喧騒の母国を離れヨーロッパへと旅立ち，パリでフランス貴族の未亡人に理想の女性像を見出し求婚する．没落貴族であるその娘の母と長兄はニューマンの富に魅入られて婚約を許す．しかし，身分ある花婿候補が出現すると彼らは一方的に婚約を破棄してしまう．失意のニューマンは復讐を誓うが，結局は自身の高潔さを守り，それを諦めて帰国する．アメリカ人の精神的勝利を賛美した作品の原点とも言えるこの小説では，アメリカ人の主人公の観察と経験を通してアメリカの無垢とヨーロッパの経験とを鮮やかに描き出している．その一方，翌年に発表した『ヨーロッパ人』(*The Europeans*) では，ヨーロッパ化したアメリカ人の視点を通して清教徒たちの姿を描いた．

◆『デイジー・ミラー』(*Daisy Miller*, 1878) →382頁．

◆『ある婦人の肖像』(*The Portrait of a Lady*, 1881) →383頁．

▨「小説の技法」(The Art of Fiction, 1884) イギリスの小説家で批評家でもあるウォルター・ベザント (Sir Walter Besant) の小説観に基づく小論に対する反論として書かれた評論．ジェイムズのリアリズム小説観が明確に示された重要な作品．小説家と画家の類似性や両者の相互関係に言及して小説を芸術の一分野と位置づけ，人生の真実を描くべき小説家の自由が読者の期待や道徳的束縛によって侵害されてはならないと主張している．また，小説とは広義に解釈すれば「人生の個人的かつ直接的印象」であると定義し，小説の価値は小説家が受けた印象の強さに比例すると述べている．

▨『ボストンの人々』(*The Bostonians*, 1886) ボストンの女性解放運動を背景に，女闘士として育てられたヴェリーナ (Verena Tarrant) の精神的成長を，この娘に恋する南部出身の青年弁護士と彼女を発掘し育成するボストンの女性運動家との戦いに絡めて客観描写の手法により描いた社会小説．南北戦争後のアメリカ社会の退廃が風刺的に描かれており，バルザック風あるいは自然主義への傾向が指摘されている．また，この女性運動家とヴェリーナの同性愛の問題やジェンダーの視点からの考察も行なわれている．

▨『カサマシマ公爵夫人』(*The Princess Casamassima*, 1886) ジェイムズが生きた同時代のロンドンを舞台にした長編小説．貴族と下層階級の女との間に生まれ革命運動に身を投じている青年ハイアシンス (Hyacinth Robinson) が，それを支援する公爵夫人との交流を通して歴史と伝統に育まれた美の世界に触れた結果，自己矛盾を生じ破滅する．ジェイムズが最も自然主義に接近した作品と評されている．小説の題名にもなっている公爵夫人は，『ロ

◇主 要 作 品◇

デリック・ハドソン』で主人公（ロデリック）を破滅に追い込んだ女性（クリスティーナ・ライト）のその後の姿である．

◲『ポイントンの蒐集品』（*The Spoils of Poynton*, 1897）審美眼に欠ける息子と俗物のその婚約者から至宝というべき美術骨董品を守ろうとする未亡人の戦いを軸に，その未亡人から見込まれ母子戦争に巻き込まれることになった主人公フリーダ（Fleda Vetch）の心理的葛藤を描いた小説．批評家によって作品の評価が大きく異なる．特に主人公の道徳的行動については賛否両論がみられる．また，フリーダは『ある婦人の肖像』の主人公イザベルや『黄金の盃』のマギーの系譜に連なる女性とも指摘されている．

◆『ねじの回転』（*The Turn of the Screw*, 1898）→391頁．

◲『鳩の翼』（*The Wings of the Dove*, 1902）不治の病におかされた裕福なアメリカ娘ミリー（Milly Theale）が生きたといえる証を求めてヨーロッパを訪れ，そこで彼女の遺産をめぐる陰謀に巻き込まれ傷つきながらも一切を許し恵みの翼を広げて天へと召される．随所に織り込まれた絵画は主人公に芸術的な美しさと神秘性を付与するにとどまらず，「場」の緊張感を創出し，さらには物語の主題と展開にまで密接に関与している点でジェイムズの美意識と技法の極致が示されている傑作．また，読者には最後まで病名が明かされぬ謎の多いミリーとは対照的に，彼女の財産を狙うケイト（Kate Croy）は圧倒的なリアリズムで描かれており，象徴性とリアリズムの和合の妙を感じさせる．

◆『使者たち』（*The Ambassadors*, 1903）→396頁．

◲『黄金の盃』（*The Golden Bowl*, 1904）ロンドンとその郊外を舞台に，大富豪の父をもつアメリカ娘マギー（Maggie Verver）が夫のアメリーゴ公爵（Prince Amerigo）と義理の母親シャーロット（Charlotte Stant）との密会に気づき，秩序と調和のとれた家族関係を回復するために奮闘する．その過程で，純真な少女のごとき主人公は人生の裏側に潜む悪を認知し受容することで精神的成長を遂げる．作者はこの作品の主な登場人物を4人に限定し，それぞれの関係から生じる問題と微妙な心の襞を前半部は公爵の視点から，後半部はマギーの視点から丁寧に描きこんでいる．これらの人物に関して批評家は様々な解釈を試みており，特に主人公マギーの解釈については『ポイントンの蒐集品』のフリーダと同様に賛美派と非難派とに見解が分かれている．また，複雑で難解な文体や，題名の『黄金の盃』に代表される多彩なシンボルやイメージの使用においても特筆すべき作品である．

◲『ニューヨーク版序文集』（*The Art of the Novel*, 1934）ニューヨーク版選集を刊行する際にジェイムズが各作品につけた序文を，ブラックマー（Richard P. Blackmur）が一巻本に編纂したもの．円熟期におけるジェイムズの小説論が語られている．この中でジェイムズは，小説とは芸術家が実人生から摘んだ真実の芽を純化し成長させ秩序と形式を付与して創り出したものであるから，小説の現実は実人生のそれよりも真実であると述べて，自身の小説の芸術性を示唆している．

(山口)

ノリス　フランク
Frank Norris (1870 - 1902)　　　　　　**小説家**

絵画へ シカゴ生まれ．父親は宝石卸商を営み，財を成した実業家．
の関心 母親は文学趣味豊かな元女優．ノリス14歳の時，一家は，カリフォルニア州オークランド（Oakland）に転居．翌年，サンフランシスコに移る．17歳の時，息子の画才を伸ばしたいとの母親の願いから，家族ともどもパリに行く．両親は帰国し，ノリスひとり，引き続きパリにとどまる．だが，絵より，むしろ中世の騎士や鎧などに関心を持ち始め，やがて父親からアメリカに呼び戻される．

進化論・創作 1890年，カリフォルニア大学バークレー校に入学する．ゾラやキプリングなど
法を学ぶ を読み，影響を受けると同時に，ルコント（Joseph Le Conte）教授より，宗教と結び付いた独特の進化論を学ぶ．91年，中世をテーマとした詩『エヴァニール』を出版．94年，特別生として，ハーヴァード大学に入学し，ゲイツ（Lewis Gates）教授から，創作について教えを受ける．既に書き進めていた『マクティーグ』(1899)や『獣人ヴァンドーヴァー』(1914)に教えが生かされる．

特派員 95年，南アフリカに渡り，ボーア戦争を取材するものの，熱病にかかり，帰国する．
として サンフランシスコで，雑誌『波』（*The Wave*）の編集に携わり，取材等を通じて，さまざまな階層の人々と接する．この体験が，後に，小説の背景を描く際に役立つ．98年，『レディー・レティ号のモラン』を発表．同年，米西戦争が勃発し，特派員としてキューバに渡っている．翌年『マクティーグ』を出版．出版社の原稿閲読係りとなる．『ブリックス』を出版．1900年，生活が安定したこともあり，かねてより思いを寄せていた女性ジャネット（Jeannette Black）と結婚．『男の女』を出版．

三部作 この頃，既に社会や経済的な事柄に関心を強め，三部作「小麦叙事詩」（The Epic of the Wheat）を計画する．カリフォルニアの農場に出掛け，小麦栽培の様子を取材する．『オクトパス』(1901)では，カリフォルニアでの小麦栽培を，『小麦取引所』(1903)では，シカゴでの小麦相場を扱う．いずれも，発売後すぐにかなりの売れ行きを示す．『狼』（*The Wolf: A Story of Europe*）では，ヨーロッパでの小麦の消費を描く予定であったが，果たせない．02年，盲腸炎から腹膜炎を併発，急死する．他に，『小説家の責任』(1903)などがある．

アメリカ独自の 1890年代の感傷小説の時代にあって，ノリスはゾラなどの影響を受けつつ，
自然主義文学 アメリカ独自の自然主義文学を生む．環境と遺伝とに囚われる人間の悲劇．しかし，同時に，自然の大きな力に，光明をも見出す．男女の愛を描き，ロマンティックな部分も少なくない．セオドア・ドライサーの才能を発見したことの意義なども含め，ノリスがアメリカ自然主義に果たした役割は計り知れない．

◇主 要 作 品◇

◻『エヴァニール』（*Yvernelle: A Legend of Feudal France,* 1891）中世のフランスをテーマにした物語詩．母親から金銭的な援助を得て，出版．

◻『レディー・レティ号のモラン』（*Moran of the Lady Letty,* 1898）ロス・ウィルバー（Ross Wilbur）は，元来，イェール大学出の優男．波止場の酒場で酒を飲まされ，スクーナー船に拉致される．難破船レディー・レティ号に遭遇．船長の娘，モランと出会う．長いブロンドの髪，魅惑的な容姿．動きは活発で，男勝り．ある日，ふたりは争うことになる．その時，ウィルバーもモランも，それぞれ，男性，女性としての自分に気付く．「結局，あなたは男性，私は女性だとわかった」．ふたりは，恋に落ちる．だが，物語はハッピーエンドでは終わらない．ウィルバーが下船中，モランが同船していた中国人に襲われ，殺される．船は死んだモランを乗せたまま沖に流される．ウィルバーは，ただ呆然と船を見送る．

◆『マクティーグ』（*McTeague: A Story of San Francisco,* 1899）→393頁．

◻『ブリックス』（*Blix,* 1899）ジャネットとの出会いを描いた伝記的な作品．腰の据わらぬ，若い作家コンディー（Condy Rivers）が，行動力のある女性ブリックスに支えられ，目覚める．

◻『男の女』（*A Man's Woman,* 1900）恋あり冒険ありの物語．ウォード（Ward Bennett）も，ロイド（Lloyd Seawright）も，ともに，強い意志の持ち主．ウォードは北極探検を行ない，仲間を死なせながらも，帰還する．ロイドはみずから看護婦となり，人々のために献身的に働く金持ちの女性．ウォードの友人がチフスにかかる．ロイドは，看病を続けたいと主張．ウォードは，危険だからやめろと説得．結局，患者は死ぬ．やがて，ふたりは互いに理解し合い，結婚する．ロイドはウォードの冒険家としての力を認める．ウォードは家庭での生活を棄て，再び，北極を目指す．

◆『オクトパス』（*The Octopus: A Story of California,* 1901）→395頁．

◻『小麦取引所』（*The Pit: A Story of Chicago,* 1903）一部実話に基づくもの．前作ほどの大作ではなく，その分，統一がとれている．主人公，カーティス（Curtis Jadwin）は小麦の相場師．利益を得ようとして，農家に作付けを促す．やがて，各地から，小麦がどっと運び込まれる．価格は暴落．カーティスは破産する．人間は自然までも支配することはできない．一方，妻ローラ（Laura）は，寂しさに，他の男性と密会．だが，夫の破産を契機に，心を夫に戻す．ふたりは西部で新たな生活を始める．

◻『小説家の責任』（*The Responsibilities of the Novelist,* 1903）いくつかの文学論をまとめて死後出版したもの．作家は，読者に対して，真実を語るという「重い責任を負うべきである」こと．小説の目的は，「事を語るか，示すか，証明する」ことなど．

◻『獣人ヴァンドーヴァー』（*Vandover and the Brute,* 1914）ハーヴァード大学時代の作品．死後，原稿が見つかり，出版される．ヴァンドーヴァーは遊び人の画家．少女をかどわかし，妊娠させる．少女に自殺されると，自責の念に苦しむ．やがて，病にかかり，獣性に目覚め，犬のように吼え始める．画家として絵筆をふるえない．倫理観が崩れ，退廃していく姿が，生き生きと描かれている．

(矢作)

ドライサー　ハーマン・セオドア
Herman Theodore Dreiser（1871 - 1945）小説家

極貧の幼年期　インディアナ州のテレ・ホートで，13人の兄弟姉妹の12人目の子として生まれた．父ポールはドイツからの移民で，機織り職人であったが，セオドアが生まれた頃にはすでに失職しており，一家は窮乏状態にあった．生活のため家族は離れ離れとなり，セオドアは極貧の幼少期を送らねばならなかった．ところが，やがて長兄ポールが作詞家として成功を収め，一家の危機を救う．セオドアはこの長兄をみて，経済的な豊かさや，有名人であることへの憧れを抱いた．また，読書好きで，異性への関心も強かった．

新聞記者から作家へ　16歳になる直前，セオドアはひとりでシカゴへと旅立ち，その後，様々な職を転々とした．その間，高校時代の教師の援助によりインディアナ大学に入学したが，失望し1年間で退学する．文章を書く仕事に初めて就いたのは，シカゴの『グローブ』（Globe）紙の記者になった1891年である．その後も記者として様々な新聞社を渡り歩き，また雑誌編集にも携わった．98年にはセアラ・ホワイトと結婚している．その後，友人の勧めで小説を書き始め，1900年，『シスター・キャリー』を完成させるが，内容が不道徳であると評され，売れ行きも不振だった．妻との不和もあって，セオドアは精神的に落ち込む．以後しばらく雑誌編集者として過ごしたが，これはかなりの成功を収めた．批評家メンケン（H. L. Mencken）と知り合ったのもこの頃のことである．だが，セルマという若い女性に恋をし，それが露顕したことがきっかけとなって，雑誌の世界から身を引くことになる．

文壇で地歩を固める　第2作『ジェニー・ゲアハート』はハーパーズ社から11年に出版されたが，これは好評で迎えられた．また，この年ドライサーは，「欲望三部作」の主人公のモデル，チャールズ・T・ヤーキーズ（Charles T. Yerkes）の生涯を調べるためにヨーロッパを旅している．翌年，三部作中の第1作『資本家』を完成．14年には『巨人』が出版された．更に自伝的色彩の濃い『天才』（1915）を書いたが，これは多くの批評家から酷評され，また翌年，ニューヨーク悪徳防止協会はこの本を発禁処分にした．

大作家に　長年温めていた素材にとりかかり，『アメリカの悲劇』と題してこれを発表したのは25年のことである．これは売れ行きもよく，批評家からも絶賛される．翌年には劇化され，また映画化も決まった．ドライサーは大作家，名士と目されるようになる．だが，ピューリッツァ賞ではシンクレア・ルイスに敗れ，受賞はかなわなかった．ルイスに敗れる事態は30年ノーベル賞の際にも繰り返されることになる．27年，革命10年を迎えたソ連政府の招待でロシアへと旅立つ．

晩年の政治活動　30年代以降のドライサーは，政治活動に傾倒する．富裕層と貧困層の格差がない平等な共産主義的社会が彼の理想だった．死の直前に共産党入党を許された．

◇主 要 作 品◇

◆『シスター・キャリー』(*Sister Carrie,* 1900) →394頁.

◇『ジェニー・ゲアハート』(*Jennie Gerhardt,* 1911) 貧しい移民の家に生まれた娘ジェニーが,最初は上院議員,次には大富豪の次男と愛人関係を持ちながら,そのどちらとも結婚することなく,ついには前者との間にもうけた娘までも病気で失うという,悲劇的な女性の一代記.ドライサーは当初この小説をハッピー・エンドにしていたが,ある女性の忠告に従って書き替えたという.

◇『資本家』(*The Financier,* 1912) 実在した資産家チャールズ・T・ヤーキーズをモデルとする主人公,フランク・T・アルジャーノン・カウパーウッド(Frank Algernon Cowperwood)の生い立ちから36歳に至るまでを描いた作品.フィラデルフィアに生まれ,幼い頃から事業欲の強かったカウパーウッドは,長じて株式売買によってのし上がるが,やがて取引上の不正が発覚し,投獄の憂き目に遭う.だが釈放後,ジェイ・クック・バンキングの破産を好機として,再び莫大な利益をあげる.

◇『巨人』(*The Titan,* 1914)『資本家』の続編で,「欲望三部作」の第2作.カウパーウッドはより大きなビジネスを望んで,愛人アイリーンとともにシカゴへ向かう.正妻との離婚手続きを済ませた彼は,アイリーンと結婚するが,上流社交界に入ることは難しかった.だが,ガス会社の統合,鉄道用地の買収,売名のための大学への寄付などを通じて,事業は発展を続ける.また国内で随一の美術品蒐集家となった.その間,アイリーンに不満を覚え,ベレニスという若い娘に惹かれるようになる.カウパーウッドは結局,シカゴ市内の鉄道統合を実現させることは出来ず,シカゴの町に失望して,ベレニスとヨーロッパへ旅立つ.

◇『天才』(*The "Genius",* 1915) イリノイ州の中流家庭に生まれたユージーン・ウィトラ(Eugene Witla)は幼い頃から絵を描いたり文章を書いたりするのが好きだった.17歳で地元の新聞社に勤めるが,都会への憧れから,シカゴへと旅立つ.そこでアンジェラ・ブルー(Angela Blue)という女性と婚約したユージーンは,更に画家として名声を得るべくニューヨークへと進出する.アンジェラと結婚した後も,彼の若い女性に対する興味は消えることがなく,様々な女性遍歴を重ねる.やがて絵が描けなくなったユージーンは,アート・ディレクターに転身して経済的成功を収める.だがアンジェラが娘を出産する時に死んだことによって,それまでの自分を悔い,当初の志を取り戻す.

◆『アメリカの悲劇』(*An American Tragedy,* 1925) →429頁.

◇『あけぼの』(*Dawn,* 1933) 自伝.

◇『とりで』(*The Bulwark,* 1946) ドライサーが死の直前に完成させた長編.アメリカの時代精神の移り行きを背景として,信仰心の篤い銀行家ソロン・バーンズ(Solon Barnes)と新時代の子供たちとの齟齬を描く.

◇『禁欲の人』(*The Stoic,* 1947)「欲望三部作」第3作.死後出版.六十歳間近のカウパーウッドは最愛の恋人ベレニスとロンドンで暮らしはじめ,この地で地下鉄事業の買収に乗り出す.やがて健康が衰え,死去.ベレニスは母とインドへ.莫大なはずの遺産を整理してみると妻アイリーンの手元に残ったのはわずかだった. (坂下)

クレイン　スティーヴン
Stephen Crane（1871 - 1900）**小説家　詩人　ジャーナリスト**

生い立ち　ニュージャージー州ニューアーク（Newark）で14人兄弟の末っ子として生まれる．父はメソジスト派の牧師，母も同派の牧師の娘であった．1878年にニューヨーク州ポート・ジャーヴィスへ移る．のちにホワイロムヴィル（Whilomville）の名で作品の舞台となる土地である．80年に父が亡くなり，母の厳しい躾を受けて成長する．末息子にかなりの影響力を持っていた母の存在は，マギーの母やジョージの母にその姿をとどめている．85年の夏，通信社を営んでいる兄の手伝いを始める．90年に入学したラファイエット・カレッジをクリスマス休暇後に退学，翌年1月，シラキュース大学に入学，学生新聞に記事を書き，『街の女マギー』の執筆に着手する．7月にハムリン・ガーランドの講演を取材して書いたリポートが作家自身の目にとまる．

ジャーナリズムの世界へ　秋に大学を中退し，ニューヨークへ出てジャーナリストとなる．この年の末に母が亡くなる．93年『街の女マギー』を自費出版，詩作も始める．94年『ジョージの母』に着手．95年1月から3月にかけて，バチェラー新聞連盟から派遣されて西部経由でメキシコへ旅をする．この時，『ネブラスカ・ステート・ジャーナル』（*The Nebraska State Journal*）の仕事をしていたウィラ・キャザーと初めて会う．

名声確立　95年に発表した『赤い武功章』によって名声は確立する．翌年『ジョージの母』を出版．11月にフロリダ州ジャクソンヴィルに赴き，キューバ暴動の取材のための準備に入る．そこで内縁の妻となるコーラ・テイラー（Cora Taylor）に出会う．1897年1月2日，フロリダ沖で，乗り組んだコモドア号が遭難．この体験を基に「無蓋のボート」を6月に発表する．コーラを伴ない，トルコ戦争取材のためギリシャへ赴く．静かな生活を求めてコーラと渡った英国で，ジョーゼフ・コンラッド，H・G・ウエルズ，ヘンリー・ジェイムズらと交わる．98年特派員として米西戦争取材のためキューバ，プエルトリコへ向かう．短編「花嫁，イエロー・スカイに来たる」（*The Bride Comes to Yellow Sky*），「青いホテル」そして中編『怪物』を発表する．11月にニューヨークへ戻る．99年再び渡英，ブリード（Brede）に館を構える．若い頃から酒や煙草に浸り，経済的に余裕のない生活が続いたが，この時も借金を抱えていた．第二詩集『戦（いくさ）はやさし』（*War Is Kind*）を出版．クリスマス・パーティで喀血，1900年5月，転地療養のためドイツのバーデンバイラーへ移るが6月5日，結核のため息をひきとる．

まとめ　クレインは芸術的信条においてはリアリストであるが，対象に対する姿勢および表現方法においては印象主義的である．色彩語の多用，意表を突く比喩，旺盛な批判精神と痛烈なアイロニーは独特のものである．僅か8年の作家活動ながら，記憶に残る多彩な作品を遺して世紀末を駆け抜けていった．

◇主　要　作　品◇

◽『街の女マギー』（*Maggie: A Girl of the Streets*, 1893）アメリカ最初の自然主義小説と言われているクレインの第一作．ニューヨークの下町バウワリー（Bowery）地区に住む人々の，本能のみに動かされる獣的生活，およびこの地区の偽善的風潮が俗語の多用によって赤裸々に描かれている．この地区に住むジョンソン家の娘マギーが，夢破れ，欺かれて辿る破滅への道は当時の読書界には衝撃的であったため，ハウエルズやガーランドには認められたものの，自費出版せざるを得なかった．のち『赤い武功章』の成功により，漸く1896年にアプルトン社から出版された．

◆『赤い武功章』（*The Red Badge of Courage*, 1895）→390頁．

◽『ジョージの母』（*George's Mother*, 1896）『マギー』と対をなすとも続編とも言われる中編小説．マギーと同じアパートに住む若い労働者ジョージと，禁酒運動に携わる信心深い老母との生活を描く．不良仲間に誘惑されて堕落していく息子とその息子を最後まで信じた母を，母子二人の視点を交互に用いて描く．当時のリアリストらに評価される一方，つまらぬエピソードの連続との低い評価もある．

◽「無蓋のボート」（The Open Boat, 1897）アメリカ短編小説の傑作の一つと言われている．フロリダ沖での難破直後，地元紙と『ニューヨーク・プレス』（*New York Press*）に掲載された記事（「コモドア号の遭難」）に基づいている．冒頭の一文「空がどんな色になっているか知っている者はボートの中には誰一人いなかった」（None of them knew the color of the sky.）は特に有名である．目前に押し寄せる波と闘うため視線を水平に保ち，空を見上げる余裕はなく，変化する波の色によって時間の経過を知るという緊迫した状況を簡潔に表現している．漂流の過程で知る連帯の重要性，遭難船の給油係であった男の働きが一番であったのに，彼一人が遺体となって浜辺に打ち上げられるこの世の不条理，生への希望の度合いを多様な色彩によって表現する印象主義的手法など，クレインの主題と技法を確認することができる．

◽「青いホテル」（The Blue Hotel, 1898）95年の西部の旅で得た素材に基づく短編小説．雪に覆われたネブラスカの青いペンキ塗りのホテルに投宿した客の一人であるスウェーデン人の男は，未開拓の西部は恐ろしい土地だという妄想に取り憑かれている．偶発的な出来事の連続により結局，この男は予感した通り射殺される．恐怖に取り憑かれた人間の異常心理と不条理の世界を描く．

◽『怪物』（*The Monster*, 1898）ホワイロムヴィルを舞台とする中編小説．トレスコット（Trescott）医師の一人息子（Jimmie）を火事場から救い出して大火傷を負った黒人の下男ヘンリー・ジョンソン（Henry Johnson）は，醜くなった姿を世間から恐れられる．トレスコット医師はそのことで精神的に追いつめられていく．世間の人々の無言の圧力の恐ろしさが描かれている．クレインは，地域社会や戦場のような全体と，その中の個人との関係を終始，見つめ続けた．

【名句】The girl, Maggie, blossomed in a mud puddle.（*Maggie: A Girl of the Streets*）「マギーは泥沼に咲いた一輪の花だった」（街の女マギー）　　　　　　　　　　　　　　　　　（武田）

キャザー　ウィラ
Willa Cather（1873 - 1947）　　　　　　　　小説家

生い立ち　ヴァージニア州に生まれる．1883年，10歳のとき一家でネブラスカ州レッド・クラウド（Red Cloud）へ移住し，荒涼たるネブラスカの自然の中で，苦難の生活を強いられる東欧からの移民の姿を見ながら成長する．ネブラスカ大学在学中の93年には『ネブラスカ・ステート・ジャーナル』の日曜コラムや劇評を書き始める．卒業後の96年，ピッツバーグへ出，10年間この土地で過ごす．前半はジャーナリストとして，後半は高校教師として働く．この時期に終生の友となるイザベル・マクラング（Isabelle McClung）と知り合う．1902年の夏，イザベルとヨーロッパ旅行に出る．ヨーロッパへはその後3回（1908, 20, 23年）出かけたが，歴史，芸術，カトリックへの関心など数多くの問題の萌芽を提供した初回の旅は最も重要な意味を持つ．

小説家として　05年に短編集『トロールの庭』（*Troll Garden*）を発表．1906年にニューヨークへ出て『マクルアズ・マガジン』（*McClure's Magazine*）の編集者を6年間務める．12年にヘンリー・ジェイムズの影響が指摘されている最初の長編『アレグザンダーの橋』を発表するが，あまり評価されなかった．これより先，08年の冬にメイン州の地方色作家サラ・オーン・ジュエットと知り合う．ジュエットは，「自分の核とも言うべき静かなる中心」の発見と，そこに根差した創作を勧める．この助言に従ってキャザーは，熟知するネブラスカの開拓者の生活を描き始め，『おお開拓者よ！』（1913），『私のアントニーア』（1918）を世に問う．そして23年のピューリツァー賞受賞作『われらの仲間』（1922）でキャザーの名は広く知られるようになった．

時代の変化に遭遇して　第1次大戦後，ネブラスカの田舎にも時代の変化の波が押し寄せてくるにつれ，キャザーの作品にも変化が現われる．『迷える夫人』（1923）と『教授の家』（1925）には，それが明らかに認められる．そして不変を誇るカトリックの調和の世界に惹かれていった結果，『大司教に死は来たる』（1927），『岩上の影』（*Shadows on the Rock*, 1931）が生まれる．このほかヨーロッパ紀行文集（*Willa Cather in Europe*, 1956），評論集，短編集『名もない人々』（*Obscure Destinies*, 1932）などがある．

まとめ　大学でラテン語を勉強したキャザーは，過去および古典の世界に惹かれ，度重なるヨーロッパ旅行とアメリカ南西部に残るメサ（mesa＝岩山）群探訪は，その作品世界にふさわしい背景を提供した．同時代のイーディス・ウォートンと共に，ノスタルジアの作家，伝統主義の作家と呼ばれるが，生命の連続に逆行する生き方をとることはない．変化する社会を凝視し，その中で傷つきながらも生き続けようとする人物を描き続けた．

◇主要作品◇

▷『アレグザンダーの橋』（*Alexander's Bridge*, 1912）長編第一作．中年の土木技師バートリー・アレグザンダー（Bartley Alexander）はボストンでの現在の生活と，かつての恋人である女優とロンドンで再会後に再燃した青春回復への衝動との間で引き裂かれている．進行中のカナダの架橋工事は失敗し，破滅への道を辿る．恩師である西部の大学教授の視点を補助の視点として主人公のディレンマが心理的リアリズムの手法により描かれている．

▷『おお開拓者よ！』（*O Pioneers!*, 1913）ジュエットの助言によりネブラスカの開拓者を描いた第一作．スウェーデン移民の娘アレグザンドラ・バーグスン（Alexandra Bergson）が父の死後，農場と家族への責任を一手に引き受け，知力を傾けた努力の末に農場を繁栄に導くが，期待をかけていた弟エミール（Emile）を不幸な事件で失う．傷心の彼女の許に恋人カール・リンストラム（Carl Linstrum）が戻り，共に農場の発展に努める．

◆『私のアントニーア』（*My Ántonia*, 1918）→408頁．

▷『われらの仲間』（*One of Ours*, 1922）ネブラスカの裕福な農場の息子クロード・ホィーラー（Claude Wheeler）は，変化する環境に適応できず，志願兵となって第1次大戦のフランス戦線へ送られる．彼はフランスで青春を回復し救われるが戦死する．その間にもアメリカの現実は，クロードの望まぬ方向へ歩み続けていた．ピューリツァー賞受賞作だが，批評家の評価は概して低い．

◆『迷える夫人』（*A Lost Lady*, 1923）→417頁．

▷『教授の家』（*The Professor's House*, 1925）大学の歴史学の教授ゴッドフリィ・セント・ピーター（Godfrey St. Peter）は，研究成果を評価され，経済的にも潤って家を新築する．しかし古い家の書斎で過ごすことが多い．そこで彼は，第1次大戦で戦死した愛弟子のトム（Tom Outland）の遺品を整理している．トムはニューメキシコのインディアンの住居跡である岩山（メサ）の町を探検した日誌を遺していった．教授の娘夫婦たちは新しい時代の人間として教授とは異なる人生観の持主で，教授の日常は心穏やかなものではない．自分の人生も終わりに近いと感じている教授は，嵐の夜，古い家の仕事場で危く事故死するところであったが，助けられて生き続ける気持になる．三部構成の第二部は，「トム・アウトランドの物語」と題され，独立した短編としても読める．語り手の声が聞かれないこの作品では，教授の精神的苦悩を説明する手がかりとして重要な部分となっている．

▷『大司教に死は来たる』（*Death Comes for the Archbishop*, 1927）ニューメキシコを舞台に，その土地で伝道の仕事に従事する，性格の異なる二人のカトリックの僧侶が，サンタ・フェに大聖堂を完成するまでを描く．

▷『四十歳以下でなく』（*Not Under Forty*, 1936）評論集．「世界は1922年頃，真二つに割れた」という序文の言葉は，40歳以下の若者と年長者との世界観の違い，時代の変化を強く意識した言葉である．収録エッセーには，選択と単純化に基づくキャザーのリアリズム論「家具を取り払った小説」，ボストンの出版社主夫人アニー・フィールズ（Annie Fields）の文芸サロンを描く「チャールズ・ストリート148番地」（Charles Street 148），「ジュエット嬢」（Miss Jewett）などがある． （武田）

グラスゴー　エレン
Ellen Glasgow（1873 - 1945）　　　小説家

二つの価値の衝突　ヴァージニア州の州都リッチモンド（Richmond）の名家に10人兄妹の8番目として生まれ，生涯のほとんどをこの地で過ごす．両親ともにヴァージニア人だったが，母は東海岸地方の貴族的な上流階級の出身で，騎士道的，審美的な価値観の持ち主だったのに対して，鉄工所経営者の父は西のシェナンドー峡谷のスコッチ・アイリッシュの家系で，厳格でピューリタン的，倫理的な人物だった．最愛の母の神経衰弱，鬱病の発作とその早すぎる死によって精神的な打撃を受け，父を責め続ける．後には父の強さを評価するようにもなったが，幼少時から彼女を悩ませたこうした二つの価値観の葛藤が後に作品のテーマを提供することになる．

反逆者　病弱だったこともあり学校には通わず，独学で学び，特に義理の兄の影響を強く受け，ダーウィンを初めとする進化論，哲学，経済学，心理学関係の本を読む．また若い頃から進行した聴覚障害によって孤立感を深める．旧南部色の濃厚なリッチモンドで，キャリアをもち，男性との恋愛や婚約はあったものの結果として独身をつらぬくことにより，心理的わだかまりを抱えつつ，伝統的な女性像への反逆を自ら企てることになった．

血とアイロニー　グラスゴーが生きた時代は，名誉や騎士道精神を尊ぶ「古き良き南部」が，新南部の産業革命を前に潰え去ろうとしている新旧の移行期だった．お上品な伝統や理想主義，感傷的な読み物に支配されてきたそれまでの南部文学は「血とアイロニー」を欠いているとして，グラスゴーは，現実の生活に根ざした社会的リアリズムの作品を書き，階級とジェンダーの偽善や矛盾にいち早く揺るぎない視線を向けた．このことから彼女はサザン・ルネサンスの先駆けとして位置づけられている．

女性から見る南部転換期　『後裔』（1897）でデビューして以来，生前に19作，死後出版に1作の長編小説があり，そのほか1作の短編集，2作のノンフィクション，1作の詩集がある．第三長編の『人々の声』（1900）で作品のテーマとしての南部を発見し，その後1850年から1940年代にいたるヴァージニアを舞台とする一連の作品群を書き，様々な社会階層の人々を取り上げつつ，この地域の歴史，風俗習慣，文化などをリアリスティックに描く，文学の形を借りたヴァージニア社会史を執筆した．また物語ではしばしば女性主人公を取り上げ，女性の生き方を様々な状況のなかで描き，恋愛の顛末を描いたこともあってか，作品の多くがベストセラーとなって大衆に親しまれ，20年代から30年代にかけては批評的評価も高まった．代表作としては『ヴァージニア』（1913），『不毛の大地』（1925），『保護された生活』（1932），『鉄の気性』（1935）がある．『私たちのこの人生において』（1941）でピューリツァー賞を受賞した．

◇主　要　作　品◇

◇『後裔』（*The Descendant*, 1897）ニューヨークを舞台に南部出身者を取り上げ，私生児として心の傷を抱える破滅的な編集者と若い画家との恋愛を描き，匿名で出版された．

◇『人々の声』（*The Voice of the People*, 1900）19世紀後半を扱い，幼馴染の男女が階級ゆえに異なる人生を歩む様子を描く．農夫の息子は努力を重ねて政界で活躍するに至り，裕福な娘は家柄にふさわしくも精彩を欠いた結婚生活を送る．

◇『戦場』（*The Battle-Ground*, 1902）南北戦争前および戦争中の南部にリアリズムの視点から肉薄し，戦争に翻弄される人々や恋愛を，貴族階級の衰退に絡めて描く．

◇『救出』（*The Deliverance*, 1904）南部再建時代直後のヴァージニアを描く．元農園監督に土地と屋敷を奪われて復讐心に燃える元煙草農園主が，憎しみから愛へと心の成長を遂げる．

◇『オールド・チャーチの粉屋』（*The Miller of Old Church*, 1911）1900年のヴァージニアの田舎を舞台に，没落する貴族階級と自力で社会的地位を獲得する粉屋を悲喜劇的に描く．

◇『ヴァージニア』（*Virginia*, 1913）世紀転換期の南部を背景に，自己犠牲を尊ぶ伝統的な女性像を内面化した女主人公の身に起こる悲劇を描く．模範的な妻・母だったヴァージニアは最後，孤独に一人とり残される．

◇『人生とゲイブリエラ』（*Life and Gabriella*, 1916）ある女性の勇気の物語という副題をもち，個人的な幸せとビジネスの世界での成功の両方を勝ち取る強い女性を描く．

◆『不毛の大地』（*Barren Ground*, 1925）→427頁．

◇『ロマンティックな喜劇役者たち』（*The Romantic Comedians*, 1926）結婚や駆け落ちを中心に，20世紀前半のヴァージニアの都会の上流階級を皮肉まじりに描く風俗喜劇．

◇『愚かさに身をゆだね』（*They Stooped to Folly*, 1929）三人の女性をめぐる風俗喜劇．第1次大戦後のヴァージニアの都会を舞台に上流階級の行動規範の変化を描く．

◇『保護された生活』（*The Sheltered Life*, 1932）現実に目をつぶり無垢であることこそが上流階級の女性の理想とされる南部の風潮を利用して，夫は浮気を繰り返す．風俗喜劇三部作の最後にあたる．

◇『鉄の気性』（*Vein of Iron*, 1935）世紀転換期から大恐慌期までを扱い，ヴァージニア西部の田舎を拠点に，鉄の気性を持つ忍耐強いフィンキャッスル（Fincastle）家の人々が人生を切り抜けていく様子を描く．

◇『私たちのこの人生において』（*In This Our Life*, 1941）大恐慌期を舞台に，貴族的な価値観に縛られ続け，偽善的で利己的な人生を送るヴァージニアの一家族の退廃ぶりを描く．

◇『ある成果』（*A Certain Measure*, 1943）1938年のヴァージニア版著作集のために書かれた小説の序文などを収録．グラスゴーの文学観・創作観を知ることができる．

◇『内なる女』（*The Woman Within*, 1954）死後出版を目論み，1934年頃から執筆された自伝．

（利根川）

フロスト　ロバート
Robert Frost（1874 - 1963）　　　　　　　詩人

労働者詩人　サンフランシスコで生まれる．新聞編集者だった父は，1885年に結核で死亡し，残された家族は親戚を頼りニューイングランドに移り住んだ．高校在学中から詩を書き始め，そこで後に妻となるエリノアと出会う．ダートマス大学に入学するが数ヶ月で退学し，工場労働者や教師として働く．95年結婚．97年にハーヴァード大学に入学し古典文学などで優秀な成績を収めるが，健康を損ね99年に退学する．六人の子どものうち二人が幼くして死亡する．養鶏や農業に従事したり，教師をして生計を立てていたが，1912年に家族と共にイギリスに移住する．当地ではエドワード・トマスらジョージ朝詩人たちと親交を結び，13年に最初の詩集『少年のこころ』，翌年に『ボストンの北』を出版する．この2冊の詩集が成功を収め，間もなくアメリカの出版社がその版権を取得すると，アメリカでの成功を確信し一家と共に15年に帰国する．

成功と悲劇　帰国後ニューハンプシャーに居を構える．16年に『山の合間』を出版，この頃からアマースト大学やミシガン大学に好条件のポストを提供される．また全米各地で朗読会を行ないサンドバーグと並び大衆的人気を得る．23年に『ニューハンプシャー』，28年に『西へ流れる川』を出版．詩人としての名声が高まる一方で，私生活では34年に末娘マージョリー，38年には妻が病死，さらに40年に息子キャロルが猟銃自殺，44年にもう1人の娘イルマが精神障害を患う．こうした不幸にもかかわらず創作意欲は衰えず，36年に『彼方なる山脈』，42年に『証しの木』を出版し，それ以降も『シモツケ』（*Steeple Bush*, 1947）や2編の詩劇が続く．ピューリッツァー賞を4度受賞し，57年にはオクスフォード，ケンブリッジ両大学から名誉学位を授与される．ケネディ大統領の就任式での朗読や，ソ連への文化使節としてフルシチョフとの会見など，公人としての役割も果す．62年に最後の詩集『林間の空き地にて』（*In the Clearing*）を発表し，翌年ボストンで死去．

不当な評価　アメリカ最大の詩人の一人であるが，長らくアカデミズムから軽視されてきた．大衆から人気を得たということもあるが，最大の理由はモダニズムに与しなかったからであろう．20世紀のモダニストたちが作品化した，世界は徐々に衰退するという歴史観や，神なき世界に秩序を回復すべきだという思想に彼は共鳴せず，ウィリアム・ジェイムズの跡を継ぎ，絶対的な秩序を持たない現実の世界に，主体的行為を通じて関わろうというプラグマティズムの立場をとった．彼にとっては，既存の秩序が失われたわけではなく，混沌とした世界は本来の姿であり，出発点であったので，現実世界を映し出すには伝統的な詩形式はもはやふさわしくないという考えにも無縁だった．また彼の詩は韻律や形式が意味の生成に深く関与し，表面上は素朴だが真剣さと機知，冗談が微妙な均衡を保ち，読者に耳のよさと解釈の慎重さを要求することも誤解を生じさせる一因となっている．

◇主　要　作　品◇

◈『少年のこころ』(*A Boy's Will*, 1913) 秋の詩から始まり冬，春，夏と季節を一周し再び秋で巻を閉じる．それと平行して主人公の若者が逃避的幻想から社会参画へと関心が移る．ロマン派やラファエル前派の影響を受けつつ，19世紀的感傷主義を排しアメリカ的語法を取り入れ，パウンドやイェイツにも高く評価された．地域主義的で素朴な作品とみなされがちだが，文体や詩形の選択も含めて熟達した技法で書かれている．

◆『ボストンの北』(*North of Boston*, 1914) →404頁．

◈『山の合間』(*Mountain Interval*, 1916) 初期のフロストを代表する抒情詩を多く含んでいる．自然の事物の描写に仮託して自身の詩学を語る「アマガエルの小川」(Hyla Brook)と「カマドトリ」(The Oven Bird)の他に「行かなかった道」(The Road Not Taken)，「樺の木々」(Birches)，「距離測定」(Range Finding)，そして若年労働者の悲劇を描いた「消えろ，消えろ──」("Out, Out-")などが有名．

◆『ニューハンプシャー』(*New Hampshire*, 1923) →416頁．

◈『西へ流れる川』(*West-Running Brook*, 1928) 若い夫婦が哲学的な対話をする表題作はベルグソンの影響が指摘される．この詩の，生きることの意味は世界の流れに抗うことによって生まれるという思想は，彼の詩に度々現われる主題である．他に，自然の中の美しい均衡とそれを破壊する力を完璧な技法で表現する「春の水たまり」(Spring Pools)，寒々とした恐怖感と孤独をうたう「夜に慣れて」(Acquainted with the Night)などが優れている．

◆『彼方なる山脈』(*A Further Range*, 1936) →460頁．

◈『証しの木』(*A Witness Tree*, 1942) フロストの晩年を代表する詩集．前作では冷笑的な社会批判が繰り広げられたが，この本では再び深く心象風景が掘り下げられる．人間の認識能力を多彩な比喩を用いて表現する「すべての啓示」(All Revelation)，対照的に認識能力の限界を主題とした「その精一杯」(The Most of It)，イブの声がこの世界にもたらした意味についてアダムが語るソネット「鳥たちの歌は決して再び同じにはならない」(Never Again Would Birds' Song Be the Same)の3作は，エマソンやH・ジェイムズの流れを汲む思索の深さにおいてフロストの最高傑作に属する．その他に悲痛かつ美しいトーンで人間と自然の距離を歌う「入れ」(Come In)などが含まれている．

◈『理性の仮面劇』，『慈悲の仮面劇』(*A Masque of Reason*, 1945; *A Masque of Mercy*, 1947) 『理性の仮面劇』は聖書のヨブ記の後日談で，なぜ悲惨な試練を与えたのかとヨブたちに詰問された神が，あれは自分が勧善懲悪を放棄し，恣意的に苦しめるべき人間を決める手始めになったと答える．『慈悲の仮面劇』ではかつての聖人や預言者の名を持つ登場人物が20世紀のニューヨークで神の公正さについて論じる．フロストはこの2作で無条件に神を合理的なものと信じることを否定しているが，ここにもH・ジェイムズの影響がうかがえる．

【名句】I took the one less traveled by, / And that has made all the difference. (The Road Not Taken)「私はあまり歩かれていない道を選んだ，/ それがすべての違いのもとになった」(行かなかった道)　　　　　　　　　　　　　　　　　　　　　　　(笠原)

ロンドン　ジャック（ジョン・グリフィス）
Jack (John Griffith) London（1876 - 1916）　小説家

幼少時代　サンフランシスコに生まれる．占星術師の父は彼を認知しなかった．母フローラ（Flora）はやがて実直な労働者ジョン・ロンドンと結婚し，彼は義父と区別するためにジャックと呼ばれることになった．一家はカリフォルニア州内を転々とする．9歳の頃，ロンドンは旅行記や冒険物語などの読書に没頭する．義父が農場経営とホテル経営に失敗し，一家は貧困生活を余儀なくされる．

過酷な労働と海賊行為　15歳でロンドンは缶詰工場で働き始める．低賃金で長時間労働のつらい日々であった．一時期，仲間たちとカキの養殖場荒らしをしたが，その後，人生を変えようとアザラシ漁船に乗り込む．

転機　1893年，航海体験のスケッチが新聞社の懸賞作品に選ばれた．しかし，相変わらず低賃金労働を続ける．失業者の「ワシントン行進」に参加したが，途中から別れてひとりナイアガラに赴き，放浪罪で逮捕，投獄される．刑務所で人間の悲惨と堕落にショックを受け，資本主義の矛盾に目覚め，社会主義者になる．サンフランシスコへ戻って働きながらハイスクールに通い，学内雑誌に投稿する．図書館に通い詰め，マルクス，ダーウィン，スペンサーなどに読みふける．社会主義労働党に入党する一方，猛勉強をしてカリフォルニア大学バークレー校に入学するが，1学期で退学する．

アラスカへ　執筆活動に時間と労力を割くが，一向に出版されず，相変わらず低賃金労働を余儀なくされる．仕事を辞め，ゴールド・ラッシュのアラスカへ向かう．経済的には無益であったが，そこでの過酷な経験はロンドンにとって人生の転機となった．

作家としての成功　アラスカから戻り，99年の夏から執筆活動に専念した．翌年，『オオカミの息子』が出版された日，ベス・マダーン（Bess Maddern）と結婚．ボーア戦争取材のためアフリカへ赴いた帰りにロンドンに滞在し，貧民街イースト・エンドを探索し，『どん底の人々』（*The People of the Abyss,* 1903）を書く．

世界的名声と「長い病」　『荒野の呼び声』の出版と共に彼は世界的な名声を得るが，ベスと離婚することになる．次作の『海の狼』も爆発的に売れたが，精神的に悩み始める．この頃社会主義の講演旅行を行なう．長年の知り合いのチャーミアンと再婚し，精神的に安定する．『白い牙』(1906)，は好評だった．『鉄の踵』，『マーティン・イーデン』など重要な作品を書きつづけるが，社会主義との乖離を強く意識するようになり，離党する．晩年は不運続きで，飲み過ぎと生肉を食べる習慣から尿毒症を煩い，40歳の若さで世を去った（自殺という説もある）．

◇主 要 作 品◇

◨『オオカミの息子』(*The Son of the Wolf: Tales of the Far North*, 1900) 9話からなる短編集．クロンダイクやユーコン地方の白人たちの物語．先住民の酋長の娘が，種族の男たちの人種的反感を超えて，恋人の白人スクラフ・マッケンジー（Scruff Mackenzie）に心を奪われる．

◆『荒野の呼び声』(*The Call of the Wild*, 1903) → 398頁

◨『海の狼』(*The Sea-Wolf*, 1904) フェリーボートの衝突事故に遭った文学批評家ハンフリー・ヴァン・ワイデン（Humphrey Van Weyden）は，アザラシ猟の船に助けられるが，冷酷で加虐的な船長ウルフ・ラーセン（Wolf Larsen）によって船内で働かされる．その後，日本近海で助けた女性詩人のモード・ブルースター（Maude Brewster）をめぐって2人は対立する．モードとヴァン・ワイデンは文明社会に戻り，船員から見放されたラーセンは病気で命を落とす．

◨『白い牙』(*White Fang*, 1906) 狼と犬の混血の白い牙（White Fang）は，先住民の飼い主から白人のビューティ・スミス（Beauty Smith）に売られる．スミスは，闘犬で優勝するように白い牙を虐待し，凶暴にさせる．スミスの手から白い牙を救ったウィードン・スコット（Weedon Scott）は，優しく接し，凶暴さを鎮めていく．ユーコンからカリフォルニアへ連れていかれた白い牙は人間に馴染んでいく．スコットの家が脱獄囚に襲われたとき，家を守るため白い牙は瀕死の重傷を負う．

◨『鉄の踵』(*The Iron Heel*, 1908) 1912年から18年にかけて起こった出来事を社会主義の指導者アーネスト・エヴァハード（Ernest Everhard）の妻エイヴィス（Avis）が1932年に書いた「手記」という設定．アメリカの巨大独占企業が「鉄の踵」という連合を組織し，ファシズム的に国を牛耳っている．身分制度を導入し，軍人による寡頭支配政治を行ない，労働組合を弾圧する．組合は20年間地下活動を続け，ドイツの社会主義者の組織と連帯してゼネストを行ない，ドイツとの戦争を回避した．「手記」はエヴァハードの処刑で終わっている．だが700年後に書かれた補足説明が付いていて，「鉄の踵」の支配は300年続いたあと打倒され，以後平等な社会が実現されたと述べている．

◨『マーティン・イーデン』(*Martin Eden*, 1909) 自叙伝的小説．ロンドンの分身であるマーティン・イーデンは労働者階級の出だが偶然知り合った上流階級の教養豊かな女性ルース・モース（Ruth Morse）に刺激を受け作家となる．スペンサー的な人生観を書くが，社会主義詩人のラス・ブリッセンデン（Russ Brissenden）だけが彼の作品の価値を理解する．マーティンはルースと婚約するが，彼女はマーティンを中傷する新聞記事を見て離れていく．彼の本が売れ有名になると，ルースはよりを戻そうとする．彼は，憧れていた世界が空虚で偽善に満ちていることを知る．ブリッセンデンの自殺もあって，マーティンは絶望し，船から海に飛び込み自死する．

【名句】Life is an offense to it [death], for life is movement; and the Wild aims always to destroy movement. (*White Fang*)「人生は死に対する攻撃である．なぜなら，人生は動きだからだ．そして，荒野はつねに動きを破壊しようとする」（白い牙） （川村）

アンダソン　シャーウッド
Sherwood Anderson（1876 - 1941）　　小説家

生い立ち　オハイオ州キャムデン（Camden）で7人兄弟の3番目の子として生まれた．父は馬具商を営んでいたが倒産し，一家は州内を転々とした後クライド（Clyde）に落ち着いた．ここで塗装業を始め，大家族を養うために苦労した父親だったが，機械化に追われ仕事が思うように見つからず，やがて酒におぼれるようになった．父を見て育ったアンダソンは，小さい頃からさまざまな仕事をして，家計を助けていた．

成功への旅立ち　金銭と地位への欲求が高く，19歳で念願のシカゴへ出たが，良い仕事には恵まれなかった．米西戦争に参戦後，再びシカゴに戻り，勤めた広告代理店で成功を収めた．最初の結婚後，エリリア（Elyria）で塗装会社を設立．この頃から自らの経験を基にして小説を書き始めた．

転機　1912年，アンダソンは商用の手紙を女性秘書に口述しているとき，突然事業も家庭もいやになって放浪の旅に出，記憶喪失に陥り4日後に発見された．この宗教家の回心を思わせるような事件を転機に文学に専心する決意をする．事業を整理し，シカゴに出て，広告の仕事のかたわら「シカゴ文芸復興」（Chicago Renaissance）のグループに加わった．15年のガートルード・スタインの作品の影響を受け，後に『ワインズバーグ・オハイオ』の一部となる短編を書く．やがて短編が雑誌に掲載され始める．この頃最初の妻コーニーリア（Cornelia）と離婚し，テネシー・ミッチェル（Tennessee Mitchell）と再婚する．結局生涯に4回結婚することになる．

作家としての最盛期　作家として成功するするきっかけとなったのは『ワインズバーグ・オハイオ』（1919）であった．中西部の小都市の住民に次々と焦点を当てて長編にまとめる革新的な小説形式，そしてごく普通の人間の生活に分け入ってその深層心理を描いてゆく手法は非常に新鮮で，文壇に衝撃を与えた．続いて，幻滅に終わる一種の成功小説『貧乏白人』の出版で，第1回ダイアル賞を受賞した．短編集『卵の勝利』も高い評価を受け，作家としての名声と地位は揺るぎないものとなった．そのため以前から続けていた広告の仕事を辞め，作家活動に専念した．この頃ガートルード・スタインやヴァン・ワイク・ブルックスらとも知り合いになる．

晩年　『多くの結婚』と『暗い笑い』を出版するが，中西部の代表作家としての地位は急速に下降していく．もともと社会への関心が強かったアンダソンは，各地の社会運動を支援した．しかし，しっかりした思想に基づく積極的な活動ではなく，子供の頃に芽生えた資本主義に対する反感と最後の妻が持っていた強い社会意識によるものであった．

◇主要作品◇

▢『ウィンディ・マクファーソンの息子』（*Windy McPherson's Son*, 1916）サムは故郷で才能をかいま見せ，シカゴへ出て成功する．その後，事業を捨て，各地を転々とし，妻のもとに帰ってくる．作家の人生経験が色濃く反映した作品．サムの成長物語として読める．

▢『行進する人々』（*Marching Men*, 1917）炭坑夫の息子マグレガーは，父の事故死の後シカゴに出て弁護士になる．子供の時に感動した軍隊の行進にヒントを得て「行進する人々運動」を展開し，労働運動を指導する．第1作同様，教養小説的色彩が強い．

◆『ワインズバーグ，オハイオ』（*Winesburg, Ohio*, 1919）→409頁

▢『貧乏白人』（*Poor White*, 1920）ヒュー・マクヴェイ（Hugh McVey）はマーク・トウェインのハックルベリー・フィンと同様怠け者の父親の息子として生まれるが，鉄道の小さな駅の駅長夫妻に引き取られて教育を受け，発明家となる．彼は農民の仕事を楽にしようという理想主義と彼の才能を利益追求のために利用しようとする企業家スティーヴ・ハンター（Steve Hunter）のもくろみの間で苦しむ．スティーヴは大金持ちになり，田園の小さな町は工場町に変貌し，多くの労働者が流入する．話題の中心は農作業から金儲けに移り，のどかな町は都市化し，犯罪やストが多発するようになる．アメリカの工業化・都市化の矛盾を楽園喪失の神話に重ねて描きだしている．アンダソンが作家として最も充実している時期の作品である．

▢『卵の勝利』（*The Triumph of the Egg*, 1921）13の短編小説とその前後の2つの詩から構成されている短編小説集．短編小説全編を通じてのテーマは，人生の挫折と社会への不適応である．巻末の詩では，アンダソンの人生に対する結論的内容が表現されている．

▢『多くの結婚』（*Many Marriages*, 1923）父の跡を継いだジョン・ウェブスターは，小さな町で平穏な日々を送る実業家であったが，突然ありきたりの日常から逃れたくなり，昔からの夢であった作家になりたいと願う．それまで気にもとめなかった秘書のナタリーと恋に落ち，妻と娘を後に町を出て行く．

▢『暗い笑い』（*Dark Laughter*, 1925）シカゴの新聞記者ジョン・スタックトン（John Stuckton）は突然妻の元を離れ，ボートでイリノイ川とミシシッピ川を下り，ニューオーリンズへ逃避する．やがて少年時代を過ごしたインディアナ州オールド・ハーバーに移動し，その間に2軒の店の看板から思いついてブルース・ダドリー（Bruce Dudley）と名前を変える．フレッド・グレイ（Fred Grey）の工場の工具となり，フレッドの妻のアリーン（Aline）と不思議な引力によって出会い，彼女の庭番となり，やがて二人は駆け落ちをする．D・H・ロレンスの『チャタレイ夫人の恋人』（*Lady Chatterley's Lover*, 1928）との相似は注目に値する．

▢『森に死す』（*Death in the Woods and Other Stories*, 1933）16作からなる短編小説集．男たちと動物たちを養い続けて死んでいった老婆を描いた「森に死す」は評価が高い．

【名句】Only the few know the sweetness of the twisted apples.（*Winesburg, Ohio*）「ほんのわずかの者しか，いびつなリンゴの甘さを知らない」（ワインズバーグ，オハイオ）

（川村）

スティーヴンズ　ウォレス
Wallace Stevens（1879 - 1955）　　　　　詩人

ビジネスマン詩人　詩とは何か，どうあるべきかを追究した，アメリカ文学史上最も重要な詩人の1人．ペンシルヴェニア州のレディングで弁護士である父と教育熱心で敬虔な母のもとに生まれ育つ．聴講生として3年間ハーヴァード大学に通い，そこの知的雰囲気に刺激をうける．特に哲学者のジョージ・サンタヤナに多大な影響をうけ，個人的にも親しくなる．詩を書き始めたのもこの頃である．しばらく新聞記者をした後，ニューヨーク法律学校に進み，1904年に弁護士になる．幾つかの法律事務所に勤め，08年には保険会社の法律部門に職を得る．09年に同郷のエルシーと結婚する．結婚生活は終生続くが，気質と教養の違いにより冷めた夫婦関係だったという．14年に初めて文芸誌に詩を発表，15年前後にはニューヨークで活動していた前衛芸術家たちやウィリアム・カーロス・ウィリアムズらと親交を結ぶ．16年にハートフォード傷害保険会社に雇われ，本社のあるコネティカット州ハートフォードに移り住む．

ハルモニウム　すでに幾つかの代表作を雑誌に発表してはいたが，初の詩集『ハルモニウム』を出版したのは23年であった．この詩集には彼の最も有名な作品が多数集められ，アメリカのモダニズムを代表する詩集となっている．初期のスティーヴンズの詩はイマジズムやフランス象徴主義，イギリスロマン派などの影響が混交しており，華麗で耳慣れない語彙や文体，異国趣味，高踏趣味を特徴とする．『ハルモニウム』はマリアン・ムアなどには高く評価されたが，一般的な成功は収めることが出来なかった．この後，保険会社の仕事が忙しくなったことや健康不安もあり，しばらくの間まったく詩を書かなくなった．24年に長女ホリーが誕生，彼女は後に父親の作品及び書簡集の編集にたずさわることとなる．34年に保険会社の副社長に就任し，翌35年にようやく，2冊目の詩集『秩序の観念』が出版された．

想像力と現実　30年代の後半からは死ぬまで彼の創造力が衰えることはなかった．初期の装飾的な文体やおどけたトーン，自由な形式は影を潜め，直接的な文体と内省的な調子，形式的な韻律と連で書かれるようになる．その代わり長く内容が複雑になり抽象度が高くなってくる．彼はロマン派詩人やエマソンのように現実を変容させる想像力というものを讃えており，また神なき世界においては想像力が神の役割を果たすと述べている．したがって，『夏への移送』や『秋のオーロラ』などの後期の詩集は現実と想像力の関係を追究した変遷であり深化である．50年代に入るころには大詩人として評価されるようになり，ピューリツァー賞，全米図書賞などを相次いで受賞し，ハーヴァード大学から教授職を提供されるまでになったが，それを断わり終生保険会社に勤めた．癌のため入退院を繰り返した後，死亡するが，その直前にカトリックに改宗している．

◇主 要 作 品◇

- ◆『ハルモニウム』（*Harmonium*, 1923）→418頁．
- ◆『秩序の観念』（*Ideas of Order*, 1935）→455頁．
- ◇『青いギターを持つ男』（*The Man with the Blue Guitar*, 1937）約20ページの短い詩集で，その大半を表題作「青いギターを持つ男」が占める．この詩は33のセクションに分かれており，現実と想像力に関する考察を変奏してゆく．この中で，青いギターが想像力，緑という色が現実を象徴しており，両者は常に相互作用を及ぼし，様相を変貌させていく．言葉づかいは，それ以前の作品よりかなり平明になっている．
- ◇『世界の部分』（*Parts of a World*, 1942）詩に関する詩が増えているが，それは「詩は破壊的な力だ」（Poetry Is a Destructive Force），「我らの風土の詩」（The Poems of Our Climate），「現代詩に関して」（Of Modern Poetry）といった作品名からもうかがえる．
- ◇『夏への移送』（*Transport to Summer*, 1947）スティーヴンズの最高傑作と評する人も多い長詩「至高の虚構への覚書」（Notes toward a Supreme Fiction）を収録．この詩は「それは抽象的でなければならない」（It Must Be Abstract），「それは変化しなければならない」（It Must Change），「それは喜びを与えなければならない」（It Must Give Pleasure）の3部からなり，それぞれが10セクションで構成され，冒頭には献辞のような序文，最後にコーダが加わる．極めて豊かなイメージに満ちており，スティーヴンズ特有のカラーシンボリズムや季節の循環，想像上の人間や風景の形象が，緩やかな一貫性のもとに描かれている．他に，悪は生にとって不可欠な要素だと歌う「悪の美学」（Esthetique du Mal）を含む．
- ◇『秋のオーロラ』（*The Auroras of Autumn*, 1950）「至高の虚構のための覚書」と並ぶ傑作と評価する人もいる「ニューヘイヴンの普通の夕べ」（An Ordinary Evening in New Haven），表題作「秋のオーロラ」を収録．2作とも前作のような絢爛たるイメージや高揚感は影を潜め，日常の風景や事物の中に崇高さを見出している．全米図書賞を受賞．
- ◇『必要な天使―現実と想像力についてのエッセー』（*The Necessary Angel: Essays on Reality and the Imagination*, 1951）ここに収められているほとんどの評論は，41年から51年にかけて行なわれた講演の原稿が元になっている．副題が示すように現実と想像力の関係を論じており，彼の後期における詩についての詩を理解するための重要な鍵を与えてくれる．
- ◇『全詩集』（*The Collected Poems of Wallace Stevens*, 1954）「岩」（The Rock）を追加し出版される．全米図書賞及びピューリツァー賞を受賞する．
- ◇『遺作集』（*Opus Posthumous*, 1957）未発表の詩作品や，戯曲，エッセーなどを集めている．この中には36年に出版されたが，『全詩集』では削除されている「フクロウのクローバー」（Owl's Clover）や，警句集「アダージア」（Adagia）も含まれている．

【名句】Note that, in this bitterness, delight, / Since the imperfect is so hot in us, / Lies in flawed words and stubborn sounds.（The Poems of Our Climate）「銘記せよ，/ 不完全なものは我々の中で極めて熱いので，/ この苦渋の中に，欠陥のある言葉と扱いにくい音の中に，喜びがあるのだ」（我らの風土の詩）

（笠原）

ウィリアムズ　ウィリアム・カーロス
William Carlos Williams（1883 - 1963）　詩人

郷土への こだわり　ニュージャージー州ラザフォード生まれ．父はイギリス系，母はプエルトリコ系で，幼い頃は画家に憧れる．10代の頃，ジュネーブとパリで2年間学ぶ．その後ペンシルヴェニア大学で医学を学び，パウンドと知り合う．卒業後は，生まれ故郷のラザフォードで小児科医，産婦人科医をしながら創作活動を続けた．エリオットやパウンドらが海外へ渡って行ったのとは対照的に，あくまでも郷土にこだわり，そこに詩の源泉とアイデンティティを見出そうとした．1912年に地元ラザフォードの人フローレンスと結婚する．

実験的短詩の確立　09年に第1詩集『詩集』（*Poems*）が出版される．初期のウィリアムズの作品の特徴としては短いものが多い．特に『春とすべて』に収められた「赤い手押し車」（The Red Wheelbarrow）がその代表格であるが，余計な記述を避け，即物的に風景を切り取った情景描写を中心とする詩を多数書いた．他には，エスプリの利いた短詩「ちょっと言いたいこと」（This is just to say）が有名である．またこの頃，ヨーロッパ印象派の絵画などから感銘を受けて，独自の芸術論を『地獄のコーラへの序詞』（*Prologue to Kora in Hell*, 1920）や『春とすべて』の散文の箇所で述べている．20年代は詩だけにとどまらず，ジョイスの『ユリシーズ』をパロディ化した小説『偉大なアメリカ小説』（*The Great American Novel*, 1923），文化や歴史に関するエッセー『アメリカ気質』のような散文も書いている．

長編詩『パターソン』　後期になると形式において新たな独自性が生まれ今までの短詩のスタイルから一転，長詩が増え，自伝的傾向の作品も書くようになった．例えば55年に発表された『愛への旅』に収録された「アスフォデル，あの緑の花」は，これまでの行いへの詫びを示唆しながら妻への愛をうたう詩である．これはまた，3行をひとまとまりとして行頭を少しずつ下げ，4行目でもとに戻りながら進む，脚韻のない「三行可変詩脚」を用いた長詩の代表でもある．長編詩『パターソン』は，内容・技法ともにウィリアムズ作品の集大成といえるが，46年から58年まで断続的に発表された．ウィリアムズが生まれ育ったラザフォード近郊のかつての産業都市パターソンを舞台としており，あくまで郷土にこだわったウィリアムズらしい作品である．最後の作品『ブリューゲルの絵』が死後間もなくピューリツァー賞を受賞した．

後世へ影響　ウィリアムズは50年の全米図書賞を初め，様々な賞を受賞しているだけではなく，その後の詩人たちに大きな影響を与えた．ギンズバーグ，オルソン，クリーリーらはウィリアムズを参考にしながら各自のスタイルを作った．こうした後世への影響から見ても，ウィリアムズは，アメリカ文学史上においてエリオット，パウンドらとならぶアメリカ現代詩における最重要人物である．

◇ 主 要 作 品 ◇

▫ 『それを欲しがるものへ』（*Al Que Quiere!*, 1917）ウィリアムズのスペイン系の出自を暗示しながら，詩人と読者との関係を問うタイトルを持つ詩集．このテーマと絡めて葬式の行ない方について述べている「やり方」（Tract）や，「なぜ私は今日書いているのか」（Why do I write today?）から書き出される「弁解」（Apology）などを含む．その他の注目すべき点としては，同じ題のもとに異なる詩を書く試みがなされており，「愛の詩」（Love Song）で3つ，「田園詩」（Pastoral）で2つ，それぞれ違う作品が書かれている．

▫ 『地獄のコーラ―即興』（*Kora in Hell: Improvisations*, 1920）散文として初の実験的作品．詩人の心がどう動いているのかについて述べられている．なお，コーラとは，「乙女」の意味であり，ペルセポネを指す．

▫ 『すっぱいぶどう』（*Sour Grapes*, 1921）わずか2行の詩から，ほとんど散文に近い書き方の詩まで，様々なスタイルを持つ作品を収録する詩集．季節に関する語をタイトルにした作品が多い．またチャールズ・デムースの有名な絵「私は黄金の数字5を見た」（I Saw the Figure Five in Gold）に影響を与えた「偉大な数字」（The Great Figure）もある．

◆ 『春とすべて』（*Spring and All*, 1923）→421頁．

▫ 『アメリカ気質』（*In the American Grain*, 1925）アメリカの文化，文学，歴史について言及しながら，アメリカを形成する「気質」を再定義しようと試みるエッセー．

◆ 『パターソン』（*Paterson*, 1946,48,49,51,58, 63）→481頁．

▫ 『ウィリアムズ自伝』（*The Autobiography of William Carlos Williams*, 1951）少年時代や妻のこと，パウンドとの交流などの思い出が綴られている．

▫ 『砂漠の音楽その他』（*The Desert Music and Other Poems*, 1954）この頃から後期ウィリアムズの特徴のひとつである「三行可変詩脚」を多く含むようになり，語り口も，日常的な会話のリズムに基づく感じへと移行している．「降下」（The Descent）などを収録．

▫ 『愛への旅』（*Journey to Love*, 1955）心臓病を患い苦しみながらも，妻への思いや原爆を題材にして愛の力について書いた3部構成の「アスフォデル，あの緑の花」（Asphodel, That Greeny Flower）を収録．前作『砂漠の音楽』同様，形式としては「三行可変詩脚」（triadic variable foot）を用いている詩がほとんどである．

▫ 『ブリューゲルの絵』（*Pictures from Brueghel*, 1962）芸術家は世界を見習うべきという考えにのっとり，絵画のように現実を描写した作品である．『踊り』（The Dance）では，ブリューゲルの絵画「農民の踊り（Kermess）」をモチーフとする．63年のピューリツァー賞を受賞．

【名句】Of asphodel, that greeny flower, / like a buttercup / upon its branching stem─/save that it's green and wooden─ / I come, my sweet, / to sing to you. (Asphodel, That Greeny Flower)「アスフォデルを，その緑の花のことを/キンポウゲのように/枝を広げる幹の上に咲く / 緑で木のようではあるけれど ── / 私は，いとしい人よ / あなたのためにうたう」（アスフォデル，あの緑の花）

（関戸）

ルイス　シンクレア
Sinclair Lewis（1885 - 1951）　　小説家

生い立ち　ミネソタ州ソーク・センター（Sauk Centre）に医師の三男として生まれる．5歳の時に母を亡くす．運動神経の悪さや酷い痘痕面（あばた）など，コンプレックスを抱えていたが，そのはけ口となったのが詩作の楽しみである．イェール大学在学中は学内誌に短編小説や詩を熱心に発表し，文学活動面は充実していた．雑誌の編集の手伝いや，イギリス行きの家畜運搬船のアルバイト，アプトン・シンクレア（Upton Sinclair）が主宰するヘリコン・ホール（Helicon Hall）の作業員，パナマ渡航などを経て通常よりも一年遅れて大学を卒業．

作家への道程　物書きになるという夢を持ちつつもなかなか叶わず，暫らくは雑誌の編集に携わるかたわらで，小説のプロットを他の作家に売りつけたり，子供向けの詩を連単位で売ったりしながら金を稼いでいた．次第に作家としての才能を認められるようになり，はじめて出版に至った長編小説が『わが社のレン氏』（1914）である．その後，『本町通り』（1920）の成功でベストセラー作家としての名声を確立する．

作風　当時は大量生産社会が到来し，アメリカ社会全体に画一化の波が押し寄せていた時代である．その画一性は，価値観の同一化や人々のクラブ集団への依存，あるいは宗教集団のサロン化といった現象にみられるように，人間の精神をも支配するようになっていた．都市部では人間関係が希薄化する反面，農村部ではいまだ連帯意識が根強く残るといった両者の価値観の相違が目立つようになってきたのも当時のアメリカ社会の特徴である．ルイスの作品はこうしたアメリカの近代化を緻密に観察し，それによって生じた歪みを鋭く暴き出したものであり，「写真的リアリズム」などとも評される．急激に変化していく時代の流れに反発しつつも必死にしがみつきながら生きる人間像を個性豊かな登場人物達を以って皮肉的かつ愛情深く描いている．『本町通り』は従来のアメリカの文学作品には類を見ない痛烈な社会風刺にみちた衝撃的なものであり，加えてメンケン（H. L. Mencken）の好意的な書評によって拍車がかかり，出版後瞬く間にアメリカ中の関心を集めた．

ノーベル文学賞　『本町通り』の大成功の後も，『バビット』（1922），『アロウスミス』（1925），『エルマー・ギャントリー』（1927），『ドッズワース』（1929）などの作品を精力的に発表し，アメリカに深く根ざした真にアメリカ的な文学ジャンルを打ち立てたことが評価され，1930年にアメリカの作家として初めてノーベル文学賞を受賞する．

1930年代以降の活動　30年代以降のルイスの作品は20年代の時のような輝きが消えつつあったが，ルイスは生涯にわたって多くの作品を発表し続ける．一時は演劇活動にも没頭し，演出，監督のみならず俳優業もこなしていた．40年代以降はウィスコンシン大学，ミネソタ大学で教鞭を振るう．ローマの精神病院に入院中に死去した．

◇主　要　作　品◇

- ◨『わが社のレン氏』(*Our Mr.Wrenn*, 1914) あるセールス記帳係の夢と現実への妥協の物語.
- ◆『本町通り』(*Main Street*, 1920) →412頁.
- ◆『バビット』(*Babbit*, 1922) →414頁.
- ◨『アロウスミス』(*Arrowsmith*, 1925) 医学の世界にも浸透していた商業主義に対抗して, 真の医学の追究と, 一人の女性への愛に目覚めたマーティン・アロウスミスの成長を医学部の学生時代の教師や友人たちとの交流や, 愛する女性との結婚, ペスト治療のため西インド諸島への赴任, 妻との死別を通して描いた物語. 田舎町の開業医という地位に安住するルイス自身の父親の俗物性とは全く反対の医師像をこの作品で描いている点が興味深い. 主人公の人間的な弱さを皮肉たっぷりに露呈させていくルイス特有の辛辣さが見られないという点では, 他のルイス作品とは性質を異にするものといえよう.
- ◨『エルマー・ギャントリー』(*Elmer Gantry*, 1927) バプティスト派の大学に通うエルマー・ギャントリーは, キリスト教的なものとは程遠い自堕落な学生生活を送っていたが, ある集会で宗教的な回心をしたと会衆に誤解され, 熱狂的な称賛の叫びを向けられたことに快感と興奮を覚え, 召命感もないままに伝道師となり, やがて過激な説教や様々な策略で頭角を現わし, 著名な伝道者として名を馳せるようになる. 世俗的な地位や名声とは本来無縁であるはずの教会組織までもが商業主義に翻弄されつつあったアメリカの現状を風刺した作品. 青年エルマーの姿は, 若かりし頃一過性の熱病のようにキリスト教の伝道に自己実現の場を見出そうとしたルイス自身の青春の一幕を思わせる.
- ◨『ドッズワース』(*Dodsworth*, 1929) 会社を引退したサミュエル・ドッズワースは, 妻の提案を受けて, 二人でヨーロッパへ旅立つ. 最初は開放感と興奮に酔いしれていたが, 浮気性の妻への嫉妬や, 妻との興味の相違などから, 次第に妻との精神的な距離が広がっていくのを感じる. とうとうサミュエルは離婚を決意し, 妻とは別行動でひとりヨーロッパの各地を転々とする. その間に出会った未亡人イーディス・コートライト (Edith Cortright) と親密になり, 彼女と再婚してアメリカへ帰る決心をする. この作品では洗練されたヨーロッパの伝統と粗野なアメリカの文化的な浅薄さが対比され, サミュエルはこの両者の狭間で揺れ動く. この対比は妻フランセスとヴェニスで出会ったコートライト夫人の性格描写, 及びサミュエルの両者との優柔不断な関係によっても象徴的に描かれている.
- ◨『それはこの国では起こらない』(*It Can't Happen Here*, 1935) 主題は反ファシズム. ヴァーモントの新聞のリベラル派の編集者ドレマス・ジェサップ (Doremus Jessup) が同じ街から大統領選に当選して独裁政治を始めたバージリアス (バズ)・ウィンドリップ (Berzelius (Buz) Windrip) と戦う.
- ◨『王家の血』(邦訳『血の宣言』*Kingsblood Royal*, 1947) 黒人問題と取り組む作品. 中西部の銀行家が自分の中に黒い血が入っていることを知る.
- ◨『神の探求者』(*The Godseeker*, 1949) ミネソタのインディアンたちへの伝道者を招く.
- ◨『かくも広い世界』(*World So Wide*, 1951) 自動車事故で妻を失った男の自責. 死後出版.

(松ノ井)

パウンド エズラ
Ezra Pound（1885 - 1972）　　　　　詩人

最大の詩人　20世紀前半の英詩，および，モダニズム詩における最
分かれる評価　重要人物と見なされるが，評価は大きく分かれる．
アイダホ州ヘイレイ生まれ．ペンシルヴェニア大学で2年間学ぶ．この頃，ウィリアム・カーロス・ウィリアムズやH.D.と親交を結ぶ．1905年にハミルトン大学で哲学士号．ロマンス語の修士号はペンシルヴェニア大学から06年に取得．ウォバシュ大学で短期間教鞭をとった後，22歳でヨーロッパへ向かった．ロンドンで，W・B・イェイツなど錚々たる文学者たちと親交を結ぶ．アーネスト・フェノローサの遺稿整理を依頼され，漢詩や能，俳句などに関心を持つ．もともとパウンドは希有な目利であり，エリオットやジョイス，フロストらを世に送り出している．20年にロンドンを去り，4年間のパリ生活の後，24年にイタリアのラパロに落ち着き，長編詩『キャントーズ』に専念することとなるが，この頃，ファシズムの政治理論に関わる．非常に極端な経済思想を主張し，高利貸し批判，ユダヤ批判を行なった．

反逆罪　第2次世界大戦中にラジオを通じてローマから反アメリカのプロパガンダを行な
病院幽閉　い，45年，ムッソリーニのイタリアが敗れた後に逮捕されて，ピサ近くの米軍拘留キャンプに収容されたが，そこは，雨風に曝されるかなり非人道的な環境であった．同年，アメリカに移送され，反逆罪に問われる．46年，精神的疾病という診断により，ワシントンD.C.の聖エリザベス病院に幽閉された．ここで，『ピザン・キャントーズ』がボリンゲン賞を受賞したが，賛否両論を巻き起こす．エリオットなどの嘆願により，58年に幽閉を解かれたパウンドは，72年に亡くなるまでイタリアで暮らした．

英詩の革新　彼は，叙情詩から長編詩まで書いた前衛詩人，モダニスト詩人であり，詩法と
長編叙事詩　しては，断片主義，他者の声を使うペルソナ詩法，他の文学作品からの引喩などを特徴とする．翻訳家として，古代エジプト詩，中国漢詩，ロマンス吟遊詩，古典イタリア詩，日本の能などを紹介する．詩人としての最大の功績は，英詩の革新に大きく貢献したことである．T・E・ヒュームを中心に，詩から抽象的・哲学的な表現を追放する試みが始まっていたが，パウンドが加わり「イマジズム」と名乗った．これが，現代英詩の始まりである．その主義は，「抽象表現を避け，事物を直接的に扱うこと．簡潔さを求めて，表現に貢献しない言葉は使わないこと．定型の韻律ではなくて，音楽性を持つ言葉であること」の3点に集約されるが，実際の作品は，絵画的で短い自由詩を試みた．パウンド自身は，1年ほどでイマジズムを去る．パウンド終生の大事業は，長編叙事詩『キャントーズ』である．『キャントーズ I-XVI』(1925)を出版して以来，第2次世界大戦や聖エリザベス病院での幽閉期間を含めた彼の50年近い後半生は，この作品に捧げられた．

◇主要作品◇

◻『消えた微光』(*A Lume Spento*, 1908) 亡き友人に捧げられたパウンド最初の詩集．ヴェニスで私家版として出版．「消えた微光」が象徴する「失われた命」を作品のなかでうたうことで，逆説的に「消えない微光」としている．

◻『仮面』(*Personae*, 1909) ロンドンの文学界にパウンドを詩人として認めさせた詩集．40数編が集められているが，その多くは，個人の感情や経験からではなく，過去の文学作品やギリシャの神話的イメージから拾った様々な「仮面」（ペルソナ）を被ることで生み出された．26年には，『中国』や『大祓その他』(*Lustra and Other Poems*, 1917) など後に発表・出版した詩編を加えて増補版を出版したが，その題名としても使われている．

◻『中国』(*Cathay*, 1915) 漢詩の翻訳詩集であるが，新しい英詩の姿を示し，伝統的な詩学へ訣別を告げる作品集である．アメリカの東洋学者フェノロサが漢詩の膨大な英訳草稿と日本の能の英訳を遺したが，その妻メアリに遺稿整理を依頼されパウンドは，自由律と行末止めを採用して，いわば，フェノロサ訳をもう一度英訳している．李白の訳詩で傑作と言われる「川商人の妻―その手紙」(The River-Merchant's Wife: A Letter) などを含む．

◻『セクスタス・プロパーティウスへの賛歌』(*Homage to Sextus Propertius*, 1919) ロンドンに対する失望のなかから生まれたアイロニカルな作品．ホラティウスやウェルギリウスなどと同時代である紀元前1世紀のローマ詩人プロパーティウスをペルソナとして，その自由訳を自由韻律でうたいながら，ローマ帝国の成立にイギリス帝国の成立を重ね合わせ，戦争がもたらす帝国主義的な愛国主義に反対し，個人の生活とエロスを擁護する．最初は1919年，詩誌『ポエトリ』に発表されたが，すぐに，シカゴ大学の古典学者ヘイル教授がパウンドの翻訳に誤りが多いと非難した．この誤訳の事実は，折に触れて指摘されるが，むしろ，パウンドは，古典学を皮肉ると同時に，翻訳とは何か問題提起を行なったと考えられる．

◆『ヒュー・セルウィン・モーバリ』(*Hugh Selwyn Mauberley*, 1920) → 411頁．

◆『キャントーズ』(*The Cantos*, 1925, 30, 34, 37, 40, 48, 55, 59, 69) → 426頁．

◻『ピザン・キャントーズ』(*The Pisan Cantos*, 1948) 『キャントーズ』の第74歌から第84歌が独立して出版された．これまでの『キャントーズ』と違い，パウンドの個人的な経験，記憶，そして，歴史的事実が断片として集められながら，渾沌に対して秩序や統一を希求する詩人の姿が垣間見られる．ここでパウンドは，己の逆境とヨーロッパの崩壊を重ね，過去への思いを断片手法で描いた．苦悩と回顧によって新しい人間的な謙虚さに到達しているようだ．

◻『読書のABC』(*The ABC of Reading*, 1934) 架空の芸術大学で使われるべきテキストとして何を読み，何を考えるべきかを訴えようとしたが，実際には恣意的で奔放な叙述であり，本全体の構成に統一がない．文学批評への問題提起となるアイディアや，かなり挑戦的な示唆を含む．また，詩人としてのシェイクスピア，ミルトン，ワーズワースなどを批判したり，評価しない点が興味深い．

【名句】Walt Whitman ―/ I have detested you long enough./...We have one sap and one root ― (A Pact)「ウォルト・ホイットマン/おまえを長いあいだ嫌ってきたが/・・・おれたちは同じ樹液　同じ根を持っている」（ひとつの契約）　　　　　　　　　　（渡辺）

ムア　マリアン・クレイグ
Marianne Craig Moore（1887 - 1972）　　**詩人**

母子家庭　ミズーリ州カークウッド生まれ．生前に父が神経衰弱に
前衛詩人　陥ったため，両親が別居し，父とは一度も会うことがな
かった．長老派の牧師だった母方の祖父の家で兄とともに育てられ
るが，のちに母が教職に就いたペンシルヴェニア州カーライルに移
り住んだ．1905年に名門のブリン・モー女子大学に入学，在学中
に学内誌に詩を発表する．卒業後はカーライル商科大学で秘書技能を習得し，図書の十進分
類法を発案したメルヴィル・デューイのもとでしばらく働いたあと，カーライル・インディ
アン学校の教師となる．15年より革新的な詩誌に詩が発表されはじめ，その硬質で知的な
作風がH. D.，パウンド，エリオットなどから評価される．16年，長老派の牧師となった兄
と同居するため，母とともにニュージャージー州チャタムに移るが，18年に兄が海軍の牧
師に就任したのを機に，母とニューヨークに居を移した．

『ダイアル』　ニューヨークに移ったムアは，市立図書館に勤務する傍ら詩作に励み，前衛的
有　名　人　な詩人や芸術家と親睦を結ぶ．21年に友人が本人には内緒で『詩集』と題した
ムアの第1詩集を世に送り，彼女を少なからず驚かせるが，3年後それに加筆と注釈を施し
て『観察』を出版，その革新性が評価されダイアル賞を受賞する．25年から29年まで，モ
ダニズム芸術を推進した『ダイアル』(*The Dial*) 誌の編集長を務める．30年代初めより詩
風に変化がみられ，博物学の関心を取り込んだ，以前より長い詩を書くようになる．35年
『詩選集』をエリオットの編集で出版．40年代に発表された詩集ではより直接的に題材を扱
うようになり，初期の実験性は影を潜める．47年に母を亡くし，喪失感に悩まされる．51
年に『全詩集』(*Collected Poems*) でピューリッツァー賞，全米図書賞，ボリンゲン賞を受賞
し読者層が広がると，競馬や野球など大衆文化を積極的に詩に取り入れた．後年の三角帽子
とケープを着用した姿はニューヨーク市民に親しまれた．84歳で死去．

鋭い観察　ムアの詩は，感傷性や抽象性を排して事物を客観的に扱い，観察を通して独自の
音　節　律　詩学や道徳観を表現する．具体的には，鋭い観察力に基づいた斬新なイメージ，
克明な事物の描写，機知に富んだ風刺を特徴とし，詩的なものよりも，珍奇な動物や大衆文
化に題材をとる傾向がある．詩法としては，自由韻律，引用によるコラージュ，事物の列挙
に加えて，英詩では珍しい音節律を用いる．これは，強弱による伝統的な英詩の韻律の代わ
りに音節数が行を規定するものであり，詩のリズムをより会話調で散文に近いものにする．
自ら課した厳格な音節律の規則に従って，ひとつの単語が "ac- / cident" のように2行に
分断されることもある．女性が依然として定型詩で恋愛や母性愛について書くことが期待さ
れていた時代において，彼女の実験的なモダニズム詩は，読者の伝統的な詩観に挑み，英詩
の革新に貢献した．

◇主 要 作 品◇

☐『観察』（*Observations*, 1924, 1925）ムアの出世作．音節詩と自由詩をともに含む．事物を入念に描写した観察を特徴とし，全く別のものに相似を見ることで特異な比喩や連想を生み出している．機知と道徳的示唆に富む作品が多い．音節詩の好例「魚」（The Fish），詩とは何かを問う「詩」（Poetry），引用によるコラージュ手法で書かれた「結婚」（Marriage），変幻自在な雪山をタコに喩えた「タコ」（An Octopus）などを含む．

◆『詩選集』（*Selected Poems*, 1935）→454頁．

☐『歳月とは何か』（*What Are Years?*, 1941）第2次世界大戦を背景として，次の詩集『それにもかかわらず』（*Nevertheless*, 1944）とともに，戦争の問題を詩学に結びつける詩を多く含む．全ての外的な戦争は内的理由に起因すると考え，個人が戦争を内面化する必要性を主張する．その上で，自らの思想を，勇気，正義，謙虚などの道徳観に照らし合わせて検証することが重要だという．詩を外的な攻撃と精神の内なる闘いを内包する葛藤の場として捉えている．表題詩のほか，「センザンコウ」（The Pangolin）や「彼は"固い鉄を消化する"」（He 'Digesteth Harde Yron'）などを収める．詩風はこれ以前よりも叙情的，概念的で落ち着いており，言葉遣いは平明になっている．

☐『ラ・フォンテーヌの寓話』（*The Fables of La Fontaine*, 1954）ラ・フォンテーヌの寓話の完全翻訳．動物の他者性を尊重するムアの態度が独創的な表現として現われているが，その独創性のゆえに，寓話翻訳としての評価が分かれている．

☐『偏愛』（*Predilections*, 1955）自選評論集．詩の文章に不可欠な3要素を説く「謙虚，凝縮，そして楽しみ」（Humility, Concentration, and Gusto）や，表現の正確さを論じた「感情と正確さ」（Feeling and Precision）などを収める．

☐『特異性と技巧』（*Idiosyncrasy and Technique*, 1958）56年の講演をパンフレットとして発表．文章における作者独特の表現法と技巧の重要性を論じる．

☐『全詩集』（*The Complete Poems of Marianne Moore*, 1967, 1981）51年の『全詩集』，後期の3詩集『砦のごとく』（*Like a Bulwark*, 1956），『おお，竜になりたい』（*O To Be a Dragon*, 1959），『教えて，教えて』（*Tell Me, Tell Me*, 1966），未収集の作品，『ラ・フォンテーヌの寓話』の部分訳を収める．

☐『全散文集』（*The Complete Prose*, 1986）ムアの死後，パトリシア・ウィリス（Patricia C. Willis）によって編集された．存命中に出版された全散文を収録する．内容は，文学から視覚芸術，宝石，動物園，ファッションまで多岐にわたる．文体は，詩と同様，引用の頻出，二重否定，パラドックス，遠回しな言い方などを特色とする．

【名句】I, too, dislike it: there are things that are important beyond all this fiddle. / Reading it, however, with a perfect contempt for it, one discovers that there is in / it after all, a place for the genuine. (Poetry)「私だって，好きじゃない．こんなくだらないことより大切なことはいくらだってある．／けれど，心の底から軽蔑して読んでみると　人は　気が付く　そこ／には　やはり，本物を宿す場がある，と」（詩） 　　　　　　　　　　（関口）

エリオット　トマス・スターンズ
T(homas) S(terns) Eliot (1888 - 1965)　**詩人　評論家　劇作家**

米国生まれ
世界的詩人
20世紀英詩で最も重要なモダニスト詩人, 文芸評論家, 詩劇作家. とりわけ『荒地』は世界中に衝撃と影響を与えた. ミズーリ州セントルイス生まれ. ミシシッピ川近くで育った. 祖先は, マサチューセッツ州湾岸植民地の創設者のひとり. ハーヴァード大学学長, 3人の大統領などが血縁につながる. エリオットは, ハーヴァード大学に入学し, その後, ソルボンヌ大学やドイツへ留学, オクスフォード大学でも哲学を学ぶ. 1915年にイギリス人バレエダンサーのヴィヴィエンヌ・ヘイウッドと結婚しロンドンに住むが, すぐに不幸な組合せだと知る. 25年から死ぬまで, 出版社フェイバーアンドフェイバーに勤めた.

伝統へ挑戦
歴史感覚
エリオットは, 20世紀英詩の第一人者として斬新な手法で時代精神を見事に表現する詩作品をもたらした. 彼は, アメリカの伝統の無さを逆手にとって, これまでの詩的な常識へ挑戦することで, 新しい可能性を提示する. その原点は, 歴史感覚, 疎外感, 都市的想像力である.「詩とは情緒の解放ではなく, 情緒からの逃亡」であり,「個人の才能より伝統や正統の方が大切である」と主張し, 実際の詩作でもこうした主張を実践して, 高い評価を得る作品を残した.

個人の苦悩
人類の苦悩
彼の創作活動は, 3期に分けられる. 第1期は, 詩人として模索していた頃. 作品としては,「ある婦人の肖像」「プレリュード」「風の夜のラプソディ」「J・アルフレッド・プルーフロックの恋歌」などがある. それらには新しい世紀に不安を抱えて生きる個人の苦悩や神経症的心理が描かれている. 第2期は, 詩人としての成長を画する時期である. 第1次世界大戦と重なり, また, ロンドンでの銀行員生活や不幸な結婚生活がある. 『荒地』を22年に発表し, ヨーロッパや人類の未来に対して警鐘を発している. 第3期は, 詩人として円熟する時期であり, 晩年でもある. 台頭するファシズムやナチズムを警戒しているが, 作品自体での直接的な言及を避けている. 『四つの四重奏』がこの時期の代表作である. 宗教的な救いと詩的な表現との融合を求めているようだ.

幸福な晩年
世紀の文人
第3期以降, 晩年の25年間は, 社会的な安定も手に入れ, 48年にはノーベル文学賞を受賞している. 既に27年にイギリス国教会へ帰依し, イギリス国籍も得ていた. ヒステリーの診断で30年に入院させて以来一度も見舞いに行かなかった妻ヴィヴィエンヌが47年に死亡する. 56年, 40歳年下の元秘書ヴァレリー・フレッチャーと再婚. 死後2年を経て, 詩人として最高の栄誉と言って良いが, ウェストミンスター寺院に葬られた. エリオットは, 文芸批評家として約600に上る評論や記事を書き, 文化的な指導者であった. また, 詩劇作家としても5本の詩劇を発表している.

◇主　要　作　品◇

- ◆『プルーフロックとその他の観察』（*Prufrock and Other Observations,* 1917）→407頁．
- ◇『詩集』（*Poems,* 1919, 1920）ここに含まれる「ゲロンチョン」（Gerontion）は，「プルーフロックの恋歌」と同じく劇的独白の形式で書かれているが，年寄りで「乾燥の月に雨を待つ」の語り手ゲロンチョンは，プルーフロックとは異なってもはや個人の精神ではなく，むしろ，ヨーロッパ精神のひとつとして，紀元前480年のテルモピレーの戦いから第1次世界大戦後までの歴史的断片を包含している．
- ◇『聖なる森』（*The Sacred Wood,* 1920）評論家としてのエリオットの出世作．文学史にとっても重要な論考を含む．例えば，「伝統と個人の才能」（Tradition and the Individual Talent）では，個人や感情の重要性を否定してロマン主義からの解放を求め，詩人がなすべきことは，ギリシャ・ローマから続くヨーロッパ全体の文学を伝統として意識し己の位置と役割を知ることだとする．「ハムレットと彼の問題」（Hamlet and His Problems）は，「客観的相関物」（objective correlative）という概念を打ち出して『ハムレット』が劇として未熟であると主張した．
- ◆『荒地』（*The Waste Land,* 1922）→415頁．
- ◇『虚ろな男』（*The Hollow Men,* 1925）「死者たち」が石のイメージに手をあげ嘆願する「サボテンの国」における精神的な空虚さをうたい，黙示録的な終末観を現代的に示す．この作品は，童謡やキリスト教の典礼を踏まえているという．
- ◇『聖灰水曜日』（*Ash Wednesday,* 1930）題名は，四旬節の開始日にあたるキリスト教の休日から取っているが，エリオットが27年に国教会派（アングリカニズム）に改宗し，また，政治的保守主義に転向した後の最初の作品である．文体としてはなおモダニズム的であり，イマジズムや自由韻律，引喩などが多用されているが，テーマとしては，モダニズム的な疎外感や無秩序と明白に訣別し，神を求める個人が精神的探究を行なっている．
- ◇『大寺院の殺人』（*Murder in the Cathedral,* 1935）宗教詩劇．教会での上演として依頼されたもので，聖トマス・ベケットの殉教を題材としている．エリオットは晩年特に，詩劇創作に意欲を見せており，2幕の現代詩劇『一族再会』（*The Family Reunion,* 1939），一部をギリシャ悲劇に拠った『カクテル・パーティ』（*Cocktail Party,* 1949），『秘書』（*The Confidential Clerk,* 1953），『老政治家』（*The Elder Statesman,* 1958）を発表している．傾向として，文体がしだいに口語的，散文的になってゆく．
- ◇『散文的な猫に関するポッサムおじさんの本』（*Old Possum's Book of Practical Cats,* 1939）猫に関する15編の詩を集めた一種のナンセンス詩集．81年に初演されて以来ロングランを誇ったミュージカル『キャッツ』の原作である．「ポッサム」は，パウンドがエリオットにつけたあだ名．
- ◆『四つの四重奏』（*Four Quartets,* 1943）→475頁．

【名句】Wipe your hand across your mouth, and laugh;/ The worlds revolve like ancient women/ Gathering fuel in vacant lots.（Preludes）「手で口を拭って，笑え／世界の回りは老女の／空き地で薪を拾うがごとし」（前奏曲集）

（渡辺）

オニール　ユージーン
Eugene O'Neill（1888 - 1953）　　　　劇作家

アメリカ演劇を世界演劇へ　オニールは，1916年に斬新な1幕劇を発表して以来，53年に亡くなるまで，ギリシャ悲劇を始めとする西欧演劇の伝統を学び，多くの実験的で独創的な戯曲を書いた．四度のピューリツァー賞に加えて，ノーベル文学賞も受賞し，名実共に20世紀世界演劇を代表する劇作家であった．

最初のピューリツァー賞まで　オニールは，『モンテ・クリスト伯』の名演で有名な俳優ジェイムズ・オニール（1847 - 1920）を父としてブロードウェイに生まれ，幼少の頃から父の巡業に同行して演劇の実際面に触れた．プリンストン大学中退後，放浪生活に身を任せるうちに健康を害し，サナトリウム療養中に劇作を志した．その後ハーヴァード大学のジョージ・ピアス・ベイカー教授の劇作クラスに在籍．16年に，設立したてのプロヴィンス・タウン・プレイヤーズにより『カーディフ指して東へ』（1916）が埠頭劇場（Wharf Theatre）で上演され，劇作家としての第一歩を踏み出した．当時のオニールは「背後の見えざる力」を意識して，自らの船員体験に基づく1幕物の海洋劇を書いていた．20年にブロードウェイで上演された『地平の彼方』でピューリツァー賞を受賞して，一躍脚光を浴びた．

多彩な実験的名作群　それ以降のオニールは，詩的想像力に恵まれた旺盛な創作意欲で，表現主義の手法を取り入れた実験作『皇帝ジョーンズ』（1920）を書き，艀船の船長とその娘の再会を描いたリアリズム劇『アンナ・クリスティ』（1921）では再度ピューリツァー賞を受賞．その後は再び表現主義や仮面などの手法による実験劇に没頭した後，物欲と近親相姦を描いた『楡の木蔭の欲望』（1924）を経て，『奇妙な幕間狂言』（1928）で潜在意識の世界の劇化に挑み，三度目のピューリツァー賞を受賞した．さらに大作『喪服の似合うエレクトラ』（1931）では，ギリシャ悲劇『オレステイア』三部作を南北戦争後のアメリカに置きかえてみせた．

自伝的作品群　私生活では，若い頃に兄ジェイミーから酒と女と放浪の影響を受けた．29年に女優のカーロッタ・モンテレイと三度目の結婚をし，幸せな一時を過ごし，唯一の喜劇『ああ荒野』（1933）を書いた．この頃から健康が衰え始めたが，36年のノーベル賞文学賞受賞で活力を取り戻し，39年頃に書いたアメリカの夢の崩壊を描いた大作『氷屋来たる』が，46年にブロードウェイで上演された．オニールが亡くなったのはボストンのホテルで，「畜生，ホテルに生まれ，ホテルに死ぬか」が最期の言葉だったという．父と母と兄弟二人の自伝的色彩の濃い大作『夜への長い旅路』は死後，56年に上演されたが，ピューリツァー賞が没後授与という稀な形で贈られた．これはアメリカ劇壇の最大の賞賛と敬意の表明であった．

評価　オニールはリアリズムを基調にしつつも，詩的想像力と表現力を駆使し，様々な芸術分野の手法を取り入れた．創造した作品群の演劇性の純度は高く，シェイクスピアやバーナード・ショーと並んで，世界演劇の頂点にある劇作家としての地位は不動である．

◇主要作品◇

☐『カーディフ指して東へ』（*Bound East for Cardiff*, 1916）重傷を負った船乗りヤンクが船室で死ぬまでの30分をリアル・タイムで描いたリアリズム劇．霧，安定した陸地への憧憬，海の魔力など，オニールの本質的な要素がこの短い劇に出そろっている．『長い帰りの船路』（*The Long Voyage Home*, 1917），『交戦海域』（*In the Zone*, 1917）などとともに，舞台となる貨物船の名前にちなんで「グレンケーン号劇」（S. S. Glencairn plays）と呼ばれている．

☐『地平の彼方』（*Beyond the Horizon*, 1920）ニューイングランドの農村で，頑強な兄アンドルーと詩人肌の弟ロバートが，同じ女性を愛したがために，兄は船乗りになって海へ出て行き，弟は結婚するものの，夢破れて病死する．彼方への夢と現実の落差を描くリアリズム劇．

☐『皇帝ジョーンズ』（*The Emperor Jones*, 1920）元脱獄囚で皇帝に成りあがった黒人が，家来の叛逆にあって森の中を逃走する姿を，表現主義の手法や独白を使って描いた実験劇．

◆『アンナ・クリスティ』（*Anna Christie*, 1921）→413頁．

☐『毛猿』（*The Hairy Ape*, 1922）汽船の火夫ヤンクに，人間と自然，資本主義社会の矛盾など，物質文明社会の諸問題を投影した表現主義的な作品で，副題は「古代と現代の人生喜劇」．

☐『すべての神の子には翼がある』（*All God's Chillun Got Wings*, 1924）黒人街と白人街を図式的に対比し，弁護士を目指す黒人青年の恋と結婚を中心に，アメリカにおける黒人の屈折した精神性を表現主義的に描いた実験劇．

◆『楡の木蔭の欲望』（*Desire Under the Elms*, 1924）→423頁．

☐『泉』（*The Fountain*, 1925）永遠の生命の泉を求める旅を描いて，輪廻思想を探求した作品で，仮面を使用して新しい詩劇の創造を志向した実験劇．

☐『偉大なる神ブラウン』（*The Great God Brown*, 1926）仮面を用いて，異教とキリスト教の信仰の葛藤を，人間の深層心理に立ち入って描いた象徴劇．

☐『ラザロ笑えり』（*Lazarus Laughed*, 1928）死より蘇ったラザロの話を新約聖書から取材した大作で，コーラスや仮面を用いた宗教的色彩の濃厚な象徴主義的実験劇．

☐『長者マルコ』（*Marco Millions*, 1928）マルコ・ポーロに西欧物質文明を投影した風刺劇．

◆『奇妙な幕間狂言』（*Strange Interlude*, 1928）→433頁．

☐『ダイナモ』（*Dynamo*, 1929）宗教と科学物質文明の対決を描いた寓話劇．

◆『喪服の似合うエレクトラ』（*Mourning Becomes Electra*, 1931）→441頁．

☐『ああ荒野』（*Ah, Wilderness !*, 1933）イェール大学への入学準備中の文学青年リチャードと，近くに住む少女ミューリエルの恋のもつれと和解を描いたオニール唯一の喜劇．

☐『終わりなき日々』（*Days Without End*, 1934）主人公ジョン・ラヴィングの深層心理における葛藤を，仮面を使って二人の俳優が演じる．

☐『氷屋来たる』（*The Iceman Cometh*, 1946）1939年に書かれ，オニールの生前にブロードウェイで上演された最後の作品．ニューヨークの安ホテルのバーに集まる人々の空しい夢（pipe dream）を通して，アメリカン・ドリームの崩壊を暗示した大作．

◆『夜への長い旅路』（*Long Day's Journey into Night*, 1956）→506頁．

（逢見）

ドス・パソス ジョン・（ロデリゴ）
John (Roderigo) Dos Passos（1896 - 1970）**小説家**

生い立ち　ポルトガル移民二世で弁護士の父と，南部貴族出身の母との間に私生児としてシカゴに生まれる．父に従い，世界各地を転々とする生活を送るが，1907年にコネティカットの大学予備校入学後に定住．12年には両親が正式に入籍し，嫡子として認知される．この様々な意味で不安定な少年時代が，その後の作家生活に多大な影響を与えた．17歳でハーヴァード大学に入学後，創作活動を開始．イマジズムと審美主義芸術の洗礼を受けると共に，社会運動への関心に目覚める．

第1次大戦への参加　卒業後，両親の相次ぐ死を受けて，第1次大戦への参加を決意．イタリア，フランスで負傷兵運搬任務などに従事する一方で，余暇には，処女作『ある男の入門—1917年』(1920) の執筆やソルボンヌ大学での聴講など欧州の文化・風物に親しんだ．終戦後は，通信員としてスペインに渡り，戦時中の体験を基に『三人の兵士』(1921) を完成させる．その後も中東やメキシコなど世界各地を旅して見聞を深め，同時にニューヨークやパリでモダニズムやダダといった当時最先端の芸術様式に触れ，大いに影響を受けた．帰国後，25年に発表された『マンハッタン乗換え駅』で作家としての地位を確立．この作品は手法的にも『USA』に繋がる初期の代表作となった．

社会運動への参加　27年，イタリア人のアナキストが冤罪で裁かれたサッコ゠ヴァンゼッティ事件 (The Sacco-Vanzetti Case) では，早い段階から様々な抗議運動を起こし，ピケへの参加によって逮捕される．この事件と前後した労働運動と共産主義への接近が，以後の作品における主要テーマを構成していく．30年代には『北緯42度線』(*The 42nd Parallel,* 1930)，『1919年』(1932)，『ビッグマネー』(*The Big Money,* 1936) を相次いで発表．独自の手法を更に洗練させ，第1次大戦を中心とした20世紀初頭のアメリカの社会像を総体的に描き出したこの作品は，38年に『USA』三部作として纏められた．また，執筆作業の傍ら各地の労働運動を積極的に支援．その過程を通じて，共産党の政策に疑問を抱きはじめる．

第2次大戦と晩年　30年代後期以降，スペイン内戦，太平洋戦争，ニュルンベルグ裁判などをルポ．共産主義と袂を分かった晩年は，歴史研究や評論活動にいっそう精力的に取り組んだ．創作としては，ニューディール政策から第2次大戦まで描いた三部作『コロンビア特別区』(1952)，自伝的な数編の小説を経て，『世紀の半ば』(1961) で再び『USA』の手法へと回帰し，健在ぶりを示す．70年に心不全のため74歳で逝去．

まとめ　軍隊，企業，労働組合，共産党—ドス・パソスは一貫して社会や組織に翻弄される個人の運命を描き続けた．その意味では自然主義の伝統を踏襲しているが，モダニズムを用いた手法を完成させた点に独自性がある．特に『USA』は作品の主題と技巧とが見事に融合した，文学史上に輝く作品として評価されている．

◇主要作品◇

◻『ある男の入門』(*One Man's Initiation— 1917*, 1920) 処女長編．第1次大戦に参戦したアメリカ人の青年マーティン・ハウ (Martin Howe) が，死や恐怖をはじめとする様々な経験を経て，成長を遂げていく．細かな場面が鏤められたルポルタージュ的な構成．

◻『三人の兵士』(*Three Soldiers*, 1921) フューゼリ (Fuselli)，クリスフィールド (Chrisfield)，アンドルーズ (Andrews) という三人のアメリカ人兵士が，軍隊機構のなかで破滅させられていく反戦小説．軍隊での出世を夢見るフューゼリは深刻な性病を患い，憎い軍曹を殺したクリスフィールドは脱走を余儀なくされ，ハーヴァード大学卒のピアニスト・作曲家のアンドルーズは，念願かなって戦時下のパリ・ソルボンヌ大学で学ぶが，生活態度をMPに疎まれて労役隊送りとなり，脱走の果てに逮捕される．

◻『ロシナンテ再び旅立つ』(*Rosinante to the Road Again*, 1922) 同時期の滞在体験を踏まえて執筆されたスペインに関するエッセー．

◻『夜の街々』(*Streets of Night*, 1923) 学生時代から長い時間をかけて執筆された長編小説．二人の若者が「現実」に破れ，破滅していく姿を描く．

◻『マンハッタン乗換え駅』(*Manhattan Transfer*, 1925) 第1次大戦前後のニューヨーク市を舞台に，そこに住む様々な人物の姿を斬新な手法で描き出した群集小説．それぞれの人物の視点から語られた断片的なエピソードを併置し，更に流行歌や新聞記事など当時の時代風潮を窺わせるスケッチを挿入し，それらが全体としてニューヨーク市そのものの雰囲気を伝える．作品の最後を飾るエレン・サッチャー (Ellen Thatcher) とジミー・ハーフ (Jimmy Herf) の明暗対照的な映像に象徴されるが，登場人物は競争社会によって強者と弱者に区分され，敗者は死，或いは逃亡を余儀なくされる．

◻『オリエント急行』(*Orient Express*, 1927) 1921年の近東旅行の記録．

◆『USA』(*U.S.A.*, 1938) →465頁．

◻『コロンビア特別区』(*District of Colombia*, 1952) 三部作 (Spotswood trilogy)．第1部──『ある青年の冒険』(*Adventures of a Young Man*, 1939) 理想に燃えて共産党に入党したスポッツウッド (Spotswood) 家の次男グレン (Glenn) が，スペインの地で悲劇的な最期を迎える．第2部──『ナンバーワン』(*Number One*, 1943) 「ナンバーワン」こと上院議員ホーマー・クロフォード (Homer T. Crawford) の秘書としてスポッツウッド家の長男タイラー (Tyler) が登場．選挙資金調達のために不正の片棒を担がされ，やがてその罪を被せられるに至る．第3部──『大いなる計画』(*The Grand Design*, 1949) ニューディール計画と欧州におけるファシズムの台頭，第2次大戦を背景とした群衆小説．グレンとタイラーの父ハーバート (Herbert) も登場し，計画に参画した理想主義的な官僚の挫折，計画の動向を見つめる共産主義者の姿などが描かれていく．

◻『世紀の半ば』(*Midcentury*, 1961) 長編小説．作品の舞台は第2次大戦後のアメリカ，技巧的には「USA」へと回帰し，「組織」対「個人」のテーマが反復される．

【名句】A writer who writes straight is the architect of history.（*Three Soldiers*）「ありのままに書く作家こそ歴史の建築家となりうる」(三人の兵士) （児玉）

シャーウッド　ロバート・エメット
Robert Emmet Sherwood（1896 - 1955）**劇作家**

**理想と現実に苦悩した　**シャーウッドは，自身の戦争体験から人間
**ピューリツァー賞作家　**の自由と尊厳を守る社会を築くために，人類がどうあるべきかを作品において探求した作家である．しかし平和主義者として反戦を訴えながらも，第2次世界大戦の勃発で，反ファシズムの立場からアメリカの孤立主義政策に反論．結果として平和主義者か主戦論者かという議論にさらされ，理想と現実の狭間で苦悩する．4度のピューリツァー賞やアカデミー賞受賞といった輝かしい功績と，21世紀に通ずるテーマの普遍性は，20世紀を代表するアメリカの社会派の劇作家と呼ぶに相応しい．

**大学と軍隊　**シャーウッドは，投資家として成功した父と芸術家の母のもとに，ニューヨー
**での経験　**ク州で生まれた．幼少から文才を発揮し，10歳になるまでには自分の戯曲を上演して家族や友達を楽しませた．ハーヴァード大学では，大学の劇団に所属しながら，父親が創設した *Harvard Lampoon* 誌の編集者としても活躍し，その熱中ぶりは退学通告を受けるほどであった．在学中の1917年，自ら志願して第1次世界大戦に従軍する．2メートルを超す長身のために，アメリカ軍に入隊できず，カナダ軍に再志願して西部戦線の激戦地で戦い，ドイツ軍の毒ガスと銃弾を受けて，ロンドンで長い入院生活を送る．この時の他国出身の傷病兵たちとの交流は，シャーウッドに，人はみな同じなのだという平等の感覚と，世界的な視野で物事を見ることの重要さを気づかせる．やがて，戦争の悲惨な実態を暴くことが自分の使命だと決意し，大学を卒業後，*Vanity Fair* 誌や *Life* 誌での執筆活動を経て，反戦劇『ローマへの道』で劇作家の道に入る．

**劇作家　**しかし，社会や政治の矛盾を喜劇的に描いた『王妃の夫君』『これがニューヨーク
**への道　**だ』『ウィーンでの再会』は，処女作ほど成功せず，自分の戦争体験をもとに描いた『哀愁橋』もロンドンで好評を得るに留まった．また，「自己の作品の原点」と述べた未発表原稿『アクロポリス』も，3度の書き直しを試みたものの，未完のままに終わっている．やがて，『化石の森』で方向性を得たシャーウッドは，『愚者の喜び』『イリノイのリンカーン』『夜はもうない』の3作品でピューリツァー賞を受賞し，劇作家としての地位を不動のものにする．第2次世界大戦中に，F・D・ルーズヴェルトの任命を受けて重職を務めた後は，帰還兵の復帰問題を扱った映画『我等の生涯の最良の年』（*The Best Years of Our Lives*）で，46年度アカデミー脚本賞を，48年には，伝記『ルーズヴェルトとホプキンズ』（*Roosevelt and Hopkins*）を出版し，4度目のピューリツァー賞を受賞する．しかし，劇作の方は，『険しい道』や『マリーヒルの小戦』など，以前のようなヒットを生まず，母校のミルトン・アカデミーでの講演を最後に，59歳の生涯を閉じた．

◇主要作品◇

◇『ローマへの道』（*The Road to Rome,* 1927）古代ローマ史に主題を得た反戦劇．カルタゴの将軍ハンニバルが，ローマ帝国攻略を目前に撤退した史実の謎を，自らの推理をもとに戯曲化．ローマ皇帝の妻に，ギリシャ人とローマ人の混血である架空の女性を登場させて，作者の平和思想を語らせている．ハンニバルは，作者の幼い頃からの英雄である．

◇『王妃の夫君』（*The Queen's Husband,* 1928）ヨーロッパを舞台に，王政の崩壊と民主主義の台頭という20世紀のヨーロッパが直面した社会問題を，アメリカの視点からコミカルに描いた喜劇．伝統と革新の共存の可能性を探ると同時に，個人の自由を説いている．

◇『哀愁橋』（*Waterloo Bridge,* 1930）第1次世界大戦下で出会った兵士と元踊り子の悲恋．男を戦場に，生きるために女を娼婦へと追いやる戦争の悲惨さを描いた反戦ロマンス劇．作者の入院時の体験が生かされた作品で，映画『哀愁』（1940）の原作でもある．

◇『これがニューヨークだ』（*This Is New York,* 1930）ニューヨークの選挙戦を背景に，贈賄，酒の密造，麻薬，ホモセクシュアル，性というアメリカ国内の社会問題を取りあげながら，都市と地方の摩擦が政治に及ぼす悪影響と民主主義のあり方を問う作品．1928年に共和党のフーヴァーに敗退したアル・スミスの敗因理由の正当性を世論に投げかけている．

◇『ウィーンでの再会』（*Reunion in Vienna,* 1931）ハプスブルク家の崩壊からおよそ10年後のオーストリアを舞台に，過去への執着を断ち切れず，現在の生活にいたたまれない没落貴族たちの心理に焦点を当てている．主人公の夫に精神分析医を登場させ，その妻をめぐって，元皇子と対決させ，精神分析の限界を描いた．人間精神の解放がテーマになっている．

◇『アクロポリス』（*Acropolis,* 1932, 33, 37）古代ギリシャを舞台に，完成した民主制度が容易に崩壊する様を描き，現代の民主政治の危うさを警告．ペリクレスの妻となる異邦人の高級娼婦を中心に，当時の知識人や芸術家が登場．戦争の原因が軍需利益を得る資本家や好戦的政治家だけでなく，扇動されやすい国民の愚かさにもあると説く．32年に脱稿，33, 37年に改訂するが，未発表．

◆『化石の森』（*The Petrified Forest,* 1935）→450頁．

◆『愚者の喜び』（*Idiot's Delight,* 1936）→458頁．

◆『イリノイのリンカーン』（*Abe Lincoln in Illinois,* 1938）→462頁．

◇『夜はもうない』（*There Shall Be No Night,* 1940）1939年12月，ラジオのクリスマス放送で，ソ連に爆撃されるフィンランドの実状を知った作者が数週間で書き上げた作品．平和主義者でノーベル医学博士のフィンランド人を自身の代弁者に，その妻をアメリカ人にして，孤立主義を支持するアメリカの世論に，民主国家を覆すファシズムの脅威を訴えた．

◇『険しい道』（*The Rugged Path,* 1945）反共と容共の狭間でジレンマに陥る新聞記者が，軍隊に志願し，戦争体験によって真実を得ようと葛藤する．作者の心的告白が語られている．

◇『マリーヒルの小戦』（*Small War on Murray Hill,* 1957）作者の死後2年を経た57年に上演された．アメリカの独立戦争を主題に，戦いの対極にある愛を，敵と味方の男女が惹かれあうというロマンティック・コメディで描いた．戦いの中の愛というテーマに，処女作『ローマへの道』への回帰が見られる．

（依田）

フィッツジェラルド　F. スコット
F[rancis] Scott [Key] Fitzgerald（1896 - 1940）**小説家**

燃え上がる青春　ミネソタ州セントポールに生まれた．父エドワードはメリーランドのアイルランド系名門の出で優雅な風貌と物腰の持ち主だったが，生活力には乏しい人であった．母メアリーはアイルランド系のセントポール有数の資産家マッキラン（McQuillan）家の娘だった．プリンストン大学に入り，のちに優れた批評家になるエドマンド・ウィルソン（Edmund Wilson）と親交を結び，ミュージカルの創作・出演で目覚しい活躍をするかたわら詩や短編小説を雑誌に発表した．在学中にセントポールに帰省した折，シカゴの富豪の娘ジネヴラ・キング（Ginevra King）と出会い，永くその美貌のとりこになるが，実を結ぶことなく終わり，心の傷となって残る．この失恋体験は「冬の夢」をはじめ多くの作品に影を落としている．卒業を待たずに1917年，少尉として軍隊に入る（この年4月アメリカは第1次世界大戦に参戦していた）．翌年，アラバマ州のキャンプ・シェリダン（Camp Sheridan）に駐留中にダンスパーティで判事の娘ゼルダ・セイヤー（Zelda Sayer）に会い，たちまちこの奔放な美女に惹きつけられる．秋には海外派遣命令が下ってフランス戦線に出発することになったが，出発直前に休戦の報が入り，命令が取り消される．除隊して収入の道を失った彼を待っていたのはゼルダからの婚約解消だった．彼は失望して酒浸りになるが，すでに書き上げながら出版が難航していた長編小説『ロマンティック・エゴティスト』を書き直して題名も『楽園のこちら側』と改めてスクリブナー社に送り，受け入れられた．そしてスコットとゼルダはニューヨークのセント・パトリック大聖堂で結婚した．20年春のことである．若者たちの新しい風俗を描いた『楽園のこちら側』は好評で，作者は「アメリカ青春の王者」に祭り上げられ，ニューヨーク社交界のアイドル的存在となった．背徳をもいとわぬ美の追求を謳いあげた第3作『美しく呪われた人』(1922)，そして『フラッパーと哲学者』(1921)，『ジャズ・エイジの物語』(1922)など4冊の短編集に収められることになる多数の短編はほとんどすべて青春の栄光と悲惨を描いたものである．2度目のフランス滞在中に，華麗な20年代のニューヨークにアイロニックな視線を投げかけた不朽の名作『グレート・ギャッツビー』を完成し，25年に出版した．

崩壊　このころが彼の絶頂期で，このあと彼は精神的に不安定になった妻のために転地をくりかえすなどさまざまな苦労を強いられる．その間9年の歳月をかけて完成した『夜はやさし』(1934)は自信作にもかかわらず，大不況期の読書界に受けなかった．37年彼は映画の台本製作に活路を見出そうとしてハリウッドへ行き，そこでロンドン出身の美人コラムニスト，シーラ・グレアム（Sheilah Graham）に会い，二人は愛人関係になる．アルコール中毒で「崩壊」寸前の体になっていた彼は最後の長編『ラスト・タイクーン』に取り組んだが，完成前にシーラに看取られながら死去する．

◇主要作品◇

◻『楽園のこちら側』(*This Side of Paradise*, 1920) もともと *The Romantic Egotist* という題で書かれたものがこの題で書き直された．エイモリー・ブレイン（Amory Blaine）の青春彷徨物語．大学時代までのフィッツジェラルドの自画像に近い．構成はルースだが，初々しい処女作の魅力に富む．

◻『フラッパーと哲学者』(*Flappers and Philosophers*, 1921) 短編集．南部娘の生き方を通して南部と北部の対照を描いた秀作「氷の宮殿」（The Ice Palace），また新しい風俗を登場させた「バーニスの断髪」（Bernice Bobs Her Hair）を含む8編からなる．

◻『美しく呪われた人』(*The Beautiful and Damned*, 1922) 幼くして両親を亡くしたアンソニー・パッチ（Anthony Patch）は富豪の祖父アダムに育てられる．富と美貌と教育をすべて備えた彼は働き，努力することに意義を見出すことができず，「人生は無意味」というニヒリズムに取り付かれ，無慈悲な美女グロリア（Gloria）と結婚して遊び暮らす．やがて富も若さも尽きたとき，裁判に勝って祖父の遺産が手に入り，二人は争わなければならない相手のいないイタリアへ旅立つ．フィッツジェラルドの最も長大な，しかし誉められることの最も少ない小説である．

◻『ジャズ・エイジの物語』(*Tales of the Jazz Age*, 1922)「チープサイドのタークィン」（Tarquin of Cheapside），「残り火」（The Lees of Happiness）など6編からなる短編集．

◆『グレート・ギャッツビー』(*The Great Gatsby*, 1925) →428頁．

◻『すべて悲しき若者たち』(*All the Sad Young Men*, 1926) 恵まれた育ちゆえに他者の痛みに対する想像力の乏しい青年を描いた「金持ちの青年」（The Rich Boy），故郷の街での無慈悲な美女との恋を諦め，ニューヨークで仕事に成功する男の物語「冬の夢」（Winter Dreams），少年の変身願望を描いた「赦免」（Absolution）など秀作を含む短編集．

◆『夜はやさし』(*Tender Is the Night*, 1934) →448頁．

◻『起床ラッパ』(*Taps at Reveille*, 1935)「スキャンダル探偵」（The Scandal Detectives），「生意気な少年」（The Freshest Boy），「狂った日曜日」（Crazy Sunday）を含む短編集．

◻『ラスト・タイクーン』(*The Last Tycoon*, 1941) 独裁的な権力を振るい同時に家父長的な包容力を兼ね備えたハリウッドのプロデューサー，モンロー・スター（Monroe Stahr）の物語．仕事の上で彼と対立するブレイディーの娘セシリア（Cecilia Brady）の語りを通して描かれる．作者の死によって未完に終わる．

◻『崩壊』(*The Crack-Up*, 1945) 作者の死後エドマンド・ウィルソンが編集した小品集．1枚のひび割れた皿として自分を捉える表題作，そして20年代の回顧「マイ・ロスト・シティー」（My Lost City）と「ジャズ・エイジの谺」（Echoes of the Jazz Age）は有名．

【名句】...after two years the Jazz Age seems as far away as the days before the War. It was borrowed time anyhow. (Echoes of the Jazz Age)「2年たった今，ジャズ・エイジは戦前の時代のように遠い記憶になってしまった．どのみち，それは借り物の時間だったのだ」（ジャズ・エイジの谺）

(寺門)

ワイルダー　ソーントン
Thornton Wilder（1897 - 1975）　劇作家　小説家

生い立ち　ワイルダーは双子の1人としてウィスコンシン州に生まれ，9歳の時，父エイモスが香港総領事（後に上海総領事）となり，約2年半を中国で過ごす．父は宗教的に厳格で，教育熱心だったが，芸術に理解を示す母の影響で，早熟な読書家となり，中学の頃から戯曲を書き，また自らも好んで演じていた．

ローマでの経験　イェール大学では文芸誌に戯曲や評論を精力的に投稿し，頭角を現わす．大学卒業後は，父の勧めでローマのアメリカン・アカデミーに在籍し，語学，考古学の勉強に励む．ローマで小説『カバラ』（1926）を書き始め，またピランデルロ（Pirandello）の『作者を探す六人の登場人物』（1921）を見て大いに刺激を受けている．

一躍世界的な作家に　その後，父の斡旋で高校教員となったワイルダーは，フランス語を教えながら創作を続け，1927年に『サン・ルイス・レイの橋』を出版．翌年ピューリツァー賞を獲得するや世界中で翻訳され，一躍世界的な作家となる．この年，『池に波立てた天使』という3分間で完結する短い戯曲を集めた戯曲集も出版する．30年にはローマの劇作家テレンティウスの喜劇に基づく小説『アンドロスの女』を出版するが，彼の作品はどれも大恐慌のアメリカを無視していたため，マイケル・ゴールド（Michael Gold）らの左翼系批評家から強い非難を受ける．その後，アメリカを強く意識した1幕劇集『長いクリスマス・ディナー』（1932），小説『わが行き先は天国』（1935）を発表する．

本格的な劇作家として　30年からはシカゴ大学で創作を教えるが，ここで講演に訪れたガートルード・スタイン（Gertrude Stein）との交流が始まり，強い影響を受ける．2度目のピューリツァー賞をもたらす戯曲『わが町』（1938）は明らかに彼女の影響がうかがえる実験色の強いものである．42年には戯曲『危機一髪』で3度目のピューリツァー賞を受賞する．また38年に上演された『ヨンカーズの商人』（The Merchant of Yonkers）は興行的には失敗に終わったが，54年に『結婚仲介人』としてワイルダー自身が改作し，大成功を収める．その後『七つの大罪』『人類の七つの時代』と題したサイクル劇を書き始め，その何編かは上演されるが，未完に終わる．晩年には自伝的要素の濃い小説『第八の日に』（The Eighth Day, 1967），『ミスター・ノース』（Theophilus North, 1973）を出版している．

ワイルダーの特質　ワイルダーの作品の特色は，20世紀前半にあって自然主義リアリズムを乗り越えようとした点にある．特に戯曲において目立つ裸舞台の使用など，物語に寄りかかろうとするリアリズムを拒否することにより，演劇本来の「劇場性」を内包する戯曲を目指して書き続けた．演劇史の「現在」を理解し，劇作家として果たすべき役割を明確にして劇作に挑んでいる姿は，『三戯曲集』の序文に明らかである．またエッセー集『アメリカの特質』（The American Characteristics, 1979）には劇作術に関しての論考もある．

◇ 主 要 作 品 ◇

◨『カバラ』(*The Cabala*, 1926) 1920年，ローマのアメリカン・アカデミーに在籍中に書き始めた最初の小説．若いアメリカ人サミュエル (Samuele) は，ヨーロッパ文化の衰退を象徴するかのような不幸を背負う秘教で結びつくローマ貴族たちとの交流から，過去の栄光と現状を見る．新たなローマを作る思いを強くし，アメリカに向かう彼に，詩人ウェルギリウスの霊が現われ，彼に語りかける．"Nothing is eternal save Heaven.... Seek out some city that is young."（天の国以外に永遠なものはない……若き都市を求めよ．）

◆『サン・ルイス・レイの橋』(*The Bridge of San Luis Rey*, 1927) →432頁．

◨『池に波立てた天使』(*The Angel That Troubled the Waters*, 1928) 登場人物3人，上演時間3分という短い1幕劇が16編収められている．自分自身を宗教的な作家と位置づけ，その内容を伝えうる形式の模索の必要性を説く「序文」，またプラトンの詩人霊感説に基づく最初の戯曲『詩人の誕生』(*Nascuntur Poetae...*) はワイルダーの劇作家としての資質を知る上で重要である．上演を念頭においていないため，彼の想像力が奔放に発揮されている．

◨『アンドロスの女』(*The Woman of Andros*, 1930) イエス・キリスト誕生以前のアンドロス島が舞台．高級娼婦と彼女を取り巻く男たちとの間で知的，哲学的な会話が交わされる．

◨『長いクリスマス・ディナー』(*The Long Christmas Dinner and Other Plays*, 1932) 表題以外に5編（当初は6編）の1幕劇が収められている．装置をまったく使わない3編の実験的な戯曲と伝統的な手法の戯曲2編が交互に配置されており，前者の舞台上での「虚偽」が，人生における「虚偽」を扱った後者2編の物語により正当化されるという構造になっている．実験色の強い3編には時間，死，神，存在など後の多幕劇にも見られる哲学的なテーマが扱われている．

◨『わが行き先は天国』(*Heaven's My Destination*, 1935) 教科書のセールスマンで，熱烈なクリスチャンでもあるジョージ・ブラッシュ (George Brush) が，受け持ち区域の中西部を回りながら，様々な社会悪に遭遇し，奮闘する様を描いたおかしくも，悲しい物語．

◆『わが町』(*Our Town*, 1938) →463頁．

◆『危機一髪』(*The Skin of Our Teeth*, 1942) →474頁．

◨『3月15日』(*The Ides of March*, 1948) シーザー殺害の経緯とその裏にある複雑な感情を公文書，庶民の手紙，主要人物の往復書簡などから浮かび上がらせている．

◨『結婚仲介人』(*The Matchmaker*, 1954) 19世紀前半の英国の笑劇をオーストリアの劇作家ネストロイ (Nestroy) が改作し，さらにそれをワイルダーが改作した笑劇．オリジナルの物語をほとんど変更せず，ドリー・リーヴァイ (Dolly Levi) という原作には存在しない新たな人物を物語の中心に置き，笑劇という古風な劇構造を崩している．彼女の企みにより，ヨンカーズの町に閉じ込められていた登場人物たちが次々とニューヨークへと向かう．1日の冒険を終えた彼らは，元の場所でこれまでと同じ生活を繰り返すのではなく，それぞれが笑劇の殻から抜け出て，新たな人生の局面に向かっていく点に強調が置かれている．興行的にも成功し，ミュージカル『ハロー，ドリー！』(*Hello, Dolly!*) の原作となった．

（水谷）

フォークナー　ウィリアム
William Faulkner（1897 - 1962）　　　小説家

没落した南部名家の生まれ　ミシシッピ州北部のニューオールバニー（New Albany）に生まれたが，1902年，一家はミシシッピ大学所在地であるオクスフォード（Oxford）に移住する．フォークナーは生涯の大部分をこの地で過ごすことになる．父は貸し馬車業や金物業を営んでいたが，先祖は名門の一家で，特に曽祖父ウィリアム・クラーク・フォークナー（William Clark Falkner）は鉄道を造り，政治家としても活躍した人物で，南北戦争に大佐として従軍し，のちに政敵に殺されるという波乱に富む生涯を送った．彼はフォークナーのいろいろな作品の中に登場するサートリス大佐のモデルであり，また彼自身『メンフィスの白い薔薇』（*The White Rose of Memphis,* 1881）などの小説の作者でもあった．

「失われた世代」の作家としてデビュー　フォークナーは正規の教育になじめず，高校も中退であったが，フィル・ストーン（Phil Stone）というイェール大学出の優れた文学的友人に恵まれたことが幸いした．「失われた世代」の作家たちのご多聞にもれず第1次世界大戦中には軍隊を経験する．カナダの英国航空隊に加わって飛行訓練をうけるのだが，戦地には行くことなく休戦を迎える．除隊後，一時ミシシッピ大学に学生として籍を置き，学内の雑誌に詩文を発表したりした．ニューヨークに出て書店勤めをしたが，まもなく故郷に帰り，一時大学内の郵便局長を勤める．24年，フィル・ストーンのすすめで精神的自己告白ともいうべき詩集『大理石の牧神』を出版．25年，ニューオーリンズに半年ほど滞在して当地の新聞『タイムズ・ピカユーン』（*Time's Picayune*）や雑誌『ダブル・ディーラー』（*Double Dealer*）に小品を発表し，当地に滞在中の有名作家シャーウッド・アンダソンの知遇を得，貨物船でヨーロッパへの旅に出，パリにしばらく滞在する．26年，帰還兵士の物語『兵士の報酬』を出版，失われた世代の作家たちの仲間入りをするが，ヘミングウェイ，ドス・パソス，フィッツジェラルドらとは，長い外国放浪（エグザイル）体験を共有せず郷里に留まった点で異質である．第2作，船旅物語『蚊』（1927）を出版したあと，彼の文学には新たな展望がひらけてくる．バルザックの人間喜劇のような，再登場人物によって互いにゆるい繋がりをもった小説群を書いてゆこうと思いたったのである．ヨクナパトーファ・サーガの構想である．29年離婚して自由の身となったかつての恋人エステル・オールダム（Estelle Oldham）と結婚した．

ヨクナパトーファ・サーガ（年代記）　ヨクナパトーファとはミシシッピ州北部のラファイエット郡と郡都オクスフォードを基にして創られたフォークナーの神話的な土地で，郡都はジェファソンと呼ばれる．6298人の白人と9313人の黒人が住む．もともとはチカソー族の土地だったということになっている．フォークナーの14冊の長編と多くの短編がこの

◇主要作品◇

土地のサーガ（年代記）に属している．刹那主義に走る「失われた世代」と栄光につつまれた先祖たちの亡霊が共存する『サートリス』(1929)や娘の処女喪失が一家にもたらした寂寥感を描いた『響きと怒り』(1929)はこの土地の由緒ある貴族階級の斜陽物語であり，『死の床に横たわりて』(1930)は貧農階級のグロテスクな喜劇，『サンクチュアリ』(1931)は上品なしかし偽善的な上流階級が非人間的な現代の悪に遭遇する物語．『八月の光』(1932)は白黒混血児が放浪の果てに白人優位主義の青年に虐殺される宿命を描いたもの．『アブサロム，アブサロム！』(1936)は階級上昇の野望に取り付かれた外来の成り上がり者の夢と挫折を主題とし，『行け，モーセ』(1942)の中心作である「熊」は白人による自然の収奪（大森林の開発）と人間の収奪（黒人の女奴隷に対する性的搾取）をラディカルに告発する．『サンクチュアリ』の主題がこの土地に侵入してきた現代悪であるとすれば，「熊」のそれはこの土地の原罪である．『村』『町』『館』からなる三部作はスノープス族の社会的上昇の野望の実現過程を喜劇的タッチで描く．

これらが主要なところだが，作品間の繋がりに注目してみると，例えば，『響きと怒り』の主要人物クェンティン・コンプソン（Quentin Compson）はハーヴァード大学に入学する前に『アブサロム』の語り手の一人ローザ・コールドフィールド（Rosa Coldfield）のもとを訪れて野心の「鬼」サトペン（Thomas Sutpen）についての話を聞くばかりか，入学後はカナダ人学生シュリーヴ（Shreve）を相手に対話を交わし，サトペンの真相に迫ろうとする．『サンクチュアリ』の正義の弁護士ホレス・ベンボウ（Horace Benbow）の妹ナーシッサ（Narcissa）は『サートリス』の気のすさんだ帰還航空兵ヤング・ベイヤード（Young Bayard）の妻になる．『八月の光』に登場する弁護士ギャヴィン・スティーヴンズ（Gavin Stephens）は『サンクチュアリ』のヒロインのボーイフレンド，ガウアン・スティーヴンズのおじにあたる．スノープス族の2人の人物が『サンクチュアリ』に登場する．

非ヨクナパトーファ物語　これらの小説群は南部固有の歴史性にとらわれず，現代の普遍的な問題と取り組んでいる．『兵士の報酬』はジョージア州タールトンが背景になっている．いくつかの作品はニューオーリンズを背景にしている．『蚊』はオルダス・ハクスレーの『クローム・イエロー』を意識した一種のサロン小説．『野生の棕櫚』は不倫逃避行物語．不幸な結末において主人公は「悲しみか無か，いずれかを選ばなければならないなら，おれは悲しみを選ぶ」と考える．（因みに後年スタイロンは『この家に火をかけよ』(1960)においてこの名文句をこだまさせている．）『標識塔』は曲乗り飛行というモダニズムの危険な冒険を扱っているけれども，フォークナーには空への憧れがあって，自らの姓の語源（fauconnier「鷹匠」）によって自己暗示にかかっていたのではないかという批評家までいるほどだ．『寓話』(A Fable, 1954)は第1次大戦下の反戦兵士の物語で，舞台はヨーロッパである．

ノーベル賞　フォークナーはヘミングウェイなどとは対照的に波乱の少ない生涯を送ったが，50年のノーベル文学賞受賞はもっとも輝かしい出来事だった．

【名句】I believe man will not merely endure, he will prevail.（Nobel Prize acceptance speech）「人間は持続するだけでなく勝利する，と私は信じます」（受賞スピーチ）

◇主 要 作 品◇

▢『大理石の牧神』(*The Marble Faun*, 1924) 大理石に閉じ込められた牧神に仮託して，片田舎から出ることの許されない詩人の身の上を歌った詩集．

▢『兵士の報酬』(*Soldiers' Pay*, 1926) 第1次世界大戦で重症を負い生ける屍となった航空兵ドナルド・マホン (Donald Mahon) がジョージア州の郷里に送られてくる．その姿を見て婚約者は去ってゆく．のどかで無関心な平和の中に突入してきた戦争の傷痕．

▢『蚊』(*Mosquitoes*, 1927) ニューオーリンズの芸術家，ボヘミアン，有閑女性たちがポンチャートレイン湖上に浮かぶ遊覧船の上で芸術論を戦わせる物語．

▢『サートリス』/『土にまみれた旗』(*Sartoris*, 1929/ *Flags in the Dust*, 1973)『サートリス』はもう一つのロスト・ジェネレーション小説．帰還兵士ヤング・ベイヤード・サートリスは故郷の駅に着く前に列車から飛び降りてすごすごと帰宅する．双子の兄ジョンが戦死したのに自分だけ生き恥を曝しているからだ．彼は心の傷を忘れるためにスピードを追求し，ついにセスナ機が落ちて死亡する．この作品にはもう一つ，ヨクナパトーファの名家サートリス家の過去の重みという主題があって，彼の祖父である銀行家のオールド・ベイヤード・サートリスは，南北戦争の英雄で立志伝中の事業家になった父ジョン・サートリスとその戦死した弟の亡霊に取り付かれている．ずっとのちに出版された『土にまみれた旗』は『サートリス』の元の稿でベンボウ家やスノープス家の話がサートリス家の物語に縺れこんでいる．

◆『響きと怒り』(*The Sound and the Fury*, 1929) →434頁．

◆『死の床に横たわりて』(*As I Lay Dying*, 1930) →439頁．

◆『これら十三編』(*These 13*, 1931) →442頁．

◆『サンクチュアリ』(*Sanctuary*, 1931) →443頁．

◆『八月の光』(*Light in August*, 1932) →444頁．

▢『緑の大枝』(*A Green Bough*, 1933) 第2詩集．

▢『マーティノ博士，その他』(*Doctor Martino and Other Stories*, 1934) 短編集．

▢『標識塔』(*Pylon*, 1935) ニューヴァロア（ニューオーリンズ）の標識塔を回る曲乗り飛行に参加したトリオの物語．パイロットとパラシューティストが一人の女を共有している．一人の記者がこの奇妙なトリオを執拗に追う．そしてあたかも彼の眼光に射竦められたかのように飛行機は墜落する．

◆『アブサロム，アブサロム！』(*Absalom, Absalom!* 1936) →459頁．

▢『征服されざる人々』(*The Unvanquished*, 1938) 南北戦争を背景にした連作短編集で，ベイヤード・サートリス（『サートリス』のオールド・ベイヤード）の幼年期から青年期までを扱った7つの物語からなる．最後の作品「ヴァーベナの香り」(An Odor of Verbena) では，ベイヤードは政敵に殺された父の仇を討つことを人々から期待されるが，彼は古い南部の名誉の掟には従わず，それを超える果敢な行動（非暴力主義）によって名誉を守る．

▢『野性の棕櫚』(*The Wild Palms*, 1939) ニューオーリンズを起点とする非ヨクナパトーファもので，医学生と人妻の駆け落ち物語と列車強盗の真似事がわざわいして収監されている善良な囚人の物語が五章ずつたがいちがいに配置された二重小説 (double novel)．前者

◇主要作品◇

では医学生が人妻の妊娠中絶に失敗して彼女を死なせる.後者ではミシシッピ川の氾濫の時,囚人が妊婦を救助し子供を出産させる.はじめ「エルサレムよ,もし我汝を忘れなば」(If I Forget Thee, Jerusalem)という旧約の「詩篇」からとった題で構想された.

◻︎『村』(*The Hamlet*, 1940) スノープス三部作(Snopes Trilogy)の第1作.フレンチマンズ・ベンドの部落に貧乏白人スノープス族が侵入してきて,その中心人物フレム(Flem)が策略を用いて当地の長者ヴァーナー(Varner)家の財産と利権を乗っ取っていく過程を喜劇的に描く.その重要なきっかけはヴァーナー家の性的魅力にあふれる知恵遅れ娘ユーラ(Eula)が私生児を妊娠したことに眼をつけて結婚したことにあった.ほかに,牝牛と恋をする白痴アイザック(Isaac)のエピソード,隣人とのいざこざから殺人を犯すミンク(Mink)のエピソードなどが含まれる.

◻︎『行け,モーセ』(*Go Down, Moses and Other Stories*, 1942) 緩いつながりをもった物語群.中心作「熊」(The Bear)は大森林に住む老熊に会いに行く毎年恒例の行事を描く.開発によって熊の住処としての森が消滅し,熊は自然を体現するインディアンの手で殺される.この自然の悲劇を背景にして,人間の悲劇が展開される.主人公アイザック・マッキャスリンは祖父が女奴隷に対してはたらいた非人間的な罪を知り,家督の相続を放棄する.

◻︎『墓地への侵入者』(*Intruder in the Dust*, 1948) 冤罪で服役する黒人の無実を証明するための活動(墓あばきもする)を通して白人少年チック・マリソン(Chick Malison)が黒人問題の真実に開眼していく物語.

◻︎『駒さばき』(*Knight's Gambit*, 1949) 短編集.

◻︎『ウィリアム・フォークナー短編選集』(*Collected Stories of William Faulkner*, 1950)

◻︎『尼僧への鎮魂歌』(*Requiem for a Nun*, 1951) 戯曲.『サンクチュアリ』の続編をなす.テンプルとガウアンは結婚して2児の親になっているが,素行の悪いテンプルに親としての責任に目覚めさせるため,家政婦の黒人ナンシー・マニゴー(Nancy Mannigoe)は下の子を殺し,裁判で死刑を宣告される.

◻︎『寓話』(*A Fable*, 1954) 第1次世界大戦における反戦兵士,そして彼を裁く役回りになった父である将軍の物語.

◻︎『町』(*The Town*, 1957) 三部作第2巻.フレムはジェファソンの町に進出してくる.妻ユーラが銀行家のマンフレッド・ド・スペイン(Manfred de Spain)と不倫を続けていることに眼をつけ,ヴァーナーを通じて揺さぶりをかける.夫に嫌気がさしたユーラはド・スペインに駆け落ちを持ちかけるが,断られてピストル自殺を遂げる.フレムはド・スペインの銀行を,そして邸宅を乗っ取ることに成功する.

◻︎『館』(*The Mansion*, 1959) 三部作第3巻.『村』で殺人を犯したミンク・スノープスが,何の救いの手も差し伸べてくれないばかりか刑期延長を画策した実力者フレムを恨み,出所後ただちに殺害する.

◻︎『自動車泥棒―ある回想』(*The Reivers: A Reminiscence*, 1962) 老人ルーシャス・プリースト(Lucius Priest)が少年期の活劇的体験を回想する. (寺門)

ナボコフ　ウラジーミル
Vladimir Nabokov（1899 - 1977）　　**小説家**

ロシア　帝政ロシアの首都サンクト・ペテルブルグに生まれる．
名門貴族　一家は15世紀以来モスクワ公国内に広大な領地を所有する名門貴族だった．祖父は法務大臣を務めた法学者・政治家，祖母はドイツ貴族の出身．父は帝国議会議員で自由主義者，ケレンスキー内閣の閣僚も務めた．大のイギリス贔屓で，息子の教育は外国人の女家庭教師にまかせた．おかげでウラジーミルはロシア語より前に英語を読めるようになったという．コナン・ドイルとH・G・ウェルズは彼の少年時代の愛読書だった．また父の影響で，犯罪学や異常心理学にも早くから興味をもったという．11歳のときペテルブルグの自由主義的中学テニシェフ（Tenishev）校に編入される．しかし1917年，3月革命勃発のため一家はクリミアのヤルタ近郊に逃れ，19年には赤軍に追われてセバストポリ港を貨物船で脱出，ベルリンに逃れた．一歳年下の弟セルゲイ（Sergey）とともにケンブリッジ大学に学ぶ．フランス文学とロシア文学を専攻し，卒業後はベルリンに帰って，テニスと語学の家庭教師で生計を立てるが，22年父がテロリストに狙われた友人を守ろうとして殺害されるという悲劇に見舞われる．彼は数多くの翻訳をこなし，シーリン（Sirin）の筆名でロシア語の創作も始める．ツルゲーネフふうの『マーシェンカ』，不倫小説『キング，クイーン，ジャック』，幻想的なチェス小説『ルージンの防御』，若い女に翻弄される中年男の話『暗闇の中の笑い』，幻想小説『絶望』などによってシーリンの名はベルリンとパリの亡命ロシア人社会で有名になる．25年ヴェラ・スロニム（Vera Slonim）と結婚，1934年，息子ドミトリ（Dmitri）が生まれる．

パリを経て　37年ユダヤ系の妻ヴェラがナチスに狙われることを恐れてパリに移住し，フラ
アメリカへ　ンスの文人たちと交友を結びながら専制国家を風刺した『ベンド・シニスター』（1947）と『断頭台への招待』（1938），また英語による最初の小説『セバスチャン・ナイトの真実の生涯』（1941）を書いた．40年彼はアメリカに渡り，41年から7年間ウェズレー大学，48年から10年間コーネル大学で，ロシア文学，比較文学，ヨーロッパ文学を講じ，エドマンド・ウィルソンと親交をむすぶ．55年『ロリータ』をパリのオリンピア・プレスより出版．58年ようやくアメリカで出版されると，ベストセラーになり，彼は国際的な名声を獲得する．「ニンフェット」「ロリータ・コンプレックス」という言葉が流行語になる．これを機に，ロシア語の作品を自分の手で次々と英訳，出版する．59年，大学を辞め，60年，スイスの保養地モントルーのホテルに隠棲して執筆に専念する．

外国語で　彼は鱗翅類（蝶）の収集家・研究家としても有名である．英語という蠱惑的な蝶，
美を紡ぐ　それともニンフェットに生涯魅せられつづけたナボコフの作品を，20世紀英語小説の最上位に位置づける批評家もいる．

◇主 要 作 品◇

◇『暗闇の中の笑い』(*Laughter in the Dark*, 1938) 妻子ある男が盲目の恋のために破滅する．邦訳『マルゴ』．

◇『セバスチャン・ナイトの真実の生涯』(*The Real Life of Sebastian Knight*, 1941) 語り手が作家である今は亡き異母兄の生涯の真実を求めて彼の作品をはじめ資料を探索する．

◇『ベンド・シニスター』(*Bend Sinister*, 1947)「平等主義」の独裁者に協力を拒む哲学者の悲劇．

◆『ロリータ』(*Lolita*, Paris, 1955; New York, 1958) → 502頁．

◇『プニン』(*Punin*, 1957) アメリカにおけるナボコフの戯画化したユーモラスな自画像．

◇『ナボコフの一ダース』(*Nabokov's Dozen*, 1958) 短編集．

◇『断頭台への招待』(*Invitation to a Beheading*, 1959) 全体主義国家のカフカ的悪夢．主人公はとつぜん逮捕され死刑を宣告される．

◆『青白い炎』(*Pale Fire*, 1962) → 527頁．

◇『贈物』(*The Gift*, 1963) 祖国への郷愁にみたされた自伝的小説．

◇『ディフェンス』(*The Defense*, 1964) ロシア語版の題名は『ルージンの防御』．現実がチェス盤に見えてくるチェスの名人の物語．

◇『眼』(*The Eye*, 1965) 一人称の中編小説．

◇『四重奏』(*Quartet*, 1966) 短編集．

◇『絶望』(*Despair*, 1966) 不甲斐ない自分の代わりに自分の分身を殺して芸術家として生まれ変わろうとする芸術家小説．

◇『記憶よ，語れ』(*Speak, Memory*, 1966) 自伝．

◇『キング，クイーン，ジャック』(*King, Queen, Knave*, 1968)『ボヴァリー夫人』『アンナ・カレーニナ』をモデルにした不倫小説．

◇『アーダ』(*Ada*, 1969) 90代の主人公ヴァン (Van Veen) が従姉妹アーダ (Ada) との生涯にわたる愛をSFまで含めたさまざまな技巧を凝らして描いた回想記という形をなしている．すべてを語り尽くしたのち2人は助け合って安楽死をとげる．

◇『マーシェンカ』(*Mary*, 1970) 甘美な初恋の夢から覚める亡命ロシア人の物語．

◇『栄光』(*Glory*, 1971) 自伝的な作品．邦訳『青春』．

◇『透明な対象』(*Transparent Things*, 1972) 夢遊病者ヒュー・パースン (Hugh Person) は死後に自らのわびしい生涯を回想する．22歳のとき父のお供でスイスへ行く．32歳のとき編集者としてスイスを再訪し，のちに結婚する女性と出会う．妻を殺し，服役を終えて最後のスイス旅行に出，ホテルの火災で焼死する．

◇『ロシア美人』(*A Russian Beauty and Other Stories*, 1973) 短編集．

◇『道化師たちを見よ！』(*Look at the Harlequins !*, 1974) ナボコフのグロテスクな自己戯画化．

◇『魅惑者』(*The Enchanter*, 1986)『ロリータ』の原型となった作品であるが，この少女愛は悪魔的．

(寺門)

ヘミングウェイ　アーネスト・ミラー
Ernest Miller Hemingway（1899 - 1961）　**小説家**

生い立ち　イリノイ州シカゴ郊外の町オーク・パークに第2子，長男として生まれた．父クラレンス（Clarence）は開業医で，母グレース（Grace）は声楽の個人指導で収入があった．姉マーセリン（Marcelline）とは1歳ちがいで，ヘミングウェイも女の子の格好をさせられ姉妹のように育てられた時期がある．オーク・パークはシカゴと鉄道でつながった住宅地で，シカゴの発展とともに人口が増加した．建築家フランク・ロイド・ライト（Frank Lloyd Wright）が育った町でもある．新興住宅地ではあるが自然も多かった．夏になるとヘミングウェイ家はミシガン州北部のワルーン湖畔に移動し，別荘で過ごした．そこには原始林が残る大自然があり，父親の強い影響を受け，ハンティングや釣りを通して自然とかかわっていった．高校時代はアメリカンフットボールやボクシングに熱中する．そのかたわら文章を書くことも始め，校内の新聞や雑誌に寄稿している．このころ書いたものには，リング・ラードナーやジャック・ロンドンへの傾倒ぶりが伺える．

記者時代と第1次大戦　アメリカ文学では，まずジャーナリズムの世界に入り新聞記者を経てから作家になるケースが多く見られるが，ヘミングウェイにも2度の新聞記者時代がある．最初は1917年，18歳のときで，高校を卒業後すぐに第1次世界大戦に参加しようとヨーロッパ行きを望んだのだが，両親の反対にあいカンザス・シティにある『スター』社に入った．そこで警察や病院を取材する外回りの記者をし，暗黒街の人々を見る一方，ジャーナリズムの基礎を学んだ．文体に関しては，形容詞はできるだけ避け，一文は短くし，肯定形を用い否定形は避けることを学んだ．2度目の記者をしたのはカナダの『トロント・スター』社で，カナダ国内だけでなく特派員としてドイツ，イタリアなど各国をまわり特集記事を書いた．カンザス時代と違うのは，題材を自分で選ぶことができた点と，**by-line**という署名入りの記事を任せられた点であり，個性を反映することができた．

二つの記者時代の間に，ヘミングウェイは第1次世界大戦に参加している．この時期，強烈な体験となったのは，あっけなく死んでゆく人々の姿を目のあたりにしたことと，自らも迫撃砲を受けて死の一歩手前まで行ったことである．どちらも否応なくヘミングウェイに不条理ということについて考えさせることになった．もう一つの重要な出来事は，アグネス・フォン・クロウスキー（Agnes von Kurowsky）との出会いである．負傷しミラノの赤十字病院に入院したヘミングウェイは，ここで看護してくれたアグネスと恋に落ちる．この体験からは短編「とても短い話」と長編『武器よさらば』が生まれた．

パリ時代　21年，ハドレー・リチャードソン（Hadley Richardson）と結婚したヘミングウェイは，シャーウッド・アンダソンの勧めもあり，パリに向かう．『トロント・スター』の記者は辞めていなかったが，実質作家になることを心に決めての渡仏だった．パ

◇主要作品◇

リではガートルード・スタイン，エズラ・パウンド，ジェイムズ・ジョイスらと出会い，モダニズムの空気を肌で感じることになる．スタインの部屋は前衛芸術家のサロンになっており，ヘミングウェイも何度となく通った．また，リュクサンブール美術館で見たセザンヌの絵に心酔し，セザンヌのように自然を描くことを志した．それは後に「氷山の原理」として『午後の死』で説明した文章作法につながるものである．

キー・ウエスト時代 28年，2番目の妻ポーリーン・プファイファ（Pauline Pfeiffer）とともにフロリダ州キーウェストに移る．同年，父クラレンスが拳銃で自殺し，生涯ヘミングウェイの心に暗い影を落とすことになる．自殺に追い込んだのは母グレースだとの思いがあり，母子の確執が強まった．しかし『武器よさらば』が出版されると好調な売れ行きを見せ，雑誌にもエッセーや短編を精力的に発表する．ヘミングウェイの好調を陰ながら支えたのは，文芸出版の老舗であるスクリブナー社の編集者マックスウェル・パーキンズ（Maxwell Perkins）や男性大衆誌『エスクワイア』の編集長アーノルド・ギングリッチ（Arnold Gingrich）だった．この当時ヘミングウェイを魅了したのはアフリカのサファリでありスペインの闘牛で，両者に共通するのは原始的なるものの中にある死の掟である．

キューバ時代 40年には3番目の妻マーサ・ゲルホーン（Martha Gellhorn）と結婚し，キューバのハバナ近郊にあるフィンカ・ビヒア邸に移る．ヘミングウェイは政治にはコミットしない姿勢を貫いてきたが，30年代後半からは時代の流れとともに政治とも無縁でいられなくなり，スペイン内戦に反ファシスト政権の立場からかかわり，1940年には『誰がために鐘は鳴る』を出版する．46年，最後の妻となるメアリー・ウェルシュ（Mary Welsh）と結婚する．しかし酒量は増え，高血圧に悩まされるようになる．51年，メンフィスの病院で母グレースが死亡するが，葬儀には出席しなかった．グレースは晩年アルツハイマーになり，娘マドレイン（Madelaine）が世話をしていた．キューバ滞在中のもっとも大きな出来事は54年のノーベル文学賞受賞であり，主に『老人と海』が評価された結果であった．

晩年 58年，アイダホ州のケチャムに家を借り，翌年には終の棲家となる家を購入する．この地でも狩猟を楽しむものの，高血圧，不眠症，さらには神経衰弱が強まって被害妄想を抱くようになり，ミネソタ州のメイヨー・クリニックに入院する．ここで鬱病の治療のため電気ショック療法を受ける．入退院を繰り返し，その間数回自殺を試みている．しかしついに61年7月2日の早朝，ショットガンで頭部に狙いを付け，足で引き金を引き，命を絶った．下顎から上は吹き飛ばされていたという．振り返ってみるとヘミングウェイの家系には自殺者が多い．父親のほか，妹のアーシュラ（Ursula），弟レスター（Leicester）もヘミングウェイと似た症状を見せ自殺している．さらに，2001年10月には，ヘミングウェイの息子グレゴリー（Gregory）のショッキングな死が報じられた．グレゴリーはマイアミの路上に裸でいるところを公然わいせつ罪で逮捕され，警官の尋問にはグロリアと名乗り，性転換手術を受けていたため女性拘置所に収容された．そして6日後に高血圧と心臓血管疾患のため死亡した．ジェンダーと精神的疾患による自殺はヘミングウェイという作家を考える上で避けては通れない問題となっている．

◇主要作品◇

◻︎『三つの短編と十の詩』(*Three Stories & Ten Poems*, 1923) パリで出版されたヘミングウェイの処女作品. 短編は「ミシガンの北で」(Up in Michigan),「季節はずれ」(Out of Season),「ぼくの親父」(My Old Man) の3編.

◻︎『ワレラノ時代ニ』(*in our time*, 1924) 戦争, 闘牛などを扱った18編のスケッチを収めた小品集で, エドマンド・ウィルソンが好意的な書評を寄せる. このうちの3編が「とても短い話」(A Very Short Story),「革命家」(The Revolutionist),「跋文」(L'Envoi) となり, 残りは短編と短編の間に挿入され, 中間章として翌年『われらの時代に』に収められた.

◆『われらの時代に』(*In Our Time*, 1925) →425頁.

◻︎『春の奔流』(*The Torrents of Spring*, 1926) 一週間程度で書き上げられたヘミングウェイ初の長編小説で, ミシガン州のペトースキーを舞台にしている. シャーウッド・アンダソンとガートルード・スタインを揶揄したパロディとして知られる.

◆『日はまた昇る』(*The Sun Also Rises*, 1926) →431頁.

◻︎『女のいない男たち』(*Men Without Women*, 1927) 1924年から1927年の間に執筆された作品を集めた短編集.「殺し屋」(The Killers),「身を横たえて」(Now I Lay Me),「白い象のような山々」(Hills Like White Elephants) などが収められている.

◆『武器よさらば』(*A Farewell to Arms*, 1929) →436頁.

◻︎『午後の死』(*Death in the Afternoon*, 1932) スペインでの闘牛を写真入りで解説した闘牛論であると同時に, どのような文章を目指しているのかを論じた文学論でもある. 新聞記事と文学的文章の違いを述べた箇所は有名で, 頻繁に引用される.

◻︎『勝者には何もやるな』(*Winner Take Nothing*, 1933) 1928年から1933年にかけて執筆された作品を集めた短編集.「清潔で明るいところ」(A Clean, Well-Lighted Place),「父と息子」(Fathers and Sons) などが収められている.「父と息子」はニックものの最後となる作品.

◻︎『アフリカの緑の丘』(*Green Hills of Africa*, 1935) アフリカでのサファリを論じながら芸術や文学にも頻繁に言及する.「すべての現代アメリカ文学はマーク・トウェインの『ハックルベリー・フィンの冒険』という本からはじまっている」という文句は特に有名.

◻︎『持つと持たぬと』(*To Have and Have Not*, 1937) ハリー・モーガン (Harry Morgan) を主人公とする3部構成の長編小説だが, 第1部は『コズモポリタン』誌に第2部は『エスクワイア』誌にそれぞれ独立した短編として発表された. モーガンの「一人ぼっちじゃ勝ち目はない」という言葉が注目され, ヘミングウェイの政治的左傾がささやかれた. この作品をもとにウィリアム・フォークナーが脚本を書き映画化された.

◻︎『スペインの大地』(*The Spanish Earth*, 1938) スペイン内戦を人民戦線側の立場から描いたドキュメンタリー映画で, ヘミングウェイは制作にも加わり解説も担当した.

◻︎『第五列と最初の四十九の短編』(*The Fifth Column and the First Forty-Nine Stories*, 1938) 戯曲「第五列」(The Fifth Column) と1938年までに執筆された49の短編を集めたもの.「キリマンジャロの雪」(The Snows of Kilimanjaro)「フランシス・マカンバーの短い幸福

◇主要作品◇

な生涯」(The Short Happy Life of Francis Macomber) などを新たに収録.

◆『誰がために鐘は鳴る』(*For Whom the Bell Tolls*, 1940) → 472頁.

☐『河を渡って木立の中へ』(*Across the River and into the Trees*, 1950) イタリアのヴェニスを主な舞台に, 50歳のアメリカ陸軍大佐リチャード・キャントウェルと19歳の伯爵令嬢レナータとの成就しない悲恋を軸にした長編. 10年ぶりに発表した長編ながら好意的批評は少なく, ヘミングウェイは自作のパロディしか書けなくなったと評された.

◆『老人と海』(*The Old Man and the Sea*, 1952) → 491頁.

☐『移動祝祭日』(*A Moveable Feast*, 1964) 1920年代前半, パリで一人前の作家を目指して文章修行をしていたころの回想録. ジェイムズ・ジョイス, ガートルード・スタイン, エズラ・パウンドらとの交流を愛憎半ばする筆致で描いている.

☐『海流の中の島々』(*Islands in the Stream*, 1970) 画家トマス・ハドソンを主人公に, フロリダ沖からキューバを舞台にした死後出版の長編小説. ハドソンは悩みを抱えながらもそれを他人と共有することを拒む. ヘミングウェイの構想では『老人と海』もこの大作に組み込まれるはずだった.

☐『ニック・アダムズ物語』(*The Nick Adams Stories*, 1972) ヘミングウェイの研究家で知られるフィリップ・ヤング (Philip Young) がニック・アダムズの成長過程にあわせて短編を配列したものだが, その配列には異論もある.「インディアン・キャンプ」の前半部に相当する「三発の銃声」(Three Shots), 作家ニックの文章作法をつづった「書くこと」(On Writing) など新たな資料が加わった.

☐『危険な夏』(*The Dangerous Summer*, 1985) 1960年に雑誌『ライフ』に連載され, 後に単行本化された闘牛についてのノンフィクション.

☐『エデンの園』(*The Garden of Eden*, 1986) ヘミングウェイの最後の妻メアリーがスクリブナー社に持ち込んだ未刊の長編小説. トム・ジェンクス (Tom Jenks) がオリジナル原稿を編集し出版したが, 単なる資料という以上に, そこに描かれた若夫婦の性的役割の交換には, 今まであまり注目されてこなかったヘミングウェイの女性性が表われており, マッチョ・ヘミングウェイ像の修正がせまられた.

☐『ヘミングウェイ全短編―フィンカ・ビヒア版』(*The Complete Short Stories of Ernest Hemingway: The Finca Vigia Edition*, 1987) 既出の短編に以下の7編が新たに加えられた. "A Train Trip" "The Porter" "Black Ass at the Crossroads" "Landscape with Figures" "I Guess Everything Reminds You of Something" "Great News from the Mainland" "The Strange Country"

☐『夜明けの真実』(*True at First Light: A Fictional Memoir*, 1999) 1953年から1954年に妻メアリーを伴いケニアで行なったサファリの回想録で, 1955年から書き始められ遺稿となった. ヘミングウェイと妻メアリー, そしてカンバ族の娘デッバ (Debba) との関係が描かれる. この旅に同行した息子のパトリック (Patrick) が編集を行ない序文も書いている.

(奥村)

スタインベック　ジョン
John Steinbeck（1902 - 68）　　　　小説家

サリーナスの自然　カリフォルニア州中部の肥沃な農業地帯サリーナス（Salinas）の中産階級の家庭に生まれる．父はモンテレー郡の収入役を務め，母は元小学校教師であり，姉二人，妹一人とともに育つ．2つの山脈に囲まれるサリーナス盆地やモンテレーの海岸地帯の自然は，第二作『天の牧場』（1932）以降，自伝的な『赤い子馬』（*The Red Pony*, 1937）三部作を初めとする数々の作品に舞台を提供することになる．1943年，二番目の妻との結婚を契機にニューヨークに居を移すが，その後もサリーナス一帯はスタインベックの創作意欲を刺激し続けた．

大恐慌時代の三部作　スタンフォード大学では，文学や創作や海洋生物学などを学ぶ．25年に中退する．学費や生活費を稼ぐために，ニューヨークやカリフォルニア各地を転々とし，農場や牧場や工場で働き，管理人や記者も経験する．労働者の厳しい現実を直接知りえたことは，30年代（大恐慌時代）における農場労働者を扱う三部作に生かされることになる．『疑わしき戦い』（1936）では林檎果樹園でのストライキを扱って「集団人」の概念を提示し，ベストセラー『二十日鼠と人間』（1937）では季節労働者が抱くささやかな希望とその挫折を扱う．オクラホマで土地を追われた農民たちがカリフォルニアでの仕事を求めて移動する道中で，個人を超える力に目覚めていく様子を描く『怒りのぶどう』（1939）は記録的なベストセラーとなり，ピューリツァー賞を受賞し，一躍彼を国民的作家にした．

エドワード・リケッツとの交流　モンテレーの生物実験所の所長だった海洋生物学者リケッツ（Ricketts）との30年の出会いは，スタインベックに思想的に大きな影響を与え，二人の交流は48年の自動車事故によるリケッツの死まで続く．リケッツとのカリフォルニア湾における海洋生物採集の旅からは，共著『コルテスの海』（1941）が生まれた他，リケッツをモデルとする小説の人物に「蛇」（*The Snake*, 1935）のフィリップス博士や『キャナリー・ロウ』の先生などがいる．リケッツから学んだ「非目的論的思考」はスタインベックの創作を読み解く上で重要であり，近年はネイチャー・ライティングとしての読解の可能性も注目されている．

第2次大戦後の傾向　後年は筆の衰えを指摘されるものの，数多くの多彩な作品を執筆し，自ら創作の集大成とみなす超大作『エデンの東』（1952）では，人間の原罪を問う壮大なスケールの物語を，母方の家系の歴史を絡めることによって描いた．近代文明により取り残された社会の底辺や周縁にいる人々に向けられるスタインベックの共感に満ちた眼差しは，『キャナリー・ロウ』（1945）などのカリフォルニア物のほか，海外に題材をとる小説やノンフィクションなどにも顕著である．アメリカ東海岸を舞台にする唯一の作品として『われらが不満の冬』（1961）があり，62年にはノーベル賞を受賞している．

◇ 主 要 作 品 ◇

◻『黄金の杯』(*Cup of Gold*, 1929) ウェールズ生まれの17世紀の海賊ヘンリー・モーガン (Henry Morgan) がカリブ海で活躍する様子を描いた歴史小説.
◻『天の牧場』(*The Pastures of Heaven*, 1932) 連作物の短編集で，カリフォルニアの谷間の農民たちそれぞれに光を当てつつ，彼らの風変わりで時に異常な生活ぶりを描く.
◻『知られざる神に』(*To a God Unknown*, 1933) カリフォルニアを舞台に，土地との神秘的な結びつきを感じる農夫が，大地に自分の血を捧げることで旱魃を乗り越えようとする.
◻『トーティーヤ・フラット』(*Tortilla Flat*, 1935) モンテレーを舞台に，パイサーノ（メキシコ系混血）たちの物欲に囚われず，仲間を大事にする姿を温かく描いたベストセラー.
◻『疑わしき戦い』(*In Dubious Battle*, 1936) ミルトンの『失楽園』からタイトルを得ている．カリフォルニアの林檎果樹園での過酷な労働の現状と労働争議を扱う.
◆『二十日鼠と人間』(*Of Mice and Men*, 1937) → 461頁.
◆『長い谷間』(*The Long Valley*, 1938) → 464頁.
◆『怒りのぶどう』(*The Grapes of Wrath*, 1939) → 467頁.
◻『コルテスの海』(*Sea of Cortez*, 1941) リケッツとの共著．リケッツの死後，彼についての回想録を含めたかたちで単著『コルテスの海航海日誌』(1951) が出版される.
◻『月は沈みぬ』(*The Moon Is Down*, 1942) 第2次大戦中の北欧を舞台にしたレジスタンス小説．侵入軍と占領された国の名前は故意に伏せられている．後に戯曲化される.
◻『キャナリー・ロウ』(*Cannery Row*, 1945) モンテレーの缶詰工場が並ぶ一画に住む生物学者と取巻きの浮浪者たちとの心温まる交流を描く小説．『楽しい木曜日』(*Sweet Thursday*, 1954) は続編.
◻『真珠』(*The Pearl*, 1947) メキシコ人の漁師の家族が，真珠を手に入れたことから物欲を刺激され，悲劇に見舞われていく様子を描く民話的・寓話的作品.
◻『気まぐれバス』(*The Wayward Bus*, 1947) カリフォルニアを舞台に，おんぼろバスに乗り合わせた運転手と8人の乗客の一日の様子を，人物の内面や過去を交えて描く小説.
◻『爛々と燃える』(*Burning Bright*, 1950) 不評だった3番目の戯曲．子供を持てない夫への愛の表現として，妻が姦通を犯して出産した子供を与え，夫は人類愛に目覚める.
◆『エデンの東』(*East of Eden*, 1952) → 493頁.
◻『ピピン四世の短い治世』(*The Short Reign of Pippin IV*, 1957) フランスの政治を風刺した小説．政局不安定のなか王政復古の事態となり，素人天文学者ピピンが国王にされる.
◻『われらが不満の冬』(*The Winter of Our Discontent*, 1961) アメリカ東部の都市を舞台に，大学卒のインテリを主人公として，現代アメリカの物質主義を皮肉に描く最後の小説.
◻『チャーリーとの旅』(*Travels with Charley*, 1962) 愛犬との車でのアメリカ一周旅行記.
◻『アメリカとアメリカ人』(*America and Americans*, 1966) アメリカ文化論.
◻『アーサー王と気高い騎士たちの行伝』(*The Acts of King Arthur and His Noble Knights*, 1976) 死後出版されたマロリーの『アーサー王の死』の現代語訳，未完. （利根川）

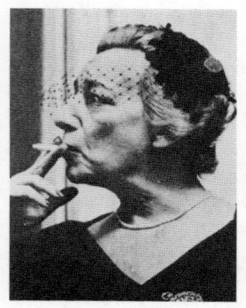

ヘルマン　リリアン
Lillian Hellman（1905 - 84）　　　劇作家

代表的女性劇作家　リリアン・ヘルマンは，1934年にレズビアンを大胆に取り上げた『子供の時間』で衝撃的なデビューを飾って以来，30-40年代にかけて，個人の自由と尊厳を鉄の意志で貫き，常に社会性のある問題作を書き続け，アメリカ演劇界を代表する女性劇作家としての確固たる地位を築き上げた．

劇作家になるまで　南部文化の中心地ニューオーリンズで，ユダヤ系ドイツ移民の息子である父と，南部の裕福な家庭の娘である母の一人娘として生まれた．6歳の時，父が事業に失敗してニューヨークへ移ってから，ふたつの町で半年ずつ過ごすようになった．卒業はしなかったが，ニューヨーク大学，コロンビア大学で学び，19歳で出版社に勤務しつつ，新聞や雑誌に書評や劇評を書くようになった．25年に演劇関係の仕事をしていたアーサー・コーバー（Arthur Kober）と結婚したが，間もなく離婚．ハリウッドで映画シナリオの下読みなどをしていたとき，ハードボイルド派の作家ダシール・ハメット（Dashiell Hammett）と出会い，61年にハメットが亡くなるまで，理想的な共同生活を続けた．

進歩的でリベラルな劇作活動　ハメットの助言で書いた最初の戯曲『子供の時間』（1934）が，同性愛を扱ったこともあり大きな話題となった．自らの脚色で，ウィリアム・ワイラー監督が『この三人』（1936）という題で映画化して，リリアンはブロードウェイとハリウッドで注目の的となり，それ以後作品のほとんどが上演されたのちに映画化された．ワイラー監督が再び映画化に取り組んだ『小狐たち』（1939）に続いて，ニューヨーク劇評家賞を受賞した反ファシズム劇『ラインの監視』（1941）をハーマン・シュムリン監督が，南北戦争の裏面を描いた『森の別の場所』（1946）をマイケル・ゴードン監督が，それぞれ映画化して話題になった．50年代には『秋の園』（1951）のような静かで回想的な作品を発表し，最後の創作劇『屋根裏部屋の玩具』（1960）で，ニューヨーク劇評家賞を再度受賞した．

回想記の作者として　晩年のヘルマンは，マッカーシー旋風を境にして，回想記や自伝的物語に託して，ジャズ・エイジ，スペイン戦争，モスクワへの旅，第2次世界大戦，マッカーシズム，公民権運動など動乱の時代を生き抜いた自己を語り始めた．『未完の女』（1969）はベストセラーとなり，回想7編から成る『ペンティメント』（1973）の中の「ジュリア」は映画化された．『眠れない時代』（1976）は非米活動委員会に出頭したときの体験に基づく時代の証言であり，『メイビー』（1980）は青春時代の回想風の物語である．こうしたすぐれた仕事に対して幾つもの大学から名誉博士号が贈られ，大学の教壇にも立った．

評価　ヘルマンの戯曲も回想録も，品位と良識に満ちた一人の市民としての作者が，私利私欲を越えて，自由の尊さを追求した時代の証言であり，水準の高い良心の文学としてアメリカ文学史はもとより，世界文学史に独自の地位を占めている．

◇主要作品◇

- ◆『子供の時間』（*The Children's Hour*, 1934）→449頁．
- ◻︎『来るべき日々』（*Days to Come*, 1936）中西部の工場経営者の家を舞台にして，ストライキをきっかけに明るみに出る人間の弱さや醜さを描いた3幕劇．
- ◻︎『小狐たち』（*The Little Foxes*, 1939）南部を舞台に，裕福な一族内の凄まじい欲を描くことで，南部の奴隷制をも視野に入れ，資本主義社会を批判した3幕劇．
- ◆『ラインの監視』（*Watch on the Rhine*, 1941）→473頁．
- ◻︎『厳しい風』（*The Searching Wind*, 1944）フラッシュバックの手法で，1940年から22年，23年，38年と，3つの時代にさかのぼり，ファシズムを巡る3人の主要人物の政治，人生の危機，そして妥協を描いた2幕劇．
- ◻︎『森の別の場所』（*Another Part of the Forest*, 1946）物欲で動く人間の醜さを描き，『小狐たち』と二部作を成す．
- ◻︎『秋の園』（*The Autumn Garden*, 1951）避暑地のホテルを舞台に，人生の秋にさしかかった数組の男女が幻滅の思い出から解放されて，人生の真実に直面する姿を，チェホフ流に描く3幕の群像劇．
- ◻︎『ひばり』（*The Lark*, 1955）フランスの劇作家ジャン・アヌイ（Jean Anouilh）のジャンヌ・ダルクを主人公にした詩劇の脚色．229回の上演を記録したヘルマン脚色による成功作．
- ◻︎『キャンディド』（*Candide*, 1956）ヴォルテール（Voltaire）の同名の小説に基づくミュージカル・コメディの脚色で，音楽はレナード・バーンスタイン．
- ◻︎『屋根裏部屋の玩具』（*Toys in the Attic*, 1960）何度も事業に失敗したのち，金持ちの女と結婚した男と，この男の姉妹との複雑な人間関係を，金銭と腐敗という主題で描いた3幕劇で，ニューヨーク劇評家賞を受賞した．
- ◻︎『父と母と私』（*My Mother, My Father and Me*, 1963）バート・ブレックマン（Burt Blechman）が1961年に出版した小説 *How Much?* の劇化．中流階級のユダヤ人一家を風刺的に描いた喜劇．
- ◻︎『未完の女』（*An Unfinished Woman*, 1969）少女時代からハメットとの同棲生活までを率直に語った自伝のベストセラー．
- ◻︎『ペンティメント』（*Pentimento*, 1973）幼い頃から強い印象を受けた人々のポートレート．その中の「ジュリア」は，フレッド・ジンネマン監督によって77年に映画化された．
- ◻︎『眠れない時代』（*Scoundrel Time*, 1976）マッカーシー旋風が吹き荒れる呪われた時代を生き抜いたヘルマンの回想記．下院非米活動委員会議長への手紙の一節には「私は良心を今年の流行に合わせて裁断するようなことはできませんし，したくありません」（I cannot and will not cut my conscience to fit this year's fashions.）とある．
- ◻︎『メイビー』（*Maybe*, 1980）1920年代から80年頃までのアメリカに生きた「私」と友人を中心にした物語で，舞台はハーレム，サンフランシスコ，パリ，ローマと，めまぐるしく移り変わる．物語だが，リリアン・ヘルマン，離婚したアーサー・コーバー，最愛の友人ハメットなどが実名で登場する自伝の一種とも見られる．　　　　　　　　　　　　　　（荒井）

ライト リチャード
Richard Wright (1908 - 60) 　　　　小説家

南部時代と貧困・宗教　ミシシッピ州ナチズ(Natchez)の貧しい家に生まれ，幼少時から空腹感に絶えず悩まされていた．5歳の時，農業や日雇い労働をしていた父は家族を捨てて出て行く．母の病気により，一時弟とともにメンフィスの孤児院に入り，その後母の親戚を頼って転々とする．アーカンソー州滞在中には，酒場を繁盛させた伯父が白人に殺害されるなど，人種差別の恐怖とともに育つ．11歳からは祖母の家で暮らすが，信仰心の篤い祖母や叔母から無理強いされたことにより，宗教に対しては生涯反発を覚える．

武器としての言葉　父は無学だったが，母は以前学校教師をしていた．定期的に学校に通うことは困難だったものの，成績は優秀で，正規の学校教育を9年生まで受けた．南部の人種差別と貧困から逃れて北部に移住しようと考え，資金作りのために17歳から2年間メンフィスで働く．この時期，白人の図書カードを利用して公共図書館から本を借り出し，セオドア・ドライサー，シンクレア・ルイスらによる自然主義文学を読破し，作家になる夢を膨らませる．南部の現状を偶像破壊的に批判するメンケン(H. L. Mencken)の本から深い感銘を受け，言葉が武器になることを学ぶ．

北部時代と創作・共産党　1927年からの10年間は北部シカゴに住む．郵便局員にもなるが，大恐慌で失業する．共産党の思想に共鳴して1933年に入党し，左翼系雑誌に創作発表の場を得るが，徐々にその教条主義に反発を覚えるようになり，44年には決別を表明する．37年からニューヨークに移り，38年に短編集『アンクル・トムの子供たち』を出版し，40年には長編『アメリカの息子』を出版．シカゴを舞台に人種差別がもたらす悲劇を白人におもねることなく描きだし，自然主義黒人作家として注目される．39年の結婚はすぐに破局し，41年に再婚する．久しぶりの南部再訪に刺激され，自伝『ブラック・ボーイ』(1945)を執筆するが，出版社の判断により，提出された草稿の前半，19歳で自由を求めてシカゴに脱出するまでの南部時代を扱う部分のみが出版された．シカゴに到着してからの生活を扱う後半部分は，死後『アメリカの飢え』(1977)として出版．死後出版の『八人の男』を含め，タイトルにも明らかなように，ライトには黒人の「男性性」を問う作品が多い．

フランス時代と実存主義　アメリカ黒人の置かれた状況に絶望した彼は，47年から死までの14年間，家族とともにフランスに在住する．サルトルやボーヴォワールら知識人との交流を通して実存主義哲学の影響を受け，6年をかけて『アウトサイダー』(1953)を執筆する．この時期ライトの関心はまた，アメリカの人種問題から第三世界までを視野に入れた地球規模の差別問題へと広がりを見せ，数々のノンフィクションを手がけた．

◇主要作品◇

☒『アンクル・トムの子供たち』（*Uncle Tom's Children*, 1938）タイトルは，白人に卑屈な態度をとる「アンクル・トム」が死んだ後の世代の子供たちという意味．4作の中編小説を収録し，南部を舞台に，殺人などの暴力を伴う人種差別と，黒人たちのそれへの抵抗を描く．40年に増補版が出される．

◆『アメリカの息子』（*Native Son*, 1940）→ 471頁．

☒『千二百万の黒人の声』（*Twelve Million Black Voices*, 1941）1619年から現代までのアメリカにおける黒人民衆の歴史を扱った写真ルポルタージュ作品の文章部分を担当．

☒『ブラック・ボーイ』（*Black Boy*, 1945）4歳から19歳までの出来事をエピソード仕立てで時に抒情的に語る自伝．南部社会にあって極度の貧困と人種差別に苦しめられながらも，屈服せず，やがて自由を求めて北部に向かうまでを描き，ベストセラーとなる．

☒『アウトサイダー』（*The Outsider*, 1953）シカゴとニューヨークを舞台に共産党員の黒人男性クロス・デーモン（Cross Damon）が，20世紀的状況をいかに生き抜くかという問題を描く小説．鉄道事故により過って死んだものとされ，別のアイデンティティで人生を始めた主人公は，実存主義的な意味での自由を求めて殺人を重ね，最後は自らも殺される．

☒『黒い力』（*Black Power*, 1954）ゴールド・コースト（現ガーナ）への紀行文．

☒『残酷な休日』（*Savage Holiday*, 1954）主要人物がすべて白人である点で，ライトの他の小説と異なる．抑圧された近親相姦的な欲望から殺人を犯すニューヨークの保険会社員の話．

☒『色のカーテン』（*The Color Curtain*, 1956）バンドンでのアジア・アフリカ会議の報告．

☒『異教のスペイン』（*Pagan Spain*, 1957）カトリック教国スペインの紀行文．

☒『白人よ，聞け』（*White Man, Listen!*, 1957）ヨーロッパでの講演を収録．

☒『長い夢』（*The Long Dream*, 1958）アメリカ南部の人種差別社会に生きる黒人の親子の物語．自由を求めてパリに脱出する少年の生涯を辿る三部作の第1部として構想された．

☒『八人の男』（*Eight Men*, 1961）1930年代から50年代にかけて執筆された，5作の短編と2作のラジオ劇と1作の自伝的なエッセーを収録し，死後出版された．

☒『ひでえぜ，今日は』（*Lawd Today*, 1963）「汚水だめ」（Cesspool）のタイトルで1930年代半ばに執筆された，ライトが初めて手がけた長編だが，出版社が見つからず，死後出版された．1930年代半ばのリンカーン記念日におけるシカゴの黒人郵便局員の惨めな一日を追う．

☒『アメリカの飢え』（*American Hunger*, 1977）『ブラック・ボーイ』の続編を構成する自伝で，死後出版された．ライトの北部時代における文筆活動，共産党との出会いと決別を扱い，アメリカへの期待と失望を綴る．

【名句】Reading grew into a passion.... The plots and stories in the novels did not interest me so much as the point of view revealed.（*Black Boy*）「読書が病みつきになった....小説のプロットや筋よりもむしろ解き明かされる物の見方に興味をそそられた」（ブラック・ボーイ）

（利根川）

ボウルズ　ポール
Paul Bowles（1910 - 99）　**小説家・詩人・作曲家**

生い立ち　ミドルネームはフレデリック（Frederic）．ニューヨーク州クイーンズ区ジャメイカ生まれ．父は歯科医で母は祖先がドイツ系ユダヤ人である．自伝に書かれている祖母の話によると，赤ん坊の頃，真冬に父親に開けはなれた窓際に裸のまま寝かされ，すんでのところで凍死するところだった，ということである．このことが後々までボウルズのトラウマとなったようだ．

詩人として　18歳のときに詩「尖塔歌」（Spire Song）をパリの前衛文学雑誌『トランジション』に投稿し，掲載される．21歳のときにパリのガートルード・スタイン（Gertrude Stein）のもとへ行くが，彼女に彼の詩は「詩じゃない」といわれてしまう．

作曲家として　10歳のとき初めて作曲．作曲家アーロン・コープランド（Aaron Copland）について作曲の勉強をし，作曲家として名をなす．ブロードウェイの舞台劇音楽，バレエ音楽，オペラを作曲．友人でもあったテネシー・ウィリアムズ（Tennessee Williams）の戯曲『ガラスの動物園』（*The Glass Menagerie*）等の音楽も担当している．音に対する鋭い感覚は小説にも生かされている．

モロッコに魅了されて　1931年にスタインの勧めでモロッコのタンジールに赴き，そのエキゾチックでコスモポリタン的魅力にあふれた町に自分が本当に求めているものがあると感じる．だが実際住み始めるのはその16年後である．ニューヨークで作家ジェイン・オアー（Jane Auer）と知り合い，28歳のときに結婚．同性愛者同士のカップルであったといわれる．ジェインはスイスのサナトリウムにいたこともあり，フランス語に堪能で，処女作はフランス語で書かれている．ボウルズはジェインの作家活動に刺激を受け，自らも小説を書こうとし，それが自分たちをモデルとした『シェルタリング・スカイ』という作品を生み出すきっかけとなる．作曲活動と平行して作品を書き続け，50年に短編集『優雅な獲物とその他の物語』，55年に長編『雨は降るがままにせよ』，55年に長編『蜘蛛の家』，63年に旅行記『髪は緑色，手は青色（邦題　孤独の洗礼）』，67年に長編『世界の真上で』，72年に自伝『止まることなく』，81年詩集『無の近傍』を出版する．モハメッド・ムラベ（Mohammed Mrabet）やアハメッド・ヤクービ（Ahmed Yacoubi）をはじめとする友人でもあったモロッコの語り部たちの話を英語に翻訳し，出版する．『シェルタリング・スカイ』が90年にベルナルド・ベルトルッチ（Bernardo Bertolucci）監督により映画化されたことで彼の評価が高まる．99年タンジールの病院にて死去．ジュナ・バーンズ（Djuna Barnes），トルーマン・カポーティ（Truman Capote），画家のフランシス・ベイコン（Francis Bacon），ウィリアム・バロウズ（William S. Burroughs），アレン・ギンズバーグ（Allen Ginsberg），ジョン・ケージ（John Cage）らとも親交があり，とりわけビート・ジェネレーションの作家たちに多大なる影響を与えた．

◇主 要 作 品◇

◆『シェルタリング・スカイ』（*The Sheltering Sky*, 1949）→487頁．

◇『優雅な獲物とその他の物語』（*The Delicate Prey and Other Stories*, 1950）短編集．ボウルズは『シェルタリング・スカイ』が出版される前から短編を雑誌に発表していた．ここにはボウルズの最も有名な短編として知られる表題の作品と「遠い挿話」も収められている．グロテスクな色合いをもつこれらの作品は残酷な狂気と暴力に彩られており，読者を不安と恐怖の世界に引きずり込む．ゴシック・ホラーに分類されることもある．

◇『雨は降るがままにせよ』（*Let It Come Down*, 1955）タイトルはシェイクスピアの『マクベス』の中の台詞から取られたもの．ニューヨークでの生活に嫌気がさした元銀行員の若いアメリカ人ネルソン・ダイアー（Nelson Dyar）がモロッコのタンジールのインターナショナル・ゾーンに移り住み，そこで知り合った現地人タミ（Thami）を金を盗んでの逃走中，無残にも殺してしまう物語である．この殺人は麻薬摂取後の朦朧とした意識のなかでなされる．麻薬を通して抑圧されていた自己嫌悪や焦燥感，虚無感といった諸々の感情が一気に噴き出し，タミに投影されてしまうのである．

◇『蜘蛛の家』（*The Spider's House*, 1955）ボウルズの最高傑作と言われているもの．タイトルは『コーラン』の成句を由来としている．モロッコの迷宮都市フェズを舞台とした54年の夏のある数日間を描いたもの．フランスに対するモロッコの独立運動を背景に，アメリカから逃避してきた中年のジョン・ステンハム（John Stenham）と無垢なる15歳の少年アマール（Amar）との善悪が対比される．

◇『髪は緑色，手は青色（邦題　孤独の洗礼）』（*Their Heads Are Green and Their Hands Are Blue*, 1963）副題は「非キリスト教世界から」．表題はエドワード・リアの「ジャンブリー」という詩から取られたもの．モロッコ，セイロン（現スリランカ），インド，イスタンブール等さまざまな土地を訪れたボウルズの旅行記．彼は，自分の知っている場所とできるだけ違う場所に行き，未知なるものに遭遇したいと常に願っていた．

◇『世界の真上で』（*Up Above the World*, 1967）4作目で最後の長編．この作品は彼が38年に妻のジェインとともにハネムーンで訪れた中央アメリカの国々での体験が下敷きとなっている．中米のある国で旅行中のアメリカ人夫婦テイラー（Taylor）とデイ・スレイド（Day Slade）が実際には目撃していない殺人の現場を目撃したと地元の青年に疑われたことから麻薬を通して破滅へと追いやられる物語．夫婦の麻薬の幻覚による悪夢の世界が重要な部分を占め，現実と虚構が錯綜する．

◇『無の近傍　1926-1977年全詩集』（*Next to Nothing: Collected Poems 1926-1977*, 1981）ボウルズの詩集．フランス語で書かれた詩を含め全46編が収録されている．シュールレアリスムの影響を受けた早熟な高校時代の彼の詩も読むことができる．

◇『止まることなく』（*Without Stopping*, 1972）ボウルズの自伝．幼児期から60年代後半までを彼独特の冷めた筆致で綴ったもの．タンジールまでやって来るビート・ジェネレーションの作家たちとの交流も淡々と描いている．　　　　　　　　　　　　　　　　　　　（木村）

ウィリアムズ　テネシー
Tennessee Williams（1911 - 83）　　**劇作家**

南部での少年時代　南部の保守的な道徳や抑圧された生と性を描いたウィリアムズは，ミシシッピ州の小都市コロンバスに生まれた．父親は先祖に開拓者を持つ旅回りの粗野なセールスマンで，繊細な息子には理解がなかった．母親は牧師の娘で，音楽の素養があり，姉ローズは極端に内向的な性格で，後に精神障害を起こし，危険な脳の切開手術を受けて廃人同様になる．ウィリアムズの幼年期，一家は祖父の牧師館で平和な日々を送っていたが，12歳の頃，父の転勤で中西部のセントルイスに移る．多感な少年は陽のあたらない安アパートでの都会生活になじむことができず，家族にあたりちらす父親への反感と共に，アメリカ北部の文明社会への反発心が芽生える．

学生時代の創作　高校生の頃から書く楽しみを覚え，雑誌に投稿などを始めたウィリアムズは，29年にミズーリ大学に入学するが，世界恐慌による大不況の中，父の勧告に従って2年で中退．父の勤める製靴会社に就職するものの，勤務後も創作に時間を割き，無理が重なり健康を害して静養することになる．幸いにもこの間に書いた1幕物がアマチュアの劇団によって上演される．これを機にワシントン大学に編入し，文学と演劇を専攻，劇作家はチェホフ，詩人はハート・クレイン，小説家はD・H・ロレンスから影響を受ける．特にロレンスは，後にその臨終を1幕物で描いたり，小説を劇化したりした．37年，講義に失望し退学，アイオワ州立大学の演劇科に入学，2年後に卒業する．この間，地方の小劇場で上演された習作時代の戯曲には，『ナイチンゲールではなく』など社会劇的な傾向の作品が多い．

孤独な魂の叫び　『アメリカン・ブルース』と題した3編の1幕物がコンテストに入賞，40年には，後に『地獄のオルフェウス』に改作される『天使の戦い』が上演されるが，不評に終わる．シナリオライターなどを経て，ようやく書き上げた半自伝的な追想の劇『ガラスの動物園』が2年近いロングランとなり，次の『欲望という名の電車』が855回の上演を記録し，多数の演劇賞を受賞するに至って，ウィリアムズはA・ミラーと並んで，戦後の演劇界を代表する存在となる．彼の劇の中心に常にいるのは，夢に敗れた者や逃避者など，人間の負の側面を引きずった孤独な人物たちである．『欲望という名の電車』のブランチは私自身だという言葉を残しているように，作品からは人間の影の部分こそ真実とするウィリアムズの思想と生き方が孤独な魂の叫びとして強く響いてくる．その後もリアリズムを基本に，生（性）と死，真実と嘘などの主題を，光と影など詩的イメージや象徴を交えて抒情的に描き続けたが，60年代以降，興行・批評面で不評の作が続く．その背景には長い間同性愛のパートナーとして最愛の伴侶だったフランク・マーロ（Frank Merlo）の死などもあり，アルコールと睡眠薬づけになって，69年には半ば強制的に精神病院に入院させられる．退院後も劇作を続けるが，83年にホテルで薬瓶のふたを誤って飲んで窒息し，72歳でその生涯を閉じた．

◇主　要　作　品◇

◨『ナイチンゲールではなく』（*Not About Nightingales*, 1938）実際にあった刑務所の虐殺事件を基に囚人たちの抵抗を描いた習作期の戯曲．作者の死後，未刊の草稿を英国ナショナル・シアターが98年に上演，これが好評を得て翌年ブロードウェイでも上演され，高い評価を得た．

◆『ガラスの動物園』（*The Glass Menagerie*, 1945）→478頁．

◆『欲望という名の電車』（*A Streetcar Named Desire*, 1947）→484頁．

◨『夏と煙』（*Summer and Smoke*, 1948）幼なじみのジョンに想いを寄せるアルマは，牧師の娘としての強い自意識で性的衝動を抑え，道徳を説いてしまい，彼への想いを表現できない．医師の息子だが放埓な日々を送っているジョンは，そんなアルマに人生と欲望の現実を見せようとする．皮肉にも最後には，ジョンは医師の仕事を引き継ぎ，ジョンに傷心したアルマは娼婦に身を落とす．南部の孤独な女性の悲哀を詩情豊かに描いた作品．

◨『バラの刺青』（*The Rose Tattoo*, 1951）移民が多いアメリカ南部の村が舞台の大らかな悲喜劇．トラック運転手の夫を亡くしたセラフィーナは，夫の愛人だった女性の出現に，夫の理想的な思い出を崩され，激しく動揺する．だが夫と同じトラック運転手のシシリー出身の男性との出会いが彼女に活力を与え，反対していた娘と船乗りの仲も温かく見守る．

◨『カミノ・リアル』（*Camino Real*, 1953）架空の港町にカサノバやドン・キホーテなど，歴史上，文学上の人物が登場する超現実的な劇で，不可解な劇として上演は不評に終わった．

◆『熱いトタン屋根の上の猫』（*Cat on a Hot Tin Roof*, 1955）→501頁．

◨『地獄のオルフェウス』（*Orpheus Descending*, 1957）『天使の戦い』（*Battle of the Angels*, 40）の改作．癌で病床に伏す夫と愛のない結婚生活を送ってきた雑貨店の女主人レイディは，ギターを抱えた放浪青年ヴァルと不倫の関係となるが，保守的な南部の因襲の制裁を受けることになる．

◨『この夏突然に』（*Suddenly Last Summer*, 1958）急死した息子の死因を知っているという亡き夫の姪に，真実を語らせまいと脳の手術を受けさせようとする母親．だが姪は，息子の同性愛行為と凄惨な死を語る．同性愛の感情を口にできない女性を描いた『語られざるもの』（*Something Unspoken*）と共に『庭園地区』（*Garden District*）という題の下で上演された．

◨『青春の甘き小鳥』（*Sweet Bird of Youth*, 1959）老いに怯える往年の大女優とホテルに滞在するスターへの道を夢みる青年が，かつての恋人の父親で南部政界のボスの怒りを買い，去勢されてしまうまでを描く．時間という敵によって失われる青春を主題にした作品．

◨『イグアナの夜』（*The Night of the Iguana*, 1961）ホテルを舞台に，肉体と魂の葛藤に悩む元神父，97歳の高齢で朗読する詩人らを描いた佳作．本作を最後に不作が続いた．

◨『小舟注意報』（*Small Craft Warnings*, 1972）酒場を舞台に，無免許の医師，男に幻滅を感じる女，同性愛者などの登場する群像劇．不作の多い後半の劇作期において，小劇場で上演され好評を得た．

【名句】I give you truth in the pleasant disguise of illusion．（*The Glass Menagerie*）「僕は楽しい幻想を使って，みなさんに真実をお見せします」（ガラスの動物園）　　　　　　（広川）

131

マラマッド　バーナード
Bernard Malamud（1914 - 86）　　小説家

生い立ち　ニューヨーク市ブルックリンにロシア系ユダヤ人移民の子として生まれる．ニューヨーク市立大学卒業後コロンビア大学で英文学の修士号取得．イタリア系の女性アン・デ・キアラ（Ann de Chiara）と結婚，9年間夜間高校で教えたのち1949年コーヴァリス（Corvalis）にあるオレゴン州立大学英文科の教師になり，12年間在職する．50年から『ハーパーズ・バザー』などの雑誌に短編の寄稿をはじめる．52年刊の最初の長編『ナチュラル』によってリアリズムの中にファンタジーを混入する特異な手法を確立した．56年，『パーティザン・レヴュー』の創作奨励金を得てイタリアに留学，ヨーロッパを旅行した．

ユダヤ系文学　57年，ユダヤ系の色彩を鮮明にした小説『アシスタント』で注目され，翌年ローゼンタール財団賞ほかいくつもの賞を受賞，またニューヨークの下町のユダヤ人たちのさまざまな生活に光をあてた第一短編集『魔法の樽』(58)で翌年全米図書賞を受賞，フォード財団の助成金を得る．「ユダヤ性がきわめて市場性のある商品である」（レスリー・フィードラー）時代が始まろうとしていた．61年，ややスキャンダラスなキャンパス・ノベル『もうひとつの生活』を出版するが，この年オレゴンの大学を辞めて，ヴァーモント州のベニントン・カレッジの教師になる．63年，短編集『白痴を先に』を出版し，イギリスとイタリアへの旅に出る．64年，アメリカ芸術院会員となる．65年，ソ連，フランス，スペインを旅行．翌66年，ソ連での取材をもとにした歴史小説『フィクサー』を出版した．この年，2年間のハーヴァード大学の客員教授職を引き受ける．67年にはアメリカ芸術科学アカデミーの会員になり，『フィクサー』が全米図書賞とピューリッツァー賞を受賞し，映画化される．69年イタリアを背景にした芸術家小説『フィデルマンの絵』を出版．71年，人種対立を扱ったリアルで同時に寓意的な小説『テナンツ』を出版した．73年，短編集『レンブラントの帽子』を出版．79年，作者自身の実生活をかいま見させる小説『ドゥービン氏の冬』を出版．82年，さまざまな解釈を許す寓意的な小説『コーン氏の孤島』を出版した．83年『バーナード・マラマッド短編集』(The Stories of Bernard Malamud) を出版，この年バイパス手術を受ける．86年ニューヨークで死去した．

リアリズムとファンタジーの融合　彼の最も顕著な作風はファンタジーを加味することによって，現実を驚異の感覚（sense of wonder）をもってとらえる技巧である．

【名句】Fantasy, since it is out of bounds of the ordinary, invites the writer to ... venture beyond habitual limits or limitations, ... to play with fire and magic. ('Why Fantasy')
「ファンタジーは当たり前なものの埒外にあるので，作家は通常の境界ないしは限界を乗り越え，…火や魔術と戯れるよう誘われる」（なぜファンタジーなのか）

◇主　要　作　品◇

◻︎『ナチュラル』（*The Natural*, 1952）草野球の少年ロイ・ホッブズ（Roy Hobbs）が大リーグの強打者に成長するが，八百長事件に巻き込まれて失脚する．この過程でそれぞれ役割を異にする3人の女性と関わりをもつ．1919年に起こった現実の事件をモデルにしているが，アーサー王神話を下敷きにして物語が構成されている．

◆『アシスタント』（*The Assistant*, 1957）→507頁．

◆『魔法の樽』（*The Magic Barrel*, 1958）→510頁．

◻︎『もうひとつの生活』（*A New Life*, 1961）赤狩り時代の保守的な地方大学の息苦しい環境に反逆した若い英語教師シーモア・レーヴィン（Seymour Levin）が情事を繰り返したすえに失脚し，新たな人生に向かって旅立つ．

◆『白痴を先に』（*Idiots First*, 1963）→510頁．

◻︎『フィクサー』（*The Fixer*, 1966）帝政末期のロシアでのこと，便利屋（フィクサー）を生業とするユダヤ人ヤコフ・ボク（Yakov Bok）は嬰児殺しの濡れ衣を着せられて服役する．真犯人は母親であった．メンデル・バイリス（Mendel Beiliss）というユダヤ人の冤罪事件がモデルになっている．

◻︎『フィデルマンの絵』（*Pictures of Fidelman*, 1969）ピカレスク風の芸術家小説．ユダヤ的ドジ人間（schlemiel）の物語．画家になるのを諦めたアーサー・フィデルマン（Arthur Fidelman）はルネサンスの画家ジョット（Giotto）の研究書を書くためにイタリアへ行くが，早々にユダヤ浪人サスキンド（Susskind）の妨害に遭って挫折する．この第1章「最後のモヒカン族」（The Last Mohican）を皮切りに主人公の遍歴が始まる．不幸な自称画家の娼婦と暮らしたり，やくざに捕まったりしたあげく，ヴェニスでガラス職人に弟子入りして同性愛まで伝授される．6章のそれぞれは短編としても完結している．

◻︎『テナンツ』（*The Tenants*, 1971）ニューヨークのとある取り壊し前のビルの一室で，くりひろげられる文学的人種戦争の物語．題材が貧弱だが洗練された文体をもつユダヤ人作家とありあまるほどの体験をもちながら教養が乏しく文体も稚拙な黒人作家が，刺し違えて死ぬ．

◆『レンブラントの帽子』（*Rembrandt's Hat*, 1973）→510頁．

◻︎『ドゥービン氏の冬』（*Dubin's Lives*, 1979）原題の言わんとするところはドゥービンの書いている「伝記」でもあり彼の「人生」でもある．伝記作家である彼は，たとえばロレンスの伝記を書きながら想像的にその奔放な人生を生きるばかりか，現実に恋をしてしまう．なお注目すべきことに，ここに描かれた三角関係はフィリップ・ロスの『ゴースト・ライター』のそれと雰囲気が酷似している．両者は同じ年の出版であるが，『ドゥービン』はまず雑誌に連載されたのちに本になっているので，ロスに影響を与えていると考えられる．

◻︎『コーン氏の孤島』（原題は『神の恩寵』*God's Grace*, 82）海底で調査をしていた古生物学者カルヴィン・コーン（Calvin Cohn）が陸に上がってみると核戦争で人類は絶滅していた．彼は猿の群れに入って暮らすが，彼らに声帯移植手術を施して言語能力を授け，自らの宗教を教え，人間化しようとしたことがあだになって処刑される． 　　　（寺門）

ベロウ　ソール
Saul Bellow（1915 - 2005）　　　　**小説家**

生い立ち　モントリオール郊外のラシーヌ（Lachine）でロシアのペテルブルグから移民して来たばかりのユダヤ人の両親の間に四番目の子供として生まれる．3歳の時，母が息子がラビまたはタルムード学者になることを願ってヘブライ語学校に入学させたことが，後の文学志向の出発点となった．1924年，密造酒を製造していた父親が逮捕されそうになり，一家はシカゴに逃れ，幼いベロウは即座にこの都会の魅力の虜となった．近隣には20年代当時，約12万5千人のユダヤ系移民が生活し，移民たちの英語はイディッシュ語，ヘブライ語，ロシア語，その他のヨーロッパの言語のアクセントが混在し，文化も多様だった．作家志望の少年ベロウは，ガス灯の下でバラライカの調べが流れ，宿屋，クラブ，集会，貧民救済団体，民族コミュニティがひしめき，有名なマフィアの話が取り沙汰される，貧しくてもカラフルな街に夢中になった．33年，母が55歳で亡くなると，まだ思春期のベロウは衝撃を受け，その衝撃が多くの小説に現われる女性と永続的関係を結べない主人公を生み出したとされる．シカゴ大学，ノースウエスタン大学で社会学，人類学を学ぶ．37年，作家になる野心を抱いてニューヨークへ向かう．41年，グレニッチ・ヴィレッジに集う知識人に高い評価を受けていた『パーティザン・レビュー』誌に初の短編小説「朝のモノローグ二題」"Two Morning Monologues"がT・S・エリオットの『四つの四重奏』（*Four Quartets*）の一部と並んで掲載され，作家の仲間入りを果たす．

シカゴへの愛着と絶望　大恐慌のさなか，シカゴで育ったベロウは，ミシシッピがフォークナーを，イリノイ州オーク・パークがヘミングウェイを，ミネソタがシンクレア・ルイスを生んだように，シカゴという街の本質から立ち現われた作家であり，その作品には故郷への深い愛情が感じられる．しかし同時に，ベロウの少年期，青年期のシカゴは粗野な工業都市であり，そこで文学を志すことは，女々しく異端と見なされ，孤独を強いられた．作品に繰り返し描かれる，無教養だが世俗的成功を収めるやり手の兄と，知識や文化を探求する，繊細で世間知らずの弟との，愛憎半ばする葛藤には，ベロウ自身と彼の二人の兄や義兄との関係が反映されている．

作風の変化　ピカレスク風の教養小説『オーギー・マーチの冒険』，ファンタジー仕立ての『雨の王ヘンダソン』で中点に達するベロウは一作ごとに手法を変えてみせる，抑制のきいた，知的でイマジナティヴな作家と見られていたが，64年の『ハーツォグ』でとつぜん自己をさらけ出して読者を驚かせる．60年代の世相を批判的にとらえた『サムラー氏の惑星』では保守的な政治的立場もあらわにする．しかし75年の回顧的な小説『フンボルトの贈り物』ではふたたび驚異の感覚に富む作風に戻る．76年，ノーベル賞を受賞した．2000年，ジェイムズ・アトラス（James Atlas）の浩瀚なベロウ伝が出版された．

◇主　要　作　品◇

◇『宙ぶらりんの男』（*Dangling Man*, 1944）シカゴの青年ジョーゼフは徴兵される日に備えて会社を辞め，部屋に閉じこもって待ちの生活に入る．ところが徴兵令状はなかなか来ず不安定な精神状態に陥る．サミュエル・ベケットの『ゴドーを待ちながら』よりも9年早く「待つ」ことの実存的意味を問うた問題作．日記体による思索はサルトルの『嘔吐』の影響を思わせ，また主人公の名前はカフカの影響を思わせる．

◆『犠牲者』（*The Victim*, 1947）→ 482頁．

◆『オーギー・マーチの冒険』（*The Adventures of Augie March*, 1953）→ 496頁．

◆『この日をつかめ』（*Seize the Day*, 1956）→ 503頁．

◆『雨の王ヘンダソン』（*Henderson the Rain King*, 1959）→ 513頁．

◇『ハーツォグ』（*Herzog*, 1964）妻に浮気され，娘との接見もままならない中年のユダヤ知識人ハーツォグの錯乱を描く．身近な人々からニーチェにいたるまで思いつくあらゆる生者，死者に宛て投函されない，苦悩にみちた手紙を書き続ける．ベロウがはじめて私生活上の苦しみをさらけ出した作品であり，読書界に衝撃を与えた．国際文学賞，全米図書賞を受賞．

◇『モズビーの回想録』（*Mosby's Memoirs and Other Stories*, 1968, 邦訳『モズビーの思い出』）第1短編集．「黄色い家を残していく」（Leaving the Yellow House）は老いを意識した女性のやりきれない心境を描く．「オールド・システム」（The Old System）のユダヤ人科学者が昔の家族関係を懐かしむ．「グリーン氏探索」（Looking for Mr. Green）「ゴンサーガの原稿」（The Gonzaga Manuscripts）は徒労の探索物語．「父親予定者」（A Father-to-Be）は遺伝にまつわる幻想物語．表題作の主人公は回想録の執筆中に筆が進まなくなる….

◇『サムラー氏の惑星』（*Mr. Sammler's Planet*, 1970）学生運動が頂点に達した60年代末期のニューヨークを舞台に，ホロコーストの生存者であるポーランド生まれの知識人サムラーの苦悩にみちた老境を描く．全米図書賞を受賞．

◆『フンボルトの贈り物』（*Humboldt's Gift*, 1975）→ 547頁．

◇『学部長の十二月』（*The Dean's December*, 1982）冷戦時代の末期，ルーマニア女性を妻に持つアメリカ人が妻の故郷ブカレストを訪れ，共産主義国特有の不自由さを痛感する．だがアメリカの大学人である主人公は自由の国の不自由さにも悩まされていた．

◇『失言しました』（*Him with His Foot in His Mouth*, 1984）第2短編集．5編所収．表題作は何気ない言葉で女性を傷つけていたことを知った男が謝罪にかこつけて書く手紙の草稿．

◇『傷心』（*More Die of Heartbreak*, 1987）叔父と甥の友情を描く．

◇『盗み』（*A Theft*, 1989）ビジネスウーマンの指輪盗難から浮かび上がるニューヨークの人間模様．

◇『ベラローザ・コネクション』（*The Bellarosa Connection*, 1989）ホロコーストを扱う．

◇『ラヴェルスタイン』（*Ravelstein*, 2000）エイズで死去したシカゴ大学の同僚教授，哲学者アラン・ブルーム（Allan Bloom）の思い出を基にした小説．

（遠藤）

ミラー　アーサー
Arthur Miller（1915 - 2005）　　　　劇作家

生い立ち　ミラーは『アメリカの時計』(1980) の冒頭で，真にアメリカ全土を揺るがしたのは，南北戦争と大恐慌であったと主人公リーに語らせている．1915年生まれの彼にとって，ユダヤ系ポーランド移民の父親の衣服製造業を直撃した29年の大恐慌は，作品の重要なテーマとして彼の人生を支配し続けることになる．文盲に近い父親と，アメリカ生まれの母親との確執は『転落の後に』(1964) の中で描かれていて，『代価』(1968) に登場するヴィクターのモデルとなった兄カーミットとミラーは，31年から家業を手伝うようになり，その間の体験が『セールスマンの死』(1949) を始めとするミラーの成功作の題材となる．ニューヨークの高校卒業後の自動車部品倉庫での生活は，『二つの月曜日の思い出』(1955) の中で紹介されている．

習作期　劇作家としてのミラーを育てたのは，34年から38年にかけてのミシガン大学時代であると言えよう．ケネス・T・ロウ教授のもとで劇作術を学んだミラーは，36年に『悪人はなく』でミシガン大学のエイヴァリー・ホップウッド賞を受賞する．37年には『暁の名誉』で同賞の2度目の受賞を果たし，また前作を『彼らもまた立ち上がる』に改作してシアター・ギルド新戯曲編集局賞を受賞する．38年には『大いなる反抗』がホップウッド賞で2位に入り，ミシガン大学で初演される．

ブロードウェイでの成功　ミシガン大学卒業後，ニューディール政策の一環である連邦演劇計画から2年間の援助を受け，またCBS，NBCにラジオ・ドラマを書いて生計を立てていたミラーは，40年に『黄金の時代』を完成させるとともに，同年に大学時代からの友人メアリーと結婚する．44年には『すべての幸運をえた男』がブロードウェイで上演され，45年に反ユダヤ主義の恐怖を描いた小説『焦点』を発表し，47年には『みんな我が子』がブロードウェイで大成功を収め，ニューヨーク劇評家賞を受賞する．そして49年に『セールスマンの死』が上演，出版され，742回のロングランを記録し，ニューヨーク劇評家賞とピューリツァー賞を受賞し，ミラーは一躍アメリカを代表する劇作家となった．ミラー自身をも巻き込んだマッカーシズムを題材にした『るつぼ』(1953) は，今日まで彼の作品の中で最も多くの国と地域で，最も多く上演されている作品である．また，ミラーの再婚相手であったマリリン・モンローのために映画『荒馬と女』(*The Misfits,* 1961) の台本を書いた．彼女の面影は『転落の後に』のみならず，彼の他の映画脚本にも色濃く投影されている．

現代作家としてのミラー　『転落の後に』がニューヨークの演劇界で酷評されて以降，不条理演劇の台頭もあって，ミラーは過去の偉大な劇作家として記憶されることになるが，77年には『大司教の天井』，87年には自伝『時のうねり』を出版し，その後も『モーガン山を下る』(1991)，『最後のヤンキー』(1993)，『壊れたガラス』(1994) 等を発表している．

◇主　要　作　品◇

◆『みんな我が子』（*All My Sons*, 1947）→ 483頁．
◆『セールスマンの死』（*Death of a Salesman*, 1949）→ 488頁．
◆『るつぼ』（*The Crucible*, 1953）→ 499頁．
◇『橋からの眺め』（*A View from the Bridge*, 1955）ミラーによる映画脚本 *The Hook* をもとにした，エリア・カザン監督の映画『波止場』（1954）での赤狩り時代の弁明に対する反論．不法移民を移民局に密告する裏切り者の沖仲仕エディの苦悩を描いている．
◇『二つの月曜日の思い出』（*A Memory of Two Mondays*, 1955）ニューヨークの高校を卒業してから，ミシガン大学に入学するまでの自動車部品倉庫での生活を描いた自伝的作品．
◆『転落の後に』（*After the Fall*, 1964）→ 533頁．
◇『ヴィシーでの出来事』（*Incident at Vichy*, 1964）フランス，ヴィシー政権下でのユダヤ人迫害を描き，不条理演劇のサミュエル・ベケット，ウジェーヌ・イヨネスコらとは異なり，モラリスト作家ミラーらしく，芸術の責務を訴え，ホロコースト以後の世界観を示した作品．
◇『代価』（*The Price*, 1968）父親の死後，家具の処分をめぐって二人の兄弟が再会する．長男のヴィクターは大学を中退して父親を助け，次男のウォルターは家を捨てて医学の道に進んでいた．ミラー劇に典型的に見られる，忠実だが平凡な息子と利己主義だが独創的な息子との相克，後者の前者に対する良心の呵責が描かれ，グレゴリー・ソロモンというミラー作品にしては珍しい，明らかにユダヤ系の代理父的な人物が2人の仲介役として登場する．
◇『大司教の天井』（*The Archbishop's Ceiling*, 1977）ヨーロッパの全体主義国家において，反体制作家ジークムントは盗聴器による監視下にある．虚構と現実が複雑に混在し，その区別を失い，現実性が薄れる中で，盗聴器が逆に彼の存在を支えている．
◇『アメリカの時計』（*The American Clock*, 1980）スタッズ・ターケルの『ハード・タイムズ』を題材に，20-30年代の大恐慌時代のアメリカに回帰した作品で，60-70年代の社会的混乱を忘却の彼方に追いやろうとしている楽観的なアメリカに対して警鐘を鳴らしている．
◇『モーガン山を下る』（*The Ride Down Mount Morgan*, 1991）56歳のライマンにはシオドーラとリーアという二人の妻がいたが，交通事故がきっかけで彼の二重生活が二人に知られてしまう．ニクソン，レーガン時代を舞台にして，貪欲さと自己欺瞞の世界が描かれる．
◇『最後のヤンキー』（*The Last Yankee*, 1993）鬱病で精神病院に入院している三人の女性，大工リーロイの妻パトリシア，実業家フリックの妻カレン，そして名前も与えられず，動くこともないもう一人の女性のドラマで，最後にパトリシアはリーロイに付き添われて退院するが，カレンは留まり，観客は身動きしない女性とともにその場に取り残される．
◇『壊れたガラス』（*Broken Glass*, 1994）38年当時のヨーロッパにおけるユダヤ人迫害を題材にしたものの，94年のルワンダ，ユーゴスラビアにおける「民族浄化」の悲劇を想起させる，ローレンス・オリヴィエ賞受賞作．ユダヤ系アメリカ人女性シルヴィアは，ヨーロッパにおけるユダヤ人迫害のショックで下半身麻痺になってしまう．自らがユダヤ系であることを否定する夫フィリップが心臓発作で倒れた時，原因不明の下半身麻痺は治癒する．

（増田）

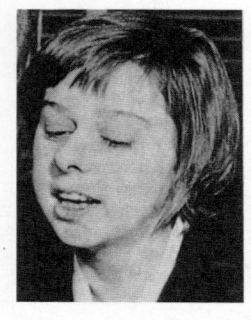

マッカラーズ　カーソン
Carson McCullers（1917 - 67）　小説家　劇作家

生い立ち　フランスのユグノー教徒の血をひく父とアイルランド系の母との間にジョージア州コロンバスで生まれる．5歳で早くも音楽の才能を現わし，ピアノの個人指導を受ける．演奏家を目指して，17歳の頃，ジュリアード音楽院で学ぶためにニューヨークへ出る．二日目に地下鉄の中で授業料を盗まれる．

創作クラスで学ぶ　その後，昼間は働き，コロンビア大学の夜学で創作を学ぶ．（それ以前，15歳で小説，詩，戯曲を書き始めていた．崇拝する劇作家はユージーン・オニールであった．）ニューヨークで職の定まらぬまま，初めて見る雪に圧倒されて一時帰郷．再びニューヨークへ出て，コロンビア大学のシルヴィア・チャットフィールド・ベイツ（Sylvia Chatfield Bates）の創作クラスに入り，作家として育っていく．さらに『ストーリー』（*Story*）誌の編集長ホィット・バーネット（Whit Burnett）の短編クラスに入って学ぶ．同誌の1936年12月号に短編「神童」（Wunderkind）が掲載される．これを機に本格的創作活動に入る．37年リーヴズ・マッカラーズ（Reeves McCullers）と結婚するが，のちに彼とは離婚・再婚をくり返す．

旺盛な創作活動　最も旺盛な創作力を発揮したのは40年代初めで，最初の長編『心は孤独な狩人』は作者の年齢が23歳ということで当時の読書界を驚かせた．42年には短編「木・岩・雲」（A Tree, a Rock, a Cloud）に対しO・ヘンリー賞が授与され，さらにグッゲンハイム奨励金も獲得した．これによって実を結んだのが，この作家の最上の作品と言われる『結婚式の仲間』（1946）である．『ガラスの動物園』（*The Glass Menagerie*）をブロードウェイで成功させた直後のテネシー・ウィリアムズは，46年の春，この作品を読み，自身の作品と似通うものを感じて心を躍らせ，会いたい旨の手紙を書き，二人の交友が始まった．43年には中編『悲しき酒場の唄』を発表した．

病弱の晩年　36年から37年にかけての冬にリューマチ熱を患って以後は病弱で，50年代に入ってからは，健康が一段と衰える．この時期の戯曲『素晴らしき平方根』（*The Square Root of Wonderful*, 1958），ジョージア州の小さな町を舞台に，個人の生活と古い南部の崩壊を描く最後の長編小説『針のない時計』（*Clock without Hands*, 1961）は失敗作と言われている．71年，妹マーガリータ・G・スミス（Margarita G. Smith）の編んだ作品集『献身』（*The Mortgaged Heart*）が死後出版された．

まとめ　40年代の「ニュー・フィクション」（the "new fiction"）の代表者とされるマッカラーズの作品には常に孤独な人間の姿が描かれている．その世界は，一つのテーマとそのヴァリエイションから成っていると言ってよい．繊細な感受性で人生を捉え，40年代作家に共通してみられる技法への高い関心（音楽的な作品構成など）を示す．

◇主 要 作 品◇

▷「サッカー」(Sucker, 1933年執筆) 少女時代の作品の一つで，1963年に初めて発表された．相手の言うことは何でも受け容れるのでサッカー（おめでたい子）と綽名される12歳の孤児リチャード（Richard）を，実の弟以上に可愛がっている16歳の従兄ピーター（Peter）と，2歳年上の彼の女友達メイベル（Maybelle）の三人の世界が描かれている．ピーターはメイベルとの間が冷えてくると，サッカーに当たり散らす．遂にサッカーはピーターへの依存から脱して自分の世界を築き独立する．三人で構成される世界において愛の輪から除外された者の孤独は，その後，主要作品へと引き継がれていくテーマである．

◆『心は孤独な狩人』(*The Heart Is a Lonely Hunter,* 1940) →469頁．

▷『黄金の眼に映るもの』(*Reflections in a Golden Eye,* 1941) 南部のある陸軍駐屯地で起きた殺人事件を描く第2作．「ぞっとするような緑色のクジャクの巨大な眼に映る」グロテスクな人物と事件を描いたこの作品は，1967年，エリザベス・テイラー，マーロン・ブランド主演で映画化された．

◆『悲しき酒場の唄』(*The Ballad of the Sad Café,* 1943) →476頁．

▷『結婚式の仲間』(*The Member of the Wedding,* 1946) 孤独のテーマが，形式的に破綻をみせず，他の要素や雰囲気を交えずに扱われているこの中編小説は，多くの批評家からこの作家の最上作と評価されている．南部の小さな，むさくるしい町に住む，母のいない12歳のフランキー・アダムズ（Frankie Adams）は孤独の状態にある．少年のような一風変った容姿に飽き飽きもしている．

兄のジャーヴィス（Jarvis）が，ジャニス・エヴァンズ（Janice Evans）と結婚することになって，フランキーにも大きな変化が生じる．フランキーは兄とその花嫁と自分が一つの世界を形作る仲間であるべきだと思い込んでしまうが，その思いは実現しない．「〈私を連れて行って〉というフランキーの叫びを耳にしたのは結婚式に招かれた人たちだけだった．新郎新婦の乗った車はとうに走り去ってしまったあとだった」

フランキーが13歳になって，周囲にも変化が生じる．小さな従弟と黒人の料理女といつも一緒に台所で過ごしていたフランキーは友人メアリー・リトルジョン（Mary Littlejohn）と世界旅行に出ることを夢見ている．名前も淑女らしく本来のフランセス（Frances）に変えた．

孤独なフランキーの成長を追って少女から大人への推移を描くこの作品は，閉鎖と解放とのくり返しを続けながら進行する．全体は3部に，さらに各部が3節にわかれ，登場人物は三人の組み合わせの形が守られる．全体が序破急のソナタ形式になっているのも音楽に造詣の深い作者ならではの技法であろう．マッカラーズ自身の手で戯曲化され，1950年1月5日，ブロードウェイのエンパイア劇場で幕を開け，好評を博した．さらに1949年度のシーズン最優秀劇とされ，のち映画化もされた．

【名句】They are the we of me.（*The Member of the Wedding*）「あのふたり（ジャーヴィスとジャニス）と私は，間違いなく仲間同士」（結婚式の仲間） (武田)

サリンジャー ジェローム・ディヴィッド
Jerome David Salinger（1919 - ）　　**小説家**

少年時代　1月1日，食品輸入業で成功を収めたポーランド系ユダヤ人の父親と，スコットランド＝アイルランド系カトリック教徒の母親との間にニューヨーク市で生まれた．父方の祖父はユダヤ教のラビ．1932年に名門のマクバーニー私立学校に入学するものの成績不振のために退学となり，34年に『ライ麦畑でつかまえて』のペンシー校のモデルとされるペンシルヴェニア州ヴァリー・フォージ（Valley Forge）陸軍幼年学校に転入，この頃から小説を書き始める．

作家デビューと従軍生活　卒業後，語学の習得と父親の事業の見習いをするため，ヨーロッパに滞在．帰国後，39年にコロンビア大学に入学し，『ストーリー』（Story）誌の編集者であったホイット・バーネット（Whit Burnett）教授の創作クラスを受講する．40年，同誌に処女作「若者たち」が掲載され，作家としてスタートする．41年，軍隊へ入隊志願するものの軽い心臓疾患のために不合格となるが，翌年，再び志願し陸軍に徴兵される．従軍時代においても熱心に創作活動にいそしむ．44年6月6日，ノルマンディー上陸作戦に諜報隊員として参加．その後，戦争体験による神経衰弱が原因でニュールンベルグの病院に入院．45年9月，入院中に知り合ったフランス人医師シルビアと結婚し，わずかその8ヶ月後に離婚したと伝えられている．

スター作家への道　48年，後にグラース・サーガへと発展するグラース家物語の最初の作品，「バナナフィッシュにうってつけの日」（A Perfect Day for Bananafish）を発表．51年，『ライ麦畑でつかまえて』を出版，主人公ホールデンの神経質でナイーヴな感性，彼の心を襲う言いようのない不安や怒り，閉塞感を当時の若者の話し言葉でセンシティブかつユーモアたっぷりに描いたこの作品は，若者たちの共感と支持を得てベストセラーとなる．以後，人気作家としての名誉を不動のものとし，55年に「フラニー」「大工よ，屋根の梁を高く上げよ」，57年に「ゾーイー」，59年に「シーモア―序章―」などグラース家物語を次々と発表，禅やキリスト教の思想に影響された独創的な作風を確立した．その後65年の「1924年，ハプワース16日」を最後に，40年以上にわたって沈黙したまま現在に至る．私生活においては，53年にニューハンプシャー州コーニッシュに移り住み，その2年後，大学生クレア・ダグラス（Claire Douglas）と結婚．同年に長女，5年後に長男をもうけるが，その後離婚している．

隠遁生活　サリンジャーの人間嫌いと謎めいた隠遁生活は有名であるが，ジャーナリストのイアン・ハミルトン（Ian Hamilton）との裁判騒動，愛人ジョイス・メイナード（Joyce Maynard）や娘マーガレットによる本の出版など，サリンジャー本人の意思にかかわらずなお話題の人であり続けている．今も彼の隠遁生活は続いている．

◇主要作品◇

◲「若者たち」(The Young Folks, 1940) 作家デビューの足がかりとなった記念すべき処女作．賑やかなパーティを舞台に，壁の花となった女性エドナを通して，若い男女の心のすれ違いが軽妙なタッチで描かれている．

◲「気ちがいのぼく」(I'm Crazy, 1945) ホールデン・コールフィールドを主人公とした短編で，スペンサー先生宅の訪問と子供部屋でのフィービーとの会話という，後に『ライ麦畑でつかまえて』に挿入される二つのエピソードが描かれている．ただこの短編においては，ホールデンの世の中に対する批判は見られない．その他『ライ麦』の一部に加えられた短編に「マディソン街のはずれの小さな反抗」(Slight Rebellion off Madison, 1946) があり，こちらはサリー・ヘイズとのデートの場面が描かれている．

◲「倒錯の森」(The Inverted Forest, 1947) 運命的な恋愛の顛末を描いた，初めての中編小説．コリーン (Colleen) は有能な雑誌編集者として充実した生活を送っていたが，同僚のロバートから誕生日にレイ・フォード (Ray Ford) という詩人の本をプレゼントされたことから人生の歯車が狂い始める．その詩人フォードとは，コリーンが少女時代に忘れられない別れをしたレイモンドであった．運命に導かれるようにコリーンとレイは再会し結婚するが，結婚生活は思いもよらないレイの裏切りという形で終局を迎える．

◆『ライ麦畑でつかまえて』(The Catcher in the Rye, 1951) →490頁．

◆『ナイン・ストーリーズ』(Nine Stories, 1953) →495頁．

◲「大工よ，屋根の梁を高く上げよ」(Raise High The Roof Beam, Carpenters, 1955) グラース家の長兄シーモア (Seymour) と恋人ミュリエル (Muriel) の結婚式当日の様子を，弟バディ (Buddy) が回想するという形式の短編．バディは兄シーモアの結婚式に参列するが，シーモア側の事情で式は間際で延期となってしまう．その後バディはシーモアの日記を読み，彼のミュリエルに対する深い愛情，過度な幸福感による精神の高揚など，結婚前の兄の気持ちを初めてうかがい知る．

◲「シーモア―序章―」(Seymour : An Introduction, 1959) 謎めいた自殺を遂げたシーモアの生前を，弟バディが様々な視点から紹介するという形式である．シーモアがいかに天才的な詩人であり芸人であったか，いかにグラース兄弟にとって特別な神性を帯びた存在であったかということが語られる．

◆『フラニーとゾーイー』(Franny and Zooey, 1961) →523頁．

◲「1924年，ハプワース16日」(Hapworth 16, 1924. 1965) シーモア・グラースが7歳の時に，キャンプ地ハプワースにて家族に宛ててしたためた手紙を，ほぼ40年の月日を経てバディが紹介する．早熟な天才児シーモアが，キャンプ地で読書や小説の執筆にいそしんでいる様子や，彼の大人たちへの痛烈な批判や性的興味との闘いなどが披瀝されている．

【名句】"A poet doesn't invent his poetry―he finds it." (The Inverted Forest)「詩人は詩を創るのではありません―見出すのです」(倒錯の森)　　　　　　　　　　(影山)

ヴォネガット　カート
Kurt Vonnegut Jr.（1922 - 2007）　　小説家

生い立ち　インディアナ州のインディアナポリスでドイツ系移民の家庭に生まれる．地元の高校を卒業後，コーネル大学で生化学を学ぶが，アメリカの第2次大戦参戦を機に従軍．1943年，バルジの戦いでドイツ軍の捕虜となり，ドレスデンへ送られ，連合軍による激しい爆撃を経験する．この体験が『スローターハウス5』の基となる．終戦後帰国し，シカゴ大学へと進み，文化人類学を専攻するが，修士課程を修了できず，そのまま一般会社に広報として就職．働きながら創作活動を開始する．

初期の執筆活動　50年に処女短編「バーンハウス効果に関する報告書」（Report on the Barnhouse Effect）を発表後，主に大衆誌を舞台に短編作家として活躍．翌年に専業作家となり，初の長編小説『プレイヤー・ピアノ』（1952）を出版するが，当時の評価は飽くまでSF作家としてのものであった．50年代は商業短編の執筆が主な活動となるが，後半には身内の不幸が続き，また短編小説のマーケットの衰退もあって，経済的にも精神的にも辛い時期を過ごす．59年に『タイタンの妖女』，61年には初の短編集と『母なる夜』を発表した．

SF作家からの脱皮　63年『猫のゆりかご』を発表後に転機が訪れる．ボコノン教と終末論という要素をもったこの作品は，キューバ危機という事件，ヒッピー文化華やかなりし頃の風潮にも乗り，学生を中心に多くの支持者を集める．勢いをそのままに，2年後『ローズウォーターさん，あなたに神のお恵みを』を出版．この頃，書評や旅行記，エッセーといった分野にも活動の幅を広げ，また作家としての地位の確立と共に，創作科の講師としての職も得るようになる．67年には奨学金を受けて，ドレスデンを訪問．そのときの経験も踏まえて，『スローターハウス5』（1969）を発表し，名実共に人気作家の仲間入りを果たす．

着実な創作の歩み　その後，73年に『チャンピオンたちの朝食』を出版．『スラップスティック』（*Slapstick,* 1976），『ジェイルバード』（*Jailbird,* 1979），『デッドアイ・ディック』（1982），『ガラパゴスの箱舟』（1985），『青ひげ』（1987），『ホーカス・ポーカス』（1990）と3年を目安にコンスタントに長編小説を発表．ベストセラーとなった作品も多く，商業的に大きな成功を収めたが，作風はややマンネリ化を見せており，セルフパロディに終始しているという批判もある．97年に出版された『タイムクエイク』は，彼自身が「最後の作品」と呼んでおり，これまでの作品全体を締めくくるエピローグとなっている．

多彩な才能　現代社会が抱える病理や苦悩を不条理な喜劇として，ユーモアとペーソスで包み込んで表現する手際において，ヴォネガットの右に出る者はいない．語りの手法に対する意識も高く，断片的なパラグラフ構成，イラストをはじめとした異素材の挿入，舞台設定や登場人物の共有など多彩な技巧を駆使して，従来の小説とは異なる独自の世界を作り上げてきた．一時代を代表する社会派作家であり，ストーリーテラーである．

◇主 要 作 品◇

◎『プレイヤー・ピアノ』（*Player Piano*, 1952）処女長編．オートメーション化された社会への反抗と再建を扱った典型的な反ユートピア小説．

◎『タイタンの妖女』（*The Sirens of Titan*, 1959）人類のために他人の運命を弄び"神"を演じていた男が，実は自分自身が異星人の些細な計画の一部として利用されたという悲劇的な物語．SF的な要素がふんだんに織り込まれた初期の傑作のひとつ．

◎『母なる夜』（*Mother Night*, 1961）第2次大戦中に連合国の二重スパイとして，ナチスに加担したアメリカ人劇作家の生涯を描いた作品．イスラエルで死刑を待つ獄中生活を起点に，第2次大戦中のドイツでの華やかで幸福な結婚生活，そして戦後のニューヨークでの侘しい逃亡生活が語られる．

◆『猫のゆりかご』（*Cat's Cradle*, 1963）→529頁．

◆『スローターハウス5』（*Slaughterhouse-Five*, 1969）→540頁．

◆『チャンピオンたちの朝食』（*Breakfast of Champions*, 1973）→545頁．

◎『デッドアイ・ディック』（*Deadeye Dick*, 1982）誤って妊婦を射殺した少年とその家族の苦難と挫折に満ちた生涯を描く．物語の舞台が『チャンピオンたちの朝食』と同じ中西部の小都市であるため，住人や地名が再登場する．なお，この町は作中で中性子爆弾の誤爆によってゴーストタウンと化す．

◎『ガラパゴスの箱舟』（*Galapagos*, 1985）絶滅の危機から逃れ，最後の人類となった旅行者の一行がガラパゴス諸島で成し遂げた劇的な進化を，百万年後に幽霊である語り手が回想していく物語．舞台からも明らかだが，諸悪の根源である巨大な脳を捨てて，環境に適応しイグアナに接近していく人類の進化はダーウィンの進化論のパロディである．

◎『青ひげ』（*Bluebeard*, 1987）隠居した老画家による半生記．かつて画家が参加した抽象表現主義という美術運動に関して，虚実の入り混じった物語が語られる．『デッドアイ・ディック』と同様に芸術家と創作活動というテーマがクローズアップされる．

◎『ホーカス・ポーカス』（*Hocus Pocus*, 1990）ヴェトナム戦争から帰還後，識字障害者が学ぶ専門大学の教授となり，刑務所の教官を経て，現在は刑務所暴動を首謀したという無実の罪で獄中生活を送る男の回想物語．テーマは帝国主義．物語の背景には80年代のアメリカ社会の政治的，経済的な停滞があり，貧富の差の拡大，人種主義の助長，外国企業による土地，資本，文化の侵略を許す社会状況が批判されている．

◎『タイムクエイク』（*Timequake*, 1997）最後の長編．長年，分身を務めてきたSF作家キルゴア・トラウト（Kilgore Trout）がノーベル賞を受賞し，様々な人物から祝福されるまでの過程を描く．タイムクエイクとは10年の歳月を何度も繰り返す現象のこと．その状況から解放された茫然自失の人類をトラウトが立ち直らせる．

【名句】Please — a little less love, and a little more common decency.（*Slapstick*）「どうか─愛をちょっと少なめに，ありふれた親切をちょっと多めに」（スラップスティック）

(児玉)

メイラー　ノーマン
Norman Mailer（1923 - 2007）　　　　小説家

左翼からヒップスターへ　1月31日，ニュージャージー州ロング・ブランチ（Long Branch）に南アフリカからのユダヤ系移民の子として生まれ，ニューヨーク市ブルックリンに育つ．父は経理事務所を経営していた．少年期に大不況時代の空気に触れたノーマン少年はマルクスにも興味をもつ．ハーヴァード大学航空工学科へ入学して間もないころ読んだ数々のアメリカ小説のうち特に惹かれたのは30年代の傑作『スタッズ・ロニガン』『USA』『怒りのぶどう』だった．在学中に数々の短編を書き，そのうちの一編は雑誌のコンテストで1位になった．卒業後，陸軍に入隊して太平洋戦争に従軍，フィリピンに駐屯，戦後は日本の銚子，小名浜などに駐屯し，46年除隊，帰国する．戦争小説の大作『裸者と死者』を15ヶ月で書き上げ，47年ラインハート社から出版，ベストセラー1位にランクされているのを旅先のフランスで知る．弱冠25歳の青年はあまりにも大きな名声を背負いこむことになった．しだいに勢いを増すマッカーシズム（赤狩り）の風潮とどう取り組むかがメイラーの当面の課題であり，51年の第二作『バーバリの岸辺』の追い詰められたコミュニストは秘めた思想をなんとか後世に残したいと願う．次作『鹿の園』（1956）はマッカーシー旋風が吹き荒れるハリウッド映画界を描いている．だが同時にここには順応主義とテクノロジーのなかで失われてゆく人間の自由と尊厳を回復しうるかもしれない無意識と性と神秘主義の世界への関心が表われ出ており，この新たな価値観を体現する人間像を彼はホワイト・ニグロ，ヒップスター，実存的英雄などと呼ぶようになる．『ぼく自身のための広告』(1959)はまさにそのような思想を披瀝した小品群の集大成である．

時代の先端を歩く知識人　60年の大統領選でのケネディの当選はメイラーにとってもっとも喜ばしいことであり，以後彼はさまざまな作品のなかにケネディを登場させている．「スーパーマン，スーパーマーケットへ来る」（Superman Comes to a Supermarket）（『大統領のための白書』所収）は大統領選のさなかに書かれたエッセーであるが，若くてハンサムな大統領候補は「実存的政治家」と呼ばれている．ケネディ暗殺後に書かれた小説，権力構造の神秘に迫ろうとする『アメリカの夢』(1965)の劈頭には，主人公がケネディとダブルデートする話が登場する．4度結婚し，妻を刺すという事件をおこし，60年のニューヨーク市長選に立候補し，ウィメンズ・リブの女性たちと論争し，「左翼的保守主義者」という形容矛盾ぎみのペルソナを演出してみせ，「自己顕示型」と評されるなど，話題を振りまいた．彼は常に時代の先端を歩く知識人であり，そのつど自分のあるべき位置を検証しなければならない．だから「2, 3年ごとに精神を大掃除せにゃならんのだ」と彼はインタビューで述べている．しかし80年代に入ると時代から一歩退いて遥かな古代に眼を向け，新生面を開いている．

◇主要作品◇

◾『裸者と死者』（*The Naked and the Dead*, 1948）→ 486頁.

◽『バーバリの岸辺』（*Barbary Shore*, 1951）小説．ブルックリンの下宿屋で繰り広げられる政治的葛藤劇．FBIの捜査官が下宿のあるじであるもとコミュニストのマクレオッド（McLeod）に自供を迫る．拒否した彼は自殺に追い込まれるが，語り手ロヴェット（Lovett）に公開を禁じたうえで，ある「小さな物」を託す．

◽『鹿の園』 *The Deer Park*（1955）舞台は赤狩りにゆれるハリウッドの保養地デザート・ドール（Desert D'Or）．「黄金の砂漠」という地名は豊かさの中の精神的不毛さを象徴する．題名の「鹿の園」はルイ十五世の淫蕩の館の名前に由来する．反体制思想を認めて転向する映画監督アイテル（Itell=I tell 私は自白する）を取り巻く群像を描く．女衒マリオン（Marion），女優ルル（Lulu），そして語り手のもと空軍兵士サージャス・オショーネシー（Sergius O'shaugnessy）．

◽『ぼく自身のための広告』（*Advertisements for Myself*, 1959）自作について一つひとつ「広告」を試みたものであるが，重要な短編小説，エッセー，詩も収録している．『鹿の園』のプロローグとして書かれた「ヨガを研究した男」（The Man Who Studied Yoga），冷感症の女性にオルガスムを指南する「彼女の時の時」（The Time of Her Time），メイラー流の自由な人間，「ヒップスター」について語る「白い黒人」（White Negro）など．

◽『大統領のための白書』（*The Presidential Papers of Norman Mailer*, 1963）エッセー集．

◾『アメリカの夢』（*An American Dream*, 1965）→ 536頁.

◽『人食い族とクリスチャン』（*Cannibals and Christians*, 1966）エッセー集．

◽『ぼくらはなぜベトナムにいるのか』（*Why Are We in Vietnam*, 1967）ベトナム反戦の寓意的な小説．テキサス州ダラスの実業家（ジョンソン大統領を暗示）が16歳の息子をともなってアラスカに赴き，まるで掃討作戦のような狩猟をする．この不遜きわまる狩りを2年後に徴兵を前にした息子が回想する．

◽『夜の軍隊』（*The Armies of the Night*, 1968）ベトナム反戦ペンタゴン・デモに参加した体験記．ニュージャーナリズムの傑作とされる．

◽『月にともる火』（*A Fire on the Moon*, 1970）アポロ11号についての評論．

◽『性の囚人』（*The Prisoner of Sex*, 1971）ウィメンズ・リブの性思想を批判する．

◽『天才と肉欲──ヘンリー・ミラーの世界を旅して』（*Genius and Lust: A Journey through the Major Writings of Henry Miller*, 1976）ヘンリー・ミラーの著作のアンソロジー．

◽『死刑執行人の歌』（*The Executioner's Song*, 1979）77年に刑死した死刑囚の実話小説．

◽『古代の黄昏』（*Ancient Evenings*, 1983）古代エジプト王朝を扱った長大な小説．語り手は三度生まれ変わって歴史を物語る．

◽『イエス自身による福音書』（*The Gospel According to the Son*, 1997 邦訳『奇跡』）イエス・キリストが一人称で自らを語るという形の小説．

【名句】'There's nothing but magic at the top.'（*An American Dream*）「頂上にあるのは魔術だけだ」（アメリカの夢） (寺門)

ボールドウィン　ジェイムズ
James Baldwin（1924 - 87）　小説家　劇作家　エッセイスト

生い立ち　ニューヨークの黒人街ハーレム（Harlem）に生まれる．「そこは，地理的には合衆国の一部だが，社会学的には，この国の他の地域に包囲された島である」と伝記作家は述べている．自伝的な小説『山にのぼりて告げよ』に描かれているように，彼は黒人の都市への大移動の産物である．母エマは幼い彼を連れて非公認の説教師デイヴィッドと結婚した．少年の彼はピューリタン的な宗教によって植え付けられた観念に脅えていた．神に呪われた存在，白人社会の私生児ともいうべき黒人であり，しかも姦淫の罪によって生まれてきた私生児であるということが頭にのしかかっていた．義父の愛情も得られなかった．だが彼は頭脳明晰で，並外れた文才にも恵まれ，教師たちからも愛される生徒だった．そして14歳のとき神によって救われたという回心の体験をし，店舗教会（ストアフロント・チャーチ）（店舗を改造した教会）で3年間説教師を務める．だがユダヤ人の友だちを家に連れてきたことが父の逆鱗に触れ，その偏狭さに辟易したことが一つのきっかけとなって彼は教会を離れ，「神は白い」（『次は火だ』）と書くようになる．しかしその後も潔癖さを重んじるキリスト教的精神だけは残ったとしている．

魂の救済を求める文学　ハイスクールを卒業するとニュージャージーでしばらく鉄道関係の仕事についた後，44年グレニッチ・ヴィレッジに居を移し，黒人文学の大立者リチャード・ライトの知己を得る．最初の長編にとりかかるのもこのころである（だが完成するのは何年も先のことである）．45年，ライトの推薦によりユージン・サクストン助成金を取得．46年には『ネイション』誌などの書評担当者になる．48年，ローゼンワルド助成金を取得，最初のエッセー「ハーレム・ゲットー」（The Harlem Ghetto）と最初の短編「宿命」を『コメンタリー』誌に発表する．そしてこの年，パリに移住する．途中帰国はするが，都合10年近くパリに滞在することになる．パリでは「アメリカ黒人」という抽象体でなく一人の人間であることができたと彼は語っている．「アメリカを離れたわけは，この国の肌の色の問題の凄まじさに耐え切れるかどうか分からなかったからだ．…私は単なる黒人には，いや単なる黒人作家にもなりたくなかった．私は自分の体験の特殊性のゆえに他人から隔てられるのでなく他人と結びつきうる方法を見つけ出したかった」とも書いている（『誰も私の名を知らない』）．彼はスイスの山荘にこもって「2枚のベシー・スミスのレコードとタイプライターだけを相手に」子供のころの記憶を再創造しようとして『山にのぼりて告げよ』を完成した（1953年）．以後はすべて順調だった（思索者としては苦悩が深まったことはいうまでもない）．56年の黒人の出てこない同性愛小説『ジョヴァンニの部屋』で文学賞と2つの助成金を取得し，人種とジェンダーを超えたユートピアを描いてみせた小説『もう一つの国』，評論集『誰も私の名を知らない』，『次は火だ』はいずれもベストセラーになった．

◇主要作品◇

- ◼『山にのぼりて告げよ』(*Go Tell It on the Mountain*, 1953) →500頁．
- ◻『ジョヴァンニの部屋』(*Giovanni's Room*, 1956) パリに遊学中のアメリカ人デイヴィッドは家族を捨ててきた美男のイタリア人ジョヴァンニ（Giovanni）と出会い深く愛し合う仲になる．そこへ婚約者のヘラス（Hellas）が旅から帰ってくる．デイヴィッドは彼女とよりを戻すが，その間にジョヴァンニは殺人事件を起こし，死刑になる．デイヴィッドは罪の意識から婚約を解消する．
- ◼『もう一つの国』(*Another Country*, 1962) →526頁．
- ◻『出会いの前夜』(*Going to Meet the Man*, 1965) 8編からなる短編集．"Previous Condition"「宿命」は「ぼくにあるのは肌の色だけだ．…居場所もない」という若者の悲哀を描く．短編代表作「ソニーのブルース」(Sonny's Blues) の白人中産階級の世界に同化した兄と黒人の故郷ハーレムにアイデンティティを残しておきたい弟の間には深い溝ができている．高校教師の兄は麻薬所持で逮捕された弟ソニーの心を理解しようとして，弟のブルースの演奏を聴きにいく．表題作は黒人男性に対する残虐なリンチ殺人のトラウマを描く．
- ◻『いつ汽車が出たのか教えてくれ』(*Tell Me How Long the Train's Been Gone*, 1968) 黒人俳優の青春と演劇人生を振り返る．
- ◻『ビール・ストリートに口あらば』(*If Beal Street Could Talk*, 1974) 不当に逮捕されたフィアンセを解放しようとする身重の女性の戦い．
- ◻『白人へのブルース』(*Blues for Mister Charlie*, 1964) 戯曲．黒人青年を殺した犯人を有罪にすることができない裁判．関係者すべての虚偽意識を抉り出す．
- ◻『アーメン・コーナー』(*The Amen Corner*, 1968) 女説教師マーガレットの自己欺瞞と自己への開眼を描く．
- ◻『アメリカの息子のノート』(*Notes of a Native Son*, 1955)「万人の抗議小説」(Everybody's Protest Novel) を含む．ストウ夫人やリチャード・ライトの抗議小説の理念を批判する．
- ◻『誰も私の名を知らない』(*Noboody Knows My Name*, 1961) 特にリチャード・ライトを論じた「ああ，かわいそうなリチャード」(Alas, Poor Richard) は重要．
- ◻『次は火だ』(*The Fire Next Time*, 1963)「奴隷解放100周年にあたり甥に宛てた手紙」(Letter to My Nephew on the One Hundredth Anniversary of the Emancipation) および「わが心の片隅からの手紙」(Letter from a Region in My Mind) の2編からなる．真実を直視する勇気を説く．白人は闇を見ようとしないから真実が見えないという．彼のエッセーは小説に劣らず評価が高く，人種戦争に勝つことよりも人間としての自己に立ち返るべきだと説く『次は火だ』は今なお強い説得力をもっている．
- ◻『小人閑居して』(*The Devil Finds Work*, 1976) 映画評論．
- ◻『見えない事実を確認する』(*The Evidence of Things Not Seen*, 1985) 80年代初頭アトランタで起こった28人の黒人少年の殺害事件を考える．

（寺門）

カポーティ　トルーマン
Truman Capote（1924 - 84）　　　**小説家**

南部での子供時代　ルイジアナ州ニューオーリンズで，17歳の母と巡回セールスマンとの間に生まれる．両親の不仲により，5歳の時にアラバマ州の母方の親戚に預けられる．両親からの拒絶，孤独な子供時代はトルーマンを生涯心理的に悩ませることになった．トルーマンを支えた従姉のスック（Sook）の存在は，アラバマ時代に題材を取ったノスタルジックな物語『草の竪琴』（1951），『クリスマスの思い出』（1966），『感謝祭の客』（1968），『あるクリスマス』（1983）に記録されることになる．

ニューヨークへ　ニューヨークでキューバ生まれの裕福なビジネスマンと再婚していた母は，10歳の頃にトルーマンを呼び寄せ，1935年に正式に養子となった彼は義父の苗字カポーティを名乗るようになる．創作には関心があったが，学業への関心はなく，高校を出ると雑誌『ニューヨーカー』のオフィスでコピー取りなどをして2年ほど働く．

脚光をあびる　夢と現実が交錯する幻想的作風の「ミリアム」（Miriam）で46年にO・ヘンリー賞を受賞し，少年の大人へのイニシエイションの物語を描く第一長編『遠い声，遠い部屋』（1948）は，カバーに掲載された23歳のカポーティ自身の写真と，同性愛というタブーを扱ったことで話題となった．同年，生涯のパートナーとなる男性と出会い，その後二人は度々ヨーロッパを訪れる．短編集『夜の樹』（1949）に続き，自由を追い求める若い女性を主人公に中編小説『ティファニーで朝食を』（1958）を発表する．

最盛期　トルーマンはかねてからジャーナリズムに関心を示し，その方面での新しい可能性を探っていた．彼をもっとも有名にしたのは，実際に起きた殺人事件に取材した『冷血』（1966）であり，記録的なベストセラーとなったこの作品において，作者は自ら「ノンフィクション・ノベル」という新しいジャンルを開拓したと主張した．取材にはアラバマ時代の隣人で親友の女性作家ハーパー・リー（Harper Lee）が同行して協力した．66年にはニューヨークのホテルで500人の有名人を招待する豪華な仮装舞踏会を開催し，話題を呼んだ．テレビ出演，有名人との交遊や派手なライフスタイルで知られるようになる．

孤独な晩年　ドラッグやアルコールへの依存，創作上のスランプなどの問題を抱えたが，80年には15年間の沈黙を破って新作作品集『カメレオンのための音楽』を発表する．長年構想を温めてきた自伝的な一種のノンフィクション・ノベル『叶えられた祈り』（1986）のために書き溜められた原稿の一部は，75年，76年に四つの短編として雑誌に発表されたが，その一部が有名人や金持ちの友人たちをめぐるゴシップ記事的な内容であったことから，友人を次々に失い，77年には執筆を中断する．結局生前に完成を見ることはなく，未発表原稿も見つからず，死後出版されたものは，想定されていたよりはるかに短いものとなった．

◇主　要　作　品◇

◆『遠い声，遠い部屋』(*Other Voices, Other Rooms*, 1948) → 485頁．
◆『夜の樹』(*A Tree of Night and Other Stories*, 1949) → 489頁．
◻︎『ローカル・カラー』(*Local Color*, 1950) ニューオーリンズ，ハリウッド，ハイチ，イスキア，タンジールなど様々な土地について書かれたスケッチを収録したエッセー集．
◻︎『草の竪琴』(*The Grass Harp*, 1951) 長編小説で，52年には戯曲版も出版された．孤児である一人称の語り手が，親戚の女性の家で過ごした11歳から16歳までの出来事を回想する．家出先の樹の上の小屋は，社会から孤立する人々にとってつかの間の楽園と化す．
◻︎『詩神の声聞こゆ』(*The Muses Are Heard*, 1956) オペラ『ポーギーとベス』(*Porgy and Bess*)のソ連への海外公演に同行し，『ニューヨーカー』誌のために書いたルポルタージュ．
◆『ティファニーで朝食を』(*Breakfast at Tiffany's*, 1958) → 511頁．
◻︎『冷血』(*In Cold Blood*, 1966) 59年にカンザス州で実際に起きた殺人事件および犯人の逮捕から処刑までを題材に，調査と執筆に6年を費やして制作されたノンフィクション・ノベル．サスペンスと映画的リアリズムが用いられる．大農場主クラター(Clutter)家の親子4人が射殺体で発見される．かつて同家の使用人であった服役囚の証言から保釈中の二人の男が容疑者として浮上，逮捕される．金庫の中の大金を目当てに押し入った二人が手に入れたのはただの40ドルだった．主犯のディック(Dick)は罪をすべて相棒のペリー(Perry)にかぶせようとする．カポーティの最大の関心は先住民の血を引く小柄な男，両親の愛情に恵まれなかった孤独なペリーに集中する．
◻︎『クリスマスの思い出』(*A Christmas Memory*, 1966) 歓びと無垢に彩られた子供時代を20年後から回想する．7歳の少年が60歳代の従姉と恒例のクリスマスケーキ作りに励む．『ティファニーで朝食を』に同時収録された短編小説を一冊本として独立させたもの．
◻︎『感謝祭の客』(*The Thanksgiving Visitor*, 1968) 8歳の少年主人公が苦手とする12歳の少年を，親戚の老婦人が感謝祭の夕食に招き，人生の教訓を主人公に学ばせる短編小説．
◻︎『わが家は花ざかり』(*House of Flowers*, 1968)『ティファニーで朝食を』に同時収録されたハイチを舞台にした同名の短編小説をもとに，1954年にミュージカルが作られ，1968年に改訂版が出された．
◻︎『犬は吠える』(*The Dogs Bark*, 1973)「公的な人々，私的な場所」の副題を持つエッセー集．マーロン・ブランドやマリリン・モンローについての人物スケッチを含む．
◻︎『カメレオンのための音楽』(*Music for Chameleons*, 1980) 短編小説，ノンフィクション中編小説，会話による人物スケッチの三部構成で，合計14編を収録．
◻︎『あるクリスマス』(*One Christmas*, 1983) 生前にカポーティが発表した最後の作品．6歳の少年が親戚に説得されてクリスマスにニューオーリンズの父を訪ねていく短編小説．
◻︎『叶えられた祈り』(*Answered Prayers*, 1986) 死後出版の未完成長編小説．1975年，76年に雑誌に発表された4つの短編のうち，「モハーベ砂漠」(Mojave)を除いた三つの短編をまとめたもの．作者の分身とおぼしきP・B・ジョーンズ(Jones)を語り手とする．

(利根川)

スタイロン　ウィリアム
William Styron（1925 - 2006）　　　小説家

生い立ち　ヴァージニア州ニューポートニューズ（Newport News）で船舶機関士の子として生まれる．スコットランド，アイルランド，スイス，ウェールズ，イングランドなどの血統を引き，先祖は1650年にアメリカに移民した由緒ある一族．13歳で創作を開始，高校時代は同人誌にジョーゼフ・コンラッドを模倣した作品を発表．デイヴィドソン・カレッジに入学した1942年，創作に真剣に取り組み始める．18歳になる直前，海兵隊に入隊，将校養成プログラムによりデューク大学へ転籍．44年から45年まで中尉として従軍，沖縄で終戦を迎える．除隊後，復学し卒業．47年，ニューヨークに移り，マグローヒル社の編集者となる．同年，窓から風船を飛ばして解雇された後，最初の小説『闇の中に横たわりて』を発表，アメリカ芸術院ローマ賞を受賞，注目を浴びる．50年代初期にはパリで暮らし，ピーター・マシェンセンらが『パリ・レビュー』を創刊するのを手助けする．93年，クリントン大統領からアメリカ芸術メダルを受ける．

ノンフィクションとフィクションの境界で　最大の特徴は，興味を抱いた事実に徹底的にこだわり，細部まで精査し，それでも解明できない謎や闇の部分を想像力で補うことにより，事実に新たな光を当て，見えない部分を浮かび上がらせようとすることにある．対極にあるノンフィクションとフィクションを融合させることによって，両者の利点を最大限に活用しようとする．とはいえこれは60年代後半からの特質で，特に第1作，第3作は堂々たるフォークナーばりのフィクションである．

南部作家としてのアイデンティティと責任感　スタイロンは南部作家と呼ばれることを拒否し，人類共通の普遍的テーマを扱っていると考えてはいるが，同時に黒人奴隷を搾取してきた南部の白人の贖罪意識から生まれる恐怖，不安，頽廃を共有している．ヴァージニア州東南部海岸のタイドウォーター地方を中心とする，英国人が最初に上陸，植民したハンプトン・ロードと呼ばれる地域の古い町に生まれ育ち，ノース・カロライナ州にある大学を卒業したスタイロンは，奴隷制の上に成り立っていた南部の過去の栄光と現在の悲惨さのギャップから生まれる頽廃や，黒人を奴隷として搾取してきたという罪悪感などの南部の負の遺産にも，共同体の一員として直面しなくてはならないという決意が作品の随所に見てとれる．

人種の壁　スタイロンが『ナット・ターナーの告白』を書いていた頃，黒人作家ジェイムズ・ボールドウィンが彼の家に滞在して『もう一つの国』（1962）を書いていた．人種とジェンダーをこえるこの小説は，アフリカ系アメリカ人の批評家たちから，白人を主人公にしていることを鋭く批判された．「ビルは両陣営からやられるぞ」とボールドウィンは懸念して言った．『ナット・ターナー』が出版されると，その予言は的中した．

◇主要作品◇

◨『闇の中に横たわりて』(*Lie Down in Darkness*, 1951) 1945年8月、広島の原爆投下直後のある日、ヴァージニアの造船都市ポート・ウォーウィック（Port Warwick）で、ロフティス（Loftis）夫妻とその眷族が、自殺した娘ペイトン（Peyton）の埋葬のために一堂に会していた。両親の仲は冷え切っていた。母ヘレン（Helen）は障害のある長女に先立たれた傷心に加えて、芸術家肌の夫ミルトン（Milton）を持て余していた。彼は弁護士業をおざなりにして酒に溺れ、美しい次女ペイトンに恋人のような愛情をいだいていた。病める家庭環境に悩み大学を中退したペイトンはニューヨークに出て、修行中の画家と結婚し、離婚、次々と男を取り替えたすえに、摩天楼から飛び降りたのだった。フォークナーの影響が濃厚、題名はサー・トマス・ブラウンの『壺葬論』(*Hydriotaphia*) から。

◨『ロング・マーチ』(*The Long March*, 1953) 朝鮮戦争下、ノース・カロライナ州で行なわれた海兵隊の36マイル夜間強行軍によって8名の死者を出した事件を扱い、軍隊内の非情な暴力的権力行使と、戦争に対する個人の抵抗の無力さを描き出した中編小説。

◨『この家に火をかけよ』(*Set This House on Fire*, 1960) ピーター・レヴァレット（Peter Leverett）は南イタリアの保養地サンブコ（Sambuco）に滞在中の旧友メイソン・フラッグ（Mason Flagg）を訪ねる。富豪の御曹司たる彼は豪奢で放埓な生活に明け暮れ、キャス・キンソルヴィング（Cass Kinsolving）という堕落した画家を精神的な奴隷として寄生させている。そこに2つの事件が起こる。村娘フランチェスカ（Francesca）のレイプ殺害、続いて崖の下にメイソンの死体が発見される。舞台は変わってノースカロライナ州チャールストン。つき物が落ちたようにこの地で家族と静かに暮らしているキャスのもとにピーターが訪ねてくる。目的は事件の謎を探るため。純真な娘を犯したメイソンが許せなくて自分が崖から突き落としたのだとキャスは打ち明ける（娘を殺したのは通りすがりの村の男）。この殺人によって自分の中の病める半分を始末することができたと。フォークナーとメイラーの『鹿の園』の影響が指摘されている。題名はジョン・ダンの説教からとられている。

◆『ナット・ターナーの告白』(*The Confessions of Nat Turner*, 1967) →538頁。

◆『ソフィーの選択』(*Sophie's Choice*, 1979) →553頁。

◨『この静かなる土くれ』(*This Quiet Dust, and Other Writings*, 1982) エッセー集。

◨『見える闇』(*Darkness Visible*, 1990) 1985年に患ったウツ病の回想録。

◨『タイドウォーターの朝』(*A Tidewater Morning: Three Tales From Youth*, 1993)

【名句】There will always be a complaint from people who see writing as a province where one should remain rooted in one's own experience. My view is that one of the glories of artistic creation is to transcend the barriers of race and gender and exploit talent to its fullest. (From the Interview with Yvonne French)「文学というものを自分の経験の枠内に留まって活動すべき分野と心得ている人たちからの批判が必ずあるものだ。私見によれば、芸術的創造の栄誉の一つは人種やジェンダーの壁を超えて才能を全開にできることなのだ」（イヴォンヌ・フレンチとのインタビューより）　　　　　　　　　（遠藤）

サイモン　ニール
Neil Simon（1927 - ）　　　　劇作家

喜劇作家　ニューヨーク市ブロンクスでユダヤ系中流家庭の次男に
サイモン　生まれたサイモンは、20歳の頃から兄のダニーと共にラジオやテレビのショーの台本を書き始め、1961年には『角笛を吹き鳴らせ』で劇作家デビューする。この第1作以後、次々と発表される喜劇が大ヒットし、66年には『おかしな二人』など4作品が同時にブロードウェイで上演されるほどの人気で、喜劇作家として確固たる地位を得た。サイモンの喜劇では、自嘲気味のユダヤ的ユーモアだけでなく、暮らしづらい現代社会の日常が喜劇的に提示され、人生の試練を生き抜くための、家族、人間同士の深い絆が、作者の優しく温かな眼差しを通して描かれている。自身の人生の試練は73年に訪れ、夫人を癌で亡くしてしまうが、翌年女優のマーシャ・メイスンと再婚し、妻を亡くした男の再出発を描いた『第二章』（1977）を発表している。他にこの頃の異色作として、チェホフの短編小説を基にした『名医先生』（*The Good Doctor,* 1973）、旧約聖書のヨブ記の現代版『神様のお気に入り』（*God's Favorite,* 1974）、ロシアの田舎の村を舞台にした『フールズ』（*Fools,* 1981）がある。

ミュージカル　サイモンには劇作の他にも、ミュージカルの台本や映画脚本の仕事がある。
と映画脚本　ミュージカルには、オリジナルの『リトル・ミー』（*Little Me,* 1962）、『デュエット』（*They're Playing Our Song,* 1979）、映画『アパートの鍵貸します』をミュージカル化した『プロミセス・プロミセス』（*Promises Promises,* 1968）、フェリーニ監督のイタリア映画『カビリアの夜』を脚色した『スウィート・チャリティ』（*Sweet Charity,* 1966）がある。自作の劇の7割が自身の脚色により映画化されているほか、『おかしな夫婦』（*The Out-of-Towners,* 1970）、『グッバイ・ガール』（*The Goodbye Girl,* 1977）などのオリジナル脚本も執筆している。

BB三部作　サイモンの劇作家としての成熟は、『ブライトン・ビーチ回顧録』（1983）、『ビ
以降の作品　ロクシー・ブルース』（1985）、『ブロードウェイをめざして』（1986）の半自伝的三部作（原題の頭文字からBB三部作と呼ばれる）や、ピューリツァー賞を受賞した『ヨンカーズ物語』（1991）に見られ、人生の困難とそれを乗り越えていくための勇気や人間同士の絆が、ユーモアを交えた大人の筆致で描かれている。以降の作品には、ミステリー・タッチの『噂』（*Rumors,* 1988）、初老の作家の幻想を描く『ジェイクの女たち』（*Jake's Women,* 1992）、ラジオ番組の舞台裏を描いた『23階の笑い』（*Laughter on the 23rd Floor,* 1993）などがあり、70歳を越えた後も、『求婚』（*Proposals,* 1997）、『ディナー・パーティ』（*The Dinner Party,* 2000）、『ブロードウェイから45秒』（*45 Seconds from Broadway,* 2001）、恋人の幽霊と会話する老女性作家を主人公として、親子の絆や老いをみつめた『ローズのジレンマ』（*Rose's Dilemma,* 2003）などを発表している。

◇主要作品◇

◯『角笛を吹き鳴らせ』(*Come Blow Your Horn,* 1961) 作者の最初の戯曲で，対照的な性格の兄弟とその両親，恋人たちの間の日常的ないざこざを描いた喜劇．677回を数えるヒットとなった．

◯『裸足で散歩』(*Barefoot in the Park,* 1963) 雪の日の公園で羽目をはずして裸足で散歩してしまう開放的な妻と，慎重で常識的な夫という対照的な新婚夫婦を主人公にした喜劇．二人が自己主張と対立を乗り越えて妥協と寛容の精神を学ぶまでを笑いの中に描いている．ビルトモア劇場で初演され，1532回という約4年にわたる大ヒットを記録した代表作の一つ．

◆『おかしな二人』(*The Odd Couple,* 1965) →534頁．

◯『星条旗娘』(*The Star-Spangled Girl,* 1966) 超保守的な女の子をめぐる二人の超リベラルな若者の喜劇．

◯『プラザ・スイート』(*Plaza Suite,* 1968) 夫婦三組の3編の1幕劇からなるオムニバス形式のドラマ．劇評家をして，最盛期のモリエールに匹敵すると言わしめた喜劇．ホテルのスイートルームを舞台にしたスイートものには，他に『カリフォルニア・スイート』(*California Suite,* 1976)，『ロンドン・スイート』(*London Suite,* 1995) がある．

◯『浮気の終着駅』(*Last of the Red Hot Lovers,* 1969) 3幕の各幕でアパートの一室に女性を招き，3度浮気を試みるバーニー．人生に焦燥感を抱いた中年男を温かい眼差しで描く．

◯『ジンジャーブレッド・レディ』(*The Gingerbread Lady,* 1970) 元歌手でアル中の中年女性と献身的な娘を中心に人生の悲哀を描いた劇で，興行的には伸び悩んだが，81年には『泣かないで』(*Only When I Laugh*) という題で作者自身の製作・脚色により映画化された．

◯『二番街の囚人』(*The Prisoner of Second Avenue,* 1971) マンハッタン二番街の高級アパートの一室を舞台に，一組の夫婦が騒音，泥棒，失業などから都会的ストレスをためていく様を描いた喜劇で，ユージーン・オニール劇場で780回上演された．

◯『サンシャイン・ボーイズ』(*The Sunshine Boys,* 1972) その昔「サンシャイン・ボーイズ」の名でコンビを組んで大活躍したコメディアン二人．舞台裏では犬猿の仲だった二人だが，引退して隠居老人となっていた二人にコンビ復活の仕事の話が持ちかけられる．『おかしな二人』の老人版的な喜劇．

◯『第二章』(*Chapter Two,* 1977) 病に妻を奪われた小説家と，夫と離婚したての女優の繊細な恋を描き，人生の再出発としての第二章を描いた劇．作者の自伝的作品として好評を得た．

◯『映画に出たい』(*I Ought To Be in Pictures,* 1980) 女優志願の娘と脚本家の父の再会劇．

◆『ブライトン・ビーチ回顧録』(*Brighton Beach Memoirs,* 1983) 自伝的代表作．→560頁．

◆『ビロクシー・ブルース』(*Biloxi Blues,* 1985)『ブライトン・ビーチ』の続編．→560頁．

◆『ブロードウェイをめざして』(*Broadway Bound,* 1986) 自伝的三部作の完結編．→560頁．

◯『ヨンカーズ物語』(*Lost in Yonkers,* 1991) ニューヨークのヨンカーズを舞台にした自伝的要素の見られる作品で，冷たく厳しい祖母の家にあずけられた孫二人の物語を軸に，祖母と知恵遅れの娘との間の対立や家族愛が描かれている．ピューリツァー賞，トニー賞を受賞した．

(広川)

オールビー　エドワード
Edward Albee（1928 - ）　　　劇作家

生い立ち　生後18日目に養子に出され，全米のヴォードヴィル劇場の頂点に君臨していた劇場経営者の養父の父の名にちなんで命名された．勝気で口うるさい養母フランシス（Frances）と反りが合わなかったオールビーは，20歳で家を出た．

劇作家へ　その後は芸術と社会運動のるつぼグレニッチ・ヴィレッジに移り住み，若き作曲家ウィリアム・フラナガン（William Flanagan）と親交を深めた．フラナガンが中心の音楽家サークルは，抽象表現主義の画家やビート世代の詩人とも交流があり，オールビーは様々な芸術の息吹に触れた．1952年にフラナガンと欧州を外遊した際にフローレンスで書いた小説には，不条理演劇の萌芽が窺える．53年にピーターバラの芸術家村で，フラナガンを介してソーントン・ワイルダーに自作の詩を見せる機会があり，劇作家への道を勧められた．

不条理演劇との縁　オールビーがニューヨークで劇作家デビューする4年前には，ベケットの『ゴドーを待ちながら』（*Waiting for Godot*）がブロードウェイで上演されていたが，オールビーの第1作『動物園物語』は，ニューヨークでは上演先が見つからなかった．しかしフラナガンの尽力により，59年にベルリンで，ベケットの『クラップの最後のテープ』（*Krapp's Last Tape*）と2本立てでドイツ語により上演されることになる．翌年のオフ・ブロードウェイでの米国初演でも『クラップ』との組合せで，582回のロングランを記録し，批評家から概ね好意的な評価を得て，米劇壇に不条理演劇の担い手がいることを世に知らしめた．ベケットへの傾倒は，90年代にベケットの芝居を3本演出していることからも窺える．

ブロードウェイへ　オールビーは『ヴァージニア・ウルフなんかこわくない』でブロードウェイに初登場し，トニー賞など主要な演劇賞を受賞．同作は66年にエリザベス・テイラーとリチャード・バートン主演で映画になった．また，66年にピューリツァー賞をもたらした『デリケート・バランス』も73年に映画化されている．75年には自ら『海の風景』を演出して，2度目のピューリツァー賞の栄誉に輝き，80年代には目立った作品はないものの，自作を精力的に演出した．94年に『幸せの背くらべ』で3度目のピューリツァー賞を受けて復活し，2002年には『ヤギ，またはシルヴィアは誰か』で2度目のトニー賞を受賞．さらに05年にはトニー賞の特別功労賞を贈られ，米国を代表する劇作家となった．その他，『悲しき酒場の唄』や『ロリータ』など小説の劇化やラジオ劇なども手掛けている．

作風　ある種の脅威・危機に直面する人間心理を描く寓意的作品が多く，不寛容な資本主義，物質文明と，それに盲目的に加担する俗物の欺瞞の仮面を剥ぎ取り，貪欲で醜悪な現代社会の実相を諷す．その厳しさの底流には，空想に救いを求める孤独な人間の哀しさを見つめる眼差しがあり，生きることへの切実な憧れと愛への希望が息づいている．

◇ 主 要 作 品 ◇

- ◆『動物園物語』（*The Zoo Story,* Berlin, 1959 ; New York, 1960）→ 519頁．
- ◇『砂箱』（*The Sandbox,* 1960）オールビーが祖母の死を悼んで書いた短い不条理劇．
- ◇『ベシー・スミスの死』（*The Death of Bessie Smith,* Berlin 1960 ; New York, 1961）テネシー州メンフィスで起きた有名なジャズ黒人女性歌手の交通事故死の真相をめぐり，医療を担う看護婦にまで及ぶ南部の根深い黒人蔑視の問題を扱った8場からなる小品．
- ◇『有名氏と無名氏』（*Fam and Yam,* 1960）ブロードウェイで成功している劇作家ファムをオフ・ブロードウェイで活躍し始めた新進劇作家ヤムが突然訪れ，商業主義演劇の世界でもがいているファムの姿を浮き彫りにする対話形式の小品．
- ◇『アメリカの夢』（*The American Dream,* 1961）養子縁組事業と称して人身売買すら横行する腐敗した社会を老婆の視点から描き，人々を無気力で無関心にしてしまうアメリカの現代物質文明社会の偽善と欺瞞の病巣を暴いて笑い飛ばす痛快な風刺喜劇．
- ◆『ヴァージニア・ウルフなんかこわくない』（*Who's Afraid of Virginia Woolf?,* 1962）→ 525頁．
- ◇『悲しき酒場の唄』（*The Ballad of the Sad Café,* 1963）C・マッカラーズの小説の劇化．
- ◇『タイニー・アリス』（*Tiny Alice,* 1964）金を通じて癒着する弁護士と枢機卿に，欲にまみれ乱れた俗世を投影しながら，ある修道士の内面的信仰の軌跡を描いた現代的寓話劇．
- ◇『マルコム』（*Malcolm,* 1966）ジェイムズ・パーディ（James Purdy）の小説の劇化作品．
- ◇『デリケート・バランス』（*A Delicate Balance,* 1966）一見穏やかな熟年夫婦の家庭の風景から始まるが，居候する妻のアル中の妹，知人夫妻や出戻り娘にかき乱されながら，家庭の秩序と体面を保とうとする熟年夫婦の奮闘ぶりを描き，社会にはびこる甘えと偽善を痛烈に風刺した作品．73年にトニー・リチャードソンにより映画化されている．
- ◇『ご臨終』（*All Over,* 1971）政財界の重鎮の本妻が，夫の臨終に立ち会いながら，家庭崩壊後も夫婦であり続けた亡夫への愛を再確認するまでを，ユーモアと悲哀を込めて描く．
- ◇『海の風景』（*Seascape,* 1975）老夫婦が砂浜で余生の過ごし方を語っていると，海に棲むひとつがいのオオトカゲと遭遇する．やがて，老人がオオトカゲと愛や進化論などを論じながら，親睦を深めてゆき，いつしか共存を提案するという荒唐無稽な筋立てから成る．非人間的な機械文明の威圧感を戦闘機で表現し，生命の根源と生の意味を考えさせる寓話劇．
- ◇『花占い』（*Counting the Ways,* 1977）結婚6年目，3児の親である男女の恋愛問答の行方を，取り留めもない花占いのように，21場の構成で提示した小品．
- ◇『ダビュークから来た婦人』（*The Lady from Dubuque,* 1980）死期が近い妻を慰める夜会のあと，妻の母と名乗る婦人が黒人と共に忽然と現われ，家の主人を恐怖させる不条理劇．
- ◆『幸せの背くらべ』（*Three Tall Women,* 1994）→ 579頁．
- ◇『ヤギ，またはシルヴィアは誰か』（*The Goat, or Who is Sylvia?,* 2002）社会的名声を確立し，うわべは理想的な人生を謳歌しているかに見える50歳の建築家が，ヤギとの情愛を親友に告白することで招く家庭崩壊の危機を通して，人間の孤独を浮き彫りにする．

（逢見）

ディック　フィリップ・キンドレッド
Philip Kindred Dick（1928 - 82）　　　**SF作家**

双生児　シカゴで双生児として誕生するが，生後間もなく移り住んだカリフォルニア州ベイエリアで妹が夭折．この事実がトラウマとなって生涯彼を悩ませる．1933年両親離婚．一時ワシントンDCに転居するものの，38年以降はバークレーに落ち着く．テレビ修理販売店，レコード店にて働きながら高校に通う．高卒後働きながら主流文学を読み耽る．47年カリフォルニア大学バークレー校に入学．予備役将校訓練部隊への強制編入を拒否し2ヶ月で退学．48年マーリンとの結婚は半年で破局．

活動領域の模索　50年クレオと結婚．レコード店に勤めるかたわら投稿を続け，『F&SF』誌に短編「ルーグ」（Roog, 1953）が採用されたのを皮切りに短編を量産していく．やがて長編『偶然世界』『宇宙の操り人形』『虚空の眼』等が出版される．58年マリン郡に転居．翌年クレオと離婚し，三人の娘を持つアンと結婚．SFと主流文学のハイブリッド『時は乱れて』（Time Out of Joint, 1959）はハードカバーでの出版．暫く主流小説の分野で挑戦を続けるが一向に売れず，アンの始めた装身具の店を手伝う．しかし61年『高い城の男』を執筆し高い評価を得る．翌年もハイブリッド作品『火星のタイム・スリップ』などを執筆．

非現実的世界認識　63年，邪悪な顔を空に幻視した彼は監督教会に改宗．翌年離婚．LSDを試す．65年その神学に強い影響を受けることになったジェイムズ・A・パイク司教と知り合う．66年神経衰弱を患うナンシーと結婚．同年『アンドロイドは電気羊の夢を見るか？』『ユービック』を執筆．70年，娘を連れて妻は家を出る．孤独に苛まれつつ『流れよわが涙，と警官は言った』を執筆するが脱稿できぬまま日が過ぎる．寂しさから見境なく人を呼び入れた結果，自宅は麻薬常習者の溜まり場となる．しかし71年11月，何者かに家宅を襲撃されたのを機にマリン郡を離れる決意をし，カナダのヴァンクーヴァーで開催されたSF大会に赴きそのまま滞在．自殺未遂後，麻薬中毒患者更生施設に暫く入院．ドラッグカルチャーへのオマージュである『暗闇のスキャナー』にはこの時期の自伝的な要素が色濃い．72年帰国し，カリフォルニア州のオレンジ郡に居を構える．翌年テッサと結婚し長男が誕生．

VALISの探求　74年2月頃，神秘体験をする．「巨大にして能動的な生ける情報システム」（頭文字をとってVALIS）と接触したと確信した彼は膨大なメモ（釈義）を書きつけながら，残された時間のすべてをその探求に捧げる．76年テッサが息子を連れて家出．その悲しみと絶望のあまり自殺を図ったが，『アルベマス』（Radio Free Albemuth, 1976）を習作として『ヴァリス』を，そして続編『聖なる侵入』（The Divine Invasion, 1981）を書き上げる．

カリスマ的人気　82年心臓発作で死去．翌年，『ティモシー・アーチャーの転生』が出版される．やがて生前は陽の目をみなかった主流小説群が続々刊行される．SF短編を原作として『トータル・リコール』『マイノリティ・リポート』等の映画も制作されている．

◇主　要　作　品◇

◎『偶然世界』（*Solar Lottery*, 1955）A・E・ヴァン・ヴォートに影響された処女長編．偶然性のルールに従うよう装いながら密かに必然の結果を仕組む二人の権力者．主人公は彼らの争いに翻弄される．人格交代のアイディア，擬似宗教への関心が既にうかがえる．
◎『宇宙の操り人形』（*The Cosmic Puppet*, 1957）グノーシス主義などに影響されたゾロアスター教系のマニ教を下敷きにしたファンタジー．『聖なる侵入』と根源的に繋がる作品．
◎『虚空の眼』（*Eye in the Sky*, 1957）他人の私的宇宙に引き摺り込まれる恐怖を描いた．
◆『高い城の男』（*The Man in the High Castle*, 1962）→524頁．
◆『火星のタイム・スリップ』（*Martian Time-Slip*, 1964）→532頁．
◎『ブラッドマネー博士』（*Dr. Bloodmoney*, 1965）博士が核実験に失敗して壊滅的な打撃を受けた地球．海豹症の邪悪な技師が次第に勢力を伸ばし，「救済者」に成り代わろうと企む．
◎『パーマー・エルドリッチの三つの聖痕』（*The Three Stigmata of Palmer Eldritch*, 1965）植民惑星に住む人々は幻覚剤を用いてパーキー・パット人形とその環境模型に意識を没入させ，「地球の休日」を楽しんでいる．しかし遠宇宙から帰還した不気味なパーマーが持ち込んだ幻覚剤は模型セット不要．出口のない幻覚世界には邪悪な救済者パーマーが遍在した．
◆『アンドロイドは電気羊の夢を見るか？』（*Do Androids Dream of Electric Sheep?*, 1968）→539頁．
◎『ユービック』（*Ubik*, 1969）僅かながら生気の残った「半生者」を安息所にて保存できる世界．生死を分けた事件の後，生き残ったはずの一行が実は安息所に入れられており，所内の邪悪な半生者の創り出す幻覚世界に閉じ込められている．彼らの雇い主とその妻である半生者がユービックなる製品を使って進行中の腐敗・衰退の動きを止めるよう彼らに指示する．
◎『流れよわが涙，と警官は言った』（*Flow My Tears, the Policeman Said*, 1974）キャンベル記念賞受賞．優生操作を施された六代目人種，有名なエンターティナーはある朝，存在証明が剝奪された世界に目覚める．国家安寧のため，彼の引き受ける運命を思って警官は泣く．
◎『暗闇のスキャナー』（*A Scanner Darkly*, 1977）麻薬捜査官である主人公は自ら麻薬中毒患者を装う中，右脳と左脳の連絡が失われ，捜査官としての自己と中毒患者としての自己が乖離してしまう．終には人格崩壊してしまう彼の悲劇は国家的規模の陰謀を暴くため仕組まれたものだった．国家の冷酷な要求を前に，彼の恋人である FBI 秘密捜査官は言葉を失う．
◎『ヴァリス』（*VALIS*, 1981）作品中，『アルベマス』の内容を変奏させた映画 *VALIS* が上映される．その中に人工衛星から通信する VALIS が歌手を身籠らせるという映像を認めた主人公たちは現実に歌手のもとを訪れる．すると2歳の娘がおり，救済者として存在していた．幼女は主人公の人格分裂を癒したがまもなく事故で死ぬ．再び分裂した彼の一方は救済者を探しに旅立ち，一方は彼からの通信を待ち受ける．「釈義」を織り交ぜた実験的作品．
◎『ティモシー・アーチャーの転生』（*The Transmigration of Timothy Archer*, 1982）死海にて謎の死を遂げた友人のパイク司教がモデル．分裂病の男の脳内に転生するという結末．

【名句】The Empire never ended.（*VALIS*）「〈帝国〉は終滅することがない」（ヴァリス）

（太田）

バース　ジョン
John Barth（1930 - ）　　　　　小説家

生い立ち　ポストモダニズムの代表者にしてメタフィクションの推進者．メリーランド州のチェサピーク湾岸の町ケンブリッジ（Cambridge）に生まれる．彼の小説の多くはこのタイドウォーター地方が背景になっている．作中にしばしば双子が登場するが，彼自身双子の一方であることが影を落としていると言われる．1947年，数ヶ月間ニューヨークのジュリアード音楽院（Juilliard School）で和声学とオーケストレーションを学んだ後，ボルチモアのジョンズ・ホプキンズ大学に入学，52年，クリエイティヴ・ライティングの修士号を取得．修了制作はギリシャ神話の主題を借りた現代小説「ネッソスのシャツ」(Shirt of Nessus)．53年から72年までペンシルヴェニア州立大学などで教職につき，73年から95年まで母校のジョンズ・ホプキンズで教授として大学院の創作セミナーを担当した．

実存主義からポストモダニズムへ　彼は55年，わずか3ヶ月で処女作『フローティング・オペラ』を書き上げ，6ヶ月かけて出版社の要望に沿うような形に書き換える．この年の最後の3ヶ月で『旅路の果て』を書く．バースは幾度も関連した作品を前後して書いているが，三角関係を扱ったこの二つはそのような姉妹作の最初の例である．すべては無価値という前者のニヒリズムは後者では，すべてのものは無限の可能性をはらんでいるので一つを選択することができないという理由から身体不動症（physical immobility）に陥る，といういわばサルトルの実存主義を転倒させたようなテーマに移行している．60年『酔いどれ草の仲買人』，66年『やぎ少年ジャイルズ』を出版．ともに奇想を凝らした形式により，物語性を極端まで追求した超大作．前者がメリーランド植民地の時代小説であるのに対し，後者はコンピューターが支配する現代の大学を宇宙に見立てて，そこに政治，学問，神話などあらゆる問題を放り込んで展開する，博学にして猥雑な，驚くべきマルチ小説．支柱をなすのはキリストにもオイディプス王にも見立てられる山羊少年ジャイルズの成長である．

「消尽の文学」　67年発表のこのエッセーは同じころ取り沙汰された<小説の死>という悲観論の一つと受け取られたきらいがあるが，続けざまに快心の大作を書いたあとで発表していることからも明らかなように，消尽されたのはモダニズム小説であり，古典に立ち返ることによって小説は甦るということにむしろバースは力点を置いていると考えられる．そのことを明確にするために彼は80年に「補充の文学」を発表する．いわば彼のポストモダニズム宣言ともいうべきエッセーである．『レターズ』は書簡体という18世紀の小説形式を踏まえながら巧緻を極めたメタフィクションであり，これをもってバース文学の頂点とする論者もいる．二つの連作中短編集『びっくりハウスの迷子』と『キマイラ』はともにメタフィクションによる神話の語り直しである．

◇主 要 作 品◇

● 『フローティング・オペラ』（*The Floating Opera*, 1956, 1967）→505頁．
◇ 『旅路の果て』（*The End of the Road*, 1958）＜虚無主義的喜劇＞とされる『フローティング・オペラ』に対し，こちらは＜虚無主義的悲劇＞と銘打たれている．主人公ジェイコブ・ホーナー（Jacob Horner）は前作同様の三角関係に陥っており，妊娠した友人の妻レニー（Rennie）は中絶に失敗して死亡する．
● 『酔いどれ草の仲買人』（*The Sot-Weed Factor*, 1960）→517頁．
◇ 『やぎ少年ジャイルズ』（*Giles Goat-Boy*, 1966）冷戦下の世界に見立てられた東西キャンパスに分かれた大学を山羊から人間に進化した救世主ジャイルズが救済に乗り出す．
◇ 「消尽の文学」（The Literature of Exhaustion, *Atlantic Monthly*, August, 1967）あらゆる小説が書きつくされてしまった観があるが，その打開策として古典文学を生き返らせるという方法によって豊かな可能性が生まれると示唆する．
◇ 『びっくりハウスの迷子』（*Lost in the Funhouse*, 1968）作者の自伝的な要素をもつアンブローズ（Ambrose）の成長過程を追う連作短編集であり，同時に作品ごとにさまざまな形でメタフィクションの実験を極限まで推し進める．「メネライアド」（Menelaiad）は妻ヘレンをパリスに奪われたメネラオスの物語のパロディー．
◇ 『キマイラ』（*Chimera*, 1972）前作の実験をさらに進めている．次の三つの中編小説からなる．シェヘラザードの妹が姉と同様に自らの延命のために語る「ドゥニヤーザード姫物語」（Dunyazadiad），女怪メドゥーサを殺した英雄をめぐる「ペルセウス物語」（Perseid），そして天馬ペガサスに乗って怪物キマイラを退治した英雄をめぐる「ベレロフォン物語」（Bellerophoniad）．全米図書賞を受賞．
◇ 『レターズ』（*Letters*, 1979）これまでの諸作品の人物たちを登場させた書簡体小説．
◇ 「補充の文学」（Literature of Replenishment, *Atlantic Monthly*, January, 1980）エッセー．
◇ 『サバティカル』（*Sabbatical: A Romance*, 1982）フェン（Fen）とスーザン（Susan）のターナー夫妻の物語．バースには珍しく政治が影を落としている．
◇ 『金曜日の本』（*The Friday Book*, 1984）評論集．
◇ 『タイドウォーター物語』（*Tidewater Tales*, 1987）チェサピーク湾岸に暮らすピーターとキャザリン夫妻の物語．
◇ 『船乗りサムボディ最後の船旅』（*The Last Voyage of Somebody the Sailor*, 1991）
◇ 『昔むかし』（*Once upon a Time*, 1994）小説．
◇ 『さらなる金曜日』（*Further Fridays*, 1995）評論集．
◇ 『ストーリーを続けよう』（*On with the Story*, 1996）
◇ 『カミング・スーン』（*Coming Soon!* 2001）小説．
◇ 『十夜一夜物語』（*The Book of Ten Nights and a Night*, 2004）小説．

【名句】Is there really such a person as Ambrose, or is he a figment of the author's imagination?（*Lost in the Funhouse*, title story）「アンブローズなんて人間がほんとにいるのだろうか．それとも彼は作者の想像の産物なのだろうか」（びっくりハウスの迷子）　（坂下）

モリソン　トニ
Toni Morrison（1931 - ）　　　小説家

口承の空間　　本名はクロウィ・アントニー・ウォフォード（Chloe Anthony Wofford）といい，オハイオ州ロレイン（Lorain）に4人兄弟の2番目として生まれる．造船所の溶接工などの仕事をこなす父と，大恐慌時の配給について大統領に手紙で抗議するほどの母は，子供たちに黒人であることの誇りを教えた．南部出身の祖父母や両親を通して，黒人の伝統的な口承文化——ブルースなどの音楽，幽霊話や民話などの語り，夢占い——に日ごろから親しむ．高校を優等で卒業し，1953年にはワシントンDCの黒人大学ハワード大学を卒業する．

アカデミズムと出版界　　55年にコーネル大学大学院を修了するが，大学・大学院時代を通して専攻した英文学の授業においても図書館の蔵書においても，当時アメリカ黒人作家は不可視（＝ほとんど無視された）の存在だった．数年間教鞭を執った後，68年に出版社ランダムハウスで編集者となり，黒人作家を数多く世に送り出すことに尽力する．アカデミズムや出版界における黒人の不在を痛感したことと，ジャマイカ出身の建築家との離婚後，見知らぬ土地での孤独な育児を経験したことが，彼女を創作へと向わせる契機となる．

超自然現象とモダニズム的手法　　モリソン作品の特徴として，黒人差別を取り上げつつも，それを対白人の問題として扱わず，黒人社会の内部にさまざまな差異や衝突を引き起こす前提として扱う姿勢が挙げられる．家族や黒人共同体という，時間的に厚みのある閉じた空間に問題を設定することから，現実と虚構との境を曖昧にする魔術的リアリズム，ゴシック，超自然的要素が作品世界に導入される．また単に社会的な抗議小説となることなく，人々の心理的メカニズムや記憶，無意識といった領域を解き明かす方向に物語が進むため，モリソンの小説では，視点・時間・構成などの点でモダニズム的な実験が多用されている．

家族の歴史から黒人の歴史へ　　第一作『青い眼がほしい』(1970)と『スーラ』(1973)では，オハイオ州の小さな共同体内部の家族に焦点をあてつつ，女性主人公の物語が語られる．『ブラック・ブック』(1974)の編纂に携わったのち，モリソンの関心はアメリカ黒人の集団としての記憶へと向かい，黒人民話「空飛ぶアフリカ人」をもとに『ソロモンの歌』(1977)を，黒人民話「タール人形」をもとに『タール・ベイビー』(1981)を創作する．『ソロモンの歌』はベストセラーとなり，これにより作家としての地位を確立する．さらに黒人の視点からのアメリカ史の書き直しという方向に進み，『ビラヴド』(1987)で奴隷制時代を，『ジャズ』(1992)でジャズ・エイジを，『パラダイス』(1998)で公民権運動の時代を中心に扱い，愛をめぐる小説三部作を執筆した．ベストセラーとなった『ビラヴド』はピューリッツァー賞を受賞し，また93年にはアメリカの黒人作家として初のノーベル文学賞を受賞した．2003年には小説『ラヴ』を発表し，大学で文学や創作の教鞭を執りつつ，執筆を続けている．

◇　主　要　作　品　◇

◆『青い眼がほしい』（*The Bluest Eye*, 1970）→541頁．
◆『スーラ』（*Sula*, 1973）→546頁．
◇『ブラック・ブック』（*The Black Book*, 1974）無名のアメリカ黒人の歴史を構築すべく，新聞の切り抜きや広告ちらしや写真などを収録した，生活に密着したスクラップ・ブック形式の記録．ランダムハウスの編集者として企画に携わる．
◆『ソロモンの歌』（*Song of Solomon*, 1977）→550頁．
◇『タール・ベイビー』（*Tar Baby*, 1981）カリブ海の小島の白人屋敷を舞台に，フロリダ州の農村の出身である放浪者サン（Son）と，パリやニューヨークなどの大都会でモデルとして活躍するジェイディーン（Jadine）の恋愛を通して，現代のアメリカ黒人のアイデンティティのあり方を描く長編小説．
◆『ビラヴド』（*Beloved*, 1987）→569頁．
◇『ジャズ』（*Jazz*, 1992）1920年代のハーレムを舞台に，愛人だった18歳のドーカス（Dorcas）を50代のジョー（Joe）が嫉妬から殺し，ジョーの妻ヴァイオレット（Violet）がその死体を傷つける．この三角関係がそれぞれの過去の家族関係のひずみから生じている様子，またこの三角関係が当事者および周囲に及ぼす変化を描く長編小説．
◇『白さと想像力』（*Playing in the Darkness*, 1992）文学批評．アメリカ文学の傑作とみなされてきた白人作家による作品中の白人像が，実は黒人の存在を意識するからこそ，逆に白さを強調するかたちで形成されてきたことを，作品分析を通して指摘する．
◇『正義を人種化すること，権力をジェンダー化すること』（*Race-ing Justice, En-gendering Power*, 1992）最高裁判事候補クラレンス・トマス（Clarence Thomas）によるセクシャル・ハラスメント事件を取り上げた論文集．序文と編集に携わる．
◇『ノーベル文学賞受賞記念講演』（*The Nobel Lecture in Literature*, 1994）ノーベル賞受賞時のスピーチを収録．
◇『踊る心』（*The Dancing Mind*, 1996）全米図書基金賞受賞時のスピーチを収録．
◇『国民性の創生』（*Birth of a Nation'hood*, 1997）共同編集者として携わり，序文を執筆．O・J・シンプソン事件に関する論文集．
◇『パラダイス』（*Paradise*, 1998）宗教的な愛を主題とする．オクラホマ州の，かつて修道院だった屋敷に住む5人の女性が，町から悪を追放しようとする9人の男性により虐殺される．1976年のこの事件の動機に迫るべく，女性たちの過去と，黒人だけの町という夢を掲げて建設されたこの町の歴史が語られる．『ビラヴド』『ジャズ』に続く三部作の最終作をなす．
◇『子どもたちに自由を！』（*The Big Box*, 1999）息子との共著による，子供向けの絵本．
◇『ラヴ』（*Love*, 2003）長編小説．東海岸にある黒人のためのリゾートホテルの経営者だった，今は亡きコージー（Cosey）の過去が，後に残された妻や孫娘や使用人たちの会話や回想を通して明らかになり，その過程で人物同士の関係も変化していく．

（利根川）

アップダイク　ジョン
John Updike（1932 - ）　　　　　　　　　　**小説家**

ペンシルヴェ　ペンシルヴェニア州シリントン（Shillington）の生
ニアに始まる　まれ．幼少期を過ごしたこの小さな町そして風光明
媚な近隣の中都市レディング（Reading）は多くの作品の背景にな
っているのできわめて重要である．彼は自伝的小説『ケンタウロス』
（1963, 全米図書賞）に描かれたような無類に善良な高校教師の父
と繊細な母の作ってくれた理想的な環境で早くから文学と絵画の天分に目覚めた．1954年，
ハーヴァード大学英文科を首席で卒業後，結婚したての妻メアリー（Mary, 旧姓ペニントン
Pennington）を伴ってロード奨学金で1年間オクスフォードのラスキン美術学校に留学，
帰国後2年間ニューヨークに住み，文芸週刊誌『ニューヨーカー』のスタッフライターとな
り，のちに『一人称単数』（1965）に収められる軽妙洒脱なエッセーや博学な書評を発表し
た．大都会の喧噪がわずらわしくなった彼らは58年マサチューセッツ州イプスウィッチ
（Ipswich）に転居し，作家生活に入る．長編第1作『プアハウス・フェア』（1959）は養老
院を背景にした一種の近未来アンティユートピア小説．『走れウサギ』（1960）は『帰ってき
たウサギ』（1971），『金持ちになったウサギ』（1981, ピューリツァー賞），『さようならウサ
ギ』（1990, 再度ピューリツァー賞）と10年刻みで書き継がれることになるウサギ四部作の
第1作で，豊かな社会の片隅に生きる平凡な，しかし感性豊かな男の彷徨が故郷の街を背景
にして展開される．だが同時にペンシルヴェニアものには，性の誘惑にのめりこんでゆくア
ンティヒーロー，ウサギとは対照的な，『ケンタウロス』や短編集『鳩の羽根』のような清
冽な精神性の世界もあることは強調しておかなければならない．

サバービ　68年刊の，ボストンのベッドタウンの郊外(サバービア)生活を描いたベストセラー小説『カッ
アの文学　プルズ』によってエロスの探求者という彼の作風は決まってしまった観がある．
『結婚しよう』（1976）はその姉妹編ともいうべきもので，ルージュモン流の恋愛論を踏まえ
たロマンス．77年，メアリーと離婚し，マーサ・ラグルズ・バーンハード（Martha
Ruggles Bernhard）と結婚，マサチューセッツ州ジョージタウン（Georgetown）に転居，
82年には同じ州のビヴァリー・ファーム（Beverly Farm）の広壮な邸宅に移り住む．以後，
筆力はますます旺盛になる．アフリカ講演旅行から想を得た，悩めるアフリカの独裁者の物
語『クーデタ』，メタフィクションの手法による迷える聖職者の物語『日曜日だけの一ヶ月』，
そしてそれに続く『ロジャーの話』と『S』はホーソーンの『緋文字』のパロディーで三部
作をなす．ほかにオカルティズムを実験した『イーストウィックの魔女たち』，リオの白人
娘と黒人青年の恋愛を魔術的リアリズムを加味して描いた『ブラジル』などがある．多彩な
作品を貫いて変わらないのは繊細華麗な文体と細部に対する観察力・描写力である．

【名句】Details are the giant's fingers.（Fanning Island）「細部は巨人の指だ」（ファニング島）

◇主 要 作 品◇

- 『同じひとつのドア』（*The Same Door*, 1959）短編集→515頁．
- 『プアハウス・フェア』（*The Poorhouse Fair*, 1959）近未来の養老院の物語．
- 『走れウサギ』（*Rabbit, Run,* 1960）→521頁．
- 『鳩の羽根』（*Pigeon Feathers and Other Stories,* 1962）→515頁．
- 『ケンタウロス』（*The Centaur,* 1963）田舎町の平凡な高校教師の生活をギリシャ神話の半人半馬の賢者ケイロンの像に託して描いた自伝的作品．
- 『農場』（*Of the Farm,* 1965）都会に生活する息子が妻を連れて帰省し，母と対面する．
- 『一人称単数』（*Assorted Prose,* 1965）エッセー集．自伝「ハナミズキ」（Dogwood Tree: A Boyhood），「続・愛について」（More Love in the Western World）を含む．
- 『ミュージック・スクール』（*The Music School,* 1966）→515頁．
- 『カップルズ』（*Couples,* 1968）当時の話題作で，『タイム』誌が特集を組んだ．
- 『ベック』（*Bech; A Book,* 1970）60年代のユダヤ系作家の隆盛にあやかったパロディー．
- 『帰ってきたウサギ』（*Rabbit Redux,* 1971）ウサギ連作第二作→543頁．
- 『美術館と女たち』（*Museums and Women,* 1972）短編集．
- 『日曜日だけの一ヶ月』（*A Month of Sundays,* 1975）．「緋文字三部作」と呼ばれる連作パロディーの1作目．不倫を犯す牧師マーシュフィールド（Marshfield）の話．
- 『拾遺集』（*Picked-up Pieces,* 1975）第2エッセー集．
- 『結婚しよう』（*Marry Me,* 1976）愛と結婚との両立不能性を主題とする「ロマンス」．
- 『クーデタ』（*The Coup,* 1978）アフリカの架空の国の独裁者の物語．
- 『金持ちになったウサギ』（*Rabbit Is Rich,* 1981）ウサギ連作第三作→543頁．
- 『沿岸航海』（*Hugging the Shore,* 1983）第3エッセー集．
- 『イーストウィックの魔女たち』（*The Witches of Eastwick,* 1984）新趣向の恋愛小説．
- 『ロジャーの話』（*Roger's Version,* 1986）「緋文字三部作」の二作目．妻に浮気される夫ロジャー・ランバート（Roger Lambert）の話．
- 『S』（*S,* 1988）「緋文字三部作」の三作目．人妻エスター（Esther）が偽インド人グルのカルト宗教にはまる．
- 『さようならウサギ』（*Rabbit at Rest,* 1990）ウサギ連作第四作→543頁．
- 『半端仕事』（*Odd Jobs,* 1991）第4エッセー集．
- 『ブラジル』（*Brazil,* 1994）トリスタンとイズーの神話を現代のブラジルに甦らせる．物語のなかばで黒人のヒーローが白人に，白人のヒロインが黒人に変身する．
- 『百合の美しさ』（*In the Beauty of Lilies,* 1996）牧師の一家の4代にわたる没落の過程．
- 『世界の終末』（*Toward the End of the World,* 1997）近未来の末世的状況を描く．
- 『内容本意』（*More Matter,* 1999）第5エッセー集．
- 『ガートルードとクローディアス』（*Gertrude and Claudius,* 2000）小説．シェイクスピアの『ハムレット』の前半（prequel）を独自の観点から描く．
- 『わたしの顔を尋ね求めよ』（*Seek My Face,* 2002）女流画家の物語．　　　　　　（寺門）

ロス　フィリップ
Philip Roth（1933 - ）　　　　　　　　　　**小説家**

生い立ち　ニュージャージー州ニューアーク近郊の中流ユダヤ系居住区ウィークウェイク（Weequahic）に生まれる．ロスは作品の中でしばしばこの故郷に戻ってくる．両親ともユダヤ系市民であった．ラトガーズ（Rutgers）大学のニューアーク校に1年間通った後，1951年ペンシルヴェニア州ルイスバーグ（Lewisburg）にあるバックネル（Bucknell）大学に転校，54年第二位優等で卒業．55年シカゴ大学英文科で修士号取得．軍隊に入るが背中の怪我のため除隊．59年マーガレット・マーティンソン・ウィリアムズ（Margaret Martinson Williams）と結婚．性格の合わないこの不幸な結婚は後の作品に影を落とすことになる．

幸運なデビュー　この年『さようなら，コロンバス』を出版，大変好評で，翌60年に最も権威のある全米図書賞を受賞し，アイオワ大学創作コースの教授陣に招かれる．62年『自由を求めて』を出版，プリンストン大学のライター・イン・レジデンスとなる．この年，別居状態にあった妻マーガレットと正式に離婚する（彼女は6年後自動車事故で死亡）．65年ペンシルヴェニア大学に転勤．5年ぶりの長編『ルーシーの哀しみ』（1967）では自然主義的な作風をみせるが，『ポートノイの不満』（1969）では生涯にわたって続くテーマと取り組んでいる．その意味でこれを彼の代表作とする評者も多い．精神分析医スピルヴォーゲル（Dr. Spielvogel）への告白という形式をとっており，当然ながら露悪的な内容になっている．主人公アレックス・ポートノイ（Alex Portnoy）はユダヤ的な過保護の母親の愛情を逃れてシクサ（shiksa 異教徒の女性）たちの愛情を求めるが，悦楽と引き換えに罪悪感に苦しめられる．イスラエルに赴き，先祖の土地に育った健康な果実のようなユダヤ娘，ナオミ（Naomi）に出会い，必死にしがみつこうとするが，拒絶される．ディアスポラ（離散の地）にあっても民族の故郷にあっても疎外感を克服しえぬユダヤの悲哀．性とユダヤとアイロニー，ロスの小説はこの三者をめぐって展開すると言っても過言ではない．アレックスはいわばケペシュ教授やターノポルといった蕩児＝学者（rake-scholar）の原型である．

有名作家の悲喜劇　この作品は作者本人に対する関心を呼び起こし，彼は全米的な有名人になったことと引き換えに「メディアによる神話作り」の被害をもろにかぶることになり，ニューヨークに留まることが難しく，サラトガスプリングズのライターズ・コロニーに緊急避難したという．事実と虚構の間を往復するのが彼の作風であるが，生活面でも地道な教師と虚像としての有名人の役割を使い分け，休暇中はロンドンの2つの住居の間，「書かれた世界」と「書かれない世界」の間を往復していたという．この有名作家の悲喜劇的現実を描いたのが『縛られたザッカーマン』である．この四部作で語り手＝主人公を演じたザッカーマンは以後もいくつかの作品で脇役の語り手として登場することになる．

◇主　要　作　品◇

- ◆『さようなら，コロンバス』(*Goodbye, Columbus* 1959) →516頁.
- ◻︎『自由を求めて』(*Letting Go*, 1962) 小説．学園もの．
- ◻︎『ルーシーの哀しみ』(*When She Was Good*, 1967) あまりに善良ゆえに破滅する女性．
- ◻︎『ポートノイの不満』(*Portnoy's Complaint*, 1969) 小説．
- ◻︎『われらのギャング』(*Our Gang*, 1971) ニクソン大統領を風刺した小説．
- ◻︎『乳房』(*The Breast*, 1972) カフカの「変身」のパロディーで，巨大な乳房に変身してしまう男の物語．デイヴィッド・ケペシュ (David Kepesh) ものの第1作．
- ◻︎『素晴らしいアメリカ野球』(*The Great American Novel*, 1973) 同時代アメリカを野球に見立てて風刺する．
- ◻︎『男としてのわが生涯』(*My Life as a Man*, 1974) 作者自身を思わせる作家ターノポルの不幸な結婚生活を描く．
- ◻︎『自他を読む』(*Reading Myself and Others*, 1975) エッセー集．
- ◻︎『欲望学教授』(*The Professor of Desire*, 1977) ケペシュ教授の性的遍歴．
- ◆『ゴースト・ライター』(*The Ghost Writer*, 1979) ザッカーマン四部作第一巻→565頁.
- ◆『解き放たれたザッカーマン』(*Zuckerman Unbound*, 1981) 第二巻→565頁.
- ◆『解剖学講義』(*The Anatomy Lesson*, 1981) 第三巻→565頁.
- ◆『エピローグ─プラハの狂宴』(*Epilogue: The Praque Orgy*, 1985) 第四巻→565頁
- ◆『縛られたザッカーマン』(*Zuckerman Bound*, 1985) 一巻本四部作→565頁
- ◻︎『背信の日々』(*The Counterlife*, 1987) 可能態としての人生を想像してみる実験．
- ◻︎『事実─ある小説家の自伝』(*The Facts: A Novelist's Autobiography*, 1988)
- ◻︎『いつわり』(*Deception*, 1990) 不倫の男女が交合の前と後に交わす会話からなる．
- ◻︎『父の遺産』(*Patrimony: A True Story*, 1991) 86歳で病死したロスの父の回想．
- ◻︎『シャイロック作戦』(*Operation Shylock: A Confession*, 1993) エルサレムでユダヤ人とは何かを考える小説．
- ◻︎『サバトの劇場』(*Sabbath's Theater*, 1995) 良識に挑戦する引退した人形師の物語．
- ◻︎『アメリカン・パストラル』(*American Pastoral*, 1997) ザッカーマンが聞き手＝語り手として登場する第1作．娘がテロリストになってしまった模範的市民の絶望．
- ◻︎『私は共産主義者と結婚した』(*I Married a Communist*, 1998) (ザッカーマンを語り手とする) 第2作．妻が夫を密告する．マッカーシー時代の悪夢．
- ◻︎『ヒューマン・ステイン』(*The Human Stain*, 2000) (ザッカーマンを語り手とする) 第3作．主人公は些細な言葉が黒人に対する差別発言と誤認されて大学の職を追われる．実は彼自身，肌の色が薄いのでユダヤ人として生きている黒人だった．映画『白いカラス』の原作．
- ◻︎『ダイング・アニマル』(*The Dying Animal*, 2001) ケペシュの枯れ切れない老境．
- ◻︎『アメリカへの陰謀』(*The Plot Against America*, 2004) 親ナチスのチャールズ・リンドバーグが1940年の大統領選で当選したとすればアメリカはどうなったか，を描いた物語．
- ◻︎『エヴリマン』(*Everyman*, 2007) 小説．死の床での悔恨．

(寺門)

デリーロ　ドン
Don DeLillo（1936 - ）　　　　　　　　小説家

生い立ち　ニューヨーク市ブロンクス生まれ．フォーダム大学卒業後広告代理店に勤め，1971年『アメリカーナ』でデビュー．翌72年には第2作『エンド・ゾーン』，73年には『グレート・ジョーンズ・ストリート』を立て続けに発表し，その後も『プレイヤーズ』（1976），『ランニング・ドッグ』（1978）とキャリアを重ねていった．82年発表の『ザ・ネイムズ』ではリアリズム志向を強め，これが初期作品群から次のレベルに至るひとつの転換点となった．84年『ホワイト・ノイズ』で全米図書賞を受賞すると一気にブレイク．88年，JFK暗殺を題材にした『リブラ』がベストセラーになり，『マオⅡ』（1991）は翌年のペン／フォークナー賞を受賞．そして97年，これまでのキャリアを包括する大作『アンダーワールド』を発表し全米図書賞候補となった．2001年には中編『ボディー・アーティスト』，03年に『コズモポリス』を発表している．

デリーロと ピンチョン　同世代で同時期にデビューし，同じ方向性のテーマでアメリカのポストモダニズム文学をリードしてきた二人．ピンチョンが一切の経歴を公開せず，寡作ながらも超重量級のヴォリュームと難解さで派手な注目を集める一方，デリーロは長く評価されなかった．しかし，神話や歴史性との線形的繋がりで現代を冗長に描くピンチョンは作品の質にムラがあるのに対し，歴史から切り離された現代を，非線形的カオスとして鋭く描く巧みさのあるデリーロはコンスタントに一定水準の作品を発表してきたといえる．『アンダーワールド』で代表的超大作の欠如という死角も克服．ピンチョンを超える20世紀ポストモダン文学の金字塔を打ち建てた．今日ではアメリカで最も重要な作家とされ，2002年にはノーベル文学賞候補となった．

科学的精密さと 文学的抽象性　デリーロは一貫してアメリカ社会やアメリカ人の識閾下を形成するサブカルチャー（ロック，映画，テレビ，インターネット，テクノロジー），或は健康主義，テロリズム，犯罪や暴力に対する強迫観念，そして個人，政治，商業など様々なレベルでの陰謀をテーマに不条理世界のパラノイアを描き続けてきた．簡潔にして緻密に構成された端正な科学論文のような文体には，硬質な理系用語がよく馴染む．それでいて，作品に奥ゆきや奥深さといった豊潤さを与えるあいまいで多義的な抽象性を醸し出しているのは，デリーロが純粋に言語の力によって，世界を構築しようとする正統な文学性と本格派の実力をもっているからである．

【名句】Everything is connected in the end.（*Underworld*, Epilogue, Keystroke2）「結局のところすべては繋がっているのだ」（アンダーワールド）

◇主要作品◇

◎『アメリカーナ』（*Americana*, 1971）テレビ局の重役が会社を辞め，砂漠を放浪して自分が主役のホームムービーを作る物語．

◎『エンド・ゾーン』（*End Zone*, 1972）大学フットボール選手が，大学生活への落胆と，核戦争へのパラノイアを膨らませてゆき，精神を崩壊させるまでが描かれる．躁気味の主人公とは対照的に，全体のトーンは軽妙洒脱．反動的躁病を巧妙に暗示している．

◎『グレート・ジョーンズ・ストリート』（*Great Jones Street*, 1973）一人のロックスターの栄光と没落を通じて，麻薬取引と政治的弾圧が描かれるロック小説．今読むとロック関連の描写はかなり古くさい．

◎『ラトナーの星』（*Ratner's Star*, 1976）数学の天才を主人公に，変わり種のパズルのようなSFと高等数学の交ざった難解な百科全書的小説．

◎『プレイヤーズ』（*Players*, 1977）理想的＝退屈な日常を送る男女が，暗殺，テロリズムに巻き込まれてゆく．資本主義の最も恥知らずな姿としてのニューヨーク証券取引所が生々しく描かれる．

◎『ランニング・ドッグ』（*Running Dog*, 1978）ヒットラーが隠れていた壕で行なわれていたナチスの乱交パーティらしきホームムービーをめぐる暴力的な物語．

◎『ザ・ネイムズ』（*The Names*, 1982）ギリシャを舞台に，テロリストの脅威とアルファベットをネタにしたカルト殺人が薄暗いトーンで描かれる．

◆『ホワイト・ノイズ』（*White Noise*, 1984）→562頁．

◎『白い部屋』（*The Day Room*, 1987）戯曲．

◎『リブラ　時の秤』（*Libra*, 1988）リー・ハーヴィ・オズワルドの生涯を内面と人間性の側面から詳細に描写しつつ，政府以上に肥大化したマスメディアとアメリカ神話の関係を描き，ベストセラーとなる．ケネディ暗殺を撮影したフィルムを文章で再現し，暗殺の瞬間を生々しく描く．

◎『マオⅡ』（*Mao Ⅱ*, 1991）テロリズムに傾倒する隠遁作家が，やがて現代においてテロリズム以上に強力な影響力をもつのは，メディアに流された表象であると考えるようになるポスト文学時代の風刺小説．

◆『アンダーワールド』（*Underworld*, 1997）→581頁．

◎『ボディー・アーティスト』（*The Body Artist*, 2001）重厚長大な『アンダーワールド』から一変して，わずか124頁の中編．言語の力を信じて追求するデリーロが，外界描写ではなく，主人公の内面から語られる言語によって世界を構築し，人間の感情や感覚を超高密度に文章化した．人間が言語を発するのか，はたまた時間の経過とともに語られた言語そのものが人間なのか．純粋な文学＝言葉の芸術として，この作品を最高傑作に推す声もある．

◎『コズモポリス』（*Cosmopolis*, 2003）『ホワイト・ノイズ』のアップトゥデート版のような作品．最新のテクノロジーに囲まれた若き相場アナリストの極端なテクノロジー志向と，その対極の肉体性への欲求が描かれる．しかし凄みはやはり『ホワイト・ノイズ』の方が上．（齋藤）

ピンチョン　トマス
Thomas Pynchon（1937 - ）　　　小説家

生い立ち　ニューヨーク州ロングアイランドに生まれる．1953年，オイスター・ベイ高校を飛び級により16歳で卒業する．奨学金をもらってコーネル大学に入学し工学物理を専攻するが，2年生で学業を中断し海軍に入隊．57年，コーネル大学に復学し文芸学部に転部する（1年生の時に転部したという説もある）と，学生文芸誌『コーネル・ライター』（*The Cornell Writer*）の編集に加わり，その雑誌に初の短編小説「少量の雨」を発表する．この頃「エントロピー」を含む短編小説を次々に書き上げる．59年に大学を卒業すると，グレニッチ・ヴィレッジで初の長編小説『V.』の執筆を開始．60年から62年にかけてシアトルのボーイング社でエンジニアリングの助手として勤務しながら『V.』の執筆を続ける．63年に『V.』を発表すると，ピンチョンは公の場から完全に姿を消してしまう．極端な秘密主義に徹しているため，公表されている写真は僅かで，その私生活の多くは謎に包まれている．

SF的隠喩　西欧世界の衰亡を俯瞰する大作『V.』によって高い評価を得たピンチョンは，66年，陰のアメリカ社会の発見を描く『競売ナンバー49の叫び』を発表．両作品において，科学的概念や先端テクノロジーが現代人の置かれた複雑な状況を表現する格好の隠喩を提供している．無秩序の度合いを示す物理学上の概念エントロピーは，黙示録的終末ばかりか，ゴミのように社会の周縁に見捨てられた人々を象徴する隠喩でもあり，さらに熱力学と情報理論を結びつけ，コミュニケーションの問題へと発展する．また，人間と物質・機械の合体は非人間化の過程を，確率という世界律の支配は神の法の無力さを，コンピューター的デジタル思考は中間の可能性が排除される現状を表象している．

大きな物語　73年に百科全書的とも称され，巨大テクノロジーの出現により構造的に変貌してしまった世界を写し取る大作『重力の虹』を発表する．ピンチョンは科学，文化，歴史等の広範な分野に言及し，様々なテクストからの引用を織り込み，幾多の断片的な逸話を組み込むことによって，多種多様な語りで構成される壮大なテクストの迷宮を紡ぎ上げ，そこにポストモダン時代の錯綜した世界像を再構築する．

アメリカを探して　『重力の虹』以降，ピンチョンはアメリカ探しに着手する．90年に発表した『ヴァインランド』では，60年代の理想と挫折，「ファシスト」化するアメリカを描くことによって，理想のアメリカとは何かを探求している．最新作『メイソン＆ディクソン線』（1997）ではアメリカの歴史を独立以前に遡り，アメリカ建国の意義を問い直す．

高い評価　その博識を駆使し，巨視的・多元的な小説世界を創造するピンチョンは，メルヴィル，フォークナーと並び，アメリカ文学史上最大の作家と目され，世界中の作家たちに絶大な影響を及ぼしている．

◇主要作品◇

◯「少量の雨」(The Small Rain, 1959) T・S・エリオットの『荒地』のような心象風景をヘミングウエイ的な簡潔な文体で描き，生の中に潜む死というテーマを扱う作品．

◯「殺すも生かすもウィーンでは」(Mortality and Mercy in Vienna, 1959) 堕落した現代文明を象徴する大都市で，殺戮の狂気と救済の可能性を描く．シェイクスピア，T・S・エリオット，コンラッドの作品に対する言及があり，様々なテクストをつなぎ合わせ，それを作品のプロットの底流に据えるピンチョンらしい手法が早くも現われている．

◯「低地」(Low-lands, 1960) 妻に家を追い出された男が，現代の「荒地」である巨大なゴミ捨て場の底でジプシーの少女に出合い，少女の中に癒しを見出すシュールレアリズム的な作品．ゴミやガラクタ，社会の落伍者達，人種差別，地下世界，陰謀等，後のピンチョンの作品で発展していく多くの要素が見られる．

◆「エントロピー」(Entropy, 1960) →520頁．

◯「秘密裡に」(Under the Rose, 1961) 後に『V.』の第3章に書き直されるこの作品で，ピンチョンは歴史を再構成することにより虚構世界を創造する才能を開花させている．

◆『V.』(V., 1963) →528頁．

◯「秘密のインテグレーション」(The Secret Integration, 1964) 人種差別の犠牲者との出会いと，偽善的な大人達への反発によって，白人の少年達が「秘密の人種差別撤廃」を企てるのだが，結局は大人達の価値観を受け入れ，イノセンスを失っていく姿を描く．

◆『競売ナンバー49の叫び』(The Crying of Lot 49, 1966) →537頁．

◆『重力の虹』(Gravity's Rainbow, 1973) →544頁．

◯『スロー・ラーナー』(Slow Learner, 1984)「少量の雨」「低地」「エントロピー」「秘密裡に」「秘密のインテグレーション」を収録する短編集．序文の中でピンチョンは，自伝的事実に触れながら，自らの作品についてかなり手厳しい感想を述べている．

◆『ヴァインランド』(Vineland, 1990) →573頁．

◯『メイソン&ディクソン線』(Mason & Dixon, 1997) メリーランド州とペンシルヴェニア州の境界線であるメイソン・ディクソン線を確定したチャールズ・メイソン（Charles Mason）とジェレマイア・ディクソン（Jeremiah Dixon）という実在の人物の測量の旅を中心に，史実と虚構を織り交ぜて建国以前のアメリカの姿を描く．奴隷州と自由州を分かつメイソン・ディクソン線の確定が，後に南北戦争という国家の分断に寄与したように，ピンチョンは差異の確立のために線引きしようとする行為に疑問の目を向ける．線引きとは，人間が原始の大地に人工的な境界線を押しつけることであり，結局は西欧文明が自然から多様な神聖を剥ぎ取り，自然を征服する行為に他ならない．ピンチョンらしいユーモアも健在で，話をする犬，コンパス代わりの電気ウナギ，世界一大きなチーズ，恋する機械仕掛けのアヒル等，魅力的な逸話に溢れている．

◯『その日まで，又は逆光線』(Against the Day, 2006) ピンチョンの最も長大な小説．

【名句】[A]re we still integrated?（The Secret Integration）「俺達それでも人種差別撤廃やってることになるのかな」（秘密のインテグレーション） (岩崎)

アーヴィング ジョン
John Irving (1942 -)　　　　　　　　小説家

生い立ち　ニューハンプシャー州エクセター (Exeter) で生まれる．アーヴィングが生まれる前に両親が離婚．難読症ではあったが本好きの少年で，その障害が逆にアーヴィングの文章に対する鋭敏な感覚を養うことになる．養父が歴史の教師を務める名門校フィリップス・エクセター・アカデミーに入学すると，早くも短編小説を書き始める．またレスリング選手として活躍．レスリングから才能より修練という教訓を学び，それがその後のアーヴィングの作家活動の支えとなる．1962年，ニューハンプシャー大学に入学後，奨学金を得てウィーン大学に留学し，その間にヨーロッパを放浪する．大学在学中に結婚し長男を儲ける．65年，大学を卒業後，アイオワ大学のライターズ・ワークショップ（創作教室）に学ぶ．カート・ヴォネガットに師事し，多大な影響を受けながら，ウィーン留学中の経験を基に『熊を放つ』を書き上げ，67年に修士号を取得する．

初期作品群　26歳の時，『熊を放つ』を出版するが，批評家の評価の割には売れなかった．大学で創作の授業を受け持つかたわら，『ウォーターメソッドマン』，夫婦交換を通して性の行き過ぎを風刺した『158ポンドの結婚』(The 158-Pound Marriage, 1974) を発表．これらの作品を通して，悲劇的状況をコミカルに描くことにより読者の共感を掴むという，アーヴィング独自の作風の基礎を築く．

19世紀的作風と今日的テーマ　78年，『ガープの世界』を発表すると世界中で大ベストセラーになり，幅広い読者の支持を得て作家としての地位を確立する．その後も『ホテル・ニューハンプシャー』『サイダーハウス・ルール』『オウェンのために祈りを』と，立て続けにベストセラー小説を世に送り出す．これらの作品は，卓越したプロット展開の面白さと，登場人物の成長と変化を中心にその半生あるいは一生を描いているという点で，ディケンズの作品を彷彿させる19世紀的な小説である．しかし，古典的小説の枠組みを越え，男女間の対立，強姦，堕胎，ヴェトナム戦争等の深刻な社会問題を作中に取り込むことにより，現代人の置かれた状況を巧みに描き出している．

新しい試み　90年以降になると，主要な舞台をこれまでのアメリカ東部やウイーンからインドに移した『サーカスの息子』，初めて女性を主人公にした『未亡人の一年』，ライオンに食いちぎられた手の移植手術を契機に，人間として成長する女たらしのテレビ・レポーターを描いた『第四の手』(The Fourth Hand, 2001) を刊行する．99年には映画版『サイダーハウス・ルール』の脚本を手掛け，アカデミー賞脚色賞を受賞し，さらに多くの支持を集めている．

◇主要作品◇

◨『熊を放つ』（*Setting Free the Bears*, 1968）1967年，ウイーンの大学生グラフ（Graff）とジギー（Siggy）は700CCのオートバイで目的のない旅に出るが，途中でジギーは事故死してしまう．残されたグラフは，動物園にいる動物達を檻から解き放つというジギーの夢を実現する．ジギーが残したノートの中には，第2次世界大戦前後，巨大な力に翻弄された両親の物語が挿入されており，檻から動物達を解放する行為と，歴史という過去の呪縛から自己を解放する行為が重なり合っていく．自由を求め彷徨う若者達の姿を描く，アーヴィング初の長編小説．

◨『ウォーターメソッドマン』（*The Water-Method Man*, 1972）ペニスの痛みの治療として，セックスの前後に大量の水を摂る「水療法」を医者に勧められた大学院生の主人公が，駄目男から脱却し新しい自己を求めていく姿を，現在と過去を交錯させながら滑稽に描いた作品．

◧『ガープの世界』（*The World According to Garp*, 1978）→551頁．

◨『ホテル・ニューハンプシャー』（*The Hotel New Hampshire*, 1981）時代，場所の異なる3つのホテル・ニューハンプシャーの設立を通して，個性豊かなベリー（Berry）一家の子供達が父親を中心に幾多の苦難を乗り越え，幸福な結末に至る姿をコミカルに描く．数々の暴力的な出来事が起こるが，特に強姦の問題に焦点が当てられている．

◧『サイダーハウス・ルール』（*The Cider House Rules*, 1985）→564頁．

◨『オウェンのために祈りを』（*A Prayer for Owen Meany*, 1989）自らが神の遣いだと信じ「奇跡」を成し遂げるオウェン・ミーニーの物語．予言の才能を持つオウェンは，身長も声も子供のまま成人する．自らの命と引き換えにヴェトナム難民の子供達を救う時，オウェンは背後にある神の意図を知ることになる．オウェンは本当に「奇跡」を成就したのであろうか．ヴェトナム戦争を背景に，オウェンの短い生涯を通して真の信仰とは何かを問いかける．『ガープの世界』と並んで評価の高い作品．

◨『サーカスの息子』（*A Son of the Circus*, 1994）ボンベイで生まれ，カナダに移住した医者ダルワラ（Daruwalla）は，小人症の原因遺伝子を突き止めようとする一方で，インドで人気のあるミステリー映画の脚本を書いている．そんなダルワラはインドを訪問中，現実の殺人事件に巻き込まれる．インドを舞台に錯綜した状況をミステリー調に描いた野心作．

◨『未亡人の一年』（*A Widow for One Year*, 1998）ルース・コール（Ruth Cole）の母は事故で失ったふたりの息子の思い出を大切にするあまりルースを拒絶する．4歳のルースはそんな母と使用人の浮気現場を目撃してしまう．やがて小説家として成功するが，母の愛情を知らないルースは，男との愛情関係を築くことが出来ない．母娘の和解，本当の恋人との巡り合いをコミカルに描くラブ・ストーリー．

【名句】As Lily knew, everything is a fairy tale.（*The Hotel New Hampshire*）「リリーが知っていたように，すべてはお伽話なのだ」（ホテル・ニューハンプシャー）

（岩崎）

オースター　ポール
Paul Auster（1947 - ）　　小説家　詩人　映画監督

生い立ち　ニュージャージー州ニューアーク生まれ．ユダヤ系アメリカ人3世として生まれる．12, 3歳の頃から作家を志す．1965年コロンビア大学入学．パリへ映画留学するが頓挫．68年コロンビア大学に復学．69年大学卒業後，奨学金を得て修士課程に進み1年で英文学・比較文学修士号を取得．当時から詩集の出版や翻訳を手懸ける．その後タンカー乗務員となり半年の航海生活の後再びパリに渡る．3年間の放浪生活を送りながら詩や小説を書く．75年に生活費が尽き，しぶしぶ帰国．出版社でアルバイトをしながらフランス詩の翻訳や評論を精力的にこなすが，小説を書く余裕はなかった．このころの貧乏暮らしは自伝 Hand to Mouth（1997）に綴られている．

念願の小説界へ　79年に父の遺産を相続し，小説に専念．同年父の記憶を綴った半自伝的小説『孤独の発明』を出版．2年後に『シティ・オブ・グラス』（City of Glass）が完成するが，出版迄に17の出版社から断られ，85年ロサンゼルスの小さな出版社から出版される．その後『幽霊たち』（Ghosts），『鍵のかかった部屋』（The Locked Room）と合わせた『ニューヨーク三部作』（1987）で有名になる．88年フランス象徴主義に強く影響を受けた難解な詩集『消失』（Disappearances）を出版．91年には，エッセーやインタヴューを載せた『空腹の技法』（The Art of Hunger）を発表．

多様性と多彩性　探偵小説風の『シティ・オブ・グラス』はエドガー賞や米国推理作家協会賞の候補になるという珍事も．『最後の物たちの国で』ではディストピアSF，『ムーン・パレス』では19世紀的教養小説，『ミスター・ヴァーティゴ』ではロード・ノヴェル，と多様なジャンル性を見せる．93年にはフランスで『リヴァイアサン』がメディチ賞外国文学部門を受賞．芸術勲章も贈られる．本国アメリカよりも，日本やフランスでの人気が高い．95年にはウェイン・ワン監督の映画『スモーク』（Smoke）の脚本を担当．続編『ブルー・イン・ザ・フェイス』（Blue in the Face）では連名で監督に名をつらね，『ルル・オン・ザ・ブリッジ』（Lulu on the Bridge, 1998）ではオリジナル脚本を執筆し，自ら監督もこなした．97年にはカンヌ映画祭の審査員にも選ばれる．

新世代作家の第一人者　都会的で洗練された文章は，透明感・浮遊感に満ちた不思議な空気を醸し，現実と虚構の境界がぼやけた決定不可能性に満ちた作品世界を描きだす．アイデンティティ，孤独，記憶，偶然，死，不条理といったテーマに加え，90年代に入り政治的・社会的問題を独自の寓意性で包み込んだ新感覚のリアリズムを確立している．86年からプリンストン大学で創作科を担当．現在2番目の妻で，作家のシリ・ハストヴェットと，二人の間にできた娘，前妻との間の息子とともにブルックリンに暮らす．

◇主 要 作 品◇

◻『孤独の発明』(*The Invention of Solitude*, 1979)「見えない人間の肖像」と題された第1部では父親の生涯を語り,「記憶の書」と題する第2部では,聖書や芸術に関する知識や自らの記憶をもとに,自分とは何かを思索探求する.自伝というよりも,自伝という資料をもとに,自己と世界との関係を考えるエッセーといえる.

◆『ニューヨーク三部作』(*The New York Trilogy*, 1987)→568頁.

◻『最後の物たちの国で』(*In the Country of Last Things*, 1987)行方不明の兄を探しに訪れた全体主義国家の惨状を主人公アンナ(Anna)が手紙に綴った書簡体小説.描かれる荒廃した世界と人々の貧困,奇妙な社会現象の数々は,世界のどこかで,今現実に起きていることであり,またその寓意であるとオースターは語る.

◆『ムーン・パレス』(*Moon Palace*, 1989)→571頁.

◆『偶然の音楽』(*The Music of Chance*, 1990)→575頁.

◻『リヴァイアサン』(*Leviathan*, 1992)自由と成功を奉唱するアメリカの矛盾と欺瞞に満ちた理念に幻滅し,各地の自由の女神像のレプリカを爆破してまわるテロリストとなった作家サックス(Sachs)の生涯と,彼がテロリストになるに至った奇妙な経緯を友人の作家アーロン(Aaron)が語る.真意を曲解され偶像化されたテロリストの真実と,作家が語る「真実」という虚構.寓話性と社会性が見事に融合して新感覚のリアリズムを生み出し,込み入ったプロットや,登場人物の関係の複雑さが作品に重厚感を与えている.

◻『ミスター・ヴァーティゴ』(*Mr.Vertigo*, 1994)孤児ウォルト(Walt)が,奇術師と出会い,多様な人種の集まった農場で暮らしながら舞空術を身に着け,「空飛ぶ少年」として一世を風靡するが,大人になると,空が飛べなくなり,落ちぶれてゆく.ウォルトの生涯にアメリカの発展史を重ね,ストリート・チルドレンや人種差別といったアメリカ小説では定番の社会的問題をテーマに盛り込むことで,突飛な設定の物語にリアリティを与えている.

◻『ティンブクトゥー』(*Timbuktu*, 1999)ウィリー・クリスマス(Wily Christmas)が,人の言葉を理解する犬を供に徒歩で旅をする.犬の寓意性と社会的弱者への差別問題という社会性が絡み合ったポスト・リアリズム.オースター版『名犬ラッシー』.

◻『ナショナル・ストーリー・プロジェクト』(*I Thought My Father Was God, and Other True Tales from NPR's National Story Project*, 英国版は *True Tales of American Life*, 2001)オースターがパーソナリティを務めるラジオ番組の企画でリスナーから募集した,本当にあった奇妙な話,不思議な偶然,小粋な話,ちょっといい話を厳選した一冊.オースター小説によく登場する小説よりも奇な逸話180編を収録.

◻『幻影の書』(*The Book of Illusions*, 2003)サイレント時代の映画スターに傾倒した男が,その謎めいた俳優の調査の旅に出る.そこで遭遇する虚構と幻想に満ちた光と陰の世界.空想と現実,過去と現在,栄光と孤独といった境界が明滅し,古き良き時代への哀切が静謐なラストで描かれる.これまでのキャリアを集大成する円熟した作品. (齋藤)

キング　スティーヴン
Stephen King（1947 - ）　　　　　　　　**小説家**

生い立ち　メイン州ポートランド（Portland）生まれ．2歳の時父が蒸発．以後9年間親戚を頼って母とアメリカ中を転々とする極貧生活が続く．病弱な子供時代からSF映画や恐怖小説を好み，創作の真似事を始める．1962年リスボン・フォールズ（Lisbon Falls）高校に入学．64年短編「スター・インベーダー」(The Star Invader)を自費出版．66年メイン州立大学入学．在学中に「大衆文学と文化」というアカデミズム批判の講義を担当する．作品を投稿しては不採用通知を受け取る日々．67年に短編が初めて商業誌に掲載され，作家デビュー．70年大学卒業，翌年タビサ（Tabitha Spruce）と結婚．高校教師をしながら極貧の執筆生活を送る．

人気作家への躍進　処女長編『キャリー』（Carrie）(1974)がベストセラーとなり，『シャイニング』(1977)で，モダンホラーの第一人者として世界中にその名を知らしめる．79年最高傑作と自負する『デッド・ゾーン』(The Dead Zone)を刊行．82年の『恐怖の四季』は，キングが天性の語りの才を有する本物の小説家であると証明した純文学小説集．84年ピーター・ストラウブ（Peter Straub）と『タリスマン』(The Talisman)を合作．80年代半ばにはリチャード・バックマンがキングの別名義だと暴露される．86年には，初期キングの集大成であり，質量ともにモダンホラーの金字塔『It』を刊行．

不死鳥の快進撃　90年代は『グリーンマイル』(1996)を月刊6分冊で刊行し，キング名義の『デスペレーション』（Desperation）とバックマン名義の『レギュレイターズ』（Regulators）の合わせ鏡的作品の二冊同時刊行．99年に生死の境を彷徨うほどの交通事故にあう．2000年にはWeb上の電子テキストで発表した『ライディング・ザ・ブレット』(Riding the Bullet)など，多彩な出版形態で話題に．01年に『ドリーム・キャッチャー』(Dream Catcher)．02年にはO・ヘンリー賞受賞作「黒いスーツの男」(The Man in the Black Suit)を収録した久々の短編集『何もかもが究極的』(Everything's Eventual)，長編『回想のビュイック』(From a Buick 8)を刊行する．

アメリカ最高の人気作家　都会や隣の家といったごくありふれた現実社会を恐怖の舞台に置き，町や登場人物を綿密に描写．どこにでもいる普通の人々がいかに語り，考え，行動するかを的確に描き，作品に現代アメリカの日常生活のリアリティを与える．そこに超現実的な要素，あるいは日常に潜む不安，危険，狂気を徐々に浸食させ，真実味のある恐怖で読者を作品世界に引きずり込む．アメリカの家庭には必ず聖書と，キングの作品があると言われ，作品のほとんどが映像化されている．3冊を同時にベストセラー・リストに登場させてアメリカ初の快挙を果たし，世界で最高の印税を得るキングだが，今でも生まれて初めて受け取った35ドルの喜びに勝る原稿料はないと語る．

◇主要作品◇

◇『シャイニング』(*The Shining*, 1977) ホテルに巣食う悪霊に取り憑かれた男が妻子に襲いかかる．悪霊という超自然的存在を触媒に，抑圧された人間の狂気を噴出させる．家庭内暴力や家庭崩壊という今日的社会問題を巧みに溶かして見せる．スタンリー・キューブリックによる映画版では作品世界が鮮烈に視覚化されている．

◇『ザ・スタンド』(*The Stand*, 1978; 1990年に *The Stand: The Complete and Uncut Edition* として再刊) 細菌兵器で破滅した世界に生き残った人々が，やがて＜光＞と＜闇＞の最終戦争に向かってゆく．壮大な叙事詩的スケール，荒廃した世界の圧倒的な黙示録的イメージ，深い造形で個性豊かな登場人物，いずれもそれまでのキングとは質量ともに一線を画す初期キングによるディストピアSFの金字塔．

◇『死の舞踏』(*Danse Macabre*, 1981) アメリカ人がいかにポップ・カルチャーに影響をうけ，それがホラー小説の分野に反映されているかを平易な語り口でモダンホラーの歴史を概観したホラー小説論．ヒューゴー賞ノンフィクション部門を受賞．

◆『ゴールデンボーイ　恐怖の四季　春夏編』『スタンド・バイ・ミー　恐怖の四季　秋冬編』(*Different Seasons*, 1982) → 556頁．

◇『ペット・セメタリー』(*Pet Cemetery*, 1983) 埋葬すると生き返るペット専用墓地に，医師は死んだ息子を埋葬し，蘇生させようと試みる．蘇った息子は邪悪な存在と成り果て，破滅をもたらす．容赦ない絶望的読後感は，キング作品中最も陰鬱でやりきれない気持ちにさせてくれる救いのない作品．

◆『It』(*It*, 1986) → 566頁．

◇『ミザリー』(*Misery*, 1987) 大衆ロマンス作家が，自分のためだけにロマンス作品の続きを書かせようとする熱狂的ファンに監禁される．作中に作家が書かされる原稿が挿入されるライブ感がマニアの狂気を醸し出す．第一回ブラム・ストーカー賞を受賞．

◇『ドロレス・クレイボーン』(*Dolores Claiborne*, 1994) 無実の殺人容疑で逮捕された老女が，身の潔白を証明するため，20年前に犯した夫殺しを一夜に亘って告白する．全編すさまじい緊迫感に満ちた老女の独白で語られる過去で構成される．家庭内暴力，女性に対する抑圧，現代社会に老人が生きることの困難さなど社会問題への意識が強くみられる．

◆『グリーンマイル』(*The Green Mile*, 1996) → 580頁．

◇『アトランティスのこころ』(*Hearts in Atlantis*, 1999) 1960年代から現代をゆるい繋がりをもった5部構成の中短編を通じて，登場人物たちの人生がラストで収束する．ヴェトナム戦争，その反戦運動としてのヒッピー文化，ラヴ＆ピースをうたったウッドストックという対照的な事象が，その時代を生きてきた現代アメリカ人に暗い陰と暖かな光の両方を絶えず投げ掛けていることが描かれる．ラストでは老年期に入った男が訪れた故郷で，少年時代の輝きが蘇るキング得意のノスタルジックな感動が沸きおこる．この世界に「魔法」は存在し，それは必ずしも超自然的なものである必要はない．ちょっとした偶然と，世界に対する感動を失わない心があれば，そこに「魔法」は現われる．　　　　　　　　　　　　　（齋藤）

(Photo = ©Tabitha King)

ギブスン　ウィリアム
William Gibson（1948 - ）　　　　　小説家

生い立ち　サウスカロライナ州コンウェイ（Conway）生まれ．ブリティッシュ・コロンビア大学卒．現代文学を専攻．18歳の時徴兵を拒否してカナダへ亡命．1977年アメリカのSF誌『アンアース』（*Unearth*）に発表した短編「ホログラムの薔薇のかけら」（Fragments of a Hologram Rose）でデビュー．84年初の長編『ニューロマンサー』でヒューゴー賞，ネビュラ賞，P・K・ディック賞など，SF界のあらゆる賞をことごとく獲得し，一気にSF界のカリスマに．その後『カウント・ゼロ』(1986)，『モナリザ・オーヴァードライブ』(1988)を発表し，サイバー・パンク（cyberpunk）というジャンルを確立する．

サイバー・パンク　コンピュータ上のネットワークで世界が結ばれた電脳空間（サイバースペース），そこに存在する仮想現実（ヴァーチャル・リアリティ）でハイスピードで繰り広げられるチャンドラーやハメット風ノワール・ハードボイルド探偵小説．コンピュータ用語の速射砲．パンクの精神は，既成概念の破壊による創造である．『ニューロマンサー』から始まった，まったく新しい物語環境の創造は，文学界のみならず，映画，音楽，ファッション，現代思想などジャンルを越えて波及し，多大な影響を与えた．ギブスンが創造したサイバー・スペースのアイデアをもとに，ペンタゴンは軍用ワールド・ワイド・ウェブを開発し，今日のインターネット時代に至る．ギブスンは奔放な未来想像から，現実を創造してしまった．

過去の再創造　まったく新しい現実，そしてその先の未来までをも創造したギブスンは，90年ブルース・スターリングとの共著『ディファレンス・エンジン』で，19世紀ロンドンを舞台にした歴史改変小説を発表．その後，ヴァーチャル・リアリティの世界と現実とが共存する社会を，より現実感を増して描いた「ブリッジ三部作」を発表した．その第2作目『あいどる』(1996)では，ヴァーチャル空間に香港の九龍城砦（Kowloon Walled City．九龍地区に存在した，密集した高層ビル群から成る巨大スラム．94年に取り壊された）が再現され，人々がアドレスや仕事を持って暮らす仮想現実都市として登場する．90年代の作品群には，無限の仮想空間での自由自在さと，現実世界での物理的・肉体的限界との齟齬がバランスよく描かれている．

朽ちた未来冴える現実　4年の沈黙の後，2003年『パターン・レコグニション』を発表．初めて現代社会を舞台に，現実的にインターネットが個人レベルで所有され，すべての人が情報発進基地となった現代において，メディアや広告の意味を問う作品となった．そのテイストがかなりドン・デリーロに近いものになったのは必然だろう．ここでギブスンはヴァーチャルなリアリティではなく，リアルな現実と取り組み，あっさりと未来を置き去りにしたまま「今」の空気を視覚化し，現実の再・創造に向かう．

◇主 要 作 品◇

◆『ニューロマンサー』(*Neuromancer*, 1984)「電脳空間三部作」の一作目．→563頁．

◇『カウント・ゼロ』(*Count Zero*, 1986) 三部作の二作目．前作から7，8年後．ターナー，マルリイ，ボビイの3人の主人公の短いエピソードが次々に入れ替わる．全作品中最も錯綜したプロットで，難解．

◇『クローム襲撃』(*Burning Chrome*, 1986) 短編集．『ニューロマンサー』の原型となった「記憶屋ジョニイ」(Johnny Mnemonic) や『ヴァーチャル・ライト』に繋がる「スキナーの部屋」(Skinner's Room) など収録．

◇『モナリザ・オーヴァードライブ』(*Mona Lisa Overdrive*, 1988) マトリクス内における新たな種類の人工知能の誕生をめぐる「電脳空間三部作」の完結編．第二作からさらに7年後が舞台．今度は四人の視点が錯綜し，厚みのある物語が語られる．

◇『ディファレンス・エンジン』(*The Difference Engine*, 1990) ブルース・スターリング (Bruce Sterling) との共著．蒸気と歯車で動くコンピュータ機関（エンジン）が実用化され，機械化されたヴィクトリア朝を描いた．まったく荒唐無稽な空想ではなく，綿密な調査と研究により，実現しなかったが，限りなくありえたもう一つの歴史を創りだしている．

◇『アグリッパ―死者の書』(*Agrippa: A Book of the Dead*, 1992) 電子テキスト．古文書仕立ての冊子に挟まったフロッピー・ディスクをパソコンで開くと，あらかじめプログラムされたウイルスが，読むそばからそのページを破壊してゆき，最終的にはすべての情報が消去されるというぜいたくなコンセプト・アート作品．

◇『ヴァーチャル・ライト』(*Virtual Light*, 1993) 倒壊寸前の廃墟と化したベイ・ブリッジが不法居住者のコミュニティと化したサンフランシスコが舞台．視神経に直接作用することで，仮想映像を生み出し，視覚を回復させるサングラス「ヴァーチャル・ライト」．この発明品を盗んだ逃亡者と追跡者との攻防が描かれる聖杯探求型ハードボイルド．「ブリッジ三部作」(Bridge trilogy) の一作目．

◇『あいどる』(*Idoru*, 1996) 落ち目のロックスターが，メディア上のみで存在する日本人ヴァーチャル・アイドルと結婚．そのロックスターのファンクラブに入っているティーンエイジャーが，奇妙な結婚の謎を追ううちに，ファンクラブの世界とその限界や，有名人生活の二面性を知るようになる．仮想空間に今は解体されて消え去っている九龍城砦の暗黒街が再現される．「ブリッジ三部作」の二作目．

◇『フューチャーマチック』(*All Tomorrow's Parties*, 1999) コンピュータネットワークに支配された未来世界の物語であるが，中心人物の一人は道教の道(タオ)を行動の指針にしている．「ブリッジ三部作」完結編．

◇『パターン・レコグニション』(*Pattern Recognition*, 2003) 現代のニューヨーク，東京，ロンドン，モスクワを舞台にしたギブスン初の純文学小説．そこには，9・11を経験した世界が，SFを凌駕した凄惨な現実を突き付けた結果，9・11がなかったかのようなSF世界では，リアルな現実を描けなくなってしまったという理由があった．　　　　　　　（齋藤）

第三部

作家解説 Ⅱ

ウィンスロップ〜ラヒリ
生涯と作品

◇作家解説 Ⅱ◇

ウィンスロップ　ジョン
John Winthrop（1588 - 1649）　　　政治家　日記作家

　イギリス生まれ．1630年アーベラ号でアメリカに移住，指導者としてマサチューセッツ湾植民地の建設にあたる．上陸に先立ち船上で「キリスト教徒の行なう慈善の手本」（A Model of Christian Charity）と題する説教を行ない，植民地のあり方，植民者同士の協力すべきことなど植民地建設への指針を与え，ここがいわゆる「丘の上の町」として人々の手本となるべきだと説いた．その後19年に亘り植民地の総督，副総督の職に就く．代表作に『1630年より1649年までのニューイングランドの歴史』（*The History of New England from 1630 to 1649,* 1825-26刊行）がある．書名にニューイングランドの名称はあるが，実際はマサチューセッツの歴史を日記風に綴ったもので，同地方の初期の事情を知るのに貴重な史料とされている．執筆は，イギリスを出帆し，1630年6月12日にセイラムに上陸した時期から死に至る1649年にまで及ぶもので，マサチューセッツの歴史，政治状況，さらにはこの地方の些細な日常生活の情景も描写されている．みずからを語るに，「総督」「副総督」「ウィンスロップ氏」などと3人称を用い，客観的歴史書に仕上げようという意図がうかがえる．19世紀になると文学的にすぐれた材料としても評価された．
　　　　　　　　　　　　　　　　　　　　　　　　　　　　　　　　　　　　　（佐藤）

ブラッドフォード　ウィリアム
William Bradford（1590 - 1657）　　　政治家　日記作家

　イギリス生まれ．1609年，イギリス国教会から分離を主張，1620年メイフラワー号で，いわゆるピルグリム・ファーザーズの指導者としてアメリカのプリマスに渡米．1621年プリマス植民地の総督に就任，その後数年のブランク（辞退による）を経て，およそ30年に亘りこの職務に留まり，俊敏な政治的手腕をみせる．代表作『プリマス植民地の歴史』（*Of Plymouth Plantation,* 1856）は1630年頃より執筆し，1651年（記載対象の年は1646年まで）に完成するが，北部植民地最初の歴史書と称せられ，南部のジョン・スミスの著書と並びアメリカ文学の先駆をなすもの，アメリカの政治，歴史，宗教思想をたどる上で重要な文献とされている．内容は2部から成り，第1部はピューリタンとしての歴史観に立ち，メアリ，エリザベス，両女王治世下のイギリスにおける宗教事情および教会の状況に関する概観，ピューリタンなる名称のいわれ，オランダのライデンへの脱出とそこでの生活，アメリカへ向けての移住の決意，航海の模様，定住地の選択，さらにプリマス植民地建設にあたっての苦難など，みずからの手紙や記録を整理しつつ日記形式で綴っている．第2部は年代記形式で，メイフラワー盟約の作成，プリマス植民地初代の総督の選出，インディアンや彼らの酋長マサソイト，通訳のスクワントなどとの接触，さらには植民地での生活などの記載が含まれ，巻末にはこの地にやってきた102名の氏名，後に渡来した各家族の氏名などを記すリストがある．
　　　　　　　　　　　　　　　　　　　　　　　　　　　　　　　　　　　　　（佐藤）

◇作家解説 Ⅱ◇

ウィリアムズ　ロジャー　Roger Williams（c.1603 - 83）　**牧師**

　イギリスのロンドンに生まれる．1631年にニューイングランドに移住する．ボストンの教会の牧師に望まれたが，信仰上の立場の違いから，プリマスに，そしてセイラムへと移り牧師を務める．しかしその急進的かつ良心的信念は分離派の立場をとり，当時の教会や政治の有様に満足せず，これを批判したため1635年マサチューセッツから追放される．ロード・アイランドに逃れた彼はしばらくインディアンたちと暮らしていたが，セイラムから行動をともにした者たちも加えプロヴィデンス植民地を建設，やがて他の植民地も合併し，1644年，友人の助力もあってロードアイランド植民地建設の特許状を得て，これを築く．新たな植民地で彼は信者，不信者を問わず快く迎え入れ，人間の尊重，個人の平等という信念のもとに伝道にあたった．彼が主張したのは，宗派の別を超えた信仰の自由であり，神はいかなる地上の国家によっても唯一の宗教が定められ強行されることを望んではいないこと，それゆえ国家によって宗教の統一を行なってはならないこと，植民地アメリカの開発はインディアンから正当に土地を購入することによってのみ成しうるものであること，また植民地政府はいかなる宗教的理由によっても個人を罰する権限がないことなどであった．その主張は『迫害の血塗られた教理』（*The Bloody Tenet of Persecution*, 1644）において明らかにされている．

（佐藤）

ブラッドストリート　アン　Anne Bradstreet（c.1612 - 72）　**詩人**

　のちにマサチューセッツ湾植民地第2代の総督となるトマス・ダドレーの娘としてイギリスに生まれる．16歳でサイモン・ブラッドストリート（のちの植民地副総督そして総督となる）と結婚，1630年にアメリカに移住する．『最近アメリカに現われた第十番目の詩神』（*The Tenth Muse, Lately Sprung Up in America*, 1650）は彼女に無断で親戚の者によってロンドンで出版されたが，内容，詩形など習作，模倣の域を出ないものが多く，彼女自身が不満であった．自分の意に添うよう作品を訂正，新たな詩を加え，その結果，彼女の死後だが，『ニューイングランドの一婦人による多様な機知と学識を持って編まれた詩集』（*Several Poems Compiled with Great Variety of Wit and Learning By a Gentlewoman in New-England*, 1678）がボストンで出版され，これによって彼女はアメリカ文学史上最初の女性詩人としての声価を得るに至る．自然をうたいつつ生のはかなさ，そして信仰への新たな誓いが披瀝される「瞑想」（Contemplations），肉体と魂の姉妹が対話形式で語り合う「肉体と魂」（The Flesh and the Spirit），信仰に裏付けられながら個人的感情，人間としての感動の深みが直截に表現されている「わが愛する子供たちへ」（To My Dear Children），「わが愛するやさしい夫に」（To My Dear and Loving Husband），「わが家の火事によせる詩」（Verses Upon the Burning of Our House）などが注目される．

（佐藤）

◇作家解説 II◇

ウィグルズワース　マイケル
Michael Wigglesworth（1631 - 1705）　　　神学者　医者

　幼年時，イギリスからニューイングランドに移住する．1651年ハーヴァード大学を卒業，その後マサチューセッツ，モルデンの会衆派教会の牧師，さらに1663年以降は医者としても務める．1660年，イギリスでの王政復古の影響がアメリカ，ピューリタン植民地にふりかかっていた当時，『最後の審判の日』（*The Day of Doom,* 1662）を書き，その罪も知らず神の教えを蔑ろにし快楽を貪る人々の上に，いかに恐ろしい神の刑罰がくだるかを描いて人々の姿勢を正そうとした．これは8行のバラッド・スタンザ形式の224スタンザからなる叙事詩で刊行後1年たらずで1800冊も売れ，その後いく度も版を重ね，アメリカ最初のベストセラーとして広く読まれた．韻をふんで覚えやすくしてあるこの詩の章句を子供たちも暗誦させられたという．内容は，神の怒りにふれて地獄に堕ちた死者が最後の審判を告げるラッパとともに裁きの場に引き出され，イエスによって罪人と善人とに選り分けられる．やがて呪われた者の，死の望みさえ許されぬ終わりなき責め苦の呻きが地獄をおおう，といったピューリタンの来世に対する恐怖が中心となっている．「神，ニューイングランドと争い給う」（God's Controversy with New England）（刊行は1873年）では，約束の地とされるニューイングランドの人々が神の声に耳を傾けることを願いつつ，来るべき神の審判に備えるべきことを警告している．　　　　　　　　　　　　　　　　　　　　　　　（佐藤）

テイラー　エドワード
Edward Taylor（c.1642 - 1729）　　　牧師　医師　詩人

　イギリスに生まれ，1668年にアメリカのボストンに移住する．1671年ハーヴァード大学を卒業後マサチューセッツのウェストフィールドで牧師兼医者として過ごす．多くの詩を書いたが，生前は一編も発表せず，遺言によりその公表も許さなかった．20世紀になり詩稿が発見され，やがてアメリカ植民地時代の最もすぐれた詩人として評価されるようになった．17世紀イギリスの形而上詩人に共通のいわゆる「奇想」（conceit）を用いる特徴がみられる一方，さらにその中には，天上の富がきわめて豊かに，しかも官能的なまでのメタファーやイメージで描かれている．代表作「聖餐の準備のための瞑想」（Preparatory Meditations）の第8はヨハネ伝6章51節を詩に編んだものだが，この中で生命のパンは「天の砂糖菓子」に，人間の魂は「鳥」に，肉体は「小枝で編んだ鳥かご」にたとえられ，神の愛は本来「内臓」という意味の語Bowells（古くは情け・哀れみの意味もある）を用いて，神に肉体をもつ人間的イメージも与えている．また第38は罪人の裁きの場面だが，神は「裁判官」，イエスは「弁護士」，聖霊は「記録係」，天使は「廷吏」といった具合にすべてが実際の法廷で行なわれている場景を彷彿させている．「家事」（Huswifery）も機織りを題材に，詩人の信仰の歩みを衣の織り上がる過程にたとえたすぐれた詩である．　　　　　　　　　（佐藤）

◇作家解説 II◇

シューアル　サミュエル　　Samuel Sewall（1652 - 1730）　**日記作家**

　イギリス生まれ．9歳の時，すでにマサチューセッツに移住していた一家の住むボストンに移る．1671年ハーヴァード大学卒業後，富豪の娘と結婚し，実業界に入るとそのすぐれた商才を発揮し，巨万の財を築く．その間植民地政府の要職も歴任，1692年に判事の一人として「セイラム魔女裁判」に関与するが，この責任を深く感じ1697年に教会の会衆の前でその過ちを懺悔する．彼の名を人々の記憶に留まらせているものに『日記』（*Diary,* 刊行は1878－82年）がある．これは1674年から1729年（ただし1677年から1685年の間は欠けている）までのボストンでの日常生活の細部にわたる事柄，その地方の風習などを綴った記録である．生き生きとした文体と彼自身の偽らぬ性格が吐露されているこの日記は，イギリスの名日記作家サミュエル・ピープスのものと比較され，同名であったことから彼自身「ピューリタン・ピープス」と称せられた．日記の中で，すでに二人の妻を亡くしたやもめのシューアル判事が未亡人のウィンスロップ夫人に言い寄るくだりなど，これまでのピューリタン指導者の印象を払拭する人間味あふれたユーモアがうかがえる．教会員の前での懺悔，奴隷制反対の小冊子の執筆，さらに彼自身の職業上の転身そのものが，時代の流れ，すなわちピューリタニズムが徐々に衰退し，世俗的精神のヤンキーイズムが台頭してきたアメリカの世情を反映しているといえるかもしれない．

（佐藤）

ウルマン　ジョン　　John Woolman（1720 - 72）　**伝道者　日記作家**

　ニュージャージーにクェーカー教徒を両親として生まれる．貧しかったため正規の教育はほとんど受けず，農園，パン屋などの商店で働くが，やがて仕立屋として生計をたてる．21歳の頃クェーカー教徒の集会で神の存在をみずからの中に感ずる信仰告白をしてから伝道者としての生活に入る．物質的なものは一切求めず，ひたすらキリストの忠実なしもべとして良心の命ずるがままに生きた．その魂の記録というべきものが，36歳からイギリスで客死した52歳に至る半生を綴った『日記』（*Journals,* 1774）である．この中で彼は自己の信仰体験やインディアンへの伝道活動，また奴隷の解放，戦争反対，さらにはいっさいの動物鳥類の命を奪うことにも反対というさまざまな社会問題への強い関心と信念を示し，平和主義者としての原則を貫いている．彼の訴えは，ソーロウなどにみられる頑固で急進的な抵抗とは異なる．しかしその謙虚だが誠意あふれる彼の姿勢は，アメリカの改革精神の一つの原型ともいうべきものを示しているといえる．この純真で美しい魂ともいうべきウルマンの文章を，詩人ホイッティアは「菫のごとく芳しい」と語り，イギリスの随筆家チャールズ・ラムは「これまで自分が二度読んだ唯一のアメリカの書物は，ウルマンの日記だ」「ウルマンの日記を暗誦するほど読みなさい」と語った．

（佐藤）

◇作家解説 II◇

マザー　コトン　　Cotton Mather (1663 - 1728)　　神学思想家

鬼才の誕生　ボストンに生まれる．ピューリタン社会を支配していた一家，マザー王朝（Mather Dynasty）の三代目にあたる人物．12歳にしてハーヴァード大学に入学，卒業後1685年に牧師に任命されて以来，厳格な会衆［組合］派教会主義を唱え，当時の最も教養ある最大級の宗教思想家として，さらには政界においても指導者的地位に就くようになる．神学，歴史，科学，哲学，医学，詩などに関する450冊を超える書物を発表し，ニューイングランド神政政治体制の擁護に努めた．代表作に『目に見えぬ世界の神秘』（The Wonders of the Invisible World, 1693）がある．これは，かつてニューイングランドが悪魔の支配する地であったため，今なお悪魔や魔女が存在すると説明し，その実例を語っている．これは1692年のセイラムでの魔女狩り，魔女裁判を支持するマザーの立場を示したものといえるであろう．

神政政治の確立　『アメリカにおけるキリストの偉業―ニューイングランド教会史』（Magnalia Christi Americana; or, The Ecclesiastical History of New England, 1702）は宗教を中心としたニューイングランドの歴史を述べたもので全体が7部から成り，内容的には歴史と伝記で構成されている．第1部は1620年の植民地建設の由来，それにまつわる多くの事柄，これを記すことは神の御業，その裁きと恵みを書きとどめることにほかならないことが語られている．第2部はイギリスの宗教改革以来つねに信仰厚い人々がいたことの紹介から，植民地最初の総督ジョン・ウィンスロップなど神政政治時代の聖職者の伝記やハーヴァード大学創立の歴史，ニューイングランドの教会の信仰規約や教義，人々に対しなされた神の大いなる御業と裁きの記録などが綴られている．これらはまさに典型的なピューリタンとしてのマザーの歴史観，すなわちすべての歴史の推移の中に神の摂理，神の御業を見い出そうという姿勢，そしてこれを記録することは聖書と同様に神の大いなる御業の栄光を讃えることであり義務とされるものなのだという信念をうかがわせるものでもある．このほか『善行のための小論』（Bonifacius, 1710）は，人間関係の大切さ，夫と妻の務め，親としての務めなど，それぞれの立場からいかに善き行ないをして神の祝福にあずかれるかという道徳的実践の内容のもので，後のベンジャミン・フランクリンに影響を与えたといわれる．

ピューリタン的文学観　『牧師志願者への指針』（Manuductio ad Ministerium, 1726）があるが，これはマザーばかりでなく当時のピューリタンの詩作，ひいては文学に対する考え方や姿勢がよく表現されているものとして注目される．ここで彼は，詩や詩作は大切な食べ物（food→the Bible）ではなく，ただの味つけにすぎないもの（sauce→poetry）だから，これに夢中になって牧師職の志が奪われることがないように，また詩の女神と言葉を交わすことは危険で，詩の女神は売女となんら変わることはないと断定している．このほかマザーの人間像を探る上で貴重なものとされる『日記』（The Diary of Cotton Mather, 1681-1725）がある．

（佐藤）

◇作家解説 II◇

エドワーズ　ジョナサン　　Jonathan Edwards（1703-58）　**神学者**

優れた知性人　コネティカット州中部イースト・ウィンザー（East Windsor）に生まれる．父親は牧師．感受性が強く，観察眼が鋭い子供として，早くから才覚を示す．やがて，現在のイェール大学に進む．ジョン・ロックの『人間悟性論』を読み，強く影響を受ける．卒業後，さらに神学を学ぶ．科学にも造詣が深く，当時もっとも優れた知性人のひとり．しばらく，ニューヨーク市の小さな長老派教会で働く．1726年，マサチューセッツ州中部ノーサンプトン（Northampton）の会衆派教会に移る．祖父がその教会の牧師．1729年，祖父が亡くなると，正牧師に就任する．

宗教運動で活躍　1734年頃から始まった「大いなる覚醒」（The Great Awakening）で，中心的な役割を果たす．神の絶対性と人間の堕落を説き，「回心」（conversion）を経験した者のみが正式の教会員になれると主張．安穏としている聴衆の心に強く訴えかけ，崩れゆくピューリタニズムを立て直す．数ある説教の中でも，「怒れる神の御手の中の罪人たち」（Sinners in the Hands of an Angry God, 1741）は，特に，聴衆を震え上がらせる．人間はいつのまにか，悪魔の子供になってしまう．人が蜘蛛を火の上に吊るすように，神は人間を地獄の火の上に吊るす．その前年，1740年には，「私記」（Personal Narrative）を書く．人間の罪深さを知り，神の絶対意思に従う喜びを記す．「以前，私はよく，雷にただならぬ恐怖心を抱いていた．（中略）だが，今では逆に，喜びを感じる．いわば，少しでも雷雨の兆しが見えると，神を感じるのであった」（Before, I used to be uncommonly terrified with thunder ... but now, on the contrary, it rejoiced me. I felt God, so to speak, at the first appearance of a thunder storm.）

牧師職を追われる　入植当時の厳しい生き方を求めるあまりに，やがて，会衆から嫌われる．1750年，聖餐式に出席することを拒まれ，牧師職を追われる．1751年，マサチューセッツ州西部ストックブリッジ（Stockbridge）の名もない教会に移り，インディアンらに布教活動を開始．この間，執筆に励む．『意志の自由』（Freedom of Will, 1754）や『原罪擁護論』（The Great Christian Doctrine of Original Sin Defended, 1758）をまとめる．また，人間の美徳，原罪についてパンフレットを書く．晩年は，宗教を論理的に立て直そうとし，説教者というよりは，むしろ神学者として活躍．1758年，かねてより就任を依頼されていたニュージャージー（現プリンストン）大学長の地位に就く．しかし，その後まもなく，天然痘の接種で死亡．

エマソンに通じる神秘主義の流れ　エドワーズは，18世紀の代表的な人物として，よく，フランクリンと対比される．フランクリンが，理性によって世界を解明しようとしたのに対して，エドワーズは霊をもって自然と交わり，神を体得しようとした．エドワーズの流れは，やがて，アメリカ・ルネサンスの思想に受け継がれていく．宇宙と一体化し，神秘主義の喜びに浸るエマソンや，あるいは，罪をあくことなく追求するホーソーンなどに，エドワーズ的なものが垣間見られる．　　　　　　　　　　　　　　　　　　　（矢作）

◇作家解説 II◇

ペイン　トマス　　　　Thomas Paine（1737 - 1809）　**革命思想家**

　イギリス，ノーフォーク州のセットフォードにコルセット製造業者の子として生まれる．ロンドンで滞英中のベンジャミン・フランクリンと知り合い，1774年アメリカのフィラデルフィアに渡る．フランクリンの援助もあり，翌年『ペンシルヴェニア・マガジン』誌が創刊されると，次々と革新的なパンフレットを寄稿，次第にアメリカの世論を革命の方向へと駆り立てていった．その一つ『コモン・センス』（1776→348頁）は47頁から成り，2シリングで売り出され3ヶ月間に10万部，3年間で120万部を売り上げた．その当時，独立革命の火蓋は切られていたが，いまだ世論は革命に反対する者も多く，必ずしも足並みが揃っていたわけではなかった．そのような折，ペインは複雑なイデオロギーを振り回さず，一般人に理解できる経済的必要の立場から，つまり常識的見地からアメリカの独立を訴え，革命にいっそうの火をつける役割を果たした．以後『アメリカの危機』（*The American Crisis,* 1776-83），『人間の権利』（*The Rights of Man,* 1791-92），『理性の時代』（*The Age of Reason,* 1794-96）などを発表，アメリカの独立戦争を支持し，民心を鼓舞したり，フランス革命，共和政治を弁護，あるいは理神論の立場からキリスト教を攻撃，奴隷制の廃止，女性の解放などを訴えた．1787年，一時イギリスに戻るが反逆罪で訴えられ，フランスに逃れ帰化する．フランス革命後ふたたびアメリカに戻りニューヨークで亡くなる．　　　　　　　　　　（佐藤）

ジェファソン　トマス　　　　Thomas Jefferson（1743 - 1826）　**政治家**

　ヴァージニア州シャッドウェルに生まれる．1776年，第2回大陸会議に派遣され『独立宣言書』の起草者として責任を担う．1801年に第3代アメリカ大統領となる（～09）．ジェファソンの唯一の著作といえるのは『ヴァージニア覚え書き』（*Notes on the State of Virginia,* 1784）で，ヴァージニアやアメリカに関する知識──すなわち国土の情勢，人口，軍備力などから法律，政治，経済などの批判や提案まで──を含め克明に記録したものである．ここには彼の政治思想がうかがわれるが，その要点は個人の自由を擁護することが政治の最高目的とする点にある．そのため各州の権利を支持し，権力の分散をめざす地方分権を主張しているが，これは権力の集中する中央政府より小さい単位の州の方が個人の自由を守りやすいという考え方からである．このように政府の人民に対する権限を限定する姿勢はまさに『独立宣言書』の中で貫かれている民主主義思想であり，これはまたアメリカ建国の父祖たち共通の理念で，その後のアメリカ・ロマン主義文学の根本精神にもつながるものといえる．こうした原則に立つ民主主義，しかも開拓者，地方人の立場に立ってつくられる農本社会，その中に住む高潔な個人が営む民主主義社会，それが「ジェファソン的民主主義」（Jeffersonian Democracy），あるいは「農本民主主義」（Agrarian Society Democracy）と呼ばれるものである．　　　　　　　　　　（佐藤）

◇作家解説 Ⅱ◇

ブラッケンリッジ　ヒュー・ヘンリー
Hugh Henry Brackenridge（1748 - 1816）　　**詩人　小説家**

　スコットランドで生まれ、5歳で、ペンシルヴェニアの開拓地に渡る。ニュージャージー大学（現プリンストン大学）で学ぶ。学友に、のちの米国第4代大統領ジェイムズ・マディソン（James Madison）や詩人フィリップ・フレノーがいる。在学中から、皮肉の効いた詩や小説を書く。卒業の課題として、フレノーと共に、祖国を称える詩、『アメリカの高まりゆく栄光』（The Rising Glory of America）を発表。1772年に出版。独立戦争時には、従軍牧師として活躍。その後、法律を学び弁護士となり、雑誌の編集に携わり、さまざまに活躍。1799年、ペンシルヴェニア最高裁判事に指名され、終生その地位にとどまる。

　代表作は、ピカレスク小説『現代の騎士道』（Modern Chivalry; or The Adventures of Captain Farrago and Teague O'Reagan）。1792年に出版され、その後、書き加えられる。1805年に改訂、1815年に最終版が出る。セルヴァンテスの『ドン・キホーテ』を初めとして、スウィフトの作品などの影響が見られる。ファラーゴ大尉が、召使ティーグを連れて、馬でペンシルヴェニアを旅する。各地で開拓民の暮らしぶりに接し、民主主義の立場からアメリカの政治を皮肉る。いかにもアメリカ的な作品。開拓地での生活の様子を描いた作品としては、アメリカ初と言える。ただ、形式、内容とも、整った小説と言うよりは、さまざまな出来事をつなぎ合わせたもの。

(矢作)

フレノー　フィリップ　　Philip Freneau（1752 - 1832）　　**詩人**

　ニューヨークに生まれる。ニュージャージー大学（プリンストンの前身）在学中より詩作に耽る一方、J・マディソン、ヒュー・H・ブラッケンリッジ、アーロン・バーなどの級友と反英運動を組織する。卒業後、西インド諸島で農園主の秘書として働く間、「美しきサンタ・クルス島」（The Beauties of Santa Cruz, 1776)、「夜の家」（The House of Night, 1776）、「ジャマイカの葬儀」（The Jamaica Funeral, 1776）など、イギリスの墓畔派詩人の影響を思わせる詩やゴシック風の詩を書く。独立革命が始まると、78、80年と二度にわたりイギリス軍の捕虜となり、この体験を長詩『イギリス捕虜船』（The British Prison-Ship, 1781）で著わし、さらに続く多くの愛国詩から「アメリカ独立革命の詩人」（the Poet of the American Revolution）と呼ばれた。政治や戦争に関する詩のほかに彼がその豊かな詩情で自然の事物をうたったものに『詩集』（Poems, 1786）に収められた「春の憂い」（The Vernal Ague, 1775）、「野生のすいかずら」（The Wild Honeysuckle, 1786）、「蜜蜂に寄せて」（On a Honey Bee, 1808）など次代のロマンティシズムをにおわすすぐれた詩がある。また「インディアンの墓地」（The Indian Burial Ground, 1787）、「インディアンの学生」（The Indian Student, 1788）など、アメリカ独自の風土、自然が詩の素材として用いられている点で注目に値する。

(佐藤)

◇作家解説 II◇

ホィートリー　フィリス　　Phillis Wheatley（c.1753 - 84）　**詩人**

奴隷船で　アメリカ合衆国最初の黒人女性詩人．西アフリカ，セネガルの生まれ．1761年
アメリカへ　奴隷船でマサチューセッツ州ボストンへ連れてこられた．裕福な仕立屋ジョン・ホィートリーが奴隷として購入し，妻スザンナへの贈り物とした．初めは，家事をさせるつもりだったが，次第に，彼女の教育に関心を持つようになった．ホィートリーは，9歳までには英語の読み書きを覚え，ラテン語やギリシャ語，『聖書』，西洋古典に親しんだ．13歳の時，ジョン・ミルトン，トマス・グレイなどの英国の詩人たちを手本に詩を書き始めた．

　ヒロイック・カプレット46行で書かれた彼女の「ジョージ・ホイットフィールド牧師の死について」（*On the Death of the Rev. Mr. George Whitefield,* 1770）という詩作品は，ボストン，ニューヨーク，フィラデルフィアだけでなく，ロンドンでも印刷されて一躍有名になった．こののち数年間，彼女は，英国やアメリカの高名な植民地指導者たちを哀悼する作品を作り，次つぎに印刷されることとなった．

現状肯定　もともと健康が優れなかったが，船旅が良いかもしれないという医者の忠告によ
高い評価　り，ジョンの息子ナサニエル・ホィートリーに従ってロンドンへ旅した．そこで大いに歓待され，『宗教的で道徳的な幾つかの主題についての詩』（*Poems on Various Subjects, Religious and Moral,* 1773）という題名で，39編の詩が出版された．彼女の文才は，生まれた環境の劣悪さを克服して人間本来の能力が遺憾なく発揮された偉大な例として高く評価され，ヴォルテールなども絶賛した．詩の内容は，死者への悼み，キリスト教的話題，人種などの題材を含むが，詩法は伝統的であり，当時の詩的嗜好や宗教的な感覚を反映している．

解放奴隷　彼女がいつ奴隷から解放されたのかを決定する証拠に欠けるが，ホィートリー夫
貧困の死　妻が亡くなったあとの1774年から78年のあいだと推測される．フィリスは，夫妻の死後，お針子として生計を立てた．78年，解放奴隷で食料雑貨商を営むジョン・ピーターと結婚するが，貧困のままであった．出版の引き合いはあったが，戦争と貧困のために，次の詩集を出すことが出来なかった．結局，31歳の若さで死ぬ．この時，夫は負債を払えずに投獄されていた．既に2人の子どもが死んでおり，もう一人もまた，彼女の死の床に花と一緒に横たわり，母の死後すぐに死ぬ．未刊行の原稿はほとんどが散逸した．死後50年ほどして詩集や手紙が発刊された．当時の奴隷解放論者たちは，黒人が知的に劣ってはいない例として彼女を挙げることが多かった．

　【名句】'Twas a mercy brought me from my pagan land,/ Taught my benighted soul to understand/ That there's a God, that there's a Savior too:（On Being Brought from Africa to America）「神の恵みのおかげでわたしは異教徒の土地から離れ／わたしの未開の魂にも分かるように教えてくれた／神さまがいらっしゃる　救い主がいらっしゃるのだと」（アフリカからアメリカへ連れてこられて）　　　　　　　　　　　　　　　（渡辺）

◇作家解説 II◇

タイラー　ロイヤル　　Royall Tyler（1757 - 1826）　**劇作家**

　ボストン生まれの弁護士であり，裁判官や法学の教授なども務めたタイラーは，イギリスをはじめとするヨーロッパ演劇の模倣と輸入に終始していた初期のアメリカ演劇界にあって，最初のアメリカの喜劇とされる『コントラスト』（The Contrast, 1787）を書いた劇作家としてアメリカ演劇史に重要な地位を占めている．

　『コントラスト』は，イギリス18世紀の風習喜劇作家リチャード・ブリンズリー・シェリダン（Richard Brinsley Sheridan）の『悪口学校』（The School for Scandal, 1777）に触発されて書かれた軽妙な喜劇で，裕福な親英派のビリー・ディンプル（Billy Dimple）が，利口な女マライア（Maria）と婚約しているにもかかわらず，ほかの女達と浮気をして，結局は財産も婚約者も失ってしまうという主筋に，独立戦争で活躍したマンリー大佐（Colonel Manly）とマライアの恋，彼女の使用人とディンプルの召使もからむ副筋もあって，複雑な恋と浮気の物語が面白おかしく展開する．この喜劇ではマンリー大佐の従者ジョナサン（Jonathan）がなまりのある言葉でしゃべり，純朴で喜劇的な役目を果たして，以後アメリカ演劇によく見られる「ヤンキー・キャラクター」の原型となった．彼の活躍もあり，この作品は一般の観客にも大いに受け，ここに初めてアメリカの劇作家による最初の喜劇が誕生した．

（荒井）

シムズ　ウィリアム・ギルモア　William Gilmore Simms（1806 - 70）
詩人　小説家　批評家　歴史家　編集者

　サウスカロライナ州チャールストンの商人の子として生まれる．幼時に母を失い，母方の祖母の世話になる．出稼ぎで辺境を移動する父から聞かされたインディアンや開拓地の人々の話と，祖母が語る南部の伝説がのちの作品の素材となる．一時，法律の勉強を志すが，1825年に処女詩集を出版．家庭生活に恵まれず，作家として立つために東部へ出て小説を書き始める．第1作『マーティン・フェイバー』（Martin Faber, 1833）に続き，ジョージア州を舞台とした『ガイ・リヴァーズ』（Guy Rivers, 1834），サウスカロライナ州のインディアンの戦いを描いた最上作と言われる『イエマシー族の反乱』（The Yemassee, 1835）を発表する．ほかにサウスカロライナ州を舞台に独立革命当時の英米の作戦行動を扱った『遊撃兵』（The Partisan, 1835）にはじまる独立革命関連の連作（全7作）および評論集『意見と批評』（Views and Reviews, 1845）などがある．またジャーナリストとして『サザン・クォータリー・リヴュー』（Southern Quarterly Review），『ラッセルズ・マガジン』（Russell's Magazine）などの編集に携わる．当時，最も多くの作品（70冊余り）を発表し，南部の文化の中心地チャールストンに集う文人たちの中で主導的地位を占めていた彼は「チャールストンのジョンソン博士」と言われる．その作品世界は，前の時代のジェイムズ・フェニモア・クーパーのそれに通じる歴史ロマンスの色彩が濃く，「南部のクーパー」とも呼ばれている．　（武田）

◇作家解説 II◇

ブライアント　ウィリアム・カレン
William Cullen Bryant（1794 - 1878）　　　**詩人**

早くから　マサチューセッツ州西部カミントン（Cummington）に生まれる．少年期を母
詩を書く　方の祖父の農場で過ごす．祖父は厳格なカルヴィン主義者．父親はユニテリアニ
ズムに傾倒，医者で，州議会議員を務める．幼い頃より，父の蔵書に親しみ，教養を積む．
古典や聖書，特に18世紀前半の詩をよく読む．詩人になることが夢で，若い頃より，美し
い詩を書く．同州ウィリアムズ・カレッジ（Williams College）で学ぶものの，ほどなくし
て中退．のちに弁護士の資格を得る．

死を見　1808年，13歳で「出入港禁止」（The Embargo）．ジェファソンの政治を批判する．
つめる　16歳で「死生観」（→350頁）を書く．机に入れておいたものを，父親に見つかる．
1817年，『ノース・アメリカン・レヴュー』に掲載．後に書き改められて，『詩集』（Poems,
1821）に収められる．

神の摂理　1815年，「水鳥に寄せて」（To a Waterfowl）を書く．「死生観」と同じく，『ノ
を読む　ース・アメリカン・レヴュー』に掲載され，後に『詩集』に収められる．自然か
らみずからの生き方を学ぶ姿が描かれている．教訓的な詩．水鳥が一羽，夕焼けの空を飛ん
でいく．詩人は水鳥に呼びかける．水鳥よ，お前はこの夕空をどこへ行こうというのか．水
鳥を撃とうと，猟師が狙いを定めても，無駄なこと．水鳥は湖や川や海を求めて飛び続ける．
そのゆるぎ無い飛翔に，詩人は「神の力」（Power）を感じる．神は水鳥に，道なき海岸や
限りない空を「迷わず」進むように教えてくれる．それと同じように，「私がひとり歩まね
ばならない長い道のりにおいても / 神は，私の歩みを正しく導いてくれる」（In the long
way that I must tread alone, / Will lead my steps aright）．その他，「森の入口に銘する」
（Inscription for the Entrance to a Wood, 1815）．「森の賛歌」（A Forest Hymn, 1825）な
ど．

ジャーナリ　1825年，弁護士を辞め，ジャーナリストとして，本格的に活動する．1829年，
ストとして　『イヴニング・ポスト』の編集長兼オーナーになり君臨，数多くの記事や批評
を書く．1833年，「大草原」（The Prairies）を発表．イリノイ州の広大な風景を描きつつ，
生きそして死ぬ人間の姿を思う．「大草原を目にするのは初めてのこと / 僕の胸はふくらむ．
視界は広がり / ぐるりと取り囲む，広大な荒野が，目に入ってくる」．やがて，「すべてが，
すべてがなくなる． / 残るのは，死者の骨を覆う土盛りだけ」（All is gone; / All—save the
piles of earth that hold their bones）．それでも，この孤独な地にも，命がみなぎることを
喜ぶ．1866年，妻に先立たれる．悲しみを忘れるために，それ以降，ホメロスを訳すこと
に専念，語学の才に恵まれ，1870年に『イリアッド』を，1871年『オデッセー』を翻訳．

アメリカ　アメリカ最初の本格的な詩人．「アメリカ詩歌の父」と呼ばれている．自然に思
詩歌の父　いをめぐらせ，人生を考え，死を思い，神の摂理を読み取る．国を愛し，自由の
ために働く．自然に浸る姿から，アメリカのワーズワスとも称されている．　　　（矢作）

◇作家解説 II◇

ホームズ　オリヴァー・ウェンデル
Oliver Wendell Holmes (1809 - 94)　　**詩人　散文家　小説家**

医学の道に入る　マサチューセッツ州東部ケンブリッジ（Cambridge）に生まれる．アン・ブラッドストリートに繋がる，由緒ある家系．祖父は外科医．牧師であった父親から，原罪や選民思想など，カルヴィン主義を徹底的に教え込まれる．その教えに反発．しかし，カルヴィン主義の影響は，後々まで残る．幼い頃より，家の蔵書に親しむ．ポープやゴールドスミスなどの18世紀イギリスの文学やホメロスの作品など，多くの書物を手にする．ハーヴァード大学で法律を学ぶものの，すぐに医学に転向．1833年，先端医療研究のため，2年間パリに留学．1836年，医学博士号を取得．1839年ダートマス大学，1847年ハーヴァード大学に赴任．解剖学や生理学を長く教える．

詩人として　若い頃より，既に詩人として活躍．1830年，「鉄製さながらの老艦」（Old Ironsides）を発表．「老艦」とは，1812年対英戦争などで活躍した軍艦コンスティテューション号のこと．その取り壊しに反対する，愛国心に満ちた詩．喝采を浴びる．「かつて，甲板は，英雄たちの血で赤く染まっていた / 打ち負かされた敵がひざまずいた」(Her deck, once red with heroes' blood, / Where knelt the vanquished foe)．「私の叔母」（My Aunt, 1831）や「最後の葉」（The Last Leaf, 1831）は，軽妙にして簡潔，諧謔に富む詩．「私の叔母さん！　いとしい未婚の叔母！ / 歳月が幾久しく流れているのに / 今も尚，痛い思いをしながら，処女帯を結ぶ留め金を / 締めている」．その他，宗教的な詩もある．1836年，『詩集』（*Poems*）を出版．詩人としての名を高める．

散文家として　随筆家としても文筆を振るう．『アトランティック・マンスリー』（ホームズが命名した雑誌，主要な寄稿者のひとり）に，『朝の食卓の独裁者』（*The Autocrat of the Breakfast-Table*, 1858）を掲載する．一連の「朝の食卓」の最初の作品．「いいかね，語るということは，ひとつの芸術なのだ．これほどまでに気高く，重要で，むずかしいものはない」．次に，『朝の食卓の教授』（*The Professor at the Breakfast-Table*, 1860），さらに，『朝の食卓の詩人』（*The Poet at the Breakfast-Table*, 1872）と続く．それぞれ中心人物が，食卓でウィットをきかせ，知性を働かせながら，様々にしゃべり続ける．まわりの人々は引き立て役となり，話を盛り上げる．笑いはあくまでも洗練されており，開拓民の大ぶろしきを広げたような「ほら話」（tall tale）とは，質を異にする．その他に，『お茶を飲みながら』（*Over the Teacups*, 1890）などがある．

幾冊か小説も残している．『エルシー・ヴェナー』（*Elsie Venner*, 1861），『守護天使』（*The Guardian Angel*, 1867），『嫌でたまらない』（*A Mortal Antipathy*, 1885）．テーマは愛や欲など．登場人物の心を病理的，心理的に捉え，描き出す．評価は高いとは言えない．

ウィットに富んだ知識人　19世紀アメリカで，最もウィットに富んだ知識人の一人．ライシーアムなどで人気者となる．自由な考え方をする合理主義者．カルヴィン主義を嫌うが，かといって，超絶主義にも染まらない．「お上品な伝統」を重んじる．　　　　　　　　　　（矢作）

◇作家解説 II◇

ストウ ハリエット（・エリザベス）・ビーチャー
Harriet (Elizabeth) Beecher Stowe (1811 - 96)　　　小説家

生い立ち　正統派カルヴィニズムの強固な擁護者である牧師ライマン・ビーチャーの第7子として，コネティカット州リッチフィールドで生まれる．ビーチャー家は19世紀アメリカの宗教・思想界を代表する著名な一家で，兄弟，夫，末子は全て牧師であるが，弟のヘンリーは神の愛と救済を説く雄弁な説教家・奴隷制廃止論者，長姉は時代を先導する進歩的な女子教育家として名を成す．厳格な宗教的教育を受け，ハートフォード女学院（長姉設立）卒業後，同校で修辞学と作文を教える．1832年，オハイオ州シンシナティの神学校長に父親が就任したのに伴い同地に移住し，長姉設立のシンシナティ西部女学校でも教職に就く傍ら作品を出版し，文筆で評価を受ける．24歳で結婚．その後家計を助ける為にも執筆を続ける．

使命　1850年の逃亡奴隷法制定を直接のきっかけとして，キリスト教徒としての使命感で『アンクル・トムの小屋』（1852→368頁）を著わし，作家としての地位を確立する．政治的影響を直接与えたというより，一般大衆の関心を奴隷制度に向け，理解を深めさせ，その結果，反奴隷制運動の高まりをもたらした．捏造との攻撃に反駁する為に『アンクル・トムの小屋を解く鍵』（*A Key to Uncle Tom's Cabin,* 1853）も出版した．1850年代は積極的に奴隷制廃止運動を続け，60年代後半は解放奴隷の為の学校や教会設立にも尽力する．

キリスト教徒としての作家活動　目的達成の為のプロパガンダばかりではなく，思い出や身近な世界を題材とし，ニューイングランドの社会・文化・生活に根ざした地方色小説も手掛け，変化していく人々の心映えを，日々の生活を通して愛と誇りをもって如実に表現した．このような地方色小説の特徴は，中心を精神的風土とし，自然は情景に過ぎず前面に出さないことにあり，代表作は『牧師の求婚』（*The Minister's Wooing,* 1859），及び『オールドタウンの人々』（*Oldtown Folks,* 1869）である．その他に，詩，児童書，家事や育児など幅広いテーマのエッセーも執筆する．ほぼ全作品に共通する顕著な特徴は，その根幹に宗教があり，キリスト教徒としての生き方を追求していることである．神の道をはずれての幸せを否定してはいるものの，カルヴィニズムの教義（例えば堅信）への疑念を表わしている．父親の死後，監督派教会に変わり，「怒りの神」より「愛の神」を選んでいるが，これは時代の流れと一致する．その他の特徴として，心の有り様を中心に据えようとするあまりの感傷主義，作者が全知の立場で登場する故の説教臭，目的を具現化する為の駒に過ぎない登場人物が類型的且つ没個性になりやすい傾向が挙げられる．

晩年　1869年にバイロンの近親相姦を暴露する記事を発表したことで人気に陰りが生じる．しかし，家庭的には夫は既に退職し，長男が溺死，南北戦争で負傷した次男はアルコール中毒が進み，最後は消息不明，三女はモルヒネ中毒死，末子は牧師となったが経済力がなく，一家の稼ぎ手として筆を断つわけにはいかなかった．精神に障害をきたした晩年の様子は，隣家の住人マーク・トウェインの作品に描かれている．　　　　　　　　　　（岸上）

◇作家解説 Ⅱ◇

ヴェリー　ジョーンズ　　Jones Very（1813 - 80）　　詩人

　マサチューセッツ州北東部セイラム（Salem）に生まれる．ハーヴァード大学で神学を学び，ユニテリアン派の牧師となる．説教で激しく高揚するあまり，精神異常と見なされる．多くの人が拒絶する中，エマソンは，ヴェリーを擁護．みずから編集に乗り出し，1839年，ヴェリーのために，『エッセーと詩』（*Essays and Poems*）を出版．ところが，ヴェリーのエマソンに対する気持ちは微妙．エマソンの『自然論』に深く共感するものの，心酔するまでには至らない．エマソンの思想は，ヴェリーには，穏やか過ぎるように感じられる．

　『エッセーと詩』は，65編の詩と3編のエッセーからなる．詩は，主に，宗教詩．神にいっぱいに愛されて生きたいと願う「神に生きる」（In Him We Live），「神の傍らに」いることを喜ぶ「神おわす」（The Presence），楽園での様子を心に想い描く「花園」（The Garden）など．「祈り」（The Prayer）では，神を求める気持ちをせつせつと歌う．「いらしてください，あなたの愛が必要なのです／花が露を，草が雨を必要とする以上に／いらしてください，精霊が舞い降りるようにそっと／ふたたび御前で生きる喜びを味わいたいのです」．その他，自然を扱う詩など．エッセーは，「叙事詩」（Epic Poetry），「シェイクスピア」（Shakespeare），「ハムレット」（Hamlet）．また，100以上にも及ぶ説教には，「静寂主義」が色濃い．自我を棄てて，神と一体化することを説く．　　　　　　　　　　　　　　　　　　　（矢作）

デ・フォレスト　ジョン・ウィリアム　John William De Forest（1826 - 1906）　　小説家

　コネティカット州の裕福な家庭に育ち，地元の学校で教育を受ける．20代初めに，東部地中海とその沿岸諸国ならびにヨーロッパ各地を旅行し，のちに『東洋の知己——シリアからの手紙』（*Oriental Acquaintance; or, Letters from Syria,* 1856）や『ヨーロッパの知己』（*European Acquaintance,* 1858）などの旅行記を著す．

　南北戦争が勃発すると，義勇軍の中隊長として出征，生々しい戦場の様子を『ハーパーズ・マンスリー』（*Harper's Monthly*）に執筆する．1865年に少佐に昇進し，翌年から1868年までサウスカロライナ州グリーンヴィルの解放奴隷管理局支部長として活躍する．この時期に発表され，デ・フォレストの代表作となった『ラヴネル嬢の連邦脱退から忠節への転向』（*Miss Ravenel's Conversion from Secession to Loyalty,* 1867）には，作者自身の従軍経験が十分に活かされ，悲惨な戦時下における男女の欲望の世界と兵士の心理が迫真に満ちた筆致で描かれている．また，サウスカロライナ時代の経験と観察に基づく，地方色豊かな出来栄えの『ケイト・ボーモント』（*Kate Beaumont,* 1872）や，政治の腐敗を扱った『害毒を流して』（*Playing the Mischief,* 1875）などの優れたリアリズム小説も残している．その他にも，数多くの長編や短編に加えて書簡集や詩集などが刊行されている．　　　　　　　　（山口）

◇作家解説 II◇

ロウエル　ジェイムズ・ラッセル
James Russell Lowell（1819 - 91）　詩人　批評家

反奴隷運動　マサチューセッツ州東部ケンブリッジ（Cambridge）に生まれる．植民地時代まで遡る由緒ある家柄の出．富にも教養にも恵まれ，若くして古典を身につける．ハーヴァード大学で法律を学ぶものの，勉学に馴染めず，鬱屈した日々を送る．クラスメートの妹，マリア・ホワイト（Maria White）と出会い，救われる．マリアは，文学の分かる聡明な美人．マリアの影響を受けて，反奴隷運動に加わる．1843年，月刊の文芸雑誌『パイオニア』（The Pioneer）を編集，出版．1844年，マリアと結婚．フィラデルフィアに移り住み，夫婦ともに，奴隷制度反対を強く訴え続ける．

　1848年に，優れた作品を次々と出版．詩人，批評家として，一気に花開く．

文学者として開花　『詩集第2集』（Poems: Second Series, 1848）――「現在の危機」（The Present Crisis, 1844）が収められており，反奴隷制の立場から，せつせつと訴える．「自由のために行動がとられると，広い大地の傷む胸に（中略）歓喜の戦慄が走る」．

　『批評家たちのための寓話』（A Fable for Critics, 1848）――匿名で発表されたもの．本人を含め，ロングフェロー，ブライアント，エマソン，ポウ，オールコット，ホーソーンなど，当時の主だった作家，詩人，思想家を鋭く批評．「まことのヤンキーの肩にギリシャ人の頭を載せた人」（A Greek head on right Yankee shoulders）（エマソン）．「5分の3は，天才，残りの5分の2はまったくいい加減なもの」（Three fifths of him genius and two fifths sheer fudge）（ポウ），「完全に一人前の男」になりきっていない人（ホーソーン）など．

　『ビグロウ・ペイパーズ第1集』（The Biglow Papers, First Series, 1848）――編集者に宛てた，ニューイングランドの農夫（Ezekiel Biglow）の「手紙」（A Letter）から始まり，その息子（Hosea）の詩が続く．土地の言葉を交え，ユーモアたっぷりに，軍人，政治家，金持ちほか，様々な人間を風刺．メキシコ戦争に反対する．

　『ローンファル公の夢』（The Vision of Sir Launfal, 1848）――寓話詩．聖杯を求めるが見つからない．聖杯とは，「慈悲の杯」と悟り，広く等しく人間を愛する心に目覚める．マロリーやテニソンなどの影響を受けている．

文壇の大御所　1853年に，妻が亡くなる．1856年，ロングフェローの後をついで，ハーヴァード大学で近代語の教授に就任．1857年，月刊文芸誌『アトランティック・マンスリー』（Atlantic Monthly）に寄稿し，編集する．1862年，『ビグロウ・ペイパーズ第2集』（The Biglow Papers, Second Series）を発表．1864年，『ノース・アメリカン・レヴュー』（The North American Review）の編集．文壇の中心人物となり，批評家として優れた才能を発揮する．1870年，最初の批評集『蔵書に囲まれて』（Among My Books），翌年，『書斎の窓辺』（My Study Windows）を，それぞれ出版する．1870年，詩『大聖堂』（The Cathedral）（1877年改訂）を発表．フランス北部のシャルトル大聖堂を訪れた時の感動が忘れられず，その後，幾度となく手を加える．神や信仰の問題などを問うている．　　　　　　　　　（矢作）

◇作家解説 II◇

エイキン　ジョージ L.　George L. Aiken（1830 - 76）　**劇作家**

　ボストン生まれ．最初は俳優として舞台に上がるが，重要な役は演じていない．1852年に彼の書いた『農奴ヘロス』(*Helos the Helot*) が，アメリカ人の劇作家育成のための賞を取る．その後メロドラマを多く書き続け，1860年に出版されたウィルキー・コリンズ（Wilkie Collins）の『白い服の女』(*The Woman in White*) の脚色なども手がける．

　しかし彼の名をアメリカ演劇史に残すのは，ストウ夫人の小説『アンクル・トムの小屋』(1852→368頁) の戯曲化による．エイキンは，ニューヨーク州トロイで劇場を経営していた義理のいとこの求めでストウ夫人の小説を脚色した．いとこ夫妻とその娘がエイキン脚色の『アンクル・トムの小屋』(1853→371頁) のセント・クレア（St. Clare），トプシー（Topsy），リトル・エヴァ（Little Eva）を演じ，エイキン自身も顔を黒く塗ってジョージ・ハリス（George Harris）を演じた．

　1853年にはブロードウェイで幕を開け，325回の上演を記録したように，これは19世紀後半のアメリカでもっとも人気のあった戯曲である．当時の劇場では観客を集めるために，劇本編のあとに余興を見せていたが，スペクタクル性に富むこの戯曲は，劇本編だけで十分に観客を満足させることができた最初の作品だろう．原作の小説同様，エイキンの戯曲も奴隷制度廃止論者の闘争心に火をつけた点で重要．　　　　　　　　　　　　　　（水谷）

アルジャー　ホレイショ2世
Horatio Alger, Jr.（1832 - 99）　**小説家**

　マサチューセッツ州生まれ．父はユニテリアン派の牧師．ハーヴァード大学及びハーヴァード神学校卒業．教師・牧師・編集者などの職に就き，欧州生活を経験後，ニューヨークへ転居する．同地で少年就労者保護問題に関心を抱き，『ぼろ着のディック』(*Ragged Dick; or, Street Life in New York with the Boot-Blacks,* 1868) 他，数々のベストセラーを執筆した．進取の気性に富む十代半ばの浮浪児が，日常における徳の実践故に偶然といえる幸運をものにする力を発揮し，都会の路上生活から成功への階段を徐々に昇り，お歴々の社会へ入門を果たすという，「ボロから富へ（rags to riches）」を基本とした成功物語が主となる．内容・表現の平易性，説教臭を凌ぐ具体的で世俗的な教示，御都合主義が目につくものの読者を裏切らない勧善懲悪の展開が生む安心感，気を持たせることのない即時的な結果，且つ廉価出版が大衆の心を捉えた．ピューリタン的道徳観を土台としているが，「金めっき時代」における成金の俗物的価値観を具現化・日常化した作品世界は，夢や理想の卑俗化と言える．しかし，社会の思潮や大衆の要求と一致して，当時随一の人気大衆作家となり，作品は百を超えた．読書を大衆レベルまで普及させた功績は大きい．最初は実際の見聞に基づき，極貧就労少年への応援歌として書かれたが，人気に応えるべくシリーズ化され，その後の人気維持を狙っての量産化の結果，設定・展開・テーマ・登場人物像の類型化が進み，質の低下を招いた．　（岸上）

◇作家解説 II◇

オールコット　ルイーザ・メイ
Louisa May Alcott（1832 - 88）　　**小説家**

生い立ち　超絶主義者ブロンソン・オールコットの次女としてペンシルヴェニア州ジャーマンタウンで生まれ，ボストンやコンコードで育つ．教育は主に父親から受けるが，エマソンの書斎に自由に出入りしたり，ソーロウと自然に親しむなど，時代を代表する思想家から親しく薫陶を受け，知的環境に恵まれた．当時としては過激な学校経営（黒人共学など）や私有財産を否定する菜食主義の禁欲的共同体作りを実践した父親は，理想の実践を最優先し，失敗を繰り返した為に一家は常に困窮を極める．十代前半に父親が現実生活に糧をもたらさないことを身をもって感じ，自分が中心になって打開していく決意をする．十代半ばから針仕事，教師，家政婦をして一家を助け，20歳頃から家族の面倒を見るようになる．

多面性　幼いときから日記をつけるように習慣づけられ，十代後半から作品を発表し始め，筆で収入を得ることを覚える．南北戦争中，北軍病院の志願看護婦となるが，ほどなく腸チフスに罹り，治療薬がもとで水銀中毒となる．生涯その後遺症に苦しむ．自宅宛の手紙をもとにした『病院のスケッチ』（*Hospital Sketches,* 1863）は，重いテーマをリアリスティックに描きながらも基調はユーモラスで，作家としての知名度を上げる作品となる．30代に生活費を稼ぎ出したのは偽名で発表されたゴシック風ロマンスである．情熱的で意志の強い女性を中心に，想像力で構築した非日常空間での愛，魔性，狂気，復讐，殺人をテーマとし，通俗的且つ扇情主義的であるものの，展開がスピーディで緊迫感に富み，複雑な心理描写を怠ることなく情念支配の世界を描いている．一家の庇護者となるべく模範的生き方を志した作者にとって，このようなロマンスは，カタルシスであり自己解放の書であると一般的に位置づけられている．『若草物語』（1868→379頁）により作家としての地位と経済上の安定を確実にした後は，同系列の作品群を主として執筆した．この作品群は物質的な貧しさこそ心の豊かさを生み出す源であり，裕福こそ幸せの妨げとなる設定で，基調は健全性と明るさで統一されている．女性の生き方の追求を絡め，物質主義批判を織り込む展開となり，リアリスティックながらもユーモラスで暖かい雰囲気の醸成が特徴である．同時にフェミニスト的傾向のテーマを作者自らが語る形が増える．女性が外で働くことに偏見があった時代に，女性が仕事を持つことの社会的意義を唱え，働く女性を社会的に孤立させている現状を非難し，女性の権利拡張を訴えた．家事・料理・縫い物のような伝統的な女性の仕事を習得する重要性も説いている．更に，活発な活動・寄稿・資金援助を通して積極的に改革運動を支持し，奴隷制廃止・婦人参政権・禁酒運動，児童の労働・刑務所改善にも尽力した．

晩年　体調が悪化したものの，執筆を続けながら一家の先々の経済的安定にまで心を配り，父親の介護を続け，その死を知らずに2日後に他界する．多岐に亘るジャンルの作品を量産したが，少女・家庭小説作家と位置づけられてきた．新たな原稿の発見により，作者の多面性が研究対象として浮上し，フェミニズムの立場からも再検討されている．　　（岸上）

◇作家解説 II◇

ハート　ブレット　　　　Bret Harte（1836 - 1902）　　**小説家**

西へ　ニューヨーク州オールバニーに生まれたハートは，9歳で父を亡くし，再婚した母を追って18歳でカリフォルニアに移住する．金鉱採掘やサンフランシスコ造幣局書記などを経て，ジャーナリストになり本格的に創作を開始．1868年には新たに創刊された雑誌『オーヴァーランド・マンスリー』（*Overland Monthly*）の編集者となり，同誌に地方色に富んだ物語を発表し始める．東部出身のハートによって描き出された西部像は多くの読者を魅了し，雑誌で発表されると爆発的な人気を獲得，当時文学界をリードしていたエマソン，J・R・ロウエル，ロングフェロー，ハウエルズからも好意的に受け入れられた．

短編作家としての成功　「ロアリング・キャンプのラック」（The Luck of Roaring Camp, 1868），「ポーカー・フラットの宿無し」（The Outcasts of Poker Flat, 1869），「テネシーの相棒」（Tennessee's Partner, 1869）など代表的な短編を次々と発表．ハート自身の西部体験を基に書かれたこれらの短編は，70年に『ロアリング・キャンプのラック，その他』（→380頁）にまとめられた．また，後に「不埒な中国人」（The Heathen Chinee）と改題された風刺民謡「誠実なジェイムズの飾らぬ言葉」（Plain Language from Truthful James, 1870）もこの頃に作られている．

東部への帰還と没落　71年になると『アトランティック・マンスリー』（*Atlantic Monthly*）に，当時としては破格の1万ドルの執筆料で引き抜かれ，ボストンへ移住したが，結果としてこれが彼の人生を狂わせた．センチメンタルではあるが無難な作品を書き続けたハートは，まもなく読者から飽きられ，家族はすぐに経済的な困窮状態に陥った．以後，生活のために各地での講演旅行や新作執筆に明け暮れたが借金ばかりがかさんだ．70年代後半は特に劇作に力を入れるが，長い時間をかけて自作を戯曲化した『サンディ・バーの二人の男』（*Two Men of Sandy Bar,* 1876）は，興行的にも作品評価においても成功を収めることが出来なかった．最後の頼みに，旧知の仲であるマーク・トウェインと共に，「不埒な中国人」をベースに『アー・シン』（*Ah Sin,* 1877）の執筆，上演を行なったがこれも振るわず，カリフォルニア以来の友情も終わりを迎えた．78年には妻と4人の子どもを残し，領事としてドイツのクレーフェルトに赴任．その後グラスゴーでも同職を務め，晩年はロンドンで過ごした．

地方色作家の先駆　今日，メロドラマ的なハートの作品に対する評価はそれほど高いものとはいえないが，彼はアメリカの西部を描いた短編作家として，初めて国際的な名声を獲得した作家でもある．また，50年代初頭のカリフォルニアを舞台に庶民の素朴な人情に焦点をあてた物語を書き，地方の生活に読者の目を向けさせ，その後に地方色作家が輩出される下地を作った功績も無視できない．実際にサンフランシスコでは，トウェインら後進作家の助言者として，同地を西部文学の中心とするために大きな役割を果たした．下層階級の人々を描いたリアリズムの先駆者でもあり，彼が確立した物語のパターンは，西部を舞台とした小説や映画の雛型にもなっている．

　　　　　　　　　　　　　　　　　　　　　　　　　　　　　　　　　　（児玉）

◇作家解説 II◇

エグルストン　エドワード
Edward Eggleston（1837-1902）　　**小説家　歴史家**

経歴　インディアナ州に生まれ，厳格なメソジスト派教義による教育を受けて育つ．学校教育は主として僻地における初等教育のみで，この時期の経験がのちの作品に反映されることになる．19歳でメソジスト派の巡回牧師となるが，健康を害したために1866年，日曜学校の雑誌『リトル・コーポラル』（*Little Corporal*, のちに質の高い子供向け雑誌として定評のあった『セント・ニコラス』[*St. Nicholas*]に併合された）の編集に携わる．また，『ニューヨーク・インディペンデント』（*New York Independent*）のスタッフとなる．その後メソジスト派の教義を棄てて，1874年から79年にかけては，創設にかかわったニューヨークのブルックリン地区のキリスト教共励会（Christian Endeavor）教会牧師を務める．引退後，著作に専念する．

中西部の地方色作家　南北戦争後，アメリカ各地の特色ある風俗習慣・言語を忠実に描く地方色文学の作家の活躍が目立つようになる．感傷的な調子で極西部を描いたブレット・ハートと同じ頃，それとは対照的に中西部の生活を写実的に描いたのがエグルストンである．実弟でジャーナリストのジョージ・ケアリー・エグルストン（George Cary Eggleston）の経験を基に書かれた『インディアナっ子の先生』（*The Hoosier School-Master*, 1871）は代表作である．若い学校教師の結婚問題をめぐって1850年頃のインディアナ州僻地の貧しい白人たちの生活が写実的に描かれている．各地域の作家たちが各地の特色を描く作品群は，アメリカ・リアリズムの推進力となったばかりでなく，アメリカの全体像を示すことになるが故に，南北戦争後の再統合を促す機運を醸成するのに役立った．ついでエグルストンはミネソタ州の土地ブームについての『メトロポリスヴィルの不思議な出来事』（*The Mystery of Metropolisville*, 1873），オハイオ州のメソジスト派牧師を描く『巡回牧師』（*The Circuit Rider*, 1874），19世紀初めのインディアナ州を舞台にした『ロクシー』（*Roxy*, 1878）などを発表する．単純なプロットによる，メロドラマ性の強いストーリーは，辺境地区の無法性を写実的に描き出している．

歴史物語へ方向転換　その後エグルストンは次第に歴史物語へと進路を変える．人々にとって有益なものは，小説よりむしろ写実性に富む歴史物語だとの考えに傾いていったためである．そしてテカムセ（Tecumseh）やポカホンタス（Pocahontas）などのインディアンの伝記や，『インディアナの男子生徒』（*The Hoosier Schoolboy*, 1883）など子供向けの読みもの，歴史ロマンス『グレイスン一族』（*The Graysons*, 1888）などを発表した．歴史書としては『アメリカおよびアメリカ国民の歴史』（*A History of the United States and Its People*, 1888），アメリカの生活史シリーズのうちの2巻，『国家の創始者』（*The Beginners of a Nation*, 1896）と『文明の推移』（*The Transit of Civilization*, 1901）を著わした．　　　（武田）

◇作家解説 II◇

アダムズ　ヘンリー（・ブルックス）
Henry (Brooks) Adams (1838 - 1918)　歴史家　伝記作家　随筆家

時代の変化に直面して　第2代大統領ジョン・アダムズを曽祖父に，第6代大統領ジョン・クィンシー・アダムズを祖父にもち，駐英大使チャールズ・フランシス・アダムズを父としてボストンの州会議事堂のすぐそばで生まれた．アダムズの運命は，生まれ落ちた時からアメリカの指導者としての任務を引き継ぐことを当然視されていたと言える．しかし10歳にならないうちに，社会は驚くべき変容を示し始め，少年の目の前には古い時代の破片だけが散乱する状態となった．その生涯は，指針を失い，時代に違和感を抱く者が独自の道を見出そうと苦闘する歴史にほかならない．

歴史・中世研究　1858年ハーヴァード大学を卒業後，法律を学ぶためにベルリンへ赴き，その後イタリアまで足を延ばす．帰国後，61年から68年まで父の秘書としてワシントンで過ごす．南北戦争中は，駐英大使であった父と共にロンドンに滞在，傍ら通信員として『ボストン・アドヴァタイザー』，『ニューヨーク・タイムズ』などに通信文を書き送る．1870年『北米評論』(*The North American Review*) の編集主幹となり，76年までその地位にあった．同時にハーヴァード大学の歴史学の助教授に就任，精力的に歴史を研究，中世の意味を考える．この間，1872年にボストン出身のマリアン・フーパー（Marian Hooper）と結婚．1879年ハーヴァードを去ってワシントンに居を移し，アメリカの過去に関心を向ける．その結果，全9巻の『ジェファソンとマディソン政権下におけるアメリカ合衆国の歴史』(*History of the United States of America during the Administration of Jefferson and Madison,* 1889-91) が生まれた．

2冊の小説　結婚生活とワシントンでの体験をもとに，アダムズにしては珍しい2冊の小説が生まれた．一つは1880年に匿名で発表した『デモクラシー』(*Democracy*) である．ワシントンの政界を舞台に，実際の事件を基にして，腐敗と野望の渦巻く南北戦争後のアメリカの政界が微妙な皮肉を込めて描かれている．小説家としての未熟さから注目されることの少ない作品だが，「政治的寓話以上のもの」として扱われるべきだとの見方もある．アダムズがワシントンで亡くなった時，初めて作者名が明らかにされた．二つ目は女性の名を用いて発表された『エスター』(*Esther,* 1884) である．妻がモデルといわれる画家エスターの，聖職者との恋が描かれている．

東洋への旅　1885年の妻の自殺で絶望に陥り旅に出る．翌年夏には画家ジョン・ラ・ファージ（John La Farge）と日本を訪れ，その後ホノルル，タヒチ，シドニー，シンガポール，パリ，ロンドンを回り，1892年の初めにワシントンに帰着．この旅で東洋の宗教と神秘主義思想に目を開かれる．生涯をかけて問い続けた人生の意味は，アメリカで最も価値ある中世研究とされている『モン・サン・ミシェルとシャルトル』(*Mont-Saint-Michel and Chartres,* 1904) と精神的自叙伝『ヘンリー・アダムズの教育』(1907→401頁) に示されている．

（武田）

◇作家解説 II◇

ビアス　アンブロウズ
Ambrose Bierce（1842 - 1914 頃）　ジャーナリスト　短編作家

生い立ち　オハイオ州の貧しい農家の家庭に10人兄弟姉妹の末息子として生まれる．ビアスが4歳の時，カルヴァン派の宗教色が強いインディアナ州の農村に一家で移り住む．家庭伝道と躾に厳格な両親にビアスは早くから反発し，15歳で高校を卒業すると家を出る．印刷工見習い，給仕などを経て，南北戦争開戦と同時に北軍の志願兵となり中尉まで昇進する．終戦後，西部の地域調査に出かけた帰りに立ち寄ったサンフランシスコに留まり，独学で文学の勉強を始め，文筆家を志すようになる．

ジャーナリストとしての活躍　1868年からサンフランシスコの新聞に関わり，コラムを任されるようになり，編集者として風刺の効いた文章で有名になる．新婚旅行も兼ねてイギリスに渡り，3年間滞在している間に現地のジャーナリストらと親しくなり，いくつかの雑誌に短編物語や批評などを書いた．75年にサンフランシスコに戻ると，『イグザミナー』紙などの編集に携わり，20年にわたってジャーナリズムの第一線で華々しく活躍する．サンフランシスコきっての極悪人と評されるほど，ビアスの文章は辛辣であった．81年から1906年までに週刊誌への寄稿をきっかけにして執筆してきた辛口の言葉の定義をまとめて本にしたものが『冷笑家用語集』（*The Cynic's Word Book,* 1906）で，この作品の人気にあやかって「冷笑家の」（cynic's）という言葉を題名に使う書物が出回ったほどである．後にこの本は『悪魔の辞典』（*The Devil's Dictionary,* 1911）と改題，再編される．

作家としての活躍　ジャーナリストとしてフィクションに対して批判的であった一方で，優れた短編作品も数多く残している．最初の短編集『兵士と市民の物語』（*Tales of Soldiers and Civilians,* 1891）は南北戦争従軍の体験を色濃く反映している．後に『いのちの半ばに』（1892→389頁）と改題された．奴隷解放という大義名分を掲げながらも，戦争が純粋な正義のために行なわれたものではないという現実に直面し，物事の表面だけにとらわれることなく，水面下に隠された真実を探る術をビアスは戦争体験を通して身につけた．『ありうべきことか』（*Can Such Things Be?,* 1893）は，超自然現象を扱った短編集であり，ここに収められた「月明かりの道」（The Moonlit Road）は，芥川龍之介の「藪の中」に影響を与えた作品として日本でも話題になり，芥川の編集した英文教科書に掲載された．

晩年の足取り　ビアスの正確な没年月日はわかっていない．動乱のメキシコに赴き，とある部隊に同行していたが，その後消息を絶っている．新聞や雑誌でビアス失踪の話題が報道されたが，憶測の域を出ないものばかりである．ビアス死亡間際の足取りを探る際，唯一の信憑性のある手がかりとなるのは，ビアスが秘書に宛てた何通かの手紙を秘書がメモとして残したものであるが，ビアスの指示で現物は破棄されている．

【名句】"Birth" ─ The first and direst of all the disasters.（The Devil's Dictionary）
(「誕生」─すべての災難の中で，最初に見舞われる，最も悲惨なもの）（悪魔の辞典）

(松ノ井)

◇作家解説 II◇

ケイブル　ジョージ・ワシントン
George Washington Cable（1844 - 1925）　　小説家

生い立ち　ヴァージニア州出身の父とニューイングランド出身の母のもと，ルイジアナ州ニューオーリンズに生まれる．地元の公立学校で学ぶが父の死で退学を余儀なくされる．1863年から65年にかけて南軍兵士として兵籍に入る．除隊後は州調査官をはじめ，さまざまな仕事に就き，1869年から81年にかけてニューオーリンズの綿取引関連会社の事務員を務めたあと，本格的に創作活動に入る．貧困と南北戦争のため正規の教育はほとんど受けず，独学によりラテン語，フランス語等を学び，英独仏の文学作品から創作のこつを会得した．

文筆活動　1870年から1年半にわたって『ニューオーリンズ・デイリー・ピカユーン』（The New Orleans Daily Picayune）のコラムに寄稿し，おおむね好評を博する．1873年から79年にかけて『スクリブナーズ・マンスリー』（Scribner's Monthly）と『アプルトンズ・ジャーナル』（Appleton's Journal）に時折スケッチを寄せる．1879年に『スクリブナーズ・マンスリー』に掲載したスケッチ7編を集めて『なつかしきクレオール時代』（Old Creole Days）を出版する．これらのスケッチには，19世紀のルイジアナ州に住む，フランス人と黒人の混血であるクレオールの異国情緒豊かな生活が，クレオール独特の言語の忠実な再現とともに描かれている．しかし著者の姿勢は，リアリズムよりむしろ，南北戦争以前のロマンティックで華やかな南部の世界を理想化して描くことにあった．1885年に中編小説「マダム・デルフィーヌ」（Madame Delphine, 1881）を加えて再版された．1880年には長編小説『グランディシム一族』（The Grandissimes: A Story of Creole Life）を発表する．19世紀初めのニューオーリンズを舞台に，上層階級に属する二家族の間の反目と和解を描くこの作品は，事件の巧みな処理により小説としての魅力に富む仕上りをみせる．以上の3作がこの作家の最も注目すべき作品とされている．

南部の地方色作家として　その後の作品と活動は社会性を帯びたものへと変化する．黒人を取り巻く社会の実情を隠さずに取り上げた『沈黙の南部』（The Silent South, 1885）などにより周囲の人々との間に生じた摩擦が原因で1885年マサチューセッツ州ノーサンプトンへ移り，以後その土地で暮らし，市民の文化のレベル向上に尽力した．しかし，その後も南北戦争以前のニューオーリンズを舞台にした刑務所の改善を取り上げる『セヴィア博士』（Dr. Sevier, 1884）をはじめとして，カナダ南東部のフランス植民地アケイディア（Acadia）からルイジアナ州に移されたアケイディア人の子孫ケイジャン（Cajun, Cajan）を描く『ボナヴェンチャー』（Bonaventure, 1885），南北戦争後の再建時代の南部の小さな町を舞台に，北部の人々の企みを裁く老判事を描く『南部の人―ジョン・マーチ』（John March, Southerner, 1894），南北戦争の物語『騎士』（The Cavalier, 1901）などを発表し続けた．とりわけ『南部の人―ジョン・マーチ』はこの作家の作品の中で最も人気を博した．南部の地方色文学において主導的立場にあった作家である．　　　　　　　　　　　　（武田）

◇作　家　解　説　Ⅱ◇

ジュエット　サラ・オーン
Sarah Orne Jewett（1849 - 1909）　　**小説家**

　メイン州サウス・バーウィックに生まれる．医師であった父親の往診に同行し，身近にある自然や人々の生活をつぶさに観察する．この経験によって得た知覚力と生まれ故郷に対する深い愛情は，ストウ夫人が著した作品への共感を経て地方色の作家として成功をおさめるジュエットの礎となる．1866年にバーウィック学院を卒業後，執筆に専念．1868年にボストンの定期刊行誌，翌年には『アトランティック・マンスリー』（*Atlantic Monthly*）に短編が掲載される．以来，自身が生まれ育った土地に根ざした優れた作品を発表し，地方色文学の発展に貢献した．特にウィラ・キャザーに大きな影響を与えた．

　地元の港町に暮らす人々のスケッチを集めた『ディープヘイブン』（*Deephaven*, 1877）で名声を確立．『田舎医師』（*A Country Doctor*, 1884）や『沼地の島』（*A Marsh Island*, 1885），ならびに『白鷺，その他』（*A White Heron and Other Stories*, 1886）の表題作なども秀作として名高い．代表作『とんがり樅の木の国』（*The Country of the Pointed Firs*, 1896）には，海辺の寂れた田舎町を舞台に，その土地に暮らす人々の生活や心情が，方言の卓越した使用により抒情性豊かに描かれている．これらは，いずれも対象に対する作者の鋭い観察と真実を捉える洞察力の所産であり，そこにリアリズムの芽を見出すことができる．　　　　　（山口）

バーネット　フランシス（・イライザ）・ホジソン
Frances (Eliza) Hodgson Burnett（1849 - 1924）　　**小説家**

　イギリスのマンチェスターの裕福な商人の家に生まれ，乳母や家庭教師の世話を受けて育つ．1852年に父親が急死，母親が家業と育児を一手に引き受ける．想像力豊かなフランシスは，学校では物語を創作して友人に語り聞かせていた．十代半ば，家運が傾き，1865年に一家はアメリカへ移住．17歳頃から創作活動に入り，生活資金を得るために書き続ける．1873年に眼科医バーネットと結婚．夫の研修のためパリへ赴く．ランカシャーの炭鉱を描いた小説『ローリーのあの娘』（*That Lass o' Lowrie's*, 1877）で成功を収める．帰国後ワシントンに住む．夫の成功により上流社会に出入りし，1883年にワシントンの政治・社交生活を描いた『一つの政権の間』（*Through One Administration*）を発表．作家としての成功は家族との関係を疎遠にし，1898年離婚．この頃英国に土地を購入して9年間居住．その庭園は小説『秘密の園』（*The Secret Garden*, 1911）の舞台となる．1905年アメリカ市民となる．

　作品の多くは子供向けで，『小公子』（1886→387頁）や『サラ・クルー』（*Sara Crewe*, 1888；改作後『小公女』［*A Little Princess*, 1905］）は名高い．ほかにウィリアム・ギレット（William Gillette）との共作戯曲『エスメラルダ』（*Esmeralda*, 1881），自伝『私の一番よく知っていた人』（*The One I Knew Best of All*, 1893）など作品多数．　　　　　（武田）

◇作家解説 II◇

ショパン　ケイト　　　　Kate Chopin（1851 - 1904）　　**小説家**

19世紀末南部のリアリスト　ショパンの名は，アメリカ南部ルイジアナ州のクレオール（Creoles）の生活を描く，南北戦争後の地方色作家として知られている．戦前の古い南部への郷愁を払拭し切れない，センチメンタリズムが根強く残るこの地域にリアリズム文学が根付くのは，エレン・グラスゴー（Ellen Glasgow）まで待たねばならなかった，と言われる．そのなかで，ショパンが19世紀末に，女性の目覚めた意識をリアリスティックに描いたことは特筆すべきことである．

経歴　ミズーリ州セントルイスで，アイルランド系移民の父とフランス系の母の間に生まれる．生地の修道院付属の学校で教育を受けるが，正規の教育の制約や社会の因襲に反発して，好きな本を読み，詩作やスケッチを描くことに耽ける少女時代であった．1855年に父が亡くなってからは母方の祖母の家で育ち，フランス文学に親しむ．1870年にルイジアナ州のクレオールで銀行家のオスカー・ショパンと結婚．新婚旅行中にその名も高き自由恋愛の主唱者ヴィクトリア・ウッドハルと出会う．夫妻はルイジアナの農園に居を構え，夏はメキシコ湾の島グランド・アイルで過ごす．6人の子供に恵まれたが，1882年に夫を失い，84年にセントルイスに戻ってルイジアナ州での暮らしをもとに作品を書き始める．その後，モーパッサンの作品を読み，作り物ではない写実的な文学に惹かれていく．

女性の解放をテーマとして　ショパンの作家生活の開始は39歳の1889年からとされているが，最も早い作品としては短編小説「解放―人生の寓話」（Emancipation: Life Fable, 1869）がある．ショパン自身は婦人運動家ではなかったが，ここにはのちの作品に一貫して流れるテーマ（女性の解放・独立，因襲への反逆）がすでに顔をのぞかせている．副題は，個人の自由の思想を声高に口にできる状況になかった当時の社会を考慮しての周到な表現となっている．数ある短編の中で「一時間の物語」（The Story of an Hour, 1894）は（後述の）長編『目覚め』と並んで最も記憶に残る作品である．マラード夫人の精神的・肉体的自己解放は，夫の死が事実誤認であったことが判明して束の間の幻想に終わる話であるが，最初の作品と同様，あくまでも幻想であることを印象づける技法上の工夫が入念に施されている．物語はモーパッサン流の意外な結末で幕となる．1894年にはルイジアナ州のバイユー（湿地帯）を舞台とした23の短編とスケッチを集めた『バイユー地方の人々』（Bayou Folk）を発表する．1897年，短編集『アカディーの一夜』（A Night in Acadie）を出版．この中には，黒人と白人の血の混交から生じた悲劇を描く，日本でもよく知られた「デジレの赤ちゃん」（Désirée's Baby）が収められている．1899年に発表した『目覚め』（→392頁）は，ヒロインの自我と官能の目覚めを扱っている故に不道徳のそしりを受け，閲覧禁止や批評家による非難という不当な扱いを受けた．以後，発表される作品の数は減り，1902年の「ポリー」（Polly）が最後となる．長い間，忘れられた存在であったが，1950年代に入って『目覚め』の再評価の動きが起こり，1969年には『ケイト・ショパン全集』（The Complete Works of Kate Chopin）が出版され，今日ではアメリカ文学の古典としての地位は不動である．　　（武田）

◇作家解説 II◇

ベラミー　エドワード
Edward Bellamy（1850-98）　**小説家　社会運動家**

　マサチューセッツ州に生まれたベラミーは，大学卒業後に出かけたヨーロッパ旅行で社会問題に関心をもち，ジャーナリズムを志す．雑誌編集の仕事に携わるかたわら創作活動に励み，独自の世界を切り開いた．初期の小説には，『6対1』（*Six to One: A Nantucket Idyl*, 1878），『ストックブリッジ公爵』（*The Duke of Stockbridge*, 1879年連載, 1900年に死後出版），『ハイデンホフ博士のやり方』（*Dr. Heidenhoff's Process*, 1880）などがある．また，同時期に執筆された短編小説は，後に『盲目男の世界』（*The Blind Man's World and Other Stories*, 1898）にまとめられた．ただ，ベラミーの代表作といえば，『かえりみれば』（1888→388頁）をおいて他にない．この作品で社会批評家として名を成した彼は，1891年に雑誌『ザ・ニュー・ネイション』（*The New Nation*）を創刊．自身の社会主義的な改革論を深化させると共に，全国各地で講演を行なうなど精力的な活動を展開した．1897年には『かえりみれば』の続編『平等』（*Equality*）に着手するが，執筆中に健康を害し，若くして結核で死亡した．共産主義国が崩壊した現在では，ベラミーの構想した未来像に時代遅れの面があることは否定できない．だが，資本主義的な競争原理を批判する一方で，物質的な豊かさを前提としながら，個人の人間性が充足可能な理想社会を，同時代人に対して明快に提示してみせた功績は小さくない．

（児玉）

ベラスコ　デイヴィッド　　David Belasco（1853 - 1931）　**劇作家**

　サンフランシスコ生まれのベラスコは，19世紀末から20世紀初頭のブロードウェイにおいて，演劇プロデューサー，演出家，劇作家として目覚しい業績を挙げた．1902年に最初のベラスコ劇場を開場し，07年には西44番街のスタイヴサント劇場を買い取ってベラスコ劇場と改名し，この劇場を本拠に自作を含めて多くのヒット作を連打して，アメリカのリアリズム演劇，メロドラマ，スターシステム，照明や装置などの劇場機構の発展に寄与した．制作上演した400本近くの作品にはアメリカの戯曲が多く，俳優や劇作家などブロードウェイの演劇人を育成した功績は大きい．

　劇作家としては，プッチーニ（Giacomo Puccini）のオペラ『蝶々夫人』（*Madame Butterfly*, 1904）の原作となった同名の1幕物が広く知られている．この戯曲は，ジョン・ルーサー・ロング（John Luther Long）が1898年に雑誌『センチュリー』（*The Century*）に発表した物語を，リアリズムの手法によって脚色したロマンティックなメロドラマの傑作で，1900年にヘラルド・スクエア劇場で初演された．合作や脚色が多いが，自作の主な作品には，南北戦争を背景にした『メリーランドの心』（*The Heart of Maryland*, 1895），『神々の愛しきもの』（*The Darling of the Gods*, 1902），西部を舞台にした『黄金の西部の娘』（*The Girl of the Golden West*, 1905）などがある．

（荒井）

◇作家解説 II◇

ウォヴォカ （ジャック　ウィルソン）
Wovoka (Jack Wilson) (1856? - 1932)　　**宗教家**

死者復活　19世紀末，死者復活・伝統的生活の回復のために踊る，ゴーストダンス（Ghost
伝統回復　Dance）という宗教を，インディアンたちのあいだに始めた宗教家．1856年，もしくは57年に現在のネヴァダ州ウォーカーレイクでパイウート（Paiute）として生まれた．幼い頃から神がかりや神のお告げを経験したという．14歳の時に父が死に，白人牧場主デイヴィッド・ウィルソンに預けられ，ジャック・ウィルソンの名を貰い，英語を学ぶ．キリスト教にも接触したと思われる．この時期は，インディアン根絶政策の下，激しい武力弾圧を受けたインディアンたちが抵抗を放棄して無気力な生活に追い込まれつつあった．

ゴーストダンス　30歳の頃，彼は，ゴーストダンスを始めたが，もともと，これに先行する
蘇る美しき日々　類似の宗教的活動があった．北方パイウートのタヴィボという者が「大地に白人たちが飲み込まれているあいだに，死んだインディアンたちが生き返る」と予言し，輪になって宗教的な歌を歌いながら踊るようにと促している．この動きは，ネヴァダやカリフォルニア，オレゴンの各地に広まった．当時は，この予言者がウォヴォカの父であると信じられていた．ウォヴォカの教えによれば，「今の世はまもなく終わり，全てのインディアンによってすばらしい新しい世がやってくる．死んだ友人や親類はよみがえり，バイソンと野生馬も戻ってくる．白人たちは消え，昔の穏やかな日々が復活する．そのためにはまず，パイウート族は儀礼の歌と踊りに熟達せねばならない．この踊りを踊るインディアンのみがやがてくる天地異変に生き残る」というものであった．この踊りがゴーストダンス（Ghost Dance）と呼ばれたので，この教え全体をゴーストダンスとも言う．

急激な拡大　彼は，パイウートだけでなく，教えを求めて尋ねてくるスー（Sioux）などの他
激しい弾圧　部族にもこの踊りを教えたので，ゴーストダンスは，大平原やグレートベースンのインディアンにも急激に広まり，信者たちから救世主と言われた．もともと，このゴーストダンスは白人への戦意を示すものではなく，白人への脅威となる要素も全くなかったが，一心不乱に寝食を忘れて踊る集団に恐怖を感じた政府職員が，大弾圧の引き金をひいた．それが，1890年のウーンディド・ニー（Wounded Knee）の大虐殺である．これは，アメリカ政府の様々な犯罪の中でもまれに見る出来事のひとつであった．

急速な衰退　これ以降，ゴーストダンスが急速に勢力を失うが，その主たる理由は，白人政府のゴーストダンスに対する禁止と弾圧である．また，ウォヴォカ自身は一笑に付していたが，ゴーストダンスで着る服（ghost shirt）は弾丸を通さないと信じられていた．しかし，ウーンディド・ニーで，この服を着ていた者たちが白人の銃で撃ち殺されたため，教えが疑われた面もある．さらに，ゴーストダンスの教えは，世紀末を前にした救世主待望説なので，世紀末を過ぎてなお圧倒的な白人の力を前に，ゴーストダンスを信ずる気力が失われたためもあろう．

（渡辺）

◇作家解説 II◇

フレデリック　ハロルド　Harold Frederic（1856 - 98）　**小説家**

　ニューヨーク州ユーティカ（Utica）出身．地元の学校で教育を受け，20歳にならないうちから地方紙のリポーター，編集長を務めたのち，『ニューヨーク・タイムズ』のロンドン通信員となる．その傍ら，ニューヨークの田舎町や農場を舞台とした写実的な作品および南北戦争時代を背景とする作品を数多く書き著した．ニューヨーク州の農場生活を活写した第1作『セスの兄嫁』（*Seth's Brother's Wife*, 1887），ニューヨーク州の町で汚名を挽回しようとする娘の話『ロートン家の娘』（*The Lawton Girl*, 1890），奴隷制廃止論に反対する農夫を攻撃する偏狭なニューヨーク州の田舎町を描く『南部びいき』（*The Copperhead*, 1893），その他歴史小説，ファンタジー，そしてロマンティックな作品などがある．なかでも広く知られた代表作は，ニューヨーク州オクタビアスのメソジスト派の牧師セロン・ウェアが自己過信から招く転落への過程と救済を描く『セロン・ウェアの破滅』（*The Damnation of Theron Ware*, 1896；イギリスでの表題は『光明』[*Illumination*]）で，ホーソーンの影響が指摘されている．ロンドン生活を経験したことにより晩年の作品にはヨーロッパに題材をとった『この世の栄光』（*Gloria Mundi*, 1898），『商業中心地』（*The Market-Place*, 1899）もある．

(武田)

ボーム　ライマン・フランク　Lyman Frank Baum（1856 - 1919）
小説家　劇作家　児童文学者　ジャーナリスト

　ニューヨーク州で石油業を営み，劇場を所有する父と婦人参政権論者の母の間に生まれる．病弱であったため12歳まで家庭教師について学ぶ．その後，2年間，ニューヨーク州の幼年学校で教育を受ける．1873年『ニューヨーク・ワールド』（*New York World*）の記者となったのを手始めに，同年，ペンシルヴェニアで週刊誌『ニュー・イアラ』（*New Era*）を創刊，さらに他紙のコラムも執筆する．同時に養鶏業，石油業，その後は演劇の仕事にもかかわる．1882年婦人参政権論者の娘モード・ゲイジ（Maud Gage）と結婚，4人の息子に恵まれる．1897年に最初の児童向け読み物『マザー・グースによるお話』（*Mother Goose in Prose*）を挿絵入りで，1899年には画家ウィリアム・ウォリス・デンズロウ（William Wallace Denslow）による挿絵入りの『ファーザー・グースの本』（*Father Goose, His Book*）を出版，ともに好評を博す．次に書かれた『オズの魔法使い』（*The Wonderful Wizard of Oz*, 1900）はボームの作品の中で最もよく知られている．伝統的なファンタジーの道具立てにとらわれない，「アメリカ最初の本格的ファンタジー」と言われている．1902年に自身によるミュージカル化とその上演の成功を受けて13の続編が書かれた．子供向け読み物としての魅力にとどまらず，大人の読者をも引きつける寓意性を有しているために，多様な解釈を可能にしている．ほかにも多くの小説，戯曲，ノンフィクション作品を書いた．

(武田)

◇作家解説 II ◇

ガーランド　（ハンニバル・）ハムリン
(Hannibal) Hamlin Garland（1860 - 1940）　　小説家　自伝作家

経歴　ウィスコンシン州の農場に生まれ，1881年アイオワ州での学校教育を終える．1883年にダコタ准州で入手した土地を翌年手放し，ボストンへ出て教師の資格を取得して89年まで同地で教壇に立つ．1887年にはダコタ准州，アイオワ，ウィスコンシン両州を訪問，ミシシッピ川流域で，のちの作品の素材を得る．1891年，社会改革とリアリズム文学を推進するボストンの月刊誌『アリーナ』(*The Arena*) の編集者ベンジャミン・O・フラワー（Benjamin O. Flower）の依頼で各地の労働事情と農場の現況の調査に取り組む．1892年の冬から97年にかけてニューヨーク，シカゴの両都市，コロラド，ニューメキシコ，アリゾナ，ワシントン各州を回る．1898年にはユーコン川流域までを旅し，『金鉱探索者の通った道』(*The Trail of the Gold Seekers*, 1899)，『長い街道』(*The Long Trail*, 1907) を著した．1915年にニューヨークに一家を構える．1918年アメリカ文芸協会会員に選出される（20年同会長）．1921年に自身の結婚に触れた自伝『中西部辺境の娘』(*A Daughter of the Middle Border*) でピューリツァー賞を受賞．1926年ウィスコンシン大学，33年ノースウエスタン大学，37年南カリフォルニア大学より名誉博士号を授与される．

中西部の開拓農民を描く　数多い作品のほとんどは，自ら体験した中西部開拓農民の苛酷な生活に基づいている．初期の短編集『本街道』(*Main-Travelled Roads*, 1891) はリアリズムによるガーランドの代表作である．ミシシッピ川流域のスケッチ6編から成り，のち5編の物語が加えられた．中西部の農場における自然との果てしない戦い，そして単調な農場生活を写実的に描き，農場の生活に対するロマンティックな見方を排除すべきだという姿勢を打ち出している．その後は一転してロマンスを書く時期が訪れる．その頃の作品『ダッチャーズ・クーリー農園のローズ』(*Rose of Dutcher's Coolly*, 1895) にはシカゴ体験が取り入れられている．農場生活に飽き足らず，自由を希求する作家志望の女主人公ローズに対して，シカゴで編集者を務める批評家メイスンは対等な人間同士の結婚を約束して彼女を説得する．1917年に発表した自伝『中西部辺境の息子』(*A Son of the Middle Border*) でガーランドは従来の路線に戻る．1893年までの経験を語るこの作品は，虚構の要素も加味したゆるやかなかたちの自伝である．農業の現状を改良する必要を痛感していたガーランドには，そのための理論の宣伝と言える作品もある．土地のみに課税するヘンリー・ジョージ（Henry George）の単税理論を宣伝する『普通の人 ジェイソン・エドワーズ』(*Jason Edwards: An Average Man*, 1892)，人民党（Populist Party）の宣伝『役得』(*A Spoil of Office*, 1892) などはその例である．

ヴェリティズムへ移行　ボストンでハウエルズの影響を受けたと言われるガーランドのリアリズムは，単なる事実の描写に終始するのではなく，自身の好む対象の真実を描くべきであるという真実主義（Veritism）へと進展していく．『崩れゆく偶像』(*Crumbling Idols*, 1894) はガーランドのリアリズム理論の表明の書である．　　　　　　　　　　　（武田）

◇作家解説 II◇

ギルマン　シャーロット・パーキンズ
Charlotte Perkins Gilman（1860 - 1935）
小説家　フェミニスト　社会改革運動家

精神的な病との闘い　コネティカット州ハートフォードに生まれたギルマンは、父方の大叔母にハリエット・ビーチャー・ストウ（Harriet Beecher Stowe）をもつ名門の出．だが、生後直ぐに父親が家を出たため、経済面でも家庭環境の面でも恵まれない少女時代を過ごした．その後、ロードアイランドの学校でデザインを学び、デザイナーとして働きながら執筆活動を開始．1884年には処女詩集を発表した．同年に芸術家のチャールズ・ステットソン（Charles Stetson）と結婚．1886年に長女を出産した際に酷い鬱病に悩まされ、神経科医ウィア・ミッチェル（S. Weir Mitchell）の治療を受ける．しかし、出来る限り家から出ず、筆を手にしないという知的活動を極度に抑圧された生活は、ギルマンにとって拷問以外の何物でもなく、翌年には療養のために娘とカリフォルニアに転居した．この時の経験を基に執筆されたのが、代表作「黄色い壁紙」（The Yellow Wallpaper, 1892）である．

社会運動から女権運動へ　1894年に夫と離婚．1890年代は作家業と平行して社会改革家、講演者として精力的な活動を展開．当初はナショナリスト運動に共感していたが、次第に女性の権利擁護と社会的地位の向上が議論の中心となった．『女性と経済学』（Women and Economics, 1898）では、女性の経済的な隷属状態が人間性の伸長を阻害すると論じて絶賛を浴びた．『子供について』（Concerning Children, 1900）や『家庭』（The Home, 1904）では、女性の家庭からの解放を説く議論を更に深化させている．

失われたユートピア小説　1900年、弁護士のジョージ・ギルマン（George H. Gilman）と2度目の結婚．進歩的な態度を共有する夫の理解を得て、執筆とフェミニズム運動を続けながら幸せな生活を送る．1909年から7年間、月刊誌『フォアランナー』（The Forerunner）の編集と発行に携わる．ギルマンは社会・経済評論、詩、小説と様々な記事の大半を書き上げたが、この時期の活動として、近年注目を集めているのが、自身の社会観を反映させた小説の執筆である．数多くの作品を発表しているが、中でも『フェミニジア』（Herland, 1915）、『彼女と私たちの土地で』（With Her in Ourland, 1916）といったユートピア小説が、社会的な病理に対するフェミニスト的な解決法を提示した作品として評価されている．

フェミニズムの先駆　1934年、夫が突然の死を遂げると、カリフォルニア州パサデナに転居して娘と暮らし始める．だが、1935年には癌が悪化し、クロロホルムで自殺を図った．同年に自伝（The Living of Charlotte Perkins Gilman）が出版された．1980年代になると再評価の機運が高まり、その先見性が見直されると共に著作の多くが再刊された．「黄色い壁紙」は、もはや文学や女性学における古典であるし、『女性と経済学』は、女性運動を語る上で欠かせない作品のひとつとなっている．また、ギルマンの提唱したフェミニズムは、経済的な依存状態の打破を女性解放の根本に据えるなど、経済構造や物質的な環境と女性の生活との関係性を扱っており、その現代性が注目されている．　　　　　　　　（児玉）

◇作家解説 II◇

ウォートン　イーディス　Edith Wharton（1862 - 1937）**小説家**

上流階級出身の早熟な娘　ニューヨークの有閑階級の家庭に生まれる．1866年から72年まで両親に連れられヨーロッパに滞在し，保母や家庭教師から教育を受け成長する．無類の読書好きであったイーディスはごく自然に書くことの楽しみを覚え，十代半ば頃にはすでに小説を創作し，書きためた詩を両親が自費出版するにいたる．

精力的な文筆活動と社会的貢献　1885年，エドワード・ウォートンと結婚し，欧米を往復する生活が始まる．1897年，建築家のコドマン（Ogden Codman, Jr.）の協力を得て，インテリアに関する先駆的作品『家の装飾』（*The Decoration of Houses*）を発表し好評を得る．その後，『心の傾き』（*The Greater Inclination*, 1899）を刊行して，職業作家として生きる決心を固める．この頃までには，イーディスにとって執筆活動は，90年代初めより病んでいた神経症の治療法となる．1907年にフランスへ渡り，1913年にはすでに別居中であった夫と離婚する．多作の人気作家であったウォートンは，生涯を通じて長編小説，短編集，旅行記，小説論，自伝など数多くの作品を著わした．また，第1次大戦中には慈善活動や難民収容所の創設に尽力し，前線を視察する記者としても活躍するなど社会的にも貢献した．

ジェイムズの影響　ウォートンの小説はしばしばヘンリー・ジェイムズの影響の見地から論じられる．「古きニューヨーク」（old New York）出身の離国者であり人格形成期を海外で過ごすという共通点をもつ両作家は，共感を覚えることが多々あった．自伝の中でウォートンは，ジェイムズを精神的な絆で結ばれた友人であったと回想している．また，上流階級に属する人々の心理的葛藤を繊細な筆致で描出し，清教徒の潔癖さと高い道徳意識を感じさせる作品を書いたことにおいても類似が認められる．特に，フランスの城を舞台にして女主人公の心の葛藤を描いた『暗礁』（*The Reef*, 1912）は，ジェイムズの影響を強く感じさせる．しかし，ジェイムズが社会的影響から隔絶した世界で人間の内面的心理を描いたのに対して，ウォートンは社会の因習と個の相克に主眼を置いている点で二人は異なる．

ピューリツァー賞受賞　代表作には，美貌と才知を武器に上流社会に入り込もうとした娘の悲劇を描く『歓楽の家』（*The House of Mirth*, 1905），ニューイングランドの寒村を舞台に殺伐とした結婚生活を送っている男が，妻の身内と心中未遂事件を起こし，不幸な余生を送ることになる『イーサン・フローム』（1911→402頁），同じくニューイングランドを背景にセクシュアリティの問題を扱った『夏』（*Summer*, 1917），野心家の女性を主人公に，アメリカとフランスの風習の違いを描いた国際小説『国の習慣』（*The Custom of the Country*, 1913）などがある．ウォートンの小説の集大成と言える『無垢の時代』（1920→410頁）では，青年実業家と性格の異なる二人の女性をめぐる関係を，1870年代の「古きニューヨーク」への郷愁とともに，その風俗習慣を諷刺的な視点から描いてピューリツァー賞を受賞した．また，1938年には未完の小説『バカニアーズ』（*The Buccaneers*）が死後出版されている．

（山口）

◇作家解説 II◇

ウィスター　オーウェン
Owen Wister（1860 - 1938）　　小説家　伝記作家

　著名な女優ファニー・ケンブル（Fanny Kemble）の孫として，フィラデルフィアの裕福な家庭に生まれたウィスターは，ハーヴァード大学を卒業後，体調を崩したことをきっかけにワイオミング州へと療養に出かける．そこで西部世界に魅了された彼は，1880年代から90年代にかけて各地を回り，その体験に基づいた物語を雑誌に発表し始める．代表作は1870年代から1880年代までのワイオミングを舞台にしたカウボーイの物語『ヴァージニアン』（*The Virginian,* 1902）である．この作品によって，西部を舞台にした小説のひとつのパターンが確立され，西部世界に暮らす人々に関する様々な神話も作られた．西部社会の地方性を研究し，主人公を含めて西部的な人物の描写に傾注している点は地方色作家の伝統に属するものであり，社会的な要素を加味しつつその美性と蛮性を描いている点には，新しいリアリズムの端緒が窺える．西部開拓時代の終焉が近づくにつれて，西部を去ったウィスターは創作の方向性も転換していった．後年はハーヴァード時代の同級生セオドア・ルーズベルトの回想や，グラント将軍やジョージ・ワシントンの伝記を執筆する一方で，ハーヴァード大学学部生の物語『哲学4』（*Philosophy 4,* 1903）や，チャールストンでの生活を描いたロマンティック・ノベル『ボルティモア夫人』（*Lady Baltimore,* 1906）なども発表．生活においても題材においても，二度と西部に戻ることはなかった．　　　　　　　　　（児玉）

O・ヘンリー
O. Henry（1862 - 1910）　本名 William Sydney Porter　　短編小説家

　ノースカロライナ州グリーンズボロ（Greensboro）に生まれる．父は永久運動する機械の製作に取り付かれた風変わりな医者，母は彼の3歳のとき結核で他界した．彼は文学趣味豊かで私塾も開いていた叔母に文学教育を授けられる．15歳からドラッグストアで働き，19歳で薬剤師の資格を取るが，結核の兆候が現われたので，82年テキサスへ転地して，さまざまな仕事につき，オースティンの実業家の娘と結婚する．小雑誌と印刷所を経営しながら銀行の出納係をつとめ，不正借用が発覚．義父が返済してくれて一旦は刑事訴追を免れるが，連邦銀行監査官が調査に乗り出す．96年彼は再逮捕されるが，ホンジュラスへ逃亡して2年間その地で過ごす．妻危篤の報に接し帰国，裁判で懲役5年の判決を受け，オハイオ州コロンバスの監獄で3年あまり服役する．出獄後ほどなくして，彼は「塀の中」の体験を心の奥に封印し，ニューヨークに出てO・ヘンリーの筆名で短編小説の名手，雑誌ジャーナリズムの寵児に変身．彼の作品の中心をなす秘密，仮面性，騙し，詐欺，逃亡などのテーマはこのトラウマに由来するものと考えられる．死までのわずか10年の間に奇想とユーモアと人間的な温かみに充ちた280以上もの短編を書き，20世紀初頭のニューヨークのたたずまいを後世に伝えることに成功したことは文学史上の奇跡と呼ぶに値する．（→400頁）　　（寺門）

◇作家解説 Ⅱ◇

ブラック・エルク　　Black Elk（1863 - 1950）
インディアンの聖者　メディスン・マン

聖者の　　オグララ・ラコタ（いわゆるスー族の一支族）の聖者，メディスン・マン．カ
ヴィジョン　スター将軍率いる第7騎兵隊をリトルビッグホーンで撃破したクレージー・ホースのまたいとこにあたるという．名前のブラック・エルクを直訳すれば，「黒いオオシカ」である．生まれた場所は，おそらく現在のワイオミング州境近くであろう．ラコタとしては伝統的でありふれたことだが，9歳の時，ヴィジョンを得ている．その内容は，彼が癒しと宗教的な儀式を執り行う聖者となることを示していた．しかし，17歳になって，親族がカナダから戻ってくるまで，自分のヴィジョンを隠していた．この親族とは，カスター将軍の死を含む第7騎兵隊の全滅の後，追及を避けるためにカナダに移住していた者たちである．既にスーの土地は，1889年に40番目の州となったサウスダコタに属している．

諦めから　ブラック・エルクは86年，バッファロー・ビルのワイルド・ウェスト・ショー
再建へ　　に加わり，3年間，東部やヨーロッパを回った．このバッファロー・ビルとは，西部開拓者で有名な興行師である．スーの居留地に戻って，彼はウーンディド・ニーの虐殺を目撃し，もはや部族の独立が失われたことを知った．92年に結婚，ニコラス・ブラック・エルクと名乗る．1904年カトリックに改宗し，07年には居留地を巡り，カトリックの儀式と教義を教えた．以後，31年の春に詩人ジョン・ナイハルトと出会うまで，彼は自分のヴィジョンを忘れていた．ナイハルトは，ウーンディド・ニーの虐殺のなかに消滅した救世主待望の夢に関する叙事詩『西部詩大系』（*A Cycle of the West*）を執筆するために，ブラック・エルクに紹介されたが，これが運命的な出会いとなった．

　ブラック・エルクは英語を話せず，ナイハルトはラコタ語を知らないので，二人の会話は困難を極めた．ブラック・エルクの息子ベンが父の言葉を英語に訳し，ナイハルトが何度も聞き直した上で口述したものを，ナイハルトの娘エニドが速記で記録した．これが後にタイプライターで文字に起こされ，『ブラック・エルクが語る』（*Black Elk Speaks*）として32年に出版された．

ラコタの　ブラック・エルクの示した多くの事がらが，19世紀後半のラコタ文化を継承して
宗教観　　いると後に裏付けられているが，ブラック・エルクは，文化人類学的な関心に応えるために，著作を出版したり，宗教的な儀式を行なったのではない．彼の目的は，苦難に満ちた時期に自らが得た精神的な啓示とラコタの宗教観を威厳をもって英語圏の人びとに伝えることであった．ナイハルトは，ウーンディド・ニーの恐怖を伝えるためにブラック・エルクの語りを再生している．『ブラック・エルクが語る』が出版された当時，ほとんど注目を集めなかったが，60年代になって，白人社会だけでなく，部族の違いを超えて若いインディアンたちにも広く読まれるようになった．

（渡辺）

◇作家解説 II◇

ワイルダー　ローラ・インガルス
Laura Ingalls Wilder（1867 - 1957）　児童文学作家

「小さな家」のローラ　ワイルダーは世界中で最も有名な児童文学作家の一人である．西部開拓民として過ごしてきた半生を基にして書かれた「小さな家」シリーズは，アメリカ本国はもちろん世界各国で翻訳が出版され，読者を魅了してきた．物語に描かれたローラ（Laura）の歩みとワイルダーの生涯とが完全に一致するわけではないが，家族構成や中西部への移住などはほぼ事実と重なっている．ウィスコンシン州ペピン近郊の小さな家で生まれたワイルダーは，フロンティア・スピリットの旺盛な父親に率いられ，より恵まれた生活を求めて家族と共に何度となく移住を繰り返した．ミズーリ州，カンザス州，アイオワ州，ミネソタ州と中西部各地を転々とした後，1879年に一家は，サウスダコタのデスメットで農地の払い下げを受けて定住．その地でワイルダーはアルマンゾ（Almanzo Wilder）と出会い，85年に結婚した．結婚当初は長男を亡くしたり，夫が病に倒れ障害を負ったりと不幸も経験したが，ミズーリ州マンスフィールド近郊に農園を買い，そこにようやく安住の地を築いた．

作家としての出発　このロッキー・リッジ農園（Rocky Ridge Farm）で夫を手伝い，農場の仕事や家事をこなす一方で，様々な地方紙への投稿を始め，連載コラムも担当するようになる．1924年になると作家兼編集者となった一人娘ローズの勧めで半生記の執筆を開始．鉛筆で学校用のノートに書かれた原稿は，32年に『大きな森の小さな家』（*Little House in the Big Woods*）として出版された．大恐慌直後の不況下にありながら，この作品は多くの読者を獲得し，続きを望む手紙が続々とワイルダーのもとに届いた．以後，ワイルダーはローズの手を借りながら，ローラの少女時代から結婚までを次々と描いていった．ニューヨーク州の大農場で少年時代を過ごした夫をモデルに『農場の少年』（*Farmer Boy*, 1933）をはさんで，90歳で亡くなるまで，シリーズは，『大草原の小さな家』（*Little House on the Prairie*, 1935），『プラム川の土手で』（*On the Banks of Plum Creek*, 1937），『シルバー湖のほとりで』（*By the Shores of Silver Lake*, 1939），『長い冬』（*The Long Winter*, 1940），『大草原の小さな町』（*Little Town on the Prairie*, 1941），『この楽しき日々』（*These Happy Golden Years*, 1943）と7作を数えた．

開拓民の証言　ワイルダーの死後，結婚当初の困難な生活を描いた『はじめの4年間』（*The First Four Years*, 1971）など3冊が出版され，これらを含めて「小さな家」シリーズは，読者はもちろん批評家からも好意的な評価を獲得している．彼女の功績は西部開拓時代の開拓民の生活をつぶさに記録し，それを過度に脚色することなく，そのまま日常の物語として描いたことにある．現在では西部移住の扱い方などについて様々な議論も存在するが，彼女の児童文学と西部文学に対して果たした貢献は軽視できない．

【名句】I have always lived in little houses. I like them.（*These Happy Golden Years*）
「いつも小さな家で暮らしてきたわ．小さな家って好きよ」（この楽しき日々）　　　（児玉）

◇作家解説 II◇

マスターズ　エドガー・リー
Edgar Lee Masters（1868 - 1950）　　詩人

弁護士活動　カンザス州ガーネットに生まれるが，イリノイ州の農村で育つ．正規の大学教育を終えずに，父の元で法律を学ぶ．1892年にシカゴで法律関係の仕事に就き，貧困層の側に立つ活動を行なった．匿名の下に，人民党の見解をエッセーや劇で発表している．98年にシカゴの弁護士の娘と結婚，3人の子どもが生まれる．弁護士事務所に加わってからも，貧民側にたつ弁護士活動を行なっているが，1908年頃から，不倫のために家庭と仕事で困難な時期を迎えている．23年に離婚．ニューヨークなどにも住み，フィラデルフィアで死を迎え，イリノイ州の墓地に埋葬される．

変貌の時代　田園と都市　20世紀を迎える前後のアメリカにおいて，田舎や小都市の生活を理想化する作品は，新聞や雑誌の記事でとても重要であった．なぜなら，それらは，工業化や大都市化，技術革新による交通手段や通信手段の大変革，また，移民の大量流入を控えて，古き良き人生と共同体の有り様を再確認する役割を担っていたためである．既に，低賃金長時間労働の搾取工場が都市のなかに形成されていたが，マスターズはまさしく，この過去と現在，田園と都市という二項対立を生きたと言える．

口語調　墓碑銘　彼は初め，イギリスロマン派の詩人やエドガー・アラン・ポウ，ウォルト・ホイットマンを好み，詩や小説，劇を書き続けたが，因習的で独自性が薄いので評価されなかった．10年頃から使っていたウェブスター・フォードというペンネームの下で，14年，イリノイでの少年時代の経験を基にして田舎に題材を取った直接的で具体的な詩を書き始めた．各作品の登場人物が韻律や脚韻を無視した口語調で，自分の墓碑銘について語る斬新な発想をとり，そのなかで農本主義的な生活を賛美したが，他方ではそれを支える共同体の背後に鋭いメスを入れた．これがしだいに膨らみ，『スプーンリヴァー詞華集』（1915→405頁）としてまとめられて，彼の名声は不朽のものとなった．

地方共同体　内実を暴く　文学史から言えば，彼の作品は，19世紀後半の地方色の作家と言われたサラ・オーン・ジュエットと，シンクレア・ルイスの『本町通り』（*Main Street,* 1920）とを繋ぐ位置を占め，E・A・ロビンソンらと同じく地方小共同体への二律背反的な視点を維持している．語り手たちは，図らずも，共同体に対して着けている仮面の背後に隠れた内的な真実をあからさまする．この後35年間，続編にあたる『新スプーンリヴァー』（*The New Spoon River,* 1924）を含めて40冊近くの詩集・小説・戯曲集，あるいはリンカーンの伝記などを出版している．同じシカゴの詩人カール・サントバーグもまた，リンカーンの伝記を書いているが，二人は互いに認めあうことがなかった．

【名句】Degenerate sons and daughters./ Life is too strong for you —/ It takes life to love Life. (Lucinda Matlock)「不埒な息子や娘どもだ／人生はおまえたちにとって手強すぎる——／人生を愛するには命がけだから」（ルシンダ・マトロック）　　　　　　　　（渡辺）

◇作家解説 II◇

ロビンソン　エドウィン・アーリントン
Edwin Arlington Robinson（1869 - 1935）　　　**詩人**

失望とし　メイン州ヘッドタイドにて材木商の第3子として生まれたが，女の子を欲しがっ
ての誕生　ていた母ががっかりして，6ヶ月，名を与えなかった．名は，くじで選ばれたと
いう．ロビンソンの人生は，失望として始まったと言える．すぐに一家で同州ガーディナー
へ引っ越したが，この町がのちに，詩作の舞台となる架空の町ティルベリタウンである．

家族の不幸　11歳の頃から詩作を始める．91年ハーヴァード大学に入学するが，父が92年
詩への決意　に死に，翌年の恐慌で家財が失われて，途中退学．医者であった次兄ディーン
がモルヒネ中毒となり，母が悲惨な病死をするなど，家族の不幸が重なった．87年にエ
マ・シェパードと恋に落ちるが，生活と詩作を両立させるめどが立たず，家業を継いでいた
長兄のハーマンに彼女を紹介し，結果，二人は結婚している．1901年家族の財産が全て失
われ，ロビンソンは無一文となったが，詩作に生きる決意を固めた．

援助の手　友人の援助で，詩集『夜の子どもたち』（*The Children of the Night,* 1897）や『キ
詩作没頭　ャプテン・クレイグ』（*Captain Craig,* 1902）を出版したが，評価は低く，失意の
あまり酒浸りとなった．そうした時に突然，援助の手が差し伸べられた．セオドア・ルーズ
ベルト大統領の息子が『夜の子どもたち』を偶然読んで気に入り，大統領に推奨した．大統
領も気に入ったのでみずから書評を書き，ロビンソンにニューヨーク税関の仕事を世話した．
スクリブナー社も同詩集を再版することにした．定職を得て生活が安定し，詩を書く時間が
十分に確保されたが，この頃に書かれた作品はみな二級品だと自身が後で語っている．ルー
ズベルトが大統領職を去った際に，税関を辞めてガーディナーに戻る．11年から冬はニュ
ーヨークの友人宅で，夏はマクドウェルのコロニーで過ごすこととなった．このコロニーは，
作曲家エドワード・マクドウェルの死後，夫人が芸術家のために提供した集団生活の場であ
る．ロビンソンは，全エネルギーを創作につぎ込み，酒も飲まなくなった．16年からは，
匿名の援助が毎月届くようになり，更に詩作に打ち込むこととなる．詩集『空に対峙する男』
（*The Man Against the Sky,* 1916）が注目されている．詩法は，伝統的な韻律を守り，エマソ
ンを精神的な支柱としていると指摘されている．『全詩集』（*Collected Poems,* 1921）と『二
度死んだ男』（*The Man Who Died Twice,* 1924），および，アーサー王伝説に題材を取った
物語詩『トリストラム』（*Tristram,* 1927）でピューリツァー賞を3度受賞している．

【名句】And he was rich — yes, richer than a king —/And admirably schooled in every
grace/.../And Richard Cory, one calm summer night, /Went home and put a bullet
through his head.（Richard Cory）「それに彼は金持ちだった―そう　王様よりも金持ちだ
った―／あらゆる優雅さを身に付けていたし／…／それからリチャード・コーリーはある静
かな夏の夜／家に戻ると頭に銃弾をぶち込んだ」（リチャード・コーリー）　　　　（渡辺）

◇作家解説 Ⅱ◇

ムーディー　ウィリアム・ヴォーン
William Vaughn Moody（1869 - 1910）　　**詩人　劇作家**

　インディアナ州出身のムーディーは，ハーヴァード大学を卒業後，母校やシカゴ大学で教え，才能もあり影響力もある教師として評判になった．その後はマサチューセッツ州のボストンやイースト・グロスターに住んで，「グロスターの荒地」（Gloucester Moors, 1901）などの詩を書き，詩人として活躍した．その後劇作に転じて，ミルトンの影響が濃厚な詩劇『裁きのマスク』（The Masque of Judgment, 1900）や，詩劇の第2作『火をもたらす人』（A Fire Bringer, 1904）を書いた．

　代表作は最初『サビニの女』（The Sabine Woman, 1906）という題で発表し，その後『大分水嶺』（The Great Divine, 1906）に改題した散文劇で，上演当時は「偉大なアメリカのドラマ」として高く評価された．アリゾナの丸太小屋に住む若い女が，西部のならず者たちに襲われ，そのうちの1人に金で買われるが，自分で稼いだ金を払って男と別れ，東部へ戻るという物語．ピューリタン的なニューイングランドとパイオニア精神に満ちた西部を対比しながら，清教徒的な女と西部の無法者を対照的に描き出すことに成功した．

　ムーディーは劇作家としてオニールなどの先駆者と見なす評価もあり，また詩人としてフロストなどへの影響が高く評価されることもある．　　　　　　　　　　　　　　　（荒井）

ダンバー　ポール・ローレンス
Paul Laurence Dunbar（1872 - 1906）　　**詩人**

　世紀の転換期にハーレム・ルネサンスの先駆者として，白人にも読まれたアフロ・アメリカンの詩人，小説家．オハイオ州デイトン生まれ．ケンタッキーで奴隷だった父ジョシュア・ダンバーは，逃亡して南北戦争でマサチューセッツ第55連隊に属し南部軍と戦った．

　ダンバーは，南北戦争以前の黒人口語英語のなかで育ち，後に，これを駆使して詩や物語を発表している．高校では唯一の黒人だったが，学業優秀であった．詩作を始めたが，ジョン・キーツやウィリアム・ワーズワースなどを耽読している．高校卒業後，人種差別からホテルのエレベーターボーイの職を選ばざるを得なかったが，時間を見つけて詩を書いていた．デイトンで開かれた作家の集まりで朗読をしてから，「エレベーターボーイの詩人」として有名になり，フレデリック・ダグラスらの知遇や援助を得た．

　彼は，黒人口語英語を駆使した初めての詩人として高く評価される一方で，「古き良き時代」白人に仕えた黒人を好意的に描いて，歴史を誤解していると批判されてもいる．ただ，アフリカ系アメリカ人としての権利や，高等教育を受ける権利などを強く主張したことは確かである．後期には，黒人性をなるべく表に出さないようにして，白人を登場人物とする小説を書いた．『樫と蔦』（Oak and Ivy, 1893）を含めて11冊の詩集がある．『全詩集』（Complete Poems）は，死後の1913年に出版された．　　　　　　　　　　　（渡辺）

◇作家解説 II◇

スタイン　ガートルード
Gertrude Stein（1874 - 1946）　詩人　小説家

先駆的な国籍離脱者　ペンシルヴェニア州アレゲニーの裕福なユダヤ系の家庭に生まれる．ラドクリフ女子大に学びウィリアム・ジェイムズの心理学に傾倒し，ジョンズ・ホプキンズ大学医学部で脳科学を専攻するが，学位は取得することなく，美術愛好家の兄とともにパリに移住してセーヌ左岸フルリュス街（rue de Fleurus）27番地に芸術家のサロンを開く．生涯の大半をパリで過ごす．セザンヌの絵から霊感を受け，購入して部屋に飾り，ピカソ，マチスなど数多くの前衛芸術家と親交を結んでキュービズムの理論を文学に活かそうと模索する．彼女自身ピカソの肖像画のモデルにもなる．彼女はまた第1次大戦後にパリに集まってきたヘミングウェイ，フィッツジェラルドら，若いアメリカ作家たちをサロンに迎え，「失われた世代」の名づけ親にもなる．ウィリアム・ジェイムズとベルグソンの影響下で，小説における意識の流れの理論を構築し，リフレインを多用した独特な文体を考案した．

二つの前衛的作品　やたらに繰り返しの多い『三人の女』（Three Lives, 1909）は，常識的に読めば稚拙で間延びしたものにしか見えない．ここでは文体は意識の動きを写したものとされ，主題は重要ではないとも言われる．だがドイツ移民の二人のメイドと白黒混血の娘の物語からなるこの小説は恵まれない階級の女性たちの肖像であり，同時代の自然主義小説と通底するところがあり，フェミニズム小説として論じられることもある．文学史的にはシャーウッド・アンダソンに与えた影響が特筆に価する．詩集『やさしいボタン』（Tender Buttons, 1914）は言葉から日常的な意味作用を可能な限り取り去ってリズムと連想から新たな世界を構築しようとする，ジェイムズ・ジョイスの『フィネガンズ・ウェイク』（Finnegans Wake）に比せられる最前衛の実験詩である．この詩の意味を読み解こうとすると，意図的なマラプロピズム（言葉の誤用），謎めいた造語，厄介なアナグラム等々，あまたの不条理な障壁によって頑丈にガードされていて攻め入ることは至難である．だが70年代に入って，作者スタインと秘書アリスとの秘められたレズビアニズムを告白した暗号文学という視点を加味して解読しようとする研究者が現われた．スタインはヘンリー・ジェイムズの世代とエズラ・パウンド，T・S・エリオット，ヘミングウェイ，フィッツジェラルドら第1次大戦後のモダニズムの世代とを繋ぐ作家として位置づけられるのが普通だが，モダニズムを飛び越えてポストモダニズムまで一気に駆け抜けてしまったような側面も持っている．

パリの芸術家群像の記録　『アリス・B・トクラスの自伝』（The Autobiography of Alice B. Toklas, 1933）は秘書アリスの視点を借りた，しかし，むろんスタイン自身の筆になる，フルリュス街のサロンを訪れる国際的な画家や作家の群像の興味深く貴重この上ない記録である．

　彼女には他にも自分の一族の歴史を扱った『アメリカ人たちの形成』（The Making of Americans, 1925）など，多数の著書がある．　　　　　　　　　　　　　　　　（寺門）

◇作家解説 II ◇

ロウエル　エイミー　　　Amy Lowell（1874 - 1925）　　　詩人

英詩の革新をアメリカ国民に訴えた詩人．マサチューセッツ州ブルックリンの由緒ある旧家に生まれる．詩人ジェイムズ・ラッセル・ロウエルやロバート・ロウエルも同じ家系の出身．上流家庭の女性として詩人を職業とすることは許されなかったが，両親の死後，独学によって詩人を志す．特にキーツから影響を受け，のちに伝記を残している．

H.D.の詩に共感し，1913年ロンドンのH.D.やエズラ・パウンドを訪れて，イマジズム運動に参加する．イマジズムの性質と主導権をめぐって対立したパウンドが「渦巻主義」を唱えてイマジズムを去ると，ロウエルがこの運動の主唱者となる．3年にわたりイマジストの年刊詩集（*Some Imagist Poets*, 1915, 16, 17）をアメリカで編集し，講演会や朗読会を通して，イマジズムと自由詩の理解をアメリカの一般読者に訴えた．

彼女は，色彩豊かなイメージと効果的な音を詩作に用いた．例えば，愛人のアダ・ドワイヤー・ラッセルに宛てたとされる恋愛詩では，花々，庭園，月光，宝石などのイメージを具体的に示し，女性の理想美や恋愛の心情を感覚的に描く．詩集には，『剣の刃とケシの種』（*Sword Blades and Poppy Seed*, 1914）や『男と女と幽霊』（*Men, Women and Ghosts*, 1916）などがある．死後出版の『何時ですか』（*What's O'Clock?*, 1925）でピューリツァー賞を受賞．中国詩の翻訳や実験的散文詩「多声的散文」（polyphonic prose）もある．　　　　（関口）

ウェブスター　ジーン　　　Jean Webster（1876 - 1916）　　　小説家

ニューヨーク州最西端フレドニア生まれで，本名はアリス・ジェイン・チャンドラー・ウェブスター（Alice Jane Chandler Webster）．母がマーク・トウェインの姪にあたる関係で，父はビジネス・マネージャー及びパートナーとしてマーク・トウェインから出版社を任される．彼の代表作を次々と世に送り出したが，経営悪化に伴って退かされ，病死する．文学的教育的且つ経済的に恵まれた環境のもとで育ったジーンは，ヴァッサー大学在学時から文筆活動を始め，『パティ，大学へ行く』（*When Patty Went to College*, 1903）に続くパティ・シリーズを手掛けた後に，『あしながおじさん』（1912→403頁）を執筆し，広く世に認められる．学生時代から社会福祉事業への関心が深く，『続・あしながおじさん』（*Dear Enemy*, 1915）の中で，孤児院改善の情熱を結晶させている．また，刑務所改善の為の委員となり，刑務所を定期的に訪れ，受刑者更正にも積極的に取り組む．結婚1年後に女児を早産し，まもなく他界した．人気と名声を不動のものにした『あしながおじさん』に見られるように，作品は少女小説の域を脱しきれずセンチメンタリズムや御都合主義も認められる．しかし，運命に流されるままの受け身の生き方ではなく，チャンスを生かして努力を重ね，物心両面で自立する道を第一とする溌剌とした前向きのヒロイン像は，婦人に参政権が認められていない時代にあっては，新しい女性の生き方として読者の心を捉えた．　　　　（岸上）

◇作家解説 II◇

サンドバーグ　カール　　Carl Sandburg（1878 - 1967）　　**詩人**

貧困の中　「革命詩人」と呼ばれた，シカゴ・グループの中心的な詩人，歴史家，小説家，
不穏分子　民俗学者．スウェーデン移民のオーガスト・ジョンソンとクララのあいだに，イリノイ州ゲイルズバーグで生まれた．鉄道関係の仕事に就いていた父は，同姓同名の者に何回か遭遇して，サンドバーグと姓を改めた．家がとても貧しく，カールは13歳で学校をやめ，皿洗いやレンガ積み，季節労働など様々な職業に就き，また，様々な州に移った．米西戦争では，プエルトリコで8ヶ月間軍務に就く．除隊後，ゲイルズバーグに戻り，ロンバード大学に入学して，古典を中心に4年間学んだが卒業せず，ウィスコンシン州ミルウォーキーでジャーナリストやオーガナイザーとして働く．1910年から12年まで，ミルウォーキーの社会主義者市長の秘書を務めた．第1次世界大戦へのアメリカの参戦に反対したため，セオドア・ドライサーなどと同じ社会的不穏分子とみなされ，F.B.I.による身上調査の対象者であった．

口語表現　彼が詩人として認められたのは，14年に詩誌『ポエトリ』（*Poetry*）が「シカゴ」
自由律　を含めて彼の短い詩作品を多数掲載してからである．彼はホイットマンの伝統を20世紀に引き継ぎ，大胆な口語表現や力に満ちた自由律による作品を発表し，アメリカ的なイディオムや思考方法，とりわけ，彼の生まれ育った中西部的な表現を結晶させている．次第に作風は変化してゆくが，常に，社会的な関心を全面に押し出し，アメリカ人として，詩人として，宗教的なまやかしと戦い，経済的・人種的・社会的な正義実現のために議論し，人物や愛の詩，反戦詩を書き続け，読者に直接に強く訴える作品を多く残した．

民衆の歌　『シカゴ詩集』（1916→406頁）が代表作だが，『とうもろこしの皮を剥ぐ人』
民衆の歴史　（*Cornhuskers*, 1918）や『煙と鋼鉄』（*Smoke and Steel*, 1920）の出版により，工業化・都市化されたアメリカと，農業中心のアメリカをともに歌う詩人として評価される．ほかに，『おはよう，アメリカ』（*Good Morning, America*, 1928）などがある．『そうだ，人民だ』（*The People, Yes*, 1936）は，アメリカとその精神を，民衆の歌や民衆の歴史として歌い上げる．50年の『全詩集』（*Complete Poems*, 1950）でピューリッツァー賞を受賞した．アメリカ民謡にも関心を持ち，鉄道労働者やカウボーイ，きこり，季節労働者，囚人などから歌を採集し，『アメリカの歌袋』（*The American Songbag*, 1927），および，『新アメリカの歌袋』（*The New American Songbag*, 1950）として編集する．また，ギターやバンジョーなどを弾いて民謡や自作品を歌い「アメリカの吟遊詩人」と言われた．リンカーン大統領に関心を持ち，26から39年のあいだに6巻本の伝記を発表，そのなかの『アブラハム・リンカーン―戦争の時代』（*Abraham Lincoln: The War Years*, 4 vols., 1939）でピューリッツァー賞を受賞し，国民的な名声を獲得したが，歴史家からは多くの誤りを指摘されている．

【名句】Wrecking,/ Planning,/ Building, breaking, rebuilding.（Chicago）「ぶち壊し／たくらみ／建てて壊してまた建てる」（シカゴ）　　　　　　　　　　　　　　　（渡辺）

◇作家解説 II◇

シンクレア　アプトン　　Upton Sinclair（1878 - 1968）　**小説家**

　メリーランド州ボルティモアの零落した名家に生まれる．15歳から小説で学資を稼ぎ，ニューヨーク市立大学とコロンビア大学に学ぶ．「イエスとハムレットとシェリー」によって形成された愛と信頼の精神が世の中で受け入れられない失望感が初期作品の基調をなしていると彼は自ら語っている．シカゴの屠殺場の労働条件の実態調査に参加した経験を基にして書いた『ジャングル』（1906→399頁）は大ベストセラーとなり，こんにちもプロレタリア小説の名作として残る．このときの収入を基にしてニュージャージー州イングルウッドに共同生活村ヘリコン・ホーム・コロニー（Helicon Home Colony）を設立した（1年後に火事で焼失）．1915年，カリフォルニアへ移住して4度選挙に立候補したが不調に終わる．1934年には EPIC（End Poverty in California）という組織を作って知事選に立つが惜敗した．彼の作品は小説のほか，政治パンフレット，健康，宗教，テレパシーなどに関するものと多岐にわたり，百冊を超える．コロラドの炭鉱の労働運動を描いた『キング・コール』（*King Coal*, 1917），ハーディング政権の石油疑獄を描いた『オイル』（*Oil !*, 1927），サッコ＝ヴァンゼッティ事件の処刑された二人のアナーキストを描いた『ボストン』（*Boston*, 1928），世界の現代史をかいくぐって行くラニー・バッド（Lanny Budd）シリーズなどが有名．　　（寺門）

リンゼイ　ニコラス・ヴェイチェル
　　　　　　Nicholas Vachel Lindsay（1879 - 1931）　　**詩人**

　人民を愛した吟遊詩人．しばしば，イリノイ州スプリングフィールドの2番目に有名な息子と言われる．アブラハム・リンカーンの影響を強く受けており，彼もまた，平民を愛し，その愛を詩作品に反映させている．オハイオの大学で3年間勉強した後，シカゴやニューヨークで絵画の勉強をしたが，救世軍の創始者を題材とした詩「ウィリアム・ブース将軍天国へ」(General William Booth Enters into Heaven) が1913年雑誌『ポエトリ』に掲載されて，一躍有名となった．1914年に，『コンゴその他』（*The Congo and Other Poems*）を出版する．
　リンゼイは，自作を売ったり演じたりし，その代わりに，宿泊と食事を手に入れながら，生涯のほとんどを全国行脚に費やした．これは，単なる朗読というよりはむしろ，パフォーマンスと言った方が良いであろう．彼の詩はリズミカルであるため，メロドラマのように歌ったり，叫んだり，身振り手振りを入れたりしながら，読まれた．
　25年，45歳の時に，23歳のエリザベスと結婚し，2人の子どもをもうける．29年に故郷のスプリングフィールドに戻るが，31年，服毒自殺した．人々が評価するのは，詩の内容ではなくて，演奏や演技ではないかと次第に思うようになり，詩人としての評価や想像力の衰えに関して絶望したと言われる．　　　　　　　　　　　　　　　　　　　　　　（渡辺）

◇作家解説 II◇

ロイ　ミナ　　　　　Mina Loy（1882 - 1966）　　**詩人　画家**

　フェミニスト色の強いモダニスト詩人．ミナ・ガートルード・ロウイ（Mina Gertrude Lowy）として，ユダヤ系ハンガリー人2世の父とプロテスタントのイギリス人の母のもとロンドンで生まれる．最初は画家としてキャリアを築く．1899年より2年間ミュンヒェンで美術を学び，帰国後オーガスタス・ジョンのもとで修行する．1903年にパリで結婚するが，夫の姓を名乗らず，ロウイ（Lowy）をロイ（Loy）に変えて自分の姓とした．ガートルード・スタイン（Gertrude Stein）のサロンでアポリネールやピカソらと知り合う．詩作では，イタリアの芸術運動フューチャリストの影響を受ける．14年に詩が『トレンド』（Trend）誌などに載り，ニューヨークで特に注目される．15年，『アザーズ』（Others）誌に掲載された詩「ラヴ・ソング」（Love Songs）は，赤裸々な性的内容によりセンセーショナルな衝撃を与える．16年グレニッチ・ヴィレッジへ移り，大歓迎される．

　23年に1作目の詩集『月の旅行案内書』（Lunar Baedecker），53年にコロラド州へ移り，58年に『月の旅行案内書とタイムテーブル』（Lunar Baedeker and Time-Tables）が出版され，死後82年に『最後の旅行案内書』（The Last Baedeker），96年『失われた月の旅行案内書』（The Lost Lunar Baedeker）が出版される．その詩の独特のスタイルや言葉遣いは当時としては実験的で，起伏に富む自らの感情が自由に描かれている．肺炎で死去．　　　　（木村）

グラスペル　スーザン　　　　　Susan Glaspell（1882 - 1948）　　**劇作家**

　1916年に，劇作家で夫のジョージ・クラム・クック（George Cram Cook）とともに，マサチューセッツのプロヴィンスタウンで特定のリベラルな観客層だけを対象にした実験的な小劇団，プロヴィンスタウン・プレイヤーズ（Provincetown Players）を設立．港の倉庫を改造した埠頭劇場（Wharf Theatre）でユージーン・オニールの戯曲を取り上げ，アメリカ演劇の流れを変えるきっかけとなる小劇場運動を展開し始めた．オニールの才能を見出し，劇作家としての第一歩を踏み出させたことは，アメリカ演劇史を考える上で重要である．

　劇作家としては，夫との共作で，当時は新しかった精神分析医に対して疑念を投じる風刺喜劇『抑圧された欲望』（Suppressed Desires, 1914）の他に，『些細なこと』（Trifles, 1916），『本を閉じよ』（Close the Book, 1917）などの1幕劇を劇団に提供した．詩人エミリー・ディキンソンの生涯を題材にした『アリソンの家』（Alison's House, 1930）は，生涯独身で世を去った詩人の詩作の秘密が明らかになるという話で，ピューリツァー賞を受賞．彼女の戯曲は当時のリベラルな知性を持った女性の視点を反映しており，その結果としてフェミニズム的な視点，また人間，特に女性を束縛する19世紀的で旧弊な価値基準に対する異議申し立てになっているが，33年以後，劇作から小説の執筆に活動の領域を変える．70年代，フェミニズムの興隆以後，再評価され始めた．　　　　（水谷）

◇作家解説 II◇

ティーズデイル　サラ　Sara Teasdale（1884 - 1933）　　　詩人

女性の声
恋愛詩
　ミズーリ州セントルイス生まれ．裕福なバプティストの家庭で，過保護に育つ．ホスマー・ホール卒業後，セントルイスの若い女性芸術家グループ「陶芸家」（Potters）の活動に加わり，中世芸術や女性芸術に関心を示す．第1詩集『ドゥーゼに捧げるソネットその他』（*Sonnets to Duse and Other Poems,* 1907）は，イタリアの女優エレノア・ドゥーゼが演じる古代と中世の女性美を称えたものである．第2詩集『トロイのヘレンその他』（*Helen of Troy and Other Poems,* 1911）には，サッフォー，ヘレン，ベアトリーチェなどの神話・文学史上の女性が自らの境地を語る劇的独白と，ニューヨークを舞台とした近代的な恋愛詩が収められている．詩人のヴェイチェル・リンゼイに求婚されながらも，14年，父親と同じ実業家のアーネスト・フィルシンガーと結婚し，2年後，ニューヨークに移り住む．

苦悩する
恋愛詩人
　第3詩集『海へ注ぐ河』（*Rivers to the Sea,* 1915）で，その繊細なイメージと純粋な抒情詩が高く評価されたティーズデイルは，17年に『恋歌集』（*Love Songs*）を発表し，翌年ピューリツァー賞の前身であるコロンビア大学詩賞を受賞，恋愛詩人としての名声を得る．だが，私生活では，ロマンチックな恋愛観と現実の結婚生活の差に落胆し，女性の自由と自立を脅かす結婚に葛藤を覚えるようになる．これに慢性の健康不安と夫の海外出張が重なり，作風が次第に暗くなる．20年出版の『炎と影』（*Flame and Shadow*）では，愛と結婚に喜びを見出せない詩人の苦悩が描かれる．29年，夫の反対にもかかわらず離婚．翌年より，クリスティーナ・ロセッティの恋愛詩の編集に携わるが，鬱病に苛まされ，この編集は完結しなかった．31年，ヴェイチェル・リンゼイが自殺し，大きな精神的打撃を受けた．肺炎を患ったあと，絶望のなか33年に睡眠薬で自らの命を絶った．

抒情詩
の伝統
　ティーズデイルの詩は，韻律や脚韻の整った伝統的な形式を用いる．主題としては，恋愛，美，切望，落胆，死などを多く扱う．モダニズムの実験的な詩が盛んだった時代に詩作しながら，自身は完全な自由よりも形式上の束縛こそが力強い詩を生むと信じた．ハウスマンやイェイツの抒情詩に感銘を受け，自らをクリスティーナ・ロセッティやエリザベス・ブラウニングなどの19世紀女性抒情詩人の後継者とみなした．詩のほかに，アンソロジー『応える声―女性による100の恋愛抒情詩』（*The Answering Voice: One Hundred Love Lyrics by Women,* 1917）を編集している．

　【名句】When I am dead and over me bright April / Shakes out her rain-drenched hair, / Tho' you should lean above me broken-hearted, / I shall not care.（I Shall Not Care）「わたしが死んで　その上に　まぶしく光る4月が／雨でずぶぬれになった髪を振りかざすとき，／たとえあなたが　失意のあまり　わたしの屍にすがりつこうとも，／わたしは　気にも留めないだろう」（私は気にも留めない）　　　　　　　　　　　　　　（関口）

◇作家解説 II◇

ワイリー　エリノア　　Elinor Wylie（1885 - 1928）　詩人　小説家

社交界
駆け落ち　洗練された詩風と美貌で20年代文学界の脚光を浴びた詩人．ニュージャージー州サマーヴィルの名家の生まれ．父親が法務次官補となった関係で，12歳からワシントンの上流階級社会で育つ．幼いころより文学に親しんでいた．良家の娘として私立校での教育を受けた後，社交界にデビューし，1906年に海軍の名門出身のフィリップ・ヒッチボーンと結婚，翌年息子を出産．しかし幸せな結婚とはならず，10年に17歳年上の既婚弁護士ホレイショ・ワイリーと駆け落ちする．この事件は，ワシントンの社交界のスキャンダルとして広く知れ渡る．イギリス滞在中に夫ヒッチボーンが自殺．第1次世界大戦勃発後，帰国し，16年にワイリーと正式に結婚する．メイン州やジョージア州などで暮らした後，ワシントンに戻り，そこで初めて文学界との交流をもつ．特に，ワイリーの弟ヘンリーの級友だった詩人ウィリアム・ローズ・ベネは，20年にヘンリーが自殺した後，自らの自殺を考えたワイリーを精神的に支え，詩作を励ました．同年『ポエトリ』誌に詩が掲載される．

文学界
離婚再婚　21年に詩集『風取り網』（*Nets to Catch the Wind*）を出版し，洗練された技巧とアイロニックなトーンが高く評価された．この詩集の成功を受けて翌年，ニューヨークのグレニッチ・ヴィレッジに単身で移住し，ニューヨーク文学界の一員となる．23年にワイリーと離婚しベネと結婚するが，その後もワイリー姓で書き続けた．28年脳卒中で死ぬまで，ベネとの結婚生活は，詩集『黒い鎧』（*Black Armour,* 1923）を含め詩集3冊，小説4冊をもたらした．死後，友人のエドナ・セント・ヴィンセント・ミレーが「エリノア・ワイリーに」（To Elinor Wylie）という一連の詩を残している．『全詩集』（*Collected Poems,* 1932）と『全散文集』（*Collected Prose,* 1933）がベネによって編集されている．

混沌の統御
読者の獲得　詩の主な主題として，逃避，自己愛，苦悩，裏切り，死などを扱う．表現は正確で，トーンはウィットとアイロニーを基調とするが，形式は，伝統的な詩形と脚韻を用いている．これは，おそらく，渾沌とした激しい感情を統御するためである．彼女の詩は，実験的で難解なモダニズムの詩と異なって，一般読者の支持を得ていた．後世への影響は，アドリエンヌ・リッチ，シルヴィア・プラス，セオドア・レトキなどに及ぶ．小説としては，夫の装飾となり破滅する女性を風刺的に描いた『ジェニファー・ローン』（*Jennifer Lorn,* 1923）と『ヴェネチアガラスの甥』（*The Venetian Glass Nephew,* 1924），シェリーを題材にした『みなしご天使』（*The Orphan Angel,* 1926）などがある．

【名句】What has it done, this world,/With hard finger tips,/But sweetly chiseled and curled/Your inscrutable lips?（A Proud Lady）「一体何をしたというのだ，この世が／硬い指先を使って／あなたのなぞに包まれた唇を／麗しく彫り，丸みを持たせたこと以外に」（誇り高き婦人）　　　　　　　　　　　　　　　　　　　　　　　　　　　　　　　　（関口）

◇作家解説 Ⅱ◇

ラードナー　リング　　　Ring Lardner（1885 - 1933）　　小説家

　ミシガン州の小さな町ナイルズ（Niles）に生まれ，後期ビクトリア朝の雰囲気の中で裕福な家庭に育つ．高校を卒業するとシカゴで新聞記者になり，スポーツ記事やコラムを書いた．おもにプロ野球を担当し，シカゴ・ホワイトソックスやシカゴ・カブズに同行取材した．その後，野球選手を主人公にした短編小説を雑誌に掲載するようになり，1916年には自惚れの強い新人投手の話を手紙形式でユーモラスに描いた『ユー・ノー・ミー，アル』（*You Know Me Al*）を発表する．ラードナーが最も活躍したのは20年代で，『短編小説の書き方』（*How to Write Short Stories*, 1924），『愛の巣，その他』（*The Love Nest and Other Stories*, 1926）などの短編集を出版し，短編作家として幅広い層の読者を得た．ラードナーは何と言ってもユーモア作家であり，一癖も二癖もある人物を，理解ある第三者の目を通して語ることにより読者の共感を得るのを得意とする．ラードナーの功績はアメリカの口語体をごく自然に作品に取り込んだことにあり，アメリカ文学の独自性という点でイギリス作家ヴァージニア・ウルフ（Virginia Woolf）からも注目された．その特徴が遺憾なく発揮されているのが「散髪の間に」（*Haircut*, 1925）で，小さな田舎町の散髪屋が客に町のゴシップを披露する．全編散髪屋のおしゃべりであり，どの町にもいそうな話好きの散髪屋の主人を彷彿とさせる．アメリカ口語体の系譜では，トウェイン，ラードナー，ヘミングウェイがひとつの流れとなる．
（奥村）

リード　ジョン　　　John Reed（1887 - 1920）　ジャーナリスト　詩人

　オレゴン州ポートランドの裕福な家庭に生まれたリードは，ハーヴァード大学を卒業するとヨーロッパ諸国に遊び，帰国後ジャーナリズムの道に進んだ．『アメリカン・マガジン』（*American Magazine*）誌を経て『マッセズ』（*The Masses*）誌の編集に加わり，同誌に様々な記事を発表．1913年ニュージャージー州パターソンで起きた絹織物工場のストライキに関する報道が認められ，各誌の派遣記者として活躍するようになった．メキシコで武装蜂起したパンチョ・ビーリャ（Pancho Villa）の革命軍と4ヶ月間行動を共にしたルポは，『反乱するメキシコ』（*Insurgent Mexico*, 1914）にまとめられた．第1次大戦時には戦時特派員としてヨーロッパに駐在し，戦況を報道．記事の一部は『東欧の戦争』（*The War in Eastern Europe*, 1916）として出版された．翌年には詩集『タンバリン』（*Tamburlaine*）を発表．次いでロシアへと赴き17年の10月革命を目撃．その克明なルポルタージュが，代表作『世界をゆるがした十日間』（*Ten Days That Shook the World*, 1919）である．ボリシェヴィキの思想に共鳴したリードはレーニンら指導部の知遇を得て，プロパガンダ記事の執筆に留まらず，帰国後はアメリカ共産党の結党に尽力するなど積極的に活動に参与した．20年，再びロシアに渡ると，アメリカ政府からは再入国拒否の処分を受ける．そのまま当地に滞在するが罹病し，バクーで客死した．遺体はクレムリンに葬られた．
（児玉）

◇作家解説 II◇

ドゥーリトル　ヒルダ
H. D.（Hilda Doolittle）（1886-1961）　　　詩人

H.D.
イマジスト
ペンシルヴェニア州ベツレヘム生まれ．父はペンシルヴェニア大学の天文学の教授で，母は熱心なモラヴィア教徒だった．15歳でペンシルヴェニア大学在学中のエズラ・パウンドと知り合い婚約するが，家族の反対で結婚には至らなかった．ブリン・モー大学を病気で中退後，1911年，一夏のつもりでロンドンを訪れるが，その後もそこに住むことになった．再会したパウンドを通して最初の詩がシカゴの『ポエトリ』誌に掲載される．この時パウンドが "H.D., Imagiste" と記したことから，イマジズムの代表詩人として出発する．その詩は，鮮明なイメージ，凝縮された表現，自由なリズムを特徴とし，古代ギリシャに多く題材をとる．第1詩集『海の庭』（*Sea Garden*, 1916）には，硬質なイメージで薔薇を描いた「海の薔薇」（Sea Rose）や，山と海のイメージを混交させて嵐をとらえた「山の精」（Oread）など，イマジズムの代表作が収められている．イギリスの詩人リチャード・オールディントンと同年結婚．

精神の危機
フロイト
10年代後半に，第1次世界大戦，死産，夫の入隊と浮気，弟の戦死，父の死，夫公認の恋人の子ども出産，その上，重度のインフルエンザを経験し，精神的，肉体的危機に陥る．この危機を救ったのが，18年にエイミー・ロウェルの紹介で会い，生涯のパートナーとなるイギリス女性ブライア（ウィニフレッド・エラーマン）である．ブライアの経済援助で娘パーデイタを養育し，23年に彼女とともにスイスに移る．33年と34年，トラウマとなっていた第1次世界大戦の体験と向かい合い，自己を再確認するため，ウィーンでフロイトの精神分析を受ける．別居していたオールディントンと38年に離婚する．

癒しと再生
第2次世界大戦勃発直後ロンドンに戻り，大空襲のさなか『三部作』（*Trilogy*, 1944-46）を執筆する．この長編詩は，『壁は倒れない』（*The Walls Do Not Fall*, 1944），『天使たちへの頌歌』（*Tribute to the Angels*, 1945），『花咲く杖』（*The Flowering of the Rod*, 1946）の3部から成り，叙事詩的な広がりをもつ．初期のイマジズムから詩風を変え，キリスト教，ギリシャ・エジプト神話，神秘主義，無意識理論などに思索をめぐらし，戦禍における精神の癒しと再生を探究する．形式は一貫して2行連句で書かれ，異なる神話や宗教に由来する言葉とイメージが響き合う．戦後，精神衰弱となり，46年に休養のためスイスに移るが，創作を続け，61年に詩と散文の両方から成る瞑想的な長詩『エジプトのヘレン』（*Helen in Egypt*）を出版．同年，チューリッヒで死去．詩の他に，27年に同性愛をテーマに書かれ，死後出版された半自伝的小説『ハーマイオネ』（*HERmione*, 1981），フロイトの精神分析の記録『フロイトに捧ぐ』（*Tribute to Freud*, 1956）などがある．

【名句】An incident here and there, / and rails gone (for guns) / from your (and my) old town square (The Walls Do Not Fall)「空襲　ここも　あそこも，／そして　消え去った　鉄柵（銃に変えるため）／あなたの（そして私の）懐かしの街の広場から」（壁は倒れない）

（関口）

◇作家解説 Ⅱ◇

ブルックス　ヴァン・ワイク
Van Wyck Brooks（1886 - 1963）　**批評家**

ヨーロッパ文化に触れる　ニュージャージー州北部プレーンフィールド（Plainfield）に生まれる．12歳の時，家族ともども，ドイツやイギリスなど，ヨーロッパ各地を巡る．ハーヴァード大学卒業後，すぐにまたイギリスに渡り，アメリカ文化を考える貴重な体験を積む．ロンドンで，『ピューリタンの酒』（*The Wine of the Puritans*, 1909）を出版．ピューリタンの伝統は，あまりに観念的，物質的であり，審美的な側面を顧みていないと批判する．1909年帰国．ハウエルズら作家について論評し，雑誌などに寄稿する．

HighbrowとLowbrow　15年，『アメリカ成年期に達す』（*America's Coming-of-Age*）を発表する．アメリカ文化が，精神的な「知性派」（Highbrow）と実務的な「通俗派」（Lowbrow）とに分離していると指摘．両者を統合するのが，ホイットマンであると評する．「互いに極をなすアメリカの気質が，ホイットマンの内部で融合した」．その後，『マーク・トウェインの試練』（*The Ordeal of Mark Twain*, 1920）を出版．トウェインを精神分析的に捉え，ミシシッピ川の素朴な自然を愛する心の中にも，母親や妻など家族を通じて受けたカルヴィニズムの影響が見え隠れすると指摘．25年，『ヘンリー・ジェイムズの遍歴』（*The Pilgrimage of Henry James*）を出版．この頃から，エマソンに強く関心を示す．『エマソンその他』（*Emerson and Others*, 1927），『エマソン伝』（*The Life of Emerson*, 1932）を発表．エマソンこそ，ピューリタニズムを乗り越えて，新しい哲学を導く人物と捉える．

5冊本のシリーズ　36年に『花開くニューイングランド』（*The Flowering of New England, 1815-1865*）を出版．文学，思想が一気に開花したニューイングランドを扱う．作品や逸話や伝記を交えて，ロングフェロー，エマソン，ソーロウ，ホーソーンなどを生き生きと描き出す．「エマソンとソーロウは，二本の草花が同じ苗床で成育するように，コンコードでともに育った．（中略）と言っても，別々の隅で，間はかなりあいていた」．ピューリツァー賞を獲得．続いて，『ニューイングランドは小春日和』（*New England: Indian Summer, 1865-1915*, 1940）を発表．南北戦争後のニューイングランドを描く．1880年代のニューイングランドは「小春日和」のように穏やか．「ボストンは，怠惰となり，活力を失い」，かつてのような熱気はもうないと批評．ベストセラーとなる．引き続き，『ワシントン・アーヴィングの世界』（*The World of Washington Irving*, 1944），『メルヴィルとホイットマンの時代』（*The Times of Melville and Whitman*, 1947），『自信の時代』（*The Confident Years, 1885-1915*, 1952）を発表．『作りし人と見出せし者』（*Makers and Finders: A History of the Writer in America*）の5冊本のシリーズが完結．

評価　本質にピューリタニズムを見つめながら，アメリカの文学や文化の流れを明らかにする．純粋に作品を論ずるというよりは，作家の伝記や作品などを通じて，社会や時代を映し出す．アメリカ文学史上，忘れることのできない文芸批評家である．　　　　（矢作）

◇作家解説 II◇

ジェファーズ ロビンソン
Robinson Jeffers（1887 - 1962）　**詩人　劇作家**

幅広い教養
詩作への専念
ペンシルヴェニア州ピッツバーグ生まれ．父は，長老教会の牧師であり，旧約聖書関連文献を専門とする教授であった．ヨーロッパを広く旅したが，それがジェファーズの幼少時の教育であったと言って良いだろう．少年の頃，ジェファーズは，自作の羽で空を飛ぼうとしているが，彼の詩には，鳥のことを書いたり，イカロスの神話に言及したりしている作品が少なくない．もっとも好きな鳥は，鷹であった．スイスやドイツの学校に通い，また，英文学や医学，森林学を各地で学んだ．フランス語，ドイツ語，ラテン語，ギリシャ語も学ぶ．遺産相続のお蔭で，詩作に専念できることとなる．1913年に離婚経験者ウナ・コール・カスターと結婚．彼女は，彼が8年間も求愛し続けた相手であった．翌年，モンテレー海岸沿いのカーメルに石作りの家と観測塔を建て，そこで暮らしながら，海流や崖，雲，山々などの観測を行なった．詩作品の題材も沿岸地域の光景に集中している．

現代社会批判
彼にとって，「詩とは，人生の永遠相に主として関るもの」であり，本質と五感と心理的真実を呼び戻すような「危険なイメージ」の詩を求めている．第1詩集は，恋愛詩を集めた『酒瓶と林檎』（*Flagons and Apples*, 1912），第2詩集は，海岸地域とそこに住む人びとを描いた『カリフォルニア人』（*Californinans*, 1916）である．古代悲劇や旧約聖書，キリスト伝説などを，陰うつで愚かな現代社会を批判するテーマに結びつけている．24年の『タマーその他』（*Tamar and Other Poems*, 1925）が，T・S・エリオットに絶賛されて評価が定まった．タイトルと同名の物語詩は，近親相姦がテーマである．ダヴィデ王の娘タマーの話を下敷きに，肉欲と自己破壊への強迫が明白に示されている．ジェファーズの多くの詩と劇は，ギリシャ・ローマの神話に基づいて，舞台をカリフォルニアに取り，内容は暴力，姦淫，近親相姦である．もっとも知られた作品は『メディア』（*Medea*, 1946）である．これはエウリピデスの劇を翻案したものであるが，47年と65年に上演されて大成功を収めた．『悲劇を越える塔』（*The Tower Beyond Tragedy*, 1950）は，アイスキュロスの『オレステイア』に基づく作品である．

悪徳の都市
過激な思想
彼は都市生活を悪徳であり腐敗であると見なし，第2次世界大戦や朝鮮戦争を肯定したが，理由は価値のない人類を絶滅させるのに賛成だからだという．悲惨さの向こうに広がる美しい宇宙を見つめれば，苦しみは克服できると信じていた．

【名句】And boys, be in nothing so moderate as in love of man, a clever servant, insufferable master,/ There is the trap that catches noblest spirits, that caught —they say— God, when he walked on earth.（Shine, Perishing Republic）「若者よ　賢い召使いや我慢ならない主人のように人間愛などという生温いものに耽ってはいけない／もっとも高貴な精神さえも捉えてしまう罠があり——この地上を歩いている神さえも捉えたと言う」（輝け，滅び行く共和国）

　　　　　　　　　　　　　　　　　　　　　　　　　　　　　　　　　　　　（渡辺）

◇作家解説 Ⅱ◇

ランサム　ジョン・クロウ
John Crowe Ransom（1888 - 1974）　　詩人　批評家

　アイロニーの大家．「新批評」(New Criticism) が隆盛を極めた頃，大詩人として大いに尊敬された．テネシー州パラスキー生まれ．ヴァンダービルト大学を1909年に卒業．オクスフォード大学に留学．第1次世界大戦では，フランスの前線に配備される．戦後，母校のヴァンダービルト大学で教え，37年にケニヨン大学に移った．
　詩集には，『寒けと熱』(Chills and Fever, 1924) など数冊あり，高い評価を得たが，27年以降は，主として文芸批評活動を行ない，特に，『ケニヨン・レヴュー』(Kenyon Review) 誌を主宰し，現代詩の刷新に努めた．評論集には，『この世の身体』(The World's Body, 1938) などがある．
　アレン・テイトやロバート・ペン・ウォレンらとともに，フュージティヴ・グループを形成して，当時の文学界を主導した．同グループは，ジョン・ダンやイギリスの17世紀形而上詩人たちの作品を評価し，韻律や形式の面で古典的で伝統的な作風に価値を置き，また，合衆国の主流となっている北部工業経済のもたらす都市化や非人間化へ批判を行ない，それを矯正するための手段として，古きよき時代の南部的価値や農業主義経済の復活を主張している．彼自身の詩作品もまた，主張する詩論に照応して，ほぼ正確に脚韻を踏み，連構成がととのっている．内容は，アイロニーに溢れている．　　　　　　　　　　　（渡辺）

チャンドラー　レイモンド
Raymond Chandler（1888 - 1959）　　小説家

　シカゴの生まれ．両親の離婚のため母と共にイギリスに渡る．パリとミュンヒェンで教育を受けたのち，英国の海軍省に勤務するが長続きせず，1912年南カリフォルニアに移り住む．第1次大戦時にカナダのイギリス軍に従軍したのちビジネスマンになり，石油会社の重役にまでなるが32年に解雇され，小説で身を立てる決意をする．すでに40代の半ばになっていたが，ハードボイルド誌『ブラック・マスク』に短編を発表し始めたのを皮切りに，たちまちロサンゼルスの暗黒面を描くハードボイルド推理小説の名手として名声を高めた．最初の長編は51歳，最後の長編は70歳と，かなり遅い時期の作家活動であったが，『大いなる眠り』(The Big Sleep, 39)，『さらば愛しき女よ』(Farewell, My Lovely, 40)，『高い窓』(The High Window, 42)，『湖中の女』(The Lady in the Lake, 43)，『かわいい女』(The Little Sister, 49)，『長いお別れ』(The Long Good-bye, 53)，『プレイバック』(Playback, 58) と，今日なお熱烈なファンをもつ7編の名作を残した．これらの作品の魅力の中心は正義と友情のためなら自ら投獄される危険をもいとわない，潔癖にして非情な，しかし心やさしい私立探偵フィリップ・マーロウ (Philip Marlowe) のキャラクターにある．チャンドラーはダシール・ハメット (Dashiell Hammett) の後継者であるけれども，繊細な感性と文体を何より重視した点で，このジャンルの創始者といささか異なっている．　　　　（寺門）

◇作家解説 II◇

アンダソン　マクスウェル
Maxwell Anderson（1888 - 1959）　　**劇作家**

編集者の目を持つ詩人　ペンシルヴェニア州出身．ノースダコタ大学を卒業後，スタンフォード大学大学院で学び，教師，『ニュー・リパブリック』誌等の編集者を経て劇作家の道へ入る．十代から詩作を始め，「詩劇は人類の１つの偉大な功績である」というゲーテ（Goethe），また「演劇は魂の聖堂であり，人類の上昇に貢献しうる」というショー（G. B. Shaw）の考えに傾倒していた．彼はすでに遺物になっていた詩劇を20世紀のアメリカ演劇に復活させただけでなく，30年代に詩劇を商業的に成功させた点で重要である．またどんな素材を扱っても，ジャーナリスト，編集者の態度が養った現実世界を冷静に見つめる視点を常に持っていた劇作家である．

第１次世界大戦のリアルな表現　最初に上演された『白い砂漠』（The White Desert, 1923）から詩劇を試みるが，失敗．詩劇にふさわしい時代設定が必要であることを知る．次に『ワールド』誌の同僚ローレンス・ストーリングズ（Laurence Stallings）と，第１次大戦をリアルに描く戯曲の先駆的作品となる『栄光何するものぞ』（What Price Glory?, 1924）を書き，成功．昔からライヴァルだったアメリカ海軍のフラッグ大佐（Flagg）とクァート軍曹（Quirt）が，大戦中のフランスで同じ部隊の配属になる．フラッグが休暇で戦地を離れた隙に，クァートはフラッグの女である村の娘を自分のものにしてしまう．娘を傷物にされたと怒る父親を前に，フラッグはクァートとその娘を結婚させようとするうちに，戦火が激しくなる．鬼のような軍人であったフラッグが，指令本部に次々運び込まれる戦傷者に対し，それまで見せなかった優しさで接する場面は，戦争をリアルに描いたものとして初演当時から評価されているが，村の娘とのロマンスがリアリズムとしての作品を損ねているという指摘もある．435回の上演を重ね，この成功によりアンダソンは本格的に劇作の道に進む．

詩劇へ　詩劇の実験は，30年，シアター・ギルド（The Theatre Guild）により上演された『女王エリザベス』（Elizabeth the Queen）で実を結ぶ．これは年老いたエリザベス女王とエセックス伯の恋が，サー・ウォールター・ローリーらの陰謀により破綻する悲劇を無韻詩で描いている．この成功でアンダソンは詩劇を本格的に書き始める．続く詩劇『スコットランド女王メアリー』（Mary of Scotland, 1933）はカトリックのメアリーとプロテスタントのエリザベスの歴史的対立を描いたもので，248回の上演を記録し，20世紀における詩劇の可能性を示した．他に成功した詩劇としては『ウィンターセット』（→453頁）がある．

政治風刺劇　『上下両院とも』（Both Your Houses, 1933）では，理想に燃える新人議員マックリーン（McClean）が，ダム建設をめぐる不正予算を摘発し，関係する業者や歳出委員会に挑戦するという作者の社会派の側面が見られる戯曲．正攻法で不正を糾弾できないと見たマックリーンは，逆に不正の温床である細目を含んだ法外な予算を提示し，不正を知らせようとするが，これがあっさりと議会を通過してしまうという政治腐敗への痛烈な風刺劇．120回の上演で，ピューリツァー賞を受賞している．　　　　　　　　　　（水谷）

◇作家解説 II◇

コーフマン　ジョージ・サイモン
George Simon Kaufman（1889 - 1961）　　**劇作家**

　1920～30年代を代表する喜劇作家．大恐慌や第2次大戦という不安な世相の中，ブロードウェイの舞台に前向きな人生観，風刺と笑いをもたらした．多くのヒット作を含む40作以上の戯曲がある一方，評論家，演出家としても活躍した．

　マーク・コネリー（Marc Connelly）との共作『馬上の乞食』（*Beggar on Horseback*, 1924）では，若くて貧しい作曲家が大富豪の娘と結婚する夢を見るが，夢の中で，実利主義に根づく上流階級の生活の俗悪さが表現主義的に誇張され，自由に曲を作れない悪夢となる．鋭い風刺を含む笑劇で，時にグロテスクな笑いを作るところにコーフマンの特色がある．

　31年にはモリー・リスキンド（Morrie Ryskind）との共作ミュージカル『われ，君を歌う』（*Of Thee I Sing*）によってピューリツァー賞を受賞した．モス・ハート（Moss Hart）とのコンビは特に有名で，『生涯に一度』（*Once in a Lifetime*, 1930），『陽気に行こう』（*Merrily We Roll Along*, 1934），2度目のピューリツァー賞を受賞した『金はあの世じゃ使えない』（1936→457頁），『晩餐に来た男』（*The Man Who Came to Dinner*, 1939）などがある．大戦後もハワード・タイクマン（Howard Teichman）と『純金のキャデラック』（*The Solid Gold Cadillac*, 1953）などを発表している．アメリカの演劇，映画における喜劇の大きな流れを作り，以後の喜劇作家に多大な影響を与えた．　　　　　　　　　　　　（広川）

マッケイ　クロード　　Claude Mckay（1889 - 1948）　　**詩人**

　ハーレム・ルネサンスの先駆者のひとり．西インド諸島ジャマイカのサニーヴィル生まれ．6歳の時に兄と暮らすことになったが，兄はイギリス小説や詩，科学関連文献の膨大な文献を所有しており，彼から教育を受けた．特にイギリスロマン派の影響を強く受けたと言われている．20歳の時に，黒人の生活を口語で表現した『ジャマイカの歌』（*Songs of Jamaica*, 1912）を出版した．アメリカ合衆国に留学し，カンザス州立大学などで農業を学ぶ．

　1914年ハーレムに移り，様々な仕事に就きながら，高く評価されている「ハーレムの踊り子」（The Harlem Dancer）や「祈り」（Invocation）などのソネットを公表した．これ以降，アメリカにおける黒人への不正を題材として取り上げる．詩集『ハーレムの影』（*Harlem Shadows*, 1922）がもっとも注目されている．彼の詩の内容は，社会的政治的な関心に加えて，故郷ジャマイカの話やロマンティックな恋愛まで幅広い．

　20年代に共産主義に関心を持ち，フランスなどを旅し，エドナ・セント・ヴィンセント・ミレーやシンクレア・ルイスなどと交遊している．彼の視点や考え方は，ラングストン・ヒューズをはじめとするハーレム・ルネサンスの若い詩人たちに影響を与えた．

　34年合衆国に戻ると，ニューヨークのハーレムに住んだ．この頃には，共産主義から離れ，カトリックに改宗している．　　　　　　　　　　　　　　　　　　　　（渡辺）

◇作 家 解 説 Ⅱ◇

ポーター キャサリン・アン
Katherine Anne Porter（1890 - 1980） 小説家 批評家

経歴 南部文芸復興の最初の世代に属し，短編小説の名手と言われるポーターはテキサス州で生まれた．2歳で母と死別，父方の祖母のもとで育つ．祖母は，ポーターが受け継いだ性格の面でも，また幼い日を過ごした農場の女主人としても，この作家の世界の源泉とも言うべき存在である．複数の修道院付属学校で教育を受けるが，16歳でニューオーリンズの修道院学校を出奔して結婚．1917年『クリティック』（*The Critic*）誌の記者となり劇評を書く．1918年から19年にかけてコロラド州デンヴァーにおける記者時代にインフルエンザに冒され重態となる．この体験は中編『蒼ざめた馬・蒼ざめた騎手』（*Pale Horse, Pale Rider*, 1938）の背景となっている．20年末に美術研究のためメキシコへ赴く．翌年帰郷し，短編「マリア・コンセプシオン」（*María Concepción*）を執筆．22年メキシコを再び訪れる．「さすらいの精」と自ら称するように，29年まで旅の生活が続く．その間，『ニューヨーク・ヘラルド・トリビューン』（*The New York Herald Tribune*）など数紙に書評を書く．30年に最初の短編集『花咲くユダの木』（*Flowering Judas*）を出版（1935年拡大版，*Flowering Judas and Other Stories*），才能を認められる．32年ヨーロッパを旅し，ドイツで『愚者の船』（*Ship of Fools*）の素材を得る．1943年全米文学芸術協会（The National Institute of Arts and Letters）会員となる．62年，長年の念願であった唯一の長編『愚者の船』を出版する．77年，サッコ＝ヴァンゼッティ事件（The Sacco-Vanzetti Case）の判決に対する抗議運動について書かれた『終わりなき不正』（*The Never-Ending Wrong*）を発表する．

多様な作品群 メキシコを舞台にした初期の作品には，強靭かつしなやかなメキシコ人女性を描いた「マリア・コンセプシオン」，革命のメキシコで活動するアメリカ娘を描く「花咲くユダの木」（→440頁）がある．短編集『斜塔』（*The Leaning Tower*, 1944）にみられるドイツへの関心は，30年代の全体主義台頭に対する強い不安と無関係ではない．『愚者の船』は1931年にメキシコからドイツへ向かう船の客たちを描いた人生の寓話である．ほかに中編『昼酒』（*Noon Wine*, 1936）のような，市井の人々の日常生活における危機を通して人間存在の本質に思いを至らせる作品，作者の自画像とも言うべき少女ミランダ（Miranda）の成長を追いながら，南部の過去を通して自己の存在を確認しようとする一連の中・短編から成る「ミランダ物語」などがある．評論集として『過ぎ去りし日々』（*The Days Before*, 1952），『キャサリン・アン・ポーター評論集』（*The Collected Essays and Occasional Writings of Katherine Anne Porter*, 1970）がある．

短編の名手 「象徴主義的自然主義」（Symbolic naturalism）の技法を駆使したポーターの作品は，中・短編でありながら長編小説にも匹敵する時間の広がりと奥行きを備え，厳密な視点の処理も効果的である．1965年に『キャサリン・アン・ポーター作品集』（*The Collected Stories of Katherine Anne Porter*）がピューリツァー賞と全米図書賞を同時受賞した． 〔武田〕

◇作家解説 Ⅱ◇

ハワード　シドニー　　Sidney Coe Howard（1891-1939）　劇作家

　カリフォルニア出身．ハーヴァード大学のG・P・ベイカー（George Pierce Baker）教授のもとで劇作を学ぶ．その後，雑誌や新聞へ執筆しながら，演劇界に乗り出すチャンスを待つ．ニューヨークで上演された最初の作品『剣』（*Swords*, 1921）は，無韻詩で書かれた中世を舞台としたロマンスだったが，失敗．24年の『必要なものはわかっていた』（→424頁）でピューリツァー賞を受賞．自分の野心を実現させるために，人を冷酷に使うナイトクラブ経営者サム（Sam）と社交好きで勝手気ままな妻カーロッタ（Carlotta）の「欲」に衝き動かされた人生を断片的に描く『幸運なサム・マッカーヴァ』（*Lucky Sam McCarver*, 1925）は，興行的には失敗したものの，人間の貪欲さ，道徳的堕落など，激動の20年代を背景に興味深く描かれており，『グレート・ギャッツビー』（*The Great Gatsby*, 1925）との比較が可能．26年の『絆』（*The Silver Cord*）は，二人の息子の生活を支配するあまり，息子の婚約や結婚生活を破壊してしまう独占欲の強い母親の異様な行動とその心理を描き，フロイト流のドラマとして評価された．ハワードは社会問題を扱いながらも，外的要因よりも人間の内面，心理に焦点を当てたシリアスなドラマを描こうとしていた点で優れていた．戯曲以外にも数多くの短編小説や，39年の『風と共に去りぬ』（*Gone with the Wind*）を含め，20本以上の映画脚本も手がけている．39年に，マサチューセッツの自分の農場で事故死．　　　　（水谷）

マクリーシュ　アーチボルド　　Archibald MacLeish（1892 - 1982）　詩人

　社会への義務をどう果たすべきか悩んだ詩人．イリノイ州グレンコーに，美しい言葉使いをする父の3番目の妻の子として生まれた．第1次世界大戦の勃発の際，すでに結婚して子どももいたが，救急隊の運転手に志願してフランスへ渡り，後には，野戦砲兵隊の大尉となった．帰国後法律を修め，ボストンで弁護士として働くが，詩作で社会へ貢献するために辞職し，フランスへ家族とともに渡った．そこで，ヘミングウェイやパウンドらと友誼を結ぶ．
　パウンドやエリオットの影響を受け，在仏中の4年間に『幸福なる結婚』（*The Happy Marriage*, 1924）と『大地の壺』（*The Pot of Earth*, 1925）を含めて4冊の詩集を出版している．1928年に帰国，コルテスがメキシコを征服した道を徒歩やロバに乗って辿り，叙事詩『コンキスタドール』（*Conquistador*, 1932）を著わし，ピューリツァー賞を受賞した．ラジオドラマの製作や雑誌の編集，国会図書館勤務，第2次世界大戦が始まってからは，プロパガンダの仕事を担当している．国務長官補佐にも任命された．
　詩観に変化が現われ，パウンドやエリオットの詩作を，現在求められる詩作ではないとして評価を下げた．第2次世界大戦後は，ユネスコの仕事をしている．49年から62年までハーヴァード大学教授，63年から67年までアマースト大学で教鞭をとる．『全詩集』（*Collected Poems*, 1952）で2度目のピューリツァー賞を受賞している．　　　　（渡辺）

◇作家解説 II◇

ハーストン　ゾラ・ニール
Zora Neale Hurston（1891 - 1960）　小説家　劇作家　民俗学者

黒人女性作家の先駆者　フロリダ州イートンヴィル生まれ．イートンヴィルは全住民がアフリカ系アメリカ人という町である．1904年，ジャクソンヴィルで学生となるが，授業料が払えず翌年帰郷．10年に家を出る．15年より旅回りの「ギルバートとサリヴァン」一座で1年半働く．17年ボルチモアの夜間学校に通い，翌年卒業．19年ハワード大学入学．24年にワシントンからニューヨークへ移り，ハーレム・ルネサンスに参加するが，主流とはなれなかった．翌年女性作家ファニー・ハースト（Fanny Hurst）の秘書になる．また初めての黒人学生としてバーナード大学に入学（27年卒業）．27年にコロンビア大学の人類学者フランツ・ボアズ（Franz Boas）の助けを得て，民話の採集を始める．同年結婚するがすぐに破局．28年ニューオリンズにてヴードゥーの資料を収集する．32年『騾馬とひと』（*Mules and Men,* 1935）執筆のためにイートンヴィルへ帰る．35年から37年にかけてハイチ，ジャマイカやカリブ諸島へも出かけてフォークロアとヴードゥーの調査をする．39年再婚するが4年後に離婚．晩年は経済的にも困窮し，60年にフロリダ州セント・ルーシー郡の福祉施設で心臓発作により死亡する．73年にアリス・ウォーカー（Alice Walker）によりフォート・ピアスの埋葬地が探し当てられ，墓石が立てられる．墓碑銘として「ゾラ・ニール・ハーストン　南部の天才　1901 - 1960　小説家，民俗学者，人類学者」と刻まれる．75年ウォーカーが雑誌に「ゾラを探して」（Looking for Zora）というエッセーを載せたことがきっかけとなり，再評価の動きが高まる．ウォーカーにより作品が再出版される．

黒人のフォークロア　小説第1作『ヨナのとうごまの木』（*Jonah's Gourd Vine,* 1934）は両親をモデルに書かれた作品で，そのタイトルは旧約聖書のヨナ書から取られたものである．『騾馬とひと』では，イートンヴィルへ戻り，またポーク郡に赴き，黒人の民話の採集をするハーストン自身が描かれ，民話も採録されている．またニューオーリンズのヴードゥーの呪術師について自らも呪術師になるべく修行する様子が詳述されている．『ヴードゥーの神々』（*Tell My Horse,* 1937）は，彼女がジャマイカ・ハイチならびにカリブ諸島に赴いたときの旅行記である．ヴードゥーに関する記述も詳しい．フェミニズム的視点から黒人女性の成長を描いた先駆的な作品『彼らの目は神を見ていた』（*Their Eyes Were Watching God,* 1937）は90年代以降きわめて評価が高い．『山師，モーセ』（*Moses, Man of the Mountain,* 1939）ではモーセをアフリカ人のまじない師として想像している．『ハーストン自伝，路上の砂塵』（*Dust Tracks on a Road,* 1942）は波乱万丈だった彼女の半生を描いたものであるが，全面的に事実に基づいて書かれたものだとはいえない．出版社の意向もあり，省略もしくは書き直させられた箇所もある．『スワニー河の天使』（*Seraph on the Suwanee,* 1948）ではハーストンは意図的にフロリダの貧乏白人の話を書いている．黒人だけでなく，白人のことも書ける作家であることを示したかったということと，これまで受けてきた批評家による酷評を避けるためでもあったようだ．

（木村）

◇作家解説 Ⅱ◇

ミラー　ヘンリー
Henry Miller（1891 - 1980）　小説家　エッセイスト

生い立ち　ニューヨーク市のドイツ人街ヨークヴィル（Yorkville. 東86丁目，通称ジャーマン・ブロードウェイを中心とする地域）に生まれ，ブルックリン地区で育つ．ドイツからの移民3世で，父は仕立屋の店を持っていた．幼年期のことは『暗い春』に回想されている．彼の正規の教育はハイスクールまでで，ニューヨーク市立大学に入学はしたが2ヶ月でやめてしまい，以後10年あまりさまざまな仕事を転々とし，各地を放浪しながら，旺盛に独学を続ける．1920年，ニューヨークの電報会社ウェスタン・ユニオンの配達係になり，またたくまに雇用部長に抜擢されて5年間勤める．この時代のことは小説『南回帰線』にくわしい．24年，作家として立とうと志して職をやめ，創作に打ち込み，最初の妻と別れてジューン・スミス（June Smith）と結婚をする．妻とともに自作の散文詩を売り歩いたりして食いつなぎ，28年には彼女の友人に出資してもらって夫婦は1年間フランスで過ごす．しかしやがて離婚．

最後の国籍離脱者　「失われた世代」の作家たちがこぞって帰国する時期にあたる30年に，彼は単身ヨーロッパに戻り，以後10年間滞在する．校正係や売文業，一時はディジョンでの教職などで底辺の生活を続けながら32年，不況下のパリの生活を描いた『北回帰線』（→447頁）を完成．その露骨きわまる性表現のためにパリにおいてさえ出版は容易でなく，オベリスク・プレス（Obelisk Press）から出版されたのは2年後の34年であった．アメリカ版（グローヴ・プレス Grove Press）は61年まで待たねばならなかった．『暗い春』（*Black Spring*, Paris 1936, NY 1963），『南回帰線』（Paris 1939, NY 1962→447頁）と，名作の出版が続く．エッセー集『宇宙的な眼』（*The Cosmological Eye*, 1939）は彼の本として初めてアメリカで出版される．39年ギリシャに赴いて旧知のロレンス・ダレル（Laurence Durrell）に会い，一緒にアテネの天文台を訪れる．彼は更にクレタ島に足を伸ばす．この旅の文明批評的印象記は『マルーシの巨像』（*The Colossus of Maroussi*, 1941）に収められている．

ビッグ・サーの哲人　第2次大戦突入を機に帰国し，44年ジャニナ・レプスカ（Janina Lepska）と3度目の結婚をしてカリフォルニア州ビッグサー（Big Sur）に居を定める．その後もイヴ・マックリュア（Eve McClure），ホキ徳田と結婚を繰り返す．『セクサス』（*Sexus*, 1949），『プレクサス』（*Plexus*, 1953），『ネクサス』（*Nexus*, 1960）は『薔薇色の十字架』（*The Rosy Crucifixion*）として三部作を構成する．パリ移住前のニューヨークの長い青春を新たに語りなおした回想小説である．他にアメリカの物質文明批判を含むエッセー集『冷房装置の悪夢』（*The Air-Conditioned Nightmare*, 1945）などがある．彼は多数の礼賛者を生み，特にビート派に与えた影響は大きい．

【名句】Every man with a bellyful of classics is an enemy to the human race.（*Tropic of Cancer*）「古典を腹いっぱい詰め込んでいるような奴はみな人類の敵だ」（北回帰線）（寺門）

◇作家解説 II◇

ライス　エルマー　　　Elmer Rice（1892 - 1967）　　**劇作家**

フラッシュバック　ニューヨーク生まれ．マンハッタンで育ち，ニューヨーク大学で法律を学び，1913年，弁護士の資格を得る．翌年，殺人事件で起訴された男の裁判の法廷そのものを舞台にした『公判中』(*On Trial*) を完成させる．演劇では初めて映画のテクニックであるフラッシュバックを使って目撃者の証言を視覚化し，劇評においてもこの斬新さが劇作術における重要な変化として高く評価された．このデビュー作によりライスの名は一晩で知れ渡る．その後，コロンビア大学で演劇の勉強をしながら，戦争，児童労働，急進的社会主義などへの批判を込めた一群の社会劇を書くが，プロの劇団では上演されていない．

表現主義　23年の『計算器』（→420頁）では，表現主義的手法で，人間疎外を引き起こす産業社会を描いた．29年にはメロドラマ風写実劇『街の風景』（→435頁）で再びブロードウェイを沸かせ，ピューリッツァー賞を受賞．31年の『レフト・バンク』(*The Left Bank*)はパリに在住するアメリカ人作家が「精神的に空虚」な母国へ帰ることを拒否する一方で，妻は彼を置いて，自分のルーツであるアメリカへ帰るという喜劇で，興行的には成功する．

社会派の戯曲　続く数年，ライスは大恐慌とファシズムの台頭を扱う戯曲を書き始める．『我ら，民衆』(*We, the People,* 1933) では大恐慌の波にもまれて苦しむ労働者の家族と，自分たちの安泰のみを願って徒党を組む銀行家，商人，議員などが対比して描かれる．プロパガンダ的要素が強いが，ライスが提示する解決策は社会主義革命ではなく，民主主義の理想への回帰である点が彼らしい．『裁きの日』(*Judgment Day,* 1934) では，ヒトラーに全権を与える契機となった33年のベルリン国会議事堂放火事件を扱い，ファシストの暴挙を描くが，孤立主義を取るアメリカの観客には，ヨーロッパの現実が理解できなかったようである．

34年，ライスは興行資本家による劇作家軽視，圧力に抗議し，ブロードウェイと決別する．38年にはM・アンダソン，S・ハワードら5人の劇作家と劇作家協会（The Playwrights' Company）を創設し，R・シャーウッドの『イリノイのリンカーン』（→462頁）の演出家としてブロードウェイに舞い戻る．45年に軽喜劇『ドリーム・ガール』(*Dream Girl*)を興行的に成功させるが，以後の作品には目立ったものはない．

劇作家ライスの本質　ライスが生涯に書いた戯曲は50本を越える．それらの多くはメロドラマ的物語を新しい劇形式，表現方法により上演しようとする試みであった．彼の関心の中心は，個人の自由に対する脅威であり，それがファシズム，資本主義の功利性への反発となって表われた．マッカーシズムに対する毅然たる態度はその典型である．一見左翼的な作家に見えるが，その根底にあるのは民主主義，自由主義というアメリカの理想であったことは重要である．ライスはオニール同様，驚異的に活動期間の長い劇作家だが，彼とは異なり，演出家，劇場経営者，劇作家協会の理事，大学演劇への関心など，アメリカ演劇の質の向上を図ろうとして精力的に活動した演劇人として，アメリカの演劇史，文化史的側面においても重要な人物である．　　　　　　　　　　　　　　　　　　　　　　　　（水谷）

◇作家解説 Ⅱ◇

ミレー　エドナ・セント・ヴィンセント
Edna St. Vincent Millay（1892 - 1950）　　**詩人**

初期の創作　メイン州ロックランド生まれ．看護師の母親は，夫と離婚し，その後，3人の娘をひとりで育てた．母は，娘たちに野心を抱いて自立することを教え，同時に，読書や音楽を勧めた．ミレーは高校時代から詩作を始め，その詩才は在学中から注目される．高校時代には学生誌の編集長をつとめ，1906年に『聖ニコラス』（*St. Nicholas*）誌に初めて詩が掲載される．この頃は，詩の他にも演劇やオペラの台本を書いている．19歳の時に書いた「ルネサンス」（Renascence）が12年に『抒情詩年鑑』（*The Lyric Year*）に掲載されて，称賛だけでなく，名門女子大学ヴァッサー大学への奨学金を得ることとなった．大学卒業時の17年に，第1詩集『ルネサンスその他』（*Renascence and Other Poems,* 1917）を出版し，高く評価される．20年には女性のセクシュアリティを歌った『アザミからの少しのイチジク』（*A Few Figs from Thistles,* 1920）を発表，23年には『ハープ織りのバラードその他』（*The Ballad of Harp-Weaver and Other Poems,* 1923）で女性詩人として初のピューリツァー賞を受賞した．

伝統と自由　彼女の詩の特徴としては，20世紀前半において特徴的な自由主義をテーマにした作品が多い．恋愛に関してだけではなく，第1次世界大戦前後のアメリカへの不安を描き出した．ソネット形式の作品が多いが，押韻の位置や詩脚数を微妙にずらすなどして独自性を出している．彼女は17年から21年にかけてグレニッチ・ヴィレッジに住み，ボヘミアン的思想を発揮して複数の男性や女性と関係を持ち，バイセクシャルであると公言していた．政治的にもラディカルな思想を持ち，例えば，27年8月にイタリア移民の男性2人が冤罪で処刑されたサッコ＝ヴァンゼッティ事件に関して「マサチューセッツで否定された正義」（Justice Denied in Massachusetts）と題する詩を発表している．

奇妙な夫婦
神経衰弱　23年，彼女は，13歳年上のユージン・ボワスヴァンと結婚し，翌年には，朗読会をするため夫と一緒に世界各地をまわる．夫は献身的にミレーを支えたが，26年間の結婚生活は，お互いを性的に束縛しない，二人の独身者のような夫婦生活であった．その後も作品を発表し続け，いくつかの賞を受賞するが，詩人としての評価は下がる．44年には神経衰弱になり，49年には夫が死亡し，ミレーも翌年自宅で一人その生涯を閉じることとなる．彼女は，死後，再び注目されている．

【名句】I, being born a woman and distressed/ By all the needs and notions of my kind,/ Am urged by your propinquity to find/ Your person fair, and feel a certain zest/ To bear your body's weight upon my breast:（I, being born a woman）「私が女に生まれて苦しんでいる／女性特有の必要性や考え方全てによって／あなたが近づけば駆り立てられるように，あなたの人柄がよいと思い／ある種の熱中を感じ／私の胸の上であなたの体の重みに耐えてゆく」（私は，女に生まれて）　　　　　　　　　　　　　　　　（関戸）

◇作家解説 II◇

バック　パール（・サイデンストリッカー）
Pearl (Sydenstricker) Buck（1892 - 1973）　**小説家　ノンフィクション作家**

40年間の中国滞在　生後3ヶ月で宣教師の父母に伴われて中国に渡り、江蘇省鎮江に住み、母と中国人家庭教師から教育を受ける。幼少より英語と中国語を話した。1910年いったんアメリカに帰り、ヴァージニア州リンチバーグ（Lynchburg）にあるランドルフ・メイコン女子大（Randolph-Macon Woman's College）に入学した。14年、卒業後まもなく母危篤の報を受けて中国に戻る。農業経済学者ジョン・ロッシング・バック（John Lossing Buck）と出会い、17年に結婚。安徽省の寒村に移住、この地でのちに『大地』などの作品に描かれるはずの庶民生活をつぶさに観察した。20年から30年までバック夫妻は南京大学で教職についたが、政情不安のため34年アメリカに帰る。翌年パールは離婚し、最初の本の出版者であるリチャード・ウォルシュ（Richard Walsh）と結婚した。

著作と社会的活動　著書は80冊以上にのぼり、その多くはベストセラーになり、数十ヶ国語に翻訳された。主要な作品はピューリツァー賞に輝いた『大地』（*The Good Earth*, 1931）、その続編『息子たち』（*Sons*, 1932）、『内輪もめの家』（*A House Divided*, 1935）、封建制度下の女性の抑圧と近代化を描いた最初の小説『中国婦人かく語りき』（*A Chinese Woman Speaks*, 1926）、南京大虐殺に抗議する『ドラゴン・シード』（*Dragon Seed*, 1942）、原爆開発に関与したアメリカ人科学者たちのモラルジレンマを描いた『暁に制す』（*Command the Morning*, 1969）、知的障害者である自らの娘についての『母よ嘆くなかれ』（*The Child Who Never Grew*, 1950）などである。38年ノーベル賞を受賞した。第2次大戦後、彼女は批評家たちから無視され続けたが、近年、再評価の兆しが見えている。彼女はアメラジアンの子供の里親斡旋と文化交流のためのパール・バック国際財団を創設するなど、人道主義的立場から幅広い社会活動を行なった。

『大地』　貧農の息子、王龍（ワンロン）の成功と失敗の生涯を軸に、封建的中国と近代の衝突、価値観の変転、洪水や飢饉に翻弄されながら、たくましく生きる中国庶民の姿を描く。王龍は結婚に際し、地元の名家の奴隷、阿蘭（オーラン）を譲り受ける。阿蘭は教育も無く、地味な容姿の女性だが、賢明で勇気と良識を備え、不屈の精神で妻・嫁・母として献身する。王龍は阿蘭の知恵を借り、徐々に土地を買い増し、成功する。大飢饉発生の折に難民として向かった南京で、革命軍の略奪の群れに自覚もないまま加わった二人は、豪族の屋敷で宝石を奪う。故郷に戻り、宝石を元手に成り上がった王龍は娼婦、蓮華（リエンホウ）を囲い、妻妾同居の生活を阿蘭に強いる。子を成し、財を成した誇りこそあっても、嫉妬と屈辱のうちに阿蘭は癌に冒され世を去る。年頃を迎えた長男が蓮華と深い関係になったのを知り、嫉妬に狂った王龍は長男を放逐し、自らの色情によって家族を崩壊へ向かわせる。老人となった王龍は若い奴隷の梨花（リホウ）に愛され、安らぎを得るが、貧しさを知らない息子たちは土地に執着がなく、父に内密に一家の田畑の売却を企てるなど、世代間のギャップも描かれる。

(遠藤)

◇作家解説 II◇

ヘクト　ベン　　　　　Ben Hecht（1894 - 1964）　　劇作家

　ニューヨークに生まれ，ウィスコンシン州で育つ．『シカゴ・デイリー・ニューズ』紙の新聞記者などを経て，作家として活躍．ハリウッドで映画製作，脚本の仕事をしながらも多くの劇を発表した．もっとも成功したのがチャールズ・マッカーサー（Charles MacArthur）と共作の『フロント・ページ』（*The Front Page*, 1928）である．

　敏腕新聞記者のヒルディ・ジョンソン（Hildy Johnson）は結婚のために記者稼業を辞めようとするが，鬼編集長ウォルター・バーンズ（Walter Burns）は特ダネ記事を書かせるために，あの手この手を使って結婚を妨害しようとする．そこに明日処刑されるはずの死刑囚が，ヒルディの仕事場である刑事裁判所の記者室に逃げ込んだことから起こる騒動を描いた喜劇で，3度も映画化されている．

　もう1つの代表作『特急20世紀号』（*Twentieth Century*, 1932）は，20世紀号という列車を舞台に，高慢なプロデューサー，スター女優，製作資金を提供しようとする大富豪らが繰り広げる物語で，作者の死後には，この劇を基にしたミュージカル『20世紀号に乗って』（*On the Twentieth Century*, 1978）がブロードウェイで上演された．単独作としては，『エゴティスト』（*The Egotist*, 1922），クルト・ワイル（Kurt Weill）の曲を使った音楽劇『ある旗の誕生』（*A Flag Is Born*, 1946）などがある．　　　　　　　　　　　　　（広川）

グリーン　ポール・エリオット
　　　　　　　　Paul Eliot Green（1894 - 1981）　　劇作家

　ノースカロライナ州出身のグリーンは，生まれ故郷である南部の人々の生活をリアルに劇化した作品を書き，代表作『アブラハムの胸に』（*In Abraham's Bosom*, 1926）でピューリツァー賞を受賞して注目された．黒人の母と白人の父の間に生まれたアブラハムが，黒人の解放は教育による以外にないと自覚し，父の協力を得て学校を開き，周囲の偏見と戦う姿を，7場構成で描いた力強いドラマである．

　劇作を中心とする幅広い演劇活動のほか，演劇を学んだ母校の州立大学で，長年にわたって教壇に立ち，演劇と哲学を教えた．主な作品には，強烈な反戦劇『ジョニー・ジョンソン』（*Johnny Johnson*, 1936），小説家リチャード・ライト（Richard Wright）の代表作を，原作者と共同で劇化した『アメリカの息子』（*Native Son*, 1941），イプセン（Henrik lbsen）の『ペール・ギュント』（*Peer Gynt*, 1951）のアメリカ版のほか，「シンフォニック・ドラマ」（symphonic dramas）と称する新形式の実験劇の創造にも力を注いだ．南部出身の国民的作曲家を描いた『スティーヴン・フォスター物語』（*The Stephen Foster Story*, 1959）がそうである．ウィル・ロジャーズ（Will Rogers）主演の映画シナリオにも成功作がある．演劇論『ドラマの遺産』（*Dramatic Heritage*, 1953）も書き，ブロードウェイの商業演劇と一線を画した南部の地方主義（regionalism）を貫き通した気骨のある演劇人であった．　（荒井）

◇作家解説 II◇

ロースン　ジョン・ハワード
John Howard Lawson（1894 - 1977）　　劇作家

　ニューヨーク生まれ．初のブロードウェイ作品は，中産階級的社会に反抗する若者を表現主義的な風刺で描いた『ロジャー・ブルーマー』（*Roger Bloomer*, 1923）であった．彼の左翼的な傾向はシアター・ギルドにより上演された『大行進』（*Processional*, 1925）でより鮮明になる．これはプログラムに「アメリカの生活のジャズ・シンフォニー」とあるように，アメリカの様々な側面をヴォードヴィル形式で描いたにぎやかな政治劇である．
　物語の骨格は，ジョージ・アボット（George Abbott）演じる労働者の英雄ダイナマイト・ジム（Dynamite Jim）が，ウェスト・ヴァージニアの炭鉱町の右翼に襲われ，それをきっかけに炭鉱夫たちが一致団結し，ストライキでより良い労働条件を勝ち得るというもので，「善良なマルクス主義者」対「悪人ファシスト」という単純明快な構造の作品．
　ロースンはその後もコミュニストの視点からアメリカの政治を風刺したファルス『拡声器』（*Loud Speaker*, 1927）や，悪徳資本家たちが石油を貪欲に求め，第2次大戦の準備をする姿を描いて資本主義を痛烈に批判する『インターナショナル』（*The International*, 1928）を書くが，いずれも限られた観客には熱狂的に迎えられるものの，1ヶ月足らずで幕を閉じる．28年に拠点をハリウッドに移し，映画の脚本に力点を置くようになる．レッドパージで非米活動委員会に喚問されるが，屈せず抵抗したため，映画界から追放された．　　　　　　（水谷）

トゥーマー　ジーン　　Jean Toomer（1894 - 1967）　　小説家

　ワシントンDCに生まれる．父はジョージア州の農園主だったが，両親の結婚は1年で破綻し，ワシントンDCの祖父の家に身を寄せた母に育てられる．15歳で母を失う．16歳になるまで主に住んだのは白人地区であり，白人の血を多分に引いたトゥーマーは黒人のラベルを貼られることを強く拒否し，自らを混血と名乗っていた．4年間に六つの北部の大学を転々とし，専攻を変えるなど落ち着きなく過ごしたが，1919年には作家となる決意を固める．21年にジョージア州の田舎にある小さな黒人学校に赴任したのをきっかけに『砂糖きび』（*Cane*, 1923）の執筆を始める．作品は3部構成で，南部の農村の女性たちを抒情的に謳いあげる第1部，北部の都会の喧騒の中に生きる黒人の夢と挫折を描く第2部，北部育ちの黒人ラルフ・キャブニス（Ralph Kabnis）が教師として赴いた南部で自己を模索する様子を描く第3部から成る．散文，詩，戯曲という複数のジャンルを組み込んだモダニズム風の前衛的な作品で，批評家から高く評価され，新時代の黒人文学の旗手として期待され，ハーレム・ルネサンスの作家たちから英雄視された．だがトゥーマーは黒人の作品として強調されたことに失望し，文壇との関係を絶ち，1924年から神秘主義者グルジェフ（Gurdjieff）に弟子入りし，布教活動に専念することになる．その後の作品はその影響を受けて教条的なものとなったため，出版にこぎつけたものは少ない．　　　　　　（利根川）

◇作家解説 II◇

カミングズ　エドワード　エスリン
Edward Estlin Cummings（1894 - 1962）　　詩人

古典教養と実験の萌芽　マサチューセッツ州ケンブリッジ生まれ．父はハーヴァード大学の教授でのちユニテリアン派の牧師．両親に早くから創作活動を励まされ，少年時代にはロングフェローに倣い詩作する．ハーヴァード大学でギリシャ文学と英文学の古典を学ぶが，級友のジョン・ドス・パソスや後の『ダイアル』誌編集長スコフィールド・セイヤーらを通して，モダニズムの詩と芸術に関心をもつ．特にガートルード・スタインの文法破格，エイミー・ロウエルのイマジズム，絵画のキュビズムに影響を受け，単語や文を解体する自由詩の実験を始める．漫画『クレイジー・キャット』の表記法に想を得て，小文字と大文字を実験的に使い始めるのもこの頃である．1915年，優等で大学を卒業する際に「新芸術」（The New Art）と題して，モダニズム芸術についての講演を行なう．翌年修士号を取得．

個人主義の追求　17年，救急隊員を志願して第1次世界大戦に参加するが，スパイの嫌疑をかけられた友人に連座してフランスに数ヶ月拘置される．この体験を基に書かれたのが，反権威主義を主題にした戦争小説『巨大な部屋』（*The Enormous Room,* 1922）である．戦後，ニューヨークで雑誌に詩を発表したり，絵画の個展を開いたりしながら，ボヘミアン的な生活を送る．19年，友人のセイヤーの妻エレインとの間に娘ナンシーが生まれる．23年に第1詩集『チューリップと煙突』（→419頁）を出版し，若々しい快活なトーンと特異な表記法が注目される．24年，エレインと正式に結婚するが同年離婚．5年後の再婚も2年のうちに破局を迎えると，作風は次第にシニカルになり，詩集『ヴィヴァ』（*ViVa,* 1931）では，科学を現代社会の悪とみなすようになる．31年ロシアを訪問し，個人主義の見地からスターリン主義を批判した実験的散文『エイミィ』（*Eimi,* 1933）を出版．34年，モデルのマリオン・モアハウスと同居を始める．翌年，実験的な印刷スタイルで書かれた「バッタ」（r-p-o-p-h-e-s-s-a-g-r）を収める『いいえ，結構』（*No Thanks,* 1935）を刊行．『50詩篇』（*50 Poems,* 1940）出版の頃から，モアハウスとの幸せな生活がもたらした人生の充実感や，自然界の賛美が詩に表われるようになる．52年から1年間ハーヴァード大学で詩を講じる．62年ニューハンプシャーの別荘で休暇中死去．

前衛と伝統　文法，句読法，表記法を無視して，斬新な印刷効果を生む言語の実験を行なったが，主題は愛，自然，人生の喜びなど伝統的なものである．20世紀アメリカ詩の中でも屈指のソネット作者であり，多くの恋愛抒情詩を残している．売春婦や浮浪者などの社会的弱者を題材にして，社会の偽善を暴き，政治家を風刺することもある．科学と機械文明に対する反発，そして権威主義や集団主義に対峙して個人主義を貫く姿勢は，本質的にアメリカの独立独行の伝統に立脚したロマンティストのものといえよう．

【名句】1(a// le /s /fa //ll // s) / one / l// iness（1(a)「1（いち／／まいの／葉が／お／／ち／／る）／人／ぼ／／っち」(1(a)　　　　　　　　　　　　　　　　　（関口）

◇作家解説 II◇

サーバー　ジェイムズ　　James Thurber（1894 - 1961）　　小説家

　オハイオ州コロンバスに生まれる．6歳のとき兄ウィリアムとウィリアム・テルごっこをして遊んでいる最中に誤って矢が目に刺さり片目を失明する．そのため仲間とあまり交わらず，空想の世界に閉じこもるようになった．目の障害で第1次世界大戦では兵役にはつかず，オハイオ州立大学を退学した後，政府の暗号部員となってパリのアメリカ大使館に勤務する．1920年にコロンバスに戻り，地元紙の記者となる．作家として成功するきっかけをつかんだのは27年のことであり，スタッフとなっていた知人E・B・ホワイト（E. B. White）の紹介で雑誌『ニューヨーカー』の創刊者であり編集長のハロルド・ロス（Harold Ross）に会い，編集者として採用され，その後執筆陣に加わる．ユーモラスな短編やエッセーを書き，『ニューヨーカー』の発展とともに自身の作家としての地歩も固めていった．また，ユーモラスな挿絵や風刺漫画も得意とし人気を博した．サーバーの最もよく知られた作品は短編「ウォルター・ミティの秘められた生活」（The Secret Life of Walter Mitty, 1942）で，現実的で勝気な妻と夢想家で気の弱い夫を，ユーモアとペイソスが絶妙に入り混じる独特な筆致で描いている．「ウォルター・ミティ」は辞書にも登録されるほど知れ渡り，空想の中で自分を英雄に仕立てる小心者の意味で使われている．

(奥村)

ウィルソン　エドマンド
Edmund Wilson（1895 - 1972）　　批評家　　詩人　　小説家　　劇作家

　20世紀を代表する文芸評論家のひとり．ニュージャージー州に生まれ，プリンストン大学に進学すると，在学中から文芸誌の編集に携わる．卒業後は，第1次大戦への出征を経てジャーナリズムの道へと進み，様々な雑誌の編集者，評論家として活躍した．文芸評論を軸としながらもジャンルに囚われない幅広い執筆活動を展開し，同時代の芸術運動，作家，詩人，作品などに対する評論を数多く書いた．評論集の第1作は，イエイツ，プルースト，ジョイス，スタインなどを取り上げて，19世紀末から20世紀初頭の象徴主義運動を概観した『アクセルの城』（Axel's Castle, 1931）．この作品に見られるように，様々な素材を比較対照して，ある時代の芸術的風潮を俯瞰する手法が，ウィルソンの評論におけるひとつの特徴である．1934年には，『ニュー・リパブリック』（The New Republic）誌上で社会主義思想の歴史を追った評論の連載を開始し，それは40年発表の『フィンランド駅へ』（To the Finland Station）に繋がった．その後，雑誌『ニューヨーカー』へと籍を移し，評論の主幹を務める．1950年代から60年代にかけての代表作に，古文書発見のてんまつと研究史をレポートした『死海写本』（The Scrolls from the Dead Sea, 1955. 1969改訂），南北戦争の文学と政治的な言説の研究である大著『愛国の血糊』（Patriotic Gore, 1962）がある．他にも小説，戯曲，詩集，書簡集，日記など質量共に膨大な著作が存在する．38年，作家メアリー・マッカーシー（Mary McCarthy）と結婚，のちに離婚した．

(児玉)

◇作家解説 II◇

バリー　フィリップ　　　Philip Barry（1896 - 1949）　　**劇作家**

　ニューヨーク生まれ．イェール大学在学中に1幕物を何本も書いたが，その中の1本が1919年にイェール大学演劇部によって上演された．ハーヴァード大学ではジョージ・ピアス・ベイカー（George Pierce Baker）教授の「47ワークショップ」で劇作を学び，卒業前に大学で表彰された3幕喜劇『貴方と私』（You and I, 1923）がブロードウェイで上演されて，劇作家として幸運なスタートを切った．

　バリーは社交界の男女関係を描く上品なハイ・コメディ（High Comedy）を得意とし，『パリ行き』（Paris Bound, 1927），『ホリディ』（Holiday, 1928），『ホテル・ユニヴァース』（Hotel Universe, 1930），『動物王国』（The Animal Kingdom, 1932），『道化がやって来た』（Here Come the Clowns, 1938）などを書いたが，代表作は『フィラデルフィア物語』（→468頁）で，39年の初演の舞台と40年の映画化作品では，キャサリン・ヘプバーンが社交界の若い女性トレイシー（Tracy）を主演して好評を博した．最後の作品は未完の『第二の敷居』（Second Threshold, 1951）だったが，親友の劇作家ロバート・E・シャーウッドが手を加えて完成させ，53歳で急死した2年後に，ブロードウェイのモロスコ劇場で初演された．バリーの喜劇はデリケートな感覚で書かれたウイットに富むハイ・コメディばかりで，アメリカ演劇界では貴重な存在であった．

（荒井）

ローリングズ　マージョリー　キナン　　　Marjorie Kinnan Rawlings（1896 - 1953）　　**小説家**

　ワシントン生まれ．ウィスコンシン大学卒業後，ジャーナリストとなる．1928年にニューヨークでの生活を捨て，フロリダ州の辺境の地クロス・クリークへ移住．大都会での生活しか知らなかったローリングズが，戸惑いながらも文明の利器からは程遠い地で72エーカーのオレンジ果樹園経営の傍ら，この地を舞台とした作品を書き続け，小説家として成功していく様子は，自伝的小説『クロス・クリーク』（Cross Creek, 1942）に綴られている．児童文学の世界での地位を不動のものとした名作『子鹿物語』（The Yearling, 1938）で注目を浴び，翌年には同作品でピューリツァー賞を受賞．「動物の一年子」を意味する原題の通りジョディ少年と子鹿は幼い時を共に過ごすが，19世紀末の厳しい開拓生活の中で両者は別れなければならない運命になる．少年を取り巻く動植物が鮮明に描写されている点も注目に値する．ほかに『サウス・ムーン・アンダー』（South Moon Under, 1933），『黄金のリンゴ』（Golden Apples, 1935）がある．短編は主として『ニューヨーカー』誌に発表されたが，「黒い秘密」（Black Secret），「ペリカンの影」（The Pelican's Shadow）などがある．友人の作家エレン・グラスゴーの伝記を執筆中に生涯を閉じる．近年まで誰の目にも触れることがなかった1928年の未発表作品『骨肉』（Blood of My Blood）が2002年に出版されていることからも，ローリングズの人気が今なお衰えていないことがうかがえる．

（松ノ井）

◇作家解説 II◇

クレイン　ハート　　　　Hart Crane（1899 - 1932）　　　詩人

呪われた詩人　遅れてきたモダニズムの詩人．破滅型であり，「呪われた詩人」と言われている．オハイオ州ギャレッツヴィルに生まれる．両親の仲が悪く，精神的に不安定な子ども時代を送った．結局，彼が17歳の時に両親が離婚する．

全ては詩のために　ティーンエイジャーの頃，シェイクスピアやマーロー，ダン，また，フランス象徴派の詩を耽読した．詩を書くには，タバコや酒，のちには，性的な刺激が有効だと信じた．高校を卒業せずに，1917年，ニューヨークへ出るが，アメリカが大戦に参加したのを機に，クリーヴランドへ戻り，キャンディー製造業で成功していた父の工場で働いたりもしたが，父は詩作を愚行と見なすので関係が壊れる．再び，ニューヨークに戻る．この間，いくつかの詩作品を発表し，『航海』（*Voyages*）の執筆も始めた．26年には『白いビルディング』（*White Buildings*）や，のちに『橋』（*The Bridge,* 1930）に含まれる10編の作品を完成させている．アレン・テイトやキャサリン・アン・ポーター，E・E・カミングズなどと知りあうが，飲酒癖と情緒不安定のせいで，友情を持続できなかった．

海へ身を投げる　31年にグッゲンハイム助成金を得て，メキシコに留学するが，32年，ニューヨークへ戻る途中，海へ身を投げた．激しい飲酒癖やホモセクシュアリティで精力を使い果たしたのかもしれない．第3詩集のつもりで26年から書き始めていた『キー・ウエスト』（*Key West*）の詩編を含めた『全詩集』（*The Complete Poems*）が，死後の33年に出版される．生存中に出版した詩集は，『白いビルディング』と『橋』（→438頁）の2冊を数えるのみであるが，第1次世界大戦後から大恐慌の時代前後において，最も注目すべき詩人のひとりであった．ブレイクやフランス象徴派，エミリー・ディキンソン，エズラ・パウンド，ウィリアム・カーロス・ウィリアムズなどの影響を受けたが，とりわけ，T・S・エリオットの信奉者であり，ホイットマン的なアメリカの想像力とヨーロッパの伝統的文学作法を統合しようと試みている．

アメリカ賛歌　難解な表現　詩作の主題は，ホイットマンに反感を持ちながらもやはり，その楽天的な伝統を引き継ぎ，アメリカを歴史的，精神的に称揚しようとする．とりわけ，近代の工業と技術で発展してゆく都市の光景をうたうが，難解なメタファーに溢れている．理解されようとして，音楽的な階調や具象的イメージ群を駆使するが，結局のところ，理解されることが不安となり，神秘的で難解な認識へと逃げ込んでゆく．詩というジャンルがもつ限界への挑戦というより，ジャンルへの甘えであり，自己韜晦だと思える．

【名句】Walt, tell me, Walt Whitman, if infinity/ Be still the same as when you walked the beach /Near Paumanok (Cape Hatteras)「ウォルト，教えてくれ，ウォルト・ホイットマン，無限とは／今も　あなたがポーマノックの海辺を歩いた時と同じようであるのか」（ハテラス岬）

（渡辺）

◇作家解説 II◇

テイト　アレン　　　Allen Tate（1899 - 1979）　　詩人　批評家

学者詩人
批 評 家　ランサムらとともに，現代詩の刷新運動を始めた新批評家の一人．ケンタッキー州ウィンチェスターに資産家の息子として生まれるが，1907年には父はほとんど全ての財産を失い，何度も引っ越しを繰り返すことになる．19年，ヴァンダービルト大学に入学し，ジョン・クロウ・ランサムの指導を受ける．ロバート・ペン・ウォレンはルームメイトだった．22年にエリオットを読み，非常によく似た詩精神を見出し，伝統への固執や社会的政治的な関心のありように共鳴している．23年に優等で卒業する．小説家キャロライン・ゴードンと結婚した24年，ニューヨークに移る．

農本主義
南部紳士　22年から25年までテネシー州ナッシュヴィルで発行された雑誌『フュージティヴ（逃亡者）』（*The Fugitive*）の創刊編集者である．このフュージティヴという名前は，テイトを含めてランサム，ロバート・ペン・ウォレンなど，ヴァンダービルト大学出身の南部詩人たちのグループ名でもある．このグループは，30年にエッセー集『わたしの立場』（*I'll Take My Stand*）という一種のマニフェストを出した．これは工業化された北部よりも，農業中心でジェファソン的伝統を誇る南部の方が，文化的な価値を生むのに良いと主張する．詩作においては，形式と技法を重視して詩作する．テイトは，このグループのなかでもとりわけ，南部紳士として文学的な職業人の理想を追求し，また，より宗教的である．50年には，カトリックに改宗している．

編集者
教育者　最初の詩集は，『ポープ氏その他』（*Mr. Pope and Other Poems,* 1928）である．ここには，ボードレールやコルビエール，ロビンソン，また，エズラ・パウンドなどの影響が見られる．他にも，『詩集1928-1931』（*Poems: 1928-1931,* 1932），『地中海その他』（*The Mediterranean and the Other Poems,* 1936）がある．伝記に，『ストーンウォール・ジャクソン』（*Stonewall Jackson,* 1928）など，小説は，『父たち』（*The Fathers,* 1938），批評書としては，『狂気の中の理性』（*Reason in Madness,* 1941）などがある．

　編集者としても活躍し，例えば，『スワニー・レヴュー』（*The Sewanee Review*）の編集者を44年から47年まで務めた．彼は，批評家として影響力を発揮しただけでなく，教師としても，ロバート・ロウエルやジョン・ベリマン，ランダル・ジャレルなどの指導を行ない，後世の詩人たちの育成にあたった．テネシー州ナッシュヴィルのヴァンダービルト大学を含めて，幾つかの大学で教えているが，51年から退職するまでは，ミネソタ大学で教授を務めた．

　【名句】Shall we take the act/ To the grave? Shall we, more hopeful, set up the grave/ In the house? The ravenous grave? (Ode to the Confederate Dead)「我ら行為を／墓まで持ってゆくべきか？　もっと望ましいのは　墓を／家のなかに建てるべきか？　どん欲な墓を？」（南軍死者への頌歌）

（渡辺）

◇作家解説 II ◇

ウルフ　トマス　　　　Thomas Wolfe（1900 - 38）　　**小説家**

生い立ち　ノースカロライナ州西部の山間の保養地アッシュヴィル（Asheville, 作中のアルタモント Altamont, 長編第3作からはリビア・ヒル Libya Hill）に生まれる．父は酒とシェイクスピアの名台詞の朗誦を愛する墓碑石材商，母は蓄財のために下宿屋を営む女性で，トマスは8人兄弟姉妹の末子だった．15歳でノースカロライナ大学へ入学，卒業後ハーヴァード大学大学院でベイカー教授（George Pierce Baker）の劇作教室で劇作を研究し，修士号を取得するが，作品の上演ではかばかしい成功を収めることができず，諦めてニューヨーク大学で教職につき，のちヨーロッパ各地へ放浪の旅に出る．25年，帰国の船で43歳の人妻にして舞台衣装デザイナーのアリーン・バーンスタイン（Aline Bernstein）と出会い，交際を始める．

恋愛とデビュー　小説家として立つことを決意して執筆に集中し，アリーンの奔走の甲斐もあってスクリブナー社の名編集者マックスウェル・パーキンズ（Maxwell Perkins）に認められ，29年，主人公ユージーン・ガント（Eugene Gant）の大学卒業までを扱った自伝的小説『天使よ故郷を見よ』（→437頁）が出版の運びとなる．ここで彼は恋人にして母なるアリーンからの自立を求めて関係を絶とうと決意し，グッゲンハイム助成金を得て渡欧する（このあとアリーンは自殺をはかる）．帰国後ブルックリンに居を構えて自伝的小説の続編に取り掛かり，35年，山なす原稿をスクリブナー社に託して渡欧する．留守の間に，ハーヴァードへの旅立ちからアリーン（作中ではエスター・ジャック Esther Jack）との出会いまでを扱った『時間と河』（*Of Time and the River*）が出版され，好評を博す．「若き日の飢えの伝説」（A Legend of Man's Hunger in His Youth）という副題をもつこの膨大な自己探求の物語はウルフの最も充実した作品と評されることが多い．

二つの問題　ウルフの小説には二つの問題があった．一つは過度の自伝性，もう一つは鋏と糊による編集者の介入である．記憶の深みに分け入ってゆき，夢想の高みに駆け上ってゆく輝かしい文体にもかかわらず，この2点をウルフ作品の欠陥と考える批評家は出版当初からいた．「すべて真摯な小説は自伝的である」という宣言を処女長編の巻頭に掲げた彼であるが，やはりこの問題は無視できず人名や地名を変え，少年期の境遇なども変えて別の大河小説を『時間と河』と同時並行的に書いていた．『時間と河』出版のあとウルフは最良の協力者にして精神的父親であったパーキンズと決裂する．38年，ウルフは超人的な西部一周ドライブ旅行を敢行し，シアトルで力尽き肺炎を起こして急逝する．あとに残された原稿を整理し，2冊の長編に纏めたのはハーパー社の編集者アズウェル（Edward Aswell）であった．こうして作者の死後に日の目を見たのがジョージ・ウェバー（George Webber）を主人公とする『蜘蛛の巣と岩』（*The Web and the Rock*, 1939）と『帰れぬ故郷』（*You Can't Go Home Again*, 1940）である．前者にはエスター・ジャックとの恋愛，後者には30年代初頭のニューヨーク，ファシズム前夜のベルリンのたたずまいなどが描かれている．

（寺門）

◇作家解説 II◇

ミッチェル　マーガレット
Margaret Mitchell（1900 - 49）　小説家

新聞記者をやめて『風と共に去りぬ』を書く　ジョージア州アトランタに生まれ育ち，幼いころから南北戦争や南部の歴史に強い関心を抱いていた．東部の名門女子大スミス・カレッジ中退後，数年間，アトランタで新聞記者として働くが，足の負傷をきっかけに退職し，1926年から10年かけて南北戦争時代のジョージア州を舞台に，プランテーションのアイルランド系農場主の娘で，美貌で勝ち気なヒロイン，スカーレット・オハラ（Scarlett O'Hara）の波瀾万丈の生涯を描いた長編小説『風と共に去りぬ』（Gone with the Wind, 1936）を執筆した．旧南部の白人の視点・価値観から書かれたこの作品は歴史小説としても，エンタテインメントとしても優れているため，大ベストセラーとなった．37年にピューリッツァー賞を受賞し，作者存命中に18ヶ国語に翻訳されたほか，執筆時，すでに配役を念頭に置いていたと言われる映画も大ヒットし，今日なお名画のひとつに数えられている．49年，自動車事故で死亡し，この作品が唯一の作品となった．以下，『風と共に去りぬ』について．

横恋慕に始まる　南北戦争開戦前夜，スカーレットはかねてから好意を抱いていた知的で物静かな従兄アシュレー・ウィルクス（Ashley Wilkes）が，自分とは対照的にしとやかで優しいメラニー・ハミルトン（Melanie Hamilton）と結婚した腹いせに，愛してもいないメラニーの兄チャールズ（Charles）と結婚するが，彼は出征前に病死してしまう．アシュレーや，スカーレットの取り巻きの青年たち，黒人の召し使いたちも次々出征し，スカーレットも他の銃後の女たちとともに，アトランタの野戦病院で負傷した南軍兵士の看護に当たる．戦況は日に日に工業化の遅れた南部の敗戦へと向かい，アトランタ陥落を目前にしたスカーレットは山師レット・バトラー（Rhett Butler）の助けを借り，出産したばかりのメラニーを連れて戦火をくぐり，故郷タラ（Tara）へと落ち延びる．実家では，優しかった母は亡くなり，父は痴呆状態，食糧や家畜は北軍に奪われ，家は荒廃していた．スカーレットは気丈に立ち働き，家族を支える．新たに土地資産に課されることになった重税を工面するために，南部復興特需で製材所を繁盛させている妹スエレン（Suellen）の婚約者フランク・ケネディ（Frank Kennedy）を略奪して結婚する．やがてスカーレットを襲った黒人暴漢に復讐しようとしたフランクは命を落とし，スカーレットは再度，未亡人となる．

3度目の打算的結婚　やがてレットと再会，結婚し，豪奢な生活を満喫するが，スカーレットはアシュレーに執着し続け，レットの愛情をないがしろにする．娘ボニーが生まれた後も，アシュレーに迫り，密会場面を街の人々に目撃され，スキャンダルになる．夫婦喧嘩の末，レットはボニーを連れてロンドンへの長旅にでてしまう．帰国後，夫婦で口論の最中に，階段から落ちたスカーレットは流産し，罪の意識からレットが関係修復を決意した直後，ボニーが事故死をとげ，再び夫婦の亀裂は深まる．重病のメラニーが臨終の床でアシュレーをスカーレットに託したと聞いたレットは，永遠にスカーレットのもとを去る．勝ち気なスカーレットは実家のタラに戻り，明日，彼を取り戻す方法を考えよう，と力強く誓う．（遠藤）

◇作家解説 II◇

カウリー　マルコム
Malcolm Cowley（1898 - 1989）　批評家　編集者　詩人　翻訳家

　ペンシルヴェニア出身．ハーヴァード大学在学中，第1次大戦の勃発と共に渡欧し，傷病兵運搬車の運転手として戦争を経験する．いったん帰国後に再度渡仏し，同時期にパリに数多く滞在していたアメリカ人国外脱出者，いわゆる「失われた世代」の当事者の一人となった．様々な作家，芸術家，文化人の知遇を得る一方，自らも評論，雑誌編集，翻訳活動に精を出す．代表作『亡命者帰る』(*Exile's Return*, 1934. 1951改訂)は，この当時の体験を同時代人の想い出を含めて回想し，背景に存在した精神や時代性を鮮やかに浮かび上がらせた自伝的な評論である．一方，批評家，編集者としては，1930年代の一時期こそ政治運動に関心をもち，左翼組織にも接近するが，それ以降は文学に戻り，第一線で活躍．数多くの同時代作家・作品を批評し，キャリアの形成にも大きな影響を与えた．なかでも1946年に『ポータブル・フォークナー』(*The Portable Faulkner*)を編集・出版し，フォークナー再評価の機運を作った功績は大きく，アメリカ文学批評史上に最も有名な事件として広く知られている．他にもヘミングウェイ，フィッツジェラルド，ホーソーン，ホイットマンといった作家の選集を編んでいるが，自身の文芸評論集では，第2次大戦後の文学界の展望や動向を包括的かつ多角的に論じた『文学状況』(*The Literary Situation*, 1954)などがある．80年出版の『八十路から眺めれば』(*The View from Eighty*)が絶筆となった．
　　　　　　　　　　　　　　　　　　　　　　　　　　　　　　　　　　　　（児玉）

ブラウン　スターリング　Sterling A. Brown（1901 - 89）　詩人

　詩人で黒人文学の研究者．ワシントンDCで中流家庭に生まれる．父はハワード大学の宗教学の教授．ウィリアムズ大学を卒業．ハーヴァード大学で修士号を取得した後，いくつかの大学で教鞭をとる．はじめモダニズムの影響を受けるが，後にフロスト，サンドバーグらによる日常語や方言を用いた詩に刺激を受け，黒人方言による詩を書き始めた．1920年代に雑誌やアンソロジーに作品を発表するが，当時興っていたハーレム・ルネサンスとは距離を置いていた．32年には初の詩集『南部の道』(*Southern Road*)を出版した．これは，アフロ・アメリカン文学に新しい方向をもたらしたと高く評価されたが，2作目として用意した『隠れる場所はない』(*No Hiding Place*)は出版を断られてしまう．
　彼の詩は南部黒人奴隷の伝承文学を取り入れ，彼らの風俗や貧しい生活を描き，形式やリズムには黒人霊歌やブルース，労働歌が活かされている．方言や俗語に満ちているが，単にリアリズムを追求したものではなく，寓話的な設定でアメリカ黒人のアイデンティティを追及している．彼は，ハワード大学で69年まで教鞭をとり，アメリカの黒人文学を学術的に研究，紹介する仕事に力を注ぎ小説，詩，劇に関する批評書を著している．ようやく2冊目の詩集『ワイルド・ビルの最後の騎乗』(*The Last Ride of Wild Bill*)を出版したのは75年のことであった．
　　　　　　　　　　　　　　　　　　　　　　　　　　　　　　　　　　　　（笠原）

◇作家解説 II◇

ヒューズ　ラングストン
Langston Hughes（1902 - 67）　　詩人　小説家　劇作家

黒人嫌いの父　ミズーリ州ジョプリン（Joplin）に生まれる．混血の家系．アメリカでの黒人差別に絶望した父親は，ヒューズの誕生後，メキシコに移住．ヒューズはアメリカ各地を転々としながら，母と母方の祖母に育てられる．高校卒業後，父と再会するが，詩人志望の息子とメキシコで成功した実業家の父は折り合いが悪かった．とりわけ，黒人の父による黒人嫌いがヒューズを悩ませた．貧しく孤独な家庭環境にあって，慰めは読書であった．ポール・ローレンス・ダンバー，ウォルト・ホイットマン，カール・サンドバーグらの影響のもと，自由詩を書き始める．

ハーレム・ルネサンス　1921年に『クライシス』（*Crisis*）誌に発表された詩,「黒人は多くの河のことを語る」(The Negro Speaks of Rivers)で頭角を現わす．同年，コロンビア大学に入学するが，1年で中退し，様々な職に就く．23年から24年にかけて，商船水夫としてアフリカやヨーロッパに渡る．この頃より，ニューヨークのハーレムやパリのナイトクラブで聞いた黒人音楽を，詩のなかに取り入れ始める．25年，ヴェイチェル・リンゼイの励ましを受ける．翌年26年に第1詩集『もの憂いブルース』（→430頁）を出版，さらに『ネイション』（*Nation*）誌に,「黒人芸術家と人種の山」(The Negro Artist and the Racial Mountain) と題したエッセーを発表．若手黒人芸術家は黒人の間で内面化された白人との同化願望を克服し，自らの人種に特殊な文化や主題を扱い，恥じることなく黒人の美しさを表現するべきだ，と主張した．同時代のクロード・マッケイ，カウンティ・カレン，ジーン・トゥーマー，ゾラ・ニール・ハーストンらとともに，20年代の黒人文芸の開花，ハーレム・ルネサンスを代表する詩人となった．26年に奨学金を得てリンカーン大学に入学．翌年，第2詩集『ユダヤ人に晴れ着を』（*Fine Clothes to the Jew*）刊行．詩のほかに小説『笑いなきにあらず』（*Not Without Laughter,* 1930）や，戯曲『混血児』（*Mulatto,* 1935）などがある．30年代以降，政治的に左傾化し，50年代の赤狩りの対象となるが，晩年は,「ハーレムの桂冠詩人」と称えられた．ニューヨークにて死去．

ハーレムの桂冠詩人　ヒューズの詩は，都会に住む黒人の苦悩や喜怒哀楽を，男性と女性の両方の立場から歌いあげる．当時の黒人知識階級が軽蔑さえした黒人庶民の生活や文化を，素朴な言葉で，愛着をもって表現する．その表現方法として，ブルースやジャズのリズム，形式，ムードを詩に取り入れている．40年代のモダンジャズ，ビバップの手法で当時のハーレムを描き出す詩集『延期された夢のモンタージュ』（*Montage of a Dream Deferred,* 1951）は，パウンドの『キャントーズ』やW・C・ウィリアムズの『パターソン』と並ぶモダニズムの長編詩として高く評価されている．

【名句】I've known rivers:/ Ancient, dusky rivers./ My soul has grown deep like the rivers.（The Negro Speaks of Rivers）「私は河を知っている／いにしえの，うすぐろい多くの河を／私の魂は深くなった　多くの河のように」（黒人は多くの河のことを語る）　　（関口）

◇作家解説 II◇

ジャクソン　ローラ（・ライディング）
Laura（Riding）Jackson（1901 - 91）　　詩人　批評家

　詩を放棄した詩人．名前の表記上ライディングを括弧に括るのは本人の希望である．ニューヨーク・シティに生まれ，コーネル大学で学ぶ．20年代前半，南部のフュージティヴ・グループに認められ，詩人として出発する．25年，5年前に結婚した元コーネル大歴史学講師と離婚，ニューヨーク・シティに移り，ハート・クレインらと交遊する．同年，ロバート・グレイヴズの招待でイギリスに渡り，38年まで留まる．精密なテクスト分析を示したグレイヴズとの共著『概説モダニスト詩』（*A Survey of Modernist Poetry*, 1927）は，新批評の基礎となる．抽象的で自意識的な言語で作詩したが，38年『全詩集』（*Complete Poems*）を出版した後，詩を放棄する．詩は感覚に訴えるが，真実を伝えるには不適切と判断したためである．その後は言語学的研究や散文に向かったが，常に真実を伝える言語を思索した．
　39年にアメリカに帰国．41年に文芸批評家スカイラー・B・ジャクソンと結婚し，夫婦で辞書学的研究『合理的意味―言葉の定義の新基礎』（*Rational Meaning: A New Foundation for the Definition of Words*, 1997）の執筆に取り組む．真実を語ろうとする詩の誠実さと，ジャンルとしての詩の虚構性の矛盾を鋭く考察した．72年，散文『語ること』（*Telling*）で，独自の詩学を示す．38年の『全詩集』が『ローラ・ライディング詩集』（*The Poetry of Laura Riding*, 1980）として再出版され，91年にボリンゲン賞が与えられた．　　　　（関口）

ヴァン・ドゥルーテン　ジョン
John Van Druten（1901 - 57）　　劇作家

　ロンドン生まれ．法律を研究してウェールズ大学の講師をしながら劇作の道に入った．思春期の少女を描いた第1作『若きウッドリー』（*Young Woodley*, 1925）が明確な禁止事項が含まれていないにもかかわらず，検閲に引っかかり，イギリスでは3年後に上演許可が下りるが，アメリカでは上演され，注目を集めた．これを機に渡米し，44年にアメリカへ帰化した．男女二人の愛の対話劇『山鳩の声』（*The Voice of the Turtle*, 1943）がヒットしたのを始め，キャスリン・フォーブス（Kathryn Forbes）の小説『ママの貯金』（*Mama's Bank Account*）を脚色した『ママの思い出』（1944→477頁），恋をしたために魔術を失う妖艶な美女を描いた『ベルと本と蝋燭』（*Bell, Book and Candle*, 1950），クリストファ・イシャウッド（Christopher Isherwood）のスケッチ風のベルリン物語集『私はカメラだ』（*I Am a Camera*, 1951）を脚色した同名の舞台劇がいずれもヒットし，映画にもなった．映画シナリオも手掛け，イングリッド・バーグマン主演の『ガス燈』（*Gaslight*, 1944）が代表作である．体験的劇作論『劇作術』（*Playwright at Work*, 1953）や，自伝的小説『代償の歳月』（*The Vicarious Years*, 1956）も書いた．知的で軽快な台詞を得意とし，登場人物の心理的洞察力も鋭い上に大衆性もあるので，どの劇も好評だった．　　　　（荒井）

◇作家解説 Ⅱ◇

ナッシュ　オグデン　　　Ogden Nash（1902 - 71）　　　**詩人**

　20世紀最大の人気を誇ったユーモア詩人．ニューヨーク州ライ生まれ．南部の旧家出身の貿易商だった父の仕事柄，ジョージア州サヴァンナなどの大西洋岸の都市を転々として育つ．ハーヴァード大学中退後，さまざまな職を経て，ダブルデイ出版社のコピーライターとなる．この頃より，イギリスロマン派の影響下に詩を書き始めるが，次第に軽妙洒脱なライト・ヴァース（light verse）で本領を発揮するようになる．1931年に逆説的な題名の第1詩集『難解な詩』（*Hard Lines*）を出版し，1年で7刷増刷される程の成功を収める．この成功を受けて『ニューヨーカー』誌の定期寄稿者となるが，すぐにフリーランサーとして自立し，生涯詩人として生計を立てた．

　肩肘張らない平易な文体で，日常生活のなかの「人間のちょっとした愚かしさ」を，中年男性の立場からユーモアたっぷりに歌う．その都会風の洗練されたユーモアが，当時の中流階級読者の支持を得た．詩の特徴は，文法，綴り，リズム，韻などを独創的に使用して，絶妙な効果を上げる点にある．一方，独自のユーモアと観察力で反体制的な社会風刺詩を書き，恐慌下のアメリカ人読者の共感を得た．詩の他に，ユーモア劇作家S・J・ペレルマンと共同制作のミュージカル・コメディ『ヴィーナスの接触』（*One Touch of Venus*, 1943）や数々の児童文学などがある．　　　　　　　　　　　　　　　　　　　　　　　　　　　（関口）

ニン　アナイス　　　Anaïs Ninn（1903 - 77）　　　**小説家**

　デンマーク，フランス，キューバの血をひく母と，スペインとキューバの血をひくピアニスト兼作曲家の父のもとにフランスで生まれる．幼少期をキューバと欧州で過ごし，11歳のとき両親の離婚を機に母と弟たちと共にニューヨークに移住する．この船旅の間に父に宛てた手紙として死ぬまで書き続けられることになる日記をつけ始める．20歳のとき銀行家と結婚，翌年，夫の転勤に伴いパリに移住．27歳のときD・H・ロレンスに関するエッセーを雑誌に掲載，後に『D・H・ロレンス』（*D. H. Lawrence, An Unprofessional Study*, 1932）を出版することになる．28歳のときヘンリー・ミラー，ジューン・マンスフィールド夫妻と出会い，両者と恋愛関係に陥る．彼女の才能を高く評価した，当時無名のミラーによってニンは文学的にも性的にも解放され，日記をもとに作品を執筆していくことになる．ニンとミラーの共有するミューズである「ジューン」はニンの『近親相姦の家』（*House of Incest*, 1936）とミラーの『北回帰線』（*Tropic of Cancer*, 1934）の中に描かれている．彼女は『アナイス・ニンの日記』（*Diary* 1966 - 76）によって最も有名だが，小説も『火への梯子』（*Ladders to Fire*, 1946），『信天翁の子供たち』（*Children of the Albatross*, 1947），『四心室の心臓』，（*The Four-Chambered Heart*, 1950），『愛の家のスパイ』（*A Spy in the House of Love*, 1954），『太陽の帆船』（*Seduction of the Minotaur*, 1958）からなる五部作など，多数ある．

　　　　　　　　　　　　　　　　　　　　　　　　　　　　　　　　　　　　　（佐藤空子）

◇作家解説 II◇

ウェスト　ナサニエル　Nathanael West（1903 - 40）　　　小説家

時代的危機を作品に体現　本名ネイサン・ワインシュタイン（Nathan Wallenstein Weinstein）。ロシアからのユダヤ人移民の子としてニューヨーク市に生まれる。少年時代は野球が大好きな反面、戸外で空想にふける傾向も強くトルストイ、ドストエフスキー、フローベール、ヘンリー・ジェイムズなどの作品に親しんでいたと伝えられる。1922年に成績証明書を偽造してブラウン大学に入る。この頃から孤独な夢想家という側面とは別の個性を見せはじめ、友達づきあいも多くなり、課外活動に大学の文学雑誌の編集にも携わる。卒業後2年間パリで過ごす。帰国して父の手伝い、ニューヨークでホテル関係の仕事をするなか、アースキン・コールドウェル、J・T・ファレルなどと知り合う。最初の作品『バルソ・スネルの夢の生活』（*The Dream Life of Balso Snell,* 1931）は大学時代に書いたものを手直しして、500部という限定つきの部数でナサニエル・ウェストというペンネームで出版する。これは詩人である主人公バルソがトロイの木馬を発見し、その尻の穴から消化器官を通り抜けて旅をするという一種の自己を風刺したピカレスク的小説で、青少年の性的衝動、初めて知る肉体の現実など、派手で糞便学的珍奇な想像力を織りまぜながら描いた夢物語で一種の人間の堕落状態を語った作品である。

現代人の孤独　『ミス・ロンリーハーツ』（1933→446頁）は「ミス・ロンリーハーツ」という名で新聞の身の上相談を担当している青年記者が、送られてくる手紙からあまりに多くの人生の不幸と苦悩を知る物語である。現代人の孤独が痛切かつ繊細なタッチで描かれている作品で、熱狂的な論評をうけ、59年にドラマ化されている。この後大衆向けの雑誌に数編の物語を寄稿するが売れ行きは芳しくなく、34年『クール・ミリオン』（*A Cool Million,* 1934）を出版するが、これはそれまでのホレイショ・アルジャー式の生き方、つまり貧困と誘惑に耐え、自力でなす生活が成功にいたるというピューリタン的価値観をもじり、これを風刺、攻撃した作品である。しかし批評家の受けも悪く、売れ行きも悪かった。数ヶ月間ハリウッドで暮らし、その時『ミス・ロンリーハーツ』の放映権を20世紀フォックス映画会社に売りわたす。その後シナリオ・ライターとしてハリウッドで働くが、38年にRKOラジオ放送局に移籍し、ユニヴァーサル・インターナショナル映画会社で仕事をする。シナリオ・ライターとしての才能を発揮、生活にもゆとりが出て2匹の猟犬を飼って週末はほとんど狩りをして過ごしたという。

人間存在の空しさその終焉　39年、『イナゴの日』（*The Day of the Locust*）を出版するが、宣伝の失敗もあり好評は得られず、売れ行きも1500部にも満たなかった。40年アイリーン・マッケンニーと結婚、3ヶ月をオレゴンで過ごす。コロンビア映画会社から給料の良い仕事が入り、この年が彼の人生の中で一番幸せだったといわれる。だがその年の12月22日、メキシコからの狩猟の旅の帰り、赤信号見落としの衝突事故で妻は即死。病院へ運ばれたが、ウェストも1時間後に亡くなった。亡骸はニューヨークに運ばれ、ユダヤ人墓地に埋葬された。

（佐藤）

◇作家解説 Ⅱ◇

カレン　カウンティ　　Countee Cullen（1903 - 46）　　詩人

　ハーレム・ルネサンスの指導的な詩人．彼は，自己について語ろうとしなかったため，伝記上の詳細が分からない．生まれた場所は，ケンタッキー州ルイヴィルかメリーランド州ボルティモアであるが，本人は，ニューヨーク・シティで生まれたと言ったことがある．おそらく母に見捨てられて，父方の祖母に当たると思われる人に育てられている．祖母は，カレンが9歳の時に，ハーレムへ移った．彼女が1918年に死亡し，その後，ハーレムで大きな教会の牧師F・A・カレンの養子となる．ニューヨーク大学に入学．ウィリアム・ワーズワースやウィリアム・ブレイクの影響を受けているが，ロマンティックだとは言えない．20年代になって，カレンが有名になって初めて，実母が名乗り出ている．
　アフロ・アメリカンたちによる20年代の大規模な芸術活動ハーレム・ルネサンスにおいて，ラングストン・ヒューズとともに指導的な役割を果たした．大学卒業の年に出版した『色』（*Color,* 1925）は，気取らない口調で黒い美の美しさを歌い，人種差別を非難している．この詩集は，ハーレム・ルネサンスのランドマークと見なされている．根本において，詩は人種を問題にしないと主張するが，しかし，「黒いキリスト」（Black Christ）などでは，犯していない罪によって黒人の若者が受けるリンチを取り上げて，人種問題を提起している．詩形に関しては，全般的に保守的である．　　　　　　　　　　　　　　　　　（渡辺）

コールドウェル　アースキン　　Erskine Caldwell（1903 - 87）　　小説家

　ジョージア州のオーガスタから遠くない寒村に生まれる．連合改革長老教会という小さな教派の牧師であった父がたびたび任地を変えたため一家は転々と住所を変えた．高校生のころさまざまなアルバイトを経験し，早くから南部の底辺の人々の生活を熟知することになった．父から聖職につくことを薦められたが，神を信じないからと断わったという．ヴァージニア大学に2度の在籍をするが，卒業には至らなかった．新聞記者をつとめたのち，1925年から5年間メイン州で過ごし，創作に打ち込み，また各紙に書評を書いた．32年，『タバコ・ロード』（*Tabacco Road*）を出版した．これは一袋のカブラを奪い合うような南部の貧乏白人の追い詰められた貧窮を描いて，スタインベックやジェイムズ・T・ファレルらと並ぶ30年代プロレタリア文学の代表作と目されるものであり，食欲と性欲と無知という裸形の実存から笑いをかもし出している．33年，もう一つの名作『神の小さな土地』（→445頁）を出版した．彼は非常に多作で，ほとんどがジョージアの小作農と黒人の悲惨きわまる生活を描いたものであるが，巧みな語りとエロティックなユーモアによって底に秘められた暗い主題を喜劇的な笑いに昇華させている．長編では『巡回牧師』（*Journeyman,* 1934），『悲劇の土地』（*Tragic Ground,* 1943），短編では「いちごの季節」（The Strawberry Season），「昇る朝日に跪け」（Kneel to the Rising Sun, 1935）などが特に有名である．　　　（寺門）

◇作家解説 II◇

ハート　モス　　　　　　　　Moss Hart（1904 - 61）　　**劇作家**

　ニューヨーク市に生まれ，様々な職業と習作期を経て，ジョージ・S・コーフマン（George S. Kaufman）とのコンビで劇作家として有名になり，9作品を共作した．その最初の共作は『生涯に一度』（*Once in a Lifetime,* 1930）で，ハリウッドでの映画製作で多くの失敗が思わぬ成功を呼んでしまう主人公を描いた喜劇である．『陽気に行こう』（*Merrily We Roll Along,* 1934）は，ブロードウェイの通俗な流行作家の成功までの人生を描いた作品で，時間を逆行させて生涯を辿っていき，芸術への理想に燃えていた若き日へと遡っていく．

　代表作はピューリツァー賞を受賞した2作品で，好きな事ばかりして暮しているおかしな一家を描いた『金はあの世じゃ使えない』（1936→457頁）と，何かと言うと人を怒鳴り立てる高慢なラジオのパーソナリティが講演旅行中にけがをし，田舎の屋敷に滞在して起こす騒動を描いた喜劇『晩餐に来た男』（*The Man Who Came to Dinner,* 1939）である．共同執筆の中で，皮肉で辛らつな笑いが得意であったコーフマンにくらべ，ハートは心理描写や文学的な台詞が得意であった．

　映画の脚本も執筆したほか，ミュージカル『マイ・フェア・レディ』（*My Fair Lady,* 1956）でトニー賞演出賞を受賞するなど，舞台の演出家としての功績も残している．　　　　（広川）

ズーコフスキー　ルイス
　　　　　　　　　　　　　　　Louis Zukofsky（1904 - 78）　　**詩人**

　音楽と詩の融合を目指した詩人．ニューヨーク州ニューヨークに，現在のリトアニア出身の正統派ユダヤ教徒を両親として生まれる．父が1898年にアメリカに単身で移住し，昼夜を分かたず働いて，1903年に妻子を呼び寄せた．この両親の姿は，ズーコフスキーの作品のなかで大きく扱われている．兄弟のなかでただ一人新世界アメリカに生まれ，イディッシュ語を話すコミュニティと家庭のなかで育つ．英語は学校へ通い始めてから覚えたが，既にイディッシュ語を通してシェイクスピアやトルストイなど，文学には十分に接していた．コロンビア大学に入学し，哲学と英語を学ぶ．クラスメイトには，文芸批評家ライオネル・トリリング，劇評家ジョン・ガスナーなど後に活躍した人びとが多い．24年コロンビア大学大学院で修士号を取得．そこで，マーク・ヴァン・ドーレンやジョン・デューイのもとで学んでいる．ウィスコンシン大学，サンフランシスコ州立大学などで教職に就いている．

　ウィリアム・カーロス・ウィリアムズとエズラ・パウンドから強い影響を受け，特に，パウンドを聖エリザベス病院幽閉中によく訪問している．詩作品を客観物と見なす立場をとる「客観主義の詩」（Objectivist poetry）グループを形成した．彼の詩は，音楽性を重視する点に特徴があり，音楽家・作曲家である妻シリアが彼の多くの詩に曲をつけた．代表作は，27年から始めて，断続的に発表してきた長編詩『エイ』（*A,* 1978）である．　　　　（渡辺）

◇作家解説 II◇

シンガー　アイザック・バシェヴィス
Issac Bashevis Singer（1904 - 91）　　小説家

ポーランド生ま れのユダヤ人　ラビの息子としてワルシャワ郊外の小都市ラジミン（Radzymin）に生まれた．当時ポーランドはロシア帝国の一部であった．少年の頃ヘブライ語で詩や短編を書き，ワルシャワのユダヤ教神学校に入ったが，1年でやめ，兄のイスラエル・ヨシュア・シンガー（Israel Joshua Singer）と同様文学の道を選び，イディッシュ語新聞の校正や西欧文学の翻訳で生計を立てるかたわらイディッシュ語で小説を書いた．長編デビュー作は『ゴライの悪魔』(*Shoten in Goray*, 1932)．

アメリカ へ移民　1935年渡米し，ニューヨークに住み，イディッシュ語日刊新聞『フォワード』(*Forward*) に執筆を続ける．その作品の大半はポーランド系ユダヤ人の風習，神秘主義，信仰と世俗主義の葛藤，悪魔の誘惑といった主題をめぐるものである．英語による最初の作品は『モスカット家の人びと』(*The Family Moskat*, 1950)．三代にわたるワルシャワのユダヤ人一族のナチス侵攻の時までの大河小説である．裕福で頑固な鼻祖（レブ・メシュラム・モスカット Reb Meshulam Moskat）の全盛期のあと，子孫たちはシオニズム，マルキシズム，資本主義，正統派ユダヤ教，恋愛至上主義などさまざまな生き方を選択していく．その後多くの作品が英訳出版されるようになるが，『ゴライの悪魔』(*Satan in Goray*, 1955) は17世紀，救世主に扮した悪魔がユダヤ共同体を堕落させる物語．『ルーブリンの魔術師』(*The Magician of Lubulin*, 1960) の人気をほしいままにする魔術師ヤシャ・マズール（Yasha Mazur）は快楽を求めて罪を犯し，最後に悔い改めてみずからに苦行を強いる．『奴隷』(*The Slave*, 1962) の主人公ヤコブ（Jacob）は，17世紀のコサックによるポグロムを生き延びたあと奴隷となるが，クリスチャンの女性に救われて結婚し，宗教の壁を乗り越えて愛を貫いてゆく．『荘園』(*The Manor*, 1967) とその続編『屋敷』(*The Estate*, 1969) は2つの家族を中心とする19世紀後半のポーランド系ユダヤ人たちのアイデンティティ探求の物語で，最後はアメリカが舞台になる．『敵たち』(*Enemies: A Love Story*, 1970) は副題の示すとおり一種の恋愛小説であるが，時代を色濃く反映している．アメリカへ逃れてきたヘルマン・ブローダー（Herman Broder）はホロコースト中にかくまってくれた女性，死の収容所の生き残りの女性，そしてホロコーストを生き延びたことがずっと後になってわかる妻の間で引き裂かれる．『ショーシャ』(*Shosha*, 1978) はナチス侵攻前夜の刹那主義に逃避するワルシャワのユダヤ社会を描いている．

本領の短編　シンガーはむしろ短編作家として重要で，夥しい数にのぼる作品が『愚者ギンペル』(*Gimpel the Fool and Other Stories*, 1957)，『マーケット通りのスピノザ』(*Spinoza of Market Street*, 1961)，『短い金曜日』(*Short Friday and Other Stories*, 1964)，『降霊会』(*The Séance and Other Stories*, 1968)，『カフカの友だち』(*A Friend of Kafka and Other Stories*, 1970)，『羽の冠』(*A Crown of Feathers and Other Stories*, 1973) などの短編集に収められている．(→509頁)．1978年，ノーベル賞を受賞．　　　　　　　　　　　　　　（寺門）

◇作家解説 II◇

エバハート　リチャード
Richard Eberhart（1904 - 2005）　　　　詩人

　知的でヒューマニスティックな詩人．ミネソタ州オースティン（Austin）に生まれ，バー・オークスと呼ばれる40エイカーの領地に育ったが，これが後の詩作品で取り上げられる．同じミネソタ出身の小説家フィッツジェラルドのように，故郷が彼の創作の重要な要素になっている．実際，『バー・オークス』（*Burr Oaks,* 1947）というタイトルの詩集がある．
　ミネソタ大学在学中に母が癌で死亡してから，詩を書き始めたと言われる．父が事業に失敗すると，ニューハンプシャーのダートマス大学へ転校する．卒業後に，蒸気船の甲板水夫となったりした後，英国ケンブリッジ大学のセント・ジョンズ校で2番目の学位を取得する．1932年にアメリカに戻り，ハーヴァード大学院に入学．のち，教職に就き，英語を教える．第2次世界大戦では，海軍予備軍に参加する．ワシントン大学などで教える．59-61年，国会図書館詩部門顧問．詩の傾向は，ウィリアム・ブレイクやディラン・トマスなどの幻視的な詩人の系譜に属し，洗練さや優美さに欠けると言われる．戦争体験をよく題材に取り上げ，「空爆の怒り」（The Fury of Aerial Bombardment）など，知的でヒューマニスティックな内容は，人の心に訴える．第1詩集は，『大地の勇気』（*A Bravery of Earth,* 1931）．『詩選集1930-65』（*Selected Poems, 1930-65*）でピューリツァー賞を受賞している．　　　　　　（渡辺）

クーニッツ　スタンレー
Stanley Kunitz（1905 - 2006）　　　　詩人

　95歳の時に第10代桂冠詩人に選ばれた詩人．マサチューセッツ州ウスター生まれ．家族は悲劇に見舞われている．破産した父が公園で自殺し，その数週間後に母は子を出産している．リトアニアからの移民であった彼女は，再婚したが，その相手もクーニッツが14歳の時に死亡した．姉たちも結婚したが，若くして死ぬ．
　クーニッツは，高校生の時にロバート・ヘリックの詩に感動する．キーツ，ワーズワース，ブレイクなどにも関心があった．ハーヴァード大学には奨学金で入学し，1926年に優等で卒業する．大学に残りたかったが，ユダヤ系を理由に遠回しに断られる．以降，レポーター，編集者などの職業に就く．27年，冤罪で死刑となるバートロメオ・ヴァンゼッティの手紙を出版しようとした．
　彼は，良心的反戦者であるが，軍務には就いている．45年に除隊してからは，イェール，プリンストンなどの大学で教職に就く．彼の詩作品の一貫したテーマは，失われた父，喪失と愛である．作風は，口語的で気楽な言葉遣いで，喪失，時間，内的渾沌世界などを描く．第1詩集『知的な事がら』（*Intellectual Things*）は，30年に出版されている．『詩選集』（*Selected Poems,* 1958）でピューリツァー賞を，『通り過ぎてゆく』（*Passing Through,* 1995）で全米図書賞を，それぞれ受賞した．　　　　　　（渡辺）

◇作家解説 II◇

ウォレン　ロバート・ペン
Robert Penn Warren（1905 - 89）　　**小説家　詩人　批評家**

大学での出会い　テネシー州との境にあるケンタッキー州の小さな町ガスリー（Guthrie）で生まれる．海軍兵学校に入学するはずだったが，左目の怪我のために進路を変更し，電気工学を学ぶべく1921年にテネシー州ナッシュヴィルのヴァンダービルト大学に入学する．大学におけるジョン・クロウ・ランサム（John Crowe Ransom）やアレン・テイト（Allen Tate）らとの出会いから文学に開眼し，詩の雑誌『フュージティヴ』に関わる．カリフォルニア大学バークレー校で修士号を取得後，イェール大学，さらにローズ奨学金にてオクスフォード大学に学ぶ．南部農本主義のマニフェスト『私の立場』（*I'll Take My Stand*, 1930）に人種隔離政策を支持するエッセーを求められて寄稿するが，後にはその人種観を改めることになる．一時期勤務したルイジアナ州立大学では，雑誌『サザン・レヴュー』を創刊したほか，クレアンス・ブルックス（Cleanth Brooks）とともに教科書『詩の理解』（*Understanding Poetry*, 1938）や『小説の理解』（*Understanding Fiction*, 1943）を出版し，作品の審美的な精読を旨とするニュー・クリティシズムを確立，大学における文学教育に一大改革を巻き起こす．42年以降は主に北部で暮らし，ミネソタ大学，イェール大学で教えたが，作品の舞台としては生涯ケンタッキーとテネシーを中心とする南部にこだわった．

南部作品群　通説を覆した伝記『ジョン・ブラウン』（*John Brown*, 1929）の出版を皮切りに，10作の長編小説，16作の詩集，1作の短編小説集，『南北戦争の遺産』（*The Legacy of the Civil War*, 1961）をはじめとする南北戦争をめぐる一連の評論，数冊の文学研究書などを発表する．長編小説の分野では，ケンタッキーのタバコ生産をめぐる争いを描く第1作『覆面騎士団』（*Night Rider*, 1939）に始まり，もっとも自伝的な最後の小説『帰るべき場所』（*A Place to Come To*, 1977）に至る．南部の過去・現在の具体的な出来事を題材として取り上げ，それを新たな物語状況の中で再解釈しようとする趣向のものが多い．ピューリツァー賞を受賞した第3長編『すべて王の臣』（1946→480頁）は，暗殺された実在のルイジアナ州知事ヒューイ・ロングの生涯から物語のヒントを得ている．長編小説にはこの他，『世界も時も』（*World Enough and Time*, 1950）などがある．

詩人としての評価　詩集は『詩三十六編』（*Thirty-Six Poems*, 1935）の出版に始まり，初期には形而上詩的な傾向が目立つが，後期になるにつれてより私的・地方的な内容を扱うものが多くなる．散文執筆のための10年間の空白の後に発表された物語詩『ドラゴンの兄弟』（*Brother to Dragons*, 1953）では，トマス・ジェファソンの甥による奴隷の殺害事件を扱い，大方の賞賛を得る．詩集『約束』（*Promises*, 1957）はピューリツァー賞と全米図書賞を受賞し，詩集『新旧』（*Now and Then*, 1978）でもピューリツァー賞を受賞．晩年は詩人としての評価がむしろ高く，86年には議会図書館の詩の顧問として，アメリカの初代桂冠詩人に任命された．

（利根川）

◇作家解説 II◇

キングズリー　シドニー
Sidney Kingsley（1906 - 95）　　**劇作家**

　ニューヨーク生まれ．コーネル大学卒業後，レパートリー劇団（stock company）やブロードウェイで端役を演じ，俳優として演劇活動を開始したが，第1作目の『白衣の人々』（*Men in White,* 1933）をグループ・シアターが上演し，ピューリツァー賞を受賞して，一躍新進劇作家として注目を浴びた．以後は社会問題を正面から取り上げた問題作を次々と書き，30〜40年代を代表する劇作家の一人になった．

　『白衣の人々』は大病院を舞台に，金持ちの娘と結婚して開業医になるか，研究を続けて専門医になるかの選択に悩む青年インターン，ジョージ・ファーガソン（George Ferguson）の物語に若い看護婦の死をからめ，腐敗した医局にメスを入れた問題作である．『デッド・エンド』（1935→456頁）は，貧民窟の子供たちが環境によって悪に染まる姿をリアルに描いた代表作である．『愛国者たち』（*The Patriots,* 1943）では，第3代大統領トマス・ジェファソン（Thomas Jefferson）と初代財務長官アレグザンダー・ハミルトン（Alexander Hamilton）の民主主義の原則を巡る対立を描いて，ニューヨーク劇評家賞を受賞した．『真昼の暗黒』（*Darkness at Noon,* 1951）は，アーサー・ケストラー（Arthur Koestler）の同名の小説の脚色で，これもニューヨーク劇評家賞を受賞した．写実主義に徹した一流の社会劇を書いた劇作家だった．　　　　　　　　　　　　　　　　　　　　　　　　　　　　　　（荒井）

ハインライン　ロバート
Robert A. Heinlein（1907 - 88）　　**SF作家**

　アイザック・アシモフ（Isaac Asimov），アーサー・C・クラーク（Arthur C. Clarke）と並んで20世紀中葉のSF界の3巨匠の一人．ミズーリ州バトラー（Butler）に生まれ，同州のカンザス・シティに育つ．アナポリスの海軍兵学校を卒業，海軍士官となるが，肺結核を発病して除隊．カリフォルニア大学ロサンゼルス校の理系大学院で非正規の学生となるが数週間でやめ，様々な職を転々としながら一時アプトン・シンクレアの社会主義運動に加わるが，やがて保守的な立場に移行する．39年にSF専門誌に処女作を発表したのを皮切りにたちまちSF界の寵児となり，生涯に50冊を越える長編を書いた．卓抜なストーリーテラーであり，SFの枠を超えて幅広い読者層から愛される作品もある．例えば『夏への扉』（*The Door into Summer,* 1957）．えもいわれぬ詩情を漂わせる表題をもつこの作品は幸せな未来に目覚めたいという夢を叶えてくれる冷凍睡眠（cold sleep）の物語である．『異星の客』（*Stranger in a Strange Land,* 1962）は貴種流離譚とキリスト伝をミックスしたような，高貴にして卑猥，いくつものタブーに挑戦する物語．火星探検隊員間の恋愛から火星で生まれた主人公が地球にやってきて新しい宗教を興そうとして，古い宗派の怒りを買い虐殺される．セックス革命，霊魂不滅，カニバリズムなどの主題が奔放に展開される．　　　（寺門）

◇作家解説 II◇

オデッツ　クリフォード　　Clifford Odets（1906 - 63）　**劇作家**

社会劇　フィラデルフィアで生まれ，ニューヨークのブロンクスで育った．少年時代から
政治劇　ヴォードヴィルなどに出演し，役者として演劇活動に関わっていた．ラジオでは持ち前の美声で詩の朗読などを行ない，ニューヨークのシアター・ギルド（Theatre Guild）やグループ・シアター（Group Theatre）にも参加して，1935年からは社会劇や政治劇の作者として活躍し，映画やテレビの脚本や映画監督の仕事もした．多才な劇作家で，30年代のアメリカ演劇を代表する重要な劇作家の一人である．

　脚色を含めて約15本もある戯曲の中では，ブロンクスに住むユダヤ人家族を中心に社会的不平等を描いた政治劇の代表作『醒めて歌え』（1935→451頁），タクシー運転手のストライキを1幕で描いた社会劇の代表作『レフティを待ちつつ』（1935→452頁），反ナチ演劇の『我が命尽きる日まで』（*Till the Day I Die*, 1935），中流階級の家族の崩壊を描いた『楽園喪失』（*Paradise Lost*, 1935）などがよく知られているが，オデッツの名前が一般に広く知られているのは，こうした社会性や政治性のある問題劇よりも，映画化されて評判を取った『ゴールデン・ボーイ』（*Golden Boy*, 1937）や，『喝采』（*The Country Girl*, 1950）の方であろう．

二本の　『ゴールデン・ボーイ』は，37年にブロードウェイのベラスコ劇場で初演された3
成功作　幕12場のヒット作で，音楽家志望の青年が野心を抱いてボクシングに転向し，人生の道を誤って自滅する姿を，夢を追う成功志向のアメリカ的価値観の批判を込めて，メロドラマ的で寓話風の筋立てによって巧妙に描いたオデッツの最高傑作である．39年の映画化作品では，ウィリアム・ホールデン（William Holden）が，主人公の青年ジョー・ボナパルト（Joe Bonaparte）を好演して銀幕へのデビューを飾った．

　『喝采』は，50年にブロードウェイのライシーアム劇場で初演された2幕劇で，田舎娘がアルコール中毒の有名俳優と結婚して，かつての名優の再起に献身する姿を，センチメンタルでメロドラマ風に描いた成功作である．54年の映画化作品では，後にモナコ王妃となった美人女優グレース・ケリー（Grace Kelly）が，田舎娘を演じてアカデミー賞を受賞し，アル中の俳優を歌手のビング・クロスビー（Bing Crosby）が演じた．

映画のシナ　映画シナリオ作家としてのオデッツの仕事には，『将軍暁に死す』（*The General*
リオ作家　*Died at Dawn*, 1936），共同シナリオには『ユーモレスク』（*Humoresque*, 1946）や『成功の甘き香り』（*Sweet Smell of Success*, 1957）があり，脚本と監督を兼ねた作品には『孤独な心』（*None But the Lonely Heart*, 1944）と，『第一頁の物語』（*The Story on Page One*, 1959）がある．舞台女優として有名なエセル・バリモア（Ethel Barrymore）がアカデミー助演女優賞に輝いた『孤独な心』の脚本は，45年度の「ベスト・フィルム・プレイズ」に選ばれたオデッツの代表的なシナリオである．オデッツは舞台と同様に映画も芸術と見なし，ブロードウェイとハリウッドで，演劇と映画のあらゆる面に取り組み，精力的に活躍した．

（荒井）

◇作家解説 II◇

オーデン　ウィスタン・ヒュー
W(ysten) H(ugh) Auden (1907-73)　　**詩人**

20世紀大詩人
左翼知識人　イギリスのヨーク生まれのアメリカ詩人．20世紀英詩における最大の詩人のひとりと評価されている．1930年，T・S・エリオットが主宰する雑誌『クライテリオン』(*The Criterion*) に短い劇詩が掲載され，同年には第1詩集である『詩集』(*Poems*) が出版された．『見よ，旅人よ！』(*Look, Stranger!*, 1936) などを続いて出版し，左翼知識人として知られるようになる．35年に，トーマス・マンの娘で，レズビアン，女優かつジャーナリストであったエリカ・マンと偽装結婚し，イギリスのパスポートが手に入るように計らい，ナチス・ドイツからの出獄を助けたのは，有名なエピソードである．

英国から
米国へ　39年にアメリカへ移住するが，詩人としての名声は既に確立していた．それまでは，20世紀初頭のモダニスト詩人パウンドやエリオットらを代表例として，アメリカからイギリスやヨーロッパへと移住する芸術家が多かったが，これらの先例とは逆向きであり，新しい動きを示すのかもしれない．アメリカの詩人で18歳だったチェスター・コールマンと出会って恋に落ち，以後20年以上も彼とともに暮らすこととなる．46年にアメリカ合衆国の市民権を得る．それまでの前期オーデンは，左翼知識人であり，社会主義とフロイト的心理分析の信奉者であった．ドイツ，アイスランド，中国を訪れ，スペイン市民戦争にも参加している．

左翼から
宗教へ　アメリカ移住後に，彼は，信念を急激に変化させた．すなわち，後期オーデンは，キルケゴールなどの強い影響を受け，キリスト教，とりわけプロテスタント的な神学へ強い関心を示している．第2次世界大戦のあいだに執筆した『海と鏡』(*The Sea and the Mirror*, 1944) は，優れた詩を含むばかりか，副題が「シェイクスピアの『テンペスト』への注解」(A Commentary on Shakespeare's The Tempest) であるように，シェイクスピアの最後の作品『テンペスト』へ深い読解を提示する．それは，オーデンによれば，「芸術に関するキリスト教的な概念について書かれた」のであり，『テンペスト』がシェイクスピアの詩学であるように，この『海と鏡』は，「自分の詩学である」と言う．

　39年以降，さまざまな学校や大学で教えているが，その精力的で熱心な語り口は伝説となっている．54年から73年までアメリカ詩人アカデミーの長を務め，新人の発掘と育成に力を注いだ．アッシュベリーやリッチなども彼に見いだされている．ニューヨークとオーストリアで，ほぼ半々に暮らした．アメリカ移住後の主たる作品は，ピューリツァー賞を受賞した『不安の時代――バロック風田園詩』(*The Age of Anxiety: A Baroque Eclogue*, 1947)，詩集『アキレスの盾』(*The Shield of Achilles*, 1955)，評論集『染め屋の手』(*The Dyer's Hand*, 1962) などである．73年，ウィーンで亡くなる．

　【名句】The sense of danger must not disappear:／… Look if you like, but you will have to leap. (Leap Before You Look)「危険を察する力が消えてはならない／…見たければ見ていろ　だが　いずれ　おまえは飛ばねばならぬ」(見る前に跳べ)　　　　　(渡辺)

◇作家解説 Ⅱ◇

レトキ　セオドア　　Theodore Roethke (1908 - 63)　　詩人

家族の悲劇
精神的外傷
　自然の事物をうたうことが精神的なものへ通ずると考える詩人．ミシガン州サギノーに生まれた．父と伯父が経営していた温室で少年時代のほとんどを過ごしたといってよいが，この伝記的な事実が彼の人生と詩作とを方向づけている．サギノーは19世紀初め，材木ブームの中で栄えたが，森林を切り尽くした後に農業経済へ移行していた．そこへ園芸家である祖父ヴィルヘルム・レトキが1872年にドイツから移住して，温室を経営し，花栽培を行なった．彼には3人の息子がいたが，一番下がセオドア・レトキの父のオットーであった．祖父が亡くなった時，オットーが園芸を引き継ぎ，兄のチャールズが経営面を担当することとなった．温室の大きさにくらべると，レトキの家のほうが小さかったと言われる．14歳の時，悲劇が起こる．経営方針を巡って兄弟で諍いが起こり，その結果，詐欺を働いたとされるチャールズが破産して自殺し，父オットーが病の後に死亡した．レトキは，ミシガン大学に入学する頃には，詩作を天職と考えるようになっていた．大学卒業後，ミシガン州立大学やペンシルヴェニア州立大学などで教職に就いている．しかし，1935年に神経衰弱で入院するなど，大人になっても家族の過去の悲劇を精神的に克服できず，心理的な痛みや精神的な外傷を抱え続け，偏執狂的な抑鬱状態や妄想型精神分裂病，あるいは，アルコール依存症などに罹っている．

「温室の詩」
泥沼と格闘
　彼の詩は，アメリカで言えば，エマソンやホイットマンなどにつながる超絶的神秘主義の色彩が強い．英詩人では，ブレイク，イェイツ，ディラン・トマスなどを愛好する．題材は，主として彼自身の過去から選ばれている．技法的には，様々な実験を行なっているし，内容も挽歌，吟遊詩人的予言，バラード，民謡風の作品など多様で多才な面を見せる．時には衒学的であったり，子ども言葉を使ったりする．実際，子ども向けの絵本も出版している．41年に出版した『自宅開放』(*Open House*) は，伝統的な形式で叙情的な内容だが，言葉遣いや主題は，レトキ独特のものである．そこには，精神的な泥沼から這い出そうとする格闘の跡が見える．28編の詩から成る『迷える息子』(*The Lost Son and Other Poems*, 1948) は，いわゆる「温室の詩」(Greenhouse poems) といわれる作品が大半を占めている．そこには，父を求める幼児体験があり，アイデンティティの模索が行なわれている．このタイトルからも分かるが，ブレイクやイェイツからの影響も著しい．他の詩集として，ピューリツァー賞を受賞した『目覚め』(*The Waking: Poems 1933-1953*, 1953)，『風のための言葉』(*Words for the Wind*, 1957) などがある．

　【名句】You beat time on my head / With a palm caked hard by dirt, / Then waltzed me off to bed / Still clinging to your shirt. (My Papa's Waltz)「パパがぼくの頭で拍子を取る／手のひらには泥が堅く固まっていた／それからワルツを踊りながら　ぼくをベッドへ連れてゆく／ぼくはまだパパのシャツにしがみついているのに」(パパのワルツ)　　(渡辺)

◇作家解説 Ⅱ◇

サロイヤン　ウィリアム
William Saroyan（1908 - 81）　　劇作家　小説家　詩人

アルメニア系の作家　アルメニア人を両親としてカリフォルニア州フレズノに生まれる．15歳まで同地の公立学校で教育を受けた後，食料雑貨店，ぶどう園，郵便局などで働き，第2次世界大戦中はアメリカ陸軍に従軍するなど，様々な職業に就いて経験を積んだ．
　1934年に最初の短編集『空中ブランコに乗った勇敢な若者，その他の物語』(*The Daring Young Man on the Flying Trapeze and Other Stories,* 1934) で，O・ヘンリー賞を受賞して作家として出発してからは，劇や小説や詩を次々に発表して，稀に見る多作家となり，平易な英語による心温まる物語によって，多くの読者に親しまれた．特に評価が高いのは劇作家としての活動である．

劇作家として　『わが心高原に』(*My Heart's in the Highlands,* 1939) は，劇作家として最初に評価された作品で，39年にグループ・シアターによって上演された．リア王を得意芸とする老俳優の旅役者人生を詩情豊かに描いた長い1幕物である．続いてシアター・ギルドがその年に上演した『君が人生の時』(→466頁) は，サンフランシスコの港に近い酒場に出入りする多種多様な人々の心のふれあいを，独特のムードと詩情で巧みに描き，ニューヨーク劇評家賞を受賞した．ピューリツァー賞も併せて受賞したが，こちらは「芸術は金銭とは無縁だ」として辞退した．サロイヤン劇の代表作である．他に『美しき人々』(*The Beautiful People,* 1941)，『オーイ，そこの人』(*Hello, Out There,* 1942)，『天使たちは廃墟に翔く』(*The Cave Dwellers,* 1957) など30編以上もの劇を書いたほか，映画をはじめ，ラジオドラマやテレビドラマの脚本を書くなど多作であった．

多作の小説家　小説家としてのサロイヤンも劇作に劣らず非常に多作で，短編や長編を合わせて500編以上もの作品を発表し，明るくて楽天的な作風と内容が多くの読者の心をとらえた．『わが名はアラム』(1940→470頁) は自伝的な作品集だが，代表作は『人間喜劇』(*The Human Comedy,* 1943) である．易しい英語と単純な文体による39編の短編が積み重なり，一編の小説を成すという構成により，カリフォルニア州イサカの町に住む未亡人と三男一女の子供たちの生活を人情味豊かに描いた．愛する人の心の中に残っているかぎり，人間は死ぬことがないという考え方が，この作品に一貫して流れている．『ロック・ワグラム』(*Rock Wagram,* 1951) は，この小説の題名を芸名として使っている陽気な青年が，映画スターとして成功した後，中年になって自分の生き方に疑問をいだき，孤独感に襲われて故郷へ帰り，今度は演劇で再起を図るが，結局は家族も身内も失って，成功の夢の空しさを知るという自伝的要素をもった物語である．詩集には『クリスマス聖歌』(*A Christmas Psalm,* 1935) がある．生涯を自由人として生き，なによりも人間の個性を重んじ，アメリカのアルメニア系移民の生活をユーモアとペーソスを織り交ぜて描くヒューマニストの文学者であった．
　　　　　　　　　　　　　　　　　　　　　　　　　　　　　　　　　　　　（荒井）

◇作家解説 Ⅱ◇

ウェルティ　ユードラ　Eudora Welty (1909 - 2001)　**小説家**

旺盛な創作活動　ミシシッピ州ジャクソンに生まれる．ウィスコンシン大学で広告学を修めて故郷に戻り，1933年から3年間，米国公共事業促進局（WPA）の仕事に就き，州内をくまなく回る．同時に，大恐慌直後の州の実情を趣味のカメラにおさめた．これが71年にまとめられて写真集『ある時，ある場所』(*One Time, One Place*) となる．31年から創作活動に入っていたが，36年の春，『マニュスクリプト』(*Manuscript*) 誌の編集者の目にとまった「セールスマンの死」(Death of a Travelling Salesman) が同誌に掲載されるや，賞賛をもって読書界に迎えられた．以後，『サザン・レヴュー』(*Southern Review*)，『アトランティック・マンスリー』(*Atlantic Monthly*) などの一流誌に発表の場を得て，短編作家としての地歩を築く．その後，キャサリン・アン・ポーターの序文を付した最初の短編集『緑色のカーテン』(*A Curtain of Green,* 1941) をはじめ，『広い網』(*The Wide Net,* 1943)，『黄金のりんご』(*The Golden Apples,* 1949)，『イニスフォールン号の花嫁』(*The Bride of the Innisfallen,* 1955) 等，また中編小説として『泥棒花婿』(*The Robber Bridegroom,* 1942)，『ポンダー家の心』(*The Ponder Heart,* 1954)，そして長編小説『デルタの結婚式』(1946→479頁) を相次いで発表．42，43年と続けてO・ヘンリー賞，『ポンダー家の心』には，50年代上半期の最も傑出した作品としてウィリアム・ディーン・ハウエルズ・メダル，そして二度にわたりグッゲンハイム助成金が与えられ，秀でた才能が証明された．55年の短編集以後，家庭の事情で沈黙を守らざるを得なかったが，名声は衰えることがなかった．70年に発表されたコメディ風の一族再会の物語『負けいくさ』(*Losing Battles*) は，ニューヨーク・タイムズ書評紙選定の1970年度優秀図書に選ばれた．続いて中編小説『マッケルヴァ家の娘（楽天主義者の娘）』(*The Optimist's Daughter,* 1972) はピューリッツァー賞を受賞．78年には評論集『ストーリーの目』(*The Eye of the Story*)，83年には感覚的な文章で綴られた自伝『ある作家のはじまり』(*One Writer's Beginning*) が出版された．終生独身を貫き，晩年にいたるまで創作に，また評論に健筆を振るった．

地域主義作家として　三度のヨーロッパ旅行を除いて故郷ミシシッピ州を離れることなく，土地に密着して創作活動を続けたウェルティは，フォークナーとも通じるところのある地域主義作家である．「私の創作法」(How I Write) でウェルティは「地域主義作家のヴィジョンが生まれる源泉は，子供時代にいじりまわした泥団子がそうであるように，その土地の粘土から生み出されるもの」と述べている．ほとんどの作品がミシシッピ州を舞台にしているが，とりわけ野牛の通る，インディアンが行き交った旧ナチズ街道（the Old Natchez Trace）は太古と現在を結ぶ舞台として作品に神秘的な雰囲気を与えている（「リビー」，「道」）．エッセー「小説における場所」(Place in Fiction) の中で，"regional" という語は外部の者の口にすることであり，人生について書く限り，内部の者には何の意味も持たない，と述べているように，その地域主義は決して偏狭なものではなかった．　　　　　　　　　　（武田）

◇作家解説 II◇

ビショップ　エリザベス　　Elizabeth Bishop（1911 - 79）　　**詩人**

不幸な生い立ち　マサチューセッツ州ウスター（Worcester）に生まれる．生後間もなく父が病死し，母も精神障害を患い病院に収容され，以降一度も会うことがなかった．カナダのノヴァスコシアで母方の，その後ウスターで父方の祖父母に育てられる．幼い頃から詩に親しみ特にジョージ・ハーバートに影響を受けた．ヴァッサー大学に入るとメアリー・マッカーシーらと知り合い共に学内誌の編集発行に携る．また図書館司書を通じてマリアン・ムアと知り合い，詩人として影響を受けるのみならず生涯交友関係を結ぶことになる．1934年に大学を卒業し，翌年からヨーロッパ各地を旅行して回り，37年にフロリダのキーウェストに居をかまえた．42年には後に愛人となるブラジル人女性ロタと出会う．

観察と瞑想　46年に『北と南』（*North & South*）を出版する．その作風は個人的な感情を抑制し，正確で緻密な視覚的描写を特徴としているが，詩人と世界との認識論的関係をも表現している．冒頭を飾る「地図」（The Map）や「魚」（The Fish）はその様な作風を代表する詩であり，「人間─蛾」（The Man-Moth）は彼女がパリで触れたアヴァンギャルド芸術の影響を思わせるシュルレアリスム風の作品で，また「雄鶏」（Roosters）は歴史的な想像力に満ちている．この時期にはロバート・ロウエルやランダル・ジャレルらと出会い，親交を結ぶ．49年から50年には国会図書館詩部門顧問を務める．51年の南米旅行をきっかけに，以後長くブラジルで生活することになる．55年に，緻密な情景描写と静かな思索で彼女の風景詩を代表する「漁師小屋にて」（At the Fishhouses）や奇抜な比喩に満ちた「シャンプー」（The Shampoo）などを収録した『寒い春』（*A Cold Spring*）を出版し，翌年にピューリツァー賞を受賞する．

孤独な旅人 幼少の回想　65年の『旅の問い』（*Questions of Travel*）は，「給油所」（Filling Station）などの従来の作風を踏襲した秀作の他に，ブラジルの風景や地理，歴史を題材にした「ブラジル，1502年1月1日」（Brazil, January 1, 1502）や表題作「旅の問い」などの作品を含み，異文化を見つめる旅人の視点を採り入れて新境地を開いた．67年に愛人のロタが精神的に不安定となり自殺する．以降ブラジルから足が遠のき，70年からはハーヴァード大学で教え始め，翌年にはブラジルから完全に引き揚げる．76年に少女時代の存在不安を描いた「待合室にて」（In the Waiting Room）を収録した生前最後の詩集『地理 III』（*Geography III*）を発表し，高い評価を得る．ボストンで死去．作品は『全詩集1927-1979』（*The Complete Poems: 1927-1979*, 1983）に収められ，他に幼い頃の母との生活を回想した短編「村にて」（In the Village）などをおさめた『散文集』（*The Collected Prose*, 1984）がある．

【名句】Topography displays no favorites; North's as near as West. / More delicate than the historians' are the map-makers' color.（The Map）「地形学にえこひいきはない．北も西も近さは同じ．／地図製作者の色は歴史家の色より細やかだ」（地図）　　　　　（笠原）

◇作家解説 II◇

オルソン　チャールズ　　Charles Olson（1910 - 70）　　**詩人**

独自の詩論を展開し，膨大な量の詩を書いた詩人．マサチューセッツ州ウスター生まれ．仕事を転々と変えながら1945年頃より詩を書き始める．47年のメルヴィルに関する批評書『私をイシュメルと呼んでくれ』（*Call Me Ishmael*）は，学問的な評価が高い．ノースカロライナ州にあるブラック・マウンテン大学を本拠地としてブラック・マウンテン派を結成．これはアメリカの政治や社会の基盤に疑問をなげかける運動と同時に，『ブラック・マウンテン・レビュー』（*Black Mountain Review*）というアヴァンギャルドな作品を掲載する雑誌を出す集団であった．51年から56年まで同大学で講師を勤め，中心人物として活躍した．

言葉についての洞察も深く，50年には西欧の伝統に反発して詩における言葉の力そのものの回復を主張した「投射詩論」（Projective Verse）を雑誌に発表，65年には『人間の宇宙その他』（*Human Universe and Other Essays*）を出版し，言葉をめぐる哲学的考察を発表した．詩作品では，膨大な量の詩を収録した『マクシマス詩篇』（1960, 68, 75→518頁）が有名である．量が多いだけでなく内容も難解なため評価が遅れた．死後17年たった87年，未発表の詩約400編を収録した『チャールズ・オルソン全詩集』（*The Collected Poems of Charles Olson*）が出版された． 　　　　　　　　　　　　　　　　　　　　　　　（関戸）

パッチェン　ケネス　　Kenneth Patchen（1911 - 72）　　**詩人**

革命を夢見た詩人と言われる．オハイオ州ナイルズの貧しい労働者の家庭に生まれた．12歳から日記と詩を書き始め，また，ダンテやホメロス，バーンズ，シェイクスピア，メルヴィルなどを読む．アレクザンダー・メクルジョンズ実験校に1年在籍，その後，ウィスコンシン大学に移る．20歳から，アメリカ各地でさまざまな職業に就くが，詩を書き続け，愛の驚きと喜びと同時に，怒りを歌い続けた．1933年に出会ったミリアムと，次の年に結婚した．

第1詩集『勇者の前で』（*Before the Brave,* 1936）は好評だった．37年にロサンゼルスで，脊髄に不治の障害を受け，これ以降死ぬまで絶え間ない身体的苦痛と戦うこととなる．この戦いが，彼の詩のなかでより大きな人間的問題へと昇華され，とりわけ，戦争の恐怖を取り上げるようになった．戦争の無意味さ，人間のなかの神の存在，人にとっての愛の絶対的な必要性，愛する女性への思い，社会的な不正，繰り返す美の蘇生などをテーマとしている．『最初の遺書』（*First Will and Testament,* 1939）などを含めて，詩集，散文集，劇などの著作が40冊を越える．42年の『暗い王国』（*The Dark Kingdom,* 1942）は，75部の限定発行で，それぞれの表紙にパッチェンが水彩で絵を描いている．57年頃から，「詩とジャズの運動」を始めて，朗読会の活動を各地で行なったが，59年に受けた外科手術が失敗して，これ以降，ベッドから離れられなくなった． 　　　　　　　　　　　　　　　　　　（渡辺）

◇作家解説 II ◇

チーヴァー　ジョン　　John Cheever（1912 - 82）　　**小説家**

**郊外の　**この異名をもつ短編の名手である．マサチューセッツ州クインジー（Quincy）
チェホフ　の生まれ．名門セア・アカデミー（Thayer Academy）に学び，卒業前に退学になった経緯を書いた最初の短編小説「放校処分にされて」（Expelled, 1930）が批評家マルコム・カウリーによって『ニュー・リパブリック』誌に掲載され，デビュー．まもなく『ニューヨーカー』誌の主要な寄稿者として名声を獲得する．「東部の名門生まれ」で，アッパーミドル・クラスの日常を描く作家と見なされていたが，没後，娘スーザンが伝記で，一家が名門とはいえ，傍系に過ぎず，チーヴァーの父の代で破産したこと，バイセクシャルでアルコール中毒でもあったことなどを明かした．

**虚像と実像　**自ら作り上げた貴族の作家という虚像と実像との乖離に苦しみ，その苦しみに
のはざまで　よって自らを創作に駆り立てたのである．放校処分も作品では喫煙が理由とされているが，実は授業料滞納が原因だった．作家チーヴァーは恵まれた階層にしか目を向けないという批判もあるが，実は過酷な人生に立ち向かう者の苦悩と悲痛さを描いている．長編には全米図書賞を受賞した，東部の古い小都市の一族の年代記『ワップショット家の人々』（1957→508頁），ハウエルズ・メダルを受賞したその続編『ワップショット家の醜聞』（1964→508頁），郊外生活をコミカルにとらえた『ブリット・パーク』（The Bullet Park, 1969），監獄の内部だけで話が展開する，兄弟殺しの物語『ファルコナー』（Falconer, 1977）があるが，短編のほうが評価が高い．『ジョン・チーヴァー短編集』（The Stories of John Cheever, 1978）はピューリツァー賞はじめ幾つもの賞に輝いている．

名作短編　名作「巨大なラジオ」（The Enormous Radio, 47）は夫婦がラジオを聴くという一見単純な話であるが，実は奥深さを持っている．長時間聴く習慣は中毒（依存症，addiction）を形成し，アルコールや薬物の依存症と似た病的精神状態をもたらすのだ．もう一つの代表短編「泳ぐ男」（The Swimmer, 64）の中年の主人公ネディ・メリル（Neddy Merrill）は友人宅のプール・パーティの帰りに，次々と家々のプールを試してみようとする．当初，訪れた家々で歓迎されていたが，次第に冷たくあしらわれるようになる．疲れ切って帰宅すると，自宅はすでに売却され，無人になっていた．ネディの冒険は社会的地位も財産も失った男の妄想であったことが明らかにされる．この作品はバート・ランカスター主演で映画化された．「赤い引越し自動車」（The Scarlet Moving Van, 59）は絵に描いたような幸福な生活も些細なきっかけで簡単に崩壊してしまう幻に過ぎないことを描いている．「幸福な者だけの町」の住人チャーリーの転落は，隣の空き家に真っ赤な引越し自動車で，一見天使のような容貌の酒乱男ジージー（Gee-Gee）とその妻が引っ越してきた時に始まる．ある雪嵐の日，腰の骨を折った上に熱湯の中に落ちたと助けを求めるジージーの電話を無視し，子供たちと楽器演奏を楽しんだチャーリーは，罪悪感から酒浸りになり，人格も崩壊し，ジージーと同様，赤い引越し自動車で転々とする流浪の身の上となる．　　　　　（遠藤）

◇作家解説 II◇

ショー　アーウィン
Irwin Shaw（1913 - 84）　　小説家　短編作家　劇作家

　ベストセラー作家，あるいは短編小説の名手として知られるショーだが，キャリアのスタートは劇作家としてであった．1934年に大学を卒業した後，ラジオドラマの脚本を書きつつ劇作に打ち込み，1幕劇『死者を埋葬せよ』（*Bury the Dead,* 1936）でデビューを果たす．戦死した六人の兵士が蘇り，埋葬を拒否するという反戦劇で，批評家の絶賛を浴びると共に社会派の劇作家としての評価を受けた．同時期に雑誌『ニューヨーカー』などへの短編小説の寄稿も開始し，洗練された作風で人気を博す．初期の代表作には「夏服を着た女性」(The Girls in Their Summer Dresses)，「80ヤード独走」（The Eighty-Yard Run）がある．第2次大戦時には渡欧し，従軍記者としてフランスで働く．その経験が処女長編『若き獅子たち』（*The Young Lions,* 1948）に繋がった．従軍したユダヤ系アメリカ青年と元ブロードウェイの舞台監督，敵側のドイツ人兵士の三人を主人公に，それぞれの戦争体験が交互に語られていく作品で，出版とともに反響を呼び，商業的にも大きな成功を収めた．現在でも第2次大戦をリアリズム的手法で描いた代表的な作品と考えられている．戦後は長編小説も精力的に執筆．ドイツ系移民一族の大河小説『富めるもの，貧しきもの』（*Rich Man, Poor Man,* 1970）はベストセラーとなり，数編の続編も執筆された．生涯に12冊の小説，14作の戯曲，13冊の短編集，ノンフィクションを三作執筆している．　　　　　　　　　　（児玉）

ヘイデン　ロバート　　　Robert Hayden（1913 - 80）　　　　　　詩人

　技巧的な形式で黒人の歴史と文化を描いた詩人．デトロイトの貧困区域でエイサ・バンディ・シェフィーとして生まれる．舞台女優を志した母親が東部へ去る際に，隣のヘイデン家に託され，ロバート・ヘイデンとして育つ．デトロイト市立大学（現在のウェイン州立大学）とミシガン大学で学び，W・H・オーデンのもとでモダニズム詩を学んだ．36年に連邦作家企画に参加し，黒人の歴史や民話を調査した．フィスク大学とミシガン大学で教鞭をとり，76年に黒人として初めて国会図書館詩部門顧問に任命された．
　代表作は，アフリカからアメリカに奴隷を移動する際に使われた，奴隷船に題材をとった長編詩「ミドル・パッセージ」(Middle Passage)である．モダニズム的モンタージュの手法を用い，歴史，神話，乗員の証言，日記，祈りなどを断片的に詩の語りの中に並置しながら，奴隷船の歴史を描き出している．ほかにソネットやバラード形式を用いた詩も多くある．
　自らを黒人詩人よりもむしろアメリカ詩人とみなし，60年代のブラック・アーツ・ムーヴメントから距離を置いたので，形式主義者と批判された．しかし，66年の世界黒人芸術祭で，詩集『追憶のバラード』（*A Ballad of Remembrance,* 1962）が詩部門大賞を受賞してから，国際的名声とアメリカ国内での広い読者層を得た．全ての宗教と人類の統合を唱えるバハーイ教（Baha'i）の信者で，詩を通じて人種を超えた人間性を探究した．　　　（関口）

◇作家解説 II ◇

シャピロ　カール　　　Karl Shapiro（1913 - 2000）　　**詩人**

　ユダヤ人としての誇りに生きた詩人．メリーランド州ボルティモアに生まれた．ヴァージニア大学，ジョンズ・ホプキンズ大学を出たあと，数年間ニューギニアで軍務に服する．そこで詩を作り，婚約者に送って清書してもらい作品集としてまとめたものが次々に，『人と所と物』(*Person, Place and Thing*, 1942)，『愛の場所』(*Place of Love*, 1943)，『軍事郵便その他』(*V-Letter and Other Poems*, 1944) として出版された．『軍事郵便その他』では，ピューリツァー賞を受賞している．

　ネブラスカ州リンカーンにあるネブラスカ大学で教職に就き，文芸誌『プレーリー・スクーナー』(*Prairie Schooner*) の編集者としても活躍する．20世紀でもっとも重要な詩人たちであるリチャード・エバハート，オクタヴィオ・パス，ウィリアム・カーロス・ウィリアムズなどに作品を依頼している．同誌の1963年春号で彼が掲載を認めた2編の短編に猥褻な個所があるとして，大学上層部から検閲が入り，抗議したが認められずに編集者を辞任している．この後しばらくして，シカゴ大学に移る．46-47年，国会図書館詩部門顧問を務めた．48年，エズラ・パウンドの反ユダヤ主義を指摘して，彼に対するボリンゲン賞授与に反対している．詩作の内容は，激しい情熱的な愛の歌から，社会風刺まで幅広い．詩人は常に文化の代弁者であるとの強い信念を持続していた．

(渡辺)

ルーカイザー　ミュリエル　　　Muriel Rukeyser（1913 - 80）　　**詩人**

　不正，不公平を怒り続けた女性詩人．ニューヨーク州ニューヨーク生まれ．ヴァッサー大学やコロンビア大学で学ぶ．第1詩集『飛行の理論』(*Theory of Flight*) が1935年，イェール若手詩人賞に選ばれる．『ステューデント・レヴュー』(*The Student Review*) 誌の編集者としても働いた．

　彼女は，社会的な不正義に怒りを抱き，自分が目撃したさまざまな出来事から，人生や詩に強い影響を受ける．例えば，アラバマのスコッツバラ裁判（31年アラバマ州スコッツバラでの9人の黒人青少年が婦女暴行の冤罪で訴えられた裁判）やウェスト・ヴァージニア州ゴーレイ・ブリッジの悲劇（36年，1500名もの鉱山労働者が珪肺症で死亡した事件），あるいは，スペイン市民戦争，36年，のベルリン・オリンピックに抗議する人民オリンピック，フェミニズム運動，ヴェトナム戦争などと深く関わり，政治的に活発な活動を行なってきた．同時に，そうした題材が詩作品で扱われている．

　アメリカ合衆国の内外で暴力と不正の行為を目撃している彼女は，詩作品を書く際に社会的な抗議を折り込む．詩のなかで，人間としての問いを発し続け，性や人種，階級による不平等への関心を強く維持している．彼女は，一種の予言者であり，愛によって結ばれるべき，より偉大な世界のコミュニティへと祈りを捧げている．

(渡辺)

◇作家解説 II◇

インジ　ウィリアム　　William Inge（1913 - 73）　　**劇作家**

カンザスか ら来た紳士　1950年代のアメリカ演劇界を代表するカンザス生まれの劇作家．中西部の田舎町に住む住民の偏狭な偽善と閉塞感と孤独を寛容な眼差しで見つめて，美しい自然に育まれた地域社会の人情と風土を細やかに描く．こうした作風こそが，劇作家への道を歩む機縁となった．『ガラスの動物園』の作者テネシー・ウィリアムズに，「カンザスから来た紳士」（"the gentleman from Kansas"）と呼ばれた所以である．

家庭の姿と 代表的作品　インジの父親は旅回りのセールスマンで，母親は下宿屋を営みながら幼い末子のインジとその兄姉を育てた．幼少期のインジは，『階段の上の暗闇』（*The Dark at the Top of the Stairs,* 1957）のソニー（Sonny）のように，映画と芝居に憧れる繊細な男の子だった．この戯曲には，愛情表現が下手で，がむしゃらに働く昔気質の父親，子供を溺愛することで夫のいない寂しさを紛らす見栄張りの母親，そして繊細な姉など，作者の家族の肖像が描きこまれており，家族の絆への祈りがある．出世作『帰れ，いとしのシーバ』（*Come Back, Little Sheba,* 1950）では，下宿屋を営む中年夫婦の日常生活にひそむ孤独を鋭い洞察力で透写している．夫ドク（Doc）は早すぎる結婚のため，医師になる夢に破れてアルコール中毒になり，妻ローラ（Lola）は堕胎のために子供を産めない体で，日々ロマンティックな空想に耽る．残酷に過ぎて行く時間の中で，現実に向かい合うことができない孤独な夫婦の姿が浮き彫りにされている．

　インジが母親や姉と共に過ごした成長期の記憶は，間貸しで生計を立てる母子家庭を扱った53年の『ピクニック』（→497頁）にも活かされている．男性不在の家庭を支える女性の寂しさを描きながら，彼女たちとは異質の放浪者ハル・カーター（Hal Carter）を登場させることで，女たちの閉鎖的な世界が崩れ，それぞれが心のどこかに苦い思いを抱きながら，新しい人生に向かってゆく．『バス停留所』（*Bus Stop,* 1955）では，歌姫シェリー（Cherie）が粗野な牧童ボウ・デカー（Bo Decker）に優しさと誠実さを認め，幸福への道を歩み出そうとする姿に，インジの求める理想の家庭像を見ることができるが，インジが孤独な人々を登場させて描こうとするのは，常にこのような相互理解とそれを困難にしている因習的な地方都市の道徳，抑圧された性，取り戻すことのできない時間への追慕などである．

成功と挫折　31歳で劇作家を志した遅咲きのインジは，『帰れ，いとしのシーバ』でブロードウェイにデビューし，『ピクニック』でピューリツァー賞を受賞した．『バス停留所』や『階段の上の暗闇』も好評で，4作とも映画化され，成功したかに見えた．批評家たちからもインジはテネシー・ウィリアムズやアーサー・ミラーと並び称され，その将来を嘱望されていた．その後インジは，石油成金と株価の大暴落を背景に，結婚を望みながらもついに結ばれない若い二人の人生の選択を描いた『草原の輝き』（*Splendor in the Grass,* 1961）でアカデミー賞（オリジナル脚本部門）に輝いたが，戯曲では失敗が続き，神経症を患って孤独のうちに自らの命を絶った．
　　　　　　　　　　　　　　　　　　　　　　　　　　　　　　　　　（逢見）

◇作　家　解　説　II◇

スタフォード　ウィリアム　E.
William E. Stafford（1914 - 93）　　　**詩人**

　生活と詩作とが一致する詩人．カンザス州ハチンソンに生まれる．カンザス大学から学士号と修士号を，1954年には，アイオワ大学から博士号が与えられる．第2次世界大戦中は，良心的兵役拒否者として42年から46年まで市民奉仕の仕事に就く．この経験が，彼の散文的な自叙伝である『わが心の下流』（*Down My Heart,* 1947）に活かされる．

　48年，オレゴン州に移り，80年に退職するまで，ルイス・クラーク大学で教える．その間，彼は旅をし，作品朗読を幅広く行なっている．48歳のときになって初めて出版された詩集『暗やみを旅して』（*Travelling Through the Dark,* 1962）で，63年度の全米図書賞を受賞する．その後，『救済された年』（*The Rescued Year,* 1966），や『本当だったかもしれない物語』（*Stories That Could Be True: New and Collected Poems,* 1977）など，67冊の詩集や散文集を出版している．70年に国会図書館詩部門顧問となる．

　彼の作品は，日常的な事柄やさりげない光景から素材を拾っており，言葉の選び方や使い方が日常的で親しげなので，非常に理解しやすい．同時に，かなりの抑制が効いている文体なので，一見すると非常に単純な文章や叙述に見えながら，失われた愛や，望んで得られない自然との交感など，複雑な思想を読み取れる作品が多い．彼自身も，詩作品の背後に息づきながら潜む語られない言葉へ言及している．　　　　　　　　　　　　　　（渡辺）

バロウズ　ウィリアム　William Burroughs（1914 - 97）　**小説家**

　ユニシス社の前身，「バロウズ・アディング・マシーン」社の創立者の孫としてセントルイスに生まれる．少年時代から上流階級の反逆児で，ハーヴァード大学卒業後も親の仕送りで様々なライフスタイルを実験する．30年代にニューヨークに出て，先駆的な麻薬常用者でのちにビートのヒーローとなるハーバート・ハンケ（Herbert Huncke）との出会いを通じてヘロイン中毒になる．アレン・ギンズバーグとジャック・ケルアック，そしてのちに彼の妻になるジョーン・ヴォルマー・アダムズ（Joan Vollmer Adams）を含むコロンビア大学系の反順応主義者の群れに加わる．彼は最も年長で，並外れた知性と6フィートを超える身長と端正な風貌に似合わぬ地下世界への関心によって仲間たちを魅了した．フランスなど各地を放浪し，自伝的作品『麻薬常用者』（*Junkie,* 1953）をウィリアム・リー（William Lee）の筆名で出版．テキサスへ，さらにはメキシコへと移住して共同生活を始め，あるとき「ウィリアム・テル遊び」で誤って妻を射殺してしまう．彼はアフリカのタンジールに逃れ，ポールとジェインのボウルズ夫妻と共にこの土地に住み着く．やがてここはビート・ジェネレーションのメッカとなる．斬新な幻想小説『裸のランチ』（*The Naked Lunch,* Paris, 1959; New York 1962）によって不動の名声を得る．以後，彼は「カットアップ」などの手法で言語の解体を通じて現代を批判する小説を数多く書き続けた．　　　（寺門）

◇作家解説 II◇

エリソン　ラルフ　　　Ralph Ellison（1914-94）　　**小説家**

フロンティア精神　7年前に州に昇格したばかりのオクラホマの州都に生まれ，父から，アメリカを代表する思想家エマソンに因んでラルフ・ワルドーと名づけられたエリソンは，この地でアメリカ民主主義の精神とフロンティア精神を吸収して育つ．氷と石炭の業者をしていた父は，エリソンが3歳のときに死亡し，弟とともに母に育てられる．母は人種差別に対して果敢に抵抗する人だった．移り住んだ牧師館には本が溢れ，また母はメイド仕事をしていた白人の家から子供たちのためにレコードや雑誌や本を持ち帰った．エリソンは「ルネサンス的教養人」になることを理想に抱いて，幅広い知識を身につけた．

タスキーギ時代と音楽　古典音楽だけでなくジャズにも親しみ，8歳から始めたトランペットの演奏により州の奨学金を得て，1933年にアラバマ州にある黒人大学タスキーギ大学に進学する．音楽と音楽理論を専攻し，将来はプロの演奏家か交響曲の作曲家になるつもりだったが，エリオットの『荒地』を読んで，そこに自らの文化的伝統を理解したうえでそれに変更を加えようとするジャズ的な精神を感じとる経験もあった．またこの深南部時代には，故郷では体験したことがないような黒人への人種差別を味わった．

ニューヨークでの創作　36年，大学4年目の学費を稼ぐためと，彫刻を学ぶためにニューヨークのハーレムに行く．精神科医の受付の仕事がきっかけとなり，フロイトを読み直し，またラングストン・ヒューズを通じてリチャード・ライトと出会ったことが引き金となって短編小説を書き始め，音楽から文筆活動へと転向する．38年から4年間，連邦作家計画（FWP）で民間伝承の収集に携わり，この経験は後に作品に生かされることになる．46年に2度目の結婚をする．7年をかけて完成させた第1長編『見えない人間』（1952→492頁）は，アメリカ黒人の土着の要素とアメリカ的な要素とを混在させる独特の実験的作風ゆえに，リアリズム小説や社会抗議小説ではないことを理由に批判もされたが，黒人文学に新境地を開拓し，黒人文学の表現の幅を一挙に広げた．65年には200人の批評家たちによって，第2次大戦後におけるもっとも優れたアメリカ小説に選出された．

未完の第2作　エッセー集に『影と行為』（*Shadow and Act*, 1964）と『自由の地を求めて』（*Going to the Territory*, 1986）などがあり，ニューヨーク大学をはじめとする諸大学で教鞭を執りながら執筆活動を続け，多文化的なアメリカにおける黒人の生き方の可能性を追求した．58年から本格的に取り組み始めた第2長編の1部は，生前8回に分けて雑誌に発表されたが，結局，40年にわたる執筆の成果は，2000頁ほどの草稿として未完のままに残された．複数の物語が展開されるこの膨大な遺稿は，研究者の手によって一つの物語に絞る形で編集され，『六月祭』（*Juneteenth*, 1999）として出版された．死後出版のものとして他に，短編集『故郷への飛行，その他の短編』（*Flying Home and Other Stories*, 1996）などがある．

【名句】... it is through our names that we first place ourselves in the world.（*Shadow and Act*）「私たちは名前を通して初めて世の中に身を置きます」（影と行為）　　　（利根川）

◇作家解説 II ◇

ベリマン　ジョン　　　John Berryman（1914 - 72）　　　**詩人**

父の自殺
告白詩人
ロバート・ロウエル，シルヴィア・プラス，アン・セクストンなどとともに告白詩人と言われる．オクラホマ州マカレスターにジョン・スミスとして生まれ，厳格なカトリックの教育を受ける．12歳の時，銀行家の父が，ベリマンの部屋の窓の外で自殺した．母が再婚したため義父の姓を名乗る．のちに離婚するが，義父が教育を援助した．1936年にコロンビア大学卒業後，イギリスのケンブリッジ大学に留学．ハーヴァード，プリンストンなどで教鞭を執る．1955年から自殺する72年まで，ミネソタ大学教授であった．

自己制御から
自己解放へ
40年に出版された『5人の若いアメリカ詩人』（*Five Young American Poets*）に，彼の初期の作品が収録された．W・B・イェイツ，W・H・オーデン，ジェラルド・マンリー・ホプキンズなど，また，ハート・クレインやエズラ・パウンドからの強い影響があり，技巧的だが目立たない作品であった．『詩集』（*Poems*, 1942）や『奪われた者』（*The Dispossessed*, 1948）などもまた，自己制御がきいていた．既に40代に入った56年，『ブラッドストリート夫人への賛辞』（*Homage to Mistress Bradstreet*）を出版して初めて，独創的で斬新な詩人として認められるようになった．これは，アメリカ植民地時代の女性詩人アン・ブラッドストリートに自分と類似する動揺と反抗の姿を見出し，彼女の生活や思想へ思いを馳せた作品であるが，そこには，アメリカの歴史に対する深い洞察が巧みな語りによって展開されている．

挫折する
青年像
60年代には，ベリマンによれば，語り手が常に変貌してゆくホイットマンの「自分自身の歌」をモデルとした『77の夢の歌』（*77 Dream Songs*, 1964）でピューリツァー賞を受賞し，ロバート・ロウエルとともに，挫折する青年像の代弁者とまで見なされるようになった．この詩集は自我分裂を一つの方法として，抑制しがたい分身ヘンリーや「ボーンズ氏」の姿が，捩れた文体，混乱した用語，飛躍するイメージとトーンのなかにソネットに似た形で表現されている．ベリマンは，この連作を最終的には400編近くの「夢の歌」としてまとめている．

投身自殺
死後出版
彼の救済すべき対象は，自己の精神だった．しかし，父の自殺の衝撃が根強く残り，しばしば精神的に不安定となり，自殺未遂や強度の飲酒行為あるいは性への耽溺に走る．72年，ミネソタ大学そばの橋からミシシッピ川に身を投げた．アメリカ最大の女性詩人エミリー・ディキンソンにも「挫折した姿」を見る作品「ウィスコンシンの誕生日であなたは140歳だ」（*Your Birthday in Wisconsin You Are 140*）を含む詩集『虚妄など』（*Delusions, Etc.*, 1972）やアルコール中毒を告白した小説『回復』（*Recovery*, 1973）が死後出版された．

【名句】I conclude now I have no/ inner resources, because I am heavy bored./ Peoples bore me,/ literature bores me, especially great literature, （The Dream Songs 14）「いま結論を言えばおれには／内実がない　ひどく退屈しているから／人々に退屈するし／文学に，特に偉大なる文学に，退屈するのだ」（夢の歌14）　　　　　　　　　　（渡辺）

◇作家解説 II◇

ファスト　ハワード　Howard Fast（1914 - 2003）　小説家

若き歴史小説家　多芸に秀でた多作な作家として知られている．70年を越えるキャリアにおいて，小説，伝記，批評，戯曲，映画やテレビの脚本などあらゆる文芸ジャンルで作品を残している．ニューヨークシティに生まれ，早くから文才を発揮して10代で文壇デビューを果たした．キャリアの初期においては，アメリカの自由の伝統を追求し，アメリカ史において抑圧された人々にスポットを当てた左翼的傾向の強い歴史小説を数多く生み出した．その代表格がアメリカ独立戦争期を舞台にした『市民トム・ペイン』（*Citizen Tom Paine*, 1943）で，他にも『自由の名のもとに』（*Conceived in Liberty*, 1939）, 『最後の辺境』（*The Last Frontier*, 1941）, 『征服されざる者』（*The Unvanquished*, 1942）などが挙げられる．

共産党との出会い　1943年に共産党に入党を果たすと，その思想的な影響を強く受け，政府による権力濫用の告発，労働者の権利擁護，人種の平等など作品のテーマも政治性を帯びていった．『自由の道』（*Freedom Road*, 1944）こそ，南部再建時代を舞台に黒人系アメリカ人の人権闘争を描いて，W・E・B・デュボイスなど政治運動指導者から賞賛されたが，共産党に傾倒するにつれて人気も下落した．マッカーシズムの吹き荒れた1950年には，政治活動の同志の名を明かさなかったため，下院委員会から反アメリカ的な活動を理由に3ヶ月拘留判決を受けた．名前をブラックリストに載せられ，出版社探しに困窮したため自らブルー・ヘロン・プレス（Blue Heron Press）を設立した．同時期に執筆した歴史小説のひとつが，紀元前71年のローマ帝国の奴隷反乱を扱った『スパルタカス』（*Spartacus*）である．この作品は60年に映画化されて，ベストセラーとなった．

離党，新たなジャンルへの挑戦　1956年のスターリン批判とハンガリー事件を機に共産党離党を決意して，翌年にそれを公にすると共に，党への期待と幻滅とを綴った『裸の神──作家と共産党』（*The Naked God: The Writer and the Communist Party*, 1957）を発表して，世間を驚かせる．その後は政治に関心を寄せながらもジャンルを問わず多彩な活動を展開し，人気と成功に浴することとなった．そのひとつが，60年以降にカニングハム（E. V. Cunningham）の筆名で発表した20作の探偵小説で，特にヨーロッパで評価され多くの読者を獲得すると同時に文学賞にも輝いている．また，ウォルター・エリクソン（Walter Erickson）名義で出版したスパイ小説『堕ちた天使』（*Fallen Angel*, 1952）が，68年に『ジグソー』（*Jigsaw*）として映画化されるなどエンターテインメント作家としての評価は高い．

晩年のライフワーク　だが，後年その名を最も広めたのは，ラヴェット・ファミリー・サーガ（The Lavette Family Saga）であろう．『移民たち』（*The Immigrants*, 1977）からはじまり，『自立した女』（*An Independent Woman*, 1997）まで6作，足かけ20年に亘って執筆された大作で，19世紀から20世紀への転換期に，サンフランシスコで一大海運帝国を築いたフランス-イタリア系一族の年代記を描いて，商業的にも大きな成功を収めた．1990年には自伝『赤く染まって』（*Being Red*）を発表．自らの波乱に満ちた半生を回顧している．　　　　（児玉）

◇作家解説 II◇

ジャレル　ランダル　　Randall Jarrell（1914 - 65）　　**詩人**

　感受性豊かな詩人，批評家．テネシー州ナッシュヴィルに生まれた．すぐにカリフォルニアに移ったが，そこで両親は離婚．しばらく，祖父母のもとで暮らした経験がある．ヴァンダービルト大学で学士号と修士号を取得．ケニヨン大学で教職に就き，そこでジョン・クロウ・ランサムやロバート・ロウエルと出会う．その後，テキサス大学に移る．

　第1詩集『他者への血』(*Blood for a Stranger,* 1942) が出版された年に，陸軍航空隊に入隊するが，すぐに，管制塔勤務に移り管制官を務める．そこで多くの詩の題材を得ることとなった．まだ従軍していた1945年に出版され，彼の詩人としての名声を確立した第2詩集『愛しい友よ，愛しい友よ』(*Little Friend, Little Friend*) は，若い兵士たちのなかの死の恐怖や，義務遂行が殺人者となる道徳的な葛藤を，苦渋に満ちた劇的なタッチで記録している．それ以降も，『喪失』(*Losses,* 1948) などの詩集を発表しているが，技巧に優れ，他者の生への共感に溢れ，痛々しいほどに感受性豊かな作品である．

　グルーズボロにあるノースカロライナ大学の女子大で教職に就いた．詩人として以上に，比類なき文学評論家であるとの世評を得，同時代の詩の評価でも鑑識眼ある批評家として信頼されていた．65年，50歳の時に車にはねられて死亡したが，自殺かどうかは不明である．『失われた世界』(*The Lost World,* 1965) が死後出版されている．　　　　　　　　　　　（渡辺）

アンダソン　ロバート　　Robert Anderson（1917 - ）　　**劇作家**

　ニューヨーク生まれのアンダソンは，ハーヴァード大学で学んだ後，しばらく教職に就き，第2次世界大戦中は海軍士官として軍務に従事しながら劇作を学んだ．最初に書いた劇『故郷へ凱旋せよ』(*Come Marching Home,* 1944) が，全米演劇会議（The National Theatre Conference）の44年度プレイ・コンテストで1位に選ばれた．戦後はラジオやテレビの台本を書き，劇作術を講義しながら劇作を続け，エルマー・ライスやマックスウェル・アンダソンに認められて，53年には劇作家協会（The Playwrights' Company）の会員になった．

　53年に『お茶と同情』（→498頁）がブロードウェイで上演されてロングランを記録し，ドナルドソン賞（Donaldson Awards）を受賞するに及んで，劇作家として注目を浴びた．『歌え，悲しみの深き淵より』(*I Never Sang for My Father,* 1968) は自伝的要素の強い作品で，アイルランド系移民の貧しい家庭から這い上がり，実業界で成功して老齢に達した父親と，その父親の期待を裏切り大学教員になった息子との屈折した愛情関係を描写した．『お茶と同情』と同じように，「男らしさ」が大きなテーマのひとつであり，アメリカ演劇における男性性を考える上で重要な作品である．ほかにオードリー・ヘップバーン主演の『尼僧物語』(*The Nun's Story,* 1959) などの映画シナリオの仕事や，テレビ台本の仕事などもある．　　　　　　　　　　　　　　　　　　　　　　　　　　　　　　　　　（荒井）

◇作家解説 II◇

パーシー　ウォーカー　　　Walker Percy（1916 - 90）　**小説家**

鬱病の家系　アラバマ州バーミングハム（Birmingham）の名家に生まれる．十代初めに父が自殺し，その数年後には自動車事故により母も失い，兄弟ともども父の従兄弟にあたる高名な詩人・評論家のウィリアム・アレグザンダー・パーシー（William Alexander Percy, 1885-1942）に養子として引き取られ，ミシシッピ州で成長する．鬱病と自殺を繰り返す家系に生まれ，みずからも度重なる鬱病の発作に悩まされ，また両親を早くに亡くしたことが彼の人生に大きな影を落とす．

医学から文学へ　ノースカロライナ大学からコロンビア大学に進み，医学博士号を取得する．病理医を志すが，実習期間中に結核に感染してその道をあきらめる．2年間の療養中にキルケゴール，ハイデガー，サルトルをはじめとする哲学やドストエフスキー，現代文学に触れ，精神分析でも解決しなかった自分の問題が，より広範な哲学・文学の問題の一斑であることに気づき，文学の道に進むことを決心する．1946年の結婚後に夫婦でカトリックに改宗する．

不安と疎外　パーシーのほとんどすべての作品は南部を舞台としており，また結婚後からは終生ルイジアナ州で暮らしたが，本人は南部作家として括られることを嫌がり，むしろ哲学的な作家たちへの親近感を表明している．実際，彼の小説は実存主義哲学の人生観に裏打ちされ，現代社会における人間の不安や疎外をテーマとしたものが多い．6冊の長編小説と2冊のエッセー・ノンフィクション集を出版している．第1長編にもかかわらず全米図書賞を受賞した『映画狂い』（1961→522頁）では，ニューオーリンズのマルディグラの1週間を背景に，主人公ビンクス・ボリングが無意味な日常から抜け出そうと奮闘する様子を一人称で描いている．第2長編『最後の紳士』（*The Last Gentleman,* 1966）はピカレスク小説のパロディーで，健忘症と既視症に悩まされる南部人「紳士」ウィル・バレット（Will Barrett）が，恋人の家族とともにニューヨークから南部を経て西部のニューメキシコへと放浪し，生きることの意味を模索する．第4長編『ランスロット』（*Lancelot,* 1977）では，精神異常のランスロット・ラマー（Lamar）が少年時代の友人を相手に，不義を犯した妻もろとも家に火をつけたエピソードを物語る構成をとり，円卓の騎士の聖杯伝説を物語の下敷きとして用いている．批評家の評判が良かったのは第5長編『再臨』（*The Second Coming,* 1980）で，この作品には第2作の主人公ウィルがその25年後という設定で再登場する．自殺の衝動に悩まされるウィルはノースカロライナの山中の洞窟に潜り，神との対決に臨もうとするが，歯痛に耐えきれずに出口を求めてさまよい，精神病院から逃げ出してきた女性に助けられ，彼女との恋愛によって自殺の衝動を克服する．この他に，物語を未来のルイジアナに設定し，精神科医トマス・モア（Dr. Thomas More）を登場させた反ユートピア小説として，第3長編『廃墟の愛』（*Love in the Ruins,* 1971）とその続編にあたる第6長編『タナトス・シンドローム』（*The Thanatos Syndrome,* 1987）がある．　　　　　　（利根川）

◇作家解説 II◇

ロウエル　ロバート　　Robert Lowell（1917 - 77）　　詩人

名家の出身　「アメリカの良心」と言われた詩人．ピューリタンの町ボストンに生まれる．
過去の重圧　父はロウエル家，母はウィンズロー家の出身．ともにニューイングランドの由緒ある家柄であり，父方には，実業家，政治家，ハーヴァード大学総長，詩人のジェイムズ・ラッセル・ロウエルやエイミー・ロウエルなどがいる．母方も，ピルグリム・ファーザーズのエドワード・ウィンズローや，その息子でプリマス植民地総督ジョサイア・ウィンズロー，独立戦争時の将軍ジョン・スタークなどを輩出した．こうした名門出身であることがロウエルの心理的重圧となる．とりわけ血縁に，インディアンを虐殺したり，サッコとヴァンゼッティを死刑へ追いやった者がいることで，歴史への脅迫観念と罪の意識に苛まれる．

南部へ　カ　ハーヴァード大学に入学するが学風に馴染めなかった．1937年夏，南部文芸復
トリックへ　興運動の指導者のひとりアレン・テイトの家の庭先にキャンプして詩を書いた．その後，テイトの指導教授ジョン・クロウ・ランサムに学ぶため「新批評」のメッカとなるオハイオ州ケニオン大学に移り，古典学を専攻．在学中にはランダル・ジャレルと友人になる．最優等で卒業．40年，米国聖公会からカトリックに改宗し，小説家ジーン・スタフォードと結婚．第2次世界大戦が始まると軍へ志願するが，弱視で拒否される．43年に徴兵通知を受けたが今度は，市民への無差別攻撃に反対して，良心的戦争忌避者を宣言するが，実刑判決を受け数ヶ月服役する．

精神的病い　最初の詩集『神に似ざる国』（*Land of Unlikeness,* 1944）を改訂して，『ウィア
「告白派」　リー卿の城』（*Lord Weary's Castle,* 1946）を出版したが，そこにはアメリカ文化への激しい反抗や指弾が見てとれる．ジャレルなどが高い評価を与え，ピューリツァー賞を受賞．48年カトリック教会から離れ，ジーン・スタフォードと離婚して，49年批評家エリザベス・ハードウィックと再婚し，ヨーロッパで数年を過ごす．この頃時折，狂気に襲われる．54年の母の死後，精神病院に入院．新批評を念頭に置いた文体をすっかり変えて，自己を赤裸々に見つめた『人生研究』（1959→512頁）により，ほぼ同時に『心の針』を出版していたW・D・スノドグラースらとともに，「告白派」と呼ばれる．

歴史への反省　60年代には積極的に政治や反戦運動にも関わった．『連邦軍戦没兵士に捧ぐ』
苦悩する自己　（*For the Union Dead,* 1964）の題詩は，南北戦争で勇敢に戦ったアフロ・アメリカンの部隊と現在のボストンの風景を取りあげ，人種的な偏見や戦争，欲望で傷付いたアメリカの歴史に思いを馳せる．72年にハードウィックと離婚，キャロライン・ブラックウッドと結婚．『ドルフィン』（*The Dolphine,* 1973）はこの結婚を題材とする．77年9月ハードウィックと会うためにニューヨークへ向かう途中，心臓発作で死亡する．

【名句】I keep no rank nor station./ Cured, I am frizzled, stale and small. （Home After Three Months Away）「ぼくは秩序も持ち場も守れない／癒されて，縮み上がって陳腐でけちな男だ」（3ヶ月後に帰宅して）　　　　　　　　　　　　　　　　　　　　（渡辺）

◇作　家　解　説　Ⅱ◇

ブルックス　グウェンドリン
Gwendolyn Brooks（1917 - 2000）　　　詩人

　都市の黒人コミュニティの日常と窮状を歌った詩人．カンザス州トピーカで生まれるが，シカゴのサウスサイドで育ち，生涯の大半をそこで過ごす．両親の励ましで早くから詩を書き，10代で黒人向け週刊新聞『シカゴ・ディフェンダー』に多くの詩を発表する．ラングストン・ヒューズの朗読会に参加．ウィルソン短大（現在のケネディ・キング大学）卒．
　第1詩集『ブロンズヴィルの街路』（*A Street in Bronzeville,* 1945）は，シカゴのブロンズヴィル地区に住む黒人の日々の葛藤を，伝統的な形式で描き出している．第2詩集の『アニー・アレン』（*Annie Allen,* 1949）では，ソネットやバラードという独自の形式を用いて，シカゴの黒人少女アニーが人種偏見や貧困，男女間の葛藤を経験しながら成長する様子を描いた．繊細なユーモアとアイロニー，そして形式上の習熟と実験が評価され，翌50年に黒人で初めてピューリツァー賞を受賞した．
　60年代以降の作品は，公民権運動を背景に人種問題をより直接的に扱う．幅広い黒人読者層を意識して，平易な表現を使い，伝統的な定型詩よりも自由詩を書くようになる．詩集として『豆食う人たち』（*The Bean Eaters,* 1960）や『メッカにて』（*In the Mecca,* 1968）がある．85年に国会図書館詩部門顧問に任命された．詩のほかに小説，自伝，児童文学などを残している．
　　　　　　　　　　　　　　　　　　　　　　　　　　　　　　　　　　　　　（関口）

ジャクソン　シャーリー　　　Shirley Jackson（1919 - 65）　　小説家

　サンフランシスコ生まれ．1943年頃から雑誌に短編小説を発表．48年『ニューヨーカー』に掲載された「くじ」（Lottery）で好評を得る．毎年村で行なわれるくじ引きの儀式の目的がラストで明かされる緻密な伏線が張り巡らされたプロットと，牧歌的な風景が最後で一変するナラティヴの巧みさに絶賛の声が寄せられると同時に，不道徳で悪意に満ちた内容が不快極まりないという抗議がそれを上回り，雑誌の予約購読を取り消す人が続出．しかし，アメリカ短編名作集といったアンソロジーにはたいてい収録される古典的ホラーの傑作．
　平凡な庶民の日々の営みを描く過程に，底に秘められた暴力性や醜悪さをちらつかせながら，最後に痛烈な残酷さを一気に噴出させる．「普通の人たち」による共同体が持つ衆愚性を毒々しいまでのリアルさで風刺した作品．くじという一見民主主義的行為は実はかなり暴力的で強権的な儀式であることを描き切っている．古来共同体から聖別化されていた'sacrifice'が，現代では支配者が国民を思考停止状態へ巧妙に操作するための'scapegoat'として利用されている民主主義社会の欺瞞を暴いている．『山荘綺談』（*The Haunting of Hill House,* 1959）は幽霊屋敷ものの古典．62年の『ずっとお城で暮らしてる』（*We Have Always Lived in the Castle*）は，ファンシーな妄想癖のある少女が実は殺人鬼で，自らの行為に戦慄しながら城の中を徘徊するという話で全米図書館協会賞受賞．　　　　　　（齋藤）

◇作家解説 II◇

ダンカン ロバート　　　Robert Duncan (1919 - 88)　　**詩人**

　この世よりはるかに大きいが，タブー視されている精神世界へ一般読者を誘おうとする詩人．カリフォルニア州オークランド生まれ．彼が生まれる時に実母が死に，養子に出されたが，養父母は神智学を実践していた．この秘学はマダム・ブラヴァッキーが始めたものだが，詩人では，W・B・イェイツが信奉者である．養父母によれば，ダンカンは，アトランティス滅亡後から続く血統であり，炎と虐殺によって文明が再び崩壊するのを目の当たりにする定めだと言われ，自身もこれを深く信じた．3歳の時の事故で彼は斜視になったが，事物が二重に見えることが後に，視覚と想像力による現実の二重性へと彼の詩を導いてゆく．
　カリフォルニア大学バークレー校に2年間学んだあと，ニューヨークに出て，サンダー・ラッセルとともに『実験的レヴュー』(*Experimental Review*)誌を始め，ヘンリー・ミラー，アナイス・ニン，ケネス・パッチェンなどの作品を掲載した．1946年，カリフォルニア州バークレーに戻ったが，後，ブラック・マウンテン大学に招かれて教職に就く．
　彼の詩には，奇妙な反抗心と同時に，反抗できないものへの憧れが見られる．詩集としては，『牧草地の出入り口』(*The Opening of the Field*, 1960) や，『根本原理—戦争以前』(*Ground Work: Before the War*, 1984)，『根本原理II—暗やみのなかで』(*Ground Work II: In the Dark*, 1987) などがある．　　　　　　　　　　　　　　　　　　　　　　　（渡辺）

ネメロフ ハワード　　　Howard Nemerov (1920 - 91)　　**詩人**

　人間経験を尊重する詩人．ニューヨーク市の裕福な家庭に生まれる．1941年，ハーヴァード大学で学士号を得る．第2次世界大戦中は，王立カナダ連邦空軍 (Royal Canadian Air Force) 付のパイロットとしてヨーロッパに飛んだ．44年にアメリカ陸軍航空隊に移り，除隊時には陸軍中尉であった．ニューヨークに戻ると編集者の職と教職とに就き，ハミルトン大学などに勤めた．
　彼の詩学のなかでは，想像力が現実と精神をつなぎ，言語が世界と精神を結びながら，精神的なものと分析的なもののバランスをとる．彼が詩人たろうとしていたころに一世を風靡していたモダニズムには批判的で，特に，逆説の詩よりも，人間の経験の奥深さを尊重しようとする．ロバート・フロストと友人となり，多くを学んでいる．88-90年，彼が桂冠詩人を務めていたときに宇宙船チャレンジャー号の悲劇が起きたが，彼はこれを悼む詩を発表している．科学技術の発達は，彼にとって，二律背反であった．78年度ピューリツァー賞とボリンゲン賞を受賞した『ハワード・ネメロフ全詩集』(*The Collected Poems of Howard Nemerov*, 1977) や『試みの結論 1961-1991』(*Trying Conclusions: New and Selected Poems, 1961-1991*, 1991) をはじめとする多数の詩集，数冊の小説や短編集がある．　　　（渡辺）

◇作家解説 II◇

クランピット　エイミー　　　Amy Clampitt（1920 - 94）　詩人

　60歳を過ぎてから詩集を出版して認められた女性詩人．アイオワ州ニュープロヴィデンスの農家に5人兄弟の一番上として生まれた．先祖は開拓者であり，祖父も父も農夫である．グリネル・カレッジに学び，出版社や図書館などに勤める．ジョン・キーツやジェラルド・マンリー・ホプキンズなどの作品に学ぶが，初めは小説家を目指していた．

　成人してからの大半はニューヨークで暮らし，出版社等に勤めた．40代になって，詩作を再開した彼女は，当時流行していた告白詩を潔よしとせず，アイオワの農場に生きる9歳の少女の心を持続して，人間愛の喜びと悲しみをうたう．伝記的な背景から言えば，10歳のときに父が未開拓地を購入して引っ越しするまで祖父たちとともに住んでいた300エーカーの農地とその田園風景が彼女の原点であり，これをアメリカの光景として慈しんだ．自然，とりわけ，鳥や野草へ深い愛を示している．

　60歳を越えても詩人としてほとんど無名であったが，アルフレッド・A・クノップ出版社から1983年に出版された『かわせみ』（The Kingfishers, 1983）が，詩集としては異例の1万部以上を売り上げた．これ以降の作品に，『光とはどのようなものだったか』（What the Light Was Like, 1985），『古代の姿』（Archaic Figure, 1987），『沈黙が開く』（The Silence Opens, 1994）など5冊の詩集の出版がある．　　　　　　　　　　　　　　　　　　（渡辺）

ブコウスキー　チャールズ
　　　　　　　　Charles Bukowski（1920 - 94）　　　詩人

　反文学的な詩人．アメリカ人兵士を父とし，ドイツ人を母として，ドイツのアンデルマッハに生まれたが，3歳の時にアメリカに移り，ロサンゼルスで育つ．ロサンゼルス・シティ・カレッジを途中でやめて，ニューヨークに出て文筆業で身を立てようとするが成功せず，酒浸りの生活を10年ほど送る．出血を伴う胃潰瘍となってから，再び，文筆を目指す．この間，彼自身の詩の内容と対応するかのように，皿洗い，トラック運転手，荷役人，郵便配達，陳列商品補充係，ガードマン，発送係，駐車場管理人，エレヴェーターボーイ，ガソリンスタンド店員，倉庫係，赤十字の付添い夫など様々な職業に就いた．あるいは，食肉処理場，ケーキ工場，ドッグフード工場などでも働いている．

　彼は，アメリカ文学の現状や慣習，規範に不満を抱いて，独自のヴィジョンを伝えようとした．平均的なアメリカ人が話すような言葉遣いと非文学的で粗野な文体によって，既存の文学界を驚かした．最初に公になった文章は，24歳の時の短編である．詩は，35歳で書き始めたが，1959年に初めて詩集『花，こぶし，獣の悲しみ』（Flower, Fist, and Bestial Wail, 1959）が出版された．これ以降，45冊以上の詩集や散文集を出す．10数ヶ国語に訳されて世界的に愛されている．詩の質は高くないと言われるが，ブコウスキー以前のいわゆる真面目な文学に倦んだ読者からは喜んで受け入れられている．　　　　　　　　　　（渡辺）

◇作家解説 Ⅱ◇

ブラッドベリー　レイ　　　　　Ray Bradbury（1920 - ）　**小説家**

　イリノイ州のミシガン湖畔の街ウォーキーガン（Waukegan）に生まれ，14歳でロサンゼルスに移住する時までここで育つ．『たんぽぽのお酒』（*Dandelion Wine*, 1957），『何かが道をやってくる』（*Something Wicked This Way Comes*, 1962），短編「こびと」（The Dwarf）などは，グリーンタウン（Green Town）と名は変えられているが，この故郷の街の少年期の思い出にもとづいた物語である．彼はファンタジー，SFの両分野で活躍しているが，その作風は叙情的だったり，怪奇趣味的だったり，ユーモラスだったり，政治的（反戦反全体主義的）だったりする．まず『黒いカーニヴァル』（*Dark Carnival*, 1947），『刺青の男』（*The Illustrated Man*, 1951），『太陽の黄金の林檎』（*The Golden Apples of the Sun*, 1953），『十月はたそがれの国』（*October Country*, 1955），『ウは宇宙船のウ』（*R Is for Rocket*, 1962），『よろこびの機械』（*The Machineries of Joy*, 1964），『歌おう，感電するほどの喜びを』（*I Sing the Body Electric*, 1969）など，数多くの秀逸な短編集がある．重要な長編としては前記2作のほかに次の2作がある．地球上の戦争や疫病を鏡のように映して火星の歴史が刻まれてゆく『火星年代記』（*The Martian Chronicles*, 1950）．そして思想統制下で焚書官が活躍する『華氏451度』（*Fahrenheit 451*, 1953）．題名は紙が自然発火する温度を示す．因みにマイケル・ムーアの反戦映画『華氏911』の題名はこれをもじったものである．2006年に『さよなら僕の夏』（*Farewell Summer*）が出版された．
　　　　　　　　　　　　　　　　　　　　　　　　　　　　　　　　　　　　（寺門）

ウィルバー　リチャード　　　　　Richard Wilbur（1921 - ）　**詩人**

　形式を重んじる非政治的な作品を多く生んだ詩人．ニューヨーク・シティ生まれ．アマースト大学に入学，学生新聞の編集者を務めた．卒業後，合衆国陸軍で暗号関係の訓練を受けていたときに，左翼的思想の持ち主であったことが問題視されて降格され，ヨーロッパの前線に歩兵として配属された．部隊の暗号手が死亡した後は，その仕事を兼任した．
　除隊後，ハーヴァード大学で勉学を再開し，1947年に修士号を得る．この年に，彼の最初の詩集『美しき変化その他』（*The Beautiful Changes and Other Poems*, 1947）が出版されている．54年までハーヴァードで教え，その後，幾つかの大学に移る．定評のあるウェズリアン大学出版詩書シリーズの編集に関わり，若手詩人として，ロバート・ブライ，ジェイムズ・ディッキー，リチャード・ハワードなどを見出す．
　作風を変える詩人が多い中で，ウィルバーは，初期に獲得した文体を基本的に維持している．ウォレス・スティーヴンズの影響を受けたと言われるが，豊富な語彙，都会的なセンス，軽みと遊び心に溢れる点が，彼の詩の特色である．『この世のものごと』（*Things of This World*, 1956）でピューリッツァー賞と全米図書賞，『新全詩集』（*New and Collected Poems*, 1987）でピューリッツァー賞を受賞している．フランス劇を数多く翻訳し紹介する．1987-88年，2番目の桂冠詩人となる．
　　　　　　　　　　　　　　　　　　　　　　　　　　　　　　　　　　　　（渡辺）

◇作家解説 II ◇

ヘイリー　アレックス　　　Alex Haley（1921 - 92）　　小説家

　ニューヨーク州イサカ（Ithaca）に生まれ，テネシー州で育つ．農業・機械関係の大学や教員養成大学などに通うが中退し，1939年から沿岸警備隊に20年間勤務した．『プレイボーイ』誌のインタビューが契機となり，65年には共著『マルコム X 自伝』（*The Autobiography of Malcolm X*）を出版し，ベストセラーとなる．この出版直後，幼少の頃から聞かされていた母方の家系について調べ始め，12年間にわたる文献調査と現地視察の成果は，『ルーツ』（*Roots*, 1976）に結実した．作者は西アフリカのガンビアで生を受けた6代前のクンタ・キンテ（Kunta Kinte）までさかのぼって物語を始め，その地での少年時代，奴隷商人による誘拐，新大陸への中間航路，アメリカ南部での奴隷制，その後の子孫たちの労苦，南北戦争，テネシー州への一家の移住，やがてアレックス自身の誕生とルーツ探しへの目覚めに至るまでを描き出している．この作品は77年に ABC によりテレビドラマ化されて高い視聴率を得て，ベストセラーとなり，ピューリッツァー賞を受賞した．79年には『ルーツ II』として知られる続編もテレビドラマ化された．長年みずからの根を探し求めていたアメリカ黒人の渇望に応えただけでなく，アメリカにおいて現在でも根強い，家系や祖先探しブームの火付け役ともなった．父方の家系を辿った小説『クィーン』（*Queen*, 1993）は，共著者デイヴィッド・スティーヴンズ（David Stevens）により完成され，死後出版された．　　　　（利根川）

ジョーンズ　ジェイムズ（・ラモン）
James（Ramon）Jones（1921 - 77）　　小説家

　イリノイ州ロビンソン生まれた．高校卒業後に各地を放浪し，1939年に軍隊に入隊した．ハワイ師団の一員として同地に駐屯すると，勤務の傍らホノルル大学で創作を学んだ．退役後に本格的に創作を開始．51年に自身の軍隊経験を基に『地上より永遠に』（*From Here to Eternity*）を発表した．真珠湾攻撃直前の平時の軍隊生活を，粗野な言葉遣いもそのままに徹底したリアリズムで描いたこの作品は，一大センセーションを巻き起こし，ベストセラーとなった．同作で全米図書賞を受賞し，将来を嘱望される作家のひとりとみなされた．だが皮肉なことにこの第1作の成功がジョーンズの作家としてのキャリアに重くのしかかることになった．以後25年間で7冊の小説，短編集とエッセーを各1冊，ノンフィクションを2冊発表しているが，その評価は男の世界を描いた戦争小説に集中しており，しかも文学的な側面ではなく，文化的な資料として価値を認められているにすぎない．代表作は，『地上より永遠に』を含む第2次大戦を題材にした三部作で，第2作は，ガダルカナル島での歩兵部隊の過酷な戦闘を描いた『シン・レッド・ライン』（*The Thin Red Line*, 1962）．第3作は，帰還兵の軍病院での生活を追う『ホイッスル』（*Whistle*, 1978）である．『地上より永遠に』『シン・レッド・ライン』は映画化されている．　　　　（児玉）

◇作家解説 II ◇

ケルアック　ジャック
Jack Kerouac （1922 - 69）　　小説家　詩人

生い立ち　マサチューセッツ州ロウエル（Lowell）でフランス系カナダ人を両親に生まれる．両親ともにアルコールに依存することが多く，ロウエルの中を何度となく転居することを余儀なくされた．幼いころの教育は教区学校で受け，ローマカトリックの信仰の中で育った．しかし6歳まではフランス語と英語の混ざった「ジュアール」(joual)しか話せず，通常の英語力は十代の半ばを過ぎてからようやく身に付けた．高校では学業と運動の両方に秀で，アメリカン・フットボールの力が認められ，コロンビア大学に奨学金を得て入学することができた．しかし足の骨折や監督との折り合いが悪かったこともあり，1941年大学2年生のときに退学する．

放浪の旅　大学を退学すると職を次々に変える生活をし，この間ロウエルの地元紙にスポーツ記事を書いている．42年の夏，ボストンまでヒッチハイクで行き，商船に乗り込み皿洗いとなる．数ヶ月乗船しているあいだに『海はわが兄弟』(The Sea Is My Brother)と名づけた習作を書く．出版こそされなかったが，自らの体験をフィクションにするケルアックのスタイルの土台となった．43年には海軍に入隊するが，軍の規律に耐えられず6ヶ月後に「分裂病質」と診断され除隊となる．除隊後，再び商船の乗組員となりリヴァプールに向かい，帰国するとコロンビア大学時代に出会ったガールフレンドのいるニューヨークに行く．彼女の住むアッパーウエストサイドにあるアパートに，後のビート・ジェネレーションの中核となるウィリアム・バロウズやアレン・ギンズバーグらとともに集まるようになった．

『路上』の出版　ケルアックは40年代半ばから多くの時間を費やして処女作『町と都会』(The Town and the City, 1950)を書く．これは敬愛するトマス・ウルフの影響が色濃い，故郷と旅をテーマとする自伝的作品である．ギンズバーグは草稿を読み，その抒情詩的で壮大な作品を賞賛したが，批評家からはまとまりがなく，無闇に長すぎるとして評価されなかった．ケルアックが一躍有名になったのは，やはり自己の体験をベースにした次作『路上』(On the Road, 1957)においてである．語り手のサル・パラダイス(Sal Paradise)は作家志望の青年で，友人ディーン・モリアーティ(Dean Moriarty)の生き方に感銘し，西部に向けて放浪の旅に出る．ケルアックはサルとディーンの旅を通して，物質主義社会に背を向け麻薬や酒，セックスなどに至福を求める若者たちの生き方を描いた．

ビート・ジェネレーション　ケルアックやギンズバーグらの世代で，彼らの精神に同調する一連の作家がこの名称で呼ばれる．「ビート」は第2次大戦後の打ちひしがれた状態を表わす言葉だったが，ビートの作家たちは「至福」(beatitude)を追求する．至福の追及には，麻薬や酒だけでなく仏教の禅も用いられた．ケルアックは『路上』がビート・ジェネレーションの風俗を描いただけだと受け取られがちだったため，翌年，禅に至福を求めることを強調した『禅ヒッピー』(The Dharma Bums)を出版した．主人公の「私」がニューヨークからサンフランシスコへと向かう放浪の旅は，禅により至福を求める求道の旅でもあった．　　　（奥村）

◇作家解説 II◇

ギャディス　ウィリアム・トマス
William Thomas Gaddis（1922 - 98）　　小説家

　ニューヨーク市に生まれ，1941年にハーヴァード大学に入学するが，単位を得ずして退学．5年間，北米，中米，ヨーロッパの各地を見聞し，帰国後の55年，デビュー作『認識』(*The Recognitions*) を発表する．聖職者の息子ワイアット・グワイオン（Wyatt Gwyon）が，絵画偽造に手を染めていくプロットを中心に，文学，歴史，宗教など様々な分野からの引喩と衒学的な脱線が自在に織り込まれた1000枚にも及ぶ百科事典的な大作である．その実験的な手法がピンチョンをはじめ後進作家に与えた影響は少なくないが，当時の批評家の反応は辛辣で，読者からもほとんど問題にされなかった．75年，11歳の少年が通信手段を駆使して株式・商取引を行ない「書類上の帝国」で一廉の人物になっていく，高度資本主義社会を諷刺した真面目で滑稽な成長物語『JR』(*JR*) を出版．大半が明確な区別のない会話で進行するうえに，専門用語，クリシェ，スラングが飛び交う非常に難解な作品で，『認識』のモチーフが視覚的な偽造だとすれば，こちらは聴覚の偽造を巡る物語と指摘されることもある．この作品で見事に全米図書賞を受賞すると評価の機運も高まり，専門的な研究書が出版されるに至る．以後ほぼ10年間隔で作品を発表．他に『カーペンターズ・ゴシック』(*Carpenter's Gothic*, 1985) や『彼一人の浮かれ騒ぎ』(*A Frolic of His Own*, 1994)，死後発表された『アガペー，アゲイプ』(*Agape Agape*, 2002) がある．　　　　　　　　　　（児玉）

ディッキー　ジェイムズ　　James Dickey（1923 - 97）　　詩人

　人間の生を自然や戦争との関わりを通じて描く詩人．ジョージア州アトランタ近郊に生まれ，学生時代はフットボールと陸上の選手として活躍した．1942年にクレムソン大学を中退し空軍に入り，第2次世界大戦に従軍する．除隊後，詩人を目指してヴァンダービルト大学に入り大学院に進むが，50年，朝鮮戦争が勃発すると再び空軍に戻り教練指導官になる．その後大学で教えるが，56年から広告代理店に勤務．60年，第1詩集『石の中へ，その他』(*Into the Stone and Other Poems*) を出版．61年，グッゲンハイム助成金を得てイタリアに外遊，帰国後再び教壇に立つ．その後，全米図書賞受賞作『黒人タップダンサーの選択』(*Buckdancer's Choice*, 1965)，飛行機から墜落する女性添乗員を描いた「落下」(Falling) を含む『詩集1957-1967』(*Poems 1957-1967*, 1967) を出版する．小説『脱出』(*Deliverance*, 1970) は，山奥の渓谷へキャンプに来た都会のビジネスマンたちがやむなく殺人を犯し，様々な危険と出会いながら逃げる姿を描いて，商業的に成功し，72年には映画化された．

　彼の詩は戦争体験や神秘的な自然を題材とし，特に生と死の主題を真摯に提示している．同時代の詩の潮流からは孤立しているが，コンラッド・エイキン，セオドア・レトキらの影響が指摘される．サウスカロライナ大学に長く勤め，66年から68年まで国会図書館詩部門顧問，77年にはジミー・カーター大統領の就任式で詩を朗読した．　　　　　　　　（笠原）

◇作　家　解　説　Ⅱ◇

シンプソン　ルイス　　　　Louis Simpson（1923 - ）　　**詩人**

　ホイットマンの理念を継承する詩人．西インド諸島ジャマイカ生まれ．父はスコットランド系の弁護士，母はロシア人である．17歳の時にアメリカに移住し，コロンビア大学に入学．第2次世界大戦に従軍し，ヨーロッパ戦線を転戦する．戦後，アメリカの市民権を得て，再びコロンビア大学，および，パリ大学で学ぶ．フランスにいるあいだに，第1詩集『成上り者たち』（*The Arrivistes*, 1949）を刊行．編集者としてニューヨークで働いた後に，博士号をコロンビア大学から取得．カリフォルニア大学バークレー校などで教鞭を執る．

　アメリカ社会を，いわば外から冷徹に観察する視点と同時に，アメリカあるいはアメリカ詩への信頼をあからさまに表明する態度とが並存している．ピューリツァー賞を受賞した『大道の果てで』（*At the End of the Open Road*, 1963）は，ホイットマンの讃えたアメリカの自由という大義が現代では終焉したことを示唆する．

　他の詩集には，『人びとがここに住む』（*People Live Here: Selected Poems 1949-83*, 1983）など17冊の詩集を出版している．文芸批評としては，パウンド，エリオット，W・C・ウィリアムズを論じた論集『塔の上の三人』（*Three on the Tower*, 1975）や，ディラン・トマス，アレン・ギンズバーグ，シルヴィア・プラス，ロバート・ロウエルを論じた『趣味の革命』（*A Revolution in Taste*, 1978）などがある．　　　　　　　　　　　　　　　　（渡辺）

パーディー　ジェイムズ
　　　　　　　　James Purdy（1923 - ）　　**小説家　脚本家　詩人**

　オハイオ州に生まれたが，両親の離婚をきっかけに十代をシカゴで過ごしたり，ヨーロッパや中南米での生活を経験したり，各地を転々とする．1940年代に雑誌に作品を発表し始めたが，なかなか出版にこぎつけず，56年にあるビジネスマンがスポンサーとなり，1000部限定で『本名で呼ばないで』（*Don't Call Me by My Right Name and Other Stories*）を出版，以後次々と作品を発表する．15歳の少年の父親探しのピカレスク風の物語『マルコムの遍歴』（*Malcolm*, 1959）はベストセラーになり，ドロシー・パーカーなどから絶賛された．第2作『甥』（*The Nephew*, 1960）の田舎町の退職した女教師は，甥の戦死を知り，追悼文を書こうとして，彼がホモであったという知りたくないことまで知らされる．『キャボット・ライト・ビギンズ』（*Cabot Wright Begins*, 1964）はレイプ魔が本を出版しようとして，編集者や出版者にレイプされるという変な話．脚本も手がけており，その多くがオフ・ブロードウェイで上演され，好評を得ている．作品数は多いが文壇には属さず，読者大衆よりもテネシー・ウィリアムズなどの作家や批評家から認められている作家である．また彼はアメリカよりもイギリスで受け入れられている．作品の多くは同性愛やさまざまな環境下における人間の孤独，病める人間社会の中の矛盾，そしてアメリカ人の生活を繊細に扱っており，後者についてはマーク・トウェインと比較されることもある．　　　　　　　　　（佐藤空子）

◇作家解説 II◇

レヴァトフ　デニーズ　　　Denise Levertov（1923 - 97）　**詩人**

　政治的な色合いやフェミニスト的主題，ユダヤ的主題に特徴がある詩人．イギリスのエセックス州イルフォード生まれ．父親はユダヤ系ロシア人の学者であったが，改宗し英国教会の司祭となる．母親はウェールズ出身で夫とともに政治問題や人権問題にかかわっていた．レヴァトフは，第2次大戦中は看護師になる．48年に結婚し，翌年アメリカに移住する．息子をもうけるが，70年代に離婚した．アメリカの市民権は，55年に獲得している．『ネイション』誌の詩部門編集者となる．政治的活動を続けながらタフツ大学，スタンフォード大学で教鞭を執る．リンパ腫による合併症で亡くなる．

　ウィリアム・カーロス・ウィリアムズやH.D.からの影響を強く受ける．読者に直接訴えかける直截的な表現を好んだ．前衛的な『今ここで』（*Here and Now*, 1956）を初めとして，ベトナム戦争に対する政治的反戦色が強い『悲しいダンス』（*The Sorrow Dance*, 1967），ベトナム訪問や，彼女が生きた時代によってもたらされた悲喜こもごもを描いた『塵を無くすこと』（*The Freeing of the Dust*, 1975）等の作品が高く評価された．チャールズ・オルソン（Charles Olson）を中心とするブラック・マウンテン派の活動に共鳴したことから，この派の作家とみなされることもあるが，本人はそう分類されることを嫌った．フランスの詩人ジャン・ジュベール（Jean Joubert）の詩も翻訳した．　　　　　　　　　　　　　　　（木村）

ヘラー　ジョーゼフ　　　Joseph Heller（1923 - 99）　**小説家**

　ニューヨークのブルックリンでロシア系ユダヤ人の子として生まれる．第2次大戦では空軍に所属し，帰還後ニューヨーク大学に入学し，英文学を専攻する．その後コロンビア大学の大学院に入り，同じく英文学を専攻する．フルブライトの奨学金を得てオクスフォード大学の大学院にも学ぶ．帰国後50年から2年間ペンシルヴェニア州立大学で英文学の講師を務める．創作活動は短編小説を書くことから始まり，原稿を書いては多くの雑誌に投稿し，徐々に掲載されるようになった．そして8年間を費やして執筆した『キャッチ＝22』（*Catch-22*）がサイモン・アンド・シュスター社から61年に出版される．ヘラーは主人公の空軍パイロット，ヨッサリアン（Yossarian）の置かれた抜き差しならない状況をブラックユーモアで描いた．すなわち，気がおかしくなければ出撃を免除されず，自分で気がおかしいとわかっている者は正常だから出撃しなければならないというパラドックスである．デル社からペーパーバック版が出るとベトナム戦争という社会情勢もあり，年間200万部を売るベストセラーとなった．81年に全身の筋肉が麻痺するギラン・バレー症候群という発症率の非常に低い病気にかかる．入院していた日々の出来事を，何度となく見舞いに来た友人であり作家のスピード・ボーゲル（Speed Vogel）と書いたのが『笑いごとじゃない』（*No Laughing Matter*, 1986）で，ヘラーのブラックユーモア振りが遺憾なく発揮された作品となっている．　　　　　　　　　　　　　　　　　　　　　　　　　　　　　　（奥村）

◇作家解説 II◇

ギャス　ウィリアム・ハーワード
William Howard Gass (1924 -)　　　小説家　批評家

　ノースダコタ州ファーゴ (Fargo) 生まれ．コーネル大学大学院で哲学を専攻した．一貫して表象媒体としての言語，その潜在的な可能性に着目し，独自の執筆活動を展開してきた．現実模倣的なフィクションの在り方に疑問を呈し，言語による虚構世界の創造という新しい方法論を志向した点で，同時代の作家バースやドナルド・バーセルミと同列に置かれるが，表現形式への執着心において突出した随一の理論家であり，実践者でもある．処女作『オーメンセッターの幸運』(Omensetter's Luck, 1966) で早くも注目され，短編集『アメリカの果ての果て』(In the Heart of the Heart of the Country, 1968) も絶賛をもって迎えられた．代表作は68年発表の 'essay-novella'『ウィリー・マスターズの孤独な妻』(Willie Master's Lonesome Wife)．異なるフォントの併用，色分けや紙質の変化，タイポグラフィーの活用，写真の掲載などによって，不倫中の女性の意識や姿を記号論的に描き上げていく実験的小説である．95年には20年ぶりの新作『トンネル』(The Tunnel) を出版．散文作家を自認するギャスは，小説以外にエッセーも数冊発表している．『小説と人生の比喩』(Fiction and the Figures of Life, 1970)，『言葉のなかの世界』(The World within the Word, 1978) など，題名から既にギャスの言語への関心が窺えるが，なかには，青色をテーマに連想を展開していく『ブルーについての哲学的考察』(On Being Blue, 1976) といった異色作もある．　　　　　（児玉）

コーク　ケネス　　　Kenneth Koch (1925 - 2002)　　　詩人

　ポストモダン的パスティーシュで有名な詩人のひとり．オハイオ州シンシナティ生まれ．ハーヴァード大在学中にフランク・オハラやアッシュベリーらと出会い，「ニューヨーク派」を形成する．このグループの詩人たちは，抽象的絵画を描くジャクソン・ポロックやウィリアム・デ・クーニングたちからだけでなく，フランスのシュルレアリスムやヨーロッパのアヴァンギャルドからも強い影響を受けており，当時のアメリカ詩で一世を風靡していた，いわゆる「告白派」とは全く異なる，コスモポリタン的で都会的なセンスを作品で示した．とりわけ，この頃のコークはユーモアに強い関心を持ち，詩作にもそれを投影している．また，後年インタビューで「ユーモアこそが芸術にとって最も大切なもののひとつ」と話している．「ニューヨーク派」の作品集は1970年に『ニューヨーク詩人傑作選』(An Anthology of New York Poets) として出版され，彼の詩も7編含まれている．

　20冊近い詩集を出版している．第1詩集は，53年の『詩集』(Poems) である．彼の初期の作品は意味不明だと多くの批評家たちが指摘するが，『愛の技術』(The Art of Love, 1975) などその後の作品は，明晰でユーモアがあり，また，叙情に溢れると高く評価されている．彼は短編劇も書いており，オフあるいはオフオフブロードウェイで上演された．コロンビア大学で教えた．　　　　　（関戸）

◇作家解説 II◇

オコナー　フラナリー
Flannery O'Connor（1925 - 64）　　小説家

「人生のハイライト」　ジョージア州サヴァンナ（Savannah）でカトリック教徒の両親のもとに生まれた．幼い頃は家畜に興味を持ち，飼っている鶏が後ろ向きに歩くというのでニュース映画に取り上げられる．後にオコナーはこの出来事を「人生のハイライト」としている．

大学院で創作を学ぶ　1938年に不動産鑑定人となった父親の赴任先アトランタに一時住むが，小学校卒業を機に，母親とともにミレッジヴィル（Milledgeville）に移り，45年ジョージア州立女子大学を卒業するまでここで暮らす．この間，41年に父親が狼瘡（lupus 皮膚結核）により死去している．その後アイオワ州立大の大学院に進み，ポール・エングル（Paul Engle）のもとで創作を学ぶ．46年には最初の短編「ゼラニウム」（The Geranium）が雑誌『アクセント』に採用される．47年，6編の短編を修士論文として提出し，芸術修士の学位を取得．また，完成予定の長編『賢い血』（Wise Blood）の一部によって，ラインハート・アイオワ小説賞を受ける．さらに，ニューヨークのサラトガ・スプリングスにある芸術家村ヤドー（Yaddo）に招待され，49年の春まで滞在する．

南部ゴシックの世界　処女長編完成のための努力は続けられたが，50年の冬，父親を死に至らしめたのと同じ狼瘡を発症．ジョージアに戻り入院，車椅子の生活に入る．51年には母親とともにミレッジヴィル近郊のアンダルシア（Andalusia）という農場に移り住む．これ以降，散発的な講演や旅行を除いて，オコナーがこの地を離れることはなかった．入院中も書き継がれた『賢い血』（→494頁）は52年に出版された．狂信と暴力に満ちたグロテスクな作風は他の長短編においても様々な形で変奏される．53年には「助ける命は自分のかもしれない」（The Life You Save May Be Your Own）で，54年には「火の中の輪」（A Circle in the Fire）でそれぞれO・ヘンリー賞2位となっている．55年には10の短編が収められた『善人はなかなか見つからない』（A Good Man Is Hard to Find and Other Stories）が出版された．表題作をはじめ「アーティフィシャル・ニガー」（The Artificial Nigger），「グッド・カントリー・ピープル」（Good Country People），「強制退去者」（The Displaced Person）など，心の闇を抉り出した特異な名作を含んでいる．続いて第2長編『烈しく攻むる者はこれを奪う』（The Violent Bear It Away, 60）に取りかかり，並行して講演を行なったり，短編を発表したりした．62年には「高く昇って一点へ」（Everything That Rises Must Converge）がO・ヘンリー賞1位となる．

死　63年の秋頃からオコナーの体調は悪化し，失神を繰り返すようになる．繊維様の腫瘍が貧血を引き起こしていたのだった．翌年入院し，腫瘍除去の手術は成功するが，狼瘡の進行はもはや止めようもなかった．

【名句】His blood was more sensitive than any other part of him.（Wise Blood）「彼の血は体のどの部分よりも敏感であった」（賢い血）　　　　　　　　　　　　　　　（坂下）

◇作家解説 II◇

ホークス　ジョン　　　　John Hawkes（1925 - 98）　　**小説家**

生い立ち　コネティカット州スタンフォードに生まれたホークスは，ニューイングランド，ニューヨーク，アラスカで少年時代を過ごす．1943年ハーヴァード大学に進むが，第2次大戦が勃発すると，傷病兵輸送車の運転手となり，イタリアとドイツを転戦．帰国後の1947年に同大学の創作セミナーに参加し，キャリアを再スタートする．卒業後は同大学出版局に勤め，その後は88年に引退するまで30年間，ハーヴァード大学，ブラウン大学をはじめ多くの大学で教鞭を執った．

反リアリズムの旗手　キャリアの初期からプロット，人物造形，舞台設定，テーマを創作上の敵と見なしていたホークスは，緻密な構成で言語とイメージを反復，対比させて織り上げる詩的な文体によって芸術性の高い作品を作り上げてきた．伝統的な小説の手法を打ち破り，言語を用いて現実の混沌性を表現する手法は，バース，ピンチョン，ドナルド・バーセルミらと同列に置かれ，第2次大戦後のアメリカにおける最も重要な反リアリズム小説家と考えられている．ただ，そのため作品も難解になりがちで，一般読者よりも批評家や同業者から評価されている作家でもある．49年に中編小説『結婚狂騒曲』（*Charivari*）発表後，ハーヴァード大学院時代に執筆した最初の長編小説『人食い』（*The Cannibal*, 1950）を出版．ホークス文学の独自性はこの作品に既に色濃く表われており，今では前衛小説の古典と見なす評論家も少なくない．作品の舞台は，第2次世界大戦後の連合軍占領下のドイツの小さな町．そこで下宿屋を営む女性とその妹を巡る物語や，語り手のネオ・ナチ指導者の陰謀劇といった複数のプロットが，死と暴力，飢餓，疫病などの蔓延する町や住人のグロテスクな描写と共に，時間や空間，視点さえ目まぐるしく変化する文体で語られる．

キャリアの転機　51年，アメリカ西部を舞台にした『ビートル・レッグ』（*The Beetle Leg*）を出版．キャリアの転機は60年代に訪れる．戦中戦後のイギリスを舞台にした探偵小説のパロディ『罠　ライム・トゥイッグ』（*The Lime Twig*, 1961）と，家族の相次ぐ自殺を乗り越えた男の回想が語られる『もうひとつの肌』（*Second Skin*, 1964）が，伝統的な形式を援用しながら，暴力的な喜劇と反リアリズム的手法を駆使した作品として，多くの批評家や作家，そして読者から認知されるようになる．70年代は，セックスとイマジネーションをテーマとした三部作『ブラッド・オレンジ』（*The Blood Oranges*, 1971），『死，眠り，そして旅人』（*Death, Sleep & the Traveler*, 1974），『激突』（*Travesty*, 1976）を発表．『ブラッド・オレンジ』はフランスで最優秀外国図書賞を受賞した．

晩年の執筆活動　その後も精力的に創作活動を展開し，『情熱の芸術家』（*The Passion Artist*, 1979），『ヴィルジニー』（*Virginie: Her Two Lives*, 1982），『アラスカ毛皮貿易の冒険』（*Adventures in the Alaskan Skin Trade*, 1985），『ホイッスルジャケット』（*Whistlejacket*, 1988），『蛙』（*The Frog*, 1996），『アイリッシュ・アイ』（*An Irish Eye*, 1997）などを発表している．　　　　　　　　　　　　　　　　　　　　　　　　　　　　　（児玉）

◇作家解説 II◇

ヴィダル　ゴア　　　　　　　　Gore Vidal（1925 - ）　　**小説家**

リベラリズム そして同性愛　ニューヨーク州ウェスト・ポイントに生まれる．民主党上院議員だった母方の祖父から思想的に強い影響を受け，共和制を理想とし，帝国主義に反対する思想を育む．1943年にニューハンプシャーの名門校を卒業すると陸軍に入隊し，アリューシャン列島に配属される．その時の経験を基に，暴風雨に遭遇する船員達の経験を描いた『暴風』（*Williwaw*, 1946）を発表し，好評を博す．その2年後，同性愛の青年を主人公にした問題作『都市と柱』（*The City and the Pillar*, 1948）が大きな反響を呼ぶ．同性愛を扱ったことで多くの批判を浴びるが，性の問題はその後ヴィダルの小説や評論の主要なテーマのひとつになる．

キリスト 教批判　54年，神とその福音が創り出される過程をパロディー化した『救世主』（*Messiah*）を著わし，キリスト教を批判する．ヴィダルはその後の作品でも宗教の問題を扱い，『大予言者カルキ』（*Kalki*, 1978）では，世界を救うために全人類を絶滅させようとする教祖を風刺的に描き，『ゴルゴタからの生放送』（*Live from Golgotha*, 1992）ではコンピューター・ハッカーが過去に遡り，聖書の内容を消してしまうというSF仕立ての寓話の中で，キリストと福音書の真実性に疑問を投げかける．

歴史小説　60年代半ばになると，次々に完成度の高い作品を世に送り出し，独自のスタイルを築き上げていく．64年，キリスト教に立ち向かったローマ皇帝の生涯を描く傑作『ユリアヌス』（→531頁）を書き上げ，歴史小説という分野でその才能を開花させる．67年，初めてアメリカの政治と権力構造を扱った『ワシントンDC』（*Washington D.C.*）を，翌年には男性から性転換した女性を主人公に配して性の問題を喜劇的に描いた『マイラ』（*Myra Breckinridge*）を発表．『ワシントンDC』以降ヴィダルはアメリカの政治，歴史というテーマに本格的に取り組み始め，その続編ともいうべき作品を次々と世に出し続ける．この一連の作品は「アメリカ年代記」（American Chronicles）と呼ばれ，7作品から成り，『ワシントンDC』に始まり『アーロン・バーの英雄的生涯』（*Burr*, 1973），『リンカーン』（*Lincoln*, 1984）を含め，『黄金時代』（*The Golden Age*, 2000）で完結する．現在に至るまでほぼ230年間に及ぶアメリカの歴史を扱い，権力に関わる者たちの人間模様を浮彫にすることにより，共和制の理想を失っていくアメリカの姿を描く．

大胆なメ ッセージ　ヴィダルは評論家としても評価が高く，評論集『永久戦争と永久平和』（*Perpetual War for Perpetual Peace*, 2002）では，絶えず敵を作り出しては防衛の名目で先制攻撃を仕掛けようとするブッシュ政権の姿勢を厳しく批判している．半世紀以上に亘る精力的な創作活動を通して，政治，歴史，文化，性，宗教と様々なテーマを扱い，アメリカについて大胆で辛辣なメッセージを，時にはウィットとユーモアを交えて発し続ける，現代のアメリカで最も重要な作家のひとりである．

【名句】Whenever a friend succeeds, little something inside me dies. (*Sunday Times Magazine*, 16 Sept, 1973)「誰か友人が成功するたびに、私の中の小さな何かが死ぬ」(岩崎)

◇作家解説 II◇

アモンズ　アーチー・ランドルフ
A(rchie). R(andolph). Ammons（1926 - 2001）　　　詩人

海軍から大学へ　ノースカロライナ州ホワイトヴィルに生まれ育つ．高校時代から詩を書いていたが，海軍に勤務した1945年頃から時間と情熱の大部分を詩に注ぎ始めた．除隊後はガラス会社に勤務し，55年に第1詩集『複眼』（*Ommateum*）を自費出版するが，全く注目されず5年間でわずか16冊が売れたにすぎなかった．63年，第2詩集『海水面の表現』（*Expressions of Sea Level*）出版後，詩人として，コーネル大学創作コースで教え始める．

自然観察とエズラ　初期は特に，「蜂が止まった」（Bees Stopped）などのように，自然を題材にした作品が多いので，自然派詩人と捉えられがちだが，彼の詩学の背後には，正確な観察に基づく科学的な視点が通底しており，独自の自然観・世界観が打ち出されている．また，一（One）と多数（Many），上昇（ascent）と下降（descent），高い（high）と低い（low）など相対立する観念やイメージを導入しながら，詩と世界，詩人と社会，言葉と自然，自己と他者との関係などに関して，様々な模索が行なわれている．パーソナルで想像的な設定を持つ幾つかの作品には，一人称の語り手エズラ（Ezra）が登場するが，アモンズの詩人としての出発は，自然の面前で他者の名前エズラを名乗ることによって実現する．語り手と作者の区別が無意味となる地平において，一人の詩人が自己と非自己を合わせ持つ者として歩みだすこととなる．

コーソンズ入江以降　ホイットマン，ブラウニング，W・C・ウィリアムズなどからの影響が指摘されているが，特にホイットマンとの共通点としては，「わたしが今ここにいる」という個としての現在性・肉体性を詩学の中心的な概念としている点や，遊びの要素と真面目な要素，曖昧さと簡潔さの混交，個人と社会とが対立しながら相補う関係への考察などがあげられる．本人によれば，批評家たちからその類似点を指摘されるまであまり読んだことがなかったというエマソンとの関係では，自然への態度や，都市への反抗的姿勢という点で類似性が見られる．『コーソンズ入江』（1965→535頁）以降では，74年に『球体―ある動きの形』（*Sphere: The Form of a Motion*）を，81年には『木々の海岸』（*A Coast of Trees*）を出版し，ともに高い評価を得ている．89年，心臓発作を患うものの，その創作力はこれまでと変わらず彼独自の長編詩のスタイルを維持した．93年に「ゴミ」というイメージから現代アメリカ社会を描き出す『ゴミ』（*Garbage*）を，96年に『縁の道』（*Brink Road*）を，97年には『まばしい光』（*Glare*）をそれぞれ発表し，数々の賞を獲得した．科学的見地に立ち，詩の中で登場人物が自然の細かな様子に注意を払っていることから，彼を「環境保護を強く訴える詩人」として捉える批評家もいる．

【名句】So I said I am Ezra/ and the wind whipped my throat/ gaming for the sounds of my voice;（So I Said I Am Ezra）「それで私がエズラだと私は言った/すると風は私の喉をひゅっと打ち/私の声の出す音を求めて賭けをした」（それで私がエズラだと私は言った）

（関戸）

◇作家解説 II◇

メリル　ジェイムズ　　James Merrill（1926 - 95）　　詩人

裕福な家庭環境　ニューヨーク・シティ生まれで，父親は証券会社メリル・リンチの創業者チャールズ・メリル．きわめて裕福な環境に育ち，幼少から家庭教師にフランス語とドイツ語を習い，また8歳の頃から詩を書き始める．13歳のときに両親が離婚し，メリルの少年時代に暗い影を落とした．高校時代には私家版の詩集を父に出版してもらった．1943年アマースト大学に入学し，兵役による学業の中断があったものの，46年，在学中に私家版で『黒い白鳥』（*Black Swan*）を出版，翌年最優等で卒業する．卒業論文はマルセル・プルースト論であった．メリル家の莫大な財産のおかげで生活のために働く必要がなく，卒業後2年半かけてヨーロッパを巡る．

優雅な詩人生活　51年に『第1詩集』（*First Poems*）を出版，卓越した技法で評価される．54年から同性愛の友人デイヴィッド・ジャクソンとコネティカット州ストニントンに住む．その後戯曲や小説を書くが，再び注目されるのは，夭折した友人を悼む表題作を含む『千年の平和の国』（*The Country of a Thousand Years of Peace*, 1959）である．初期の詩でメリルは，奇矯な比喩や連想によって事物や情景と人間及び感情を複雑に結びつけ，それを伝統的な詩型と優美で装飾的な文体で表わした．また世界各地を旅行した経験を題材に，異国の珍しい風物やよそ者としての違和感などを描いた作品もある．56年にイングラム・メリル財団を設立し，作家や芸術家に賞金を授与する事業を始めた．64年からはストニントンの自宅とギリシャのアテネにある別宅を往復する生活を送り始める．

記憶の再生オカルト　『ウォーター・ストリート』（*Water Street*, 1962）になると，回想が大きな主題となり，文体も洗練されてはいるが口語的で寛いだものになる．「都市の回復」（An Urban Convalescence）では取り壊されているビルを見た詩人が，記憶を紡いで新たな再生的イメージを模索する．そして次第に彼の詩は自伝的になり，両親の不和や同性愛などが語られるようになる．66年の『昼と夜』（*Nights and Days*）の中の「崩壊した家」（The Broken Home）では離婚する前の両親と，邸宅の中を飼い犬とさまよう少年時代の自分の姿を回想し，『神曲』（*Divine Comedies*, 1976）の中の「翻訳の中で失われて」（Lost in Translation）は，幼時に家庭教師とジグソー・パズルをした思い出を語っている．前者は引用される常套句の換骨奪胎，後者はパズルそのもののような緊密な構成で，赤裸々な告白とは距離を置いている．過去を虚構として再構築する態度や手法は，プルーストやオーデンからの影響がある．後期のメリルを代表する作品は76年から82年にかけて書かれた三部作からなる，終末論や霊魂の再生を扱った550頁以上にわたるオカルト長編詩『サンドーヴァーの変化する光』（→549頁）である．死後に『全詩集』（*Collected Poems*, 2001）が出版されている．

【名句】But nothing's lost. Or else: all is translation（Lost in Translation）「しかし何も失われてはいない．さもなければ全てが翻訳だ」（翻訳の中で失われて）　　　　　　（笠原）

◇作家解説 II◇

クーミン　マクシン　　　Maxine Kumin（1925 - ）　　　**詩人**

　現代の自然詩人．ユダヤ系の両親のもとフィラデルフィアで生まれ育ち，カトリックの学校に通う．ラドクリフ大学で学ぶが，本格的に詩を書き始めたのは，技術者の夫と結婚し3人の子どもを生んだ後の1957年，ボストン生涯教育センターでの詩のワークショップに参加してからである．そこでアン・セクストンと知り合い共同で児童文学を著わしたり，互いの作品について批評し合い切磋琢磨したが，セクストンが告白詩で本領を発揮したのとは対照的に，クーミンは自伝的要素こそ多いが伝統的な形式と禁欲的で内省的なトーンを特徴とする．

　初期の作品は親子関係や若者の精神的な成長を主題としたもの，キリスト教社会におけるユダヤ人の宗教的文化的アイデンティティを扱ったものなどが多い．4冊目の詩集でピューリツァー賞受賞作『内陸―ニューイングランドの詩』（*Up Country: Poems of New England,* 1972）になると，ニューイングランドの自然と田園を題材とするようになり，以降ソーロウやフロストの後継者と評されるようになる．自身ニューハンプシャーの農場で暮らし，自然の中の生と死の循環に題材をとった作品で生命のはかなさを非感傷的に描き出す．代表的な詩集には『半ばで』（*Halfway,* 1961），『悪夢工場』（*The Nightmare Factory,* 1970），『回復システム』（*The Retrieval System,* 1978）などがあり，他に小説，評論，児童文学など多数の著作がある．81-82年，国会図書館詩部門顧問を務めた．　　　　　　　　　　　　　　　　　（笠原）

スノドグラース　ウィリアム・ドウィット
　　　　　W(illiam). D(eWitt). Snodgrass（1926 - ）　　　**詩人**

　告白詩の先駆者と言われる詩人．ペンシルヴェニア州ウィルキンズバーグに生まれる．ジュネーヴ大学在学中に海軍に徴兵され，太平洋へ派遣されている．除隊後，アイオワ大学に学ぶ．そこでは当時，ジョン・ベリマン，ランダル・ジャレル，ロバート・ロウエルなどが教員であったが，とりわけ，ロウエルに高く評価された．

　彼にとって詩作とは自己の探求であった．ピューリツァー賞を受賞した詩集『心の針』（*Heart's Needle,* 1959）は，アイルランドの古い諺「一人娘は心の針だ」から採られているという．一人娘との離婚後の出会いを題材として連作しており，いわゆる告白詩の先駆けだと言われるが，本人はこの評言を嫌い，この程度の個人的内容の作品は前例があると主張している．しかし，文学史の流れで考えるなら，ニュー・クリティシズムの反伝記主義的な原則で育った詩人たちにとって，まったく新しい形に見えたと言ってよく，同時代の多数の詩人たちに様々な影響を与えている．そのなかで最も重要な詩人が，ロバート・ロウエルであった．

　これ以降，40年以上の詩業を誇り，20冊以上の詩集を出版している．この間にテーマも多様化し，また，伝統的な形式から，劇的な語りや詩的対話などのより自由な形式へと変化している．　　　　　　　　　　　　　　　　　　　　　　　　　　　　　　　　　（渡辺）

◇作家解説 Ⅱ◇

ギンズバーグ　アレン　　Allen Ginsberg（1926 - 97）　　詩人

ビート派中心人物　ニュージャージー州ニューアーク生まれ．母ナオミはロシア人で不況時は共産党員，父ルイスは詩人で地元パターソンで学校の教員をしていた．コロンビア大学時代にケルアック，バロウズらと知り合い，彼らとともにのちに「ビート派」と称されるようになる．「ビート派」は50年代のアメリカ文化を語るには欠かせない文学運動であり，ギンズバーグは，その中心人物として活躍した．

ウィリアムズの影響　初期の作品は，父とコロンビア大学時代に習った先生からの影響を受けた伝統的なスタイルにすぎなかったが，ケルアックや47年に出会ったニール・キャサディの奔放さが彼を魅了し，その影響は，それまでの彼の作風を一新して，より自由な作風へと変えていった．後に地元パターソンに戻ったが，アメリカ語による作品を目指していた偉大な詩人ウィリアム・カーロス・ウィリアムズからも影響を受けており，ウィリアムズが使っていた口語を反映したリズムは，彼のスタイルにも踏襲されている．

代表作『吠える』　こうした要素を全て含んで出来上がったのが56年に出版された『吠える，その他』（→504頁）である．この詩集は，彼の代表作であると同時に50年代文化の代表作品でもあるが，その内容が猥褻か否かをめぐって裁判になっており，さらに『吠える』発表当時，想像力をかきたてる手段として薬物を使用したことや，ホモセクシャルを公表したことでも話題となった．序文はウィリアムズによって書かれた．

母の死とカディッシュ　『吠える』出版後はサンフランシスコへと移る．神経衰弱となって56年に亡くなった母に語りかける4部構成の詩「カディッシュ」（Kaddish）を中心とした，自伝的な『カディッシュ，その他』（*Kaddish and Other Poems*）を61年に出版した．この作品は心を探究する方法として用いた幻覚剤の影響を反映している．その後2年ほどアメリカを離れ，南米，ヨーロッパ，モロッコを旅した後インドへ渡り，63年秋には再び戻り執筆を再開する．68年出版の『惑星ニュース』（*Planet News*）では政治的な話題や言語に関する詩や旅行を詩的にまとめた作品を発表した．また反戦運動やカウンターカルチャーの中心人物として活躍，いくつかの実験的映画には俳優として参加した．

晩年の活躍　74年に『アメリカの没落』（*The Fall of America, 1973*）が全米図書賞を受賞．フォークシンガーの神様と称されるボブ・ディランらと共に朗読会を開催したり，朗読の録音をする．86年には『白いかたびら』（*White Shroud*）を出版している．97年，71歳の誕生日を2ヶ月後に控えて，ニューヨークの自宅で肝臓癌のため亡くなった．

　【名句】Where are we going, Walt Whitman? The doors close in an hour. Which way does your beard point tonight?（A Supermarket in California)「我々はどこへいくのか，ウォルト・ホイットマン？　1時間で閉店だ．あなたの髭は今夜どちらを指しているのか？」（カリフォルニアのスーパーマーケット）　　　　　　　　　　　　　　　　　　　　　　（関戸）

◇作家解説 II◇

オハラ　フランク　　　　Frank O'Hara（1926 - 66）　　　**詩人**

音楽と美術　メリーランド州ボルティモアに生まれたが，マサチューセッツ州ウスター郊外のグラフトンで育つ．第2次世界大戦では南太平洋で駆逐艦に勤務．水中音波探知機担当だった．除隊後，ハーヴァード大学で音楽を学び，作曲を試みる．現代音楽と美術に影響を受ける．ランボー，マラルメ，パステルナーク，マヤコフスキーなどを好む．ハーヴァード大学在学中にジョン・アッシュベリーを知る．

展覧会の企画　ミシガン大学で修士号を取得．近代美術館の受付として働く．美術の専門
ニューヨーク派　的な訓練を受けていなかったが，展覧会などの企画にも参加している．雑誌『アート・ニューズ』（*Art News*）に寄稿し始める．ジョン・アッシュベリー，バーバラ・ゲスト，ケネス・コーク，ジェイムズ・スカイラーらを率いた重要な詩人で，「ニューヨーク派」と言われるが，この名は，50年代，60年代のニューヨーク・シティにおける「抽象表現主義」（Abstract Expressionism）との繋がりに由来する．これは，1940年代後半の米国で展開された前衛絵画運動であり，アクション・ペインティングのような偶発的な表現の追求と巨大な画面が特徴である．

複雑な連想　オハラは，「画家たちのなかの詩人」と呼ばれたが，彼の想像力は，絵画だけ
日常の会話　でなく，音楽や舞踊と深く結びつき，複雑な連想のなかで様々な出来事や日常の会話，あるいは，都市ニューヨークの広告などを組み込むような詩的形式を生みだした．彼が注目を集めたのは，ドナルド・アレン（Donald Allen）編集の『新アメリカ詩集』（*The New American Poetry*, 1960）に作品が採用されてからだが，実はこのタイトルは，オハラが企画に参加した展覧会「新アメリカ絵画」（The New American Painting）に由来する．彼は死に方もまた劇的であった．40歳の時，ニューヨーク州ロングアイランド沖の細長い砂州ファイア・アイランドにおいて，軽量の砂丘走行用オープンカーに轢かれて急死した．彼の死後，彼の詩業や美術批評の深さと豊かさが世界的に認知されるようになった．詩集として，『都市の冬，その他』（*A City Winter and Other Poems*, 1952），『ランチの詩』（*Lunch Poems*, 1964），『愛の詩』（*Love Poems*, 1965），『フランク・オハラ全詩集』（*The Collected Poems of Frank O'Hara*, 1971）などがある．

【名句】It is 12:20 in New York a Friday/ three days after Bastille day, yes/ it is 1959 and I go get a shoeshine/ because I will get off the 4:19 in Easthampton/ at 7:15 and then go straight to dinner/ and I don't know the people who will feed me（The Day Lady Died）「ある金曜日のニューヨーク12時20分／バスティーユ監獄の日から3日後で　そう／1959年だが　おれは靴磨きに出かける／だって4時19分発をイーストハンプトンで／7時15分に降りてまっすぐおよばれのディナーに行くのだから／誰が食べさせてくれるのかは知らない」（あの人が死んだ日）

（渡辺）

◇作家解説 II◇

クリーリー　ロバート　Robert Creeley (1926 - 2005)　　詩人

　特に愛に注目した詩人．マサチューセッツ州アーリントン生まれ．幼い頃父を亡くし，4歳の時，母と姉とウェストアクトン近郊の田舎に引っ越し，そこで育つ．その1年後，5歳の時に病気からの感染で左目を失明する．1946年ハーヴァード大学在学中に結婚，49年頃はウィリアム・カーロス・ウィリアムズらと交際する．54年にはチャールズ・オルソンの招きでブラック・マウンテン大学で教鞭をとり，同時に，『ブラック・マウンテン・レビュー』(*Black Mountain Review*) 誌の編集を担当する．最初に高く評価された作品は11番目の詩集『愛のために』(*For Love: Poems 1950-60*, 1962) であった．この詩集は2番目の妻ボビーに捧げられ，主に言葉と人間関係をテーマにしている．

　その後の作品では，リズムを意識しながら感情，特に「愛」(love) に注目した『言葉』(*Words*, 1967)，事物をありのままに描写した詩が多く収録されている『かけら』(*Pieces*, 1969) が有名である．親交のあったウィリアムズからの影響を自身も認めており，初期のウィリアムズのような短詩のスタイルをとっている作品が多く見られ，それは近年の作品『間に合った』(*Just In Time: Poems 1984-1994*, 2001) にも踏襲されている．また，オルソンやギンズバーグからのアドバイスで音楽，特にジャズ（マイルズ・デイヴィス，チャーリー・パーカーら）からも強く影響を受けている．
　　　　　　　　　　　　　　　　　　　　　　　　　　　　　　　　　　　　　（関戸）

ブライ　ロバート　　Robert Bly (1926 -)　　詩人

　アメリカ現代詩に大きな影響力を及ぼした詩人のひとり．編集者，翻訳家．ミネソタ州マジソンに生まれる．ハーヴァード大学を卒業し，アイオワ大学で修士号を得る．彼は，詩を技術とする傾向に反発し，シャーマニズム的な発想のもとに治癒者としての詩人像を提示した．一種の反知性主義であり，作品のなかで，自然の事物をイメージとしてヴィジョン化する．とりわけ，アメリカ大平原の精神を詩化したと言われる．ドイツ17世紀の哲学者ヤコブ・ベーメの二元論的世界観に影響を受け，「眠っている内的自我」の覚醒を目指す．いやむしろ，詩人には，こうした覚醒を引き起こせるような「神性」があると彼は考えている．『雪原の沈黙』(*Silence in the Snowy Fields*, 1962)，全米図書賞を受賞した『身体のまわりの光』(*The Light around the Body*, 1967) など，30冊以上の詩集がある．

　ヴェトナム反戦運動に参加．『ヴェトナム戦争に反対する詩の朗読』(*A Poetry Reading against the Vietnam War*, 1966) を編集している．また，翻訳家としても，ロルカ，ヒメーネス，マチャード，ネルーダなどを含めて，ヨーロッパや南アメリカの詩人たちをアメリカ合衆国に精力的に紹介した．ブレイク，ネルヴァル，ボードレール，ランボー，トラークルなどの神秘主義の系譜に注目し，アメリカ詩に新しい視点を導入した．なお，東洋への関心もあり，芭蕉などを訳している．
　　　　　　　　　　　　　　　　　　　　　　　　　　　　　　　　　　　　　（渡辺）

◇作家解説 II◇

アッシュベリー　ジョン　　John Ashbery（1927 - ）　　詩人

オーデンに　ニューヨーク州ロチェスター生まれ．オンタリオ湖近くの農場で育つ．1949年
見出される　ハーヴァード大学に入学し，詩作に熱心に取り組む．この頃ケネス・コークや
フランク・オハラら，後に「ニューヨーク派」と呼ばれる仲間たちと親交を深める．オーデ
ン，スティーヴンズ，ムア，マラルメらから影響を受ける．卒業後はコロンビア大学大学院
へ進学するためニューヨークに移り，53年に第1詩集『トゥランドット，その他』（*Turandot
and Other Poems*）を出版，56年には，影響を受けたオーデンその人によってイェール若手
詩人賞に選ばれ，彼の序文とともに第2詩集『木々たち』（*Some Trees*）を出版している．ホ
モセクシャルであるため，徴兵を拒まれている．

フランスへ　55年にフルブライト奨学金を得てフランスに渡り，以後10年間はパリを中心
美術評論　にフランスで暮らす．博士論文は，フランスの作家レーモン・ルーセルであっ
た．この頃，美術評論を書き始める．62年，フランス革命の有名なエピソードと同名の絵
画から名をとった『テニスコートの誓い』（*The Tennis Court Oath*）を発表，65年にアメリ
カに帰国し，ニューヨークで『アート・ニューズ』（*Art News*）誌の編集長として働き始め
る．64年には父，66年には親友のオハラが亡くなり，大きなショックを受けた．これ以降，
時の移り変わりにも着目するようになった．

凸面鏡の　60年代後半は散文の中に3つの長編詩を織り込むスタイルを確立し，72年に
中の自画像　『三つの詩』（*Three Poems*）として発表，続く75年に出版の『凸面鏡の中の自
画像』（→548頁）は翌年ピューリツァー賞，全米図書賞，全米書籍批評家サークル賞とア
メリカ出版界における3大賞を同時に受賞している．ただし，詩人自身が「書き出す前まで
全体像が自分でもわからない」と言うように，難解な詩と指摘されることが多い．

90年代以降　その後も精力的に作品を書き続け，90年代だけでも6冊の詩集がある．その中
最重要詩人　には自伝的な要素を含む『工程図』（*Flow Chart*, 1991）や『ガールズ・オン・
ザ・ラン』（*Girls on the Run*, 1999）などが含まれるが，特に『工程図』は『凸面鏡の中の
自画像』との関連性やワーズワースの『序曲』，エリオットの『荒地』からの影響が指摘さ
れており，近年の中では重要な作品である．テーマは幅広く，意識，言語，時間についての
感覚や自己の確立，多様な情報が内面に与える影響など人間の普遍的な問題から現代に特有
の問題まで扱う．50年以上にもわたる彼の創作活動への評価は高く，賛否両論はあるもの
の，アメリカ文学において20世紀後半の最重要詩人のひとりとして認められている．

【名句】　These are amazing: each / Joining a neighbor, as though speech / Were a still
performance.（Some Trees）「これらは驚きだ—それぞれが／隣りとつながり，会話はまる
で／静かな演技のようだ」（木々たち）　　　　　　　　　　　　　　　　　　　（関戸）

◇作家解説 II◇

キネル　ゴールウェイ　　Galway Kinnell（1927 - ）　　詩人

　身体のエネルギーをテーマに結び付けてうたう詩人．ロードアイランド州プロヴィデンスに生まれる．自ら語るところによれば，子ども時代，人間関係を築くのが苦手で，いつも孤独な時間を過ごしていたという．詩人では，ポウやディキンソンを好んだ．プリンストン大学とロチェスター大学で学ぶ．20代のある時期，イェイツの作品に出会ってからは，その詩が全てとなり，W・B・イェイツを世界最大の詩人として評価するばかりか，自分の書く詩がもしもイェイツに似ていなければ，それは「詩」ではなかった．その後に，尊敬する詩人としてホイットマンとリルケを加えている．

　様々な職業についており，シカゴで教員，イランでジャーナリスト，ルイジアナでは調査員を務めたりなどしているが，この20年ほどは，アメリカやフランス，オーストラリアの大学レヴェルで英作文や詩を教えている．『詩選集』（*Selected Poems*, 1982）で全米図書賞とピューリツァー賞を受賞．

　キネルは詩の形式に意識的であり，もっとも大切なことを独自の音楽にのせて歌うことを信条としている．「自己超越」と「自己意識」を身体のエネルギーリズムのなかで結合させて歌う姿勢は，ホイットマンの影響によるところが大きい．　　　　　　　（渡辺）

マーウィン　W. S.
　　　　　　　W(illiam). S(tanley). Merwin（1927 - ）　　詩人

　神話や伝説を用いながら個人的な主題をうたう詩人．ニューヨーク市に生まれる．父は長老派の牧師である．本人は，「書き始めることが出来るや否や，父のために賛美歌を書いた」と述べている．プリンストン大学でジョン・ベリマンやR・P・ブラックマーの下で創作を学ぶ．卒業後もプリンストンでロマンス語を学ぶが，これが後に，ラテン語，スペイン語，フランス語の詩の翻訳者として仕事をすることとなる．ヨーロッパを旅行した後，マジョルカ島でロバート・グレイヴズの息子の家庭教師を務めたが，グレイヴズから神話と詩の関係で影響を受けた．その後，アメリカに戻り，W・H・オーデンに選ばれて，イェール若手詩人賞を受賞し，『ヤヌスのための仮面』（*A Mask for Janus*, 1952）が出版される．これは，かなり形式の整った新古典主義的な作品であり，神話や伝説的なテーマに基づいている．

　転換点を示す詩集が，60年の『かまどの中の酔いどれ』（*The Drunk in the Furnace*, 1960）である．ギリシャ神話を借りながら，自伝的な要素を注入している．実験的で，反形式的になり，韻律も不規則となってゆく．『しらみ』（*The Lice*, 1967）や，ピューリツァー賞を受賞した『梯子の運び手』（*The Carrier of Ladders*, 1970）が代表作である．後期は，イマジスト的で夢のような作品となり，そのなかで自然界を賛美している．15冊以上の詩集，ダンテの『煉獄』などを含めて20冊ほどの翻訳がある．　　　　　　　　　　　（渡辺）

◇作家解説 II◇

ライト　ジェイムズ　　James Wright (1927-80)　　**詩人**

　人間的であることを求め続けた詩人．オハイオ州マーティンズ・フェリーに生まれたが，中西部ミネソタ周辺に長く暮らす．父母共に8年生以上の教育を受けていない．父は50年間ガラス工場で働き，母はクリーニング屋で働くために14歳で学校をやめている．

　ライトは高校を1946年に卒業し，軍隊に入隊，占領中の日本で勤務している．のち，ケニヨン大学に入学し，ジョン・クロウ・ランサムのもとで学ぶ．優秀な成績で卒業し，フルブライト奨学金を得て，オーストリアに遊学．ウィーン大学でトラークルを研究する．帰国後，ワシントン大学でセオドア・レトキやスタンレー・クーニッツとともに学び，博士号はチャールズ・ディケンズを論じて取得した．ミネソタ大学などで教壇に立つ．

　初期の作品には，子ども時代に見聞きした貧困や人間的な苦悩，罪悪感などが色濃く出ている．彼は，人生にたいして真摯な態度を貫いたエドウィン・アーリントン・ロビンソンやロバート・フロスト，トマス・ハーディを尊敬し，何か人間的に重要なことを詩に表現しようとする．第1詩集『緑色の壁』(*The Green Wall*, 1957) は，W・H・オーデンによって，イェール若手詩人賞に選ばれた．後にユングやトラークルの影響を受けて，無意識の領域へ関心を広げている．72年には，『全詩集』(*Collected Poems*, 1971) によって，ピューリツァー賞を受賞した．
　　　　　　　　　　　　　　　　　　　　　　　　　　　　　　　　　　　　　　（渡辺）

アンジェロウ　マヤ
　　　　　　　Maya Angelou (1928-)　**自伝作家　小説家　詩人**

　赤裸々に綴った自伝で注目された黒人女性作家．劇作家，女優，歌手，演出家，映画監督でもある．ミズーリ州セントルイスにマーグリート・ジョンソン（Marguerite Johnson）として誕生．Angelouは前夫の姓Angelosから取られた．両親の離婚後3歳よりアーカンソー州のスタンプスという人種差別の激しい町で祖母のもと，兄ベイリー（Bailey）と少女期を過ごす．サンフランシスコの母のもとに戻った時期に母の恋人から7歳という年齢で陵辱され，5年間兄以外誰とも口をきかなくなる．17歳で未婚の母となり，様々な職業に従事する．50年代半ばより公民権運動にかかわる．エジプトやガーナにも住むが同化できず，自分がアメリカ人であることを強く意識する．

　自伝『歌え，翔べない鳥たちよ』(*I Know Why the Caged Bird Sings*, 1969) がベストセラーになる．また『街よ，わが名を高らかに』(*Gather Together in My Name*, 1974)，『女の心』(*The Heart of a Woman*, 1981) 等の自伝がある．それらは前後関係が不明瞭であったり，歴史的・社会的背景の記述がきちんとなされてなかったりする面があるものの，真実を求めようとする真摯な姿勢や精神的成長が細やかに描かれており，人種を超えて読者が共感できる内容となっている．詩集には『死ぬ前に一口冷たい水を飲ませて』(*Just Give Me A Cool Drink of Water 'fore I Diiie*, 1971) 等がある．
　　　　　　　　　　　　　　　　　　　　　　　　　　　　　　　　　　　　　　（木村）

◇作家解説 II◇

セクストン　アン　　Anne Sexton（1928 - 74）　詩人　劇作家

父との関係
詩作の開始　マサチューセッツ州ニュートンにてアン・グレイ・ハーヴェイ（Anne Gray Harvey）として生まれる．アルコール中毒の父親との関係がトラウマとなる．両親を嫌い，同居していたナナという愛称の独身の大叔母になつく．後のナナの神経衰弱と入院は，彼女にショックを与えた．学校嫌いのセクストンは，1945年に寄宿学校に強制的に入れられてしまうが，そこで詩作をし，演技を習い始める．

駆け落ち
自殺未遂　48年に他の人と婚約していたにもかかわらず，アルフレッド・セクストン（愛称ケイヨー）と駆け落ちする．53年に長女リンダを，55年に次女ジョイスを出産する．出産とナナの死をきっかけにうつ病の兆候が出るようになり，セラピストにかかる．子どもを虐待し，また自殺未遂もあって翌年入院する．

治療とし
ての詩作　治療の一環として詩作の再開を薦められ，それに打ち込む．詩作は崩壊した自己を再構築する手段でもあった．担当医師に転移を起こし，恋愛関係にまで発展する．57年に詩のワークショップで出会ったマクシン・クーミン（Maxine Kumin）と親交を結び，詩作上の影響を受ける．後に彼女と絵本『ジョーイと誕生日の贈り物』（*Joey and the Birthday Present,* 1971）を出版する．58年からロバート・ロウエル（Robert Lowell）のワークショップに参加し，そこでシルヴィア・プラス（Sylvia Plath）と出会い，刺激を受ける．第1詩集『精神病院へ行って戻る道半ば』（*To Bedlam and Part Way Back,* 1960）の出版は，彼女の師であったロウエルの力にもよる．この詩集では，自らの狂気についても触れている．

詩人とし
ての評価　第2詩集は『すべての私の愛しき者たち』（*All My Pretty Ones,* 1962）である．59年，両親を間隔を置かず亡くす．第3詩集『生きるか，死ぬか』（*Live or Die,* 1966）でピューリツァー賞を受賞．自殺に対する思索がその中心にある．68年，ロックグループを結成し，活動する．またマクリーン精神病院で詩を教える．69年ボストン大学で詩作を教え始める．同年『愛の詩』（*Love Poems*）が出版され，唯一の戯曲『マーシー・ストリート』（*Mercy Street*）が上演される．散文詩として『変容』（*Transformations,* 1971）があり，彼女独特のおとぎ話の読み替えをしている．46歳のときに精神の病いに勝てず自宅のガレージにて一酸化炭素中毒による自死を選ぶ．個人体験を赤裸々に綴っていることからロウエルやジョン・ベリマン（John Berryman）らと同様に「告白派詩人」と言われるが，彼女自身はその呼ばれ方を嫌い，自分は「ストーリーテラー」であろうとしていた．主題としてよく，妻，母親であることからもたらされる葛藤や苦しみ，女性ゆえに感じる抑圧感を取り上げているが，それは彼女の生きた時代の女性たちの声でもあった．

【名句】It is your Doppelgänger/ trying to get out./ Beware... Beware... (Rumpelstiltskin)「抜け出そうとしているのは／おまえの分身．／気をつけろ，気をつけろ」（ルンペルシュティルツキン）　　　　　　　　　　　　　　　　　　　　　　（木村）

◇作家解説 II◇

オジック　シンシア
Cynthia Ozick（1928 - ）　　**小説家　エッセイスト**

　卓越した技巧と，鋭く辛辣な観察眼，諧謔，博識，巧みなストーリー・テリング，ユダヤ教の信仰，フェミニズム的世界観などによって，特異なポジションを占めるユダヤ系女性作家．ニューヨークのユダヤ系アメリカ人の生活や価値観にベースを置いているため，ニューヨークの知識層から絶大な支持を受けている．高い評価を得ている作品のひとつに，ホロコースト時代に強制収容所で経験した言葉に出来ないほどの恐怖とそのトラウマを描いたふたつの短編小説「ショール」と「ローザ」(Rosa) を収録した『ショール』(*The Shawl*, 1989) がある．「ショール」の主人公ローザは強制収容所で幼子マグダをショールの下にかくまい，生き延びさせるが，やがて娘が餓死してしまう．「ローザ」では30年後，フロリダで孤独で空虚な生活を送っていたローザのもとに，共に収容所生活を共にした姪ステラから件のショールを送られてくる．それを契機に鉄条網に囲まれた恐怖の日々，幼い娘を奪われ，人生を奪われたというトラウマがよみがえる．女性を子供を産む装置と見なす性別役割の固定化を風刺したアレゴリカルな近未来SF「亡命者のノートから」(*From A Refugee's Notebook*, 1981)，出産願望に取り付かれた女性とゴーレムが活躍する「プッテルメッサーとクサンティッペ」(*Puttermesser and Xanthippe*, 1981) などのコミカルな作品もある．　　　　（遠藤）

マーシャル　ポール　　　　Paule Marshall（1929 - ）　　**小説家**

　カリブ系黒人女性作家．両親はカリブ諸島のバルバドス（当時は英領植民地）からアメリカへの移民．ニューヨークのブルックリンにヴァレンザ・ポーリーン・バーク（Valenza Pauline Burke）として生まれる．9歳のときにバルバドスを訪れている．1954年ブルックリン・カレッジ卒業．ハンター・カレッジ大学院修了後『私たちの世界』(*Our World*) 誌のスタッフとなる．50年に結婚し，マーシャル姓に（63年離婚）．59年息子を出産．70年再婚．ヴァージニア・コモンウェルス大学やイェール大学で教鞭を執る．小さいころから母親や家の台所に集まってくる母親の同郷の友人たちの生き生きとした会話に聞き入り，言葉のもつ力を感じとる．彼女の作品にはそのカリブ諸島からの人たちのもつ特有の語りや文化，移民の直面する問題が色濃く反映されている．第1作は自伝的な『褐色の少女，褐色砂岩の家』(*Brown Girl, Brownstones*, 1959) であり，これはカリブ諸島からニューヨークへ移民してきた少女セリーナ（Selina）が自分を見出そうとする物語である．次の『選ばれた場所，永遠の人々』(*The Chosen Place, the Timeless People*) と『ある賛歌』(*Praisesong for the Widow*, 1983) と合わせて三部作ととらえられている．ほかに，『娘たち』(*Daughters*, 1991)，『漁夫王』(*The Fisher King*, 2000) がある．短編集として『魂の拍手と歌うこと』(*Soul Clap Hands and Sing*, 1961) と『リーナとその他の物語』(*Reena and Other Stories*, 1983) がある．　（木村）

◇作家解説 II◇

リッチ　アドリエンヌ　　Adrienne Rich（1929 - ）　　詩人

支配する父権　現代においてもっとも先鋭的なユダヤ系女性詩人．メリーランド州ボルティ
潜在する母権　モアに生まれる．父は，医者でジョンズ・ホプキンズ大学の病理学教授でもあり，母は才能溢れるピアニストであったが，家族を育てるためにキャリアを諦めたと言われる．リッチの伝記によれば，表面的には支配的な父権と知的雰囲気が家庭を被っていたが，背後では，父のユダヤ的な資質と母の南部プロテスタンティズムとが対立していたという．父が彼女に詩作と読書を薦めている．

妻として　1951年にリッチは，ラドクリフ大学を卒業し，同時に，最初の詩集『世界の変化』
母として　(*A Change of World,* 1951) がイェール若手詩人賞を受けた．選者であったW・H・オーデンが，リッチの洗練された技法や彫琢された形式，よく押さえた感情の表現などを高く評価した．53年にアルフレッド・コンラッドと結婚し，マサチューセッツ州ケンブリッジに移り，子どもを3人生み育てるが，女性や妻に求められる役割と自身の芸術性・創造性とのあいだに葛藤を感じた苦しい時期であった．とりわけ，50年代および，60年代前半は，こうしたことを公言できず，ひとり悩んでいたと，本人が後で述懐している．

個人の変化　8年間かけて書き溜めた第3詩集『義理の娘のスナップショット』(*Snapshots*
時代の変化　*of a Daughter-in-Law: Poems 1954-1962,* 1963) は，リッチの詩的発展での分水嶺となった．ここにおいて初めて，言葉遣いの自由を獲得し，現実の方へ一歩踏み出した，より個人的な作品となった．しかし，これまでリッチの特質と言われた形式や感情の抑制を放棄し，否定的で苦々しい文体なので，『スナップショット』への評価は芳しくなかった．この彼女の個人的な変化は，時代の変化と対応する．当時の合衆国は，市民権運動から反ヴェトナム戦争運動，そして女性解放運動へと高まりを見せていた．

女としての自覚　彼女は，この頃読んだジェイムズ・ボールドウィンやシモーヌ・ド・ボー
直接かつ明確に　ヴォワールから強い影響を受け，女性の自由と解放に力を入れた．69年離婚し，翌年に夫が自殺している．70年代，フェミニズムとレズビアンに関するテーマが飛躍的に多くなり，『変化への意志』(*The Will to Change,* 1971)，『難破船へ潜る』(*Diving into the Wreck,* 1973) など注目に値する詩集を刊行している．文体から言うと，映画の技法であるジャンプカットやコラージュを用いて，現代的なリズム感やイメージを作品に付与する．性差を乗り越えようとする政治的で過激なフェミニズムから，性差をむしろ強調するフェミニズムへ変化するにしても，彼女の詩人としての決意は，「女として，女のからだと経験から，直接かつ明確に書くこと」に変わりはない．その基調は，決して自伝的，自白的ではなく，むしろ，証言する者，神託を述べる者，あるいは，神話の語り手の声である．

【名句】To do something very common, in my way.（A Valediction Forbidding Mourning)「何かとても普通のことを　でも　わたしなりの方法で　すること」(嘆きを禁ずる訣別)　　　　　　　　　　　　　　　　　　　　　　　　　　　　　　（渡辺）

◇作家解説 II◇

ルグィン　アーシュラ・クローバー
Ursula Kroeber Le Guin（1929 - ）　**SF・ファンタジー作家**

「他者」との出会い　SFからファンタジーまで幅広いスペクトルの中で活動を続ける作家．父は高名な文化人類学者，母は『イシ―北米最後の野生インディアン』の作者である．ルグィンの生涯にわたるテーマが「他者との出会い」であるのは自然だ．ラドクリフ女子大学，コロンビア大学に学ぶ．51年歴史学者と結婚．オレゴン州ポートランドに住む．

架空の国オルシニア　61年「音楽によせて」（An die Musik）を発表．東欧の架空の国オルシニアを舞台に，中世から現代に至るさまざまな時代の恋，人間模様を感性豊かに描いた作品群の一つ．のちに短編集『オルシニア国物語』（Orsinian Tales, 1976）に収められた．恋を捨て，革命運動に身を投じた青年が，成長と挫折の果てに故郷へと帰還する『マラフレナ』（Malafrena, 1979）は長編形式である．

ハイニッシュ・ユニヴァース　『ファンタスティック』誌62年9月号掲載の「四月はパリ」（April in Paris）がSF作家としてのデビュー作．ゲルマン神話を下敷きにした『ロカノンの世界』（Rocannon's World, 1966），異文化の男女の恋愛と葛藤を描く『辺境の惑星』（Planet of Exile, 1966），記憶を封じられた男が自分の正体を求め彷徨う『幻影の都市』（City of Illusions, 1967）をたて続けに発表するが，これらはハイニッシュ・ユニヴァース（Hainish Universe）と呼ばれる物語群に属する．遥かな過去，惑星ハインの始祖たちは遺伝子操作を施した彼らの種をさまざまな惑星に植えつけたが，科学文明衰退に伴い惑星群との接触を失う．やがて文明を復興させた彼らは植民惑星を訪れ，エクーメンと呼ばれる連合を形成してゆくという枠組みの未来史．最高峰とされる作品のひとつが『闇の左手』（The Left Hand of Darkness, 1969）である．両性具有人の住む惑星にエクーメンの特使として訪れた黒人の物語．政治的謀略に遭い，封建主義国家の宰相とともに全体主義国家へ亡命するが，相互理解を深めながら極寒の氷原を越えて帰還する．同様に名高い『所有せざる人々』（The Dispossessed, 1974）も帰還の物語である．物理学者が理論の完成を夢見て体制間を往還する．

「ゲド戦記」の創作　SFの一方で，彼女は『ゲド戦記』（Earthsea）と呼ばれるファンタジーの創作も始めていた．魔法使いの少年ゲド（Ged）の成長と老衰を描きながら，分身，異性，生死など対立するものの統合を主題とした作品群である．『影との戦い』（A Wizard of Earthsea, 1968）『壊れた腕輪』（The Tombs of Atuan, 1971）『さいはての島へ』（The Farthest Shore, 1972）を連作．長い沈黙を経て『帰還』（Tehanu, 1990）『アースシーの風』（The Other Wind, 2001）を発表．年を追うごとに女性への洞察に深まりが見られる．

意欲的な試み　その他，アメリカ西海岸を舞台として，SF作品『天のろくろ』（→542頁）や未来の民族誌『オールウェイズ・カミングホーム』（Always Coming Home, 1985）がある．若い男女の恋愛を描いた『ふたり物語』（A Very Long Way from Anywhere Else, 1976），『始まりの場所』（The Beginning Place, 1980）は瑞々しく，『いちばん美しいクモの巣』（Leese Webster, 1979）や「空とび猫」（Catwings）シリーズは絵本である．詩やエッセーの執筆も旺盛である．　　（太田）

◇作家解説 II◇

フリードマン　ブルース・ジェイ
Bruce Jay Friedman（1930 - ）　　**小説家　脚本家**

　ニューヨーク生まれのユダヤ系作家．神経症的なユダヤ人をブラックユーモアで描いた『スターン氏のはかない抵抗』(*Stern*, 1962) は出版されるやいなや絶賛された．これは妻が些細なセクハラをうけたかもしれないという屈辱感がトラウマとなってあらゆることでしくじり，ついに胃潰瘍で入院するユダヤ男の物語．ユダヤ人迫害の悲劇としてでなく，ユダヤ的駄目男（シュレミール）の悲喜劇として描いている．ソール・ベロウやバーナード・マラマッドと並ぶユダヤ系作家として認められることになった．『母親のキス』(*A Mother's Kisses*, 1964) は息子を大学まで付き添っていく母親のコミカルな話．『刑事』(*The Dick*, 1970) は警察の広報係りが妻に浮気されたトラウマを克服する話．他に『フリードマン短編集』(*The Collected Short Fiction of Bruce Jay Friedman*, 1997)，『スクーバ・ドゥーバ』(*Scuba Duba*, 1968)，『スチーム・バス』(*Steam Bath*, 1970)，それにJ・P・ドンレヴィー（J. P. Donleavy），ピンチョン，バース，ヘラーらの作品を収録したアンソロジー『ブラック・ユーモア』(*Black Humor*, 1965) などがある．

　大学でジャーナリズムを専攻し，雑誌で仕事をした経歴を持ち，ハリウッドの脚本家としても知名度が高く，アカデミー賞にノミネートされたこともある．　　　　　　　（佐藤空子）

スナイダー　ゲイリー　　　Gary Snyder（1930 - ）　　　　**詩人**

　禅に強い関心を寄せた詩人．カリフォルニア州サンフランシスコ生まれ．若い頃はパウンドから強い影響を受け，大学ではアメリカ原住民とアジア文化を学ぶ．第1詩集『割り石』(*Riprap*, 1959)，第2詩集『神話と本文』(*Myths and Texts*, 1960) が出版される．これら初期の作品の特徴としてはスタイルも内容も伝統的であるが，彼自身の仕事の体験をもとにしており，評価は高い．

　中国や日本への興味が強く，漢詩や俳句を学び，能の影響を受けた詩を書いたりもしている．1956年に日本を訪れ，以後8年間ほど京都で禅について学んでいるため，彼の詩作品と禅との間には強い関連性が見られる．中でも道元の影響は顕著である．その後65年には，旅行をモチーフにした『終わりなき山河』(*Mountains and Rivers Without End*, 1965) を出版しているが，これは神話や歴史以前を含む叙事詩として構想された59年以来のプロジェクトであり，様々な版が出された後，96年にあらためて『終わりなき山河』として出版され，いくつかの賞を受賞している．他の詩集には，『奥の国』(*The Back Country*, 1968)，ピューリッツァー賞を受賞した『亀の島』(*Turtle Island*, 1974) などがある．禅のほかにもソローから影響を受けたと思われる自然を取り入れた詩や，D・H・ロレンスを手本にして女性を描いた詩もある．　　　　　　　　　　　　　　　　　　　　　　　　　　　（関戸）

◇作家解説 II◇

ハンズベリ　ロレイン　　Lorraine Hansberry (1930-65)　　**劇作家**

　シカゴの中産階級の出身．両親は知的で，公民権運動の活動家でもあった．ウィスコンシン大学などで美術を学んだ後，1950年にニューヨークに移り，創作を勉強しつつ，ポール・ロブソン (Paul Robeson) の『フリーダム』紙の編集を手伝う．この時期にラングストン・ヒューズ (Langston Hughes) に出会い，彼の詩の一節が後の代表作のタイトルとなった．公民権運動を通して，作詞家，制作者ロバート・ネミロフ (Robert Nemiroff) と出会い，結婚した．

　8歳の時に，両親が白人居住区に家を購入し，そこでの差別を問題にした裁判を起こし勝利しているが，これが『日なたの干しぶどう』(1959→514頁) の基となる．この戯曲はアフリカ系アメリカ人の戯曲としてブロードウェイで成功した最初の作品である．ニューヨーク劇評家賞を受賞．

　続く『シドニー・ブルースタインの窓』(The Sign in Sidney Brustein's Window, 1964) ではグレニッチ・ヴィレッジを舞台に，主人公のインテリのユダヤ人が，理想的な社会の実現を夢見て地元の政治家を支援するが，結局現実の汚さに幻滅し，むなしく己の無力を自覚する話．この戯曲には黒人は1人しか登場しない．彼女の戯曲は基本的にリアリズムを基盤としており，白人の観客の趣味にもある程度合うように，彼女の本来の純粋なメッセージを犠牲にしているという指摘もあるが，黒人社会の多様性を伝えたことは確実である．　　（水谷）

エルキン　スタンリー　　Stanley Elkin (1930-95)　　**小説家**

　ニューヨーク生まれ．セントルイスのワシントン大学の教授もつとめた．その作風はブラックユーモアと磨きぬかれた文体にある．『ボズウェル』(Boswell, 1964) は18世紀の伝記作家ジェイムズ・ボズウェルのパロディーで，主人公は有名人にすりよっていく．『悪い男』(A Bad Man, 1967) はコミックなタッチによるホロコーストのアレゴリーで，ユダヤ小説の極北に位置する作品である．アメリカの都会のデパートのオーナーであるリオ・フェルドマン (Leo Feldman) はカフカのヨーゼフ・Kのようにある日とつぜん逮捕され，監獄に送られ，サディストの所長の言葉の暴力で苛め抜かれた挙句，囚人たちによる模擬裁判という名の集団リンチによって殺害される．『ディック・ギブソン・ショー』(Dick Gibson Show, 1971) は初期のラジオ・アナウンサーの話．『フランチャイザー』(The Franchiser, 1971) はモーテルやレストランのチェインを作るビジネスマンの話．『ジョージ・ミルズ』(George Mills, 1982) は輪廻転生の物語．短編集『触れ屋と世話焼き』(Criers and Kibitzers, Kibitzers and Criers, 1966) はユダヤ人街のペーソスを綴った表題作，ユダヤ人は癌に罹ってもユダヤ人としてしか死ねないという「裏町にて」(In the Alley)，歯切れのよい啖呵をきかせる「いじめっ子のための詩学」(A Poetics for Bullies) など秀作を収める．　　（寺門）

◇作家解説 II◇

ウルフ　トム　　　　Tom Wolfe（1931 - ）　ジャーナリスト

　ヴァージニア州リッチモンドに生まれる．ワシントン・アンド・リー大学卒業．57年イェール大学からアメリカ研究で博士号を取得．個人の感想，対話，隠語，学術用語などを織り交ぜて現代アメリカ文化を柔軟にとらえるニュージャーナリズムの旗手．デビュー作はエッセー集『虹色透明塗装の流線型ガール』（*The Kandy-Kolored Tangerine-Flake Streamlined Baby*, 1965）で，過去のエリート文化とは違った新しい感覚のアートやライフスタイルに注目している．表題作は若者が製作した装飾性の強い車を評した一文．代表作は名著『クールクール LSD 交感テスト』（*The Electric Kool-Aid Acid Test*, 68）である．これは64年にケン・キージーを中心とする「陽気ないたずら者たち」（Merry Panksters）が改造した中古バスでカリフォルニア州ラオンダ（La Honda）を起点として大陸横断の旅をしながら行なった「アシッド・テスト」の記録である．アシッドとは LSD のことで，彼らはハーヴァード大学のティモシー・リアリー（Timothy Leary）教授が意識拡大作用に目を付けたばかりのこの強いドラッグを服用して超絶的体験を満喫する．孤絶した主観性を乗り越え，"intersubjectivity"（間主観性，相互主観性，共同主観性）を獲得して自在に他者の意識に入り込み，他者に成り代わり，共同の自我「我々」を体験する．まさに現象学の仮説を現実のものにしてしまう話である．ギンズバーグ，ケルアック，ニール・カサディ（Neal Cassady）など錚々たるビートのヒーローたちがみな参加している．　　　　　　　　（寺門）

バーセルミ　ドナルド　　　Donald Barthelme（1931 - 89）　小説家

　ペンシルヴェニア州に生まれテキサス州で育つ．父親は高名な建築家で，父親を通してフォームとデザインの重要性を学ぶ．弟のフレデリック（Frederick）も作家．ヒューストン大学ではジャーナリズムを専攻し，大学新聞の編集者を務めた．1953年には徴兵され韓国に行く．56年に帰国するとヒューストン大学に戻り広報部に勤務する．この時期が作家になるうえでの重要な期間となり，西洋思想を幅広く読み漁り哲学を勉強する．59年からヒューストン現代美術館の運営に携わり，61年には館長に就任する．この仕事をしているときに有名な美術・文芸評論家のハロルド・ローゼンバーグ（Harold Rosenberg）と出会い，美術と文芸を扱う新しい雑誌『フォーラム』の編集者に招聘され，ニューヨークに移る．63年から雑誌『ニューヨーカー』に短編を発表し始め，主にこの雑誌に掲載された作品を集めて最初の短編集『帰れ，カリガリ博士』（*Come Back, Dr. Caligari*, 1964）を出版する．バーセルミが得意とするのはコラージュの手法であり，文学だけでなく美術，歴史，哲学，政治，映画などあらゆる事象から断片を切り取り，組み合わせてひとつの特異な世界を構築する．短編集にはほかに『シティ・ライフ』（*City Life*, 1970），『悲しみ』（*Sadness*, 1972），『アマチュアたち』（*Amateurs*, 1976）などがあり，長編小説には『雪白姫』（*Snow White*, 1967），『死父』（*The Dead Father*, 1975），『王』（*The King*, 1990）などがある．　　　　　　　　（奥村）

◇作家解説 II ◇

プラス シルヴィア　　Sylvia Plath（1932-63）　　**詩人**

父の死
うつ病
マサチューセッツ州ジャメイカ・プレインにオットーとオーリリアの長子として生まれる．父はボストン大学の生物学（蜂が専門）とドイツ語の教授だったが，1940年に糖尿病から引き起こされた合併症のために片足を切断され，その後亡くなる．奨学金を得てスミス・カレッジに進学する．53年『マドモアゼル』（*Mademoiselle*）誌のゲスト編集者に選ばれ，ニューヨークに行く．うつ病の症状が現われ，電気ショック治療を受けるが，それが恐怖となった．同年8月自殺未遂のため精神病院に半年間入院する．その体験が自伝的小説『ベル・ジャー』（*The Bell Jar*, 1963）の下敷きとなった．

ヒューズ
との結婚
卒業後55年にフルブライト奨学金を得て，ケンブリッジ大学に留学する．そこでテッド・ヒューズ（Ted Hughes）と知り合い，56年に結婚．57年に二人でアメリカに戻り，秋には母校で教鞭を執る．詩作に専念するため翌年大学を退職し，ボストンに移る．マサチューセッツ総合病院精神分析診療室で秘書として勤務し，自らも精神分析を受ける．ここでの体験が短編集『ジョニー・パニックと夢の聖書』（*Johnny Panic and the Bible of Dreams*, 1979）を生む．59年にボストン大学にてロバート・ロウエル（Robert Lowell）の創作セミナーに参加し，アン・セクストン（Anne Sexton）らと知り合う．秋に芸術家村ヤドーで過ごし，妊娠中に「誕生日の詩」（Poem for a Birthday）が生まれる．冬にイギリスに移り，60年に長女フリーダ（Frieda）を生み，翌月第1詩集『巨像とその他の詩』（*The Colossus and Other Poems*）を出版．61年には流産をし，また虫垂炎の手術も受け，そこで「ギプスの中で」（In Plaster）や「チューリップ」（Tulips）のヒントを得る．夏にデヴォンの田舎の一軒家に移る．62年長男ニコラス（Nicholas）が誕生する．翌年の初めに『ベル・ジャー』を出版する．

別居・自殺
死後出版
ヒューズは62年夏以降アッシア・ウェヴィル（Assia Wevill）と恋愛関係に陥り，プラスと別居する．怒りに満ちた「お父ちゃん」（Daddy）を始め，次々と詩が生み出される．冬にロンドンに移り，翌年30歳で自殺する．『エアリアル』（*Ariel*, 1965），『湖水をわたって』（*Crossing the Water*, 1971），『冬の木立』（*Winter Trees*, 1972），『全詩集』（*The Collected Poems*, 1981）（82年にピューリツァー賞を受賞）が死後ヒューズの編纂により出版される．プラス自身の編纂による『エアリアル』は，娘により2004年に出版された．

ロウエルやセクストンらと合わせて「告白派詩人」と呼ばれる．その主題は，死と再生，親子関係，神話，自然，動物，植物，女性，狂気と多岐に亘る．とりわけ幼い頃死別した父親には最後まで囚われ，蜂のイメジャリーとともに，海の中にいる巨人としてその姿は作品の中に描かれることになる．詩は難解であるが，一つ一つの言葉には重層的な意味が込められており，読者によって様々な解釈がなされうる．

【名句】　The blood jet is poetry, / There is no stopping it.（Kindness）「血の噴射こそ詩，／それは誰にも止められない」（親切）　　　　　　　　　　　　　　　（木村）

◇作家解説 II◇

タリーズ　ゲイ　　Gay Talese（1932 - ）　　ジャーナリスト　小説家

　イタリア移民だった両親のもとに生まれ，ニュージャージーで育つ．高校時代に学校新聞に執筆したのがきっかけとなり，大学時代には地元の週刊誌の執筆陣に加わる．1953年から『ニューヨーク・タイムズ』社ではたらき，『タイム』や『エスクワイヤー』などさまざまな雑誌にも寄稿している．彼の作品は「現実の文学」（Literature of Reality）とも呼ばれるが，1960年代に始まったとされる「ニュー・ジャーナリズム」（New Journalism）の創始者の一人ともいえる．ニューヨークの五大マフィアの一つ，ボナンノ（Bonanno）家を取材して文学史上はじめて闇の世界の現実を扱った『汝の父を敬え』（Honor Thy Father, 1971）や，自分の家族の経験をもとに書いた『息子たちへ』（Unto the Sons, 1992），マッサージパーラー，スワッピング組織など風俗産業のルポを通じて60, 70年代（つまりエイズ禍以前）のアメリカ人の性に対する意識を綴った『汝の隣人の妻』（Thy Neighbor's Wife, 1981）など，常に新しい側面から人々の生活を追っている．自ら語っているように，彼はこれまでの日常に焦点をあてることを「敵視した」ジャーナリズムではなく，日常を観察することによって対象となる人々を描こうとしている．『有名と無名』（Fame and Obscurity, 1986）なども，フランク・シナトラやジョー・ディマジオを，それぞれの日常生活から見事な洞察力をもって描いている作品である．
　　　　　　　　　　　　　　　　　　　　　　　　　　　　　　　　　　　　　（佐藤空子）

ゲルバー　ジャック　　Jack Gelber（1932 - 2003）　　劇作家

　シカゴ生まれ．イリノイ大学ではジャーナリズムを専攻し，1953年に卒業．ニューヨークで，創設当時のリヴィング・シアター（The Living Theatre Company）により初めての戯曲『麻薬密売人』（The Connection, 1959）が上演され，722回の上演を記録する．演出はジュリアン・ベック（Julian Beck），ジュディス・マリーナ（Judith Malina）夫妻．オビー賞，ヴァーノン・ライス賞を受賞した．
　麻薬中毒者たちが即興で中毒の実態を演じるという劇中劇の構造を取り，演出家が客席からいろいろ指示を出したり，この模様をドキュメンタリー映画にするという設定で2人のカメラマンが舞台の様子を撮影したり，「劇」は舞台上だけでなく，劇場の中での「リアルな出来事」であるという印象を観客に与えた．また舞台ではジャズが生演奏され，それに呼応するような即興演技がライブ感覚をかきたてた．ケネス・タイナン（Kenneth Tynan）は『ニューヨーカー』誌で「戦後オフブロードウェイで上演されたもっとも刺激的で新しい戯曲」と絶賛している．虚構と現実の境界線をあいまいにしたという意味では，ピランデルロ（Pirandello）と一脈通じるものがあり，その社会性，表現形式の側面においても，60年代のアメリカの新しい演劇の流れを先導したと言える．第2作目の『りんご』（The Apple, 1961）は，劇団の稽古中に役者の一人が発狂した事件を扱い，まわりの役者から見た世界と，発狂した役者から見た世界が対比される．映画の脚本，小説，演出など活動の幅も広い．　　（水谷）

◇作家解説Ⅱ◇

ソンタグ　スーザン
Susan Sontag（1933 - 2004）　**批評家　小説家**

　ニューヨークに生まれる．シカゴ大学で哲学を専攻し18歳で卒業．在学中に結婚し，ハーヴァード大学大学院に進む．オクスフォード，パリ両大学へ留学，離婚．ユダヤ系評論誌『コメンタリー』の編集にたずさわり，コロンビア大学で哲学を講じたのち，ラディカルな芸術観を引っ提げて作家としてデビュー，一作ごとに話題をさらい，＜前衛芸術界のナタリー・ウッド＞ともてはやされた．2冊の幻想小説，『恩人』（The Benefactor, 1963）と『死の装具』（Death Kit, 1968）は，世界を捨てて「自分というトンネル」の中を歩いてゆく現代人の病を描いている．第1評論集『反解釈』（Against Interpretation, 1966）では芸術的感性を知的分析装置による解釈から解放すべしと力説する．第2評論集『ラディカルな意思のスタイル』（Styles of Radical Will, 1969），戦中のベトナム訪問記『ハノイで考えたこと』（Trip to Hanoi, 1968），『写真論』（On Photography, 1977），結核と癌の文学表象の対照性を問題にした『隠喩としての病』（Illness as Metaphor, 1978），第3評論集『土星の徴しの下に』（Under the Sign of Saturn, 1980），『エイズとその隠喩』（Aids and Its Metaphor, 1989），英国公使ハミルトン卿夫人エマと救国の英雄ネルソン提督との恋愛を描いた歴史小説『火山に恋して』（The Volcano Lover, A Romance, 1992），大江健三郎との往復書簡を含む『この時代に想う，テロへの眼差し』（In Our Time, In This Moment, 2002）などがある．　　　　　（寺門）

コジンスキー　イエルジ
Jerzy Kosinski（1933 - 91）　**小説家**

　ポーランド生まれ．本名ヨセク・レヴィンコプフ（Josek Lewinkopf）．幼いころ数年間，孤児として生活したことがあり，孤児院で親に発見されるが，その間，失語症の体験もする．ポーランドの大学を出てワルシャワの大学で助教授を務めるが，1957年アメリカに亡命する．65年，ナチスを逃れて田舎に疎開した子供が髪と眼が黒いためにユダヤ人かジプシーと思われて迫害される物語『異端の鳥』（The Painted Bird）を発表，様々な賞を受賞する．『異境』（Steps, 1968）は男性の性体験を通して人間の暴力的側面を描こうとしており，全米図書賞に輝いた．『庭師　ただそこにいるだけの人』（Being There, 1971）は完全に社会から隔絶されて半生を過ごした男の運命を描く．アメリカのいくつかの大学で教職にもつくが，82年『ヴィレッジ・ヴォイス』紙が彼の盗作疑惑と経歴詐称疑惑をあばいて世間を騒がせる．89年に亡命後はじめてポーランドを訪問する．91年，作品が書けなくなったことと体調不良に悩み，自ら命を絶つ．彼の暴力的な世界は，幼少のころ親と生き別れ，壮絶な生活を送ったことが背景にあるとされている．しかしそれは病的な虚言癖のあった彼の作り話ではないかという議論もおきている．だが，彼の虚言癖は，ナチスに追われた彼と彼の家族がコジンスキーという偽名のもとで，カトリック教徒に成りすまして生活しなければならなかったことにあるという研究もある．　　　　　（佐藤空子）

◇作家解説 II◇

ロード　オードリー　　Audre Lorde（1934 - 92）　　詩人

　母，娘，レズビアン，フェミニストとして詩を書いた黒人闘士．ニューヨーク・シティに生まれたが，両親は西インド諸島グレナダからの移民であった．マンハッタンで育ち，カトリック系の学校で学ぶ．高校在学中に，雑誌『セヴンティーン』に詩が掲載されている．ハンター大学で学士号を，コロンビア大学で図書館学修士号を得て，司書として働く．1962年に結婚し，70年に離婚するまでに2人の子どもが生まれている．

　第1詩集『最初の都市群』（*The First Cities*）が68年に出版された後，ミシシッピ州タガルー大学に在住詩人として招かれ，そこで教える喜びと，長年のパートナーとなるフランシス・クレイトンを知る．この後，次々に詩集を出版しているが，とりわけ，第7詩集『黒いユニコーン』（*The Black Unicorn*, 1978）は，高い評価を得た．アメリカ合衆国に拉致されて強制労働を強いられた黒人300年の歴史をアフリカの神話へ関連させながら，自分と女性にとってのテーマとして再生させている．

　彼女は，白人女性の無理解な人種差別に直面して，対男性と同時に，対白人へも挑戦せざるを得ない．多くのフェミニズムでは，性的抑圧を人種的抑圧に優先させているが，たとえ性差別を打破しても，人種差別や階級社会を残してしまうなら，ほんとうのフェミニスト革命とは言えないためである．

　　　　　　　　　　　　　　　　　　　　　　　　　　　　　　　　　　　　　（渡辺）

ストランド　マーク　　Mark Strand（1934 - ）　　詩人

　夢と幻想と思索の詩人．カナダのプリンス・エドワード島生まれ．イェール大学では美術を学び，フィレンツェ大学留学を経て，アイオワ大学で修士号を取得．1965年にフルブライト講師としてブラジルに赴任し，現代ラテンアメリカ詩，特にブラジルのカルロス・ドラムンド・アンドラージの影響を受ける．彼の詩はシュールリアリズム風の作風を特徴とし，カフカ的な悪夢や幻想に満ちている．文体は散文的かつ簡潔で語彙も平明だが，リズムや韻は巧みにコントロールされている．詩の主題は生や死，自己同一性といった人生に関する根源的な問題で，それが寓意的な筋立てで呈示される．暗く怪異な情景が描写されるが，語り手の口調はユーモアに満ちている場合も多い．

　詩集は『片目を開けて眠る』（*Sleeping With One Eye Open*, 1964），『動く理由』（*Reasons for Moving*, 1968），『より暗く』（*Darker*, 1970），『私たちの人生の話』（*The Story of Our Lives*, 1973），『遅い時間』（*The Late Hour*, 1978），『継続する生』（*The Continuous Life*, 1990），『暗い港』（*Dark Harbor*, 1993），ピューリツァー賞受賞作の『自身のブリザード』（*Blizzard of One*, 1998）があり，その他短編小説，南米現代詩の翻訳，『エドワード・ホッパー』（*Edward Hopper*, 1993）などの美術論を出版している．プリンストン，ジョンズ・ホプキンズ，シカゴなど数々の大学で教え，90年と91年には桂冠詩人も務めた．　　　　（笠原）

◇作家解説 II◇

バラカ　アミリ（リロイ・ジョーンズ）
Amiri Baraka (LeRoi Jones)（1934 - ）　詩人　小説家　劇作家

前衛文学 雑誌の編集　ラトガーズ大学からハワード大学へ進み，知的生活に浸るが，台頭しつつあった黒人運動に対する周囲の保守的な空気に反発を感じる．その後空軍へ．1957年に空軍を除隊して，グレニッチ・ヴィレッジへ向かう．既成のアカデミックな詩を嫌った彼は，そこで第2次大戦後の前衛的なビート派，ブラック・マウンテン派，サンフランシスコ・グループなどの詩人たちと親交を結び，影響を受け，トーテム・プレス（Totem Press）を設立すると，A・ギンズバーグやJ・ケルアックらの詩を積極的に出版．58年には前衛的文学雑誌『ユーゲン』（Yugen）を編集するが，程なく彼らも一般の人々から遊離し，何より「革命」への意識が欠如していることに苛立ちを感じ始める．

アメリカ 黒人の意識　キューバ革命（1959）の翌年にはキューバに渡り，芸術家たちの政治的姿勢に大いに刺激を受ける．NAACPの指導者メドガー・エヴァーズ（Medgar Evers）と35代大統領J・F・ケネディ（J. F. Kennedy）が暗殺された63年に，黒人運動への積極的な関わりを見せ始め，ブルースの誕生からビバップに至るアメリカにおける黒人音楽史を，奴隷から始まったアメリカの黒人史と重ねた『ブルース・ピープル』（Blues People, 1963）を出版する．ミシシッピで公民権運動活動家の学生3人が殺害された64年には，『ダッチマン』（→530頁），『トイレット』（The Toilet），『奴隷』（The Slave）を発表．

リロイ・ジョーンズから改名　65年2月，マルコムXが暗殺され，ロサンゼルスのワッツ地区では史上空前の暴動が起こる．彼はこれらの波に動きを合わせるように「黒人はひとつの人種，文化，国家である」とするブラック・ナショナリストを宣言し，拠点をハーレムに移すと，ブラック・アーツ・レパートリー劇場／学校（The Black Arts Repertory Theater / School）を設立する．この組織の活動は短いが，地域の黒人演劇運動を活気づける結果を生み出した．その後，故郷のニューアークへ戻り，芸術運動において，より政治的な姿勢，対白人の態度を明らかにしていく．68年には，それまでのリロイ・ジョーンズという名前を棄て，マルコムXの葬式を執り行なったムスリムの指導者から，イマム・アミリ・バラカという名前を授かる（後に「師」の意味であるImamuは消す）．69年にはジャン・ジュネ（Jean Genet）の『黒人たち―道化芝居』（The Blacks: A Clown Show, 1959）を意識した『人生の精髄―馬鹿芝居』（Great Goodness of Life; A Coon Show）を上演し，白人社会に適応した黒人中産階級の意識を問う．74年頃には，ブラック・ナショナリズムから第三世界社会主義に傾倒し，労働者階級の革命を目指す文化運動を展開する．

芸術的戦略　バラカは芸術，特に演劇により，アメリカの黒人が置かれた「二重苦」を顕在化させ，白人文化を過激に糾弾してきたが，それは冷徹なアメリカ史観に基づく現実の分析であり，問題共有のための戦略であった．また彼の詩や戯曲の台詞の根底には常に音楽，初期にはジャズ，次にブルース，R&Bなど，ストリートの音やリズムが脈打っていることも，彼が目指す共同体の芸術を考える上で重要である．　　　　　（水谷）

◇作家解説 II◇

サンチェス　ソニア　　　Sonia Sanchez（1934 - ）　　**詩人**

　芸術と政治が一体化した女性詩人．詩や芸術を通して，アフロ・アメリカンを政治的，経済的，社会的な抑圧から救済しようとする．彼女は，アラバマ州バーミングハムにウィルソニア・ベニータ・ドライヴァーとして生まれた．1年後に母が死に，父方の祖母と数年間暮らす．1943年，姉妹とともにハーレムに移り，父とその3番目の妻とともに暮らす．55年ハンター大学で政治学の学士号を取得．ニューヨーク大学大学院でルイーズ・ボーガンのもと，詩を学んだ．60年代に，アミリ・バラカ（リロイ・ジョーンズ）やハキ・R・マドゥブティ（ドン・L・リー），ニッキ・ジョヴァンニなどが参加したブラック・アーツ・ムーブメントに加わり，ここで詩人としての才能を開花させる．プエルトリコからの移民のアルベルト・サンチェスと結婚したが，離婚．しかし，その姓を筆名に使っている．

　人種的差別撤廃論者として活動するが，黒人は白人に受け入れられることがないと考えるブラック・ムスリムの指導者マルコムXの影響を受け，自己のなかの黒人的な部分を強調するようになる．65年からサンフランシスコで教えはじめるが，後のサンフランシスコ州立大学で黒人研究コースを初めて設置する．詩集としては，『わたしたちとっても悪ぅい民族』（*We a BaddDDD People,* 1970）などを含め12冊以上を数える．また，500以上の大学で講演し，アフリカやキューバ，ノルウェーなどで詩の朗読を行なう．　　　　　　（渡辺）

ブリンズ　エド　　　Ed Bullins（1935 - ）　　**劇作家**

　フィラデルフィア生まれ．ゲットーでギャングの一味になり，ストリート・ファイトに明け暮れる青春を過ごす．高校を中途退学し，海軍に入隊後，1963年にサンフランシスコに移り，ロサンゼルス市立大学へ通う．64年頃から本格的に劇作を始め，黒人の芸術団体とも関係を持つ．65年にはバラカの『ダッチマン』，『奴隷』に衝撃を受け，ブラック・パンサー党と関わるが，運動の方向性の違いからすぐに決別．

　67年に，結成間もないハーレムの新ラファイエット劇場（New Lafayette Theatre）が彼の戯曲に興味を持ち，73年まで同劇場の座付き作家，プロデューサー，また雑誌『ブラック・シアター』の編集者としても活躍する．68年の『電子仕掛けのクロ』（*The Electronic Nigger*）の上演は成功し，これで60〜70年代の黒人劇作家の代表として，バラカと並び称せられる．シンボル，アレゴリーを多用するバラカに対し，ブリンズはリアリズムに基盤を置く．『素晴らしきミス・マリー』（*The Fabulous Miss Marie*）で，71年のオビー賞を受賞，続く『ジェイニーを奪う』（*The Taking of Miss Janie,* 1975）では人種混合の知的な若者たちの一群の複雑な男女関係を中心に，公民権運動，闘争的な黒人運動，ブラック・ナショナリズムなど，60年代の揺れ動く10年を苦々しさをこめて回顧し，オビー賞，ニューヨーク劇評家賞を受賞．ジャズやブルースを戯曲の中で効果的に使っている．　　　　　　（水谷）

◇作家解説 II◇

ブローティガン　リチャード
Richard Brautigan（1935 - 84）　　小説家　詩人

生い立ち　ワシントン州タコマに生まれ，オレゴン州ユージーンで子供時代を過ごす．母親は精神的に不安定で，結婚を繰り返し，子供らをホテルに置き去りにすることさえあった．義理の父親たちもたいていは冷たく，虐待を加えることもあった．また，経済的にも恵まれず，生活保護を受けなくてはならない状況で，腹違いの妹と寄り添うように暮らした．繰り返し描いた「太平洋岸北西部」を舞台にした物語に暗い影が落ちるゆえんである．

創作活動　創作は高校時代に始め，最初はおもに詩を書いていたが，最終的には小説を書くことを目標にしていた．56年にビートの作家が集まるサンフランシスコに行き，謄写版印刷で詩を出版する．61年から62年にかけて代表作となる『アメリカの鱒釣り』(*Trout Fishing in America*) を執筆するが，出版されたのは67年だった．最初の単行本は64年の『ビッグ・サーの南軍将軍』(*A Confederate General From Big Sur*) で，やはり出版にこぎつけるのに苦労している．ブローティガンの特徴は，独自の想像力で既成概念の鎖をはずし，作品を自由にすることである．たとえば副題に小説のジャンルを付したものが5作あり，『愛のゆくえ―歴史ロマンス1966』(*The Abortion: An Historical Romance 1966*, 1971)，『ホークライン家の怪物―ゴシック・ウェスタン』(*The Hawkline Monster: A Gothic Western*, 1974)『鳥の神殿―倒錯ミステリー』(*Willard and His Bowling Trophies: A Perverse Mystery*, 1975)，『ソンブレロ落下す―ある日本小説』(*Sombrero Fallout: A Japanese Novel*, 1976)，『バビロンを夢見て―私立探偵小説1942』(*Dreaming of Babylon: A Private Eye Novel 1942*, 1977) となっている．どれも副題にかかげたジャンルの枠を軽く飛び越え，ジャンルと戯れる優雅な遊びとなっている．

後半生　ブローティガンは70年代以降，アメリカでは忘れられた作家となったが，日本では村上春樹などの現代作家に多くの影響を与え，理解者も多い．76年に始めて日本を訪れ，以後東京と自宅のあるモンタナを行き来し，長いときには数ヶ月日本に滞在した．そこから生まれたのが『東京モンタナ急行』(*The Tokyo-Montana Express*, 1980) である．生前最後の作品となったのが『ハンバーガー殺人事件』(*So the Wind Won't Blow it Away*, 1982) で，ブローティガンの他の作品同様，評価は二極分化した．作家活動以外には，1982年にモンタナ州立大学で創作講座を受け持っている．84年，ブローティガンはカリフォルニア州ボリナスの自宅で遺体となって発見された．44口径のマグナムで頭を撃ちぬいており，傍には酒瓶と原稿が置かれていた．状況から自殺であることは明らかだが，動機は特定できていない．過度の飲酒と精神不安を抱えていたことは事実である．死後，一人娘のアイアンシ（Ianthe）が遺品を整理していたところ，ダンボールの中に完成原稿と思われる小説が見つかり，『不運な女』(*An Unfortunate Woman*, 2000) として出版された．アイアンシは『死はうつらない―娘の回想』(*You Can't Catch Death*, 2000) と題して父ブローティガンの回想録を出版している．

　　　　　　　　　　　　　　　　　　　　　　　　　　　　　　　　（奥村）

◇作家解説 Ⅱ◇

キージー　ケン　　　　Ken Kesey（1935 - 2001）　　**小説家**

　コロラド州ラハンタ（La Junta）に生まれ，のちにオレゴン州スプリングフィールドへ移住．高校から大学にかけてレスリングのチャンピオンであった．高校では「最も出世しそうな奴」（most likely to succeed）に選ばれた．将来カウンターカルチャーの代表者になろうとは誰も思わなかったという．オレゴン大学卒業後，奨学金を得てスタンフォード大学の創作コースに入学．アルバイトとして心理学科の薬物実験に参加，シロシビン，メスカリン，LSD などを服用する．この経験は彼を根本的に変えた．一時，病院の精神病棟の看護師を務め，その体験から『カッコウの巣の上で』（*One Flew Over the Cuckoo's Nest,* 1962）の構想を得る．強大な権力を持った婦長によって支配されている精神病院の物語で，語り手は「酋長」と呼ばれる分裂病の大男．患者たちは完全な服従を強いられ，違反すると電気ショックを与えられる．そこへマクマーフィー（McMurphy）という完全な自由を求める厄介な患者が入ってきて，他の患者たちに自由の希望を吹き込む．婦長が彼の反乱で受けた痛手から回復するための休暇から帰ってみると患者たちはおおかた逃げ出していて，ロボトミーの影響でこん睡状態にあったマクマーフィーの哀れな姿を見かねた「酋長」は彼を安楽死させ，自らは脱走する．1962年に出版されたこの作品は大好評で，のちに映画化される．一躍有名になったキージーは1964年に友人たちと共に中古バスで大陸横断のサイケデリックな旅を催した．その一部始終をトム・ウルフが記録して有名な本にした．　　　　　（寺門）

ピアシィー　マージ　　　　Marge Piercy（1936 - ）　　**詩人**

　世界の不公平を暴く女性詩人，小説家，エッセイスト，マルキスト，フェミニスト，環境保護主義者．ミシガン州デトロイトの労働者階級に生まれた．母方の祖父は，労働組合を組織しようとして殺されている．母がピアシィーの才能を開花させた．ミシガン大学に奨学金を得て入学，卒業．ノースウェスタン大学で修士号を取得．1968年に第1詩集『野営撤収』（*Breaking Camp*）を出版して以来，『水のうえの輪』（*Circles on the Water: Selected Poems,* 1982）など，15冊の詩集がある．
　ピアシィーは，イギリスロマン派やディキンソン，ホイットマン，あるいは，ギンズバーグ，ルーカイザー，エリオットなどの影響を受けたという．自由口語体で具体的なイメージと個人的な色合いをにじませる．「政治的なこととは外在するのではなく，内在している」と考えるピアシィーは，イデオロギーや美学が覆いきれない部分に着目し，そこでの人間としての経験を探る．彼女にとって，詩とは，個人だけでなく社会にとっても癒しとならねばならない．女性であることの意識を強烈にもち，社会的な差別へ抗議するが，作品そのものは，単なるプロテストの詩ではなくて，家族や恋人同士の関係や精神の在り処を照射し，世界の不正を暴く．編集者としても活躍し，『早熟—現代のアメリカ女性詩人たち』（*Early Ripening: American Women Poets Now,* 1988）などの詩集の編纂を行なっている．　　（渡辺）

◇作家解説 II◇

ウィリアムズ　C.K.（チャールズ・ケネス）
C (harles). K (enneth). Williams (1936 -)　　　　詩人

　現代抽象画のカラー・フィールド画法を詩に応用した詩人．ニュージャージー州ニューアーク生まれ．ペンシルヴェニア大学で学ぶ．情緒障害の患者のために，詩による治療術を確立する．また，『アメリカン・ポエトリ・レヴュー』（*American Poetry Review*）誌の編集者として働く．精神医学や建築関係のゴーストライターをしたこともある．多くの大学で教えた後，2008年現在はプリンストン大学創作コース教授．
　詩人としての活動は，1960年代になってから始めた．あるとき，自分と同じ感覚や感受性を持った人たちの存在に気づき，その共感を言葉で表現しようと決意した．詩集としては，『嘘』（*Lies*, 1969），2000年度ピューリッツァー賞受賞作『修繕』（*Repair*, 1999），全米図書賞受賞作『歌うこと』（*The Singing*, 2002）など，多数出版している．ソフォクレス，エウリピデス，フランシス・ポンジュ，また，小林一茶などの翻訳を出版している．
　初期の形式は，あまりにも凝りすぎていると言われる．長い行と短い行とが交互に出現するが，長い方の行は，韻律を無視しており，本の判型にも納まらない．この形式は，現代絵画のカラー・フィールド画法（カンバス全面を覆う大きくて平坦な色面の広がりを，形の表現や質感描写より重視する抽象絵画）と対応すると指摘されている．近年は，老年の悲哀，失った愛，子ども時代の消えてゆく思い出，孫への愛などがテーマとなっている．　　（渡辺）

ワコスキー　ダイアン　　Diane Wakoski (1937 -)　　　　詩人

　自己劇化・自己変貌を図る女性詩人．カリフォルニア州ホイッティアの貧しいポーランド系の家に生まれる．ちなみに第37代大統領リチャード・ニクソンもこの地に生まれている．小さいころ，軍人だった父が家出．詩は，7歳の頃から書き始めたという．カリフォルニア大学バークレイ校で学士号を取得．T・S・エリオットやロビンソン・ジェファーズの影響を受ける．さまざまな高校や大学で教職に就くが，同時に，詩の朗読会も精力的に行なっている．現在は，ミシガン州立大学の創作コースで教えている．子どもを2人生んだが養子に出し，また，結婚と離婚をそれぞれ2度経験しているといわれる．ただし，彼女自身は，伝記的な事実が明らかになるのを拒んでいる．
　多くの作品を発表し，その中で一人称を用いて，自分の歴史を詩化し，自己劇化・自己変貌を図る傾向が強いが，いわゆる「告白詩人」への分類は拒絶している．ジョージ・ワシントンやベートーベンなどの従者に扮しながら，想像された自伝を生きることで，自己の可能性を広げ，詩の虚構性を強化しようとする．主たる詩集に，『貨幣と棺』（*Coins and Coffins*, 1961），『ジョージ・ワシントンの詩』（*The George Washington Poems*, 1967），『血まみれ工場のなかで』（*Inside the Blood Factory*, 1968），『女魔法使いメディア』（*Medea the Sorceress*, 1991）などがある．　　（渡辺）

◇作家解説 Ⅱ◇

ウィルソン　ランフォード　　Lanford Wilson（1937 - ）　**劇作家**

カフェ・チノ からの出発　ミズーリ州生まれ．複数の大学で学んだあと，1962年にオフ・オフ・ブロードウェイ演劇の拠点の一つカフェ・チノ（The Cafe Cino）と関係を持つ．63年，初めての戯曲が上演されて以来，ここを中心に劇作家，演出家，俳優として活躍する．翌年，若き演出家マーシャル・W・メイスン（Marshall W. Mason）と出会い，ウィルソンの戯曲が次々と舞台に乗る．69年に，彼らはザ・サークル・レパートリー・カンパニー（The Circle Repertory Company）を創設し，彼は座付き作者として戯曲を書き続ける．

演劇的実験 と文化の陰　初期の戯曲の特色は，物語の面白さではなく，台詞による実験にある．断片的な情報の積み重ね，複数の台詞の重複，時間軸の無視などにより，彼が少年時代を過ごしたミズーリのオザーク地方全体を表現しようとする『小川のつぶやき』（*This Is the Rill Speaking*, 1965）は，ワイルダー（Thornton Wilder）の『寝台特急ハイアワサ号』（*Pullman Car Hiawatha*）を髣髴とさせる．また初期の作品から，外界への恐怖を抱く孤独な人，過去の幸福にしがみつく人，男娼，浮浪者，ドラッグ中毒者など社会的敗者や弱者を取り上げ，共感を込めて詩的に描く．叙情的だが，その背後にヴェトナム戦争，カウンターカルチャーの盛衰など，アメリカ現代（文化）史の陰の部分への関心の深さを看取できる．オフで1166回という上演記録を持つ『ホール・ボルティモア』（*The Hot l Baltimore*, 1973），『塚を築いた人々』（*The Mound Builders*, 1975）などを経て，タリー家を扱った『7月5日』（*5th of July*, 1978），『タリー家のボート小屋』（1979→554頁），『タリー＆サン』（*Talley & Son*, 1985）に及んで，ウィルソンの戯曲の背後には，20世紀アメリカ史に対する鋭い批判的視点があることが確実になる．なかでも『7月5日』は彼の戯曲の中でも重要な意味を持つ．

『7月5日』と アメリカの再生　ヴェトナム戦争で両足の機能を失った元教師のケン（Ken）はミズーリ州レバノンの名門一族，タリー家の最後の男子継承者である．同性愛者である彼はパートナーでタリー家の庭園を忍耐強く再生させようとしているジェッド（Jed）と暮らしている．独立記念日にタリー家には様々な人が集まる．大学時代の友人ジョン（John）とグエン（Gwen）は，60年代にケンと姉のジューン（June）と共同生活をしていたが，ジョンは性的に放埒で，ケンとも性的関係を持ち，またジューンの娘シャーリー（Shirley）の父親でもある．ジョンは妻グエンの財産を元手にタリー家の屋敷の買収を図る．叔母サリー（Sally）は夫マット（Matt）の遺灰を思い出の川に流すために来たが，ジェッドと共にそれを庭に埋める．そしてタリー家を守るためにジョンを相手に闘う．物語としては衰退したタリー家の存続を扱うものだが，時代を77年（アメリカ独立200年記念の翌年）とし，タイトルを独立記念日の翌日にしている点，60年代の対抗文化の末路，ヴェトナム戦争の後遺症などの背景を読み込んだときに，タリー家三部作がアメリカ現代史への堅固な批判と再生へのかすかな期待の上に構築されていることが理解できる．　　　　　　（水谷）

◇作家解説 II◇

コーピット　アーサー　　　Arthur Kopit（1937 - ）　　**劇作家**

ニューヨーク出身．ハーヴァード大学で工学を学ぶ．1960 年，大学院時代に大学で上演した『ああ父さん，かわいそうな父さん，母さんがあんたを洋服箪笥の中にぶら下げているんだものね，ぼくはほんとに悲しいよ』（*Oh Dad, Poor Dad, Mamma's Hung You in the Closet and I'm Feelin' So Sad*）が 61 年にロンドンで，62 年にはオフ・ブロードウェイでも上演され大成功を収める．

夫の死体の剥製，ペットのピラニア，食虫植物を持ち歩く支配欲の強いローズペトル夫人（Rosepettle）と，抑圧された吃音の息子の関係が，滞在先のホテルの若いベビーシッターの女性をめぐり，不条理に展開される．剥製の夫，若い女，神経症の息子がからみ合う最後のドタバタに対し，母親は「この意味は何？」（What is the meaning of this?）と問うが，サブタイトルに「ろくでもないフランス的伝統に則った擬古典的悲笑劇」（*a pseudo-classical tragifarce in a bastard French tradition*）とあるように，不条理演劇，エディプス・コンプレックス，あるいはフロイト的解釈による精神分析などを徹底的にパロディ化していることがわかる．1982 年には，フェデリコ・フェリーニ（Federico Fellini）の映画『8$\frac{1}{2}$』に基づくミュージカル『ナイン』（*Nine*）の台本を手がけ，トニー賞を受賞．　　　　（水谷）

リード　イシュメイル　　　Ishmael Reed（1938 - ）　　**小説家　詩人**

テネシー州チャタヌーガ（Chattanooga）で生まれ，ニューヨーク州バッファローで育つ．バッファロー大学でアメリカ学を専攻するが中退する．1960 年代初頭にニューヨークへ移り住み，公民権運動と黒人芸術運動の洗礼を受け，前衛新聞『イースト・ヴィレッジ・アザー』（East Village Other）の創刊に協力する．『フリーランスの棺桶担ぎ』（*The Free-Lance Pallbearers*, 1967）で作家デビュー．67 年に西海岸に移住し，カリフォルニア大学バークレー校などで教鞭を執るかたわら反体制文化（カウンターカルチャー）の論客として頭角をあらわす．シュールレアリスムなどの影響を受け，ポストモダンの文脈に位置づけられがちだが，本人はアメリカ黒人文学およびアフリカ文学の伝統の中で評価されることを求めている．長らくリアリズム作品のみをアメリカ黒人に求めてきた文壇の風潮に抵抗し，新しい文学表現の開拓を積極的に試みる．67 年からはヴードゥー（フードゥー）教を本格的に研究し始め，多文化主義の完全な開花をそこに見出し，アメリカ文学の伝統から抑圧・排除されてきた様々な要素を体現するものとして，「ネオ・フードゥー」（Neo-Hoo Doo）の美学を提唱するにいたる．好評を博した第 3 長編『マンボ・ジャンボ』（*Mumbo Jumbo*, 1972）はその好例で，1920 年代のニューヨークを舞台にヴードゥー教の広まりを探偵小説仕立てで語る．作品にはこの他，黒人カウボーイを扱った『ループ・ガルー・キッドの逆襲』（*Yellow Back Radio Broke-Down*, 1969），奴隷体験記のパロディー『カナダへの逃亡』（*Flight to Canada*, 1976）などがある．

（利根川）

◇作家解説 II◇

ハーパー　マイケル　　Michael S. Harper（1938 - ）　　詩人

　全体的な癒しを求めるアフリカン・アメリカンの詩人．ニューヨーク，ブルックリンに生まれる．1951年，ロサンゼルスの白人居住地域に引っ越し，人種的軋轢を経験する．親から医者になるよう期待されたが，本人はなりたくなかったし，ある教員が「黒人は医学学校には入学できない」と言ったのを幸いに，別な道を進む．
　55年ロサンゼルス市立大学，次にはロサンゼルス州立大学に61年まで在籍し，その間，父と同じく郵便局員として働く．そこで同僚たちが教育を受けた黒人でありながら，「ガラスの天井」にぶつかり昇進できないのを目の当たりにする．61年より，アイオワ大学創作ワークショップに参加するが，そこでも差別を受ける．彼は当時，詩と小説のクラスでともに唯一の黒人学生だった．
　ハーパーは，アメリカを精神分裂症的な国家だと考える．黒白とか寒暖という二項対立的発想によって，区別し対立するような生き方や言語の使われ方がされる．彼は，歴史と神話を区別しない重層的で深みある作品を試みる．主要な詩集としては，『ディア・ジョン，ディア・コルトレイン』（*Dear John, Dear Coltrane,* 1970）がある．これはジャズ・ミュージシャンのジョン・コルトレインに呼びかけながら，個人と歴史，苦悩とその表現，愛と苦しみとを結びながら，全体的な癒しをもたらそうとしている．
　　　　　　　　　　　　　　　　　　　　　　　　　　　　　　　　　　（渡辺）

シミック　チャールズ　　Charles Simic（1938 - ）　　詩人

　シニカルなユーモアを特徴とする詩人．旧ユーゴスラヴィアのベオグラードに生まれ，ナチによる占領中に育った．1953年，16歳の時に母や兄弟とともに，合衆国にいる父に合流し，58年までシカゴやその近くに住んだ．新聞社に勤務しながら夜間，大学に通った．61年に米軍に徴兵され，2年間軍務に就く．この間に，書くことへの反省が起こり，それまで書きためていた作品をすべて破棄したという．66年にニューヨーク大学で学士号を得る．
　ヨーロッパ的な田園の要素が注目された第1詩集『草の言うこと』（*What the Grass Says,* 1967）以来，合衆国の内外で60冊以上の本を出版した．翻訳も精力的に行ない，フランス，セルビア，クロアチア，マケドニア，スロヴァキアの詩を英詩の世界へ紹介する．90年，散文詩集『世界は終わらない』（*The World Doesn't End*）でピューリツァー賞を受賞．
　本人によれば，「高校時代，友人が恋愛詩を書いて奇麗な女の子たちの気を引いていた」ので詩作を志したという彼の詩の文体には，ヨーロッパのお伽話や民話に由来する不思議さやある種の危険な感覚がある．リアリズムを基本としつつ，シュールレアリスム的な，あるいは，形而上学的な部分を織り込み，真面目な調子と単純な言葉を使っている．主として，フリーヴァースを使用しているが，読後には，個々の人生が巨大な喜劇の一部に組み込まれていくような当惑が生まれる．
　　　　　　　　　　　　　　　　　　　　　　　　　　　　　　　　　　（渡辺）

◇作家解説 II◇

カーヴァー　レイモンド
Raymond Carver（1938 - 88）　　**小説家　詩人**

生い立ち　オレゴン州クラツカニー（Clatskanie）に生まれる．1941年，父親が製材所で鋸の目立て職人の仕事を得たため，ワシントン州のヤキマ（Yakima）に家族で移住する．19歳の時に2歳年下の女性と結婚し，2児の父親になる．生活は苦しく，閉店後のドライブ・インの清掃人など，職を転々とする．妻も生活費を稼ぐためウェイトレスや戸別セールスの仕事をした．このような生活の中，仕事と子育てに追われながら，わずかな時間を見つけて詩と短編小説を書きためていった．

ガードナーとの出会い　58年秋，カリフォルニア州のパラダイスに家族4人で家を借り，チコ州立大学の学生となる．もちろん生活費を稼ぎながらのことであったが，必修科目のほかに「創作文芸講座101」というクラスも履修した．担当の講師は博士号を取得してアイオワ大学を出たジョン・ガードナー（John Gardner）だった．ガードナーは未出版ではあるが何冊かの長編と短編を持つ人物で，カーヴァーは始めて作家というものに出会った．ガードナーは日常の会話の中で使われる言葉の重要性や，過不足なく簡潔かつ正確に伝える表現方法を教え，カーヴァーの書いた原稿に丁寧に目を通した．それだけでなく，ガードナーは大学の個人研究室を週末はカーヴァーに貸し与え，静かに執筆できる環境も提供した．

『エスクワイア』　71年，雑誌『エスクワイア』に短編が採用され，「隣人」（Neighbors）のタイトルで掲載された．それより以前にもこの雑誌にいくつか短編を送っており，文芸担当編集者のゴードン・リッシュ（Gordon Lish）から励ましの手紙をもらっていた．リッシュはカーヴァーの短編をまとめてマグロー・ヒル社に送り出版の手助けをし，読者に強いインパクトを与えるようもっと言葉を削るべきだ，と文体に関しても助言をした．小さな世界を少ない言葉で表現するカーヴァーのスタイルは，「ミニマリズム」と呼ばれるようになり，80年代にはアン・ビーティやボビー・アン・メイソンなど多くの作家がカーヴァーに続いた．

後半生　71年から75年までいくつかの大学で教鞭をとるようになり，有名なアイオワ大学の創作科でも教えた．しかし，人前に出ることに抵抗を感じる内気な性格のためアルコールへの依存が強まり，カリフォルニア大学サンタ・バーバラ校では任期の途中で退職を迫られた．76年には最初の短編集『頼むから静かにしてくれ』（*Will You Please Be Quiet, Please?*）が出版されたが，酒量が減ることはなく，その後リハビリセンターに通い，ようやくアルコール中毒を克服した．79年1月から詩人のテス・ギャラガー（Tess Gallagher）と同居するようになり，88年に正式に結婚する．しかし同年8月，肺癌のため50歳で亡くなった．カーヴァーには6編の詩集と5編の短編集がある．評価が高いのは短編で，処女短編集のほか，『愛について語るときに我々が語ること』（*What We Talk about When We Talk about Love,* 1981），『大聖堂』（1983→559頁）が主要な作品であり，ブルーカラーの人々の日常に潜む不安を平明な言葉で物語った．　　　　　　　　　　　　　　　（奥村）

◇作家解説 Ⅱ◇

マクナリー　テレンス　　　Terrence McNally（1939 - ）　　**劇作家**

　マクナリーの作品の特徴はウイット，社会的関心，パフォーマンス，オペラ的要素で，1987年の『フランキーとジョニー』（*Frankie and Johnny in the Clair de Lune*）が最初の成功作と言える．91年に発表した『リップス・トゥゲザー，ティース・アパート』（*Lips Together, Teeth Apart*）では，独立記念日に集う2組の夫婦を通して，エイズに対する滑稽なまでの恐怖と偏見とを描き，彼らに共通する不安をあぶり出している．
　『愛，勇気，友情』（*Love! Valour! Compassion!*, 1994）では，8人のゲイの男性を登場させ，この時代にゲイであることの意味について描き，95年のトニー賞を受賞．伝説的なオペラ歌手，マリア・カラスの人物像を描いたヒット作『マスター・クラス』（*Master Class*, 1995）では，作者のウイットとユーモアが遺憾なく発揮され，96年度トニー賞を獲得した．『コーパス・クリスティ』（*Corpus Christi*, 1998）は，50年代のテキサスを舞台に，ゲイのイエス・キリストを登場させたことで物議を醸した．ミュージカル脚本でも才能を発揮し，ラテン・アメリカの刑務所で同じ牢獄に収監された2人の男の関係を描いた『蜘蛛女のキス』（*Kiss of the Spider Woman*, 1993）で，93年度のトニー賞ミュージカル脚本賞を受賞した．またE・L・ドクトロウ（E. L. Doctorow）の小説を原作とした『ラグタイム』（*Ragtime*, 1998）でも，98年トニー賞ミュージカル脚本賞を受賞している．　　　　　　　　（増田）

レイブ　デイヴィッド　　　David Rabe（1940 - ）　　**劇作家**

　1965年に徴兵され，翌年ヴェトナム戦争に看護兵として従軍した経験から書いたヴェトナム戦争三部作，『パヴロ・ハメルの基礎訓練』（*The Basic Training of Pavlo Hummel*, 1971），『棒きれと骨』（*Sticks and Bones*, 1971），『ストリーマーズ』（*Streamers*, 1976）で知られている．教練場や戦場の現状と，帰還兵に対する社会の無関心を赤裸々に綴り，醜悪な戦争の泥沼にはまったアメリカ社会に巣くう人種差別や利己主義の罪を追及している．
　その他，アイスキュロスの『オレステイア』をヴェトナム戦争に置きかえた『孤児』（*The Orphan*, 1973），幼児虐待の過去を持つ中年女性ダンサーを描いた『ブーム・ブーム・ルーム』（*In the Boom Boom Room*, 1973），ドタバタ喜劇『グースとトムトム』（*Goose and Tomtom*, 1982），堕落し頽廃したハリウッド映画業界の内幕を暴露した『大騒ぎ』（*Hurlyburly*, 1984），エイズ患者の尊厳死の問題を扱った『慈悲の問題』（*A Question of Mercy*, 1998）など精力的に作品を発表している．
　映画脚本家としては，処方薬依存症のTV製作者を描いた『きりきり舞い』（*I'm Dancing as Fast as I Can*, 1982），人間性を奪う戦争体験を扱った問題作『戦争の犠牲者』（*Casualties of War*, 1989）の他，『棒きれと骨』，『ストリーマーズ』，『大騒ぎ』もそれぞれ，73年，83年，98年に映画化されている．　　　　　　　　　　　　　　　（逢見）

◇作家解説 II◇

メイソン　ボビー・アン　　Bobbie Ann Mason（1940 - ）　小説家

　ケンタッキー州西部メイフィールド（Mayfield）の農場で生まれ育つ．コネティカット大学でナボコフ研究によって博士号を取得後，7年間大学で教鞭を執る．ケンタッキー時代には刺激的な外の世界を求めて大衆音楽や少女探偵物に関心を寄せていたが，35歳を過ぎて小説を執筆し始めた時，そのほとんどの舞台となったのは故郷ケンタッキーの田舎町だった．第1作『ボビー・アン・メイソン短編集』（*Shiloh and Other Stories,* 1982）はヘミングウェイ賞を受賞し，一躍短編小説の名手として脚光を浴びた．また第1長編『イン　カントリー』（*In Country,* 1985）では，ケンタッキーを舞台に，ベトナムで戦死した父親を探求する少女の青春を描きだした．中流下層階級の人々に焦点をあて，都市化や大衆消費文化の浸透によって変化を余儀なくされる現代のアメリカ南部を描くことを得意とし，そこに新たな夫婦関係や家族像の変化，世代間の葛藤が織り込まれる．メイソンをはじめとする80年代の短編作家たちが現在時制で日常生活を丁寧に描く態度は「ミニマリズム」と括られることがある．その後，自伝的な長編『スペンスとライラ』（*Spence + Lila,* 1988），短編集『ラヴ・ライフ』（*Love Life,* 1989），『野中の道をジグザグに』（*Zigzagging Down a Wild Trail,* 2001）の他，20世紀初頭のケンタッキーの家族を扱った歴史小説『羽根の冠』（*Feather Crowns,* 1993）を出版している．　　　　　　　　　　　　　　　　　　　　　　　　　　　　　　（利根川）

ムーカジ　バーラティ　　Bharati Mukherjee（1940 - ）　小説家

　カルカッタ（コルカタ）で実業家の娘として生まれる．8歳の時，両親とともにイギリスに渡り，3年半，教育を受ける．インドの大学で英文学，インド古典文学の修士号を取得後，渡米し，アイオワ大学で創作の修士号，英文学と比較文学で博士号を取得．アメリカでカナダ人作家クラーク・ブレーズ（Clark Blaise）と結婚，カナダで生活，教育，執筆を続けるが，アジア系移民が適応しやすい社会を求めてアメリカに戻る．主要なテーマは，有色人種の移民が日常生活で直面する様々な困難である．移民作家に期待されがちな異国風の作品を書くことよりも，適応のプロセス自体を書くことが重要だと考えている．代表作は，様々な人種，性別，年齢の移民たちの適応の苦悩を描き，全米書評家協会賞受賞の短編小説集『ミドルマンその他』（*The Middleman and Other Stories,* 1988），亡き夫の夢をかなえようと渡米した若いインド女性がたどる苛酷な運命を描く『ジャスミン』（*Jasmine,* 1989），植民地時代のアメリカとムガール朝時代のインド，現代のアメリカを舞台にしたダイヤモンド探索を軸に，植民者と植民地人の関係，特に女性の地位に焦点を当てた『世界を手に入れた人』（*The Holder of the World,* 1993）．他の作品，『タイガーの娘』（*The Tiger's Daughter,* 1971）はインドでのカルチャーショック，『ワイフ』（*Wife,* 1975）は暴君の夫を殺すに至る妻，『すてきな娘たち』（*Desirable Daughters,* 2002）とその続編『三人の花嫁』（*The Three Bride,* 2004）は3人姉妹の選択と背景，をそれぞれ描く．　　　　　　　　　　　　　　　　　（遠藤）

◇作家解説 Ⅱ◇

ピンスキー　ロバート　　　Robert Pinsky（1940 - ）　　　詩人

　アメリカ詩の伝統的な問いである「アメリカとは何か」を問い続ける詩人．ニュージャージー州でユダヤ系の両親のもとに生まれる．幼い頃はジャズをはじめポピュラー音楽に親しみ，自身もサキソフォンを演奏する．ラトガーズ大学を卒業後，スタンフォード大学でイヴォー・ウィンターズのもとロバート・ハースらと共に学び博士号を取得．あらゆる事柄を詩の題材にすることをモットーとし，日常の事物や現代の風景の背後にある歴史や神話に想像を馳せるが，イデオロギーを前面に出したり，衒学的になることはない．実験性もほとんどなく，平明な文体で形式も伝統的なものを用い，思索と描写のバランスのとれた作風である．
　詩集としては『悲しさと幸福』(*Sadness and Happiness*, 1975)，『アメリカの説明』(*An Explanation of America*, 1979)，『私の心の歴史』(*History of My Heart*, 1984) などがあり，それ以降に書かれた詩を含めた『装飾された車輪』(*The Figured Wheel*, 1996) が全詩集として出版された．批評家としても『詩の状況―伝統の中の現代詩』(*The Situation of Poetry: Contemporary Poetry in Its Traditions*, 1976) などの優れた論考を著わしている．ボストン大学で詩の創作を教えており，1997年から2000年までアメリカの桂冠詩人を務めた．翻訳にも力を注ぎ，ダンテの『神曲』の「地獄編」の名訳で知られ，またハースと共にミウォシュの詩の翻訳に参加している．
　　　　　　　　　　　　　　　　　　　　　　　　　　　　　　　　　　　　（笠原）

ホワイト　エドマンド　　　Edmund White（1940 - ）　　　小説家

　シンシナティ生まれ．ミシガン大学卒．70年代，80年代に台頭したゲイの作家のうち最も有名であり，技巧を凝らした文体で知られる．1991年のあるエッセーの中で彼は，「こういうふうに生まれついたのは自分ひとりではないということを保証してくれそうな本を必死になって探し回り」，ついにトーマス・マンの『ヴェニスに死す』ほか1冊を図書館で発見したと書いている．初期の作品には人生を再構築しようと闘う記憶喪失の若者を描いた『エレナを忘れて』(*Forgetting Elena*, 1973)，『ナポリ王のための夜想曲』(*Nocturnes for the King of Naples*, 1978) など．以後の作品はアメリカのホモセクシュアルの男性共同体メンバーの闘い，楽しみ，政治的スタンスなどを中心テーマとする．このテーマは，主人公が自らの性的嗜好を自覚し，一人前になるまでの軌跡をたどる『ある少年自身の物語』(*A Boy's Own Story*, 1982)，苦痛に満ちた青年期と政治的目覚めを描いた『美しい部屋にはだれもいない』(*The Beautiful Room Is Empty*, 1988)，エイズが猛威をふるう街での中年期を描いた『別れの交響曲』(*The Farewell Symphony*, 1997) の半自伝的三部作にも現われる．ノンフィクションにはプルースト，ジュネの伝記がある．その他，『ニューヨーク・タイムズ』などに多数の書評を執筆．作品の大半がフランス語に翻訳され，仏政府から受勲．1998年，プリンストン大学創作学科教授として終身在職権を得る．
　　　　　　　　　　　　　　　　　　　　　　　　　　　　　　　　　　　　（遠藤）

◇作家解説 II◇

バンクス　ラッセル　　　　Russell Banks（1940 - ）　　**小説家**

マサチューセッツ州ニュートン生まれ．1975年短編集『生存者探し』（*Searching for Survivors*），架空の王国の風刺的寓話長編『ファミリー・ライフ』（*Family Life*）を同時発表してデビュー．1985年ブルーカラーの男と貧しいハイチ難民の女を軸に，現代アメリカ人のライフ・スタイルを描いた『大陸漂流』（*Continental Drift*）がピューリツァー賞候補．『狩猟期』（*Affliction*, 1990）以来グッゲンハイム助成金，O・ヘンリー賞，ドス・パソス賞などを受賞．ノーマン・メイラーに続く，アメリカ自然主義文学の雄と目される．1998年の『突破者』（*Cloudsplitter*）は，白人でありながら，政府に反抗して黒人の奴隷解放に人生を捧げたジョン・ブラウンを主人公とする歴史小説．バンクスが一貫して描くのは社会的弱者，特に労働者階級が成功を希求してもがく姿と，そこに立ちはだかる現実との相克である．富める者・白人が弱者に差し伸べるきれいな手の欺瞞．屈辱を感じながらもその手にすがらずにはいられない弱者の無力．弱者にできる唯一の闘争は，社会に対して声を挙げることで，ゆえに貧しき者の姿を徹底的に描ききることが作家の使命だと信じ，バンクスは執筆する．1991年の『この世を離れて』（*The Sweet Hereafter*）は四人の登場人物が語るある事件の様相が，それぞれの視点によって現在と過去，記憶と証拠・証言とがジグソー・パズルのように入り混じり，万華鏡のように変化する．カナダの気鋭若手監督アトム・エゴヤンによる映画はカンヌでパルム・ドールを受賞．　　　　　　　　　　　　　　　　　　（齋藤）

ハース　ロバート　　　　Robert Hass（1941 - ）　　**詩人**

多才な詩人．サンフランシスコに生まれ，十代の頃は西海岸で展開されたビートやサンフランシスコ・ルネサンスの影響で詩に興味を持ち，同時に日本の俳句に惹かれる．スタンフォード大学でイヴォー・ウィンターズのもと，ロバート・ピンスキーらと共に学び，博士号を取得する．彼の詩は表現が簡潔で，俳句の影響によりカリフォルニアの風景とそこの動植物が詩人の意識と同化するものが多い．日常的な体験をもとにして目前の自然を描いてはいるが，アメリカ先住民や移民，ベトナム戦争など歴史的及び社会的な影が忍び込むこともある．またチェホフを始めとする文学や美術に言及するものや，物の名前に関する瞑想をして言語と人間の意識や経験との関係を問う作品などもある．詩集に『野外観察図鑑』（*Field Guide*, 1973），『賞賛』（*Praise*, 1979），『人間の希望』（*Human Wishes*, 1989）がある．

ポーランドからの亡命詩人チェスワフ・ミウォシュの作品の英訳をミウォシュ本人と共同で行なう一方，『名俳句集―芭蕉・蕪村・一茶』（*The Essential Haiku: Versions of Basho, Buson, and Issa*, 1994）では編集，解説，訳を担当している．批評集には，『20世紀の喜び』（*Twentieth Century Pleasures: Prose on Poetry*, 1984）がある．95年から97年にかけて桂冠詩人を務めた際には，公的教育の充実や，環境保護などの問題にも積極的に関わった．カリフォルニア大学バークレー校で教えている．　　　　　　　　　　　　　　　　　　（笠原）

◇作家解説 II◇

オーティス　サイモン　　Simon J. Ortiz（1941 - ）　　詩人

　英語による反撃を企てるネイティヴ・インディアンの詩人．アコマ・プエブロインディアンとして，ニューメキシコ州のアルバカーキに生まれるが，6歳までアコマの村で父母や姉たち家族および部族との深い絆のなかに育った．彼は，英語やアコマ化したスペイン語が混じったアコマ語を話すことができるが，こうした生活とそこでの学びが，後の詩作や短編，エッセーその他のすべての基礎となっている．本人によれば，小学校で英語を話すようにと強制され，母語を喋ると身体的な懲罰を受けたが，それでも，教師の目や耳を盗んで友だちとアコマ語を話していたという．1960年代に軍隊に入隊し，差別の経験をした．アイオワ大学を始め幾つかの大学で学ぶ．

　高校時代には書き手になることを決心していたが，彼にとって書くことは，自分が何者であるのかを考えることであり，それは，自分の民族とは何であるのかを考えることでもあった．言い換えれば，占領者・植民者の言語である英語を逆用して，「反撃すること」，すなわち，彼らの圧制と戦おうとしている．この行為を通して，自分たちの言語，文化，自己同一性への強い確信を手に入れようとした．詩集には，『彼女に言うこと，示すこと—大地，土地』（*Telling and Showing Her: The Earth, The Land*, 1995）などがある．子ども向けの本やノンフィクションも発表している．

（渡辺）

タイラー　アン　　Anne Tyler（1941 - ）　　小説家

　ミネソタ州ミネアポリスに生まれたが，家族とともに幼いころにノースカロライナ州に移住し，幼少より小説を書き始める．デューク大学で飛び級し，大学院でロシア文学を研究する．64年に処女小説『朝がくれば』（*If Morning Ever Comes*）を出版．代表作はさまざまな主題が組み込まれた『アクシデンタル・ツーリスト』（*The Accidental Tourist*, 1985）と結婚生活の問題に直面する中年女性を描いた『ブリージング・レッスン』（*Breathing Lessons*, 1988）であり，前者は全米批評家賞，後者はピューリツァー賞に輝いている．作品の多くは彼女の住むボルチモアや南部の小都市が舞台になっている．『ここがホームシックレストラン』（*Dinner at the Homesick Restaurant*, 1982）のような平凡な中流家庭に潜む呪縛を描いたものが多く，『もしかして聖人』（*Saint Maybe*, 1991）などは家族の死が引き起こす痛みを背景としている．まるで隣に住むかのような家族を描くことから彼女は「現代のジェイン・オースティン」と評されるが，どこか場違いな雰囲気をもった人物を描く点で，ユードラ・ウェルティやキャサリン・アン・ポーターら南部女性作家の流れをくんでいる．彼女の原点は幼いころから見てきているクエーカー教徒の，男女がそれぞれの役割を果たしている南部の家族にあり，フェミニスト作家として論じられることもあるが，自身ではそのような見方を好まない．

（佐藤空子）

◇作家解説 II◇

ハナ　バリー　　　　　　　　　　Barry Hannah（1942 - ）　　**小説家**

　ミシシッピ州で生まれ，ミシシッピ，アラバマ，ルイジアナなどの深南部諸州で育つ．1967年にアーカンソー大学で創作科の修士号を取得し，その後ミシシッピ大学をはじめとする諸大学で創作を教えたり，ライター・イン・レジデンスを務めたりしながら創作を続けている．第1作『ジェロニモ王』（*Geronimo Rex*, 1972）は，ルイジアナ州を舞台とし，ハリー・モンロー（Harry Monroe）の8歳から大学卒業時までの成長を扱った作品で，フォークナー賞を受賞した．多作で知られ，第3長編『Dr. レイ』（*Ray*, 1980），短編集『地獄のコウモリ軍団』（*Bats out of Hell*, 1993）はすでに邦訳もある．現代の深南部を小説の舞台に選ぶことが多く，風変わりな人物の登場など南部ゴシックの伝統を汲む作風や，過去の現在への浸透などの時間の扱いから，フォークナーやオコナーなどの南部作家としばしば比較される．また，自伝的要素を出発点としながらも，一人称の語り手の視点から死や性や暴力に満ちた世界を奔放に描く結果，要約困難なポストモダン的な作品に仕上がっていることも多い．実験的でユーモアもあり，斬新で奇抜な表現に溢れる独特な文体がハナの魅力であることは，複数の批評家の指摘するところである．特に短編に定評があり，短編集には他に，アーノルド・ギングリッチ（Arnold Gingrich）短編小説賞を受賞した『飛行船』（*Airships*, 1978）やピューリツァー賞候補となった『飲めや歌えや』（*High Lonesome*, 1996）などがある．

（利根川）

オールズ　シャロン　　　　　　Sharon Olds（1942 - ）　　**詩人**

　女であること，母であることを強さとして公言する女性詩人．サンフランシスコ生まれ．自らの言葉によれば，「地獄の業火に見舞われるカルヴィニスト」として育てられたという．スタンフォード大学で学び，コロンビア大学大学院に進む．ジョージ・オッペンやゲイリー・スナイダーを読む．博士論文はエマソンについて執筆したが，しかし，他の詩人たちの真似を排するために，それまでの学びを捨ててまでも，独自の作品を書こうと決意する．
　彼女は，詩の中で，個人的で私的な領域に公的な声を与えてゆく．女性の肉体を賛美し，その形而上的な重要性を強調し，また，崩壊した家族のなかで生きる苦しみや，性生活の喜びなどを素材に取り上げる．第1詩集『悪魔が言うこと』（*Satan Says*, 1980）では，詩のなかで書いてはいけないことは何かを追及している．第2詩集『死者と生者』（*The Dead & the Living*, 1984）では，家族の肖像に歴史的なテーマを重ねている．他にも，『黄金の細胞』（*The Gold Cell*, 1997）など数冊の詩集がある．
　彼女の作品への評価は大きく分かれる．苦痛に満ちてはいるが，正直に，直接に肉体をうたう点が好感をもって受け入れられる一方で，同じ点が，自己中心的でポルノ的であると批判されている．最近は，近親相姦的な関係を取り上げて，読者に衝撃を与えているが，ただし，本人はいわゆる告白派の後衛と見なされることを嫌っている．

（渡辺）

◇作家解説 Ⅱ◇

ジョヴァンニ　ニッキ　　Nikki Giovanni（1943 - ）　　**詩人**

　黒人であること，女であることの意味を常に問う詩人．テネシー州ノックスヴィルに生まれ，オハイオ州で育つ．ナッシュヴィルのフィスク大学で学び，1967年に学士号を得たのち，ペンシルヴェニア大学の修士課程に入学．息子が一人いるが，結婚はしていない．ラトガース大学を始め，ヴァージニア工科大学など，いくつかの大学で教壇に立つ．

　詩集として，『黒の感情，黒の話』（*Black Feeling, Black Talk,* 1968），『黒の審判』（*Black Judgement,* 1968），『再―創造』（*Re: Creation,* 1970）などがある．また，自伝『双子座のおんな』（*Gemini: An Extended Autobiographical Statement on My First Twenty-Five Years of Being a Black Poet,* 1971）や，ジェームズ・ボールドウィンとの対話集『対話』（*A Dialogue [with James Baldwin],* 1973）を著わしている．

　ジョヴァンニによれば，彼女が人生で唯一行なった普遍的なことは，黒人で未婚の母になることだったと言う．彼女は，黒人英語と，黒人としての経験を重視し，黒人であること，女であることを常に問うてきた．作風は，初期の頃の社会意識の強い，戦闘的な黒人の姿勢から，次第に個人的で穏やかなスタイルに変化するが，いかなる不正義に対しても戦いを挑もうとする精神や，現在を過去の中に位置づける歴史感覚，アフロ・アメリカンの戦いへの敬意，個人の潜在的・顕在的な力への信頼などは，変わらずに維持している．　　　　　　（渡辺）

グリック　ルイーズ　　Louise Glück（1943 - ）　　**詩人**

　拒食症や母性，結婚などの題材を技巧の凝らされた美しい詩行でとりあげる女性詩人．ニューヨーク州ニューヨーク市に生まれ，ロング・アイランドに育つ．サラ・ローレンス大学やコロンビア大学で学んだあと，多くの大学で詩を教えている．2度結婚している．

　彼女の方法は主として，様々なペルソナを用いて，一人称の語りで，それぞれの怒りや不満，孤独，拒まれた愛，喪失感などを取り上げる．個人的な体験をもとにして詩作していることは否定できないだろうが，しかし，けっして告白的ではない．口語的であっても文体はかなり抑制が効いているし，神話的な題材や他作品へのアリュージョン（allusion）を多用して，個別の経験が普遍化されることを意図している．

　第1詩集が『長子』（*Firstborn,* 1968）．他に，『アキレスの勝利』（*The Triumph of Achilles,* 1985），『アララト山』（*Ararat,* 1990），『牧草地』（*Meadowlands,* 1996），『新生』（*Vita Nova,* 1999），『七つの時代』（*The Seven Ages,* 2001）などがある．ピューリツァー賞を獲得した詩集『野生のアヤメ』（*The Wild Iris,* 1992）は，10週間で書かれたが，神と詩人と自然の対話をもとに形而上学的な課題が示されている．エッセー集『証拠と理論―詩についてのエッセー』（*Proofs and Theories: Essays on Poetry,* 1994）も出版している．　　　（渡辺）

◇作家解説 II◇

シェパード　サム　　　　　Sam Shepard（1943 - ）　　**劇作家**

ジャンルの放浪作家　イリノイ州フォート・シェリダンで生まれたシェパードは，カリフォルニア州サウス・パサディナの高校を卒業後，一時期畜産学を学ぶものの，63年にはニューヨークに移り住む．時あたかもオフ・オフ・ブロードウェイの拡張期で，脚本執筆の訓練を受けたこともない彼の即興的な作品が受け入れられる．不条理演劇の影響も受けている『カウボーイたち』（Cowboys, 1964）や『ロック・ガーデン』（The Rock Garden, 1964）は，一貫した筋，登場人物を欠き，伝統的な演劇形式に反するものであった．ロック・ミュージシャンから映画スターになった劇作家のシェパードは，多才というよりもむしろ放浪する作家で，劇作，音楽，演技，脚本，監督という活動範囲の中で，アメリカの精神性を具現化するための実験を繰り返してきたと言えよう．

劇作家としての成功　即興的な実験劇から彼のドラマの環境としての家族劇に向かったシェパードは，神秘性を排しつつも，それでいて非リアリズムの新しい演劇と言われる『飢えた階級の呪い』（Curse of the Starving Class, 1978），『埋められた子供』（1978→552頁）を発表し，後者はピューリツァー賞を受賞する．シェパードは70年代後半からの一連の作品群の成功で，オフ・オフ及びオフ・ブロードウェイのみならず，一躍アメリカ演劇界の注目を集める存在となる．そして80年には『トゥルー・ウェスト』（True West）が上演され，自分のアイデンティティを希求すること自体に取り憑かれているリー（Lee）を登場させる．それまで主に男同士の関係を中心に描いてきたシェパードであったが，83年には男女の埋まることのない溝をテーマとした『フール・フォア・ラブ』（→558頁）を上演する．そして同作品は，85年に巨匠ロバート・アルトマン（Robert Altman）監督によって映画化され，シェパード自身が兄のエディ（Eddie）を演じ，メイ（May）役のキム・ベイジンガー（Kim Basinger）と共演する．同年にはもう一つの家族劇で，開拓者時代の辺境神話のパロディでもある『心の嘘』（A Lie of the Mind, 1985）が，ニューヨーク劇評家賞を受賞している．また，シェパードが脚本を書いた『パリ，テキサス』（Paris, Texas, 1984）はヴィム・ベンダース（Wim Wenders）監督作品としてカンヌ映画祭でグランプリを獲得している．

80年代後半と映画　80年代後半以降のシェパードは，もっぱら映画出演での活躍が目立つようになり，『ロンリー・ハート』（Crimes of the Heart, 1986），『マグノリアの花たち』（Steel Magnolias, 1989），『ペリカン文書』（The Pelican Brief, 1993）等に俳優として参加している．自らが監督，脚本を手掛けた映画作品としては『ファー・ノース』（Far North, 1988），『アメリカン・レガシー』（Silent Tongue, 1992）があり，シェパード原作の映画作品には『ウェストン家の奇蹟』（Curse of the Starving Class, 1994），『背信の行方』（Simpatico, 1999）がある．また，96年にはブロードウェイで『埋められた子供』が再演されるとともに，ニューヨークのシグネチャー・シアター・カンパニーは，同年の11月からのシーズンをシェパードの功績を称えて，彼の劇作品の上演に捧げている．　　　　　　　　　　（増田）

◇作家解説 II◇

ヴォイト　エレン・ブライアント
Ellen Bryant Voigt（1943 - ）　　**詩人**

　現実を純粋化しようと願う女性詩人．ヴァージニア州中央にある農園で育つ．家族は南部バプティスト教会に所属し，親族同士の絆は深く広かった．彼女のいとこは全て日曜のディナーに来ることが出来る距離に住んでいたという．そうした世界に育った彼女は，しかし，少女時代，自由と孤独を確保するために，ピアノ練習に打ち込んでいる．これが，のちに，彼女の詩作の基礎となる．彼女は後年，詩作に強い影響を与えた作家として，バッハとブラームスをあげている．音楽学校があるコンヴァース大学を選ぶが，在学中に文学に目覚める．当時の教授陣は，「新批評」の理論を伝授し，詩とは，単なる個人的な素材や内容を超えた，より高尚な芸術形式であると説いた．アイオワ大学でM.F.A.を取得．
　第1詩集『求める親族』（*Claiming Kin,* 1976）や『多の力』（*The Forces of Plenty,* 1983）などの詩集がある．彼女は，音楽的な純粋性を詩の中に実現し，言語そのものの美しさを実現したいと願っている．しかし，現実の種々の問題を無視したり，切り捨てたりするのではない．たとえば，既に忘れられているが，1918～19年に世界中で2500万人を，アメリカだけでも50万人を死に追いやったインフルエンザの大流行を題材にしたソネットを連作して，『キューレ』（*Kyrie,* 1995）としてまとめた．そこでは，さまざまな立場や職業のアメリカ人たちが悲しみの声をあげている．
（渡辺）

ミルハウザー　スティーヴン
Steven Millhauser（1943 - ）　　**小説家**

　ニューヨーク市生まれ．1972年，架空の作家の伝記という体裁の長編『エドウィン・マルハウス』（*Edwin Mullhouse*）が批評家の高い評価を受けてデビュー．嘘という約束事で成り立つハードに，事実から構築される伝記というソフトを持ち込むことで，狙った仕掛けが見事に機能している．ミルハウザーの魅力は『イン・ザ・ペニー・アーケード』（*In the Penny Arcade,* 1986）や『バーナム博物館』（*The Barnum Museum,* 1990）など中短編集の方に濃縮されて強く表われている．その魅力は古いおもちゃ箱の持つ魔術めいた幻想味にあり，「僕に興味のないことの一つは現実だ」と彼は言う．96年の『マーティン・ドレスラーの夢』（*Martin Dressler: The Tale of an American Dreamer*）はピューリッツァー賞受賞．主人公は独力でタバコ屋の店員から不動産王にのし上がり，贅を尽くしたレストランやホテルを建てていき，最後に外的世界を凌駕するホテルを構想し，実現することで自滅する．人工の森や湖があるこのホテルでは雇われた俳優たちが客や経営者を演じており，本物の経営者は無一文で過酷な外界へ出てゆく．短編集『ナイフ投げ師』（*The Knife Thrower and Other Stories,* 1998）では幻想味がいっそう研ぎ澄まされ，特に表題作は鬼気迫るホラー小説．「月の光」（*Clair de Lune*）は月夜が覚醒させる妖しい感覚を描いており，その延長上に『魅惑の夜』（*Enchanted Night,* 1999）がある．（齋藤）

◇作家解説 II◇

ウォーカー　アリス
Alice Walker（1944 - ）　　小説家　詩人　随筆家　伝記作者

行動派黒人女性作家　ジョージア州イートントンに生まれる．小作人の両親の8人兄弟姉妹の末っ子だった．8歳のときに兄の撃った空気銃で右目を失明するという事故が起きる．高校卒業後，障害者のための奨学金を得てジョージア州アトランタにあるスペルマン・カレッジに入学する．2年後ニューヨークのサラ・ローレンス大学へ編入し，3年次にアフリカに交換留学する．またミュリエル・ルーカイザー（Muriel Rukeyser）の指導のもと，作品を発表する．1965年に卒業したあとしばらくニューヨークに住む．ミシシッピ州トゥガルーへ移り，70年代半ばまで住み，公民権運動に打ち込む．69年には娘レベッカ（Rebecca）を出産している．公民権運動参加後も，フェミニズム運動（彼女は「ウーマニズム」という言葉を使う），反アパルトヘイト運動，核兵器廃止運動，アフリカの女性性器切除反対運動，イラク戦争反対運動等に活発にかかわってきた．現在カリフォルニア在住．

自己変革と連帯　68年に『かつて』（Once）で詩人として，73年に『グレンジ・コープランドの第三の人生』（The Third Life of Grange Copeland）で小説家としてデビューする．さらに彼女の公民権運動参加の体験がもととなって生まれた小説『メリディアン』（Meridian, 1976）を出版．小説『カラー・パープル』（1982→555頁）でピューリツァー賞と全米図書賞を受賞する（85年にスティーヴン・スピルバーグ（Steven Spielberg）監督により映画化される）．『わが愛しきものの神殿』（The Temple of My Familiar, 1989）では数千年生きる霊が登場し，愛の力があらゆる破壊や暴力を乗り越えるというメッセージを送る．『喜びの秘密』（Possessing the Secret of Joy, 1992）は『カラー・パープル』の続編といえるものであるが，セリー（Celie）の息子アダム（Adam）の妻である女性性器切除を受けたタシ（Tashi）の精神的身体的苦痛を追ったものである．『父の輝くほほえみの光で』（By the Light of My Father's Smile, 1998）では性愛を汚らわしいものとして否定する父親のもとで育った二人の娘がいかにその幼い頃受けたトラウマから癒されるかを綴ったものである．短編小説集としては，『愛と苦悩のとき』（In Love and Trouble, 1973）や『いい女をおさえつけることはできない』（You Can't Keep a Good Woman Down: Stories, 1982）がある．詩集としては他に，『革命的ペチュニアとその他の詩』（Revolutionary Petunias and Other Poems, 1973），『おやすみウィリー・リー，また明日の朝ね』（Goodnight Willie Lee, I'll See You in the Morning, 1979），『馬のいる風景はより美しく』（Horses Make Landscapes Look More Beautiful, 1985）がある．エッセー集としては，『母の庭をさがして』（In Search of Our Mothers' Gardens, 1983）と『ことばで生きる』（Living by the Word, 1988），『勇敢な娘たちに』（Anything We Love Can Be Saved, 1997），『将来は絶望感を抱いて』（The Way Forward is with a Broken Heart, 2000）がある．黒人女性作家として先駆的役割を果たしたゾラ・ニール・ハーストン（Zora Neale Hurston）の再評価を促したことでも功績がある．　　　　　　　　　　（木村）

◇作家解説 II◇

ウィルソン　オーガスト　August Wilson（1945 - 2005）　**劇作家**

劇作家に 　ペンシルヴェニア州ピッツバーグで黒人女性とドイツ系の白人男性のもとに生を
な る 前 受けたウィルソンは，アフリカ系アメリカ人が大半ではあるが，人種が混交する地区で少年時代を過ごした．しかし両親の離婚後，母親の再婚相手が家族を白人居住地区に移してからというもの，ウィルソンは，公立学校での様々な人種偏見にさらされる．主に図書館で独学に努めるが，15歳の時に剽窃の嫌疑をかけられて，グラッドストーン高校を退学．以後，庭掃除夫，ポーター，コック等の仕事を経験し，1965年には親元を離れて独立する．白人の実の父親フレデリック・オーガスト・キテル（Frederick August Kittel）の姓を捨てて，母親デイジー（Daisy）のウィルソンという姓を名乗り始めたのはちょうどこの頃であった．失敗に終わるものの，68年にはピッツバーグで，ブラック・ホライズン・シアター（The Black Horizon Theater）を共同で設立している．また，69年にはブレンダ・バートン（Brenda Burton）と結婚し，一児をもうけるが，72年には離婚している．

劇作家と 　ウィルソンはソーシャル・ワーカーのジュディ・オリバー（Judy Oliver）との
しての成功 再婚後，ミネソタ州セントポールに拠点を移すものの，引き続きピッツバーグが彼のドラマの中心となる．そして，黒人のもぐりの流しタクシーの発着所を舞台にしたリアリズム演劇『ジトニー』（*Jitney,* 1982）が，ミネアポリス劇作家センターのジェローム基金を得て，ピッツバーグで上演され，成功を収める．しかし，ウィルソンの名を全米に知らしめることになるのは，『マ・レイニーのブラック・ボトム』（*Ma Rainey's Black Bottom,* 1984）であった．伝説的ブルース歌手マ・レイニーを搾取する白人支配の音楽業界を題材にしてはいるものの，60年代の急進的な黒人作家とは異なり，過激でなかったことが白人観客の理解を助け，82年のオニール・シアター・センターでの朗読，83年のイェール・レパートリー・シアターでの上演，地方劇場での試演を経て，84年ブロードウェイで上演され，ニューヨーク劇評家賞を受賞する．同作品の大成功は，黒人演出家ロイド・リチャーズ（Lloyd Richards）との長年にわたる共同制作の記念すべき第一歩でもあった．

80年代以 　黒人の元野球選手を描いた『フェンス』（→567頁）は87年にブロードウェイで上
後の劇作 演され，ニューヨーク劇評家賞，トニー賞，ピューリツァー賞を受賞する．88年に『ジョー・ターナーが来て行ってしまった』（*Joe Turner's Come and Gone,* 1988）が同じくブロードウェイで上演された時，ウィルソンは自分の作品が同時に2本ブロードウェイで上演されるという快挙を成し遂げた．そして，90年には『ピアノ・レッスン』（→574頁）で2度目のピューリツァー賞を受賞する．20世紀のアフリカ系アメリカ人の体験をアメリカ史の中に位置づけるサイクル劇を完成させようとしていたウィルソンは，60年代を描いた『二本の列車が走る』（*Two Trains Running,* 1992），そして場面を40年代に設定した『七本のギター』（*Seven Guitars,* 1996）をブロードウェイで上演し，後者で6度目のニューヨーク劇評家賞を受賞している．　　　　　　　　　　　　　　　　　　　　　　　　　　　　（増田）

◇作家解説 II◇

ビーティ　アン　　　　　　Ann Beattie（1947 - ）　　**小説家**

　1980年代にブームとなった「レス・イズ・モア」を標語とするミニマリストの代表格，典型的な『ニューヨーカー』誌の作家．抑制の効いた静かな文体に優れた文章家として知られる．短編小説，長編小説ともに作品は多数あるが，短編小説のほうが優れているとする見方が多い．ワシントンDC生まれ．アメリカン大学，コネティカット大学で創作を学び，『アトランティック・マンスリー』，『ニューヨーカー』に作品が掲載される．76年，初の短編小説集『歪み』(*Distortions*) と長編小説『凍える冬景色』(*Chilly Scenes of Winter*) を発表．都市郊外を舞台にアッパーミドル・クラスの内面の心の動きを描写した点でチーヴァーやアップダイクと比較されることが多いが，秩序ではなく，混沌とした無秩序の世界をそのまま描いている点が決定的に異なる．好んで描くのは東海岸に住む作家，画家，大学教授，弁護士，医師，俳優，サーファーなどの「ビューティフル・ピープル」である．チーヴァー同様，飢餓や貧困，人種間の葛藤に無縁だとの批判を受けることもあるが，世代の断絶，結婚生活や家庭の破綻，失業，同性愛，老いなどの普遍的な問題がブーマー世代にどのように降りかかり，彼らがそれをどう受けとめたかという時代の空気を記録した功績は評価されるべきである．代表作の短編小説集『燃える家』(*The Burning House*, 1982) は作者の特長が文体の上でもテーマの上でも最もよく表現された典型的な作品．　　　　　　　　　　　　（遠藤）

コムニヤーカ　ユセフ　　　　　Yusef Komunyakaa（1947 - ）　　**詩人**

　南部とベトナムを描く詩人．ルイジアナ州ボガルーサの黒人家庭に，5人兄弟の長男として生まれる．祖父はトリニダード・トバコからの密航者である．大工であった父は，家庭内で暴力をふるい浮気を繰り返していたという．16歳のときにジェイムズ・ボールドウィンのエッセーを読み，作家を志す．高校卒業の1965年に軍隊に入隊し，ベトナム戦争に従軍，軍の新聞『サザンクロス』の記者，編集者として働く．帰還後コロラド大学に入学し，詩作を始め，コロラド州立大学を経て80年カリフォルニア大学アーヴィン校で創作学修士を取得する．

　詩人として注目されたのは，故郷ルイジアナでの少年時代の体験や民衆の生活を描いた『申し分なし』(*Copacetic*, 1984) を出版してからである．この詩集は人種差別などの暗く深刻な主題を取り上げながらも，ジャズやブルースの形式を取り入れ，音楽によって苦悩を浄化し，力強く肯定的な喜びを垣間見せる．『ディエン・カイ・ダウ』(*Dien Cai Dau*, 1988) でも自身の体験をもとにしてベトナム戦争を描き，この戦争を作品に描く最も有名な詩人のひとりとしての評価を得る．この題名はベトナム語で狂人を意味し，アメリカ人兵士を指す蔑称として使われていた．94年には『ネオン方言』(*Neon Vernacular*) がピューリツァー賞を受賞する．ジャズ・ポエトリのアンソロジーの編集もしている．インディアナ大学ブルーミントン校やプリンストン大学，ニューヨーク大学などで教えている．　　（笠原）

◇作家解説 Ⅱ◇

ノーマン　マーシャ　　　Marsha Norman（1947 - ）　　**劇作家**

　ケンタッキー州ルーイヴィル出身のノーマンは，厳しいメソジストの母親に育てられ，他の子供と遊ぶことやテレビ，映画を見ることを禁じられ，孤独な少女時代を過ごした．音楽，読書と共に許された演劇鑑賞が彼女を孤立感から解放してくれたが，「親からの自立と解放」は，後に彼女の作品の重要な主題として描かれることになる．

　地元ルーイヴル大学の大学院で学んだ後，フリーのライターとして活躍するが，地元の劇団の演出家に劇作を奨められ，『出所』（Getting Out, 1977）を執筆．強盗殺人などの罪で8年の刑を受け，仮釈放となった非行少女の再出発を描き，少女の内なる声をもう一人の女優が演じるという手法を用い，高い評価を得た．その後，ニューヨークに出たノーマンは，深夜のコインランドリーと玉突き場を舞台にした『サード・アンド・オーク』（Third and Oak, 1978），農場の手伝いに年老いたガンマンを雇った兄弟を描く『ホールドアップ』（The Holdup, 1980），そして『おやすみ，母さん』（→557頁）を発表する．ノーマンは，目立つことのない人生を送る平凡な人間の孤独や意志，自立を模索する行動を，細部までていねいにリアリズムの手法で描き，80年代を代表する女性劇作家となる．『トゥルーディ・ブルー』（Trudy Blue, 1994）では，自分の書いた小説の主人公と共に，人生を見直す旅に出る中年女性作家を描くなど，焦燥や倦怠の中で出口を模索する現代人を描き続けている．　　　　（広川）

アイ　　　　　　　　　　　　　　　Ai（1947 - ）　　**詩人**

　愛の詩人．本名は，フローレンス・オガワ（Florence Ogawa）．フローレンス・アンソニーとして，テキサス州オールバニーに生まれ，アリゾナ州ツーソンに育つ．日本人の血が2分の1で，アフロ・アメリカンやチョクトー，シャイアンなどの血も受ける．アリゾナ大学在学中，詩人ゴールウェイ・キネルの講演を聞き，それ以降，彼から指導を受ける．

　伝記的な事実が彼女の詩学を決定した．「＜アイ＞という名によってのみ，わたしは，世に知られたい．母が電車停留所で出会った日本人男性との関係から生まれたので，母は，本当の父のことをわたしに隠していた．だから，わたしは，何年も虚偽を生きていた」という彼女の言葉には，アイデンティティ欠落の悲しみ，虚偽への憎しみ，しかしなお，日本語の「愛」を自らの名とするように，切実で根源的な「愛」への思いが秘められている．

　第1詩集『残酷さ』（Cruelty, 1973）に続いて，『罪』（Sin, 1986），『悪徳』（Vice, 1999）など7冊の詩集を出している．『恐れ』（Dread, 2003）では全米図書賞を受賞．登場人物の声が一人称で独白するドラマティック・モノローグの手法で，子ども虐待者とか強姦者などこれまで文学的な表現を与えられなかった人びとがうたわれる．表現が直截で激しいが，それが最後には，真の「愛」の世界へ通じてゆくのかもしれない．　　　　（渡辺）

◇作家解説 II◇

マメット　デイヴィッド　　David Mamet（1947 - ）　　**劇作家**

ブロード　シカゴ近郊の風土を作品に織り込み，過激な言葉を台詞に散りばめ，時代を活
ウェイまで　写しようとする劇作家．復活祭の昼下りにミシガン湖畔の公園のベンチで二人の老人が鴨の話を通じて自然界の摂理と荒廃した人間社会に思いを巡らせる『鴨の変奏曲』(*The Duck Variations*, 1972) と，性の妄想にとりつかれた男女の恋愛の顛末を描いた『シカゴの性倒錯』(*Sexual Perversity in Chicago*, 1974) で注目され，シカゴの古道具屋を舞台にアメリカの成功神話と伝統的価値観の崩壊を暴いた『アメリカン・バッファロー』(*American Buffalo*, 1975) でブロードウェイに初登場した．この作品は1996年に同タイトルで映画化もされている．

暴力と過激　82年には，不感症に悩む中年男が発作的に妻と別れ，犯罪の蔓延する夜の歓楽
な言葉の渦　街で自分を見失って殺人を犯し，入獄するまでを辿った『エドモンド』(*Edmond*) を発表．『シカゴの性倒錯』と『アメリカン・バッファロー』と同様にオビー賞を受賞し，猥褻な言葉と暴力のリアリズムで話題を呼んだ．その後，不動産屋に無慈悲な競争社会の縮図を描き込んだ『グレンギャリー・グレン・ロス』(→561頁) でピューリツァー賞に輝き，『オレアナ』(→577頁) はセクハラ劇として話題を呼び，世界各国で上演されて物議をかもした．しかし，愛情や家族の絆が作品において重要な役割を果たしている場合も少なくない．『グレンギャリー・グレン・ロス』に登場するレヴィーンの悲劇性は，娘を思う父としての素顔を見せるからこそ成立するし，『オレアナ』で大学教授ジョンが頻繁に電話をする相手は妻であり，彼が直面している問題など何も知らない家庭が見えてくる．

家族の　『再会』(*Reunion*, 1976) は，自身のアイデンティティを家族の絆に求める娘が，
描き方　老いた父親のもとを訪れる筋立てから成り，『ダーク・ポニー』(*Dark Pony*, 1977) は，幼い娘と父との会話のリズムから家庭の軋みが伝わる作で，2作とも母親が不在で，戦争が家庭に落とす影を暗示している．一方，自伝的作品といわれる『暗号』(*The Cryptogram*, 1995) では父親が登場せず，家庭崩壊を予感しながら眠れぬ夜を過ごす少年の切ない孤独があぶり出されてゆく．そのほか，マメットのユダヤ系としてのアイデンティティの自覚を窺わせる『昔の隣人』(*The Old Neighborhood*, 1997) や，男女の情念を寓話的に扱った幻想的な『森』(*The Woods*, 1977)，淡々とした役者の日常をモザイク風にあしらった『ライフ・イン・ザ・シアター』(*A Life in the Theatre*, 1977) や映画業界の商業主義的体質を風刺した『スピード・ザ・プラウ』(*Speed-the-Plow*, 1988) 等がある．マメットは映画界との関係も深く，『郵便配達は二度ベルを鳴らす』(*The Postman Always Rings Twice*, 1981) や『評決』(*The Verdict*, 1982) 等に脚本家として関わるのみならず，映画監督としても活動している．

劇作家と　ト書きなどは必要最小限に止め，不完全な文章表現や間や沈黙を駆使し，人間
しての特質　関係と人物の内面をあぶり出す．競争社会の論理や，性的固定観念など，様々な既成概念や偏見に流され孤立する個を見つめ，現代社会や家族の在り方を問う．　　（逢見）

◇作家解説 II◇

クック　トマス　H.　　Thomas H. Cook（1947 - ）　　小説家

生い立ち　アラバマ州生まれ．ハンター・カレッジとコロンビア大学で修士号を取得．英語や歴史の教師，雑誌の寄稿編集者を経て，1980年『鹿の死んだ夜』（*Blood Innocent*）でデビュー．MWA（アメリカ探偵作家クラブ）ペーパーバック賞の候補に．その後まったく注目されない時期が続く．88年，『誰も知らない女』（*Sacrificial Ground*）を発表．大都会に住む人々の心の奥底を静かに浮かび上がらせてゆく手法が文学的と評価される．アトランタ市警の警部補フランク・クレモンズ（Frank Clemons）を主人公にしたこのシリーズは，『過去を失くした女』（*Flesh and Blood*, 1989），『夜訪ねてきた女』（*Night Streets*, 1990）と3作続く．その後，公民権運動の最中に殺された黒人少女の事件を扱った『熱い街で死んだ少女』（*Streets of Fire*, 1989）で社会問題へ強い関心を見せはじめる．

傑作＝代表作の誕生　93年の『死の記憶』（*Mortal Memory*）を皮切りに，『夏草の記憶』（*Breakheart Hill*, 1995），MWA長編賞を受賞した『緋色の記憶』（*The Chatham School Affair*, 1996），『夜の記憶』（*Instruments of Night*, 1998）と，これまでのクックの作風の集大成となる「記憶四部作」（→578頁）を発表．これで一気に評価を高める．ただでさえ地味で暗い作風のうえ，人間の心の闇をえぐりにえぐった末，救いのないラストで締めくくるクック作品は，長い間一般的な支持を得られなかった．クックはミステリという形式に不可欠な謎の源泉を，物理トリックやアリバイ崩しといった外在的なパズルではなく，記憶という秘められた過去に求めている．登場人物の心の襞を一枚一枚めくりながら，その揺れや変化を克明に描いてゆく．そこから人間という不可思議な存在とは何かという思索に富んだ物語を読者に投げ掛け，ミステリでありながら，最終的には答えのでない問いへといざなう．物語はある記憶を丹念に探求し，辿ることで，時には語り手が故意に隠蔽し，時には本人ですら忘れていた過去が徐々に明かされてゆく．通常のミステリの謎の解明が，手品の種明かしのような驚きなら，クックのそれは，歩く速さで景色が変化してゆくような世界に対する認識の広がりを感じさせてくれる．詩情ただよう端正で清冽な文章と，ノスタルジアによって，意識の深いところから浮かび上がる映像喚起力はクックならではのものである．

文学的から文学へ　その後，『心の砕ける音』（*Places in the Dark*, 2001）や『闇に問いかける男』（*The Interrogation*, 2002）では，あいかわらず地味で暗いものの，従来の重苦しさから，どこか救いを感じさせる「切なさ」へとシフトし，『孤独な鳥がうたうとき』（*Peril*, 2004），『蜘蛛の巣のなかへ』（*Into the Web*, 2004）と新作ごとにミステリ色は薄れてきている．これは，単純にミステリというジャンルからの脱却という現象ではなく，クックという作家が成長し，その特質を純化させた結果である．論理性よりも叙情性，事象よりも人間性が色濃く描かれる．ミステリ界の叙情詩人とも称されるクックのミステリは，しばしば「文学的」と評される．しかしその形容は少し間違っている．「文学的」なのではない．もはや文学そのものだからだ．

（齋藤）

◇作家解説 II◇

ショ ンゲイ　エントザケ　Ntozake Shange（1948 - ）　詩人　劇作家

　自覚的な黒人女性詩人の一人．パフォーマンス・アーティスト，劇作家，小説家．ニュージャージー州トレントンにポーレット・ウィリアムズ（Paulette Williams）として生まれる．父は空軍の軍医，母は教育者である．両親ともに芸術を愛し知的雰囲気の溢れる家庭であり，家への来客には，マイルズ・デイヴィスやW・E・B・デュ・ボイスなどがいた．バーナード大学で学士，南カリフォリニア大学で修士号を取得．この間，結婚と離婚を経験，自殺を何度か試みる．改名した「エントザケ」は「自分のものをもって現われる者」，「ションゲイ」は「獅子のように歩く者」を意味するという．カリフォルニアの幾つかの大学で人文学，女性学，アフロ・アメリカン研究などを教える．

　1975年に劇場用に書いた『虹が一杯だった時／自殺を考えた黒人の女の子のために』（*for colored girls who have considered suicide / when the rainbow is enuf*）が，彼女に名声をもたらした．この作品は，7人の俳優のために書かれた20の詩編で構成され，絶望と苦痛に直面しながら，生き抜いてゆく黒人の女性の力をテーマとしている．オフブロードウェイで7ヶ月間上演後，ブロードウェイに移り，テレビでも放映された．他に，詩集『娘の地理』（*A Daughter's Geography,* 1983），小説『ベツィー・ブラウン』（*Betsey Brown,* 1995），評論集『邪悪を見るな』（*See No Evil,* 1984）などがある．　　　　　　　　　　　　（渡辺）

ワッサースタイン　ウェンディ
　　　　　　　Wendy Wasserstein（1950 - 2006）　　**劇作家**

　ニューヨーク，ブルックリン生まれ．1960年代半ばから80年代にかけて，男性優位の伝統的価値観と女性解放運動の狭間で揺れるアメリカの女性の心情を描いた機知に富む喜劇で知られるフェミニスト・コメディの旗手．最初に注目を集めた『非凡な女たちと平凡な女たち』（*Uncommon Women and Others,* 1977）は価値観が揺らぐ時代に各々生き，大学卒業後6年振りに再会した女たちを描く群像劇．

　『ロマンティックじゃない？』（*Isn't It Romantic,* 1983）においては，仕事を選ぶ女性と結婚生活に幸せを夢みる女性像を提示し，『ハイジの年代記』（→570頁）では絵画史研究家として社会的名声を確立した女性の心の葛藤を描いてピューリツァー賞とトニー賞に輝く．

　久しぶりに再会して互いの違いを受け入れて肉親の情を確かめる三人姉妹が登場する自伝的な『ローゼンツヴァイク姉妹』（*The Sisters Rosensweig,* 1993）はアウター・クリティックス・サークル賞を受賞している．その後も家族の絆を扱ったフェミニスト・コメディ，『あるアメリカの娘』（*An American Daughter,* 1997）を書いている．作者の40代の回想録『非ユダヤ的女神』（*Shiksa Goddess,* 2001）は作者の家族，友人関係について綴られており，作品理解を深めるためには欠かせない．イェール大学在学中から芝居を書き始め，ミュージカルやレビュー，テレビや映画の脚本にも関わっていた．　　　　　　　　　　　　（逢見）

◇作家解説 Ⅱ◇

キンケイド　ジャメイカ
Jamaica Kincaid（1949 - ）　小説家　随筆家

アンティグア出身　エレイン・ポッター・リチャードソン（Elaine Potter Richardson）として生まれる．カリブ諸島にある小島アンティグア（現アンティグア・バーブーダ，1981年イギリスから独立）のセント・ジョンズ市で生まれ，そこで教育を受ける．母親はドミニカ出身．弟が3人．17歳でニューヨークへ渡り，はじめはオーペア（外国籍の住み込みのお手伝い）として働く．写真術を学校で学び，ニューハンプシャー州のフランコニア・カレッジに在学したあと，ニューヨークに戻り，秘書となる．73年には『アンジェニュ』誌のライターとなり，現在の名前を考え出す．彼女自身企画した「私が17歳だったとき」というテーマで様々な著名人にインタビューした記事が好評を博す．作家としての道を歩むきっかけとなったのは『ニューヨーカー』誌の編集者ウィリアム・ショーン（William Shawn）と知り合ったことである．この雑誌に専属ライターとしてコラムを書いているうちに78年に「少女」（Girl）という実験的な文体をもつ短編を載せる．79年ショーンの息子アレン（Allen）と結婚．85年娘アニー（Annie）を，89年息子ハロルド（Harold）を出産．

故郷への思い　出版1冊目は，『ニューヨーカー』誌に掲載されていたものを集めた『川底で』（*At the Bottom of the River*, 1992）であり，故郷アンティグアが舞台となっている．様々なテーマをもつ短編が10編収められており，幻想的で特にストーリー性はない．自伝的な要素も含まれ，故郷での心象風景が細かく描写されている．のちに彼女の小説で展開されるモチーフが垣間見える．2作目は最初は『ニューヨーカー』誌に掲載された『アニー・ジョン』（*Annie John*, 1986）である．これは彼女の多感な少女時代がベースとなっている自伝的な作品である．3作目はアンティグアについて書かれたエッセー『小さな場所』（*A Small Place*, 1988）である．これを書くきっかけとなったのは，80年代半ばの20年ぶりの帰郷である．植民地主義批判が怒りと失望をこめて書かれている．1623年よりイギリスの植民地だったアンティグアにはサトウキビ栽培のために西アフリカから大量の黒人が送られ，奴隷として働かされたという過去がある．そして奴隷制が廃止された1834年，さらに独立後も白人による搾取は終わっていないのである．次に出版された『ルーシー』（*Lucy*, 1991）は，『アニー・ジョン』の続編ともいえるものである．ただルーシーはアニーのようにイギリスではなく，キンケイド自身のようにアメリカへ行き，オーペアとして働く．ルーシーは，自分では過去から逃れたつもりではいるが，いつまでも故国に，母親にとらわれている．『母の自伝』（*The Autobiography of My Mother*, 1996）は母親の自伝を娘が書くという形式をとったものである．『弟よ，愛しき人よメモワール』（*My Brother*, 1997）は全米図書賞にノミネートされた．HIVに感染し，亡くなった弟をめぐる回想録．『私の庭』（*My Garden*, 1999）はガーデニングに関するエッセーである．他に『トーク物語』（*Talk Stories*, 2001），『ポッター氏』（*Mr. Potter*, 2002）がある．　　　　　　　　　　（木村）

◇作家解説 II◇

エリクソン　スティーヴ　　Steve Erickson（1950 - ）　　**小説家**

ラディカルな　時空を解体し，現実と夢を融合させる幻想的な作風で，ガルシア＝マルケス
ファンタジー　と比肩され，個人の内的世界の探求と，独創的な小説形式の構築という点で，フォークナーの伝統を受け継ぐ．また，メタフィクション的技法を用い，確定した事実の，あるいは歴史の虚構性を暴くことによって，現実の再構築を迫るという点で，トマス・ピンチョンを彷彿とさせる．ピンチョン以降のアメリカ文学において最も注目を集める作家のひとり．

生い立ち　カリフォルニア州サン・フェルナンド・ヴァレーで生まれる．都市化の波により慣れ親しんでいた景色が急速に変化するのを目の当たりにして，そこに移ろい易い世界の隠喩を見る．小学生の頃，吃音ゆえに作文の授業で教師に剽窃の疑いをかけられたことがあり，その経験が作家になる動機のひとつになったようである．カリフォルニア大学ロサンゼルス校で映画を専攻しながら小説を書き，サミュエル・ゴードン賞を受賞．1972年に映画で学士号，翌年ジャーナリズムで修士号を取得．

時空の解体　85年，時空を越えたロマンスを軸に自己の崩壊とその再構築をテーマにした『彷徨う日々』（*Days Between Stations*）を発表し，ピンチョンの絶賛を受ける．砂嵐に襲われるロサンゼルス，極寒のパリ，運河の干上がったヴェネツィアの風景には，作家の幻視的想像力が遺憾なく発揮されている．2作目の『ルビコン・ビーチ』（*Rubicon Beach,* 1986）は，近未来のアメリカを起点に，男たちを虜にし首を切り落とす謎の美少女の追跡を通して，男たちのアイデンティティーの探求を描く幻想小説．20世紀について語り足りないと感じたエリクソンは，89年に歴史の書き換えを通して暗黒の20世紀を描く代表作『黒い時計の旅』（→572頁）を著わし，高い評価を得る．93年，第3代大統領で建国の父トマス・ジェファソンの奴隷で愛人だったサリー・ヘミングズ（Sally Hemings）を主人公に配し，愛と自由の交点をテーマにしたアメリカ建国の歴史を問い直す大作『Xのアーチ』（*Arc d'X*）を著す．革命前のパリでサリーは，ジェファソンへの愛を選び奴隷としてアメリカに戻るか，ジェファソンへの愛を捨て自由な人間としてパリに残るかの選択を迫られ，愛を選び自由を放棄する．しかし愛と自由の双方を求めるサリーの強い思いが時空を歪め，彼女の内面を反映した別の世界を出現させる．

覚醒と救済　この大作の完成後，より個人的な問題に向かい，96年『アムニジアスコープ』（*Amnesiascope*）を書き上げる．大地震によって廃墟と化した近未来のロサンゼルスを舞台に，作家の分身である主人公が，追憶と忘却の間で揺れながら自己の内面を幻惑的に時にはユーモラスに一人称で語る．『真夜中に海がやってきた』（*The Sea Came In at Midnight,* 1999）では，登場人物達の私的な「黙示」を中心に複数の記憶が連鎖し，ニュー・ミレニアムにおける個人の覚醒と救済の物語を織り紡ぐ．　　　　　　　　　　（岩崎）

◇作家解説 Ⅱ◇

ハージョ　ジョイ　　　　　　Joy Harjo（1951 - ）　　　**詩人**

　ネイティヴの伝統を歌う詩人．オクラホマ州タルサに生まれる．ネイティヴ・アメリカンの一部族であるマスコギーの一員．このマスコギーとは，ジョージア，アトランタ両州に住むクリーク族のことである．彼女がニューメキシコのアメリカン・インディアン芸術院で学んだのは，絵画と劇であり，詩や音楽ではなかったが，インディアンを取り巻く全国の政治的な状況が歌の作詞家や語り手を必要としたときに，詩を書き始めたと言われる．彼女は，シングルマザーであり，なお，絵画の生徒であった．
　ハージョは，詩のなかで，ネイティヴ・アメリカンや他の少数民族のために神話から日常の些細なことまでを歌い，また，実験的にマスコギーの先祖から伝わる伝統を歌や神話，物語に紡ぎ出す．ポエティック・ジャスティスというバンドを持ち，そこでサキソフォンを吹きながら，詩を演じたりした．
　アドリエンヌ・リッチが彼女の詩作を「世界を再創造する言語」として評価している．詩集に，『どの月がわたしをここまで追いやったのか』（*What Moon Drove Me to This?* 1979），『狂った愛と戦争のなかで』（*In Mad Love and War,* 1990），『いかにして我ら人となりしか』（*How We Became Human: New and Selected Poems,* 2002），CDとしては，『ネイティヴ・ジョイ』（*Native Joy,* 2002）をリリースしている．　　　　　　　　　　（渡辺）

ソート　ゲアリー　　　　　　Gary Soto（1952 - ）　　　**詩人**

　現代アメリカ詩のなかで異彩を放つヒスパニック系詩人．カリフォルニア州フレズノで，メキシコ系の両親のあいだに生まれる．彼の祖父が大恐慌の頃に，農業労働者としてアメリカに移住した．ソートが5歳の時，父が工場の事故で死に，母が貧困のなか，子どもを育てた．本が一冊もない家庭であり，読書するようになったのは，大学入学後であったと本人が述べている．カリフォルニア州立大学フレズノ校を卒業，カリフォルニア大学アーヴィン校のM.F.A.（美術修士）を取得．カリフォルニア大学バークレー校を含めていくつかの大学で，チカーノ研究や創作コースなどを教えた．
　詩集としては，『日光の話』（*The Tale of Sunlight,* 1978）などの詩集を出版．『わたしの手のなかの炎』（*A Fire in My Hands: A Book of Poems,* 1992）は，23編の自由詩で構成され，メキシコ系アメリカ人として育った子ども時代のことから，一人の娘の父としての経験までが作品化されている．他にも，高い評価を受けている『新詩選集』（*New and Selected Poems,* 1995）がある．
　彼には，貧困層や抑圧された人々，無視された人々への強い共感があり，平凡な労働者階級の経験とイメージから詩作している．時折，一般読者には理解できない言葉や比喩を使ったり，スペイン語を織り交ぜたりする．　　　　　　　　　　　　　　　　　　　（渡辺）

◇作家解説 II◇

ダヴ　リタ　　　　　　　　　Rita Dove（1952 - ）　　**詩人**

　個人と歴史を結ぼうとするアフロ・アメリカンの女性詩人．オハイオ州アクロン生まれ．祖母の想像力と祖父の語りの能力を受け継いだと言われる．詩の題材は，自分の祖父母，古代中国の王女，第2次世界大戦中に離婚したドイツ人女性，神話上の人物，ブルースのベシー・スミスなど，歴史的にも地域的にも多岐に亘るが，その根本に通底するのは，そうした題材を常にわれわれ自身の過去や，この世界のある特定の場所へと結びつけようとする態度である．娘，孫，妻，母，アフロ・アメリカン，女性，そして，教師としての経験がしっかりと作品の基礎に埋め込まれている．例えば，ピューリッツァー賞を受賞した『トマスとビューラ』（*Thomas and Beulah*, 1986）では，20世紀初頭の大移住が行なわれたときに，他の多くの黒人たちと同じように南部から北部へと移った彼女自身の祖父母の人生に題材を借りながら，詩作品を連作している．

　ドイツ人小説家フレッド・ヴィーバーンと結婚，娘が一人いる．ヴァージニア大学などで教職に就く．1995 - 97年，第7番目のアメリカ合衆国桂冠詩人を務める．著作として，詩集に『母の愛』（*Mother Love*, 1995）など．短編集『五番目の日曜日』（*Fifth Sunday*, 1985），小説『象牙の門を通って』（*Through the Ivory Gate*, 1992），韻文劇『大地の暗い顔』（*The Darker Face of the Earth*, 1994）がある．　　　　　　　　　　　　　　　　　　　（渡辺）

リオス　アルベルト　　　　　Alberto Rios（1952 - ）　　**詩人　小説家**

　魔術的リアリズムの方法論を体現する詩人，小説家．英語を使うラテン系の作家としてもっとも高い評価を与える批評家もいる．ガテマラ人の父と英国人の母とのあいだに生まれ，メキシコ国境にあるアリゾナ州ノガレスで育った．スペイン語を含めた幾つかの言語と，たくさんの物語のなかで育ったという．アリゾナ大学で文学士を，同大学院で創作コースの修士号を取得している．

　詩の傾向は，幻想と現実を混交させた文体と内容の作品が多く，ガブリエル・ガルシア＝マルケスのようなラテンアメリカ系の「マジックリアリズム」を実現していると言えよう．彼はまた，パブロ・ネルーダを尊敬し，第1詩集『風をからかうための囁き』（*Whispering to Fool the Wind: Poems*, 1982）の巻頭題辞にはネルーダの言葉を引用して，これまで無視され名付けられなかった者たちや自然の事物のために，自分の過去や想像力を活用する決意を示唆している．

　詩集としては他に，『ライム園の女』（*The Lime Orchard Woman: Poems*, 1988），『カピロターダ—ノガレスの思い出』（*Capirotada: A Nogales Memoir*, 1999）などがある．短編小説集としては，『イグアナの殺し屋』（*The Iguana Killer: Twelve Stories of the Heart*, 1984）がある．現在，アリゾナ州立大学で教えている．　　　　　　　　　　　　　　（渡辺）

◇作家解説 II ◇

マキャモン　ロバート・リック
Robert Rick McCammon（1952 - ）　　小説家

　アラバマ州バーミングハム生まれ．1978年『バール』(*Baal*) でデビュー．81年，現代の吸血鬼物語『奴らは渇いている』(*They Thirst*) が，ハリウッド産超大作映画のスケールとテンポのよさで，キング，クーンツに続く第3のモダン・ホラーの旗手として注目される．核戦争後の世界での善と悪の戦いを描いた『スワン・ソング』(*Swan Song*, 1987) はブラム・ストーカー賞受賞で一気に大ブレイクし，モダンホラー作家としての頂点を迎える．世界幻想文学大賞受賞の『ブルー・ワールド』(*Blue World*, 1989) は，ブラッドベリ的奇妙な味の効いた短編集．誘拐犯と母親の壮絶な追跡劇をロードノベル風に描いた90年の『マイン』(*Mine*) で大きく作風の転換をはかり，脱ホラー作家宣言．再びブラム・ストーカー賞受賞．そして現時点での最高傑作『少年時代』(*Boy's Life*, 1991) で三度目のブラム・ストーカー賞，さらに世界幻想文学大賞を受賞．少年時代にだけ存在する魔法に満ちた世界の輝きを叙情性豊かに，ミステリ色を加えた緻密なプロットで描く．大人になった主人公が再び故郷を訪れるシーンは感動的．マキャモンはこの作品を書くために作家になったと断言できる名作．ロードノベル『遥か南へ』(*Gone South*, 1992) の後，10年の沈黙を経て，2002年『魔女は夜ささやく』(*Speaks the Nightbird*) を発表．　　　　　　　　　　（齋藤）

フィリップス　ジェイン・アン
Jayne Anne Phillips（1952 - ）　　小説家

　レイモンド・カーヴァー（Raymond Carver）やアン・ビーティ（Ann Beattie）らと並ぶミニマリズムの代表的作家．1952年にウェスト・ヴァージニア州に生まれ，幼い頃より文学に親しむ．ウェスト・ヴァージニア大学で学んだ後，78年にアイオワ大学で修士号を取得．大学入学後から創作活動を開始し，当時から精力的に詩や短編小説を雑誌に投稿している．70年代半ばには故郷であるウェスト・ヴァージニアから西部へと大陸横断の旅に出るが，この旅での様々な出会いや経験が後の作品に大きな影響を与えることとなった．その後，ボストン大学創作科で教鞭を執り，85年に結婚，三人の息子の母となる．作家としては76年に小品集『スウィートハーツ』(*Sweethearts*) でデビューを飾り，79年に代表作『ブラックチケッツ』(*Black Tickets*) を発表，その名声を不動のものとする．その他，初の長編『マシーン・ドリームズ』(*Machine Dreams*, 1984)，『ファスト・レーンズ』(*Fast Lanes*, 1987)，『シェルター』(*Shelter*, 1994)，『マザー・カインド』(*Mother Kind*, 2000) などの他，エッセーや評論の執筆にも意欲的に取り組んでいる．繊細さと野性が混在する独特な語り口で「家族」の物語を書き綴る彼女の作品は，ナディーン・ゴーディマー（Nadine Gordimer）に「ユードラ・ウェルティ以来の最高の短編作家」と評されたほか，カーヴァーらからも高い評価を受けている．　　　　　　　　　　（影山）

◇作家解説 II◇

タン　エイミー　　　　　　　　Amy Tan（1952 - ）　　**小説家**

　マキシン・ホン・キングストン（Maxine Hong Kingston）と並んで最も著名な中国系作家．40年代の上海からの移民の子としてカリフォルニア州オークランドに生まれ，サンフランシスコ・ベイ・エリアで育つ．父親はバプティストの牧師で電気技師でもあったが，彼女の15歳のとき病死した．母親とともにスイスのモントルーに移り住み，その地の高校を終え，アメリカに戻り，サンノゼ州立大学を卒業，言語学の修士号を取得した．弁護士になった少女時代からの恋人と結婚，フリーランスのライターとなり，かたわら短編を書き始める．89年，処女長編『ジョイ・ラック・クラブ』（*The Joy Luck Club*）が全米図書賞とロサンゼルス・タイムズ・ブック・アウォードを受賞し，大ベストセラーとなり，彼女は一躍スター的存在となった．これは1940年代の終わりにアメリカに移民した4人の中国女性とその娘たちの物語．マージャンテーブルを囲んで点心を食べながら昔を語り合う＜ジョイ・ラック・クラブ＞の4組の母娘の現在の生活が枠物語をなし，その中に革命前のエキゾティックな中国の風習と移民せざるを得なかった境遇が現代アメリカとの対比で語られるというメタフィクション構造をなしている．ほかに『キチン・ゴッズ・ワイフ』（*The Kitchen God's Wife*, 1991），『百の秘密の感覚』（*The Hundred Secret Senses*, 1995），『接骨医の娘』（*The Bonesetter's Daughter*, 2001）がある．　　　　　　　　　　　　　　　　　　　　　　　　（寺門）

アードリック　ルイーズ　　　　Louise Erdrich（1954 - ）　　**詩人**

　20世紀ネイティヴ・アメリカンの変化と喪失感を表現した詩人，小説家．ミネソタ州リトルフォールズに，フランス系オジブエ・インディアンの母とドイツ系アメリカ人の父とのあいだに，7人兄弟の一番上として生まれる．近くに住む親族と共に大家族のなかで育ち，彼女自身，チペワ（オジブエの別称）に属している．父がシェイクスピアの劇を彼女と妹たちに紹介し，物語を書くようにと促した．
　彼女が入学した1972年は，ダートマス大学が初めて，女子を受け入れ，かつ，ネイティヴ・アメリカン研究学科を設置した年であった．文化人類学者で後に夫となるマイケル・ドリスが同学科の主任であった．卒業後，ウェイトレス，監獄での詩作教授，高速道路でトラックの検量官，建設現場での信号手など様々な職業に就いたが，これらの経験が後の作家生命を花開かせる重要な経験となった．79年にジョンズ・ホプキンズ大学創作コースで修士号を取得する．
　この後ボストンに戻り，詩集『閃光灯』（*Jacklight*, 1984）と，小説『愛の媚薬』（*Love Medicine*, 1984）を出版した．後者は，相互に関連する短編を集めたもので，アニシナアベ（＝オジブエ）の4つの家族の物語が50年間に亘って語られている．彼女の詩と小説に共通する点は，虚構性，語りの重要性，非直線的な時間の流れである．　　　　　　　（渡辺）

◇作家解説 II◇

セルヴァンテス　ローナ・ディー
　　　　　　　Lorna Dee Cervantes（1954 - ）　　**詩人**

　チカーノ・ムーヴメントで活躍する女性詩人．メキシコ系ネイティヴ・アメリカ人としてカリフォルニア州に生まれ，サンホゼで育つ．彼女は，英語以外の使用を禁じられて育ち，たとえ家のなかでも英語を使うようにと両親に命じられていたが，これは，当時，人種差別を避けるやむを得ない方法であったと言われる．カリフォルニア州立大学サンホゼ校で学士号を取得し，カリフォルニア大学サンタクルーズ校の大学院で意識の歴史について学んだ．
　詩作品のなかで，社会環境，女性の階級問題，チカーノとネイティヴ・アメリカンの女性への暴力，言葉と詩人の関係，書くという行為の意味などについて考察している．詩作の方法として，自伝的素材を使うので，親族から義絶されたケースもあるという．
　本人によれば，女性解放論者，政治活動家，フェミニスト，教育者，ブルース専門家である．1970年代のチカーノ・ムーヴメントで活躍した．「市民的不服従」を行なって10回ほど逮捕されている．第1詩集『エンプルマーダ』（*Emplumada*, 1981）のタイトルは，スペイン語で「羽飾りのついた」と「ペンが栄える」を意味する単語から造語されている．これによって，鳥のイメージと言語とを結びつけようとしている．第2詩集は，『大量虐殺の大綱から』（*From the Cables of Genocide: Poems on Love and Hunger*, 1991）である．　　　　（渡辺）

マキナニー　ジェイ
　　　　　　　Jay McInerney（1955 - ）　　**小説家**

　コネティカット州ハートフォード（Hartford）生まれ．マサチューセッツの名門ウィリアムズ・カレッジ卒業．コカインに浸り，ディスコに通いつめ，恋愛を楽しむマンハッタンのヤッピーの頽廃ぶりを速いテンポで巧みに描いた最初の小説『ブライト・ライツ，ビッグ・シティ』（*Bright Lights, Big City*, 1984）で一躍，時代の寵児となる．雑誌の仕事に飽いた作家志望の青年「きみ」（you）はヤッピーの友人タッド・アラガシュ（Tad Allagash）と共にナイトクラブを梯子して歩く．地理的ディテールに蘊蓄を傾けたこの作品は，作者の意図に反してマンハッタンのファッションとナイトクラブの案内書としても読まれた．タイトルはジミー・リード（Jimmy Reed）の1961年のブルースに由来する．88年にジェイムズ・ブリッジズ監督，マイケル・J・フォックス主演により映画化された．80年代にはタマ・ジャノウィッツ，ブレット・イーストン・エリスと並んで熱狂的賞賛を浴びたが，他の二人同様，その後の作品『ランサム』（*Ransom*, 1985），『ストーリ・オヴ・マイ・ライフ』（*Story of My Life*, 1989），『空から光が降りてくる』（*Brightness Falls*, 1992），『モデル・ビヘイヴィア』（*Model Behavior*, 1998），『よき生活』（*The Good Life*, 2006）はさしたる評価を受けず，最初の一作で名声は終わった．それでもなお，衝撃的デビュー作によって記憶にとどめるべき作家と見なされている．　　　　（遠藤）

◇作家解説 II ◇

ソング　キャシー　　　　　Cathy Song（1955 - ）　　**詩人**

　アジア系女性詩人として注目を集めている．ハワイ州ホノルルに，中国系と韓国系の血を受けて生まれた．大学教育を受けるために，ハワイを離れて本土のウェルズリー大学で学士号を，ボストン大学でM.F.A.を得て，1981年にホノルルに戻る．83年にイェール若手詩人賞を受賞し，最初の詩集『写真花嫁』（*Picture Bride*, 1983）を出版する．他に『枠のない窓，四角い光』（*Frameless Windows, Squares of Light*, 1988），『歓喜の土地』（*The Land of Bliss*, 2001）などがある．

　彼女の詩は，いわば，古いアジア文化と新しい消費文化のあいだで静かに行なわれる反省のなかから生まれてくるようだ．家族や先祖のこと，血の絆のこと，女であること，親への忠誠などが素材として取り上げられる．年老いた両親の姿や祖父母の記憶を織り交ぜる詩が読者に与える認識は，たとえば，歓喜も悲惨も実は自分たちがもたらすのであり，崩壊した生活や絶望，あるいは，表面的には楽しげに見える場合さえも，予期せぬものが現われるという，陰陽の知恵に似たものである．観察眼は，細部にまで行き届いている．彼女の作品は，多くのアンソロジーに採用され，多文化の一例としてアジア的なものを理解し，それを通して逆に，アメリカ文化をさらに理解するための教材として，よく教室で利用されている．彼女は，現在もハワイに住み，ハワイ大学マノア校などで教えている．　　　　　　（渡辺）

クシュナー　トニー　　　　　Tony Kushner（1956 - ）　　**劇作家**

　ニューヨークでユダヤ系の家庭に生まれる．コロンビア大学を卒業後，ニューヨーク大学大学院で演劇を学び，80年代から劇作，プロデュースを始める．1部，2部を合わせると上演時間が7時間にも及ぶ『エンジェルス・イン・アメリカ—国家的テーマに関するゲイ・ファンタジア』（→576頁）が高く評価され，ピューリツァー賞，トニー賞，ニューヨーク劇評家賞など数々の賞を受賞．

　2001年にニューヨーク・シアター・ワークショップで上演された『ホームバディ/カブール』（*Homebody/ Kabul*）は，イギリスに住む孤独な中年の主婦ホームバディ（Homebody）が骨董屋で古本のアフガニスタンのガイドブックを買い，歴史あるアフガニスタンにひきつけられ，カブールへの旅を決心するまでがモノローグで語られる第1幕と，カブールでの旅行中に殺害されたとされる彼女の遺体を夫と娘が捜す第2幕から成る．タリバーン政権下のアフガニスタンが舞台で，ビン・ラディン（bin Laden）の名前が出たり，テロの予言があったり，上演が2001年9月11日の直後ということもあり，政治色が前面に出た作品に見えるが，むしろそれは背景で，家族，民族，国家，異文化間の亀裂とその修復への可能性を問題にしている．クシュナー自身はゲイであり，社会主義者であることを明言して創作活動を行なっている．アメリカ演劇の新たな方向性を感じさせる劇作家のひとりである．　　（水谷）

◇作 家 解 説 Ⅱ◇

コーンウェル　パトリシア・ダニエルズ
Patricia Daniels Cornwell（1956 - ）　　小説家

　フロリダ州マイアミ生まれ．デイヴィッドスン・カレッジ卒．新聞社の警察担当記者を経て，ヴァージニア州検屍局のコンピュータ・アナリストとして6年間勤務．この時期の経験が作品に色濃く反映されている．「架空のことは書かない」という信条で，専属のリサーチスタッフによる徹底した取材・調査に基づき，凶悪な犯罪者の行動を克明に描写．飾りを一切排したプラクティカルな文章で，犯罪の世界を居場所とする人々を描く．女性検屍局長ケイ・スカーペッタ（Kay Scarpetta）を主人公とする『検屍官』（*Postmortem*, 1990）でデビュー．MWA（アメリカ探偵作家クラブ）とCWA（犯罪小説作家協会）両新人賞，マカヴィティ賞，アンソニー賞の4賞を総なめにする．才色兼備のスカーペッタのキャラクター，その優秀な仕事ぶり，セクハラへの対応，チームワークのとり方など，特に働く女性たちに支持される．スカーペッタ・シリーズ第4作『真犯人』（*Cruel and Unusual*, 1993）でCWAゴールド・ダガー賞受賞．これは『死体農場』（*The Body Farm*, 1994），『私刑』（*From Potter's Field*, 1995）と共に連続殺人鬼ゴールト（Temple Gault）もの三部作をなす．『スズメバチの巣』（*Hornet's Nest*, 1997）に始まる別シリーズは，記者時代のコーンウェルを彷彿とさせる登場人物も出てくる，軽いタッチでロマンス色の強い警察小説．オフィスには服役中のホワイトカラー犯罪者から，リサーチスタッフに雇ってほしいとファンレターが殺到する．　　　　　　　　　　　　　　　　　　（齋藤）

マイノット　スーザン　　　Susan Minot（1956 - ）　　小説家

　ボストンに生まれ，ブラウン大学で創作と絵画を学び，コロンビア大学で芸術学修士号を受ける．1980年代に台頭したミニマリストのひとり．『グランド・ストリート』，『ニューヨーカー』などの雑誌に短編小説を発表後，出版社から小説執筆依頼を受ける．代表作の連作短編小説集『モンキーズ』（*Monkeys*, 1986）はニューイングランドを舞台に，カトリックの母親と知識人の父親，七人の子供たちから成るヴィンセント家の，悲劇的な事故によって翻弄される12年間の日常を描く．1987年にフランスでフェミナ賞を受賞．次作『欲望その他』（*Lust and Other Stories*, 1989）はニューヨークに暮らす20〜30歳代の気まぐれな芸術家やジャーナリストたちの出会いも別離も困難な男女関係を描いている．第3作の長編小説『愚かさ』（*Folly*, 1992）は20年代，30年代のボストンを舞台に，ボストンの知識層生まれの女性の夫選びが人生を決定してしまう窮屈な人生を描く．『恍惚』（*Rapture*）ではかつて恋人だった男女が再会してひととき愛し合う．『黄昏』（*Evening*）では死の床にある女性が若き日を追想する．94年，映画監督ベルナルド・ベルトルッチから「トスカーナにすむ英国人芸術家と若いアメリカ女性との『感情教育』」についての脚本を依頼され，『魅せられて』（*Stealing Beauty*）を執筆，96年の映画公開によってマイノットの知名度はさらに上がった．　　　　　　　　　　　　　　　　　　　　　　　　　　　　　　　　（遠藤）

◇作家解説 II◇

ジャノウィッツ　タマ　　　Tama Janowitz（1957 - ）　　**小説家**

サンフランシスコで精神科医の父と詩人で文学部教授の母の間に生まれる．10歳の時，両親は離婚し，母のもとで育てられる．バーナード・カレッジで創作を学ぶ．1981年，最初の長編小説『アメリカン・ダッド』(*American Dad*) を発表．その後，4冊の小説を書くが，出版を拒否される．86年，創作の角度を変え，80年代のニューヨークに住む芸術家，売春婦，都市の住人を描いた短編小説集『ニューヨークの奴隷たち』(*Slaves of New York*) を発表，エリス，マキナニーと並び，一躍，時代の寵児として脚光を浴びる．物語の多くは，80年代ニューヨーク，ソーホー地区でのアンディ・ウォーホールらアーティストとの作者自身の親交に基づいた自伝的なもので，時代の最先端の雰囲気を捉える筆力には定評がある．その後，『マンハッタンの人喰い人種』(*A Cannibal in Manhattan*, 1987)，『男性異性装者サポート・グループ』(*The Male Cross-Dresser Support Group*, 1991)，『ギッチー・ガミーの岸辺で』(*By the Shores of the Gitchee Gumee*, 1996) の3作を発表するが，酷評される．カムバック後の『ある年齢』(*A Certain Age*, 1999) はマンハッタンの32歳の美女フロレンスの転落物語で，現代版『歓楽の家』，また，『ペイトン・アンバーグ』(*Peyton Amberg*, 2003) は歯科医の妻の転落物語で現代版『ボヴァリー夫人』と評される． 　　　　（遠藤）

リー　リ・ヤング　　　Li-Young Lee（1957 - ）　　**詩人**

中国人を両親としてインドネシアのジャカルタに生まれる．中国本土にいるあいだ，父は毛沢東の個人医を務めていた．インドネシアでは，大学創設などに力を尽くすが，反中国感情が高まるに従って，1年間政治犯としてスハルト政権の下で投獄された後，1959年に家族ともどもインドネシアを出国し，香港，マカオ，日本を経る5年間の長い行程の後に，64年アメリカ合衆国へ入る．リーは，ピッツバーグ大学，アリゾナ大学などで学んだ後，ノースウェスタン大学，アイオワ大学などを含めて幾つかの大学で教職に就く．招かれて各地で朗読会を行なっている．

第1詩集は，『バラ』(*Rose*, 1986)，第2詩集は，『わたしがあなたを愛する都市』(*The City in Which I Love You*, 1990) である．主たるテーマは，家族と父であるが，これまで「父」への屈折した思いをバネに創作してきたアメリカ文学全般の傾向のなかで，父との関係や父への愛情に関して，異質な明るさ，異常な素直さを示しており，彼のように素直に父との関係を題材に出来る精神をいったい，どう評価すべきなのだろうかと欧米の批評家を戸惑わせているように思える．父との関係や父の思い出が葛藤無く詩作品に書かれることでかえって，深読みを誘うようだ． 　　　　（渡辺）

◇作家解説 Ⅱ◇

パワーズ　リチャード　　Richard Powers（1957 - ）　　小説家

　イリノイ州エヴァンストン（Evanston）に生まれ，十代の数年間を父の仕事のためにバンコックで過ごした．少年時代，あらゆる知の領域を俯瞰できる学問として物理学に興味を持ち，イリノイ大学に入学したが，のちにそれを可能にするのは文学ではないかと気づき，英文学で修士号を取得した．ボストンでコンピューター・プログラマーとなるが，あるとき美術館でドイツの写真家アウグスト・ザンダー（August Sander）が1914年に撮った『舞踏会へ向かう三人の農夫』（*Three Farmers on the Way to a Dance*）という写真を見て想像力をかきたてられ，第1次世界大戦が目の前に迫っていることも知らないこの若者たちが生きるであろう20世紀の物語を描こうと決意して仕事を辞め，写真と同じ題名の小説を1985年に出版した．その後，複雑な入れ子構造をもった『囚人のジレンマ』（*Prisoner's Dilemma*, 1988），DNAを扱った『黄金虫変奏曲』（*The Gold Bug Variations*, 1991）を発表した．1年間ケンブリッジ大学に滞在したのち92年，イリノイ大学で教職に就く．ほかに近未来の小児科病棟の悪夢を描いた『さまよえる魂作戦』（*Operation Wandering Soul*, 1993），人工知能を扱った『ガラテア2.2』（*Galatea 2.2*, 1995），また『ゲイン』（*Gain*, 1998），『闇を耕して』（*Plowing the Dark*, 2000），『エコー・メイカー』（*The Echo Maker*, 2006）がある．先端科学を駆使し，複数の物語を組み合わせるのが彼の得意芸である．　　　　　　　　　　　　（寺門）

ケイニン　イーサン　　Ethan Canin（1960 - ）　　小説家

　ミシガン州アナーバー生まれ．ハーヴァード大学医学部卒．在学中に書いた「夜空の皇帝」（Emperor of the Air, 1985），「スター・フード」（Star Food, 1986）がホートン・ミフリン（Houghton Mifflin）社刊の年刊短編選集『ザ・ベスト・アメリカン・ショートストーリーズ』に収録される．これらを含む短編集『エンペラー・オブ・ジ・エア』（*Emperor of the Air*, 1988）を刊行．それ以来特に短編で高く評価されている．長編第1作『あの夏，ブルー・リヴァーで』（*Blue River*, 1991）は小児科医として成功した弟と希望無き放浪者の兄の物語．ケイニンの描く主人公たちはいつも，アメリカ郊外特有の退屈で平凡な日常に訪れるささやかな瞬間に対して「これでよかったのだろうか」と自分の選択に疑心や後悔を抱く．あまりにも勤勉で誠実な善人たち．変化のない日々．ささやかな出来事．同じ町に住むいつもの仲間．そんな穏やかな日常に生きている充足感や，一瞬の幸福感をケイニンは瑞々しい空気を湛えて描く．ケイニンは病んでいないアメリカを描く希有な作家だ．短編集『宮殿泥棒』（*The Palace Thief*, 1994）で1996年，イギリスの文芸誌『グランタ』（*Granta*）の40歳以下の若手アメリカ作家ベスト20に選ばれる．簡潔明瞭でリズミカルな文体とリリシズムは，若手でありながらも成熟した風格と滋味を備えている．昼下がりの近所の通りをゆったりと歩きながら，目に入った出来事を後から何となく反芻するような淡々とした生活を愛する大人が安心して読める落ち着いた小説．　　　　　　　　　　　　　　　　　　（齋藤）

◇作家解説 Ⅱ◇

クープランド　ダグラス
Douglas Coupland（1961 - ）　　小説家　エッセイスト　彫刻家

**アーティスト　**カナダ軍の軍医だった父の仕事の関係でクープランドは，ドイツ駐留の
としての出発　NATO軍基地で生まれた．1965年に一家はヴァンクーヴァーに移住．彼もそこで教育を受けることになった．79年にはアートスクールへと進学し彫刻を専攻．卒業後はミラノの専門機関で学んだり，東京の出版社に勤務するなど数年間の海外生活を送り，帰国後，彫刻家としての活動の傍ら，ポップカルチャーやアートに関する記事を地方誌に寄稿し始める．処女長編『ジェネレーションX ―加速された文化のための物語たち』(*Generation X: Tales for an Accelerated Culture*, 1991) はそこから生まれた．

ジェネレ　クープランドはこの作品で，ヒッピーからヤッピーへと転身した先行世代のラ
ーションX　イフスタイルに幻滅し，パームスプリングスの砂漠に脱出した3人の若者が様々な物語を語り合う姿を通して，50年代後半から60年代生まれのポスト・ベビー・ブーマー世代の精神の彷徨を描いてみせた．前宣伝もなく静かに世に送り出されたにもかかわらず，イラスト，造語や標語の注釈を添えたレイアウトと判型の目新しさとも相俟って，若者世代を中心に人気を博し，クープランド自身も一躍，X世代を代表する作家として脚光を浴びることとなった．

加速された　大きな注目を集める中で発表された第2作『シャンプー・プラネット』
執筆活動　(*Shampoo Planet*, 1992) は，X世代よりひとつ下の世代「全地球的十代」(global teens) を描いた姉妹作ともいうべき作品であった．94年には，神なき時代に生きる主人公と，その家族や友人に纏わるエピソードが断片的に語られる連作短編『ライフ・アフター・ゴッド』(*Life after God*) を出版．翌年には『マイクロサーフ』(*Microserfs*, 1995) を発表し，マイクロソフト社で「農奴」(serf) のように働かされる若者たちの日常と，彼らがベンチャービジネスを企業していく物語を描いた．その後も継続的に作品を発表しており，他に『ガールフレンド・イン・ア・コーマ』(*Girlfriend in a Coma*, 1998)，『ミス・ワイオミング』(*Miss Wyoming*, 1999)，『オール・ファミリーズ・アー・サイコティック』(*All Families Are Psychotic*, 2001)，『神は日本を憎んでいる』(*God Hates Japan*, 2001)，『ヘイ・ノストラダムス！』(*Hey Nostradamus!*, 2003)，『エレノア・リグビー』(*Eleanor Rigby*, 2004) がある．

ブーム　クープランドの小説は，独自の手法・視点で現代の若者たちの姿や文化を巧みに切
の後で　り取っているが，その一方でテーマの限定性，人物造形やプロットの甘さなどを厳しく指摘されることも少なくない．なお，アーティスト出身のクープランドは小説執筆以外の創作活動にも精力的で，彫刻家として個展を開くほか，短編とエッセーを収録した『ポラロイズ・フロム・ザ・デッド』(*Polaroids from the Dead*, 1996) を発表するなど，ジャンルにとらわれない活動を展開している．

（児玉）

◇作家解説 Ⅱ◇

レーヴィット　デイヴィッド　　David Leavitt（1961 - ）　**小説家**

　1983年，イェール大学英文科卒業．現在はフロリダ大学教授．『ニューヨーカー』，『ニューヨーク・タイムズ』，『ワシントン・ポスト』，『ハーパーズ』などの雑誌，新聞に数多くの短編小説を発表．23歳で上梓した初の短編小説集『ファミリー・ダンシング』（*Family Dancng*, 1984）で全米書評家協会賞，ペン・フォークナー賞の最終選考に残り，一躍，注目を浴びる．大学の創作学科出身者によって80年代にブームとなったミニマリズムの旗手のひとりと目される．よく描かれるテーマは癌，死，病と健康，家族の絆，ゲイ／レズビアン／バイセクシュアル，母と息子の関係，妊娠，宗教など．『ファミリー・ダンシング』では，ゲイの問題を織り込みながら，20世紀末の家族関係の光と影を巧みに描写し，賞賛を浴びた．『行ったことのないところ』（*A Place I've Never Been*），『アーカンソー』（*Arkansas*）も短編集．同性愛を両親に告白する困難を描いた長編『失われしクレーンの言葉』（*Lost Language of Cranes*, 1986）はBBCによって映画化された．『ジョナ・ボイドの遺体』（*The Body of Jonah Boyd*, 2004）は作家の遺稿からたどる数奇な運命の物語．『知り過ぎた男―アラン・チューリング，数学，コンピュータの起源』（*The Man Who Knew Too Much: Alan Turing, Mathematics, and the Origins of the Computer*, 2005）はイギリスの同性愛の天才数学者チューリングの自殺の謎に迫る評伝．　　　　　　　　　　　　　　　　　　　　　　　　　　　　（遠藤）

スミス　スコット　　Scott Smith（1965 - ）　**小説家**

　ニュージャージー州サミット生まれ．ダートマス・カレッジで心理学と文芸創作を学んだのち，コロンビア大学大学院で芸術学修士号を取得．27歳の時に書いたデビュー作の『シンプル・プラン』（*A Simple Plan*, 1993）は，スティーヴン・キングがスミスと共にTVに出演し，延々30分間も褒めまくったので，発売当日に完売するという話題作になった．オハイオの片田舎に住む3人の男が墜落した飛行機の中で大金を発見したことから，彼らの平穏な生活が崩れ始める．今より少しでも幸せになりたいと思う出来心によって，人間はいかにして悪へと転がり落ち，人生は狂ってゆくのかが緻密に描かれる．貧しさという環境の影響を受けて，主人公が冷酷な犯罪を繰り返すはめになる点に，自然主義文学の影響が見られる．同時に，破滅の源泉を主人公の性格の弱さが引き起こした運命的なものと見ることもでき，その点にはギリシャ悲劇的伝統性も感じられる．悪へと傾倒してゆく（せざるを得ない）ダブル・バインド状態の心理描写は凄まじい．伏線のはり方の見事さと全編にちりばめられた暗喩によって読み応えのある作品となっている．スローモーションで巨大な雪崩を見ているように，ゆっくりと世界は破滅に向かう．スミス自身が脚本を手懸け，98年にサム・ライミ監督で映画化された．13年後に発売した『廃墟』（*The Ruins*, 2006）はサスペンスにみちたホラー小説で，メキシコを旅行中の四人の若いアメリカ人男女が，行方をくらました弟を捜すドイツ人に誘われるままに深い森の中に分け入っていき，恐怖に遭遇する．　　　（齋藤）

◇作家解説 II◇

ダニエレヴスキー　マーク
Mark Danielewski（1966 - ）　　**小説家**

　ニューヨーク生まれ．美術や映画，音楽に興味を持ち，イェール大学では文学と映画を専攻．2000年に『紙葉の家』（→582頁）でデビュー．20世紀最後を飾るにふさわしい怪物級の新人．これまでのあらゆるカノン文学の伝統など軽くぶち壊し，まったく新しい形態の文学――いや，これはもはや文学というよりも総合アートの領域――を生み出した．ようやくここから21世紀のアメリカ文学が始まるといっても過言ではない．最前衛の作家，映画監督，美術スタッフが英知を結集して1冊の小説を書いたという感じである．外部が内部と釣り合わず，むしろ外部よりも内部が広くなっている――しかも測量するたびに構造が変化する不気味な家．その家を調査した謎のドキュメンタリー・ビデオと，それを発見した男の報告書を中心に，膨大な博引旁証を積載した多層構造の迷宮状テクストが紡がれる．とにかく仕掛けだらけの視覚的実験が強烈．「家」の文字だけが青の印刷，螺旋状の段組，1単語だけの頁，文字が重なっている箇所や斜めになったり反転していたり．このめまぐるしく変化する書式によって読者は常に流動的に変化する「家」を探求する登場人物の不安を追体験することになる．読者はしだいに頁上の活字までもが意識を持ち，こちらの様子を窺っているかのような不気味な居心地の悪さを感じるだろう．極寒の空気感を湛えた傑作．　　　　（齋藤）

ラヒリ　ジュンパ
Jhumpa Lahiri（1967-）　　**小説家**

　カルカッタ（コルカタ）からの移民の両親のもと，ロンドンに生まれ，ロード・アイランド州で育つ．ボストン大学で英文学，創作，比較文学と芸術でMA（修士号），ルネサンス研究でPh.D（博士号）を受ける．ニューヨーク市在住．1999年，初の短編小説集『病気の通訳』（*Interpreter of Maladies,* 邦訳の表題は『停電の夜に』）でピューリツァー賞を受賞．短編集での受賞，デビュー作での受賞は異例のことで，南アジア出身者としては初の受賞となる．O・ヘンリー賞を受賞した原書の表題作は病院で通訳として働くかたわら観光タクシーの運転手もしている男がある日，インド系アメリカ人の人妻から秘密を打ち明けられて当惑する話．他の8編の主なテーマは，インド系移民一世の両親の価値観と，外部のアメリカ社会の価値観のはざまに捕らえられたアメリカ生まれの移民の子供たちのアイデンティティや疎外感の問題である．自ら決別したにもかかわらず故郷インドに執着し，その慣習に従いながらアメリカでの人生を切り開こうとする一世の苦悩と，それに敬意を払いつつも隔たりを感じ，どこにも居場所が無いと感じるアメリカ生まれの子供たちは，次作の長編小説『その名にちなんで』（*The Namesake,* 2003）のテーマでもある．列車事故のときたまたま父親が読んでいた本にちなんで「ゴーゴリ」と名づけられたインド系2世の主人公は，大学進学を機に，負担になっていたこの名を捨て改名する．　　　　（遠藤）

第 四 部

重要作品

コモン・センス〜紙葉の家
作品解説

◇重要作品◇

コモン・センス　*Common Sense*（1776）

トマス・ペイン　政治文書

今こそ分離の時　1775年4月に独立戦争の火蓋が切られたが，アメリカ植民地の人々が向かうべき道を示すため翌年1月ペインは47頁にわたるパンフレットをフィラデルフィアで発表した．これはたちまち人々の注目を集め，3ヶ月のうちに10万部を売りつくし当時のアメリカの世論に革命，改革の種をまいた．

政府の起源と意図　社会と政府を混同しているものがいるが，両者は起源からしても違っている．社会は人間の欲求から自然に生まれ，互いの義務や愛情の絆によって人々に積極的な幸福をもたらすものだが，政府は人間の悪行を抑えることを意図に人為的につくられたものである．徳行に頼るだけでは世の中は治められないため政府というものが必要とされただけなのである．人間の道徳的行為の欠陥を補うには，何らかの形の政府が必要となってくるわけである．さらに続いて，誇りある政府とされているイギリスの憲法と政体についての意見が述べられる．その不完全さ，複雑さ，その欠陥の原因がつかめないのは，この憲法を構成している部分が君主政治という暴政の遺物と共和制という新しい要素とが混ざり合っていることに起因すると思われる．

君主政治と世襲制　ペインはまず聖書の年代記によると，世界の初期には国王なるものはいなかったし，やがて生じる王政はユダヤ人の罪の一つとして掲げられていると述べ，そのいくつかの例をあげて弊害を説く．イギリスの場合，君主政治の弊害の上に世襲制という弊害が加わり，すべて人間は本来平等とする理念ばかりか人間自身の品位，価値を貶め，侮辱し，欺くものだと批判する．国王の出現は，天命によるか，人民の選挙によるか，強奪によるかのどれかで，イギリスの古代の王政はまさに強奪によるもので，王位継承をめぐる争いは長年にわたって国を流血の場と化してしまった．

アメリカの現状と力　この愚劣な伝統を継ぐイギリスからアメリカ植民地は分離し，独立してわれわれ自身の手になる政府を築くべきだ，と説く．「正しい，道理にかなったすべての事情が分離を訴えている．殺された者の血が，自然のすすり泣く声が，今こそ分離すべき時だと叫んでいる」．アメリカの発見は宗教改革に先立ってなされたが，まさにそれは全能の神が，迫害されている者に対して恵み深くも避難所を与えんという意図からではないだろうか．イギリスの政治形態によるアメリカ植民地への支配は早晩終わりを告げなければならない．みずからを統治することは，われわれの自然権なのである．アメリカが独立するだけの力は十分にある．それは数にあるのではなく人々の結びつきにあると述べ，さまざまな観点から独立の必要性とその宣言をすべき時がやってきたことを力説している．

【名句】Everything that is right or reasonable pleads for separation. The blood of the slain, the weeping voice of nature cries, 'TIS TIME TO PART.'「正しい，道理にかなったすべての事情が分離を訴えている．殺された者の血が，自然のすすり泣く声が，今こそ分離すべき時だと叫んでいる」

（佐藤）

◇重要作品◇

ウィーランド　*Wieland; or The Transformation*（1798）
チャールズ・ブロックデン・ブラウン　長編小説

アメリカン・サスペンス　『ウィーランド』は，無拘束な想像が生む悪によって，理性の力を信じてやまない社会が崩壊していく様子をありありと描いている．いちど崩れた調和や秩序は修復不能であり，登場人物は恐怖や不安，混乱をどうしても解消できない．ブラウンは，急進的信条や思弁哲学，心理学的実験，腹話術や夢遊症，自然発火といった趣向を取り入れ，現象と実在，個人と社会の間にある堅固な関係の終焉を予言する．

信仰と怪奇　兄セオドア（Theodore）と妹クララ（Clara）の父は，キリスト教のマニ教的異端カミサール派に傾倒した人物だった．父は，異教徒への伝道を使命と思い込み，ネイティヴ・アメリカンへの布教のためフィラデルフィアに移住する．しかし，荒野に赴く不安から布教に挫折すると，近郊に安価な土地を購入し，奴隷使役による農場経営で富を蓄えていった．やがて使命を思い出し，オハイオ川渓谷で布教したが，家庭を守る義務感から帰郷すると，宗教的情熱の矛先を祈りに向けた．そしてある夜，敷地のはずれの聖堂で祈りを捧げていた父は，原因不明の閃光に打たれ死んでしまう．

理性 vs. 疑似科学　後を追うように母も死に，クララとセオドアは叔母のもとに引き取られるが，キャサリン・プレイエル（Catharine Pleyel）を友人に得て，3人は深い友情で結ばれていく．ほどなくセオドアはキャサリンと結婚し，かつての邸宅に新居を構える．クララも領内でひとり生計を立て始める．そこへキャサリンの弟ヘンリー（Henry）がヨーロッパから戻り，新たな友を加えた4人は，更に親密な間柄になっていく．ヘンリーは知的自由の擁護者で，理性の導きだけを信じる合理主義者だった．しかし，4人の関係は，アイルランドからの逃亡犯カーウィン（Carwin）の策謀で破綻していく．

盲信が生む狂気　セオドアは，農業を生業としつつも，父同様に信仰の根拠を探し求め，教義を詮索するようになる．カーウィンはそんなセオドアに，得意の腹話術を使って悪事を働く．妻子と妹を殺すよう神が命じているとセオドアを信じ込ませたのだ．セオドアは，腹話術の声を神の声と決め，躊躇うことなく命令を実行してしまう．妻と4人の子を殺したセオドアは捕らえられ，裁判の後に投獄される．けれども，セオドアは脱獄し，残された妹殺しを果たそうとクララの前に姿を現わす．そして，セオドアが手にかけようとした瞬間，彼女の命はカーウィンによって救われる．セオドアは，殺しを思い止まるよう命じた鋭い声を聞く．実はその声は，カーウィンの腹話術によるものだった．狼狽するセオドアの耳には，妄想から目覚め，理性を取り戻せと呼びかける声がする．セオドアは，正気に返り現実に目覚めると，ナイフを首に突き刺し自殺してしまった．

【名句】Shake off thy phrenzy, and ascend into rational and human.「狂気を振り落とし，理性ある人間の座に昇っていけ」

（難波）

◇重要作品◇

死生観 Thanatopsis (1811, 21)

ウィリアム・カレン・ブライアント 詩

墓場派の影響とアメリカ的なもの　タイトルの本来の意味は,「死観」あるいは「死について静かに考えること」. 最初に書かれたのが, 1811年. やがて, 冒頭の16行半と, 末尾の15行半が付け加えられる. 1821年,『詩集』に収められる. 特に, 出だしの数行は重要.「自然は, さまざまな言葉を語りかける」. これによって, 言わんとすることが,「自然」によって語られるものとなる. トマス・グレイ, ウィリアム・クーパーなど, イギリスの墓場派の影響を強く受ける. ただ,「続く森／オレゴン川がうねる」(the continuous woods / Where rolls the Oregon) など, 風景はアメリカ的.

テーマは「死」と「生」　「死」の恐怖を脱して, 力強く生きることを強調する. 自然から生き方を学び取る姿勢は,「水鳥に寄せて」などに通ずる. 哲学的ではあっても, 抑制が効いており, 自然そのものから遊離することはない. ともすると観念に走るエマソンとは, この点で大きく異なる. リズムは, 弱強5歩格. Are shining on the sad abodes of death「死の悲しき住まいを照らしている」.

語りかける自然　「自然を愛で／目に見える自然の姿と交わる者に／自然はさまざまな言葉を語りかける」(To him who in the love of Nature holds / Communion with her visible forms, she speaks / A various language). 人が喜びに満ちる時, 自然の声は, 朗らか. 憂いに沈む時, 自然は, 人の心を穏やかに癒す. 死が恐ろしいと感じたら,「大空の下に出て, 自然の教えに／耳を傾けるがよい」(Go forth, under the open sky, and list / To Nature's teachings).「自然の静かな声」がこう聞こえてくる.

死とは土に戻ること　死ねば, 君の姿は, もう, 太陽の目に留まらない. 冷たい大地にも, 広い海原にも, もはや, 君の姿は存在しない. 大地は, 人を育み, そして, 人を大地に戻す. 君の亡骸は,「分解されて」(resolved),「岩」や「土くれ」になる. やがて, 鋤で掘り返され, 足で踏みつけられる. そこに, 樫(かし)の木が広く根を張る.

死は万人のもの　しかし, 死を恐れる必要はない. 君ひとりが死ぬのではない. 地上の権力者, 賢人, 善人, 美人, 老人と,「生きとし生けるものすべてが,／君と, 死の運命を共にする」(all that breathe / Will share thy destiny). 朝, 荒野を突き進むがよい. 果てしない森に迷い込むがよい. どんなに寂しい所でも, 死者はいる. 大地全体が, いわば,「ひとつの巨大な墓」(one mighty sepulchre) なのだ. 青春の真っ盛りの青年も, 乙女も, 既婚者も, 物言わぬ嬰児も, 白髪の老人も, すべの人が, 大地に並び横たわる.

力強く生きる　であればこそ, 今を力強く「生きるのだ」. やがて, 人は必ず,「死のキャラヴァン隊」に加わるように呼び出され, 死に向かう. その時,「ゆるぎ無い信念に,／支えられ慰められ」(sustained and soothed / By an unfaltering trust) なければならない.「楽しい夢の床に就く」(lies down to pleasant dreams) 者のように, 死を迎え入れなければならないのだ.

(矢作)

◇重 要 作 品◇

自伝　*Autobiography*（1818）

ベンジャミン・フランクリン　自伝

新たな時代感覚　フランクリンが65歳の1771年に，息子ウィリアムに語りかけるかたちで書いた自伝形式の作品で，もとのタイトルは『回想録』（*Memoirs*）という．全体が12章からなり，自分の先祖についての系譜と逸話から始まり，次に家族のことにふれた少年時代からフィラデルフィアへの出発，ロンドンでの生活と続くが，1757年州代表としてイギリスに渡ったあたりまでで終わっている．ここでうかがえるフランクリンの姿は，合理主義，実利主義に基づく気取りのないヤンキーの新たな時代感覚をにおわせている．

生いたちとその後　父ジョサイアは1682年頃妻と3児をかかえてニューイングランドに移住してきた．移住後父はさらに4人，二度目の妻からまた10人，合計17人の子をもうけた．フランクリンは後妻の子で男子では一番末，下から数えて3番目だった．8歳の時ラテン語学校に入れられたが，子だくさんの家庭の苦しさから読み書き算術の学校に転校，やがてこれもうまくいかず10歳の時，学校をやめ，ろうそく製造業の父親の仕事を手伝うこととなる．読書好きでバニヤンの『天路歴程』，プルタークの『英雄伝』などを愛読する．この読書好きをみて父親はフランクリンを印刷屋にすることを決め，ボストンで印刷業を営む兄ジェイムズのもとに見習いの年季奉公に出す．この間『スペクテイター』紙のすぐれた文体にふれ，やがてこれが後のフランクリンの文体を鍛えあげていく助けとなる．17歳の時ボストンを離れる．初めニューヨーク，そしてフィラデルフィアに到着，ここがやがて彼の成功物語の出発点となる．1724年にロンドンでの1年半におよぶ生活に入る．ここで彼は植字，組版，印刷の技術をさらに学び，見聞もひろめ，貴重な友人関係を結びつつ，かなりの時間を読書にも充てることができた．1726年フィラデルフィアに戻り，1729年『ペンシルヴェニア・ガゼット』紙を買いとり，みずから文筆と印刷業の仕事に入り，やがて彼の文名が知られるようになっていく．

良き市民，良きクリスチャンとして　ピューリタンの家庭環境に育った彼は，早くからこの教義に疑問を持っていた．特に「神の永遠の意志」「神の選び」「原罪」などは信じられなかった．だからといって宗教そのものを否定したわけではない．世界の創造主としての神の存在，その神への奉仕は人に善をなすことだということ，霊魂の不滅，すべての罪と徳行にはその罰と報いがあるという本質的教義は疑っていない．彼にとって宗教は神学ないし信仰の問題というより道徳上の原理に等しく，これが実生活の中で人間性を鼓舞し，道徳性を導きだす指標となるかぎりにおいて有益なものであったようである．したがって礼拝にはほとんど出席しなかったが，どんなに気にくわない宗派もいくらかは役に立つと考え，必要に応じて多少の寄付は拒まなかったという．ただいたずらに理に走ることなく，つねに有用性から逸れることなく，その実践をめざしたフランクリンの真骨頂がうかがえる．

【名句】I should have no objection to a repetition of the same life from its beginning.
「私はもう一度最初から同じ生涯をくり返すことに何の異存もない」

（佐藤）

◇重 要 作 品◇

リップ・ヴァン・ウィンクル
（Rip Van Winkle, *The Sketch Book*, 1819-20 に収録）

ワシントン・アーヴィング　短編小説

激動の　『スケッチ・ブック』に収録された1編で，ドイツの民話だったものをアメリカ
アメリカ　に舞台を移して語ったもの．「昏睡しているあいだに起きた，変わったできごとが呑み込めるようにもなった．革命戦争があったこと，この国が昔の英国の支配を脱したこと，自分はジョージ三世陛下の臣民ではなく，今は合衆国の自由な市民であること，こういったことのいきさつがわかってきた」(『スケッチ・ブック』吉田甲子太郎訳　新潮文庫) とあるように，日本の浦島太郎によく似たこの作品は，植民地時代から革命期を経て，アメリカの社会と精神が急激に変貌していく過程を暗示的に物語っている．

不思議な　ニューヨークがまだイギリス植民地だった頃，ハドソン川を遡るとキャッツキル
出会い　山脈が見えてくる．その麓の村にリップ・ヴァン・ウィンクルという男が住んでいた．彼は素朴で人が善く，細君の尻に敷かれた従順な男であった．リップが嫌でたまらないのは金になる仕事をすること．他人の仕事ならどんな荒仕事でも引き受けるが，こと自分の仕事となると全くその気になれない．根気がないからというわけでもなかった．村の女たちから言わせても，自分のことを除いて，彼ほど他人の使い走りに行ってくれたり，彼ほど半端仕事をしてくれるものもいなかった．自分の仕事だけはやる気がない．畑も荒れ放題，垣根も壊れたまま，飼っている牛もどこかに迷い込んだまま．このようなわけだから細君のご機嫌がいいはずがない．昼も夜もべつ幕なしに毒舌は続いた．家でリップの味方をするのは犬のウルフだけ．これまた主人に劣らず細君に頭が上がらない．猟に出ると勇敢に獲物を追いかけまわすこの犬も，細君に睨み付けられ，まくしたてる舌の攻撃には尻尾を股のあいだに入れる始末．うんざりしたリップはウルフと一緒に銃を手に山に逃げこんでしまう．夕暮れ時，遠くで自分の名を呼ぶ声がするのでその方に行くと，酒樽をかついだ奇妙な老人と出会う．乞われるままに手を貸して樽を運んでやると，円形劇場風の場所でナイン・ピンズ遊びをしている妙な人々の群れの中に行きつく．老人の指図通りこの人々に酒をついで回り，自分も勧められるままに飲むうちに，すっかり感覚がしびれて眠りこんでしまう．

一夜が　目が覚めると周囲の世界は一変していた．持ってきたはずの銃もなく犬のウル
まる20年　フもいない．ただ銃身が錆び，台尻も虫に喰われた古い銃がころがっている．驚いた彼がやっとのことで村に帰ってみると村もすっかり変わり，村人の中にも顔見知りはいなくなってしまっていた．唖然とする彼が納得のいかないまま後で分かったことは，眠っていた一夜が実はまる20年の歳月であった．やがて村でリップは独立戦争前の生きた記録に等しい存在として見られるようになった．

【名句】I longed...to escape, in short, from the commonplace realities of the present, and lose myself among the shadowy grandeurs of the past. 「私は現在のありきたりの現実世界から逃れて，陰影漂う荘厳な過去の中に身を没したいと願った」
　　　　　　　　　　　　　　　　　　　　　　　　　　　　　　　　　　　　　（佐藤）

◇重要作品◇

最後のモヒカン族　*The Last of the Mohicans*（1826）
ジェイムズ・フェニモア・クーパー　　長編小説

**アメリカ　**1757年のニューヨーク州湖水地方では，イギリスとフランスが，ネイティヴ・ア
の叙事詩　メリカンを巻き込んで争っていた．闇をつんざく悲鳴，忍び寄る人影．『最後の
モヒカン族』の場面は，息を呑むほどリアルだ．クーパーは，白人とネイティヴ・アメリカ
ンの間の友情と反目，人種混交や優越主義の問題を，雄大な自然を背景に見事に描いてい
る．

**復讐劇の　**イギリス軍大佐の娘コーラ（Cora）とアリス（Alice）は，父マンロー（Munro）
始まり　に会うためウィリアム・ヘンリー砦に向かった．護衛は少佐のヘイワード
（Heyward），案内はヒューロン族のマグワ（Magua）だった．けれども，マグワは，コー
ラを奪いマンローに復讐する魂胆だった．一行が森を彷徨っていると，ホークアイ
（Hawkeye）と仲間のモヒカン族，チンガチグック（Chingachgook）とアンカス（Uncas）
が現われる．不審に思ったホークアイは，代わりに案内役を買って出る．腹を見透かされた
マグワは，素早く森の奥へ逃げ込んでしまう．

モヒカン族　ホークアイとモヒカン族に連れられ，娘たちは砦を目指して進む．けれども，
という善玉　この一行を待ち伏せていたのは，ヒューロン族が放つ無数の銃弾だった．ホー
クアイと仲間の応戦も虚しく，コーラにアリス，ヘイワードは，マグワに連れ去られてしま
う．途中，マグワは，自分の妻になれば復讐を諦めるとコーラに持ちかける．怒ったヘイワ
ードがヒューロン族に襲いかかると，ホークアイとモヒカンたちが運良く現われる．また命
を救われた娘たちは，彼らを頼りにフランス軍の砲弾を潜り抜け，やっと砦に辿り着く．

ヒューロン　コーラとアリスに再会したマンローは，敵の将軍モンカルム（Montcalm）の
族の遺恨　提案どおり，降伏を決意する．砦を明け渡そうと移動を始めたイギリス軍に，
マグワの率いるヒューロンたちが襲いかかる．アリスがマグワに連れ去られると，コーラは
後を追い森に消えていく．戦火が止み，残されたホークアイ一行は，娘たちの手がかりを探
し始める．マグワやコーラの足跡を見つけた彼らは，希望を胸に後を追う．

死闘の結末　アリスはホークアイによってヒューロンの村から救い出されたが，コーラはマ
グワの手で洞窟へ連れ去られてしまう．もう一歩も動かないぞとコーラが抵抗
すると，アンカスが中に飛び込んできた．マグワが怯んだ瞬間，別のヒューロンがコーラの
胸にナイフを突き立てた．コーラのために身を投げ出したアンカスも，マグワのナイフに命
を落としてしまう．マグワは崖を登り，ホークアイとチンガチグックから逃れようとする．
けれども，掴んだ岩が崩れてしまい，マグワはとうとう谷底深く落ちていった．

【名句】The gifts of our colours may be different, but God has so placed us as to journey in the same path. 「肌の色は違っても，神様は俺たちが同じ道を歩むよう定められたのだ」

（難波）

◇重 要 作 品◇

自然論 *Nature*（1836）

ラルフ・ウォルド・エマソン　エッセー

超絶主義の宣言　1836年9月，匿名でボストンのジェイムズ・マンロー社から95頁の一冊本（序文と9章から成る）として広告，出版された．エマソンの伝記作家ラルフ・L・ラスク（Ralph L. Rusk）が「散文詩」と名づけたこの作品は，超絶主義の宣言書ともいわれ，さまざまな反響を呼んだ．A・B・オールコットはこれを「宝石」と呼び，カーライルはこの書物の中にエマソンの思想の基礎，将来エマソンが書く内容のいわば下図，土台があると見てとった．超絶主義（Transcendentalism）といわれるのは，経験を超え直観によって真理を把握することを唱えたことによる．自然についての考察が行なわれているが，究極的には自然と人間と神の合一，むしろ人間が中心テーマになっている．

自然の効用　まず「序」においてエマソンは他人の目を通してでなく，自己の，つまり直観を通し真理を把握する必要性を説く．過去をふり返り，これを模倣するのではなく「宇宙との独自の関係」を持とうではないかと呼びかける．過去の権威から決別し，現在の己が信念に依拠して生きるというこの姿勢は，次作「アメリカの学者」の冒頭の呼びかけに符合する．第1章「自然」は，自然がどれほど人間精神を慰め，かつ滋養を与えてくれるかを述べたもので，自然との一体感，その神秘的体験が語られている．だがその歓喜を生みだす力は，自然そのものの中に存在するのではなく，人間の中，あるいは自然と人間の調和，融合の中にあると彼は説く．第2章から第5章までは，自然が人間に対して及ぼす影響とその効用を四つの種類に分けて論じている．「実利」は最も現実的で理解しやすい内容で，人間の五感が自然からうけるすべての恩恵が語られている．しかしこれは究極のものではなく，もっと高尚な欲求が自然によって満たされる．それが美への欲求だ，と彼は言う．その美の諸相は三つに分けられる．すなわち自然のもつ形態美，つまり人間の悟性によって理解できる美，次に人間の意志と結合したところに生じる美，そして知性の対象となる美である．自然（世界）はこのように人間の魂にとって美の欲求を満足させてやるために存在し，この要素が究極の目的だという．「言語」「訓練」では，言語が自然の事実の印で自然のもたらす効用の一つであるとして，思想伝達の媒体としての自然を位置づけ，「訓練」では，自然がさまざまな形で人間を教育するという効用を説いている．

無限性への志向　自然はあくまでも精神の実在性を証明するためにのみ存在する，いわば観念的なものでしかない．人間の感覚の確実性を試すことができない以上，自然が外的に存在する，しないは問題ではなく，むしろ自然は人間精神が造り出したものに過ぎないのである．精神とは普遍的な魂であり神に等しいものだ．こうして『自然論』は人間精神の中に無限の可能性を秘めた宇宙の秩序だった統一の世界が存在していること，そして人間みずからがこの限りある世界の創造主であることが提唱され，「自然を支配する人間の王国」を築こうではないかという力強い呼びかけで終わっている．

【名句】Nature is the symbol of spirit.「自然は精神の象徴である」　　　　　　　　（佐藤）

◇重要作品◇

トワイス・トールド・テールズ　Twice-Told Tales（1837, 42）
ナサニエル・ホーソーン　短編集

歴史や寓意　以前に『トークン』（*The Token*）誌などに発表されたスケッチや短編を，1837年にまとめて出版したもの．さらに作品を加えて1842年に再び出版．最終的には，39の作品を含む．ニューイングランドの歴史もの．「白髪交じりの戦士」（The Gray Champion, 1835），「メリーマウントの五月柱」（The May-Pole of Merry Mount, 1836），「やさしい少年」（The Gentle Boy, 1832），「エンディコットと赤い十字架」（Endicott and the Red Cross, 1838）など．寓意に富むもの．「ウェイクフィールド」（Wakefield, 1835），「ハイデガー博士の実験」（Dr. Heidegger's Experiment, 1837）他，以下のすぐれた作品を収め，評価が高い．

罪は朽ちない　「牧師さんの黒いヴェール」（The Minister's Black Veil, 1836）．日曜日の朝，教会に大勢の人々．フーパー牧師（the Reverend Mr. Hooper）が説教壇に姿を現わす．どうしたことか，顔には黒いヴェール．人々は，最初，驚き，疑い，呆れる．やがて，恐怖心を抱く．婚約者エリザベス（Elizabeth）も，ヴェールを上げて欲しいと牧師に懇願する．しかし，牧師は，頑なに拒絶し，誰からも理解されず，孤独を深める．「見るがよい．どの顔にも黒いヴェールがかかっている」と，訴え，死んでいく．牧師さんの顔は，「黒いヴェールの下で朽ち果てた」（mouldered beneath the Black Veil）．物語の結びは，恐ろしいほどに暗い．肉体が腐敗しても，ヴェール（罪）は，朽ちることはない．

見そなわす神　「デイヴィッド・スワン」（David Swan: A Fantasy, 1837）．ボストンに至る街道でのこと．青年スワンは，木陰に腰を下ろすと，疲労と暑さから寝入る．幾人か，人が通りかかる．まず，一人息子を亡くした夫婦．健やかな寝顔に惹かれ，スワンを養子にしようかと迷う．次に，若くて美しい娘．スワンの顔に見とれ，頬を赤らめる．最後に，二人組の悪党．スワンから金を盗み，必要とあらば刺し殺そうとする．しかし，いずれも，実際には，何も起こらず，事なきを得る．スワンは，目を醒ますと，まるで何事もなかったかのように，旅を続ける．富，愛，死，世の中は，さまざまな動きを見せるかのようであっても，すべてを見そなわす「神の摂理」（Providence）が働いていると，作者は結ぶ．

野望の悲劇　「野望に燃える客人」（The Ambitious Guest, 1835）．9月のある晩，ニューハンプシャー州ホワイト・ヒルズでのこと．ひとりの旅人が，一晩の宿を請う．谷間に暮らす一家は，旅人を迎え入れ，話に耳を傾ける．やがて，旅人の野望に刺激されて，家族一人ひとりが，望みや夢を口にする．すると，小屋の外で，風が鳴り，石が崩れ出す．自然の変化は，ついに，大きな地滑りとなる．家族は，いっせいに外に逃げ出す．しかし，全員，土砂に呑み込まれ，死んでしまう．翌朝炉はくすぶり続け，煙突から煙が立ち昇る．家の手前で，地滑りは，大きく二手に別れ，家そのものは無事であった．炉辺にとどまっていれば，助かったものを．炉辺とは，人としての分をわきまえて得られる幸せの場．それを見捨てて野望を抱くと，不幸が待っている．物語が示す寓意は，あまりにも深い．　　（矢作）

◇重要作品◇

アッシャー家の崩壊　The Fall of the House of Usher（1839）
エドガー・アラン・ポウ　短編小説

崩れゆく理性の世界　『バートンズ・ジェントルマンズ・マガジン』に発表し、それまでの短編を収録して出版した『グロテスクとアラベスクの物語』の中に収められた作品。怪奇小説とも心理小説ともいえる内容で、主人公ロデリックの異常なまでの感覚の病的鋭敏さは、理性そのものを狂わす兆候にも思われ、作品に収められている詩「幽霊の宮」（The Haunted Palace, 1839）は、健全な理性がその玉座からぐらついて行く様が暗示的に描かれ、物語全体に不気味さと恐怖の印象を与えている。「崩壊」はまさに家と肉体と精神の崩壊で、ポウ自身の姿さえ思わせるものである。

病める2つの魂　「私」は幼友達のロデリック・アッシャーからの一通の手紙を受けとった。文面は、自分はいま精神が異常で憂鬱に苛まれているので見舞いに来てほしいというものだ。重苦しいばかりに暗雲たれこめた秋の夕暮れ時に「私」はアッシャー家にやってくる。死人のように青ざめた顔、大きな潤いのある、類のないほど輝く目、いくぶん薄くてすっかり血の気が失せているが、美しい曲線を描いている唇、繊細なユダヤ人型の、それにしては珍しく大きな鼻孔の鼻、格好はよいが、張り出しが足りないため意志の力不足を物語る顎、蜘蛛の糸より細く柔らかい髪の毛、これら特徴あるかつての顔立ちが、精神に及ぼす病のためいっそう誇張され異様な変貌となっている。ロデリックには最後の身内で双生児の妹（マデリン）がいる。彼女も長年にわたり慢性的無感覚状態が続き、衰弱も甚だしく一時的だが頻繁に起こるひきつけの発作に苦しんでいる。病苦に耐え、寝込むことはないものの医者からは見放され、死期も間近になっている。数日後のある晩、マデリンが亡くなったことを告げられる。兄は妹の亡骸をすぐに埋葬せず、2週間のあいだ家の地下室に安置したいという。そこは「私」の寝室の真下にあたる場所らしい。その手伝いをするさなか、この兄妹が双生児で驚くほど似ていること、また二人の間には「何か説明しがたい共感」が存在していることを知る。

生への怨念　こうして妹を棺に納めた数日後の嵐の晩、ロデリックの精神状態にいっそうの異常さが見られ、それが「私」にも忍びよってきて「どことも知れず聞こえてくる、低い、何かさだかならぬ物音」に怯え、耐えがたい恐怖にかられる。ロデリックは身体を痙攣させ、硬直した表情で、妹を生きながら葬ってしまったことを告白する。病的に鋭くなった彼の感覚は、棺を破りもがき苦しむ妹の重々しく恐ろしい心臓の鼓動を聞きとっていたという。その彼の言葉通り、経帷子を着たマデリンは低いうめき声をあげ、断末魔のもがき苦しみのうちに兄に覆いかぶさるように倒れかかる。骸と化した二人をあとに逃げだす「私」の背後で、荒れ狂う嵐の中に発するすさまじい光に照らされ、家の壁を走る裂け目が次第に大きく割れ、やがてアッシャー家は大音響とともに深く黒ずんだ沼の中に呑み込まれていった。

（佐藤）

◇重要作品◇

エッセー第1集　*Essays, First Series*（1841）
エッセー第2集　*Essays, Second Series*（1844）

ラルフ・ウォルド・エマソン　エッセー集

核心的思想の集大成　これまでの講演や雑誌等に発表したものをまとめたもので，収録されているものも内容に統一性がとれているわけではない．第1集には「自己信頼」「償い」「精神の法則」「大霊」「円」など，いずれもエマソンの中心思想に関わる12編が収められ，第2集には「詩人」「経験」「性格」「政治」など9編が収められている．第1集には，直観や想像力を駆使し，読者ともどもエクスタシーの境地へさそう文体や勢いが感じとれるが，第2集にはそれが少なくなる．しかし思想面では日常生活に根を下ろした論議が展開され，この作品でエマソンの名声は国の内外で確立したといわれている．

人間内部への信仰　1837年の講演の中で，エマソンは「自己を信じるということの中に，すべての徳が含まれている」と語った．第1集の「自己信頼」はその集大成できわめて重要な作品である．その中で彼は「自分自身の思想を信じること，自分の心の奥底で自分にとっても真実だと信じること，それが天才なのだ」と語る．いかに偉大な詩人，聖者であろうと，それが描く天界の輝きではなく，自分自身の内奥から閃いてくる一条の光を探し，見守るべきで，模倣は自殺行為も同然だと警告する．これは人間の自我，魂は神に等しいとする強烈な内部信仰に裏付けられた信念に他ならない．だが社会は，至る所でこの信念を挫こうとする．社会で要請される美徳は皆倣うことだからである．ゆえに自己信頼は社会が忌み嫌うものである．一個の真の人間となろうとする者は，世間に迎合しない人間とならなければならない，と彼は説く．結局人間にとって自分の本性の法則以外に神聖な法則はあり得ず，善悪などというものもそれこれと簡単に移しかえられる名称に過ぎない．ただ一つ正しいことは自分の本性に即したもの，ただ一つ悪いことは自分の本性に背くことだ，と彼は言う．まさに人間の内面に対する絶対的信仰が吐露されている．

神秘の頂から現実認識の麓へ　ところが第2集の「経験」になると，これまで見られた強烈な内部信仰にいくぶん翳りが出始めてくる．これまでエマソンの思想にあっては，常に精神は物質に優る位置にあったが，やがてなお精神の優位を説きながらも，ある時は物質と同等，もしくは物質の精神を圧倒する力，たとえば環境，必然，運命といった否応ない力の認識が加わってくる．人間存在そのものの不確実性，現実生活の覚束なさ――エマソンはこうした現実に絶望しているわけではない．直観と想像力を駆使し目映いばかりの精神の世界を垣間見せてくれるよりも，現実生活の事態を冷静に認識しその実態に迫ろうとする姿勢，これはいかに生きるかという現実に根を下ろした力強い生き方であり，もう一つのエマソン像をつくりあげている．

【名句】Whoso would be a man, must be a nonconformist.（Self-Reliance）「真の人間になりたいと思う者は，世間に迎合しない人間とならなければならない」（自己信頼）

（佐藤）

◇重要作品◇

黒猫　The Black Cat（1843）

エドガー・アラン・ポウ　短編小説

狂気の世界　1845年1月の『パイオニア』誌に発表された「告げ口心臓」と構成や内容の点での類似がみられる．両作品とも獄中の「私」なる人物の告白から始まる．自分は気が狂っているわけでは決してないと巧みな自己弁護から始り，いかにして殺人行為に走ったか，その動機と過程を「私」なりに冷静に（？）分析，またいかにしてそれが発覚したかを物語る．その背後に自分の頭脳の明晰さをそれとなく誇る強烈で病的なエゴがちらつく．

抑えきれぬ衝動　幼い頃から「私」は気性がとてもおとなしく優しいという評判で，生き物好きだった．妻も同じで二人で「プルートー」（Pluto:「冥界の王」の意）という名の黒猫を飼っていた．やがて飲酒癖を募らせてきた「私」は他人の気持ちを無視するようになり，妻に対する暴言，暴力さえ加えるようになった．ある晩酔って帰ると猫が「私」の姿を避けている気がした．悪鬼にも勝る憤怒から，ペンナイフで猫の片目をえぐり取った．翌朝犯した罪に対する恐怖と悔恨を感じたが，それもつかの間，「私」は再び酒におぼれ，罪の意識も酒の中にかき消えてしまった．猫の傷も癒えたが，かつて慕ってくれた動物が，おびえて逃げ出す姿に会うと「つむじ曲がり」（Perverseness）の衝動が否応なく生じ，ある朝平然と猫の首に縄をかけ木につるして殺してしまう――涙を流し，激しい悔恨に胸をかきむしられながら……．その夜「私」の家が全焼した．ただ部屋の壁の一カ所だけが残って，その白い漆喰の表面には首に縄を巻かれた大きな猫の姿が刻まれていた．

人間心理のゆがみ　数ヶ月もの間，猫の幻影を払いのけられず悔恨に似た気持ちで過ごしていたある晩，酔いつぶれた酒場でプルートーそっくりの猫がいるのに気がつく．連れ帰るとこの猫はすぐ家になじみ，片目がなかったことから妻はますますかわいさが増し，そのお気に入りとなった．「私」にもなついてきたが，以前の残忍な行為を加えた記憶がよみがえり，やましさからかえって嫌悪をそそる結果となった．しかもこの猫にはプルートーとただ一つ違うところ，胸部全体に大きくて輪郭のはっきりしない白い斑点があったが，それは絞首台の形に似ていた．ある日のこと，地下室の階段でついてきた猫のため下に落ちそうになり，カッとなった「私」は斧を振りあげたところ妻に遮られた．激怒は妻に向けられ，その脳天めがけて斧の一撃を加えた．妻の死体は漆喰と土を使って壁の中に塗りこめた．猫も殺そうとしたが見当たらない．4日後，警官たちがやってきて建物中を調べた．死体の隠し場所など分かるはずもないと確信していた．その確信が抑えきれない喜びにかわり，むやみな空威張りから壁の死体を塗りこんだあたりを杖で叩きながら家の造り，出来映えなどを自慢する．とたんに中から子供のすすり泣くような押し殺したきれぎれの声が聞こえ，やがてそれが異様で人間のものとは思えぬ吠え声となり地獄でもなければ聞こえてこないほどの号泣の叫びとなった．壁を打ちこわした警官たちの前に，すでに腐乱し血のこびりついた妻の死体と，真っ赤な口を開け火のような片目をみひらいたあの猫が座りこんでいた．　　　（佐藤）

◇重要作品◇

大鴉　The Raven（1845）

エドガー・アラン・ポウ　詩

美の最高の表現　1845年1月に発表，11月に『大鴉その他』に収録し出版する．翌年の『創作の哲理』はこの「大鴉」の創作過程と意図について詳述している．それによると，詩は短く魂を高揚させ興奮させるものでなくてはならない，長くても100行だ，美こそ魂に満足を与えてくれるもので芸術の本質だ，知性を満足させる真理はその本質ではない，美に最高の表現を与えてくれるのは悲哀のトーンであり，これはr音とo音を結びつけたNevermoreという語のくり返しにより効果が出る，美しい女の死こそ詩的主題にふさわしく，それは恋人と死別した男の口から語られるのがふさわしい，という．

亡き妻への想い　あるわびしい12月の真夜中，心倦み疲れた「私」は今は亡き美しい乙女，レノアを想い嘆いて空しくも書物をひもといていた．すると誰かがそっと静かに部屋の戸を叩く音がする．深紅のカーテンのあやしくも悲しげな衣ずれの音さえも「私」の心をさわがせ，かつてない異様な恐怖にとりつかれる．「誰かがやってきて，夜遅くやってきて部屋の戸を叩いている——ただそれだけのこと」と繰り返し，心を鎮める．「どなたですか」と声をかけ，部屋の戸を開けるも，外はただ深い暗闇の静寂．「レノアかい？」と小声でたずねるもただ「レノア」と谺がかえるばかり．部屋に戻るとまた音がする．訝りながらも格子窓の鎧戸を開けると，そこには威風堂々たる鴉の姿があった．部屋にあったパラスの胸像の上にとまったこの鳥の，ものものしく厳しいすまし顔に，沈む気持ちもほぐされ，興にまかせて名前を尋ねる．だが鳥から返ってくる答えは "Nevermore" だけであった．どこかの不幸な飼い主から習い覚えたと思われるこのひと言は，初めは意味もなく的はずれと思うも，問われる内容次第の答えとしてはふさわしいこともあることに「私」は気づく．

癒されぬ心の傷　そして希望に見捨てられ，希望を弔う挽歌の響きをもつこのひと言の意味を探りつつ，薄気味悪くて見苦しい，この不吉な鳥がどのような気持ちで鳴くのかと想いを致すのであった．その火のように燃える両眼を見つめながら夢想しつづけていると，レノアへの思い出を忘れさせるため神がこの鳥を送ってくださったのだという気持ちが走り，思わず声高に「飲むがよい，この悲しみを忘れさせてくれる薬を飲みほして，今は亡きレノアを忘れるがよい」と叫ぶ．すると鳥は "Nevermore"（決して忘れることはない）と答える．愕然とする「私」は，では心の傷，痛みを癒す香油があるかどうかと問う．"Nevermore"（もはやない）と鳥は答える．この鳥は予言者なのか，災いをもたらすものなのか，悪魔なのか？「私」はさらに問いかける．悲しみにうちひしがれたこの魂に言ってくれ，彼方のエデンの園で，天使たちがレノアと呼んでいる高潔な，類なく光り輝く乙女をかき抱く日が来るかどうか，と．鳥は答える，"Nevermore"（もはやない）

（佐藤）

◇重要作品◇

旧牧師館の苔　Mosses from an Old Manse (1846)

ナサニエル・ホーソーン　短編集

黒の力　旧牧師館で書いた作品を中心に，26編が収められている．メルヴィルは，これらの作品に，「生得の堕落と原罪」(Innate Depravity and Original Sin) を見て，「暗黒」(the blackness of darkness) を感じ，ホーソーン文学を絶賛する（「ホーソーンと『苔』」）．「旧牧師館」(The Old Manse, 1846)，住まいやコンコード川の自然などを描いたスケッチ．「痣」(The Birth-mark, 1843)，完全美を地上で実現しようとする愚かさを糾弾．「天の鉄路」(The Celestial Rail-road, 1843)，バニヤンの『天路歴程』に擬して，当時の超絶主義者らを批判．「ロジャー・マルヴィンの埋葬」(Roger Malvin's Burial, 1832)，開拓地を背景に，罪とは何か，罪は贖われるかを問う．「美の芸術家」(The Artist of the Beautiful, 1844)，芸術家の孤高を描く．

罪と人間不信　「若いグッドマン・ブラウン」(Young Goodman Brown, 1835)．ブラウンは，夕暮れ時，森で開かれる悪魔の集会に向かう．道すがら，良心の呵責に苦しみ，足取りが重くなる．ひらひらと舞い降りるピンクのリボン．「僕のフェイス（信仰）は行ってしまった」(My Faith is gone!)．牧師や執事だけでなく，唯一信頼していた妻さえも森に来ているのだ．もう，ブラウンにはためらいはない．松明が赤々と燃える中，悪の洗礼を受けようとする．が，瞬間，「フェイス，天を見上げろ」と叫ぶ．すると，すべての光景は消える．ブラウンは，この一晩を境にして，暗く，悲しい，人間不信の男に変貌する．

夢か現実か．言葉の意味は，字句通りかアイロニーか．ホーソーンならではの「曖昧さ」(ambiguity)を残す．ブラウンが「絶望しない」で済んだのは，他人の悪を問題にしているにすぎないからである．やがて，ホーソーン文学は，自他の悪を問いながら，大きく展開する．

毒は愛せないのか　「ラパチーニの娘」(Rappaccini's Daughter, 1844)．ジョヴァンニ(Giovanni Guasconti) は，イタリア南部から，パドヴァ大学に勉学に来る．下宿部屋の窓を開くと，眼下に美しい花園．やがて，艶やかな乙女が，花々の間に姿を現わす．豊かな髪，健やかな肉体，ほとばしる命．まるでもう一輪「別の花が咲くかのように」美しい．ジョヴァンニは，すぐに魅せられる．しかし，実は，この乙女ベアトリーチェ(Beatrice) は，科学者である父親によって，花々と共に，毒に染められているのだ．ジョヴァンニの心は，大きく揺れる．美か毒か．結局，ベアトリーチェに解毒剤を渡す．毒を取り去り，美だけを愛そうと言うのだ．ベアトリーチェは，解毒剤を飲む．ベアトリーチェにとって，毒は，生きる糧．であれば，解毒は，死でしかない．ベアトリーチェは，絶える息で言う．「私の本質によりもあなたの本質に（中略)，もっと多くの毒があったのではないのかしら」．

愛とは，単に，美だけを愛でることなのか．「毒」をも含め，存在すべてを愛でることではないのか．「毒」を，人間の不完全さや悲しみ，さらには闇と置き換えて読むと，寓意は，深さと広さを増す．「美」か「毒」かの二者択一ではない．「美」と「毒」を複合的に捉えられないのか．ホーソーン文学は，執拗に問い続ける．

〈矢作〉

◇重要作品◇

エヴァンジェリン　*Evangeline: A Tale of Acadie*（1847）
ヘンリー・ワズワース・ロングフェロー　物語詩

物語の背景　アメリカ最初の本格的な長編物語詩．アカディーは，カナダ南東部にある，現在のノヴァ・スコシア（Nova Scotia）のこと．当時，英仏の確執から，人々は，平和な村を追われた．

この詩を書くきっかけは，ホーソーンを招いての食卓での会話．同席していた監督派の牧師が，ホーソーンに，以前紹介した悲しい恋の物語を書くように促す．「僕の気質には合わない」と，ホーソーンは，作品化に関心を示さない．代わって，ロングフェローが興味を持つ．「もし，物語にする気がないのならば，詩に使わせてくれないか」（C・C・カルフーン）．

月並みで感傷的との批判もあるが，女主人公の一途な恋，理想化された天使のような姿に，当時の読者は，心を打たれる．韻律は，強弱弱6歩格．ゲーテなどから影響があるとされている．韻文には不向きとの評もある．Leaped like the roe, when he hears in the woodland the voice of the huntsman「森で猟師の声を聞き飛びはねる小鹿のように」．

離れ離れとなる　戸に錠を下ろすことも，窓に抑え棒をかける必要もない平和なアカディー．ここに，エヴァンジェリン（Evangeline Bellefontaine）が住む．黒い瞳，豊かなとび色の髪．この村一番の17歳の美人は，「村一番に気高い男」，ガブリエル（Gabriel Lajeunesse）と愛し合う．ところが，折しも，村に暗雲がにわかに立ちこめる．近くの湾に，「何艘か英国の船が錨を下ろし，大砲をこちらに向けて停泊している」のだ．すぐにも，ふたりは，婚礼の祝宴を開く．エヴァンジェリンは，ガブリエルに囁く．「ガブリエル，気を落とさないでね．愛し合ってさえいれば／どんな不幸が起ころうとも，ふたりは本当に大丈夫」（Gabriel! be of good cheer! for if we love one another / Nothing, in truth, can harm us, whatever mischances may happen!）．だが，エヴァンジェリンとガブリエルは，離れ離れになる．

ひたすら捜し求める　エヴァンジェリンは，ひたすら恋人を捜し求める．砂漠を越え，森を通り，川を渡り，やがて，ルイジアナにたどり着く．ようやく見つけることができたのは，ガブリエルの父親だけ．寂しい山道を尋ね，とある宿屋に着く．すると，主人は言う．「その前日，ガブリエルは町を出，高原を指して旅立った」と．「秋が来て，過ぎ去り，冬が来て，過ぎ去る」．しかし，ガブリエルには会えない．ミシガンの森，デラウェア川と，突き進む．

つかの間の再会　時は流れ，既に，老いた身．現世で探し求めることは，無理だと，諦める．「慈善の修道女」（Sister of Mercy）として，フィラデルフィアに腰を落ち着ける．あるとき，疫病が流行り，患者が運ばれてくる．多くの患者の中に，ガブリエルの姿．ふたりは，再会を喜び，抱き合う．だが，それもつかの間，ガブリエルは息絶える．やがて，エヴァンジェリンも死ぬ．「カトリック教会の小さな墓地の，つつましい石の壁の下に／町のまん中，誰にも知られず，誰にも気付かれず，ふたりは横たわっている」

（矢作）

◇重 要 作 品◇

市民としての反抗　*Civil Disobedience*（1849）
ヘンリー・デイヴィッド・ソーロウ　エッセー

独立宣言の原点　1846年7月に人頭税支払い拒否のため投獄された体験をもとに，1848年コンコード・ライシーアムで講演を行なった．この原稿は初め「市民政府への反抗」というタイトルで1849年にホーソーンの義姉エリザベス・ピーボディが編集する『エステティック・ペイパーズ』に掲載された．ソーロウの死後「市民としての反抗」と改題され『カナダのヤンキー』（1866）に収められた．対メキシコとの戦争，インディアンの扱い，奴隷制度といった当時のアメリカ社会の不正や悪弊を指摘し，国家と個人の関係について論じているこの作品は，ソーロウ個人の考え方にとどまらずアメリカの独立宣言書の根幹をなす伝統的思想に通じるものがある．

徹底した個人主義　「支配することが最も少ない政府は最良である」というモットーを私は心から受けいれ，これがもっと速やかに組織だって実行されるのを見たいと思っている．これが実行された時，これも私の信ずるところだが，「支配のまったくない政府こそ最良のものだ」ということに結局はなるのだ．これが，この作品の冒頭の部分である．政府が不必要だといっているのではなく，人々がお互いに干渉し合わずに暮らしていくための一つの「方便」としてある政府が良く，多数が支配する政府であってはならない．良心をそなえた団体であることが望ましいというのである．それにはわれわれの意識を変えなくてはならない．われわれはまず人間でなければならず，そののち統治される人間となるべきなのだ．法律が人間を正義に導いたことなどなかったからだ．

改革精神―良心への訴え　良心こそが人間を導くものだからである．ところが当今のアメリカ政府はどうだというのか？――ソーロウの手厳しい批判が始まる．今日大多数の人間が，人間としてではなく，機械として，肉体をもって国家に仕えているにすぎない．真の人間は肉体や頭脳ばかりでなく良心を持って国家に仕えるものなのである．良心をもって自分のすべてを捧げる者こそ真の人間であるはずなのに皮肉なことに国家はこれを喜ぶことはない．不正な法律が存在し，政府はこれに従っているからである．それゆえに「人を不当に投獄する政府のもとで，心正しい人間がいるべき本当の場所も牢獄なのだ」とソーロウは述べ，良心をもつ個人，個人の内面はいかなる国家の権力，権威をもっても侵すことはできないものだと主張する．この個人に秘められた無限の力はエマソンに通じるもので，それは個人の尊厳を最大限に認めたものであり，すべての人間に与えられているとする革命の権利をも認めているアメリカ憲法の精神の中核をなすものだともいえるであろう．国家が個人を国家よりも高い独立した力として認め，国家自体の力と権威はすべて個人に由来するものと考え，個人をそれに応じた扱いをするようになるまでは，真に自由で啓発された国家は決して現われることはないであろう，という言葉でソーロウは結んでいる．

　　　　　　　　　　　　　　　　　　　　　　　　　　　　　　　　　　（佐藤）

◇重要作品◇

代表的人間像　*Representative Men*（1850）
ラルフ・ウォルド・エマソン　エッセー

偉人の効用　カーライルの『英雄崇拝論』に示唆されたといわれるこの作品の第1章「偉人の効用」で，エマソンはまず自分の偉人観を述べている．偉人を信じることはごく自然な気持ちであり，偉人について探ろうというのは青年の夢，大人の真剣な仕事であり，宇宙そのものが偉人のために存在しているとさえ思われる．偉人が与えてくれる恩恵は直接，間接の効用を持ち，偉人と接すればわれわれの思想も態度も偉大となり，その感化力は強くて速い．だがその偉人はあくまでも人類を「代表する」する者で，われわれを貧しくするのではなく，われわれを解放し，新たな感覚を添えてくれる者なのである．つまり偉人は，われわれ凡人の心の中にも，偉大なものになり得る無限の可能性があるという新たな感覚を目覚めさせ，その意識を代表，象徴している存在なのだ，と彼は言う．まさにこれは「自己信頼」の思想の延長で「天才の作品のいずれにも，われわれは自分の捨てた思想があるのに気がつく」（「自己信頼」）という言葉が思い出される．とするならば偉人の天才をひとりその偉人だけのものとして盲目的に崇拝するならば，それは自己の才能，無限の可能性を否定することにつながってくる．偉人はさらに偉大なる人間の現われんがために存在する者だからである．このようなところにエマソンは偉人の効用の限界をも見てとっている．

6人の偉人　そしてその具体的偉人像としてまずプラトンをとりあげる．プラトンを東洋に見られる「一」「無限」「絶対」の思想と西洋の「多」「有限」「相対」の思想を総合する偉大な魂ととらえつつ，その欠点にも触れている．スウェーデンボルグの中には「対応関係」の思想をとりあげ，彼の自然の事物を認識する姿勢が神秘的で，すべてに象徴的意味を読みとろうとしていると述べ，モラルに裏打ちされたその世界観，宇宙観を論じている．次に懐疑家としてのモンテーニュをとりあげ，すべての思想家は一度は必ずこの懐疑主義を通りぬけるものだと述べ，極端に走らず現実と結びついた彼独自の活力ある思想の展開に注目する．さらにその文章を「切れば血がにじみ出るような言葉」と評し，彼の誠実さ，活力と情熱を讃えている．シェイクスピアにあっては，その冒頭で偉大な人物，独創性についてのエマソン自身の見解が述べられ「最も偉大な天才は他人の恩恵を最も多く受けている者」とし，シェイクスピアがまさにそうであったとする．ナポレオンは大衆を代表する民主主義の権化というべき人物だが，彼の中には大衆のもつ美徳と悪徳の両方が分有されていたとし，作品の前半部は彼への賞賛の言葉，後半はナポレオンの欠点を論じている．ゲーテでは，文学者が作品をつくるという創造的行為は人間本性のものであって，自然が要求するものとし，彼は多様性を持つ19世紀を代表する文学者，哲学者，詩人で，自然の中に身を浸すとそれを自分の力の根源にした人物であったと述べている．さらにゲーテというすぐれた知性の溶媒の中に浸されると，過去の時代も現在の時代も，それぞれの時代の宗教，政治，思考方法も溶解して原型と理念になってしまい，新たな神話となって彼の頭脳の大海の波の中を突き進んで行く．またゲーテの作品の背後には常に彼の人格がうかがえると論評している．　　　　（佐藤）

◇重要作品◇

緋文字　*The Scarlet Letter*（1850）

ナサニエル・ホーソーン　長編小説

罪の結果を問う　ホーソーンの作品中，最も傑作とされている．罪は人をどのように変えるのか．罪そのものよりも，罪が及ぼす結果が問題とされる．基本的には，ホーソーンのピューリタン的な考えが色濃く表われる．

複数のヘスター像　1）ピューリタン的ヘスター（Hester Prynne）．罪の苦しみを経験したことで，人の悲しみが分かる「慈善の修道女」（Sister of Mercy）となる．そして，人々と「暗い共感」（dark sympathy）で結ばれる．2）ロマン主義的ヘスター．一見，ピューリタン社会に従っているように見えても，心の内では「思索の自由」（a freedom of speculation）を保持する．社会の掟の届かない森では，本来の女性としての美しさを取り戻す．3）両者を併せ持つヘスター．ニューイングランドに戻り，みずから，緋文字を再び胸につける．しかし，愛そのものは否定せず，愛が可能となる日の到来を待つ．ピューリタニズムを受け入れつつも，ロマン主義的願いは棄てていない．

新たな罪　いずれにせよ，ヘスターの罪は，「姦通」の罪のみ．一方，ディムズデール（Rev. Arthur Dimmesdale）は，新たに罪を犯す．民衆に真の姿を隠し続ける．これは，偽善の罪．心の中でいくら過ちを認めても，公にしなければ真の改悛とは言えない．これは，悔い改めを怠る罪．最終的には，ピューリタンの牧師としての解決を図る．

チリングワース（Roger Chillingworth）は，もともとは犠牲者．妻を寝取られた男が，何ゆえ，最も惨めな死に方をするのか．人の心を操り，「人間の心の神聖さ」を冒したからにほかならない．これは，ホーソーンが，最も鋭く糾弾する「許されざる罪」（the Unpardonable Sin）である．

AdulteressからAbleへ　時は，17世紀中頃，場所は，ボストン．生後3ヶ月の嬰児パール（Pearl）を腕に抱え，ヘスター・プリンが牢獄から出てくる．胸には，「姦婦」（Adulteress）を意味するAの文字．緋文字に施された刺繍は，豪華絢爛．罰は，まず，3時間，晒し台で，民衆の晒し者になること．さらに，一生，Aの文字を胸につけて生きること．ボストンの住人らは，姦通女に，厳しい言葉を投げつける．群集の端から，ヘスターの夫，ロジャー・チリングワースがじっと見つめる．やがて，牧師アサー・ディムズデールが前へ進み出る．子供の父親の名を明かすように，ヘスターに迫る．実のところ，皮肉にも，この牧師こそが，パールの父親なのだ．

ヘスターは，針仕事で，ほそぼそと生計を立てる．町の住人から，胸の汚辱を指弾されても，気丈に生きていく．やがて，病人や罪人たちは，ヘスターの姿に，そして，ヘスターの胸の文字に，安らぎを覚える．罪の印に，心が「感応し」，癒されるのだ．「暗い共感」の成立．ここでは，Aは，もはや，「姦婦」の印ではない．悲しみやつらさを分かち合えることを示す「可能」（Able）のAなのだ．

◇重要作品◇

乖離の苦しみと悪魔への変貌　一方，ディムズデールは，なおも，民衆に真実を打ち明けられず，ひとり，良心の呵責に苦しむ．苦しむ分，説教は，真実味を帯びる．真実味を帯びる分，民衆は，さらに深く牧師を慕う．牧師は，「見かけと本質」(Appearance and Reality) との乖離に苦しむ．

　チリングワースは，妻の姦通の相手を探し出そうとする．相手は，きっと，ディムズデールに違いない．医者として，牧師に接近する．が，心の病を治すのではない．心をかき乱し，苦しめるためである．チリングワースは，いつの間にか，犠牲者から加害者に変貌する．牧師の心を，意のままに操る悪魔なのだ．

再び晒し台で　ヘスターが民衆の晒し者になってから，七年の歳月が流れる．ヘスターとパールとディムズデールの三人は，闇夜にまぎれて，晒し台に立つ．そして，密かに手を繋ぐ．「明日のお昼にお母様と私と一緒にここに立ってくれませんか」．パールの鋭い問いに，牧師は，「最後の審判の日に」と答える．その時，どんよりと曇った空に，大きなAの文字が輝く．すると，闇に，三人の姿と，それを眺めるチリングワースの姿が，浮かび上がる．翌日，寺男は，昨晩空に見えた印はAngelのAだと，牧師に告げる．

本来の美しさ　ヘスターは，森で，牧師と出会う．チリングワースは自分の夫だと，牧師に打ち明ける．牧師は，ひどく怒るが，結局，ヘスターを許す．ヘスターは言う．「私たちのしたことには，それなりに神聖なところがありました」(What we did had a consecration of its own)．「世界はこんなにも狭いのでしょうか」．森の奥へ行けば，海を渡れば，あなたは「自由」になれるのです．ヘスターは，Aの文字を胸から剥ぎ取る．すると，魂から恥辱と苦しみがすっと消えてなくなる．被っていた帽子も脱ぐ．すると，黒髪が豊かに流れ出て，森の木洩れ日に輝く．頬に赤みが差す．ヘスターは，本来の女性としての美しさを取り戻す．パールは，そんな母親の姿を奇異に感じ，再びAの文字をつけるようにせがむ．

罪の告白　牧師は，一度は，ヘスターと逃げる決意をする．だが，逃げたところで，本質的な解決にはならない．新総督誕生の日，牧師は，民衆に罪を告白する．「七年前，この女性と立つべきであった場所に，僕は，今，立ったのです」．罪人である「証拠をご覧下さい」と，牧師は，法衣を引きちぎる．はだけた胸に，Aの文字．否，Aの文字が見えたかに映る．ヘスターは尋ねる．「私たちは，あの世で，共に暮らせないでしょうか」．牧師は，犯した罪の重大性だけを考えなさい，と言い残し息絶える．

「成熟する」時を待つ　チリングワースは，復讐の相手を失い，やつれ果てる．そして，惨めな死を迎える．パールは，りっぱな女性に成長．海の向うで結婚し，幸せな生活を送る．ヘスターは，後に，自らすすんでAの文字をつける．心底，罪を受容したのだ．それでもなお，ヘスターは，こう信じ続ける．「世の中が成熟すれば，(中略) 何か新しい真実が現われて，男と女との関係すべてが，お互いの幸福という，もっとゆるぎ無い基盤の上に築かれるはず」(when the world should have grown ripe for it . . . a new truth would be revealed, in order to establish the whole relation between man and woman on a surer ground of mutual happiness.)　　　　　　　　　　　　　　　　　　　　　　（矢作）

◇重要作品◇

白鯨　*Moby-Dick; or, The Whale*（1851）

ハーマン・メルヴィル　長編小説

「知的ごった煮」　生前は，顧みられることはなかった．20世紀になり，評価が高まり，今では，世界屈指の文学作品．元来，船乗りとしての体験を生かした，伝記的色彩の濃い作品となるはずであった．しかし，シェイクスピアや聖書，さらに，ホーソーンなどから強い影響を受け，哲学的深みを増し，象徴性を帯びる．鯨学，博物学，宗教，哲学とさまざまなものを含み，「知的ごった煮」(intellectual chowder) と称されている（E・ダイキンク）．エイハブ (Ahab)，イシュメール (Ishmael)，いずれに重点を置いて読むか．これによって，作品テーマは異なる．

エイハブを中心とした読み　エイハブ船長にとって，モービー・ディックとは何か．足を噛み取った「畜生」とすれば，船長の白鯨追及は，ただ単なる個人的な復讐．「宇宙の悪」とすれば，この世の巨大な悪に立ち向かう英雄的な行為．「宇宙の究極」とすれば，宇宙の核心，即ち，神の創造に挑戦する不遜な行ない．と同時に，本来見極めきれないはずのものを，見極めようとする人間の愚かな行為．

イシュメールを中心とした読み　イシュメールは，どのように物語を語るのか．「僕のことをイシュメールと呼んでくれ」(Call me Ishmael)．これは，一人称小説との宣言．しかし，イシュメールが見たり聞いたりしていない事柄や，本来窺い知れないはずの登場人物の内面まで，個人の権限を超えて語られる．また，イシュメールは，どのように世界を捉えるのか．白を見ていると，「宇宙の無常な空虚さとか広漠さが表われているように感じられる．それは，白が定めないからではないのか」．「白さ」とは，「意味が詰まった，押し黙った空虚さ」(a dumb blankness, full of meaning)．イシュメールの心には，虚無的な思いが去来する．宇宙に意味を見出せないイシュメールが，白鯨の正体（意味）を明らかにしようとするエイハブと，どのように関わるのか．

天涯孤独の身　イシュメールは，天涯孤独．金もない，心も晴れない．地上では，興味を引くものもない．死ぬ代わりに，海に出てみようと思う．ニューベッドフォード (New Bedford) に行き，鯨取りの習いに従い，捕鯨船員教会堂に立ち寄る．マップル神父 (Father Mapple) の，ヨナについての説教を聞く．神父の言葉は，実に意味深い．「神に従えば，自分自身に背かなければならない．神に従うのがむずかしいのは，こうして自分自身に背かなければならないからだ」．ナンタケット (Nantucket) に行く．老船長から，エイハブについて，謎めく言葉を聞く．エイハブは，「神をも恐れない，神のような男」(ungodly, god-like man)．

異人種の集まり　やがて，イシュメールは，ピークォド号 (Pequod) に乗り込む．船には，様々な人間がいる．一等航海士，スターバック (Starbuck)．世の習い通りに価値判断を下す現実主義者．二等航海士，スタッブ (Stubb)．エイハブ船長に殴りかかろうとする．が，不思議なことに，跪きたい気にかられる．その他，三等航海士のフラスク (Flask)．

◇重 要 作 品◇

そして，異教徒の銛打ちたち．高貴な人食い人種，クィークェグ（Queequeg），アフリカ出身の黒い肌のダグー（Daggoo），アメリカ・インディアンのタシュテゴ（Tashtego）など．異人種も多く，船全体がさながら世界そのもの．

宇宙の本質への挑戦 甲板上でのこと．片足のない男が，足代わりに，抹香鯨の顎の骨を支えにして立つ．日焼けした顔に，白い傷．傷は，白髪交じりの頭から，首筋へと走る．この男こそ，エイハブ船長．船長は，海を遠く見つめる．ゆるぎ無い視線，断固とした意志．それもそのはず，片足を噛み切られて以来，モービー・ディックに狂おしい憎しみを抱く．

しかし，エイハブにとって，モービー・ディックは，ただ単に個人的な復讐の対象ではない．宇宙の本質を隠す「仮面」（mask）ないし，宇宙の本質を阻む「壁」（wall）である．「いいかね，もう一度よく聞け．（中略）目に見えるものは，すべて，ボール紙でできた仮面のようなものに過ぎない．（中略）その壁を突き抜けなければ，囚人は，いったいどのようにしたら外に出られるというのか」．モービー・ディックは，また，この世の悪でもある．「白鯨は，悪意ある働きが形あるものに凝り固まった姿として，エイハブの眼前を泳いで行った」（The White Whale swam before him as the monomaniac incarnation of all those malicious agencies）．したがって，モービー・ディックを射止めることは，宇宙の本質を射止めること．この世の悪を見極めることにも通じる．

遍在する鯨 モービー・ディックは，空間を越えて存在する（ubiquitous）．こちらの海洋を泳ぐかと思うと，あちらの海洋に姿を現わす．海面に浮かび上がるかに見えると，海底深く潜り込む．モービー・ディックは，また，時間をも越えて存在する（immortal）．「不滅とは，時間的に遍在すること」．今泳ぐ鯨の姿は，太古の昔泳いだ姿と何ら変わりがない．「永遠の鯨は，なおも生き続け（中略）挑戦するかのように天空に潮の泡を吹き上げる」．

ピークォド号は，くる日もくる日も，虚しい航海を続ける．途中，様々な船に遭遇する．ある日，レイチェル号に出会う．エイハブは，ガードナー船長（Captain Gardiner）に問う．「白鯨を見たかい」．「ああ昨日見た」．エイハブは，息子を捜して欲しいとの船長からの要請をも断わり，ひたすらモービー・ディックを追い求める．

3日間に及ぶ死闘 ついに発見．「潮を吹いている．雪の山のような瘤．モービー・ディックだ」．船乗りたちは，短艇を下ろし，挑む．しかし，白鯨に，短艇を二つにへし折られる．エイハブと部下は，命からがら母船に戻る．死闘は，二日目も続く．エイハブは，義足を切り取られる．もうやめるようにとのスターバックの忠告にも，けっして耳を貸さない．死闘三日目．狂ったようにピークォド号に突進するモービー・ディック．すかさず銛を放つエイハブ．銛は，みごとに命中．だが，白鯨は不死身．飛ぶように走る．綱がエイハブの首に巻きつく．エイハブは，海中深く引きずり込まれる．船も海の藻屑と消える．イシュメールは，クィークェグの作った棺桶につかまり，ひとり助かる．そして，冒頭に戻り，物語を語る．「僕のことをイシュメールと呼んでくれ」

(矢作)

◇重要作品◇

アンクル・トムの小屋
Uncle Tom's Cabin; or, Life among the Lowly（1852）

ハリエット・ビーチャー・ストウ　長編小説

キリスト教的人道主義　1851年6月から反奴隷制機関誌で連載が始まる．完結前に単行本として出版され，19世紀において聖書に次ぐベストセラーとなる．キリスト教的人道主義に立つ作者の意図は，奴隷制度という現実の非キリスト教的社会悪を看過して無意識の中に偏見を増殖させている現状から，特に北部の人々を覚醒させることにある．更に奴隷制度を容認する社会や法律に従うことはキリスト教徒としてあるまじき道を辿ることになると告発し，キリスト教と奴隷制度の両立はありえないと訴えた．奴隷州と境を接するシンシナティでの経験を土台とし，公平性を印象づけるため，南部人のみを悪人としていない．基調はセンチメンタリズムであるが，これは涙を通して読み手の浄化を図り，心を揺さぶることでキリスト教徒としての正しい道へ導こうとする意図と合致する．Uncle Tomism（白人に従順で非暴力的な黒人の姿勢への蔑称）として排斥もされたが，近年再評価されている．

二つの流れ　ケンタッキーの農園主シェルビー（Arthur Shelby）は，奴隷のトム（Tom）と，イライザ（Eliza）の幼子を売って経済的苦境を打開しようとする．イライザは幼子と北上ルートを辿って逃亡し，片やトムは決して逃げない生き方を選んで，南下ルートを行く．作品を構成しているこの二つの流れは無関係に並行して進み，最後で交わり，パッチワークのような作品世界の全体図が完成する仕組みとなっている．

殉教と解放　トムはエヴァ（Eva）を助けたことによって，その父セント・クレア（St. Clare）に買われる．天使のようなエヴァは純粋無垢で信仰正しく，人種的偏見を持たない．キリスト教的神性で周囲を感化し，虐待され続けてきた奴隷少女トプシー（Topsy）も変えていくが，結核で他界する．奴隷制を否定するセント・クレアも結局は無為無策で突然の死を迎え，トムの幸せな日々は終わる．三番目の所有者は北部出身のリグリー（Simon Legree）で，トムが高潔で敬虔であることが癪に障り，暴力をふるい重労働を課す．非暴力・非抵抗を貫き，信仰を救いとし聖書を手放すことがないトムは，リグリーの情婦（奴隷）の逃亡に関連してリンチされる．最初の所有者の息子ジョージ（George）が買い戻す為にやって来た時，トムはリグリーを非難することなく，天国への旅立ちを喜びながら死を迎える．自己犠牲を厭わず，神から与えられた試練を耐え抜き，殉教したのである．他方，イライザは幼子を抱いてオハイオ川の流氷渡りを敢行する．逃亡奴隷の夫ハリス（George Harris）と再会後，地下組織などの助力で一家三人はカナダに到着し自由を獲得するものの，リベリアへ移住することを選び，その後の可能性を暗示して終わる．またトプシーは宣教師となってリベリアへ派遣され，ジョージは奴隷を解放し，大団円を迎える．

【名句】He an't done me no real harm, ―only opened the gate of the kingdom for me.「（リグリーから）本当にちっとも痛めつけられたのではございません．おいらの為に，天国への門を開けてくれただけなんでございますです」

(岸上)

◇重要作品◇

ブライズデール・ロマンス　*The Blithedale Romance*（1852）
ナサニエル・ホーソーン　長編小説

作品の背景　実験農場ブルック・ファーム（Brook Farm）での体験を基に書かれた作品．登場人物の中には，当時の実在人物と一部重なる者もいる．ゼノビア（Zenobia）は，女権拡大を主張したフラー（Margaret Fuller），ホリングズワース（Hollingsworth）は，超絶主義者らに強い影響を与えたリプリー（George Ripley）など，語り手カヴァーデール（Miles Coverdale）は，ホーソーン自身と考えられている．

幾通りかの読み　1）ユートピア建設と現実との乖離．理想社会を作ろうとしても，現実の前には，すべてが色褪せる．2）改革家の利己主義を糾弾．高邁な考えを抱く者が，やがて，独善的となり，かえって大きな悲劇を招く．3）傍観者の苦しみ．詩人の務めは，人間模様を眺め，作品に表わすこと．人間が「見る」対象にすぎなくなるとの恐れは，作家ホーソーン自身のもの．

対照的なふたりの女性　カヴァーデールは，20歳代後半の詩人．理想的な共同社会作りを目指す実験農場ブライズデールに参加する．そこでふたりの女性と会う．ゼノビアは，女性の立場の改善を訴えるフェミニスト．艶やかな容姿，自信に満ちた態度，豊かな黒髪には，エキゾティックな花．プリシラ（Priscilla）は，町ではお針子．華奢な体をし，髪はとび色．態度は控え目．ふたりは，あまりに対照的である．それでも，ムーディ（Moodie）を同じ父とする異母姉妹だと，やがて判明する．ともに，ホリングズワースに好意を寄せる．

身勝手な理想主義者　ホリングズワースは，以前，鍛冶屋であったが，今では，大きな野望を抱く理想主義者．農場を犯罪人更生の場に変えたいと願う．いかにも崇高な計画．しかし，計画実現のためには，身勝手さをも潜ませる．仲間を裏切ることさえ辞さない．ゼノビアと親しくするのも，資産が目当てである．

夢色あせる悲劇　ある岩場でのこと．女性はどうあるべきか，議論となる．女性はもっと自由にならなければならないと，ゼノビアは主張する．だが，ホリングズワースに一蹴される．カヴァーデールは，ブライズデールに「不満」を覚えるようになり，しばらく留守にし，町のホテルに泊まる．ある日，村の公会堂で，催眠術師ウェスターヴェルト（Westervelt）の「ヴェールの女性」（the Veiled Lady）が催される．プリシラが催眠術の犠牲になっていると，ホリングズワースは，気付き，救い出す．実は，プリシラに思いを寄せているのだ．

やがて，ゼノビアは，自分が利用されようとしていただけだと気づき，絶望する．理想主義者の利己主義をひどく糾弾する．「自分，自分，自分と，あなたは，ご自分のことだけなのよ」（Nothing else; nothing but self, self, self!）．そして，入水自殺する．

人間のおぞましい姿　ホリングズワースとプリシラは，結婚し，ブライズデールを離れる．カヴァーデールは，詩人をやめると宣言．そして，「僕自身，プリシラを愛していた」と，密かに告白する．人々のユートピア建設の夢がついえただけではない．理想郷となるべきところで，人間のおぞましさが露呈する．

（矢作）

◇重要作品◇

ピエール　Pierre; or, The Ambiguities（1852）

ハーマン・メルヴィル　長編小説

真実と美徳の愚者　地上では，天上の倫理は成立しない．神々しき「真実」や「美徳」を抱き，実現させようとしても，この世では，翻弄されるだけ．「あの時，心無い人間であったならば，（中略）僕は，この世で，長い人生を幸せに送れたはず」(Had I been heartless now ... then had I been happy through a long life on earth)．

　ピエール（Pierre Glendinning）の行為は，本当に純粋で高潔なものなのか．ピエールは，恋人さえ捨て，イザベル（Isabel Banford）を救おうとする．姉への異常な愛情．ここに，近親相姦の衝動が潜んでいないのか．母親に嘘をついてまで，懸命に父親の権威を守ろうとする．あまりのこだわり．ここに，両親への異常な感情は見られないのか．物語は，「曖昧さ」を残しながら，展開する．この作品は，当時，道徳上好ましくないと批判された．

美しい田園に不吉な真実の影　美しいサドル・メドウズ（鞍牧場）での6月のある朝のこと．ピエールは，山荘へ歩み寄り，声をかける．すると，同時に，二階の窓から，愛らしいルーシー（Lucy Tartan）の声．ふたりは，天使のような恋に酔いしれる．やがて，平穏な牧場に不吉な真実の影．ピエールに異母姉イザベルがいると判明．ピエールの心は，複雑に揺れ動く．困っている姉を助けたい．しかし，母親に知らせれば，父親の名誉を汚し，母親を悲しませるだけ．誰にも知られずに，姉を救う手立てはないのか．この「気高き美徳」を実現するために，ピエールは，イザベルとの偽装結婚を思いつき，ルーシーと別れる．

不可解な生活　星影もまばらな薄暗いニューヨーク．ピエールは，イザベルと都会の石畳に馬車から降り立つ．そして，物書きとして生計を立てようとする．ふたりの奇妙な共同生活．互いに姉，弟と呼びつつも，愛する者のように，親しく体を寄せる．「さあ，弟，もう一度座って」「すぐそばに．ほらあなたの腕で」．ルーシーは，ルーシーで，ピエールのことが忘れられない．こうなったのも，きっと，ピエールに何か崇高な思いがあってのこと．「あまりに気高く，天使のようなピエール，（中略）あなたはご自分を犠牲にしていらっしゃる」．ルーシーは，やがて，尼僧のいとことイザベルに偽って，ふたりの生活に加わり，真相を確かめようとする．

すさまじい悲劇　母は，既に死亡．いとこのグレン（Glendinning Stanly）が，財産すべてを引き継いだという．しかも，グレンは，ルーシーに結婚を申し込んでいる．ピエールとグレンは憎しみ合い，ついに対決．ピエールは，グレンを射殺し，投獄される．イザベルとルーシーが，そろって牢獄に面会に姿を現わす．イザベルは，ピエールに向かって，思わず叫ぶ．「あなたの姉が，あなたを殺したのよ．弟，私の弟よ」(thy sister hath murdered thee, my brother, oh my brother!)．この言葉に，ルーシーは，衝撃を受ける．ピエールとイザベルは，夫婦のはず．それなのに「私の弟」とは．ルーシーは，堪え切れず，その場に崩れ落ち，息絶える．ピエールは，イザベルが胸に隠し持っていた壜を掴む．そして，ともに，服毒自殺を図る．

(矢作)

◇重要作品◇

アンクル・トムの小屋　*Uncle Tom's Cabin*（1853）

原作・ハリエット・ビーチャー・ストウ
脚色・ジョージ・L・エイキン　戯曲（6幕）

ストウ夫人の原作と舞台　1851年6月5日，奴隷制度廃止論者の新聞 *National Era* に10ヶ月の連載として始まったストウ夫人（Harriet Beecher Stowe）のこの小説は，北部の人々の奴隷制反対論をあおり，南北戦争に先んじて奴隷解放の気運を起こしたと言われている．リンカーン大統領が夫人に会ったときに，「大きな戦争を始めた小さなご婦人」と称したという．1852年に単行本として発売されるや，すぐに30万部を売り，ついには世界中で700万部を売る．著作権が確立していなかった当時，次々と舞台化されるが，53年初演のエイキン（George L. Aiken）の脚色は，1879年に50近く，また99年には500もの劇団がアメリカで上演しており，20世紀に入っても10を下らない劇団が上演し続けていた．

ストウ夫人の社会意識と戯曲　アフリカ系アメリカ人を奴隷としてではなく，アメリカ社会を構成する人間的尊厳を持つ存在として認識し，奴隷制度の根幹にある人間的，宗教的，政治的レベルでの「他者」を容認しようとするこの戯曲は，単なるメロドラマの領域を超えたものがある．最近の研究ではこの戯曲の根底にある南北戦争以前の人道主義的な視点が注目されている．ただエイキン自身はストウ夫人ほどの社会意識はなかったと思われるが，ほぼ原作に忠実に脚色しているため，戯曲もアメリカ南部社会への批判を込める結果となった．エイキンは，寛容・仁愛にまつわる議論を職人的なレトリックによる台詞，スペクタクル性に富んだ場面，音楽の使用で，原作の持つ力をいっそう強力にしたといえるだろう．

6幕構成の戯曲　若く勇敢な奴隷ジョージ・ハリス（George Harris）と妻イライザ（Eliza）は，それぞれ別の主人に所有されているが，ジョージは横暴な主人から逃れ，カナダに逃亡すると妻に打ち明ける．イライザも彼女と幼い息子が，もっとも信頼できるクリスチャンの奴隷アンクル・トム（Uncle Tom）と共に売られることになったと知り，自分も逃げる決意をしたとトムに知らせる．トムは主人を裏切れず，居残ることに決める．イライザが幼子を連れ，流氷に乗って逃げる場面は19世紀の演劇でもっとも有名な場面である．

一大スペクタクル　一方で，売りに出されたトムは，船から落ちた少女エヴァ（Little Eva）を助けたことから，その父セント・クレア（St. Clare）に買われる．新しい家庭で信頼を得たトムはしばし幸せな時を過ごすが，エヴァが病死し，彼女の願いでトムを自由にするつもりでいたセント・クレアも，その書類に署名をする前に問題に巻き込まれ，サイモン・リグリー（Simon Legree）に刺殺される．その後，トムはリグリーに買い取られる．若い女奴隷に手を出して拒絶されたリグリーは腹いせにその女奴隷に鞭を食らわせるようトムに命じる．それを拒否したトムは逆に徹底的に叩きのめされ，虫の息になる．そこへ最初の主人の息子がトムを取り戻しに来るが，時すでに遅く，トムは彼の腕の中で息絶える．最後は高まる音楽の中，白いローブをまとい，鳩の背に乗ったエヴァが，セント・クレア，トムを祝福し，天国に迎えるという大スペクタクルで終わる．

（水谷）

◇重要作品◇

ウォルデン——森の生活　*Walden; or, Life in the Woods*（1854）
ヘンリー・デイヴィッド・ソーロウ　エッセー

精神の自由を求めて　ソーロウは1845年7月4日，アメリカ独立記念祭の日から1847年9月までの2年間にわたりコンコード近辺のウォルデン湖畔で独居生活をおくった．物質的欲望を最小限にきりつめ，こけら葺きで漆喰塗りの質素な小屋と出来るだけ廉価で必要不可欠の衣服と生活用具，菜食主義の彼はみずからの手で種をまいて収穫物を取り入れ，あるいは野生のものを採集するという生活の中で自然や自分自身についての研究，思索，そして観察を続けた．それは彼の信奉する個人主義，自己信頼という超絶的思想を深め，これを吟味しながら，人間がどこまで精神的に自由で束縛のない生活をおくれるかをめざした実験的記録といえる．

生きる場としての自然　ソーロウが面と向かう自然は，大きく二つに分けられる．一つは実験的生活の場としての自然，もう一つは瞑想や思索をめぐらせ内面的生活を豊かにしてくれる場としての自然である．前者に関し，ソーロウは次のように語る．「私が森へ行った理由は，慎重に生きて生活の本質的な事実だけに直面してみたかったからだ．はたしてその事実の教えを学びとれるものか，またいざ死ぬ時になって，自分が本当の生き方をしてこなかったなどと思いはしないか知りたかったからだ．私は真実のものでない生活はしたくなかった．生きるということはそれほど大切なことだからだ……．生活を片隅に追いつめ，最小限の条件だけの姿に煎じつめ，もしそれがつまらぬものだと分かったら，そのありのままのつまらなさ全体を突きとめ，それを世人に知らせてやろう」

見せかけの生　自己を，人間を見極め，生の実体，あるいは実在そのものを徹底的に探ろうとしたソーロウの目に映ったのは，強大な産業革命により魂の自由まで奪われた人間の姿だった．人々はまやかしの真実を尊び，その幻の上に因習と盲従の轍を刻みつける静かな絶望の日々を送っているに過ぎなく思えた．この見せかけの首枷こそ切り捨て，はぎ取らなければならないものだった．「単純化するがよい，単純に」という彼の言葉は，真の自由をとり戻し，本来の自己に戻ろうとするものであると同時に，次第に強まってきた物質主義に対する警告，批判，そして抵抗だったといえよう．

生命をはぐくむ場　次に瞑想と思索と観察の場としての自然もソーロウにとっては大切なものである．「孤独」と題する章は，自然の中に生息する野性のさまざまな生き物の鳴き声や動き，風，雨，水や葉ずれの音など，自然界の心地よいざわめきに全身が一つの感覚器官となって歓びを吸いこんでいる姿が描かれている．まさにその時のソーロウは自然の一部となる神秘的体験に酔いしれている．ただその感激の中にはエマソンのように自然の事物と人間の精神に対応関係を眺めたり，象徴性，隠喩を見いだすものではなく，事物はあくまでも感覚の世界の中で把握できる実在のものとして留まっており，ここに彼の限りない自然への愛着，そしてそれは畏怖と思えるほどの意識へ上りつめていく姿を眺めることができる．そしてこのような自然は彼にとって生命の糧，活力ある生命そのものであったといえるであろう．　　　（佐藤）

◇重要作品◇

ハイアワサの歌　*The Song of Hiawatha*（1855）
ヘンリー・ワズワース・ロングフェロー　物語詩

インディアンの叙事詩　言い伝えを題材に，ロングフェローが独自に創作した物語詩．インディアンの英雄ハイアワサの生涯を詩情豊かに綴る．強弱4歩格．Thus was born my Hiawatha, / Thus was born the child of wonder「かくして，ハイアワサが生まれた／かくして，奇跡の子が生まれた」．リズム，対句，反復とも，インディアンの太鼓の響きを感じさせる．英雄然として凛凛しいインディアン．自然を愛で，自然とともに生きるインディアン．それでも，やがては，押し寄せる白人に，取って代わられる．訪れ来る者の教えに耳を貸せとのハイアワサの言葉は，白人の側に立つ作者の声か．

ハイアワサ生まれる　「西風のマジェキーイス（Mudjekeewis）には気をつけるのよ」．母親のノコミス（Nokomis）の賢い忠告にもかかわらず，娘ウィノーナ（Wenonah）は，夕暮れ時に西風に心を許し，子供を身ごもる．ハイアワサを産むものの，「偽りの不実な西風に見捨てられ／苦悶のうちに死んだ」（In her anguish died deserted / By the West-Wind, false and faithless）．

父との戦い　ハイアワサは，祖母の手の中で，すくすくと育つ．自然を友とし，すべての鳥，すべての獣と言葉を交わす．足は，矢よりも速く，力は，瞬時に十本の矢をも打ち放つほど強い．やがて，祖母から，母の悲劇を知り，怒りに震える．「行ってはならない」との祖母の忠告を無視．父親と対決し，母ウィノーナを殺したのは貴様だと，責め立てる．「貴様が若い命と美しさを奪ったのだ／貴様が，大草原のユリをへし折り，／足下に踏みしだいたのだ」．父との凄絶な戦い．空では，鷲が鳴き，大地は，激しく揺れる．父は叫び返す．「息子よ，やめるがよい／わしを殺せない／不死身を殺すことなどできないのだ」．ハイアワサは家路をたどる．父のすごさに，あれほど激しかった怒りも消える．その後，悪霊など，様々なものと戦う．

愛と死の別れ　ハイアワサは，ミネハハ（Minnehaha）に恋をする．矢を作る職人の娘，黒い瞳が実に美しい乙女．やがて，ミネハハは，ハイアワサの愛を受け入れる．森の動物たちも太陽も月も，ふたりを祝福．「愛は太陽の光，憎しみは影」（Love is sunshine, hate is shadow），「愛をもって治めよ，ハイアワサ」．しかし，やがて，飢饉が続く．そして，悲劇が起こる．「ずっと遠くの森の中／いくマイルも山の遠くで／突然上がる苦しみの叫び声／ミネハハの声がする／暗闇で呼ぶ／ハイアワサ，ハイアワサ」．急ぎ帰ると，「いとしいミネハハが／死んで冷たく横たわる」．ハイアワサは，七日七晩泣き通す．

白人の言葉に耳を貸せ　村人たちは噂を耳にする．「何百という戦士がやって来た／すべて顔を白く塗って」．「見知らぬ民族がどっと群れをなして／西へと向かうのを見た」．白人が，押し寄せてくる．だが，ハイアワサは，「彼らの英知ある言葉に耳を貸せ／彼らの言う真実に耳を澄ませ」（Listen to their words of wisdom / Listen to the truth they tell you）と言い残す．そして自らは，北西の風の王国に向かう．

(矢作)

◇重要作品◇

草の葉　Leaves of Grass（1855）

ウォルト・ホイットマン　詩集

初版，12編の詩　自費出版．友人の印刷機械を借りて，みずから刷り上げる．頁数こそ95と少ないが，大型（4つ折本）の立派な本．詩人名，出版社名なし．緑の布の表紙に，花柄の模様．口絵に，黒い帽子にシャツ姿のホイットマン．「序文」が付き，「僕自身の歌」を初めとする12編の詩が掲載される．

「序文」（Preface）（タイトル名はついていなかった）．合衆国それ自体が「最大の詩」．詩人の役割りは，過去，現在，未来を統合し，すべてを平等に歌うこと．宇宙をこよなく愛し，予言すること．

「僕自身の歌」（Song of Myself）（現在のタイトル名がついたのは1881年版）．文体からしてかなり衝撃的である．読者に語りかけるような口調，伝統的な韻律や詩語の無視，俗語などを含む日常語の多用，カタログ（Catalogue）のような言葉の羅列．これらは，当時には見られなかったもの．反復，対句なども，頻繁に用いられる．子供が「草の葉」について問う．「草って何」（What is the grass?）．

初版以降の版を含め，「僕自身の歌」には，ホイットマンの基本理念が色濃く滲み出る．1)強烈な自我意識．「僕は，僕自身を称える」「僕はさ迷い，僕の魂を招く」．2)豊かな自己．「僕がいっぱいにあって，すべてがとっても芳醇」．3)内面への信頼．「自然が，元来の力のままに，なんら拘束されることなく／語るのを，僕はどのようなことがあっても許す」．4)霊肉を含め万物に対する平等意識．「僕は，肉体を歌う詩人，そして，魂を歌う詩人」．5)世界との触れ合いに感動．「目にすること，耳にすること，感じることが奇跡」．6)自我の拡大と宇宙との同化．「ウォルト・ホイットマン，一つの宇宙，マンハッタンの息子」．7)生と死の循環．「死は生を導き入れる」，「生が姿を現わす刹那，死は死でなくなる」．

「内発性」（spontaneity）を信じ，「自己信頼」（Self-Reliance）に身を委ねる．自然やまわりの人間と，平等意識（equality）をもって，新たに触れ合い，宇宙と一体化（One）し，「死」をも乗り越える．ホイットマンの思想は，多くの点で，エマソンの思想と軌を一にする．ただし，「肉体」を賛美する点や，万物の連鎖を唱えつつも個をきわめて強く意識する点などは，ホイットマンならではのもの．

第2版，新たに20編ほど　1856年出版．「ブルックリン渡船場を渡って」（Crossing Brooklyn Ferry, 1856）（以下，原題と異なる場合が少なくないが，定着したタイトル名のみを示す）．ブルックリンで渡船に乗った体験に基づく．「僕は，そうした都会をたっぷりと愛した．僕は，堂々として流れの速い川をたっぷりと愛した」．川の流れのように，世代はいつまでも続く．時間と空間とが統一され，すべてがひとつに結び付く．その他，「大道の歌」（Song of the Open Road, 1856），「まさかりの歌」（Song of the Broad-Axe, 1856）など新たに20編ほどの詩が加わる．

◇重要作品◇

第3版，性を歌う 1860年出版．代表的なものは以下の通り．「ポーマノクを後にして」(Starting from Paumanok, 1860)．半ば伝記的な詩．「申し分ない母親に，見事に身ごもられ，育てられ／魚の形をした生まれ故郷ポーマノクをあとにする」．「いつまでも揺れ続ける揺りかごから」(Out of the Cradle Endlessly Rocking, 1859)．この詩は暗い．死は，生へと連環しない．海は，「舌たらずの低く甘美な声で，／夜通し僕に死という言葉を囁いた．(中略) 死，死，死，死」．「アダムの子供たち」(Children of Adam, 1860)．異性の愛を大胆に歌ったもの．16の詩からなる．「僕は電気が充満する肉体を歌う」(I Sing the Body Electric, 1855)，「女が僕を待っている」(A Woman Waits for Me, 1856) などを再録．「女はすべてを含み，何ひとつ欠けてはいない (中略) 君らの中に今後千年の歳月を包み込む」．エマソンは，「アダムの子供たち」の性的描写に衝撃を受け，削除するように説く．「カラマス」(Calamus, 1860)．カラマスとは，ショウブの根茎のこと．互いに結びつく姿から友愛，形状から男性の性器を連想させる．男性同士の愛を描く．45の詩からなる．いずれも，ただ単に，個人的な愛を歌っているのではない．性は，新たなアメリカを誕生させるもの．いわば，アメリカ民主主義の隠喩．

第4版，南北戦争の影 1867年出版．『軍鼓の響き』(*Drum-Taps*, 1865)，『続軍鼓の響き』(*Sequel to Drum-Taps*, 1865-66) を含む．南北戦争で戦い傷つく兵士をひとりの人間として描き，英雄視していない．「先ごろ，ライラックが前庭に咲いた時」(When Lilacs Last in the Dooryard Bloom'd, 1865) と「おお，キャプテン，私のキャプテン」(O Captain! My Captain! 1865-66) は，ともに，リンカーン大統領の死を悼む詩．前者は，豊かな象徴性を帯び，特に評価が高い．「先ごろ，ライラックが前庭に咲いた時／そして，巨大な星が，夜，西空に時ならずして沈んだ時／僕は，嘆き悲しんだ，春が巡り来るたびに嘆き悲しむことになる」．毎年咲くライラックの花は，巡り来る生と死との循環を，西空に沈む金星は，偉大な人の死を表わす．やがて聞こえてくる，力強いツグミの鳴き声は，詩人としての強い思いを暗示する．その他，「開拓者よ，おお，開拓者よ」(Pioneers! O Pioneers! 1865) は，アメリカならではの開拓者魂を称えたもの．

第5版から第9版まで 1871-72年に第5版を出版．「インドへ渡ろう」(Passage to India, 1871)．19世紀も半ばを過ぎ，科学の発達が目覚しい．スエズ運河の開通，巨大な鉄道網，大西洋ケーブル．こうしたなか，ホイットマンは，「過去」に戻り，東洋の精神を解き明かせと言う．「おお魂よ，インドへ渡ろう／アジアの神話，原初の寓話を明らかにするのだ」．さらに，インドを越えて，「魂」の航海を呼びかける．

1876年に，第6版を出版．病気発作後初の版．

1881年に，第7版を出版．新たに，20編の詩．作品の掲載順など，『草の葉』の原型となる．

1889年に，第8版を出版．『十一月の枝』の序文「歩みし道を振り返って」(A Backward Glance O'er Travel'd Roads, 1888) を，エピローグとしてこの版に加える．

1891-92年に，第9版 (臨終版) を出版．『草の葉』は，9回改訂がなされたことになる．初版に比べ，詩の数は30倍以上に膨らむ．

(矢作)

◇重要作品◇

大理石の牧神
The Marble Faun: or, the Romance of Monte Beni（1860）
ナサニエル・ホーソーン　長編小説

幸運な堕落　イギリスでの出版タイトルは，『変貌』（Transformation）．真正面から，「幸運な堕落」（Fortunate Fall）の問題を扱う．罪は，人を教育するものなのか．そうであるとすれば，罪を犯すとは，ある意味では，「幸運な」ことではないのか．この考えは，登場人物によって否定されるが，作品全体に消えがたく残る．

ホーソーンは，「三つの丘の窪地」（The Hollow of the Three Hills, 1830）で，罪の結果は死との明快な倫理を示している．これが，「若いグッドマン・ブラウン」，『緋文字』を経て，どのように展開するのか．ホーソーン文学全体を考える上でも，興味深い．

三人の若者　ローマでのこと．ミリアム（Miriam），ヒルダ（Hilda），ケニヨン（Kenyon）の三人は，美術を通じて親しい．ミリアムは，黒い瞳，黒い髪の，艶やかな女性．謎めいた過去を持つ．話の一つによると，かつて家族に嫌な結婚を強いられたとのこと．ローマに逃げ込む．今もなお，怪しげな男に付きまとわれる．独創的な絵を描く．ヒルダは，褐色の髪，清純なニューイングランド出身のピューリタン．潔癖な性格，いつも白い服を身に着ける．塔の部屋で，鳩とともに暮らす．本来，優れた画才を持つが，今では，過去の巨匠の絵画を模写する毎日．ケニヨンは，アメリカ人の彫刻家．最初，周囲にそっけない態度をとる．だが，次第に，思いやりを示すようになる．

牧神像に生き写し　ある彫刻展示室でのこと．三人は，はっとする．連れのイタリア人の青年，ドナテロ（Donatello）が，プラクシテレスの牧神像（the Faun of Praxiteles）に生き写しなのだ．道徳とは無縁な自然児．天衣無縫に生きるドナテロ．「性格，感情，表情」まで，牧神像そのものである．

罪による変身　ドナテロは，ミリアムに魅了され，やがて愛を告白する．月明かりの美しい晩，四人連れ立って，タルペーイアの岩（Tarpeian Rock）へ出掛ける．崖の方から，男性の悲鳴．ドナテロは，ミリアムの目に，「殺して」との合図を読み取り，ミリアムに付きまとう男（ミリアムの絵のモデル）を崖の下に突き落としてしまう．この事件を契機に，ドナテロは，大きく変貌する．以前は素朴で陽気なだけの青年．しかし，今では，時に憂いに沈み，時に悲しみの表情を見せる．単なる自然児から，深みのある人間に変貌する．

罪の捉え方　ヒルダは，崖で目撃したことが，頭から離れない．魂の救いを求め，カトリック教会で懺悔する．しかし，心の安らぎは得られない．ケニヨンは，そんなヒルダを心配しつつも，ドナテロの成長ぶりにとまどう．ケニヨンはヒルダに問う．ドナテロは，罪を犯したことで，人間として「向上した」のではないか．罪といっても，それは，「人間教育の一要素にすぎない」（merely an element of human education）のではないのか．ヒルダは，顔面蒼白となって，否定する．ドナテロは，警察に出頭，ヒルダとケニヨンは結婚．ミリアムは，いずことも知れず姿を消す．　　　　　　　　　　（矢作）

◇重 要 作 品◇

「小鳥が小道をやって来た」ほか
A Bird came down the Walk —（1862年頃）

エミリー・ディキンソン　詩

「荒れ狂う夜よ――荒れ狂う夜よ」（Wild Nights—Wild Nights!）（249）1861年頃．
　2度の呼びかけ．詩人は，荒れ狂う夜を激しく求める．「羅針盤」や「海図」を棄ててもよい．夜の海に翻弄されたいのだ．第3スタンザで，海は一変．「エデンの海を漕ぐ――おお，海よ／あなたの中に／今晩，せめて錨を降ろせますように」（Rowing in Eden— / Ah, the Sea! / Might I but moor—Tonight— / In Thee!）．荒れ狂う海は，愛の狂おしさ．エデンの海は，満たされた愛の穏やかさ．性的な雰囲気さえ漂う．

「小鳥が小道をやって来た」（A Bird came down the Walk —）（328）1862年頃．
　小鳥は，ミミズを食いちぎり，草の露を飲む．用心深げに辺りを見回す．詩人が，パン屑を与える．すると，小鳥は，さっと飛び立つ．「船の帆のように羽を広げ／家へとそっと漕ぎ出した」（And he unrolled his feathers / And rowed him softer home —）．「蝶が，昼の岸辺を飛び立ち／水音を立てずに泳ぐ，その姿よりもそっと」．「小鳥」（Bird）から「船の帆」，「船の帆」から「蝶」（Butterflies）．「小道」（the Walk）から「海原」（the Ocean），「海原」から「昼の岸辺」（Banks of Noon）．鮮やかに変化する中で，リアリズムの「自然」がイメジャリーの「自然」に美しく飛翔する．

「もし秋にいらっしゃるのならば」（If you were coming in the Fall）（511）1862年頃．
　詩人は，「愛」を待ち続ける．「もし，あなたが秋にいらっしゃるのならば／夏をさっと払いのけますものを」．「一年後お会いできるのならば／ひと月ひと月を玉に丸め／別々の引き出しにしまいますものを」．時の経過を，至極当然のように受け入れる．どんなに長く待たされようとも，「あなた」を思う気持ちに，揺れはない．だが，事情は一変する．どのくらい待ったらよいのか，「はっきりしない」（uncertain）のだ．「だから，鬼蜂に刺されでもしたかのように，心が痛む」（It goads me, like the Goblin Bee —）．待つ気持ちと，会えない苦しみ．愛の「永遠」に，現実の「時間」が入り込む．

「私が死のために寄れなかったので」（Because I could not stop for Death —）（712）1863年頃．
　「親切にも，死の方から，立ち寄ってくれた」．馬車の行き先は，「死」．それなのに，不思議なことに，馬車には，最初から「不滅」（Immortality）が同乗している．馬車は，子供たちの遊ぶ学校や，たわわに実る穀物畑を通り過ぎる．そして，沈む夕日さえも追い抜く．馬車で，人生を一気に駆け抜けているかのようだ．やがて馬車は，土が盛り上がる所で止まる．墓場だ．あれから何世紀も経つ．でも，「馬の頭が永遠に向かっていると／最初に思った一日より／短く感じられる」（Feels shorter than the Day / I first surmised the Horses' Heads / Were toward Eternity —）．「死」の先まで進み，「死」の「一日」を振り返る．はたして，詩人は今，「永遠」にいるのか．生の世界から死の世界への移動．時間と永遠との交差．いずれをとっても，見事である．

（矢作）

◇重要作品◇

雪ごもり　*Snow-Bound: A Winter Idyl*（1866）
ジョン・グリーンリーフ・ホイッティア　詩

心の原風景　ホイッティア最高の詩．ホイッティアの実人生が色濃く投影されている．1857年母親，60年姉メアリー（Mary），64年妹エリザベス（Elizabeth）と，それぞれ死別．既に，父親もなく（30年死亡），家族で残っているのは，5つ年下の弟マシュー（Matthew）だけ．「ああ，弟よ，団欒の輪に居た人たちで，今残っているのは，／おまえとふたりだけではないか」．愛惜の情をこめて，かつての団欒を描く．

　家の外は，既に大雪．だが，家の中では，炉が明るく燃える．家族は，話に興ずる．これは，ひとり，ホイッティアが経験する世界ではない．多くのアメリカ人が心に抱く原風景である．弱強4歩格．素朴なリズムが快い．And voice in dreams I see and hear「夢に見る（笑み），聞く声」．

雪に閉ざされる　12月の日差しは短く，光は弱い．雪が舞い，風が唸る．瞬く間に，あたりは一面の銀世界．「おい，道を作れ」（Boys, a path!）との父の声．雪を掻き分け，納屋まで道を通す．人は，大雪になす術もない．それでも，炉辺に居さえすれば，どのように吹雪こうとも，心配はいらない．「外界からすっかり閉ざされて」（Shut in from all the world without），人々は，炉辺を囲む．「北風など唸らせておけばよい／風は，窓と扉に行く手を阻まれ，怒っている」（Content to let the north-wind roar / In baffled rage at pane and door）．

炉辺での語らい　かつて，雪に閉ざされると，家族は，炉に集まり，話に花を咲かせた．そんな日々がなつかしい．森や海辺で過ごした日々を語る父．紡ぎ車を廻しながら，インディアンの襲来や「若かりし頃」のことを話す母．野や川のことであれば何でも知っている叔父．おだやかでやさしい叔母．心の豊かな，正直者の姉．目を輝かせて，話に聞き入る妹．そして，炉辺に招き入れられた客人たち．

　やがて，「大きな丸太が崩れ」，炉の火が消えかかる．もう，皆，床に就く時間．叔父は，残り火に灰をかける．母は，祈りを捧げ，今日一日の無事と幸せを神に感謝する．ベッドに入ると，切妻のあたりで，風が轟々と音を立てている．

吹雪が収まり動き出す世界　朝，陽気な声が，空に高く響き渡る．目を覚まし，外を覗くと，人々が牛を使って，積もった雪をどかす．やがて，橇のベルの音．村のお医者様だ．病人が出た．手伝って欲しいと言う．吹雪が収まり，あたりが，再び活気づく．何日かして新聞も届き，世の中の動きがわかるようになる．「世界がそっくり，また，自分らのものになった」（And all the world was ours once more!）．未来への予感が漂う．

愛情のぬくもり　悲しみもあるが，愛情もある．亡くなった人のことが語られるが，語られることで，死者は，心になつかしく甦る．炉辺の暖かさは，愛情のぬくもり．愛情のぬくもりは，読者の心をも，そっと暖める．

（矢作）

◇重要作品◇

若草物語　*Little Women or, Meg, Jo, Beth and Amy*（1868）
ルイーザ・メイ・オールコット　長編小説

作品世界と評価　少女ものの執筆を渋っていたが，経済的な事情で引き受け，2ヶ月半程で書き上げたこの作品は，発刊と同時にベストセラーとなった．身近な家族の生活を材料としているが，人間関係を理想化し，経験を美化した上で，健全且つユーモラスな作品世界を創造している．反道徳的でない程度の俗語や罵り言葉も取り入れ，一般的で生き生きとした口語会話の使用によって，日常性を醸しだすことに成功した．会話に依存したストーリー展開となっている．詳細に描き分けられた四姉妹の性格や彼女達の年齢（12～16歳）相応の揺れる心の動きは，読者にとって自己同一化可能な現実のものであり，共感を呼んだ．学校での体罰や結婚観について当時としては革新的な考えを盛り込み，隣人愛に富んでいるもののキリスト教徒というより一人間としてのあり方，とりわけ女性の道を説く．アメリカ家庭小説の頂点に位置づけられ，時代を越えて読者の心を捉え続けている作品である．

四姉妹の重荷と克服　南北戦争時，マーチ家は経済的余裕のないクリスマスイブを迎える．父親は従軍牧師として戦地へ赴いて不在であり，慈悲深い母親が一家の核となる理想的人物として登場する．家族構成及び位置づけは作者自身のそれと同じ．バニヤン（John Bunyan）の『天路歴程』（*The Pilgrim's Progress,* 1678）になぞらえた構成で，姉妹が欠点という重荷を母親に励まされて克服する過程が中心となる．虚栄心から外面を飾ることにこだわり，贅沢な暮らしへの願望が強い長女メグは，つましい生活の真価に目覚める．作者の分身であるが視点は必ずしも一致しない作家志望の次女ジョーは，自立心旺盛で活発だが，感情を制御出来ない．腹立ち紛れに妹エイミーに迫る危険を半意識的に見逃すが，徐々に感情に流されないようになる．優しく無垢で家庭的な三女ベスは内気で，人形と空想世界で遊びピアノを楽しみとするが，家族や隣人ローレンス（Mr. Laurence）の助けで少しずつ殻を破り，外界との交流が可能となる．絵の得意な四女エイミーは我が儘な気取り屋で自惚れが強い．体罰事件やベスが病気になった時の経験を通して利己主義との闘いは本物となる．

四姉妹の成長と作者の革新性　ときには衝突しながらも喜怒哀楽を分かち支え合う，貧しくも心の温かい一家の姿を，劇的な出来事に依存することなく，季節の移り変わりとともに日常生活レベルで1年間追った後，父親の帰宅，メグの婚約といった中で各々が成長した姿を見せ，幕が下ろされる．続編3作品では，結婚・富・幸福入手という伝統的大団円を否定して，王子的人物ローリー（Laurie）ではなく知的に高め合えるパートナーとジョーを結婚に至らせ，夫の育児への協力，家事分業の重要性を説く．更に父親ブロンソンの不成功に終わった教育理念を正当化し，女性の権利や仕事を強調するなど，作者は作中でも時代に先駆けて斬新な挑戦を続けている．

【名句】... how much genuine happiness can be had in a plain little house.「質素な小さい家の中で，本物の幸福が何とたくさん得られることでしょうか」
（岸上）

◇重 要 作 品◇

ロアリング・キャンプのラック，その他
The Luck of Roaring Camp and Other Stories (Sketches) (1870)
ブレット・ハート　短編集

ハートの代表作　1868年に発表後，大反響を巻き起こした表題作「ロアリング・キャンプのラック」を含むハートの初期短編集．他に「ポーカー・フラットの宿無し」(The Outcasts of Poker Flat)，「テネシーの相棒」(Tennessee's Partner) といった代表的な短編が収録されている．50年代初頭のカリフォルニアを舞台に，鉱山労働者，賭博師，娼婦など庶民の生活を地方色豊かに描き，下層階級の人々に焦点を当てたという点でリアリズムの先駆とされる．一方，大仰な語り口で展開されるユーモアとペーソスに溢れた感傷的な物語には，ディケンズ的な道徳観が窺え，ヴィクトリア朝小説の影響も感じられる．

ラックの誕生　表題作は，ゴールドラッシュ華やかなりし頃，カリフォルニアのロアリング・キャンプという鉱山労働に従事する男たちが暮らす集落を舞台とする．ある日その片隅で，街でただ一人の女性チェロキー・サル (Cherokee Sal) が難産の末に男児を出産し，そのまま息を引き取る．人々は残された赤ん坊の処遇について議論を重ねるが，結局，助産婦を務めたスタンピー (Stumpy) と唯一の「女性」である驢馬を親代わりに，自分たちの手で育てていくことを決意する．

キャンプの再生　正式にトーマス・ラック (Thomas Luck) と命名された赤ん坊の存在は，これまで無作法な荒くれ男の巣窟だったキャンプに再生のきっかけをもたらした．人々はラックへの影響を考慮し，設備や衛生の面で精一杯の場所を用意しただけでなく，道徳的にも社会的にも子育てに相応しい環境を整えていった．ケンタック (Kentuck) に至っては，ラックと面会するために不潔な身なりを改めて，毎回洗顔し，新しいシャツを着て現われる始末だった．街の人々の愛情を一身に浴びたラックを中心に，キャンプ中が幸福な夏を過ごす．鉱山事業でも成功を収めて事業は拡大するが，同時にラックと自分たちに幸福な生活を守るべく，キャンプは次第に排他的にもなっていった．「ロアリング・キャンプは確かに立派な街で，人々も清潔な暮らしを営んでいるが，部外者には不親切で，しかも一人の赤ん坊を崇拝している」という噂も立つようになる．一方，街ではさらなる環境改善のために，分別ある家族の移住を募る案も浮上していた．

洪水による崩壊　しかしここで悲劇が起こる．1851年の冬，降り積もった雪によって河が増水し，街を襲ったのだ．街は大損害を受け，スタンピーの小屋も流されてしまう．人々は行方不明になったラックを探すが見つからない．そこに下流からの救助船が到着．なかには死にかけたケンタックとその腕に抱かれたまま息を引き取ったラックの姿があった．

【名句】 "Dying," [Kentuck] repeated; "he's a-taking me with him. Tell the boys I've got The Luck with me now;...." (Luck)「死んでいく」とケンタックは繰り返した．「彼は俺を一緒に連れて行く．みんなに伝えてくれ，俺は今，ラックを自分のものにしたと」

(児玉)

◇重要作品◇

トム・ソーヤーの冒険　*The Adventures of Tom Sawyer*（1876）
マーク・トウェイン　長編小説

トム対ハック　子供の生来の力を認める作者は，思うがままに自由を満喫することこそ子供のあるべき姿とし，無垢に絶対的価値をおき，知ることは失うことであり，先ず学校で，やがて社会や広く文明の中で揉まれていくうちに垢をつけていくと考える．少年時代の作者の投影がトムであり，どの少年も辿らなければならない運命を表わす．束縛されることなく自由に生きるハック（Huck）のような存在は，作者を含め多くの者が抱く願望の具現化であり，作者の夢でもある．どちらも作者の分身として登場し，自由な日々を享受する．しかし，このような少年の自由な日々は束の間のものであること示唆して作品は終わっている．

子供世界対大人社会　舞台はミシシッピ川沿いの町．トムを通して子供の自由な世界の提示，偽善と欺瞞に満ちた大人社会の露呈，大人社会と子供世界の対立の明示で幕が開く．大人社会の基準ではトムは悪い子，弟シッド（Sid）は良い子である．トムは靴や衣服にしても窮屈なものを嫌い，上辺だけで無意味なものを本能的に見抜く．模範的で問題を起こさないシッドはトムをおとしめることによって高揚し，いわば大人の番犬である．都会からやってきた（立派な服装で靴を履いている）少年は，トムに喧嘩で負け降参したにもかかわらず小石を投げるという卑怯さを見せる．表面的にしか判断できない親代わりのポリー（Aunt Polly）は善意の人だが，戯画化されての登場である．罰としてペンキ塗りを命ぜられたトムは，大人が意図した躾を空回りさせる．教会での聖書の暗記においても大人の狙いは意味を持たず，退屈さを打開する為のトムの行為は大人を巻き込み，説教を中断させる．

大人社会への入門　このようなトムも，墓場荒らしと殺人を目撃することによって，犯罪という大人社会の現実に生まれて初めて直面する．無罪の者が投獄され，トムは抜き差しならない立場へ追い込まれる．良心の呵責がつのり牢屋へ差し入れをする．この行為は「社会の一員としての意識の目覚め」を意味する．その後家出をして大自然での拘束のない生活を満喫するが，最も自由ななかでホームシックに罹り，劇的効果を狙い自分の葬式の日に帰っていく．更に法廷での証言という社会的正義を実行して英雄になる．大好きなベッキー（Becky）の心も捉え，最後には金貨を発見し，大人からももてはやされ，大人がトムを真似るようになる．トムは思うまま冒険を繰り返し，全面的勝者（大人社会における「トム対シッド」の位置づけの逆転）となるものの勝利は表面的なもので，実は大人社会への入門を果たす．社会の一員としての責任をなおざりにすることなく，家族の気持ちを踏みにじることもない，そのような条件を満たす冒険へ，つまり想像力の世界に向かう以外に選択肢はなくなるのである．トムは大人の価値観を持って，自由を求めるハックをなだめる側にまわる結末を迎える．

【名句】... they would rather be outlaws a year in Sherwood Forest than President of the United States forever.「ずっと合衆国の大統領でいるよりはむしろ1年間でもシャーウッドの森の悪党でいたい」

（岸上）

◇重要作品◇

デイジー・ミラー　*Daisy Miller*（1878）

ヘンリー・ジェイムズ　中編小説

出世作　ヨーロッパのアメリカ人社会の偏見と疎外によって悲劇的な最期を迎える無垢なアメリカ娘を描いた作品．物語はデイジーを観察するウィンターボーンの視点を通して語られることから，この青年の意識のドラマを描いた小説とも言える．アメリカの女性に対する侮蔑を感じるという理由から出版を拒否された経緯を持つ一方，発表当時から国内外で人気を得てジェイムズを社交界の花形に押し上げた出世作でもある．1882年には喜劇として脚色が試みられている．

視点人物の葛藤　スイスの観光地ヴェヴェーのホテルで，ジュネーヴ育ちのアメリカ青年ウィンターボーン（Frederick Winterbourne）は，母親と弟と一緒に旅行中のデイジー（Daisy; 本名 Annie P. Miller）に偶然出会い，この美しい同国人の娘の屈託ない様子にすっかり魅了されてしまう．しかし，長い間ヨーロッパで暮らし儀礼的な女性との交際しか経験がないウィンターボーンには，この娘が真に無邪気なのか，それとも無教養で粗野な娘なのか判断しかねる．一方，彼と同様にヨーロッパ生活の長い伯母のコステロ夫人（Mrs. Costello）はデイジーを野卑な女と決めつけ，甥の世間知らずを案じる．数日後，ウィンターボーンはデイジーと二人でシヨン城の見物にでかける．彼はこの娘の天真爛漫さを肯定的にとらえようと考えるが，依然として彼女の本性は謎のまま，ローマでの再会を約束して別れる．

社会に対する個の反抗　翌年の冬，ウィンターボーンは伯母の避寒先であるローマを訪れ，知人のウォーカー夫人（Mrs. Walker）の家でデイジーとの再会を果たす．だが良からぬ噂の通り，デイジーはジョヴァネリ（Giovanelli）という世慣れた美貌のイタリア男と親しく交際していることを知る．ウォーカー夫人は素性も知れぬ男と公然と出歩くデイジーに，ヨーロッパとアメリカの習慣の違いを説き，土地の習慣に従うように警告を与えるが，彼女は全く気にとめる様子を見せない．このような反抗的な態度に，やがてアメリカ人社会はデイジーを疎外し始める．一方，ウィンターボーンはこの娘の堂々とした態度に感心し好意を抱きながらも，依然として彼女の本性に関する正当な評価を下すことができずにいる．

真実と後悔　しかし，ある春の夜，コロセウムの月明かりの中でデイジーとジョヴァネリの姿を見かけたとき，ついにウィンターボーンはデイジーを淑女ではないと結論づける．それでも彼はデイジーの身体を気遣い，このマラリアの巣窟から彼女を連れ出し帰宅させる．だが，その甲斐もなくデイジーは熱病におかされ，ウィンターボーンのことを気に掛けたまま亡くなる．その後，ウィンターボーンはジョヴァネリからデイジーの身の潔白について聞かされ，この娘の本当の気持ちを理解できなかったことを悔いる．

【名句】"I don't want you to come for your aunt," said Daisy; "I want you to come for me."「伯母さまのためにいらっしゃるのではいや．私のために来ていただきたいの」

（山口）

◇重要作品◇

ある婦人の肖像　The Portrait of a Lady（1881）
ヘンリー・ジェイムズ　長編小説

初期の集大成　進取の気性に富む美しいアメリカ娘の自由の探求を通してその成長・変貌を描くジェイムズ初期の集大成と言われている．作品が一つの建築物のように「礎石」としての一個の性格を中心に構想され，他の人物はその「衛星」として配置されている．提示部は語り手により，ヒロインの覚醒後はその意識を通して語られる．F・R・リーヴィスのように後期の作品より高く評価する者もいる．

自由の探求　ロンドン郊外テムズ河畔のガーデンコートは在英30年のアメリカ人銀行家タッチェット氏（Mr. Touchett）の館．夫人の姪イザベル・アーチャー（Isabel Archer）は両親と死別，ニューヨーク州オールバニーから伯母夫婦のもとに身を寄せる．病身の従兄ラルフ（Ralph）は，頭脳明晰で想像力に富み純眞無垢で独立心の強い従妹の将来を関心をもって見守る．イザベルはラルフの友人ウォーバトン卿（Lord Warburton）の求婚を断わり周囲を驚かす．資産家の貴族との結婚は，世間の人々との痛みの共有の妨げと考えたのだ．ボストンの実業家キャスパー・グッドウッド（Caspar Goodwood）もイザベルの友人で愛国心の強い在英記者ヘンリエッタ・スタックポール（Henrietta Stackpole）の手引きで求婚する．想像力に欠ける逞しいこの青年も同じ理由で斥けられる．

イザベルの試練と最終的選択　伯母の友人マール夫人（Mme. Merle）はアメリカ生まれだがヨーロッパ生活が長く，その洗練された美しさはイザベルを魅了する．伯父の死後，遺産がラルフの意向で彼女に渡ったことを知った夫人は，元愛人のギルバート・オズモンド（Gilbert Osmond）と暮らす娘パンジー（Pansy）のためにこれを入手すべく，イザベルとオズモンドとの結婚を画策する．オズモンドはヨーロッパ生活の長いディレッタントで，貧しいが優雅な雰囲気の持主である．イザベルは周囲の反対を押し切ってこの男と結婚する．夫は実は因習にとらわれたエゴイストで，自分の好みにしたがって妻を型にはめようとする．イザベルはこの結婚が誤りであったことに気付く．乏しい経験で独断的に物事を判断する傾きがあるイザベルだが，この試練を経て真実が見えるようになる．義妹から事の眞相を聞かされた彼女は，従兄危篤の報に夫の反対を押し切ってロンドンへ向かう．出発前のイザベルとマール夫人との静かな対決の場で，夫人は真実を知られたことを悟り，帰国を決意する．ラルフと対面したイザベルは自身の誤りを認め，二人は完全に理解し合う．葬儀の後，グッドウッドの再度の求愛を斥けたイザベルは夫のいるローマへ向かう道を選択する．

【名句】"Yes, I think I'm very fond of [my own ways]. But I always want to know the things one shouldn't do."／ "So as to do them?" asked her aunt.／ "So as to choose," said Isabel.「確かに私，思い通りにしたがり過ぎますわ．でも，してはいけないことは何か，いつも知りたいと思っています」／「それをしようと言うの？」伯母は尋ねた．／「どちらをとるか自分で決めるためですの」イザベルは答えた．

(武田)

◇重要作品◇

現代の事例　A Modern Instance（1882）
ウィリアム・ディーン・ハウエルズ　長編小説

道徳の退廃　1870年代のアメリカ社会の問題にハウエルズが初めて取り組んだ作品．離婚問題を取り上げた最初のアメリカ小説と言われている．南北戦争後の，いわゆる「金めっき時代」の宗教界，ジャーナリズム業界，そして家庭生活における道徳の退廃がユーモア溢れる皮肉な筆致で丹念に描かれ，若い主人公夫婦の結婚生活の崩壊を救う力を失った社会の姿が明らかになる．作者は苦悩における人々の連帯の必要性を暗示している．表題の'modern'の意味は，「現代の」に加えて，古い用法での「ありふれた」を含み，主人公夫婦の場合が特殊なものではなく，当時はごく一般的な現象であったことを示唆している．

結婚まで　メイン州エクィティの弁護士の娘マーシャ・ゲイロード（Marcia Gaylord）とハンサムで如才ないが卑劣な記者バートリー・ハバード（Bartley Hubbard）は結婚の約束を交わす．父親の愛情を一身に受けて育ったマーシャは，自制心に欠けていて嫉妬深い．バートリーの女性問題に怒って婚約を解消するが，バートリーが村を去ると知って，その後を追い，和解して急遽結婚式をあげてボストンへ向かう．

夫の家出　バートリーの記事が『クロニクル・アブストラクト』紙のリッカー（Ricker）に買い取られる．『イヴェンツ』紙の記者として友人ベン（Ben）の父親で実業家のハレック（Halleck）氏への取材訪問がきっかけで弁護士アサートン（Atherton）を知る．ベンはマーシャに惹かれる．バートリーは酒に浸り，投機に手を染め，夫婦喧嘩が絶えない．好意的だったリッカーからも仕事のやり口を非難される．アサートンはベンのマーシャに対する愛を見抜き，深入りせぬよう忠告する．夫婦喧嘩の揚句，マーシャは家を出る．帰宅すると夫の姿はすでになかった．その後，マーシャはひたすら夫の帰りを待ち続ける．

離婚訴訟とその後　2年後，ベンはバートリーの死を確信してマーシャとの結婚を決意するが，アサートンは反対する．インディアナ州の裁判所から離婚公聴会への召喚状が届く．マーシャが夫を遺棄したことになっていた．バートリーの真意は別の女との結婚にあるという父親の言葉に刺戟されて，マーシャは離婚を阻止するために公聴会出席を決意する．ゲイロード氏は公聴会での訴えの最中に気絶し，その混乱にまぎれてバートリーは姿を消す．数ヶ月後，ゲイロード氏がエクィティの自宅で亡くなる．さらにその二，三ヶ月後，バートリーの死亡が新聞紙上で報じられる．バートリーは自分が経営する地方紙の紙上で攻撃した相手の男に撃たれてアリゾナ州で命を落したのであった．1年後，ベンはアサートンにマーシャとの結婚について助言を仰ぐが，弁護士もそれに対する答えを見出せずにいる．

【名句】We're all bound together. No one sins or suffers to himself.... Every link in the chain feels the effect of the violence, more or less intimately. 「僕たちは皆一つに結ばれているのだ．だから罪も苦しみも当人一人のものではない．たとえて言えば鎖のどこに暴力が加えられようとも鎖の環の一つ一つが，その痛みを大なり小なり，じかに感じるものなのだ」

（武田）

◇重要作品◇

ハックルベリー・フィンの冒険
Adventures of Huckleberry Finn（1885）

マーク・トウェイン　長編小説

「お上品な伝統」打破　英国版は書名に定冠詞がつき1884年刊．作者は方言・俗語など一般大衆の言葉を正確且つ縦横に駆使する力を持ち，卑俗であれ生の言葉を使って心情をてらわずに表現することを持ち味とするも，「お上品な伝統」に反する故に不穏当とされ，出版当初から青少年には好ましくない悪書として図書館から締め出される．語り手をハックとし，その眼に映ったミシシッピ川沿岸の社会や人々の姿を一人称で語らせることで，新鮮な息吹を作品に与える．ハックの素朴な視点を通すことで，作者の仮借なき批判と失われつつある自由で無垢なものへの憧憬が一層効果的に浮かび上がっている．自然対文明社会という構図が明示され，悪辣非道な人間や醜悪な社会の現実が次々に描かれ，結局悪は滅びる展開となっているが，勧善懲悪ではなく，悪を暴き俎上に載せることが主となっている．

自由を求めて　『トム・ソーヤーの冒険』の結末を受けて，ハックの窮屈な生活への嘆きから始まる．財産を狙う父親によって小屋に閉じこめられるも脱出したハックは，奴隷商人への売却を知って逃げてきた黒人奴隷ジム（Jim）と図らずも出会う．身の安全と自由を求めて筏に乗っての逃亡生活が始まる．ハックは広大なミシシッピ川流域の世界へ逃れることによって自由と開放を得るが，醜悪で残酷な社会の諸相や卑劣で愚かな弱い人間の姿に直面し，大人社会の現実に否応なく巻き込まれ翻弄される．トムと違い積極的に外界との係わりを求めず傍観者であろうとし，客観的な視点で見据えた後，絶体絶命の場面で行動をおこし，自然児特有の研ぎ澄まされた直感や生きる知恵を使って切り抜けていく．二人のペテン師が筏に乗り込んできて詐欺の手伝いを強いられた時も，客観視することに耐えられなくなって初めて行動を起こし孤児の娘を助け，二人の排除にも成功する．苦楽を共にするうちにジムとの絆を強めていったハックが奴隷の逃亡を幇助することは罪であり地獄に落ちるという当時の常識（似非の社会的良心）をかなぐり捨て，地獄に落ちる決心（真の良心に覚醒）をするまでの過程が川の流れとともに作品の縦の流れを形成する．筏が聖域であるならば，上陸によって関係を強いられる現実社会は悪の巣窟である．一つ一つの悪との係わりが横の支流となり，縦の流れ（本流）に影響を及ぼす構成となっている．

自由の限界　最後は陸に上がり，再登場するトムが中心となって囚われのジム救出作戦が展開するものの全くのまやかしでトム流「冒険ごっこ」であったことが明かされる．現実世界における少年たちの冒険の限界を表わしている．ハックにとっては振り出しに戻る結びとなり，再び窮屈な社会に組み込まれそうになったハックの逃亡と自由を希求する言葉で終わっている．拘束を一切受けない自然児であることの限界を暗示する結末である．

【名句】... there warn't no home like a raft.... You feel mighty free and easy and comfortable on a raft.「筏ほどいい家はないね．筏の上って，凄く自由で気楽で快適って感じ」

(岸上)

◇重要作品◇

サイラス・ラパムの向上　　The Rise of Silas Lapham（1885）
ウィリアム・ディーン・ハウエルズ　　長編小説

「金めっき時代」の実業家像　　ここに描かれた実業家像は，「金めっき時代」を生きるアメリカの実業家像としては真面目に扱われた恐らく最初のものであろう．作者は，1875年のボストンを舞台として，一人の典型的な実業家の浮沈を単に物質的な面からだけでなく，心理的・倫理的な面に重点を置いて描いている．プロットは主人公サイラス・ラパムの成功から破滅，そして最後に道徳的再生を遂げる過程を追う．表題の「向上」は経済的向上と精神的向上の両様の意味を含み，一方の下降が他方の上昇をもたらす．サブ・プロットとして，ラパムの二人の娘と上流階級のブロムフィールド・コーリー（Bromfield Corey）の息子との間の恋愛事件が描かれる．動機の蓋然性やセンチメンタリズムの排除，ダーウィンの進化論の影響など，ハウエルズのリアリズムの特色が随所に見出せる．ハウエルズの作品の中では最もよく知られており，傑作とされている．

塗料業界の百萬長者　　1820年にヴァーモント州の農場で生まれたサイラス・ラパムは55歳になっている．子供時代は貧しい生活ながら，献身的な母と働き者の父から旧約聖書およびフランクリンの『貧しいリチャードの暦』の徳を叩き込まれて育った．伝統的な社会を支えていた徳を身につけて育ったのである．1835年に農場内で塗料鉱が発見され，商品化されるや大当りをとり，ラパムは塗料業界の百萬長者となって，ボストンの『イヴェンツ』紙の記者バートリー・ハバード（『現代の事例』に登場）の取材訪問を受けるまでになる．ラパムは自分の腕一本で成功した男として教養には欠けるが，ハバードの貪欲さとは対照的に控え目である．

砕かれた野望　　ラパムは二人の娘のためにもボストンの上流社会に入り込むことを望み，高級住宅街バック・ベイ（Back Bay）に広大な屋敷を新築する．ラパム夫人は娘たちを連れて夏のカナダ旅行を楽しんだ折に，ボストンの上流階級のコーリー家の女たちと知り合う．両家の交わりは社会的な地位の相違から順調には進まない．しかし息子トム（Tom）がラパムの事務所で働くようになり，娘たちに関心を抱き始めるに及んで，コーリー家はラパム一家を夕食に招待する．その席でのラパムの粗野な振舞が彼の社会的野望を打ち砕いてしまう．これに続いて新築中の屋敷が火災で焼失，さらに事業の失敗が追い打ちをかける．卑劣な策を弄することを拒むラパムを破滅から救う道はすべて閉ざされ，遂にラパムは故郷に退いて，もとの貧しい生活に戻るのだが，その心は極めて穏やかである．一方，トムをめぐるラパムの二人の娘ペネロピー（Penelope）とアイリーン（Irene）の問題は，トムが思い通りにペネロピーと結婚してメキシコへ向かうことで解決する．周囲の誰もがトムの相手と考えていた美しい妹娘にトムを譲るという控え目な姉娘の主張が，不必要な自己犠牲として斥けられたからである．

【名句】[Money] is the romance, the poetry of our age.「お金は言わば現代の詩であり，物語なのだ」

（武田）

◇重要作品◇

小公子　*Little Lord Fauntleroy*（1886）
フランシス・ホジソン・バーネット　　長編小説

作者の代表作　バーネットの作品の中で最も広く読まれている代表作である．1888年作者自身の脚色により3幕ものに仕立てられて上演され好評を博した．我が国においても明治30年に若松賤子の手により翻訳紹介され，長く親しまれてきた．セドリックは作者の次男がモデルと言われている．非の打ちどころのないセドリック母子の性格，現実には想像し難い事件の展開など，リアリズムとは距離を感じさせる点もあるが，偏見のない無垢な心の勝利，イギリスの貴族階級に対するアメリカ人の関心，そしてアメリカを若者の国と認識しているアメリカ人など，作者自身の英米両国に対する知識から生まれた理解は，子供にとってのみ魅力あるものではない．平易な文体で書かれており，12ヶ国語以上に翻訳され多くの読者を得たのも当然だと思わせる．

セドリック，伯爵家の世子としてイギリスへ　イギリスのドリンコート（Dorincourt）伯爵の息子はアメリカの女性と結婚し，息子が一人いる．老伯爵がアメリカとアメリカ人を嫌っているために互いに疎遠になったまま，息子は間もなく病死する．残された妻はニューヨークで7歳になる息子セドリック（Cedric）を育てている．セドリックは明るく，寛大で優しく，悪を知らぬ純眞な少年である．雑貨商ホッブス氏（Mr. Hobbs）と靴磨きのディック（Dick）を友としている．思いがけずドリンコートのただ一人の後継ぎと判明し，セドリックはイギリスへ行くことになる．

セドリック，老伯爵の心を動かす　少年はロード・フォントレロイとして老伯爵の館に住み，近くの別の家に住む母親を毎日，訪れる．老人は母親に会おうとしない．召使たちの間でも評判の悪い老伯爵だが，セドリックは祖父を信頼する．老人は少年の態度に心を動かされ，人生に対する新たな興味に目覚める．伯爵のやり方を快く思わない妹レイディ・ロリンデイル（Lady Lorrindail）は，自らセドリックの母親を訪問し，好印象を得る．突如，別のアメリカ人女性とその息子が現われ，伯爵の後継者だと名乗る．小公子は自分の地位をいつでも譲る考えである．この出来事はアメリカの新聞でも書き立てられる．ディックは新聞に載った問題の女が兄のベンの前妻であることを知って，ホッブス氏と共にイギリスへ行き，女の言い分を否定する．その直後，老伯爵はセドリックの母親を訪問し和解する．セドリックの世継ぎとしての正当性が確認され，彼の8歳の誕生祝いが催される．その席にはディックもホッブス氏と共に招かれる．老伯爵とセドリック母子の三人はその後，館で仕合わせに暮らす．ホッブス氏はセドリックと離れ難く，イギリスに住む．

【名句】... it was because [the Earl] was rather better than he had been that he was rather happier.「伯爵が心楽しい気分になってきたのは，以前にくらべて心根が優しくなったからだ」

（武田）

◇重要作品◇

かえりみれば——2000年より1887年
Looking Backward:2000-1887（1888）

エドワード・ベラミー　　長編小説

19世紀のベストセラー　19世紀において『アンクル・トムの小屋』に次ぐ売り上げと影響力を誇ったベラミーの代表作．この作品に示唆を受けて，全国各地に「ナショナリスト・クラブ」が組織されるなど，社会運動が高まりを見せたことは有名．暴力的な手段を用いず，人間性の改善によって改革が達成された理想的な社会主義国家を，異社会に迷い込んだ旅行者とその社会に精通したガイドとの対話を中心に描いた正統派のユートピア小説である．改革的な政治・経済思想を比較的馴染みやすい物語に折りこみ，同時代人に抵抗感を抱かせることなく提示したことが，この作品を成功に導いたとされている．

未来旅行のきっかけ　不眠症に悩むボストンの青年ジュリアン・ウェスト（Julian West）は，安眠のために，地下室で催眠術の力を借りて就寝するのが習慣となっていた．1887年のある日，彼は婚約者の家族と共に夕食をとり，その後いつものように床に入った．だが，次に眼を覚ますと，彼は自分が見知らぬ人間に囲まれていることに気づく．驚いたことに，彼は就寝後に邸宅の火災に遭い，秘密の地下室で催眠術を解かれることなく，113年も眠り続けていたのだった．

社会主義ユートピア　21世紀のアメリカは，全ての産業を政府が管理する社会主義国家になっていた．21歳から45歳までの人々は産業隊の一員として仕事に就き，職業に関係なく国から支給される平等な対価で生活していた．しかも年ごとにクレジットカードに振り込まれるため，貨幣は存在しない．市場競争の排除と，最善の努力による社会奉仕が個々人の社会的地位を決定するという思想によって，平等な繁栄と自由が保証された幸福な理想社会．そこは労働問題，職業や性差による差別，貧困，疾病といった社会問題とはほぼ無縁の世界であった．ドクター・リート（Dr. Leete）とその娘イーディス（Edith）の助力を得ながら，新世界を学ぶにつれて，ウェストは社会の変わり様に衝撃を受けつつも，人類がなしとげた素晴らしい業績に感銘と共感を覚えるようになった．

時を超えた出会い　また，生活を共にするうちに，ウェストは芸術や音楽を愛する聡明な娘イーディスに好意を抱くようになる．ドクター・リートの推薦で大学講師の職を得た彼は，思い切って彼女に結婚を申し込む．すると，イーディスは自分がウェストのかつての婚約者の曾孫であることを告白し，彼が曾祖母に贈った手紙を読んで，その人柄に惹かれていたとプロポーズを受け入れる．その晩，19世紀に戻る悪夢を見た彼は，目を覚まして，改めて21世紀で生活する幸福を噛み締めたのだった．

【名句】We require of each that he shall make the same effort; that is, we demand of him the best service it is in his power to live.「我々は個々人に対して同じ量の努力を求めます．つまり，その人間が自分の力でなしうる最良の仕事を」

（児玉）

◇重要作品◇

いのちの半ばに　*In the Midst of Life*（1892）
アンブロウズ・ビアス　短編集

不条理な死　　人生の只中にあっても，突如として死の世界への移行を余儀なくされる不条理を描いた作品ばかりを集めた短編集．この題名は祈祷文に因んだものであるが，作品中では決して死は追悼の気持ちをもって感傷的に描かれているわけではない．この短編集に収められた作品からはいずれも，人間が最後に迎える死という悲しむべき現実さえも，歴史という大きな流れの中で繰り広げられる滑稽さをも感じさせる些細な営みであるという印象をうける．南北戦争を舞台にした作品が多いが，いずれも戦争の是非を問うたり，その意味を考えさせるものではなく，クローズアップされるのは戦争を背景とした一人の人間の死の瞬間である．

「**アウル・クリーク橋の一事件**」（An Occurrence at Owl Creek Bridge）南部の非戦闘員のペイトン・ファーカー（Peyton Farquhar）は，北軍によって絞首刑に処せられるところ，運良く首の綱が切れて，アウル・クリーク橋から川の中へ落ちたようである．頭上からの弾丸を潜り抜け，陸に上がって我が家を目指して逃げていく．迎えに出てきた妻を抱きしめようとした瞬間，彼は首筋に激痛を感じ，全てのものが暗黒と沈黙に包まれる．彼は橋の横木の下にぶら下がっていた．「超常的に鋭く敏感」（preternaturally keen and alert）という感覚の表現は，ビアス特有の死の極限に達した時の感覚描写で，他の作品にも見受けられる．ファーカーの逃亡劇が，橋からの落下から死に至るまでの一瞬の間に見た幻想にすぎなかったというあまりにも意表をついた結末が，読者に大きな衝撃を与える作品．

「**ふさわしい環境**」（The Suitable Surroundings）ある少年が幽霊屋敷として知られている屋敷の傍を夜中に通りかかり窓を覗くと，座わったまま死んでいる男が見えた．さらに観察しようと屋敷に近づいた瞬間，死んでいるはずのその男が立ち上がった．少年は驚いて逃げ出し，翌日大人を数人連れて戻って来ると，一人の男の死体が見つかった．ウィラード・マーシュ（Willard Marsh）が謎の死を遂げたという事件について，五つの章ごとに異なった人物の視点から描写する．視点の変化により，歪められたまま認識されたり，覆い隠されてしまったりする真実の多面性を描き出した作品．

「**人間と蛇**」（The Man and the Snake）ハーカー・ブレイトン（Harker Brayton）は読書をしているとベッドの下に二つの小さな光があるのに気づく．とぐろを巻いた蛇の目であった．生物の研究をしている同居人の飼う蛇が逃げ出して来たのだろうと思い，それを興味深く見つめていたが，次第に恐ろしくなってくる．蛇に凝視されたブレイトンは，逃げたくても勝手に足が蛇の方に近づいていき，殴りつけられたような衝撃を受けて倒れる．大きな叫び声を聞いた妻と同居人が駆けつけた時にはブレイトンは死んでいた．ベッドの下には剥製の蛇が落ちていた．この作品以外にも，死人が獣の耳をかじるというグロテスクな物語を描いた「**ふさがれた窓**」（The Boarded Window）など，エドガー・アラン・ポウを髣髴させるような超自然的恐怖もビアス作品の特徴の一つである．

（松ノ井）

◇重要作品◇

赤い武功章　The Red Badge of Courage（1895）

スティーヴン・クレイン　長編小説

名声を確立した代表作　〈アメリカ内戦のエピソード〉の副題をもつこの作品は，南北戦争に参加した若い兵士の戦争体験を描いてクレインの名声を内外に確立した代表作であり，アメリカの戦争小説の古典とみなされている．南北戦争を知らないクレインは，戦記を読み，戦場となった土地を訪れて構想を練ったという．フットボールの体験やゾラの『壊滅』（1892）の影響なども指摘されている．描かれた戦場の場面は，1863年5月2日から4日にかけてのヴァージニア州チャンセラーズヴィルの戦い（リー将軍指揮下の南軍がフッカー少将指揮下の北軍を打破した）とされている．戦争を美化していた少年兵が，戦争の実体を把握して精神的成長を遂げていく過程が，多彩な色彩語，動物のイメジャリー，多くの象徴を用いて描かれている．戦争は少年兵の体験するリアリスティックなものであると同時に，自分自身との戦いという象徴的な意味合いを持つものとなっている．

戦争に対する恐怖心　川を挟む山の上で南軍と対峙する北軍の兵士たちは指令を待ち続けている．その一人，ヘンリー・フレミング（Henry Fleming）は母の反対を押し切って入隊した若者である．彼にとって戦争は叙事詩にうたわれている壮大なものであった．単調な野営生活では，日常生活の法則は役に立たず，戦争に対して恐怖心を抱くようになるが，脱走だけはすまいと心に誓う．

試練のとき　進軍開始後，兵士たちは逃走し始め，ヘンリーに試練のときが訪れる．むごたらしい死体を見，戦争への情熱を失う．友人ジム（Jim Conklin）は戦死を覚悟で前進．ヘンリーも砲弾に加わり，連帯感を味わう．敵の再度の攻撃にヘンリーも逃走．そのため味方の勝利にも罪悪感を拭い切れない．耐えた末に勝利した仲間に何と言われるか気がかりである．森のチャペルに兵士の死体．負傷者の行列．「傷という赤い武功章」をつけた彼らを羨ましく思う．血まみれのジムに出会う．茂みまで辿りついてジムは息絶える．

ヘンリーの勲章　負けて退却する味方の兵士の波にもまれているうちに，一人の兵士がヘンリーの頭をライフル銃で殴打．怪我は軽かったが，帰隊すると英雄として迎えられる．真相を語らぬヘンリーには，現場を目撃されていないと思うとプライドもよみがえる．

ヘンリーの再生　戦闘再開．ヘンリーは向かってくる敵に憎しみをつのらせ，戦う悪魔と化して上官にほめられる．指揮官が兵士たちを「箒」とみなしていることを偶然知ってしまう．自分たちは取るに足りない存在なのだ．前進開始．仲間は倒れ，部隊はやせ細っていく．上官はヘンリーの腕を掴み，前進を促す．ヘンリーは怒りを覚えて森へと走る．死んだ旗手衛兵から旗を奪取，危険にも身をさらす決意が生まれる．しかし軍は撤退．すべては終わった．異常な戦いの場を脱した悦びを感じているヘンリーは成長した一人の男として生まれ変わっていた．作中ヘンリーの揺れる心を映して，周囲の自然のやさしい共感と冷たい無関心が交互する．

【名句】The red sun was pasted in the sky like a waifer.「真赤な太陽が赤い封緘紙のように，ぴったり空に貼り付いていた」

（武田）

◇重要作品◇

ねじの回転　The Turn of the Screw（1898）

ヘンリー・ジェイムズ　中編小説

問題作　悪霊から純真無垢な幼い兄妹を守ろうとする若い女家庭教師の恐怖体験を描いた作品．ジェイムズは物語の顚末を全知の視点ではなく，想像力豊かな家庭教師の視点から語らせている．その結果，亡霊の存在の有無や悪の力の意味するもの等に関する様々な解釈が生まれ，批評家の間に論争を巻き起こした．その代表的な例として，亡霊は性的に抑圧された家庭教師の幻覚であるという説や，家庭教師を救世主になぞらえた宗教的アレゴリー説などがある．一方，ジェイムズが悪に関する記述を避けたことは，それによって生じる曖昧さを読者に自らの想像力で補わせることで，より一層の恐怖心を抱かせるという効果をもたらしている．いずれにせよ，深まる謎と緊張感溢れるこの作品は，単なる幽霊物語として読むことを許さない作者の「ひとひねり」が感じられる仕上がりとなっている．

多重構造　語り手は，この物語が亡き友人から委ねられたある女家庭教師の手記の書き写しであることを告白する．その出来事は，田舎牧師の娘であったその女性がロンドンに住む魅力的な紳士に雇われ，初めて家庭教師として働いた時に起こった．このような前置きをしたのち，生前，友人は手記を朗読してくれたことがあった．語り手はその時の様子を思い浮かべながら，その内容を披露する．

新米家庭教師の苦悩　「家庭教師として私が住み込んだエセックスのブライ邸には，親を亡くしたマイルズ（Miles）とフローラ（Flora）という愛らしい兄妹がいました．マイルズは寄宿学校を不可解な理由で放校されたのですが，一切の面倒を見るという契約に従い私が教育することにしたのです．そこへ，子供たちを誘惑しようと，品行の悪かった従僕のピーター・クィント（Peter Quint）と，私の前任者でピーターと淫らな関係にあったジェスル嬢（Miss Jessel）の亡霊が現われるようになりました．私は怯えながらも，兄妹を守ろうと神経を張り詰めて警戒しました．ところが，家政婦のグロウス夫人（Mrs. Gross）は問題の亡霊を見たことがなく，子供たちもそのようなものを目にしたことがないように振舞うため，一人苦悩する日々が続きました」

犠牲となった子供　「ある日，断りも無く外出したフローラを湖畔で発見した時，対岸にジェスル嬢の姿を見た私は，今度こそその存在を認めさせようとしましたが，またもや夫人に否定され，フローラにいたっては私に激しい嫌悪の情を示し，錯乱の様相さえ見せたのです．そのため，雇い主である兄妹の伯父のもとへ二人を退去させ，私はマイルズと共に館に残ることにしました．すると今度はクィントの亡霊が現われました．その時，困惑したマイルズの口からついにクィントの名前が出たのです．私は邪悪な霊に渡すまいとマイルズを強く抱きしめました．そして気がつくと，少年は私の腕の中で生き絶えていました」

【名句】We were alone with the quiet day, and his little heart, dispossessed, had stopped.「深閑とした昼中に私たちは二人きりでした．そしてマイルズのかわいらしい心臓は，悪霊から解放されると，鼓動を止めていました」

（山口）

◇重要作品◇

目覚め　The Awakening（1899）

ケイト・ショパン　　長編小説

読書界に衝撃を与える　作者の力量は明らかでも，「クレオールの〈ボヴァリー夫人〉」と言われるこの作品が読者に与えた衝撃は大きなものであった．主人公エドナ・ポンテリエ（Edna Pontellier）の肉体的・精神的自己解放を扱っているこの作品は，発表当時から半世紀に亘って正当に評価されずにきた．1953年に出た仏訳本の序文で論じられたのがきっかけで，再評価の動きが起こり，女性解放運動に携わる人々のバイブルとされるようになった．作品のモティーフは，因襲の力に対抗するには大胆に反発する勇気ある精神が必須の条件だという考えである．

グランド・アイルの夏　ニューオーリンズの実業家でクレオールのレオンス・ポンテリエ（Leonce Pontellier）との間に幼い二人の男の子がいるエドナは，その夏，メキシコ湾の南の島グランド・アイル（Grand Isle）に暑さを避けている．ルブラン（Lebrun）夫人経営の夏の家には，一家のほかにもクレオールの家族が何組か滞在していた．クレオールの打ち解けた馴れ馴れしい世界に入ってアメリカ人エドナの潔癖さも幾分和らいでくる．ニューオーリンズの商社に勤めるルブラン夫人の息子ロベール（Robert）も夏を母の許で過ごしている．ロベールから泳ぎの手ほどきを受けてエドナの独立への意欲と奔放な感覚がかき立てられる．次第に息子も夫もかえりみなくなるエドナには確実に変化が生まれ始めている．突然，ロベールのメキシコ行きが決まり，エドナの避暑も終わりに近づく．

家庭への反逆　ロベールが去ってからのエドナは輝きを失い，家庭生活への反逆の度は増していく．島に滞在中に親しくなったラティニョール（Ratignolle）夫人は母性豊かなクレオールである．夫人に向かってエドナは言う．子供のために命は棄てても自分自身は誰にも渡さない．もう一人の友人ライズ嬢（Mademoiselle Reisz）はピアニストで画家でもある．慰みに絵筆をとるエドナに対して，挑戦する勇気を持つべきだと助言する．エドナはとかくの噂のあるアルセ・アロバン（Alcee Arobin）と付き合い始めるが，この男は肉体的な慰めでしかない．

海に身を任せて　エドナは屋敷を出て一人暮らしを始める．しばらくしてロベールが戻って来る．ロベールと再会したエドナは，自分に必要な存在はこの男をおいてほかにはないと確信する．しかし，ラティニョール夫人の出産を手伝うために出かけている間にロベールは置手紙を残して姿を消す．そこには，愛しているが故に去らねばならない，と書かれてあった．夏にはまだ間（ま）があるにもかかわらず，エドナはグランド・アイルに一人で出掛けて行き，夕暮れに海に入り，沖へ向かって泳ぎ続ける．すでに浜辺はエドナにとってあまりにも遠くなり過ぎていた．

【名句】The touch of the sea is sensuous, enfolding the body in its soft, close embrace.「肌に触れる海の感じは心地よく，（エドナの）肉体をやさしく，しっかりとその腕に抱きとってくれた」

(武田)

◇重要作品◇

マクティーグ　*McTeague: A Story of San Francisco*（1899）
フランク・ノリス　　長編小説

独自の自然主義文学　サンフランシスコの貧民街で実際に起きた殺人事件を基にしている．ゾラの影響を受けつつも，初のアメリカ独自の自然主義文学．

　人は，受け継いだ資質や，置かれた状況から逃れることができないのか．遺伝や環境に逆らうことができないまま，悲劇に突っ走る人間像がみごとに描かれる．また，グラニス老（Old Grannis）とミス・ベイカー（Miss Baker）との恋なども織り込まれ，ロマンティックな雰囲気が漂い，ノリスならではの自然主義文学となっている．

生涯の夢　マクティーグは，サンフランシスコ，ポーク通り（Polk Street）で開業する歯科医．部屋の中で，カナリアが囀る．時折，マクティーグ自身，手風琴を奏でる．カナリアも手風琴も，ビッグ・ディッパー鉱山（Big Dipper Mine）での日々の思い出．突き出た顎，いかつい顔，大きな体．マクティーグは，いかにも，かつて鉱山でトロッコを押していた風貌である．やがて，店先に，看板代わりに，めっき塗りの見事な金の臼歯を掲げ，「生涯の夢」を実現させたことを誇る．

抑えきれない獣性　マクティーグは，ひとりの女性に心を奪われる．相手は，豊かな髪が美しいトリナ（Trina Sieppe）．マクティーグの患者である．ところが，友人マーカス（Marcus Schouler）も，同じく思いを寄せている．結局，トリナはマクティーグと結婚．ピクニックに出掛けた日，マクティーグとマーカスは，戯れにレスリングを始める．だが，いつしか，本気の争いに変わる．「マクティーグの心のごく表面近くに潜む獣性が，一気に飛び跳ね，化物となって活気付き，抑えることはできなかった」（The brute that in McTeague lay so close to the surface leaped instantly to life, monstrous, not to be resisted）．マクティーグは，マーカスの腕をへし折る．

堕落への道　マーカスは，かつての友を羨み憎む．そして，当局にマクティーグは偽医者だと，密告する．マクティーグは，無資格を暴露され，歯科医を続けられない．次第に，酒に溺れ，金に困る．籤を当て5000ドルを隠し持つトリナに，金の無心をする．夫からの愛情を失ったトリナ，金の亡者に変貌する．やがて，マクティーグは妻を殴り殺し，金を奪う．

「死の谷」での悲劇　マクティーグは，一時期，ビッグ・ディッパー鉱山に身を隠す．やがて，「死の谷」（Death Valley）に逃げ込む．ここは，生きては帰れない砂漠の地．ほかの追っ手は谷を迂廻すると言う．ところが，マーカスだけは，諦めない．ついに，ふたりは対決．マクティーグは，拳銃でマーカスを殴り殺す．だが，マクティーグの体も自由がきかない．マーカスに，手錠をかけられてしまったのだ．マクティーグは，灼熱の砂漠の中，動くことができない．水を飲むことすらできない．ただ，死を待つだけ．傍らでは，「カナリアが，半ば死にかかり，いわば，金色の小さな監獄の中で，弱々しく鳴く」．　　　　　（矢作）

◇重要作品◇

シスター・キャリー　*Sister Carrie*（1900）
セオドア・ドライサー　長編小説

難航した出版　ハーパー社（Harper and Brothers）が出版を断わり，ダブルデイ・ペイジ社（Doubleday Page）のもとに原稿が渡った．ゲラ刷りが仕上がったところで，経営者の夫人がそれを読み，性道徳の点から出版に強く反対した．それでわずか300部しか出版されなかったという事情がある．この小説は当時の「お上品な」ひとびとが目を背けていたような物事を描写していたのだ（イギリスではこの作品は，作者による削除が施され，好評だったという）．ドライサーは，一切道徳的判断を下すことなしに，都市生活の不品行や堕落を描いた．

地方から都会へ　物語が始まるのは，1889年．18歳のキャロライン・ミーバー（Caroline Meeber; Carrie）が，育った小さな田舎町から大都市シカゴへと向かう列車に乗っている．車中で彼女は，チャールズ・ドゥルーエ（Charles Drouet）という，セールスマンをしている洒脱な若者と知り合う．シカゴではじめ身を寄せたのは，姉ミニー（Minnie）の家だった．キャリーは，幾度かの失敗の後，どうにか職を見つけることができたが，賃金は低く，暖かい服を買うことが出来ずに，風邪をひき，馘首されてしまう．新しい仕事も見つからず困っていると，偶然ドゥルーエに出くわす．やがて二人は一緒に住み始める．ドゥルーエは友人で，高級バーの支配人，ジョージ・ハーストウッド（George Hurstwood）を家に招く．キャリーとハーストウッドは互いに魅力を感じるようになり，彼は自分の破綻した結婚生活を彼女に教えぬまま求愛する．一方キャリーはドゥルーエの紹介で芝居の代役を務め，意外な才能を発揮する．彼女はその後，結婚してくれるならドゥルーエのもとを去るとハーストウッドに約束する．ハーストウッドの妻はこの情事に気づき，離婚手続きと慰謝料をハーストウッドに迫る．この時代，姦通は職と地位を失うことを意味していた．追い詰められたハーストウッドは，偶然，運命の手に導かれるようにして，バーの金庫から金を持ち出し，キャリーを半ば強引にニューヨークへと連れて行く．

ニューヨークで女優に　二人はウィーラー（Wheeler）という偽名でニューヨークで暮らし始める．ハーストウッドは小さなバーに職を見つけるが，以前のような生活は求むべくもない．キャリーは，ハーストウッドを愛していないことに気づく．やがてバーも寂れ，ハーストウッドはとうとうそこを手放してしまう．彼は老けが目立ち始め，鬱々と毎日を送るようになり，最後に残った現金も賭けですってしまう．一方キャリーは劇場での仕事を見つけ，女優としての才能を認められる．最終的にハーストウッドは宿無しとなり，安宿のガス栓を開けたまま眠りにつく．女優として大成功を収めたキャリーは小説を読みながら，物思いにふけるのだった．

【名句】The sea was already full of whales. A common fish must needs disappear wholly from view—remain unseen.「いまや海には鯨がうようよ．雑魚なんか視界から消えてもらわねば．目障りだから」　　　　　　　　　　　　　　　　　　　（坂下）

◇重要作品◇

オクトパス　*The Octopus: A Story of California*（1901）
フランク・ノリス　長編小説

ノリス文学の傑作　ゾラに影響されて，筆を執った，ノリス最大の傑作．オクトパスとは，文字通り，章魚（たこ）のこと．その姿さながらに，鉄道は，限りなく広がり，農場主たちの体にまとわりつく．農場主と鉄道との戦いは，史実「マッセル・スラウの事件」（Mussel Slough Affair, 1880）に基づく．小麦を育む大地，搾取に苦しむ農民，冷酷な鉄道．三者が見事に描かれる．ヴァナミー（Vanamee）とアンジェル（Angéle Varian），アニクスター（Annixter）とヒルマ（Hilma Tree）の関係など，ノリスならではのロマンスも展開する．

農場主たち　マグナス（Magnus Derrick）は，カリフォルニア州，サン・ウォーキン・ヴァレー（San Joaquin Valley）で，広大な小麦農場を営む．以前知事を目指したこともあり，仲間から「知事さん」（Governor）と慕われ，指導的な立場に立つ．長男ライマン（Lyman）は，サンフランシスコで弁護士として活躍．次男ハラン（Harran）は，農場で父親を助ける．近隣には，オスターマン（Osterman）やブローダーソン（Broderson）らが，同じく農場を営む．

鉄道，恐怖の怪物　詩人プレスリー（Presley）は，西部を詩に歌い上げたいと願って，この地を訪れる．人々が勇敢にも情熱をもって新しい世界を作り上げている．これを詩に表わしたいのだ．しかし，実際に目にしたものは，機関車が引き起こすあまりの惨状．飛び散る血，むき出しとなった脳みそ．子羊たちが機関車に跳ね飛ばされたのだ．プレスリーは，「恐怖に打たれ，胸痛む」．これは，「汚れなきものたちの大虐殺」（a massacre of innocents）．機関車は，「鉄の心臓を持つ怪力」（the iron-hearted Power），憎むべき「オクトパス」．

苦しみと対決　農場主らは，土地に誇りと愛情を抱いている．これまで，実りある豊かな大地に育て，価値ある土地にしてきたのは他ならぬ自分たちなのだ．だが，耕作している土地は，「太平洋南西鉄道」（Pacific and Southwestern Railroad）のもの．やがては，安く払い下げてくれるとの約束のもと，借り受けている．ところが，鉄道会社は，過度な要求．土地払い下げ価格や小麦の貨物代金を大幅に吊り上げる．農場主らは，怒り，苦しみ，権利を守ろうと対抗する．だが，両者の溝は，埋まらない．やがて，一触即発の状態．互いに発砲．農民らは殺され，負傷する．人望のあったマグナスまでもが，過去の行為をあばかれ，惨めな姿を晒す．鉄道側も，無事ではすまない．鉄道の代表である，銀行家のベアマン（S. Behrman）はやがて，小麦の中に足を滑らせる．無数の小麦が，滝のように容赦なく打ちつけてくる．ベアマンは，小麦に仇討ちされるかのように，肉体を引き裂かれ，死ぬ．

大地への信頼　あまりにすさまじい悲劇．だが，作者は，「でも，小麦はそのままだ」（*But the WHEAT remained*）と結ぶ．人間に，どのようなことが起きようとも，大地は変わらない．「すべての事柄が，確かに，必然的に，抵抗しがたく，いっせいに善へ向かって動く」（and all things, surely, inevitably, resistlessly work together for good）．　　　　　（矢作）

◇重要作品◇

使者たち　*The Ambassadors*（1903）

ヘンリー・ジェイムズ　長編小説

後期の傑作　婚約者の息子を故郷に連れ戻すためパリに出向いた中年のアメリカ人の精神的経験を描いた傑作．発表は1903年であるが，2年前にはほぼ完成していたことから後期の三大長編の第一作目に位置する．この作品でジェイムズは初期の主題であった国際テーマに立ち返り，異なる価値観や文化をもつアメリカとヨーロッパの対立を背景に，充実した人生を送るには遅すぎた主人公の心理的葛藤や精神的成長を，場の積み重ねと均整の取れた構成の中で見事に描出している．「全作品の中で最も優れている」「上級者向けの作品である」と自賛しているように，視点の技法，主題の展開，戯曲的手法など多くの点でジェイムズによる作品の最高水準を示している．

20世紀の小説への架け橋　ジェイムズはこの小説の視点人物を想像力豊かで生真面目な主人公ひとりに限定し，ヨーロッパ文化に触れ，次第に変化してゆくこの男の内面世界を丹念に描きこんでいる．初期の作品から試みられてきた視点の技法が洗練の極みに至ったこの小説は，全知の視点による完全客観描写から脱却し，人間の意識の流れを扱う20世紀の小説の萌芽を内包した代表的作品である．しかし，ジェイムズの小説はあくまでも主人公の観察に基づく主観的事実や目に見える現実との接点を維持した想像世界の綴れ織であり，新しい時代の小説が取り扱う無意識の世界の介入はない．また，主人公の語りも一人称ではなく三人称が採用され，この視点人物と思いを共有する語り手の存在も確認できる．これら新旧の小説技法の使用は，ジェイムズが文学史における時代の過渡期に活躍した作家であることを感じさせる．

小説の着想と人生哲学　主人公のルイス・ランバート・ストレザー（Lewis Lambert Strether）は道徳的価値観で物事を判断する極めてアメリカ的な思考の持ち主である．その一方，母国の物質主義社会の敗北者であり，歴史と伝統に彩られたヨーロッパ文化に対する若き日の憧憬を胸中深くに秘めた人物でもある．【名句】に挙げた引用文は，パリにやって来たこの主人公が，ある高名な芸術家が主催する園遊会を訪れたとき感極まって若者に与えた助言である．創作ノートによれば，この言葉は米国出身の画家ホイッスラー（James Abbot McNeill Whistler）のパリにある庭園でハウエルズ（William Dean Howells）が述べたものである．ある友人が語ってくれたこの出来事に着想を得てジェイムズはこの小説を創作した．そこには，若くしてヨーロッパに渡り，小説家としての栄光と挫折を経験し，人生も終盤に差し掛かろうとしているジェイムズ自身の心境をも読み取ることができる．また，ストレザーが自由は幻想であると述べる件や，物語の表舞台には一切登場せずにこの主人公の意識や行動を支配する婚約者のニューサム夫人（Mrs. Newsome）の存在，ならびにストレザーが自身の利を捨てて道徳的判断に従って帰郷する結末には，実直に生きる人間の悲喜劇を温かくも冷静に見つめるジェイムズの視線と人間の自由や自由意志に関する作者の人生哲学の反映が感じられる．

◇重要作品◇

解放感と使者の困惑 ストレザーは婚約者であるニューサム夫人の依頼を受けて，パリで放蕩生活を送っているに違いない彼女の息子のチャド（Chad; Chadwick）を故郷に連れ戻すため，マサチューセッツ州ウレットからヨーロッパに向かう．ところが，経由地であるリヴァプールで友人のウェイマーシュ（Waymarsh）を待つ間に，彼はヨーロッパ在住のアメリカ人であるマライア（Maria Gostrey）と知り合い，彼女の案内でチェスターやロンドンを観光しているうちに，すっかり解放感に浸っている自身に気づく．妻子に先立たれ仕事にも失敗し，今や夫人の出資する評論誌の編集に携わるストレザーは，使命を果たした報酬が夫人との結婚であると思うとき，この心境の変化を複雑な思いで受け止める．しかし，パリに到着すると彼はかつて抱いていたヨーロッパ文化への憧憬を思い出す．堕落しているはずのチャドも見違えるほど立派な青年になって現われる．

空しい青春使命の放棄 使者としての役目を果たせぬまま，高名な彫刻家の園遊会に出席したストレザーは，故郷での灰色の生活からは想像すら出来ない洗練された社会を目のあたりにして深く感動する．そして，その世界を享受できるチャドへの羨望とともに，人生を謳歌するには遅すぎる我が身をも思い知らされる．ついに感情が溢れて，その場に居合わせたアメリカの青年ビラム（Bilham）に精いっぱい生きることを勧める．その後，ストレザーはチャドの交際相手のヴィオネ夫人（Madame de Vionnet）を訪問する．するとウレットでの悪い噂に反して，彼女はまさに歴史と文化を纏った淑女であると知る．夫人に魅了されたストレザーはチャドと彼女との清い関係を信じて使者の使命を放棄してしまう．やがて，帰国勧告と第二の使者を送る旨の電報がニューサム夫人から届く．チャドは帰国を決心するが，ストレザーは態度を一変してパリに残るように彼を説得する．

第二の使者との和解決裂 まもなくして，チャドの姉サラ（Sarah Pocock），その夫のジム（Jim），ジムの妹でチャドの花嫁候補のメイミー（Mamie）が第二の使者としてパリに到着する．ヴィオネ夫人と面会したサラは終始対決姿勢を崩さず，夫人の味方に転じたストレザーの裏切りに神経を逆立てる．しかし，ストレザーは憤慨して強く任務遂行を迫るサラと和解することができない．絶縁を示唆され呆然とする彼を残して，サラ一行はウェイマーシュとビラムを伴いスイス旅行をしたのち帰国する運びとなる．一方，世渡りのうまいチャドはすべての責任をストレザーに押しつける様子をみせる．

真実の認知帰郷の決断 数日後，ストレザーはパリ郊外の田園を一人散策し，若いころ入手できなかったランビネの風景画の中に入り込んだ気分に浸る．自由を満喫し，解放された気持ちで景色を眺めていると，彼はそこに親密な関係を思わせるチャドとヴィオネ夫人の姿を発見してしまう．愚かな想像にすがっていたことに気づきストレザーは愕然とする．それでも真相を語り泣き崩れる夫人の様子を見て彼女を許し，チャドに夫人の面倒をみる義務を説く．これまでストレザーの相談相手を務めてきたマライアは，彼の行く末を心配してパリに留まることを勧める．しかし，ストレザーは正しくあるためにウレットに戻る決心をする．

【名句】Live all you can; it's a mistake not to.「精いっぱい生きるんだ．そうしないのは間違いだよ」

(山口)

◇重要作品◇

荒野の呼び声　The Call of the Wild （1903）

ジャック・ロンドン　中編小説

ソーシャル・ダーウィニズム　犬を主役にした7章からなる小説．連れ去られた飼い犬が過酷な状況に耐え，やがて野性に目覚め，原始の自然に入って最強者となる．スペンサー（Herbert Spencer）の思想の影響を反映している．ロンドンは当初短編小説のつもりで書き始めたが，一気に書き上げ，中編小説になった．自らの体験が色濃く反映され，文明への憎悪が主人公に込められている．寓意性は強いが，主人公が犬であるために，道徳的逆行も読者に違和感を与えない．それまでの擬人化された動物物語とは全く異なり，画期的内容で，いまだに色あせない．

拉致，そして過酷な訓練　バック（Buck）はミラー判事（Judge Miller）のもとで平穏な日々を送っていた．ところがある日ミラー邸の庭師の一人マニュエル（Manuel）に連れ出され，わずかな金で売られ，カリフォルニアからアラスカへ運ばれる．バックは，調教師のペロー（Perrault）とフランソワ（François）から徹底的に順応性を叩き込まれる．厳しい訓練が続き，北国で生き残るための術を身に付ける．親しかったカーリー（Curly）が古参のそり犬に倒され，この光景はバックの脳裏に焼き付く．生存のためならば盗みを平気で行なうようになる．「こん棒と牙の掟」の下では，カリフォルニア時代の道徳が通じないことを身をもって知る．やがて犬ぞりチームのリーダーの座をスピッツ（Spitz）と争い，見事勝ち取る．さまざまな技術を身に付け，立派なそり犬となる．極限での郵便物配達の過酷な旅を終えて憔悴しきったバックは，二束三文で売り飛ばされ，新しい飼い主チャールズ（Charles）と妻メルセデス（Mercedes），弟のハル（Hal）の下でさらに過酷な運命に翻弄される．苦痛と疲労の日々がバックに襲いかかる．

命拾い　凍ったユーコン川を移動中に，バックはハルによって叩かれ，死にかける．バックはキャラバン隊から取り残され，皮肉にも命拾いをする．ジョン・ソーントン（John Thornton）によって助けられたバックは，春の間，のんびりと病気回復の時を過ごす．バックは優しい飼い主によって体力を回復する．時折「森の奥深いところで呼び声が聞こえる」が，ソーントンへの忠誠心がバックを思い止まらせる．1000ポンドの荷物を100ヤード引く賭に見事に勝って，1000ドルをソーントンにもたらす．これを元手にソーントンは東へ向かう旅に出る．

飼い主を失い野性に　ソーントンの一行が先住民に殺害された後，バックは自然の中へ解き放たれる．こうしてバックは荒野の呼び声に反応し，人間の文明に完全に背を向ける．やがてバックはオオカミの群れの頭となる．

【名句】So that was the way. No fair play. Once down, that was the end of you.「だからそういうことだったんだ．フェアプレイなんてありはしない．一度倒れたら，それでおしまいだ」

（川村）

◇重要作品◇

ジャングル　*The Jungle*（1906）

アプトン・シンクレア　　長編小説

マックレイキング　シカゴの食肉産業の醜悪な実態を調査に基づいて赤裸々に暴露した作品で，シカゴ西郊のストックヤード（家畜置場，屠殺場，食肉工場が集中している．1865年に建設され，1971年に営業を停止した）に働く東欧系の労働者たちの悲惨な生態を活写している．反響は凄まじく，長期にわたるベストセラーになった．「マックレイカーズ」（muckrakers暴露作家たち）が好きなわけではではないセオドア・ルーズヴェルト大統領が著者をホワイトハウスに招待し，政府は業界の改善に乗り出した．

婚礼の宴に始まる一家の崩壊　読者は第1章で，裸一貫リトアニアから渡ってきた頑健にして純真な青年ユルギス・ルドクス（Jurgis Rudkus）と同郷の可憐な娘オナ（Ona）の賑やかな結婚披露宴の場面に案内される．しかし次の章からは自然主義の視点に変換される．彼は非衛生，危険，低賃金という過酷な条件下ながらも家族の幸せを夢見て牛肉工場，肥料工場などで働く．だが彼は妻を犯した親方を殴って刑務所に入れられる．住宅購入に際して不動産業者にだまされる（ローンの利子のことが隠されていただけでなく，新築とされていたその家は古い家にペンキを塗り替えたものだった）ばかりか，最後にはその家を奪われる（彼が獄中にある間にペンキを塗り替えて転売されてしまう）．さまざまな悲運に翻弄され，そのたびに無一文と暴力と裏切りと病気に苦しめられる．売春を余儀なくされたオナは二度目の出産のとき死に，やがて最初の子供も貧困の中で死んでゆく．

自然主義の論理と社会主義の夢　すべてを失った彼は浮浪者，物乞い，窃盗，追いはぎ，悪徳政治家の手先などと最底辺の人生に身を落とすが，最後に社会主義の伝道師によって救われ，プロレタリアの団結による未来の希望に目覚める．対照的に，オナの従姉で開巻劈頭にクローズアップされる人物，マリヤ・ベルチンスカス（Marija Berczinskas）は，当初の夢をすっかり奪われ，酒と麻薬で自分を殺しながら売春宿で生きていく．

プロレタリア文学の古典　粗野な文体，粗雑な人物描写，そして最後に冗長な，あまりに楽天的な社会主義の説法で締めくくられるこの作品は今日から見てナイーブなものであるが，露骨な搾取が横行し，社会主義が自明の正義でありえた時代の貴重なドキュメントとして今なお人の心を打つ．

【名句】Marija was one of those hungry souls who cling with desperation to the skirts of the retreating muse. All day long she had been in a state of wonderful exaltation; and now it was leaving — and she would not let it go. Her soul cried out in the words of Faust, 'Stay, thou art fair!'「マリヤは，去りゆこうとするミューズのスカートに必死になって縋りつく飢えた魂の一人だった．1日じゅう彼女はすばらしい高揚状態にあった．そしていまそれが終わろうとしている．だが終わらせたくない．彼女の魂はファウストの台詞を借りて［(時よ)停まれ，お前は美しい！］と叫んでいた」

（寺門）

◇重要作品◇
O・ヘンリーの短編小説（1906〜10）

ニューヨークの人生模様　驚きを与える「オー・ヘンリー・エンディング」はすべての作品の常数である。まず多いのは20世紀初頭のニューヨークを背景にした作品．「**多忙なビジネスマンのロマンス**」（The Romance of a Busy Broker）の株式仲買人はウォール街の事務所に出勤するなり速記者に向かって結婚を申し込む．なんと彼は前の晩に彼女と教会で結婚式を挙げたばかりであることを忘れていたのだ．「**善女のパン**」（Witches' Loaves）ではパン屋を営む女性が，毎日古くなったパンの塊を買いに来る男性にある日サービスのつもりでバターつきパンを渡し，とんでもない結果を招く．男は建築家で，新しい市庁舎の設計コンペに応募するため図面を描いていたのであり，古パンは消しゴム代わりに使っていたのだった．「**警官と賛美歌**」（The Cop and the Anthem）の浮浪者はジャック・フロスト氏の名刺（1枚の枯葉）の舞い降りてくるのを見てそろそろ島へこもる季節だと悟る．ところが今年は石を投げてショーウィンドーを壊そうが，無銭飲食をしようが，捕まえてくれない．教会の前を歩きながら島（刑務所）行きは諦めてまじめな人間になろうと決意したところで警察の不審尋問にかかり，逮捕される．「**最後の一葉**」（The Last Leaf）と「**賢者の贈り物**」（The Gift of the Magi）はあまりに有名．「**自動車を待たせて**」（While the Auto Waits）は大都会の匿名性が引き起こす喜劇．小公園のベンチで本を読んでいる女性に一人の青年が向こうのレストランに勤めている者だがと名乗って話しかけてくる．彼女はあそこに車を待たせているのでと言って去っていくが，レストランのレジ席に座る．青年は待たせてあった車に乗り込み，運転手に「クラブへ」と命じる．「**家具つきの貸間**」（The Furnished Room）では主人公は，恋人がガス自殺した同じ部屋でガス自殺する．「**ゴム族の結婚**」（A Comedy in Rubber）の好奇心の塊のような男女の「ゴム族」は事件現場で顔を合わせるうちに親しくなり結婚の運びとなる．ところが花嫁，花婿が式場になかなか姿を見せない．自分たちの晴れ姿をとっくりと眺めたかったのだという．

他の都市の人情譚　他の都市に眼を転ずると，ワシントンの下宿屋に住み着いた南軍の退役少佐の話「**ハーグレイヴズの一人二役**」（The Duplicity of Hargraves）がある．同じ宿に住む俳優は少佐の困窮を見かねて金銭的援助を試みたが，誇り高い相手の逆鱗に触れたので，昔少佐の父君に仕えていた奴隷に扮して現われ，解放されたとき支度金としてもらった金を豊かになった今お返ししたいと申し出て快く受け入れられる．「**よみがえった改心**」（A Retrieved Reformation）の舞台はアーカンソー州エルモア．もと銀行強盗は銀行家令嬢との結婚をとるか，金庫の中に閉じ込められた子供の命を救うかという究極の選択を迫られ，後者を選ぶ．彼をつけていた刑事は千載一遇の逮捕のチャンスを諦めて，彼を見逃してやる．

【名句】New York is the Caoutchouc City. There is a tribe abroad wonderfully composed, like the Martians, solely of eyes and means of locomotion.（A Comedy in Rubber）「ニューヨークはゴムの街だ．火星人のように眼と足だけでできているような不思議な種族がいっぱいうろついている」（ゴム族の結婚）　　　　　　　　　　　　　　　（寺門）

◇重要作品◇

ヘンリー・アダムズの教育　*The Education of Henry Adams*（1907）
ヘンリー・アダムズ　自伝

三人称の自伝　作者によれば，この作品は『モン・サン・ミシェルとシャルトル』の姉妹編である．本書の副題〈20世紀の多様性（Multiplicity）の研究〉は，『モン・サン・ミシェル』の副題〈13世紀の統一（Unity）の研究〉と対をなす．おじが姪に語る旅案内の形で始まる後者に対し，『教育』は，著者自身の経験を三人称で客観的に語る自伝の形式をとる．ただし13年間の結婚生活と妻の死後7年間は空白となっている．混沌の20世紀に対して，アダムズは聖母マリア信仰に支えられた，統一ある宇宙としての13世紀に理想の文明を見出した．1893年のシカゴ万国博覧会に象徴される機械力の強化（22章）は，アダムズの世界を打ち砕き，安らぎを与えることはなかった．本書はそのようなアダムズの思索の書である．

敗者の運命　アダムズ家の夏の家があるボストン郊外のクィンジー（Quincy）と本邸のあるボストンは相異なる世界として少年の意識にあった．夏と冬という対立する環境は精神主義と物質主義，飛翔と堕落という二元論的世界観を生むにいたる．感受性の強い少年は猩紅熱を患って，肉体的にも精神的にも兄たちに遅れをとり，一家の変わり種としての自分を意識する．長じてそれは「懐疑的な習慣」となる．しかし，ヘンリーにとって特殊なのは，その性格ではなく，「直接または間接的に，アダムズの名と共に受け継いだ18世紀の遺産」としての教育であった．クィンジーの家は18世紀そのものである．かつての利点は，変化の激しい新時代においては不利なものとなる．奉仕と義務と文化という18世紀の徳が，すでに時代遅れであることを少年は悟る（第1章）．人生の流砂を安全に越えるためには，水先案内人に頼らねばならないが，導き手としての父の時代はすでに終わっていた．父に導かれることは，代償として機会の喪失という敗者の運命を引き受けることであった．

ダイナモ—現代のバベルの塔　「敗北（1871）」と題される第20章に続く章は，1892年で始まる．「未来はそれほど魅力あるものではなく」，「周囲の世界はもはや単純素朴なものとは言い難く」，後半も悲観的な雰囲気が漂う．1892年のワシントンにおける人間関係は希薄であった．金銭崇拝すら過去のものとなり果てたアメリカには，崇拝の対象すら存在しない．第22章は1893年のシカゴ万博を取り上げる．金銭とエネルギーの浪費を意味する，現代のバベルの塔とも言うべきダイナモを中心に，脈絡のない，生半可な思想の寄せ集めがその姿であった．更に多様性と複合性そのものの20世紀のシンボルである，1900年のパリ大博覧会でみたダイナモが歴史家アダムズの理解を絶するものとして第31章で取り上げられる．現象の背後の真実（force）を突き止め，統一を生み出す宗教や神を内的力，多様性を生み出す科学や自然を外的な力とみる．この二つは最悪の場合には，分離して互いに敵対する（第33章）．アダムズが直面したのはこの最悪の場面であった．

【名句】The Exposition itself defied philosophy.「万国博覧会そのものが公然と思索に刃向うものだった」

（武田）

◇重要作品◇

イーサン・フローム　*Ethan Frome*（1911）
イーディス・ウォートン　中編小説

因襲的社会の悲劇　ニューイングランドの寒村を背景に，殺伐とした結婚生活を送っている男が，妻のいとこと心中未遂事件を起こした結果，不遇な余生を送ることになる悲劇的な物語．語り手が複数の人物から聞いた話を統合して語る手法を用い，立体感ある構成となっている．また，マサチューセッツの自然や農場に暮らす人々の歴史が随所に織り込まれ，地方色豊かな作品に仕上がっている．セクシュアリティという見地から同様にニューイングランドを舞台とした『夏』(*Summer,* 1917) と共に論じられることが多い．上流社会を背景に人々の心の葛藤を描くウォートンの作品の主流からは外れるかに見えるが，社会と個の問題という共通の主題を見出すこともできる．

都会人の視点と語り　中年の技術者である語り手「私」は，仕事で滞在することになったマサチューセッツ州の寒村スタークフィールドで，寡黙で足の不自由な男イーサン・フローム（Ethan Frome）と出会い興味を抱く．ある吹雪の日に「私」はイーサンの家に世話になる．その夜の印象と村人が語ってくれた断片的な話をもとにして，「私」はイーサンの物語について語り始める．

抑圧からの解放願望　父親の死に続く不幸な家庭の事情で学業を断念したイーサンは，病弱な妻ズィーナ（Zeena; Zenobia）の治療費をやせた土地とつぶれかけた製材所から捻出して暮らしている．二人は，イーサンより七つ年上のいとこのズィーナが，彼の母親を献身的に看病したことが縁で結ばれた．しかし結婚後，ズィーナはスタークフィールドを軽蔑し，自分の存在意義を見出せない都市での生活をも嫌がり，まもなく寝込むようになったのである．そのような夫婦のもとへ，妻のいとこで両親を失い財産もないマティー（Mattie Silver）が身を寄せることになる．彼女は家事や自活には不向きだが，陰気で口うるさいズィーナとは対照的に，陽気で夢見がちな娘であった．イーサンは次第に彼女に惹かれてゆく．マティーもイーサンを慕い頼りにしている．だが，二人の情熱は友情を壊すことはなかった．一方，ズィーナは嫉妬からマティーに冷淡な態度をとる．

心中未遂と悲惨な結末　1年が過ぎた頃，ズィーナは自身の重病を理由にマティーを追い出し，優秀な女中を雇うと言い出す．イーサンは反対するが，秘蔵の食器を割ったマティーを許せないズィーナは頑として譲らず，ついにマティーが家を去る日が来る．その日，鉄道の駅に向かう途中で，離れがたい感情に駆られたイーサンとマティーは，巨大な楡の木に向けて橇を走らせ心中を図る．しかし死にきれず，身体の不自由なイーサンと生涯寝たきりのマティーは，寒々とした農場でズィーナの監視のもとに余生を送ることになる．

【名句】"We never got away—how should you?" seemed to be written on every headstone....「(フローム家の)どの墓石にも〈われわれはけっして逃げ出せなかった—お前にできるはずがない〉と刻まれてあるようだった」

（山口）

◇重要作品◇

あしながおじさん　*Daddy-Long-Legs*（1912）
ジーン・ウェブスター　長編小説

努力してこそシンデレラ　不幸な生い立ちの孤児が自立し，恋を実らせるまでを綴った手紙によって，作品の大部分が構成されている書簡体小説．少女小説，学園もの，ラブストーリーの面もある．チャンスとは，棚ぼた式に偶然に訪れるものではなく，日頃の積み重ねに対する正当な褒美として獲得するものであることが強調され，チャンスを生かして，主人公が努力を重ね，その結果，更に大きな幸運に恵まれる結末となっている．このような展開を通して，単純なシンデレラ物語と一線を画そうとする作者の意図が見える．女性の地位と権利，社会階級意識及び孤児院をめぐる問題を作中に投影させているが，社会改革を訴えるのではなく，ユーモアにくるみ，極めて穏やかな提示にとどめている．自立を最優先させる主人公そのものが革新的な新しい女性像であり，発刊と同時にベストセラーになった．

チャンスを生かして　孤児院で酷使されるジェルーシャ・アボット（Jerusha Abbott；自称ジュディ Judy）は文章力を認められ大学進学という幸運に恵まれる．ただし匿名の出資者宛に月1回手紙を書くという条件が課せられる．ここまでが「ブルーな月曜日」と題する導入部で，全知の作者の視点からセンチメンタリズムを基調として語られ，先ず読者の同情を集める．ジュディは匿名の出資者を垣間見た時，姿が足長蜘蛛（daddy-long-legs）に似ていたので，「あしながおじさん」という呼称を手紙で使う．喜怒哀楽をはっきり表わしながら，季節にそって4年間送り続けた手紙は，大学生活や大学行事についての具体的で生き生きとした報告となり，20歳前後の娘らしい心情や関心が前面に出ているユーモラスなものである．ジュディにとって，孤児院の外の世界を知ることで憧れが現実となるものの，富豪の令嬢に囲まれた生活では衣食住すべてにおいて戸惑いも大きい．貪欲に吸収し，学業に励み，一般大人社会へ入門していく展開となっているが，環境に順応しつつも一方的に感化されることはない．

自立と幸せな結末　手紙は主人公の成長の記録ともなり，中心は深化していく人間関係（友情）から，恋心ゆえの心の葛藤（愛情）へ移行していく．あり得ないことを誇張して書くのではなく，身の回りの親しんだものを題材とする重要性に目覚めた時，作家として覚醒する．その結果，経済的独立の道が開け精神的にも自由になり，あらゆる意味で自立を果たす．同時に最も大切なものを見出し獲得する．つまり，出資者があしながおじさんであり二人は相愛であったことが判明し，結婚により富という経済的安定，愛と家族という精神的幸福を手にすることになるのである．初めて家族を持つ喜びを表わす言葉で最後の手紙は終わっている．幸せとは物心両面での充足であり，それも本人の人並みならぬ真摯な努力によって得られるものであるとし，アメリカ的といえるサクセスストーリーの典型が見て取れる終わり方となっている．

【名句】If you just want a thing hard enough and keep in trying, you do get it in the end.「強く望んで，頑張ってさえいれば，結局は手に入るものよ」

（岸上）

◇重要作品◇

ボストンの北　*North of Boston*（1914）

ロバート・フロスト　詩集

　ニューイングランドの労働者階級の生活を描いたフロストの2冊目の詩集．初めイギリスで，続いて同年アメリカでも出版され，その成功により一躍フロストの名が一般の読者に知れ渡ることになった．前作の『少年のこころ』が19世紀の残滓を留めていたのに対し，ロマン派的な主観や抒情を排し，登場人物を客観的に描写することに成功した．会話形式もしくはロバート・ブラウニングを思わせる劇的独白による物語詩が大半を占める．ブランク・ヴァースという伝統的な形式を用いながら，日常のくだけた会話をあたかも書き写したような文体は，これらの作品が詩であることを忘れさせるほどである．大半は12年からのイギリス滞在中に完成された．同時代の詩人，批評家そして読者に高く評価され，大衆的な人気を博し，フロストがアメリカの国民的詩人とみなされるきっかけとなった詩集で，また現在でもフロストの最高傑作と推す人も多い．一見単純ではあるが，主題はつかみ難く技巧も緻密である．

「雇い人の死」（The Death of the Hired Man）かつてある夫婦の家の農場で働き，去っていった男が，死に場所を求めてまたこの家へ戻ってくる．雇い人自身は登場せず，夫婦の間の会話によって詩は進み，突き放すような夫の態度と同情的な妻の対比が描かれる．

「子どもの埋葬」（Home Burial）死んだ子どもを埋葬した夫婦の間の葛藤を描いたものである．「雇い人の死」と同様に夫婦の会話で詩が進む．近所の人たちと一緒に，子どもの亡骸を自宅の庭に埋める夫の姿を2階の部屋の窓から見ていた妻が，夫の態度や口調に我が子を失った悲しみが見られなかったとなじる．そして感情の溝を埋めようとする夫と自らを閉ざす妻との間に緊張に満ちた会話が展開される．フロスト夫妻自身もこの作品以前に子どもを幼くして亡くしており，自伝的な作品ともとれる．

「黒い小屋」（The Black Cottage）ある牧師が彼の教区にいた一人の老婦人の思い出話を語る．この夫人は南北戦争で夫を失ったが，宗教的にも政治的にも原理原則を，特に，奴隷解放の理想を頑迷に信じており，それを語る牧師の現実主義が逆に浮かび上がり，その語り口には感傷とユーモアが混ざっている．

「リンゴ採りの後で」（After Apple-Picking）リンゴ採りに疲れた語り手の夢想を描く．感覚と記憶と夢が判別し難く混在しており，リンゴから連想される原罪による人類の堕落と，それに伴う労働の必要性，そして自然と人間の照応関係を瞑想する．基本は弱強5歩格だが，行の長さはまちまちであり，押韻は数多く認められるが不規則である．つまり明滅する語り手の意識を反映して，詩の構造も規則的な部分と逸脱する部分が混在する．

　【名句】Home is the place where, when you have to go there, / They have to take you in.（The Death of the Hired Man）「家というのは，帰らないといけないときに，／必ず受け入れてくれる所よ」（雇い人の死）

（笠原）

◇重要作品◇

スプーンリヴァー詞華集　*Spoon River Anthology*（1915）
エドガー・リー・マスターズ　詩集

　マスターズの作品の多さは，多くの批評家を戸惑わせているが，少なくとも，この『スプーンリヴァー詞華集』は，専門家ばかりか，一般読者からも高い評価を得ている．スプーンリヴァーという名は，実際にイリノイ州を流れる川の名であるが，町としては存在しない．ルイスタウンとピーターズバーグをモデルとした中西部の小さな架空の町をスプーンリヴァーと名付け，その町での人生模様を描くことで人間の本質をえぐる．各作品のなかで，死者たちが墓の中から赤裸々におのれの人生を語るが，その語り手の平凡さ，中西部の小さな地方の町の人と風土などが浮き彫りにされている．

登場人物244名　240編以上ある作品のほとんどが人名をタイトルとし，各々の墓碑銘の形で，人間の無知や悲しみ，苦しみ，孤独感や貧困の辛さなどを語る．作者によれば244名もいるという登場人物の顔触れは，スプーンリヴァーの桂冠詩人ジョナサン・スウィフト・サマーズから，町の売春婦デイジー・フレイザーや酔っ払いのチェイス・ヘンリー，科学者ペリー・ゾル，アブラハム・リンカーンと共同事業をしたことのあるウィリアム・ハーンドンなど，非常に多彩である．自殺，殺人，不倫など，小さな町の暗い面をあからさまに描き，しばしば登場人物同士の複雑な関係が語られる．語り手たち自身は，告白をしたり手控えたり，じぶん自身の経験の意味を理解していながら悟っていなかったりするが，実に理解しやすい平凡な人間たちである．彼等が悪行をなすとしても，それは，読者が隣人に時折見い出すような非常にありふれたものであり，19世紀後半に設定された人口数千にすぎないスプーンリヴァーという町が，ひとつの小宇宙となっている．

自由韻律　高い評価　この作品は，ウィリアム・マリオン・リーディが編集者である『リーディの鏡』誌に掲載されていたが，ハリエット・モンローによって評価されて『ポエトリ』誌に紹介され，また，彼女が本の形にまとめて詩集とするようにと示唆したという．文体が自由韻律なので，「ずたずたに切り刻まれた散文」とウィリアム・ディーン・ハウエルズなどに酷評されたが，おおむね好評で，とりわけ，一般読者の強い支持があった．英国でも「ホイットマンの直子」とか「とうとうアメリカに詩人が現われた」といった高い評価を得た．ヘミングウェイなどは，「アメリカで初めて，ひとつの社会を描いた詩集である」と激賞し，マスターズをチョーサーになぞらえている．ただ，詩人本人は，この詩集で何を目標としていたのか自覚せず，また，いったい何を達成したのか理解していないので，これを次の出発点とすることができず，この作品以降も，詩集だけで22作に上る著作を著わしているが，どれも評価が低い．

【名句】Do not let the will play gardener to your soul,/ Unless you are sure/ It is wiser than soul's nature. (Louise Smith)「意志などを自分の魂の庭師にしてはだめ／確かに意志の方が／魂の本性よりも賢いと思えるのならべつだけど」（ルイーズ・スミス）　　（渡辺）

◇重要作品◇

シカゴ詩集　*Chicago Poems*（1916）

カール・サンドバーグ　詩集

　この詩集によって，サンドバーグは，生きる喜びを誇り高く賛美するプロレタリアート詩人として登場した．ホイットマンと同じく，命令法を多用し，ほとんどが自由韻律で書かれており，楽天主義や気負った自信に溢れている．おおまかに分類すると，「霧」「草」（Grass）などイマジスト的で印象主義的な傾向の作品と，「おれは人民，群衆だ」（I am the People, the Mob）や，「現代のほら吹きに」など自由主義をうたったり，社会的な関心を取り上げた作品から成る．

「シカゴ」（Chicago）この作品は，『シカゴ詩集』の冒頭に置かれ，最も有名な作品である．ここでサンドバーグは，技法でもテーマでも，様ざまな面で自由であることを主張する．たとえば，大都市シカゴへ「おまえ」と呼びかけ，伝統的な韻律を無視し，規則的な行や連を拒否，スラングを多用しながら男性優越を露出させて，悪も貧困も丸ごと抱え込み，あるがままのシカゴをうたおうとする．そこには，規格に囚われない大胆な発想と力強さがあり，しかも，繊細さや哀れみが保たれているので，よく読者に訴える作品となっている．シカゴはもともと，大草原に突然出現した都市であり，東部の伝統にあたるものがない．即ち，シカゴには，知性や上品さ，行儀良さがなく，邪悪で不正直で非情だが，だからこそ，生命力と躍動感に溢れている．厚化粧した女が田舎の若者たちを誘惑し，ガンマンが次々に殺人を犯し，女・子どもが飢えても平気なシカゴは，反面，運命に面と向かって行動を起こし，激しいヤジで全てを笑い飛ばしながら，生命を肯定してゆく．そこには，自由で健康な社会の礎となる力強さや血の沸き立つ誇りが存在しており，周辺の農村部からどしどし人を引き込む魅力に溢れている．そして，このシカゴに，サンドバーグは，人民の生き方を託す．

「現代のほら吹きに」（To a Contemporary Bunkshooter）15年「ビリー・サンデー」という題名で，雑誌『大衆』（*The Masses*）に発表されたが，そのあまりにも激しい反宗教性や実名の登場人物のために，『シカゴ詩集』をまとめるにあたって出版社から書き直しを求められて，現在のタイトルと内容になっているが，激しさは変わらない．

「霧」（Fog）アンソロジー・ピース．「霧」を猫に擬しながら印象をうたう6行の作品である．サンドバーグが，激しく逞しい詩精神だけでなく，繊細な感受性も合わせ持つことを示している．明らかにイマジズムの影響を受けているが，彼自身はこれを決して認めない．なお，日本の詩の特徴を吸収したことは認めている．また，中国の詩や絵画の影響も受けた．

　【名句】 Hog Butcher for the World,/ Tool Maker, Stacker of Wheat, / Player with Railroads and the Nation's Freight Handler; / Stormy, husky, brawling, / City of the Big Shoulders（Chicago）「世界の豚屠殺人よ／器具製造業者，麦の山積み屋よ／鉄道と戯れる者，国じゅうの貨物取り扱い人よ／嵐のように，声高く，喧嘩っぱやい／でっかい肩をした町よ」（シカゴ）

（渡辺）

◇重 要 作 品◇

プルーフロックとその他の観察　*Prufrock and Other Observations*（1917）
トマス・スターンズ・エリオット　詩集

　エリオットの第1詩集で，出世作．エリオットが現われるまで英詩は傾向として，個人的な感情や経験を題材としてロマン主義的であったが，彼は「芸術の情緒は非個性的である」と考え，それを作品中で実践し英詩を革新した．ここに集められた作品は，現代人の不毛な精神生活を新しい感覚や思いがけない比喩で表現している．題名が示唆するように，アイロニーの目で対象を「観察」してゆく．フランス象徴詩人ラフォルグの影響を強く受けた．
　この詩集に収められた作品の幾つかは，既にアメリカ時代の頃から書いていたが，ロンドンで知り合ったエズラ・パウンドに見せると，彼は一目でエリオットの才能を見抜き，作品発表の機会を紹介した．たとえば，「J・アルフレッド・プルーフロックの恋歌」などは，シカゴの詩誌『ポエトリ』に紹介され，1915年に掲載されている．
「**J・アルフレッド・プルーフロックの恋歌**」（The Love Song of J.Alfred Prufrock）自意識過剰な中年らしき男性プルーフロックはいわば，「現代のハムレット」である．どこかへ行こうとしながら決断できない彼の様子を追って，夕方の出発から最後，海辺に辿りつくまでを描く．詩的発想はアイロニーであり，たとえば，内容は不明ながら「とてつもない質問」に悩む卑小さが，よく表現されている．プルーフロックの人生は，「コーヒースプーンで量り尽くせる」程度でしかない．イマジズム的発想や断片手法が利用されている．
「**ある婦人の肖像**」（Portrait of a Lady）3連構成．相手への未練を振り切ろうとして空回りする「ある婦人」の一方的なおしゃべりが，それ自体にズレを含みつつ，語り手の地の文とも奇妙なズレを作り出して交錯してゆく．語り手は，何か罪を犯したらしいが，内容は不明であり，「婦人」に対してと同様に，読者にも秘密を保っているようだ．なお，同名の小説がH・ジェイムズに，同名の詩作品が，パウンドとウィリアムズにあるので比較参照されたい．
「**プレリュード**」（Preludes）時刻を交錯させながら，現代社会を観察した作品．4部構成，全54行．それぞれの段落で，一瞬の映像のように都市風景を表現してゆく．そこには，新しい感覚のなか，やるせない都市生活者の不安や虚無感がよく表現されている．現代社会ではすべてが「序曲」でありながら，それ以上に進まない．信じられるのはただ，地球の回転と時の流れだけなのだろうか．
「**風の夜のラプソディ**」（Rhapsody on a Windy Night）真夜中の12時から明け方の4時頃までの都市の情景が，酔っ払った語り手の意識と，街灯の語りのなかで表現されてゆく．命（ライフ）がナイフに韻を踏まれて終わるのが不気味である．

　【名句】Let us go then, you and I,/ When the evening is spread out against the sky/ Like a patient etherised upon a table;（The Love Song of J.Alfred Prufrock）「それじゃあ出かけよう　おまえとおれと／夕暮れが空に広げられた様子は／まるで　手術台のうえの麻酔のかかった患者みたいだぜ」（J.アルフレッド・プルーフロックの恋歌）　　　　（渡辺）

◇重要作品◇

私のアントニーア　*My Ántonia*（1918）

ウィラ・キャザー　　長編小説

アントニーアとジム　キャザーの代表作の一つであるこの作品は，作者10歳頃の移住先ネブラスカの思い出から生まれた．ヒロインのアントニーアは，故郷レッド・クラウドの旧友アンナ・パヴェルカ（Anna Pavelka）がモデルと言われている．『おお開拓者よ！』のアレグザンドラとは対照的に，アントニーアは苦難に耐えて，アメリカの大地で豊かな実りと家族に恵まれる．物語はニューヨークに住む，西部の鉄道会社の顧問弁護士でアントニーアの幼なじみジム・バーデン（Jim Burden）によって語られる．実務の世界に生きるジムが，大地に根を下ろして雄々しく生きるアントニーアの生活を満ち足りた気持で評価しているのが伝わってくる．作品の舞台であるネブラスカ特有の自然の風景が抒情性と象徴性を湛えて描かれている．

ボヘミア移民の娘　両親を失ったジムがヴァージニアからネブラスカの祖父母の許へやって来た頃，ボヘミアからの移民の娘アントニーア・シダ（Ántonia Shimerda）が家族と共に同じ場所に住みついた．アントニーアは愛情と誠実さに溢れた目を持つ美しい娘であった．この草原を愛するジムはアントニーアとあたりを駆け回って過ごす．シダ一家は騙されて質の悪い土地を購入したため努力が報われず，音楽を愛するシダ氏は過酷な環境に耐えかねて自ら命を絶つ．バーデン一家は彼らになにかと救いの手を差し延べる．アントニーアは兄と共にジムの祖父の農場で働くことになる．

試練の日々　その後，バーデン一家は町へ移り，アントニーアも同じ町でメイドとして働く．その働き振りは雇主から喜ばれるほどであった．ジムはハーヴァード大学で法律を学ぶ．その間も思い出されるのはネブラスカの草原と，そこで共に過ごした人々であった．その頃，アントニーアがラリー・ドノヴァン（Larry Donovan）と婚約したが棄てられて，赤ん坊を抱いて兄の家に戻り，農場で働いているという噂を耳にする．ジムは，町にいた頃，とかくの噂の種になっていたお針娘リーナ（Lina Lingard）がドレスメーカーとして成功したことを知っているので，アントニーアにいたく失望するのだった．しかし休暇で農場を訪れたジムは，24歳になったばかりのアントニーアに新たな力と落ち着きが備わっているのを確認することができた．

手にした果実　20年後，ジムは西部での仕事の帰途，農場にアントニーアを訪れる．ボヘミア生まれのアントン・クザック（Anton Cuzak）と再婚した彼女は，大勢の子供に囲まれて暮らしていた．アントニーアの「生命の火」は失われていなかった．果樹園には豊かな実りと共に穏やかな雰囲気が満ちていた．ジムを歓迎してくれる子供たち，気さくな夫．農場で一夜を過したジムはアントニーアと共有する過去がいつ迄も失われることのないのを確信していた．

【名句】[Ántonia] was a rich mine of life,．．．．「アントニーアはさながら豊かな生命の宝庫であった」

（武田）

◇重要作品◇

ワインズバーグ・オハイオ　Winesburg, Ohio（1919）
シャーウッド・アンダソン　長編小説

断片をつないだ長編小説　25のエピソードからなる小説．「オハイオ州の小さな町の生活の物語群」という副題が内容を的確に表現している．ほとんどの登場人物は挫折し，敗北し，屈折している．こういう「グロテスクな」人物に作者はやさしいまなざしを向ける．アンダソンはフロイトを読んでいないが，この作品は20世紀心理小説の先駆けと言える．出版当初は評価されなかったが，人物スケッチの才能が遺憾なく発揮されたアンダソンの最高傑作で，フォークナーやヘミングウェイらに多大な影響を与えた．作中聞き役を演じるジョージ・ウィラードの成長物語としても楽しめる．

グロテスクな人々の肖像　登場人物は『ワインズバーグ・イーグル』紙の少年記者ジョージ・ウィラード（Gerorge Willard）と話をして，しばし孤独から逃れる．彼らに共感を示すウィラードは，小さな町で繰り広げられるさまざまな人生を知る．全編を覆う「グロテスクさ」について，冒頭の序章とも言うべき「グロテスクなものについての書」で述べられる．人間は真理を作り，真理をつかんだとたんにグロテスクになる，と老作家は考える．「手」（Hands）の主人公ウィング・ビドルボーム（Wing Biddlebaum）は，手が常に小刻みに動いている．熱心な小学校教師のビドルボームは，授業の後も子供たちと遅くまで話す．そのときに彼の手はあちこちに動き，生徒たちの肩をなで，髪に触れる．これが保護者たちに卑猥な行為と誤解され，学校を追われる．放浪の後，ワインズバーグのはずれでひっそりと孤独な生活を送る．「紙玉」（Paper Pills）では，リーフィ（Reefy）老医師が余命わずかの金持ちの娘と結婚する．この奇妙な求愛物語の味わい深さは，収穫されずに取り残されたリンゴに似ている．形は悪いが，甘さが一部に集中し，とてもおいしい，いびつなリンゴの甘さを発見した娘は，完全なリンゴに目を向ける気になれなくなったのである．「神性」（Godliness）は4部構成で，ジェシー・ベントレー（Jesse Bentley）は信心深く冷酷な農場経営者である．孫のデイヴィッド（David）を引き取ったときに男児に恵まれたと大いに喜ぶが，デイヴィッドは祖父の異常な信心深さに恐れをなし，姿を消してしまう．ジェシーは神の使いが孫を連れて行ったと言う．「神の力」（The Strength of God）では，敬虔な牧師カーティス・ハートマン（Curtis Hartman）の覗き見の欲望との葛藤が語られる．錯乱した彼は，神が女の体になって御姿を示したと言ってステンドグラスを拳で割る．「変わり者」（Queer）のエルマー・カウリー（Elmer Cowley）は，町の人が父と自分を変人だと思っているという強迫観念に駆られ，町を飛び出す．最終エピソードの「出発」（Departure）で，ウィラードは人生の冒険に出逢うために町を出て行く．彼にとってのワインズバーグは，大人たちの世界を夢想する背景に過ぎなかった．

【名句】The moment one of the people took one of the truths to himself, ... he became a grotesque.... (The Book of the Grotesque)「誰かが真実の1つをつかんだとたんに，彼はグロテスクになった」（グロテスクなものについての書）　　　　　　　　（川村）

◇重要作品◇

無垢の時代　*The Age of Innocence*（1920）

イーディス・ウォートン　　長編小説

ピューリツァ　1870年代のニューヨークを背景に，若き弁護士と性格の異なる二人の女性と
ー賞受賞作品　の関係を描きながら，伝統を重んじる保守的な社会と自由を希求する個との
葛藤を扱った小説．作者は作品の舞台として自身が生まれ育った「古きニューヨーク」を設
定し，その風俗習慣を諷刺的な視点から描いている．その一方，「金めっき時代」の変わり
ゆくアメリカ社会を目の当たりにし，第1次世界大戦をも経験した作者の，秩序によって守
られていた「古きニューヨーク」への郷愁も感じられる．優れた構成と精彩な風俗描写なら
びに複雑な人間心理への洞察が際立つこの作品は，ピューリツァ賞を受賞した．

因襲的無垢　ニューランド・アーチャー（Newland Archer）とメイ・ウェランド（May
への疑惑　Welland）の婚約発表を目前に，メイのいとこエレン・オレンスカ（Ellen
Olenska）が帰国する．風変わりな両親と伯母に育てられポーランドの伯爵夫人となったエレ
ンは，ニューヨークの社交界では異端児であった．それが今や離婚を望むとあって，醜聞を
おそれる一族の厄介者となる．エレンの離婚訴訟の担当を命じられた弁護士ニューランドは，
残忍な夫との離別を望む彼女に同情を寄せながらも，離婚を諦めるよう説得する．しかし，
豊かな感受性と率直さ，知性と奔放さを兼ね備えたエレンの存在は，慣れ親しんだ上流社会
の因襲や淑女たちの無垢に対するニューランドの疑念を呼び起こす．彼は名門の娘に相応し
く躾られたメイに安らぎを覚えつつも，個性的で自由を希求するエレンの魅力に惹かれてゆ
く．ついにニューランドはエレンに愛を告白するが，メイのために彼女はそれを拒絶する．

自由希求　結婚後，ニューランドは知的好奇心のないメイとの規範正しい生活に空しさを感
と 挫 折　じる．そして1年半ぶりにエレンと再会した彼は，妻を引き戻そうと画策する伯
爵の申し出を彼女が断わったことを知り再び求愛する．しかし，メイと一族を気遣うエレン
はニューランドがメイを見捨てることを望まない．数ヶ月後，ニューランドは心のうちをメ
イに告白しようと決心する．けれども，それに先んじてメイから，エレンが夫と別居したま
まヨーロッパで暮らすことになったと告げられてしまう．エレンの送別会の後，失意のニュ
ーランドは旅に出たいとメイに申し出る．だが，メイから妊娠の事実を知らされて断念する．
彼女はそのことを2週間も前にエレンに話していたのである．

「古きニューヨ　20数年の歳月が流れ，ニューランドは息子の取り計らいでパリに住むエレ
ーク」の無垢へ　ンを訪問する機会を得る．亡き妻が息子にエレンのことを話していたので
ある．その事実にニューランドは感動する．彼は約束の時間にエレンの家の前にやって来る．
しかし，夕闇せまる街頭から彼女の部屋をいつまでも眺めるだけで入ろうとはしない．

【名句】Ah, my dear; and I shall never be happy unless I can open the windows!
　　　「ああ，君……窓を開けることができなければ，僕は決して幸せにはなれないんだ
よ！」
　　　　　　　　　　　　　　　　　　　　　　　　　　　　　　　　　　　（山口）

◇重要作品◇

ヒュー・セルウィン・モーバリ　*Hugh Selwyn Mauberley*（1920）
エズラ・パウンド　詩集

野心と失望
訣別の辞
ロンドンが芸術革新の中心地だと信じたパウンドは，そこで文学・芸術の主宰者，提唱者，創造者，編集者として働こうとした．自ら詩の革新者であるばかりか，時には，W・B・イェイツの作品にまで朱を入れ，また，エリオットやジョイスなど新しい才能の発掘と宣伝に力を尽くした．しかし，第1次世界大戦とその後の荒廃のなかで，彼の野心的な望みは潰え，失望が生まれる．その理由が彼の奇矯な性格にあると断ずる批評家もいるが，パウンド本人の説明によれば，真の芸術が理解されないためであった．ロンドンを去るのは1920年であるが，訣別の辞として，『セクスタス・プロパーティウスへの賛歌』と『ヒュー・セルウィン・モーバリ』の2作が生まれた．後者は特に，『キャントーズ』を除けば，パウンドの最高作品であると言われるが，自由詩というよりはかなり韻律にも配慮した風刺詩的な作品である．

芸術と
しての詩
そもそも，韻律無しの詩が存在しなかった西欧でパウンドが始めた自由詩は，革命であったが，これが流行し過ぎて，散文を単に行分けする安易な詩法がはびこった．これへの警鐘が『ヒュー・セルウィン・モーバリ』である．ここでパウンドが試みたのは，芸術としての詩を「19世紀やそれ以前の使い古された韻律法へ戻ることなく救い出すこと」だった．フランス象徴詩人ゴーティエの『七宝とカメオ』を範にして「詩の彫刻」を目指し，英語，フランス語，ラテン語，ギリシャ語などの多言語を駆使して「モーバリ・クォートレイン（4行連句）」を含む新しい詩法を作り出した．

自己批判
時代批判
この作品に「わが墓を選ぶE・P・のオード」という副題を与えたパウンドは，人生の目的が全く時代と合わない二流詩人ヒュー・セルウィン・モーバリをペルソナとして設定し，彼の詩的活動や脆弱な芸術至上主義を嘲笑的に批判するが，それは自己批判であると同時に，時代批判でもある．当時の芸術を取り囲む文化状況を，「書評家にへつらえばヨットが手に入る」ような，無教養で美も分からない拝金主義者が跳梁跋扈する世界と捉え，とりわけ第1次世界大戦やこれを引き起こし利益をあげる資本家へ怒りを示して，この戦争で死んだヒュームなどの才能を惜しむ．全体が18編の連詩で，2部に分かれる．第1部は，「オード」から「反歌」までの13編．続く5編は全体が「モーバリ」と題されている．各部の最後の作品は，詩の美しさ，女性の美しさが既に過去にしかないと嘆く．朗読されても効果があり，パウンドの音楽性重視の姿勢が強く出ている作品である．ただし，無内容で，単なる雰囲気を醸しだしているに過ぎないと批判する学者もいる．

【名句】For three years, out of key with his time, /He strove to resuscitate the dead art/ Of poetry; to maintain "the Sublime"/ In the old sense. Wrong from the start—「3年間時代と調子があわずに／死んだ芸術を復興させようとしてきた／つまり詩のことだが　〈崇高さ〉を保とうとした／あの古い意味で　だから　初めから間違っていたんだ」　　　（渡辺）

◇重要作品◇

本町通り　*Main Street*（1920）

シンクレア・ルイス　長編小説

ゴウファー・プレアリー　中西部のゴウファー・プレアリー（Gopher Prairie）という田舎町にやってきた新婚の妻キャロルが，初めのうちは町の改革に身を捧げようと奮闘するも虚しく，田舎町の因習に次第に呑み込まれていく様を描いた大作．田舎町は一世代前までのアメリカ作家が描いてきたような理想的なものでは必ずしもなく，近隣者との親交が煩わしくなることもあれば，既存の観念に固執することが物事の進歩を停滞させることもあることを，ルイスは風刺的に描いている．こうした性質を彼はこの作品の中で「村のウィルス」（the Village Virus）という言葉で表現している．

お嬢さんの理想主義　キャロル・ミルフォード（Carol Milford）は，ミネソタ州のブロジェット・カレッジ（Blodgett College）に通う女子学生である．才気に溢れ，何事にも熱心に打ち込むせいか，学校では目立った存在である．両親を早くに亡くし，姉が一人いるが，キャロルにとっては同じ家に住む赤の他人としか思えないような存在のため，キャロルは孤独であった．しかし父親は娘達を深い愛情をもって育て，多くの文学作品を読む習慣をつけてくれていた．その経験もあってか，キャロルは大学卒業後には図書館学を学び，司書の仕事に就く．司書の仕事に幻滅を覚えるようになってきた頃に医者のウィル・ケニコット（Will Kennicott）と出会い，深い愛情を抱き合っていた訳ではないのだが，お互いが結婚するには好ましい相手であると思えたので結婚することにした．キャロルは大学時代に農村改革運動の洗礼をうけ，一つの町を選んでそれを理想的な町に改革したいという夢を抱くようになっていた．彼女が嫁ぐことになったミネソタ州の小さな町ゴウファー・プレアリーは，こうした夢を実現するには最適な場所と思えた．そこで彼女は結婚後，古臭いこの田舎町を自分の考える理想的な町に改革してみせようと奮闘する．町のいわゆる貴族階級に属する人々は因習的な考え方に囚われていて，キャロルの提案する町の改革案には耳を貸そうとはせず，かえって奇抜な思想の持ち主として彼女を笑いものにするばかりである．

失望，幻滅，やがて呑み込まれる　新婚早々から夫には失望していたが，数少ない理解者と呼べる友人たちも様々な形で彼女のもとを離れていく．息子を授かってから数年間は育児に追われて町の改革にまで気は回らなかったものの，彼女はこの町に在って疎外感を募らせずにはいられない．夫婦喧嘩の弾みでウィルと寝室を別にするようになり，とうとうキャロルは町を逃げ出すかのように，ウィルを残し息子を連れて首都ワシントンへと旅立つ．ワシントンで2年過ごすうちにゴウファー・プレアリーの生活に対する自分の考え方を冷静に見つめ直す気持ちが芽生えてくる．そしてゴーファー・プレアリーでの生活をやり直すべく，夫のもとへと帰っていく．しかしキャロルがそこで目にしたものはやはり以前とは何も変わらない独善的な田舎町にすぎなかった．キャロルは娘を授かり，その娘に自分の果たしえなかった夢を託しながらも，自身は次第に町の生活に呑み込まれていくのであった．

【名句】Fight or be eaten.「戦わなければ食われてしまう」　　　　　　　　　　（松ノ井）

◇重要作品◇

アンナ・クリスティ　*Anna Christie*（1921）
ユージーン・オニール　戯曲（4幕）

人間を翻弄する運命　1919年春に脱稿した初稿は『クリス・クリストファソン』という題が示すように，老船乗りが主役だった．その後，作品はクリスの娘アンナに力点を置いて書き直され，題名も『忌ま忌ましい悪魔』（*The Ole Devil*）を経て現在の題になった．「忌ま忌ましい悪魔」とは海を呪うクリスの口癖であり，海に象徴される人間を翻弄する運命を暗示する．海洋劇を含めたオニールの初期戯曲の集大成と位置づけられる作品．『地平のかなた』（*Beyond the Horizon,* 1920）に続き，2度目のピューリツァー賞をもたらした．

15年振りの再会（第1幕）　1910年，秋の夕暮れ時，ニューヨークの海岸通りに面した安酒場に，ほろ酔い機嫌の初老の常連客が現われる．男ははしけの船長で，名をクリス（Chris Christopherson）という．その日，クリスは娘からの1年ぶりの便りに顔をほころばせる．手紙には娘が静養のために来訪する旨が綴られていた．クリスは海をののしりつつも，海の生活を続けている．アンナは幼いころ，ミネソタにいる親戚の農場にあずけられたが，その家で暴行を受けて都会へ逃げ出して娼婦となり，今は心も体もくたびれ果て，休息の場を求めている．こうして15年振りに再会した父と娘の船上生活が始まる．

海と霧の魅力（第2幕）　やがて10日が経ち，アンナは心身ともに回復し，海と霧の魅力に惹かれる．クリスは海に呪われた家系の物語をアンナに語り，船員と一緒になってはいけないと戒める．やがて難破した船から逃れたアイルランド人の火夫マット（Mat Burke）が濃霧の中，救命ボートでたどり着き，介抱するアンナを一目で見初めて早急にも結婚を申し込む．クリスはマットの求婚を性悪な海の仕業と断じて憤る．

アンナの葛藤（第3幕）　1週間後，アンナは純真なマットと交際を重ねるが，彼とは不釣合いな自分の過去に憂鬱になる．一方クリスは娘の幸せを願うあまり，ナイフを振りかざしてマットに結婚を諦めるようにせまり，船室は修羅場となる．そこに現われたアンナは，マットに口づけし，愛を告白するものの，別れを告げる．納得しないマットに，アンナは遂に忌まわしい自分の過去を曝け出すと，マットはだまされたと激怒する．クリスは呆然とし，酒に逃げる．

夜霧の闇（第4幕）　2日後の霧の夜，アンナはニューヨークへ向かうつもりだが，マットが気になり，船室から離れられない．そこへ酔ったクリスが帰り，すべてを許して結婚に賛成し，娘の生活を支えるために英国汽船で水夫長として働くことにしたと告げる．やがて泥酔して傷だらけのマットが憤怒の形相で戸口に現われるが，落着きを取り戻すと，アンナの過去を許し，彼女の愛の誓いを信じて結婚すると宣言する．皮肉にも，マットもクリスと同じ船に乗り組む契約を済ませており，アンナは孤独な蜜月を迎えることになる．クリスは夜霧の闇に包まれた海を見すえて言う，「霧，霧，霧，いつもだ．行先は見えやしねぇ，まったく．ただあの忌ま忌ましい海，あいつだけが知っているのさ」（Fog, fog, fog, all bloody time. You can't see vhere you vas going, no. Only dat ole davil, sea—she knows!）　　　　（逢見）

◇重要作品◇

バビット　*Babbitt*（1922）

シンクレア・ルイス　長編小説

俗物の代名詞になる　商業社会における成功への執着と，そこからの逃避，どちらの生き方にも徹しきれない主体性のない主人公を通して，当時のビジネス隆盛の風潮によってもたらされた社会の歪みに生きる平均的な市民の実像を皮肉半分，愛情半分に描いた作品．地域社会，職業，政党，クラブ集団など，それぞれのグループの閉鎖性や独善性，そこに一見安住しつつもその一員であり続けるために内心は緊張感を強いられている当時のアメリカ人の平均像が，この作品を通して浮き彫りにされている．この作品と共に，「バビット」という言葉も大流行し，やがて無教養で俗物根性丸出しの実業家を指す語としてアメリカで一般的に用いられるようになった．

成功の夢と不安　アメリカ中西部の商業都市ゼニス（Zenith）に住む中年のジョージ・F・バビット（George F. Babbitt）は，不動産会社を経営し，社会的な成功者としての地位を築きつつある．しかし内心では仕事や家族に対する倦怠感を感じている．心を許せる唯一の友人のポール（Paul Riesling）には，そうした内心を吐露することができる．ある日バビット夫妻は，町中の選りすぐりの名士だけを招待して大掛かりな晩餐会を企画する．そこでの話題は自らの地位や教養を自慢し合い悦に入っているだけの没個性的なものばかりである．酔ったバビットには彼らの会話は魅力的であったが，酔いが醒めてしまうと，一流人である彼らや窮屈な社会に嫌気を感じ，この場から逃げ出したいという欲求に駆られる．バビットの逃避欲求は，ポールとのメイン州の湖水地方への旅で実現する．会社や家族の煩わしさから開放され，豊かな自然の中で過ごしていると，バビットの心は満たされていく．休暇の後は，気持ちも新たに充実した社会生活を始められるようになっていた．ゼニスの市長選挙に向けて，バビットは共和党員市長当選のために尽力し，成功する．そして瞬く間にゼニスの有名人となり，これを機会にゼニスの上流社会の仲間入りをしようと更なる野望を抱くのだが，うまくいかない．

逃避と和解　ポールが妻を撃って逮捕され，バビットは無二の親友を失う．傷心のバビットは，商業社会と縁を切って自然の中で生きていく決意をし，再びメインの自然へと逃避旅行に出るが，すぐに都会生活が恋しくなり，ゼニスに戻る．町では労働組合のストライキが続発し，組合側に同情を示したバビットは実業家たちの中で孤立していく．その頃出会った未亡人のタニス（Tanis Judique）との不倫関係や彼女を取り巻くボヘミアンたちとの交際を発端として，自堕落な生活を送るようになり，バビットに対する世間の評価は益々下がる．しかし，妻の病気とそれに同情してくれる友人の存在に触発されて，バビットは再び健全な市民生活に戻っていく．しかし心のどこかでは相変わらず社会生活への倦怠感が渦巻いている．つまり彼は普通名詞と化した〈バビット〉ほどは単純な男ではないのだ．

【名句】The world is yours!「世界はお前のものだ！」

（松ノ井）

◇重要作品◇

荒地　*The Waste Land*（1922）

トマス・スターンズ・エリオット　長詩

モダニズムの一大傑作　全433行．エリオットが批評で主張した「非個性論」を実践しつつ，それまでの価値観が崩壊し，社会的・精神的・文化的に荒廃した第1次世界大戦後を直視した作品．作者エリオットに関しては，最初の妻ヴィヴィエンヌへの態度が冷酷であったとか，実はファシズムに密かに親近感を抱いていたのではないかという疑惑，また，人種的・性的な偏見，特に，反ユダヤ主義や女性恐怖症だったという推測などによってかつての名声に翳りが見えるが，『荒地』そのものは，世紀が改まった今もなお，世界中の詩人たちが読み直す作品であり，今もなお，影響の大きい作品である．

荒地としての『荒地』　断片手法を最大限に利用した『荒地』は，「死者の埋葬」(The Burial of the Dead)，「チェス遊び」(A Game of Chess)，「火の説教」(The Fire Sermon)，「水死」(Death by Water)，「雷の言ったこと」(What the Thunder Said)の5部で構成され，生・死・再生が基本主題であるが，各部の長さ，各連の形式や行数がまちまちであり，どのような統一原理で構成されているか不明である．劇的独白，断片的な会話，入り込む意識の流れ，歴史的事実や神話の断片，英語以外のラテン語やギリシャ語，ドイツ語，フランス語，サンスクリット語の引用，ダンテ，スペンサー，シェイクスピアその他への引喩で成っている．聖杯伝説，漁夫王伝説，あるいは，フレイザーの『金枝篇』などを踏まえたと指摘されるが，これらも引用言及対象であり構成原理と考えるのは難しい．『荒地』には確かに文明再生の願いが秘められているが，表面に浮上することがない．言い換えれば，『荒地』とはまさに「荒地」ではあるが，ただし，出現し消滅しまた再出現する類似のイメージを追うことで，ある種の希望を見つけることができるのなら，肥沃な荒地に変わるであろう．『荒地』の最後は，ヒンズー教聖典『ウパニシャッド』から「与えよ　慰めよ　制御せよ／静まれ　静まれ　静まれ」("Datta. Dayadhvam. Damyata./ Shantih　Shantih　Shantih")を引用して終わる．断片にしろ救済を求めると思える真摯な探究心と，いたるところに出現する思いがけない言葉どうしの結びつきがこの作品の評価を高めている．

パウンド半分削除　『荒地』が献じられているパウンドが，もとの原稿を約半分削除した．エリオットはその後，新しい詩句も挿入して再構成し，22年の季刊文芸誌『クライテリオン』(*The Criterion*)第1号に掲載．パウンドの朱が入った草稿である原『荒地』は，71年に刊行された．

【名句】April is the cruellest month, breeding/ Lilacs out of the dead land, mixing/ Memory and desire, stirring/ Dull roots with spring rain.（*The Waste Land*, "I The Burial of the Dead"）「4月がいちばん残酷な月だ　引きずるように／ライラックを死の国から引き出し　混ぜ合わせるのは／記憶と欲望　掻き立てるのは／愚鈍な根　そこに春の雨を降らせる」（死者の埋葬）

（渡辺）

◇重要作品◇

ニューハンプシャー　*New Hampshire*（1923）

ロバート・フロスト　詩集

農夫―賢人―詩人　フロストの4冊目の詩集でピューリツァー賞を受賞．ニューイングランドのありふれた情景を描きながらも，極めて多彩な主題と詩の技法，トーンを盛り込み，フロストの円熟を示す中期の代表作．特にユーモラスな作風と，その一方で荒涼とした人間の根源的不安を描き出すことにおいて新境地を開く．全体は3部構成で，413行に及ぶ表題作「ニューハンプシャー」を巻頭に置き，「注」(Notes)，ならびに「装飾音」(Grace Notes) という副題を持つ2つのセクションが続く．「注」のセクションには前々作『ボストンの北』にあるような，会話体及び劇的独白による長い詩が多く収められ，「装飾音」には30の短い詩が配列されている．フロストとおぼしき語り手がニューハンプシャー州には政治経済で誇れるものはないが，思索にはふさわしい場所だと自分の地域主義を弁護する．初版の「ニューハンプシャー」では，「注」のセクションにあるどの詩の何行目を参照せよという脚注がつけられている．これは前年に出版されたT・S・エリオットの『荒地』のパロディーとも指摘されているが，確かに，多くの文学作品や歴史上の事実などへの言及がある．この表題作自体は意欲的ではあるが，冗長で作品としての完成度は高くないというのが一般的な評価である．この詩集によってニューイングランドの農夫―賢人―詩人というフロストの一般的イメージがアメリカの読者の中に確立され，それは終生続くことになる．

「雪の夜森のそばで立ち止まって」(Stopping by Woods on a Snowy Evening) アメリカ人なら誰もが読んだことがあると言っても過言ではないほど有名な作品．主人公が冬の夜に奥深い森へ入っていくべきか逡巡する様を，静謐な雰囲気の中に催眠的な効果をもって描く．

「一度だけ，あの時は何か」(For Once, Then, Something) 井戸をのぞき込むと常に水面に映る自分の姿に邪魔され，底を見ることの出来ない詩人が，ある日水底に何か白いものを見つけるが，何かは分からずじまいになってしまったというエピソードを，英詩ではほとんど使われることのない11音節（hendecasyllabic）で表現する．内容と詩的技法の一致において英詩史上まれにみる哲学詩の傑作である．井戸の底は超越的真理を象徴し，深いところに真実があるというデモクリトス以来の哲学的比喩に由来する．この詩は知覚の限界を表わしているとも，また真理の探究すら比喩を通して行なわれることを表現しているともとれる．

「田舎の物事に詳しくないといけない必要性」(The Need of Being Versed in Country Things) 夕暮れを背景に焼け落ちた家とその場にいる鳥を描き，一見19世紀的な感傷で自然と人間精神の交感をうたっているようだが，最後に感傷的虚偽（pathetic fallacy）をくつがえし，自然の事物は人間に関心がないと結論する．

【名句】The Woods are lovely, dark and deep,/ But I have promises to keep,/ And miles to go before I sleep（Stopping by Woods on a Snowy Evening）「森は素敵で，暗くて深い／でも私には守らねばならぬ約束があり／眠る前に行かねばならぬ途がある」（雪の夜森のそばで立ち止まって）

（笠原）

◇重要作品◇

迷える夫人　*A Lost Lady*（1923）

ウィラ・キャザー　中編小説

開拓地を襲う商業主義の波　「1922年頃，世界は二つに割れた」と述べた作者のネブラスカものに変化が現われる作品．開拓農民の努力が実を結んだ時代は去り，商業主義の波が開拓地にも押し寄せ，人々の価値ある営みを破壊し人心を蝕む．この時代の変化を示す象徴的な事例がフォレスター夫人の場合である．優雅な夫人が開拓時代の成功者である夫の破産と死により自分の世界を見失い，さ迷う姿が，夫人に理想の美を見出し，憧憬を抱き続けるニールによって回想される．アルフレッド・ケイジンはこの作品を「偉大な伝統の衰退の寓話」と呼んでいる．発表当時，「ほぼ完璧な」出来栄えと評された簡素で美しい作品．

フォレスター夫人に魅せられるニール　スウィート・ウォーターの町の丘の上のハコヤナギの木立を背にした白い家の主キャプテン・ダニエル・フォレスター（Captain Daniel Forrester）は，この地方の鉄道建設事業に携わり成功を収めた人物で，夫人マリアン（Marian）は若く美しい．キャプテン・フォレスターの友人ポメロイ判事の甥で12歳のニール・ハーバート（Niel Herbert）は，夫人に招かれて町の少年らと丘の上の森でピクニックを楽しむ．その折，ニールより年上の醜い嫌われ者アイヴィー・ピーターズ（Ivy Peters）に痛めつけられた小鳥を救おうとしたニールは木から落ちて怪我をし，夫人の寝室で医者を待つ．ニールは部屋の美しい佇まいに魅せられる．

7年後の変化　7年後，判事の事務所で法律を勉強するニールは，判事と共に訪れたフォレスター邸でフランク・エリンジャー（Frank Ellinger）に会う．彼はフォレスター氏の友人で，逞しくて魅力的な独身の男である．ニールはなぜか不快な気分になる．フォレスター氏が銀行の危機に対処するために家を留守にするとエリンジャーが現われる．ある日，ニールが野の花を摘んで持参すると，家の中から男女の声が聞こえる．ニールは「この世の最も美しいものの一つ」を失った気がする．預金者保護のため私財を提供したフォレスター氏は破産し，その後，発作に見舞われ障害が残る．

新興勢力にもてあそばれる夫人　そして，すべてが変化した．ピーターズがフォレスター邸を買い取り，夫人と情を通じている．忠告するニールに夫人はピーターズに頼らざるをえない窮状を打ち明ける．再度の発作による夫の死後，夫人は法律問題の処理まで彼に任せる．（事業家となったピーターズは新興勢力を代表する存在として描かれている．）「風に吹かれてたゆたう船」となった感のある夫人の姿にニールはいたく幻滅する．数年後，噂では，夫人は南米へ行き，年老いた裕福な英国人と結婚したということである．

【名句】... [Mrs. Forrester] had always the power of suggesting things much lovelier than herself, as the perfume of a single flower may call up the whole sweetness of spring.「夫人を見ていると，夫人自身をもしのぐ美しいものがいろいろと連想されるのだった．かぐわしい一輪の花の香りに春の芳香のすべてを呼びさまされるように」　　（武田）

◇重要作品◇

ハルモニウム　*Harmonium*（1923）

ウォレス・スティーヴンズ　詩集

多彩な作品群　スティーヴンズの第1詩集にしてアメリカのモダニズム詩を代表する詩集．彼は1910年代の中頃から『ポエトリ』誌などの雑誌に詩を発表していたが，作品をまとめて本として出版したのは23年，44歳の誕生日を迎える少し前であった．この頃，彼はすでに円熟期を迎えていたと言ってもよく，フランス象徴主義やイギリスロマン派，イマジズムの詩作品，印象主義の絵画や東洋美術などの影響を盛り込みながら，独自の世界を提示することに成功している．しかし出版当時は一部の人たちにしか評価されず，わずか100部が出回ったに過ぎなかった．31年に増補版が出版される．イマジズムを思わせる即物的で簡潔な表現を用いた短い詩から，耳慣れない難解な語彙や装飾的な構文で書かれ，様々なモチーフが主題を巡って入り組む複雑で長い詩まで，収録作品の様式や文体，長さは多様である．以下の作品以外にも，「雪の男」（The Snow Man），「アイスクリームの皇帝」（The Emperor of Ice-Cream）などが有名．

「**日曜の朝**」（Sunday Morning）15年『ポエトリ』誌に初めて発表された．失われたキリスト教信仰の代わりに，絶えず変化する現実や自然のなかに，美や生の原理を見出そうとする作品．日曜日の朝に教会に行かず，物質的，感覚的な快楽を享受する女性を描くことから始まる．しかし彼女は自分の不信心に後ろめたさを感じ，キリストの受難に思いを馳せ，天国と不変の真理の有無を問う．そのそれぞれの問に対して，この詩の語り手が，永久不滅の精神世界は存在せず，キリストは人間と同じく不死ではなく，現象界の有為転変の中で美が永久化されると答える．ブランク・ヴァースで書かれ，ロマン派的な瞑想詩の伝統を引き継ぎ，『ハルモニウム』の中でも保守的な傾向の作品と評される．

「**クラヴィーアに向かうピーター・クインス**」（Peter Quince at the Clavier）『旧約聖書』にあるスザンナと長老の話を基にした芝居を，シェイクスピアの『夏の夜の夢』の登場人物ピーター・クインスが演出をし，また作品そのものの語り手にもなるという枠組みを持つ．舞台音楽の描写と物語の筋が絡み合いながら，美の本質についての思惟が語られる．4つのセクションからなり，音楽の楽章のようにそれぞれが異なる形式で書かれている．「日曜の朝」と同じ15年に，『アザーズ』（*Others*）誌に発表された．

「**クロムクドリモドキを見る13の見方**」（Thirteen Ways of Looking at a Blackbird））クロムクドリモドキを中心の題材とし，13の短い自由詩によるバリエーションを展開する．それらの間に一貫する主題や連続性は特にない．イマジズム的な作風で俳句とも比較されることが多く，即物的描写を特徴とするセクションもあれば，また奇抜な発想に満ちた難解な詩句も多い．『ハルモニウム』の中でも前衛的とみなされる代表作の1つ．

【名句】Let be be finale of seem. / The only emperor is the emperor of ice-cream. (The Emperor of Ice-Cream)「＜ある＞を＜見える＞のフィナーレたらしめよ．唯一の皇帝はアイスクリームの皇帝だ」（アイスクリームの皇帝）　　　　　　　　　　（笠原）

◇重要作品◇

チューリップと煙突　*Tulips and Chimneys*（1923）
エドワード・E・カミングズ　詩集

形式の実験　カミングズの第1詩集で出世作．独特のタイポグラフィーと句読法を使用しながら，愛や自然を歌う抒情性と，厳しい現実を辛辣に風刺する詩を多く収める．大別すれば，春と若さを称える「チューリップ」（Tulips）部と，冬と現実を歌う「煙突」（Chimneys）部の2部から成る．前半部はさまざまな形式で書かれているが，後半部は一貫して独特のソネット形式で書かれている．もともと152編の詩を収めた1919年の原稿「チューリップと煙突」（Tulips & Chimneys）の一部であったが，その実験性と性的内容のため保守的な出版界に拒否される．その後級友のドス・パソスの助けで23年，題名のアンパサンド（&）をandと綴るという条件で66編のみ出版された．これが第1詩集である．残りの詩は，25年に『41詩編』（*XLI Poems*）と『と』（&）として出版された．

「**の盛りに**」（in Just-）前半部「チューリップ」のなかの「無垢の歌」（Chansons Innocentes）所収．春の盛りに風船売りが笛を吹きながらやってくると，路上の子どもたちが遊ぶのも忘れて集まってくる様子を歌う．このモチーフが童話のように3度反復する．すべて小文字で始まる全24行は，句読点のない1つの文から成る．単語や行の間のスペースが恣意的に空けられたり，詰められたりしており，視覚的な配列の工夫がなされている．例えば，ベティとイザベルという子どもが一緒に駆け寄ってくる様子は"bettyandisbel"と凝縮して表現される．一方，風船売りがギリシャ・ローマ神話の牧神のイメージと重なる個所では，彼の「山羊の足」（goat-footed）が前後の行から離れた空白のなかに置かれ，その露呈した秘密が活字上で強調されている．その他，造語や擬音語を活用している．

「**バッファロー・ビルが**」（Buffalo Bill's）前半部「チューリップ」のなかの「肖像」（Portraits）所収．早撃ちで知られた西部の伝説的英雄バッファロー・ビル（William Frederick Cody, 1846-1917）の死に敬意を示す詩．奇抜な表記方法として，"onetwothreefourfive"のように，スペースを省いて単語を連結させ，故人の早撃ちのスピード感を再現している．

「**家具つきの魂に住むケンブリッジのご婦人がたは**」（the Cambridge ladies who live in furnished souls）後半部「煙突」所収．非伝統的な脚韻パターン（abcd dcba efg gfe）のソネットを用いて，伝統に固執する上流社会の中年女性たちの自己欺瞞を皮肉に描いている．

分かれる評価　カミングズのモダニズム的な印刷形式の革新と言語の実験は，詩に新たな表現方法をもたらしたとして評価された反面，読者に多大な労力を強いる，独りよがりで未熟な作風とする懐疑的な見方もあった．しかし詩集の根底にある圧倒的な生の賛美により，モダニストとしては珍しく快活で情感豊かな抒情詩人として高く評価された．

【名句】it's/ spring/ and / the//　goat-footed// balloonMan whistles/ far/ and/ wee (in Just-)「きせつは／はる／だから／あの／／　やぎのあしをした　／／ふうせん男が　ふえをふく／とおく／で／ぴぃーっと」(の盛りに)　　　　　　　　（関口）

◇重要作品◇

計算器　The Adding Machine（1923）

エルマー・ライス　戯曲（7場）

表現主義的な幻想譚　巨大な会社の歯車のひとつとして、ほとんど人格も認められていない主人公ミスター・ゼロ（Mr. Zero）の生と死を表現主義的な手法で描いた7場構成の一種の幻想譚．（初演時には上演されなかった監獄の場面を入れると8場構成．）ゼロはその抽象的な名前からも，中世道徳劇の『万人』（Everyman）を連想させるような存在である．

隷属化された魂　ライスによれば，この作品は書き直しなく17日間で完成させたという．ドイツ表現主義の影響がしばしば指摘されるが，ライスは否定している．しかしオニールの『皇帝ジョーンズ』（The Emperor Jones, 1920），『毛猿』（The Hairy Ape, 1922）など，またロベルト・ヴィーネ（Robert Wiene）のドイツ映画『カリガリ博士』（Das Kabinett Des Dr. Caligari, 1919）を通して表現主義に触れたことは事実である．が，影響関係より重要なのは，この戯曲が機械化された社会の原因でもあり結果でもある隷属化された魂を持つ人間を主人公に，近代社会と個人の軋轢を人類史の中で捉え，疎外化された人間（性）を演劇化した最初のアメリカ演劇であるということだ．

ゼロの生と死　1場ではゼロの会社での無能振りが妻から責められる．2場はゼロの職場．彼はダイアナ（Diana）が読み上げる数字を記録する作業を繰り返している．勤続25年で昇進を期待するが，ボス（the Boss）は，これからゼロの仕事は計算器がやると，突然解雇を告げる．不協和音と雷鳴がとどろく．3場はゼロの自宅でのパーティ．途中で乱入してきた警官がゼロを連れ出す．ゼロは今日の午後，ボスを殺したと客人に告げる．4場は法廷の場面．ゼロは自分の仕事がいかに非人間的なものかを語り，罪を否定するが，陪審員はあっさりと有罪にする．5場は墓場の場面．すでに刑を執行されたゼロは死人となっており，母親殺しで死刑になった男がこれから待ち受けている恐ろしい懲罰について語る．6場は天国．ゼロは彼を追って自殺したダイアナと再会する．二人は思い出を語り，愛し合っていたことに気づく．そして生前何もできなかったことを後悔する．一瞬の幸福を得た二人は，ここに住むことができると知らされるが，その住人が芸術家などの時間を浪費する者であることを知り，拒否する．

世界のしくみ　7場では，地獄の辺土でゼロが巨大な計算機を操作しているが，ここを仕切る中尉は，もう一度地上へ戻って生きろと，突然命令する．しかしその人生は以前よりもさらにつらいのだ．彼は拒否するが「奴隷の印が最初からおまえにはつけられている」（The mark of the slave was on you from the start.）と言われ，「規則を変えることはできん，誰にも．すべてはすでに決められている．腐ったシステムだが，それをどうできると言うんだ」（You can't change the rules—nobody can—they've got it all fixed. It's a rotten system—but what are you going to do about it?）と一蹴される．嫌がるゼロに，中尉は声帯模写でホープ（Hope）という女の声を出し，彼を地上へ導く．ゼロは女の声を追って地上へ戻る．と同時に，もう一人のゼロが登場するところで幕となる．　　　　（水谷）

◇重要作品◇

春とすべて　*Spring and All*（1923）
ウィリアム・カーロス・ウィリアムズ　詩集

　パリで300部ほど刷られた，散文と詩から成るウィリアムズ初期の作品集．これに掲載された多くの詩はのちに様々な詩集に再掲されたが，この詩集そのものは長い間，限定版の扱いをされており，一般の読者が『春とすべて』の出版時の形で入手可能となったのは，ウィリアムズの死後約10年を経て再版された時である．モダニストの想像力に対するウィリアムズの個人的なマニフェストだと言われている．

想像力への信頼　構成の特徴としては，章の順序を混乱させたり，章を表記する数字が算用数字とローマ数字を不規則に用いたりして，形式上の統一を意識的に崩している．しかし内容は一貫して「想像力」（imagination）をキーワードに，詩論，散文論，芸術論を展開する．ジャンルが異なるにしろ，あらゆる創作活動においては，想像力こそが現実を再構成するのであり，これこそ，作品創造の原動力であると主張している．例えば，ポウ，ホイットマン，ムアなどのアメリカ詩人たちだけでなく，シェイクスピア，モネ，セザンヌといった様々な作家や画家たちへ言及しながら，詩は，世界を弄ぶためのものではなく，世界を動かすものであり，詩こそが現実を最も強く肯定すると断定し，その可能性を強調している．

　詩は全部で27作品が収録されているが，どれも番号が割り振られているだけであり，現行流布する個別のタイトルは後につけられている．題材としては自然を描写した詩が多く，とりわけ，一瞬の風景を文字で書き取った，もしくは写実的に切り取った作品が数編含まれている．初期の特徴のひとつである短詩が何編かあり，彼の詩の中でも特に有名な「赤い手押し車」（The Red Wheelbarrow）もここに収録されている．

「**春とすべて**」（Spring and All）この詩集の題詩で，冒頭に置かれている．冬の寒々とした風景の中へ近づいている春の様子を描いた名作．

「**エルシーへ**」（To Elsie）18番目の詩．エルシーは国の孤児院からウィリアムズ家へ子守りとして働きにきた実在の女性．生活のために田舎から都市へ働きにやってきた女性の代表としてエルシーを描き，その背景となっている20年代に急速な工業化と都市化を遂げたアメリカの様子を扱っている．

「**赤い手押し車**」（The Red Wheelbarrow）22番目の詩．1連が3語と1語の2行で繰り返される4連構成であり，文章にすれば1センテンスとなる．現実を絵のように即物的に描写する作品の代表格であるとともに，こうした構成と言葉で描写して読者に鮮烈なイメージを喚起させる点で斬新であり，評価はとても高い．

【名句】so much depends/ upon//a red wheel/ barrow//glazed with rain/ water// beside the white/ chickens（The Red Wheelbarrow）「たくさんのことが／かかっている／赤い／手押し車に／雨水の／つやがかかって／白い鶏のそばで」（赤い手押し車）　　　（関戸）

◇重要作品◇

ビリー・バッド　*Billy Budd, Sailor*（1924）

ハーマン・メルヴィル　中編小説

不条理の受容か抗議か　晩年に書かれたもの．出版されたのは，1924年．裁くべきは，人の「行為」か，それとも人の「心」か．軍人としての裁きと，人間としての裁き．裁く者は，いずれの側に立つべきか．

ヴィア船長（Captain Vere）に対する，ビリー（Billy Budd）の最後の言葉，「神よ，ヴィア船長に祝福あれ」（God bless Captain Vere!）．これを，文字通り読めば，ビリーは，死刑を受け入れたことになる．不条理の受容．皮肉に読めば，死刑に反発したことになる．不条理への抗議．さらに，ヴィア船長の真意を疑ってかかる読み方もある．船長は，自己保身のために，無実だと知りながら，ビリーを死刑にしたのではないのか．

絶対悪としてのクラガート（John Claggart）と，絶対善としてのビリー．善悪の裁き手としてのヴィア船長．それぞれに，さまざま解釈の余地を残しながら，物語は進む．善は，地上では成立しえないのか．メルヴィル最大のテーマが，『ピエール』より引き継がれる．

善と悪との対決　若い水夫ビリー・バッドは，身も心も美しく，どこまでも純粋な男．「りっぱな水夫」（Handsome Sailor）と呼ばれて，皆から慕われている．ある日，英国海軍に強制徴用される．先任衛兵伍長，ジョン・クラガートは，蛇のように嫉妬深い男．ビリーを貶めようとし，船長に告げ口をする．ビリーは，謀反を起こそうとしていると．ビリーは，否定しようとする．だが，言葉が出ない．唯一の欠陥，吃音に悩まされる．「話すのだ．自分を守るのだ」（Speak! defend yourself）との船長の声．しかし，かえって舌が動かなくなる．ビリーは，言葉の代わりに，相手を殴り，死なせてしまう．「次の瞬間，夜，放たれる大砲の火のように，ビリーの右腕が，ぱっと飛び出した．すると，クラガートは甲板に落ちた」．

裁くべきは行為か心か　事は，戦時中，しかも軍艦上でのこと．規律は規律．ビリーの行為は，疑いもなく，厳罰に値する．しかし，心は汚れない．ビリーは，あくまでも，「堕落以前のアダム」なのだ．ヴィア船長は，判断に大いに苦しむ．殴って生じた結果を問うべきか．それとも，悪意などついぞ抱いたことのない純真な心を尊重すべきか．結局，死刑を言い渡す．「被告人の行為，我々が関与するのは，ただそれだけだ」（The prisoner's deed — with that alone we have to do）．

罪を背負うイエスの姿　朝早く，船内に，召集の鐘の音が響く．甲板上，乗組員すべてが見守る中，首に縄がかけられたまま，ビリーは言う．「神よ，ヴィア船長に祝福あれ」．実に澄んだ声である．やがて船体が大きく揺れる．一条の光が，低く垂れ込めた雲に差す．「神の羊」（the Lamb of God）のような雲の輝き．ビリーは，暁に染まりながら，昇天する．罪を背負って死ぬイエスの姿だ．

その後，ビリーは，船乗り仲間の間で，伝説の人となる．ヴィア船長も，まもなく，戦闘で死ぬ．その最後の言葉は，「ビリー・バッド，ビリー・バッド」であった．　　　（矢作）

◇重要作品◇

楡の木陰の欲望　*Desire Under the Elms*（1924）
ユージーン・オニール　戯曲（3部）

破壊的妄執　1850年代のニューイングランドの農家の愛憎劇．作者は戯曲冒頭のト書きで，母屋の両側に立つ2本の楡の木について次のように記している．「その木は保護していると同時に征服しようとしているように見える．そこには圧倒的で，嫉妬深く，専有しようとする邪悪な母性が漂う」(They appear to protect and at the same time subdue. There is a sinister maternity in their aspect, a crushing, jealous absorption.) 表題にあるこの2本の楡の木の下で，清教徒的倫理観，支配欲，所有欲，情欲，愛着など様々な妄執が拮抗する．この作品は初演から数年間は近親相姦，嬰児殺しという不道徳な内容を含むとして非難を受けた．こうした破壊的情念は，エウリピデスの『ヒッポリュトス』や『メディア』などのギリシャ悲劇に通じるところがある．

憎しみと欲望（第1部）　75歳のイーフレイム・キャボット（Ephraim Cabot）は三人の息子と共に農場を営み，石ころだらけのやせた土地を豊かにすることに生涯をかけ，それを神の御心にかなう生き方と信じる頑迷な老人である．2番目の妻との間に生まれた末息子エベン（Eben）は亡き母親を深く愛しているが，その母親を酷使して「殺した」キャボットは新妻アビー（Abbie）を連れて帰る．エベンは相続権の放棄を条件に兄たちに老父の隠し金を渡し，カリフォルニアへと送り出すが，妖艶な継母が新たな障害となる．家屋や土地への所有欲をむき出しにするアビーとエベンは，会った瞬間対立するが，体の奥では互いを意識し，求め合う．

情欲から愛へ（第2部）　2ヶ月後，これ見よがしに娼家へ行こうとするエベンにアビーは言う．「自然に逆らってるね，エベン．あんた，あたしが来た日からずっと，自然と闘ってる——あたしはきれいじゃないって思い込もうとして」(It's agin nature, Eben. Ye been fightin' yer nature ever since the day I come — tryin' t' tell yerself I hain't purty t' ye.) その夜，アビーとエベンは壁を隔てて互いに思いを募らせる．キャボットが牛舎へ行くと，アビーは情欲を抑えきれずに隣室のエベンを誘惑する．エベンは母の死後長らく開かずの間になっていた客間でアビーと抱き合い，母の御霊が墓へと立ち去るのを感じる．

愛の証（第3部）　翌年の晩春，アビーは男児を出産する．キャボットは跡継ぎが生まれたことを祝うが，村人の好奇の目にさらされ，狂ったように踊り出す．一方エベンは複雑な思いを整理できない．キャボットはエベンに，土地は生まれたばかりの跡取りとアビーのもので，彼女も最初からそのつもりだったと言い放つ．これを鵜呑みにしたエベンはだまされたと思い，アビーを罵る．アビーはエベンへの愛を証明するために、生まれたばかりのわが子を殺害する．アビーの凶行を知ったエベンは逆上して保安官を呼びに行くが，朝日が昇るころ，罪を告白したアビーと共に子殺しの十字架を背負う道を選ぶ．隠し金も盗まれたキャボットは，ひとり農場に残る決意をする． 　　　　　　　　　　（逢見）

◇重要作品◇

必要なものはわかっていた　They Knew What They Wanted（1924）
シドニー・ハワード　戯曲（3幕）

『楡の木陰の欲望』との類似と相違　1924年にシアター・ギルドにより上演，ピューリツァー賞を受賞．老いた花婿，若い花嫁，力あふれる美青年の三角関係は同年上演されたオニールの『楡の木陰の欲望』と同じだが，ハワードのものには前半にファルス的要素さえ含まれ，方向性はまったく異なる．ある「出来事」により三人は傷つくが，登場人物はそれぞれが善意の人であり，最後には救いが感じられる．ハワードが育った土地を舞台としているため，人物造形がリアルである．

笑劇風幕開き（第1幕）　舞台は老齢のイタリア系トニー（Tony）の結婚式当日から始まる．カリフォルニアのナパ・ヴァレー（the Napa Valley）でこつこつ働き，ぶどう園を所有できる財力を持った彼は，やっと安心して結婚できると上機嫌だ．相手はサンフランシスコで見かけたウェイトレスのエイミー（Amy）で，話したこともないまま，手紙で結婚の申し込みをしたのだ．意気揚々と花嫁を駅まで迎えに行ったトニーを農園で働くジョー（Joe）らが見送る．労働運動に関わっているジョーは，トニーの結婚を見届けた後，別の場所に移るつもりでいる．

そこへ郵便配達が，駅で途方にくれていたエイミーを連れて来る．トニーと行き違いになったと思ったジョーが彼女の相手をすると，彼女はジョーが花婿であると思い，自分の不遇な生い立ちなどを語る．楽しい会話に奇妙なずれがあることに気づき始めたところへ，トニーの車が橋から転落したという知らせが入り，両太ももを複雑骨折したトニーが運び込まれる．大混乱の中，エイミーは初めて本物のトニーの姿を見る．トニーは自分の年齢を隠すために，手紙にジョーの写真を入れてだましたのだ．エイミーは激怒するが，わびしい過去をすべて棄て，安定を夢見てここまで来た彼女は，トニーとの結婚を決意する．

過ち（第2幕）　祝宴の夜，自分の大胆な決断に不安を覚えるエイミーを，ジョーが真心から慰め，勇気づけようとするが，それを受けるエイミーとの距離が危険なほど接近する．

必要なもの（第3幕）　数ヶ月後，エイミーはトニーの愛を受け，結婚生活は順風満帆である．社会改革を夢見，再びトニーのもとを去ろうとするジョーは，診察に来た医者からエイミーが妊娠していると聞かされ，二人で逃げた方が良いと助言される．たった一度の関係だったが，ジョーはトニーを傷つけたくない一心で，出て行く準備をする．エイミーはトニーへの真の愛から，事の真相を話す．トニーは怒り狂うが，彼女なしでは生きていけないと気づき，逆に出て行くなと懇願する．「死んでも，俺にゃ家も金も遺す奴がいねぇ．そのために俺にゃ赤ん坊が必要だ．ジョーにはいらねぇ‥‥お願いだ，出て行かないでくれ！」（I got nobody for give my house an' my money w'en I die. Ees for dat I want dis baby, Amy. Joe don' want him.... for God's sake don' go away...!）トニーは生まれてくる子供を自分の子として育てる決意を語り，エイミーを引き止める．ジョーも新たな活動の場を求めて出て行く．三人はそれぞれ最初に求めていたものを手に入れたことになる．　　（水谷）

◇重要作品◇

われらの時代に　*In Our Time*（1925）

アーネスト・ヘミングウェイ　**短編集**

モダニズム　表題は英国国教会の祈祷書にある「神よ，われらの時代に平和を与えたまえ」から取られており，所収の作品の内容を見るとアイロニカルな意味であることがわかる．短編集ではあるがその構成は斬新で，短編と短編の間に中間章と呼ばれる短いスケッチがおかれる．このスケッチは戦争，絞首刑，闘牛など何らかの形で平和が失われた状態を描き，モンタージュのように暴力的場面を映し出している．また，この短編集はパリ文学修行時代の総決算であり，ガートルード・スタイン，エズラ・パウンドらから吸収したモダニズムの息吹をヘミングウェイが自己のフィルターを通して再現した時代と個性の産物である．

ニック・アダムズ物語　この短編集に収められた約半数はヘミングウェイの分身とも言えるニック・アダムズ（Nick Adams）を主人公とする話である．「**インディアン・キャンプ**」（Indian Camp）では幼少のニックが医師である父親に連れられアメリカ・インディアンの村を訪れ，帝王切開による子供の誕生とその子供の父親の自殺を目撃する．「**医者とその妻**」（The Doctor and the Doctor's Wife）では，アメリカ・インディアンと白人の混血である男の扱いをめぐりニックの父と母の気質の違いが明瞭に表われる．父親はアウトドア志向の男で，母親は人間の善意を信じる宗教の人である．物語はニックが父親と狩りに行くところで閉じられる．「**あることの終わり**」（The End of Something）は町の衰退を背景にニックの恋の終わりを描いている．森が伐採され木がなくなり製材所が成り立たなくなってしまったように，ニックにはもはや恋人のマージョリー（Marjorie）に教えることはない．それが，もう楽しくないという感覚として現われる．「**三日吹く嵐**」（The Three-Day Blow）は前作の後日譚で，恋人との別れを友人ビル（Bill）と振り返る．ビルは，結婚は男をだめにすると言う．ニックは三日続いた嵐が急に止んだように突然恋人をなくした喪失感に戸惑うのだが，取り返しのつかないことは何もないのだと考えることで気分を晴らす．「**ボクサー**」（The Battler）では町を離れ無賃乗車の旅をするニックが世間の悪意に遭遇する．列車の制動手にいいものがあると言われ近づくと，目を殴られて列車から落ちる．その後，線路脇で野宿して暮らす元ボクサーと出会う．この男はさらにひどい世間の悪意により精神に支障をきたしている．ニックは強烈な印象を受け，また一人で線路を歩き出す．「**クロスカントリー・スノー**」（Cross-Country Snow）のニックは，友人のジョージ（George）とスイスでスキーをする．しかしやがてはアメリカに戻らなくてはならず，次の夏の終わりにはヘレン（Helen）との間に子供ができることが明かされる．「**ビッグ・トゥー ー ハーティッド・リヴァー**」（Big Two-Hearted River）は1部と2部に分かれているが一つの物語で，ニックは列車でミシガン州北部の町シーニーを訪れ，徒歩で鱒釣りのできる場所に向かう．そこはニックが細部まで熟知した場所であり，テントの設営から釣りにいたるまで何ものをも損なわないよう細心の注意を払う．わずかな刺激にもニックの精神は平衡を失う状態なのである．　　　　（奥村）

◇重要作品◇

キャントーズ　*The Cantos*（1925, 30, 34, 37, 40, 48, 55, 59, 69）

エズラ・パウンド　長詩

終わりのない詩　パウンドの野心作であり，20世紀英詩の問題作である．すべてをうたい尽くす「終わりのない詩」を書こうとして，パウンドが一生を捧げたと言ってよい『キャントーズ』(*The Cantos*) は，政治・経済・社会，その他あらゆる事象が人生と結びついている限り，全てが詩の対象であることを117編というその膨大な量で示している．

歴史を含む詩　作者パウンドはつねづね，「歴史を含む詩」としての叙事詩を書きたいと言い続けてきた．1918年には，W・B・イェイツに「キャントーを百編，書きたい．それが完成したなら，バッハのフーガのようになるだろう．筋もない，出来事の年代記録的なものも，お説教も何もない．ただあるのは，オデュッセウスの黄泉下りと，オヴィディウスの「変身」だけだ．おそらくはそれに加えて，中世ないし近代の歴史的人物のエピソードだ」と語っている．たしかに，オデュッセウスこそ，パウンドのペルソナの一人であり，「キャント一第1歌」で言及されているので，『キャントーズ』は，美を求める探究の旅に出発するように見えるが，実態は，多言語世界，他文化世界としての作品が展開される．

二律背反自己矛盾　詩編どうしを比べるとすぐに分かるが，出来不出来にムラがありすぎるし，統一性，一貫性も感じられない．パウンドの中にディレンマがあり，たとえば，ヨーロッパ文化，アメリカ，ホイットマンなどに二律背反を示す．あるいは，絶えざる自己破壊，自己矛盾をくり返し，先行する詩編の内容を乗り越えるというよりは，それを否定するような内容を後の詩編に示すこともある．理念でも，中世半ば頃のプロヴァンスからルネサンス直前の時代を理想としていたが，いつのまにか，孔子と儒教の世界へ変わる．最初の30編は，地中海関連が中心であり，彷徨するオデュッセウスとしての詩人像を提示し，並列手法を用いて，歴史の中で繰り返されるパターンを発見してゆく．その後の40編は，主として初期アメリカ合衆国大統領の経済政策や古代中国の統治政策へと話題が移る．散文的な教訓調が目立ち，かなりの誇張もあるが，36, 45, 47, 49などの諸編は，評価が高い．

発展する中断する　30年代後半から，パウンドは，ファシズムの擁護と戦争回避に精力を使ったが，戦争が勃発すると，執拗な反アメリカ演説をローマ・ラジオで行ない，45年，ピサ近くの懲戒教育センターに収容された．そこでの非人間的な環境がパウンドの精神を壊したようだが，詩人の魂は生きて，『ピザン・キャントーズ』(*The Pisan Cantos*, 1948) という傑作を書いた．その後に幽閉された聖エリザベス病院では，『ロックドリル・キャントーズ』(*Rock-Drill*, 1955) と『玉座キャントーズ』(*Thrones*, 1959) を完成させた．イタリアへ戻り，ヴェニスで72年に亡くなるまで，自己への懐疑と，失敗の意識に苛まれており，『キャントーズ』は失敗作と宣言したこともある．69年，最後の『キャントーズ110-117草稿と断片』(*Drafts and Fragments of Cantos CX-CXVII*) を出版する．

【名句】What thou lovest well remains, / the rest is dross（LXXXI）「おまえのこよなく愛するものは残る／あとはカスだ」（第81のうた）　　　　　　　　　　　　　　　（渡辺）

◇重要作品◇

不毛の大地　*Barren Ground*（1925）

エレン・グラスゴー　長編小説

土地との闘い　全体は3章構成でそれぞれ植物名をタイトルとする．不毛の土地にまず生えるメリケンカルカヤ，それが消えると現われる松，そのあとでやがて現われるヤマハハコに重ねる形で，精神的打撃から立ち直り，農場経営を奇跡的に成功させるまでに成長していく強い女性ドリンダ・オークリー（Dorinda Oakley）の20歳から50歳までの軌跡を追う．南部における貴族階級と貧乏白人の中間に位置する，独立自営農民の系譜に連なるオークリー家をはじめとする農場の人々にとって，人生とは土地との闘いであり，土地を征服するか，土地に征服されるかが試されている．

恋愛と裏切り　物語は1894年から1924年にかけて，ヴァージニア州の田舎町ペドラーズ・ミル（Pedlar's Mill）を舞台とする．ドリンダ・オークリーの父は無学だが勤勉に農作業に勤しみ，神経質な母も絶えずあくせくと働き，宗教だけを生きがいにしている．兄も農場を手伝うが，一家は貧しい．このような現実から逃避したい20歳のドリンダは，隣りの農場を所有するグレイロック（Greylock）医師の息子ジェイソン（Jason）がニューヨークから帰ってくると，彼とのロマンチックな恋愛に夢中になる．ジェイソンの子を妊娠するが，臆病で意志の弱い彼は結婚式間近に，以前の婚約者である近所の農場の娘と結婚してしまう．裏切られたドリンダは彼を銃で撃つが的を外す．失意から逃れるために彼女はニューヨークに働きに行き，そこで事故にあって流産し，そのまま医師に雇われて2年間逗留する．

不屈の精神　その後，父が発作で倒れると，ドリンダはペドラーズ・ミルに戻ってくる．父の死後，不毛の地と化している父親の農場オールド・ファームを立て直すべく，ロマンスを卒業して現実主義者になった彼女は，父のように旧来のやり方には拘らず，科学的で近代的な農業技術を積極的に取り入れる．彼女は持ち前の不屈の精神と大胆さを発揮して，母を失った後も，ほとんど女手一つで農場経営に取り組み，10年間で酪農場を軌道に乗せる．

男やもめのネイサン・ペドラー（Nathan Pedlar）から求婚され，彼女は33歳で結婚する．彼に対して恋愛感情はなかったものの，農業に共通の関心を持つ二人は精神的に強い絆で結ばれ，ネイサンの4人の連れ子のうち，足の悪いジョン・アブナー（John Abner）に特に愛情を注ぐ．ドリンダが42歳の時，ネイサンは鉄道事故で他人を助けようとして英雄的な最期を遂げる．

愛と憎しみからの解放　彼女が農場経営に邁進したのは，かつて自分を捨てたジェイソンを見返してやりたいという復讐心からであり，彼の農場ファイヴ・オークスが競売に出されると，それを買い取り，荒廃した土地を生き返らせる．ジェイソンは妻が精神を病んで溺死し，一人残されて父親同様アル中となり，自暴自棄の生活を送るが，50歳になって愛からも憎しみからも解放されたドリンダは，廃人同様の彼を救貧院から引き取り，その最期を看取る．彼女は土地との闘いを通して，精神的な強さと自信と寛大さを身につけていた．

（利根川）

◇重要作品◇

グレート・ギャッツビー　*The Great Gatsby*（1925）
スコット・フィッツジェラルド　長編小説

推理小説的展開　若い証券マン，ニック・キャラウェイ（Nick Carraway）はウェスト・エッグに家を借りて住み着き，ウォール街へ列車通勤を始める．隣の大邸宅では夜な夜な豪勢なガーデンパーティが開かれている．館の主についてさまざまな噂が彼の耳にも入ってくるが，やがてある晩，対岸のイースト・エッグの浜辺に輝いている緑の灯に向かって身をふるわせながら両手をさしのべている男の姿に出会う．これが噂の主ジェイ・ギャッツビー（Jay Gatsby）だった．ニックは女友だちジョーダン・ベイカー（Jordan Baker）の助けも借りてギャッツビーの謎を解いてゆく．緑の灯のあるところには富豪のトム・ビュカナン（Tom Buchanan）と結婚したデイジーが住んでいるのだが，ギャッツビーはかつて恋人だったデイジーとの再会をニックにとりなして欲しいと懇願する．

成功の夢変身願望　すべての始まりはノースダコタの片田舎の月明かりのなかで目映いばかりの空想に耽っていた少年ジェイムズ・ギャッツ（James Gatz）であった．故郷を離れてスペリオル湖のほとりをうろついているとき錨を下ろした富豪ダン・コディー（Dan Cody）のヨットを見た瞬間，彼は生まれ変わり，ジェイ・ギャッツビーに変身したのだ．この新しい名前の人物は「彼自身のプラトン的な観念から生まれてきたのだ．彼は〈神の子〉なのだ」．彼は兵役でルイヴィルの街に駐屯中に裕福な家庭の娘デイジー・フェイ（Daisy Fay）と知り合い，恋仲になる．ところがヨーロッパに駐屯していた5年の間に彼女は人妻になっていた．彼は恋人を取り戻したい一心で，禁酒法下の酒類密売で巨万の富を稼ぐ．ウェスト・エッグの館に招かれてきたデイジーは超高価なワイシャツの山を見せられて感極まってすすり泣き始める．ギャッツビーの願いはいったん叶えられるのだが，彼女の夫トムが彼の仮面を引き剥がしたときに夢は破れる．そしてデイジーの運転する車がトムの愛人マートル・ウィルソン（Myrtle Wilson）を轢き殺したのを皮切りに物語は破局に向かって急展開する．トムの虚言に引っかかったマートルの夫ジョージがギャッツビーを射殺して自殺する．トムとデイジーはいかなる傷も，罰も受けることなくニューヨークを去る．

一人称の語り手の役割　作品は，軽々しく人を批判してはならないという父の戒めを忠実に守ったために，やたらに打ち明け話を聞かされるようになったというニックの話から始まる．詩人キーツ（John Keats）の「消極能力」（negative capability）を思わせるこの告白によって，ニックは自分の語り手としての正当性を主張しているのである．すべては彼の語りのなかにあるのであり，彼の想像力と言葉の魔術によって酒類密売人（bootlegger）の夢はアメリカの夢に昇華される．

【名句】I became aware of the old island here that flowered once for Dutch sailors' eyes — a fresh, green breast of the new world.「かつてオランダの船乗りたちの眼に花のごとく映ったこの島の昔の姿——新世界のみずみずしい緑の胸——が，ぼくの眼にも浮かんできた」

（寺門）

◇重要作品◇

アメリカの悲劇　*An American Tragedy*（1925）
セオドア・ドライサー　長編小説

自然主義の精髄　貧しい家に生まれた少年が，上流社会の華やかさに魅せられ，立身出世しようと「アメリカン・ドリーム」を追い求めるが，一個人の力ではどうにもならない運命に阻まれ，ついには死刑に処せられるという小説．ドライサーは，実際に起こった事件にヒントを得てこの作品を完成させた．出版されるとベストセラーとなり，多くの批評家からも好意をもって迎えられた．自然主義の精髄とされるこの作品は，発表の翌年舞台化され，のちには映画化（*A Place in the Sun*『陽の当たる場所』）もされている．

故郷からの逃亡　カンザス・シティで伝道活動をしている福音主義者の両親のもとに生まれたクライド・グリフィス（Clyde Griffiths）は，家族の貧しい暮らしぶりに嫌悪感を覚えており，富裕で華やかな生活を夢見ていた．彼にとってニューヨーク州ライカーガス（Lycurgus）で工場を経営しているという，おじのサミュエルが憧れの的だった．やがてクライドはホテルのボーイとなるが，そこの仲間たちとドライブに出かけたとき，スパーサー（Sparser）という若者の乱暴な運転がもとで，女の子をひき殺してしまう．クライドはカンザスから逃亡する（第1部）．

富と栄誉に目が眩み…　第2部はその3年後から始まり，クライドはシカゴである高級クラブのボーイの職についている．そこで偶然にもおじのサミュエルに出会い，ライカーガスのシャツ工場で働かせてもらえることになる．女工との交際はタブーであったが，クライドは，ふとしたきっかけからロバータ・オールデン（Roberta Alden）という貧しい女工と知り合い，深い仲になる．その一方，おじの家に招かれた際に目にしたソンドラ・フィンチレー（Sondra Finchley）という上流階級の娘の美しさに魅入られる．ソンドラもクライドに好意を示し，結婚をほのめかす．富と栄誉が手に入るかに思えたその時，ロバータの妊娠が発覚し，彼女はクライドに結婚を迫る．彼はロバータと湖に出かけ，ボートを転覆させてロバータを殺そうと考える．しかしクライドは直前になって殺すことを断念するが，全くの偶然からボートは転覆し，ロバータは溺死する．

故意か？偶然か？　第3部では，クライドは警察につかまり，裁判を受けることになる．裁判官へ昇進する野心を抱く地方検事メイスン（District Attorney Mason）によって（審理の背後には共和党と民主党の対立が見られる），状況証拠から，事件はお涙頂戴のメロドラマへと仕立て上げられ，新聞もセンセーショナルに書き立てる．一方弁護側は，クライドの意思に関わりなく，あくまでも法廷戦術として，被告は「精神錯乱」を起こしていたのだと主張する．クライドは誰に対しても，弁護士にさえ，自分の立場を説明することが出来ない．長い裁判の後，死刑判決が下され，母親や牧師の助命嘆願運動もむなしく，クライドは自分がしたことが本当に罪になるのか，確信が持てぬまま電気椅子へと向かうのだった．

【名句】Did he really deserve to die?「本当に死刑に値する罪を犯したのだろうか」

（坂下）

◇重要作品◇

もの憂いブルース　*The Weary Blues*（1926）
ラングストン・ヒューズ　詩集

　黒人音楽のジャズやブルースを詩に取り入れた画期的詩集．ヒューズの第1詩集で出世作．ブルースの根底にある，黒人特有の悲しみや笑いを詩的に表現しており，『新しい黒人』（*The New Negro,* 1925）の編纂者アラン・ロックからは，「正真正銘の庶民の詩人」と称えられた．ハーレム・ルネサンスに大きく貢献した詩集である．ブルース風の作品のほか，人種的葛藤をうたう作品，海をうたう抒情詩も集めている．本詩集の出版を援助した白人のパトロンで作家のカール・ヴァン・ヴェクテンが序文を寄せている．

「黒人は多くの河のことを語る」（The Negro Speaks of Rivers）ヒューズの文学的出発となった作品．黒人の魂を太古より連綿と続く河の流れに託してうたう．ユーフラテス，コンゴ，ナイル，ミシシッピへの言及が，黒人と人類の歴史的体験を想起させる．「私は多くの河を知っている」と「私の魂は河のように深くなった」という2つの文が反復され，詩のトーンは瞑想的である．ヒューズは高校を卒業したあと，メキシコの父を訪れたが，この詩の着想は，その旅路，ヒューズを乗せた電車がミシシッピを横切ったときに得られたという．『黒人の魂』（*The Souls of Black Folk,* 1903）の著者，W・E・B・デュ・ボイスに捧げられており，そのデュ・ボイスの編集する『クライシス』（*Crisis*）誌に掲載された．

「もの憂いブルース」（The Weary Blues）ヴェイチェル・リンゼイの目にとまり，25年に『オポテュニティ』（*Opportunity*）誌のコンテストで1位を獲得する．ブルースを取り入れた詩として有名．ハーレム地区レノックス街のジャズ・クラブで，語り手はひとりの黒人のピアノ演奏を聞く．もの憂げなブルースを夜通し歌ったあと，黒人演奏者は，岩のように，死人のように，深い眠りにつく．構成としては，聞き手の「私」の語りのなかに，ブルースの節が2度，挿入されている．2度目の挿入部分は，ヒューズが幼少の頃カンザス州ローレンスで聞いたブルースからの引用であるが，AAB型の歌詞と12小節形式といったブルースの基本形がそのまま使用されている．聞き手による全体の語りのなかにも，ブルースの弾き語りに呼応した表現が見られる．

「わたしもまた」（I, Too）この詩集のエピローグとして，巻末に置かれている詩．白人による黒人差別に対して，黒人として，直接的ではないが，悲しい願望に近い抗議を表明する．アメリカを歌ったウォルト・ホイットマンに賛同する形で，「わたしもまたアメリカをうたう」と始まり，「わたしもまたアメリカである」と結ばれている．

　【名句】Droning a drowsy syncopated tune,/ Rocking back and forth to a mellow croon,/ I heard a Negro play. (The Weary Blues)「ねむたげなシンコペーションの節をもの憂げにうたい／低いつぶやきにあわせて　からだを前後に揺らす／わたしは　そんな黒人の弾き語りを聞いた」（もの憂いブルース）

（関口）

◇重要作品◇

日はまた昇る　*The Sun Also Rises*（1926）
アーネスト・ヘミングウェイ　長編小説

処女長編　短期間で書き上げられた『春の奔流』を別にすれば，ヘミングウェイ最初の長編小説であり，作家ヘミングウェイの名を一躍広めることになった．扉に掲げられたガートルード・スタインの「あなたたちはみな失われた世代ね」という言葉にあるとおり「世代」が一つのテーマとなっている．ヘミングウェイはスタインらの世代とは違う新たな世代の誕生を世界に知らしめた．また，一人称の語りという伝統的な形式にはよっているものの，既存の長編小説にくらべ会話の占める割合が非常に多いことがこの作品の特徴である．若い世代の用いる口語スタイルで全編推し進める点が新鮮であった．のちにヘミングウェイの会話巧者ぶりは定説となったが，それは著者が20代のときにすでに確立されていたのである．

国籍離脱者　第1次世界大戦という悪夢が過ぎ去ったあと，既成の価値観と祖国を捨てパリで奔放な暮らしをする若者，いわゆる国籍離脱者たちが1920年代のパリに集まった．語り手である20代半ばのアメリカ人記者ジェイク・バーンズ（Jake Barnes）もその一人で，生きることの意味を失い，宗教にも救いを見出せず，暗闇では眠ることができない．さらに本人は否定しているのだが，戦傷で性的不能に陥っていることが読者に知らされる．ジェイクの近くにはイギリスからきた34歳のブレット・アシュレー（Brett Ashley）がおり，互いに心を惹かれはするものの肉体がともなわないため二人の愛は成就しない．ブレットは第1次大戦で篤志看護婦を務め，戦中に恋人を赤痢で亡くし，その後アシュレー家に嫁いだ女性でレディの称号を持つ．その結婚はうまくいっておらず，離婚が成立すればスコットランド人のマイク・キャンベル（Mike Cambell）と結婚することになっている．しかし男たちと遊び歩き，ユダヤ人作家のロバート・コーン（Robert Cohn）とも小旅行に出かけ，ジェイクを苦しめる．

祭り　ジェイクはニューヨークからやってきた作家志望の親友ビル・ゴートン（Bill Gorton）とスペインのブルゲートへ行き，5日間鱒釣りをし，しばしの平静を得る．滞在中の宿にマイクから電報が届き，パンプローナの祭り(フィエスタ)に皆で参加することになる．7日間続く祭りの間もブレットをめぐる男たちの小競り合いは続き，最終的にはコーンが皆の反感を買い，立ち去ることになる．そんななか，ジェイクは若くハンサムな闘牛士，19歳のペドロ・ロメロ（Pedro Romero）をブレットに紹介する．祭りが終わると二人は一緒に姿を消す．一方，ジェイクはサン・セバスチャンのホテルで一人過ごす．そこにマドリッドにいるブレットから助けを求める電報が届き，ジェイクは夜行列車で駆けつける．翌日再会すると，ブレットは若いロメロを堕落させる女にならぬよう別れを告げてきたと言う．愛を成就できないブレットとジェイクは，うまくいったはずの二人の愛を「考える」ことにより思いを清算しようとする．

【名句】 It is awfully easy to be hard-boiled about everything in the daytime, but at night it is another thing.「昼には万事にハードボイルドでいることはたやすいが，夜ともなると話は別だ」
　　　　　　　　　　　　　　　　　　　　　　　　　　　　　　　　　　　（奥村）

◇重要作品◇

サン・ルイス・レイの橋　*The Bridge of San Luis Rey*（1927）
ソーントン・ワイルダー　中編小説

特異な表現形式　『カバラ』（*The Cabala*, 1926）に続く，ワイルダーの第2作目の小説．世界中で翻訳され，ワイルダーの名を一躍世界に広めた．後の戯曲『わが町』にも見られるように，彼は表現形式に意識的な作家であり，この小説でも単に物語にすべてを語らせるのではなく，18世紀の南米ペルーで起こった事故の犠牲者たちがどのような人生を送ってきたかを短編集のように語りつつ，その事故に神の摂理を見ようとする修道士の視点を外枠として使い，読者にある距離を取らせるように仕組んでいる．修道士の試みは失敗するが，作品自体は18世紀のリマに生きた五人の登場人物の微妙に重なる生と死の描写から，読者の内面にある種の郷愁，無時間，大いなるものへの感覚を引き起こす．戯曲同様，テーマだけでなく表現形式も含めて，同時代のアメリカ小説の中では特異な存在である．ピューリツァー賞受賞．

修道士の疑問　1714年，ペルーの首都リマ近くの渓谷にかけられたサン・ルイス・レイの橋が突如崩壊し，通行中の五人が犠牲となった．この五人はなぜ，この時，同時に不慮の死を遂げることになったのか．偶然その事故を目撃したイタリア人のフランシスコ派修道士ジュニパー（Juniper）は「もしこの宇宙に何らかの計画が，人間の生活に何らかの法則があるなら，あのように突然断ち切られた彼らの人生にも，神秘に包まれて残されたその痕跡を発見できるに違いない．私たちは偶然生き，死ぬのか，あるいは計画に従って生き，死ぬのか」（If there were any plan in the universe at all, if there were any pattern in human life, surely it could be discovered mysteriously latent in those lives so suddenly cut off. Either we live by accident and die by accident, or we live by plan and die by plan.）という疑問を持ち，彼らの人生を調査し始める．作品のほとんどはドキュメンタリー風に，しかし格調高い文章で語られる修道士の報告で占められている．

死と生をつなぐ橋　しかし最終的にジュニパーはそこから具体的な結論を引き出せず，宗教裁判官からこの本が異端であるとみなされ，本とともに火刑に処せられる．最後にリマの尼僧院長が5人を回想しながら，「でも間もなく私たちも死に，この五人の思い出もこの世界から消えてしまう．私たちもしばらくは愛されるだろうが，そのうち忘れ去られてゆく．しかし愛だけで十分だ．私たちのすべての一時的な愛の衝動も，それらを作ったあの愛へと帰るのだ．愛には記憶さえ必要ない．生きている者の国と死んでいる者の国があって，それをつなぐ橋は愛であり，それだけが生き残り，また唯一意味があるものなのだ」（But soon we shall die and all memory of those five will have left the earth, and we ourselves shall be loved for a while and forgotten. But the love will have been enough; all those impulses of love return to the love that made them. Even memory is not necessary for love. There is a land of the living and a land of the dead and the bridge is love, the only survival, the only meaning.）と語り，この小説は終わる．　　　　　　　（水谷）

◇重要作品◇

奇妙な幕間狂言　*Strange Interlude*（1928）

ユージーン・オニール　戯曲（2部）

情念に弄ばれた女の半生　作者の生前で最も成功した作品と言われ，3度目のピューリツァー賞をもたらした．フロイトの精神分析学を利用し，意識的に長い独白を盛り込んで，登場人物の「意識の流れ」を表現した実験劇．2部構成で，戦死した最愛の恋人への追慕から，周囲の男たちを振り回し，運命と自らの情念に翻弄される女の半生を描く．前半は娘時代の悲恋から結婚，妊娠に至るまでを，後半は出産から一人息子の婚約と独り立ちまでを扱う．倫理的に問題視され，巡業先のいくつかの都市で上演禁止になった経緯がある．

ねじれの発端（第1部）　大衆作家マーズデン（Charles Marsden）は，大戦後の荒廃した欧州から帰国し，恩師のリーズ教授（Henry Leeds）の邸宅を訪問する．マーズデンは密かに教授の愛娘ニーナ（Nina）に思いを寄せながらも，打ち明けられない．ニーナは父から恋人のゴードン（Gordon Shaw）との結婚を終戦まで延ばすように説得されたが，ゴードンが戦死したため，父への恨みを抱いて家を出る．翌秋，父の逝去にニーナはゴードンの友人，医師ダレル（Edmund Darrell）と，ニーナを密かに思う青年エヴァンズ（Sam Evans）とともに帰る．ダレルは，ニーナが傷病兵を相手に娼婦まがいのことをしていたと語る．ニーナは父親の死に何も感じない自分に衝撃を受けるが，マーズデンにエヴァンズとの結婚を勧められると，頷く．翌春，妊娠を秘密にしたままニーナはエヴァンズの実家を訪れるが，姑に妊娠を見抜かれ，エヴァンズ家には精神異常者が多いので息子の幸福のために堕胎し，他の健康な男との子を産み，それをサムの子として育てて欲しいと迫られる．ニーナはこの理不尽な計画をダレルに打ち明け，堕胎すると，彼の子を宿す．ニーナとダレルの間には愛が芽生え，彼女は罪悪感から真実を夫に打ち明け，離婚しようと考えるが，素直に妊娠を喜ぶエヴァンズに，母親として生きることを選択する．ダレルは複雑な思いを抱いてヨーロッパへ逃げる．

神が作った幕間狂言（第2部）　翌年ニーナは出産し，生まれた息子に昔の恋人の名をつける．エヴァンズの事業が成功し，ニーナは一児の母としても幸福の絶頂にある．帰国したダレルはニーナとの愛を確認するが，ニーナは現在の幸福を壊すことができず，三人の男と奇妙な関係を保つ．やがて，11歳の誕生日を迎えた息子ゴードンは，ニーナとダレルの道ならぬ恋を察知し，ニーナは最愛の息子の信頼を失う．さらに10年後，21歳になった息子のボートレースの最中，ニーナは息子の婚約者に激しい嫉妬を覚え，二人の仲を裂こうとするが，ダレルが阻止する．エヴァンズは息子の優勝を知ったのちに発作で倒れ，ニーナの献身的な看病の甲斐なく他界．結局ゴードンは，ダレルを父親と知らぬまま，新生活を始めるために旅立つ．ニーナはダレルからの求婚を断わり，マーズデンとの安らかな生活を選択し，恋人ゴードンとの死別から始まった狂気じみた人生を，「そう，私たちの人生は，父なる神が作った電気仕掛けの見世物の奇妙な謎の幕間狂言にすぎないのね」（Yes, our lives are merely strange dark interludes in the electrical display of God the Father!）と振り返る．

（逢見）

◇重要作品◇

響きと怒り　*The Sound and the Fury*（1929）

ウィリアム・フォークナー　長編小説

物語の中心は不在のヒロイン　農園貴族コンプソン（Compson）家は20世紀初頭、没落期を迎える。没落を象徴するような出来事は14歳の娘キャディー（Caddy）の行きずりの恋による妊娠であった。身重の体のままさる銀行員と政略結婚させられるが離縁され、娘クェンティン（Quentin）を出産して実家に預けたまま家出し、行方をくらましてしまう。彼女は常に物語の中心に位置しながら、直接生身で現われることはなく、人々の記憶としてのみ登場し、4つの視点から捉えられる。

白痴の語り　1928年4月7日。末子である白痴のベンジー（Benjy）は黒人の召使に伴われてゴルフ場の柵の周りを歩き、喚き声をあげる。ここはもともと彼の土地だったのだが、長男のクェンティンがハーヴァード大学へ入学するために売られたのだった。ゴルファーたちの叫ぶ「キャディー」という声も彼には姉の名前として聞こえるので強烈に響く。彼は優しい姉を愛していて、姉は「木の匂い」がしたのだが、男の匂いを感知すると彼は悲しみのあまり泣く。強く印象に残っていることの一つは、おばあさんの部屋で何かあった（じつはおばあさんが死んだ）日にキャディーが木登りをしてその部屋を覗き込んだのだが、そのとき彼女のズロースに泥がついているのが見えたことだ。

長兄の近親相姦妄想　1910年6月2日。ハーヴァードの学生である長男クェンティンの意識は絶えず過去に引き戻されている。愛する妹キャディーの処女喪失のことを片時も忘れられない。キャディーと共に姦淫よりも重い罪を共に犯して彼女の罪を贖ってやろうと考えた。父親に近親相姦を犯しましたと告白するがとりあってもらえなかった。彼はこの日チャールズ川に飛び込んで自殺する。ちなみに彼の姪もクェンティンと名づけられている。

シニカルな現実主義者の呪詛　1928年4月6日。夫は悲観的な夢想家、長男は狂気の自殺者、長女は恥さらしの尻軽女、三男は白痴とあって、コンプソン夫人にとって信頼に値する人間は現実主義の次男のジェイソン（Jason）だけだった。とはいえ彼は狭量と独善を絵に描いたような男である。「一度堕落した女は永久に堕落している」（Once a bitch always a bitch.）という台詞でこの章は始まる。彼はキャディーが娘クェンティンの養育費として送ってくる金を着服して貯めこんでいる。

黒人女性の視点　1928年4月8日。第4章は作者の語りによって描かれるが、長年コンプソン家に仕えた家政婦ディルシー（Dilsey）の眼で見られている。姪のクェンティンが家出をし、激高したジェイソンが追いかけるが捕まらない。「わたしは始めと終わりを見た」（I've seed de first and de last.）とディルシーは述懐する。

【名句】He said time is dead as long as it is being clicked off by little wheels; only when the clock stops does time come to life.「小さな歯車でカチカチ刻まれているあいだは時間は死んでいる、時計が止まったとき初めて時間は生きはじめるのだ、と父は言った」

（寺門）

◇重要作品◇

街の風景　*Street Scene*（1929）

エルマー・ライス　戯曲（3幕）

リアルな群像劇　1890年代に建てられたニューヨークの安アパートを舞台に，人種，職種，社会的立場，政治信条，宗教も多種多様な労働者の住民が見せる対立，愛情，孤独など，人生の諸相を，300を越す小道具を使い，徹底したリアリズムで描いた一種の群像劇．骨格となる2つの物語はメロドラマ的ではあるが，日常的なノイズの挿入，ほとんどプロットと関わりを持たない通行人の登場などで，作品は1929年のニューヨークを活写している．第2幕での殺人事件を引き金に，人々は多様な反応を見せ，大都会の非人間的な側面とそこに垣間見える人情が浮き彫りになる．重いテーマではあるが，下層階級のリアルな言葉などで喜劇的な空気も漂う．ライス自身の演出で，601回の上演を記録．ピューリツァー賞を受賞し，47年にはクルト・ワイル（Kurt Weill）作曲でミュージカルになっている．

幕開き　ニューヨークは何十年ぶりかの猛暑に襲われ，アパートの路地で夕涼みをしている住人たちが，舞台の裏方フランク（Frank）の妻アナ（Anna）と牛乳の集金人サンキー（Sankey）の不倫を噂している．彼女が登場すると，話題はすぐに別の若奥さんへの悪口に変わる．自分たちと同じ移民の境遇であるのに，その悪口は辛らつだ．

アナの娘でタイピストのローズ（Rose）は，職場の支配人ハリー（Harry）からこんな貧しい暮らしから救い出してやると言い寄られている．しかし彼女には，社会主義者キャプラン（Kaplan）の息子で法律学生サム（Sam）という恋人がいる．ローズは噂に聞こえてくる母親の不倫，厳格な父親，苦しい生活に悩み，サムに相談する．病に苦しむアパートの住人の声を背景にサムは言う，「あれが人生のすべてなんだ—苦痛以外の何物でもない．僕らが生まれる前から死ぬまで！　どこを見たって抑圧と残忍さだけさ！……世界は悲惨と苦悩に充ちた血まみれの競技場にすぎないんだ」（That's all there is in life—nothing but pain. From before we're born, until we die! Everywhere you look, oppression and cruelty! ....The whole world is nothing but a blood-stained arena, filled with misery and suffering.）

自立への道　第2幕でついにアナの不倫現場を目撃したフランクは逆上し，酔いも手伝って二人をその場で射殺し，現場から逃走する．しかし第3幕で捕まると，彼は連行される直前にローズに詫び，12歳の息子ウィリー（Willie）の世話を頼むと言い残していく．ローズは弟ウィリーを連れ，何一つ良い思い出のないニューヨークから離れようとする．サムは一緒に行き，生活を立て直す手伝いをしようと申し出るが，ローズはサムの愛を受け入れながらも，人間としての自立を説き，「人は誰かのものじゃなくて，自分自身になるべきだと思うの‥‥私はこの世で何よりも愛が欲しい．でも愛することと誰かのものになることは別よ」（I don't think people ought to belong to anybody but themselves‥‥I want love more than anything else in the world. But loving and belonging aren't the same thing.）と，それを断わる．すべては暑い夏の2日間の出来事である．　　　　　（水谷）

◇重要作品◇

武器よさらば　*A Farewell to Arms*（1929）

アーネスト・ヘミングウェイ　長編小説

構成　商業的にも作品の評価としてもヘミングウェイの地位を不動のものにした長編小説である．この作品は，現代版『ロミオとジュリエット』だとよく評される．悲劇のラブロマンスであるわけだが，ひとつにはその構成において古典劇の5幕という形式が忠実にまもられており，ヘミングウェイは5部構成で物語を展開させている．第1部から第5部までの季節はおおむね夏夏秋秋冬となっており，春の描写が少ないところにヘミングウェイの人生観があらわれる．また，悲劇を暗示する場面では必ず雨が降り，天候を作品のムードに効果的に取り込むことに成功している．

始まり　第1次世界大戦にイタリア軍傷病兵運搬隊の一人として参加したアメリカ人中尉フレデリック・ヘンリー（Frederic Henry）は，この戦争で婚約者を失ったイギリス人篤志看護婦キャサリン・バークレー（Catherine Barkley）とイタリア北部の戦場で出会う．二人の出会いはまったく愛のないところから始まった．フレデリックは，将校用の慰安所へ行くよりはキャサリンと恋愛ゲームをやるほうがましだと考え，始めは愛するつもりなどなかった．そしてキャサリンもそれは承知であった．

　オーストリア軍の迫撃砲で足を負傷したフレデリックは，野戦病院からミラノにあるアメリカ軍の病院に移され，そこにはキャサリンも配属されることになっていた．病院で再会すると，フレデリックはキャサリンを愛してしまう．足の手術後，キャサリンは夜勤を買って出て二人は毎晩のように会った．そして足の傷が癒え休暇を取った後に前線へ戻るようにとの命令書を受け取った日に，フレデリックはキャサリンから妊娠していることを告げられる．

逃走　前線復帰後しばらくするとイタリア軍は退却を余儀なくされる．フレデリックも雨のなかを逃走していると憲兵の尋問にあう．言葉に訛りがあることからスパイ容疑をかけられるのは明らかで銃殺は免れない．しかし隙を見て傍らにある川に飛び込みなんとか逃れ，キャサリンを求め貨車に乗ってミラノまで来る．しかしキャサリンはスイスとの国境に近いストレーザに移っていた．脱走兵となったフレデリックはストレーザに向かいキャサリンを見つけ出し，二人は湖畔のホテルに滞在する．再会の喜びもつかの間，ホテルのバーテンから翌朝逮捕されそうだとの情報を得て，二人は嵐で波の高い湖をボートで国境を越え，スイスに入る．

　スイスでは兵隊に尋問され税関で取調べを受けるものの，仮査証をもらうことができ，モントルーへ向かう．二人は山腹にある老夫婦の家の二階に下宿し幸福な冬を過ごした．出産が1ヶ月後にせまった3月，二人は病院のあるローザンヌに移った．ある朝3時ごろキャサリンは陣痛を訴え，入院する．お産は長びき，帝王切開ののち生まれた赤ん坊は，へその緒が首に巻きつき死産となった．そしてキャサリンも出血多量で死ぬ．外には雨が降っていた．

【名句】I'm not afraid. I just hate it.「死ぬのは怖くないの．ただいやなだけ」　　　（奥村）

◇重要作品◇

天使よ故郷を見よ　*Look Homeward, Angel*（1929）

トマス・ウルフ　　長編小説

教養小説　「埋もれた人生の物語」（A Story of the Buried Life）という副題がついている．自伝的な教養小説であり，「読者へ」と題する前書きにおいて，作者は「すべて真摯な小説は自伝的である」（...all serious work in fiction is autobiographical.）と述べている．

故郷家族　ユージーン・ガント（Eugene Gant）は1900年ノースカロライナ州西部の風光明媚な街アルタモン（Altamont）に生まれる．父オリヴァー（Oliver）は先祖譲りの生への飢餓と放浪への夢想をかかえた墓碑石材商，母エライザ（Eliza）はこれまた親譲りの勤倹と蓄財の意志に貫かれたもと学校教師であり，ユージーンは10人兄姉妹の末子だった．情熱家と締まり屋という取り合わせのこの夫婦はあまり幸福なものではなかった．1904年のセントルイス万国博覧会に際してエライザは子供たちを引き連れて現地に乗り込み，ホテル業で一儲けし，その後はアルタモントの街で不動産を買いあさり，ディキシーランド（Dixieland）という下宿屋を営み，素性のいかがわしい連中を住まわせ，自らも子供たちともども移り住む．全精力を事業経営に注ぎ込むエライザは家族のなかにひずみを生じさせる．なおざりにされた夫オリヴァーは絶望の果てに酒乱と毒舌に明け暮れる日々を送るし，母性愛に飢えた子供たちの苛立ちはいっそう深刻である．ユージーンが最も頼りにしていた兄ベン（Ben）は薄情な母を呪いながら肺炎で悶死する．

門出　ユージーンは学校に上がると旺盛な知識欲を発揮し抜群の成績を収め，校長レナード（Leonard）夫妻の愛情を一身に集める．夫人マーガレットは彼にとって理想の教師であるばかりか理想の母であった．彼女にとってもユージーンが理想の生徒であったことは言うまでもない．ラテン語をマスターし英米文学の古典を読破した彼は，大学はオックスフォードかハーヴァードを希望したが父の許しを得られず，州立大学に入学し，ここでも早速頭角を現わす．195センチの巨漢に成長した彼は旅先で童貞を失い，悪友たちの挑発に乗って悪所通いも経験する．帰省中にディキシーランドに滞在するローラ（Laura）という年上の女性と恋に落ちる．ブランコに腰掛けて語り合うといった清純な関係であったが，彼女はほんの数日後に戻ると言い置いて，しかし泣きの涙でヴァージニアへ去った後，一年前からの婚約者と結婚したという手紙を寄こし，彼に失恋の痛手を与える．兄たちもそうなのだが，彼がいつも年上の女性にばかり惹かれるのは恋人に母なるものを求めるからであろう．米国が第1次大戦に参戦するとヴァージニア海岸の工業地帯が軍需景気で活気づく．彼は自立の意思に目覚め，同時にローラの面影を追ってこの地方へ赴き，危険を冒して様々な雑役に従事する．卒業式では全学きっての名物教授からたぐい稀な逸材と絶賛され，参列した両親を喜ばせる．ユージーンはハーヴァード大学の大学院に進むことに決まるが，出発を前にして父の店のポーチに所狭しと並んでいる天使の像の間で夭折した兄ベンの亡霊と対話を交わす．「お前は何を見つけたいのだ」「自分をさ．それに飢餓感から解放される幸せな国を」…「ベン，世界はどこにあるんだ」「どこにもありはしない．お前こそがお前の世界だ」

【名句】A stone, a leaf, an unfound door.「石一つ、葉一つ、見つからない扉一つ」（寺門）

◇重要作品◇

橋　*The Bridge*（1930）

ハート・クレイン　長編詩

一大叙事詩　詩人の遺言　1923年に執筆が開始され，30年に出版されたハート・クレインの代表作．20世紀アメリカ文学における一大叙事詩と言われ，また，アメリカへのクレインの遺書とも言われる．もともと，彼は，アメリカを神話的に統合する詩を書こうとした．ブルックリン橋が象徴的な「橋」として，建設的な未来やアメリカ独自のアイデンティティを示す．アメリカの理想である「自由」や「夢」は，人びとへ，過去へ，未来へと架橋される．ブルックリン橋は，この長編詩『橋』の始まりと終わりをアーチのように結びながら，人間の創造力を示し，過去と未来をつなぐ希望である．言い換えれば，「橋」とは，かつて詩人の経験した真理と力だけでなく，取り戻すべき理想をも象徴している．

アメリカへの架橋　テーマは，近代化し工業化し高技術化するアメリカ，とりわけ，都市をほめ讃えることにあるが，アメリカとその精神を，歴史的・思想的視点を含めて多層的，全体的にうたう．基本的に，技術革新や機械文明の持つ肯定的な面を見ているようだ．構成は，「ヨブ記」からエピグラフが取られ，序詩，第1章「アヴェ・マリア」（Ave Maria），第2章「ポウハタンの娘」（Powhatan's Daughter），第3章「カティ・サーク」（Cutty Sark），第4章「ハテラス岬」（Cape Hatteras），第5章「3つのうた」（Three Songs），第6章「クェーカーの丘」（Quaker Hill），第7章「トンネル」（The Tunnel），そして，第8章「アトランティス」（Atlantis）となっている．歴史的な事実への言及もふんだんに行なわれるが，歴年でうたうのではなく，平行し錯綜しながらイメージが拡大し飛躍する．題材は，技術革新の代表としてブルックリン橋や地下鉄などを取上げ，アメリカ文学や歴史からは，コロンブス，ポカホンタス，リップ・ヴァン・ウィンクル，ポウ，ホイットマンなどに言及する．

分かれる評価　出版当時から評価が分かれる．否定的な意見は，作品として統一性が欠如し，難解で誇張表現が多く感情的であると言い，肯定的な意見は，輝かしい才能の迸りを高く評価して『橋』を20世紀の最高傑作と見なす．クレインの発想は，誇大妄想的で不調和な面があり，また，改訂や見直しの点で不十分であるが，しかし，「アメリカ」や人間に対して，抽象的だが絶対的な信頼を置く点や，モダニズムの巨人T・S・エリオットやパウンドに対して詩的に挑もうとした点などが評価されるべきだろう．詩人ハート・クレインとは，ホイットマンの試みを愚直に引き受けて破綻した者であり，エリオットやパウンドたちを目指しながら，彼らの特徴を混成した失敗作の執筆に終始した詩人なのかもしれない．

【名句】—One Song, One Bridge of Fire! Is it Cathay, / Now pity steeps the grass and rainbows ring / The serpent with the eagle in the leaves…? / Whispers antiphonal in azure swing.（Atlantis）「かけがえのない歌　かけがえのない炎の橋が！　キャセイよ，／憐れみが草を浸し　虹が／葉のなか　鷲と蛇とを取り囲むのか…？／交唱する囁きが青空で揺れる」（アトランティス）

（渡辺）

◇重要作品◇

死の床に横たわりて　*As I Lay Dying*（1930）
ウィリアム・フォークナー　長編小説

貧乏白人一家の埋葬旅行　バンドレン（Bundren）家の葬儀と埋葬旅行が物語の枠組みをなしている．母親アディー（Addie）が死に，彼女の遺言に従って，夫アンス（Anse）と5人の子供たちは40マイル離れたジェファソンの町にある彼女の実家の墓地に埋葬するために騾馬に引かせた馬車で出発する．7月の炎天下で遺体は腐臭を発し，一家はさまざまな苦労のすえ目的地に到達する．この多数視点の実験小説において，49の断章に分断された人物たちの独白はそれぞれの人物の限定された主観的な認識であり，家族と隣人と友人からなる15人の人物たちは，それぞれ自分だけの内密の世界をもっている．常識的な長男キャッシュ（Cash）は母がまだ息のあるうちから棺つくりに精を出し，長女のデューイ・デル（Dewy Dell）は瀕死の母を長時間扇ぎ続けるが念頭にあるのはお腹の子供をどう始末するかということだ．知恵遅れの末子ヴァーダマン（Vardaman）は母親の死を釣ってきた魚と同一視して「母ちゃんは魚だ」と言い，息ができなくて可哀想とばかり棺に錐で穴をあけ顔を傷つける．千里眼の持ち主である次男のダール（Darl）は気に入らない母思いの三男のジュエル（Jewel）を山へ薪をとりに連れ出す．彼はこの弟が母の牧師との浮気の産物であり，それが母から特別愛されている理由であることを見抜いている．山道を歩きながら彼は母の臨終の場面を幻視（透視，霊視？）して，「いまお袋が死んだ」とジュエルに告げる．

水難と火災　一家を襲った第一の苦難は洪水で橋が流されている川を渡ることであった．この作業中に騾馬が死んでしまい，ダールは母の形見としてかわいがっていた自分の馬を売って代わりの騾馬を買ってくる．あわや棺からとび出して流されそうになった遺体を救い出すのも彼である．第二の苦難は宿泊した納屋の火災である．火炎の中に敢然と飛び込んであわや火葬されそうになった棺を担ぎ出すのは，これまたジュエルである．この火災はダールの放火によるものであった．

大役を終えて　埋葬がすむと，超能力と一緒に授かったダールの狂気が顕在化し，彼はジャクソンの精神病院に収容される．そして父親はデューイ・デルが中絶薬を買うために恋人のレイフ（Lafe）から預かってきた金を横取りして若返りのための入れ歯を購入し，ちゃっかり新しい女を口説き落として「わしの女房だ」（This is Mrs. Bundren.）といって子供たちに紹介する．

死者の語り　『響きと怒り』では白痴のベンジーが語ったが，ここでは死者アディーが語りだすことで読者を驚かす．もっぱら他者の語りの中に登場する彼女は，ただ1章においてだけ語る主体，考える主体になる．

【名句】I could just remember how my father used to say that the reason for living was to get ready to stay dead a long time.（Addie）「いま思い出せるのは父がいつも言っていた，人が生きている理由は何かというと長いあいだ死んだままでいられるための覚悟をきめることだ，という言葉くらいだ」（アディの独白）　　　　　　　　　　　　　　（寺門）

◇重要作品◇

花咲くユダの木　*Flowering Judas*（1930）

キャサリン・アン・ポーター　短編小説

現代人の精神の不毛　ポーターの第一短編集の表題作で，作者自身，傑作と認めた作品．政治・経済情勢の不安定な1920年代のメキシコを舞台に，外からこの世界に入ってきた欧米人を描く作品の一つ．内側からメキシコ文明を描く「マリア・コンセプシオン」とは対極をなすこの作品の主題は，現代人の精神の不毛である．表題は，退廃した現代文明をうたったT・S・エリオットの「ゲロンチョン」（Gerontion）の詩句（「みずきと栗と蘇芳（すおう）の花咲く腐敗の5月に」）に拠る．ヒロインのローラ（Laura）は情熱も感覚も失ったこの詩の老人になぞらえられている．ローラの精神の不毛を分析した「花咲くユダの木におけるシンボルとテーマ」（1947）と題するレイ・B・ウエスト二世の解釈が知られている．

外界との接触を拒否して　ローラは22歳になる美しいアメリカ娘である．メキシコの革命家ブラジョーニ（Braggioni）の世話になりながら，革命家の間を走り回って援助活動に従事する傍ら，メキシコの子供たちに英語を教えている．妻と別居中のブラジョーニは，1ヶ月もの間，毎晩，ローラを訪れてくる．ほかにもローラに関心を示す男たちは多く，夜ごとローラの部屋の窓の下で唄をうたい，詩を書きつけていく．ローラは戯れに彼らに向けて蘇芳の花を投げ，相手の心をもてあそぶようなことを平然とやってのける．そんなローラは，毎日英語を教えている子供たちとも一向に馴染めずにいる．生まれながらのカトリック信者でありながら，革命の闘士たちに陰口をたたかれるのを恐れて，人目を避けて御堂に入る．それなのに，機械編みのレースを身につけることを拒むのは，機械を神聖視する革命家たちに対するひそかな反逆なのである．「大食漢で肥満体の革命家ブラジョーニは，ローラにとって，あまたの幻滅のシンボル」と化してしまっている．どうみても，革命家とは「やせぎすの，英雄的信念に燃えた，深遠な美徳の持主」であるべきなのだ．こうしてローラは，現実と理想の間のずれに裏切られたとの思いを強くし，この状態から逃れる道はないのだと思えてくる．ローラは外界との接触を一切拒否して身の安全を確保しようとする．だが外界から距離を置くことによって周囲に真空状態が生まれ，精神ののびやかな成長が阻害されている．

愛による救いの可能性　ブラジョーニもまた「人生に傷ついた」男であるが，自己愛と人類愛の持主である．1ヶ月後に帰宅したブラジョーニの足を妻が手で洗う．一方ローラが届けた麻薬の飲み過ぎで同志ユージーニオ（Eugenio）が獄死する．愛あるが故に一方は救われ，他方はなんぴとにも愛を注げぬ故に，本来なら同志の苦しみを和らげるはずの助力が相手を裏切る結果に終わってしまう．ローラは夢の中で，ユージーニオからの「人殺し！人食い女！俺の肉と血だ」との言葉とともに，キリストを裏切ったユダが処刑された木と伝えられる蘇芳の血のしたたりを連想させる赤い実を食べさせられる．目を閉じればきまってこの悪夢に取り憑かれるローラにとって，眠りすら救いとはならないのである．　　　　（武田）

◇重要作品◇

喪服の似合うエレクトラ　Mourning Becomes Electra（1931）
ユージーン・オニール　戯曲（3部）

過去の呪縛　表題が示唆するように，ギリシャ悲劇『オレステイア』3部作の枠組みを使い，マノン家の当主エズラ（Ezra Mannon）はアガメムノン，その妻クリスティーヌ（Christine）はクリュタイムネストラ，長女ラヴィニア（Lavinia）はエレクトラ，その弟オリン（Orin）はオレステスというように対応している．舞台は南北戦争直後のアメリカ東部，由緒あるニューイングランドの死にとりつかれた名家に置きかえられ，神なき世界の悲劇を描く．

第1部：「帰郷」(Homecoming)　ラヴィニアは，60年仕えている下男のセス（Seth）の話から，家に出入りしているアダム・ブラント（Adam Brant）船長が大叔父に似ていること，大叔父がカナダ人の乳母を身籠もらせ，祖父から絶縁された経緯などを知り，鎌をかけてブラントの正体を突き止める．母親の身分を侮辱されたブラントは，絶縁は祖父の嫉妬ゆえの報復だと反論し，貧窮に苦しむ家族をマノン一族が見殺しにした恨みを吐露する．さらに，ラヴィニアは母親にブラントとの不義を問い詰める．クリスティーヌには夫への愛はなく，心臓発作に見せかけて夫を毒殺しようと計画する．戦地から帰還したエズラは，妻との関係を修復しようとするが，クリスティーヌは不義を告白して夫を動転させ，殺人計画を実行に移す．ラヴィニアは母親の計略を悟り，父親の亡骸に母親への復讐を誓う．

第2部：「追われる者たち」(The Hunted)　エズラの死から2日後，戦争で心身共に傷ついたオリンが帰還する．オリンは，姉ラヴィニアが手紙で知らせた不倫疑惑を母親に訊くが，はぐらかされる．正義の裁きを求めるラヴィニアは，母親がブラントと共謀して父親の殺害を仕組んだと教え，弟の復讐心を煽る．そして母親とブラントの密会を弟に目撃させ，強盗殺人に見せかけてブラントを銃殺させる．クリスティーヌが愛人の後を追い，エズラの書斎で拳銃自殺を遂げると，オリンは母親を自殺に追い込んだ罪悪感に苛まれる．

第3部：「憑かれた者たち」(The Haunted)　1年後，オリンは姉と旅行から戻るが，母親を失った喪失感と罪の意識に苦しむ．ラヴィニアは自分たちの行動を正当化し，結婚して愛に満ちた新しい人生を始めると宣言し，喪服を脱ぎ捨て，かつて母親が着た緑色のドレスを着る．1ヶ月後，オリンは独り亡父の書斎で祖父の代まで遡ってマノン家の犯罪史を執筆し，封書にして許婚のヘーゼルに託すが，姉に見つかる．オリンは母殺しの罪の裁きを受けるように姉に訴えるが，死んで欲しいと言い返され，書斎で母親と同じように拳銃自殺する．オリンの葬式の日，ラヴィニアはピーターに結婚をせまるが，ピーターを思わずアダムと呼んでしまい，マノン家の亡霊たちの呪縛から逃れられない宿命に観念し，結婚を断念する．再び喪服姿となったラヴィニアは，「私はマノン家の最後の一人．私自身を罰しなければ．死や牢獄より，ここで死者と暮らすことほど厳しい正義はない」（I'm the last Mannon. I've got to punish myself! Living alone here with the dead is a worse act of justice than death or prison!）と言い，屋敷の中で一族の穢れた罪を贖う決意をする．　　　　　（逢見）

◇重 要 作 品◇

これら十三編　*These 13*（1931）

ウィリアム・フォークナー　短編集

　このうち特に有名なものは以下の通り．

「**赤い葉**」（Red Leaves）殉死の慣習のあるインディアン部族の物語である．のちに首長になるドゥームは若いときニューオーリンズでいかがわしいフランス人からさまざまな白人の文化を教えられ，それをグロテスクな形で模倣・反復するようになった．その一つが黒人奴隷を所有することであった．ここから彼の堕落が始まった．ドゥームという名は du Homme（the Man）というフランス人からもらった呼び名が崩れたものだが，奇しくも彼の宿命（doom）を象徴している．殉死の役割は黒人の従者が負うことになる．ドゥームが身罷ると彼の身の回りの世話をしていた黒人が殉死させられたが，彼は捕らえられるまで3週間逃亡を続けた．そしていまは二代目のイセティベハ（Issetibbeha）が身罷ったのでその従者が何日も逃げ回り，しかしやがて捕らえられる．

「**エミリーへの薔薇**」（A Rose for Emily）グリアソン（Grierson）家の娘エミリーは父親がたいへん厳格だったために男性と交際することができなかった．娘盛りを過ぎたころに父を亡くして天涯孤独となったとき，彼女は父の死を認めることが難しかった．いわば彼女にはここで時間が停まってしまったのだ．市役所から税金の督促がくると，市は父にお金を借りているので，自分は納税の義務を免除されている，サートリス大佐に聞いてください，と答える始末．だが市にはそんな記録もなく，サートリスは前時代の市長で10年前に故人になっていた．あるとき彼女は道路舗装工事のためにやってきた北部人（Yankee）の現場監督ホーマー・バロン（Homer Barron）と人目もはばからず付き合い始め，町の噂になる．二人は結婚するものと思われたが，やがてホーマーの姿は消える．エミリーは薬局から砒素を購入する．グリアソンの屋敷にひどい悪臭が立ちこめ，市の職員が消臭のために石灰を撒布する．時がたって，エミリーの姿も見かけられなくなったとき，人々は彼女の家に入り，彼女の遺体を発見し，二階の開かずの間に腐乱したのちに乾燥してベッドにこびりついたホーマーの遺体を発見する．エミリーは恋人の骸を愛しつづけたのだった．

「**あの夕陽**」（That Evening Sun）長編『響きと怒り』と関連する作品で，まだおさないコンプソン家の兄妹の目に映じた黒人女性ナンシー（Nancy）の姿が描かれる．生活のために体を売った相手の裕福な白人から辱めと暴行をうけ，やくざ者の夫ジーザス（Jesus）の殺意に怯える．

「**乾いた九月**」（Dry September）欲求不満の女性ミニー（Minnie Cooper）の気紛れから実際には起こらなかった強姦事件の濡れ衣を着せられた黒人ウィル・メイズ（Will Mayes）が興奮した白人たちのリンチを受け，死亡する．

　【名句】Alive, Miss Emily had been a tradition, a duty, and a care.（A Rose for Emily）「生前，ミス・エミリーは一つの伝統，一つの義務，一つの悩みの種だった」（エミリーへの薔薇）

　　　　　　　　　　　　　　　　　　　　　　　　　　　　　　　　　　　　　　（寺門）

◇重要作品◇

サンクチュアリ　*Sanctuary*（1931）

ウィリアム・フォークナー　　長編小説

禁酒法時代の物語　大学生ガウアン・スティーヴンズ（Gowan Stevens）とガールフレンドのテンプル・ドレイク（Temple Drake）はオールド・フレンチマンズ・プレイスの近くで道を塞いでいる丸太に車をぶつけて進めなくなり，密造酒製造者の隠れ家に立ち寄る．ガウアンは酔いつぶれたあげく，ひとりで帰ってしまう．納屋にかくまわれたテンプルを性的不能のやくざ者ポパイ（Popeye）がトウモロコシの穂軸で陵辱し，それに先立って彼女を護ろうとしたうすのろ男トミー（Tommy）を射殺する．夜が明けるとポパイは彼女を車に乗せて州境を越え，メンフィス市のミス・リーバ（Reba）が経営する売春宿にかくまい，性の相手役に手下の組員レッド（Red）をあてがって行為を覗き見るという隠微な快楽に耽る．死人が出たという通報をうけた警察は密造酒製造者リー・グッドウィン（Lee Goodwin）をトミー殺しの容疑で逮捕する．

正義の弁護士の活動も空しく　弁護士ホレス・ベンボウ（Horace Benbow）はグッドウィンの弁護を引き受ける．しかし報復の怖さを知っているグッドウィンは自分の無実を訴えるばかりでポパイの名前を出すことをためらう．裁判に証人として出廷したテンプルは殺人も強姦も犯人はグッドウィンだと偽証する．いきりたった暴徒たちは彼を焼き殺す．テンプルはポパイの介在なしにレッドと密会しようとして街に出たところをポパイにつかまり連れ戻され，レッドは罰として殺される．酒場で豪華な葬儀が営まれ，その場で起こった小競り合いのなかで棺が転倒し遺体が転がり出る．ポパイはアラバマ州ペンサコーラに住む母親に会いに行く途中で，レッド殺しと同じ日時に起こった警官殺しの容疑をかけられ，処刑される．彼が先天性梅毒のために障害者として生まれ，性的不能もその症状の一つであったことがあかされる．テンプルは父に連れられてパリ旅行を楽しむ．

映画的手法　フォークナーは金のために考えうる限り最も恐ろしい小説を書いたのだが，出版社の拒絶に遭い，書き直したと言っている．作者のこの言葉が独り歩きしたきらいがある．しかし，「最も恐ろしい」話であることは間違いないとして，出来上がった作品はけっして扇情的な際物ではない．アクションはカメラの眼を思わせるような簡潔で非情な文体でたどられ，残虐な場面と猥褻な場面は極端なアンダーステートメントの技巧によって隠されてしまうばかりか，正義の弁護士ホレスも，法廷で地方検事によって明かされる時まで，凄惨な陵辱が行なわれていた事実に気づかない．「推理小説の中にギリシャ悲劇が侵入したもの」という仏語版に寄せたアンドレ・マルローの序文の言葉は有名である．

題名の意味　サンクチュアリとは密造酒製造者の「隠れ家」であり，処女の肉体という不可侵の「聖所」であり，「わたしの父は判事なの」というテンプルの口癖に表われている階級的な「聖域」「避難所」である．この聖域こそが彼女の罪深い偽証を保護する．

【名句】I cannot stand idly by and see injustice—．（Horace）「ぼくには手をこまねいて不正を見ていることはできない」（ホレスの台詞）

（寺門）

◇重要作品◇

八月の光　Light in August（1932）

ウィリアム・フォークナー　　長編小説

アイデンティティの悲劇　狂信的な白人優位主義者ユーフューズ・ハインズ（Eupheus Hines）は娘ミリー（Milly）の生んだ私生児をクリスマスの晩に孤児院に捨てた．ジョー・クリスマス（Joe Christmas）と名づけられた彼は外見は白いのに黒い血が混じっていると噂され，偶然栄養士の情事を見てしまったことが災いして里子にだされる．養父マッケカン（McEachern）の厳しい躾に耐えた彼は，初恋に破れ養父にいさめられた時，彼を椅子で殴り倒して家出し，ある時は白人として，ある時は黒人として，不確かな出自に悩みながら15年間放浪をつづける．ジェファソンの町外れの製材工場に職を得，独り暮らしの年上の女性ジョアナ・バーデン（Joanna Burden）の邸内の小屋に住みつく．彼女は北部ピューリタンの子孫なのだが，黒人の相談に答える仕事をしていた．やがて二人は愛人関係になる．いったんは情欲のとりこに成り下がりながら一転して神に赦しを乞おうと言い出し，拳銃で威圧した彼女を，ジョーは持っていた剃刀で殺害，邸に火を放って逃げる．

対照的なもう一人の主人公　その同じ日，リーナ・グローヴ（Lena Grove）が身重の体を引きずって子供の父であるルーカス・バーチ（Lucas Birch）を尋ねてアラバマからからやってくる（小説はこの場面から始まる）．ジェファソンの町から2本の煙の柱が見える．その一つは火事の煙である（燃えているのはバーデン邸であることが後に明かされる）．彼女は製材工場にたどり着くのだが，そこでバイロン・バンチ（Byron Bunch）という善良な独身男に会い，彼の話からジョー・ブラウン（Joe Brown）の名で彼と一緒に働いているという男がルーカスに違いないと直感する．しかし無垢そのもののようなリーナに一目惚れしたバイロンは彼女を放埓なブラウンに会わせるのを避け，バーデン家の小屋にかくまい，産婆術の心得のある牧師ハイタワー（Hightower）に助けを求める．南北戦争の夢に取り付かれ，いまは牧師職も奪われて世捨て人のように暮らしている彼は，バイロンの頼みを聞き入れて孤独の城を出る．

賞金稼ぎのためのジョー・ブラウンの密告もあって，逃げたクリスマスはモッツタウンで逮捕され，ジェファソンに護送されるが，脱走し，ハイタワーの家に逃げこむ．ここに登場するのが州軍大尉で過激な愛国青年パーシー・グリム（Percy Grimm）である．ハイタワーのアリバイ証言を尻目に彼はまずクリスマスに銃弾を撃ちこみ，しかるのちナイフで男根を切り取り，「これで貴様，地獄に行っても白人女には手が出せないぞ」と叫ぶ．

同じ境遇の幸せな反復　孫を一目見ようとジェファソンにやって来たハインズ夫妻はバーデン家の小屋に案内され，リーナの出産に遭遇することになる．ハインズ夫人の目の中で，生まれてきた男の子は33年前の新生児ジョーと重なる．最後の章でバイロンと赤子を抱いたリーナは当てもなく，しかし喜々としてジェファソンの町を出てゆく．

【名句】…when they saw what Grimm was doing one of the men gave a choked cry and stumbled back into the wall and began to vomit. 「…グリムがしていることを見たとき，男たちの一人は声をつまらせ，後ずさりして壁にぶつかり，吐きはじめた」　　　　　（寺門）

◇重要作品◇

神の小さな土地　*God's Little Acre*（1933）
アースキン・コールドウェル　長編小説

ジョージアの貧乏白人（クラッカー）一族の物語　タイ・タイ・ウォールデン（Ty Ty Walden）は寒村マリオンの自分の農場で15年も金鉱探しのために穴掘りを続けている．二人の息子バック（Buck）とショー（Shaw），そして二人の黒人に手伝わせて地面をくまなく掘るが成果はあがらない．父の頼みに応じて，娘ジル（Darling Jill）は紡績工場で働く姉ロザモンド（Rosamond）の亭主ウィル（Will Thompson）に穴掘りの手伝いを頼むために，スコッツヴィルにある彼の社宅を訪れる．多淫なジルはさっそくウィルを誘惑，現場を押さえたロザモンドがウィルに発砲するという騒ぎを引き起こす．タイ・タイは一家を引き連れてオーガスタの街で成功している長男ジム・レスリー（Jim Leslie）の家にカネの無心に乗り込む．一家を迎えたジムは弟バックの美しい嫁グリゼルダ（Griselda）にあからさまに言い寄る．スト決行中のウィルを送り返すことになって，ジルとグリゼルダが同行する．その晩ウィルは妻と妹の見守る中で「前々からこの女が欲しかったのだ」とグリゼルダを激しく口説き衣服をずたずたに引き裂いて隣室に連れ込み欲情を遂げる．その翌日，彼は閉鎖中の工場に乗り込んで動力のスイッチを入れることに成功するが，警備員に射殺される．女たちは彼の英雄的な最期にほれぼれとする．マリオンに帰った喪中の一家のもとに，長男のジムがグリゼルダを略奪するためにやってくる．かねてから嫉妬に狂っていたバックはジムを射殺する．「わしの土地が血に汚された」とタイ・タイは嘆く．

貧困と狂気と欲情　背景にあるのは大不況期の貧困問題である．ウィルは会社と対立しているだけでなく組合（AFL＝アメリカ労働総同盟）に対しても不信感を抱いている．自己の存在理由を維持するためにスト続行を自己目的にしている組合のおかげで，労働者の生活が追い詰められているというのが彼の認識である．タイ・タイは二人の息子をまともな生業につかせることを諦めて自らの「黄金熱」（gold fever）に付き合わせている．「科学的」根拠に基づいて仕事を進めていると言いながら，白子（アルビーノ）には黄金のありかを感知する異能があるという迷信を信じて，一人の白子を拉致してくる．この奇妙な狂気をどう説明したらよいのか．西部にも都会にも失望したアメリカの夢が最後に地下世界（＝闇，狂気）を目指すことになったということか．この一家をとらえているもう一つの執着は欲情である．高齢のタイ・タイは息子の嫁グリゼルダの魅力をのべつ幕なしに誉めちぎり，彼女の脱衣場面を暗黙の了承のもとに覗くことを楽しみにしている．また彼は一族たちの性行動を寛容に見守り，挑発さえしている．「神様の思し召しどおりの生き方をするのが，ほんとうの人間の道だ」

誇張と戯画化　すべては誇張され戯画化されて描かれ，それが喜劇的効果を醸し出している．道化役を一手に引き受けるのは郡保安官に立候補していて選挙運動で多忙の身でありながらジルに惚れた弱みで一家の運転手役を何度も引き受けさせられ，しかも望みは叶えられない，太鼓腹のプルートー（Pluto）である．

【名句】It's a pity all folks ain't got the sense dogs are born with.（Ty Ty）「犬が生まれつき持っているような感覚を人間が持ってないというのは残念だ」（タイ・タイ）　（寺門）

◇重要作品◇

ミス・ロンリーハーツ　*Miss Lonelyhearts*（1933）
ナサニエル・ウェスト　長編小説

時代の暗い影　自己と他者との間に生じる孤独という亀裂を，痛切かつ繊細な現代風タッチで悲喜劇的要素，ブラックユーモアを織りまぜながら描いた，この作品には，30年代という不況の時代に象徴される現代社会の暗さと，その中で存在の根を失っていく人間のグロテスクで惨めな姿が描かれ，人間存在そのものの空しさ，機械化された生活のやりきれなさが生々しく提示されている．

偽りのキリスト　「ミス・ロンリーハーツ」は，『ニューヨーク・ポスト・ディスパッチ』紙（架空）の悩みごと相談欄を担当する26歳になる青年記者のペンネームである．寄せられてくる手紙はどれもこれも「ハート形に切るカッター（型）で苦悩の練り粉から切り抜いた」ものばかり．最初は，受けとる手紙の内容に真剣に対応せず，上司のシュライクお得意のキリストの言葉をもじった冗談─「人はパンのみにて生きてはいけない，されば石を与えよ」─よろしき返事を出していた．発行部数をふやすのがねらいの仕事で，彼も社の者も冗談の欄と心得ていたからである．しかし1日30通以上何ヶ月も人生の不幸と苦悩を示す手紙を前にすると，彼はこれを単に滑稽で面白おかしい冗談話と片づけてしまうわけにはいかなくなる．しかも手紙を出すほうは彼を信じきっている．ところが相談される自分自身，これに応えることのできない無力な人間であることを痛感している．仕事にも自分にも挫折感を抱きつつ，自嘲気味の生活をおくるなか，もぐりの酒場に足しげく通う．彼の部屋の壁には，十字架から剥がした象牙のキリスト像が釘で打ちつけてある．しかしキリストは身もだえして苦しんではおらず，単なる装飾品として穏やかな面持ちのままである．どんなにキリストのまねごとをしてもキリストと同じく人々の悩みや苦しみを分かち合えない．

生きる意味そして終焉　次第に彼は他人の身の上相談以上に複雑で救いがたい苦境にみずからが追いこまれ，他人を救うどころか，自分への不信と不毛の生活からみずからを救わなくてはならなくなる．ある日，下肢障害者でガス会社のメーターの検針をしているピーター・ドイルという男の妻から相談の手紙を受けとる．夫人と会い関係を持つ．信仰を持たない者に不倫は罪ではない．恋人のベティが訪ねてきて彼女の叔母がいるコネティカットの農場にさそわれる．ここで初めて彼はベティと結ばれる．都会に戻り，いつもの酒場で例のドイル自身を紹介され，彼から相談の手紙を渡される．酒の勢いもあり，そのままドイルの家に行くと夫人を交えての醜態が始まり，彼はつかみかけていた信念が一気に崩れてゆく．やがてベティが身ごもっているのを知り，彼は結婚のことを考える．仕事も辞め，生きることの意味をまじめに考えてみようとする．初めて彼は自分の中に「岩」を感じ，それは自分自身であり，それが堅固になっているのがわかる．突然ドアのベルが鳴る．ドイルがやってきた．心の確信を予兆する神がつかわした人物と直感し，腕をひろげて近づく彼に向かってドイルの手にした拳銃が暴発する．訪ねてきたベティの目の前で2人は階段を転げ落ちていく．

（佐藤）

◇重要作品◇

北回帰線　*Tropic of Cancer*（Paris, 1934）
南回帰線　*Tropic of Capricorn*（Paris, 1939）

ヘンリー・ミラー　長編小説　姉妹編

『北回帰線』　パリで出版され，アメリカでは検閲に遭い，それぞれ61年，62年まで公刊されなかった．30年代初頭のパリに滞在する中年の作家ミラー自身の生活がもとになっている．一人称のモノローグ形式で，猥雑で滑稽な逸話と詩的・哲学的瞑想が意の赴くままに語られる．貧窮した芸術家である「私」はまず友人ボリス（Boris）の食客となり，そこに住めなくなると英語教授をかねてロシア人亡命者セルジュ（Serge）の家に同居するが，彼の扱っている殺虫剤の臭いに閉口して退散する．それからインド人ナナンティ（Nananty）の住まいに落ち着くが，奇妙な宗教的儀式に付き合わされ，ひどい不潔さに仰天する．次の寄生相手は大作をものしようと夢想しながらさっぱり書かない小説家のヴァン・ノルデン（Van Norden）．この友人の悲しいまでの色情狂ぶりがつぶさに描かれる．最後に「私」は裕福なアメリカ人外交官フィルモア（Filmore）のアパルトマンに救い上げられ，創作に打ち込むことができる．彼が不本意ながらフランス女と結婚する羽目に陥ったとき，「私」は彼から手切り金を預かって彼を帰国させる．しかし「私」はその金を女に渡さず，遊興のために消費する．「私」は時としてあらゆる権威，体制を否定するアナーキスト，時として平然と友情を裏切る無頼漢，時として自分の性的冒険を面白おかしく語る道化者，と賑やかにさまざまなペルソナを演出してみせる．

『南回帰線』　『北回帰線』と同じ形式でブルックリンの青年時代が語られる．「私」はクリスマスに生まれるはずが12月26日に生まれた，1日遅れのイエス・キリストだ．「最大多数の最大不幸を生み出す悪夢」であるアメリカ文明の中に，しかも勤労の倫理で凝り固まった「ゲルマン系の一族」の中に生まれついたことが呪わしい．とはいうもののコズモデモニック電報会社の雇用主任として採用され，目まぐるしく大勢の電報配達人たちを雇ったり，馘にしたりする業務をなかなかうまく処理する．かたわら「卵巣のトロリーカーに乗って」（On the Ovarian Trolley）という巻頭言も暗示するように，同僚のヴァレスカ（Valeska）をはじめ一連の女性たちとの情事，そしてまた友人たちの放蕩生活が語られる．だが父親を探している青年ロイの精神的父親の役割を果たしたりもする．そして最後に，「私」の中の芸術家を引き出してくれる女性マーラ（Mara）にめぐり合い，妻子のある30歳の「私」は「天使」になる，つまり現在の生活を捨てて空に飛び立つ．

ミラー的神秘主義　『南回帰線』の冗舌を支えているのは生命の形而上学である．「私」いわく．「あらゆるものが魂をもっている．…最底の存在である精子にも最高の存在である神と同じ至福の状態がある．神とは完全な意識に到達したあらゆる精子の総和である」

　【名句】*I became an angel. It is not the purity of an angel which is so valuable, as the fact it can fly.*（*Tropic of Capricorn*）「私ハ天使ニナッタ．天使の価値はその清純さにあるのでなく，空を飛べることにあるのだ」（南回帰線）

（寺門）

◇重要作品◇

夜はやさし　Tender Is the Night（1934）

スコット・フィッツジェラルド　長編小説

第1部　ローズマリーの視点　家族とともにリヴィエラ海岸に逗留している著名な精神科医ディック・ダイヴァー（Dick Diver）はデビューしたばかりの映画女優ローズマリー・ホイト（Rosemary Hoyt）の眼に魅力あふれる男性と映った．彼は『父さんっ娘』（*Daddy's Girl*）に主演したこの初々しい娘に体当たりで迫られて戸惑い，父親的に優しく退ける．交際を続けるうちに，彼女は，ディックの優雅な妻がじつは精神を病む人であり，彼は妻に対して夫としてばかりか医者としても義務を負っているらしいことを垣間見る．

第2部　前途有望な若い研究者，しかし……　時間を遡って，チューリッヒの精神病院で名声を確立した若い生真面目なアメリカ人医師ダイヴァー博士が登場する．そんな彼のもとに分裂病に罹ったアメリカの富豪の娘ニコル・ウォレン（Nicole Warren）が訪ねてくる．精神病の治療にはケースヒストリーが欠かせない．問い詰めた結果，父親は妻を亡くしたあと娘を溺愛するあまりインセスト（近親相姦）を犯すことになったと告白する．ディックは危険を承知でニコルの愛情を医師である自分の方に転移させ，治療に成功する．このさき彼女の健康を保つには彼女と結婚するほかなかった．そして富豪の富とともにその病毒をも受け継ぐことになる．1年の休暇をとって長い旅に出，社交界の安逸を楽しむうちに，精神医学研究の世界とは次第に縁遠くなっていく．

　時が流れて，ディックはローズマリーに再会し，慎みを忘れて彼女に言い寄る．すでに成長を遂げて眼の肥えた彼女にとって，彼は過去の美しい思い出を共有する中年男ではあっても，もはや特別の存在ではない．思いやりから彼女は一度だけ彼の望みをかなえてやり，それで二人の関係は終わりになる．そしてこれを境に彼の没落が始まる．

第3部　没落　ニコルがフランスの傭兵トミー・バルバン（Tommy Barban）と浮気を始めたばかりか夫を捨てて駆け落ちする．ディックはアル中がひどくなり，病院も馘になる．彼はアメリカへ帰り，幾つかの病院を転々とし，やがて消息を絶つ．

インセスト　一つ注目すべきは，インセスト（的な関係）がいろいろな形で反復されることである．一見センチメンタルな物語に，作者は冷徹な視線を投げかけている．

二つのヴァージョン　上の梗概はフィッツジェラルドが最初に出版したオリジナル版に基づくもので，陽光あふれるリヴィエラ海岸と若々しいローズマリーの姿が冒頭にクローズアップされ，強い印象を与える．これまでに出た日本語訳はマルコム・カウリーが編集したいわゆるカウリー版に基づいている．こちらは5部仕立てで，クロノロジカルに（時系列に沿って）物語が進行するようになっている．つまりチューリッヒから始まっている．

　【名句】Eighteen might look at thirty-four through a rising mist of adolescence; but twenty-two would see thirty-eight with discerning clarity.「18歳の娘は立ちのぼる青春の霧を透して34歳の男をおぼろげに見るだけかもしれないが，22歳になった娘は38歳の男を分別をもってはっきりと見るだろう」

（寺門）

◇重要作品◇

子供の時間　*The Children's Hour*（1934）

リリアン・ヘルマン　戯曲（3幕）

同性愛を扱うデビュー作　リリアンと愛人関係にあったハードボイルド派の小説家ダシール・ハメット（Dashiell Hammett）の助言で，19世紀にスコットランドで実際に起こった事件をヒントにしたレズビアンに関する問題作で，1934年にブロードウェイのマクシーヌ・エリオット劇場で初演されて，大反響を巻き起こしたリリアンのデビュー作．1936年にウィリアム・ワイラー監督が三角関係のプロットに改作して映画化し，62年には原作通りの同性愛の主題で再映画化した．

少女の嘘（第1幕）　マサチューセッツ州の田舎町にある農家を改造した女学校の教室と居間を兼ねた部屋が舞台．大学時代から親友のカレン・ライト（Karen Wright）とマーサ・ドビー（Martha Dobie）は，共同で寄宿制の女学校を経営し，良家の少女たちの教育に従事していた．カレンが医師のジョー（Dr. Joseph Cardin）と婚約すると，カレンと異常なほど親しかったマーサは動揺する．そんな時，メアリー・ティルフォード（Mary Tilford）という問題の生徒が，嘘をついてカレンに叱られたため，学校を逃げ出す理由を捏造し，彼女を盲目的に愛する祖母のティルフォード夫人の家へ逃げ帰る．

広がる噂（第2幕）　ティルフォード夫人は，メアリーが逃げ戻ったので，学校へ帰そうとするが，メアリーは友人から聞いた二人の先生の噂を誇張し，カレンとマーサが異常な関係にあると告げ，学校へ戻るのが恐ろしいと訴えた．（第1場）

それから2，3時間後の同じ居間が舞台．ティルフォード夫人が，カレンとマーサの噂を保護者たちに広めたので，親たちは子供を学校から連れ帰る．驚いてやってきたカレンとマーサや，ティルフォード夫人からカレンとの婚約解消を勧められたジョーを前にして，メアリーは「大きな音がするものだから，どうしたのかと思って，鍵穴から覗くと，二人がキスしていたので怖くなった」と証言する．しかし実際にはドアに鍵穴がなく，メアリーの証言が嘘ではないかと疑われると，彼女は友人のロザリー（Rosalie）が盗みの罪を犯した弱みにつけ込み脅迫して，噂の出所がロザリーであると言わせた．（第2場）

噂の結果（第3幕）　それから約半年後，舞台は第1幕と同じ学校の居間であるが，窓は閉ざされて廃校も同然の状態である．名誉を傷つけられた二人の女教師は，メアリーの祖母を相手に侮辱罪の訴訟を起こしたが，裁判に負けたのだ．世間の眼は冷たく，二人は外出を避けるようになり，ついにマーサはピストルで自殺する．そこへメアリーの証言が嘘だったことが判明して，ティルフォード夫人が謝罪に来る．名誉毀損の損害請求を全額支払うと言うが，時すでに遅く，マーサは自殺し，カレンは婚約を解消されて，「ただ忌ま忌ましいだけの人生」を生きていかなければならなくなる．

【名句】 ... this isn't a new sin they tell us we've done. Other people aren't destroyed by it.　—Karen, Act 3.　「私たちがしたと言われていることは新しい罪じゃない．そのために他人が破滅するわけじゃないもの」（カレン）

（荒井）

◇重要作品◇

化石の森　*The Petrified Forest*（1935）

ロバート・E・シャーウッド　戯曲（2幕）

文明社会の縮図　「知性と暴力の対峙」「自然破壊」「生命力」といった21世紀にも通じる文明社会の諸問題にメスを入れた戯曲．1930年代のアメリカを舞台に，多様な登場人物を介し，「ミクロコスモス」として世界を象徴的に描き出している．作品の背景には，当時台頭していたファシズムや軍国主義の脅威がある．レスリー・ハワード，ベティ・デイヴィス，ハンフリー・ボガートの主演で，1936年に映画化．

砂漠の食堂（第1幕）　メサ（頂上が平らで周囲が急な崖になっている岩石丘）が点在するアリゾナ砂漠の道沿いに，"Black Mesa Bar-B-Q"が一軒建っている．給油所に隣接するこの小さな食堂の先には，「化石の森」が広がる．店を営むジェイソン（Jason）は第1次世界大戦の退役軍人で愛国精神の持ち主である．娘のギャビー（Gabby）は元気に店を切り盛りするが，本当はハンバーグやガソリンの匂いにも砂漠にもうんざりしており，こんな閉鎖的な土地から飛び出して，母親のいるフランスで絵の勉強がしたいのだ．店のオーナー，グランプ（Gramp）は孫の夢には理解がなく，客を相手にビリー・ザ・キッドの英雄談を繰り返すだけの時代遅れの開拓者だ．ギャビーに熱を上げる店員のボーズ（Boze）は，フットボールの元花形選手だが，今は新聞に載った自分の記事をポケットに，アメリカン・ドリームを追いかけるだけだ．そんな平凡な日々が繰り返されていたある日，ヨーロッパ帰りのアラン（Alan）が店の扉を開ける．自己を喪失したこの知識人は，死ぬ場所を求めて「うつろなる人」のごとくさ迷い歩いて来たのだ．アランに不思議な魅力を感じたギャビーは，フランスへ駆け落ちしようと提案する．そこに黒人の運転手を従えた大富豪のチザム（Chisholm）夫妻が立ち寄り，アランも同乗することになる．ここは人が来ては去っていく通過地点．新風が吹き込んでもすぐ元の単調な生活に戻る．いっそボーズの誘惑に身を任せ，未知の世界に足を踏み入れようとギャビーが決意した矢先，脱獄してきた無法者のデューク（Duke）一味が店に押し入る．車を奪われて店に戻ったアランも人質になってしまう．

存在の証（第2幕）　緊張感が漂う中でチャンスを狙っていたボーズはデュークに襲いかかる．計画は失敗したが，アランは命を顧みないボーズの行動力に目覚め，生命保険金でギャビーの夢を叶えることが自分の存在した証になると悟り，デュークに殺してくれと頼む．自分はデュークと同様，「化石の森」に葬られるのがふさわしいと言う．やがて保安官との銃撃戦が始まり，ギャビーを愛していると告白したアランの願いは，デュークによって達成される．知識人のアランは死に，無法者のデュークは逃げ延びる．まるで世の中を映し出すかのように．しかし，ギャビーはアランを前にフランソワ・ヴィヨンの愛と生命賛歌の詩を力強く謳い上げる．

【名句】Thus in your field my seed of harvestry will thrive— / For the fruit is like me that I set—.... / God bids me tend it with good husbandry: / This is the end for which we twain are met.「君の畑に私の種は実るだろう／その実は私の分身／慈しみ育てよと神は命ずる／そのために二人は出会ったのだ」

(依田)

◇重要作品◇

醒めて歌え　*Awake and Sing*（1935）

クリフォード・オデッツ　戯曲（3幕）

30年代の代表作　1930年代を代表する社会派の劇作家オデッツの代表作で，1935年にグループ・シアターによりベラスコ劇場で初演された．1929年の大恐慌以来，失業と貧困に苦しむ庶民の生活を，社会に対する鋭い批判精神で描いた．シャーウッドの『化石の森』や，A・ミラーの『セールスマンの死』と似た主題を扱った問題作と言える．題名は旧約聖書『イザヤ書』26章19節の「塵にふす者よ，醒めて歌え」（Awake and sing, ye that dwell in dust.）からの引用である．オデッツはこの劇を両親に捧げた．

多彩な登場人物　ニューヨークのブロンクスにあるアパートに住むバーガー（Berger）一家は四人家族．働けども金には縁のない消極的な主人マイロン（Myron），「あたしはこの家の母親であり父親なんだ」と豪語する生活力旺盛で明るい主婦ベシー（Bessie），魅力的な娘のヘニー（Hennie），それにロマンティックで純粋な息子ラルフ（Ralph）．そこにセンチメンタルな理想主義者で，古い映画や名歌手カルーソーのレコードを愛し，マルクスなどを読む祖父ジェイコブ（Jacob）が加わる．さらにジェイコブの息子で事業に成功した大金持ちモーティ（Morty）が出入りする．大戦で片足をなくして以来，信じるものを失った下宿人の青年モウ（Moe）は，唯一の生きがいを密かに愛するヘニーに見出している．

強いられた結婚（第1幕）　娘のヘニーが不義の子を妊娠していることを知った母親のベシーは，世間体を気にして，ドイツやポーランドでは「通りを歩けないほど嫌われている」孤独なユダヤ人の青年サムと，無理に結婚させてしまう．

ラルフの将来（第2幕）　それから2年後，サムは生まれた赤ん坊が自分の子でないとわかり，二人の愛のない結婚は破綻寸前である．それとは対照的に，ラルフは孤児のブランチを純粋に愛しているが，これまた母親が身元の知れないブランチを嫌って，稼ぎ手の息子であるラルフから遠ざけようとする．（1場）

　ラルフの将来に自分の夢を託した祖父のジェイコブが，「若者が今ほどチャンスに恵まれたことはなかった．歴史を作ることだってできる」と言い，この劇の題名になっている聖書の句を引用してラルフを激励する．そして3000ドルの保険証書の受取人をラルフにすると言い残して，雪の夜，屋上から落ちて死んでしまう．（2場）

ジェイコブの言葉（第3幕）　保険局員がジェイコブの死の原因を調査するため，アパートへ来ることになって，この一家は保険書の受取人に関して議論する．母親は一家のものだと主張し，大金持ちの叔父にも思惑があるが，ラルフは祖父に代わって，「お爺さんは金のことで争うために死んだんじゃない．ここに立って言った，醒めて歌えと」と言う．そして母にお金のことを任せ，愛し合っているヘニーとモウの新しい門出を見送るところで幕が下りる．

【名句】Let me die like a dog, if I can't get more from life. —— Ralph, Act 3. 「もっと人生から戴くことができなけりゃ，犬死にも同然にさせてくれ」（ラルフ）　　　　　　　　　　　　　　　　　　　　　（荒井）

◇重要作品◇

レフティを待ちつつ　*Waiting for Lefty*（1935）

クリフォード・オデッツ　戯曲（1幕）

生きた新聞　1935年にニューヨークの市民レパートリー劇場で，グループ・シアターが初演した新進劇作家オデッツのデビュー作で，『ニュー・シアター・マガジン』（*New Theatre Magazine*）が「社会的な意義」を認めて恒例の賞を与えた．30年代に流行した「ストリート・シアター」(street theater)の影響もあって，「アジプロ」(agitprop)演劇と「生きた新聞」(living newspaper)の要素を取り込み，裸舞台(bare stage)と照明効果を使って，観客に直接語りかける手法により，斬新な実験演劇の創造に成功した画期的な作品である．

レフティはどこに　舞台の何もない空間に，六，七人のニューヨーク市のタクシー運転手が半円形に座って，ストライキの相談をしている．組合の書記長は，まだその時期ではないと言って，一同を鎮めにかかるが，ジョー（Joe）という運転手は，ストライキの必要性を主張する．観客席から「レフティはどこにいる」という声がするが，議長を務めることになっている移民の勇気ある組合委員長レフティは，まだ姿を見せない．

ジョーとエドナ　座っている男たちの前の演技空間を除き，舞台が暗くなると，「ジョーとエドナ」(Joe and Edna)の第1エピソードが演じられる．いま演説していたジョーは，二人の子供をかかえて生活苦と戦っている妻のエドナに，「男らしく立ち上がり，泣き叫ぶ子供や妻のために戦いなさい」と説得され，レフティに会いに行く．

大企業と人命　2番目は「研究所助手のエピソード」(Lab Assistant Episode)で，世界大戦が近づいたとみた実業家が，「人命にセンチメンタルになってみろ，いかなる大企業もやっていけなくなる」と言って，研究所の助手を買収し，新型毒ガスを研究している科学者の仕事をスパイさせようとするが，助手はきっぱりと拒絶する．

エピソードの集積　3番目は「若い運転手とその恋人」(The Young Hack and his Girl)で，フローレンス（Florence）という娘が，タクシーの運転手と恋をするが，病気の母や海軍に入隊した兄は，貧乏な運転手との結婚に反対するので，3年間も婚約したまま結婚できずにいる話．4番目は「労働スパイ」(Labor Spy Episode)で，スト反対の熱弁を振るう書記長に同調する演説を始めた男が，実は会社側のスパイだったという話．5番目は職を探す「若い役者」の話．6番目は「インターンのエピソード」(Interne Episode)で，ユダヤ人であるがゆえに，赤字続きの病院を真っ先に馘になる有能なインターンの話である．

レフティの死　最後にエイゲット（Agate）という組合員が，「労働者階級よ，団結して戦おう」(Working Class, unite and fight!)とプロパガンダ演説をしているとき，レフティが車庫のうしろで頭を撃たれて死んだという知らせが入る．これがきっかけとなって，舞台と客席のタクシー労働者が立ち上がり，ストライキ決行を連呼するうちに幕がおりる．

【名句】The time ain't ripe. Like a fruit don't fall off the tree until it's ripe. —— Clayton, Labor Spy Episode.「まだ時期が熟していない．果物のように，熟すまでは木から落ちるな」（クレイトン）

（荒井）

◇重要作品◇

ウィンターセット　*Winterset*（1935）
マクスウェル・アンダソン　戯曲（3幕）

成功した詩劇　マサチューセッツ州で，イタリア生まれの無政府主義者が強盗殺人事件で逮捕され，証拠不十分のまま死刑になったサッコ＝ヴァンゼッティ事件（The Sacco-Vanzetti Case）に触発されて書かれた詩劇．アンダソンは，散文は情報を伝える知的言語，韻文は感情を伝える言語であると考え，この戯曲では無韻詩を用いて，悲劇の高みを極めようとしている．『ハムレット』や『ロミオとジュリエット』を髣髴とさせる部分もあるが，初演当時から，全体の印象としてはメロドラマに過ぎないという指摘もある．しかし詩劇という形式，時宜を得た題材により195回の上演を重ね，第1回ニューヨーク劇評家賞を受賞している．

事件の真相を求めて　舞台はニューヨーク，イースト・リヴァー沿いのスラム街．トロック（Trock）とシャドー（Shadow）は，かつて金目当ての殺人を犯したが，無政府主義者であった男が代わりに逮捕され，無実のまま死刑に処せられた．最近この事件の再調査が始まり，2人は殺人現場の唯一の目撃者で，裁判では証言をしなかったガース（Garth）に口止めをする．一方，処刑された男の息子マイオウ（Mio）は父の無実を信じ，汚名を晴らそうと動き出す．彼は偶然出会った娘ミリアムネ（Miriamne）に恋し始めるが，彼は彼女がガースの妹であることを知らない．

怒りと憎しみと愛の狭間　一方この事件を裁いたゴーント判事（Judge Gaunt）は再調査の知らせに動揺し，自分の下した判決の正当性をガースに主張する．ゴーント，ガースは互いの安全のため，沈黙を守ることで合意する．そこへガースを訊ねて来たマイオウは，ゴーントの顔を思い出し，父を死に追いやった張本人だと責め立てるが，ゴーントはお前の父親は無政府主義者で社会の危険分子だったと，自分の正当性を主張する．そこにミリアムネが登場し，マイオウは彼女がガースの妹であることを知り，ショックを受ける．真犯人への怒り，判事への憎しみとミリアムネへの愛，彼女の家族への思いの間でマイオウは苦悶する．

悲劇的な結末へ　マイオウの復讐心はミリアムネの愛により変化し始めるが，憎しみが完全に消えたわけではなく，苦悩はなおも続く．「生まれたときからつきまとっていた憎悪，恐怖，死の暗い影の中から立ち上がれそうだ，そして希望の中で生きる人生をつかめそうだ，しかしそれは僕の中ではまだ未熟で，僕は自由になれない，許せないんだ！　教えてくれ，どうやって生き，憎しみを忘れるのか！」(I think I'm waking/ from a long trauma of hate and fear and death / that's hemmed me from my birth—and glimpse a life/ to be lived in hope—but it's young in me yet, I can't / get free, or forgive! But teach me how to live / and forget to hate!")「お父さんなら許していたでしょう」というミリアムネの答に，マイオウは新たに生きる決意をし，彼女に教えられた安全な道で逃げようとするが，すでにトロックにより配されていた手下により射殺される．ミリアムネは立ち上がり，真実を知らせようと大声で叫ぶが，マイオウ同様殺害される．最後にミリアムネの父親が美しい無韻詩で，『ロミオとジュリエット』終幕のエスカラス（Escalus）のように，二人の死を悼む．

（水谷）

◇重要作品◇

詩選集 *Selected Poems*（1935）

マリアン・クレイグ・ムア　詩集

博物学的描写　ムアを主要詩人として位置付けた詩集．エリオットが編集，出版に携わり，英米で同時に出版された．30年代前半に書かれた詩のほか，第2詩集『観察』に収められた詩を集める．動物や植物にしばしば題材をとった30年代の詩は，博物学や動物学などの専門的な知識を用いており，一部の批評家から博物学的描写は詩として適切でないとの批判を受けたが，本詩集はムアの動物詩の代表作を数多く収めている．序文を付したエリオットは，「我々の時代に書かれた詩で読み継がれるのはわずかだが，そのなかに含まれる」と述べ，特に，独創的な感覚，鋭敏な知性，深い感情を称えた．

「詩」（Poetry）「私だって，好きじゃない」と，まるで詩嫌いの読者に同意するかのように語り始めながらも，逆説的に詩の弁護をする．しかし単に既存の詩を擁護するのではなく，詩の理想像を打ち出している．詩とは，詩人が「想像力の直訳主義者」（literalists of / the imagination）となり，「本物のヒキガエルのいる想像上の庭園」（imaginary gardens with real toads in them）を創り出して初めて実現されるものだという．詩は決して容易ではないが，当面は，素材そのものと本物を詩に求めるとすれば，それこそが詩に関心のある証拠だ，と冒頭に想定された詩嫌いの読者を詩の魅力に誘い込む．19年に『アザーズ』（*Others*）誌に発表された後，修正と改作を繰り返し，複数の版が出版されている．30行のものから3行のものまであり，また音節律と自由韻律の両方で書かれている．その修正の過程は，ムアの詩作方法や，この詩の主題である詩そのものが流動性をもつことを示唆している．

「トビネズミ」（The Jerboa）トビネズミ，バジリスク，センザンコウなど，30年代の詩は珍奇な動物に題材を求めている．その動物詩の特色は，動物を擬人化し人間の型として扱うのではなく，周囲の環境に対する適応能力と自己防衛の術をもつ威厳に満ちた対象として，また完全なる他者として扱う点にある．代表作「トビネズミ」は，「過剰」（Too Much）と「充満」（Abundance）の2部からなる．前半部分では，利己的で強欲な人間の文明の歴史を描き，後半部分では，身軽で自給自足の動物トビネズミを描く．二つの対照的な描写を通して人間中心主義への批判が行なわれる．動物学的知識に基づいてこの小動物の身体と行動を細部まで観察する一方，その足をチッペンデール様式の家具の脚に見立てるなど，奇抜だが正確な比喩を用いている．

【名句】Its leaps should be set / to the flageolet; / pillar body erect / on a three-cornered smooth-working Chippendale/ claw-propped on hind legs, and tail as third toe, / between leaps to its burrow.（The Jerboa）「その跳躍が奏でるのは／フラジョレットフルートの調べ／ぴんと胸を張り／チッペンデール風三脚のなめらかな／爪の上に　すっくと立ち上がる——後ろ足2本と真ん中のしっぽでバランスをとりながら／巣穴に帰る跳躍の合間に」（トビネズミ）

（関口）

◇重要作品◇

秩序の観念　Ideas of Order（1935）

ウォレス・スティーヴンズ　詩集

余裕の生活
余裕の詩
　第1詩集『ハルモニウム』を出版した後，スティーヴンズは肥満と高血圧による体調不良，1924年に誕生した長女ホリーの養育，保険会社の仕事などのせいで，しばらく詩が書けない状態にあった．しかし33年から34年には再び旺盛な創作意欲を取り戻し，第2詩集『秩序の観念』をまず35年に限定版で，翌年には3作を新たに加えてクノップフ社から普及版を出版する．再び詩を書けるようになった背景には大恐慌にもかかわらず本職の保険業が順調に行き，彼自身32年に立派な邸宅を購入し，34年には副社長に就任して生活に余裕が出来たことが挙げられる．余裕から生まれる詩とは何かという新しい問を孕むこの詩集によって，スティーヴンズは重要かつユニークな詩人としての評価を得た．しかし，一部の批評家からは，抽象的，自己充足的そして芸術至上主義的だと批判をうけた．おりからのマルクス主義的な批評や芸術運動の影響もあり，民衆が経済破綻で苦しみ，国際的にはファシズムが台頭しつつある現実を前にして，彼の作品は政治や社会から目をそむけ，無力だと批判された．それに対しスティーヴンズは，普及版を出版する際，この詩集の作品は純粋詩であり，詩人は社会の中で想像力の体現者であるべきだ，そして生活が現実的になればなるほど想像力を喚起するものが必要である，という趣旨の文章をわざわざカバーに書いた．分量は前作『ハルモニウム』の約半分で，作風も形式上実験的な作品が少なくなり，より思索的である．

「**キーウェストにおける秩序の観念**」（The Idea of Order at Key West）詩人は，想像力によって現実に秩序を与え，現実を支配するというスティーヴンズの詩学上の信念を主題にすえた作品．彼は『ハルモニウム』においてすでに想像力と現実の問題を追及していたが，そこでは，想像力を働かせる素材としての現実に重点が置かれており，具象的な表現も豊かであった．しかし『秩序の観念』からは次第に，抽象的な観念，思弁が詩の題材そのものになる傾向を強め，やがて詩についての詩が彼のライフワークとなっていく．その意味でこの作品はスティーヴンズにとって1つの転換点となっている．キーウェストという特定の舞台設定や風景描写にもかかわらず，現実感が前面に出ることはなく，海に向かって歌う女性を見た語り手が，その歌の意義について自問自答を繰り返し，またラモン・フェルナンデスなる人物に問いかける．語り手にとって，海の作り出す音は，自然そのもの，つまり混沌に過ぎないが，女性の歌は，精神と言葉を通して，海という自然を秩序だったものに作り変える．彼女は詩人の理想像であり，その歌を聞き，感化され高揚した語り手は，夕暮れの港町や漁船の灯火が海と夜の風景に秩序を与えるのを感じる．基調はブランク・ヴァースである．

　【**名句**】Oh! Blessed rage for order, pale Ramon,/ The maker's rage to order words of the sea, (The Idea of Order at Key West)「青ざめたラモンよ，おお，秩序を求める幸福な熱狂／海の言葉を秩序づけようとする作り手の熱狂」（キーウェストにおける秩序の観念）

（笠原）

◇重要作品◇

デッド・エンド　*Dead End*（1935）

シドニー・キングズリー　戯曲（3幕）

リアルな スラム街　1935年にベラスコ劇場で初演されて，約2年間のロングランを記録した問題作で，大都会のスラム街に住む人々が，ひどい環境の犠牲になる様子を迫真のリアリズムで描いている．この劇に登場する大勢の子供たちは，ニューヨークの演劇学校の生徒によって演じられ，彼らはウィリアム・ワイラー監督による1937年の映画化作品にも出演し，「行き止まりの街路の子供たち」（Dead End Kids）として知られた．

デッド・エンドの淡い夢　ニューヨークのイースト・リヴァーの埠頭で街路が行き止まりになっている「デッド・エンド」には，高台の豪華なアパートの裏に隣接したスラム街がある．ジンプティ（Gimpty）は，この悪い環境に住みながら，奨学金で大学に進んで建築家になった純真な青年で，今は失業中だが，子供たちのための環境改善を真剣に考えていた．彼は向かいのアパートで40歳位の金持ちと同棲している美女ケイ（Kay）と愛し合う仲になるが，貧しいケイは，妻と離婚して結婚したいという富豪に夢を託している．

環境が作る悪の連鎖　そんな時，ジンプティの幼馴染で，殺人犯として指名手配中のマーティン（Martin）が姿を現わす．彼はギャングの一員で，8人殺しの犯人として4,200ドルの懸賞金が掛けられていたが，危険を知りつつ7年ぶりにスラム街へ戻って母と会う．母は息子が殺人犯であることを新聞で知っていたので，相手にしない．マーティンは以前に愛していた女と会うが，彼女は売春婦に落ちぶれて見る影もなかった．そこへ突然捜査官が現われて，マーティンにピストルを突きつける．愛するケイが金持ちの男と結婚しそうなので，懸賞金が欲しくなったジンプティが警察に通報したのだった．マーティンは捜査官の隙を伺ってピストルを取り出し，逆に捜査官を追い詰め，ジンプティにも狙いをつける．そこへ他の捜査官が駆けつけて，マーティンを射殺する．この騒ぎを見ていたスラム街の子供たちは，アパートに住む金持ちの子供をいじめ，時計を取り上げる．その子の父親が出てきて，悪童の親分であるトミー（Tommy）を捕まえようとして，ナイフで傷を負うという事件が起こる．警官は事件の犯人がトミーであることを聞き出して，トミーを追う．

勇気ある決断　その夜，ジンプティはケイを呼び出し，手に入った懸賞金で新生活を始めようと言うが，ケイは断わり，金持ちの男と船旅に出る．トミーは警官に追い詰められ，自首する．トミーの姉は弟を感化院へ送らないで欲しいと嘆願したが，聞き入れられない．ジンプティは，幼馴染のマーティンが殺人犯になったのも，悪い環境の影響だと主張し，彼の感化院入りが悪事に拍車をかけたのだと力説するが，トミーは連行される．ジンプティは泣き叫ぶ姉を慰め，不要になった懸賞金をトミーの保釈金にあてる決意をする．

【名句】... the place you live in is awfully important. It can give you a chance to grow, or it can twist you. ── Gimpty, Act 1. 「環境は非常に重要だ．成長の機会を与えてくれたり，その妨げにもなりうる」（ジンプティ）

（荒井）

◇重要作品◇

金はあの世じゃ使えない　*You Can't Take It with You*（1936）
ジョージ・S・コーフマン，モス・ハート　戯曲（3幕）

商業主義を風刺　風変わりだが本当にやりたい事をして人生を謳歌している一家を描いた喜劇で，コーフマンとハートのコンビの代表作．二人ともブロードウェイでのヒットメーカーであり，職人的な技量を持った作家で，この戯曲もウェルメイド・プレイ（うまく書かれた芝居），アメリカ的な笑劇（farce）の典型である．当時アメリカは1929年の大恐慌後の不安定な時期で，拝金時代の商業主義を風刺し，金は「あの世じゃ使えない」（You can't take it with you.）から人生を楽しもうという精神が観客に受け，837回上演のヒットとなり，ピューリツァー賞を受賞した．文学的な深みはないにせよ，彼らの喜劇はある意味でもっともアメリカで人気のある喜劇群を作り出しており，アメリカ文化を考える上では重要だろう．38年にはコロンビア映画でフランク・キャプラ（Frank Capra）監督によって映画化され，アカデミー賞を受賞している．

自由気ままな一家の生活　舞台はニューヨークに住むヴァンダーホフ一家（Vanderhof）の居間．この一家の暮らしぶりはかなり変わっている．その中心にいるのがおじいちゃん（Grandpa）で，35年前にふと会社に行くのをやめてしまって以来，ヘビを捕まえて飼ったり，散歩やダーツ投げをしたりして自由気ままに暮らしている．娘のペニー（Penny）は劇の執筆に熱中しているが，8年前にタイプライターが誤って届いたのがきっかけという自称劇作家．ペニーの夫ポール（Paul）も居候の男と共に地下室で新型花火の開発に夢中になっている．ポールとペニーの長女エシー（Essie）もキャンディ作りやバレエのレッスンに一所懸命で，バレエ教師のロシア人も家に出入りしている．その他，エシーの夫で印刷工のエド（Ed）は木琴を演奏したり，妻のキャンディの包みにトルストイの言葉を印刷したりして楽しんでいるなど，こうした一家の気ままな生活が居間で繰り広げられる．

実業家一家との対比　一方，エシーの妹のアリス（Alice）だけはまともで，少し困っている様子である．彼女は婚約者のトニー（Tony）とその両親を家に招待しようと考えているのだが，父親のカービー氏（Mr. Kirby）が実業家で仕事一筋，トニーも親の会社の副社長という家庭なので，あまりにも個性的な自分の家族を紹介しにくいのだ．それでもアリスは，まずトニーを家に連れて来て家族に紹介すると，彼は自由な家族の雰囲気を気に入って無事帰っていく．ところがいよいよトニーが両親を連れて訪ねて来る日の前夜，いつものように好きなことをやって過ごしているヴァンダーホフ一家の居間に，トニー親子が日を間違えて訪ねて来てしまう．トニーの両親が一家の暮らしぶりに驚かされていると，エドが冗談で印刷したビラを警察が過激派とみなして逮捕しに乗り込んでくる．しまいには花火の火薬まで発見され，全員逮捕の大騒ぎとなってしまう．後日一家を訪ねたトニーの父親は結婚破談を当然と考えるが，そんな父親におじいちゃんは「金はあの世じゃ使えないよ」と自由な生き方を説く．心を動かされたカービー氏は若い二人の結婚を認め，一家と夕食を楽しく共にするのだった．

（広川）

◇重要作品◇

愚者の喜び　*Idiot's Delight*（1936）

ロバート・E・シャーウッド　戯曲

なぜ戦争が起こるのか　第2次世界大戦勃発の暗雲が垂れ込める中，コメディ（3幕）を織り交ぜてファシズムを批判した反戦劇．誰もが戦争を良いとは思わないのに，戦争が始まるや否や人々はずるずると渦中に引きずり込まれる．個人の力では抗し難い戦争の恐ろしい実態が，オーストリアを舞台にミクロコスモス的に描写されていく．結末の激しい爆撃音と主人公のハリーが奏でる静かなピアノの調べの対比は，身近に迫る戦争の恐怖を増幅させる．ピューリッツァー賞受賞作品．

戦争の前触れ（第1幕）　アメリカ人の二流芸人ハリー・ヴァン（Harry Van）は，六人のコーラス・ガールを連れてバルカン半島から次の巡業地に向かう途中で突然足どめを食う．身を寄せたリゾートホテルの近くにはイタリア空軍の基地があり，ロビーには兵士たちが行き交って物々しい．しかし冬のアルプスは美しく，国境閉鎖の理由が戦争の前触れであることすら感じさせない．新婚旅行でやって来たイギリス人のチェリー（Cherry）夫妻の姿も幸せそのものである．一方，ハリーやドイツ人の癌治療研究者ヴァルダーゼー（Dr. Waldersee）やフランス人の共産主義者キラリー（Quillery）は，立場や主張の違いこそあれ，戦争を繰り返そうとする人間の愚かさに苛立ちと憤りを隠し切れない．なぜ人類は戦争をするのか．そこに軍需資本家のヴェーバー（Weber）が愛人の亡命ロシア人のイァレイナ（Irene）を伴って現われる．チェリー夫妻以外は皆同じ理由でホテルに集まってきたのだが…ハリーは美しいイァレイナの顔にかすかな記憶の糸を辿り始めている．

戦争と真実の愛（第2・3幕）　その夜，重苦しい雰囲気を吹き飛ばすためにハリー達は自慢のショーを披露する．戦争勃発の不安に脅えるチェリー夫人もイタリア人兵士たちも皆思い思いに楽しんでいる．しかし，翌朝，心優しいはずの兵士たちはイタリアを糾弾したキラリーを射殺する．それが任務だという．間もなく国境通過の許可が下りる．チェリーは戦場に行く決意をし，博士は研究を放棄して生物兵器開発のために帰国する．「生きたいと思わない人間の命をなぜ救わねばならんのだ」と言うヴァルダーゼー．「良識ある人々を戦争に向かわせるのは誰なんだ！」と，ハリーの苦悩は絶頂に達する．やがて人々は立ち去り，ロビーにはイァレイナがひとりたたずんでいる．ヴェーバーの富の蔭で，どれほど多くの無実の人間が犠牲になっているかを非難したために，彼女は爆撃が予想されるホテルに置き去りにされたのだ．そこにハリーが舞い戻る．イァレイナは昔アメリカで出会い，愛し合い，離れ離れになった女性だったのだ．ふたりは大きな窓から雨のように降り注ぐ爆撃を眺めている．まるで，世界を眼下に見下ろすかのように．戦争とは愚者の喜び．神の存在すら信じられない．でも，唯一信じられるもの——それは真実の愛であった．

【名句】Poor, dear God.　Playing Idiot's Delight.　The game that never means anything, and never ends.—— Act 2, Scene 2.「ひどいものね，神様も．『愚者の喜び』を楽しんで．それは全く意味のない，いつ終わるとも知れないゲームだわ」

（依田）

◆重要作品◆

アブサロム，アブサロム！　　Absalom, Absalom!（1936）
ウィリアム・フォークナー　　長編小説

サトペンの計画（デザイン）　トマス・サトペン（Thomas Sutpen）は19世紀初頭にヴァージニア州西部(現在のウェストヴァージニア州)の山中に生まれた貧乏白人であった．彼の10歳の時，一家はタイドウォーター地方(ヴァージニア州大西洋岸)へ移住する．文明社会で初めて奴隷制度と貧富の差の存在を知った彼は，将来は自分も黒人奴隷を所有する裕福な白人地主階級に立身しようと誓いを立て，一攫千金を求めて西インド諸島のハイチへ渡り，やがてフランス系ハイチ人の砂糖栽培業者の娘と結婚する．だが息子チャールズが生まれ，妻に黒い血が混じっていることに気付いた彼は離婚してハイチを離れ，一人のフランス人建築家と一団の黒人たちを引き連れてヨクナパトーファ郡のジェファソンへやってくる．インディアンの酋長から百マイル平方の土地を騙し取り，2年がかりで農園と邸宅を建設する．

未来への野望　次なる野望は大農園に相応しい白人の正妻と家名を伝える世継ぎを得ることだった．彼は商人グッドヒュー・コールドフィールド（Goodhue Coldfield）の娘エレン（Ellen）に白羽の矢を立て，強引な仕方で結婚する．息子ヘンリー（Henry）と娘ジューディス（Judith）が生まれる．成長したヘンリーはミシシッピ大学で10歳余り年上のチャールズ・ボン（Charles Bon）と知り合って彼の不思議な魅力の虜になり，妹ジューディスに紹介する．二人は急速に親しくなるが，それを知った父トマスは結婚を禁止する．チャールズが異母兄にあたること，結婚すれば近親相姦になることをまだ知らされていなかったヘンリーは，憤慨のあまり父子の縁を切り家督相続権も放棄して家を出る．

崩壊　南北戦争中サトペンは大佐として，チャールズとヘンリーは学徒兵として出征する．終戦近いころ二人の青年はサトペン荘園に戻ってくるのだが，すでにチャールズの素性を知っていたヘンリーは，近親相姦と白黒混交（ミシジェネーション）に相当する妹との結婚を阻止するために彼を射殺し，再び姿を消す．妻に先立たれ，息子をも失ったサトペンは世継ぎを得るために亡妻の年若い妹ローザ（Rosa）に「男の子が生まれたら」という条件付で求婚して激怒を買い，今度は雑役夫ウォッシュ・ジョーンズ（Wash Jones）の孫娘に目をつけて妊娠させるが，生まれた子が女だったのを知るとあっさり彼女を捨てる．その様を見ていたウォッシュは彼を草刈鎌で斬り殺し，孫娘と赤子ともども心中してはてる．白人の住人のいなくなったサトペン荘園にチャールズが黒人女性に生ませていた子孫たちが住み着き，最後の末裔である白痴のジム・ボンド（Jim Bond）の喚きと共に火事ですべてが消えてしまう．

構成　サトペン家の物語は4人の観点から語られる．まずハーヴァード大学に出発前のクェンティン・コンプソンがローザに招かれて憎悪にみちた話を聞かされる．次に瞑想的でシニカルな彼の父コンプソン氏の語りがくる．最後にハーヴァード大学の学寮でクェンティンとカナダ出身のシュリーヴ・マッキャノン（Shreve McCannon）が対話する．

【名句】Shreve: "Why do you hate the South?" / Quentin: "I don't hate it."（シュリーヴ「なぜ君は南部を憎むのだ」/ クェンティン「憎んではいない」）　　　　　（寺門）

◇重要作品◇

彼方なる山脈　*A Further Range*（1936）

ロバート・フロスト　詩集

文化批判
社会批判　フロストの6冊目の詩集で，3度目のピューリツァー賞受賞作である．1930年代のアメリカ文壇ではモダニズムとマルクス主義が手を組み，文学は混沌とした世界への処方箋を示したり，社会改良に取り組むべきだという風潮が生まれていた．しかし，そうした風潮を教条的だと捉えたフロストは，個人の自立と懐疑主義的批判精神を主題に盛り込んだので，この詩集は，彼の詩歴のなかで最も文化批判，社会批判が色濃く出ており，マルクス主義やF・D・ルーズベルト大統領に主導されたニューディール政策への風刺に満ちている．特にこの姿勢が顕著である「土壌を築け―政治的牧歌」（Build Soil: A Political Pastoral）は，ローマ詩人ウェルギリウスの田園詩に倣って詩人と農夫の対話の形で社会主義を批判しており，292行に及ぶ．出版当時，自由主義的または左翼的な批評家たちは，フロストを反動的と批判した．また彼の詩の抒情性や庶民への共感に親しんできた読者も，この詩集が含む風刺に当惑している．この頃の評価が尾を引いて，以後長くアカデミズムにおいて，フロストが軽視される結果をもたらしたことも否めない．

「ぬかるむ季節の二人の浮浪者」（Two Tramps in Mud Time）語り手が春先に薪を割っていると森から二人の男が出てきて，代わりにその労働を請け負って賃金をもらいたいというそぶりを見せ，語り手も一瞬仕事をやろうかと迷うが，自分がしたいと欲することを行なうことが大切だと決意する．ソーロウの自主独立の精神を受け継いでいるとされる詩である．

「白い尾のスズメバチ」（The White-Tailed Hornet）人間を刺す際のスズメバチの驚異的な正確さと，そのハチがハエを捕まえそこなった間抜け振りをユーモラスに描くが，やがて語り手は本能というものの不確かさに考えが至り，かつて神や天使に比較された人間は，進化論の登場により動物と比較され威厳を失い，そして今度は動物的本能もあてにならないことがわかり，人間に残されたのは過ちを犯すという特性だけだ，と絶望する．

「意図」（Design）白い花の上で白いクモが蛾を餌食にしているのを目撃した語り手が，本来慈悲深いはずの神の意図の有無に関して不安を抱く．神の恩寵に感動するW・C・ブライアントの「水鳥に寄せて」（To a Waterfowl）のような伝統的な自然詩のパロディーであり，ソネットという形式が持つ表現力を駆使し，ナイーブな語り手の性格付けを行ない，ポウの『ゴードン・ピムの物語』やメルヴィルの『白鯨』の白さを連想させ，プラグマティズム哲学の見地から見た目的論的証明という主題を扱う．

「備えよ，備えよ」（Provide, Provide）老いる前に為すべきことを為せと説く一見単純な教訓詩に読めるが，そこには皮肉と誠実さが混在する．当時ハーヴァード大学で起きた，リベラル派の学生に教唆された掃除婦のストライキを揶揄しているという説がある．

【名句】My object in living is to unite/ My avocation and my vocation ―― (Two Tramps in Mud Time)「私の生きる目的は／趣味と職業を一致させることだ」（ぬかるむ季節の二人の浮浪者）

（笠原）

◇重要作品◇

二十日鼠と人間　*Of Mice and Men*（1937）
ジョン・スタインベック　中編小説

戯曲風の小説　タイトルはスコットランドの詩人ロバート・バーンズ（Robert Burns）の「二十日鼠に寄せて」（1785）の一節——二十日鼠と人間が緻密にたてた計画に狂いが生じ、喜びの代わりに悲しみと苦痛がもたらされる——から引用されている．小説と戯曲の中間の形態をとった6章からなり，物語の舞台としての場所の固定や時間の処理，会話の多さなどの点では戯曲に近い．作者は同年に3幕構成の戯曲版も出版し，舞台は好評を博した．

二人の季節労働者の旅　親族もなく孤独なジョージ・ミルトン（George Milton）は季節労働者として，幼馴染の相棒レニー・スモール（Lennie Small）と二人で農場を渡り歩いて暮らしている．レニーはジョージに言われたことなら何でもするが，頭が弱く思考力に欠ける．大きな図体をした馬鹿力のレニーは，二十日鼠のような小動物や美しいものを撫でることが好きで，前の農場でも女の赤い服を撫でて問題を起こし，二人してリンチの追手から逃げてきたところである．二人で小さな農場を手に入れてウサギを飼うという将来の夢を，ジョージに繰り返し語ってもらうのが，レニーの楽しみである．

孤独と仲間　二人が雇われたサリーナス川近くの新しい農場では，親方の息子カーリー（Curley）の新婚の妻が，農場での孤独感や退屈を紛らわせるために，しばしば現場の男たちの前に現われては媚びて関心を引こうとし，カーリーは妻の振る舞いに苛立ちを隠せない．掃除番の老人はジョージとレニーの土地購入計画に仲間入りを希望し，彼の出資により夢の実現が近づく．農場のただ一人の黒人として孤独だった馬丁のクルックス（Crooks）も，仲間入りすることを希望する．

レニーが作業チームのリーダーであるスリム（Slim）からもらった仔犬を撫でているうちに殺してしまい，馬小屋で途方にくれていると，そこへカーリーの妻がやってきて，レニーを挑発して自分の髪に触らせる．相手が怖がり始めるとレニーは狼狽し，黙らせようとして強く揺すり，首の骨を折って殺してしまう．レニーは逃げ出し，問題が起きたときの待ち合わせ場所としてジョージから教えられていたサリーナス川のほとりに向かう．

夢のゆくえ　死体が発見され，農場の人々がレニー探しを始めるなか，ジョージは銃をもって一人密かにサリーナス川のほとりを訪れる．レニーにせがまれるまま，いつもの二人の将来の夢を語り，その光景をレニーに思い浮かべさせながら，ジョージは背後からレニーを射殺する．集団リンチの犠牲になることから彼を救うための，ジョージのレニーへの愛ゆえの行為だった．

【名句】They come, an' they quit an' go on; an' every damn one of 'em's got a little piece of land in his head. An' never a God damn one of 'em ever gets it. Just like heaven.（Crooks）「奴らは来ては辞めていく．そんな奴らがそれぞれ頭のなかに小さな土地を持っている．でもそれを実際に手に入れる奴なんていないんだ．ちょうど天国みたいなものさ」（クルックス）

（利根川）

◇重要作品◇

イリノイのリンカーン　*Abe Lincoln in Illinois*（1938）

ロバート・E・シャーウッド　戯曲（3幕）

民主主義の理想と現実　カール・サンドバーグ（Carl Sandburg）の『アブラハム・リンカーン　大草原時代』（*Abraham Lincoln: The Prairie Years*, 1926）に感銘を受けた作者が，リンカーンの青年時代から大統領就任のために故郷を発つまでの人生を綿密に描いたピューリッツァー賞受賞作品．至る所にリンカーンの演説や名言が引用され，格調高くもノンフィクション的色彩の濃い3幕12場は読み応えがある．南北の対立に苦悩するリンカーンは，ファシズム打倒を願いながらも，反戦を貫く作者自身の葛藤する姿と重なり，作品には民主主義の理念に対してアメリカがどういう立場をとるべきかという本質論も展開されている．1939年に映画化．名優レイモンド・マッシーのリンカーンの演技は舞台と映画の両方で最大に評価された．

試　練（第1幕）　ニューセイレムの丸太小屋の中，薄暗いランプの下で若いリンカーンが，グレアム（Mentor Graham）先生から文法や演説法を学んでいる．彼は不運に落ち込むリンカーンを力づける（第1場）．郵便局長になったリンカーンがアン（Ann）のいる酒場にやって来る．喧嘩騒ぎを見事に仲裁して人々の信頼を深めるリンカーンには，すでに大統領の片鱗が感じられる．婚約者に逃げられて絶望するアンに，自分の真剣な思いを打ち明ける（第2場）．1年ほど経った嵐の夜，アンは熱病で死ぬ．最期を見届けたリンカーンは，人間の生命を奪う力を持つ神が信じられないと告げる（第3場）．

リンカーンの決意（第2幕）　5年後，31歳になったリンカーンは弁護士になり事務所を構えている．友人で実業家のニニアン（Ninian）は，精神的にも安定したリンカーンに，妻の妹のメアリー（Mary）を紹介する（第4場）．半年後，メアリーは，身分違いだと猛反対する姉を押し切り，自分の夫に相応しい人物はリンカーン以外にはいないと断言し，大統領夫人を夢見て結婚を決意する（第5場）．新年の祝いに沸く結婚式の当日，親友の死に落胆するリンカーンは，野心家のメアリーに嫌悪感を抱き，結婚を取り止めたいと言い出す（第6場）．2年後，放浪の途中で親友のセス（Seth）と再会したリンカーンは，奴隷問題を解決して祖国の平和のために尽力する決意をする（第7場）．数日後，メアリーを訪れて自分の無礼を詫び，自分とメアリーの目指す道が同じであると告白し，改めて求婚する（第8場）．

政治家として（第3幕）　1858年夏，イリノイ州上院議員の選挙戦でダグラス（Douglas）と大論争を繰り広げたリンカーンは，「分かるる一軒の家は立ち行かない」（A house divided against itself cannot stand.）と結ぶ（第9場）．1860年の早春，三人の息子たちと談笑するリンカーンに，共和党の大統領候補の話が舞い込む（第10場）．11月，選挙事務所に張られた地図には当選の印が付けられ，リンカーンは大統領に当選する（第11場）．1861年2月，物々しい警備の中，スプリングフィールドの駅で群衆に別れの演説をしたリンカーンは，いつ，果たして，故郷に戻れるのかは分からない，という言葉を残して，ワシントンに向かう列車に乗り込む．（第12場）．

（依田）

◇重要作品◇

わが町　*Our Town*（1938）

ソーントン・ワイルダー　戯曲（3幕）

上演回数の多い宗教的実験劇　アマチュアの上演も含めれば，現在でもアメリカにおいて最も上演回数の多い戯曲の1つであり，ワイルダーに2度目のピューリツァー賞をもたらした．古き良きアメリカの片田舎における純朴な生活の描写と取られがちだが，作者の意図はまったく別なところにある．戯曲集の序文の言葉を使えば，「日常生活の一番小さな出来事にさえ，計り知れない価値があることを理解しようとする試み」であり，登場人物によれば，「人間の奥深くにある永遠不滅なもの」に関する考察，つまり神と人間の関係を観客の中に想起させようとする実験であるとも言える．その目的のために，ワイルダーは観客の想像力を喚起しようと，具体物を舞台から極力排除し，すべてを裸舞台の上で演じるようにした．また演技，物語を中断する舞台監督（Stage Manager）の存在，客席やプロセニアム・アーチ（舞台空間を囲う額縁のような枠組）の意識的使用など，ワイルダーが19世紀的な自然主義リアリズムからの脱却を図っている点にも特色がある．プラトンの思想を根底に置き，近代演劇の限界をも視野に入れた彼の演劇観は戯曲集の序文に明確に展開されている．

ジョージとエミリー　すべてはニューハンプシャー州のグローヴァーズ・コーナーズ（Grover's Corners）という架空の町で起こる．第1幕は1901年，まだ10代のエミリー（Emily）とジョージ（George）を中心に，隣どうしのウェッブ（Webb）家とギブス（Gibbs）家の日常生活が，朝から夜まで，舞台監督によって「編集」されながら，断片的に描かれる．第2幕はその3年後，エミリーとジョージの結婚式当日．二人が結婚に至る過程が，過去にさかのぼって描かれた後，ふたたび時間は現在に戻され，舞台監督が牧師として司式を務める結婚式でこの幕は終わる．

死の世界から見た生　第3幕はその9年後，エミリーの葬儀の場面から始まる．彼女は第二子の出産の際に，命を落としてしまったのだ．舞台の下手側は死者の世界で，1, 2幕では生きていた人もそこにすわっている．上手側では葬儀が行なわれており，その中からエミリーは死者の世界へ入って行く．しかし彼女は，死者たちが止めるのも聞かずに，もう一度だけ生きている世界に戻りたいと舞台監督に願い出て，12歳の誕生日に戻ることになる．

しかし戻ってみると，生の世界は一瞬一瞬があまりに美しすぎ，さらに生きている人たちにはそれがわかっていないことに愕然とする．悲しさのあまり耐えられなくなった彼女は，ふたたび死の世界へ戻り，舞台監督に尋ねる，「ああ，この地球ってあまりにすばらしすぎて，誰も理解できないのね．今まで生きている時に，その生の意味がわかった人っているの？」(Oh, earth, you're too wonderful for anybody to realize you. Do any human beings ever realize life while they live it?) しかし舞台監督は「いない．聖者とか詩人なら——少しは」(No. The saints and poets, maybe—they do some.) と答えるのみである．人間のある限界を見たエミリーは，他の死者たちと同じように「自分たちの中の永遠不滅な部分が明らかになる」(for the eternal part in them to come out clear) のを待つのである．　　　（水谷）

◇重要作品◇

長い谷間　*The Long Valley*（1938）

ジョン・スタインベック　短編集

**サリーナ
ス盆地**　タイトルは作者の故郷であるサリーナス盆地を指し，15編の多彩な短編を収録する．夫婦関係における妻や夫の内面・葛藤を描く「菊」「白いウズラ」「締め具」「殺人」，社会的な題材を取り上げる「襲撃」「自警団員」「朝食」，抑圧された心理を扱う「ジョニー・ベア」「蛇」がある．また『赤い子馬』（*The Red Pony*, 37）から再録された3つの短編「贈り物」「偉大な山脈」「約束」と，「人々を率いる者」の4作では，ジョディー（Jody）少年のイニシエイションを物語る．大人へのイニシエイションは「逃走」でも扱われる．「聖処女ケイティ」は他の作品と異なり，14世紀のヨーロッパを舞台に豚のキリスト教への改宗を描く寓話となっている．

葛藤と抑圧　「菊」(The Chrysanthemums)では，妻イライザ(Elisa)が抑圧された情熱を庭仕事，特に菊作りに向けている．夫の留守に立ち寄った金物修理の行商人は，仕事を得たい一心で彼女の庭仕事に関心がある振りをする．この土地での夫との単調な生活がもたらす閉塞感から逃れたいイライザは，その思いを託す形で鉢植えの菊を行商人に手渡す．高揚感を味わう彼女は入念にシャワーを浴び，着飾って夫と車で街に出かける．だが途中で，行商人に託した菊が道路に無造作に捨てられているのを眼にし，一人そっと泣く．

「蛇」(The Snake)では，生物研究所で実験用に動物を飼育しているフィリップス(Phillips)博士のもとに，黒服の女性が突然来訪し，雄のガラガラ蛇を一匹買い，それを時々見に来たいと申し出る．続いて餌として白ネズミを買い与えることを希望し，博士は気が進まないながら言われたとおりにする．蛇がネズミを狙い，食べる様子をじっと見守る女性の様子を博士は気味悪そうに観察する．時々餌をやりにくると言い残して女性は帰るが，その後再び姿を現わすことはない．

**少年のイニシ
エイション**　4部作のうち「贈り物」(The Gift)と「約束」(The Promise)は，ジョディー少年の大人の世界へのイニシエイションを馬との交流を通して描く．前者では，サーカスの見世物用の子馬を父から与えられたジョディーが，懸命に子馬の世話を焼くが，初めて鞍を置いて乗る日を目前に控え，子馬は雨に打たれたことが原因となって看病も虚しく死ぬ．愛馬の死骸を取り囲むハゲワシの群れにジョディーは我を忘れて突進し，格闘したあげく一羽のハゲワシを殺す．彼は死の存在を受け入れることを通して成長する．後者では，やがて生まれてくる子馬の誕生を，母馬の受胎，妊娠期間を通して待ちわびるジョディーの姿が描かれる．難産だったために，母馬を殺さなければならないはめになるが，子馬は生を得る．少年は父，母，使用人ビリー(Billy)に見守られて，死と生についての理解を深める．一方「人々を率いる者」(The Leader of the People)では，久しぶりに訪ねてきた祖父が，かつて関わった西部開拓についての昔話を繰り返すことに大人たちは閉口するが，ジョディーはこの老齢の祖父を理解しようと共感を寄せ，同時に歴史への視野を獲得していく．

(利根川)

◇重要作品◇

USA　*U.S.A.*（1938）［北緯42度線　*The 42nd Parallel*（1930）
1919年　*1919*（1932）　ビッグマネー　*The Big Money*（1936）］

ジョン・ドス・パソス　長編小説

歴史の建築家　20世紀初頭の約30年間のアメリカ社会を，資本主義の一層の発展とそれに伴う国民生活の動揺や変貌を含めて，極めて大規模に分析し，再構成を試みたドス・パソスの代表作．『北緯42度線』では20世紀の始まりから第1次大戦参戦までのアメリカが，『1919年』では終戦までの2年間が主にヨーロッパを舞台に描かれ，『ビッグマネー』では好景気に湧く一方で保守色を強めていく戦後社会の状況が切り取られている．ドス・パソスの社会問題への関心と左翼的な政治姿勢が色濃く表われており，それは作中に労働運動の場面やそれに関する言及が頻出すること，さらには，サッコ＝ヴァンゼッティ事件（The Sacco-Vanzetti Case）が3部作のクライマックスに据えられていることからも窺える．

四つの表現形式　歴史の一時代の鳥瞰図を作り上げるために，ドス・パソスは四つの異なる表現形式を組み合わせるという独自の方法を採った．四つの形式には，新聞記事，広告，流行歌を断片的に並べた「ニューズリール」（Newsreel），作者が自己を表白する一人称の散文詩「カメラアイ」（Camera Eye），表現主義的なスタイルで当時の著名人の生涯を綴った「伝記」（Biography），そして12人の登場人物によって織りなされる「物語」（Narrative）がある．中心となる「物語」では一部につき4〜5人の主要人物の姿が交互に描かれる．そして，その周辺に他の3形式の文章が配置され，読者に時代背景をはじめ様々な情報が提示されるのである．この構成によって，歴史的な事件が複眼的に描き出され，テーマやモチーフにも関連性が生み出されている．

物語の相関性　このような相互補完的なヨコの繋がりは，「物語」内においても同様に意識されている．12人の主要人物は出身も，性別も，社会的身分も様々であるが，血縁や交友関係によって結びつきがあり，ある「物語」の中心人物が，後に他の「物語」の脇役として登場することも少なくない．例えば，ムーアハウス（J. Ward Moorehouse）は，『北緯42度線』では主要人物の一人として扱われ，その成長の物語が語られるが，『1919年』では片腕のサヴェッジ（Richard Ellsworth Savage）や不倫相手の親友イーヴリン（Eveline Hutchins），『ビッグマネー』では同じくサヴェッジやチャーリー（Charley Anderson）らの目を通じて，その成功と没落とが目撃されていくことになる．このムーアハウスの没落が端的に示すように，『USA』において，経済的，社会的な成功は道徳的な堕落，そして最終的な破滅と表裏一体の関係をなしている．また，その一方で競争社会において弱者は搾取され，その死は誰にも顧みられることがない．こうした社会と個人の殺伐とした関係に自然主義の影響を見ることが出来るが，同時に，資本主義興隆期のアメリカの光と陰も映し出している．

【名句】All right we are two nations.（*The Big Money*）「そうだ．我々は二つの国民なのだ」（ビッグマネー）　　　　　　　　　　　　　　　　　　　　　　　　　（児玉）

◇重要作品◇

君が人生の時　The Time of Your Life（1939）

ウィリアム・サロイヤン　戯曲（5幕）

詩情豊かな群像劇　1939年10月7日にニュー・ヘイヴンのシューベルト劇場で初演され，同月の25日にはブロードウェイのブース劇場で上演されて好評を博したユニークな傑作で，ピューリツァー賞とニューヨーク劇評家賞を併わせて受賞した．バーに集まる多種多様な人々の生き方と心の触れ合いを，作者の分身である善意の人ジョーを中心に，ユーモアとペイソスを交えて，詩情豊かに描いている．

多様な登場人物とジョー　サンフランシスコの波止場の近くにあるバーとレストランと娯楽場を兼用した店が舞台で，時は1939年10月のある日の午前11時半から夜にかけて．イタリア系アメリカ人ニック（Nick）が経営するこの場末のバーには，ハーモニカの上手なアラビア人，新聞売りの少年，看護婦に恋をしている青年，マーブル・ゲームに熱中している男，波止場労働者とその友人の巡査など，20人以上の人々が出入りしている．その中に，常連の客ジョー（Joe）がいる．素性はよく分からないが，金持ちの若い放浪者で，醜いものの中にも美しいものを探しつつ，生きることの本当の意味を探求している人生詩人で，いつもシャンペンを飲み，ワルツを聞きながら，店にやってくる人々に温かい愛情の眼を投げかけている．ジョーにはトム（Tom）という30歳ぐらいの純真で忠実な従者がいる．かつてトムは生活に困っているところをジョーに助けられてから，ジョーを心から尊敬するようになっていて，どんな使い走りでも喜んで引き受けていた．

「生」の賛美者，ジョー　正午に近いころ，この店へキティ（Kitty）という近くの安ホテルに一部屋借りている若い女が入ってきた．キティは貧しくて不幸な家庭の事情から売春婦になって，肉体は汚れているが，夢のある美しい心の持ち主だった．無邪気なトムは，一目でキティに恋をする．その様子を見ていたジョーは，トムとキティに踊るように勧めて，二人の恋が成就するように，それとなく計らってやるのだった．キティが自分の悲しい身の上を思い出して泣いているのを知ったジョーは，トムと一緒にキティの部屋へ行き，大きな玩具の回転木馬を贈って慰め，キティとトムをドライヴに誘ったあとで，キティを立派なホテルへ移し，新しいドレスを買うお金を渡してやった．ジョーはさらにトムがキティと結婚するのなら，何か仕事についたほうがいいと考えて，友人の経営する自動車会社にトムを紹介して，トラックの運転手の職につけてやり，トムとキティの将来を祝福してやる．

小さな楽園を脅かす者　このようにして，すべての人間を愛さずにはいられないジョーにも，たった1人許せない男がいた．それは時々バーへ姿を現わし，弱い者に権力をふるう風紀取締りの役人だった．その役人は，かつてインディアンと勇敢に戦ったことのあるキット・カーソン（Kit Carson）に射殺され，ジョーが町を去るところで幕となる．

【名句】Discover in all things that which shines and beyond corruption.—— Preface
「あらゆるものの中に輝くものや腐敗を超越したものを発見しなさい」（序文）　　　（荒井）

◇重　要　作　品◇

怒りのぶどう　*The Grapes of Wrath*（1939）
ジョン・スタインベック　　**長編小説**

アメリカ　　タイトルは南北戦争で歌われた「共和国の戦いの歌」（1862）から取られていて，
の叙事詩　　不正に対する神の怒りを象徴的に表わす．本文25章では虐げられた果樹園労働者の怒りを表わしている．出版後すぐにベストセラーとなり，ピューリツァー賞を受賞した．季節労働者として移動を余儀なくされながらも希望を失わないジョード（Joad）家をはじめとする人々は，過酷な経験を通じて，自己犠牲と連帯の精神に目覚めていく．また全30章のうち奇数章において，物語の背景となる1930年代当時のアメリカの社会・経済状況を語る中間章を挿入することにより，一家族の受難の旅は，より大きな全体の縮図として提示されることになり，一大叙事詩にまで高められている．

ルート66　　オクラホマ州一帯は3年間にわたり砂嵐に見舞われて土地が荒廃し，土地を手放さざるを得なくなったオクラホマ農民の群らが，宣伝ビラを頼りに仕事を求めてカリフォルニア州へ移動していく．ジョード家の次男トム（Tom）は，喧嘩で殺人を犯して刑期をつとめていた刑務所から仮出所する．土地を失ったジョード家の3世代12人は，トムが帰郷の途中で出会った元巡回牧師のジム・ケーシー（Jim Casy）を加え，総勢13人で一台の中古トラックに乗りこみ，国道ルート66号線をたどり，西に新天地を目指す．

出発間際になって土地を離れることを渋った祖父は，旅を始めた晩に卒中を起こして死ぬ．故障していたウィルソン（Wilson）家の自動車の修理を手伝い，2家族はともに旅を続ける．カリフォルニアの砂漠直前で長男ノア（Noah）が姿を消す．ウィルソン夫人の病気のため，ジョード家だけでさらに旅を続けるが，砂漠通過中に祖母が死亡する．やがて妊娠中のローズ・オヴ・シャロン（Rose of Sharon）を残して夫も姿を消す．しかし気丈な母親マー（Ma）は，いかなる苦難に遭遇しようとも家族の団結を守り抜こうとする．

自己犠牲　　カリフォルニアに到着しても，果樹や綿花の摘み取り作業は，大量に押し寄せる
と　連　帯　　労働者ゆえに賃金カットが続き，難民たちの暮らしは苦しく，食べるものにも事欠く有り様となる．オクラホマからの難民は「オーキー」と蔑まれ，行く先々で嫌がらせを受ける．トムは労働条件を守ろうとする仲間の起こした暴力沙汰に巻き込まれるが，ジム・ケーシーがトムの罪をきて逮捕される．国営キャンプを経て，ジョード一家は桃摘みの仕事を求めて移動する．トムは刑務所から出所していたケーシーがストライキを指導しているのに出会うが，ケーシーは警官に殺され，トムはその警官の頭にツルハシを振り下ろす．一家はトムをマットで隠してキャンプ地を引き払う．次に訪れた綿花農園では，一家は有蓋貨車に寝泊りし，トムは藪に隠れていたが，妹がトムの殺人を漏らしたため，家族のもとを離れ一人逃亡するはめになり，彼はケーシーの遺志をついで労働運動を組織する道に進むことを決意する．三男は同じ貨車に住む家族の娘と婚約する．大雨による洪水のなか，ローズ・オヴ・シャロンが出産した赤ん坊は死産だった．その直後，避難した納屋にいた餓死しかけている50代の男性に，彼女は赤ん坊に与えるはずだった母乳を与える．

（利根川）

◇重要作品◇

フィラデルフィア物語　*The Philadelphia Story*（1939）

フィリップ・バリー　戯曲（3幕）

軽快な恋愛喜劇　1939年にシューベルト劇場で初演されて，417回のロングランを記録したバリーの代表作で，上流社会の結婚にまつわる内幕話を，軽快なテンポで皮肉に描いた恋愛喜劇の傑作である．41年の映画化作品では，主人公のトレイシーをキャサリン・ヘップバーンが，56年のミュージカル版『上流社会』(*High Society*)では，グレース・ケリーが主演した．

令嬢の再婚（第1幕）　トレイシー・ロード（Tracy Lord）は，フィラデルフィアの名家で育った24歳の気の強い女性で，近くに住む幼馴染の青年デクスター・ヘイヴン（Dexter Haven）と結婚したが，1年足らずで離婚し，保守的な社交界の人々を驚かせた．その後，炭鉱会社の要職にある青年ジョージ・キトリッジ（George Kittredge）との再婚が発表された．結婚式を明日にひかえた金曜日の昼近く，郊外にあるロード家の大邸宅は多忙をきわめている．そこへ青年雑誌記者マイク・コナー（Mike Conner）と，リズ・インブリー（"Liz" Imbrie）という女性カメラマンが訪ねてくる．この名家の令嬢の再婚にまつわる特ダネ記事（story）を探しに来たのである．それを感知したトレイシーは，ボロが出ないように応対する．今でもトレイシーを愛しているデクスターは，再婚相手のジョージと会って，彼女の相手にふさわしくないと思ったので，再婚を思いとどまるように彼女に勧めるが，彼女は承知しない．

結婚式前夜（第2幕）　その日の夕方，叔父の邸宅で結婚式前夜のパーティが開かれ，マイクとリズも参加して，皆はトレイシーと一緒に，楽しい一夜を過ごす．（第1場）

　翌朝の5時半ころ，取材をそっちのけにしてトレイシーに夢中になったマイクは，ジョージとの結婚を中止するようにトレイシーに迫り，シャンペンを飲んでいい気分になっている彼女にキスをしたとき，人の気配がしたのでプールへ逃げる．そこへデクスターが現われ，続いてジョージもやって来る．そして酔っぱらってプールで泳いだズブ濡れのトレイシーを抱いたマイクが姿を現わし，彼女を二階の部屋へ運んでいく．この様子を見たジョージは，すべてを悪いほうに解釈し，怒り狂って帰る．（第2場）

和解と再婚（第3幕）　昼近くになって，ロード邸では結婚式の準備がととのい，大勢の招待客が詰めかけるが，式を挙げる寸前に，早朝の出来事が原因で，ジョージは結婚を断る．マイクは責任を感じて，その場でトレイシーに結婚を申し込むが，カメラマンのリズがいるといって，トレイシーは断る．父親が結婚式の中止を招待客に告げようとしたとき，トレイシーはすべてを来客に告げようとするが，言葉が出てこないので，デクスターに助けを求める．デクスターはトレイシーと自分が結婚式を挙げることになったと言わせ，結婚行進曲が演奏される中，二人は和解して，すべてはめでたく解決する．

【名句】The occasional misdeeds are often as good for a person as — as the more persistent virtues.—Dexter, Act 3「人によっては時どき悪いことをしても，頑固に美徳を貫くよりいいことがよくあるものだ」（デクスター）

（荒井）

◇重要作品◇

心は孤独な狩人　*The Heart Is a Lonely Hunter*（1940）
カーソン・マッカラーズ　　長編小説

孤独な人々　1940年にホートン・ミフリン社から出版されたこのマッカラーズの最初の長編小説は，1936年に着手され，39年に完成した．最初は『もの言えぬ人々』（*The Mute*）と題されていたが，出版社の意向で現タイトルに変更された．この作品にはマルクス主義，人種問題，宗教の問題なども扱われているが，中心問題は，この作家がこののち取り組むことになる孤独の問題である．それぞれに問題を抱える孤独な人々が心を通わせることのできる相手を求めてさまよう姿が描かれている．のちに映画化された．

シンガーとアントナプーロス　ジョージア州のある町に，耳が聞こえず，口のきけない二人の男が住んでいた．二人は友だちでいつも一緒に行動していた．一人はギリシャ人で，その名をアントナプーロス（Antonapoulos）といい，いとこの経営する果物店で働いている．もう一人は背が高く，でっぷり太った，聡明な目をしたジョン・シンガー（John Singer）である．彼は町の宝石店で働く彫銀師であった．22歳の時にシカゴからこの町にやって来て，アントナプーロスと知り合った．二人だけの世界に暮らして10年が経った頃，アントナプーロスが精神病に冒され入院する．幼い頃に孤児となり，障害者の施設で過ごしたシンガーも，友と10年を共に過したのちの一人暮らしに堪えられず，ケリー（Kelly）の時計屋の一室に住居を移して，近くのビフ・ブラノン（Biff Brannon）の経営するニューヨーク・カフェで食事をする毎日を送る．時折，病院に友を見舞い，温かい心の持主ビフとも心を通わせることができるようになる．

仲間にとっての神シンガー　シンガーは健常者以上に相手の心を理解できる神のような存在と思われており，その周囲には寂しい心を抱いた人々が集まってくる．ビフのほかには，マルクス主義を信奉する放浪者ジェイク・ブラウント（Jake Blount），ピアニスト志望だが心は満たされない，少年のような姿の思春期の娘ミック・ケリー（Mick Kelly），そして黒人の地位向上に情熱を注ぐこの町ただ一人の黒人医師コープランド（Dr. Copeland）である．彼らはシンガーをそれぞれ自分の望み通りの人間に仕立て上げているのだった．

シンガーの自殺とその後　ある日病院を訪れたシンガーは，アントナプーロスの死を知らされて自殺する．残された4人は，シンガーの死によって生じた心の空洞を埋めることができないままに，新しい道を歩まなければならなくなる．ミックは音楽家になる夢を棄てて社会に出て働くことになり，ブラウントは警察に追われて再び放浪生活を余儀なくされ，コープランドは病を得，心を通わせることのできたただ一人の白人の死を悼み，ビフは一人で未知の世界に立ち向う．誰もが救われることなく，自分の求める神を探し続けなければならないのであった．

【名句】Each man described the mute as he wished him to be.「皆がめいめいにこの障害者（シンガー）を自分が望む通りの存在（神）に仕立てていた」　　　　　　　　　　　　　（武田）

◇重要作品◇

わが名はアラム　*My Name Is Aram*（1940）

ウィリアム・サロイヤン　短編集

アルメニア系市民の澄んだ眼　アメリカにおけるマイノリティであるアルメニア移民の一族を主人公の少年アラム・ガロラニアン（Aram Garoghlanian）を中心に描いた作品．この作品が発表された1940年までの10年間は，アメリカにおいて複雑化する民族問題の解決策と称して移民排斥政策が最も激化した時代である．こうした民族の混沌の時代を背景としながら，この作品では民族を超えた個人の友情も描かれ，複雑化する民族問題に希望を感じさせてくれる．少年の冒険心，夢の追求，信仰の問題，死の問題など，アルメニア移民という特殊性に限定されない普遍的なテーマも展開されている．主要作品は以下の通り．

「柘榴の樹」（The Pomegranate Trees）美しい庭園を造りたいという美の追求だけのために柘榴を植える男の話．労働者を雇い，器具もそろえ，実行に移すこととなったものの，農場主としての知識も指導力も皆無であり，最終的には費用がなくなり，財産をはたいて購入した土地も栽培した樹木も全て手放すことになる．それでもその土地の新しい所有者に，賃金は払ってもらう必要はないからとにかく柘榴の樹の世話だけでも継続してやらせてもらえないか，と掛け合うが，気味悪がられて断られてしまう．金銭的な成功ではなく，どこまでも自分の夢に忠実に生きていくというテーマは，『わが心高原に』や『君が人生の時』など，サロイヤンの他の作品にも共通している．

「長老派合唱隊」（The Presbyterian Choir Singers）アラムはカトリックの洗礼を受けながらも，プロテスタントの長老派教会で少年合唱隊に入ることになる．アラムの声の美しさに惹かれたあるクリスチャンの婦人が，アラムの声は長老派の声であり，それを宗教が求めていると言うのだ．婦人はアラムを長老派教会で合唱の奉仕をさせるためなら，報酬を支払ってもいいという程の強引さである．それでアラムは1回につき1ドルの報酬を婦人からもらうことで，合唱隊に入る契約を婦人と結ぶ．宗派の相違や報酬の授受といった信仰の矛盾をサロイヤンが弾劾されるべきものとして批判的に描いている訳では決してない．むしろ，どの宗教も尊重されるべきものであり，個人の信仰は決まった型に限定されるものでもないのだと，多様性を認めている．宗教という観点から多文化主義の可能性をも感じさせる作品である．

「哀れな燃えるアラビア人」（The Poor and Burning Arab）アラムの伯父コースローヴ（Khosrove）とアラビア人の奇妙な友情を描いた物語．コースローヴ伯父はその男の名前すら知らない様子である．口数の少ない上に，話す言語も違う二人ではあるが，同じ空間で同じ時を共有するだけでお互いを理解し合い友情を育んでいく．ある時を境にそのアラビア人はアラム達家族の前から姿を消す．しつこく彼の消息を問い続けるアラムに口の重い伯父がやっと教えてくれたのは，アラビア人の死の知らせだった．伯父はそのアラビア人を「哀れな燃える熱情を秘めた孤児」（a poor and burning little orphan）と称していた．故国を喪失した移民の孤独を表わす印象的な表現である．

(松ノ井)

◇重要作品◇

アメリカの息子　*Native Son*（1940）

リチャード・ライト　長編小説

社会抗議の書　全体は3部にわかれ，それぞれ「恐怖」「逃走」「運命」と題されている．恐怖に駆られて突発的な暴力に走る不安定な主人公ビガー・トーマス（Bigger Thomas）を自然主義的視点から扱い，人種差別社会の中の黒人男性像を正面から取り上げた社会抗議の書として名高い．ベストセラーとなり，1941年には白人劇作家ポール・グリーン（Paul Green）と共同で戯曲版を制作した．

恐怖　シカゴの黒人居住地区にある一室だけのアパートに，20歳のビガー・トーマスは母と弟と妹と四人で暮らしている．町の不良少年たちと付き合い，少年院に送られたこともあるビガーは，福祉事務所から紹介され，金持ちの白人ドールトン（Dalton）家に運転手として雇われる．ドールトン氏は黒人居住地区のアパートを高い家賃で黒人に貸し付ける一方で，黒人のために寄付や支援を行なっている．初仕事の日彼は，娘メアリー・ドールトン（Mary）を車で大学へ送る途中，ボーイフレンドで共産党員のジャン・アーロン（Jan Erlone）のところへ行けと言われる．二人は黒人であるビガーを対等に扱い，黒人居住区のレストランで一緒に酒を飲むように誘い，ビガーを当惑させる．ビガーは正体なく酔っ払ったメアリーを彼女の寝室まで連れて戻るが，メアリーの盲目の母が部屋に入ってきたために，慌てたビガーは娘に喋らせまいとして枕を顔に押しつける．母が出て行ったあと，ビガーは自分が娘を窒息死させてしまったことに気づき，殺害を隠すために死体をトランクに入れて地下室に運び，斧で頭部と胴体部分を切断してボイラーの焚口に押し込んで焼却する．

逃走　翌朝，ビガーはメアリーのトランクを停車場に運び，デトロイトに出発したと見せかける一方で，罪をジャンに着せるべく，共産党を騙って身代金を要求する脅迫状を書き，自らの嫌疑を晴らそうとする．ドールトン邸ではやがてボイラーの焚口からメアリーの骨が発見され，ビガーの捜索が始まる．ビガーは新聞報道に注意を払いながら，事情を知らせた情婦のベシー（Bessie）と廃屋となったビルに逃げ込むが，彼女がいては逃げ切れないと思い，性的暴行後に眠っている彼女の頭をレンガで乱打し4階から通風孔に投げ落とす．警察の巨大な包囲網が迫り，ビガーは雪で白一色のシカゴの黒人居住区を逃げ回った末に逮捕される．

運命　ビガーを許したジャンは，友人である白人共産党員マックス（Max）をビガーに弁護士として紹介する．検事は，ベシーの死体をうまく利用することでビガーのメアリーに対する婦女暴行の容疑を捏造し，人々の群集心理を煽り立てる．検死審問を経て，大陪審により殺人罪で起訴されると，ビガーは罪状認否で無罪を主張するが，やがてマックスの勧めに従って有罪を認める．マックスは，ビガーが犯罪に至ったのは黒人や労働者を差別・搾取するアメリカ社会のせいであるとして終身刑を主張するが，ビガーには死刑判決が下される．ビガーはマックスだけに心情を吐露し，自分が犯した殺人にはなんらかの意味があったはずだと言い残して，電気椅子に送られていく．

（利根川）

◇重要作品◇

誰がために鐘は鳴る　*For Whom The Bell Tolls*（1940）
アーネスト・ヘミングウェイ　長編小説

個人と社会　前作『持つと持たぬと』（*To Have and Have Not,* 1937）は，あまり評価されなかったものの「個人主義」の作家ヘミングウェイが「社会小説」を書いたことが話題となった．『誰がために鐘は鳴る』もスペイン内戦を舞台とした社会小説ではあるが，マリアとロバートを軸にした恋愛小説でもあり，そこにヘミングウェイの思想，すなわち個人は人類の一部であるという主張がうまく溶け込まされている．それは結末でマリアの中に生き延びるロバートの姿に集約され，この作品のタイトルでも示唆されている．タイトルはイギリス詩人ジョン・ダン（John Donne）の言葉から借用したもので，その一節は扉にも掲げられている．それは「人は島嶼にあらず」で始まり，一人の者の死を弔う鐘も人類皆のために鳴っているのだと続く．

参加　モンタナ大学でスペイン語講師をしていたロバート・ジョーダン（Robert Jordan）は，スペイン内戦で自由と正義が奪われるのを見過ごせず，1936年の夏に休暇を取って国を離れ，共和党政府軍の義勇兵となりフランコ将軍が率いる軍隊を相手に戦った．ロバートの任務は，味方の空爆に合わせて橋梁を爆破し，敵の進軍を阻止することである．ロバートはセゴビアの南東に位置するグァダラーマ山脈に入り，パブロ（Pablo）率いるゲリラ隊に合流する．パブロは，かつては勇敢な闘士だったのだが，今では臆病になりロバートへの協力を拒む．そこで「パブロの女」ピラール（Pilar）が代わって隊の指揮を執り，ロバートに協力を約束する．ピラールはロバートの手相を見るが，そこに表われた運命については語ろうとしない．

出会い　一隊に加わったロバートは，19歳のスペイン女性マリア（Maria）に出会う．マリアの父親は共和派で町長をしていたのだが，町にファランへ党員が押し入り，マリアは両親を殺されたうえに髪を切られ，レイプされた．三ヶ月前，パブロの一隊が爆破した列車に，連れ去られる途中のマリアが乗っており，助けられて現在はピラールのもとショックから立ち直ろうとしている．ロバートとマリアは3日間の激しい愛を体験する．そしてジョーダンとの愛を経ることでマリアは心身ともに浄化されてゆく．それはピラールの意図したことでもあった．

橋の爆破は計画通りにはゆかない．ピラールの紹介で爆破計画の援助を引き受けてくれた別のゲリラ隊を率いるエル・ソルド（El Sordo）は，敵の空爆にあい，5人の部下と共に死んでしまう．爆破装置は裏切ったパブロに持ち去られてしまった．橋の付近には敵軍が展開しており，計画の変更を求める伝令を送ったものの間に合わない．爆薬と手榴弾と針金を使った装置で橋の爆破には何とか成功する．しかしロバートは左足に重傷を負い，皆と共に逃げることができない．ロバートは死を覚悟し，マリアたちを逃がすために一人残り，敵を食い止める決心をする．マリアは別れを拒む．しかしロバートは，生きるマリアの中に自分も生き延びることができるのだと言い聞かせ，皆と立ち去らせる．

【名句】As long as there is one of us there is both of us.「どちらかが生きている限り，二人とも生きていることになるんだ」

（奥村）

◇重要作品◇

ラインの監視　*Watch on the Rhine*（1941）

リリアン・ヘルマン　戯曲（3幕）

信念の劇作家　1930年代に活躍した劇作家らしく，社会の不正問題に不屈の精神力で立ち向かった信念の劇作家リリアン・ヘルマンが，よりよき世界の建設に献身する反ナチ運動の勇気ある夫妻を感動的に描いた秀作で，1941年にマーティン・ベック劇場で初演されて，ニューヨーク劇評家賞を受賞した．1943年にベティ・デイヴィス主演で映画化され，クルトを演じたポール・ルーカスがアカデミー賞を受賞した．リリアンの自伝『未完の女』(*An Unfinished Woman, a Memoir*, 1969) や，邦訳題名『ジュリア』(*Pentimento*, 1973) で知られる自伝的短編集作品が背景理解に役立つ．

秘密の使命（第1幕）　時は1940年の晩春，場面はワシントンDCから20マイルほど離れた郊外にある19世紀初頭に建てられた大邸宅の居間．大使まで務めて成功した外交官の娘ファニー（Fanny）は，先立たれた夫の肖像画を居間に飾り，63歳になっても誇りと信念を持って，ファレリー家を守っている．そこへ20年ぶりで，長女サラ（Sara）がドイツ人の夫クルト・ミューラー（Kurt Muller）と三人の子供たちを連れて帰ってくる．表向きは休暇の里帰りだが，実は勇敢で，冷静で，優秀な反ナチ運動の中心人物の1人であるクルトには，秘密の使命があった．それを何となく嗅ぎつけたのが，この屋敷に妻のマート（Marthe）と同居しているルーマニアの貴族を名乗るテック・デ・ブランコーヴィス（Teck de Brancovis）で，鍵のかかったクルトのブリーフケースに目をつける．

密告の脅し（第2幕）　それから約10日後の夕暮れ，17歳のときにテックと愛のない結婚をしたマートは，ファニーの息子で独身の弁護士デイヴィッド（David）と愛し合う仲になった．二人の仲が面白くないテックは，クルトの素性を暴いて密告すると彼を脅し，ブリーフケースに入った大金を持って，マートとこの屋敷を出て行こうと企む．

別れの言葉（第3幕）　それから30分後，頑固一徹なところがあっても根はやさしい寛容な老夫人ファニーは，夫と共に反ナチ運動に献身しているサラの信念ある生き方を理解し，デイヴィッドとマートの関係も認め，さらにはテックの要求する金額を自分で支払って，娘の夫を救おうとするリベラルな態度を示す．しかしクルトは，非合法組織である反ナチ運動に，この一家を巻き込むことを避けるため，仕方なくテックを射殺し，仲間から集めた貴重な支援金で，かつて自分を救ってくれた同志を監獄から救出するため，この屋敷にサラと三人の子供を残し，サラが急遽手配した航空券で，一人ヨーロッパへ戻っていく．「世界中のどの町にも，どの村にも，どの泥小屋にも，いい世界を作るために戦おうとする人がいるんだ．さあ，これで，さようならだ．パパを待っていてくれ．おまえたちのために戻るようがんばってみるからね」という言葉を残して．

【名句】I have a great hate for the violent. They are the sick of the world. —— Kurt, Act 3.「私は暴力を振るう人間を憎む．やつらは世界の病人だ」（クルト）　　　　（荒井）

◇重要作品◇

危機一髪　*The Skin of Our Teeth*（1942）

ソーントン・ワイルダー　戯曲（3幕）

人類史を扱う寓意喜劇　「人類」を意味するギリシャ語アントロポスから名づけられた主人公アントロバス（Mr. Antrobus）とその一家が，氷河，大洪水，戦争など，人類が経験してきた様々な困難を常に危機一髪で乗り越えてきた歴史を3幕に納めたドタバタの寓意喜劇．1942年，ブロードウェイでの開幕直後，これがジョイス（J. Joyce）の『フィネガンズ・ウェイク』（*Finnegans Wake*）の剽窃だと批判されるが，賛否両論の中，結局359回の上演回数を記録し，ワイルダーに3回目のピューリツァー賞をもたらす．数千年の歴史的時間を3幕に収めているため，その手法は当然，自然主義リアリズムとは異なる．アントロバスは人類の始祖アダム（夫人はエバ）であり，同時にニューヨーク郊外に住む中流階級の典型的アメリカ人でもあり，一家は現在と人類の歴史が重なった二重の時間の中を生きることになる．この非現実的な設定を，ワイルダーはアメリカの大衆演芸の華，ヴォードヴィルを枠組みに使うことで可能にしている．また戯曲全体を，ある劇団がワイルダー作の『危機一髪』を上演しているところをそのまま舞台に乗せるという劇中劇にしているため，俳優が何度も演技を中断し，この作品が「虚構」であることを観客に意識させる．これらの技巧が戯曲の内容を伝えるのに最適の形式になっている点に劇作家ワイルダーの面目がある．

氷河時代（第1幕）　アントロバスは九九や車輪などを発明し，見捨てられそうになった難民として登場するモーセ（Moses）やホメロス（Homer）を救い，彼らと共に氷河の危機を乗り越えようとする．カインを思い起こさせる長男ヘンリー（Henry）が隣の子を石で殺したことで，アントロバスは希望をなくすが，妻や難民たちの励ましで再び生きる意欲を取り戻す．

大洪水（第2幕）　氷河期を乗り切った人類が哺乳類60万年目の記念大会を開き，浮かれ騒いでいる．アントロバスも浮気をし，離婚を決意しようとするが，迫り来る大洪水に目覚め，つがいの動物たちと共に船に乗り込み危機一髪で難を逃れる．

円環構造（第3幕）　大戦直後の荒廃した世界．この戦争はアントロバスと息子ヘンリーとの戦争であり，人類の最終的な敵は外部ではなく一家の内部にいたことが明らかになる．しかしこの問題はヘンリー役の役者が本気でアントロバスの首を絞めるというハプニングで舞台が中断するため，戯曲内部では解決されない．最後にアントロバスは再び家族の声，書物に代表される古典的叡智，神の導きの声により励まされ，再びより良い世界を築こうと意欲を燃やす．「私が求めているのは新しい世界を築くチャンス，これだけだ．そして神は常にそれを私たちに与えてこられた．それに私たちを導く声も，さらに戒めのために私たちの過ちの記憶も」（All I ask is the chance to build new worlds and God has always given us that. And has given us voices to guide us; and the memory of our mistakes to warn us.）最後に一家の小間使いであるサバイナ（Sabina）が第1幕の冒頭をもう一度繰り返すことで，この戯曲が円環構造をなし，この一家（人類）の歩みがまだまだ続くことを暗示して幕となる．

(水谷)

◇重要作品◇

四つの四重奏　*Four Quartets*（1943）

トマス・スターンズ・エリオット　長詩

　1927年に宗教的な回心を行なった後のエリオットの傑作．象徴的なイメージに溢れた全887行から成る．一時期は『荒地』ではなく，これがエリオットの代表作と評価されたこともある．始めに「時」についての哲学的な瞑想があり，最後は，「炎と薔薇がひとつになる」という宗教的な地平で終わる．『荒地』と異なって，4部からなり，各部が5節に分かれ，形式が整えられている．また，脚韻の使用や定型の取込みなどが行なわれている．

永遠に動く静止点　各部のタイトルは全て地名であるが，それぞれの土地が描写されるのではなくて，個人的で告白的な部分と，公的で歴史的な部分とが並置され，それぞれの土地において「時」への思いが巡る．第1部「バーント・ノートン」（Burnt Norton）は，イギリスのグロースター州にある古い荘園の名であるが，今は薔薇園がある．ここで例えば，「廻る世界の静止する一点」についての思索が行なわれる．第2部「イースト・コーカー」（East Coker）は，エリオットの祖先アンドルー・エリオットが1667年にイギリスからアメリカへ移住するまで住んでいた村の名だが，そこから「静止しつつ動く」者が「海さえ渡る」．第3部「ドライ・サルヴェージズ」（The Dry Salvages）は，アメリカのマサチューセッツ州アン岬沖にある岩礁群の名でもあるが，水の流れを時の流れに象徴化して，永遠の「船旅」へと誘う．ここでは，避暑で滞在し，また学生時代を過ごしたニューイングランドと，子ども時代に生まれ育ったミシシッピ川の2つの風景が交錯している．第4部「リトル・ギディング」（Little Gidding）は，イギリスのハンティンドン州にあり，国教会派のコミュニティがあった史跡の名．祈りの重要性が強調される．「罪は免れがたいが／すべては良し／あらゆるものは全て良し」．

音楽的構成　相互言及性　『四つの四重奏』は，人間が時や場所によって限定されるにもかかわらず，あるいは，それゆえに，永遠という無限をいかにして知るのかを基本主題とする．神と人間が合一する形而上学的な瞬間を探り，キリスト教的な信仰の基本を現代的な言葉で語り直そうとしている．題が音楽用語であるように，各章は，楽章であるかのように非常に相互言及的である．もともと，「バーント・ノートン」は，詩劇『大聖堂の殺人』のための草稿から生まれ，36年の『エリオット全詩集1909-1935』に含まれていた．しかし，「イースト・コーカー」を40年に雑誌に発表して後，この2編をさらに大きな作品の一部とするよう構想し，41年に「ドライ・サルヴェージズ」，42年に「リトル・ギディング」を発表し，43年にアメリカで『四つの四重奏』の完全版を出版することとなった．

　【名句】Time present and time past/ Are both perhaps present in time future/ And time future contained in time past. (Burnt Norton)「今ある時と過ぎ去った時は／ともにおそらく来るべき時のなかにある／そして来るべき時は過ぎ去った時のなかに含まれている」（バーント・ノートン）

（渡辺）

◇重要作品◇

悲しき酒場の唄　The Ballad of the Sad Café（1943）

カーソン・マッカラーズ　中編小説

異常な愛憎の世界　この作品は1943年『ハーパーズ・バザー』(*Harper's Bazaar*) 8月号に発表された中編で，マッカラーズの主として40，50年代の中・短編の秀作を集めた作品集（*The Ballad of the Sad Café and Collected Stories*, 1952, 55）の表題作となっている．アラバマ州の小さな町の酒場を舞台に，それぞれに孤独な三人の人物の間でくりひろげられる，閉鎖的で異常な愛憎の世界を描くこの作品は，テネシー・ウィリアムズが，英語で書かれた中編小説の傑作の一つと絶賛したものである．表題の「バラッド」が示すように，冒頭とエピローグに描かれた同じ光景，鎖につながれた囚人の群は，孤独から逃れることのできない人間の姿を表わしている．エドワード・オールビーにより脚色されたこの作品は1963年10月30日，ブロードウェイのマーティン・ベック劇場で公演の初日を迎えた．

三人の関係者　アラバマ州の小さな町の中央に建つ一番大きな建物は，完全に板で囲まれて人の気配もない．2階に一つ，板で塞がれていない窓があり，8月の暑い日にはシャッターを開ける人の手があり，町を見下ろす顔がのぞく．ここはかつて町の酒場であった．女主人は頑丈な体格をした斜視のアミーリア・エヴァンズ嬢（Miss Amelia Evans），店を繁盛させたのはせむしのカズン・ライモン（Cousin Lymon, 本名ライモン・ウィリス），そしてもう一人，アミーリアの前夫で刑期を終えて出所してきたマーヴィン・メイシー（Marvin Macy）――この三人が関係者である．

酒場の開店　アミーリアは19歳の春に22歳の美男マーヴィン・メイシーと結婚した．彼はごろつきで性格が悪かったが，アミーリアに対する愛が彼の心を和らげた．しかし彼女は夫を寄せつけなかった．結婚は10日で解消となった．彼女は独身を続け，父親が遺したこの店で飼料などを商っていた．30歳になった4月のある晩，アミーリアのいとこだと称する，せむしのカズン・ライモンが訪れる．やがて店は照明に輝く酒場として生まれ変わった．

板囲いの店　アミーリアはカズン・ライモンを愛していた．6年後の夏，マーヴィンの出所の知らせが届く．そして冬，ライモンは酒場に現われたマーヴィンに魅せられる．店に居ついたマーヴィンとアミーリアの仲は険悪な状態に陥る．春の到来を告げる2月2日の夜，二人は決闘する．決定的瞬間にライモンがマーヴィンに加勢して，戦いは決着．二人の男は店内を荒して町を去る．一人取り残されたアミーリアは髪もぼうぼうの白髪まじりとなり，4年後に店を板で囲う．囲われた店は，脱出することのできないアミーリアの孤独な世界を象徴している．

【名句】The beloved fears and hates the lover, and with the best of reasons. For the lover is forever trying to strip bare his beloved.「愛される者は愛する者を恐れ憎む．それも尤もなことだ．愛する者は愛の対象となる者を絶えず，徹底的に奪い取ろうとするからだ」

〈武田〉

◇重要作品◇

ママの思い出　*I Remember Mama*（1944）

ジョン・ヴァン・ドゥルーテン　　戯曲（2幕）

家庭劇の秀作　1944年にブロードウェイのシューベルト劇場で初演されて，714回のロングランを記録したホーム・ドラマの秀作．原作はキャスリン・フォーブス（Kathryn Forbes）の小説『ママの貯金』（*Mama's Bank Account*）で，ドゥルーテンの巧妙な脚色と劇作術が見事な効果を挙げた代表作でもある．主人公のカトリンが書いた小説の世界が，舞台転換と照明効果によって舞台上で展開し，その中でカトリンは少女として登場する．

小説の世界が舞台に　1910年頃，希望に満ちてノルウェーからサンフランシスコへ移住したハンセン一家の長女であるカトリン（Katrin）は，小説家志望で，机に向かってママの思い出を中心にした小説を書き続けているが，ペンを置いて，書き上げた最初の部分を読み始めると，彼女の書いた小説の世界が舞台で展開し，この一家の出来事が次々に演じられていく．ママは毎週土曜日の夜になると，大工のパパの稼ぎを数え，一家の予算会議を開く．その週の稼ぎが不足すると，棚の小さな貯金箱からお金を出して間に合わす．銀行に預金する余裕はなかったが，ママの知恵で上手にやりくりしていた．決して背伸びをしない生活が，この一家の生き方だった．ある日，末娘のダグマ（Dagmar）が急病で入院し，面会謝絶になると，心配したママは掃除夫に変装して病室へ入り，娘の無事な姿を見てはじめて安心する．

ママの愛情　カトリンが卒業の年の学芸会で『ヴェニスの商人』のポーシャを演じることになると，ママは親譲りの大切なブローチをひそかに売って，劇に必要な小道具を買ってやったが，次女のクリスティン（Christine）の告げ口でそのことを知ると，カトリンはママにすまないと思って，出演を辞退しようとするが，パパになだめられてやっと出演する．その後，カトリンは店へ行き，事情を話してブローチを取り戻してくるが，ママはそれを娘につけて，一人前の女に成長したカトリンを祝福する．

小説家への夢　この一家と一緒に暮している英国の老優ハイド氏（Mr. Hyde）は，夜になると『二都物語』や『宝島』などの英国の名作を子供たちに朗読して聞かせた．その影響もあって，カトリンは小説家になる夢を持ち続け，作品を書いては出版社へ送るが，いつも送り返されてくる．ママは有名な女流作家に会いに行き，ノルウェー料理の秘訣を教え，その代わりに娘の作品を読んでもらう．その作家はカトリンの作品が過去の作家の模倣に過ぎないと言い，自分の体験を生かして真実を書くように勧める．

舞台が小説に　カトリンはママの思い出を書いて，作家に紹介された出版社へ送る．するとそれが採用され，多額の小切手が送られてきて，この一家は初めて銀行へ預金することができる．カトリンが皆の前でその小説の原稿を読んで聞かせているところで幕になる．

【名句】How beautiful a thing is self-sacrifice. I wish there were some *I* could die for.
　——Katrin, Act 1.「自己犠牲って本当に美しいものね．私にも死んであげたいと思える人がいてほしい」（カトリン）

（荒井）

◇重要作品◇

ガラスの動物園　*The Glass Menagerie*（1945）
テネシー・ウィリアムズ　戯曲（2幕）

叙情性に富む自伝的作品　1944年にシカゴで，45年にはニューヨークで上演され，ウィリアムズはこの戯曲で初めて注目された．戯曲全体が主人公トム（Tom）の回想で，彼は語り手としても舞台に登場する．詩的なイメージを散りばめ（「光」に関する多種多様な表現など），叙情性に富む戯曲であるが，冒頭のト書きに見られる都市に巣食う下級中産階級への嫌悪，最初のトムの語りにある30年代という時代背景，第5場でトムが語る第2次大戦直前の緊迫したヨーロッパの状況とアメリカの対比など，歴史的現実の上に叙情性を漂わせている点は重要である．過去の栄光としての南部の大農園文化と現在の没落，抑圧機能として利用されるキリスト教とD・H・ロレンスの文学に代表される新たな人間像，現実社会に適応できない詩人肌の男と実業社会での出世を目論む若者など，他の作品でも顔を出す対照的な要素で劇世界が構成され，複雑なトムの想いが構築される．ウィリアムズの自伝的要素のもっとも濃い戯曲であり，特に作者の姉ローズに対する想いは，トムのローラへの想いと重なる．ニューヨーク劇評家賞受賞．

内向的な姉と詩人肌の弟　靴会社の倉庫で働くトムは，南部出身で過去の栄光にしがみついている母アマンダ（Amanda）と，脚が悪く病的に内向的なためほとんど社会生活ができない姉ローラ（Laura）と，セントルイスの裏通りのアパートに住んでいる．父親は何年も前に家を出て，一度"Hello-Good-bye!"とだけ書いた葉書が届いたきり音信不通である．アマンダはローラに何とか独り立ちしてもらいたいと職業学校に通わせるが，彼女はそれに応えられず，折々に自分の華々しい青春時代の話をする母親の前にますます萎縮していく．彼女の世界は手巻きの蓄音機とガラスの動物のコレクションだけである．そんな姉に同情と愛情を持ちながらも，トムは詩人にあこがれ，単調な日常から抜け出したいと思っている．

青年ジムの来訪　ローラが仕事につくことは無理だと判断したアマンダは，婚期を逃す前に結婚させようと必死になり，トムに相手を探すように求める．閉口したトムは軽い気持ちで同僚のジム（Jim）を夕食に招待する．ジムはかつてローラやトムと同じ高校に通い，ちょっとしたヒーローだった．ローラは密かに彼に好意を寄せていたこともあり，極度の緊張から食事もできず，部屋の片隅で身を硬くしている．夕食が終わるころ，突然の停電になり，アマンダはジムをローラのもとにやる．気のいい青年ジムはローラの緊張をほぐし，彼女の話で高校時代を思い出す．ロウソクの光の中，ジムはローラの清楚な美しさに惹かれ，自分の夢を語り，彼女の劣等感を取り除き，優しくキスをする．しかし突然現実に戻った彼は自分には婚約者がいることを告白して，帰ってしまう．罵り声をあげるアマンダを尻目に，トムは家を出る．ローラへの想いから逃れるように彼は放浪を続ける．そして最後に「今，世界は稲妻の光で照らされている！　だから，ロウソクを吹き消すんだ，ローラ——そして，さよなら・・・」(...nowadays the world is lit by lightning! Blow out your candles, Laura—and so goodbye...)と，苦しい祈りにも似た言葉をつぶやいて，幕となる．　　（広川）

◇重要作品◇

デルタの結婚式　*Delta Wedding*（1946）
ユードラ・ウェルティ　長編小説

一族再会　ウェルティの最初の長編小説であるこの作品のテーマは南部の家意識である．新世代と旧世代，生と死，直系の家族と部外者などの対立は，拡大する亀裂の危険性をはらみながら，結婚式という一族再会の場であらわになる．物語はミシシッピ州北西部のデルタ地方を舞台としてフェアチャイルド家の人々の想いが，過去から現在にいたるエピソードの積み重ねと，世代と立場を異にする複数の視点を通して語られる．デルタの自然がいっとき，すべて一つに溶け合うように，強烈な個性や異分子を自らの中に取り込んで，一族の歴史は新しい形で続いていくはずである．挙式前の邸内のざわめきを縫うように，花嫁の友人が奏でるピアノの旋律が各エピソードを縫って流れている．

多様な視点　1923年9月10日，月曜日，9歳のローラ・マクレイヴン（Laura McRaven）は亡母の実家フェアチャイルド（Fairchild）家の17歳の従姉ダブニー（Dabney）の結婚式のために，初めての一人旅をする．到着後の夕食には当主夫婦バトル（Battle）とエレン（Ellen），8人のいとこたち，他家へ嫁したおばや，別に一家を構えるおじとその子供たちが顔を揃える．結婚式はその週の土曜日の予定である．（描かれるのは月曜日から式後3日目までの9日間．）物語はローラ，エレン，ダブニー，その姉シェリー（Shelley），そして叔父ジョージ（George）の妻ロビー（Robbie）を主な視点として語られる．

亀裂と調和　ダブニーの結婚相手トロイ（Troy）は倍も年長の，フェアチャイルド家の農園の管理人である．両親はこの結婚の成り行きを心配しているが，ダブニーの心は決まっている．もう一人，釣り合いのとれない結婚をしたのが，一族の中で最も慕われているバトルの弟ジョージである．彼は町に住む弁護士で，妻のロビーは商店主の娘である．結婚祝いを持参したジョージに，ロビーの家出を告げる．家出には伏線があった．ローラ到着の2週間前，ヤズー川（Yazoo）に架る鉄橋の上で，ジョージの亡兄の白痴の娘モーリーン（Maureen）が轢かれそうになったとき，彼が敢然として列車を停め，姪を救った事件があった．これを見ていたロビーは，夫が命を危険にさらしてまで救おうとする者が自分以外にいることに衝撃を受けた．ロビーは挙式直前に戻って来るが，この一族の生き方に違和感を覚えている．他家から嫁いだ女主人エレンも，この家の人々とは異なるタイプである．彼女はジョージの生き方に共感を覚える．自分に対する愛と同じものを他者に対しても抱けるジョージに満足感を抱く．新郎新婦を迎えて一同は二人の新居となる古い邸マーミオンで日暮れのピクニックを楽しむ．ダブニー夫婦，ジョージ夫婦はそれぞれの新しい生活に思いを馳せる．エレンもまた新しい命を授かり，ひそかに育んでいる．

【名句】The sky, the field, the little track, and the bayou, over and over — all that had been bright or dark was now one color,「遠い向こうの空も畑も小道も湿地も，今まできらきら輝いていたり，くすんで見えていたものが，デルタの夕暮れ時に，すべて同じ一つの色に溶け合っていた」

（武田）

◇重要作品◇

すべて王の臣　All the King's Men（1946）

ロバート・ペン・ウォレン　長編小説

**モデルと　** ルイジアナの独裁的な州知事，連邦上院議員として知られ，暗殺されたヒュー
タイトル イ・ロング（Huey Long, 1893-1935）の生涯から作品のヒントを得ている．タイトルはマザーグースの「ハンプティ・ダンプティ」の一節，「すべての王の臣の力を合わせても，塀から落ちて壊れた卵は元に戻りはしない」から取られている．ピューリツァー賞を受賞した．

**政界での活　** 「ボス」ことウィリー・スターク（Willie Stark）の政界における活躍と失墜
躍と失墜 を，彼のもとで働くジャック・バーデン（Jack Burden）が一人称で語り，人生についての真実を学んでいくという構成になっている．

　貧しい家に生まれたスタークは，腐敗した政治を目の当たりにし，真の民衆的政治家を目指して独学で法律を学び，州知事の地位にまで昇りつめる．独特のカリスマ性によって民衆を惹きつけるが，目的のためには手段を選ばず権力に執着するうちに，数々の収賄に手を染めることになる．ところが，息子の死がきっかけとなり，建設予定の病院に息子の名を付けることを決心し，進行中だった汚職がらみの受注を取り消す．これに恨みをもった相手側は，彼とアン・スタントン（Anne Stanton）との不倫関係を，その兄のアダム・スタントン（Adam）医師に暴露する．理想主義者で観念的な人物であるアダムは怒りに駆られて州議事堂に行き，スタークをピストルで撃ち殺し，自身も殺される．

**語り手の2　** 語り手のジャック・バーデンは，ジャーナリストとしてスタークを無名時代から
つの探求 知る人物で，後にはスタークに見込まれて雇われる．スタークは，ジャックが子供時代から親しいアーウィン（Irwin）判事の過去を調べ，不利な材料を見つけて脅迫し，自分の陣営に引き込むようにジャックに命令する．ジャックは過去の買収事件を探りだして判事に突きつけるが，判事はスタークの側につくことをあくまでも拒否し，ピストル自殺を遂げる．自殺直後に，ジャックは母から，判事が自分の実の父親であることを知らされる．

　ジャックが関わるもう一つの探求物語が，歴史の博士号をとるために学生時代に書きかけ，未完のままに残された南北戦争時代のキャス・マスターン（Cass Mastern）の生涯についての研究である．キャスは，恩人でもあり親友でもあったダンカン・トライス（Duncan Trice）の妻と密通し，これによりダンカンを自殺に至らせる．学生時代のジャックは，この真相に辿り着かずにいたが，自分の実の父を自殺に至らしめた今，自分の人生の物語が，研究対象だった歴史の研究と無関係ではなかったことに気づいていく．

**歴史の中　** このように，時間や人間関係が複雑に絡み合うこの小説の焦点は，語り手ジャッ
の自分 クの人生観の変化に当てられている．ジャックは最終的に，あらゆる出来事が連続していること，自分の行動は歴史の流れの中にあり，そこからは責任が生じるということを悟る．小説の最後でジャックは，一連の出来事をともに体験した，幼馴染で初恋の相手でもあるアンと再婚し，そうした認識を噛み締めながら二人で暮らしていく．

　　　　　　　　　　　　　　　　　　　　　　　　　　　　　　　　　　　（利根川）

◇重要作品◇

パターソン　*Paterson*（1946, 48, 49, 51, 58, 63）
ウィリアム・カーロス・ウィリアムズ　長詩

代表作
長編詩　『パターソン』は，ニュージャージー州パセイック郡の工業都市パターソンを舞台にした全5巻にわたる長編詩である．どの巻も3つの章に分かれ，それぞれ詩と散文が入り混じる形式をとる．詩の部分に韻や長さに統一的なパターンや規則はない．散文には地理や統計に関する資料などさまざまなトピックが含まれる．全5巻を通しての明確なストーリーはない．パターソンという土地，言葉，美などをテーマに語られており，詩人の周りのあらゆる世界を詩として表現することが大きな目的となっている．当初は全4巻の構想であったが，見直した結果58年に第5巻を書き足した．さらに未発表の原稿を収録した第6巻（Book 6）を加え，63年に初めてまとまったひとつの詩集として出版された．

第1巻（Book 1）「巨人の輪郭」（The Delineaments of the Giants）．序章に始まり，巨人パターソンが実際の土地パターソンを闊歩する．地理や都市論，言語を通しての大学批判や美（Beautiful thing）に関すること，滝や周辺地域に関する歴史的出来事が多数紹介されている．

第2巻（Book 2）「日曜日の公園」（Sunday in the Park）．巨人であり詩人であるパターソンが時にフランス語で「すべてをなす」という意味のフェトゥーと名を変えながら公園を昼から夜まで散歩している．詩人は語り手，観察者となり公園内で性的な男女の行動やキリスト教の布教に対し場面ごとに仮面をかぶりながらそれらを批判しつつ公園を歩き続ける．

第3巻（Book 3）「図書館」（The Library）．語り手であるところのパターソン，フェトゥーは図書館の中にいて，本を読んでいる．かつて実際に起こった出来事，嵐，火事，洪水を思い起こし，それをきっかけに自分のおかれている状況，もしくは，ウィリアムズ自身の詩論やキーワード「絶縁」などをこれらの自然災害に基づいて語っている．

第4巻（Book 4）「海への流入」（The Run to the Sea）．第1章の田園牧歌詩では，中年の金持ちで独身のレズビアン女性コリドン，マッサージ師の女性フィリス，医師パターソンが登場し，処女について語る．第2章では原子と都市，原子と経済，「信用」（credit）についての議論がなされる．また，キューリー夫人の話やギンズバーグの手紙も掲載されている．第3章では海になぞらえ死が語られており，「詩の完成と詩人の死」が主題になっている．

第5巻（Book 5）58年に付け足された作品．第2章では詩とは何かについてのインタビューを掲載したり，第3章ではユニコーンに着目したりと，この巻で初めて登場する内容も含まれている．初期作品よりも50年代の他の作品との共通性が見られる．

第6巻（Book 6）死後発見された原稿．巻末の付録として63年に発表された．

【名句】Rigor of beauty is the quest. But how will you find beauty when it is locked in the mind past all remonstrance?（Book I）「美の厳密さが問題なのだ．しかしなにを言おうとも心のなかに閉じ込められたままではどうして美が見い出せようか？」（第1巻）

（関戸）

◇重要作品◇

犠牲者　*The Victim*（1947）

ソール・ベロウ　長編小説

フローベール的彫琢　ベロウの他の作品に比べて注目度は高くないが，ホロコースト後のアメリカの反ユダヤ的風潮，疎外感とパラノイア，人種間の誤解偏見から生まれる軋轢を重層的に追究した点で重要な作品である．三人称で描かれるが，研ぎすまされた文体，無駄のないタイトな構成で深層心理に切り込んでゆく．作品の舞台は「バンコックほどにも暑い」夏のニューヨークであり，それでもなお，そこに息づく自然の美しさの描写は秀逸である．

さまざまな不安　ニューヨークに住むユダヤ系アメリカ人，エイサ・レヴァンサル（Asa Leventhal）は，一時的に孤独で精神的に不安定な状態にある．職業は業界誌の編集者で，一応，安定しているが，失業状態だったころの悪夢が忘れられず，上司の嫌みにも戟になるのではないかと脅える．妻メアリは実家の父親が亡くなり，母の面倒を見るために家を空けている．弟マックスが遠く離れた造船所に単身赴任しているため，レヴァンサルは男手のない義妹エレナと甥たちの家庭の世話も引き受けなければならない．感情の起伏が激しいイタリア系移民の義妹は，幼い頃，精神病院で狂死した彼の母親を想起させ，レヴァンサルは自らも発狂するのではないかと恐怖心をかき立てられる．英語を理解しない謎めいたエレナの母は娘の夫にも，レヴァンサルにも敵意を抱いているように見える．レヴァンサルは父親と反目して家を飛び出し，関係修復をしないままに父親は亡くなってしまっている．

忘れられた敵対者の出現　そんな孤立無援状態のレヴァンサルの前に，昔の知り合いで，かねてから反ユダヤ的言動を繰り返していたカービー・オールビー（Kirby Allbee）が忘却の中から突如，不気味な姿を現わし，執拗につきまとい始める．オールビーはワスプの名門の出だが，現在はアルコール中毒にかかり，失業状態にある．オールビーはその原因はすべてレヴァンサルにあると罵る．初めは反発していたレヴァンサルだが，譲歩してしまい，オールビーは家に入り込み，手紙を盗み読みしたり，売春婦を連れ込み，しまいにはガスで無理心中をはかる．無我夢中でオールビーを追い出したレヴァンサルは，秋の訪れ，妻の帰宅とともに精神の安定を取り戻す．

相似形をなして重なる感情　レヴァンサルの義妹とその母への敵意・偏見はオールビーのユダヤ人に対する敵意・偏見と相似形をなす．レヴァンサルの心に潜在する発狂への恐怖，文化の異なる異人種への偏見が，義妹を狂気と映じさせていたのである．オールビーの存在も，レヴァンサルの失業への恐怖が見させた幻影にすぎないかもしれないのである．

【名句】... suddenly he had a feeling that he was not merely looked at but watched. Unless he was greatly mistaken a man was scrutinizing him, pacing slowly with him as the line moved.「突然，彼は自分が単に見られているだけでなく見詰められていることに気づいた．ひどい思い違いでなければ，一人の男が列と一緒にゆっくりと進みながら彼をじろじろ眺めているのだ」

（遠藤）

◇重要作品◇

みんな我が子　*All My Sons*（1947）

アーサー・ミラー　戯曲（3幕）

ミラーの出世作　『すべての幸運をえた男』（*The Man Who Had All the Luck,* 1944）に次ぐ，ブロードウェイ第2作目で，最初のヒット作として328回上演され，ニューヨーク劇評家賞を受賞した．ノルウェーの劇作家ヘンリック・イプセンの『社会の柱』（1877）と『野鴨』（1884）の影響を受けており，ミラーに対する評価をイプセン風のリアリズム劇作家として定着させてしまうきっかけとなった作品である．

嵐の後で（第1幕）　日曜日の早朝から始まり，舞台は機械工場の経営者ジョー・ケラー（Joe Keller）家の裏庭で，昨晩の嵐によって折れたりんごの木が横たわっている．ジョーは第2次世界大戦中に戦闘機のエンジン用シリンダー・ヘッドを生産していた．長男ラリー（Larry）は大戦中にパイロットとして従軍し，44年以来3年間も行方不明で，生きていれば27歳になる．ジョーのビジネス上の元パートナー，スティーヴ・ディーヴァー（Steve Deever）の娘アン（Ann）は，ラリーのフィアンセで，次男クリス（Chris）はアンとの結婚を望んでいる．二人は数年間文通を続けており，アンもクリスとの結婚を望んでいる．しかし，母親ケイト・ケラー（Kate Keller）は，ラリーが生還することを信じており，クリスとアンの関係を認めるわけにはいかない．ケイトは夫ジョーが戦時中に戦闘機の不良部品を空軍に出荷したことに気づいており，もしラリーが墜落事故で戦死したとしたら，父親が息子を殺したことになると思っている．そのような状況の中で，アンはクリスの招きで3年半ぶりにケラー家を訪れる．そしてアンの父親が，21機の戦闘機が墜落する原因となった不良部品出荷の責任をとらされて，コロンバスで服役中であることが明かされる．

事件の真相（第2幕）　服役中のスティーヴの長男で，現在はニューヨークで弁護士をしているジョージ（George）が登場する．戦争から戻っても父親に葉書1枚出そうとしなかった彼は，事件後初めて父親と面会し，真相を聞き出していた．シリンダー・ヘッドに欠陥があることを知りながら，ジョーはスティーヴに裁判の際に証拠として認められない電話通話によって出荷の命令を下していたというのである．ジョージは事の真相を確かめようとする．母親も同然のケイトによる巧みな懐柔策により，一度ははぐらかされそうになるものの，事件当時，ジョーが仮病を使った事実を遂につきとめる．

みんな我が子（第3幕）　ラリーの死をどうしても認めようとしないケイトに，アンはやむなくラリーが出撃直前に書いた最後の手紙を手渡す．そこには父親の犯罪を知ったラリーの絶望感が綴られていた．ラリーは事故死したのではなく，自ら命を絶ったのであった．クリスは母親の制止を遮って，父親にラリーの死の真実を告げる．全てを知ったジョーは「そうさ，あれはわしの息子だ．しかし，奴に言わせれば，ほかの連中もみんな我が子ということになるんだ」（Sure, he was my son. But I think to him they were all my sons.）と悟って家の中へ入る．そして，銃声が聞こえるのであった．

（増田）

◇重要作品◇

欲望という名の電車　*A Streetcar Named Desire*（1947）

テネシー・ウィリアムズ　戯曲（3幕）

美しい嘘と現実の世界　アーサー・ミラーの『セールスマンの死』，ユージーン・オニールの『夜への長い旅路』と共に，過去の幻想に生き，現実に敗れ，狂気に陥る主人公を描いたアメリカ演劇の三大傑作のひとつ．美しい嘘で現実逃避をする主人公ブランチと現実的で粗暴なスタンリーの対峙から，消えゆく南部世界と新興労働者階級の世界，想像の世界に生きる繊細な感性と生命力あふれる野性の対立等を描くと同時に，二人が潜在的に惹かれあう部分も見せ，作者は両者の関係から人間の孤独と悲しき性を浮き彫りにする．ニューオーリンズの街をリアルに再現しつつ，多彩な象徴とイメージに富む叙情的な台詞で詩的色彩を強くしている．

粗暴な義弟との対立　「欲望」という名の路面電車が走り，安ピアノのブルースが聞こえるニューオーリンズの「極楽」という名の街角．故郷の農園を失い，妹ステラ（Stella）を頼ってブランチ（Blanche）が，妹と夫スタンリー（Stanley）の住む貧しいアパートを訪れる．妹との再会を喜びあうものの，彼女にはスタンリーが野獣のような男にしか見えず，スタンリーも義姉の気取った態度が気にくわない．狭いアパートの居候となったブランチの心の慰めとなったのは，スタンリーのポーカー仲間の一人で，優しく紳士的な性格のミッチ（Mitch）である．だが，ポーカー仲間が集まっている最中に，ブランチがかけていたラジオの音楽がうるさいと苛立ったスタンリーは，激怒してラジオを窓から投げ捨ててしまう．それを見たステラは夫と大喧嘩となり，ブランチと階上の友人の部屋に退去してしまう．しかし，一人残され，「ステラ！」と泣き叫んで自分を求めるスタンリーの声に彼女は姿を現わし，二人は激しく求め合う．

現実逃避の嘘　ブランチはミッチとデートし，かつて結婚した相手が同性愛者で，自殺してしまった悲しい過去を打ち明ける．ミッチも同情を示してくれ，ブランチは孤独から解放された思いを得る．だがミッチは，ブランチが故郷で娼婦のような日々を送っていたという事実を調べたとスタンリーから聞かされ落胆し，彼女に侮蔑の言葉を投げつける．ブランチは嘘を魔法に喩え，「真実ではなく，真実であるべきことを語るんです」（I don't tell the truth. I tell what *ought* to be truth.）と反論するが，開き直って真実を語る．この時，盲目の供養向けの花売りが通りに現われる．死を象徴するようなその姿を見ながら「死と向き合っているのは，欲望」（The opposite [of death] is desire.）とブランチ．二人は訣別する．同じ夜，ブランチは錯乱し，現実逃避の嘘を追及するスタンリーに体を奪われ，精神的に完全に崩壊してしまう．数週間後，ブランチを迎えに医者と看護婦がやって来る．ステラは金持ちの友人が自分を迎えに来たと思っている姉の姿に涙を禁じえない．最初はおびえて狂乱したものの，優しく手を差し伸べた医者に腕をとられたブランチは「どなたか存じませんが，私はいつも人様のお情けにすがって生きて参りました」（Whoever you are — I have always depended on the kindness of strangers.）という言葉を最後にアパートを後にする．　（広川）

◇重要作品◇

遠い声，遠い部屋　　*Other Voices, Other Rooms*（1948）
　　　　　　　　　　　　　　　　　　トルーマン・カポーティ　　長編小説

幻想的空間　ゴシック小説仕立ての設定で，荒廃した庭に建つ古い大邸宅は地面に沈みかけ，屋敷には蝋燭の光や歪んだ鏡や過去の遺物が溢れ，また全編が無数の死に彩られている．夢と現実が交錯する幻想的な空間で，父を探し求める感受性豊かで繊細な少年が同性愛に目覚めるイニシエイションの物語が語られていく．

父を求めて　母を亡くした13歳のジョエル・ハリソン・ノックス（Joel Harrison Knox）は，母との離婚後12年間会ったことがない父エド・サンソム（Ed Sansom）から屋敷に来て住むように誘う手紙をもらう．ニューオーリンズからの心細い旅の果てに，とある南部の片田舎の屋敷でジョエルを迎えたのは父の後妻で，他に喘息を患う34歳のいとこ，ランドルフ（Randolph）がいる．父のことを聞いてもなかなか答えを得られない．
　やがてジョエルは二階の部屋で寝たきりの父に会う．彼は赤いテニスボールを床に落として用があることを伝え，目で対象を追い，幾つかの短い言葉を話すだけである．ジョエルを呼び寄せた手紙はランドルフが書いたものだった．

同性愛　ランドルフはジョエルをモデルにして絵を描きながら，23歳で同性愛に目覚めた経験を語る．ヨーロッパでドロレス（Dolores）という女性と交際を始めたが，その後二人はニューオーリンズでともに懸賞拳闘家の男性ペペ・アルヴァレス（Pepe Alvarez）に恋をしてしまう．仮装パーティーでランドルフは女装の喜びを知る．ペペとドロレスが姿を消すと，錯乱したランドルフがペペのマネージャーだったエドの背中を銃で撃ち，エドの体はほぼ全身麻痺状態になったのだった．ランドルフは今でも世界中に手紙を送ってペペを探し続けている．

ジョエルのイニシエイション　ジョエルは近所に住むお転婆娘のアイダベル（Idabel）と仲良くなる．飼っていた老犬を父親に殺されそうになって家出を決意したアイダベルに誘われ，ジョエルは密かに父に別れを告げて屋敷を抜け出す．途中で寄った巡回カーニバルで，アイダベルは見世物小屋の女の小人に恋をし，激しい雷雨の中でジョエルは彼女を見失う．ジョエルはその後高熱と悪夢にうなされ，ようやく回復すると，幽霊に憑かれた廃墟のクラウド・ホテルに住む黒人の隠者リトル・サンシャインのところへランドルフに連れられていく．翌朝ジョエルは自分が何者であるかに目覚め，最後の場面では，屋敷の二階のランドルフの窓から奇妙な女（実は女装したランドルフ）が彼を差し招くのを目にすると，ためらわずにそちらに踏み出していく．

【名句】But Little Sunshine stayed on: it was his rightful home, he said, for if he went away, as he had once upon a time, other voices, other rooms, voices lost and clouded, strummed his dreams.「それでもリトル・サンシャインは残った．彼いわく，それが彼のいるべき家だったからであり，かつて一度したように，そこを去ると，遠い声，遠い部屋，失われたかすかな声が，彼の夢をかき乱したからだった」

（利根川）

◇重要作品◇

裸者と死者　*The Naked and the Dead*（1948）
ノーマン・メイラー　長編小説

軍隊批判　太平洋戦争下で，日本軍の死守する孤島アノポペイに米軍が上陸作戦をしかける物語．だが日本軍との戦闘場面は希薄であり，連合軍による枢軸側に対する反ファシズムの戦いといった大義の高揚は見られず，ファシズムはむしろ軍隊組織そのものの本質としてとらえられている．部隊を率いるカミングズ（Cummings）将軍にしてからが，ハーヴァード大学出の理想主義的なインテリ将校ハーン（Hearn）相手に「ファシズムの観念は，間違った国ではじまってしまったのだ．完全に発展するための，十分な，本来的力をもたない国においてだ．…アメリカはこの夢想を吸収しようとしている」と言って憚らないしまつである．彼のファシズムの哲学とはこうだ．「未来の唯一の道徳は，権力の道徳である．…それと調和し得ない人間は滅びねばならない．権力にはひとつの特徴がある．それは上から下へしか流れることができない」．将軍の軍隊哲学の手先として活躍するのが小隊を率いる鬼軍曹クロフト（Croft）である．彼はレッド（Red）のような兵卒をしごくことに快感を覚えるサディストであるが，階級が上なのに経験に乏しく統率力がないハーンには本能的な反感を抱いている．

自然主義からメルヴィル的不条理へ　小隊はアナカ山登攀という危険な任務を与えられ，ハーンはクロフトによって日本兵の隠れている密林のなかへ誘い出され，撃たれて死ぬ．アナカ山はしばしば批評家たちによって白鯨モービー・ディックに，クロフトはエイハブ船長に擬せられる．鬱憤ばらしはできたものの，クロフトの一行は熊ん蜂の襲撃に遭って引き返すことになる．日本軍の殲滅と島の占領には成功したが，それは緻密な戦略家カミングズの作戦とも兵たちの命がけの努力ともまったく無関係で，カミングズの一時の留守を預かった愚鈍な少佐ダルソン（Dalleson）のでたらめな作戦が偶然にも功を奏してしまったからであった．

社会学的パノラマそして美しい日本兵　ひとつの部隊という集団を描く手法はドス・パソスから受け継いだものである．現在の物語はときどき中断されて「タイム・マシン」という中間章が挿入され，各人物の過去が紹介され，それぞれがトラウマを抱えて現在の人格が形成されていることが示される．意外にも権力者の将軍も冷酷な軍曹も妻に裏切られてサディストになっている．深層心理の決定論である．多様な人種の兵士が登場する．ワスプ，アイルランド系，イタリア系，メキシコ系，ポーランド系，ユダヤ系など．戦闘のあと，日系兵ワカラはひとりの敵兵の死体のポケットから取り出した手帳を読む．イシマルというこの日本人はそこに故郷を偲ぶ美しい詩文を記していて米兵たちに感銘を与える．クロフトによる日本軍捕虜1名の殺害のエピソード，そして日本軍の死屍累々の中を歩き回るくだりが続いた後に出てくる場面なのだが，これはおそらく全編中もっとも美しいくだりである．

【名句】The army can be seen as a preview of the future.（Cummings）「軍隊を未来の試写会として見ることができる」（カミングズ将軍）　　　　　　　　　　　　　　　　（寺門）

◇重要作品◇

シェルタリング・スカイ　*The Sheltering Sky*（1949）
ポール・ボウルズ　長編小説

庇護する空　題名の「シェルタリング・スカイ」とは，空はその背後にある「暗黒」から我々を「庇護」する覆いであるという登場人物の考えを言い表わしたものである．簡潔に言えば，この作品はアメリカ人が未知なる場所サハラ砂漠の奥地に向かう旅で，物理的・精神的・文化的にあまりにも遠い極限の地に足を踏み入れてしまった結果，「庇護」を失い破滅に至るという物語である．この国籍離脱者による自己解体の物語で重要な役割を果たすのが，西欧文化の他者とも言えるアラブ文化，それに人間を破壊する巨大な力，虚無等の人知を超えた圧倒的存在を思わせるサハラ砂漠である．異質なものと出合う世界では，苦悩，死，陵辱，暴力，生／性の恍惚，そして狂気のドラマが魅惑的に繰り広げられる．

サハラでお茶を　第2次世界大戦終了後間もない仏領北アフリカの地中海沿岸の港町．ニューヨーク出身のポート・モレズビー（Port Moresby）とその妻キット（Kit），それにタナー（Tunner）の三人は，ヨーロッパによる破壊の影響を被っていない場所を求めてサハラ砂漠の奥地へと向かおうとしている．ポートは「無限のもの」に憧れ，砂漠の沈黙・空虚に感動するのだが，妻のキットはそこに恐怖を感じてしまう．キットはあらゆるものに悪意ある兆候を見出し，来るべき運命の恐怖に怯えているため，自己の決断で行動することができない．夕食後，ポートは娼婦のテントで「サハラでお茶を」という暗示的な物語を聞く．サハラ砂漠でお茶を飲むことを夢見る三人の踊り子が砂漠にたどり着くのだが，夢を果たさないまま息絶え，砂で一杯になったグラスが三つ残されていた，という寓話である．

自己解体　ポートは旅行を通してキットとの関係を修復しようと考えていたが，彼女はタナーと過ちを犯してしまう．ポートとキットが行き着くサハラ砂漠の奥地では，ふたりの破滅が待ちかまえている．不倫の罪悪感に苛まれながらキットはチフスに冒され苦しむポートの看病をすることになる．しかし彼女は死を迎えようとしているポートの思いを拒絶し，衰弱しきった夫を残し外へ出る．ポートは孤独の中で「庇護の空」の覆いを貫く幻覚を見ながら息絶える．キットはポートの死を確認すると遺体を置き去りにする．ひとりになり，ためらうことなく自己の欲求に従い小川で沐浴したとき，初めて世界と直に触れ合ったかのような生の恍惚感を覚える．だが皮肉なことに，この体験は自己の自律ではなく，隷属と自己の解体をもたらすことになる．キットは衝動的欲求に身を任せることによって，悲しみと後悔を忘却することと引き換えに過去のすべてを捨てたのである．不安と恐怖から解放されたキットは，躊躇せずに砂漠を移動するアラブ人の隊商に同行し，男たちから陵辱を受けながら苦痛の果てに性の歓びを覚える．男のひとりの後宮に幽閉されてからも，暴力による苦痛と官能的快楽は続く．救出されたときには，キットはすべてを剥奪され自分の名前すら思い出せなくなっていた．

【名句】Reach out, pierce the fine fabric of the sheltering sky, take repose.「手を伸ばし，庇護する空の繊細な織物を突き破り，安息を得る」

（岩崎）

◇重要作品◇

セールスマンの死　Death of a Salesman（1949）

アーサー・ミラー　戯曲（2幕）

現代古典の誕生　第2次大戦後のアメリカ演劇を代表する劇作家ミラーの代表作で，ウィリー・ローマンの25年間を24時間の出来事の中で描いている．ウィリーの回想シーンは，一般には映画のフラッシュ・バックにたとえられ，「意識の流れ」を表現していると言われるが，実際は回想というよりも，彼の意識の投影であり，ウィリーにとって過去は現在の中に生きている．

ウィリーの帰宅（第1幕）　フルートの旋律が聞こえる中，老セールスマン，ウィリー・ローマン（Willy Loman）は大きな鞄を両手にさげて登場する．高層アパート群に取り囲まれて，今にも押し潰されそうな我が家ではあるが，25年のローンの返済までもうあと一息で，彼にとっては妻リンダ（Linda），長男ビフ（Biff），次男ハッピー（Happy）との思い出で一杯のマイホームである．しかし，ウィリーも既に63歳，そろそろ肉体的にも精神的にも限界にきている．夫を気遣うリンダは，社長のハワード（Howard）と交渉し，ニューヨークでの内勤の職に替わるように勧める．

父子間の確執　久しぶりに帰省したビフは，高校時代にはフットボールの花形選手であったが，34歳になっても定職に就いていない．32歳のハッピーにしても将来性はなく，無為に人生を過ごしている．そしてウィリーとビフの関係はどこかぎこちない．そんな中でウィリーの意識は，すべてがうまくいっていた大恐慌前の1928年に戻ってしまう．そこに登場するのは，ウィリーの意識の中で美化された若いリンダであり，たくましく前途洋々たるビフ，そしてハッピーであった．ウィリーは息子たちに，人に好かれることが人生で成功するコツだと教え込む．ウィリーが現実に引き戻され，成人したビフと向き合うとき，ボストンでの不倫をビフに目撃されてしまった罪悪感もあって，なかなか息子との和解の糸口が見つからない．ビフの側でも父親による間違った教育を責めつつも，母親からウィリーの自殺未遂の一件を知らされて，なんとか事態の打開を計ろうとする．

解雇されるウィリー（第2幕）　翌朝，一時の明るい雰囲気の中で，自分が名付け親であるハワードとの交渉に臨むウィリーだが，逆に34年間の苦労も空しく，簡単に解雇されてしまい，「オレンジの実だけ喰って，皮を捨てるようなわけにはいきませんよ——人間は果物じゃないんだから！」（You can't eat the orange and throw the peel away—a man is not a piece of fruit!）と魂からの叫び声を上げる．隣人チャーリー（Charley）に助けを求めるが，プライドの高さから，彼の申し出を断ってしまう．弁護士として出世したチャーリーの息子でビフの幼馴染みのバーナード（Bernard）の成功を目にして，ウィリーの失望感は増すばかりであった．息子たちと待ち合わせたレストランでは，ビフの失敗を聞かされるばかりか，置き去りにされたウィリーは，一人帰宅し，ビフの将来を考え，保険金目当ての自殺を計る．

鎮魂曲　ウィリーの葬儀に参列したのは，残された家族とチャーリー，バーナード父子の5人のみであり，リンダのすすり泣く声が漏れるなか，幕が下りる．　　　　（増田）

◇重要作品◇

夜の樹　A Tree of Night and Other Stories（1949）
トルーマン・カポーティ　短編集

陰と陽　表題作を最後に収録する，8編の短編からなる第1短編集．しばしば指摘されるカポーティ作品の陰と陽の二面性が確認され，心理的なテーマを幻想的に描く「夢を売る女」「最後の扉を閉めて」「ミリアム」「無頭の鷹」「夜の樹」と，一人称の語り手を通して南部を温かく描く「誕生日の子どもたち」「銀の壜」「ぼくにだって言いぶんがある」に大別される．

輝かしい瞬間　「誕生日の子どもたち」（Children on Their Birthdays）では，ミス・リリー・ジェイン・ボビット（Lily Jane Bobbit）と名乗る大人びた10歳の少女が，南部の田舎町に長距離バスで母を連れて現われ，町中の人を驚かし，魅了する様子を語り手の青年が回想する．語り手の従弟の少年も彼女に夢中になって親友と仲がたがいもするが，ミス・ボビットは彼らを子供扱いして相手にしない．彼女は周囲を気にせずに自分の思い通りに行動し，ハリウッド女優になるという自分の夢の実現に向けて着実に事を進める．ミス・ボビットにとっての理想の町とは，皆がダンスをしていて，誕生日の子供たちのように輝いているところだという．1年後に町中の人に祝福されてハリウッドを目指して長距離バスで町を去ろうとする最も輝かしい瞬間に，彼女はバスに轢かれて死亡する．

孤独　「ミリアム」（Miriam）では，61歳の未亡人ミセス・H・T・ミラー（Miller）が長年アパートで一人暮らしをしている．知り合いもなく孤独で，雪に閉ざされたニューヨークの街で曜日の感覚も失う．ある晩，映画館で声をかけてきた，腰まで届く白い髪をした風変わりな少女の名前を尋ねると，自分と同じくミリアムだと答える．少女に苗字はない．数日後，夜遅くに少女がなぜか夫人のアパートに現われ，空腹だからと食事を用意させ，夫人が夫からもらったブローチを勝手に自分の物にし，ガラスの花瓶を床に叩きつけて割り，花を踏みつけて出て行く．夫人は夢にうなされ，翌々日買物に出ると，なぜかミリアムの好きなものを買っている．夕方ミリアムがダンボール箱を持って現われ，一方的にこのアパートに住むことにしたと告げる．夫人は下の階の住人に助けを求めるが，誰もいなかったと聞かされる．部屋に戻ると確かに少女の姿も持ち物もない．だがやがてミリアムの姿が見えてくる．

幻想　「夜の樹」（A Tree of Night）では，冬の夜，叔父の葬式帰りの女子学生ケイ（Kay）が，遺言でもらった緑色のギターを抱えて汽車に乗り込む．唯一の空席に座ると，酔っ払った50歳代の女から盛んに話しかけられ，耳と口が不自由な男から突然頬を撫でられて戸惑う．2人は南部の町を巡り，花婿姿の男を棺桶に入れて埋葬する見世物で生計を立てている．男がポケットから桃の種を出して愛撫し，女はそれを愛のお守りとして売りつけようとするが，ケイは拒否し，列車の最後尾に出てすすり泣く．彼女は自分が怖がっているのが，子供の頃に夜の樹のように彼女を覆った恐怖，幽霊や人攫いの魔法使いへの恐怖の記憶であることに気づく．車内に戻ったケイは男の視線に耐え切れず，お守りを買うことを申し出る．遠のく意識の中で女に鞄を取られ，レインコートを経帷子のようにかけられるのを感じる．

（利根川）

◇重要作品◇

ライ麦畑でつかまえて　*The Catcher in the Rye*（1951）
ジェローム・デイヴィッド・サリンジャー　　長編小説

青春小説　サリンジャーの名を世に知らしめたベストセラーであり，出版から半世紀以上経
の古典　った今もなお多くの読者を惹きつけてやまない永遠の青春小説．ホールデン・コールフィールド（Holden Caulfield）の3日間にわたる放浪が，ホールデン本人の回想を通して語られる形式で，文明社会や世俗的な人々の「インチキ」（phony）に対する強烈な嫌悪と怒りが，当時の若者の言葉を用いて生き生きと描かれている．

学校と　ある冬の日，16歳のホールデン・コールフィールドはペンシー寄宿学校を去ろうと
の訣別　していた．著しい成績不良のため退学処分を受けたのだ．その夕方，歴史の先生であるスペンサー（Spencer）に別れの挨拶をしに行くが，うんざりするような説教を聞かされ気分がすっかりふさいでしまう．やがて寄宿舎に戻るが，そこでも隣室のアクリー（Ackley）の卑屈な言動やルームメイトであるストラドレイター（Stradlater）の傲慢なナルシシズムに気が滅入ってしまい，さっさと荷造りをしてニューヨークへ帰る決心をする．しかし，両親に対面する勇気が無く，あてもなくニューヨークの街を放浪することになる．

夢と現実　ニューヨークに着いた最初の夜，ホールデンはホテルのエレベーターボーイに娼
の狭間で　婦を紹介される．ところが，騙されて金を巻き上げられた挙句に暴力を振るわれる．翌日ガールフレンドのサリー（Sally）とデートをするが，学校やニューヨークでの生活に対する激しい不満を彼女にぶつけたために嫌われてしまう．傷ついたホールデンはこっそり家に帰り，唯一の心の慰めである妹のフィービー（Phoebe）に会う．兄の身の上を心配するフィービーに将来なりたいものはあるのかと詰問され，ホールデンはライ麦畑で遊んでいる子供たちが崖から落ちないように捕まえる，「ライ麦のつかまえ役」になりたいのだと話す．

絶望，祈り，　その後，信頼する恩師アントリーニ（Antolini）の家を訪問するが，学校教育
そして希望　が必要だと諭された後，先生のホモセクシャルまがいの行為に動転して，ほうほうの体で逃げ出す．途中，奈落の底に落ちてしまうような恐怖に襲われ，幼くして死んだ純粋で優しい弟のアリー（Allie）に向かって「僕の身体を消さないでくれよ」と祈る．混乱し疲れきったホールデンは一人で西部へ行こうと決心するが，別れを告げるためにフィービーと会ってそのことを話すと，一緒に行きたいと泣かれる．二人で動物園に行き，回転木馬に乗ってぐるぐると回り続けるフィービーを見守りながら，ホールデンは突然言いようのない幸せな気持ちに包まれる．

　　【名句】I'm standing on the edge of some crazy cliff. What I have to do, I have to catch everybody if they start to go over the cliff.「僕は危ない崖の縁にたってるんだ．僕の仕事はね，誰でも崖から転がり落ちそうになったら，その子をつかまえてやることなのさ」

（影山）

◇重要作品◇

老人と海　*The Old Man and the Sea*（1952）
アーネスト・ヘミングウェイ　中編小説

ノーベル賞　前作『河を渡って木立の中へ』(1950) が不評だったのとは対照的にこの作品は高く評価され，1953年度のピューリッツァー賞となり，翌年ノーベル文学賞を受賞する直接の契機となった．当初ヘミングウェイには「海」「空」「陸」についての壮大な三部作構想があり，「海」の部もまた3部に分かれていて『老人と海』はその第1部に予定されていた．第2部と3部はヘミングウェイの死後『海流のなかの島々』として出版された．『老人と海』は生前最後の作品となったが，登場人物の行動を虚飾を廃した文章で単純に描くことにより，かえって神話的，寓話的，象徴的意味など多様な相をもつ作品となった．

不漁の日々　キューバの老漁師サンチャゴ（Santiago）は，漁に出て一匹も魚の得られない日が84日間続いていた．老人は妻に先立たれ一人で小屋に住み，食べるものにも不自由する生活だが，幼いころから漁を教えてきた少年マノリン（Manolin）に慕われ，身のまわりの世話をしてもらっている．9月に入った85日目，夜明け前に舟を出し一人でメキシコ湾流沖へと漕ぎ出した老人に，昼ごろ大物が掛かる．魚は水中にもぐったまま姿を見せず，猛烈な勢いで舟を引っ張っていく．ラインを持った老人の左手からは血が流れ，少年が一緒にいてくれたらとたびたび考える．

死闘　2日目，明るくなってから一瞬，魚が姿を見せる．それはかつて見たことがないほど大きなマカジキで，老人の舟より2フィートも大きい．尖った鼻先は野球のバットくらいあり，頭と背は濃い紫色でわき腹には縞が入り薄紫色をしている．信仰心はあまりない老人ではあるが，この魚を捕らえるためには祈ってもよいと「われらの父」と「聖母マリア」の祈りをつぶやく．大魚との戦いに備え仮眠を取るうちに，老人はよく見るアフリカの夢，夕暮れ時黄色い砂浜に何頭かのライオンがやってくる夢を見る．

　3日目，ようやく弱り始めたマカジキは舟の周りを旋回しだす．老人の体力も限界に近く，時おり気を失いかける．この魚になら殺されてもかまわないと考えるほど，高貴で美しい大魚に老人は親近感を抱き，兄弟と呼びかける．しかし，ついに大魚が近づき浮き上がってくると渾身の力を振り絞り銛を突き刺し，死闘は終わる．老人は大魚を舷側にくくりつけ，帆を張り，港に向かう．だがその途中，サメが次々に大魚に食らいつき，老人の抵抗もむなしく骨だけにされてしまう．その夜おそく皆が寝静まった港に着くと，老人は一人マストを肩に担ぎ自分の小屋へと坂を登る．

　4日目の朝，愛する少年に見守られて老人は目を覚ます．昼すぎ，団体旅行でやってきた女の一人が，骨だけにされた大魚をサメと勘違いする．少年をかたわらに再び眠りに落ちた老人は，またライオンの夢を見る．

【名句】A man can be destroyed but not defeated.「人を打ちのめすことはできても敗北させることはできない」
(奥村)

◇重要作品◇

見えない人間　*Invisible Man*（1952）

ラルフ・エリソン　　長編小説

黒人文化の伝統　西洋的な文化と黒人の土着文化が混じりあったアメリカ社会の中で，一人の黒人青年が自らのアイデンティティを模索する様子を，ジャズやブルースなどの黒人音楽や黒人民間伝承のほか，語りや演説などの黒人口承文化を織り交ぜて描く．リアリズムに加え，象徴主義，表現主義，シュールリアリズム的技法を自由に駆使することで，社会の犠牲者としての黒人像を打破し，個人の可能性を多面的に追求した．全米図書賞を受賞．

不可視性　小説のプロローグとエピローグにおいて，主人公である名のない黒人の語り手は，ニューヨークで，電力会社から無断で引いた電気を利用し，無数の電灯に照らされた地下で生活している．小説の本体は，ステレオタイプの黒人像に囚われる世間の人々にとって，自分が見えない人間であることに気づくまでの主人公の遍歴を語る体裁をとっている．

南部にある黒人大学への奨学金を得るために，主人公は白人聴衆を前にスピーチをすることになるが，その前に黒人少年との目隠しボクシングを強要され，さらに電気を通したカーペットから金を拾う競争をさせられるという屈辱的な体験をする．大学では，多額の寄付を寄せる北部白人を車で案内する際に，自らの娘を妊娠させた黒人小作人や酒場に溢れる精神病の黒人帰還兵たちに出くわしてしまうという失策を重ね，白人におもねる学長から奨学金支給を打ち切られ，学費を稼ぐためにニューヨークに向かう．

ニューヨークでの職探しは難航するが，公共の建物に塗る白ペンキを作っているペンキ工場にようやく雇われる．このペンキの完璧な白さは，黒ペンキを数滴混ぜるところに秘訣がある．やがて主人公の操作ミスからボイラーが爆発し，主人公は意識不明になって病院に運ばれ，実験台にされて受けた電気ショック療法によって過去の記憶を一時的に喪失する．

左翼組織と黒人民族主義　退院後ハーレムの路上で黒人老夫婦が立ち退きを強いられる現場に遭遇し，見事な抗議演説をしたことから，左翼の政治組織「ブラザーの会」の注目を引き，新しい名前と住居を与えられ，ハーレム地区での活動を任される．白人中心の集団ではあったが，主人公も対等の待遇を受け，彼は階級闘争を展開する形で黒人の状況改善に奔走することになる．その結果，ハーレムで活動中の黒人民族主義者ラス（Ras）から，白人と手を組む裏切り者として敵対視される．「ブラザーの会」の元同志の黒人が白人警官に撃たれ，人々の関心を会に再び向けるべく，主人公の独断で追悼集会を開催するが，逆に会から批判される．会の教条主義と黒人を都合よく利用するやり方に嫌気がさした主人公は，説教師や賭博師など複数の顔を持つ変幻自在の謎の人物，ラインハート（Rinehart）に変装して，会とラスの両方から逃げ回る．ハーレムで人種暴動が勃発する中，主人公をリンチにかけようとするラスの追手が迫り，彼は蓋の空いていたマンホールに飛び込む．やがて蓋を閉められてしまい，主人公の地下生活が始まる．ひとり，自分とは何かを問う中で自己認識に至った彼は，長い冬眠期間を終えて外の世界に再び出て行こうとする．　　　　（利根川）

◇重要作品◇

エデンの東　*East of Eden*（1952）

ジョン・スタインベック　　長編小説

カインの物語　人間がこの世で生きることの意味を問うという壮大な構想のもとに5年をかけて執筆され、作者が自らの創作の集大成と位置づける4部構成の超大作．南北戦争から第1次大戦にかけて二家族の三世代を辿り、ハミルトン（Hamilton）家を通してサリーナスにおける作家自らの母方の家系の歴史を語ると同時に、トラスク（Trask）家を通して人間の原罪の問題と取り組んだ．タイトルは、旧約聖書の創世記で語られる、アダム（Adam）の息子であるカイン（Cain）が弟のアベル（Abel）を殺し、神により印をつけられて追放された後に住みついた土地を指し、小説全体はこのカインの物語の新しい解釈となっている．

カリフォルニア州北部サリーナス盆地に移住して一家を築くサミュエル・ハミルトン（Samuel）は、作中にしばしば顔を出す一人称の語り手の祖父にあたる．空想的で発明の才に恵まれた北アイルランド生まれの彼は、妻との間に4男5女の子供に恵まれる．性格の異なる子供たちは互いに頼りあい、老いた両親を農場から引き取って順番に面倒をみようとする．サミュエルは井戸掘り仕事でトラスク家と知り合い、農場を離れるまで深い交流を持つ．

兄弟、そして双子　コネティカット州の農場で育ったアダム・トラスクには性格が正反対の腹違いの弟チャールズ（Charles）がいる．父の遺産の半分を相続したアダムは、記憶喪失を装う美女キャシー（Cathy）を妻として伴い、1900年にサリーナス盆地にやってくる．キャシーは悪の化身のような女であり、多くの人を破滅させ、両親をも事故を装って殺した過去をもつ．チャールズの子を妊娠していたキャシーは、堕胎に失敗して双子を生むと、アダムの肩を銃で撃って家を出て行く．彼女はサリーナスの売春宿の女性経営者を密かに毒殺し、後釜に座って悪徳の限りを尽くす．妻に去られたアダムはもぬけの殻になり、召使でインテリの中国人男性リー（Lee）が二人の子供の世話を焼く．リーが心から尊敬するサミュエルがアダムを立ち直らせ、三人で1年以上も名前のなかった双子に聖書からカレブ（Caleb）とアロン（Aaron）と名づける．

「ティムシェル」　双子の性格は正反対で、カレブは悪に強く惹かれるのに対し、アロンは天使のように翳りがなく誰からも好かれる．カレブはそんなアロンに嫉妬し続ける．カレブは戦争をあてこんで投機したインゲン豆で巨額の利益をあげ、その儲けを父に贈ろうとするが、地元の徴兵委員として戦争に心を痛めている父から受け取りを拒絶される．怒りに駆られたカレブはアロンに、死んだはずの母が売春婦として生きていることを教え、キャシーのもとに連れていく．アロンはこの衝撃を乗り越えられず、軍隊に志願する．キャシーはアロンに遺産を残して自殺する．やがてアロンの戦死の知らせを受け、父は衝撃から卒中で倒れる．リーの勧めで、カレブはアロンに残酷な仕打ちをしたことを父に告白し、許しを求める．重度の麻痺状態にありながら、父はヘブライ語で「ティムシェル」（汝――することあるべし）と呟き、人間には善と悪とを自ら選択する権利、選ぶ責任が与えられていることを伝え、カレブを許す．

(利根川)

◇重要作品◇

賢い血　Wise Blood（1952）

フラナリー・オコナー　長編小説

逆説のコミック・ノヴェル　1962年の第2版に寄せた序文で，オコナーはこの処女作品を「不本意ながらクリスチャンになった者（a Christian *malgré lui*）についてのコミック・ノヴェル」だといっている．神や救世主の問題に取りつかれ，それらを激しく否定する人間は，ある意味で信仰者なのだと，そういう逆説をオコナーは描こうとしている．頻繁に用いられるグロテスクな描写は，読者の目を見開かせる効果を狙ってなされている．

「キリストのない教会」　ヘイゼル・モーツ（Hazel Motes; Haze）は，18歳のときに兵役につき，4年間を海外で過ごした．狂信的な巡回牧師だった祖父のような説教師になるものと思っていたが，4年間のうちに，自分には魂などないのだと確信するようになる．軍隊を離れると彼はすぐ故郷のイーストロド（Eastrod）に戻るが，誰もいない荒れ果てた家が残っているだけだった．ヘイズは電車でテキサス州のトーキンハム（Torkinham）に向かい，罪などありはしないのだということを示すために，トイレの落書きにあった売春婦の宿を訪ねる．次の晩，ヘイズは盲目の説教師エイサ・ホークス（Asa Hawkes）をつれた娘サバス・リー（Sabath Lee）から信仰を説く冊子を渡される．エイサは信仰を証すために自ら目をつぶしたというのだった．ヘイズは二人に強い興味を示す．ヘイズは二人に追いつくと，自分は罪など信じていない，キリストなど存在しないのだと言い放つ．次の朝ヘイズは車を買い，街頭でボンネットの上から「キリストのない教会」（Church Without Christ）を説き始める．

不条理な暴力　ヘイズの説教は道を行くほとんどの人から無視されていたが，ある晩フーヴァー・ショーツ（Hoover Shoates）という男が現われて，ヘイズの言葉を巧妙に，大衆に馴染みやすく歪めて伝え始める．さらにショーツはヘイズに手を組んで稼ごうと近寄るが，ヘイズはこれを拒絶する．するとショーツは次の晩，自分で雇った預言者，服装もヘイズと全く同じ男，ソレス・レイフィールド（Soles Reyfield）を連れてやってくる．このソレスという男をヘイズは車でひき殺す．エイサ・ホークスも本当は目が見える偽預言者と分かったヘイズは，別の街で説教を続けようと車を走らせる．ところが途中で警官に制止され，「顔が気に食わない」というだけの理由で，車を土手の下に落とされてしまう．

宿に戻ったヘイズは，石灰で目をつぶし，有刺鉄線を体に巻きつける．下宿の女主人は，最初はヘイズのお金が目当てで，やがては打算抜きで，ヘイズと結婚してもいいと考え，その話を持ち出すが，ヘイズは下宿から出てゆく．二日後，彼は排水溝に倒れているところを警官に発見され，車で下宿に連れ戻される途中で死ぬ．女主人は，彼が暗闇の中を遠く遠くへ，やがて一点の光となるまで動いていくように感じる．

【名句】His blood was more sensitive than any other part of him.「彼の血は体のどの部分よりも敏感であった」

（坂下）

◇重要作品◇

ナイン・ストーリーズ　Nine Stories（1953）
ジェローム・デイヴィッド・サリンジャー　**短編集**

　1948～53年の間に発表された短編を作者自身が厳選し，まとめた作品集である．この選に漏れた短編は英語では本としては出版されず，雑誌発表のままになっている．
「バナナフィッシュにうってつけの日」（A Perfect Day for Bananafish）グラス家の長男シーモア（Seymour）は妻のミュリエル（Muriel）とフロリダを訪れる．ある午後，彼はホテルのビーチでシビル（Sybil）という小さな女の子と遊んでいたが，バナナフィッシュをつかまえようと提案する．バナナフィッシュとはバナナが大好物の魚で，バナナがたくさん入っている穴の中へと泳いで行き，食べ過ぎでふくらみ，穴から出られなくなってしまうのだという．シビルはその話を聞き，バナナフィッシュが一匹見えたと嘘を付く．シーモアはシビルと別れホテルに戻り，ベッドで寝息を立てる妻の横にすわり，ピストル自殺を遂げる．
「エズメに捧ぐ――愛と汚辱のうちに」（For Esmé — with Love and Squalor）過酷な戦争を潜り抜けてきた「私」は1年前にイギリスで偶然出会ったエズメからの手紙に慰められる．彼女は年のころは13歳くらいの聡明な少女で，両親を亡くしてから小さな弟と共に伯母のもと身を寄せていた．6年がたち，彼女から「私」のもとに結婚式の案内状が届く．
「テディ」（Teddy）天才児テディはヨーロッパ旅行からの帰途の船の中で，若い教育学者ニコルソン（Nicolson）の質問に答える．テディは前世においてインドで霊的な修行をしていたが，とある女性と出会って瞑想をやめてしまったため，アメリカ人の肉体を得て再び生まれ変わったのだという．彼は自分の死を予言するような言葉を残し，水泳の練習があるからと言って立ち去る．やがてニコルソンはプールの方から鋭く長い叫び声を聞く．
「コネティカットのひょこひょこおじさん」（Uncle Wiggily in Connecticut）は，酒に溺れるエロイーズ（Eloise）が，戦時中の爆発事故で死んだ恋人グラス家のウォルト（Walt）との幸福な青春時代に思いを馳せる物語．
「対エスキモー戦争の前夜」（Just Before the War with the Eskimos）は15歳の少女ジニー（Ginnie）と友人の兄であるフランクリンとの他愛もない会話の中に，戦争に対する痛烈な批判を込めた作品．
「笑い男」（The Laughing Man）はジョン・ゲザツキー（John Gedsudski）という大学生が話してくれる壮大な空想物語であるが，子供の「私」はジョンと恋人のメアリー（Mary）との喧嘩別れを目の当たりにし，悲しい現実の世界を突きつけられる．
「小舟にて」（Down at the Dinghy）は幼い子供が"kike"という言葉に傷つく話．
「愛らしき口もと目は緑」（Pretty Mouth and Green My Eyes）は一種の不倫物語．
「ド・ドーミエ＝スミスの青の時代」（De Daumier-Smith's Blue Period）は現実逃避をしていたスミス青年が，ある瞬間に悟りを得，現実を直視するようになるまでの成長の記録．

(影山)

◇重 要 作 品◇

オーギー・マーチの冒険　*The Adventures of Augie March*（1953）

ソール・ベロウ　長編小説

自由闊達な語り　初期作品のフローベール風のスタイル，モダニスト的美意識を捨て，大恐慌時代のシカゴの目まぐるしく変化する世界で一世のユダヤ人の若者がたくましく，したたかに成長していく様子を饒舌な一人称で描いたピカレスク的ビルドゥングスロマン．後年，ベロウはその「哲学的未熟さ」にぞっとしたと語ることになり，荒々しく，溢れ出るようなスタイルに以後，戻ることはなかったが，オプティミスティックなアメリカ人を作り出そうとする一貫した姿勢の出発点となったことは確かである．作者自身が少年期を過ごした移民街のサウスサイド地区の猥雑で活気に溢れた様子をドライサー風とも評されるように，細部にわたり，リアリスティックに描写したことでも評価が高い．54年，全米図書賞を受賞．

アンティ・サクセスストーリー　ユダヤ系の青年，オーギーは生活保護受給者の母，もともと下宿人ながら子供たちの教育係を買って出ているグランマ・ラウシュ（Granma Lausch），知恵遅れの弟ジョージ，日和見主義者の兄サイモン（Simon）のもとを離れ，自立を目指して世間に出る．かろうじてハイスクールを卒業し，様々な仕事や経験を通じて人生を学ぶことになる．最初の仕事は身体障害のあるビジネスマン，ウィリアム・アインホーン（William Einhorn）の身の回りの世話だった．二番目の仕事は高級馬具店の販売員だったが，経営者の妻レンリング夫人（Mrs. Renling）がオーギーに礼儀作法を仕込んで養子にしようとしたため，逃げ出す．その後オーギーは窃盗にも手を貸し，移民を密入国させようと試みたりもする．カナダ国境付近で高額の書物を盗んで販売し，一時は労働組合の活動家にもなる．兄サイモンと異なり，家族思いのオーギーは母とジョージが施設に収容されると狼狽し，祖母グランマ・ラウシュが亡くなると嘆き悲しむ．財産目当てに金持ちの娘シャーロット・マグナス（Charlotte Magnus）と結婚した兄サイモンの真似を嫌い，自分なりの方法で運試しをすると主張し，兄サイモンとの仕事を辞め，シャーロットの妹ルーシー（Lucy）とも別れる．

マキアヴェッリたち　「マキアヴェッリたち」，「運命の形成者たち（デスティニー・モールダーズ）」などと様々に呼ばれる人生の指南役たちの説得はまだ続く．オーギーは新しい恋人シア・フェンチェル（Thea Fenchel）のお供をしてメキシコへイグアナ狩りに出かけるのだが，鷲のカリグラ同様狩りには気乗りがせず，シアを失望させる．高圧的な女神から逃げ帰ったオーギーは旅の間に出会った女性ステラ（Stella Chesney）と結婚する．その後も狂気の生物学者バステショー（Hymie Basteshaw）やいかがわしい実業家ミントゥーチャン（Mintouchian）と関わりを持つが，長い彷徨の末にようやく落ち着く心境になり，「身近に存在する見知らぬ土地（テラ・インコグニタ）」こそ探検する価値があると気づくのだ．

【名句】All the influences were lined up waiting for me. 「あらゆる影響力が勢ぞろいでぼくを待ち構えていた」

（遠藤）

◇重要作品◇

ピクニック　*Picnic*（1953）

ウィリアム・インジ　戯曲（3幕）

田舎娘の自己発見　中西部の片田舎に暮らす美しい娘の自己発見がテーマで，アメリカの夢と挫折，アルコール依存症，女性の自立，母子家庭，老人介護など現代社会の諸相を背景に見据えている．ピューリツァー賞とニューヨーク劇評家賞を受賞し，初演の演出を手掛けたジョシュア・ローガン（Joshua Logan）により，1955年に映画化されている．

よそ者ハルの登場　カンザス州の田舎町．フロ・オウエンズ（Flo Owens）は40代前半で，二人の娘，18歳のマッジ（Madge）と16歳のミリー（Millie）の母．マッジは町一番の評判の美人であるが，そう言われることには飽き飽きしており，小さな町の中で一生を終わることに疑問を抱いている．隣のポッツ夫人（Mrs. Potts）は60歳で，寝たきりの母の世話をしている．フロの夫は家族を捨て蒸発してしまい，ポッツ夫人も熱烈な恋の末に駆け落ち結婚したが，1日で母親に結婚を解消され，やはり夫がいない．この女だけの環境に，突然，型にはまらず自由な，そして「男らしさ」を匂わせる青年ハル（Hal）が現れる．彼は仕事を求めて，友人アラン（Alan）を訪ねて来たのだが，マッジと会った瞬間，互いに惹かれあう．しかしマッジとアランは付き合っており，フロは町の実力者の息子であるアランと娘が結婚することを切望している．この日は9月第1月曜日の「労働者の日」で，町の人々は夕刻から公園へ出かけて催し物を楽しむのが慣わしである．

消えゆく若さへの焦り　夕方になり，一同はピクニックに思いを膨らませて，ポーチに集う．アランやフロの家に下宿をしている40代の独身女教師ローズマリー（Rosemary）も男やもめの商人ハワード（Howard）を連れて来る．彼女は大したロマンスもないまま中年になり，若者を羨望の眼差しで見るとともに，言い知れぬ焦りも感じている．ポーチの前で，ミリーはハルからダンスの手ほどきを受けるが，ハルと姉の息の合ったダンスに嫉妬して，発作的にウィスキーを飲む．ローズマリーは酔った勢いで，ハルとマッジのダンスを邪魔する．やがてミリーが酔って気分が悪くなると，ローズマリーは鬱積した欲求不満から，ハルを悪者にして罵倒する．「あんたは若いから，他人なんか押しのけても，気にすることはないと思ってるんでしょ…．でもいつまでも若いままじゃいられないのよ，考えたことある？」（You think just 'cause you're young you can push other people aside and not pay them any mind.... But you won't stay young forever, didja ever thinka that?）他の人たちが出かけた後，マッジは同情心からハルを慰め，二人の距離が急接近し，姿を消す．

新しい世界を求めて　翌朝，フロはマッジに昨夜のことを問いただすが，マッジは答えない．そこへハルが現れて，タルサで仕事を見つけて一緒に暮らさないかと誘い，去って行く．フロの説得にもかかわらず，マッジは家を出てハルのもとへ向かう．ポッツ夫人はハルがこの家に入ったとたん，何かが変わった，そして自分が「女」であることを思い出させてくれたと言う．娘が自分と同じ人生を辿ることを危惧するフロに，ポッツ夫人は「身をもって学ばせましょう」（Let her learn them for herself, Flo.）と温かく言葉をかける．（逢見）

◇重要作品◇

お茶と同情　Tea and Sympathy（1953）

ロバート・アンダソン　戯曲（3幕）

「男らしさ」をめぐる傑作　1953年にエセル・バリモア劇場で，エリア・カザンの演出で初演され，720回のロングランを記録し，年間最優秀戯曲に与えられるドナルドソン賞（Donaldson Awards）を受賞したアンダソンの代表作．同性愛の噂を立てられて傷つく内気な学生と舎監の美しい妻との微妙な愛情を描いた舞台に主演したデボラ・カーとジョン・カーは，1956年の映画化作品でも主演して話題になった．噂にもとづき，世論が排除の構造を作り上げていく恐ろしさを描いている点は，リリアン・ヘルマンの『子供の時間』（1934）と同じである．

同性愛の噂（第1幕）　ニューイングランドの男子大学予備校内にある寄宿舎が舞台で，2階の一室に下宿している18歳の学生トム・リー（Tom Lee）は，趣味が女性的で，音楽や詩を好み，いつも学生劇では女役を演じ，仲間からは当時の人気女優の名にちなんでグレイスと呼ばれている．そのトムが美貌の青年教師と海水浴に出かけ，二人だけで泳いだために同性愛の噂が立ち，青年教師は退職になる．この学校の卒業生であるトムの父は，息子に不名誉な噂が立っているのを心配し，トムが舎監の魅力的な妻ローラ（Laura Reynolds）に作ってもらった女性の衣装を着て，学芸会で女役を演じるのを中止させる．

男らしさの証明（第2幕）　それから2日後，トムの噂は学生間に広まり，同室の親友アル（Al）までが，親の忠告もあって部屋を出る．孤独なトムを温かい愛情で見守っているローラは，アルを引き止めようとするが，アルは聞き入れず，トムに男であることを証明するために，町の娼婦まがいの女と会うように勧める．意を決したトムが電話で会う約束をしているのをローラが立ち聞きして，トムの外出を止めようとする．（第1場）

　土曜の夜，トムはウィスキーを飲んで，事を実行しようとするが，ローラが待ち受けていて，トムを部屋に招き入れ，コーヒーを出してから，自分の過去を打ち明ける．ローラはかつてトムと同じ年頃の青年と結婚したが，その青年は戦死したと語り，トムとダンスをしたりして，商売女のところへ行くのを必死に止める．そこへ舎監である夫ビル（Bill）が雨のため登山を中止して突然帰宅したので，その隙にトムは外に出る．（第2場）

本当の男らしさ（第3幕）　その翌日の夕方．トムは女のところへ出かけたが，目的をとげることが出来ず，自殺しようとしたことが学校当局に知れて，退学処分になる．ローラはこの事件に少しも責任を感じない夫を責め，この問題がもとで夫と別れることになる．ローラは傷心のトムの部屋へ入っていくと，目的をとげられなかったのは，相手の女を愛していなかったせいだと言って慰め，トムに「お茶と同情」以上の愛情を示して，失意のトムを激励し，誰よりも男らしいのだという自信を持たせてやる．

【名句】　The joys of love / Are but a moment long, / The pain of love / Endures forever.　「愛の喜びはほんのひととき，愛の悲しみはいつまでも残る」（この劇の冒頭でトムがギターを弾きながら歌うマルティーニ作曲のイタリア古典歌曲の歌詞）

〈荒井〉

◇重　要　作　品◇

るつぼ　*The Crucible*（1953）

アーサー・ミラー　戯曲（4幕）

マッカーシズム批判　1692年のマサチューセッツ州セイラムで起きた魔女裁判を題材に，1953年当時のマッカーシズムを描いた本作は，アメリカでは197回の上演であったが，その後パリ，ミュンヒェン，ベルリン，コペンハーゲン，ブエノスアイレス，ウィーン，ケルン，ローマでも上演され，ミラー作品の中で最も多く上演される作品となった．

悪魔に憑かれた娘たち（第1幕）　1692年の春．セイラムのパリス牧師の家では，娘のベティがベッドでぐったりとしている．パリスの姪で17歳になる孤児のアビゲイル・ウィリアムズらが見守る中，ベティは一向に回復の兆しがない．そこにトマス，アン・パトナム夫妻が現われ，自分達の娘ルースも同じように悪魔に取り憑かれていると言う．アビゲイルは少女たちが黒人奴隷のティテュバと森の中を裸で踊り回り，悪魔を呼びだしていたことを告白し，悪魔と一緒にいた人々の名を恍惚の叫びの中で告げる．

魔女狩り（第2幕）　8日後のプロクター家の居間．30代半ばの農夫ジョン・プロクターとエリザベス夫妻の心は，夫と召使いアビゲイルとの情事が原因で離れ離れになっている．暇を出されたアビゲイルに代わり，メアリ・ウォレンがプロクター家の召使いとして働いている．良心の呵責に苛まれ，法廷に入るような気持ちで帰宅するジョンは，39人の女性が魔女の疑いで逮捕されたことを知る．アビゲイル，メアリを始めとする少女たちは，森の中での悪ふざけをパリス牧師に見つけられたため，魔女の話をでっち上げ，エリザベスを始め気に入らない人物を陥れようとしていた．町は魔女狩りの渦に巻き込まれていく．

魔女裁判（第3幕）　セイラムの教会の聖具室が，今は法廷の控室として使われている．ダンフォース副知事，ホーソーン判事らが逮捕した女性たちを尋問している．また，村一番の金持の長男であったトマス・パトナムは，土地を目当てに近所の者を次々に破滅に追い込んでいる．嫌疑がかけられている女性の一人，マーサの夫ジャイルズ・コーリーは，パトナムの悪事の証拠を掴むものの，告発者の名前を告げなければ，法廷侮辱罪で逮捕すると脅されてしまう．プロクターはダンフォースの前で自らの姦淫の罪を認め，アビゲイルの悪事を暴くが，逆に悪魔に汚された者として投獄されてしまう．

プロクターの処刑（第4幕）　その年の秋，牢獄の独房．ヘイル牧師が，女たちに罪を告白して命乞いするよう懸命の説得を続けている．一方証言をした少女たちのうち，マーシー・ルイスとベティ・パリスは既に船で逃亡している．町の中でも評判の高いレベッカ・ナースとプロクターの処刑に関しては，ダンフォースらも慎重である．ヘイル牧師の取り計らいで，プロクターはエリザベスと面会するが，彼女の口からは告白すべきかどうかという問いに対する答えは得られない．レベッカのような聖人にはなれないと，一度は告白書に署名したプロクターではあったが，「名前なしに，どうして生きてゆける？　魂は渡した，名前は残してくれ！」(How may I live without my name? I have given you my soul; leave me my name!) と言って告白書を破り，絞首刑を受け入れるのであった．　　　　　　　　　(増田)

◇重要作品◇

山にのぼりて告げよ　*Go Tell It on the Mountain*（1953）
ジェイムズ・ボールドウィン　長編小説

構成　自伝的な作品で，ニューヨーク，ハーレムの店舗教会で体験したドラマティックな回心の経緯を描いている．第1部　安息日，第2部　信者の祈り—フロレンス（Florence），ゲイブリエル（Gabriel），エリザベス（Elizabeth），第3部　打穀場，という構成になっている．

現在　第1部と第3部は物語の現在の流れをたどる．時は主人公ジョン・グライムズの14歳の誕生日である1935年3月の土曜日．ジョンは少年らしい性的な夢に脅えながら目覚める．たちまち複雑な家族関係の網の中に捕らえられる．彼は母エリザベスの連れ子で，父ゲイブリエルとは血のつながりがない．父の愛情はどうしてもすぐ下の弟の方へ行ってしまう．弟は名前からしてロイ（Roy，王）なのだ．父の正統な後継者という思いが込められている．ところがこのロイ，何をやらせても劣っている．喧嘩をして血を流しながら帰ってきた息子がジョンでなくてロイであったことさえ父には苛立ちの種である．横暴な父であり，大きな矛盾をかかえて生きている．ほとんど狂信的なクリスチャンで，非公認の説教師をしていながら，白人をおしなべて憎み軽蔑している．グライムズ（Grimes，汚れ）という姓が象徴しているように彼は白人の支配する社会の汚れを引き受けさせられており，その屈辱感が屈折して卑屈でかつ傲慢な人格をつくりだしているのだ．堂々とジョンの味方をしてくれるのは父の姉であるフロレンス伯母だ．夕刻，いよいよ一家揃って教会の夜間礼拝（tarry service）に出かける．

過去　第2部ではこの伯母と父母の祈りという形でこの3人の世代の過去が語られる．彼らはみな南部のある地方に生まれ，20世紀初頭に起こった黒人の北部大都市への大移動の波に乗ってニューヨークへ渡ってきた人たちである．父ゲイブリエルは白人たちに集団で強姦された可哀想なデボラ（Deborah）と結婚するが，彼女には子供が生まれず，愛人のエスター（Esther）には生まれてしまう．捨てられたエスターは産褥で死亡，息子ロイヤルは酒場で殺される．そのあと子のないデボラが死ぬ．やもめになったゲイブリエルは教会の信者であるエリザベスと結婚する．その連れ子が即ち主人公ジョンなのだが，彼は私生児である．エリザベスは恋人リチャードとまもなく結婚する予定で同棲するのだが，妊娠中にリチャードが警察に誤認逮捕されたやり場のない悔しさから自殺してしまったのだ．理性的な生き方を夢見ていたフロレンス伯母はだらしのない夫フランク（Frank）に不満で，遠ざけていた．いまは弟ゲイブリエルの愚かさに歯がゆい思いをしている．

回心　第3部では礼拝が長引き，夜が明けてしまう．会衆はほとんどとうに帰ってしまっている．ジョンはついに神と出会い，衝撃で床に倒れ，意識を失っている．若き説教師エリシャ（Elisha）をはじめ，家族一同も彼の回心を祝福する．

【名句】And something moved in John's body which is not John. He was invaded, set at naught, possessed.「そしてジョンの体内で，ジョンではない何かが動いた．彼は侵され，無化され，憑かれた」

（寺門）

◇重要作品◇

熱いトタン屋根の上の猫　*Cat on a Hot Tin Roof*（1955）
テネシー・ウィリアムズ　戯曲（3幕）

嘘と真実の主題　劇作家としての成熟を示した戯曲で，二度目のピューリッツァー賞受賞作．作者は序文で，「人間の抒情的表現とは，独房の囚人から囚人への悲しい叫び声であり，人は一生独房に閉じ込められたままなのである」（Personal lyricism is the outcry of prisoner to prisoner from the cell in solitary where each is confined for the duration of his life.）と孤独な魂の叫びを描く姿勢を明確にしている．南部の大富豪の屋敷を舞台にしたこの作品では，癌に侵されている一家の主の遺産を前にして，人生からの逃避と生への執着のドラマが展開し，作者がこだわり続けた嘘と真実の主題が追求されていく．

マギーの焦燥（第1幕）　南部の大農園主であるビッグ・ダディ（Big Daddy）は，癌で余命いくばくもないが，本人も妻も本当のことを聞かされていない．長男と次男夫婦が誕生日を祝いに来ているが，長男のグーパー（Gooper）と妻メイ（Mae）は，五人の子供を方便に，遺産の相続を独占しようとしている．次男ブリック（Brick）は仕事もせず，酒ばかり飲んでいる毎日で，妻との夫婦生活も途絶えており，前の晩に酔って骨折して松葉杖をついている．相続争いには負けたくないと焦りを感じているのが，ブリックの妻マーガレット（Margaret）である．マギーと呼ばれている彼女は，今の自分を「熱いトタン屋根の上の猫」のようだと言い，自分の肉体で夫の愛を取り戻してみせると必死である．彼女はブリックの過去の古傷に言及する．ブリックと親友スキッパー（Skipper）との間に同性愛的なものを感じた彼女は，その真偽を確かめようとスキッパーを誘惑したが，彼は行為を果たせず，その後命を断ってしまい，それ以来ブリックは酒に溺れる毎日なのである．

真実の重さ（第2幕）　癌の疑いが晴れたと聞かされたビッグ・ダディが，飲んだくれのブリックに対して，お前は真実を直視する勇気がないと迫る．興奮したブリックは，癌だという真実を告げてしまい，嘘つきと非難されると，「嘘の中で生きるのが人間です」（Mendacity is a system that we live in.）と居直り，父親はショックで寝室に引きこもる．

嘘を真実に（第3幕）　長男夫婦は医師を説得し，母親にビッグ・ダディの癌の事実を告げさせ，相続の話を持ち出す．だが動揺した母親は，彼らの打算をはねつけ，夫が生きている間にブリックの子供を見せたいと彼にすがるように言う．するとマギーは，自分はすでに妊娠していると皆の前で宣言する．部屋で二人だけになると，彼女はブリックの松葉杖と酒を取り上げ，「今夜，私たちは嘘を誠にするのよ」（And so tonight we're going to make the lie true...）と夫をベッドに誘うのである．

　初演の際に演出家エリア・カザン（Elia Kazan）の示唆を受けて，第3幕を中心に作者が書き改め，原台本と上演台本の両方を載せた戯曲が出版された．上演版では，第3幕でビッグ・ダディを再び登場させ，ブリックが挫折から立ち直り，マギーをかばい，その生への執着と勇気をほめる言葉まで述べる．だが作者はこの変更に不満の思いがあり，74年，再演の際の改訂で，この上演台本のラストでのブリックの変貌を削除している．　　　　　（広川）

◇重要作品◇

ロリータ　*Lolita*（Paris, 1955; New York, 1958）
ウラジーミル・ナボコフ　　長編小説

少女に扮した永遠のデーモン　知的で洗練されたヨーロッパ人ハンバート・ハンバート（Humbert Humbert）は禁断の少女愛を心に秘めたまま大人の女性たちとの情事によって気を紛らそうとしたが，満足は得られなかった．ヴァレリア（Valeria）という少女っぽい女性と妥協で結婚した後になって，米国に住む金持ちの叔父が米国移住を条件に財産を残してくれたことを知る．ちょうど妻も結婚に不満であったのをよいことに彼は離婚して単身アメリカに渡る．ニューイングランドの静穏な町ラムズデイル（Ramsdale）に赴き，未亡人シャーロット・ヘイズ（Charlotte Haze）宅の下宿人となる．ハンサムな彼は気に入られてシャーロットと結婚することになるが，彼の目当ては12歳の娘，ニンフェット（nymphet，ナボコフの造語で美少女）ドロレス（Dolores，愛称ロリータ）にあった．犯罪にも不道徳にもならず，相手も自分も傷つけることなく，彼女を所有するにはどうしたらよいかと彼は真剣に考え，それに成功し，至福の境地を味わう．痴漢すれすれの，いや痴漢そのものの隠微な逸楽と人は言うかもしれないが，彼は主観的には芸術家として理想的な美の創造を成し遂げたのだ．やがて母親が都合よく交通事故死してくれると，彼はさっそくロリータをつれて車でアメリカ大陸を縦横に旅してまわる．そして東部に舞い戻り，彼女をビアズレー（Beardsley）の学校にあげる．運命が暗転するのはロリータが何者かに誘拐された時だ．2年間探し回ったあげく，彼女から手紙が届き，彼は会いに行く．だがそこにいたのはニンフェットならぬ，輝きのうせた16歳の妊婦で，リチャード・シラー（Richard Schiller）という男の妻だった．かつての養父兼愛人のハンバートにはすっかり興味を失っていて，いくら頼んでももう一度やり直すことには応じない．彼女を誘拐したのが実は知り合いの作家で，性的不能者にして倒錯者クレア・キルティー（Clare Quilty）――clearly guilty〈まさしく有罪〉を暗示している――であったと知り，ハンバートは彼を探し出して殺す．ハンバートはキルティー殺害の公判を待つ拘置所内で「ある白人やもめ男の告白」（The Confessions of a White Widowed Male）というサブタイトルのついたこの草稿を書きあげ，公判前に病死する．数ヶ月後にロリータが出産で死ぬことを彼は知りえない．

反響と考察　ナボコフはこの作品によって世界的な名声を得るのだが，発表当時は必ずしも好意的に受け入れられなかった．ある批評家は，大概の性関係が日常化してしまっている時代にあって少女愛という最後のタブーに挑戦した「最後の恋愛小説」として評価した．しかしプロットこそセンセーショナルだが，ここに露骨な性描写はみられない．

【名句】I was aware of not one but two sexes, neither of which was mine; but would be termed female by the anatomist. But to me, through the prism of my senses, "they were as different as mist and mast."「私は1つではなく2つの異性を認識していた．私はそのどちらでもない．解剖学者は両者を女性と呼ぶだろうが，私から見ると，私の感覚のプリズムを通して見ると，両者はまるで別物だった」

（寺門）

◇重要作品◇

この日をつかめ　Seize the Day（1956）

ソール・ベロウ　中編小説

緊密な構成　初期の『宙ぶらりんの男』『犠牲者』同様，モダニズム的な無駄のない構成で書かれたダーク・コメディ．作風の類似から見て，発表時期は遅いが饒舌な文体の『オーギー・マーチの冒険』以前に書かれたものではないかという見方もある．アメリカの高校，大学の教科書に多く収録され，最高傑作とする見解もある．

成功の神話と変身願望　世俗的成功への憧れと嫌悪，アメリカ人が取り付かれている敗者になることへの恐怖を主題とするこの物語は，主人公トミー・ウィルヘルム（Tommy Wilhelm）が破滅の底に沈んだあと再生を遂げるまでの1日を扱っている．トミー・ウィルヘルムとはウィルキー・アドラー（Wilky Adler）が少年のころ理想の自分に与えた名前である．夢想家の自分をまったく認めてくれない，成功した医者である理性的な父アドラー博士（Dr. Adler）から自立することが彼の願望だったが，自由を求めて一歩を踏み出すごとにまずい選択をし，自分を隷属状態に追い込んでしまうのだった．いわば彼は成功を求めて失敗を選択していたのだ．悪徳タレントスカウトに騙されて大学を中退するが俳優になる夢は叶えられず，最近は不条理主義哲学を説く詐欺師タムキン（Tamkin）の投資話に乗ってなけなしの金を巻き上げられる．

タムキン博士　「人々を〈いま・ここ〉という時へ導き入れることができればいい．本当の世界，つまり現在という瞬間へ．過去はもう役にたたない．未来は不安で一杯だ．ただ現在だけが，〈いま・ここ〉だけが実在のものなのだ．この時を——この日をつかめ」金銭は過去と未来のためのものであり，現在は金銭から自由な純粋な時であるという真理を説いて金を奪い取るタムキン博士は『オーギー・マーチ』のグランマ・ラウシュや兄サイモンそして『雨の王ヘンダソン』のダーフー王などベロウの小説に必ず登場する説得者たちの究極の姿にほかならないデーモンである．因みに作品の題名にもなっている"Seize the day"はラテン語の諺"Carpe diem"の英訳である．

だめ男トミーの再生　ユダヤ民話のだめ男（シュレミール）の範例を踏まえたトミーは家族の信頼を含めてすべてを失い，気が付いてみるといつのまにか見知らぬ人の葬儀会場に迷い込み，死者を悼んで滂沱の涙を流していた．この死者との対面によって彼は古い自我の死と新たな自我への再生を体験することが暗示されている．

【名句】He had cast off his father's name, and with it his father's opinion of his. It was, he knew it was, his bid for liberty, Adler being in his mind the title of the species, Tommy the freedom of the person. But Wilky was his inescapable self.「ウィルヘルムは父の名前を投げ捨て，それとともに自分に対する父の評価も捨て去った．彼にはわかっていた，そうすることは自由のための代価だったのだ．彼の心の中では，アドラーとは種族の称号であり，トミーとは個人の自由であった．だがウィルキーとは逃れることのできない自分自身なのだ」

（遠藤）

◇重要作品◇

吠える,その他　*Howl and Other Poems*（1956）

アレン・ギンズバーグ　詩集

　長詩「吠える」（Howl）と，数編の詩からなる本詩集は，猥褻な内容を前面に出して社会を挑発し，ビート運動の先駆けとなった．序文は以前から親交のあったウィリアム・カーロス・ウィリアムズが書いているが，この詩に対する深い理解と賛辞を示している．

ビートの聖者　サンフランシスコのシティライツ・ブックスから出版された際，猥褻という理由で発売禁止となり，これをめぐり裁判となった．しかし1年後，裁判所は猥褻ではないとの判決を下し，詩集の名誉は回復されることとなった．この裁判のために，詩集，詩人ともに一躍有名となり，結果として全米から注目が集まった．今では日本語，中国語を始め，23か国語に翻訳されており，ケルアックの『路上』とならび，ビート・ジェネレーションの代表作として読まれ続けている．

「**吠える**」（Howl）全3部からなっており，1部は彼と同世代の者たちの精神が破壊されたことに対する怒りで書き出された後，who を用いて詩は，約180行も続く．この長さに関しては長いラインを使った詩の一連の実験であると同時に，ホイットマンの影響があることを自身が認めている．各行は息が長く，所々文法的に破綻している箇所もある．ギンズバーグはこの部分を55年8月のある日の午後，啓示を受けたかのように熱狂的にタイプし，このように非常に長い詩が出来上がった．2部や3部と比べてみると分量としてはこの1部が一番多い．社会に対する怒りや絶望，この時代の若者たちの生き方を代弁するかのように語りは続いていく．2部は物質主義，無関心，性的抑圧といったアメリカ社会における社会的病理の象徴である「モロック」（Moloch）が登場し，3部は「ロックランドで君と一緒に」（I'm with you in Rockland）がキーワードになり繰り返し叫ばれる．この詩が28年にブルックリンで生まれ，たびたび発狂した友人の散文詩人カール・ソロモンに捧げられているのは，彼が人間らしくあろうとしたため文明社会とは肌が合わず，結果として狂わされてしまったと，ギンズバーグが考えたからであり，こうした人たちこそ詩の冒頭に描かれている「私の世代の最良の魂」なのである．

「**カリフォルニアのスーパーマーケット**」（A Supermarket in California）アメリカ社会，消費社会，物質社会を批判する作品．「我々はどこへいくのだろう，ホイットマン？」とホイットマンへ言及しながら，本来あるべき「愛のアメリカ」が見失われていることを指摘し，ほんとうのアメリカとは何かを問うている．ホモセクシャルであることや詩の中に事物を列挙するカタログ手法など，ホイットマンとの類似や共通点が指摘されている．

【**名句**】I saw the best minds of my generation destroyed by madness, starving hysterical naked, / dragging themselves through the Negro streets at dawn looking for an angry fix. (Howl)「私は見た　狂気によって破壊された私の世代の最も良い精神たちを，飢えてヒステリックにそして裸で，／怒りの麻薬を求めて夜明けの黒人街をのろのろ歩くのを」（吠える）

（関戸）

◇重要作品◇

フローティング・オペラ　*The Floating Opera*（1956, 1967）
ジョン・バース　長編小説

メタフィクション　56年版は出版社の意向に沿って修正を加えたものであり，67年に作者本来の版が出版された．本作品の特質として次の諸点を挙げることができる．一読して明らかなようにカミュやサルトルの実存主義の影響を顕著に示している．作品そのものの成立過程が自己言及的にたどられ，バースの得意芸であるメタフィクションを構成している．紆余曲折した流れ（meandering stream）のように寄り道しながら進められる語りは18世紀の英国小説の伝統につながるものである．屁や糞便のことを真面目くさって言挙げし，本来厳粛なものとされる性や死を滑稽なものと見るブラックユーモアの感性を持ち込んでいる．

奇妙な三角関係　語り手トッド・アンドルーズ（Todd Andrews）はメリーランド州のタイドウォーター（チェサピーク湾岸）地方の街ケンブリッジ（Cambridge）に住む弁護士である．1900年生まれで現在56歳，独身．物語はトッドが自殺を決意し，断念することになる，1937年6月のある日（21日か22日か記憶が判然としない）のことを描いているが，その日に至るまでの経緯がフラッシュバックで詳しくたどられる．17歳で同じ年頃の少女から性の手ほどきをうけるが，行為中に鏡に映った滑稽な姿を見て笑い出し，彼女の怒りを買う．軍隊に入り，第1次大戦下のアルゴンヌの森でドイツ兵に遭遇し，殺さなくてもすむ状況下で相手を惨殺する．郷里に帰り，ジョンズ・ホプキンズ大学を卒業．そしてメリーランド法科大学の大学院に学び，父と同じコースを歩むことになる．ところがその父が首吊り自殺を遂げる．彼は父譲りの家を売って，ホテルの部屋を住処とする．たまたま彼の昔の家を買い取って住み着いたハリソン・マック（Harrison Mack）という資産家と親交を結び，彼の妻ジェイン（Jane）の美しさに魅せられ，夫の承諾というより推奨を得て不倫関係に入る．この奇妙な三角関係が物語の見せ場なのだが，やがてジェインは妊娠する．ハリソンとジェインは冷静に善後策を話し合い，子供は産むことになる．女の子が生まれ，ジャニーン（Jeanniene）と名付けられる．トッドは自分の娘であるかもしれないこの子とも親しく付き合う．しかしあることをきっかけとしてジェインは彼から離れてしまう．そしてジャニーンはやがて美しく成長し，社交界入りを遂げる．

反転するニヒリズム　トッドは長年，父の自殺の真相に迫ろうとして「探究」（Inquiry）と題するノートを書き続けているが，掘り下げていけばいくほど分からなくなる．同時に彼は，いかなるものにも価値はない，人間も動物と変わりはない，というニヒリズムに取り付かれる．何も拠り所がないから彼は次々と仮面（mask）を被って生きるほかない．その帰結として彼はショーの当日フローティング・オペラ号を爆破して街の人々を道連れに死のうと決意するが，行き違いが生じて失敗に終わり，死ぬことにも意味はないと考えて生きていくことを選ぶ．

【名句】There's no final reason for living（or for suicide）.「生きなければならない（あるいは自殺しなければならない）究極的な理由は存在しない」

(坂下)

◇重要作品◇

夜への長い旅路　Long Day's Journey into Night（1956）

ユージーン・オニール　戯曲（4幕）

苦渋に満ちた家族の一日　オニールの自伝的な作品で，俳優だった父，モルヒネ中毒の母，酒で身を持ち崩した兄，肺結核になり常に死の観念にとりつかれている自分自身——こうした家族の苦渋に満ちた記憶をもとに，ある夏の長い1日の家族同士の会話を通して，夢と挫折，愛と孤独のドラマが描かれる．1941年に脱稿し，自伝的要素が強いため，自分の死後25年経って上演する条件がつけられたが，遺族の許可がおり，死後わずか3年の55年にストックホルムで初演し，翌56年にブロードウェイで開幕，4度目のピューリツァー賞が作者に贈られた．

眠れない夜（第1幕）　ジェイムズ・ティローン（James Tyrone）の別荘の居間．朝食を終えた夫婦の会話から劇は始まる．どこか落ち着かぬ様子の妻のメアリー（Mary）は54歳，療養所から戻ってきたばかりで，一晩中鳴り続ける霧笛のため毎晩眠れないと話す．元俳優の夫，ジェイムズは65歳．2人の息子も滞在しており，兄のジェイミー（Jamie）は放蕩者で父とよく口論になる．弟のエドマンド（Edmund）は詩人肌だが，病弱で時折咳き込んでいる．ジェイミーは弟が居間を出て行くと，もっと良い一流の医者に弟を見せるべきだと，医療費を惜しむ父親を非難する．逆にティローンは息子の生活態度を責めるが，2人の共通の心配は，夜中に2階で動き回っているメアリーの様子である．

母の孤独（第2幕）　同日の昼過ぎ．2階から降りてきたメアリーの異様な物腰を見て，エドマンドは母をかばおうとするが，母親を非難する兄と喧嘩になりかける．父子三人はモルヒネをやめられないメアリーの行く末を案じ，激しい議論となる．メアリーは病的な眼で自分の中毒を他人事のようにつぶやき，昔医者が鎮痛剤を使ったのがいけないと，過去の悔悟と嘆きを口にする．エドマンドも母親に薬をやめるよう話すが，相手にされない．逃げるように家族が外出して，一人取り残されたメアリーは，聖母マリアに孤独を訴える．

過去の幸せ（第3幕）　夜．自分の結婚を失敗だと思うメアリーは，「過去の幸せな部分だけ覚えていたい」（I want to remember only the happy part of the past.）と言い，夫との出会いを夢うつつに語る．エドマンドは自分の病気が重く，療養が必要だと母に訴えるが，彼女は取り合わない．

真夜中の絶望（第4幕）　ティローンとエドマンドは酒を飲みながら，親子の会話を交わす．父親は少年時代の苦労話や俳優時代の失敗談を初めて率直に語り，息子は船乗りの頃の海での体験を詩的に語る．ジェイミーが酔って帰宅し，兄弟親子の口論が繰り返されていると，メアリーが白いウェディング・ドレスを手に引きずって登場する．彼女は幻覚の中で女学生の頃に戻って語っている．「それから春になって何かが起きたの．そう，思い出したわ．ジェイムズ・ティローンに恋をして，とても幸せだった，しばらくは」（Then in the spring something happened to me. Yes, I remember. I fell in love with James Tyrone and was so happy for a time.）夫と息子たちの絶望的な表情と共に幕が降りる．　　　　（広川）

◇重要作品◇

アシスタント　*The Assistant*（1957）

バーナード・マラマッド　長編小説

犯罪を通じてユダヤの賢者と出会う　ニューヨークの下町の貧しい食料品店に二人組の強盗が押し入り，店主のモリス・ボーバー（Morris Bober）を殴り，金を奪う．主犯はウォード・ミノーグ（Ward Minogue）という札付きのワルで，職のないイタリア系の青年フランク・アルパイン（Frank Alpine）を仲間に引き入れたのだ．フランクには自分と同名の聖フランシスを尊敬する純な一面もあって（ちなみにイタリア語では両者ともフランチェスコFrancesco），彼はモリスの店に再度やってきて，贖罪の気持から店で働かしてほしいと申し出る．人を雇う金がないからとことわられても無給でいいからと居座ってしまう．店は少しずつ上向いてくる．モリスもしだいに彼を認めるようになる．フランクの真摯な問いに答えて，ユダヤ人として一番大切なことは「律法を守ること」，つまり「正しい行ないをすること，正直であること，善良であること」である，とモリスは説く．それなら他の宗教とさして違わない，受け入れられる，とフランクは思う．彼は罪の意識に悶え苦しみながらも，生きながらえるために売上金の着服をつづける．男を鼓して強盗の件を告白するに至るのは盗みの現場をモリスに目撃されてしまった後だった．

だが愛のために　フランクにはこの店に執着するもうひとつの理由があった．娘のヘレン（Helen）である．彼女は近所に住むコロンビア大の法科大学院生ナット・パール（Nat Pearl）と付き合っていたのだが，彼の自己中心主義と出世主義を疎ましく思い始めてはいた．かといって図々しく入り込んできた異教徒のフランクに心を動かされることはなかった．他方，ヘレンに対する欲情でいっぱいになったフランクは，入浴中の彼女の裸を覗いたりしてますますひどい自己嫌悪に陥る．あるとき公園でウォードがヘレンを襲っているところに遭遇したフランクは彼女を助ける．だが助けた勢いで彼女を犯してしまう．「割礼を受けてない犬」（Uncircumcised dog）と罵った彼女の憎悪は長く解けない．だが実質的に店主になっていたばかりかモリスの倫理観をすっかり受け入れていたフランクを彼女はしだいに認めるようになる．モリスが死んで葬式のとき，カトリックのフランクは墓穴に落ち，出てきたときはユダヤ人になっていた．それで十分かもしれない．だが愛のために彼は最後のハードルを越える．割礼を受けて，本物のユダヤ人になるのだ．

精神的な父子関係　深層心理を推理すれば，幼いとき母を亡くし父に捨てられて孤児院に入れられたフランクは父を求めていた．他方モリスは一人息子イフレイム（Ephraim）を事故で亡くして息子を求めていた．両者の間にはたらく親和力は心の深いところに根ざしている．

【名句】Sometimes, to have to eat, you must keep on holidays. On Yom Kippur I don't keep open. But I don't worry about kosher, which is to me old-fashioned. What I worry is to follow the Jewish Law.（Morris）「時には，食わんがために休日も営業するさ．さすがにヨム・キプールの日には休む．だけど清浄料理にはこだわらない．そんなのは古臭いと思うのさ．こだわるのはユダヤの律法を守ることだ」（モリス）

（寺門）

◇重要作品◇

ワップショット家の人々　Wapshot Chronicle（1957）
ワップショット家の醜聞　Wapshot Scandal（1964）

ジョン・チーヴァー　2部作小説

時代に取り残された港町　マサチューセッツ州の川沿いの漁港セントボトルフス（St. Botolphs）の風変わりな旧家ワップショット一族の物語．現在の当主はリアンダー（Leander）で，フェリーボート「トパーズ」号の船長である．老年期に入ってから，悪天候のある日，彼は老朽化した船を海岸の岩に激突させ，沈没させてしまう．乗客，船長ともに救助され，船は引き上げられたが，二度と航行することはなく，水上土産店に改造された．リアンダーは銀器工場で働くことを余儀なくされる．彼の叔母にあたる，子供のない男勝りのオノーラ（Honora）は先祖から受け継いだ資産をもち，フェリーの船主でもあったが，リアンダーの二人の息子モーゼズ（Moses）とカヴァリー（Coverly）が気に入っていて，彼らが結婚して世継ぎが出来たときに資産を贈与すると約束していた．

結婚，そして財産相続の喜びが暗転して　モーゼズは政府の秘密機関に就職するが，不可解な理由で解雇される．のちにビジネスマンとしての地位を築き，離婚歴はあるが好もしい女性メリサ（Melissa）と知り合い結婚することになる．彼女はワップショット家とは親戚筋の，広大な城を住処とするスキャンドン（Scandon）家の養女として当家の風変わりで吝嗇な女主ジャスティナ（Justina）の後見下にあった．他方，カヴァリーはテープ技術者として軍関係の職を得る．男性ばかりの環境で同性愛を体験して自己嫌悪に陥るが，ベッツィー（Betsy）という女性と幸せな結婚をする．遠隔の地での勤務はつらいのだが．兄弟は相次いで父親になり，オノーラの財産を相続する．二人が真っ先に考えたことは父親に船を贈ることだった．だが帰省した二人を待っていたのは父親の葬儀だった．リアンダーは海へ泳ぎに出て溺死したのだった．ここまでが『ワップショット家の人々』．

退廃　続編『醜聞』は息子たちの世代の物語．女族長オノーラの奇人ぶりはいよいよもってひどくなり，自分宛の郵便物を開封せずに焼却し，所得税は払ったことがないという始末．係官が尋ねてくるとローマへ逃亡する．だが本国送還を食らう．やがて酒におぼれて餓死する．他方カヴァリーとベッツィーはどうにか結婚の体裁を保っているが，モーゼズとメリサの結婚は破綻状態にある．あの繊細なメリサがなんと食料品店の若い店員とローマで同棲を始める．モーゼズはセントボトルフスに舞い戻り，酒びたりの生活の中で酒の臭いの染み付いた未亡人とねんごろな関係になる．

円熟した視点　息子の世代は父の世代よりよくなるというアメリカ的楽天主義はチーヴァーと縁遠い．とはいえここにあるのはペシミズムでもなく，人生に対する大人の達観である．『ニューヨーカー』派らしい洗練された文体とユーモアが魅力である．

【名句】One did not tell the Wapshots anything. Their resistance to receiving information seemed to be a family trait.「ワップショット家の人間にはものを教える気になれなかった．ひとから教わることを嫌がるのがあの一族の特徴らしいのだ」

（遠藤）

◇重要作品◇

I・B・シンガーの短編小説（1957〜82）

「**愚者ギンペル**」（Gimpel the Fool）は妻の浮気をはじめあらゆることを赦し，耐える絶対の善人，聖なる愚者の像を民話風に描いている．英訳者はソール・ベロウ．「**クラコフからの紳士**」（The Gentleman from Cracow）は貧しい村を豊かにする恩人に扮した悪魔が人びとをそそのかして堕落に導き，村を破滅させる話．「**法王ゼイドルス**」（Zeidlus the Pope）の「私」こと悪魔は，質実無欲で学問と信仰において並ぶもののない青年の唯一の弱点である高慢に目をつけ，ユダヤ教を捨ててキリスト教に改宗すればお前さんの力量をもってすればゆくゆくは法王になるのも夢ではないとおだてて従わせ，破滅させることに成功する．「**血**」（Blood）は流血と淫欲の親和性という主題を扱った作品で，人妻リシャ（Risha）は屠殺を生業とする男との痴情の果てに人食い野獣に変身する．シンガーは長年ヴェジタリアンとして生活し，そのことがこの作品に影を落としているといわれる．「**マーケット通りのスピノザ**」（The Spinoza of Market Street）の，禁欲主義に徹し「永遠の相のもとに」思考することに半生を捧げてきた，スピノザ研究者フィッシェルソン博士（Dr. Fischelson）は，ある時ついに性の悦楽を知る．「**愛のイェントル**」（Yentl the Yeshiva Boy）は捩れたジェンダーの悲喜劇．女主人公イェントルは男装して女人禁制の神学校へ入り，学友アヴィグドル（Avigdor）とペアを組んで研究に打ち込み，彼のもと婚約者ハダス（Hadass）と結婚する．しかし虚構の結婚生活を続けることに耐えられず，離婚してハダスをアヴィグドルに返す．「**降霊会**」（The Séance）の亡命学者カリッシャー博士（Dr.Kalisher）はオカルト研究家コピツキー（Kopitzky）夫人の援助で細々と暮らしているのだが，ホロコーストで殺された恋人の霊に会わしてあげましょうという彼女の会に出かけ，いかさまのからくりを見破りながらもその心遣いを受け入れる．「**短い金曜日**」（Short Friday）の敬虔な仲睦まじい夫婦は安息日の食事をすませて床に就いたとき体が動かなくなり，実は自分たちは死の床に就いているのだと気がつく．「**再会**」（The Reencounter）の「私」はかつての恋人が死んだという電話をうける．葬儀場で遺体と対面したあと彼女によく似た女性に会い，「あなたはリーザ（Liza）の妹でしょう，私はグライツァー（Greitzer）です」と言うと，その方は亡くなりました，新聞で訃報を読みましたという返事．別のグライツァーでしょうという言葉が出かかったとき「私」は自分とリーザがともに死んだのであり，いま話を交わしている相手はリーザ本人だと理解する．「**カフカの友だち**」（A Friend of Kafka）はワルシャワのクラブで落ちぶれた俳優がカフカの友だちだったと語るスケッチ風の作品である．「**コニーアイランドの一日**」（A Day in Coney Island）はアメリカへ亡命した当時のシンガーの横顔を彷彿とさせる．シンガーは8冊の短編集を出版したが，のちにそのうちの47編が『短編全集』（*Collected Stories*, 1982）に収められた．

【名句】At thirty, a refugee from Poland, I had become an anachronism.（A Day in Coney Island）「ポーランドからの亡命者であった30歳の私は時代から取り残された人間になっていた」（コニーアイランドの一日）　　　　　　　　　　　　　　　　　（寺門）

◇重要作品◇

魔法の樽　*The Magic Barrel*（1958）
白痴を先に　*Idiots First*（1963）
レンブラントの帽子　*Rembrandt's Hat*（1973）

バーナード・マラマッド　短編集

　『魔法の樽』の**表題作**はこれからラビになろうとする男リオ・フィンケル（Leo Finkel）の嫁選びの話である．幾人かの候補者に満足できず見送った彼は仲介屋の住まいに乗り込み，樽の中から取り出された数多くの見合い写真のうち唯一気に入った女性を紹介してほしいと迫る．仲介屋は大いに躊躇したあと同意する．それは彼の娘なのであった．娼婦であるその娘とうれしそうに会っているレオの姿を物陰から眺める仲介屋はほくそ笑みながら「死者の祈り」を唱える．なかば悪魔，なかば神の遣いのような仲介屋サルツマン（Salzman）の像は幻想的に描かれている．いっそう驚異の念を与えるのは，ヨブのような苦しみに苛まれた男マニシェヴィッツ（Manischevitz）の前に現われる「**天使レーヴィン**」（Angel Levin）の黒い天使だ．「**牢獄**」（The Prison）の惰性の人生を送っているイタリア系店主トミー・カステリ（Tommy Castelli）の店で万引きをし，咎められるとぺろりと赤い舌を出してみせる小さな女の子には小悪魔的な雰囲気がある．「**借金**」（The Loan）に現われるのはユダヤ民族のトラウマだ．パン屋の女房ベッシー（Bessie）の目には，焼き釜の中で黒焦げになったパンがヒトラーの焼却炉の中で黒焦げにされた兄の死体に見える．「**弔う人々**」（The Mourners）では弔いの感情が伝染してゆく．立ち退きを求められた卵鑑定人ケスラー（Kessler）はかつて妻子を捨てたことでわが身を責め，いわば弔うのだが，そのさまを見た家主グルーバーは非情な自分が弔われていると思い込み，ケスラーのベッドのシーツを剥ぎ取って体に巻きつけ，床に横たわって弔う人となる．この「弔い」とは「魔法の樽」の「死者の祈り」と等価で，相手を死者と見なすことであると思われる．「**湖上の貴婦人**」（The Lady of the Lake）と「**見よ，この鍵だ**」（Behold the Key）はイタリア滞在中のアメリカ人が経験する他者の痛みへの開眼を主題としている．

　『白痴を先に』の**表題作**と「**ユダヤ鳥**」（The Jewbird）はともにファンタジー．「**私の死**」（The Death of Me）は中編『テナンツ』と同じく人種問題を扱っており，仕立屋の店でポーランド系とイタリア系の店員がいがみ合い，ついに熱したアイロンとナイフで刺し違える．そのさまを見て仰天したユダヤ系の主人マーカス（Marcus）の心臓が階段を転げ落ちる．

　『レンブラントの帽子』の**表題作**はふとした言葉が繊細な人を傷つけてしまうさまを描いている．「**引き出しの中の人間**」（Man in the Drawer）は冷戦下のモスクワを訪れたアメリカ人が反体制的な小説の草稿を引き出しの中に眠らせておくほかない作家に出会う話．「**もの言う馬**」（Talking Horse）は，自由になることを夢見る，言葉を話すサーカスの馬アブラモヴィッツ（Abramowitz）の話．作家としての天分に目覚めることのアレゴリーとも読める．マラマッドの変身譚あるいは進化譚の一つ．

　【名句】Am I a man in a horse or a horse that talks like a man?「ぼくは馬の中に入っている人間なのだろうか，それとも人間のように話のできる馬なのだろうか」　　　　　（寺門）

◇重要作品◇

ティファニーで朝食を　*Breakfast at Tiffany's*（1958）
トルーマン・カポーティ　中編小説

宝飾店ティファニー　第2次大戦中のニューヨークで同じアパートの住人だった風変わりな女性ホリーを，作家志望の青年が一人称で回想する．有名な宝飾店ティファニーは，ホリーが「忌ま忌ましい赤」の気分に襲われると訪れる，彼女に安心感を与える場所である．彼女にとって何よりも大事なのは，自由な自分である．世間の荒波に揉まれながら，ホリーは不思議とイノセンスを保ち続け，自由を希求し続ける．なお，『ティファニーで朝食を』初版は，表題作のほか，3編の短編作品を収録している．

旅と自由　語り手の下の階に住むホリー・ゴライトリー（Holly Golightly）と名乗る18歳の女性の郵便受けには「旅行中」の文字があり，部屋にはいつでも旅に出られそうな雰囲気がある．ギターを弾いては「空の牧場」を旅する歌を歌い，飼い猫には名前をつけていない．動物園などの檻に入った動物を見るのを嫌い，クリスマスには語り手に宮殿のような鳥籠を贈るが，中には動物を入れないように頼む．語り手の彼女への贈物はティファニーで買った聖クリストファーの旅のお守りだった．

ホリーは夜になると上品に着飾って出かけ，金持ちの男性たちから化粧室代やタクシー代として多額のチップをもらう．また毎週シンシン刑務所にいるサリー・トマト（Sally Tomato）を訪問して「天気予報」を持ち帰り，「弁護士」に伝えることによって，多額の報酬を得ている．

夢の追求　現在軍隊にいる弟フレッド（Fred）が彼女の唯一の心の支えである．ルラミー（Lulamae, ホリーの本名）とフレッドは両親の死後，テキサス州のゴライトリー家の庭で盗みをはたらいて見つかって以来そこに住むようになり，ホリーは14歳で4人の子持ちの獣医ゴライトリーと結婚するが，すぐに一人で家出をした．その後ハリウッドで女優としての道が開けそうになるが，思い通りの人生を求めてニューヨークに転じる．フレッドからの知らせで獣医がホリーを迎えにくるが，彼女は一緒に帰ることを拒む．やがてフレッドの戦死が伝えられると，ホリーは錯乱状態に陥る．その後ブラジル人外交官ホセ（José）と同棲を始め，妊娠したホリーは家事にいそしみ，ホセとブラジルに行って結婚することにする．

ブラジルへの出発を一週間後に控えたある日，乗馬中の馬が暴走し，それがきっかけとなってホリーはのちに流産する．馬の事故と同じ日，ホリーはトマトの手先として国際麻薬組織に関与した件で逮捕される．ホセは保身からホリーを捨てる．彼女は保釈されると，予定通りブラジルに出国することを主張し，語り手が彼女の出発を見送る．その後語り手はブエノスアイレスから一通の便りを受け取り，数年後にアフリカで撮影された彼女にそっくりの木彫り彫刻の写真を目にするが，彼女が今どこにいるのかはわからない．

【名句】Anyway, home is where you feel at home. I'm still looking.（Holly）「とにかく家っていうのは，くつろげるところのことでしょ．あたしはまだ探している途中なの」

（利根川）

◇重要作品◇

人生研究　Life Studies（1959）

ロバート・ロウエル　詩集

自伝的な自己解剖　作者ロバート・ロウエルは，個人的でありながら社会的であろうとするアメリカ詩人の伝統を生きた知性派であるが，この『人生研究』は，おそらく初めて，自伝的な自己解剖を韻文で行なった作品であろう．単に自分の精神的な苦痛のみを題材にしたのではなくて，その苦痛の社会性や歴史的な意味を常に意識していた．そのうえ，彼の家系はピルグリム・ファーザーズにまで遡るため，彼がたとえ個人的な家族のことなどを題材としても，アメリカの歴史に関わらざるをえない面がある．その意味で，彼のノイローゼは，アメリカのノイローゼであるとも言われる．とりわけ1950年代にしばしば精神衰弱や躁鬱病を経験した彼は，子ども時代を題材として執筆するようにと精神科医に勧められて，自己とその精神状態，家庭や環境を見つめる散文を執筆し始めた．これが例えば，「リヴィア通り91番地」（91 Revere Street）と題された自伝的な作品に結実する．これを含む『人生研究』は，文体的には，これまでの難解さや形式性をなるべく解消し，散文的なリズムと話し言葉の軽さを言語化しようとして，かなり緩やかで自由な作品で構成されているが，その変化が起きたのは，今では伝説となったサンフランシスコのシックス・ギャラリー朗読会でビート詩人たちの作品朗読を聞き，また，このころ，ウィリアム・カーロス・ウィリアムズの作品に感銘を受けたためだと言われる．

狂気と破滅の現代　強かなスカンク　『人生研究』は，全体が4部で構成されている．第1部が，4編の詩．主として，ヨーロッパの歴史に題材をとりながら現代を問うている．第2部が「リヴィア通り91番地」である．アメリカの歴史の申し子とも言えるはずのロウエルがなぜ，この世界に心地よい居場所を見つけることができずに，自己存在の意味を一生探らねばならなかったのかが示唆されている．第3部が，ロウエルに影響を与えたハート・クレインやデルモア・シュウォーツなどの肖像詩4編．第4部は，第2部の散文と重なりあうロウエル家の肖像詩15編から成る．父を題材とした「副艦長ロウエル」（Commander Lowell），母の死をうたう「ラパロから帰宅して」（Sailing Home from Rapallo）などを含む．最後を飾る「スカンクアワー」（Skunk Hour）は，エリザベス・ビショップから贈られ，しばらく財布にいつも忍ばせていた詩作品「アルマジロ」（The Armadillo）への応答であると言われる．狂気と破滅の現代アメリカで精神的に追い詰められた語り手と，芥を漁って強かに生きるスカンクの親子の鮮やかな対照がみごとである．『人生研究』は，全米図書賞を受賞．多くの詩人に読まれた．

【名句】I hear/ my ill-spirit sob in each blood cell,/ as if my hand were at its throat.../ I myself am hell./ nobody's here—：（Skunk Hour）「ぼくの病んだ精神が血の細胞ごとに啜り泣く／まるでぼくの手がその喉を絞めているのようだ／ぼく自身が地獄／誰もここにはいない」（スカンクアワー）

（渡辺）

◇重 要 作 品◇

雨の王ヘンダソン　Henderson the Rain King（1959）
ソール・ベロウ　長編小説

寓意小説の多義性　最も広く読まれるベロウ作品であるが，様々な読みが可能な寓意小説である．主人公ユージン・ヘンダソン（Eugene Henderson）はベロウ作品には数少ないワスプであり，文明に汚されてない現実（reality）という幻を追い求めるロマン主義者であり，遅れてきた植民地主義者のパロディーであり，理想の父親を探求するスティーヴン・ディーダラスである．ヘンダソンの旅は実は現代アメリカの精神的闇の核心への旅なのだが，リアリステックな道具立てが伝統的なアフリカ旅行小説を思わせる．

静寂主義のアルネウィ族　富に飽いた富豪のヘンダソンは「私は欲しい」という内なる声に促されてアフリカへ赴く．忠実な現地のガイド，ロミラユ（Romilayu）を従え，まずアーニュイ（Arnewi）族を訪れる．この国はいま早魃に苦しんでいるのだが，王をはじめ誰一人として対策を講じようとはしない．静寂主義がこの部族の原則なのである．ヘンダソンはアメリカ的な善意からこの国を救助せんものと，給水施設の蛙どもを爆殺しようとして水槽そのものを壊してしまう．罪の意識に苛まれて彼はこの部族のもとを去る．

ワリリ族における雨乞いの儀式と王殺しの掟（レジサイド）　ワリリ（Wariri）族も早魃に苦しむことにかけては同様なのだが，雨乞いによって雨を呼び込む．神々の像を運ぶ儀式がそれである．ヘンダソンは一番重いマンマーの像を運ぶ役をやってみたい，「運命という図柄に，手遅れにならぬうちに，縫い取りの幾針かを刺してみたい」という衝動に駆られる．彼の猛勇は成功し，洪水が起きる．彼はスンゴ（Sungo）と呼ばれる雨の王，次期王予定者になる．ところが彼は現王ダーフー（Dahfu）から，ワリリ族の王の恐ろしい運命を聞かされる．王は弱ってくると，殺害され，その魂はライオンの子供と化し，後継の王はそのライオンを2年以内に捕獲しなくてはならないのだ．仮の王であるダーフーは父の魂の化身グミロ（Gmilo）を捕らえるという王の義務を果たすよう，伯父たちから強要された挙句，ライオンの爪にかかって死ぬ．雨の王としてダーフーのあとを継いだヘンダソンは，ダーフーの墓に亡き王の魂を象徴するライオンの子と共に入れられる．ヘンダソンはロミラユと共にライオンの子を連れて逃げ出す．彼は「文明と不連続の生活」に別れを告げ，故国アメリカに帰還する．

理想の父親にして危険な説得者ダーフー　ヘンダソンが命を懸けて王位についているダーフーの崇高な姿に理想の父親像を見ていることは明らかである．アフリカまで「現実」を探しにきたこのアメリカ人に彼はその秘密を伝授する．現実とは即ち死だと彼は説く．彼は単に知識としてその真理を説くだけでなく，それを体で体験させる．ライオンの檻にヘンダソンを案内して何時間も危険なライオンと睨めっこさせるのだ．死の危険を耐える訓練を積むことによって精神が活性化するというのが彼の信念なのだ．

【名句】Yes, travel is advisable. And believe me, the world is a mind. Travel is mental travel.「まったく旅はよいものだ．そしてまさに，世界とは一個の精神であり，旅とは精神の旅だ」

（遠藤）

◇重要作品◇

日なたの干しぶどう　*A Raisin in the Sun*（1959）
ロレイン・ハンズベリ　戯曲（3幕）

ブロードウェイでの成功　最初はプロデューサー，投資家からも注目されなかったが，フィラデルフィア，シカゴの観客には熱狂的に受け入れられ，1959年にブロードウェイで上演されると530回の上演を記録し，ニューヨーク劇評家賞を受賞した．これがブロードウェイで成功した最初のアフリカ系アメリカ人による戯曲である．シドニー・ポワチエ（Sidney Poitier）が主人公の黒人ウォルター・リー（Walter Lee）を演じた．一つの黒人家族の中でも，厳しい現実に対して各々が異なった距離の取り方をしているその多様性を示すことがこの戯曲の一つの目的であったという．またロレインが幼い頃から興味を抱いていたルーツとしてのアフリカという要素がナイジェリアからの留学生という形で盛り込まれている．1973年にはミュージカル『レイズン』（*Raisin*）にもなっている．

保険金の使い道　舞台は1950年代のシカゴのサウスサイド．ウォルターはお抱え運転手をして暮らしているが，貧しく，妻ルース（Ruth）との間に二人目の子供ができても，堕胎せざるを得ない状況である．目下の彼の望みは父親の保険金1万ドルを使って酒屋を開くことである．妹ベニーサ（Beneatha）は，大学の医学部への進学を夢見ている．保険金を手にした母親レナ・ヤンガー（Lena Younger）は，酒屋には反対し，ベニーサの教育費を貯金し，さらに家族のために恥ずかしくない家を持ちたいと思い，白人居住区に家を買う．レナはウォルターの計画には反対するが，彼の荒れた生活，無気力な状態に心を痛める．そこで自信を持たせるために，ウォルターをこれから一家の大黒柱にしようと，6500ドルのうち3500ドルをベニーサの学資金に，残りをウォルターの責任で自由にさせようと手渡す．

新たな出発　ある日，白人居住区の代表リンドナー（Mr. Lindner）が，移転を思いとどまるように説得に来て，もう一度家を買い取ると申し出るが，一家はまったく聞く耳を持たず追い返してしまう．しかしウォルターは，母親から受け取った6500ドル全額を新たな仕事に投資しており，それが仲間の一人に持ち逃げされたことが発覚すると，焦りと自責の念から，もう一度リンドナーを呼んで，買い取りの申し出を受けようとする．しかしレナは「わたしは奴隷や小作人の五代目よ——でも，この一族の誰一人，表も歩けないような恥ずかしいお金を持ったことはなかった」（I come from five generations of people who was slaves and sharecroppers—but ain't nobody in my family never let nobody pay 'em no money that was a way of telling us we wasn't fit to walk the earth.）と息子をたしなめる．リンドナーを前にウォルターは，立派な隣人になれるようにがんばると断言する．ベニーサはナイジェリア人の恋人アサガイ（Asagai）から求婚され，アフリカで医者になることを目指す．レナはウォルターを見て「あの子は今日やっと大人らしくなったようね．雨のあとの虹みたい…」（He finally come into his manhood today, didn't he? Kind of like a rainbow after the rain ...）と言い，古い家を出て行く．　　　　　　　　（水谷）

◇重要作品◇

同じひとつのドア *The Same Door*（1959）
鳩の羽根 *Pigeon Feathers*（1962）
ミュージック・スクール *The Music School*（1966）

ジョン・アップダイク　初期短編集

『同じひとつのドア』では，ういういしい初恋を描いた「**鰐**」(The Alligators)，これから結婚することになるかもしれない若者のすがすがしい胸のうちを描いた「**最も幸福だったとき**」(The Happiest I've Been) などが有名である．

『鳩の羽根』ではまず**表題作**が重要である．読書によって無神論の洗礼を受けた少年が世界の壊滅，そして永劫に続く死と忘却の幻想にとらえられる．納屋に巣食った夥しい数の鳩を銃で殺し，その羽根の美しさの奥にそれを製作した者の隠れた存在を読み取ることによって，彼は神の存在を確信するに至る．このようにアップダイクはときどき小説を通して神の存在証明という離れ業をやってのけようとする．「**ライフガード**」(Lifeguard) の主人公は普段は聖書を研究する神学生なのだが，夏場は海水浴場のライフガードとして砂浜の人々の裸体が綴るテクストを解読する仕事にたずさわる．「**天文学者**」(The Astronomer) の主人公はキルケゴールを読むことで信仰を取り戻したばかりのところへ無神論の友人に訪ねてこられて不安になるが，旅してきた砂漠の恐ろしい空虚さを語って聞かせる彼の顔に不安の影が浮かんでいることを見て取り，安心する．「**ぼくがどんなにきみを好きか，きみにはわかるまい**」(You'll Never Know, My Dear, How Much I Love You) はカーニバルの日に大人の無理解に失望した子供の嘆きを綴る．「**巣立ち**」(Flight) は情愛深い母親と精神的に自立しようとする息子との葛藤を描く．「**A&P**」(A&P) ではスーパーの店員が少女たちの些細な無作法をとがめる店長の冷酷さに憤慨してとっさに辞職を決意する．「**ウォルター・ブリッグズ**」(Walter Briggs) のポイントは twigs と Briggs という二つの言葉の脚韻である．他方「**妻を称える**」(Wife-wooing) はジェイムズ・ジョイスへのオマージュであり，『ユリシーズ』に出てくる，連続するw音の頭韻からなるひとつのセンテンスの考察をきっかけとして語られる妻への賛辞である．「**ボストンの幸福な男，祖母の指貫，ファニング島**」(The Blessed Man of Boston, My Grandmother's Thimble, and Fanning Island) のような三題話も興味深い．

『ミュージック・スクール』の**表題作**ではテクノロジーや犯罪において全く新しいものが登場して戸惑うばかりだということが述べられるが，聖体を歯で噛むべしという聖体拝領の新方式まで現われたのだという．60年代，人は聖体をガリッと噛むようにして姦通や離婚に踏み切るようになったわけである．

【名句】What is the past, after all, but a vast sheet of darkness in which a few moments, pricked apparently at random, shine? (The Astronomer)「結局，過去とは何だろうか？ それは一枚の巨大な布にも似た暗闇にほかならず，でたらめにそのところどころにあけられた穴から閃光のような瞬間がキラッと輝くだけではないだろうか」(天文学者)　　　　(寺門)

◇重要作品◇

さようなら，コロンバス　*Goodbye, Columbus*（1959）
フィリップ・ロス　中短編集

歓迎された処女作　豊かで静穏な50年代の青春小説として共感を呼び，20代の青年の書いた処女作であるにもかかわらず最も権威のある文学賞，全米図書賞を受賞した．邦訳では表題作の中編が独立して本になっているが，原書は他に5つの短編を合わせて収録しており，フルタイトルは *Goodbye, Columbus and Five Stories* となっている．

美しいラヴロマンス，しかし…　「初めて会ったとき，ブレンダはぼくに眼鏡を持っていて，と頼んだ」(The first time I saw Brenda she asked me to hold her glasses.)．表題作の書き出しである．語り手であるニューアークの図書館に勤める23歳の青年ニール・クルーグマン（Neil Klugman）は，こんな些細な出会いから，夏休みでボストンの大学から帰省中のブレンダ・パティムキン（Brenda Patimkin）とのひと夏の恋に引き込まれていく．彼は瀟洒な住宅地ショートヒルズ（Short Hills）にある彼女の家に招かれて家族公認の交際をはじめるのだが，貧しい層のユダヤ人であるニールにとってブレンダはいささかまぶし過ぎる相手だった．とはいえブレンダの一家もユダヤ系で，父親は苦労して一代で産をなしたキッチン用品の工場主である．娘のブレンダは名門校ラドクリフに学んでいるが，兄のロナルドはコロンバスにあるオハイオ州立大学の卒業生で，今はアメリカンフットボールの選手だった学生時代を懐かしみつつ父の会社の社員であることに満足している．あるときブレンダの求めに応じるかたちで性的な関係に入り，不安に駆られたニールは，医者に相談してペッサリーを着用してほしいと彼女に頼む．彼女は不承不承ながらニューヨークのマーガレット・サンガーの診療所を訪ねる．だが大学へ帰った彼女はユダヤ教の休日に彼をボストンへ呼ぶ．ホテルで落ち合った彼を待っていたのはブレンダの両親からの苦衷を綴った手紙だった．彼女が引き出しの中に隠してきたペッサリーが発見されていたのだ．ニールは彼女の「故意のうっかり」を激しく責めるが，すでに彼女の心はすっかり変わっていた．彼は旅装も解かぬままホテルを出てゆく．性的欲望でしかない彼の愛（それはまさに「強欲」なのだと彼自身みとめている）と金銭に換算してしか表現されない両親の家族愛のはざまで，ブレンダ自身もまた賢明にも利害の判断から選択をしている．美しいラヴロマンスの表層を剥げば，これはなかなか冷徹な，社会学的な小説である．愛を特権化することも階級の問題を持ち出すこともなく，ある時代のある社会層の若者たちの風俗とそれに対する家族の反応をクールに描くことに力点を置いており，ブレンダのような女子大生がメアリー・マッカーシー（Mary McCarthy）の小説を愛読し，その風俗を模倣しているらしいことにも言及している．

ユダヤ・コミュニティの閉鎖性をあばく短編　短編「ユダヤ人の改宗」（The Conversion of the Jews），「エプスタイン」（Epstein），「狂信者イーライ」（Eli, the Fanatic）は自由なユダヤ人の目で保守的なユダヤ社会を見ている．軍隊小説「信仰の守護者」（Defender of the Faith）と高校時代の回想「歌っている歌を聞いてその人をあてることはできない」（You Can't Tell a Man by the Song He Sings）はともに世知にたけた仲間に裏切られる話．(寺門)

◇重要作品◇

酔いどれ草の仲買人　*The Sot-Weed Factor*（1960）
ジョン・バース　長編小説

ピカレスク風時代小説　エベニーザー・クック（Ebenezer Cook）という17世紀末から18世紀にかけて生きた人物を主人公とする歴史小説というよりはむしろ時代小説であり，18世紀の英国ピカレスク小説を言語，文体，風俗を詳しく考証したうえで巧みに模倣した作品．この人物が実在し，「メリーランドの桂冠詩人」と自ら称して『酔いどれ草の仲買人』（1708）という詩を残したことは分かっているが，その生涯の細部は闇に包まれている．バースは奔放な想像力によって800ページを超える大ロマンに仕立て上げている．

童貞詩人と宇宙愛者　脱線と後退，入れ子構造の挿話，百科全書的な博識の開陳などによって物語は錯綜するが，本筋はエベニーザーの「人生という大学」（Life's college）での冒険と苦難に満ちた一代記からなるビルドゥングスロマン（成長物語）である．彼は父がメリーランドに築いたモールデン（Malden）と呼ばれる屋敷で異性双子の片割れとして生まれる．妹アンナ（Anna）とともに英国で家庭教師ヘンリー・バーリンゲーム（Henry Burlingame）について教育された．やがてケンブリッジ大学で今をときめく哲学者ホッブズや科学者ニュートンの存在を身近に感じながら学問の道に入るが，娼婦ジョーン・トースト（Joan Toast）をミューズと見立てて童貞詩人の道を歩むことを誓う．ボルティモア卿に拝謁して桂冠詩人の称号を口頭で授かった後，父の命によってモールデン屋敷を管理するために新世界に渡る．たえざる陰謀と難関に遭遇し，モールデンも人手に渡ってしまったりするが，いつも危機一髪のところで様々な人物に扮装したヘンリーが助けてくれる．エベニーザーが無垢の詩人という不可能なアイデンティティを貫こうとするのと対照的に，プロテウスのように変幻自在に姿を変えるヘンリーは出生からして謎にみちている．モーセのように，チェサピーク湾に浮いているカヌーの中から救い上げられたのだ．体にはヘンリー・バーリンゲーム3世と赤の顔料で書かれていたという．父の正体を探し，自らの出自を突き止めることを彼は生涯の目的にしているのだ．ある時期はエベニーザーの妹と行動をともにするが，君たち兄妹は自分にとって二人で一人なのであり，アンナ一人を愛するなどということはできない．彼女は処女のままだし，彼女が本当に愛しているのはエベニーザー，君だ，自分は世の中の一部でなく総体を愛している，宇宙愛者（cosmophilist）なのだ，と告げる．『旅路の果て』の「宇宙病」（cosmopsis）の変形である．

危ういところで幸せな結末　最後にすべての問題が解決をみる．モールデン屋敷はエベニーザーのものとなり，彼は梅毒に蝕まれたジョーン・トーストと結婚する．ヘンリーはアハチフープ族の血を引いているらしいということが分かったものの，より確かな出自の探求に出てゆく（そして旅立ちの間際に宇宙愛をやめてアンナと交わり妊娠させる）．ジョーンは出産時に母子ともに死亡．残された双子の兄妹はあたかも夫婦のようにヘンリーの子供を育ててゆく．

（坂下）

◇重要作品◇

マクシマス詩篇　*The Maximus Poems*（1960, 68, 75）
チャールズ・オルソン　詩集

　パウンドの『キャントーズ』や，W・C・ウィリアムズの『パターソン』だけでなく，ホイットマンの『草の葉』にも刺激を受けて構想された，アメリカ叙事詩の伝統を引き継ぐ詩集である．1950年頃から，オルソンの詩人としての活動期全般に亘って，20年近く書き継がれた．『マクシマス詩篇』（1960, 1970），『マクシマス詩篇第4,5,6巻』（1968），『マクシマス詩篇第3巻』（1975）と別々に刊行された3冊を纏めて『マクシマス詩篇』と呼ぶ．1983年に1冊の形で刊行されたが，それぞれのタイトルから推測されるように，始まりと終わりを想定する伝統的な歴史感覚に挑戦し，全体が一連の物語を語るというより，とめどなくあふれ出る言葉をとりあえず詩として書き留めた膨大な作品群である．詩集全体として実験的な部分が多く，とりわけ，詩人の「息」を表記しようとして視覚的な工夫が行なわれている．例えば，1行の作品や10頁ほど続く長い作品があったり，様々な形，様々な長さの行が並べられ，螺旋状の言葉や，斜めに書かれた文章，たっぷりとした余白などが注目される．もともと，「手紙」（Letters）として，友人で詩人のヴィンセント・フェリーニに宛て，そして，彼を通してグロスターそのものへ宛てて，書かれたと言われる．このグロスターとは，ボストンから32マイル北東に位置する漁港で，オルソンが子ども時代に過ごした町である．

　内容は多岐にわたり，古代の哲学や歴史学，地理学，地質学，幾何学，神話や民話など非常に多くの内容が素材として混在し継起する．さらに海と陸，外側と内側といった多くの二項対立的要素を含みながら，グロスターの歴史と土地の中で，個人のあり方を問うている．

　『マクシマス詩篇』（*The Maximus Poems*）メルヴィルの『白鯨』を彷彿とさせるように，語り手が「私，マクシマス」（"I, Maximus"）という名乗りで始まる．このマクシマスは，詩人オルソンのペルソナであるだけでなく，ユングの説に基づいた人間に宿る文化創造の原型ホモ・マクシマスを意味し，また，紀元2世紀のテュロスにいた哲学者マクシマスを思い出させる．主な章は「手紙」と題されて番号が振られ，さらにセクションが細分化されて，個々の詩となる．W・C・ウィリアムズが土着の都市パターソンを描いたように，オルソンもグロスターを舞台として，詩の主題である時間と空間の概念を交錯させている．

　『マクシマス詩篇 第4, 5, 6巻』（*Maximus Poems IV, V, VI*）表紙に，かつて各大陸がひとつだった頃の世界地図を使う．形式がより緩やかで，詩行はより短く，テーマもより錯綜し始める．

　『マクシマス詩篇 第3巻』（*The Maximus Poems Volume Three*）オルソンの死後の75年に出版された．手書きのページを含め形式上，最も実験的で，かつ，より難解になっているという点で多くの批評家は一致している．

【名句】my memory is / the history of time（Maximus V, *Maximus Poems*）「私の記憶は／時の歴史である」（『マクシマス詩篇』第5巻）　　　　　　　　　　　（関戸）

◇重 要 作 品◇

動物園物語　*The Zoo Story*（1960）

エドワード・オールビー　戯曲（1幕）

個を隔離する見えない檻　オールビーの第1作．1958年に執筆されたが，ニューヨークでは理解されず，上演すらされなかった．1959年にベルリンでベケット（Samuel Beckett）の『クラップの最後のテープ』（*Krapp's Last Tape*）と2本立てで上演されたのが初演である．翌年オフ・ブロードウェイのプロヴィンスタウン劇場で，ベルリンでの初演と同じ組み合わせの2本立てで上演されたことにより，オールビーは最初から新しいタイプのアメリカの劇作家として認識された．劇中もっとも印象に残る「ジェリーと犬の物語」に明らかなように，作者が問題とするのは，逆説的に屈折した形，たとえば暴力でしか成立しない他者とのコミュニケーション，さらにはそれすら拒否して成り立つ無機質な社会の現実である．

公園での出会い　ある夏の日曜日の昼下がり，出版社の重役ピーター（Peter）がニューヨークのセントラル・パークのベンチでのんびり読書を楽しんでいると，見知らぬ男が「動物園に行って来た」と話しかけてくる．ピーターは当惑しながらも善意から話し相手になる．話題はピーターの家庭生活に及び，中産階級に属し，疑問も抱かずに平穏無事な生活を送っているピーターの姿が浮き彫りになる．個人的なことに無遠慮に踏み込んでくる男に憤慨したピーターが逆に質問すると，男は自らの私生活を饒舌に語り始める．

ジェリーと犬の物語　話の内容は男が住んでいるウェスト・サイドのスラム街の安アパートといかがわしいその住人についてであり，その話から，両親とも亡くして，愛を知らない，孤独で貧しい，悲しい男の素性が窺える．男はジェリー（Jerry）といい，安アパートの管理人の番犬との交流談を「ジェリーと犬の物語」（The Story of Jerry and the Dog）と題して，興奮した口調で一方的に語り始める．最初から敵意むき出しの黒い番犬に対し，ジェリーはハンバーガーを与えて関係を改善しようとするが失敗する．次に毒殺を試みるが，犬は病気になっただけだった．そして回復後，その犬と彼は，黙ったまま悲しみと疑惑の混じった眼差しで無関心を装うようになったが，そこには共通の理解があったと結ぶ．ジェリーの狂気じみた話に，ピーターはどう反応すべきかわからない．

檻の中の孤独な生　しかしジェリーは話を続け，人間を含んだ生物共存の実態を確かめるために動物園を訪れた感想を，「皆，互いに檻で隔絶されている」（... everyone separated by bars from everyone else.）と述べると，ピーターをベンチから押し出して独り占めしようとする．ピーターは孤独を癒す憩いのベンチを奪われまいと断固抵抗するが，ジェリーはピーターの怒りに火をつけようと，狂気じみた挑発を執拗に続ける．ジェリーはナイフを地面に放り出し，ピーターに拾い上げるように促すと，「哀れな植物野郎」と罵る．ピーターが自己防衛のためにナイフを前に突き出すと，ジェリーがそこに身を投げ出し，致命傷を負う．ジェリーはベンチに崩れ落ち，ナイフについた指紋をふき取り，ピーターに「あんたは植物なんかじゃない．大丈夫…，あんたも動物だよ」とつぶやく．動揺したピーターに立ち去るように勧めたジェリーは，最期に神へ呼びかけて静かに息絶える．

（逢見）

◇重要作品◇

エントロピー *Entropy*（1960）

トマス・ピンチョン　短編小説

世界終焉の 　題名になっているエントロピーという概念がその後の作品の基調を成し，様々
メタファー　な形で発展していくので，本短編はピンチョンの世界を包括的に理解するうえ
で重要な作品である．ピンチョンはこの作品を創作するにあたって，概念が先にあり，それ
に合わせて登場人物や出来事を作り上げたと言う．このエントロピーとは，1つの系におけ
る乱雑な混合状態を指す熱力学上の概念で，閉鎖系は不可逆的にこの平衡状態に向かって行
くことから，エネルギーの必然的な質的劣化，最終的には熱死を含意する．また情報理論で
は，ノイズによる信号の乱れ，伝達情報の喪失を表わす．この乱雑さを表わすエントロピー
はピンチョンの作品群に，秩序崩壊，カオス，コミュニケーションの断絶，文明の衰退，ひ
いては世界の終末を表現する格好のメタファーを提供している．

混沌と　1957年2月，場所はワシントンDC．ミートボール・マリガン（Meatball
熱 死　Mulligan）のパーティーが混乱を極めながら最終的には収束に向かうエピソード
と，同じアパートの上階に住むカリスト（Callisto）の作り上げた温室的秩序が崩壊し「熱
死」に至るエピソードが同時に進行する．ミートボールの「無国籍者」たちを集めたパーテ
ィーは40時間目に入り，喧騒と混乱の度合いを強めていく．ステレオのスピーカーから流
れる大音響，浴室で水を出したまま酔いつぶれている少女，激しい人の出入り，アルコール，
麻薬による酩酊，怒号，喧嘩．また，コンピューター化する人間，情報伝達における「ノイ
ズ」等の様々な事柄について，ウィットに富んだ断片的な会話が交わされていく．そして，
すべての「ノイズ」が耐え難い喧騒となって頂点に達した時，ミートボールはパーティーが
「完全なカオス」と化すことを食い止めようと決意し，参加者一人一人をなだめ，一時的に
事態を収拾する．一方，上階に住む54歳のカリストは外界の「カオス」を遮断するために，
恋人のオーバード（Aubade）と共に「完璧な生態学的バランス」を保つ空間を作り上げ，
隠遁生活を送っている．ほぼ一世紀前，ダイナモを見て驚嘆したヘンリー・アダムズに倣い，
カリストはエントロピーに彼自身の精神世界を表わす「メタファー」を見出し，熱力学的悪
夢を三人称で語る．それは，文化であれ銀河であれ，閉ざされた系では乱雑さの度合いが必
然的に増し，熱エネルギーが平衡状態になり，最終的にはいかなる形も動きもない「熱死」
に至るという黙示録的終末観である．カリストは外の気温が華氏37度のまま動かない事に
も，来るべき終末の予兆を見る．彼はいま死にかけている小鳥を裸の胸に抱き，自分の体温
を伝えることで，小鳥の命を救おうとしている．しかし，結局熱の移動は起こらず小鳥の心
臓は停止する．次の瞬間，オーバードは部屋の窓を素手で打ち壊す．割れた窓から外気が浸
入し中の空気と均一に混ざり合い，「あらゆる動きの最終的停止」の瞬間が近付いて来る．

【名句】Noise screws up your signal, makes for disorganization in the circuit. (Saul)
「ノイズが信号を破壊し，回路の中に混乱を引き起こすんだ」

（岩崎）

◇重要作品◇

走れウサギ　*Rabbit, Run*（1960）

ジョン・アップダイク　長編小説

モラトリアム青年ウサギの逃走　ペンシルヴェニア州ブルワー（Brewer, レディング Reading をモデルにした架空の街である）に住む26歳の青年ハリー・アングストローム（Harry Angstrom,「ウサギ」は彼のニックネーム）は高校時代にバスケットボール選手としてあまりに早く人生のピークを迎えてしまい、卒業後は過去の栄光の思い出のなかに浸ったままの夢想家になり、台所用品実演販売員という不安定な仕事につきはするものの生活の目算の立たぬまま結婚して一児の父親になる。ある日あてもなく長いドライブに出た折り、昔のバスケットのコーチ、トセロ（Tothero）に出会い、ルース（Ruth）という娼婦を紹介される。彼は恋人気取りで彼女の部屋にずるずると居すわり、避妊具を外させて交わり、ひとりよがりな神の話を始める。「神様が存在しないとしたら、なぜ何かが在るんだろう？」さりげなく発せられるこの問いには短編「鳩の羽根」の主人公を襲う存在論的不安に通じるところがある。やがて妻ジャニス（Janice）が2番目の子供を産むとき彼はいったん家に帰るが、また飛び出し、妻と恋人の間を往復するようになる。ジャニスは酒に酔った状態で赤ん坊を風呂に入れ、誤って溺死させてしまう。ウサギは浴槽の前にたたずんで思う。「神はありあまる力を持っているのに、何もしてくれなかった。このほんの小さなゴム栓さえ引き上げてくれなかった」。葬儀のあとルースを訪ねると、妊娠を告げられ、「死神さん」と罵られる。彼はあてもなく走り出す。

二人の牧師　ジャニスに頼まれて彼を探しにきた世俗倫理を最重要視する牧師エクレス（Eccles）はウサギの問いに対し「キリスト教は虹を探しているのではありません」と答え、彼の気持ちを変えさせるために一緒にゴルフをしたり、庭番の仕事を紹介したりする。これに対し、アングストローム家の教区牧師クルッペンバック（Kruppenbach）は宗教と世俗倫理の峻別を説く人で、エクレスからウサギのことで意見を求められたとき「宗教を持った泥棒はすべてのパリサイ人に等しい」と答え、愚か者への奉仕活動の無意味さを戒める。この作品は50年代という豊かな社会のなかで人生の目標を失った青年の彷徨という主題に注目すれば、当時の性風俗、スラングなどをふんだんに盛り込んだ社会小説であり、優しい牧師エクレスの活動はところを得ている。だが「万物の背後にあるもの」(the thing behind everything)「見えない世界」(the unseen world) を探し求め、適応よりもむしろ罪の中に生きることを選ぶウサギは皮肉にも、冷淡な牧師クルッペンバックのほうに近いのかもしれない。

『パンセ』の引用句　「恩寵のはたらき、かたくなな心、外的事情」(The motions of Grace, the hardness of the heart, external circumstances) というエピグラフが巻頭に掲げられている。問題を投げかけ、答えは出そうとしない作風によってこの作品は読者を当惑させもしたが、このパスカルの断章は作品の三様の性格、三様の解釈可能性を示唆している。

【名句】God did nothing.「神は何もしてくれなかった」　　　　　　　　（寺門）

◇重要作品◇

映画狂い　The Moviegoer（1961）

ウォーカー・パーシー　　長編小説

現代人の疎外　ニューオーリンズを舞台に，29歳のビジネスマンの，マルディグラ祭の1週間を描き，物質主義的社会に生きる現代人の疎外感を扱う一人称小説．叔母に代表される貴族的な父方の家風と実際的な母方の家柄の対極的な価値観の間で分裂する主人公の設定は，急速に変化するアメリカ南部特有の問題も提起している．全米図書賞を受賞．

麻痺と「探求」　叔父の証券会社の支店を経営する株式仲買人ビンクス・ボリング（Binx Bolling）は，水曜日の朝，日常を超越する有意味の瞬間を「探求」する可能性に目覚める．彼は数年前の朝鮮戦争で死に瀕して「探求」に導かれたが，その後単調な日常に感覚を麻痺させていた．金儲けに邁進し，退屈しのぎに秘書を誘惑する彼は，精神的虚しさを映画によって紛らわせている．映画の中の風景や人物を通して現実を見ることで，生きていることの確証を得ようとし，映画俳優を真似ることで自分の行動に意味を見出そうとしている．

水曜日の朝，父方の叔母エミリー（Emily）は彼にこれからの人生について詰問し，1週間後の30歳の誕生日に答えを出すことを約束させる．また彼女は鬱状態の続く継子ケイト（Kate）に自殺を思い留まらせるように彼に頼む．数年前，結婚式前日に恋人を自動車事故で失って以来，彼女は躁鬱病がひどく，精神科医にかかっている．現在婚約中のウォルター（Walter）にも木曜日に破談を申し入れる．

金曜日の深夜，パーティから戻らないケイトを心配する叔母から電話を受ける．ビンクスは亡き父と同様，不眠症を患っている．ケイトがやがてアパートに姿を見せると，彼は父から相続した土地の開発から得られる収入でガソリンスタンドを経営するという思いつきを話し，彼女に何気なくプロポーズをする．ケイトはビンクスを自分の同類だと看做している．

ロニーとの出会い　土曜日に彼は秘書をビーチに誘い，帰りがけに母が再婚相手スミス（Smith）と暮らすメキシコ湾沿いの家を二人で訪れて一泊する．彼の母は，医師で厭世的だった彼の父が第2次大戦で戦死すると，看護師の仕事を続けるべくこの地に戻り，ビンクスは父方の叔母エミリーに育てられたのだった．中産階級的で現世的なスミス家に，ビンクスは共感と同時に違和感を抱く．真の意味でカトリック信者であり，病気のために車椅子で生活している，15歳で映画好きの異父弟ロニー（Lonnie）とだけ，ビンクスは互いに理解しあう．

誕生日の決断　日曜日にニューオーリンズに戻ると，ビンクスはケイトの自殺未遂を知らされる．翌朝シカゴに出張する予定のビンクスに，回復しきっていないケイトは同行を希望する．二人は予定を変更して夜のうちに汽車で出発し，月曜日の朝にシカゴに到着する．夜ホテルに戻るとケイトの行く先を知らされていなかった叔母から電話があり，二人は遠距離バスでとんぼ返りをする．誕生日にあたる灰の水曜日に，ケイトは継母にビンクスと結婚する旨を告げ，ビンクスは叔母の望みどおり医学部に進む決意をする．後日談として，二人の結婚，ロニーのカトリック信者としての立派な死とケイトの回復の兆しが語られる．（利根川）

◇重要作品◇

フラニーとゾーイー　*Franny and Zooey*（1961）
ジェローム・デイヴィッド・サリンジャー　　中編小説集

エゴの問題　サリンジャーは1948年に発表した短編「バナナフィッシュにうってつけの日」でシーモア・グラースを登場させて以来，芸人一家グラース家の七人兄弟姉妹を主人公にした「グラース・サーガ」（Glass Saga）と呼ばれる家族物語に長い年月取り組んできた．「フラニー」と「ゾーイー」はその一部を成す連作で，エゴをめぐって物語が展開する．

「**フラニー**」（Franny）グラース家七人兄弟姉妹の末っ子，女優を志す20歳の大学生フラニーは，エリートのアイビーリーガー，レーン・クーテル（Lane Coutell）と付き合っている．うわべは理想的な恋人同士の二人であるが，実のところフラニーはレーンのことを愛しているという確信がなく，レーンもまた美しいフラニーを自分の欲望とプライドを満足させる存在としかとらえていない．ある週末二人はデートをするが，レストランでの食事中，自分が書いたレポートの自慢話と退屈な文学論を延々とまくしたてるレーンの態度に，フラニーはすっかり気分を悪くしてしまう．逃げるように席を立つと，フラニーはトイレに閉じこもり泣き出す．そして，バッグの中に潜ませていた亡き兄シーモア（Seymour）の遺物である『巡礼の道』という宗教書を取り出し，それを固く抱きしめ，何とか心の平静を取り戻そうとする．席に戻ったフラニーは，自分自身や周囲の人間たちのエゴに嫌気がさしてしまっていること，自分がエゴの塊のような気がして演劇をやめてしまったことなどを打ち明ける．そして，『巡礼の道』の内容について熱心に説明を始めるが，レーンは上の空である．フラニーは失望し，突然意識を失ってしまう．

「**ゾーイー**」（Zooey）グラース兄弟姉妹の6番目でフラニーの兄であるゾーイーは，25歳のテレビ俳優である．レーンとのデート中にフラニーが倒れてから2日後，身も心も憔悴しきって寝込んでいるフラニーの身を案じた母親のベシー（Bessie）が，彼女の身に何があったのか探ってほしいとゾーイーに頼みこんでくる．ゾーイーはフラニーを何とか苦悩から救い出そうとするが，かえって彼女の気分を害することしか言う事が出来ない．自分の力不足を実感したゾーイーは，すすり泣くフラニーの元を離れ，自分たちにとって人生の師であるシーモアとバディ（Buddy）が昔使っていた部屋へと助けを求めるかのように入る．そこで二人の兄が書き集めた名言やシーモアの日記を読んだ後，ゾーイーはバディの声色を使ってフラニーに電話をかける．そして，人から蔑まれているような「太っちょのおばさま」（Fat Lady）のために我々は芸をするのだというシーモアの言葉を用いてフラニーを説得するのである．最後に，その「太っちょのおばさま」とはエゴにまみれた我々すべてのことであり，究極的にはキリストに他ならないのだという言葉を聞いた時，フラニーはようやく暗闇を抜け出し，再び希望を取り戻す．

【名句】There isn't anyone out there who isn't Seymour's Fat Lady.（Zooey）「シーモアのいうところの「太っちょのおばさま」でない人なんていないんだ」（ゾーイー）（影山）

◇重要作品◇

高い城の男　The Man in the High Castle（1962）

フィリップ・K・ディック　長編小説

ナチス・ドイツへの恐怖　1963年のヒューゴー賞受賞作．ナチス・ドイツに対する根深い恐怖が認められる．1947年，第2次世界大戦において枢軸国側が勝ち，アメリカ西海岸は日本が，東海岸はドイツが支配している，という設定の物語．日本水爆攻撃をドイツ帝国軍内部の一派が画策．これを阻止しようと働く男たちを中心に，さまざまな人物が絡み合い，物語が編まれてゆく．「高い城の男」と綽名される作家アベンゼン（Abendsen）の書いた，枢軸国側が負けた設定の小説『イナゴ身重く横たわる』（The Grasshopper Lies Heavy）とその真の「作者」たる易経が登場人物たちを緩やかに繋ぐ役割を果たしている．

歴史的な遺物と偽物　太平洋岸連邦第1通商代表団の田上（Tagami）は骨董屋店主チルダン（Childan）からミッキーマウスの時計を購入する．商談のためドイツから到着予定のバイネス（Bayness）に対する贈物だ．易で占うとバイネスはスパイと出て，贈物選定については「大過」と出た．それもそのはず，チルダンは客人を日本人と見込み品物を選定していたのだ．西海岸に暮らす支配階級たる日本人は敗戦国アメリカの歴史的な遺物を収集することに夢中．南北戦争当時使用されたコルト44口径など，「史実性」を有難がる彼らをカモに現地人による偽物製作が横行する．ユダヤ人フランク（Frank）もその一人だった．しかし彼は勤め先の工場を馘になったのを契機に易を立て，同僚と共にオリジナルの装飾品工房を開く．作品をチルダンの店に預けたところ，内部に『無』があると日本人客の一人が高く評価する．

「無」を宿す銀の三角形　一方，易に出た通りドイツ国防省のスパイであったユダヤ人バイネスとの会談は日本軍部の要人を交え行なわれる．対日水爆攻撃を画策する派閥の存在が明かされた直後，踏み込んできたドイツ保安警察の刺客を南北戦争当時の歴史的遺物と謳われたコルト44口径で射殺する田上．直後易で占うと「中孚」（内なる真実）と出た．翌日憂鬱になり，何か別物と交換しようと購入元であるチルダンの店へ赴いたが，店主に断られる．代わりに勧められたのがフランクの作った銀の三角形．購入後，これを見つめているうちに彼は枢軸国側が負けた，もう一つの世界に迷い込む．漸く元の世界へ帰還した彼は，ユダヤ人であるがゆえにドイツへ強制送還されそうになっていたフランクの命を救うことになる．

易経が書いた真実の世界　田上の見た世界を『イナゴ身重く横たわる』において描いていたアベンゼンは，その危険思想ゆえにナチスに追われる．手先であるジョー（Joe）はフランクの元妻ジュリアナ（Juliana）と関係し，彼女を利用してアベンゼン暗殺を企む．途中それに気づいた彼女は逆にジョーを殺し，アベンゼン邸にひとり辿り着く．『イナゴ』執筆にあたり，易経に順次問いを立て，答えを反映してゆく形で作品を仕上げていったと本人から聞いた彼女は，易経が何故『イナゴ』を創作したのかを改めて易に問う．答えは「中孚」（内なる真実）と出た．

【名句】The oracle wrote your book. Didn't it?（Juliana）「あのご本は，易が書いたんですね．ちがいます？」（ジュリアナ）

　　　　　　　　　　　　　　　　　　　　　　　　　　　　　　（太田）

◇重要作品◇

ヴァージニア・ウルフなんかこわくない
Who's Afraid of Virginia Woolf? (1962)

エドワード・オールビー　戯曲 (3幕)

虚構から の 覚 醒　ニューイングランドの私立大学を舞台に，不毛な現実から逃れて虚構に慰めを求める人間の弱さを浮き彫りにした戯曲．ファーストネームが初代大統領夫妻と同一の中年夫婦が虚構の中での悪夢のようなゲームから醒めるまでの過程は，病んだアメリカ社会への批判になっているが，夫婦が撒き散らす台詞は俗語から幼児語まで，また機知に富んだ警句から下品な冗談まで実に多彩であり，言葉の応酬がまず魅力的である．題名は童謡の「オオカミなんか怖くない」のもじりだが，オオカミとは「真実」であると作者本人が認めている．

第1幕：「戯れとゲーム」(Fun and Games)　午前2時，ジョージ（George）とマーサ（Martha）は，大学総長主催の土曜日の夜会から帰宅する．マーサは46歳の夫より6歳年上で，ワンマン総長の愛娘．ジョージは出世に縁のない歴史学の万年助教授．高飛車なマーサは不意に新任教員夫妻の訪問を予告して，夫を戸惑わせる．玄関の呼鈴が来客を知らせると，ジョージは妻に「あの子のことは話すな」と曰くありげに念を押す．ためらいがちに入ってきた若いニック（Nick）とハニー（Honey）は，ジョージとマーサの壮絶な毒舌合戦に戸惑う．繊細なハニーは気分が悪くなり，マーサに案内されて化粧室へ行き，ジョージは野心満々の若き生物学者ニックをこきおろす．しばらくして現われたハニーがジョージの成人間近な息子のことに触れると，ジョージは妻が夫婦の秘密を他言したことに憤慨する．酔ったハニーが部屋を出ると，ニックとマーサも追いかける．

第2幕：「ヴァルプルギスの夜祭り」(Walpurgisnacht)　ニックがハニーとの結婚のいきさつを語り，ジョージは2つの偶発的事故で誤って両親を殺し，精神病院に送られたブロンドの美少年の話を語る．ハニーと戻ってきたマーサは，ニックと踊りながら，ジョージの出版されない小説の話をする．それは先程の少年の話で，実は彼の自伝だという．激昂したジョージがマーサにつかみかかるが，今度は鬱憤晴らしに攻撃の矛先を若夫婦に向け，ニックから訊きだした打算的結婚の実態や，ハニーの想像妊娠について言い散らす．再び気分が悪くなったハニーが退場すると，マーサが当てつけにニックを誘惑し，寝室へ消える．ジョージは「あの子」が死んだという電報で，マーサへの報復をしてやろうと期する．

第3幕：「悪魔払い」(The Exorcism)　目的が達成できなかったニックとマーサが寝室から戻ると，ジョージは妻に「あの子」の思い出を語らせる．不毛な結婚生活の中で「あの子」だけが希望の光であったというマーサの傍らで，ジョージは息子の死を知らせる電報が来たことを告げる．「そんな勝手なことは許さない」と言うマーサと，電報はもう食べてしまったと言うジョージのやり取りから，「あの子」とは夫婦が作り上げた架空の存在であることがわかってくる．ジョージとマーサは21年間育ててきた幻想との決別を余儀なくされ，二人は寄り添う．ジョージは優しく「もうすぐ夜明けだ．パーティも終わりだな」(It will be dawn soon. I think the party's over.) と言う．

(逢見)

◇重要作品◇

もう一つの国　*Another Country*（1962）
　　　　　　　　　　　　　　　ジェイムズ・ボールドウィン　　長編小説

背景　50年代末，グレニッチ・ヴィレッジのアーティストたちの間で進行中だった風俗革命のありさまが赤裸々に描かれている．作中に執拗なまでに展開されるさまざまな性関係の描写は時として読者を驚かせるかもしれないが，実は登場人物たちがひたすら求めているものは愛なのだ．愛という言葉が反語的でなく，切実さをこめて多用される．ボールドウィンはこのニューヨークの物語をパリで書きはじめ，コネティカットのウィリアム・スタイロン邸で書きつづけ，トルコのイスタンブールで最後の部分を完成した．

多形倒錯的な多角関係　複雑な性関係を示すには図解するのが一番よいのだが，次善の策として見取図的に素描してみよう．黒人としての抜きがたい劣等感に悩むドラマーのルーファス・スコット（Rufus Scott）は南部から出てきた白人娘レオーナ（Leona）に愛されながらいつも彼女に暴力を振るっている．やがて彼女は発狂し，親元の精神病院へ．一時ルーファスは俳優のエリック・ジョーンズ（Eric Jones）と付き合うが，彼は白人に対しては憎むという関係しか持てない．それでいて常に愛に飢えている．しかも暗黙のうちに白人を求めている．ある日，心を許し合った友人アイリッシュ・イタリアンの作家ヴィヴァルド（Vivaldo Moore）に，性的にも親密になりたいと暗にもちかけるが，冷淡にかわされる．その翌日，彼はジョージ・ワシントン橋から飛び降りて自殺する．彼の妹アイダ（Ida）は白人に対して，特に兄の絶望的な孤独を察知できなかった白人の友人たちに対して憎悪の念をいだく．兄の一番の親友だったヴィヴァルドに接近し，愛人関係を結ぶが，長く付き合いながら彼から愛されていないことに気づき，彼を責める．だが実は彼女のほうこそ白人を許さないという壁をつくっていて彼を受け入れていないのだ．そのヴィヴァルドにはジェイン（Jane）という年上の白人の恋人もいる．前出のエリックはしばらくフランスに滞在し，まだ少年の男娼イーヴ（Yves）とロマンティックな恋に落ち永遠の愛を誓う．だが一足先に帰国した彼はある夜，友人のヴィヴァルドと語り明かしたあと濃密な同性愛の関係に入り，互いに愛を確認しあう．その翌日，彼はニューイングランドの上流階級出身の恋人キャス（Cass）に呼び出される．彼女はポーランド系の作家リチャード（Richard Silenski）の妻で2児の母なのだが，やっと貧乏から中産階級に這い上がったこの夫が人間としても作家としても凡庸すぎることに失望し，エリックの愛を求めたのだった．ところが最近この関係がばれてしまい窮地に立たされている，これからはただのお友だちになりましょう，というのである．まもなくイーヴがフランスからやってくることになり，エリックは空港に出迎える．

〈もう一つの国〉とは　禁断の愛，人種とジェンダーの壁を越えた愛のことである．エリックは愛の宗教の司祭であるかもしれない．

【名句】How can you live if you can't love? And how can you live if you do?（Vivaldo）「愛することができなくて，どうして生きられるのか．また愛している場合，どうすれば生きられるのか」（ヴィヴァルド）
　　　　　　　　　　　　　　　　　　　　　　　　　　　　　　　　　　　（寺門）

◇重要作品◇

青白い炎　*Pale Fire*（1962）

ウラジーミル・ナボコフ　　長編小説

出会い　ナボコフは『オネーギン』の英訳と注釈の仕事を進めながらこの奇抜な小説を着想したと言われる．作品は詩人教授シェイド（John Francis Shade）の99行からなる瞑想詩『青白い炎』と，同僚の教師チャールズ・キンボート（Charles Kinbote）が作成した序文と注釈と索引から構成されている．現在の物語はワードスミス（Wordsmith）大学の所在地，米国アパラチア州ニュー・ワイ（New Wye, Appalachia）の街で展開する．

詩と注釈とのせめぎあい　リアリズム・レベルの種明かしを先にしてしまえば，キンボートは狂気に支配されており，自己と世界に関する妄想を生きている．ロシア語教師，文学研究者というのは世を忍ぶ仮の姿であり，実は自分は革命によって退位させられた，遠い北国ゼンブラ（Zembla）の最後の王チャールズ2世，通称最愛王（Charles II, surnamed The Beloved, 1936－58）なのだ，と彼は信じている．教養豊かな王は匿名で首都オナーヴァ（Onhava）の大学の講師も務めていた．米国に亡命して教職を得た彼は今，同僚のシェイドに接近して，自らの数奇な身の上を語り聞かせ，それをもとに一大叙事詩を書いて欲しいと依頼する．そのようにしてゼンブラ国王の生涯と事跡を不滅化したいと望んだのである．ところが出来上がった詩に眼を通した彼は失望する．知り合って日の浅い友人の懇望を冷淡に聞き流したシェイドは自分の死の認識を主題とした瞑想詩を書いてしまったのだ．題名からしてキンボートの薦めた『孤独王』（*Solus Rex*）ではなくシェイクスピアの『アテネのタイモン』からとった『青白い炎』になってしまっている．彼の望み通りのものといえば，ポープの『人間論』（Alexander Pope, *An Essay on Man*）に由来するものとしてではあれ，ともかくも「ゼンブラ」という一語が登場することくらいである．だが眼光紙背に徹したキンボートはそこで投げ出しはしない．ゼンブラ王につながると思しきどんな微細な痕跡をも見逃さない．いやまったく無関係な，ありとあらゆる言葉を曲解，歪曲してゼンブラ国王の物語を構築してしまう．かくしてシェイドの詩『青白い炎』はキンボートの注釈によってまったく別物に変えられる．だが両者には次のような興味深い対応関係が存在する．

照応を幻視する　シェイドが詩『青白い炎』を書き始めたのと同じ日にゼンブラの革命家グレイダス（Jakob Gradus）が前王チャールズの暗殺を目指して追跡の旅に出発する．そして詩の完成直前にニュー・ワイ入りしたグレイダスはチャールズ＝キンボートと取り違えてシェイドを射殺してしまう．つまり詩と刺客はともにそれぞれの終局に向かって同時進行するのだ．この誤射事件は，リアリズム・レベルで見ると次のようなものなのだ．即ち，キンボートの家主ゴールズワス（Goldsworth）判事に死刑を宣告された殺人犯ジャック・ド・グレイ（Jack de Grey）が脱獄し，ゴールズワスに復讐するつもりで彼と容姿の似たシェイド教授を殺してしまった，というもの．シェイドを助けようとする努力を見せたキンボートはシェイド夫人シビル（Sybil）の信頼を勝ち得ることができ，未完の詩の草稿を夫人から預かってさっそく注釈作成の仕事に取り掛かり，やがて出版の運びとなる．　　　　（寺門）

◇重要作品◇
V. *V.*（1963）

トマス・ピンチョン　長編小説

歴史の再構築　19世紀末から20世紀半ばにかけて，歴史的動乱の前触れとなる紛争の場に現われる謎の女V.．その背後に隠された「陰謀」を中心に歴史を再構築し，世界がエントロピー的混沌，衰退へと向かう兆候を描く．V.の追跡を通して，歴史が生み出される構造に目を向け，近代西欧の知のあり方そのものを視座に入れる壮大なメタフィクション．

生命なきものと世界的陰謀　『V.』は主に路上を彷徨うベニー・プロフェイン（Benny Profane）を中心とした1955年から56年にかけての逸話と，V.の探求者ハーバート・ステンシル（Herbert Stencil）が語るV.の物語，それに最後のエピローグから成る．プロフェインは道路工事などで生計を立てているが，機械や道具類等の「生命なきもの」の扱いが極端に苦手な「駄目男」である．車と官能的な会話を交わす女，ニューヨークの下水道でのワニ狩り，退廃的な芸術家達と過ごす怠惰な生活，実験用の模造人間との対決等の逸話は滑稽ではあるが，そこには非人間化の兆候が現われている．一方ステンシルは，イギリス政府の諜報部員だった父親が遺した日誌の中に登場するV.の背後に世界的「陰謀」を読み取り，V.にまつわる情報を集め，パラノイア的想像力を駆使してV.の歴史を構築する．

V.の解体と世界の終わり　V.の女ヴィクトリア・レン（Victoria Wren）の行動の軌跡を年代順にたどると以下の通りになる．1898年ヴィクトリア18歳，ファショダ危機の緊張が走るカイロでイギリスの諜報部員を誘惑．1899年フィレンツェ，二重スパイのような行動をとり，ステンシルの父を誘惑．そして暴動に心酔．1913年パリ，踊り子の少女にフェティシズム（拝物愛）の極致とも言うべき倒錯した恋をする．1919年6月騒動に揺れるマルタ島ヴァレッタ（Valletta），ヴェロニカ・マンガニーズ（Veronica Manganese）の名で政治的裏工作に関与．1922年ドイツ領南西アフリカ，片目に義眼を入れた女ヴェラ・メロヴィング（Vera Meroving）として，先住民たちに包囲される中で行なわれた退廃的籠城パーティーに登場．1943年空襲下のヴァレッタ，「生命なきもの」の理想を説く「悪司祭」と化したヴィクトリアは，人工物との合体により半ば人造人間化した肉体を解体され死亡．このようにV.の女は姿形を変えながら，陰謀，倒錯，混乱，戦争との関連で存在し，物質化，非人間化を経て死に至る．このV.解体の過程に幻視されているのは，世界滅亡の悪夢に他ならない．他方，V.は頭文字に過ぎないので，聖母（Virgin），虚空（void），美の女神（Venus）等，Vの文字で始まるあらゆる事象を偶然によって結びつけ，増殖を繰り返していく．V.とは断片的事象の集合に他ならず，その背後には「陰謀」など存在しないのかもしれないという疑念がステンシルを脅かす．しかし，探求そのものが目的となったステンシルは，V.探しを継続するためにV.の女の義眼を持ち去ったヴァイオラ（Viola）夫人の跡を追う．

【名句】How pleasant to watch Nothing.（Victoria）「虚無を見つめるって，なんて楽しいことなんでしょう」（ヴィクトリア）

(岩崎)

◇重要作品◇

猫のゆりかご　*Cat's Cradle*（1963）

カート・ヴォネガット　長編小説

破滅する世界　語り手である作家が原爆についての取材を続けるうちに，世界の破滅を目撃するという3作目の長編小説．作品全体は回想形式で語られるが，前半部では原爆を発明した博士とその一家の足跡をニューヨーク州イリアム（Ilium）に追い，その後，カリブ海に浮かぶ島国サン・ロレンソ共和国へと舞台は移っていく．そこは独裁者が全てを支配し，民衆は嘘をもとにしたカルト・ボコノン教に救いを見出しているディストピア的世界である．文明や科学による人間性の抑圧，大量破壊兵器を生み出し，使用する人類への不信など，ヴォネガットの初期作品に共通のテーマを扱った社会批判的要素が色濃い作品である．

ハニカー博士の秘密　物語は，自分自身をジョーナ（Jonah）と呼ぶ男＝「私」の回想として語られていく．かつて私は，広島への原爆投下を題材とした作品「世界が終末を迎えた日」を執筆するために，マンハッタン計画に参加したフェリックス・ハニカー博士（Felix Hoenikker）に関する資料を集めていた．博士の次男ニュート（Newt）が，偶然にも私の大学の後輩であったため，さっそく手紙で質問を送ることにする．ニュートの証言により，原爆が投下された当日，普段は子供のことなど全く気にかけない博士が，彼に猫のゆりかご（あやとり）を見せておどけてみせたことが分かる．その後，かつてハニカー一家が在住していた土地イリアムへと向かい，情報収集を続けると，一家の風変わりな生活ぶりが明らかになる．さらに，私は元同僚の科学者から，博士がアイスナイン（ice nine）という地上の全ての水を凍結させる物質を作っていたことを聞く．

サン・ロレンソへ　自宅に戻った私は，行方不明だった博士の長男フランク（Frank）が，サン・ロレンソ共和国（the Republic of San Lorenzo）の要人となっていることを新聞の観光案内広告で知り，さっそくその地を訪れる決心をする．共和国行きの飛行機の機内では，フランクの結婚式に参加するニュートとアンジェラ（Angela）と知り合う．また，同乗者から共和国の歴史や風俗に関する書物を借り，そこが独裁政権による恐怖政治とボコノン教（Bokononism）の救済という二元的原理によって危ういバランスが保たれている世界であることを知った．

アイスナイン　サン・ロレンソ共和国に着いた私は，"パパ"・モンサーノ大統領（"Papa" Monzano）から手厚い歓迎を受けるが，重病に冒されていた大統領は式典中に倒れ，結局フランクから手に入れたアイスナインを飲んで自殺する．私はフランクの要望を聞き入れて，彼の代わりにモナ（Mona）と結婚して次期大統領に就任することを決心する．ところが，島を地震が襲い，大統領の死体が大邸宅もろとも海へ転落．アイスナインの反応によって世界中の海は凍結し，私と同行者数名は生き残るが，世界はほぼ壊滅する．

【名句】Live by the foma (=harmless untruths) that make you brave and kind and healthy and happy. (The Books of Bokonon, I : 5)「〈フォーマ〉（＝無害な嘘）に従って生きなさい．それはあなたを勇敢で，優しく，健康で，幸福にしてくれる」　　　　　（児玉）

◇重要作品◇

ダッチマン　*Dutchman*（1964）

アミリ・バラカ　戯曲（2場）

不安定な足場　1964年，ニューヨークのチェリー・レイン・シアター（The Cherry Lane Theatre）で開幕するや，これまでの黒人演劇とは一線を画す過激な作品として注目を浴びる．アフリカ系アメリカ人が抱える「二重性」（double-vision, or consciousness）の問題は，白人女性ルーラ（Lula）の語る世界の中で規定されるクレイ（Clay）の姿の中に浮き彫りにされているが，同時に彼女の曖昧なアイデンティティも問題にされる．タイトルの「ダッチマン」（さまよえるオランダの幽霊船）に象徴されるように，密室での言葉の応酬で作られた曖昧な世界では，クレイのみならず，実は白人のルーラも，安定した足場を得られず，さまよう姿が見えてくる．

地下鉄の中（第1場）　真夏の蒸し暑いニューヨークの地下鉄．車内に一人すわっている20歳の黒人青年クレイは，停車した駅に立つ1人の美女の視線に気づく．女は意味ありげに微笑みかけ，クレイもそれに応えるが，すぐに地下鉄は発車する．その女ルーラが車内に現われると，リンゴをかじりながら，クレイの座席の脇に立つ．彼女は彼に話しかける．クレイは自分を知っているかのように会話をリードするルーラを奇妙に思いながらも，彼女に興味を持ち始める．彼女はクレイを誘うように彼を愛撫し，リンゴを取り出して勧める．「一緒にリンゴを食べる，これがいつだって最初の一歩」（Eating apples together is always the first step.）と言うルーラに，クレイは自分のことを知っているのかと問う．彼女は「言ったでしょ，あんたのことなんか全然知らない…あんたはよくあるタイプなのよ」（I told you I didn't know anything about you...you're a well-known type.）と答え，さらにルーラは欲望を感じ始めたクレイを見透かしたかのように，パーティーに行こうと誘わせる．そして彼女は「みんなにはあんたが見えないって振りをしようよ．つまり普通の人には．あんたは自分の歴史から解放されてるんだって振りをして．私は私の歴史から」（And we'll pretend the people cannot see you. That is, the citizens. And that you are free of your own history. And I am free of my history.）と声弾ませるところで1場が終わる．

ねじれた二重性（第2場）　ルーラがパーティーの後のことを想像しながら話し，クレイをさらにその気にさせる．しかし乗客の数が増えるにつれ，ルーラはクレイを複雑にあおり，罵る．「中産階級の黒人……お前はたらこ唇の白人だ．一人よがりのクリスチャン．お前はニガーじゃない，ただの汚い白人さ」（You middle-class black bastard....you liver-lipped white man. You would-be Christian. You ain't no nigger, you're just a dirty white man.）徐々にクレイの中に怒りが生まれ，ついに，お前ら白人にチャーリー・パーカー（Charlie Parker）がわかってたまるか，もし彼が白人を何人か殺っていたら音楽なんて必要なかったさと，怒りを爆発させる．去ろうとしたクレイを，ルーラはナイフで殺害する．他の乗客たちが彼を片付けると，ルーラが次の獲物をねらうかのように，新たに乗ってきた黒人青年に近づく．

（水谷）

◇重要作品◇

ユリアヌス　*Julian*（1964）

ゴア・ヴィダル　長編小説

キリスト教批判　架空の回想録と，同時代のふたりの哲学者による事実の補足，感想に基づいて，「背教者」として有名なローマ皇帝ユリアヌス（Julian）の生涯を描く歴史小説。当時の資料の緊密な研究と想像力によって，4世紀のローマ帝国の様子をリアルに再現しながら，ユリアヌスの内面を掘り下げている．人間味溢れるギリシャ古来の神々を復活させようとした主人公のロマンチックな理想の中に，ユダヤ・キリスト教的一神教に対する，そして寛容の精神を失った現代のアメリカに対するヴィダルの批判を読み取ることが出来る．

ギリシャの神々に帰依　ユリアヌスの父は甥のローマ皇帝コンスタンティウス（Constantius）により謀反の罪を着せられ処刑される．一族の中でユリアヌスと兄のガルス（Gallus）だけがまだ幼いという理由で処刑を免れ，死の恐怖に怯えながら幽閉生活を送ることになる．ユリアヌスは父を殺したコンスタンティウス皇帝がキリスト教徒であったことから，異教徒に対して極端に不寛容な一神教キリスト教に反感を抱き，ギリシャ古来の神々に強く魅せられる．17歳の時，皇帝から勉強を続けることが許され，哲学者になることを決意する．その頃，豊穣の女神キュベレから，将来，古来の神々の神殿を復興するが，敵の刃により英雄として命を落とす，という神託を受ける．また彼はヘレニズム文化や新プラトン主義と縁の深いミトラ教に入信し，自己の使命を知る．そこに兄のガルスが皇帝の姉と結婚し副帝に昇進したという報せが届く．しかしガルスは残虐な暴君となり，失政と反逆の罪に問われ処刑される．ユリアヌスは23歳の時，皇帝の妹ヘレナ（Helena）と結婚し副帝になる命を受け，ガリアの地の防衛に赴く．兵士を鼓舞する才能と巧みな戦略により，ユリアヌスはゲルマン人勢力を撃退し手柄を立てる．だがコンスタンティウス皇帝は，ユリアヌスの力を弱めるため兵力の大半をペルシア遠征に差し向けるよう命じる．ユリアヌスはこれを拒否すると，自軍の兵士達から皇帝に押され，反逆の意を決し戦いの準備を進める．しかしコンスタンティウス皇帝は病死し，ユリアヌスを後継者に指名する遺言を残す．

背教者という名の理想主義者　皇帝になったユリアヌスは信教の自由を布告．キリスト教を国教の座から降ろし，ギリシャ古来の神々の信仰を復興させようとするが，当時多数を占めていたキリスト教徒に「背教者」の名で批判を浴びる．アレキサンダー大王（Alexander the Great）の生まれ変わりという神託を受けたユリアヌスは，東方征服を目指しペルシア侵攻を開始．次々に敵の要塞を陥落させるが，結局ペルシア攻略に失敗し，戦闘中に槍で突き刺され，32歳の若い命を落とす．後に，ユリアヌスは自軍のキリスト教兵士達の陰謀によって殺されたことが明らかになる．およそ20年後，ユリアヌスの思想に共鳴する哲学者リバニウス（Libanius）は，キリスト教を国教に定めた時の皇帝テオドシウス（Theodosius）にユリアヌスの回想録出版の許可を求めたが，断られてしまう．ユリアヌスの理想の灯火は消え，キリスト教支配が確定する．

【名句】Only Julian was different.（Priscus）「ユリアヌスだけが特別じゃった」　　（岩崎）

◇重要作品◇

火星のタイム・スリップ　*Martian Time-Slip*（1964）
フィリップ・K・ディック　長編小説

管理社会が生む病　植民が始まって間もない火星が舞台．土地投機に絡む競争を軸として，管理社会が加速させる精神病や孤独，そして愛を描く．複数の登場人物に焦点を当てながら，複雑に絡みあう人間模様を展開してゆく技巧が素晴らしい．分裂病者の精神世界に引き擦り込まれる男を描くことで，現実が個々人に固有のものである事実を再認識させる．

火星の原住民　水利労働組合長のアーニー（Arnie）は火星原住民たちの霊山，FDR山の一画を国連が買収するとの闇情報を入手．土地投機を目論む彼は，砂漠にて行き倒れている原住民には冷淡だ．彼らは命の恩人である電気技師ジャック（Jack）に水神の護符を授ける．

分裂的自閉症児　火星には異常児収容施設があり，そこには分裂病者として自閉症児マンフレッド（Manfred）がいた．担当医は少年の父親に，自閉症患者は時間認識速度が通常人と異なるだけであり，特殊装置を介すれば交信が可能であると説く．しかし火星を理想の地として宣伝したい国連が，近いうちに施設を封鎖するとの噂を聞きつけていた父親は自殺する．

時間流の交錯　アーニーの反応は違った．少年に予知能力を感じた彼は，ジャックに交信用の特殊装置を作るよう依頼する．投機に必要な情報を引き出すという目論見は伏せつつ．一方，地球からはジャックの父親レオ（Leo）が投機目的でやって来る．彼に促されてジャックと少年もFDR山に向かう．そこで少年は老人である自分が強制収容されている老朽化したCO・OP住宅団地の絵を描く．壁にAM・WEBの文字．確証を掴んだとばかりレオは土地の登記を済ませる．立腹したアーニーがジャックを撲殺する様子を幻視した少年は，これを回避すべく未来を操る．生命の最終段階＝死が横溢する彼固有の「現実」が何通りも試演される．時間流が交錯する中，管理社会の権化たる教育施設に立ち寄ったジャックは少年に影響されて分裂病を再発する．地球に住んでいた折，CO・OPの職住一体の大住宅団地の一隅にて発病した彼は，閉塞的な環境から逃れるため火星に移住したのだった．苦しむ彼をアーニーの情婦ドリーン（Doreen）が癒す．彼女には分裂病が嵩じて自殺した弟がいたのだ．

AM・WEBからの脱出　ジャックに恨みを抱いたアーニーは，過去を改変して彼を殺すことを思いつき，原住民と少年の助けを借りてFDR山の特殊領域から過去へ旅立つ．しかし行き着いたのは少年の感覚する過去だった．分裂病的世界に喘ぎつつもジャックに銃口を向けたが，その瞬間，原住民の毒矢に倒れる．水神の護符を授けた時点で彼らは今の事態を予知していたのだ，とアーニーは悟る．一命をとりとめ現在に戻ってくるが，私怨を抱いた人間に撃たれ，これも少年の作り上げた「現実」だとジャックに囁きつつ死ぬ．疲労困憊したジャックは妻の待つ家に戻る．そこへ原住民に付き添われ，下半身を機械に補填された老人が訪れる．AM・WEBから脱出したと伝えた後，昔の礼を言って「少年」は去っていった．

【名句】Let me back to my own world, my own time...（Arnie）「おれを，おれの世界につれ戻してくれ，おれの時間に」（アーニー）　　　　　　　　　　　　　（太田）

◇ 重 要 作 品 ◇

転落の後に　After the Fall（1964）

アーサー・ミラー　戯曲（2幕）

ブロードウェイとの決別　1964年，ニューヨークのリンカーン・センター・レパートリー・シアターの柿落とし公演として期待された本作は，ミラーの意図に反して，批評家，観客共に登場人物のマギーに61年に自殺したマリリン・モンローの面影を重ね合わせて解釈され，彼女に対する同情が集まり，酷評されるに到った．ミラーは芸術的にも道徳的にも非難を浴び，彼とブロードウェイの批評家との関係は険悪なものとなり，以後ミラーはヨーロッパ，特にイギリスの批評家，観客に受け入れられることになる．

モンローの面影（第1幕）　ドラマはすべて，ミラーの分身ともいえる弁護士クェンティン（Quentin）の精神と思考と記憶の中で起こる．クェンティンとの結婚生活が破局した後に死亡した二度目の妻マギー（Maggie）の姿が浮かび上がる．同時にクェンティンはドイツ旅行で出会った考古学者ホルガ（Holga）の方を見やる．遠くでは二人の男が目には見えない棺を運んでいる．母親の葬儀らしいが，彼には何の感情も湧いてこない．クェンティンは，肉親の死を悼むことのできない自分自身に良心の呵責を感じている．兄のダン（Dan）と二人で，手術直後の父親と病室で面会し，母親の死を伝える．彼の背後にはドイツの強制収容所の監視塔がそびえ建つ．ホルガは2年間も強制労働させられた体験について語る．そこに母親が現われ，結婚当初の思い出話をする．株価の大暴落で無一文になった父親が登場し，彼女はすわっている父の前に責めるように立ちはだかる．クェンティンと彼の最初の妻ルイーズ（Louise）の家庭でも，両親夫婦の一家と同じいさかいが絶えず，弁護士事務所の電話の交換手マギーと知り合う．また，クェンティンが弁護を引き受けていた元共産党員の友人ルー（Lou）が，地下鉄にひかれて死んだという知らせが届く．

良心の呵責と救済（第2幕）　舞台上の登場人物たちは，引き続きクェンティンの意識に上がったときにのみ演技をする．彼は観客を陪審員ないしは精神分析医に見立てて語りかける．彼は自ら選択した過去の集積としての現在に責任を感じ，個人的にも社会的にも自らの責務を果たさなかったことを自覚する．父親が破産して窮地に立つが，クェンティンは家族を捨てて大学に進学し，兄のダンが夢をあきらめ，家業を支える．クェンティンは非米活動委員会での弁護を引き受けるが，依頼人を救うことはできない．不幸な生い立ちで情緒不安定なマギーには包容力ある父親的男性として接して情事を繰り返し，今はスターとなった彼女と再婚するが，彼女のアルコールと睡眠薬依存症は悪化する一方で，ショーの仕事もクビになり，結婚生活も破綻する．ルーを裏切った密告者ミッキーの姿が時折脳裏をかすめる．クェンティンは「蝋細工の果物や描かれた樹木でできた楽園，嘘のエデンの園ではなく，転落の後に，多くの死の後に，我々は祝福もされずに出会える，そのことがわかっているのは，むしろ幸せだ」（To know, and even happily, that we meet unblessed; not in some garden of wax fruit and painted trees, that lie of Eden, but after, after the Fall, after many, many deaths.）と信じ，ホルガとともに去って行く．

（増田）

◇重 要 作 品◇

おかしな二人　*The Odd Couple*（1965）

ニール・サイモン　戯曲（3幕）

性格の対立が生む笑い　1965年，ニューヨークのプリマス劇場で初演．964回のロングランを記録した作者の代表作の一つ．アパートの一室で異なる性格の人物を衝突させる，作者が得意とするパターンの喜劇で，ここでは大雑把だが快活な性格の男と，きめ細やかで気が弱い友人の対立が，生活感あふれる細かい描写の中で抱腹絶倒の笑いを生み出す．85年には，『おかしな二人・女性版』も執筆され，上演された．他にも『裸足で散歩』など，サイモンの喜劇では，人物の対立や衝突が笑いを生む一方，その対立を越えた人間の成長や人生の機微も描かれており，都会に生きる現代人の人生ドラマとしても味わい深いものがある．

共同生活の始まり（第1幕）　離婚したばかりで一人暮しのオスカー（Oscar）は，部屋が散らかり放題でも気にしない無頓着な性格で，いつもポーカー仲間をアパートに呼び，気楽な毎日を過ごしていた．今夜も仲間が集まるが，フェリックス（Felix）だけが現われない．彼の奥さんに電話をかけると，何と離婚して家を飛び出したという．フェリックスの気弱な性格をよく知る一同は心配するが，そこへ噂の当人が世界の終わりのような顔をして登場．今にも自殺しそうな彼を立ち直らせようと皆であの手この手で気を使うが，結局オスカーは戻る場所を失った哀れな友に同居を提案する．ようやく「離婚しても生きていけそうだ」と話すフェリックスに対して，疲れ切ったオスカーは，「生きていくのは明日にして，今夜は早く寝ろ」（Live with it tomorrow. Go to bed tonight.）と命じる．

極度の潔癖性（第2幕）　幕が上がると，オスカーの部屋は見違えるように片付けられている．極端にきれい好きで掃除，洗濯，炊事まで家事一切を完璧にこなすフェリックスだが，「煙草の火に気をつけてくれ」などと口やかましく指図するこの同居人はオスカーにとっては疎ましく，ポーカー仲間たちもやりにくくて帰ってしまう．彼は何とかこの状況を打開しようと，同じアパートに住む英国人の姉妹，セシリー（Cecily）とグウェンドリン（Gwendolyn）――オスカー・ワイルドの傑作『まじめが大切』（*The Importance of Being Earnest*）より名前を借用――とのダブル・デートをフェリックスに提案し，実行に移す．だが離婚の心の痛手をフェリックスが語り始め，女性陣も過去を思い出して泣いてしまい，オスカーの作戦は失敗．

伝　染（第3幕）　翌日の夜．オスカーはもう我慢の限界に来ている．怒りを爆発させたオスカーに対して，フェリックスは二人の共同生活もこれまでと部屋を出て行ってしまう．心配になったオスカーと集まって来たポーカー仲間がフェリックスの行方を案じていると，英国人姉妹と共にフェリックスが部屋に姿を見せる．彼は姉妹のアパートで暮らすことにしたというが，オスカーを責めることはせず，二人は和解する．フェリックスが部屋を去ると，仲間とポーカーが始まるが，オスカーにはいつの間にか親友の癖が乗り移ってしまったようだ．彼はポーカー仲間に言う．「煙草の火に気をつけてくれよ．ここは俺の家だ．豚小屋じゃないぞ」（And watch your cigarettes, will you? This is my house, not a pigsty.）　　（広川）

◇重要作品◇

コーソンズ入江　*Corsons Inlet*（1965）
アーチー・ランドルフ・アモンズ　詩集

絶頂期の詩集　アモンズの第3詩集．同じ年に第4詩集『年の変わり目のためのテープ』(*Tape for the Turn of the Year*) も出版されており，アモンズが創作力を旺盛に漲らせていた頃の詩集と言える．40編の詩を収録するが，8行の短い詩から，128行あるタイトル詩「コーソンズ入江」(Corsons Inlet) まで，様々なタイプがある．内容としては，第1詩集『複眼』を彷彿とさせ，自然を素材としている詩が多い．

「**コーソンズ入江**」(Corsons Inlet) 詩集の題詩であり，最も代表的な作品．当初は「自然の散歩」と題されていたように，「私」が散歩に出かけるところから始まる．もともとアモンズの詩における「散歩」に関連して，例えば，「目と体の一体化」，「内面の外面化による自己の開放」，「散歩＝視野の記録」，「自然観察における等身大の自己の保証」などの諸点が論じられている．この作品で散歩する「私」は，入り江で自然を観察していると同時に，自然に境界線が引けないように人間の意識も区切ることができず，それゆえに自由と新しさを手に入れることができると考えている．正確な観察眼は，現在の中に孕まれている未来の変化を示唆しながら，海岸沿いの自然を的確に捉えてゆく．彼の視野は，散歩が進むにつれて，遠くから近くへ移動しながら，自然や行動における「力」について考察する．テーマとしては，人間が自然を認識する方法への根源的な問いだけでなく，都市と自然との対立も示唆されており，アモンズはただ自然を描写しているのではなく，人間の精神と社会との葛藤も自然のなかに見出しているようだ．ハロルド・ブルームなど多くの批評家がこの作品を傑作とするが，しかし，自由を理念化できずに，単なる散歩の自由を愉しんでいるに過ぎないと批判する批評家もいる．

「**冬の景色**」(Winter Scene) 8行，全33語の短い詩．タイトル通り，冬の景色を描写しており，アモンズは鳥（カケス）の声に季節が変わっていく様子を見ている．風景の中に生命を見出すという彼の詩の特徴をよく現わした作品のひとつである．

「**瞬間**」(Moment)「冬の景色」同様8行，全27語の短い詩．気持ちの高揚の瞬間を描いた作品である．「自己信頼」(Self-Reliance) の概念をもとに，ブルームは，アモンズとエマソンと比較して，アモンズの超越的瞬間は煉獄的であり，エマソンのエデン的様相とは異なるという．

「**アライグマの歌**」(Coon Song) 88行の比較的長い詩．猟犬に囲まれたアライグマを素材としながら，社会的政治的な自由の問題，詩人の孤高さを表現した作品と言われている．

　【**名句**】I was released from forms,／from the perpendiculars,／straight lines, blocks, boxes, binds／of thought／into the hues, standing, rises, flowing bends and blends／of sight: (Corsons Inlet)「私は形から解き放たれた／思考の垂線や／直線，塊り，箱，拘束から／光景の色合い，起立，上昇，流れている曲がり目と混合へと」（コーソンズ入江）

(関戸)

◇重要作品◇

アメリカの夢　*An American Dream*（1965）
ノーマン・メイラー　　長編小説

勝者の
トラウマ
ハーヴァード大学出の秀才で第2次世界大戦の英雄，黒幕的な億万長者の一人娘デボラ・ケリー（Deborah Kelly）と結婚したスティーヴン・ロージャック（Stephen Rojack）は出世の階段を上るのだが，実は「空虚の上に築かれた名士」でしかなかった．満月の夜の戦場で殺したドイツ兵の眼差しが脳裏から去らず，彼を苦しめていたのだ．せっかく手に入れた下院議員の地位もさっさと捨ててしまう．8年の結婚生活はアメリカ資本主義の重圧を体現しているような妻に完全に尻に敷かれたものであった．「恩寵」から切り離された状態を打破する道は自殺しかないといったんは考える．だがある満月の夜，口論の末，彼は天国への扉を押し開くような高揚感を覚えながら妻を絞め殺し，高層アパートの窓から遺体を突き落とす．そしてドイツ人のメイド，ルータ（Ruta）の部屋に押し入り，「きみナチだろう」とつぶやきながら数センチをへだてた悪魔（終わり）と神（始まり）の間を往復するという儀式めいた性交を彼女と交わしたのち，警察に電話する．扼殺の跡があるという検死結果も出て，「自殺だ」という彼の証言は容易に受け入れられず，『罪と罰』の場面を思わせるような係官との根競べが展開されるのだが，やがてデボラが生前二重スパイをしていたことが判明し，その事実の政界への波及を恐れたデボラの父オズワルド・ケリー（Oswald Kelly）のはからいで彼は釈放される．

悪魔と
の対決
ロージャックはナイトクラブの歌手チェリー（Cherry）と意気投合して，生命を甦らせるような性の交わりをしたのち，二種の厄介な相手との対決を迫られる．まず彼はチェリーのもと情夫である物騒な黒人シャゴ・マーティン（Shago Martin）と格闘して彼女を奪い取ることに成功する．しかるのちにウォルドーフ・ホテルで義父と対面するという仕事が残っている．義父はロージャックにデボラ殺害を認めさせたいのだ．彼は白を切り通そうとするが，義父の口から娘と近親相姦を犯していたという告白をきかされて，あっさりおのれの犯行を認める．義父は彼に地上30メートルのバルコニーの欄干を歩いてみろとそそのかす．ロージャックは月を仰ぎながら敢然と挑戦にこたえる．その間に危惧したとおり，彼の子供を宿したチェリーは何者かに殺害されてしまう．ロージャックは西に向かって旅に出，月の光を浴びたチェリーの幻と語り合う．

月＝狂気
の誘惑
殺人を犯しながら罰を受けず，罪の意識のかけらも見られない（とはいえ実は殺したドイツ兵の亡霊は主人公のトラウマになっている）この小説は多くの批評家から集中砲火を浴びせられた．開かれた西部に託したアメリカの夢は疾うにない．作中に繰り返し登場する月（luna）の怪しい力，狂気（lunacy）の想像力によって，またセックスや魔術，そして悪魔の力まで借りて，生命力を取り戻そうというのがメイラーの戦略である．

　【名句】Marriage to her was the armature of my ego; remove the armature and I might topple like clay.「彼女との結婚は僕の自我を包む鎧だった．鎧を取り払ってしまえば，僕は粘土みたいに崩れてしまったかもしれない」

（寺門）

◇重要作品◇

競売ナンバー49の叫び　*The Crying of Lot 49*（1966）
トマス・ピンチョン　長編小説

探求と解釈　謎の郵便組織トライステロを追跡する探求物語．主人公の女性エディパ・マース（Oedipa Maas）は錯綜する情報を整理し，トライステロという言葉が示す究極的な意味を知ろうとする．ところが，手掛かりとなる記号，象徴，イメージ，隠喩等が，一見無関係な他の事象と結びつき多くの複雑な関連を作り出すため，意味は拡散してしまう．エディパの真実探求は，読者が小説を読み解釈しようとする行為に他ならない．他方，エディパは探求の副産物として，社会の周縁部に位置する者達がコミュニケーションを交している，もうひとつのアメリカの姿を発見する．多様な解釈を許す極めて豊かなテクスト．

遺言執行と謎の郵便組織　カリフォルニア在住の主婦エディパは，日頃から塔に幽閉されているという閉塞感を抱いている．ある日，元恋人の大富豪ピアス・インヴェラリティ（Pierce Inverarity）の遺言執行人に指名され，故人が作った町サンナルシッソに赴く．数日後，17世紀の復讐劇『急使の悲劇』の中で主人公を暗殺する謎の組織トライステロを知る．エディパは，この組織の背後にある何かが彼女の幽閉状態に終止符を打つはずだと直感し，トライステロ探しを始める．バーのトイレの壁に偶然見つけたWASTEという文字，その下に描かれていた消音器付きラッパの図柄，ピアスが残した同じラッパの図柄が入っている偽造切手等，多くのものがトライステロの実在をほのめかす．さらに，トライステロが政府独占の郵便事業に対抗する地下郵便組織であることも分かってくる．サンフランシスコを彷徨した夜，エディパは行く先々でWASTEのラッパ印に出会い，多くの地下組織や社会的弱者達がWASTE郵便を使って通信しているところを目撃する．社会的弱者に共感を覚えはじめたエディパは，トライステロは社会の周縁部で真のコミュニケーションの機会を提供しているのではないかという可能性に思い至る．トライステロ探しは様々な書物にも及ぶ．トライステロは，16世紀ヨーロッパの郵便事業を独占していた一族に対抗する郵便組織で，自らを「廃嫡された者」と称していた．やがて無政府主義者の郵便を扱うようになり，テロ集団的性質を強め，19世紀の半ば，その多くがアメリカに渡り，W.A.S.T.E.（We Await Silent Tristero's Empire）の名で秘密裡に郵便活動を行なっているらしい．

最終的啓示　しかし謎は増すばかりで，最終的に追い詰められたエディパは自らに問いかける．トライステロの存在を示す手がかりがことごとく死んだピアスと関わりがあったことから，すべてはピアスが自分に対して仕組んだ壮大な悪ふざけではないのか．ピアスの遺言に暗号化され隠されている物はアメリカではないのか．その莫大な遺産は誰が相続すべきなのか．トライステロは存在するのか，それともパラノイア的幻想なのか．かくして，ピアス所有のトライステロ関係の切手が49番目に競売にかけられることが決まり，その切手を求め謎の人物が会場に現われるとの情報が入る．エディパは最後の啓示を，「競売番号49を告げる叫び」を待つ．

【名句】Shall I project a world?（Oedipa）「世界をひとつ投影しようかな」　　　　　（岩崎）

◇重要作品◇

ナット・ターナーの告白　*The Confessions of Nat Turner*（1967）
ウィリアム・スタイロン　長編小説

史実とフィクション　1831年，ヴァージニア州南東部の僻地で実際に起きたナット・ターナーを首謀とする黒人の奴隷制度に対する反乱が，多数の白人を殺戮するに至った経緯・動機の解明を目的とし，ナットを語り手としてその生い立ちをたどった作品．事実に即しているが，不明な点はフィクションで補完するという，スタイロン特有のジャーナリスティックな手法が用いられている．1968年度ピューリツァー賞，アメリカ芸術院ハウエルズ・メダルを受賞．歴史学者からは史実の歪曲だとの，黒人解放運動家からは白人の視点によるステレオタイプの黒人像を描いているとの批判を受け，論争の的となった．

博学・多才な青年説教師　サウスハンプトン郡（Southampton County）で起きた黒人の蜂起事件では，首謀者ナット・ターナーが自ら殺害した唯一の白人が，残虐な人物ではなく，親友同然の主人の娘であったことが謎とされていた．なぜ親愛の情が憎悪・殺意へと反転したかを，逮捕され，絞首刑にされる日を待つ30歳のナットの独白の形式によって解明しようとする．ナットは奴隷の子供として生まれたにもかかわらず，幼時から超能力を備え，預言者の趣さえ持っていた．独学で読み書きを習得し，手先も器用なため，リベラルで温情ある主人に厚遇されて成長する．大工の技能にも秀でるようになったナットはあちこちから仕事を依頼され，主人の収入源ともなり，ますます重用される．貸し出された先の娘マーガレット（Margaret Whitehead）はナットと書物について語り合い，ナットを親友として成長する．ナットは食事も白人の主人と同じものを与えられ，畑で重労働する奴隷とは対照的な，人格を持った「特権階級の奴隷」ともいうべき処遇を受ける．

白人の視点を内面化　しかし，なまじ学問があり，特別待遇を受けるうちに，彼は白人の黒人蔑視を自分のなかに内面化するようになり，普通の黒人奴隷を見下しながらも，白人と同等にはなれないという屈折した感情を温情ある主人への激しい憎悪へと変化させる．どれほど厚遇されようと，「生きた動産」（chattel）としての宿命，「信仰ゆえではなく，果てしない苦悶に自ら終止符を打つ意思も持たないハエ」という蔑視から逃れることはできないのである．マーガレットとの心の交流も，自分は何者かを問いはじめたナットには邪魔なものに思われてくる．自ら手を下したのはマーガレット一人だったという事実がこの反転のプロセスをよく物語っている．やがてナットは白人殺戮に使命感を抱くようになり，黒人たちを組織し，白人大量虐殺事件の決起にいたる．逮捕された黒人60人のうち，絞首刑にされたのが15人だけだった理由は，情状酌量ではなく，黒人奴隷の処刑は財産権の侵害に当たるという皮肉なものだった．

【名句】How come you only slew one? How come, of all them people, this here particular young girl?「どういうわけで1人しか殺さなかったのだ？　こんなに大勢のうちの，この若い娘1人だけを殺したわけは何なのだ？」

（遠藤）

◇重要作品◇

アンドロイドは電気羊の夢を見るか？
Do Androids Dream of Electric Sheep? (1968)

フィリップ・K・ディック　長編小説

人間とは何か　最終戦争後の放射能灰を避けて，多数が火星に移住してしまった後の地球．召使として携行されたアンドロイドのうち，地球へ潜入するものがいる．共感能力の有無を検査して彼らを処理するハンターと放射能灰に心身を侵された模造動物修理店の男の物語とを対位法的に描いた作品．自分は偽りの記憶を移植されたアンドロイドかもしれない，という疑いをハンターは抱くが，擬似記憶の主題は偽物・擬似現実の主題と絡み合い，この作家の生涯にわたるテーマを構成している．人間とは何かという問いに対し，他者に対し共感できる存在，という答えを提示．リドリー・スコット監督の映画 *Blade Runner* (1982) の原作．

共感ボックス　絶滅に瀕した動物を飼うことが地位の証であり，それが叶わぬ者たちは模造動物を本物と偽って飼育するような侘しい地球．人々は共感ボックスの取っ手を握り，投石を受けながら丘を登る映像の中の「教祖」マーサー (Mercer) と融合するか，アンドロイドのコメディアン，バスター (Buster) のお喋りを視聴するかして，気を紛らせている．

アンドロイド疑惑の検証　ある日，警察署所属のハンター，リック (Rick) は最新型アンドロイド〈ネクサス6型〉6名を処理せよという命を受ける．最初の相手は味方と偽って近づいてきた．二人目は美しく情感豊かなオペラ歌手ルーバ (Luba)．彼女の計略にかかり，6型たちの運営する偽りの司法本部へ連行される．三人目はそこの警視だった．絶体絶命のところをハンターのフィル (Phil) に救われるが，フィル本人も6型であると死の直前，警視はほのめかす．脱出後，リックは彼と行動を共にするものの，ムンク展において「思春期」を見つめるルーバに共感する一方，彼女を処理したフィルに憎悪を覚える．そこで彼に対するアンドロイド疑惑を検証するが，残念ながら人間と判明．逆に彼から，ルーバに対する共感は肉欲が原因と指摘される．

感情移入の問題　精神的な疲労から高価な山羊を購入した上，製造元所有の6型であるレイチェル (Rachael) を抱くリック．妻には感じなかった愛情を覚えたのも束の間，衝撃の告白を聞かされる．曰く，狩る意欲を奪う目的でフィルを含むハンター達と寝てきた，と．一方，レイチェルと完全同形の6型プリス (Pris) を含む残る三人は放射能灰に生殖能力・知力ともに侵されたイジドア (Isidore) のもとに身を寄せていた．プリスに恋心を抱き三人を大切に思う彼に対し，感情移入能力を欠いた6型たち．教祖マーサーは虚像に過ぎないとバスターが暴露するのをテレビに見ながらクモの足を切り落とす．耐え難くなりイジドアは部屋を後にするが，リックが彼らを処理したことに対し，悲しみと憤りを隠さない．

聖なる電気蛙　帰宅したリックはレイチェルが仇討に山羊を殺した事実を知る．自分自身に対する違和感が昂じた彼は，自殺しようと砂漠に飛ぶ．登攀する彼はマーサーそのものだった．ふと聖なるヒキガエルを発見．帰宅して妻に電気蛙と教わるまで彼は希望に包まれていた．

(太田)

◇重要作品◇

スローターハウス5　*Slaughterhouse-Five*（1969）

カート・ヴォネガット　長編小説

戦争体験を語る　「子供十字軍　死との義務的ダンス」という副題を与えられたヴォネガットの代表作．第2次大戦中の従軍経験，特に捕虜生活で体験したドレスデン爆撃の衝撃を伝えるために執筆された．戦争及び，それを生み出す人間の野蛮さを批判しているが，ただ自身の体験記をフィクション化した小説ではない．ビリー・ピルグリム（Billy Pilgrim）というパラノイアを主人公に据え，時間軸・空間軸を激しく往来しながら，物悲しく不条理に満ちた物語が進行していく．そこには，「戦争について正気で語ることなどできない」というヴォネガットのメッセージが込められている．

時間的に解放された存在　ビリー・ピルグリムは時間的に解放された存在であり，自分の人生におけるある時間を行き来することができる．しかし，それは自らの意思に基づくものではないために，常に的外れな行動を取らざるを得なくなる．ビリーは，この時間に対する概念をトラルファマドール星人（the Tralfamadorians）から学んだという．彼らにとっては，過去・現在・未来という時間の概念に意味はない．あらゆる時間はそれまで存在してきたのだし，これからも存在し続けるのである．ビリーはこの認識に従って，自身の人生を往来し続ける．人生のある時期において，彼は従軍牧師として第2次大戦中のドイツ戦線におり，ドイツ軍の攻撃を受けて部隊が壊滅した後，その捕虜となった．従軍中を通じて，敵兵はもちろん味方からも屈辱的な扱いを受けるが，時間や人生に関して他人とは異なる認識をもつビリーは，その瞬間を極力真に受けずにやり過ごす．

人生の瞬間を転々と　また，ある時間において，ビリーは復員軍人病院の精神科に入院しており，同室の男から様々な奇想が織り込まれたSF小説を紹介される．後年，偶然その本の作者キルゴア・トラウト（Kilgore Trout）と出会い，実際に親交を持つ．退院後，彼は検眼医として，業界の有力者の令嬢と結婚した成功者となる．晩年に，飛行機事故に遭遇するも，かろうじて一命を取り留め，以後，自身がトラルファマドール星人から学んだ知識を広めようと画策する．当然ながら，娘はそんな父を止めようとする．さらに，ある時には，トラルファマドール星の動物園で見世物として生活する存在でもある．そこでビリーは地球では失踪したことになっている女優と番いで飼われている．彼が特異な人生観を学んだのは，この瞬間においてであった．

終戦　終戦間際に戦争捕虜として，ドレスデンの地下食肉処理場で代替労働に従事していた経験も，人生における他の出来事と同列に語られる．ビリーはそこで期せずしてドレスデン爆撃を経験した．着弾の衝撃が処理場の天井を揺るがす一夜が明け，地上に出たビリーは，つい前日まで存在していたはずの都市が完全に破壊し尽くされたことを知る．その後，廃墟と化した都市で，死体の片付け作業に従事しているうちにビリーは終戦を迎える．

【名句】So it goes.「そういうものだ」

（児玉）

◇重要作品◇

青い眼がほしい　The Bluest Eye（1970）

トニ・モリソン　長編小説

内部の差別　黒人差別に対して社会的な抗議運動が展開された時代に，あえて黒人の家族や共同体内部に的を絞って物語を展開することにより，黒人対白人の公民権闘争からは見えにくい部分，すなわち人物の内面への心理的な掘り下げや黒人間相互の差別をも描きだすことに成功している．またそのために，直線的に物語を展開する代わりに，コントラストやパラレルの多用や意識の流れなど，モダニズムの手法を駆使している．

様々な家族像　作品の冒頭および全編の各章の見出しとして用いられている文章は，初等読本『ディックとジェイン』（1930年から約40年間使用された代表的な教本で，白人中産階級の模範的な家庭生活を題材としている）の文体と登場人物にヒントを得ている．物語はオハイオ州ロレインを舞台に展開し，1940年秋から41年夏にかけての1年間が中心に扱われる．全体は2種類の語りに大きく分かれ，季節を見出しとする部分では，大人になった時点からの回想を交えつつ，9歳のクローディア・マクティア（Claudia MacTeer）の視点から主にマクティア家の生活が語られる．初等読本からの断片を見出しとする部分では，全知の語り手により，主にピコーラ・ブリードラブ（Pecola Breedlove）の物語が語られる．

青い眼が約束するもの　ブリードラブ家は貧しく喧嘩が絶えない．11歳の少女ピコーラは，白人の家で家政婦として働く母から愛情を注がれることもない．こうした不幸をピコーラは自分が醜いせいだと思い込み，自分の眼が青くなれば，家族にも幸せが訪れるのではないかと考え，毎晩青い眼が欲しいと神に祈る．やがて酒に酔った父のチョリー（Cholly）にレイプされると，思い余ったピコーラは，青い眼を手に入れるために，夢判断師ソープヘッド・チャーチ（Soaphead Church）のもとを訪れる．彼の自己欺瞞的な指図により，彼女は狂気に陥って青い眼になったと思い込み，やがて自分の眼が一番青いかどうかだけを気にし続けることになる．

ピコーラの悲劇の原因は，彼女を取り巻く家族や社会にある．ピコーラの父や母，小学校の同級生や，共同体の住人の過去がそれぞれ詳しく描かれるのは，彼らが白人優位の社会の中で感じる自己嫌悪や無力感が，身近にいるもっとも弱い存在であるピコーラに投影され，それによりピコーラが悲劇の犠牲と化していくからである．こうして白人による差別だけでなく，肌の色の濃淡や階級に基づく黒人内部の差別意識も明らかになる．

思春期の物語　同じく貧しい黒人家族としてマクティア家が登場するが，こちらはブリードラブ家とは対照的に愛情に満ちており，9歳のクローディアと10歳の姉は，人種に基づく差別意識に抵抗し，それを内面化して自己嫌悪に陥ることなく，生き延びていくことになる．彼女たちをめぐる部分では，初潮を迎える年頃の少女が性や大人の世界を前にした時の心理的動揺や，五感を全開にしたみずみずしく新鮮な世界認識や，愛情に守られていることから生じる内面的な強靭さが丁寧に描かれ，ピコーラの悲劇をいっそう際立たせている．

（利根川）

◇重要作品◇

天のろくろ　*The Lathe of Heaven*（1971）

アーシュラ・K・ルグィン　　長編小説

「他者」との接触　夢や往還の主題など老荘思想の影響が色濃い．「他者」といかに接触すべきかを探った作品．内なる他者としての無意識，異性，他人種，他国との関係を構築するにあたって，他者を支配しようとする西洋的欲望に対して全体の中の調和した個たらんとする東洋思想を提出している．ローカス賞受賞．1980年と2002年にTV映画が放映されている．

現実化する夢　核戦争により世界に終末が訪れたその瞬間，瞼を焼かれ瓦礫に埋もれたジョージ・オア（George Orr）は夢をみた．気がつけばベッドの上．本来の現実は終わりを告げたが，彼の夢として「現実」は再生したのだ．だが皮肉にもオアは薬の過剰服用を咎められ，精神科医ヘイバー（Haber）のもとに送られる．医師に向かい，自分の見る夢の幾つかは現実化するため，夢を見ないよう薬を使った，とオアは告白する．人々の記憶は遡及的に変更されるが自分は新旧二重の記憶を持つのだ，と．精神病と判断した医師は夢増幅機と催眠状態における暗示の助けを借り，安全な夢を計画的に見る「診療」を提案する，ところが実験的に眠らせると，暗示に従い現実が変化した．しかるに医師は本来の記憶を抑圧してしまう．

無意識的「世界改良」　以後，オアを治療している積りながら，暗示により夢を操作することで医師は無意識的に「世界改良」を行なってゆく．これに倫理的反発を覚えるオアは法律家のルラッシュ（Lelache）を頼り，変化に立ち会って貰う．しかし疫病による人口の激減を目撃したにも拘らず，彼女も本来の記憶を失う．孤立無援のオアにその後も「診療」は行なわれ，戦争状態の終わり，が実現する．それには異星人の月面着陸という夢を見る必要があった．非理性的な無意識を手段として「世界改良」をすることに危機感を覚えたオアは森へと逃れる．好意を感じて追ってきたルラッシュは月面から異星人が撤退するよう暗示をかけて彼を眠らせる．翌朝，月面を離れた異星人は地球への着陸態勢に入る．恐怖にかられた地球側が打ち上げるミサイルは途中で折り返され自爆状態．言語による通信に成功した異星人が戦意のないことを伝えて漸く平和が訪れる．その後も「診療」は続き，人種問題は全人類の肌が灰色になることで解決．褐色の肌をした黒白混血，感情豊かなルラッシュは消失する．

「他者」の復活　悲嘆にくれるオアに異星人＝彼の無意識はビートルズのレコードを贈る．歌を聴きながら自然に眠ったオア．目覚めると灰色の肌をした従順な妻として彼女が居た．折しもオアの特殊能力を夢増幅機にコピーし終えた医師は，自らに「世界改良」の暗示をかけつつ夢を見る．するとその精神構造を映して世界を繋いでいた関係性の糸が切れ始め「虚無」が支配してくる．胸奥に異星人とルラッシュの存在を力強く感じながら，無を横切って歩くオア．終に夢増幅機に辿り着くと電源を落とす．世界は再び存在を始め，そこには廃人となった医師，心優しい異星人，愛すべき「他者」として褐色のルラッシュが居た．

【名句】You are afraid of *losing your balance.*（Haber）「君はバランスを失うことを恐れているんだ」（ヘイバー）

（太田）

◇重要作品◇

帰ってきたウサギ　*Rabbit Redux*（1971）
金持ちになったウサギ　*Rabbit Is Rich*（1981）
さようならウサギ　*Rabbit at Rest*（1990）
ジョン・アップダイク　『走れウサギ』（1960）の三つの続編

『帰ってきたウサギ』　69年夏の物語．反戦運動と公民権運動，そしてまた性の解放，ヒッピー文化といった世相を反映している．ウサギは10年前の出来事のあと妻のもとに帰って印刷屋のタイピストとして働く実直な中年男になっている．ところが今度は妻のジャニスがギリシャ系三世のチャールズ・スタブロス（Charles Stavros）と同棲をはじめる．そんなあるときウサギは酒場で知り合った13歳の家出娘ジル・ペンドルトン（Jill Pendleton）を自宅に連れ帰り，この妖精のような少女を性の伴侶にする．そこへ侵入してきて我が物顔で振る舞うのがベトナム帰還兵にして黒人革命運動家のスキーター（Skeeter）である．ある夜ウサギが幼馴染みの女性と情事を楽しんでいる間におそらくはスキーターの放火によって自宅が火事になり，ジルが焼死する．60年代の熱いドラマが終わったとき，ウサギの妹ミムが身を挺してジャニスを家庭に連れ戻す．

『金持ちになったウサギ』　79年の物語．日本の経済進出（石油不足下での燃料効率のよい日本車の人気）のアメリカ人に与えた不安を描いている．家を焼け出されたウサギは妻の実家に住み込んで，象徴的にもこの一家の経営するトヨタ自動車販売店のセールスにたずさわる．「忍び寄る中年病」（creeping middle-itis）に悩む46歳の彼にとって何より気になるのは息子ネルソンのことである．オハイオ州の大学の無気力な学生である彼は，卒業して就職するものと期待していた両親のもとに同棲中の学友メラニー（Melanie）を伴って帰ってくる．ところがしばらくすると彼の子供を宿した大学本部のタイピスト，プルー（Pru）が尋ねてくる．かくして二人の女の間を往復するという20年前の父親の陥っていた事態が反復される．

『さようならウサギ』　80年代末の物語．不養生がたたって早くも老け込み心臓病を患ったウサギはペンシルヴェニアとフロリダの退職者村の間を往復する．すっかり回顧的になって，彼の脳裏に去来するのは死の想念と故郷の風景や人々である．この巻の事件として目立つのは息子ネルソンの麻薬中毒（とその治療）であるが，そんな息子に対する嫁プルーの愛想尽かしを聴かされているうちにウサギは思わず彼女と関係をもってしまう．最後に彼はバスケットボールをシュートしながら倒れ，病院でネルソンに看取られて息をひきとる．

四部作　各巻はそれぞれの時代の世相を色濃く反映し，現実の風俗や事件が登場する．95年には第一巻『走れウサギ』と合わせて『ラビット・アングストローム四部作』（Rabbit Angstrom: A Tetralogy）として一巻本にまとめられた．

【名句】A life knows few revelations.（*Rabbit at Rest*）「一生の間に驚くべき事実の発覚などめったに起こるものではない」（さようならウサギ）　　　　　　　　　　　（寺門）

◇重要作品◇

重力の虹　*Gravity's Rainbow*（1973）

トマス・ピンチョン　長編小説

世紀の傑作　V-2ロケットが象徴する最先端テクノロジーを中心に国家を越えた支配システムが形成され，それに組み込まれた個人が大きな力に翻弄されていく状況を描く．第2次世界大戦当時のテクノロジーの粋を集めたV-2ロケットは究極的破壊の隠喩であり，その圧倒的な力で時空の枠組みを越えて東西冷戦期の大陸間弾道弾に姿を変え，今なお人類の生存を脅かす．重力から解放されて天を目指す「選ばれた者達」と，「見捨てられた者達」の双方を魅了しながら，V-2ロケットは天空に巨大な放物線「重力の虹」を架ける．第2次世界大戦以降複雑化した世界の有り様を壮大なスケールで描くこの作品は，『白鯨』，『ユリシーズ』とも比肩される世紀の傑作である．

予知能力の謎と陰謀　1944年12月，ドイツ軍の報復兵器V-2ロケットによる空襲の脅威に曝されるロンドン．V-2ロケットは超音速ゆえに，最初に爆発があり，後から音が亡霊のように続く．V-2ロケットの調査に従事するアメリカ人タイロン・スロースロップ（Tyrone Slothrop）中尉が女性とセックスをすると，その場所に数日後必ずV-2ロケットが着弾する．この予知能力の解明を中心に物語は展開する．「ファーム」，巨大軍産複合体，「選ばれた者達」等，体制側を象徴する「彼ら」は，スロースロップを監視下に置き，あらゆる手段を使って予知能力の謎を解こうとする．監視されていることに気付いたスロースロップは連合軍占領下のドイツ「ゾーン」を彷徨し，自己の秘密を知るに至る．スロースロップは，幼少の頃ドイツの巨大カルテルに実験用に売られ，V-2ロケットの絶縁装置に使用されたイミポレックスGという芳香性プラスチックの臭いに反応し，勃起するよう条件付けを施されていたのである．ロケットに関わる様々な陰謀と画策が渦巻く「ゾーン」．ナチ親衛隊大尉ブリセロ（Blicero）は死を超えて天に至るため，イミポレックスGの死に装束に身を包んだ愛人を人柱に，究極のV-2ロケット00000号を真北に打ち上げる．かつてブリセロに愛されたアフリカ・ヘレロ族のエンツィアーン（Enzian）は「黒の軍団」を率い，民族の運命を象徴するV-2ロケット00001号の組立てを完了する．スロースロップは自己探求の過程で変身を繰り返し，「見捨てられた者達」の象徴的存在になっていくのだが，最終的には統一された自己を失い解体され，「ゾーン」じゅうに散らばってしまう．一方ロンドンでは，スロースロップを知る者達によって「彼ら」に対抗する「反勢力」が結成される．

時空を超えるロケット　ロケット工学，重化学，物理学，統計学，心理学，様々な神話，映画，ポップカルチャー，ポルノグラフィー，占星術等，無数の分野の要素を織り込んだ多種多様な断片的逸話と脱線を経て，ついに物語はクライマックスに向かう．生け贄を乗せたロケット00000号が下降に入る．次の瞬間，場面は1970年代初頭，東西冷戦期のカリフォルニアの映画館へ移行．「輝く死の天使」の映像がほんの一瞬スクリーンに写し出され，永遠に音もなく落下し続けるロケットの先端が今，まさに劇場の真上に迫る．

【名句】A screaming comes across the sky.「キーンという金切り声が空を横切る」（岩崎）

◇重要作品◇

チャンピオンたちの朝食　*Breakfast of Champions*（1973）
カート・ヴォネガット　長編小説

ガラクタを投げ捨てる　『スローターハウス5』の成功の後に執筆された作品であり，ヴォネガット自身によれば，二作は表裏一体の関係にあるという．この作品で俎上に載せられるのは，もはや理想とは呼べなくなったアメリカの文化や精神であり，文明の繁栄がもたらした恩恵である．語り手は自身の頭の中にある，こうした手垢のついた価値観やシンボルを"語り"を通じて解体していく．随所に直筆のイラストや作中人物が創作した短編小説が挿入されたり，語り手が物語の創造主として作中に登場するなど，メタフィクション的な仕掛けも満載されており，手法的にも目立って前衛的な代表作のひとつである．

二人の主人公　無名のSF作家キルゴア・トラウト（Kilgore Trout）は，数少ない愛読者であり富豪のエリオット・ローズウォーター（Eliot Rosewater）の推薦により，ミッドランドシティ芸術センターの開館記念式典に芸術家として招待される．一方，ドウェイン・フーヴァー（Dwayne Hoover）は，車販売業をはじめ様々な事業で財をなしたミッドランドシティの名士であった．しかし，彼は狂気に犯され始めており，幻覚，幻聴，自殺願望，徘徊，そして親しい人間への侮辱と日に日に深刻化するその症状に苦しんでいた．

苦難の旅路　記念式典に参加する決心をしたトラウトは，できるだけ汚らしい姿で出席しようと試みる．そのためにまずは改めて自作を買い求め，その後，ニューヨークの夜の街を徘徊する．映画館を出たところでギャングに襲われ，警察へ運ばれたりもするが，紆余曲折を経て，長距離トラックをヒッチハイクし，いよいよミッドランドシティへと出発．道中では運転手と社会批判めいた取りとめのない会話が交わされる．ドウェインは，狂気から来る発作に襲われて，まともな日常生活を送ることが出来ない．名士である彼に援助を求めてくる連中には背を向け，また腹心の部下にも冷たく反応してしまう．こうした事態の連続に思い悩んだドウェインは，仕事を抜け出して秘書と情事に耽り，彼女からフェスティバルに来る芸術家からヒントを貰えばいいと助言を受ける．

邂逅，混乱そして解放　ホリデイ・インのカクテルラウンジに，創造主である"私"を含め，全てのキャストが集結する．ドウェインも，芸術家からこれまで聞いたことのない人生の真理を聞き出そうとやってくる．ラウンジでは，画家ラボー・カラベキアン（Rabo Karabekian）が自身の芸術について大演説をぶつが，発狂寸前のドウェインは気がつかない．やがてトラウトが到着すると，ドウェインは彼こそメッセンジャーと思いこみ，その手にあった短編小説を奪って読む．そこには「この世で自由意志をもっているのはあなただけ」とあった．その内容を真に受けたドウェインはついに発狂し，ラウンジを滅茶苦茶にする．他の客と同様に暴力事件に巻き込まれたトラウトは負傷して病院に運ばれる．治療後，病院を出たトラウトを"私"が呼び止める．そして，"私"は自分の正体を明かして，彼を作品の登場人物という立場から解放すると告げる．

【名句】And so on.「そのほかいろいろ」　　　　　　　　　　　　　　　　（児玉）

◇重要作品◇

スーラ　*Sula*（1973）

トニ・モリソン　　長編小説

実験的な手法　全編が風変わりな人物と暴力的な死，超自然的な予兆にあふれ，リアリズム小説でありながら，凝縮された象徴的な次元でも物語が展開される．1919年〜65年の西暦年号をタイトルとする章からなり，各章とも回想シーンを織り込んだエピソード仕立てになっている．作者はこうした実験的な手法により，一方ではそれまで小説であまり取り上げられることのなかった女性同士の友情の主題，他方では悪や他者を極端に排除しようとはしない，独特の寛容さを備えた黒人共同体の主題を，相互に絡み合わせながら描きだしている．

黒人共同体　舞台となるのは，オハイオ州メダリオン（Medallion）の丘の上にあるボトム（Bottom）と呼ばれる黒人共同体である．1965年より数年後の物語の現在では，皮肉なことに，白人たちが以前は誰も近づきたがらなかったこの丘にゴルフコースを計画し，黒人共同体は根こそぎにされてしまっている．物語は，かつてこの土地にあった黒人共同体について語るという体裁をとっている．

女性同士の友情　中心に描かれるのは，正反対の性格ながら互いに補い合う二人の黒人女性，スーラ・メイ・ピース（Sula Mae Peace）とネル・ライト（Nel Wright）の友情である．二人とも一人娘だが，ネルは家父長的な核家族で育つのに対し，スーラは常に人が出入りする，片脚の祖母を頂点とした母系的な家庭で育つ．第1部では，12歳のときの二人の出会いからネルのジュード（Jude）との結婚式までが語られる．結婚式と同時にスーラは大学に行くためにボトムを出て行く．第2部では10年の年月を経てスーラがボトムに戻り，典型的な良妻賢母と化しているネルと再会する．いかなる規範にも囚われず，自らの感情のおもむくままに行動するスーラは，共同体の人々から悪の化身と見なされるようになる．スーラは他の男性たちと同様に，ジュードとも一度だけベッドを共にして捨ててしまい，ジュードはネルのもとを去り，ネルはスーラと仲たがいする．3年後にスーラは死に，それから25年経過した物語の最後になって，ネルは，この間ずっと自分を苦しめていたのが，ジュードとの別れではなく，親友スーラとの仲たがいだったことに気づく．

シャドラックの役割　スーラとネルにその親密な結びつきを意識させる重要な人物が，第1次大戦で戦争後遺症を患って帰還し，ボトムで「全国自殺記念日」を創設し，毎年この日を一人で祝い続けるシャドラック（Shadrack）である．1941年の最後の自殺記念日は，シャドラックだけでなく，初めてボトムの人々が参加するものとなる．長年の貧困からくる失望感や怒りから，待望の仕事の機会を提供するはずだったトンネル工事現場へと彼らは向かうが，現場の崩壊によって多数の死者をもたらし，この事故がボトムの共同体の消滅への引き金となる．シャドラックはこのように，スーラとネルを繋ぐ役割，二人の女性と共同体を繋ぐ役割，および共同体をその外の社会と繋ぐ役割を果たしている．

【名句】Sula never competed; she simply helped others define themselves.「スーラは張り合うのではなく，単に他の人々が自分とは何かを知るための手助けをした」　　　　（利根川）

◇重 要 作 品◇

フンボルトの贈り物　*Humboldt's Gift*（1975）

ソール・ベロウ　長編小説

アメリカにおける詩人の運命　テクノロジーと利潤中心主義の現代アメリカで詩人フォン・フンボルト・フライシャー（Von Humboldt Fleisher）がたどる破滅的運命を描く．モデルはベロウの2歳年上の友人で文学的指導者（メンター）であった詩人デルモア・シュウォーツ（Delmore Schwartz）である．ベロウの分身であるチャーリー・シトリン（Charlie Citrine）が亡き友の思い出を語るという構成をなしてはいるが，実際には物語の中心はフンボルトよりもむしろ語り手のチャーリーに移ってゆく．

目覚ましい成功と早すぎる凋落　1930年代のこと，ウィスコンシン大学の大学院生チャーリー・シトリンが詩集の出版によって一躍有名になった詩人フンボルトに魅せられてグレイハウンドバスではるばるニューヨークのグレニッチ・ヴィレッジまで会いに行くところから物語は始まる．フンボルトの名声は長くは続かなかった．遠からずしてチャーリーは劇作家として地歩を築き，フンボルトはアルコール中毒と躁鬱病に蝕まれて奇行がひどくなり，成功したチャーリーを嫉み，意地悪く付きまとうようになる．チャーリーがロバート・ケネディのパーティに招かれたあとシカゴに帰る機上にあるとき，フンボルトは42丁目の安宿でウィスキーグラスを握りながら狂死する．いわばチャーリーのフンボルトからこうむる数々の被害と先輩を差し置いて成功を遂げたことへの罪悪感が中心的な主題をなしているのだが，物語は驚異の念を喚起する手法と仕掛けを通して語られる．

シュタイナーとカンタービレ　一方はドイツの神秘主義哲学者，他方はシカゴの下級マフィオーソ（マフィアの構成員），まったくかけ離れた二人なのだが，この二人が物語を活性化するのだ．シカゴの住人チャーリーはシュタイナー（Rudolph Steiner）の霊魂不滅の思想に共鳴し，彼の薦める瞑想法を実践する．するとある朝彼の愛車が棍棒でめちゃめちゃにされていた．リナルド・カンタービレ（Rinald Cantabile）と名乗る男から電話で呼び出される．八百長賭博で負けた金を払えというものであった．これをきっかけとして彼は次々と奇想天外な無理難題を言ってきてチャーリーに付きまとうようになるのだが，いつしかチャーリーは彼にフンボルトの面影を重ねて見て奇妙な魅惑を覚えるようになる．そしてあるとき旅先にリナルドから思いも寄らぬ知らせがもたらされる．はるか以前に冗談半分にフンボルトと共同で制作したまま忘れていたシナリオが作者に無断で映画になり大当たりをとっているというのだ．チャーリーは映画会社から多額の著作料をもらい，フンボルトの墓を作ってやる．こうして亡き友の霊は甦るのだ．

【名句】In ancient times poetry was a force, the poet had a real strength in the material world. Of course the material world was different then.「古代において詩は力だったし，詩人は現実世界において力を持っていた．むろん現実世界といっても昔は今とは違った姿をしていた」

（遠藤）

◇重要作品◇

凸面鏡の中の自画像
Self-Portrait in a Convex Mirror（1975）

ジョン・アッシュベリー　詩集

　1976年にピューリッツァー賞，全米図書賞，全米書籍批評家サークル賞とアメリカにおける3大賞を同時に受賞した代表作．タイトル詩「凸面鏡の中の自画像」を含め全部で35編の詩が収録されている．

　「**凸面鏡の中の自画像**」（Self-Portrait in a Convex Mirror）詩集のタイトルとなっているこの作品は数あるアッシュベリーの作品の中でも最高傑作のひとつと言われている．タイトルの由来は，16世紀のイタリアの画家フランシスコ・パルミジャニーノの描いた自画像にあり，その絵の中心は天使のようなパルミジャニーノの顔で，「優しさ，楽しさ，後悔」を表わしていると言われるが，鏡の中に映っている自分を見ながらパルミジャニーノが自画像を書く，その姿を詩人が描いているという二重構造を持っている．アッシュベリーはこれをもとに自己とは何か，また自己を表現するとは何かを主題として，ひとつの詩作品に仕上げた．この作品は全552行で，内容的にいくつかのセクションに分けられる．概略すれば，最初は魂について述べる．鏡に映っているのは確かに自己ではあるが，それは物質的な自己であって自己の内なる魂ではないと考える．この魂はどこにあるのか，また絵としての魂はどこにあるのかが問われる．次には時間に関して，過去・現在・未来をどう捉えるのかが問われる．さらに言葉の統一的な意味の探究や，人生とは何かについてまで話は及ぶ．最後に再び，鏡に映るパルミジャニーノの顔への言及がなされる．キーワードは，「他者性」（otherness）である．これは，鏡の中に映る自己を見ながら自画像を描くという，この詩のそもそもの設定から生ずる概念である．詩は難解で，解釈しようとする批評家たちを戸惑わせる．例えば，この詩が表現に関する表現という二重構造をとることから，結局，誰のことを描いているのかが，なお議論されている．タイトル自体が自己の偽装を現わすのではないかという指摘もある．他の詩人との関連では肉体と魂，現実と想像といった主題からホイットマンやスティーヴンズの名があげられる．さらに，手を描くことを男根へのフェティシズムとして捉え，そこにホモセクシャリティを見出す批評もある．なお，鏡という題材は，自己を探る手段としてアッシュベリーの作品でよく使われるイメージのひとつである．

　「**アメリカを救う唯一のもの**」（The One Thing That Can Save America）タイトル通り，アメリカに対する考察をトピックとするが，答えを示すというよりは，アメリカを救う確実なものなどあるのだろうか，と読者に問いかけている．

　【名句】What is beautiful seems so only in relation to a specific / Life, experienced or not, channeled into some form / Steeped in the nostalgia of a collective past.「美しいものは経験の有無に関わらず，ある特別な生との関係においてのみそう見える．そしてそれは共通の過去という郷愁に染まった形式に向けられた時でもある」

（関戸）

◇重 要 作 品◇

サンドーヴァーの変化する光
The Changing Light at Sandover（1976-82）

ジェイムズ・メリル　詩集

メリルの後期を代表する長編詩　『イーフライムの書』（*The Book of Ephraim*, 1976），『ミラベル―数の書』（*Mirabell: Books of Number*, 78），『野外劇の台本』（*Scripts for the Pageant*, 80）の三部作からなり，82年に『コーダ』（*Coda*）が付されて『サンドーヴァーの変化する光』として1冊にまとめられた．550頁を越す大作で，オカルト神学や擬似科学，文学からの引喩や個人的体験などを織り交ぜ終末論や霊魂の再生を扱う．この中でメリルと実在する彼の友人デイヴィッド・ジャクソンが，ウィージャ（Ouija）という，心霊術に用いる文字・数字などを記した占い板を通じて多くの霊と接触するが，作品構成もウィージャに従っており，『イーフライムの書』でのAからZまでの26セクションはその板に記されているアルファベットと，『ミラベル―数の書』での10セクションは0から9までの数字，『野外劇の台本』の3セクションはやはりボード上の"yes"，"&"，"no"という文字に対応している．詩の技法を使いこなす名人と呼ばれるメリルらしく，セクションごとにブランク・ヴァースやソネットからカンツォーネにいたる極めて多様な様式で書かれており，また内容や文体に関してダンテ，ミルトン，ブレイク，バイロン，イェイツ，プルースト，オーデンなどからの影響が指摘されている．彼の最高傑作と評価する人たちがいる一方で，散漫でメリルの本領が発揮された作品ではないという非難もあり，評価は二分されている．

『イーフライムの書』　詩集『神曲』の一部として出版された．メリルとジャクソンがウィージャで遊んでいるうちに，紀元8世紀に生まれたユダヤ系ギリシャ人でその後，何度か転生を繰り返すイーフライムという男の霊と交信が始まる．二人はイーフライムから様々な次元の世界についてあらましを教えられ，彼を案内役として他にも様々な人の霊と接触する．その中にはメリルの両親や，若死にした友人の詩人，そしてオーデンなどが含まれている．

『ミラベル―数の書』　後に『ミラベルの数の書』（*Mirabell's Books of Number*）と改題される．イーフライムに代わり，彼より階級の高いコウモリのような姿をした霊たちが登場し，メリルに「科学の詩」を書くよう命じる．彼らは「神なる生物学」（God Biology）に仕えており，混沌を排除することが使命である．彼らのうち主な導き手となる1人がミラベルである．彼は人間の世界はより高次の世界に到るための一過程に過ぎずやがて破滅すること，人間の魂は別次元の世界で優れたものと劣ったものに選別されていることなどを教える．

『野外劇の台本』　天使長ミカエルやその他の大天使たちが世界の創造や進化について問答をする場面が中心となる．来るべきより優れた新たな人類などが話題になるが，議論の多くは断片的で首尾一貫せず，結論を読み取ることは難しい．

　【名句】Admittedly I err by undertaking/ This in its present form（The Book of Ephraim, A）「あきらかに誤りだ／この作品をこんなかたちでやろうとするのは」（イーフライムの書, A）

（笠原）

◇重要作品◇

ソロモンの歌　Song of Solomon（1977）

トニ・モリソン　長編小説

黒人民話　初めて男性を主人公にしたこの長編でモリソンは，アメリカ黒人の民話「空飛ぶアフリカ人」に新しい解釈を加えつつ，スケールの大きなアイデンティティ探求の物語を描いている．全体は2部構成で，第1部は生まれ育った町での主人公の無責任な生き方を描き，第2部では32歳になった主人公が，北部から南部へと空間的に移動する過程で，時間的に3世代前までさかのぼって祖先の物語の断片を拾い集め，完成させていく．

黒人中産階級　1931年にミシガン州のある町に生まれたメイコン・デッド（Macon Dead）三世は，4歳まで母乳を与えられ，ミルクマン（Milkman）とあだ名がつく．父親は不動産業を営み，母親は町で初めての黒人医師を父に持つ．物質主義的で中産階級意識に拘泥するこの家庭で，ミルクマンは無関心で利己的な少年に成長する．

父は同じ町に越してきた妹パイロット（Pilate）と仲がいしている．生まれた時から臍のない彼女は，娘，孫娘ヘイガー（Hagar）と三人で密造酒を造って生計を立て，貧しいながらも音楽と笑いに満ちた暮らしを営んでいる．12歳の時にミルクマンは17歳のヘイガーと出会い，恋に落ちる．

金塊探しからルーツ探しへ　ミルクマンの友人ギター（Guitar）は，殺された黒人の数だけ無差別に白人を殺す秘密結社のメンバーであり，資金を求めている．ミルクマンの父は，子供の頃ペンシルヴェニア州ダンヴィル（Danville）で父ジェイク（Jake）を白人に殺され，妹パイロットと二人で逃げ込んだ洞窟で，自己防衛から男を殺すが，この男が持っていた金塊をパイロットが独り占めし，緑の袋に隠しているに違いないと思い込んでいる．物欲に駆られたミルクマンとギターはパイロットの家から袋を盗み出そうとするが，袋の中身は金塊ではなく，人骨だった．ミルクマンは金塊を探してダンヴィルへ一人旅に出る．訪れた洞窟に金塊はなかったが，ミルクマンはこの地で，殺害した男の骨だとパイロットが思い込んでいた袋の中の人骨が，祖父ジェイクのものであり，祖母の名がシング（Sing）であったことを知る．

空を飛ぶ　パイロットの足跡を追って次に訪れたヴァージニア州シャリマー（Shalimar）で，ミルクマンは曽祖父ソロモン（Solomon）がわらべ歌に歌われていることに気づく．ソロモンは奴隷制の苦しみから逃れるために，ある日アフリカに一人，空を飛んで帰り，ジェイクをはじめとする21人の子供とともに置き去りにされた妻は気が狂った，という歌である．関心を金塊から自分の祖先へと移すことにより，ミルクマンは広い視野と人間的な感情を獲得し，旅に出る前に関心を失って棄てたヘイガーが失意から死ぬと，その苦しみを理解するまでになる．やがてミルクマンはパイロットを連れてジェイクの骨を「ソロモンの崖」に埋葬するためにシャリマーを再訪するが，ミルクマンが金塊を独り占めしたと思い込んだギターは彼の後をつけ狙い，ライフル銃を向ける．誤射によりパイロットが死亡した後，ミルクマンはギターに向かって歌の中の曽祖父のように空を「飛ぶ」．　　　　（利根川）

◇重要作品◇

ガープの世界　*The World According to Garp*（1978）
ジョン・アーヴィング　長編小説

鮮やかなプロット展開　33歳の若さで悲劇的な死を遂げる作家T・S・ガープ（T.S.Garp）の波乱に富む生涯を描いたアーヴィング4番目の小説．男女間の戦争とも言える極端な対立をはじめ，様々な性の問題と直面し，また，暴力，殺人，悲惨な事故を経験しながら，ガープは作家，夫，父親として成長し，短い人生を力強く駆け抜けていく．教養小説，コメディー，ソープオペラ（メロドラマ），メタフィクション等，多様な物語の要素を取り込みながら，同時代の形式偏重の小説が失ってしまったプロット展開の面白さによって，多くの読者を魅了し続けている．

傷ついた女たち　男の欲望，暴力に嫌悪感を抱く看護師のジェニー・フィールズ（Jenny Fields）は，脳損傷のため赤子に退行してしまったガープ三等曹長（Technical Sergeant Garp）と性行為を行ない，息子ガープを産む．ジェニーはガープを連れて，ニューハンプシャーにある寄宿制男子校で住み込みの看護師として働くようになる．その男子校に入学するとガープはレスリング部に入り，コーチの娘ヘレン・ホーム（Helen Holm）と出合う．「本物の作家と結婚したい」というヘレンの言葉を聞き作家になることを決意．死をテーマにしたペーソス溢れる短編小説を発表したのちヘレンと結婚する．一方，ジェニーは男を必要としない人生を綴った自伝を発表する．その自伝が大評判になり，女性解放運動の教祖に祭り上げられ，傷ついた女たちを支援するようになる．彼女の周りには，男の暴力に抗議するため，強姦され舌を切られた少女に倣い，自らの舌を切断した過激な女たちの集団や，女性に性転換した元フットボール選手等，奇抜な女たちが集まって来る．しかし，ガープはフェミニストの教祖という母の役割を受け入れられず，一部の女たちと軋轢を引き起こす．

成功そして非業の死　ガープは大学教師の妻ヘレンに代わり，家事，育児をこなす専業主夫の役割を引き受け，平穏な日々を過ごすのだが，そこに悲劇が起こる．妻ヘレンが浮気相手の車の中で情事の精算をしているところに，二人の子供を乗せたガープの車が突っ込んでしまったのだ．ヘレンは口に含んでいた愛人の性器を噛み切り，長男は右眼球を失い，次男は死亡してしまう．この惨劇を乗り越えるべくガープは創作に打ち込み，強姦，暴力をテーマにした小説を発表すると，それがベストセラーとなり，作家としての地位と名声を得る．幸福も束の間，母ジェニーが女性の自立を憎む男に撃ち殺されてしまう．一方，ガープは過激な女たちとの対立を深め，その一人の凶弾によって命を落とす．犯人はガープの初体験の相手の妹で，ガープとのセックスが姉を死に追いやったと妄信していたのである．エピローグでは，残された家族や友人達が，ガープの思い出とともに幸福に暮らしていく姿が描かれている．

【名句】But in the world according to Garp, we are all terminal cases.「しかし，ガープの世界では，我々はみな末期の患者なのだ」

（岩崎）

◇重要作品◇

埋められた子供　*Buried Child*（1978）

サム・シェパード　戯曲（3幕）

ピューリツァー賞受賞の家族劇　シェパードの代表的な家族劇で，1979年にピューリツァー賞を受賞している．切っても切れない家族の絆と，現在を規定している過去とを題材にした，シェパードにとっての「帰郷」ともいえる作品である．男女の情念を描いているという点ではユージーン・オニールの『楡の木陰の欲望』（*Desire Under the Elms*），最終的な解決は見出せないという意味ではサミュエル・ベケットの『ゴドーを待ちながら』（*Waiting for Godot*）からの影響が見受けられる．

不毛の畑に隠された秘密（第1幕）　イリノイ州で暮らす祖父のドッジ（Dodge）は，70代後半で健康はすぐれず，テレビのブラウン管に見入っており，点滅する青い光が彼の顔に映っている．祖母のハリー（Halie）は60代半ばで，喪服のような黒ずくめの衣装で登場する．二人の間には20年ぶりに舞い戻った，知的障害のある40代後半の長男ティルデン（Tilden）とチェーンソーで片足を失った40代半ばの次男ブラッドレイ（Bradley）がいるが，ハリーは死んだ息子のアンセル（Ansel）のことが忘れられない．ドッジが隠しもっていたウイスキーを飲んでいるところに，ティルデンが両腕にとうもろこしを抱えて登場する．ティルデンはとうもろこしを裏の畑から取ってきたというが，ドッジは1935年以来不毛の畑には何も植えていない．ティルデンは3本足の腰掛けを用意し，その場でとうもろこしの皮をむき始める．ハリーはデュウィス牧師（Father Dewis）に会いに行くと言って出かけ，ティルデンは寝入ったドッジをとうもろこしの皮で覆ってしまう．そこに登場した左足が義足のブラッドレイは，ドッジが眠っている間に彼の髪の毛を刈ってしまう．

孫のヴィンスの帰郷（第2幕）　ティルデンの息子で22歳のヴィンス（Vince）は19歳のガールフレンド，シェリー（Shelly）を伴って，雨の中，6年ぶりに祖父母のもとを訪れる．しかし，ドッジにはヴィンスが誰であるかがわからない．そこにティルデンが今度は人参を抱えて登場する．そして「かつて息子がいたが，埋めてしまった」と呟く．シェリーはティルデンに言われるままに人参を切り続ける．ヴィンスは自分のことを思い出させようと手段を尽くすが無駄であった．ヴィンスはドッジのためにウイスキーを買いに出かける．その場に取り残されたシェリーは，ティルデンからドッジが子供を溺死させて埋めたことを知らされ，ブラッドレイからは邪魔者として威嚇される．

子供の死体と蘇る過去（第3幕）　翌朝，雨は上がっている．シェリーは不思議とこの家に親近感を覚え，彼らの過去を蘇らせようとするが，ドッジは「子供をつくったからといって，その子供を愛さなければいけないのかね」（You think just because people propagate they have to love their offspring?）と反駁するのであった．ドッジはヴィンスに家を相続させることを宣言して息を引き取る．今は黄色い衣装に身を包んだハリーが，裏の畑の豊作を伝えるが，膝まで泥に浸かったティルデンは，泥をかぶり腐敗した子供の死体を抱えて現われるのであった．

（増田）

◇重要作品◇

ソフィーの選択　Sophie's Choice（1979）
ウィリアム・スタイロン　長編小説

ホロコーストの後遺症　作者自身が青年期に知り合った、ポーランド人でありながら、夫と父親をナチスに殺害され、自らも長期間、強制収容所に収容された経験によって心身の後遺症に苦しむ女性をモデルに、ホロコーストをユダヤ人迫害としてだけでなく、人間の自由意志と生存権を奪う悪の管理システムとして捉えようとした作品。モデルの女性との交友期間はわずかで、主として作者の想像力によって物語は展開する。自伝的色彩が強く、成功や恋愛を渇望する青年の成長物語にもなっている。

ソフィーとの出会い　語り手の22歳の駆け出し編集者スティンゴ（Stingo）は、ブルックリンの下宿屋で、階上に暮らす才気煥発なユダヤ人の若い生物学者ネイサン（Nathan Landau）と、腕にアウシュヴィッツ強制収容所の入れ墨がある美貌のポーランド女性ソフィー（Sophie Zawistowska）のカップルと知り合う。編集長と衝突して解雇され、失業状態で恋人もいない孤独なスティンゴを、二人は海水浴に誘ったり、女性を紹介してくれたり、ユダヤ料理をご馳走したりと、温かい友情をもって接してくれる。夫と父親をナチスに殺されたこと、収容所の悪夢の経験によっていまだに心身に深い傷を負っていること以外、何も語ろうとしない、謎めいたソフィーにスティンゴはかなわぬ恋心を抱く。

ソフィー父娘の屈折した過去　やがてネイサンに捨てられたソフィーは、ナチスの司令官ヘス（Rudolph Hess）の召し使いとして特別待遇を受けていたこと、反ユダヤ主義の父親がユダヤ人殺戮提唱者だったこと、共に収容された子供を救おうと、ヘスを篭絡しようとして失敗したことなど、数奇な運命を語り始める。

ソフィーの胸底の秘密　ネイサンの兄ラリー（Larry）の口から、ネイサンは科学者ではなく、入退院をくりかえしている麻薬患者で精神分裂病者であることが分かる。彼がソフィーの腕を折り、二人を銃殺しようとしたとき、スティンゴは故郷ヴァージニアにソフィーを連れて逃げる。その道すがら、彼女は心の奥底の秘密を打ち明ける。アウシュヴィッツ入りしたとき、ナチスの医者から究極の選択を迫られたのだ。「二人の子供のうち一人はそばに置いていい。もう一人はあきらめなければならない。どちらをとるか？」親としてこれ以上難しい選択はない。彼女を生涯苦しめることになったのだが、彼女はとっさにエヴァ（Eva）を捨ててヤン（Jan）をとるという選択をしたのだった。ソフィーとスティンゴは念願の激しい一夜を共にする。しかし、ソフィーは密かにネイサンのもとに舞い戻り、二人は薬物心中を遂げてしまう。

ポーランドと米国南部との相似性を透視　ソフィー自身もナチスの犠牲者なのだが、かつて反ユダヤ主義者の父親の手足として働いたことへの贖罪意識が、ユダヤ人ネイサンとの被虐的共依存関係へ、そして悲劇的結末へと駆り立てたのである。そこに祖父が奴隷を売却して得た財産で食いつないでいるスティンゴの贖罪意識、南部出身のスタイロン自身の黒人に対する贖罪意識が重ね合わされている。

（遠藤）

◇重要作品◇

タリー家のボート小屋　*Talley's Folly*（1979）
ランフォード・ウィルソン　戯曲（1幕）

マットとサリーのロマンス　タリー家三部作の第2作目．ザ・サークル・レパートリー・カンパニー（The Circle Repertory Company）により上演され，演出はマーシャル・W・メイスン（Marshal W. Mason）．登場人物は，会計士で42歳のユダヤ人マット・フリードマン（Matt Friedman）とタリー家の三代目の長女，31歳のサリー（Sally）だけである．マットは舞台に登場するや「今夜のお芝居は97分だそうです，休憩なしで」（They tell me that we have ninety-seven minutes here tonight—without intermission.）と語り始め，舞台の状況を説明していく．この部分，ウィルソン自身がソーントン・ワイルダーの影響を認めている．このお芝居は「この上もないロマンティックな物語」（a no-holds-barred romantic story）であるとマットは言う．しかし第1作の『7月5日』同様，時代やマットの経歴などの背景を考えると，この戯曲が単なる叙情性をたたえるロマンスを目指していないことは明白である．1980年にピューリツァー賞，ニューヨーク劇評家賞を受賞．

二人の再会　時は1944年7月4日の夕方の数時間．舞台はミズーリ州レバノンの名門一族，タリー家のヴィクトリア朝風のボート小屋．マットは1年前にサリーと出会い，1度はタリー家に招かれ，食事もしたのだが，ユダヤ人であること，急進的な社会意識のため，特にタリー家の男たちからは敵視されてしまう．彼は昨年，彼女に会って以来，連日手紙を書き続けている．一方，サリーは毎日スプリングフィールドの病院で看護婦として働いている．しつこいマットに，意に添えないと1度だけ返事をしたが，マットは自分が彼女に避けられる理由はないと勝手に思い込み，なぜ自分の求愛を受け入れないのか，それを確かめるために彼女をたずねて来たのだ．しかし彼女はまだ帰っておらず，サリーの弟にライフルを突きつけられ，逃げるように思い出のボート小屋に駆け込む．病院から帰ったサリーは，マットが来たことを知らされると，直感的にボート小屋に向かい，二人は再会する．

二人の暗い過去　最初はかたくなであったサリーだが，軽妙なマットに徐々に態度を和らげ，彼の経歴を訊ねる．彼は寓話のように自分の一家の物語を語る．しかし，それはヨーロッパの政治状況に巻き込まれたプロイセン生まれの父，ウクライナ生まれの母，ラトヴィア生まれの姉，そしてリトアニア生まれのマットの，ユダヤ人一家離散の物語であった．おじ一家とアメリカに渡ったマット以外の家族はフランス，ドイツで殺害されたのだ．彼は「政治目的のために子供が殺されるなら，子供を作るようなことはしない」（He [Matt] would not bring into this world another child to be killed for a political purpose.）と心に決めている．そしてサリーにも暗い過去があった．彼女は高校時代に，タリー家の家業を安泰にするために政略的な婚約をさせられたのだが，結核にかかり，子供を産めない体になったことで一方的に破談にされたのだ．心に深い傷を持つ二人は互いに理解しあい，結ばれる．（二人の結婚生活はマットが死ぬ1976年まで続いたことが『7月5日』の中で明かされている．）　　（水谷）

◇重要作品◇

カラー・パープル　The Color Purple（1982）
アリス・ウォーカー　長編小説

女の自立　レイシズム（人種差別），セクシズム（性差別）の犠牲者である黒人女性セリー（Celie）が，女達の友愛に支えられ抑圧と戦う術を身に付け，隷属状態から自立していく姿を描く．女の自立のためには，自己表現のための言語の獲得と，性の歓びを通して自己を発見することが不可欠であるとウォーカーは考える．この作品は書簡体小説の形式をとっており，セリーの語りにおける表現力の向上の中に彼女の成長が劇的に浮かび上がる．ピューリツァー賞，全米図書賞を受賞した本作品は，ブラック・フェミニズムの代表作であるにとどまらず，人種・性を超えて多くの読者に感動を与えている．1985年にはスティーヴン・スピルバーグ（Steven Spielberg）監督によって映画化され，大きな反響を巻き起こした．

主体の剥奪と回復　14歳のセリーは義父に犯され，口外するなと脅される．性的暴力によって主体を剥奪され，語ることを禁じられたセリーは神に向けて手紙を書き始める．やがてセリーは妊娠するが，子供を取り上げられてしまう．セリーが20歳になる頃，名前さえ知らないミスター＊＊と結婚する．彼女を待ち受けていたものは，重労働に加え一方的な性行為と理由のない暴力であった．その頃，妹ネッティー（Nettie）は「戦うのよ」という言葉を残し家を出る．そこにミスター＊＊の愛人で病弱な歌手のシャグ・アヴェリ（Shug Avery）がやって来る．シャグの看病を任されたセリーは，彼女の美しさと自立した人格に魅せられる．やがてふたりの女の間に友情が芽生え，それは愛情に発展する．セリーはシャグとの関係で初めで性の歓びを知る．ミスター＊＊が長年に亘って妹ネッティーからの手紙を隠し続けていたことを知った時，セリーの積年の怒りは頂点に達する．面と向かってミスター＊＊を激しく罵るセリー．彼女は生まれて初めて自分の感情を表現したのである．

アフリカでの経験　妹のネッティーは姉と別れた後，牧師夫妻に引き取られる．夫妻のふたりの子供を見て，直感的にセリーの子供であることを知る．その後牧師一家と共にアフリカに宣教に行き，理想と挫折を経験する．アフリカの人達を助けようとしているのに，結局は受け入れてもらえない．植民地政策により人々の生活の基盤が壊滅的に破壊されていくのを止めることもできない．しかし，彼女は妻に先立たれた牧師と愛し合うようになり結婚し，子供達に生みの親セリーの存在を教える．また，子供のひとりはアフリカ人女性と結婚する．

女達の共同体　一方セリーは，ズボン制作の仕事が軌道に乗り自信を深めていく．明らかに変わったセリーを見て，ミスター＊＊は尊敬の念を，さらには愛情を抱くようになる．そこにネッティーが家族と共にアメリカに帰ってくる．30年振りのネッティーとの再会，我が子達との抱擁．そして独立記念日，セリーの親類知人が集まり，女達の友情という絆で結ばれた大家族が形成される．すべてを手に入れたセリーの新しい人生が始まる．

【名句】I'm poor, I'm black, I may be ugly.... But I'm here.（Celie）「あたしは貧乏だし，黒人で，醜いかもしれない……でも，あたしはここにいる」（セリー）　　　　　　（岩崎）

◇重要作品◇
ゴールデンボーイ―恐怖の四季・春夏編
スタンド・バイ・ミー―恐怖の四季・秋冬編
Different Seasons（1982）　　　　スティーヴン・キング　中編小説集

キングの純文学小説　超能力も怪物も出てこないキング初の純文学小説集．映画化された『スタンド・バイ・ミー』や，『刑務所のリタ・ヘイワース』に基づいた映画『ショーシャンクの空に』は映画史に残る名作．この一冊でキングはアメリカを代表する小説家であることを証明した．描かれるのはいずれも強さと弱さ，善と悪，信念と挫折，輝きと喪失など光と陰を備えた人間のドラマチックな人生である．原書は *Different Seasons*（『四季』）のタイトルで一巻本．

『刑務所のリタ・ヘイワース』（*Rita Hayworth and Showshank Redemption*）1948年，無実の殺人罪で逮捕されたアンディ・デュフレーン（Andy Dufresne）は無期刑の有罪判決を受け，メイン州ショーシャンク刑務所に収容される．アンディは，よろず調達役をしていたレッド（Red）に，石細工用のハンマーとリタ・ヘイワースのポスターを注文する．メキシコ太平洋岸の町にホテルを建てることを夢見て，逆境でも希望を失わないアンディとレッドに友情が芽生える．アンディはレッドに，裁判前に全財産を収めた貸し金庫の鍵の隠し場所を教える．1975年，アンディは脱獄に成功する．ハンマーで20年もの歳月をかけて壁を削り，地下の下水管に通じる抜け穴を掘ったのだ．ポスターで穴を隠していた．その夏の終わり，メキシコ国境の町から送られた匿名の絵葉書がレッドに届く．1977年，仮釈放を認められたレッドはアンディの話していた鍵と，アンディが残した手紙，メキシコまでの旅費を見つける．希望はいいもので，決して消えることはないと書かれていた．レッドは親友と再会するため，約束の町に旅立っていく．邦訳は『ゴールデンボーイ』と共に収録．

『ゴールデンボーイ』（*Apt Pupil*）では「アメリカの健全な少年」が元ナチの収容所長によって精神のバランスを崩してゆく．大きな歴史は個人を犠牲にし，その狂気は今日のアメリカでも感染力を保ち続けている．

『スタンド・バイ・ミー』（*The Body*）1960年代初めのメイン州キャッスル・ロック．ゴーディ（Gordy），テディ（Teddy），バーン（Vern），クリス（Chris）の四人は，ある日，数日前から行方不明になっている少年が列車に轢かれ，その死体が森の奥に野ざらしになっているという話を耳にする．四人は鉄道のレールに沿って，20マイル彼方の死体探しの旅に出掛ける．ようやく少年の死体――初めて見る人間の――それも自分たちと変わらない少年の死体の圧倒的な空虚さに黙って立ち尽くす．その後，時の流れとともに四人の仲は薄れてゆく．バーンはパーティーで起きた火災に巻き込まれ，テディは交通事故で亡くなる．クリスは喧嘩の仲裁に入った際，ナイフで刺され命を失った．現在生きているのは作家となったゴーディだけである．

『マンハッタンの奇譚クラブ』（*The Breathing Method*）は幻想と怪奇の雰囲気が漂うキング流クリスマス・ストーリー．邦訳は『スタンド・バイ・ミー』と共に収録．　　　　（齋藤）

◇重要作品◇

おやすみ，母さん　*'night, Mother*（1983）

マーシャ・ノーマン　戯曲（1幕）

母と娘の二人芝居　ある夜突然，銃を持ち出し，「私，自殺するの，ママ」（I'm going to kill myself, Mama.）と予告する娘．必死で自殺を止めようとする母親．8時15分頃という設定で始まる劇は，リアルタイムに進行し，観客は娘の死に至るまで，二人の緊迫した光景を90分間，目撃することになる．登場人物は二人のみ．二人暮しの母と娘のやり取りの中に，平凡な日常の中に潜んでいた愛と孤独，希望と絶望，不安と決意が浮かび上がり，人生の本質的な問いを提示する問題作で，多くの賞賛や議論を呼んだ．83年度ピューリッツァー賞受賞．初演では娘ジェシー役を，映画『ミザリー』のキャシー・ベイツが演じた．

自殺を予告する娘　舞台上には，地方の家のリビングルームとそれに続くキッチンがあり，50代後半か60代前半のおしゃべりな母親セルマ・ケイツ（Thelma Cates）がケーキを探している．娘のジェシー（Jessie）は30代後半か40代前半で，離婚してからは，母親の世話をしながら二人で暮らしている．彼女は登場すると母親に銃のありかを尋ねる．屋根裏から銃を探し出して降りてきたジェシーは，母親に銃を何に使うのか聞かれて，2時間以内に自殺するためだと冷静に答える．驚いてジェシーの兄に電話しようとする母親に対して彼女は，電話をするならすぐにでもベッドルームに行って鍵をかけ，自殺を実行すると脅かす．気が動転したセルマは自殺を思いとどまらせようと説得を試みるが，娘の決意は固く，落ち着いた口ぶりで自分が死んだ後の警察，葬儀屋への連絡，さらには洗濯の仕方，食料品店の配達のことなど，日常的なことを細々と指示し続ける．

死への固い決意　セルマはジェシーに自殺の原因をたずねてみるが，何にでも干渉すると嫌っている兄夫婦が原因でも，家を飛び出したままの不良息子リッキーのことが原因でもないことがわかる．ジェシーは疲れて，傷つき，悲しいとのみ答える．そしてこの10年間，死ぬことばかりを考えてきたと言い，その死への決意をバスの降車に喩え，「降りたいと思ったらすぐに降りるわ．50年後に降りたとしてもどうせ同じ場所に降りるんだから」（Well, I can get off right now if I want to, because even if I ride fifty more years and get off then, it's the same place when I step down to it.）と説明する．やがてジェシーは母親に死んだ父親を愛していたかと質問し，話題は愛情の欠如していた夫婦の思い出話から，ジェシーの別れた夫のセシルへと移っていく．ジェシーはてんかんでひきつけを起こすことがあり，発作時の自分の様子を母親に尋ねる．ジェシーは夫が勧めた乗馬の最中に落馬して以来の病気と思っていたのだが，実は父親からの遺伝で，幼い時にも発作はあったと知らされる．自殺の責任はすべて自分にあると言い出す娘に対し，絶望的な涙を流して自殺を止めさせようとするセルマだが，ジェシーの考えは変わらず，自分の葬式にも指示を出す．そして最後には母親ともみ合いになった末，「おやすみ，母さん」（'night, Mother.）と囁き，寝室に入ってしまう．母親は金切り声をあげてロックされたドアを叩くが，銃声が聞こえ，劇はジェシーの死で幕を閉じる．

(広川)

◇重要作品◇

フール・フォア・ラブ　*Fool for Love*（1983）

サム・シェパード　戯曲（1幕）

異母兄弟の愛憎劇　男同士の関係を重視してきたシェパードが，お互いに憎しみ合いながらも，離れては生きていけない男女の関係を描いている．リアリズムの形式を用いてはいるものの，エディとメイという異母兄弟が動物のように徘徊する中で，二人の意識上の登場人物である父親が実際に舞台を見守り，彼らに語りかける．シェパード作品の特徴であるタイミングとリズムを大切にしたドラマで，イメージ喚起力を生かすために，幕間なしで一気に上演される．

モハヴィ砂漠の安モーテル　舞台はカリフォルニアのモハヴィ砂漠の外れに建つうらぶれた安モーテルの一室で，30代前半の女メイ（May）がベッドの端にすわり，頭を前に下げて床を見つめている．30代後半の男エディ（Eddie）は，テーブルの奥の椅子にすわってメイのほうを向いている．揺り椅子にすわった老人は，ウィスキーを飲み，あたかもメイ，エディの二人と同じ時間と空間を共有しているかのようである．エディは毛布を引き寄せながらメイを優しくベッドに横たえようとするが，突然，彼女はベッドから飛び降りて彼に殴りかかる．エディはワイオミングの牧場でメイの面倒をみてやると言うが，メイはエディの夢物語の嘘を見抜いている．メイが伯爵夫人と呼んでいる女とエディとの関係を疑っているのである．そしてメイは，「あの女を殺って，それからあんたを殺ってやる．手際よく．切れ味のいいナイフで．それぞれ別のナイフで．一本はあの女用，もう一本はあんたの．そうすれば血が混じらないですむから」（I'm gonna' kill her and then I'm gonna' kill you. Systematically. With sharp knives. Two separate knives. One for her and one for you. So the blood doesn't mix.）と脅かす．

野生動物のように徘徊する二人　二人は野生動物のように弧を描いて歩き回り，相手の出方を窺う．メイにとってはエディが留まることも，立ち去ることも恐怖である．エディはテキーラを飲みながら，ショットガンを分解している．張り出し舞台前端では，揺り椅子に座った老人が語りかける．老人はメイが子供の頃に牛の群れを怖がった話をする．するとメイは，枕をとって抱き締め，老人の語りが続く間，枕を抱えたまま前後に体を揺すり，退行現象を示す．

　エディがメイのデートの相手に嫉妬しているところに黒のベンツが現われ，出てきた女がモーテルの部屋とエディのトラックめがけてマグナム弾を発射する．謎の女が立ち去った直後に，メイのデート相手の庭師マーティン（Martin）が登場する．お互いに相手を誤解して取っ組み合いの喧嘩になった後，エディはメイと高校時代に知り合い，異母兄妹であることを知る前に性的関係をもったことを告白する．エディとメイの父親は二重生活を送っていて，エディの母親は夫のショットガンで自殺していたのであった．全てが明かされた直後に車のヘッドライトが舞台を照らし，外からは爆発音が聞こえる．エディは燃えさかるトラックを見に行くと言って立ち去り，それが別れであることを察したメイは，ひとり荷造りを始めるのであった．

（増田）

◇重要作品◇

大聖堂　Cathedral（1983）

レイモンド・カーヴァー　短編集

後期の短編集　「ささやかだけれど，役にたつこと」（A Small, Good Thing），「ぼくが電話をかけている場所」（Where I'm Calling From）を含む12の作品を収めたカーヴァー後期の短編集で，全米図書批評家協会賞およびピューリツァー賞にノミネートされた．表題作の「大聖堂」は1982年度の『ベスト・アメリカン・ショート・ストーリーズ』（The Best American Short Stories）に収録された．以前の短編との大きな相違は1編がかなり長くなった点である．それまでの作品は比較的短く，登場人物の特徴もそっけないほどで，ある日常における理解されないことの不安が不気味に提示されていた．しかしこの作品集では，人物描写が詳しくなり，登場人物同士の心の通い合いが結末で示されることが多くなった．

表題作　「大聖堂」では，語り手である「私」の家にある日，盲人が泊まりにくる．この盲人は40代後半のあごひげを生やした男で，名をロバート（Robert）といい，妻の古い友人である．妻は昔，新聞の求人広告を見て盲人のための代読作業の職に応募し，面接を受け，この盲人の下で働くようになった．その後，妻は結婚することになり仕事を辞めた．最後の日には盲人が妻の顔をくまなく指でなぞるという出来事があった．妻は最初，幼なじみの士官候補生と結婚した．しかし転属が続く夫との生活に耐え切れなくなり，約1年後，盲人に電話をかける．それから二人は互いの近況をテープに吹き込み，送るようになった．妻は，孤独な生活，自殺未遂，離婚，「私」と付き合うようになったことなど，あらゆることを知らせた．一方盲人は，妻の代読の仕事を引き継いだ女性と結婚し，8年間連れ添った末，最近癌で亡くした．

　「私」は妻の友人である盲人を家に招くことを快く思っていない．そして話題に困り，不適当な質問をして，そのたびに妻に睨まれる．三人はスコッチを軽く飲み始める．その後猛烈な勢いで夕食を食べ，居間に戻ってまた酒を飲む．話をするのは主に妻と盲人で「私」は聞き役に回る．やがて妻は着替えをしに二階に上がり，なかなか戻ってこない．「私」は盲人と二人だけになり居心地が悪い．そこで大麻をすすめてみる．二人で吸っていると妻が戻ってきて，いったい何をしているのかと「私」を詰問する．しかし結局三人で大麻をまわすことになり，やがて妻は眠気に勝てずその場で寝てしまう．

　つけっ放しになったテレビは大聖堂を映し出している．テレビの解説者が沈黙がちなので「私」は何か言わなくてはならないと思い，画面に映った大聖堂の外観を説明しはじめる．しかしどんなに言葉を尽くしても，思い通りには伝わらない．そこで盲人の提案で「私」が紙の上に大聖堂を描くことになる．盲人は私の手の上に手を重ねて動きをなぞる．「私」は大聖堂の輪郭から窓，扉にいたるまで細かく描いていく．そのうちに妻が眼を覚まし，二人で何をしているのかと問いかける．しかし「私」は返事もせず，盲人に言われるがまま，眼を閉じて一心不乱に大聖堂を描き続ける．描き終わった後には「たしかにこれはすごい」との実感が「私」に沸き起こる．

（奥村）

◇重要作品◇

ブライトン・ビーチ回顧録　*Brighton Beach Memoirs*（1983）

ニール・サイモン　戯曲（2幕）

自伝的三部作　ニューヨークのアルヴィン劇場で初演．少年時代の家族を描いた自伝的な戯曲で，作者の新境地を切り開いた作品である．時代は戦争の足音が近づいてきた1937年，舞台はニューヨーク市ブルックリンの南にある中流下層階級の居住地域であるブライトン・ビーチにあるジェローム家の自宅．次男ユージーンの眼から見たこの一家の様々な困難と家族の絆が描かれていく．続編『ビロクシー・ブルース』（*Biloxi Blues,* 1985），『ブロードウェイをめざして』（*Broadway Bound,* 1986）とで自伝的三部作になっている．

作家への夢（第1幕）　ユージーン・ジェローム（Eugene Jerome）の夢は，作家になること．15歳目前で好奇心旺盛の彼はナレーター役として，自分の家族や思春期のとまどいをコミカルに，時に真剣に観客に語っていく．彼は家事に追われて忙しい母親のケイト（Kate）にしかられてばかりの毎日．夫に先立たれ，この家に娘2人と居候をしているケイトの妹ブランチ（Blanche）は，姉の負担を軽くしようと内職をしている．ユージーンが異性として関心を抱いている従姉のノーラ（Nora）は，ブロードウェイの演出家に声をかけられ，オーディションを受けてみたいと願うが，母親に反対されて悩んでいる．従妹のローリー（Laurie）の方は心臓が弱く本ばかり読んでいる．兄のスタンリー（Stanley）はユージーンにとって頼れる兄貴だが，正義感から職場の黒人掃除夫をかばい，一家の家計が苦しい中で職になりそうになる．こうした家族の様々な問題の良き相談相手が家長のジャック（Jack）だった．その彼も一家七人を養うために仕事以外に，セールスの副業をしていたが，その会社が倒産してしまい，苦しい立場に立たされる．

思春期の終わり（第2幕）　父親は心臓発作で倒れ，仕事に出られず，兄はポーカーで給料をすってしまい，父親に合わせる顔がなく家を出て行く．叔母のブランチも姉と口論になり，自立への道を模索しだす．だが兄のスタンリーは金を少し貯めてから家に顔を出し，父親とじっくり親子の会話を交わす．その兄からユージーンがおみやげにもらったのは，ノーカットのヌード写真．彼は自分の「回想録」にその感激を「ヒマラヤ山中の黄金の宮殿を目撃．春のめざめ終了」（I have seen the Golden Palace of the Himalayas. Puberty is over.）と書き込むのだった．

『ビロクシー・ブルース』　5年後，徴兵されて軍隊に入隊した20歳のユージーンがミシシッピ州ビロクシーの町で，同年代の若者と共に訓練を受けて男として成長していくドラマで，軍隊内の対立や友情を軸に，初恋，娼婦との初体験などが描かれていく．

『ブロードウェイをめざして』　ユージーンも23歳を迎え，兵役を終えて家に戻り，作家志望の夢をますます大きくしていた．ユダヤ人気質で頑固だがユーモアのわかる祖父のベン（Ben），コントを書くパートナーの兄スタンリー，浮気をし，家を出て行く父親のジャック，そして残された家庭的な母親のケイト．母親との切ないダンスが哀しい余韻を残す中，ユージーンはブロードウェイをめざして旅立ちの時を迎えるのだった．　　　　　　　　　　（広川）

◇重要作品◇

グレンギャリー・グレン・ロス　*Glengarry Glen Ross*（1984）
デイヴィッド・マメット　戯曲（2幕）

苛酷な競争社会　不動産屋を舞台にして，成果主義一辺倒の競争社会で生き残りを賭ける男たちの欲望と裏切りの人間模様を描き，アメリカの資本主義経済を突き動かす人間の貪欲さと，弱肉強食の論理に呑み込まれて孤立する人間心理を透写する．『アメリカン・バッファロー』（*American Buffalo*, 1975）同様，幻と化したアメリカの夢に追いすがる庶民の哀れを描く．1984年度のピューリツァー賞受賞．

欲望と裏切りの渦　中国料理店の仕切り席で，不動産営業マンのレヴィーン（Levene）が営業マネージャーのウィリアムソン（Williamson）を口説いて優良な顧客情報を得ようとしている．彼は会社一の古株で，かつては「マシーン」と呼ばれるほどの実績があったが，今は落ちぶれてリストラの対象になっている．渋い顔のウィリアムソンに，レヴィーンは裏取引を持ちかけるが，足許を見られ，交渉は失敗に終わる．別の仕切り席にはともに売り上げの成績が悪い同僚のモス（Moss）とアーロナウ（Aaronow）がいる．モスは会社の強引な人員整理への不満をあらわにし，事務所で優良な顧客情報を盗み出す報復計画をほのめかし，アーロナウに共犯の関係を強要する．また別の一角には，営業成績トップのローマ（Roma）がひとりすわり，隣の仕切り席の客，リンク（Lingk）に狙いをつけ，まずは怪しげな哲学談義で煙に巻き，頃合を見計らい自己紹介すると，席へ招いて首尾よく営業を始め，目下売り出し中のグレンギャリー・ハイランドの話をまとめてしまう．

虚業の実態　翌日，事務所は何者かに荒らされ，警察が事情聴取に来ている．強盗事件を知ったローマが血相を変えて怒鳴り込み，リンクの契約書は無事かと訊くと，ウィリアムソンは昨夜のうちに手続きが完了したと請合うが，営業成績にかかわる事態に苛立ち，クズ同然の顧客情報を差し出すウィリアムソンに八つ当たりする．そこにレヴィーンが現われ，その日の朝に大口契約をまとめたことを得意げに語る．ローマは感心し，レヴィーンから契約の経緯を聞いて盛り上がる．やがてアーロナウが事情聴取のため別室に行くと，入れ違いに憤慨したモスが現われ，手柄話に沸くレヴィーンとローマに悪態をついて立ち去る．その後再び，ローマはレヴィーンに話の続きをせがみ，調子づいたレヴィーンはウィリアムソンを呼びつけて，こきおろす．そこへリンクがローマに解約を申し出てくるので，ローマはレヴィーンに一芝居打つように目配せし，レヴィーンを大手クレジット会社の重役に仕立てて，急場をしのごうとするが，ウィリアムソンの一言で台無しになる．レヴィーンはウィリアムスンの失態を非難し，「パートナーと一緒にやるんだ，そいつのために．でなきゃ糞ったれだぜ．糞ったれ，人間一人じゃやってけねぇだろ」（... you have to go *with* him and *for* him... or you're shit, you're *shit,* you can't exist alone...）といきまく．が，その際に事務所荒らしの犯人しか知りえない事実を口にし，ウィリアムソンに見破られてしまう．ウィリアムソンはさらに追討ちをかけて，レヴィーンが大口契約を結んだ顧客がブラックリストに載っていると告げ，レヴィーンを奈落の底へと突き落とす． (逢見)

◇重要作品◇

ホワイト・ノイズ　*White Noise*（1984）

ドン・デリーロ　長編小説

現代の寓話　奇しくもジョージ・オーウェルの作品名と同年発表のこの作品は，不条理世界の暴力とパラノイアを描いてデリーロの出世作となった．メディアから垂れ流しにされ，気づかれることなくサブリミナルに蓄積する情報の危険性が，目に見えない化学物質の汚染，幸せそうに見える日常に潜む異常な性癖，ヒトラー学というサブカルチャー化された支配と暴力といったモチーフで寓意化されている．情報過多でありながら情報に無自覚な現代社会への風刺がタイトルの意味へと帰結している．

日常性にひそむ危機　ジャック・グラドニー（Jack Gladney）は，カレッジ・オン・ザ・ヒル（The College-on-the-Hill）で，自らが創立したヒトラー学科を教える大学教授．彼は4人目の妻バベット（Babette）と，それぞれが前の結婚でつくった4人の子供と平穏な生活を送っている．スーパーマーケットで買い物を楽しみ，家族揃ってテレビを見て他愛のない会話に花を咲かせる日々．だが，実はグラドニーもバベットもそんな幸福な生活に潜み，時折顔を覗かせる死の影に恐怖を抱いている．友人の大学講師マーレイ（Murrey）との会話でも，メディアや消費文化よりも宗教的・神秘主義的な死の捉え方が話題になる．ある日，娘のデニス（Denise）が，最近バベットの物忘れが激しく，それは彼女が密かに飲んでいる薬と関係しているらしいと相談をしてくる．だが，薬の正体を突き止めることが出来ないまま，一家は有害化学物質が漏れ出すという事件に巻き込まれ，避難を余儀なくされる．避難中，燃料補給のために車外に出たグラドニーは化学物質に汚染され，避難所の検査でそれを知った彼は，これまで以上に深刻に死の恐怖に取り憑かれていく．

恐怖を克服する方法　避難生活を終えて帰宅した後，偶然，バベットが服用中の薬の瓶を見つけたグラドニーはその正体を追求し始める．彼女の告白からそれが実験的に開発された新薬であり，脳に働きかけて死の恐怖を取り除く効果をもっていることが明らかになる．しかも彼女は，タブロイド紙の広告を通じて開発の中心人物と接触し，ベッドを共にしてまで薬を手に入れた．妻の裏切りに激しく動揺し，嫉妬に駆られると同時に，新薬の効能に魅了されたグラドニーは，死を克服するひとつの方法は他人を殺すことだというマーレイの言葉も受けて，拳銃を片手に開発者の男のもとを訪れる．しかしモーテルに隠れ住む男は，既に廃人同然の体であった．グラドニーは計画通り男を撃つが，思わぬ反撃を受けて負傷．思い直して男を付近の施設へと運び込み，自身も治療を受けて帰宅する．事件後，追及の手が及ぶでもなく，またいつもどおりの生活が始まった．

【名句】　For most people there are only two places in the world. Where they live and their TV set.（chap.14）「多くの人々にとって世界には二つの場所しかない．彼らが生きている場所か，テレビの画面に映っている場所だ」

（齋藤）

◇重要作品◇

ニューロマンサー　*Neuromancer*（1984）

ウィリアム・ギブスン　長編小説

鮮烈な想像力　一度も行ったことのない千葉を想像力だけで秋葉原そっくりに描いてしまう特異な才能は，P・K・ディックが『アンドロイドは電気羊の夢を見るか？』で蒔いた球根を見事に開花させ，その独創的な世界を，デビュー作にして完璧な形で提示してみせた．『AKIRA』や，『マトリクス』など，多くのフォロワーが生まれたが，いまだに元祖を越える存在はない．ギブスンは「港の空の色は，空きチャンネルに合わせたTVの色だった」（黒丸尚訳）と，ブラウン管の砂嵐を曇り空の比喩に使ってしまう．

電脳空間　ケイス（Case）は電脳空間（cyberspace）で暗躍するカウボーイと呼ばれる一流のデータ盗賊．ある仕事で依頼人のブツを盗むというヘマをやる．その報復として，神経系を傷つけられ，電脳空間へジャック・インできなくなる．自暴自棄の生活を送るケイスの前に，ミラー・サングラスを顔に埋め込んだ女モリー（Molly）が現われる．アーミテジ（Armitage）という男のもとへ連れてゆかれたケイスは，千葉のクリニックで高価な治療を施され，カウボーイとして雇われる．しかし，手術の際ケイスの体には細工が施され，依頼を完遂し，報酬の特殊な酵素を貰わない限り，再び電脳空間へ入ることができなくなる．

意志をもつAI　その後アーミテジを操る黒幕ウィンターミュートという存在が接触してくる．その正体はT＝A株式会社が所有する人工知能（AI）だった．チームの任務は，衛星軌道上に存在するT＝A社所有の私有地「自由界」に侵入することらしい．AI＝ウィンターミュートに接触するようモリーに指示され，しぶしぶジャック・インしたケイスが見たのは，単純な白い立方体だった．ケイスは防衛システムにあっさり捕縛されてしまう．気がついたケイスの前に，擬人化したAIが現われ，いまケイスの肉体は電脳空間に繋がったまま仮死状態にあるのだと言う．AIの目的は，ケイス達にAIの成長を抑制するプログラムを破壊させ，AIを解放し，リオにあるT＝A社のもう一台のAIと合体し，完全な存在になることだと告げる．あまりに危険な頼みごとに，ケイスはAIを銃で撃ち，電脳空間から離脱する．情況を察知した警察は，ケイスらの追跡を始める．しかし解毒酵素が必要なケイスは作戦を継続するしかなかった．作戦中チームの一人リヴィエラ（Riviera）の裏切りでモリーが負傷する．ケイスは電脳空間内の浜辺でブラジル人の少年に会う．それは擬人化されたリオのAI＝ニューロマンサーだった．ウィンターミュートは意志であり，ニューロマンサーは人格なのだという．ケイスは電脳空間から離脱し，チームはようやく最終防衛装置に辿り着く．なんとかプロテクトを破り，AIを解放すると，二つのAIが合体し，全体化する．その存在は，ケイスの脳に酵素を発生させる．その後ケイスとモリーの銀行口座には，大金が振込まれていた．モリーはある日いなくなり，再びケイスと会うことはなかった．　　　　　（齋藤）

◇重要作品◇

サイダーハウス・ルール　*The Cider House Rules*（1985）
ジョン・アーヴィング　長編小説

父と息子の葛藤と和解　孤児ホーマー・ウェルズ（Homer Wells）と父親的存在であるドクター・ラーチ（Dr. Larch）の，堕胎をめぐる葛藤と和解を軸に，ホーマーが様々な愛情のもつれを経験しながら自己の使命を受け入れていく過程が，感動的に，時にはユーモラスに描かれている．登場人物達の錯綜した相互関係と，個人的・社会的価値観，つまり「ルール」の食い違いと対立が，スリリングなプロットを構築し，ホーマーの最終的な決断に収斂されていく．19世紀的教養小説の形式に，堕胎という現代アメリカの政治的・倫理的問題を組み入れたアーヴィングの代表作．

孤児と堕胎　メイン州で孤児院の院長を務める産科医ドクター・ラーチは，望まれない子供を孤児として引き取る一方で，望まない妊娠をした母親を助けるために非合法の堕胎手術を実施してきた．ラーチはこの孤児院で生まれ育ったホーマーを我が子のように愛し，「人のため役立つ人間になれ」という教育を授ける．ホーマーは思春期になるとラーチの助手になり，産科医の知識と技術を身に付けていく．しかしある日，殺された胎児に自らの望まれざる誕生を重ね合わせ，堕胎手術を行なわないことを決意する．その頃ホーマーは同じく孤児のメロニー（Melony）と初体験をし，彼女を置きざりにしないことを約束する．そこにリンゴ園経営者の息子ウォリー（Wally）と恋人のキャンディ（Candy）が堕胎のため孤児院を訪れる．美しいキャンディにホーマーは一目惚れしてしまう．手術後，ホーマーは二人と共に孤児院を離れ，リンゴ園を手伝いながらウォリーの部屋で一緒に暮らし始める．

最終的決断　第2次世界大戦が始まると，ウォリーはパイロットとして出征し，ビルマ上空で消息を絶つ．ホーマーは失意のキャンディと関係を持つようになり，彼女は妊娠する．二人は出産のため孤児院に行くのだが，ホーマーは二人の関係を隠そうとして生まれた実の子エンジェル（Angel）を養子として引き取ったことにする．そこに行方不明だったウォリーが，下半身麻痺，生殖不能の状態で帰って来る．キャンディはホーマーとの関係を隠しながらウォリーと結婚し，ホーマーは息子エンジェルに出生の秘密を隠したまま，四人は家族のような共同生活を始める．15年後，ホーマーを訪ねて来たメロニーは，エンジェルが彼の実の子であること見破り，欺瞞だと非難する．その頃，エンジェルはリンゴ園の黒人労働者の娘に恋をする．しかし，娘が実の父によって妊娠させられていることが明らかになった時，ホーマーは自ら立てたルールを破り彼女に堕胎手術を施す．娘は父親を刺し殺し，姿を消す．その間に，ドクター・ラーチの訃報が飛び込んで来る．ホーマーは今までの経緯のすべてを息子に打ち明け，最終的にドクター・ラーチの後を継ぐため孤児院に戻る．そこに事故死したメロニーの遺体が，解剖用の献体として送られて来る．

【名句】I help them have what they want. An orphan or an abortion.（Dr. Larch）「わしは女たちが望むものを手に入れられるよう手助けしているんじゃ．それが孤児であれ堕胎であれ」（ドクター・ラーチ）

（岩崎）

◇重要作品◇

縛られたザッカーマン　*Zuckerman Bound*（1985）
フィリップ・ロス　小説四部作

『ゴースト・ライター』（*The Ghost Writer*, 79）1956年，23歳の駆け出し作家ネイサン・ザッカーマン（Nathan Zuckerman）は雑誌に載せた短編が一族の恥をさらし，ユダヤ同胞を裏切るものだと父から責められ，父の意を体した共同体の長老からまで説諭されるのに反発し，内心，理想の父親を求める気持ちから，崇拝する大作家エマニュエル・イシドーア・ロノフ（Emanuel Isidore Lonoff）に会いに行く．バークシャーの山荘を訪ねた彼は隠者のような暮らしをしているはずのロノフの意外な私生活に出会う．妻ホープ（Hope）のほかにもうひとり女性が同居していて，エイミー・ベレット（Amy Bellette）というこの若い女性，どうやら原稿の整理をしているだけではなさそうな気配なのである．彼女はもとロノフの学生だったのだが，ある日，ニューヨークで『アンネの日記』の芝居を観てロノフに会いたくなりホテルから電話をしてきたのだ，と彼は釈明する．夜中に何時間も車をとばして彼女に会い，長い，真に迫った告白を聞かされる．自分はベルゼン（Belsen）の収容所で死んだことになっているアンネ・フランク本人なのだと彼女は主張する．名前を変えて生きているわけは厭な記憶を忘れるためなどではなく，人々の好奇の眼によって皮を剥がされ続けることが耐え難いからだという．ロノフは虚言癖とか作話症というネガティヴな言葉で決め付けずにむしろ肯定的に「創造的人格」（creative personality）として受け止めている．彼女はロノフとイタリアへ駆け落ちしたいとせがみ，ネイサンはアンネと結婚したいと夢想する．だが眠れぬ一夜が明けると，修羅場が持ち上がる．糟糠の妻ホープの怒りが爆発して彼女は家を出て行くと宣言し，ロノフはただおろおろするばかり．

『解き放たれたザッカーマン』（*Zuckerman Unbound*, 81）それから14年後のネイサン．今をときめく人気作家になっている．ロスの『ポートノイの不満』を思わせるベストセラー『カーノフスキー』（*Carnovsky*）によって金持ちにもなった．自分を縛っていた性的な，またユダヤ的なタブーから解き放たれた．だが，家族とユダヤ共同体を赤裸々に描いたこの小説のためにユダヤ人の反感を買い，非ユダヤ人からは作者自身が堕落したユダヤ人カーノフスキーと同一視されることになってしまった．虚構の作者がメディアによって神話化，虚構化され，彼はこのお仕着せを脱ぎ捨てることができなくなる．

『解剖学講義』（*The Anatomy Lesson*, 83）ネイサン40歳．共同体からもメディアからも自由になろうとして，引きこもりの生活を始めている．果てしない自己分析，自己解剖の結果，全身に痛みを覚え，さまざまな医療を受けている．薬物や四人の女たちとの情交もその一部をなしている．8年がかりで医者となることを目指して医学部入学のため母校のシカゴ大学へ赴く．

『エピローグ—プラハの狂宴』（*Epilogue : The Prague Orgy*, 85）時は70年代．ネイサンはチェコからの亡命者の依頼をうけ，ゲシュタポに殺害されたイディッシュ語作家の未発表作品の原稿を取り戻すためプラハに乗り込み，全体主義体制下の悲喜劇的状況にまきこまれる．（寺門）

◇重要作品◇

It　It（1986）

スティーヴン・キング　長編小説

初期キングの集大成　七人の登場人物の子供時代である1950年代と成人してからの1980年代とが行き来し，交錯する複雑なプロット．人物造形に深みを与えるため綿密に描き込まれた登場人物それぞれの人生．緩急をつけた巧みな語り口．1138頁という長さを短いと感じさせる．少年時代へのノスタルジーをベースにした恐怖と冒険の大ロマンで，初期キングの集大成であり，今日に至るまでの全キャリアの最高傑作に挙げる読者も多い．ホラー文学という枠組を超えて世界文学に列しうる究極小説．

邪悪な存在Itの出現　1984年夏．27年ごとにメイン州デリー（Derry）に災厄をもたらす邪悪な存在It（あいつ）が再び現われる．Itは異臭を伴って，ピエロ（clown），狼男，鳥，亀，蜘蛛，などの姿で現われ，また悪童ヘンリーに乗り移って子供たちを襲撃する．かつて1958年に町の危機を救った『はみだしクラブ』（Loser's Club）の七人の11歳の子供たち，おしゃべりなリッチー（Richie），肥満児で読書好きなベン（Ben），喘息持ちのエディ（Eddie），父親の虐待に耐えるマドンナ格の美少女ビバリー（Bevary），ユダヤ人のスタン（Stan），Itに弟を殺された吃りのビル（Bill）は，今や皆30代後半に達している．図書館員となり一人デリーに残った黒人のマイク（Mike）はItの再来を察し，それぞれの道で成功しているかつての仲間に連絡する．ロサンゼルスの人気DJリッチー，ネブラスカの建築家ベン，ニューヨークでリムジン会社を経営するエディ，シカゴの服飾デザイナーのビバリー，アトランタの会計士スタン，そしてイギリス在住のホラー小説家ビルという面々が馳せ参じる．1958年夏，町では子供たちの行方不明が相次いだ．1985年，デリーに集まったのは六人．スタンは電話を受けた直後，恐怖に耐えられず自殺．マイクはItに操られた男に襲われ重傷を負う．残った五人はItとの対決に向かう．27年前．七人は下水口の中を走り，古い坑道の先に扉を見付けた．扉の向こうには巨大な黒蜘蛛の姿をしたItがいた．1985年，Itは再び黒蜘蛛の姿で彼らを待っていた．ビルの妻，女優オードラ（Audra）が捕らえられていた．激しい戦いでエディは命を落とす．Itを倒し，生き残った四人はオードラをつれて地上に脱出．27年前，地上に出た七人は別れる前にお互いの掌を切り，輪を作り，血の誓いを立てた．Itが再び現われたらもう一度集まろうと．しかし家路に着いた時にはその日の出来事を忘れ始めていた．

今日を記憶に変える力　1985年，再びItの記憶は急速に薄れていく．妻の意識が戻るまでデリーに留まるビルに残りの仲間は別れを告げ，町を去る．ビルは少年時代の自転車の後に虚ろな妻を乗せ，子供の頃のように風を切り，全力でペダルを漕ぐ．勢い余って転倒した瞬間，妻は意識を取り戻す．ビルは子供時代の夢の中，遠く，かすかで，ぼやけ，はっきり思い出すことは出来ないが，子供時代が素晴らしかったこと，そして今大人であることを素晴らしいと感じる．ベッドの中で，ビルはいつかそのことについての物語を書いてみようと思う．

（齋藤）

◇重要作品◇

フェンス　*Fences*（1987）

オーガスト・ウィルソン　戯曲（2幕）

等身大の家庭歴史劇　ドラマの時代設定は1957年から65年であるが，アメリカ南部を中心とする当時の黒人暴動や，60年代初頭の公民権運動のような歴史的大事件について言及されることはない．トロイ・マクソン（Troy Maxson）の人生をとおして，等身大のアフリカ系アメリカ人の歴史が語られる．

黒人リーグの野球選手（第1幕）　1957年のある金曜日の午後．元黒人リーグの野球選手で今はゴミの収集人，53歳のトロイは，同僚のボノ（Bono）と給料日に酒を飲みながら帰宅する．トロイは職場で一悶着を起こしていた．なぜトラックの運転は白人で，ゴミを持ち上げるのは黒人なのか（Why you got the white mens driving and the colored lifting?）と上司に不平を漏らしたのである．ボノはトロイが若い女性アルバータ（Alberta）に色目を使っていることを責める．トロイの妻で43歳のローズ（Rose）は，30歳の時に彼と出会い，それ以来トロイに尽くしてきた．そこに前妻との息子で34歳になるミュージシャンのリヨン（Lyons）が金をせびりに来る．

父子間の確執　翌朝，トロイは，家のフェンス作りの手伝いもしないで，フットボールの練習をしている17歳の息子コーリー（Cory）に憤慨する．トロイの7歳年下の弟ガブリエル（Gabriel）は，第2次世界大戦で頭を負傷して以来，自分のことを大天使ガブリエルだと信じ込んでいる．トロイはガブリエルが政府から得た補償金の3千ドルで現在の家を購入した．コーリーは大学のフットボールチームから勧誘されるが，スポーツ界で人種差別を受けた経験を持ち，息子に嫉妬するトロイは，それを断わってしまう．2週間後の金曜日，トロイはゴミの収集車の運転手になっている．彼は自分の生い立ちを長男リヨンに語る．11人兄弟で8歳の時に母親が失踪し，14歳の時に暴力的な父親から離れて家族をもうけたが，金に困って盗みを働いた際に銃で撃たれ，相手をナイフで殺害してしまう．15年間服役したトロイは刑務所で野球を習い，ボノともそこで出会っている．

死に立ち向かうためのフェンス（第2幕）　ガブリエルは近隣でいさかいを起こし，警察に逮捕される．トロイはそれが不当逮捕と知りつつも，50ドル支払って保釈させる．また，トロイは妻ローズに，アルバータとの間に隠し子をもうけてしまったことを告白する．6ヶ月後，アルバータは女の子レイネル（Raynell）を出産して死亡する．トロイは死に立ち向かうためにフェンスを完成させることを決意する．3日後，トロイは赤ん坊を連れて帰宅する．ローズは子供を引き取りはするものの，以後トロイとの関係は拒絶し続けるのであった．

天国の門　1965年，心臓発作で死んだトロイの葬儀の朝．家を出て海兵隊員になったコーリーが到着する．7歳のレイネルとコーリーはトロイが教えた歌を一緒に口ずさむ．父親の葬儀に出席することを拒んでいたコーリーも，父親の影が自分自身の姿でもあることを知り，態度を変える．ガブリエルはトランペットを吹いてトロイのために天国の門を開けようとするが，音が出ない．しかし彼が踊りだすと，天国の門は開くのであった．　　　　（増田）

◇重要作品◇

ニューヨーク三部作　*The New York Trilogy*（1987）

ポール・オースター　中編小説集

アイデンティティの消失　別々に出版された3作品を一冊にまとめた作品．いずれも探偵小説のように始まり，しだいに自己のアイデンティティに対する不安，他者との境界の融解，そして自己と世界との関係性という実存的な考察が，パルプなハードボイルド小説のフォーマットで繰り広げられる．謎の解答どころか，謎が何だったのかすらよくわからないまま話が終わる．何も劇的なことが起こらないという退屈な日常の現実が，探偵小説の環境の中では逆説的に不穏でスリリングな緊迫感を生み出すという，さりげないジャンルの脱構築に成功している．

『シティ・オブ・グラス』（*City of Glass*, 1985）探偵小説家ダニエル・クイン（Daniel Quinn）のもとに，「ポール・オースター探偵事務所」への間違い電話が掛かる．ある男を監視してほしいという依頼を，クインは面白半分で受け，赤いノートにその顛末を綴る．尾行を始めても，男は街をうろつくばかり．男が行方をくらまし，本物の「オースター」を訪ねるが探偵ではなく作家だった．クインは連絡のつかない依頼人のアパートを野宿して見張る．数ヶ月後男が自殺していたことを知り，自分のアパートに戻るとすでに別の入居者がいた．謎の語り手が登場し，その後のクインの行方は誰も知らず，アパートで発見された赤いノートを「オースター」の勧めでまとめたものがこの物語であると明かす．

『幽霊たち』（*Ghosts*, 1986）探偵ブラウンの跡を継いだ探偵ブルーがブラックという男を見張るよう，ホワイトという人物から依頼を受け，報告書を送る．向かいのアパートから監視をするが，ブラックはノートに何か書きこむだけである．1年後アルゴンキン・ホテルのロビーでブルーはブラックに話し掛け，身の上話を聞かされる．探偵として1年以上もある男を見張っているのだが，その男は時折ノートに何かを書き込んでいるだけの毎日だという．ブルーは見張られていたのは自分の方だと疑い，ブラックの部屋に忍び込み，ブラックのノートを盗み読む．それはブルーの報告書だった．謎の語り手が登場し，その後のブルーの行方が知れないことを明かす．

『鍵のかかった部屋』（*The Locked Room*, 1986）批評家の「僕」に幼なじみのファンショー（Fanshawe）の妻から手紙が届く．ファンショーは半年前に失踪し，書き貯めた原稿を「僕」に託していた．出版した小説が好評を博すと，世間は「僕」＝ファンショーだと思う．「僕」は曖昧になった自分とファンショーとの境界を明確にするため，ファンショーの伝記を書く．ファンショーゆかりの地や足取りを追ううち，「僕」は自分自身と向き合っていることを感じる．ファンショーが閉じこもっている密室は，「僕」自身の頭の中ではないか．ファンショーから会いに来てほしいとの手紙が届き，訪ねるとファンショーは閉じこもった部屋の扉ごしに会話をして，「僕」を中に入れようとしない．ファンショーはずっとクインという探偵に追われていたことを明かす．そして「僕」に赤いノートを託し，それを読んでほしいと言う．「僕」は帰りの駅のホームで1頁ずつ読んでは破り捨てていく．　　　　　　　　　　　　　　　　（齋藤）

◇重要作品◇

ビラヴド　*Beloved*（1987）

トニ・モリソン　長編小説

奴隷制の悲劇　1856年に実際に起きた逃亡奴隷マーガレット・ガーナー（Margaret Garner）による子殺しからヒントを得たとされる．どこからともなく現われる20歳のビラヴドは，母に殺された2歳の赤ん坊の甦りであると同時に，奴隷としてアフリカからアメリカに送られる中間航路で死んだ無数の黒人たちをも表象している．リアリズムの枠を超えたこの設定によりモリソンは，19世紀中葉の黒人奴隷体験記では語られることのなかった心理的側面に焦点を当て，奴隷制の内実に迫ろうとしている．ピューリツァー賞を受賞．

逃亡途中の出産　奴隷制時代のケンタッキー州のスウィート・ホーム農園の新しい農園主「先生」は，残酷な人物であり，奴隷たちは逃亡をくわだてる．実行の直前，妊娠していたセサ（Sethe）は「先生」の甥たちから暴行を受け，それを目撃した夫は気が狂い，逃亡当日も姿を見せない．三人の子供を一足先に地下鉄道組織に託していた19歳のセサは一人で逃亡し，途中で出会った白人少女に助けられてデンヴァー（Denver）を出産する．

わが子を殺す　夫の母ベビー・サッグス（Baby Suggs）もかつてスウィート・ホーム農園の奴隷だったが，息子に自由を買い取ってもらい，今では自由州であるオハイオ州シンシナティで暮らしている．セサは義母の家で三人の子供たちと合流し，自由を満喫するが，盛大すぎるパーティーが共同体の人々の反感を買う．逃亡奴隷を追って「先生」たちが現われると，セサは子供たちを奴隷州に連れ戻される絶望から守ろうとして，2歳の娘の喉を掻き切り，殺してしまう．セサが使い物にならないことを見て取り，「先生」たちは帰っていく．

セサは生まれたばかりのデンヴァーとともにしばらく刑務所に入る．その後も一家の共同体からの孤立は続き，ベビー・サッグスは寂しく死ぬ．家には殺された赤ん坊の霊がとり憑き，二人の息子は家出してしまう．1873年にセサとデンヴァーのもとに，スウィート・ホーム農園で一緒だったポール（Paul）・Dが現われる．彼が赤ん坊の霊を強引に家から追い払うと，ビラヴドと名乗る20歳の見知らぬ娘が姿を現わし，この家に住み着く．

記憶を語る　やがてデンヴァーもセサも，この娘が殺された赤ん坊の甦りであることに気づく．ビラヴドは過去の物語を聞くことを貪欲に求め，セサは抑圧してきた過去の記憶を苦しみながら語り始める．ビラヴドはポール・Dを誘惑し，一方彼はセサの子殺しを理解することができずに家を出て行く．過去の自分の行ないを娘に理解してもらおうとセサは身をすり減らし，仕事もやめてしまい，反対にビラヴドは次第に太り，横暴になっていく．見かねたデンヴァーは，共同体の人々に助けを求める．デンヴァーに仕事をくれた白人が馬車で迎えにくるのを見たセサは，悪夢の再現と勘違いするが，今回は共同体の女たちが団結してセサを抑える．ビラヴドが姿を消し，ポール・Dはセサに自分を愛することの大切さに気づかせる．

【名句】This is not a story to pass on.「これは語り伝えられる物語ではない」　　（利根川）

◇重要作品◇

ハイジの年代記　*The Heidi Chronicles*（1988）

ウェンディ・ワッサースタイン　戯曲（2幕）

**フェミニスト
たちの行方**　主人公の女性が自己実現を模索した半生の回想から構成され，背景となる時は1960年代中頃から80年代後半に亘る．作品は自伝的要素が濃厚で，自分の生きた時代風潮に馴染めない観察者の視点から，ジャニス・ジョプリン，アレサ・フランクリン，ジョン・レノンらの歌を背景に，価値観の揺らぐ激動の時代を生きた同世代の女性たちのジレンマを風刺的に，ユーモアと悲哀を込めて綴っている．作者の描く等身大の女性像は，一部のフェミニストから批判されたが，批評家にも観客にも広く認められ，ピューリツァー賞を含む数々の演劇賞を受賞している．初演は1988年にオフ・ブロードウェイで，翌年からはブロードウェイのプリマス劇場に移った．

**自己実現への道（プ
ロローグ・第1幕）**　それぞれの幕の冒頭に，主人公で著名な絵画史研究家ハイジ・ホランド（Heidi Holland）が，コロンビア大学で絵画史における女流画家の位置づけについての講義をするが，これが社会の変化に馴染めず観察者として過ごしてきたハイジの半生記へのプロローグとなる．

　24年前，不器用な女子高生ハイジはダンスパーティで生涯の友ピーター（Peter）と巡り会い，その2年後，野心家のスクープ（Scoop）と出逢う．2年後の1970年，ハイジは高校時代の親友スーザン（Susan）と共にフェミニストの集会に参加して感化され，74年には女流画家の存在を無視するシカゴ芸術協会に抗議する運動の中心人物となる．そして，この頃ピーターが同性愛者であることを知る．77年，スクープは秘書を愛人にしながら著名な挿絵画家と妥協的な結婚をする．スクープはハイジの生き方に理解を示すものの，実生活では良妻を求める保守派だった．一方，ハイジは愛を求めながらも，自己実現を優先する．

**21世紀への
希望（第2幕）**　1980年，70年代にあれ程盛り上がっていた女性解放論は時代遅れとなり，「連帯」を求めていたあの熱気は疎まれ，運動の中心にいた独身女性たちはすでに過去の人とみなされている．ハイジは，ピーターやスクープらと，夢見る迷い子の「団塊の世代」（baby boom generation）の一員としてテレビ番組に出演するが，時代の流れから取り残された自分を発見し，焦燥感にかられる．84年，ハイジはかつてフェミニズムの闘士だったスーザンの変節を目の当たりにする．ハイジは問う，「スージー，自分を人間たらしめるものが，人間であることを阻んでいると考えたことある？」（Susie, do you ever think what makes you a person is also what keeps you from being a person?）86年，ハイジは高校時代の同窓会に講師として招かれ，自身の孤立感や挫折感を吐露する．87年のクリスマスの夜，孤独なハイジはピーターの勤務するニューヨークの小児病棟を訪れ，ピーターの友人がエイズで亡くなり，パートナーもエイズであることを知る．しかし愛する人がいるピーターの身の上を羨む．88年の暖かな昼下がり，養女を迎えたハイジは，彼女を乳母車から抱き上げて「21世紀のヒロイン」と呼びかけ，サム・クックの「ユー・センド・ミー」を穏やかに歌う．

(逢見)

◇重要作品◇

ムーン・パレス　*Moon Palace*（1989）

ポール・オースター　長編小説

青春小説　1960年代アメリカを舞台にした青春小説．オースター作品中，最も幻想性やポストモダン的ギミックの排除されたオーソドックスな19世紀的作品．主人公が父や祖父の存在とその歴史を知る過程で，自分の存在と向き合い，精神的成長を果たしてゆく伝統的形式の教養小説でもある．コロンブスの「アメリカ」発見，インディアン・キャプティビティ・ナラティブ，アポロの月面着陸といったモチーフを，3世代に亘る物語に紡ぎ合わせ，アメリカ史の見直し――アメリカの(再)発見という現代アメリカ文学らしいテーマも扱う．

マーコのアメリカ見聞録　父の存在を知らず，幼い頃に母を亡くして孤児となったマーコ・スタンリー・フォッグ（Marco Stanley Fogg）は，母方の伯父ヴィクター（Victor）に育てられる．大学在学中にこの唯一の血縁を失い，経済的危機に陥る．伯父の残した1492冊の本を売りながら食い繋ぐが，アパートを追い出される．ホームレスとなり街を彷徨うが，友人ジンマー（Zimmer）と中国系の孤児キティ・ウー（Kitty Wu）に助けられる．マーコはジンマーの家に居候し，キティと恋に落ちる．住み込みで車椅子の盲目の老人トマス・エフィング（Thomas Effing）の身の回りの世話や本の朗読をする仕事にありつく．エフィングはマーコに波瀾万丈の人生を語り始める．エフィングは若い頃ジュリアン・バーバー（Julian Barber）という名の画家だった．画家仲間と西部に出掛けたとき，事故に遭難する．避難した洞窟にはたくさんの食料と一人の男の他殺体があった．男は悪党の兄弟との諍いで殺されたらしい．その兄弟が洞窟に戻ってくることを知ったジュリアンは待ち伏せして兄弟を撃ち殺し，その莫大な財産を奪い取る．以後それまでの人生を捨て，ジュリアンはトマス・エフィングという新しい名を名乗り，現在に至る．エフィングは生き別れになった妻が生んだ子供に財産を譲りたいとマーコに告げ，数日後息を引き取る．

アメリカの再発見　マーコはエフィングの息子ソロモン・バーバー（Solomon）を捜し出す．この太って頭の禿げた大学教授とマーコは意気投合する．バーバーはマーコに，エフィングの洞窟を探す旅をもちかける．ある日キティが妊娠していることがわかる．喜ぶマーコだが，キティは経済状態のことを考え中絶する．ぎくしゃくした二人の関係はマーコがアパートを出て終わる．バーバーのアパートに来たマーコを慰めようと，バーバーは洞窟探しの旅を実行する．旅の途中，二人はマーコの母親と伯父の墓参りをする．バーバーはマーコの母エミリー・フォッグのかつての恋人であり，他ならぬマーコの父だったことがわかる．事実を知ったマーコは怒り，バーバーに怪我を負わせてしまう．バーバーはそのまま病院で息を引き取る．絶望の中マーコはキティに電話をするが，彼女はもう新しい人生を歩みだしていた．マーコはバーバーを母の墓に埋葬し，一人で西部を目指す．自分の祖父であったトマス・エフィングのルーツとなった洞窟を探しに．しかし洞窟は湖の底に沈んでいた．停めていた車も，その中に置いておいた金も盗まれ，すべてを失ったマーコはひたすら西へ向かう．辿り着いた浜辺でマーコが見たのは，夜空に浮かぶ丸い月だった．

（齋藤）

◇重要作品◇

黒い時計の旅　Tours of the Black Clock（1989）

スティーヴ・エリクソン　長編小説

暗黒の20世紀　エリクソンは現実と幻想の境界，外的時間と内的時間の区別を解体し，針も数字も剥ぎ取られた「世紀の黒時計」が時を刻むもうひとつの20世紀の旅へと読者を誘う．この作品では現実の20世紀に加え，登場人物の欲望によって書き換えられた歴史が，即ちヒトラーという「悪」が世界の半分を支配するもうひとつの20世紀が，パラレル・ワールドとして存在する．このふたつの世紀は，交差あるいは対立しながら，最終的にひとつに収斂する．現実と虚構を巧みに織り交ぜながら，ふたつに引き裂かれた世界を鮮やかに描き出すことによって，エリクソンは20世紀の意義を問い直す．

引き裂かれた世紀　ダヴンホール島と本土をつなぐ連絡船の船頭をしているマーク（Marc）は，少女を追って島に上陸し，15年振りに母デーニア（Dania）と再会する．その時15年前に母の足下で死んだ男バニング・ジェーンライト（Banning Jainlight）の声が別の20世紀を語り始める．バニングは，白人の父がアメリカ先住民の血が半分流れる娘を犯した結果生まれた子供である．出生の秘密を知ると，兄を殺し，家族に大怪我を負わせ，家に火を放ち逃亡する．その後ウィーンに渡り，ひょんなきっかけからヒトラーのために，彼の姪であり謎の死を遂げた最愛の女性ゲリを主人公にしたポルノを書くことになる．ある日15歳の少女デーニアの姿に魅了され，想像の中で彼女を犯すようになり，その体験をポルノに盛り込む．ゲリ＝デーニアが主人公のポルノに心を奪われたヒトラーは，政治的判断力を失い歴史的大敗となるはずのソ連侵攻を中止し，ドイツはヨーロッパ戦線に勝利する．バニングは文字通り歴史を変え，別の20世紀を出現させたのである．しかしその代償として彼は妻子をナチスに殺害される．一方デーニアの20世紀では，良心の在処を示す「20世紀の見取り図」の存在により「悪」は崩壊する．ドイツはソ連侵攻に失敗し，敗北する．

二つの世紀の対峙と収斂　戦後デーニアは舞踏団の一員としてニューヨークに渡り，その踊りで男達を虜にするが，彼女の周りで次々と男達が死んでゆくと踊りを止め，ダヴンホール島に流れ着く．その頃バニングは，年老いて痴呆になったヒトラーのために再びポルノを書き始め，ヒトラーの子供として，その「悪」を具現化した化け物をゲリ＝デーニアの胎内に孕ませることによって，復讐を果たそうとする．かくしてデーニアは実際にヒトラーの子供を身ごもるが，「愛という武器」によってバニングの悪意と戦い，化け物ではなく人間の男の子マークを産む．計画が失敗したことを知ったバニングは，デーニアの子供を殺すためヒトラーを連れて逃亡し，ついに1970年，ドイツとの戦争が続くアメリカにたどり着く．ヒトラーの死後，バニングはダヴンホール島に渡るのだが，デーニアの愛に守られた子供を殺すことが出来ず，死に際にデーニアに許しを乞いながら，彼女の足下で息絶える．そして今，ふたつに引き裂かれた世紀がひとつに戻る．

【名句】She danced and men died.「彼女は踊り，男達が死んだ」　　　　　　　　　（岩崎）

◇重要作品◇

ヴァインランド　*Vineland*（1990）

トマス・ピンチョン　　長編小説

アメリカを探して　ヒッピー世代の子供である14歳の少女プレーリィ（Prairie）による母親探しを通して，ピンチョンはテレビドラマ・映画の一場面を散りばめたような抱腹絶倒のアメリカ探しを読者に提供する．プレーリィが知ることになる母の姿の中に，「ファシズム」のアメリカと，対抗文化が花開き理想郷を築こうとした1960年代的アメリカという，ふたつの国家理念の深刻な対立が浮かび上がる．また，主に60年代から84年までのポップカルチャー，特にテレビ・映画に対する言及を氾濫させることで，60年代的精神を混在させながら，84年当時の映像漬けになった人々の現状を描き出す．ふたつの時代の交差・対立の中に，真のアメリカとは何かという問いかけが見える．

理想の崩壊と回復の夢　1984年，第２次レーガン政権下のカリフォルニア州の架空の土地ヴァインランド郡．未だに60年代のヒッピー精神を生きる滑稽で愛すべき駄目男ゾイド・ホィーラー（Zoyd Wheeler）は，精神異常者に支給される生活保護を受けるため，毎年ガラス破りという奇態を演じている．ある日，かつてゾイドの妻フレネシ（Frenesi）を奪った連邦検事ブロック・ヴォンド（Brock Vond）が麻薬撲滅運動の一環と称して，ゾイドの家を差し押さえてしまう．ヴォンドはニクソン政権下で反体制運動の弾圧に手腕を発揮した「ファシスト」である．ゾイドの娘プレーリィはまだ見ぬ母フレネシを捜す旅に出て，かつて革命映画制作部隊で母と共に活動した女忍者DLに会う．DLは以前ヴォンド殺害計画に巻き込まれ，ヴォンドの身代わりの日本人タケシに一年殺しの術をかけてしまい，その償いのためタケシのパートナーを務めている．タケシは，無念のあまり成仏できず地上を彷徨う死者タナトイドたちを相手に，カルマ（因果応報）の精算を代行するビジネスを行なっている．プレーリィは，DLの話，コンピューターのデータ，残されたフィルムから若き日の母フレネシの姿を再現する．そこに現われるのは，学生運動，反戦運動，ドラッグ，ロックンロールの60年代という激動の時代に，革命の理想に憧れながら裏切り者に変貌していく女の姿であり，アメリカのひとつの理想が崩壊していく過程である．69年，南カリフォルニアのサーフ大学の学生たちは州から独立を宣言，ロックンロール人民共和国を樹立する．この運動弾圧の任務を担ったヴォンドは，共和国樹立の記録映画を撮っていたフレネシを誘惑し利用する．フレネシはヴォンドの指示通り，運動の指導者にFBIのスパイの汚名を着せ，死に追い込む．そして時は84年に戻り，フレネシの一族が集まるサマーキャンプ．母との再会，ヴォンドのプレーリィ拉致計画失敗，そしてヴォンドの死を経て，プレーリィは最終的に「ファシスト」の脅威から解放される．アメリカ建国より遙か前の11世紀，ヴァイキング達が初めてこの大陸を訪れた時に目にした葡萄が実る無垢な土地ヴィンランド（Vineland）を思わせる，ヴァインランドの原始の森で．

【名句】Ol' Raygun? No way he'll ever make president.（Zoyd）「あのレーガンが？とんでもねえ，あいつが大統領になるわけねえだろうが」（ゾイド）

（岩崎）

◇重要作品◇

ピアノ・レッスン　*The Piano Lesson*（1990）

オーガスト・ウィルソン　戯曲（2幕）

アメリカ史のサイクル劇　1930年代のアメリカ北部を舞台にして，黒人家族に伝わる1台のピアノを巡り，白人社会において奴隷であった祖先の過去と向き合う姉バーニースと，遺産であるピアノを売却して，奴隷時代の土地を買い取ろうとする弟ボーイ・ウィリーとの軋轢を描いた家族劇で，ウィルソンは本作によって2度目のピューリツァー賞を受賞する．

ピアノに刻まれた家族の肖像（第1幕）　1936年のピッツバーグ．鉄道のコックで精神的に世間とは距離を置いている47歳のドーカー（Doaker）は，35歳になる姪のバーニース（Berniece）と彼女の娘で11歳のマレーサ（Maretha）と同居している．30歳のボーイ・ウィリー（Boy Willie）は，友人ライモン（Lymon）を連れて，トラック一杯のスイカを売りさばこうと南部からやってくる．二人は白人農園主サター（Sutter）の死に祝杯をあげようとしている．ボーイ・ウィリーは，スイカと遺産のピアノを売って，祖先が奴隷労働させられていた土地を買い取ろうとしていた．しかし，バーニースはサターの亡霊に怯え，ピアノを手放そうとしない．ドーカーは家族に伝わるピアノについて語り始める．このピアノはサターがドーカーの父親と祖母を他の農園主に売り渡した際に，その代金として受け取ったものであった．ドーカーの祖父はピアノの脚に，トーテムポールのように家族の肖像を刻み込んだのだ．後にドーカーの兄はピアノを盗み出すが，白人に捕まり，イエロー・ドッグ線の貨車の中で焼き殺されてしまう．またボーイ・ウィリーとライモンがバーニースの夫を巻き込んで木材を盗もうとした際，彼は保安官に射殺されたことが明かされる．

悪魔祓いの呪文（第2幕）　ボーイ・ウィリーとライモンは白人にスイカを売りつけて意気揚々と帰ってくる．ドーカーの兄弟ワイニング・ボーイ（Wining Boy）は，ライモンに女性を虜にする魔法のスーツを買い取らせることに成功する．牧師のエイヴリー（Avery）は教会建設の夢を語り，バーニースに求婚する．バーニースは，ボーイ・ウィリーがサターを井戸に突き落として殺害したと思っており，エイヴリーにサターの霊を彼女の家から追い払うよう懇願する．ボーイ・ウィリーは魅力的な女性グレイス（Grace）を家に連れ込もうとするが，バーニースに拒絶される．ライモンは魔法のスーツの効能をバーニースで試してみる．一方ボーイ・ウィリーは白人との間でピアノ売却の商談をまとめて，引き渡しの準備に取りかかるが，バーニースは銃を持ち出して，ボーイ・ウィリーを制止する．その時，突然サターの霊が暴れ始めたので，エイヴリーは祈祷してピアノに水をふりかけるが，効果はない．バーニースは古い記憶を呼び覚まし，ピアノを弾き始め，歌いだす．突き動かされるような歌は悪魔祓いの呪文のようになり，一陣の風が吹き抜けると，家の中は静けさを取り戻す．ボーイ・ウィリーは，「あんたとマレーサがピアノを弾き続けなければ，わからねぇけど，俺もサターも戻ってくるかもな」（… if you and Maretha don't keep playing on that piano…ain't no telling…me and Sutter both liable to be back.）と言うと，ワイニング・ボーイと共に故郷に向かう汽車に乗るために去って行く．　　　　　　　　（増田）

◇重要作品◇

偶然の音楽　*The Music of Chance*（1990）

ポール・オースター　長編小説

偶然か運命か　カフカやベケットと比較されるオースターが，偶然に翻弄される二人の男の閉鎖空間での不条理で奇妙な体験を，形而上学的な思索を通じて描いた作品．偶然という創作技法では稚拙とされる要素を，随所に意図的に配置している．予測不能な偶然がちりばめられた世界は，奇妙な有機的繋がりを生み出し，音楽のように統一的な予定調和の運命性を感じさせるようになる．偶然とは運命という必然的で巨大な力なのか，解釈が生むパラノイアなのか．感情を排した簡素な文章で現実世界を寓話化し，謎を残したまま物語を終わらせ，登場人物を突然退場させる．ポストモダン色の強いシュールでトリッキーな展開は初期オースターの集大成でありながら，ストーリーテリングの成熟に新しさが見られる．

流転する禍福　ジム・ナッシュ（Jim Nash）は妻に去られたのち，転がり込んだ遺産でサーブの新車を買い，クラシック音楽を聴きながらアメリカ中を旅する途中，ジャック・ポッツィ（Jack Pozzi）という若者を拾う．ポッツィは前夜ポーカーの勝負中に強盗に押し入られ身ぐるみ剥がされ，ポーカーの相手からはその一味と疑われ袋叩きにされたという．ポッツィは2日後にフラワーとストーンという，数年前宝くじを当てた成金だが，ポーカーはど素人のカモと勝負する．ナッシュは儲けを折半するという条件で資金の1万ドルを出す．屋敷のストーンの部屋には「シティ・オブ・ザ・ワールド」と名付けられたミニチュアの町が，フラワーの部屋には奇妙ながらくたのコレクションがあった．ポーカーの勝負はポッツィが順調に勝ち続ける．ナッシュはトイレに立ったついでに，ストーンの部屋でミニチュアの町から宝くじが当たって大喜びするストーンとフラワーの人形を引っこ抜く．部屋に戻るとポッツィは突然負け続け，有金全部巻き上げられる．1万ドルの借金をして一発逆転の勝負をするが負けてしまい，借金のかたに車も取り上げられた二人は屋敷の周りに石を積んで壁を築く仕事をして借金を返すことになる．

爆音で鳴る音楽　ようやく解放される目処がついた日のパーティに，何でも用意してやるというフラワーの意外に鷹揚な態度に甘えて，ポッツィは売春婦を呼ぶ．ところが翌日，飲食費や売春婦の代金までが請求されてくる．ナッシュは逃亡計画を考えたすえ，ポッツィだけを逃亡させる．だが明くる朝，ナッシュはひどく殴られて瀕死のポッツィを発見する．使用人のマークス（Murks）がポッツィを病院に連れて行く．その間にナッシュも逃亡を謀るが，昨晩フェンスごしに掘った穴も埋められていた．ポッツィに重傷を負わせたのはマークスとその義理の息子フロイド（Floyd）に違いない，解放されたら警察に行こうと決心し，彼は一人で黙々と石を積み上げる．すべての返済が終わる日，マークスに飲みに誘われたナッシュはフロイドに，帰りの運転をさせてほしいと頼む．かつての愛車の運転席に座り，音楽のボリュームをあげ，猛スピードを出す．驚いてラジオを切ったマークスに抗議したナッシュが視線を前に戻すと，正面からヘッドライトが近付いてくる．ナッシュは思い切りアクセルを踏み込み，目を閉じる．

(齋藤)

◇重要作品◇

エンジェルス・イン・アメリカ—国家的テーマに関するゲイ・ファンタジア
Angels in America: A Gay Fantasia on National Themes (1991/92)
トニー・クシュナー　戯曲（2部）

アメリカ史の問い直し　第1部「ミレニアム」（Millennium Approaches, 91），第2部「ペレストロイカ」（Perestroika, 92）から成り，数々のワークショップや公演の後，93年にブロードウェイで上演．80年代のレーガン時代のニューヨークが舞台で，ゲイ，エイズを切り口に，20世紀のアメリカを多層的かつ根底的に問い直そうとする．重いテーマだが，天使の登場などの奇想とゲイ・コミュニティーの軽妙な語り口が印象を軽くしている．

エイズを発症したWASPのゲイ，プライアー（Prior）とパートナーのルイス（Louis），モルモン教徒で弁護士のジョー（Joe）と妻ハーパー（Harper），冷戦下でローゼンバーグ（Rosenberg）夫妻を死刑に導いた政治界の黒幕ロイ・コーン（Roy Cohn, 86年にエイズで死亡）をめぐる複数の物語が同時進行し，絡み合い，複雑な幻想譚を織りなす．20世紀にアメリカが作り上げた国家像，「正義と愛と寛容な精神に満ちたアメリカ」は単なるイメージでしかなく，「多様な個人」からなる「ラディカルな民主主義」という本来のアメリカの理想と現実の間の絶望的な距離を明らかにする．しかしこの戯曲には，「アメリカン・ドリーム」へ安易に逃避することなく，その現実，苦渋を見つめ，受け入れ，そこから新たな人間観，「命」に基づく新たな価値基準，人間関係を作り直そうとするクシュナーの固い決意が見て取れる．ピューリッツァー賞，トニー賞，ニューヨーク劇評家賞など受賞．

天使の告知（第1部）　プライアーがエイズを発症したことで狼狽するパートナーのルイスは，罪悪感を抱きながら彼のもとを去る．プライアーは孤独のなか，日々進行する病状にパニックに陥る．一方ルイスは職場の市役所で知り合ったジョーと関係を深めていく．ジョーは敬虔なモルモン教徒で，理想に燃える若き弁護士だが，妻ハーパーとの関係は不安定で，彼女は薬物依存症になっている．原因の一つはジョーがゲイでありながら，その事実を自分で受け入れられないことにあった．ジョーはルイスとの出会いで，その事実を受け入れ，母親に電話でその事を告白する．刻々と迫る死の恐怖のなか，プライアーは夢の中に現われた天使から，「預言者」であることを告げられ，第1部は終わる．

新たな生（第2部）　病院にいるプライアーは再び現われた天使に天国へ連れて行かれ，そこに留まるか，預言者として地上に戻るかの選択を迫られる．苦痛と悲惨にまみれた地上だが，彼は「人間として生きる」ことを望む．第1部で崩れたそれぞれの関係が修復されることはないが，第2部の最後では，各々が「生」の新たな局面を受け入れる．4年後，主な登場人物がセントラル・パーク，ベセスタの天使像の前で，89年に始まった世界の変化について語り合っている．それを背景にプライアーが語る．「この世界は回転しながら前に向かっています．僕たちはその市民になるでしょう．その時が来たのです……皆さんに祝福を，もっともっと命を．偉大な仕事が始まったのです」（The world only spins forward. We will be citizens. The time has come. . . . And I bless you: *More Life*. The Great Work Begins.）　　　（水谷）

◇重 要 作 品◇

オレアナ　*Oleanna*（1992）

デイヴィッド・マメット　戯曲（3幕）

**勝敗のない　** この作品の持ち味は，善人と悪人，勝者と敗者，といった紋切り型の偽善的な
セクハラ劇　判断を拒む仕掛けにある．登場人物は二人きりで，二人の会話に割り込む電話が，コーラスの役割を果たすと作者は語っている．二人のどちらに視点を置いて見るかは，観客に委ねている．そのために，観る側の男女の性差や社会的地位などにより，いずれか一方の論理に加担し，公平な判断が困難になる芝居である．

日常に潜む無　大学教授ジョン（John）の研究室．ジョンが電話で妻と新居の相談をしてお
意識（第1幕）　り，女子大生キャロル（Carol）が待っている．彼女はジョンの授業の受講生で，授業についていけない悩みを相談しに来た．彼女はノートを克明に取り，ジョンの著作も読むのだが，難しい言葉が多すぎて理解できないと言う．ジョンは同情するものの，その実当面の関心は新居と大学での終身在職権（tenure）を取得できるかどうかであった．彼は現在，候補者として資格審査委員会にかけられている．キャロルは自分を卑下するので，ジョンは自分が子どものころ抱いていた劣等感のことを話し，教育体制を批判し，彼女をなだめる．会話中に何度も妻から電話が入り，そのたびに会話は中断される．なぜ帰らないのかと問うキャロルに，ジョンは「君が好きだから」と答える．ジョンは何回か研究室に来ればAをやろうと言い，彼女に味方するつもりで，大学教育の欠陥や価値について批判的な意見を述べる．ノートを取りながら話を聞くキャロルを慰めるつもりで，ジョンは彼女の肩に手を置く．

ハラスメン　1ヶ月後の研究室．キャロルは終身在職権の資格審査会へ，ジョンが資格不適任
ト（第2幕）　者であるという意見書を提出した．1幕とは逆にジョンが「理解できない」という言葉を繰り返す．キャロルは克明に取ったノートを証拠に，ジョンがあらゆる差別主義者，権力主義者であり，高等教育を受けようとする学生を侮辱していると主張し，研究室でのジョンの行動がハラスメントだと言う．ジョンは話し合いで解決しようとするが，彼女は審査会での解決を主張する．大学教授と劣等生の立場は完全に逆転し，終身在職権のかかっているジョンは焦る．出て行こうとするキャロルを，ジョンは実力で阻止する．

埋まらない　2日後の研究室．ジョンはキャロルが提出した報告書を幾度も読み返し，再び彼
溝（第3幕）　女を研究室に呼ぶ．彼はすべてが誤解だと必死に弁解する．キャロルはジョンの著作を「大学を代表する著作リスト」から外すなら，審査会への報告を取り下げると言う．そこに弁護士から電話が入り，前回研究室を出ようとした彼女を力で阻止した一件で，刑事告訴するという．州法では暴行と強姦未遂に相当するとキャロルは言うのだ．家庭崩壊の危機にさらされたジョンは，ついにキャロルを床に倒し，椅子を頭上に持ち上げ，鬱積した憤懣を晴らそうとするが，口を突いて出た言葉は明らかに性的に女性を侮辱する言葉であった．彼は椅子を下ろして，机の書類の整理を始める．キャロルは床にうずくまり，「そう，それでいい」（Yes. That's right.）とつぶやく．そして自分にも同じ言葉をつぶやく．　　　　（逢見）

◇重要作品◇

死の記憶 *Mortal Memory*（1993） **夏草の記憶** *Breakheart Hill*（1995）
緋色の記憶 *The Chatham School Affair*（1996）
夜の記憶 *Instruments of Night*（1998）

トマス・クック　長編小説

記憶四部作　各作品間の内容につながりは一切ないが，登場人物の記憶を辿ることで，過去の事件に隠された真実を暴くという作風の集大成的作品を意図的に連発し，クックが自身のキャリアに一区切りをつけようとしたことは明らかだ．各作品とも共通して，現在は大人になった主人公の視点から過去の回想が語られる．中でも『夏草』と『緋色』は，ノスタルジアに溢れ，少年時代の瑞々しい思い出が，映画のカットバックを思わせる鮮烈な手法で描かれていて，特に読みやすい．

『死の記憶』建築士スティーヴ（Steve）は，当時9歳だった35年前に起こった殺人事件を回想する．雨の降るその日の午後，彼の母と兄姉が射殺される．犯人は父親だった．父親はそのまま失踪し，スティーヴは今日までその時の記憶を意識の底に押し込めて暮らしてきた．そんなスティーヴに，ある日レベッカ（Rebecca）という美しい女性が訪ねてくる．彼女は「自分の家族を殺した男たち」というテーマで本を書くため，取材にやってきた．レベッカの訪問をきっかけに，スティーヴの忌まわしい記憶が蘇りはじめる．なぜ父は家族を殺したのか？　やがてその真相が明らかになってゆく．

『夏草の記憶』主人公はアラバマ州北部の田舎町で医師をしているベン・ウェイド（Ben Wade）．名医として町の尊敬を集めている．彼は30年以上前のハイスクール時代の出来事の記憶を今だに引きずっている．1960年代．内気で人付き合いの苦手だったベンが転校生の美少女ケリー・トロイ（Kelli Troy）と出会い，互いに意識しあうようになる．しかし北部から転校してきた彼女は，人種差別反対を訴え，町の人々の反感を買っていた．そしてある日，町の外れのブレイクハート・ヒルで，無残な姿となったケリーが発見される．まもなく犯人は逮捕され，事件は片付いたように思えた．しかし，ただ一人真相を知るベンだけが，その時の記憶に苦しめられていた．

『緋色の記憶』1920年代後半のケープコッド（Cape Cod）．ある田舎町で起こった事件を，主人公の老弁護士が少年時代の昔を回想して語る．ある夏の日に，新任の美しい女教師が町にやってくる．緋色のブラウスを着た彼女が，同僚の妻子持ちの教師を愛してしまうことから悲劇は始まった．

『夜の記憶』売れっ子ミステリ作家ポール・グレイヴズ（Paul Graves）は，少年時代に両親を事故で亡くし，その直後，目の前で姉を殺された．その体験を自分の小説で描き，19世紀のニューヨークを舞台にした犯罪小説を次々にヒットさせていた．ある時，作家としての想像力を見込まれ，ある女性から50年前に起こった事件の謎の解明を依頼される．さまざまな仮説を組み立て，事件の真相に迫ってゆくポール．しかしそれは同時に自らの封印した過去の記憶を再び蘇らせることになっていった．

（齋藤）

◇重要作品◇

幸せの背くらべ　*Three Tall Women*（1994）
エドワード・オールビー　戯曲（2幕）

ある痴呆老人の幻想　オールビーの序文によると，主人公Aのモデルは彼の養母である．養子として育てられたオールビーと養母の間には確執があり，その関係が改善されることはなかったが，この作品は養母への復讐を意図したものではなく，人生を作品の素材として，ユーモラスで哀しい痴呆老人像を創造している．第1幕ではAの周りで起きている実際の状況を扱い，第2幕では危篤状態にあるAの意識の流れを再現している．

老いの現実（第1幕）　ある昼下がり，いかにも富豪の未亡人らしい寝室．この屋敷の女主人Aは，老齢のために耳が遠く，物忘れもはげしく，寝たきりだが，きちんと化粧をし，髪型も整え，マニキュアから服装に至るまで，女性としての身だしなみを忘れない．しかし性格は独善的で横柄である．その傍らには，Aを介護し，世間話から下の世話までする52歳の家政婦Bが控えている．普段なら二人きりの寝室に，その日は訪問者がある．契約書類の確認のために，法律事務所から派遣された26歳の若い女性Cである．三人の女性はともに背が高い．

未亡人Aは，自称91歳．自分の年齢の根拠として，自分よりも30歳年下の男の存在をほのめかして，しきりに日付を気にする．Aはその男を待ちわびながらも，その一方で避けがたく近づきつつある死を意識している．しばらくは家政婦Bが痴呆症のAを介護する様子がユーモラスに展開する．Bは，まだ若いCに，老いと死について語る．「若い時に始めなさい．残された時間は僅かしかないことを知りなさい．私たちは，生まれた瞬間から，死に向かっているのよ」(Start in young; make 'em aware they've got only a little time. Make 'em aware they're dying from the minute they're alive.) やがて，亡くなった夫との乗馬のこと，母親の躾のこと，妹との都会暮らし，家出した一人息子のことなど，Aの思い出話は延々と続き，聞き役に徹するBとは対照的に，速やかに仕事を済ませたいCは苛立ちを募らせる．Aは，妹や母親との確執や息子のことを語るうちに発作を起こし，そのまま意識を失い，危険な状態に陥り，第1幕は終わる．

意識の世界（第2幕）　前幕と同じ服装をしたAのマネキンがベッドに横たわっている場面から始まる．やがて，BとCが現われて話を交わす．そこへ綺麗な薄緑色のドレス姿のAが現われ，2人の会話に加わるとき，BとCはAの分身となる．こうして，危篤に陥ったAの意識の流れが舞台で再現される．Cは結婚前の娘時代のA，Bは熟年時代のA，そして死期を迎えた現在のAという異なる時点の視点で，Aは自らの人生を客観的に分析し整理してゆく．一体どの時代が幸せなのか，Aの分身たちは様々な過去を呼び出して喜んだり悲しんだりして，互いに幸せについて吟味を重ねる．そして，いよいよ死のときを迎えたAは，1つの結論に達する．「一番幸せなときはね，人生がすっかり終わったとき，命の終わりのとき，命の終わりを迎えられるとき」(That's the happiest moment. When it's all done. When we stop. When we can stop.)

（逢見）

◇重要作品◇

グリーンマイル　*The Green Mile*（1996）

スティーヴン・キング　長編小説

期待を煽る刊行形式　安価なペーパー・バックを毎月1冊全6冊刊行する分冊形式で発表．危機一髪のシーンや意味深長な一言で終わるそれぞれの巻のラストは，その後の展開への読者の期待を煽る．死刑と冤罪という重いテーマを中心に据えながら，立場を越えて人間が築く信頼の美しさや，人が生きてゆくのに背負う罪に真摯に向き合う誠実さが生む奇跡が，ラストに静謐な感動を呼ぶ．『ショーシャンクの空に』の監督フランク・ダラボンによって1999年，映画化された．

不思議な囚人　メイン州立コールド・マウンテン刑務所死刑囚専用棟．死刑囚が電気椅子に向かう緑の通路は「グリーンマイル」と呼ばれていた．現在老人ホームで余生を送る元看守主任ポール・エッジコム（Paul Edgecombe）は，そこで出会った老女エレイン（Elaine Connelly）に，生涯最も忘れがたい出来事を回想する．1932年，双子の少女の強姦殺人容疑で死刑宣告を受けた臆病で穏和な性格の黒人の大男ジョン・コーフィ（John Coffey）が収容される．死刑囚ドラクロア（Delacroix）の独房には人懐こく，芸達者なネズミが訪れ，ミスター・ジングルズ（Mr. Jingles）と名づけられる．狂暴な死刑囚ウォートン（Wharton）の騒動で，ポールは持病が痛みだし廊下にうずくまる．コーフィが鉄格子から伸ばした手をつかむと，ポールの病はすっきり治ってしまう．コーフィーの口からは黒い小さな羽虫が大量に飛び出し，消えてゆく．陰湿な看守パーシー（Percy）に踏み潰されたミスター・ジングルズも，コーフィは不思議な力で元気な姿に戻す．

奇跡を殺した罪　ポールはコーフィが逮捕された時少女の死体を抱えていたのは，不思議な力で少女を生き返らせようとしていたのだと，無実を確信する．ポールは仲間の看守たちと協力してコーフィを連れ出し，刑務所長の妻の病を癒してもらう．この時コーフィは羽虫を吐き出さず，体の中に留めて刑務所に戻り，パーシーの中に吹き込む．パーシーは茫然として独房のウォートンを銃で撃ち殺す．ウォートンの記憶が見えたと言うコーフィの手をポールが握ると，ウォートンが少女を惨殺する光景が流れ込む．コーフィは無実だった．しかし何の証拠もないポールたちにコーフィを救うすべはなかった．処刑2日前の夜，ポールたちは映画を観たことがないコーフィのために，刑務所のホールで映画を上映する．初めて観る映画にコーフィは無邪気に笑い，泣く．処刑当日．少女の遺族がコーフィを罵る中，真実を知るポールたちはやりきれない気持ちで電気椅子の準備をする．スイッチを入れる合図を出す前，ポールは最後にコーフィと握手をする．すべてを語り終えたポールは秘密の小屋にエレインを案内する．そこには年老いてよたよた歩く一匹のネズミ——もう芸をする元気はなかったが，まぎれもなくミスター・ジングルズ——がいた．コーフィに命を吹き込まれたおかげで，ポールとミスター・ジングルズは異常に長生きするようになった．しかしそのおかげでポールは仲間の死を何度も見届けなくてはならなくなった．ポールはそれを神が産みだした奇跡を殺してしまった罰なのだと静かに語る．

（齋藤）

◇重要作品◇

アンダーワールド　*Underworld*（1997）

ドン・デリーロ　長編小説

廃棄物と核爆弾　廃棄物と核爆弾をひと組のテーマに，冷戦時代を万華鏡のように描いた800頁を超える年代記．大量消費主義の果てに増え続けるゴミに埋もれてゆく現代社会と，地下社会のように駆け引きと政治的陰謀が渦巻くアメリカ史の両者が，タイトルに巧みに結晶化されている．40年に亘る冷戦期という大きな時代の全体像を描ききるために，断片的なエピソードをジグソー・パズルのように配することで，巨大な全体像を多面的な角度で立体的かつ流動的に把握できるように作品を構築している．貿易センタービルと，教会の屋根の十字架が重なった表紙の写真は，今となってはあまりにも象徴的だ．

様々なシンクロニシティ　物語は1951年10月3日のニューヨーク・ジャイアンツとブルックリン・ドジャーズのプレーオフ第3戦の場面から始まる．この試合を観戦していたFBI長官J・エドガー・フーヴァー（J. Edgar Hoover）のもとに，ソ連の核実験成功の報告がもたらされる．一方ジャイアンツの優勝をきめた，ボビー・トムソン選手の放ったホームランボールは，黒人少年コッター（Cotter）が手に入れ，このボールを巡る変遷が物語の一つの軸となる．Part Iでは1992年，廃棄物処理会社の重役ニック・シェイ（Nick Shay）の姿が紹介され，Part IIでは1980年代中盤から1990年代初頭にかけ，10のエピソードが連作形式で描かれる．ニックの妻マリアン（Marian）や，同僚ブライアン（Bryan）など，主要な人物が次々と登場し，その直接／間接的関係が徐々に明らかになっていく．Part IIIでは40代になり廃棄物処理会社に転職した1978年のニックの姿が描かれる．有害な産業廃棄物や放射性物質を扱う産廃業の実情，ノウハウ，業界の内幕が明かされる．Part IVでは，1974年，ニューヨークで廃棄物を利用した作品を造る芸術家クララ・サックス（Klara Sax）が描かれる．Part Vでは1950-60年代にかけて，虚実入り混じった様々な出来事が年月日を明記して断片的に記述される．コメディアンのレニー・ブルース（Lenny Bruce）が米ソ対立による核戦争の恐怖をネタにしたステージ，ホームランボールの所有者の親子など，点と点を結ぶ周辺的エピソードが描かれる．

獲得されたエントロピー　Part VIでは，1951年秋から1952年夏．ニックと弟マット（Matt），二人の恩師ブロンジーニ（Bronzini）とその妻クララの四人の姿が描かれる．一見平穏に見えながら，それぞれの関係は少しずつ軋んでゆく．そしてエピローグは90年代．ニックは同僚ブライアンと共に，地下核実験の視察でカザフスタンを訪れている．視察と懇親会の後，核実験の放射能汚染によって生まれた障害児が暮らす施設や博物館に足を運び，その実態を目のあたりにする．帰国後，歳月は流れ，廃棄物産業もテクノロジーもますます発展し，ありとあらゆる存在と情報がウェブで繋がり，世界はヴァーチャル化していく．

【名句】In our case, in our age. What we excrete comes back to consume us. (Epilogue)「我々の場合，我々の時代では，我々が排出したものが，今度は我々を消費しに戻ってくるのだ」（エピローグ）

（齋藤）

◇重要作品◇

紙葉の家　*The House of Leaves*（2000）

マーク・ダニエレヴスキー　　長編小説

論理化され　原書にして736頁．紙の束によって築かれた巨大な伽藍がそびえ立つかのよう
た不条理　な圧倒的な小説である．我々の住む世界は言語が綴られた紙の束で作られているかのような錯覚を引き起こす．夢野久作がクラフト・エヴィング商会に製本を頼んで『ドグラ・マグラ』を作ったらこうなりました，といった感じの冷静な論理的悪夢．

三重の入　ある屋敷を8ミリカメラで素人風に撮影した映画群『ネイヴィッドソン記録（レコード）』に
れ子構造　基づいて，ザンパノ（Zampano）という老人が自らの考察を綴った『ネイヴィッドソン記録』を，ジョン・トルーアント（John Truant）という男が発見，編集したという三重の構造が基本となっている．映像版『ネイヴィッドソン記録』は，セントルイス出身のピューリツァー賞受賞フォトジャーナリスト，ウィル・ネイヴィッドソン（Will Navidson）の手によって撮影される．彼の一家は1990年，ヴァージニア州シャーロッツヴィルに1720年以来そびえる古い屋敷に引っ越してくる．しばらくして，屋敷の様子がおかしいことに気付く．なんど屋敷の外部を測量しても，内部の測量結果と釣り合わない．それどころか，内部の方が外部より大きい結果がでてしまう．見たこともない扉や階段がいつのまにか出現し，その場所がいつも変化する．扉の向こうの廊下や階段はいくら進んでも終わりが見えない．しかも探索を繰り返すたびにその迷宮構造は複雑化し，遭難しかけるほど広がってゆく．そしてついにその家は家族を呑み込む．複雑化する迷宮構造と呼応して，ザンパノの報告書で駆使されるタイポグラフィーも錯綜をきわめ，さらにはトルーアント編集部分のインターテクスチュアリティもますます重層化してゆく．

迷宮はカオ　映像版『ネイヴィッドソン記録』は一つの文化現象を巻きおこし，哲学者ジャ
スの淵へ　ック・デリダや認知科学者ダグラス・ホフスタッター，文学批評家ハロルド・ブルーム，作家スティーブン・キング，映画監督スタンリー・キューブリックにマジシャンのデイヴィッド・カッパーフィールドまでが独自のコメントを寄せる．もちろん作者の創作による架空の発言である．現代最高の知性が，この映像の不可思議を解明しようとする論争が虚実入り混じって創られる．ネイヴィッドソンの映像，ザンパノの論考，トルーアントの編集と注とが整理されずに混沌と入り乱れる．その後には「付録」が続き，膨大な編者への手紙や写真，漫画，古今東西の文学者や哲学者たちからの引用集成，インデックス，そして，ジョン・トルーアントの母親ペラフィーナ・ヘザー・リエーヴル（Pelafina Heather Lièvre）が精神病院から息子に向けて切々と綴った全60頁に及ぶ分厚い書簡集という，テクストとは無関係に思える資料でこの怪奇な書は終わる．

【名句】After all, it is not so large a problem when one can puzzle over an Escher print and then close the book.「エッシャーの絵の複製を見て不思議に思いながらも画集を閉じてしまえるわけで，そこまでは結局たいした問題ではない」

（齋藤）

第 五 部

アメリカ文学史と文学史年表

近世（16世紀）〜現代（21世紀）

◇アメリカ文学史と文学史年表◇

草創期の文学

アメリカ文学のはじまり　イギリス人によるアメリカへの植民の歴史は1607年に始まる．南部ヴァージニア，ジェイムズタウン植民地がそれにあたる．その植民の動機，目的からうかがえる社会状態の中では知的刺激も少なく，文学を生みだす下地は乏しかった．その中で特記すべきものはジョン・スミス（Captain John Smith, 1580-1631）の『ヴァージニア実話』(1608)，『ヴァージニア総史』(1624)，ウイリアム・バード（William Byrd, 1674-1744）の『分水嶺の歴史』(1841年刊行)ぐらいであり，以後アメリカ南部はしばらくの間，文学の世界から遠ざかることとなる．1620年，30年に建設された北部のプリマス植民地，マサチューセッツ湾植民地はイギリス本国での圧政と迫害から逃れてきたピューリタンが中心となるもので，その宗教思想ピューリタニズムはここに根を下ろし，アメリカ人としての国民性の一端を造りあげていくことになる．

　植民の歴史それ自体が，アメリカによせた人々の夢と希望を象徴的かつ具体的に語った叙事詩そのものといえる．新大陸は移民たちの目に「乳と蜜の豊かな土地」「いまだ文明の汚辱を受けない無垢の荒野」として映り，やがてこれは堕落以前のアダムとイヴの憩う汚れなき楽園という「アメリカの神話」へと発展し，後のアメリカ作家たちのテーマにつながっていった．

文学形態　北部ピューリタンは，いわゆる想像の世界にあそぶ文学を空しい営みと考え，文字で書かれたものの価値を，芸術性よりむしろ実利性と結びつけて考えていた．その実利性は，聖書を通し神を賛美し，神の道を教えつつ読者を高め，教育しようという目的と結びついていた．ゆえに純文学とよべるものは少なく，報告文書，歴史書，伝記，日記など散文形式のものが中心であった．特に植民地建設の歴史は，神がいかにしてこの建設を予定し給うかを記すもので，神の摂理を説くと同時に神の御業を讃える公の書物として重要であった．また伝記，自伝，日記はこれを私的な立場から綴ったもので，すべての出来事は神の意志によるもの，そこに神の姿が顕現され，これを記し，伝えることも神への賛美につながり，さらには神の絶大なる力の前におかれた人間の，自己の卑小な姿を自覚する精神的緊張と，自己内省の生活を目指すものにつながったのであった．マザーの『日記』はその典型的なものであり，彼の人間像を知る上で貴重なものといえる．

　読者を教育しようという使命感は，アメリカ最初の大学ハーヴァードの創設（1636），ケンブリッジにおける印刷所の設立（1638），『マサチューセッツ湾植民地賛美歌集』(1640)，『ニューイングランド初等読本』(1683)などの出版といった社会活動にも現われている．こうした中にありながら，ブラッドストリート，テイラーの詩は，一方は人間としての葛藤する内面の姿がうかがわれ，他方は奔放な想像力を駆使し，感性の世界に酔いしれる姿が感じとられ，これらは純文学の萌芽をうかがわせる注目に値する作品といえる．　　　　　（佐藤）

16 − 17世紀 (1560 − 1710)

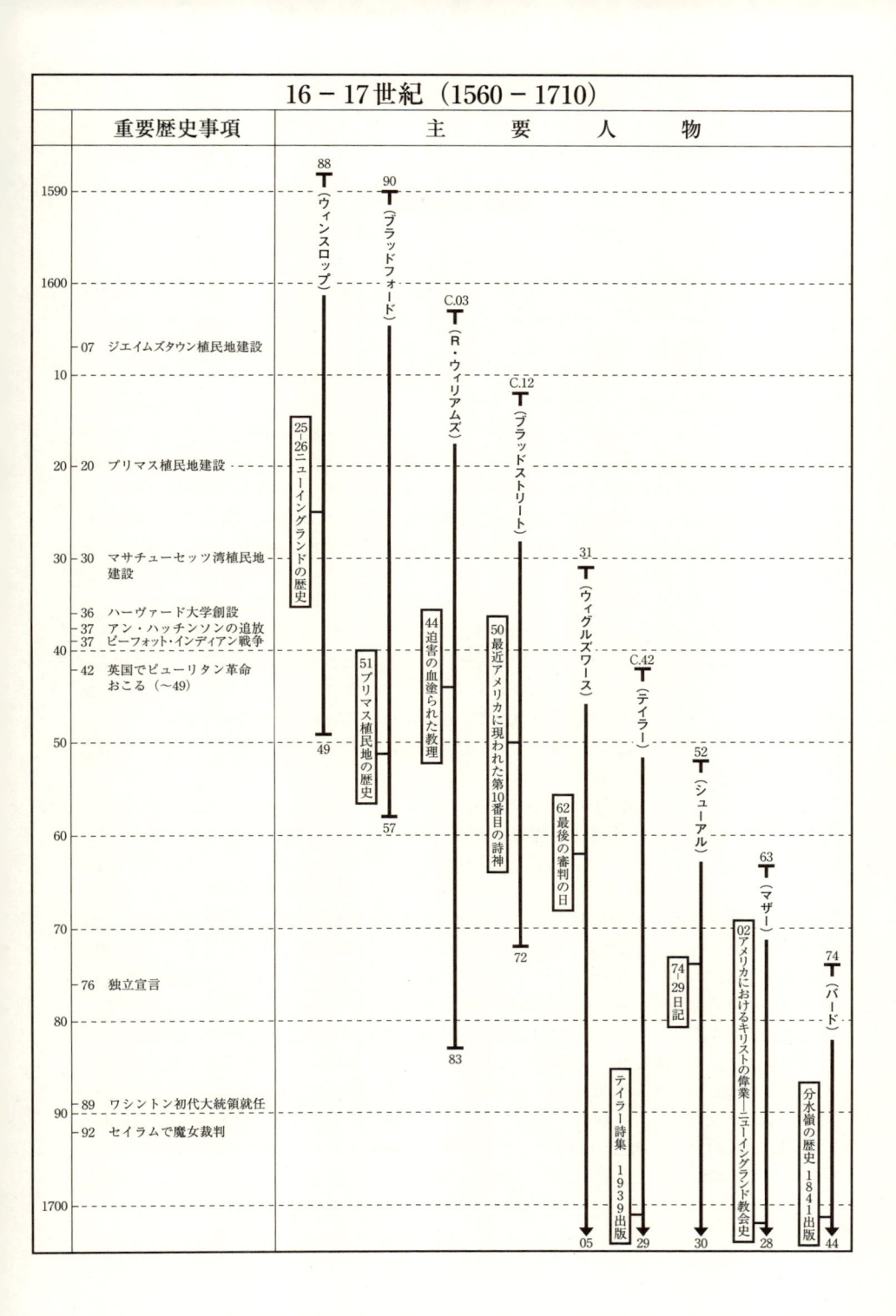

重要歴史事項

- 07 ジェイムズタウン植民地建設
- 20 プリマス植民地建設
- 30 マサチューセッツ湾植民地建設
- 36 ハーヴァード大学創設
- 37 アン・ハッチンソンの追放
- 37 ピーフォット・インディアン戦争
- 42 英国でピューリタン革命おこる (〜49)
- 76 独立宣言
- 89 ワシントン初代大統領就任
- 92 セイラムで魔女裁判

主要人物

- 88–49 (ウィンスロップ) 25–26 ニューイングランドの歴史
- 90–57 (ブラッドフォード) 51 プリマス植民地の歴史
- C.03–83 (R・ウィリアムズ) 44 迫害の血塗られた教理
- C.12–72 (ブラッドストリート) 50 最近アメリカに現われた第10番目の詩神
- 31–05 (ウィグルズワース) 62 最後の審判の日 テイラー詩集 1939出版
- C.42–29 (テイラー)
- 52–30 (シューアル) 74–29 日記
- 63–28 (マザー) 02 アメリカにおけるキリストの偉業—ニューイングランド教会史
- 74–44 (バード) 分水嶺の歴史 1841出版

◇アメリカ文学史と文学史年表◇

国民文学誕生へ

ピューリタニズムの衰退とナショナリズムの高揚　エドワーズの「大いなる覚醒」運動は，ピューリタニズムの復興をめざすものであった．神の至上権の回復と人間の堕落を説くカルヴィニズムの信仰への復帰にほかならない．しかし神の支配を地上に回復しようとするこの運動も時代の趨勢の前には抗することは出来なかった．理神論（Deism）というヨーロッパからの啓蒙思想の到来によりピューリタニズムはやがて衰退の一途をたどる．理神論とは，神は世界の創造主だが，いったん創造された後の世界は神の支配を離れ，人間の理性で判断しうる自然法に従って運行する．神は世界と何ら直接的な関係を持たない．それゆえ，神に寄せる人間の願望は幻想，無意味なものであり，キリスト教教義，たとえば奇跡なども，すべて理性の光に照らして判断すべきだとする宗教観である．この合理主義思想は，やがてフランクリンという新しい時代精神の申し子を誕生させ，新たな価値観をアメリカ社会の中に定着させていく．さらにこれはパトリック・ヘンリー，トマス・ペインたちの革命思想と相まって次第に植民地からの独立の気運は高まり，やがてナショナリズムがいやが上にも人々の生活の中に，また文学の世界にも現われてくる．アメリカ演劇の父とされるロイヤル・タイラーの『コントラスト』（1787）などはその証である．ただこの時代，純文学とよべる作品が乏しかったことは否めない．だがジェファソンの起草した『独立宣書』は，民主主義というその後のアメリカ・ロマン主義文学の根本精神につながる思想の土台をつくりあげたことは見のがせない．こうして革命という激動の波に揺すぶられながら，アメリカはやがて独自の国民文学の創成と成熟へと歩んでいく．

国民文学の興隆　この背景には，1803年，フランスからルイジアナを購入することに始まる国土の拡張，経済発展など，物質的繁栄に伴い人々に生活のゆとりを，やがて心の余裕をもたらしたことが起因とされる．社会の繁栄に伴う人々の心理の変動は，これまで支配的だった神中心の世界観に代わり人間中心のもの，つまり神に支配されるのではなく，人間みずからの努力で運命を切り開けるのだと信ずる楽天的な考え方を生んだ．換言すれば，従来の「限りある自己」は「限りない自己」への認識にとって代わられたといえる．この無限への希求こそ，アメリカのロマンティシズムの基調であり，文学はいち早くこの気風を察知し，イギリスの亜流でない独自の文学を目指そうとする気運を生みだした．だがここに登場する，初めて文学を生業としたブラウン，国際的に名をあげた最初のアメリカ人作家W・アーヴィング，アメリカ詩歌の父とされたブライアントなど，それぞれ独自の文学世界を築いたものの，やはりヨーロッパの伝統という重みの下で，その影響から必ずしも脱することは出来なかったと思われる．そのようななか，クーパーは出発こそイギリス文学を範としながら，『革脚絆物語』に至ってはフロンティアの理想，理想的アメリカ人像の原型という，以後アメリカ文学のテーマにかかわる問題への取り組みが早くも見られる．　　　　　（佐藤）

18世紀 (1700 – 1780)

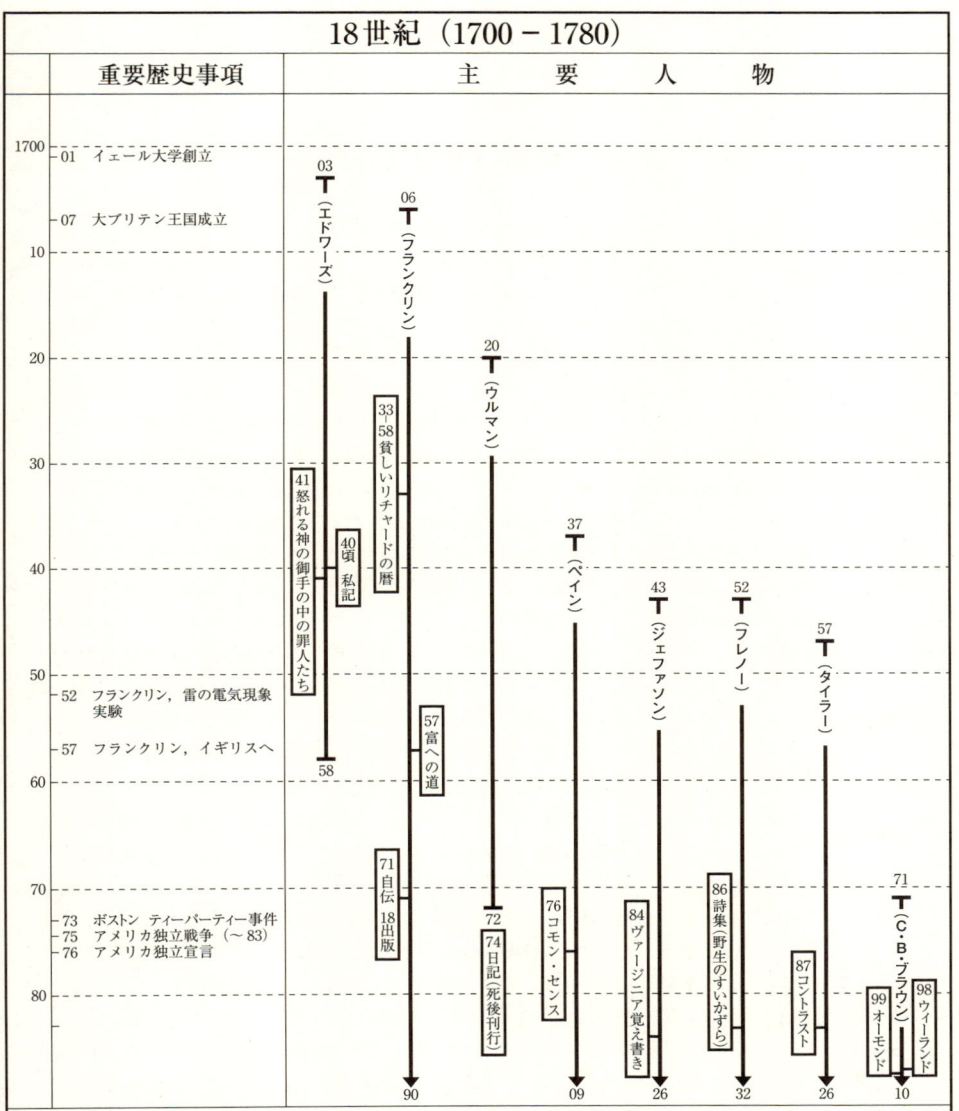

重要歴史事項	主要人物

重要歴史事項

- 01 イェール大学創立
- 07 大ブリテン王国成立
- 52 フランクリン, 雷の電気現象実験
- 57 フランクリン, イギリスへ
- 73 ボストン ティーパーティー事件
- 75 アメリカ独立戦争 (〜83)
- 76 アメリカ独立宣言

主要人物

- 03 (エドワーズ) — 58
  - 41 怒れる神の御手の中の罪人たち
  - 40頃 私記
- 06 (フランクリン) — 90
  - 33-58 貧しいリチャードの暦
  - 57 富への道
  - 71 自伝 (18出版)
- 20 (ウルマン) — 72
  - 74 日記 (死後刊行)
- 37 (ペイン) — 09
  - 76 コモン・センス
- 43 (ジェファソン) — 26
  - 84 ヴァージニア覚え書き
- 52 (フレノー) — 32
  - 86 詩集 (野生のすいかずら)
- 57 (タイラー) — 26
  - 87 コントラスト
- 71 (C・B・ブラウン) — 10
  - 98 ウィーランド
  - 99 オーモンド

年表 (欄外)

コロンブス, 新大陸発見 (1492). アメリゴ・ベスプッチ, アメリカ本土到着 (1497). ヴァスコ・ダ・ガマ, 喜望峰からインドへ (1498). マルチン・ルター, 宗教改革 (1517). コペルニクス, 地動説 (1530). 種子島へポルトガル人漂着, 鉄砲伝来 (1543). ウィリアム・シェイクスピア (1564〜1616). スペイン, フィリピン諸島を占領 (1565). スコットランド女王メアリー, イングランドに幽閉. オランダ独立戦争 (1568). 信長, 天下を獲る (1573). モンテーニュ『随想録』・オランダ共和国 (1580). 教皇グリゴリーⅧ, 暦法を改正. 本能寺の変 (1582). イギリス海軍, スペイン無敵艦隊を破る (1588). 洋式印刷機, 日本に伝わる (1590). 徳川家康, 江戸幕府を開く. 出雲の阿国, 京都で歌舞伎を上演 (1603). ヘンリー・ハドソン, ハドソン川を遡流. オランダ商館, 平戸に設置 (1609). 徳川幕府, 切支丹を禁止 (1612). 大阪夏の陣 (1615). 黒人奴隷, ヴァージニア植民地に入る (1619). メイフラワー号, マサチューセッツ州プリマスに到着 (1620). ガリレイ, 地動説を唱え, 投獄される (1633). ハーヴァード大学創設 (1636). デカルト『方法序説』・島原の乱 (1637). 徳川幕府, 鎖国令 (1639). 魔女狩り・魔女裁判 [英] (1645-47). イギリス軍, ニュー・アムステルダムを占領, ニューヨークと改称 (1664). ロンドン火災 (1666). ニュートン, 微積分法原理発見 (1669). パスカル『パンセ』(1670). ハレー彗星発見 (1682), ニュートン万有引力の法則発見 (1687). セイラムの魔女裁判 (1692).

◇アメリカ文学史と文学史年表◇

アメリカ・ルネサンスの文学

発展する国家　1812年の第2次対英戦争は，アメリカにとっては，いわば，第2の独立戦争に等しい．アメリカはこの戦いでの勝利を機に，政治的だけではなく，経済的にも，自立の道を力強く歩み出す．産業の飛躍的な発展．ニューイングランドでは，南部の原材料を使って，綿産業の工業化が進む．ジャクソニアン・デモクラシーの浸透．1829年，ジャクソン（Andrew Jackson, 1767-1845）が第7代大統領に就任する．ジャクソンは，東部社会の特権階層を嫌い，民衆に深い共感を寄せる．勢いを増す西漸運動．西部はすべての人にとって，機会均等の地である．開拓民がより肥沃な土地を求めて，続々と西に向かう．自然を相手にするのに，家柄，財産，学歴などは不必要である．今，自分に，何ができるか．現在の各自の能力が，まず試される．西部に個人主義が芽生える．

ユニテリアニズム　国力が充実し，自由と平等への動きが加速するなか，人々は新たな精神の支えを求める．人間の理性が信頼される．「理神論」（Deism）から，さらにユニテリアニズム（Unitarianism）へと進展．19世紀になると，ユニテリアニズムはニューイングランドを席巻する．ユニテリアニズムは一位説を唱える．三位のうち，認められるのは父なる神のみ．イエス・キリストはひとりのりっぱな人間に過ぎない．また，ユニテリアニズムは，選民思想に疑義をさしはさむ．みずから選んだ人のみを救うとは，神はあまりに独断的ではないのか．さらに，ユニテリアニズムは，人間を善とする．人間は，神に似せて創られている．生得の罪など，背負っているはずはない．

超絶主義　やがて，人々は，ユニテリアニズムの理性主義に冷たさを感じ，満足を得られなくなる．1830年代，超絶主義（Transcendentalism）が隆盛．両者は，共通点も多いが，宇宙の認識方法に，決定的な違いを見せる．ユニテリアニズムは，悟性，いわば従来の理性で宇宙に接する．超絶主義は，新たな「理性」（Reason）で宇宙と交わる．ここで言う「理性」とは，五感を「超えた」（transcend）「直観」（intuition）のこと．交わるとは，主体を，あくまでも個としての人間に置いてのこと．人間と宇宙との関係は，より流動的，より直接的になる．超絶主義には，カントのドイツ観念論などの影響が見られる．

アメリカ・ルネサンス　こうして19世紀の初頭から中葉にかけて，ニューイングランドでは，新しい思想が生まれ育つ．それと同時に，新しい文学が芽生え，さまざまな形をとりながらいっせいに開花する．1836年の『自然論』を皮切りにして，1850年代には，『緋文字』，『白鯨』，『ウォルデン』，『草の葉』と，次々に傑作が発表される．この時代を，V・W・ブルックスは，「花開くニューイングランド」と呼ぶ．マシセンは，「アメリカ・ルネサンス」と題する．もちろん，それまでのアメリカに，「再生」や「復興」すべき過去があったわけではない．しかし，このまれに見る文芸の興隆，そして，神中心から人間中心への大転換．この時期は，いかにも，ルネサンスと称するにふさわしいのではないか．　　　　（矢作）

18－19世紀（1780－1890）

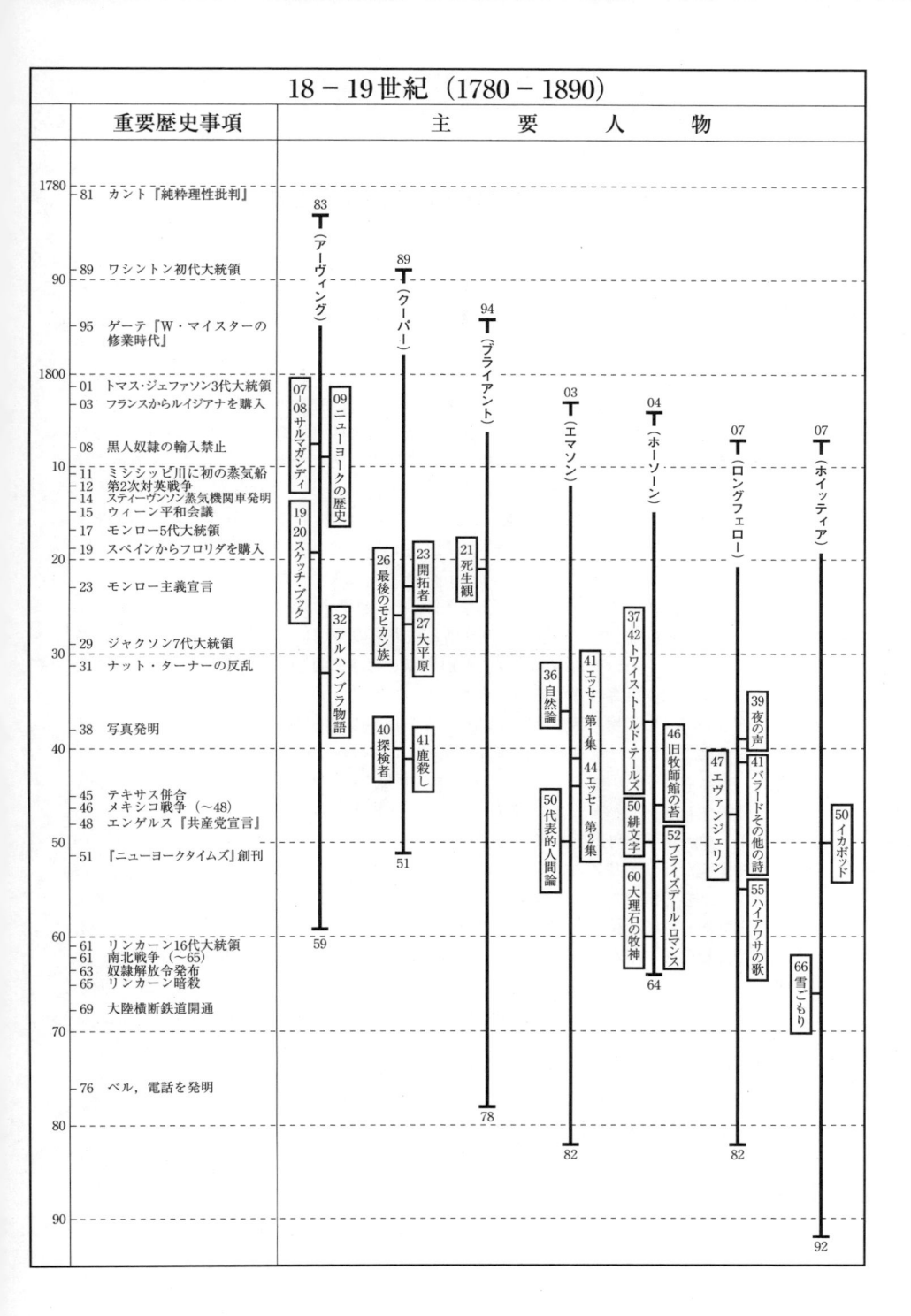

重要歴史事項

- 1780
- 81 カント『純粋理性批判』
- 89 ワシントン初代大統領
- 95 ゲーテ『W・マイスターの修業時代』
- 1800
- 01 トマス・ジェファソン3代大統領
- 03 フランスからルイジアナを購入
- 08 黒人奴隷の輸入禁止
- 11 ミシシッピ川に初の蒸気船
- 12 第2次対英戦争
- 14 スティーヴンソン蒸気機関車発明
- 15 ウィーン平和会議
- 17 モンロー5代大統領
- 19 スペインからフロリダを購入
- 23 モンロー主義宣言
- 29 ジャクソン7代大統領
- 31 ナット・ターナーの反乱
- 38 写真発明
- 45 テキサス併合
- 46 メキシコ戦争（〜48）
- 48 エンゲルス『共産党宣言』
- 51 『ニューヨークタイムズ』創刊
- 61 リンカーン16代大統領
- 61 南北戦争（〜65）
- 63 奴隷解放令発布
- 65 リンカーン暗殺
- 69 大陸横断鉄道開通
- 76 ベル，電話を発明

主要人物

（アーヴィング） 83–59
- 07/08 サルマガンディ
- 09 ニューヨークの歴史
- 19/20 スケッチ・ブック
- 32 アルハンブラ物語

（クーパー） 89–51
- 23 開拓者
- 26 最後のモヒカン族
- 27 大平原
- 40 探検者
- 41 鹿殺し

（ブライアント） 94–78
- 21 死生観

（エマソン） 03–82
- 36 自然論
- 41 エッセー第1集
- 44 エッセー第2集
- 50 代表的人間論

（ホーソーン） 04–64
- 37/42 トワイス・トールド・テールズ
- 46 旧牧師館の苔
- 50 緋文字
- 52 ブライズデール・ロマンス
- 60 大理石の牧神

（ロングフェロー） 07–82
- 39 夜の声
- 41 バラードその他の詩
- 47 エヴァンジェリン
- 55 ハイアワサの歌

（ホイッティア） 07–92
- 50 イカボッド
- 66 雪ごもり

◇アメリカ文学史と文学史年表◇

アメリカ・リアリズムの芽生えと展開

時代背景 南北戦争の結果、政治的には連邦制度、経済的には自由労働と工業化の時代が到来した．産業革命の機械が富と権力獲得を容易にし、政治と道徳の腐敗が進み、文学と趣味は低俗化した．この傾向が特に著しい戦後の四半世紀は、金銭獲得に狂奔した「金めっき時代」と言われている．この呼称はマーク・トウェインとC・D・ウォーナーとの合作で、現実を忠実に描き、諷刺する『金めっき時代』(1873) に由来する．

資本主義の発展は、個人の自由獲得の機会を保証し、生存競争を激化させた．商工業の発達、農業の機械化は都会への人口移動を招き、産業界の大立者の誕生と都市部での無産階級の出現は、自然主義文学の舞台を提供することとなる．

文学に見る変化 機械の出現は現実の正確な把握とリアリズムの精神の芽生えを促した．ボストンの知的貴族の伝統は衰え、科学的人生観、写実性、現代生活が関心の的となる．一方、浪漫的美を追い求める「お上品な伝統」に属する文人たちがいた．

リアリズムへ 戦前のロマン主義から戦後のリアリズムへの過渡期の文学として地方色の文学がある．内戦時の軍隊の移動と鉄道網の発達は、地域の特色を強く意識させることになった．一方、社会の変化は、戦前の姿を急速に消し去る．それ故、現実の忠実な描写と並んで、古き良き時代の名残りを書き留めておこうとする試みが行なわれた．地方色文学に著しい方言の使用、観察と経験に基づく素材への共感は、アメリカ・リアリズム勃興の国内的要因と言える．代表的な作家にニューイングランドの人々の愛憎の対象を描くストウ夫人、ジュエット、ルイジアナのクレオールを描くG・W・ケイブルとケイト・ショパン、西部のブレット・ハートとエドワード・エグルストンらがいる．

トウェインは『赤毛布外遊記』で、偏りなく対象を把握し、まやかしを暴くリアリストの姿勢を打ち出した．リアリズム文学の育成に努めたハウエルズは、ありふれた事物をありのままに描くことを心掛けた．両者はアメリカ語の使用に積極的であった．事件が読者の興味を引く主題であった時代に、心理的主題の面白さを主張したのがヘンリー・ジェイムズであった．ここに動機の精細な分析に基づく心理主義的リアリズムが生まれた．

20世紀に入って作品を発表し始め、滅びゆくものを惜しみつつ、新しい世界に立ち向かったウォートンとキャザーは共に熟知する世界を無駄のない簡素なリアリズムで描いた．

自然主義への移行 ガーランドは『崩れゆく偶像』で、ハウエルズやジェイムズのリアリズムを否定し、外面的事実だけでなく真実を伝えなければならない、と述べてヴェリテイズムを唱道した．クレインやガーランド、ノリスの活躍する頃には、自然主義の傾向が顕著になる．自然主義作家も現代生活の細部を忠実に描く点ではリアリストと変わらないが、遺伝や環境が人間の行動を不可避的に決定づけるというペシミスティックな考え（生物学的決定論）に依っている．そして自然主義文学はドライサーにいたって確立した． （武田）

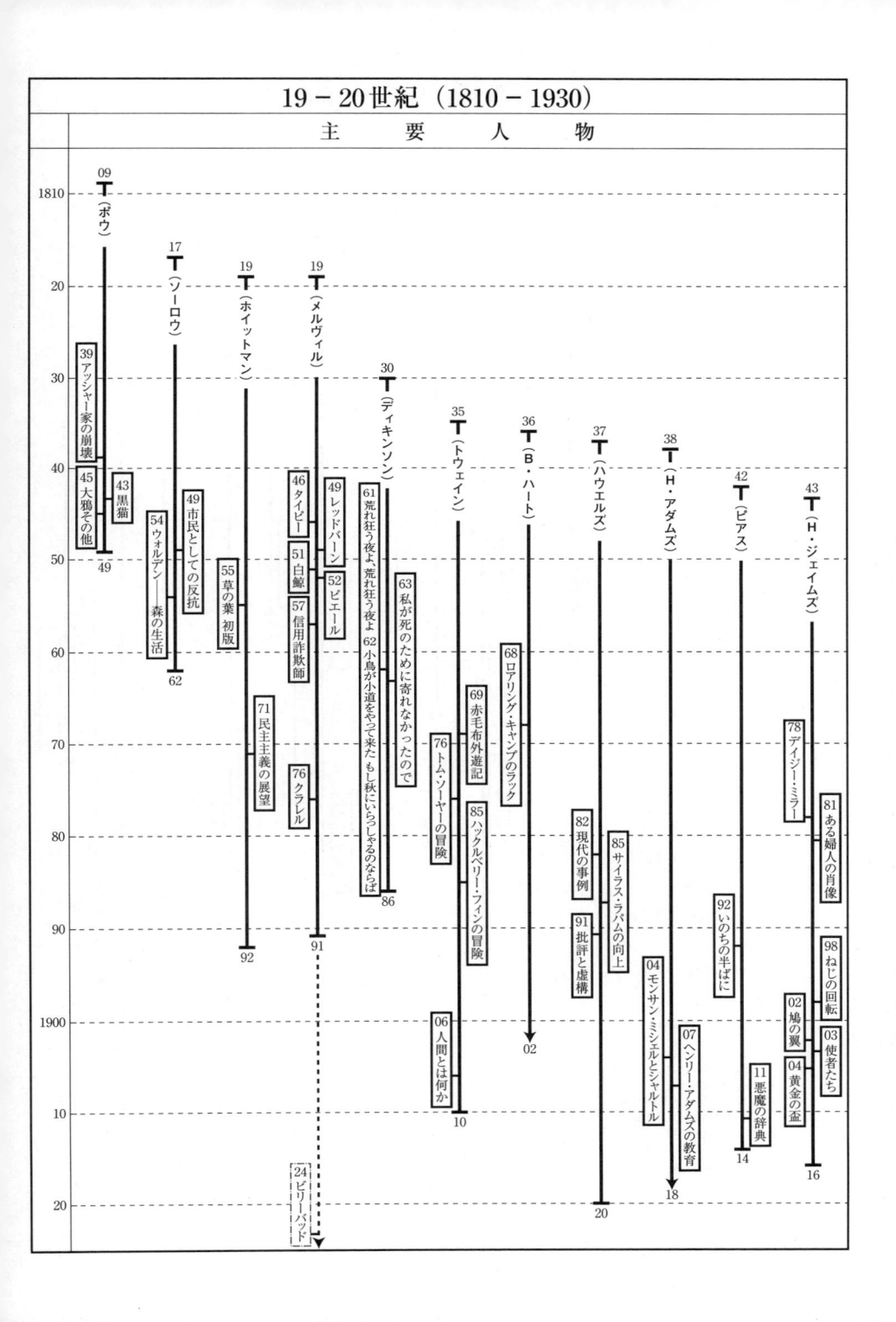

19－20世紀（1810－1930）

主　要　人　物

（ポウ） 09–49
- 39 アッシャー家の崩壊
- 45 大鴉その他
- 43 黒猫

（ソーロウ） 17–62
- 54 ウォルデン――森の生活
- 49 市民としての反抗

（ホイットマン） 19–92
- 55 草の葉・初版
- 71 民主主義の展望

（メルヴィル） 19–91
- 46 タイピー
- 49 レッドバーン
- 51 白鯨
- 52 ピエール
- 57 信用詐欺師
- 76 クラレル
- 24 ビリー・バッド

（ディキンソン） 30–86
- 61 荒れ狂う夜よ、荒れ狂う夜
- 63 私が死のために寄れなかったので
- 62 小鳥が小道をやって来た
- もし秋にいらっしゃるのならば

（トウェイン） 35–10
- 76 トム・ソーヤーの冒険
- 85 ハックルベリー・フィンの冒険
- 06 人間とは何か

（B・ハート） 36–02
- 68 ロアリング・キャンプのラック
- 69 赤毛布外遊記

（ハウエルズ） 37–20
- 82 現代の事例
- 91 批評と虚構
- 85 サイラス・ラパムの向上

（H・アダムズ） 38–18
- 04 モンサン・ミシェルとシャルトル
- 07 ヘンリー・アダムズの教育

（ビアス） 42–14
- 92 いのちの半ばに
- 11 悪魔の辞典

（H・ジェイムズ） 43–16
- 78 デイジー・ミラー
- 81 ある婦人の肖像
- 98 ねじの回転
- 02 鳩の翼
- 03 使者たち
- 04 黄金の盃

19－20世紀（1870－1990）

重要歴史事項

- 90 フロンティアの消滅
- 90 ウーンディドニーの虐殺
- 98 米西戦争
- -14 第1次世界大戦（～18）
- -20 国際連盟成立
- -29 フーヴァー31代大統領
- -29 世界恐慌
- -30 S・ルイス、アメリカ初のノーベル文学賞受賞
- -33 F・ルーズヴェルト32代大統領
- 36-39 スペイン内乱
- -39 第2次世界大戦（～45）
- -45 トルーマン33代大統領
- 50-53 朝鮮戦争
- 50-54 マッカーシズム
- -53 アイゼンハワー34代大統領
- -55 アラバマ州でキング牧師の指導でバスボイコット運動
- -59 アラスカ・ハワイ州成立
- -61 ケネディ35代大統領就任
- -62 キューバ危機
- -63 人権差別反対ワシントン大行進
  ケネディ暗殺
- -63 ベトナム戦争（～73）
- -68 マーティン・ルーサー・キング暗殺
- -69 アポロ11号月面着陸

主要人物

- 51 T（ショパン）
- 60 T（ガーランド）
  - 91 本街道
  - 94 崩れゆく偶像
  - 20 無垢の時代
  - ↓ 40
- 62 T（ウォートン）
  - 05 歓楽の家
  - 11 イーサン・フローム
  - ↓ 37
- 62 T（O・ヘンリー）
  - 87 最後の一葉
  - ↓ 10
- 70 T（ノリス）
  - 99 マクティーグ
  - 01 オクトパス
  - ↓ 02
- 71 T（ドライサー）
  - 00 シスター・キャリー
  - 11 ジェニー・ゲアハート
  - 25 アメリカの悲劇
  - ↓ 45
- 71 T（S・クレイン）
  - 95 赤い武功章
  - ↓ 00
- 73 T（キャザー）
  - 18 私のアントニーア
  - 23 迷える夫人
  - ↓ 47
- 73 T（グラスゴー）
  - 25 不毛の大地
  - 41 私たちのこの人生において
  - ↓ 45
- 74 T（フロスト）
  - 14 ボストンの北
  - 23 ニューハンプシャー
  - 36 彼方なる山脈
  - 42 証しの木
  - ↓ 63
- 76 T（ロンドン）
  - 03 荒野の呼び声
  - 09 マーティン・イーデン
  - 99 目覚め
  - ↓ 04
  - ↓ 16

19－20世紀（1890－2000）

重要歴史事項

- 97 無線電信の発明
- 14 第1次世界大戦（～18）
- 17 ピューリツァー賞創設
- 21 サッコ＝ヴァンゼッティ事件
- 39 第2次世界大戦（～45）
- 45 国際連合成立
- 50 朝鮮戦争（～53）
- 50 マッカーシズム（～54）
- 64 人種差別撤廃法成立 人種暴動（長い暑い夏）
- 66 ストークリー・カーマイクル「ブラック・パワー」提唱 ブラック・パンサー党設立 各地で人種暴動
- 69 ニクソン37代大統領
- 74 ウォーターゲート事件の責任をとってニクソン辞任
- 74 フォード38代大統領
- 77 カーター39代大統領
- 78 カルト集団人民寺院（ピープルズ・テンプル）
- 81 レーガン40代大統領
- 85 フロラザ入港
- 89 ブッシュ41代大統領
- 89 天安門事件　米ソ首脳マルタ会談、冷戦終結宣言
- 90 湾岸戦争　ソ連邦崩壊
- 91 クリントン42代大統領
- 00 ブッシュJr.43代大統領
- 01 同時多発テロ（9.11）

主要人物

- 76 （アンダソン）: 19 ワインズバーグ・オハイオ / 20 貧乏白人 / 25 暗い笑い / 41
- 78 （サンドバーグ）: 16 シカゴ詩集 / 67
- 79 （スティーヴンズ）: 23 ハルモニウム / 35 秩序の観念 / 55
- 83 （W・C・ウィリアムズ）: 23 春とすべて / 46, 48, 49, 51, 58, 63 パターソン / 63
- 85 （S・ルイス）: 20 本町通り / 22 バビット / 51
- 85 （パウンド）: 08 消えた微光 / 20 ヒュー・セルウィン・モーバリ / 25–72 キャントーズ / 54 砂漠の音楽その他 / 55 愛への旅 / 62 ブリューゲルの絵 / 72
- 87 （ムア）: 09 仮面 / 15 中国 / 21 詩集 / 24 観察 / 35 詩選集 / 51 全詩集 / 72
- 88 （エリオット）: 17 プルーフロックその他の観察 / 22 荒地 / 43 四つの四重奏 / 65
- 88 （オニール）: 21 アンナ・クリスティー / 24 楡の木陰の欲情 / 28 奇妙な幕間狂言 / 31 喪服の似合うエレクトラ / 56 夜への長い旅路 / 53

◇アメリカ文学史と文学史年表◇

失われた世代の文学

戦争を体験　ガートルード・スタインは，ある日，ヘミングウェイに言う．「あなた方はみな失われた世代」．この言葉には，幻滅を繰り返す当時の若者の姿が，見事に映し出されている．

　第1次世界大戦勃発の報に接し，若者の多くは，強い衝撃を覚える．世界は発展し，平和になるはずではなかったのか．若者は，戦争に裏切られ，戸惑い，意気消沈する．しかし，ただ，じっとしていただけではない．民主主義や真の平和を取り戻そうと，十字軍さながらに，すすんで戦争に参加する．看護人となり，傷病兵の面倒を見る．武器を手に取り，砂地にまみれて戦う．だが，戦場で実際に目にしたものは，戦争の悲惨さにほかならない．戦争とは，所詮，人間同士の殺戮．「民主主義をもたらす戦争」，「戦争を終わらせるための戦争」，こうした言葉が，いかにも空々しく響く．

「ジャズ時代」　戦争が終わると，若者は，本国アメリカに戻る．折しも，アメリカは，かつてない好景気．戦場にならなかった分，経済は飛躍的に伸びる．まさに，時代は，狂乱の時，「ジャズ・エイジ」（Jazz Age）である．街には車が溢れ，音楽がいっぱいに鳴り響く．毎晩のようにパーティーが催され，夜通し喧騒が続く．こうした光景は，すさまじい戦争体験をしてきた若者には，堪えられない．倫理もなければ，哲学もない．思想もなければ，審美もない．あるのは，ただ物質主義だけ．

国籍離脱　虚しさに襲われた若者は，アメリカを離れ，ヨーロッパへ渡る．だが，結局，ヨーロッパでも，真に求めるものは，充分には見出せない．心に空いた大きな空洞．これを埋めようと，パリのカフェに入り浸る．酒に溺れ，女性と戯れる．ボクシングに興じ，闘牛に現を抜かす．快楽主義に走ることで，虚しさを懸命に忘れようする．

時代の分かれ目　1925年は，アメリカ文学史上忘れられない年である．『アメリカの悲劇』，『グレート・ギャッツビー』と，質の違う優れた文学作品が，時を同じくして出版される．従来の自然主義文学が，『アメリカの悲劇』によって大きく締めくくられ，新たな20世紀文学が，『グレート・ギャッツビー』によって導き入れられる．翌年1926年には，『日はまた昇る』が完成．以後，「失われた世代」の文学が，いよいよ本格的に始動する．

新たな文学　繰り返される幻滅の中，「失われた世代」の作家たちは，生きる充実感を文学に求める．ヘミングウェイ，フィッツジェラルド，ドス・パソス，カミングズらは，スタインのまわりに集まり，文学の可能性を論ずる．従来の価値や伝統を否定し，古さを脱する文学．形式，内容とも，実験的な文学．生の意味を深く問い直す文学．そして，これまでにない，優れた作品を，次々と生み出していく．この動きは，詩や演劇にも及び，ここに「失われた世代」の文学が，大きく実を結ぶ．

（矢作）

19－20世紀（1890－2000）

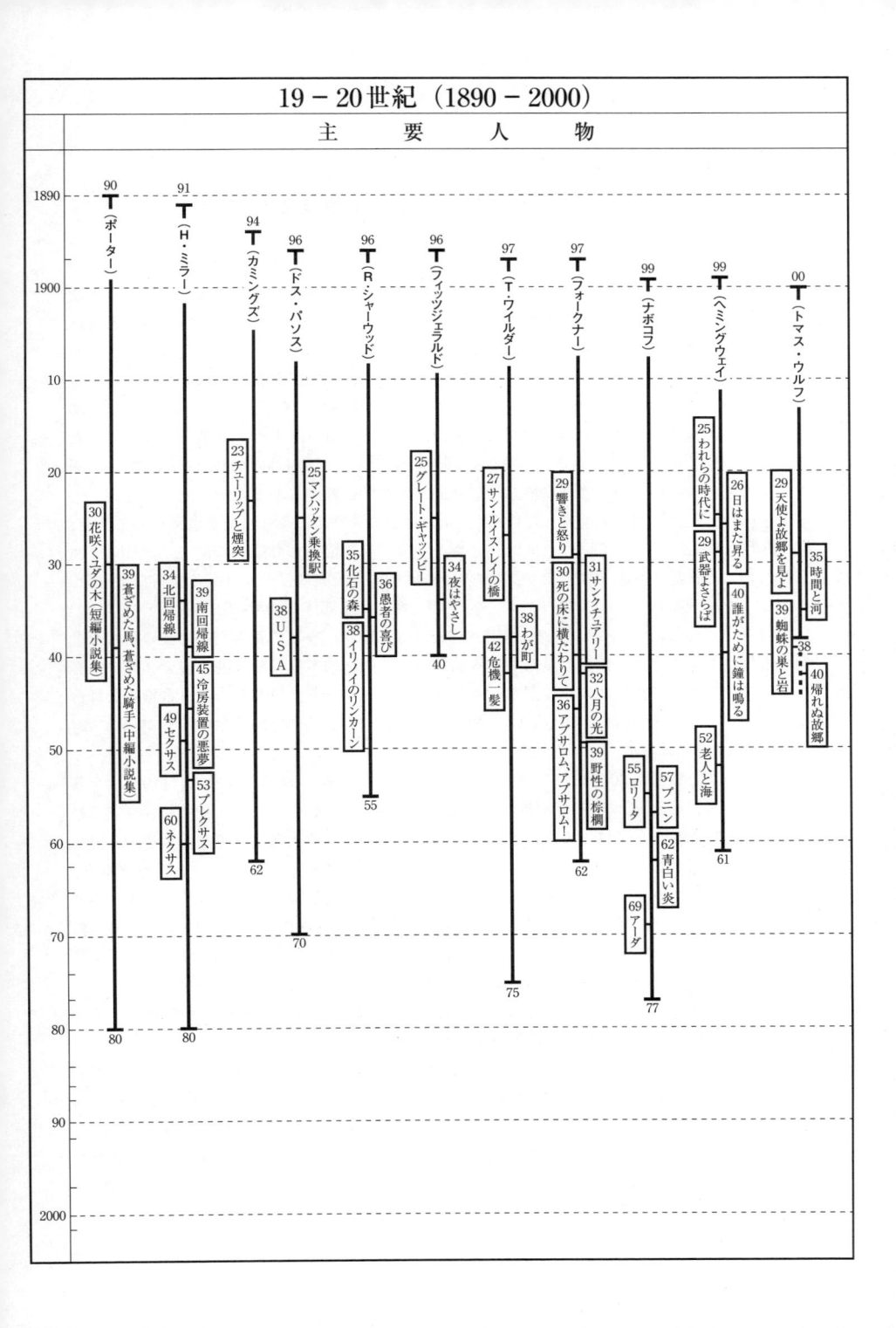

主　要　人　物

作家	生年	作品
（ポーター）	90	30 花咲くユダの木（短編小説集）／39 蒼ざめた馬、蒼ざめた騎手（中編小説集）／80
（H・ミラー）	91	34 北回帰線／39 南回帰線／49 セクサス／60 ネクサス／80
（カミングズ）	94	23 チューリップと煙突／45 冷房装置の悪夢／53 プレクサス／62
（ドス・パソス）	96	25 マンハッタン乗換駅／38 U・S・A／70
（R シャーウッド）	96	35 化石の森／38 イリノイのリンカーン／55
（フィッツジェラルド）	96	25 グレート・ギャツビー／34 夜はやさし／36 愚者の喜び／40
（T・ワイルダー）	97	27 サン・ルイス・レイの橋／38 わが町／42 危機一髪／75
（フォークナー）	97	29 響きと怒り／30 死の床に横たわりて／31 サンクチュアリー／32 八月の光／36 アブサロム、アブサロム！／39 野性の棕櫚／62
（ナボコフ）	99	55 ロリータ／57 プニン／62 青白い炎／69 アーダ／77
（ヘミングウェイ）	99	25 われらの時代に／26 日はまた昇る／29 武器よさらば／40 誰がために鐘は鳴る／52 老人と海／61
（トマス・ウルフ）	00	29 天使よ故郷を見よ／35 時間と河／39 蜘蛛の巣と岩／38／40 帰れぬ故郷

◇アメリカ文学史と文学史年表◇

30年代の文学（第2次大戦まで）

社会情勢　1930年代は，S・ルイスのアメリカ人作家初のノーベル賞受賞によりアメリカ文学が世界文学の仲間入りを果たす快挙で幕を開けた．しかし29年秋の大恐慌による経済的混乱は，33年のF・D・ルーズベルト大統領のニューディール政策にもかかわらず，約10年間続く．左翼系文芸誌『ニュー・マッセズ』（1926年刊）に続いて『パーティザン・レヴュー』が34年に創刊され，これらを足場に活躍する作家が現われた．そして36年に勃発したスペイン内戦は共和政府側の敗北に終わり（39），ナチス台頭に伴う全体主義への脅威が増大するなか，39年には第2次世界大戦が勃発，国内外の情勢は不穏な空気に満ちたものとなっていった．文学は概して急進的で好戦的な傾向にあった．

資本主義　20年代にパリへ逃避した作家たちは，経済事情悪化により帰国を余儀なくされた．
社会批判　ヘミングウェイやフィッツジェラルドはすでに習得した技法により，ヨーロッパを舞台にした作品を発表し続けたが，大方の作家は自国の現実に目を向けざるを得なかった．このような状況からファレルの『スタッズ・ロニガン』三部作（1932-35），ドス・パソスの『USA』（1938），スタインベックの『怒りのぶどう』（1939）などの資本主義社会の現状を批判する作品が生まれた．南部の貧しい白人小作人の，動物的本能のみで動く姿をグロテスクなユーモアをもって描いたコールドウェルの『タバコ・ロード』（1932），左翼系雑誌を舞台にプロレタリア文学運動の中心にいたM・ゴールドの自伝的長編『金のないユダヤ人』（1930）も注目される．

　帰還亡命者とは逆に30年にパリへ渡り，体験をもとに長編小説『北回帰線』（1934）を著わし，その後，現代アメリカ文明批判の書を発表し続けたH・ミラー，現代生活の中での不条理な人間存在をアイロニカルに且つ幻想的に描いたN・ウェストの存在も大きい．

技法へ　30年代には，20年代から引き続き重要作品を発表しているフィッツジェラルド，
の関心　フォークナー，ヘミングウェイ，トマス・ウルフ，そして短編の名手K・A・ポーターらによってアメリカ文学を代表する作品が数多く生み出された．この10年は技法への関心が高く，ヘミングウェイの「ハードボイルド」の文体，ドス・パソスの「カメラ・アイ」，フォークナーの「意識の流れ」手法の実験的な使用はそのよい例である．

40年代　30年代同様，技法への関心は高く，H・ジェイムズの影響も指摘されている．テー
の文学　マの多くは疎外，敏感な若者の反抗と挫折である．

　顕著な特徴は，「サザン・ゴシック」である．南部の作家，マッカラーズ，カポーティ，F・オコナーらはグロテスクなもの，心身に異常をきたした者，性倒錯者等を多用する．写実的な作品故，個人的好みと曲解されるが，これは時代のゆがみの象徴的な表現なのである．

　詩と演劇においても，30・40年代を通して，社会問題への関心や左翼的方向への傾斜が見られるようになった．　　　　　　　　　　　　　　　　　　　　　　　　　　　　（武田）

20－21世紀（1901－2001）

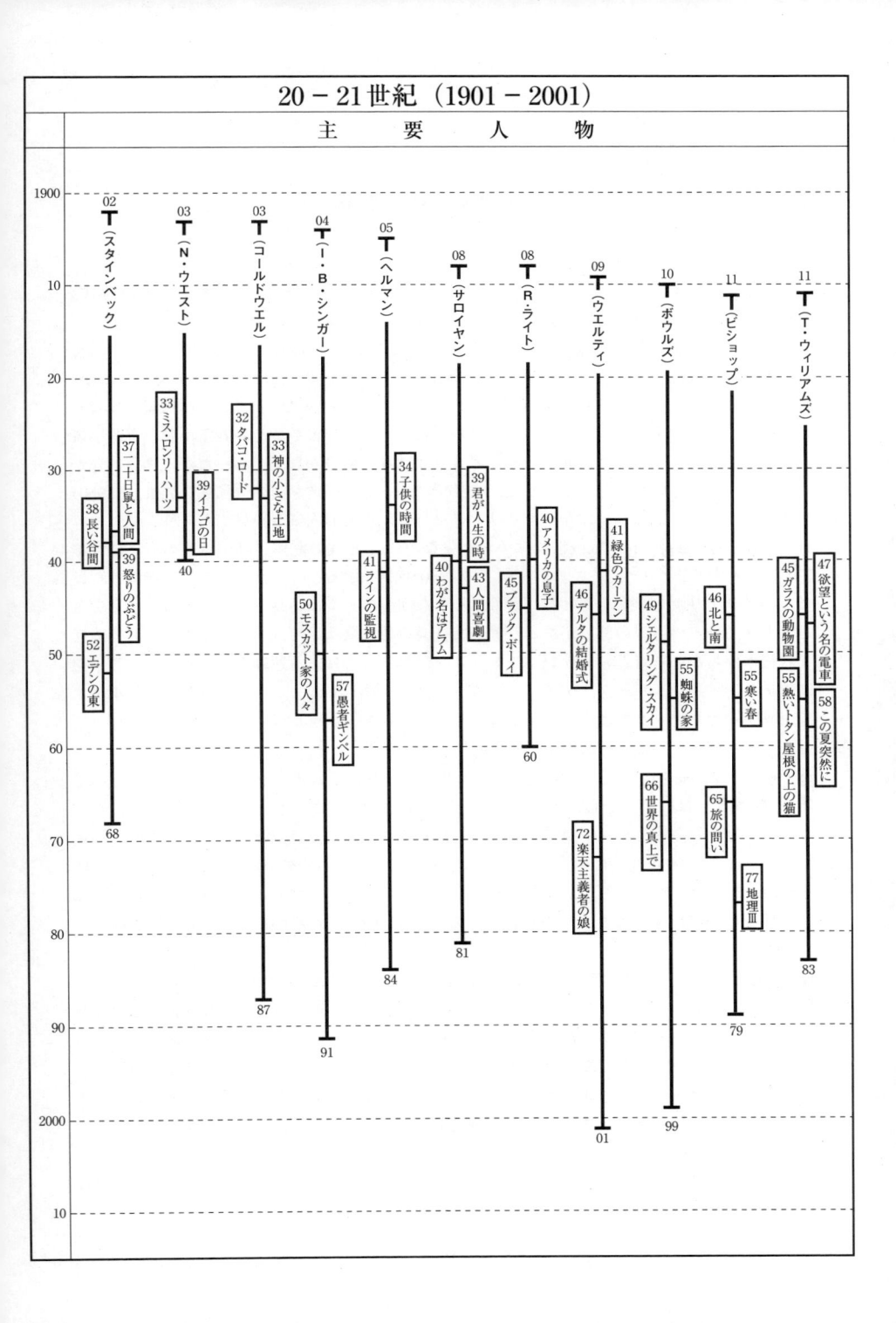

主　要　人　物

02 T（スタインベック）	37 二十日鼠と人間 / 38 長い谷間 / 39 怒りのぶどう / 52 エデンの東 / 68
03 T（N・ウエスト）	33 ミス・ロンリーハーツ / 39 イナゴの日 / 40
03 T（コールドウェル）	32 タバコロード / 33 神の小さな土地 / 87
04 T（I・B・シンガー）	50 モスカット家の人々 / 57 愚者ギンペル / 91
05 T（ヘルマン）	34 子供の時間 / 41 ラインの監視 / 84
08 T（サロイヤン）	39 君が人生の時 / 40 わが名はアラム / 43 人間喜劇 / 81
08 T（R・ライト）	45 ブラック・ボーイ / 60
09 T（ウエルティ）	40 アメリカの息子 / 46 デルタの結婚式 / 72 楽天主義者の娘 / 01
10 T（ボウルズ）	41 緑色のカーテン / 49 シェルタリング・スカイ / 66 世界の真上で / 99
11 T（ビショップ）	46 北と南 / 55 寒い春 / 65 旅の問い / 77 地理III / 79
11 T（T・ウィリアムズ）	45 ガラスの動物園 / 47 欲望という名の電車 / 55 熱いトタン屋根の上の猫 / 58 この夏突然に / 83

◇アメリカ文学史と文学史年表◇

第2次大戦後の文学

戦争文学と豊かな社会　フランスの批評家クロード＝エドモンド・マニーの『アメリカ小説時代』(1948)は20，30年代のアメリカ小説が戦後のフランスで歓迎されていることを伝え，その魅力の秘密を論じた本であるが，戦後の日本にも同様な現象が起こっていた．ヘミングウェイやフォークナーは戦後も書き続けたし，その人気は高まる一方であったが，そこに新しい世代の声が加わる．その第一は，太平洋戦線を扱ったメイラーの『裸者と死者』，欧州戦線を扱ったアーウィン・ショーの『若き獅子たち』など数多くの戦争小説，軍隊小説である．疲弊しきった戦後世界にあってアメリカは唯一の豊かな国であったが，物質的豊かさの中で人々は心の空虚さを発見した．デイヴィッド・リースマンの『孤独な群集』(1950)のような本がベストセラーになり，サリンジャーがカルト的人気を獲得する．

リベラリズムと冷戦，ビート・ジェネレーション　戦後世代は多かれ少なかれ30年代の左翼運動の影響のもとに育っている．冷戦下の1950年から始まるマッカーシズム（赤狩り）は多くのインテリたちを脅えさせた．最も赤裸々な作品の一つにハリウッドにおける実態をとらえたメイラーの『鹿の園』がある．豊かな社会の恩恵に満足できず，順応主義(コンフォーミズム)のお仕着せに我慢がならない若者たちがサンフランシスコに集まってビート運動をはじめた．そこから詩人アレン・ギンズバーグ，ゲイリー・スナイダー，ロレンス・ファーリンゲティ，小説家ジャック・ケルアックのような異才が輩出した．ポール・ボウルズとウィリアム・バロウズはビートを超えて一種のポストモダニズムに行き着いた．

黒人文学・ユダヤ系文学　戦後の二人の作家ラルフ・エリソンとジェイムズ・ボールドウィンにとっては，そもそも「黒人」作家として限定されることが耐え難かった．ボールドウィンは黒人の登場しない小説『ジョヴァンニの部屋』まで書いている．とはいえ公民権運動が盛んになる60年代には彼も反差別の作品を書いている．ユダヤ系作家についていえば，その数は驚くほど多いのだが，マラマッド，ベロウ，フィリップ・ロス，シンガーなど，ユダヤ性を前面に出す作家たちに特に注目したい．60年代にユダヤ系文学が黄金期を迎えることになる．

演劇に目を転じると　ノーベル賞作家オニールの後継者たちのうち二人の作家が抜きん出ている．ニューオーリンズという土地の霊に密着した『欲望という名の電車』，『この夏突然に』のテネシー・ウィリアムズはカポーティやウォーカー・パーシーらの南部ルネサンスの一部をなすものと考えることができる．また『セールスマンの死』でアメリカの夢の終焉を描いたアーサー・ミラーはやがて魔女裁判劇『るつぼ』によってマッカーシズム時代のアメリカの病巣に切り込む．また，50年代から60年代にかけてロバート・ロウエル，リチャード・ウィルバー，セオドア・レトキ，リチャード・エバハート，ジョン・ベリマン，シルヴィア・プラスといった多彩な詩人たちが現われた．　　　　　　　　　　　　　　（寺門）

20－21世紀（1915－2005）

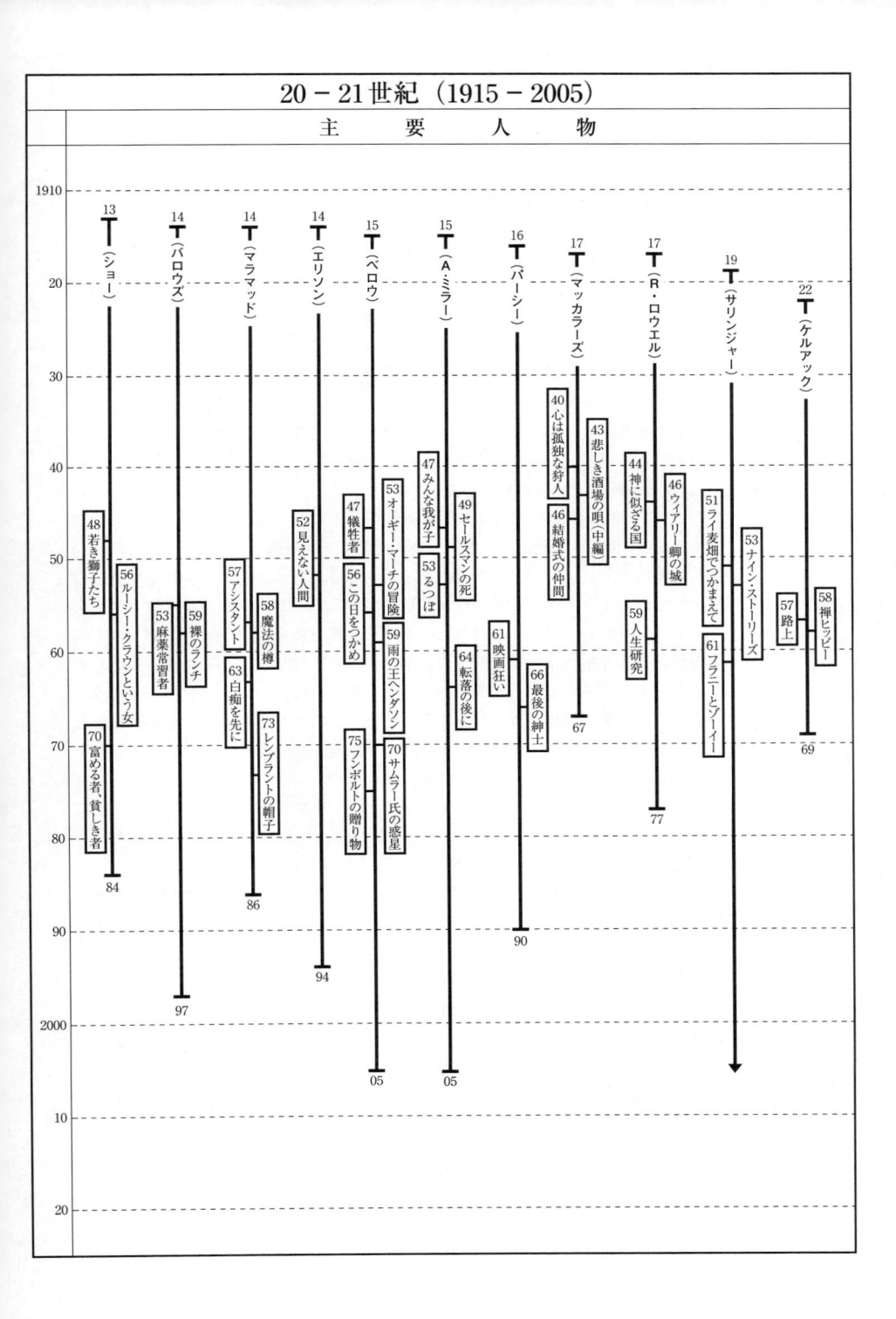

主 要 人 物

- 13 （ショー）
  - 48 若き獅子たち
  - 56 ルーシー・クラウンという女
  - 70 富める者貧しき者
  - 84
- 14 （バロウズ）
  - 53 麻薬常習者
  - 59 裸のランチ
  - 97
- 14 （マラマッド）
  - 57 アシスタント
  - 58 魔法の樽
  - 63 白痴を先に
  - 73 レンブラントの帽子
  - 86
- 14 （エリソン）
  - 52 見えない人間
  - 94
- 15 （ベロウ）
  - 47 犠牲者
  - 53 オーギー・マーチの冒険
  - 56 この日をつかめ
  - 59 雨の王ヘンダソン
  - 70 サムラー氏の惑星
  - 75 フンボルトの贈り物
  - 05
- 15 （A・ミラー）
  - 47 みんな我が子
  - 49 セールスマンの死
  - 53 るつぼ
  - 64 転落の後に
  - 05
- 16 （パーシー）
  - 61 映画狂い
  - 66 最後の紳士
  - 90
- 17 （マッカラーズ）
  - 40 心は孤独な狩人
  - 46 結婚式の仲間
  - 67
- 17 （R・ロウエル）
  - 43 悲しき酒場の唄（中編）
  - 44 神に似ざる国
  - 59 人生研究
  - 46 ウィアリー卿の城
  - 77
- 19 （サリンジャー）
  - 51 ライ麦畑でつかまえて
  - 53 ナイン・ストーリーズ
  - 61 フラニーとゾーイー
- 22 （ケルアック）
  - 57 路上
  - 58 禅ヒッピー
  - 69

◇アメリカ文学史と文学史年表◇

60年代以降の文学状況

激動の時代　ケネディ政権の誕生によって清新な息吹が感じられるようになったのも束の間，そのケネディが暗殺され，その後，弟のロバート・ケネディ，公民権運動の指導者マーティン・ルーサー・キングも相次いで殺される．ベトナム戦争は泥沼に陥り，双方あまりにも大きな犠牲を払い，深い傷痕を残したまま米軍は引き上げる．ニクソン大統領はこれまで封じ込め政策をとってきた相手国，中国への電撃的訪問を果たし，国交を回復する．そのニクソンがウォーターゲート事件で失脚する．黒人運動，学園紛争，女権運動が荒れ狂い，それぞれ一定の改革の実を挙げる．まさに60年代は激動と変革の時代であった．60年代の世相はベロウの『サムラー氏の惑星』，アップダイクの『帰ってきたウサギ』，メイラーの『アメリカの夢』などに赤裸々に描かれている．

ポストモダニズム　この用語の使われ方は多様であるが，その基本はリアリティの概念を文学の世界から追放し，リアリズムの約束事と絶縁するということにある．自己言及的性格を特色とし，メタフィクションの手法が珍重される．時として神話や童話の世界と親近性を持つ．ポストモダン文学の極北に位置づけられるウラジーミル・ナボコフがロスト・ジェネレーションの作家たちと同世代であるのは驚きである．ジョン・バースの小説は『千一夜物語』の語り手シェヘラザードの役割を深く考え抜くことから始まる．そして自分はもしかしたら誰かの書いている小説の作中人物かもしれないという『びっくりハウスの迷子』の主人公の疑念を出発点に置いてみると，バースがこれでもかこれでもかと複雑な入れ子構造の物語を構築する意図が理解できる．SFの手法をふんだんに用いたカート・ヴォネガットも物語論的にはこの流れを汲んでいる．これにたいしSF作家フィリップ・K・ディックは現実の疑わしさを極端な形で描いてみせる．エントロピーの法則を発想の中核に据えて創作を開始したトマス・ピンチョンの小説は多方面にわたる知識を結集させた，ロケット爆弾V2号をめぐる物語『重力の虹』で一つの頂点に達する．

ブラック・ユーモア，不条理劇　ブラック・ユーモアとは想像力の中に密閉されていた不条理な想念の表出にほかならず，古くから存在するものであるが，アンドレ・ブルトンによって様式として命名された（humour noir＝ユムール・ノワール＝黒いユーモア）．その現代小説における先駆者はカフカである．60年代のアメリカで，ジョン・バース，トマス・ピンチョン，テリー・サザン（Terry Southern），ジョン・ホークス，J・P・ドンレヴィー，ブルース・ジェイ・フリードマン，ジェイムズ・パーディ，ウィリアム・バロウズなど，多数の作家たちがこの熱病に感染する．ジョーゼフ・ヘラーの名作の題名〈キャッチ=22〉は不条理な事柄の代名詞にまでなった．スタンリー・エルキンは『悪い男』において現代アメリカを強制収容所に見立てている．これをもっと軽く表現したのがケン・キージーの『カッコウの巣の上で』である．演劇においてこれらの小説と通底するのは不条理劇『動物園物語』『アメリカの夢』のエドワード・オールビーであろう．

〔寺門〕

20-21世紀 (1920-2007)

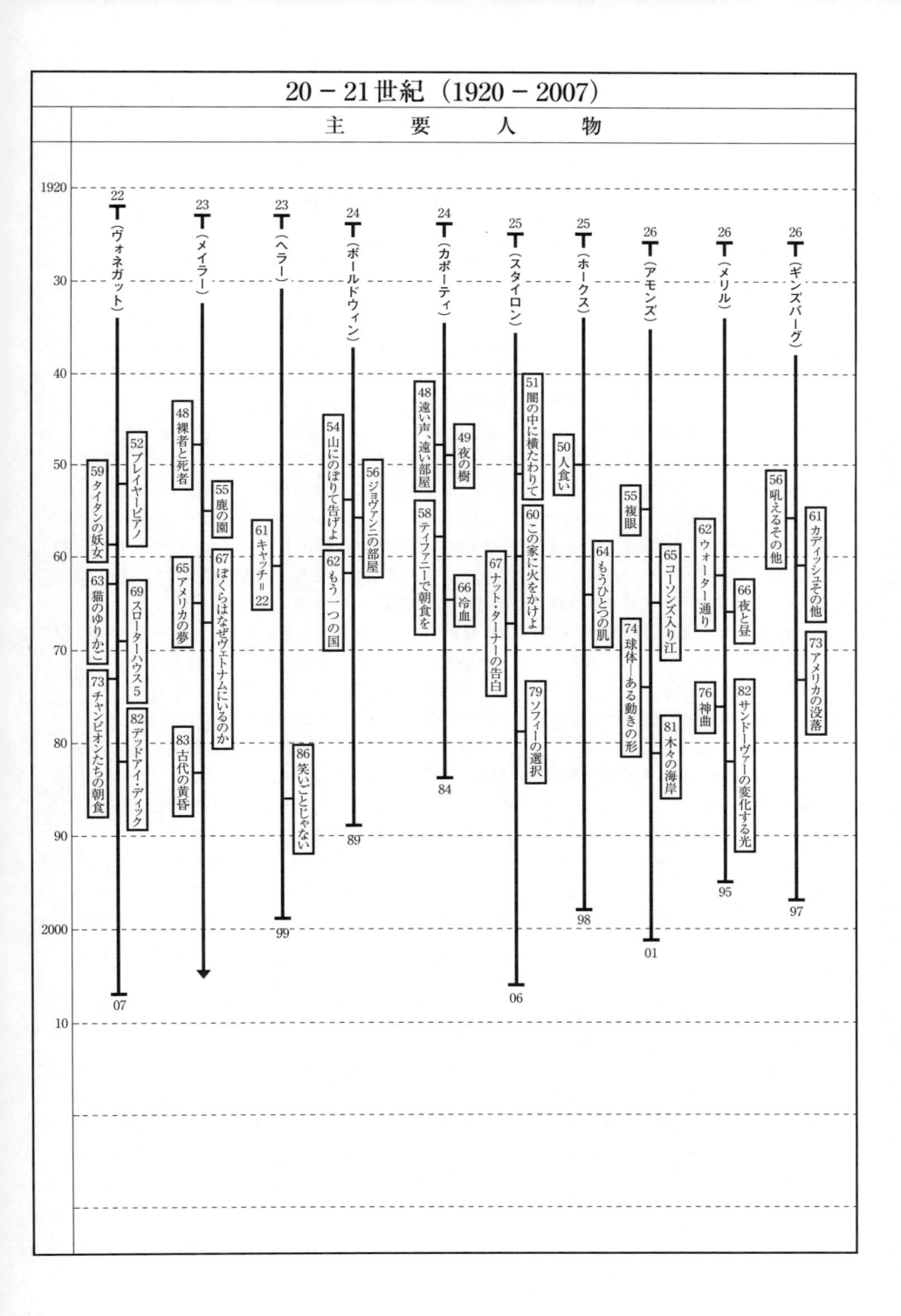

主要人物

- **22 T (ヴォネガット)**
  - 52 プレイヤー・ピアノ
  - 59 タイタンの妖女
  - 63 猫のゆりかご
  - 69 スローターハウス5
  - 73 チャンピオンたちの朝食
  - 82 デッドアイ・ディック
  - 07

- **23 T (メイラー)**
  - 48 裸者と死者
  - 55 鹿の園
  - 65 アメリカの夢
  - 67 ぼくらはなぜヴェトナムにいるのか
  - 83 古代の黄昏

- **23 T (ヘラー)**
  - 61 キャッチ=22
  - 86 笑いごとじゃない
  - 99

- **24 T (ボールドウィン)**
  - 54 山にのぼりて告げよ
  - 56 ジョヴァンニの部屋
  - 62 もう一つの国
  - 89

- **24 T (カポーティ)**
  - 48 遠い声・遠い部屋
  - 49 夜の樹
  - 58 ティファニーで朝食を
  - 66 冷血
  - 84

- **25 T (スタイロン)**
  - 51 闇の中に横たわりて
  - 60 この家に火をかけよ
  - 67 ナット・ターナーの告白
  - 79 ソフィーの選択
  - 06

- **25 T (ホークス)**
  - 50 人食い
  - 98

- **26 T (アモンズ)**
  - 55 複眼
  - 64 もうひとつの肌
  - 74 球体—ある動きの形
  - 81 木々の海岸
  - 01

- **26 T (メリル)**
  - 62 ウォーター通り
  - 65 コーソンズ入り江
  - 76 神曲
  - 95

- **26 T (ギンズバーグ)**
  - 56 吼えるその他
  - 61 カディッシュその他
  - 66 夜と昼
  - 73 アメリカの没落
  - 82 サンドーヴァーの変化する光
  - 97

◇アメリカ文学史と文学史年表◇

70年代・80年代文学の波

フェミニズム その運動は60年代にウィメンズ・リブという名で盛り上がりをみせ，ベティ・フリーダン（Betty Friedan）『フェミニン・ミスティーク』(63)，ケイト・ミレット（Kate Millett）『セクシャル・ポリティックス』(70)のような本が書かれるが，70年代に入るとグロリア・スタイネム（Gloria Steinem）が運動の機関誌『ミズ』(*Ms*)を創刊し，レナタ・アドラー（Renata Adler）がエッセーで，アン・セクストンが詩で，エリカ・ジョング（Erica Jong）が赤裸々な告白小説『飛ぶのが怖い』（*Fear of Flying*）で激しい自己主張を開始する．詩人マヤ・アンジェロウも黒人女性としての自伝的な物語を次々と発表する．『ガープの世界』を皮切りに痛快な女性の反撃を描いた男性作家ジョン・アーヴィングもこのカテゴリーで考えることができる．さらに重要なのは黒人共同体内部の女性差別をえぐりだした二人の作家アリス・ウォーカーとトニ・モリソンである．ベストセラー小説『カラー・パープル』で名を成した前者は，30年代の先駆的な作家ゾラ・ニール・ハーストンを再評価した功績ももつ．他方マジックリアリズムの手法を駆使した『青い眼がほしい』を始めとする黒人女性の苦難を描き続けた後者は，1993年ノーベル賞に輝いた．

新しい前衛たち 黒人文学のもう一つの特異な存在として奇想天外な音楽小説『マンボ・ジャンボ』を書いたイシュメイル・リードをあげることができる．ジャズの役割は『ソニーのブルース』のジェイムズ・ボールドウィンの時代からずいぶん進化したものでる．これに対し，『空中浮揚』などの作品でユダヤ系小説を神秘主義的な方向へ進化させたのはシンシア・オジックである．ポール・オースターは『ニューヨーク三部作』において現代の都会人のアイデンティティの空疎さを探偵小説のパロディによって描いている．『ホワイト・ノイズ』『マオⅡ』をへて9.11のテロを予兆するような大作『アンダーワールド』にたどり着いたドン・デリーロは，ピンチョンより一つ年長ながらその後継者的存在である．

ミニマリズム 60年代に興隆したポストモダニズムの実験的小説への反動から日常的な題材に目を向けるリアリズムが現われる．この作風はミニマリズムと呼ばれ，ボビー・アン・メイソン，アン・ビーティ，ジェイン・アン・フィリップスなど，短編を得意とする女性作家たちがこの流派を代表している．男性作家にはトバイアス・ウルフ（Tobias Wolff），デイヴィッド・レーヴィット，リチャード・ブローテイガン，ジェイ・マキナニーがいる．パロディと不条理感覚を駆使するドナルド・バーセルミや骨太なものを持ったレイモンド・カーヴァーも，いささか無理がありはするが，このカテゴリーに収められることが多い．

ニュー・ジャーナリズム 小説風のジャーナリズム，そしてジャーナリズムに近い小説はトム・ウルフの『クールクールLSD交感テスト』，カポーティの『冷血』など，60年代に始まるものであるが，その精神はE・L・ドクトロウ（E.L.Doctorow）の『ダニエルの書』『ラグタイム』のような歴史小説，ロバート・クーヴァー（Robert Coover）の『公開火刑』（*Public Burning*)のような空想的歴史小説に生きている．　　　　　　　　（寺門）

20－21世紀（1930－2007）

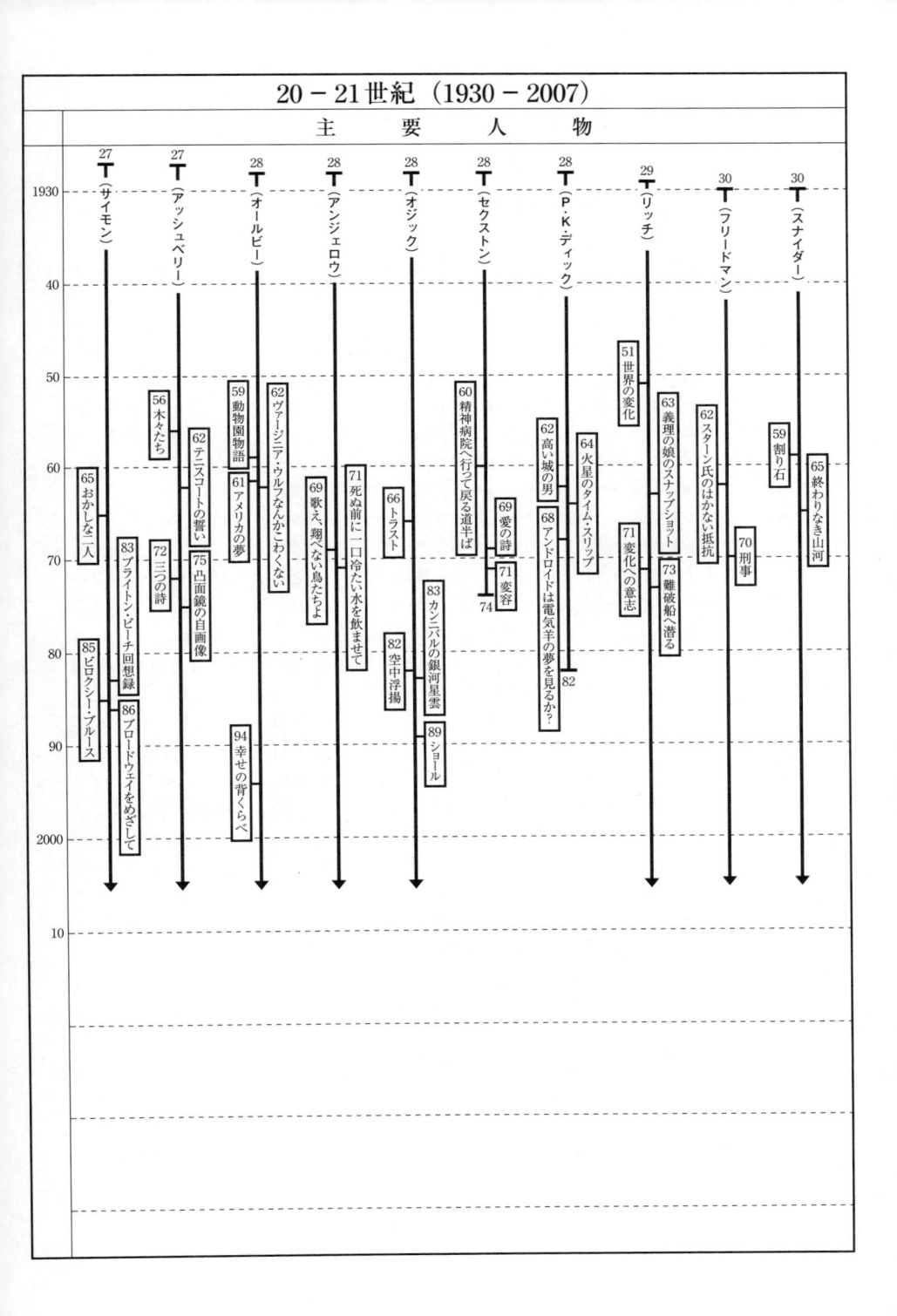

主 要 人 物

生年	人物	作品
27	(サイモン)	65 おかしな二人 / 83 ブライトン・ビーチ回想録 / 85 ビロクシー・ブルース / 86 ブロードウェイをめざして
27	(アッシュベリー)	56 木々たち / 72 三つの詩 / 75 凸面鏡の自画像
28	(オールビー)	59 動物園物語 / 62 ヴァージニア・ウルフなんかこわくない
28	(アンジェロウ)	61 アメリカの夢 / 69 歌え、翔べない鳥たちよ / 71 死ぬ前に一口冷たい水を飲ませて / 94 幸せの背くらべ
28	(オジック)	66 トラスト / 82 空中浮揚 / 83 カンニバルの銀河星雲 / 89 ショール
28	(セクストン)	60 精神病院へ行って戻る道半ば / 69 愛の詩 / 71 変容 / 74
28	(P・K・ディック)	62 高い城の男 / 64 火星のタイム・スリップ / 68 アンドロイドは電気羊の夢を見るか？ / 82
29	(リッチ)	51 世界の変化 / 71 変化への意志
30	(フリードマン)	62 スターン氏のはかない抵抗 / 63 義理の娘のスナップショット / 70 刑事 / 73 難破船へ潜る
30	(スナイダー)	59 割り石 / 65 終わりなき山河

◇アメリカ文学史と文学史年表◇

90年代から21世紀への流れ

**国際派作家と
エスニック作家**　現代は厳密な意味での各国文学史を描くことが難しくなった時代である．国境横断的な文脈への目配りが不可欠になったのだ．アメリカに亡命して日が浅いため英語の著作が少なく，アメリカではあまり名の知られてない二人のユダヤ系詩人——ポーランド出身のチェスワフ・ミウォシュ（Czesław Miłosz）とロシア出身のヨシフ・ブロツキー(Joseph Brodsky)——がノーベル賞を受賞したのは80年代のことである．エスニック文学の隆盛は90年代の顕著な現象となる．『ジョイ・ラック・クラブ』(89)で名声を得た中国系のエイミー・タンは『キッチン・ゴッズ・ワイフ』(91)など，今日まで書き続けている．カルカッタ（コルカタ）生まれのヴィクラム・セト（Vikram Seth）はインド国籍であるが，韻文小説『ザ・ゴールデン・ゲイト』(86)はゴア・ヴィダルによって「偉大なカリフォルニア小説」と激賞された．バーラティー・ムーカジもカルカッタ生まれ，ジュンパ・ラヒリは両親の故郷がカルカッタである．前者は『ミドルマン』によって全米批評家賞を，後者は『病気の通訳』でピューリツァー賞を受賞している．ソウル生まれの韓国系作家チャンネ・リー（Chang-Rae Lee）は『ネイティヴ・スピーカー』によってペン・ヘミングウェイ賞を受賞している．英国植民地時代のカリブ海の島アンティグァに生まれたジャメイカ・キンケイドは「醜い」存在としての白人観光客の本質をあばいてみせた『小さな場所』によってポストコロニアリズムの旗手となった．同じころ東京ではリービ英雄が『星条旗の聞こえない部屋』(92)によって日本語作家としてデビューしている．

**新世代
の登場**　80年代末に成年に達した世代はジェネレーションXと呼ばれ，その特質はヒッピー文化とヤッピー文化に飽きたニヒリズムにあるといわれる．カナダ国籍のダグラス・クープランドはまさにこの世代名を題名にした作品で新しい若者たちの彷徨を描く．技術の悪夢を得意分野とするリチャード・パワーズはまず，一葉の写真から歴史にもてあそばれる人間の運命を想像する処女作，『舞踏会に向かう三人の農夫』によって注目された．トマス・クックは『死の記憶』をはじめとする諸作品において記憶という謎をミステリー小説の中心に据えて心の闇をえぐりだす．マーク・ダニエレヴスキーはデビュー作『紙葉の家』においてエッシャー的，ボルヘス的な不条理の論理学に支えられた奇想天外な迷宮を構築してみせる．『マーティン・ドレスラーの夢』でピューリツァー賞をとったファンタジー作家スティーヴン・ミルハウザーはレイ・ブラッドベリーの後継者と目される．スティーヴ・エリクソンは歴史の暗部に切り込むゴシック小説によって驚きを与えたが，ホラー小説の巨匠スティーヴン・キングは今なお最も広範な読者層をつかんでいる．

詩・劇　50年以後に生まれた詩人たちを見渡してみると，ネイティヴ系のジョイ・ハージョ，ヒスパニック系のゲアリー・ソート，アフロ系のリタ・ダヴ，ラテン系のアルベルト・リオスなど多彩である．劇作家ではサム・シェパード，デイヴィッド・マメット，ランフォード・ウィルソンが目ぼしい存在である．　　　　　　　　　　　　　　（寺門）

20－21世紀（1930－2007）

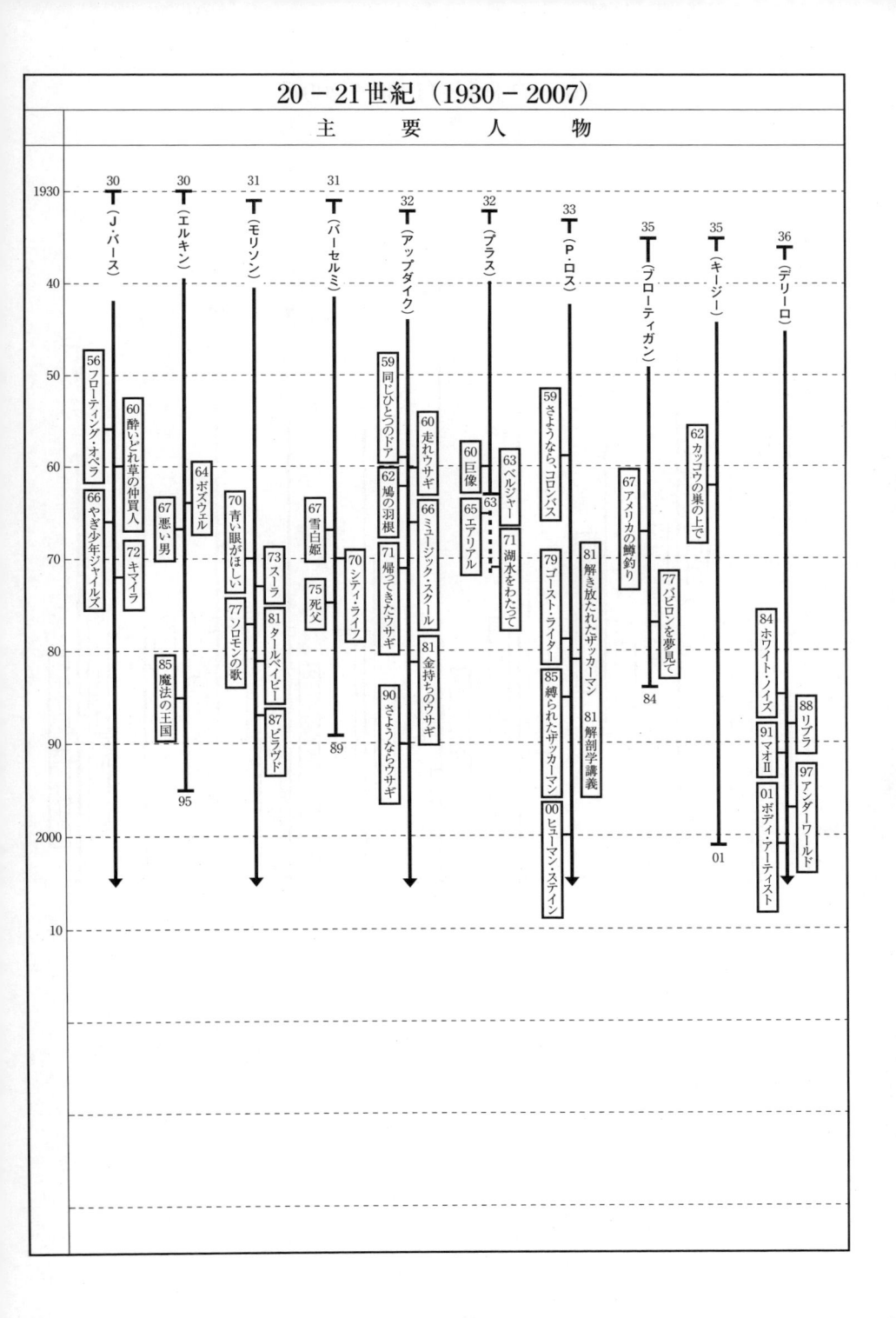

主　要　人　物

30 (J・バース)
- 56 フローティング・オペラ
- 66 やぎ少年ジャイルズ

30 (エルキン)
- 60 酔いどれ草の仲買人
- 64 ボズウェル
- 67 悪い男
- 72 キマイラ
- 85 魔法の王国
- 95

31 (モリソン)
- 70 青い眼がほしい
- 73 スーラ
- 77 ソロモンの歌
- 81 タールベイビー
- 87 ビラヴド

31 (バーセルミ)
- 67 雪白姫
- 75 死父
- 70 シティ・ライフ
- 89

32 (アップダイク)
- 59 同じひとつのドア
- 60 走れウサギ
- 62 鳩の羽根
- 66 ミュージック・スクール
- 71 帰ってきたウサギ
- 81 金持ちのウサギ
- 90 さようならウサギ

32 (プラス)
- 60 巨像
- 63 ベルジャー
- 65 エアリアル
- 71 湖水をわたって

33 (P・ロス)
- 59 さようなら、コロンバス
- 79 ゴースト・ライター
- 81 解き放たれたザッカーマン
- 85 縛られたザッカーマン
- 81 解剖学講義
- 00 ヒューマン・ステイン

35 (ブローティガン)
- 67 アメリカの鱒釣り
- 77 バビロンを夢見て
- 84

35 (キージー)
- 62 カッコウの巣の上で
- 01

36 (デリーロ)
- 84 ホワイト・ノイズ
- 88 リブラ
- 91 マオⅡ
- 97 アンダーワールド
- 01 ボディ・アーティスト

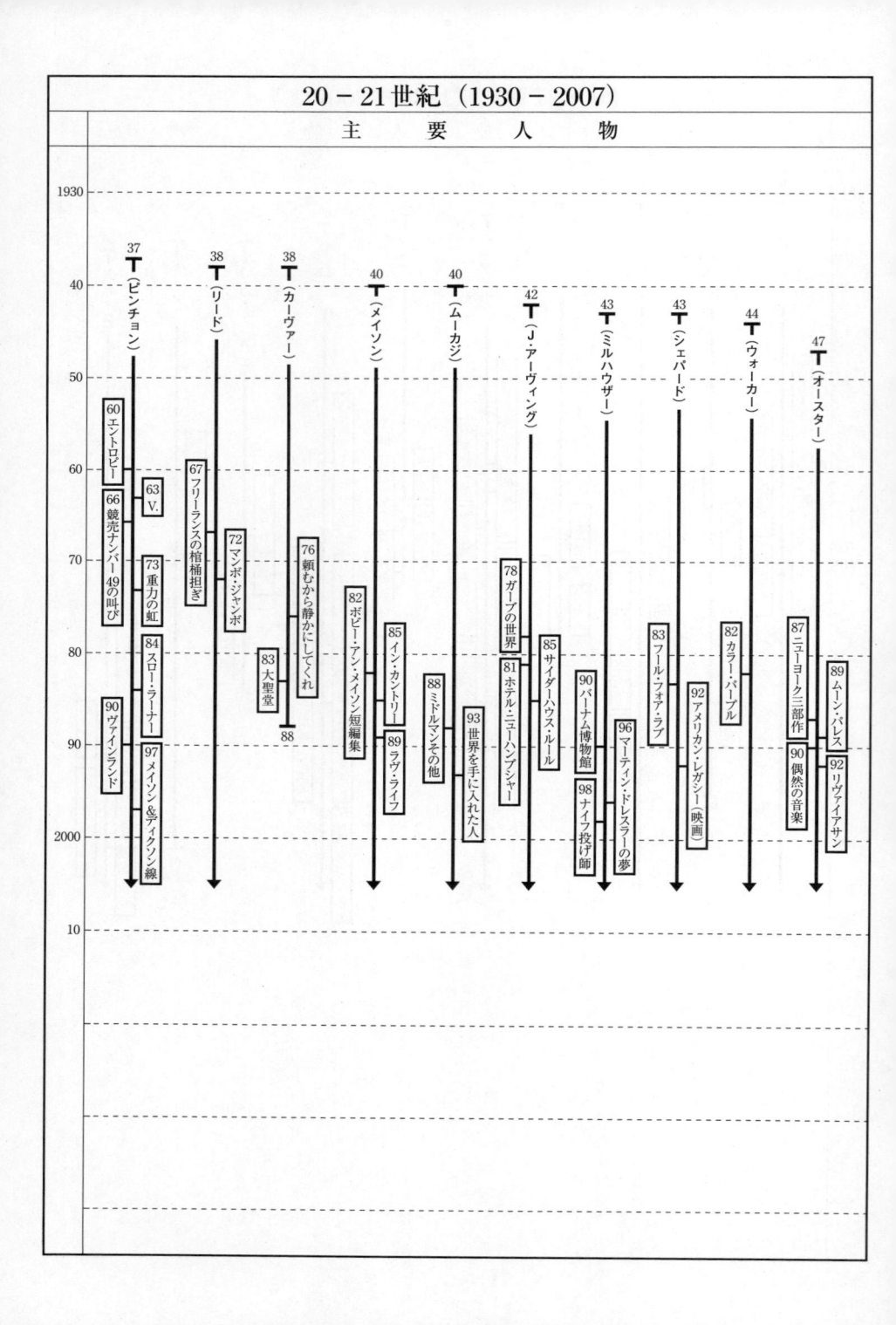

20－21世紀（1930－2007）主要人物

- **37 T（ピンチョン）**
  - 60 エントロピー
  - 66 競売ナンバー49の叫び
  - 73 重力の虹
  - 84 スロー・ラーナー
  - 90 ヴァインランド
  - 97 メイソン＆ディクソン線

- **38 T（リード）**
  - 67 フリーランスの棺桶担ぎ
  - 72 マンボ・ジャンボ

- **38 T（カーヴァー）**
  - 76 頼むから静かにしてくれ
  - 83 大聖堂
  - 88

- **40 T（メイソン）**
  - 82 ボビー・アン・メイソン短編集
  - 85 イン・カントリー
  - 89 ラヴ・ライフ

- **40 T（ムーカジ）**
  - 88 ミドルマンその他
  - 93 世界を手に入れた人

- **42 T（J・アーヴィング）**
  - 78 ガープの世界
  - 81 ホテル・ニューハンプシャー
  - 85 サイダーハウス・ルール

- **43 T（ミルハウザー）**
  - 63 V.
  - 90 バーナム博物館
  - 96 マーティン・ドレスラーの夢

- **43 T（シェパード）**
  - 83 プール・フォア・ラブ
  - 92 アメリカン・レガシー（映画）
  - 98 ナイフ投げ師

- **44 T（ウォーカー）**
  - 82 カラー・パープル

- **47 T（オースター）**
  - 87 ニューヨーク三部作
  - 89 ムーン・パレス
  - 90 偶然の音楽
  - 92 リヴァイアサン

20－21世紀（1940－2007）

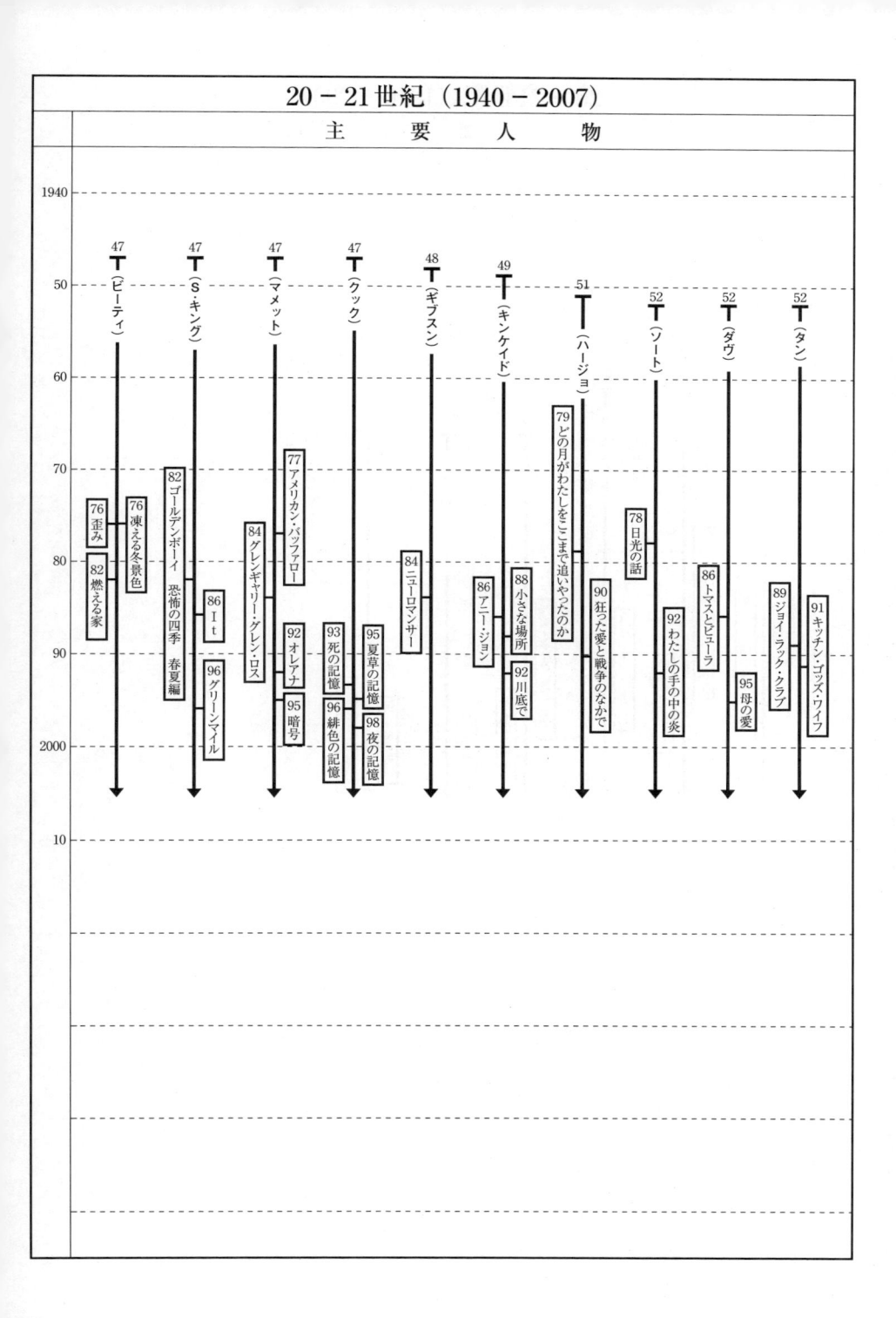

主要人物

生年	人物	作品
47	（ビーティ）	76 歪み / 82 燃える家 / 76 凍える冬景色
47	（S・キング）	82 ゴールデンボーイ・恐怖の四季 春夏編 / 86 It / 96 グリーンマイル
47	（マメット）	84 グレンギャリー・グレン・ロス / 77 アメリカン・バッファロー / 92 オレアナ
47	（クック）	93 死の記憶 / 95 夏草の記憶 / 96 緋色の記憶 / 98 夜の記憶
48	（ギブスン）	84 ニューロマンサー
49	（キンケイド）	86 アニー・ジョン / 88 小さな場所 / 92 川底で
51	（ハージョ）	79 どの月がわたしをここまで追いやったのか / 90 狂った愛と戦争のなかで
52	（ソート）	78 日光の話 / 92 わたしの手の中の炎
52	（ダヴ）	86 トマスとビューラ / 95 母の愛
52	（タン）	89 ジョイ・ラック・クラブ / 91 キッチン・ゴッズ・ワイフ

20－21世紀（1940－2007）

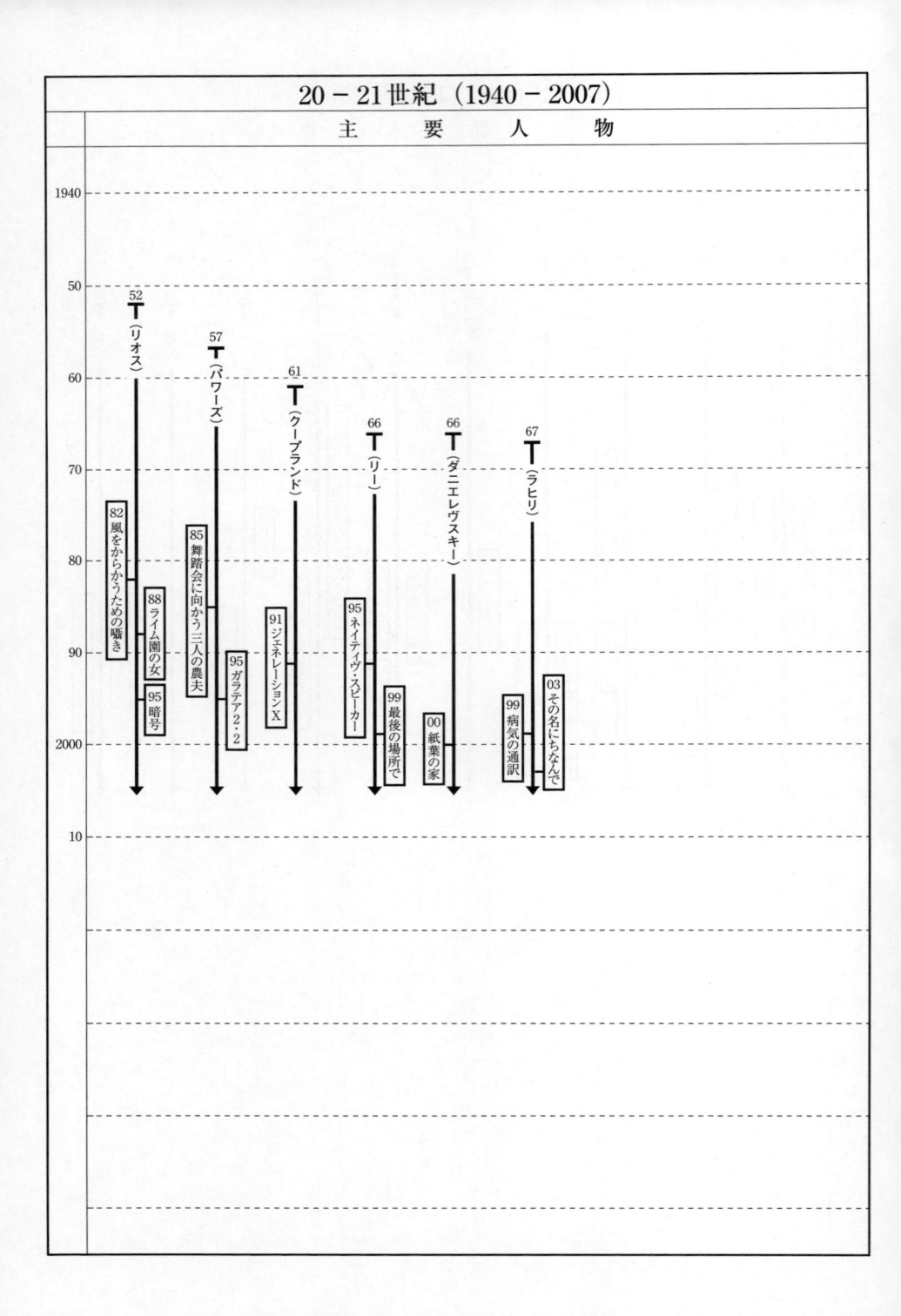

主　要　人　物

- 52 (リオス)
  - 82 風をからかうための囁き
  - 88 ライム園の女
  - 95 暗号
- 57 (パワーズ)
  - 85 舞踏会に向かう三人の農夫
  - 95 ガラテア2・2
- 61 (クープランド)
  - 91 ジェネレーションX
- 66 (リー)
  - 95 ネイティヴ・スピーカー
  - 99 最後の場所で
- 66 (ダニエレヴスキー)
  - 00 紙葉の家
- 67 (ラヒリ)
  - 99 病気の通訳
  - 03 その名にちなんで

第六部

主な文学賞
受賞者一覧

ピューリツァー賞
(詩・演劇・小説〔フィクション〕)
ノーベル賞

◇主な文学賞◇

主な文学賞

ピューリツァー賞（The Pulitzer Prizes）　活字ジャーナリズム，文学作品，音楽作品に与えられるアメリカ最高の賞とされる．コロンビア大学によって運営されている．21の部門を持つ．このうち20部門の受賞者は1万ドルの現金と賞状を受け取る．ジャーナリズムの社会貢献部門の受賞者（個人でなく新聞が対象）は金メダルを与えられる．21部門のうち文学関係の部門は小説，戯曲，詩の3部門であるが，近い部門に歴史部門，伝記および自伝部門，ノンフィクション一般部門がある．小説部門は1947年までは長編小説（Pulitzer Prize for the Novel）が対象であったが48年からは短編集も対象になる（P.P. for Fiction）．この賞の創始者はハンガリー生まれのジャーナリスト，新聞発行者ジョーゼフ・ピューリツァー（1847-1911）である．1911年，死に際して彼はコロンビア大学に遺産を託した．その一部は同大学にジャーナリズム・スクールを創設するために使われた．ピューリツァー賞は1917年に始まる．今日では毎年4月に受賞作が発表される．受賞者は独立した評議会(ボード)によって選ばれる．

　詩部門は1922年に始まり，ロバート・フロスト（4回），エイミー・ロウエル，スティーヴン・ヴィンセント・ベネー，カール・サンドバーグ，マリアン・ムア，ウォレス・スティーヴンズ，リチャード・ウィルバー（2回），ロバート・ペン・ウォレン（2回），ウィリアム・カーロス・ウィリアムズ，ジョン・ベリマン，リチャード・エバハート，シルヴィア・プラスといった傑出した詩人たちが受賞している．

　演劇部門は1918年に始まり，目ぼしい受賞例をあげれば，ユージーン・オニール『地平の彼方』，『アンナ・クリスティ』，『夜への長い旅路』，ソーントン・ワイルダー『わが町』，『危機一髪』，テネシー・ウィリアムズ『欲望という名の電車』，『熱いトタン屋根の上の猫』，アーサー・ミラー『セールスマンの死』，エドワード・オールビー『デリケート・バランス』，『海の風景』，サム・シェパード『埋められた子供』などがある．

　小説部門は1918年に始まる．目ぼしい受賞例を拾ってみると，イーディス・ウォートン『無垢の時代』，ウィラ・キャザー『われらの仲間』，パール・バック『大地』，マーガレット・ミッチェル『風と共に去りぬ』，ジョン・スタインベック『怒りのぶどう』，バーナード・マラマッド『フィクサー』，ウィリアム・スタイロン『ナット・ターナーの告白』，ソール・ベロウ『フンボルトの贈り物』，ジョン・チーヴァー『短編集』，アリス・ウォーカー『カラー・パープル』，ジョン・アップダイク『金持ちになったウサギ』，『さようならウサギ』，フィリップ・ロス『アメリカン・パストラル』，ジュンパ・ラヒリ『停電の夜に』など．ヘミングウェイは『老人と海』で，フォークナーも黄金時代の作品ではなく後期の『寓話』と『自動車泥棒』で受賞している．フィッツジェラルドとドス・パソスは受賞していない．メイラーは『死刑執行人の歌』という意外な作品で受賞している．1974年度は審査委員会が満場一致でトマス・ピンチョン『重力の虹』を推したが，決定権を持つピューリツァー評議会(ボード)がこれを蹴って受賞なしと決まった，とも言われる．

◇ 主 な 文 学 賞 ◇

全米図書賞（The National Book Awards） ピューリツァー賞と並んで重要な文学賞であり，毎年，米国で出版された存命中の米国市民による最良の書物に対して与えられる．1950年の創設で，小説（フィクション），ノンフィクション，詩，児童文学の4部門からなる．受賞者は1万ドルの現金と水晶の彫刻を授与される．運営の主体は全米図書賞財団（National Book Foundation）．

　小説部門　受賞作にフォークナー『短編選集』，ジェイムズ・ジョーンズ『地上（ここ）より永遠に』，エリソン『見えない人間』，ベロウ『オーギー・マーチの冒険』，フォークナー『寓話』，チーヴァー『ワップショット家の人々』，マラマッド『魔法の樽』，フィリップ・ロス『さようなら，コロンバス』，ウォーカー・パーシー『映画狂い』，アップダイク『ケンタウロス』，ベロウ『ハーツォグ』，K・A・ポーター『作品集』，フラナリー・オコナー『短編全集』，バース『キマイラ』，ピンチョン『重力の虹』，スタイロン『ソフィーの選択』，ジョン・アーヴィング『ガープの世界』，ドン・デリーロ『ホワイト・ノイズ』などがあり，これまでのところ文学史上の名作として残る率はピューリツァー賞よりもやや高い．

　詩部門　詩人名のみ記すと，50年のウィリアム・カーロス・ウィリアムズから始まって，ウォレス・スティーヴンズ，マリアン・ムア，アーチボルド・マクリーシュ，コンラッド・エイキン，W・H・オーデン，リチャード・ウィルバー，R・P・ウォレン，セオドア・レトキ，ロバート・ロウエル，ランダル・ジャレル，ロバート・ブライ，ジョン・ベリマン，アレン・ギンズバーグなど，高名な詩人たちが出揃っている．

　他の文学賞に以下のものがある．

ペン・ヘミングウェイ賞（Hemingway Foundation / PEN Award） 1975年に創設された，作家の処女作小説を対象とする賞．ヘミングウェイ協会とニューイングランド・ペンクラブの共同で運営されている．近年の受賞作に韓国系作家チャンネ・リーの『ネイティヴ・スピーカー』，インド系作家ジュンパ・ラヒリの『停電の夜に』がある．

ペン・フォークナー小説賞（PEN / Faulkner Award for Fiction） 1981年創設．フォークナーのノーベル賞の賞金を基にして出来た賞．国際ペンクラブと共同で運営される．受賞作品にドン・デリーロ『マオII』，フィリップ・ロス（3回）『オペレーション・シャイロック』，『ヒューマン・ステイン』，『エヴリマン』などがある．

O・ヘンリー賞（O. Henry Award） アメリカ短編の巨匠O・ヘンリーの名に因む，年間最高の短編小説に与えられる賞．1919年に創設された．フォークナー，カポーティ，アーウィン・ショー，チーヴァー，ユードラ・ウェルティ，フラナリー・オコナー，マラマッド，ベロウ，アップダイク，シンシア・オジック，レイモンド・カーヴァーら短編の名手たちはみな受賞している．なお米国とカナダの雑誌に掲載された年間の秀作20編が『O・ヘンリー賞短編集』として出版される．

全米批評家協会賞（National Book Critics Circle Award） 1975年創設．小説，ノンフィクション一般，伝記・自伝，詩，批評の5部門を持つ． （寺門）

◇受 賞 者 一 覧◇

ピューリツァー賞詩部門

1918	Sara Teasdale	サラ・ティーズデイル
	Love Songs	『恋歌集』
1919	Carl Sandburg	カール・サンドバーグ
	Corn Huskers	『とうもろこしの皮を剥ぐ人』
1920	(No Award)	受賞作品なし
1921	(No Award)	受賞作品なし
1922	Edwin Arlington Robinson	エドウィン・アーリントン・ロビンソン
	Collected Poems	『全詩集』
1923	Edna St. Vincent Millay	エドナ・セント・ヴィンセント・ミレー
	The Ballad of the Harp-Weaver: A Few Figs from Thistles: Eight Sonnets in American Poetry, 1922. A Miscellany	『ハープ織りのバラッドその他』
1924	Robert Frost	ロバート・フロスト
	New Hampshire: A Poem with Notes and Grace Notes	『ニューハンプシャー』
1925	Edwin Arlington Robinson	エドウィン・アーリントン・ロビンソン
	The Man Who Died Twice	『二度死んだ男』
1926	the late Amy Lowell	故エイミー・ロウエル
	What's O'Clock?	『何時ですか』
1927	Leonora Speyer	レオノーラ・スパイヤー
	Fiddler's Farewell	『バイオリン弾きの別れ』
1928	Edwin Arlington Robinson	エドウィン・アーリントン・ロビンソン
	Tristram	『トリストラム』
1929	Stephen Vincent Benét	スティーヴン・ヴィンセント・ベネー
	John Brown's Body	『ジョン・ブラウンの亡骸(なきがら)』
1930	Conrad Aiken	コンラッド・エイキン
	Selected Poems	『詩選集』
1931	Robert Frost	ロバート・フロスト
	Collected Poems	『全詩集』
1932	George Dillon	ジョージ・ディロン
	The Flowering Stone	『花咲く石』
1933	Archibald MacLeish	アーチボルド・マクリーシュ
	Conquistador	『コンキスタドール』

◇受 賞 者 一 覧◇

1934	Robert Hillyer	ロバート・ヒリヤー
	Collected Verse	『全詩集』
1935	Audrey Wurdemann	オードリー・ワーディマン
	Bright Ambush	『見事な待ち伏せ』
1936	Robert P. Tristram Coffin	ロバート・P・トリストラム・コフィン
	Strange Holiness	『おかしな神聖さ』
1937	Robert Frost	ロバート・フロスト
	A Further Range	『彼方なる山脈』
1938	Marya Zaturenska	マリヤ・ザツレンスカ
	Cold Morning Sky	『寒い朝の空』
1939	John Gould Fletcher	ジョン・グールド・フレッチャー
	Selected Poems	『詩選集』
1940	Mark Van Doren	マーク・ヴァン・ドーレン
	Collected Poems	『全詩集』
1941	Leonard Bacon	レナード・ベイコン
	Sunderland Capture	『サンダーランドの捕囚』
1942	William Rose Benét	ウィリアム・ローズ・ベネー
	The Dust Which Is God	『神である塵』
1943	Robert Frost	ロバート・フロスト
	A Witness Tree	『証の木』
1944	the late Stephen Vincent Benét	故スティーブン・ヴィンセント・ベネー
	Western Star	『西部の星』
1945	Karl Shapiro	カール・シャピロ
	V-Letter and Other Poems	『軍事郵便その他』
1946	(No Award)	受賞作品なし
1947	Robert Lowell	ロバート・ロウエル
	Lord Weary's Castle	『ウィアリー卿の城』
1948	W. H. Auden	W・H・オーデン
	The Age of Anxiety	『不安の時代』
1949	Peter Viereck	ピーター・ヴィアレック
	Terror and Decorum	『恐怖と端正』
1950	Gwendolyn Brooks	グウェンドリン・ブルックス
	Annie Allen	『アニー・アレン』
1951	Carl Sandburg	カール・サンドバーグ
	Complete Poems	『全詩集』
1952	Marianne Moore	マリアン・ムア

◇受 賞 者 一 覧◇

Collected Poems	『全詩集』
1953 Archibald MacLeish	アーチボルド・マクリーシュ
Collected Poems: 1917-1952	『全詩集 1917-52』
1954 Theodore Roethke	セオドア・レトキ
The Waking	『目覚め』
1955 Wallace Stevens	ウォレス・スティーヴンズ
Collected Poems	『全詩集』
1956 Elizabeth Bishop	エリザベス・ビショップ
North & South - Poems	『北と南』
1957 Richard Wilbur	リチャード・ウィルバー
Things of This World	『この世のものごと』
1958 Robert Penn Warren	ロバート・ペン・ウォレン
Promises: Poems 1954-1956	『約束―1954-56 詩集』
1959 Stanley J. Kunitz	スタンレー・クーニッツ
Selected Poems: 1928-1958	『詩選集 1928-58』
1960 W. D. Snodgrass	W・D・スノドグラース
Heart's Needle	『心の針』
1961 Phyllis McGinley	フィリス・マギンリー
Times Three: Selected Verse from Three Decades	『タイムズスリー』
1962 Alan Dugan	アラン・デュガン
Poems	『詩集』
1963 the late W.C. Williams	故ウィリアム・カーロス・ウィリアムズ
Pictures from Brueghel	『ブリューゲルの絵』
1964 Louis Simpson	ルイス・シンプソン
At the End of the Open Road	『大道の果てで』
1965 John Berryman	ジョン・ベリマン
77 Dream Songs	『77 の夢の歌』
1966 Richard Eberhart	リチャード・エバハート
Selected Poems	『詩選集』
1967 Anne Sexton	アン・セクストン
Live or Die	『生きるか, 死ぬか』
1968 Anthony Hecht	アンソニー・ヘクト
The Hard Hours	『つらい時間』
1969 George Oppen	ジョージ・オッペン
Of Being Numerous	『多であることについて』

◇受賞者一覧◇

1970　Richard Howard　　　　　　　　リチャード・ハワード
　　　Untitled Subjects　　　　　　　　　『無題』
1971　William S. Merwin　　　　　　　ウィリアム・S・マーウィン
　　　The Carrier of Ladders　　　　　　『梯子の運び手』
1972　James Wright　　　　　　　　　ジェイムズ・ライト
　　　Collected Poems　　　　　　　　　『全詩集』
1973　Maxine Kumin　　　　　　　　　マクシン・クーミン
　　　Up Country　　　　　　　　　　　『内陸』
1974　Robert Lowell　　　　　　　　　ロバート・ロウエル
　　　The Dolphin　　　　　　　　　　　『ドルフィン』
1975　Gary Snyder　　　　　　　　　　ゲイリー・スナイダー
　　　Turtle Island　　　　　　　　　　『亀の島』
1976　John Ashbery　　　　　　　　　ジョン・アッシュベリー
　　　Self-Portrait in a Convex Mirror　　『凸面鏡の中の自画像』
1977　James Merrill　　　　　　　　　ジェイムズ・メリル
　　　Divine Comedies　　　　　　　　　『神曲』
1978　Howard Nemerov　　　　　　　　ハワード・ネメロフ
　　　Collected Poems　　　　　　　　　『ハワード・ネメロフ全詩集』
1979　Robert Penn Warren　　　　　　ロバート・ペン・ウォレン
　　　Now and Then　　　　　　　　　　『新旧』
1980　Donald Justice　　　　　　　　ドナルド・ジャスティス
　　　Selected Poems　　　　　　　　　『詩選集』
1981　James Schuyler　　　　　　　　ジェイムズ・スカイラー
　　　The Morning of the Poem　　　　　『詩の朝』
1982　the late Sylvia Plath　　　　　　故シルヴィア・プラス
　　　The Collected Poems　　　　　　　『全詩集』
1983　Galway Kinnell　　　　　　　　ゴールウェイ・キネル
　　　Selected Poems　　　　　　　　　『詩選集』
1984　Mary Oliver　　　　　　　　　　メアリー・オリバー
　　　American Primitive　　　　　　　『アメリカの原始人』
1985　Carolyn Kizer　　　　　　　　　キャロリン・カイザー
　　　Yin　　　　　　　　　　　　　　『陰』
1986　Henry Taylor　　　　　　　　　ヘンリー・テイラー
　　　The Flying Change　　　　　　　　『飛んでいく変化』
1987　Rita Dove　　　　　　　　　　　リタ・ダヴ
　　　Thomas and Beulah　　　　　　　　『トマスとビューラ』

◇受 賞 者 一 覧◇

1988　William Meredith　　　　　　　　ウィリアム・メレディス
　　　　Partial Accounts: New and Selected　『中途半端な説明』
　　　　Poems
1989　Richard Wilbur　　　　　　　　　リチャード・ウィルバー
　　　　New and Collected Poems　　　　『新全詩集』
1990　Charles Simic　　　　　　　　　　チャールズ・シミック
　　　　The World Doesn't End　　　　　『世界は終わらない』
1991　Mona Van Duyn　　　　　　　　　モナ・ヴァン・ダイン
　　　　Near Changes　　　　　　　　　『変化の近くで』
1992　James Tate　　　　　　　　　　　ジェイムズ・テイト
　　　　Selected Poems　　　　　　　　『詩選集』
1993　Louise Glück　　　　　　　　　　ルイーズ・グリック
　　　　The Wild Iris　　　　　　　　　『野生のアヤメ』
1994　Yusef Komunyakaa　　　　　　　　ユセフ・コムニヤーカ
　　　　Neon Vernacular: New and Selected　『ネオン方言』
　　　　Poems
1995　Philip Levine　　　　　　　　　　フィリップ・レヴィーン
　　　　The Simple Truth　　　　　　　『単純な真理』
1996　Jorie Graham　　　　　　　　　　ジョリー・グレアム
　　　　The Dream of the Unified Field　　『統一された地の夢』
1997　Lisel Mueller　　　　　　　　　　リーゼル・ミュラー
　　　　Alive Together: New and Selected　『ともに生きて』
　　　　Poems
1998　Charles Wright　　　　　　　　　チャールズ・ライト
　　　　Black Zodiac　　　　　　　　　『黒い十二宮』
1999　Mark Strand　　　　　　　　　　マーク・ストランド
　　　　Blizzard of One　　　　　　　　『自身のブリザード』
2000　C.K. Williams　　　　　　　　　　C・K・ウィリアムズ
　　　　Repair　　　　　　　　　　　　『修繕』
2001　Stephen Dunn　　　　　　　　　　スティーヴン・ダン
　　　　Different Hours　　　　　　　　『様々な時間』
2002　Carl Dennis　　　　　　　　　　　カール・デニス
　　　　Practical Gods　　　　　　　　　『実務的な神々』
2003　Paul Muldoon　　　　　　　　　　ポール・マルドゥーン
　　　　Moy Sand and Gravel　　　　　　『上品な砂礫』
2004　Franz Wright　　　　　　　　　　フランツ・ライト

◇受 賞 者 一 覧◇

	Walking to Martha's Vineyard	『マーサズ・ヴィニャード島へ歩く』
2005	Ted Kooser	テッド・クーザー
	Delights & Shadows	『喜びと影』
	Steve Coll	スティーヴ・コール
	Ghost Wars	『幽霊戦争』
2006	Claudia Emerson	クローディア・エマソン
	Late Wife	『亡き妻』
2007	Natasha Trethewey	ナターシャ・トレザウエイ
	Native Guard	『ネイティヴ・ガード』
2008	Robert Hass	ロバート・ハース
	Time and Materials	『時間と物質』
	Philip Schultz	フィリップ・シュルツ
	Failure	『失敗者』

(笠原・関戸)

◇受賞者一覧◇

ピューリツァー賞演劇部門

1918 Jesse Lynch Williams　　　　ジェシー・リンチ・ウィリアムズ
　　　Why Marry?　　　　　　　　『なぜ結婚?』
1919 (No Award)　　　　　　　　　受賞作品なし
1920 Eugene O'Neill　　　　　　　ユージーン・オニール
　　　Beyond the Horizon　　　　『地平の彼方』
1921 Zona Gale　　　　　　　　　ゾナ・ゲール
　　　Miss Lulu Bett　　　　　　『ルル(悩める花)』
1922 Eugene O'Neill　　　　　　　ユージーン・オニール
　　　Anna Christie　　　　　　『アンナ・クリスティ』
1923 Owen Davis　　　　　　　　オーウェン・デイヴィス
　　　Icebound　　　　　　　　『氷に閉ざされて』
1924 Hatcher Hughes　　　　　　ハッチャー・ヒューズ
　　　Hell-Bent For Heaven　　　『奔流天に騰る』
1925 Sidney Howard　　　　　　シドニー・ハワード
　　　They Knew What They Wanted　『必要なものはわかっていた』
1926 George Kelly　　　　　　　ジョージ・ケリー
　　　Craig's Wife　　　　　　『クレイグの妻』
1927 Paul Green　　　　　　　　ポール・グリーン
　　　In Abraham's Bosom　　　『アブラハムの胸に』
1928 Eugene O'Neill　　　　　　　ユージーン・オニール
　　　Strange Interlude　　　　『奇妙な幕間狂言』
1929 Elmer L. Rice　　　　　　　エルマー・L・ライス
　　　Street Scene　　　　　　『街の風景』
1930 Marc Connelly　　　　　　マーク・コネリー
　　　The Green Pastures　　　『緑の牧場』
1931 Susan Glaspell　　　　　　スーザン・グラスペル
　　　Alison's House　　　　　『アリソンの家』
1932 George S. Kaufman, Morrie Ryskind　ジョージ・S・コーフマン，モリー・リスキ
　　　and Ira Gershwin　　　　ンド，アイラ・ガーシュウィン
　　　Of Thee I Sing　　　　　『われ，君を歌う』
1933 Maxwell Anderson　　　　マクスウェル・アンダソン
　　　Both Your Houses　　　『上下両院とも』
1934 Sidney Kingsley　　　　　シドニー・キングズリー
　　　Men in White　　　　　『白衣の人々』

◇ 受 賞 者 一 覧 ◇

1935 Zoë Akins　　　　　　　　　　　　ゾーイ・エイキンズ
　　　The Old Maid　　　　　　　　　　『年老いたお手伝い』
1936 Robert E. Sherwood　　　　　　　　ロバート・E・シャーウッド
　　　Idiot's Delight　　　　　　　　『愚者の喜び』
1937 Moss Hart and George S. Kaufman　モス・ハート，ジョージ・S・コーフマン
　　　You Can't Take It with You　　『金はあの世じゃ使えない（我が家の楽園）』
1938 Thornton Wilder　　　　　　　　　　ソーントン・ワイルダー
　　　Our Town　　　　　　　　　　　　『わが町』
1939 Robert E. Sherwood　　　　　　　　ロバート・E・シャーウッド
　　　Abe Lincoln in Illinois　　　　『イリノイのリンカーン』
1940 William Saroyan　　　　　　　　　　ウィリアム・サロイヤン
　　　The Time of Your Life　　　　　『君が人生の時』
1941 Robert E. Sherwood　　　　　　　　ロバート・E・シャーウッド
　　　There Shall Be No Night　　　　『夜はもうない』
1942 (No Award)　　　　　　　　　　　　受賞作品なし
1943 Thornton Wilder　　　　　　　　　　ソーントン・ワイルダー
　　　The Skin of Our Teeth　　　　　『危機一髪』
1944 (No Award)　　　　　　　　　　　　受賞作品なし
1945 Mary Chase　　　　　　　　　　　　メアリー・チェイス
　　　Harvey　　　　　　　　　　　　　『ハーヴィー』
1946 Russel Crouse and Howard Lindsay　ラッセル・クラウズ，ハワード・リンゼイ
　　　State of the Union　　　　　　　『愛の立候補宣言』
1947 (No Award)　　　　　　　　　　　　受賞作品なし
1948 Tennessee Williams　　　　　　　　テネシー・ウィリアムズ
　　　A Streetcar Named Desire　　　『欲望という名の電車』
1949 Arthur Miller　　　　　　　　　　　アーサー・ミラー
　　　Death of a Salesman　　　　　　『セールスマンの死』
1950 Richard Rodgers, Oscar　　　　　　リチャード・ロジャーズ，オスカー・ハマー
　　　Hammerstein, and Joshua Logan　スタイン，ジョシュア・ローガン
　　　South Pacific　　　　　　　　　『南太平洋』
1951 (No Award)　　　　　　　　　　　　受賞作品なし
1952 Joseph Kramm　　　　　　　　　　　ジョーゼフ・クラム
　　　The Shrike　　　　　　　　　　　『もず』
1953 William Inge　　　　　　　　　　　ウィリアム・インジ
　　　Picnic　　　　　　　　　　　　　『ピクニック』
1954 John Patrick　　　　　　　　　　　ジョン・パトリック

◇受 賞 者 一 覧◇

	The Teahouse of the August Moon	『八月十五夜の茶屋』
1955	Tennessee Williams	テネシー・ウィリアムズ
	Cat on a Hot Tin Roof	『熱いトタン屋根の上の猫』
1956	Albert Hackett and Frances Goodrich	アルバート・ハケット, フランセス・グッドリッチ
	Diary of Anne Frank	『アンネの日記』
1957	Eugene O'Neill	ユージーン・オニール
	Long Day's Journey Into Night	『夜への長い旅路』
1958	Ketti Frings	ケティ・フリングズ
	Look Homeward, Angel	『天使よ故郷を見よ』
1959	Archibald MacLeish	アーチボルド・マクリーシュ
	J. B.	『J・B・』
1960	Jerome Weidman and George Abbott (book), Jerry Bock (music), and Sheldon Harnick (lyrics)	原作ジェローム・ワイドマン, ジョージ・アボット, 音楽ジェリー・ボック, 歌詞シェルドン・ハーニック
	Fiorello!	『フィオレロ!』
1961	Tad Mosel	タッド・モーゼル
	All The Way Home	『長い家路』
1962	Frank Loesser and Abe Burrows	フランク・ラッサー, エイブ・バローズ
	How To Succeed In Business Without Really Trying	『努力しないで出世する方法』
1963	(No Award)	受賞作品なし
1964	(No Award)	受賞作品なし
1965	Frank D. Gilroy	フランク・D・ギルロイ
	The Subject was Roses	『バラが問題だ』
1966	(No Award)	受賞作品なし
1967	Edward Albee	エドワード・オールビー
	A Delicate Balance	『デリケート・バランス』
1968	(No Award)	受賞作品なし
1969	Howard Sackler	ハワード・サックラー
	The Great White Hope	『偉大なる白人の希望』
1970	Charles Gordone	チャールズ・ゴードン
	No Place To Be Somebody	『ノー・プレイス・トゥ・ビー・サムバディ』
1971	Paul Zindel	ポール・ジンデル
	The Effect of Gamma Rays on Man-In-The-Moon Marigolds	『マリゴールドへのガンマ線の効果』

◇受賞者一覧◇

1972	(No Award)	受賞作品なし
1973	Jason Miller	ジェイソン・ミラー
	That Championship Season	『あの栄光の季節』
1974	(No Award)	受賞作品なし
1975	Edward Albee	エドワード・オールビー
	Seascape	『海の風景』
1976	Michael Bennett (conceived, choreographed and directed), James Kirkwood and Nicholas Dante (book), Marvin Hamlisch (music), and Edward Kleban (lyrics)	原案・振付・指揮マイケル・ベネット，台本ジェイムズ・カークウッド，ニコラス・ダンテ，音楽マーヴィン・ハムリッシュ，歌詞エドワード・クレバン
	A Chorus Line	『コーラス・ライン』
1977	Michael Cristofer	マイケル・クリストファー
	The Shadow Box	『シャドー・ボックス』
1978	Donald L. Coburn	ドナルド・L・コバーン
	The Gin Game	『ジン・ゲーム』
1979	Sam Shepard	サム・シェパード
	Buried Child	『埋められた子供』
1980	Lanford Wilson	ランフォード・ウィルソン
	Talley's Folly	『タリー家のボート小屋』
1981	Beth Henley	ベス・ヘンリー
	Crimes of the Heart	『心の罪（ロンリーハート）』
1982	Charles Fuller	チャールズ・フラー
	A Soldier's Play	『ソルジャーズ・プレイ』
1983	Marsha Norman	マーシャ・ノーマン
	'night, Mother	『おやすみ、母さん』
1984	David Mamet	デイヴィッド・マメット
	Glengarry Glen Ross	『グレンギャリー・グレン・ロス』
1985	Stephen Sondheim (music and lyrics), James Lapine (book)	音楽・歌詞，スティーヴン・ソンドハイム，原作ジェイムズ・ラパイン
	Sunday in the Park with George	『ジョージの恋人（日曜日に公園でジョージと）』
1986	(No Award)	受賞作品なし
1987	August Wilson	オーガスト・ウィルソン
	Fences	『フェンス』
1988	Alfred Uhry	アルフレッド・ウーリー
	Driving Miss Daisy	『ドライヴィング・ミス・デイジー』

◇受 賞 者 一 覧◇

1989 Wendy Wasserstein　　　　　　ウェンディ・ワッサースタイン
　　　The Heidi Chronicles　　　　　　『ハイジの年代記』
1990 August Wilson　　　　　　　　オーガスト・ウィルソン
　　　The Piano Lesson　　　　　　　『ピアノ・レッスン』
1991 Neil Simon　　　　　　　　　　ニール・サイモン
　　　Lost in Yonkers　　　　　　　　『ヨンカーズ物語』
1992 Robert Schenkkan　　　　　　　ロバート・シェンカン
　　　The Kentucky Cycle　　　　　　『ケンタッキー・サイクル』
1993 Tony Kushner　　　　　　　　　トニー・クシュナー
　　　Angels in America: Millennium　　『エンジェルズ・イン・アメリカ』
　　　Approaches
1994 Edward Albee　　　　　　　　　エドワード・オールビー
　　　Three Tall Women　　　　　　　『幸せの背くらべ』
1995 Horton Foote　　　　　　　　　ホートン・フート
　　　The Young Man from Atlanta　　『アトランタから来た青年』
1996 the late Jonathan Larson　　　　故ジョナサン・ラーソン
　　　Rent　　　　　　　　　　　　『レント』
1997 (No Award)　　　　　　　　　　受賞作品なし
1998 Paula Vogel　　　　　　　　　　ポーラ・ヴォーゲル
　　　How I Learned to Drive　　　　『どうやって運転を学んだか』
1999 Margaret Edson　　　　　　　　マーガレット・エドソン
　　　Wit　　　　　　　　　　　　　『ウィット』
2000 Donald Margulies　　　　　　　ドナルド・マーグリーズ
　　　Dinner with Friends　　　　　　『友人たちとの夕食』
2001 David Auburn　　　　　　　　　デイヴィッド・オーバーン
　　　Proof　　　　　　　　　　　　『プルーフ』
2002 Suzan-Lori Parks　　　　　　　　スーザン・ロリ・パークス
　　　Topdog / Underdog　　　　　　『勝ち組／負け組』
2003 Nilo Cruz　　　　　　　　　　　ニロ・クルス
　　　Anna in the Tropics　　　　　　『熱帯地方のアンナ』
2004 Doug Wright　　　　　　　　　ダグ・ライト
　　　I Am My Own Wife　　　　　　『私は私自身の妻』
2005 John Patrick Shanley　　　　　　ジョン・パトリック・シャンレイ
　　　Doubt, a parable　　　　　　　『ダウト』
2006 (No Award)　　　　　　　　　　受賞作品なし
2007 David Lindsay-Abaire　　　　　　デイヴィッド・リンゼイ＝アベア

◇受　賞　者　一　覧◇

	Rabbit Hole	『ウサギの穴』
2008	Tracy Letts	トレイシー・レッツ
	Osage County	『八月―オセージ郡』

（笠原・関戸）

◇受賞者一覧◇

ピューリツァー賞小説部門／1948年よりフィクション部門

1918	Ernest Poole	アーネスト・プール
	His Family	『彼の家族』
1919	Booth Tarkington	ブース・ターキントン
	The Magnificent Ambersons	『素晴らしいアンバーソン家の人々』
1920	(No Award)	受賞作品なし
1921	Edith Wharton	イーディス・ウォートン
	The Age of Innocence	『無垢の時代』
1922	Booth Tarkington	ブース・ターキントン
	Alice Adams	『アリス・アダムズ』
1923	Willa Cather	ウィラ・キャザー
	One of Ours	『われらの仲間』
1924	Margaret Wilson	マーガレット・ウィルソン
	The Able McLaughlins	『腕利きマクローリンズ』
1925	Edna Ferber	エドナ・ファーバー
	So Big	『ソー・ビッグ』
1926	Sinclair Lewis	シンクレア・ルイス
	Arrowsmith	『アロウスミス』
1927	Louis Bromfield	ルイス・ブロムフィールド
	Early Autumn	『初秋』
1928	Thornton Wilder	ソーントン・ワイルダー
	The Bridge of San Luis Rey	『サン・ルイス・レイの橋』
1929	Julia Peterkin	ジュリア・ピーターキン
	Scarlet Sister Mary	『スカーレット・シスター・メアリー』
1930	Oliver La Farge	オリバー・ラファージュ
	Laughing Boy	『笑う少年』
1931	Margaret Ayer Barnes	マーガレット・エア・バーンズ
	Years of Grace	『猶予期間』
1932	Pearl S. Buck	パール・S・バック
	The Good Earth	『大地』
1933	T. S. Stribling	T・S・ストリブリング
	The Store	『店』
1934	Caroline Miller	キャロライン・ミラー
	Lamb in His Bosom	『子羊をふところに抱き』
1935	Josephine Winslow Johnson	ジョセフィン・ウィンズロウ・ジョンソン

◇受賞者一覧◇

	Now in November	『11月の今』
1936	Harold L. Davis	ハロルド・L・デイヴィス
	Honey in the Horn	『角の中の蜂蜜』
1937	Margaret Mitchell	マーガレット・ミッチェル
	Gone with the Wind	『風と共に去りぬ』
1938	John Phillips Marquand	ジョン・フィリップス・マーカンド
	The Late George Apley	『故ジョージ・アプレイ』
1939	Marjorie Kinnan Rawlings	マージョリー・キナン・ローリングズ
	The Yearling	『子鹿物語』
1940	John Steinbeck	ジョン・スタインベック
	The Grapes of Wrath	『怒りのぶどう』
1941	(No Award)	受賞作品なし
1942	Ellen Glasgow	エレン・グラスゴー
	In This Our Life	『このわれらが生に』
1943	Upton Sinclair	アプトン・シンクレア
	Dragon's Teeth	『龍の歯』
1944	Martin Flavin	マーティン・フレィヴィン
	Journey in the Dark	『暗闇の中の旅』
1945	John Hersey	ジョン・ハーシー
	A Bell for Adano	『アダノの鐘』
1946	(No Award)	受賞作品なし
1947	Robert Penn Warren	ロバート・ペン・ウォレン
	All the King's Men	『すべて王の臣』
1948	James A. Michener	ジェイムズ・A・ミッチェナー
	Tales of the South Pacific	『南太平洋物語』
1949	James Gould Cozzens	ジェイムズ・グールド・カズンズ
	Guard of Honor	『儀仗兵』
1950	A. B. Guthrie, Jr.	A・B・ガスリー，ジュニア
	The Way West	『西部への道』
1951	Conrad Richter	コンラッド・リクター
	The Town	『町』
1952	Herman Wouk	ハーマン・ウォーク
	The Caine Mutiny	『ケイン号の反乱』
1953	Ernest Hemingway	アーネスト・ヘミングウェイ
	The Old Man and the Sea	『老人と海』
1954	(No Award)	受賞作品なし

◇受賞者一覧◇

1955　William Faulkner　　　　　　　　　ウィリアム・フォークナー
　　　　A Fable　　　　　　　　　　　　　『寓話』
1956　MacKinlay Kantor　　　　　　　　　マッキンレー・カンター
　　　　Andersonville　　　　　　　　　　『アンダソンヴィル』
1957　(No Award)　　　　　　　　　　　　受賞作品なし
1958　the late James Agee　　　　　　　　故ジェイムズ・エイジー
　　　　A Death In the Family (a　　　　　『家族のなかの死』（死後出版）
　　　　posthumous publication)
1959　Robert Lewis Taylor　　　　　　　　ロバート・ルイス・テイラー
　　　　The Travels of Jaimie McPheeters　『ジェイミー・マクフィーターズの旅』
1960　Allen Drury　　　　　　　　　　　　アレン・ドルーリー
　　　　Advise and Consent　　　　　　　　『助言と承諾』
1961　Harper Lee　　　　　　　　　　　　ハーパー・リー
　　　　To Kill a Mockingbird　　　　　　『アラバマ物語―物真似鳥を殺すのは』
1962　Edwin O'Connor　　　　　　　　　エドウィン・オコナー
　　　　The Edge of Sadness　　　　　　　『絶望の淵より』
1963　William Faulkner　　　　　　　　　ウィリアム・フォークナー
　　　　The Reivers　　　　　　　　　　　『自動車泥棒―ある回想』
1964　(No Award)　　　　　　　　　　　　受賞作品なし
1965　Shirley Anne Grau　　　　　　　　　シャーリー・アン・グロー
　　　　The Keepers of the House　　　　　『家を守る人々』
1966　Katherine Anne Porter　　　　　　　キャサリン・アン・ポーター
　　　　Collected Stories　　　　　　　　　『キャサリン・アン・ポーター作品集』
1967　Bernard Malamud　　　　　　　　　バーナード・マラマッド
　　　　The Fixer　　　　　　　　　　　　『フィクサー（修理屋）』
1968　William Styron　　　　　　　　　　ウィリアム・スタイロン
　　　　The Confessions of Nat Turner　　『ナット・ターナーの告白』
1969　N. Scott Momaday　　　　　　　　　N・スコット・モマデイ
　　　　House Made of Dawn　　　　　　　『暁で造られた家』
1970　Jean Stafford　　　　　　　　　　　ジーン・スタフォード
　　　　Collected Stories　　　　　　　　　『短編集』
1971　(No Award)　　　　　　　　　　　　受賞作品なし
1972　Wallace Stegner　　　　　　　　　　ウォレス・ステグナー
　　　　Angel of Repose　　　　　　　　　『安息角』
1973　Eudora Welty　　　　　　　　　　　ユードラ・ウェルティ
　　　　The Optimist's Daughter　　　　　『マッケルヴァ家の娘（楽天主義者の娘）』

◇ 受 賞 者 一 覧 ◇

1974	(No Award)	受賞作品なし
1975	Michael Shaara	マイケル・シャーラ
	The Killer Angels	『殺人天使たち』
1976	Saul Bellow	ソール・ベロウ
	Humboldt's Gift	『フンボルトの贈り物』
1977	(No Award)	受賞作品なし
1978	James Alan McPherson	ジェイムズ・アラン・マクファーソン
	Elbow Room	『エルボー・ルーム』
1979	John Cheever	ジョン・チーヴァー
	The Stories of John Cheever	『ジョン・チーヴァー短編集』
1980	Norman Mailer	ノーマン・メイラー
	The Executioner's Song	『死刑執行人の歌』
1981	the late John Kennedy Toole	故ジョン・ケネディ・トゥール
	A Confederacy of Dunces	『のろまの連合』（死後出版）
	(a posthumous publication)	
1982	John Updike	ジョン・アップダイク
	Rabbit Is Rich	『金持ちになったウサギ』
1983	Alice Walker	アリス・ウォーカー
	The Color Purple	『カラー・パープル』
1984	William Kennedy	ウィリアム・ケネディ
	Ironweed	『黄昏に燃えて』
1985	Alison Lurie	アリソン・ルーリー
	Foreign Affairs	『異国にて』
1986	Larry McMurtry	ラリー・マクマートリー
	Lonesome Dove	『寂しき鳩』
1987	Peter Taylor	ピーター・テイラー
	A Summons to Memphis	『メンフィスへ帰る』
1988	Toni Morrison	トニ・モリソン
	Beloved	『ビラヴド』
1989	Anne Tyler	アン・タイラー
	Breathing Lessons	『ブリージング・レッスン』
1990	Oscar Hijuelos	オスカー・イフェロス
	The Mambo Kings Play Songs of Love	『マンボ・キングズが愛の歌を演奏する』
1991	John Updike	ジョン・アップダイク
	Rabbit at Rest	『さようならウサギ』
1992	Jane Smiley	ジェーン・スマイリー

◇受賞者一覧◇

	A Thousand Acres		『1000エーカー』
1993	Robert Olen Butler		ロバート・オレン・バトラー
	A Good Scent from a Strange Mountain		『不思議な山からの香り』
1994	E. Annie Proulx		E・アニー・プルー
	The Shipping News		『シッピング・ニュース』
1995	Carol Shields		キャロル・シールズ
	The Stone Diaries		『石の日記』
1996	Richard Ford		リチャード・フォード
	Independence Day		『独立記念日』
1997	Steven Millhauser		スティーヴン・ミルハウザー
	Martin Dressler: The Tale of an American Dreamer		『マーティン・ドレスラーの夢』
1998	Philip Roth		フィリップ・ロス
	American Pastoral		『アメリカン・パストラル』
1999	Michael Cunningham		マイケル・カニンガム
	The Hours		『めぐり逢う時間』
2000	Jhumpa Lahiri		ジュンパ・ラヒリ
	Interpreter of Maladies		『病気の通訳（停電の夜に）』
2001	Michael Chabon		マイケル・シャボン
	The Amazing Adventures of Kavalier & Clay		『カヴァリエとクレイの驚くべき冒険』
2002	Richard Russo		リチャード・ルッソ
	Empire Falls		『帝国の陥落』
2003	Jeffrey Eugenides		ジェフェリー・ユージェニデス
	Middlesex		『ミドルセックス』
2004	Edward P. Jones		エドワード・P・ジョーンズ
	The Known World		『奴隷制―既知世界の闇』
2005	Marilynne Robinson		マリリン・ロビンソン
	Gilead		『ギレアデ』
2006	Geraldine Brooks		ジェラルディン・ブルックス
	March		『マーチ』
2007	Cormac McCarthy		コーマック・マッカーシー
	The Road		『道』

◇受 賞 者 一 覧◇

2008 Junot Diaz　　　　　　　　　　　ジュノ・ディアス
　　　The Brief Wondrous Life of Oscar Wao　『オスカー・ワオの短くも素晴らしき人生』
　　　　　　　　　　　　　　　　　　　　　　　　（笠原・関戸）

◇ ノーベル賞受賞者一覧 ◇

アメリカ作家ノーベル賞受賞者

1930	シンクレア・ルイス	力強く鮮明な描写力，ウィットとユーモアを交え，新たなタイプの登場人物を作り出す能力に対して
1936	ユージーン・オニール	独自の悲劇の概念を体現する彼の劇作品における，力と誠実さと心の奥底で感じられる感情に対して
1938	パール・バック	中国農民の生活の真に叙事詩的で豊かな描写と，自伝的傑作に対して
1948	T・S・エリオット	今日の詩への，傑出した先進的貢献に対して
1950	ウィリアム・フォークナー	現代アメリカ文学への力強く，芸術的に独特な貢献に対して
1954	アーネスト・ヘミングウェイ	最も最近では『老人と海』で示された，卓越した語りの技術と，現代の文体に及ぼした影響に対して
1962	ジョン・スタインベック	同情的なユーモアと鋭い社会理解を併せた，リアリスティックで想像力豊かな著作に対して
1976	ソール・ベロウ	作品中で結合された，人間への理解と，現代文化の微細な分析に対して
1978	I・B・シンガー	ポーランド系ユダヤ人文化に根ざした，普遍的な人間の状況を活き活きと表わす，情熱的な語りの技法に対して
1980	チェスワフ・ミウォシュ	苛烈な闘争状態の世界にさらされた人間の状況を，妥協のない鮮明さで表現した
1987	ヨシフ・ブロツキー	思考の明晰さと詩的緊張に満ちた，多岐にわたる著述に対して
1993	トニ・モリソン	想像力の豊かさと詩的な趣を特徴とする小説で，アメリカの現実の根本的な側面に生命を吹き込んだ

ノーベル賞受賞者理由のコメントは，ノーベル財団のホームページ http://nobelprize.org/nobel_prizes/literature/laureates/を出典としました．

(笠原)

第 七 部

参考文献

概論的なもの
詩
演劇
思想
小説

◇参考文献◇

概論的なもの

志賀勝『アメリカ文学の成長』研究社出版　1954
D・H・ロレンス『アメリカ古典文学研究』後藤昭次訳　表現社　1962
荒巻鉄雄，内田昭一郎『アメリカ文学読本』開文社出版　1968
佐伯彰一『アメリカ文学史 ― エゴのゆくえ』筑摩書房　1969
大橋健三郎，斎藤光『アメリカ文学史』明治書院　1971
R・W・ホートン，H・W・エドワーズ『アメリカ文学思想の背景』関口功，白石佑光訳　小川出版　1972
福田陸太郎編著『アメリカ文学名作選 ― 風土と文学』中教出版　1972
福田陸太郎編著『アメリカ文学思潮史 ― 社会と文学』中教出版　1975
大橋健三郎，斎藤光，大橋吉之輔『総説アメリカ文学史』研究社出版　1975
井上謙治，國重純二編『社会的批評』(アメリカ古典文庫20)　研究社出版　1975
　(ヴァン・ワイク・ブルックス『アメリカ成年期に達す』(井上訳) と『役に立つ過去』(國重訳) を収録.)
田島俊雄，中島斉，松本唯史『アメリカ文学案内』朝日出版社　1977
井上謙治編 (佐藤・相良・矢作) 『アメリカ文学史入門』創元社　1979
福田陸太郎，岩元巌，酒本雅之編著『アメリカ文学研究必携』中教出版　1979
大内義一，今村楯夫『現代英米文学主潮』開文社出版　1980
太陽社編集部編『アメリカ文学を読む30回』太陽社　1981
D・H・ロレンス『アメリカ古典文学研究』野崎孝訳　南雲堂　1987
大橋吉之輔『アメリカ文学史入門』研究社出版　1987
岩元巌，酒本雅之監修 (訳) 『アメリカ文学作家作品事典』本の友社　1991
板橋好枝，高田賢一編著『はじめて学ぶアメリカ文学史』ミネルヴァ書房　1991
チャールズ・ファイデルスン Jr.『象徴主義とアメリカ文学』山岸康司，村上清敏，青山義孝訳　旺史社　1991
高田賢一，野田研一，笹田直人編著『たのしく読めるアメリカ文学 ― 作品ガイド150』ミネルヴァ書房　1994
ラリー・マキャフリー，巽孝之，越川芳明『アヴァンポップ』筑摩書房　1995
渡辺利雄編『読み直すアメリカ文学』研究社出版　1996
亀井俊介『アメリカ文学史講義』全3巻　南雲堂　1997
大平章，木内徹，鈴木順子，堀邦雄編著『現代の英米作家100人』鷹書房弓プレス　1997
後藤昭次編『文学批評のポリティックス』大阪教育図書　1997
船戸英夫，中野記偉編著『じてん・英米のキャラクター』研究社出版　1998

◇ 参 考 文 献 ◇

原川恭一編『アメリカ文学の冒険 ― 空間の想像力』彩流社　1998
D・H・ロレンス『アメリカ古典文学研究』大西直樹訳　講談社文芸文庫　1999
亀井俊介編『アメリカ文化事典』研究社出版　1999
柴田元幸『アメリカ文学のレッスン』講談社現代叢書　2000
巽孝之『アメリカ文学史のキーワード』講談社現代叢書　2000
國重純二編『アメリカ文学ミレニアム』全2巻　南雲堂　2001
巽孝之『アメリカ文学史 ― 駆動する物語の時空間』慶応義塾大学出版会　2003
J・ヒリス・ミラー『アリアドネの糸 ― 物語の線』吉田幸子, 室町小百合訳　英宝社　2003
鴨川卓博, 伊藤貞基共編『身体, ジェンダー, エスニシティ―21世紀転換期アメリカ文学における主体』英宝社　2003
柴田元幸『アメリカン・ナルシス―メルヴィルからミルハウザーまで』東京大学出版会　2005
渡辺利雄『講義アメリカ文学史』全3巻　研究社出版　2007

福原麟太郎, 西川正身監修『20世紀英米文学案内』全24巻　研究社出版　1969
尾形敏彦編『アメリカ文学研究双書』全5巻　山口書店　1981

詩

片桐ユズル『詩のことばと日常のことば ― アメリカ詩論』思潮社　1963
鍵谷幸信編『アメリカ現代詩論体系』思潮社　1964
福田陸太郎, 鍵谷幸信共編『現代アメリカ・イギリス詩人論』国文社　1972
沢崎順之助司会『現代詩』シンポジウム英米文学5　学生社　1975
吉津成久『アメリカ詩の原点』学書房　1977
金関寿夫『アメリカ現代詩ノート』研究社出版　1977
徳永暢三『ことばの戦ぎ ― アメリカ現代詩』中教出版　1979
新倉俊一『アメリカ詩の世界 ― 成立から現代まで』大修館書店　1981
ノースロップ・フライ『同一性の寓話 ― 詩的神話学の研究』駒沢大学N・フライ研究会訳　法政大学出版局　1983
富士川義之『風景の詩学』白水社　1998
マテイ・カリネスク『モダンの五つの顔』富山英俊, 栂正行訳　せりか書房　1989
アリシア・オストライカー『言葉を盗む女たち ― アメリカ女性詩論』池内靖子訳　土曜美術社　1990
徳永暢三『アメリカ現代詩と無』英潮社新社　1990
新倉俊一『アメリカ詩入門』研究社出版　1993
ヘレン・ヴェンドラー『アメリカの叙情詩』徳永暢三監訳, 飯野友幸, 江田孝臣訳　彩流社

◇ 参 考 文 献 ◇
1993
金関寿夫『魔法としての言葉』思潮社　1993
飯野友幸『アメリカの現代詩 ― 後衛詩学の系譜』彩流社　1994
渡辺信二『荒野からうた声が聞こえる ― アメリカ詩学の本質と変貌』朝文社　1994
木下卓，野田研一，太田雅孝編著『たのしく読める英米詩 ― 作品ガイド120』ミネルヴァ書房　1996
金関寿夫『アメリカ現代詩を読む ― 評論集』思想社　1997
川本皓嗣編『アメリカ詩を読む』岩波書店　1998
富山英俊他編著『アメリカン・モダニズム ― パウンド，エリオット，ウィリアムズ，スティーヴンズ』せりか書房　2002
新倉俊一『詩人たちの世紀』みすず書房　2003
阿部公彦『即興文学のつくり方』松柏社　2004
ヒューストン・A・ベイカー・ジュニア『モダニズムとハーレム・ルネッサンス』小林憲二訳　未来社　2006
阿部公彦『英詩のわかり方』研究社出版　2007

ブラッドストリート
三宅晶子『エドワード・テイラーの詩，その心』すぐ書房　1995
渡辺信二『アン・ブラッドストリートとエドワード・テイラー』松柏社　1999

ホイットマン
長沼重隆『ホヰットマン雑考』東興社　1932
杉木喬『ホヰットマン』研究社出版　1937
鍋島能弘『ホイットマンの研究』篠崎書林　1959
亀井俊介『近代文学におけるホイットマンの運命』研究社出版　1970
吉崎邦子『ホイットマン ― 時代と共に生きる』開文社出版　1992
田村晃康『ホイットマン論考』成美堂　1997
新井正一郎『ウォルト・ホイットマン ― 架け橋のアメリカ詩人』英宝社　2004
吉崎邦子，溝口健二『ホイットマンと19世紀アメリカ』開文社出版　2005

ディキンソン
中内正夫『エミリ・ディキンスン ― 露の放蕩者』南雲堂　1981
トーマス・H・ジョンスン『エミリ・ディキンスン評伝』新倉俊一，鵜野ひろ子訳　国文社　1985
萱嶋八郎『エミリ・ディキンスンの世界』南雲堂　1985
新倉俊一『エミリー・ディキンスン ― 不在の肖像』大修館書店　1989
古川隆夫『ディキンスンの詩法の研究 ― 重層構造を読む』研究社出版　1992
酒本雅之『ことばと永遠 ― エミリー・ディキンソンの世界創造』研究社出版　1992

◇ 参 考 文 献 ◇

ロバート・L・レア『エミリ・ディキンスン詩入門』藤谷聖和，岡本雄二，藤本雅樹編訳　国文社　1993
岩田典子『エミリ・ディキンスンを読む』思潮社　1997

ブラック・エルク

ジョン・G・ナイハルト『ブラック・エルクは語る』宮下嶺夫訳　めるくまーる　2001

フロスト

安藤一郎『フロスト』研究社出版　1958
藤本雅樹『フロストの「西に流れる川」の世界 ― 新たな抒情を求めて』国文社　2003

スティーヴンズ

新倉俊一『ウォーレス・スティーヴンズ』山口書店　1982
阿部公彦『モダンの近似値 ― スティーブンズ・大江・アヴァンギャルド』松柏社　2001

パウンド

エズラ・パウンド『詩学入門』沢崎順之助訳　冨山房　1979
高田美一訳『詩の媒体としての漢字考 ― アーネスト・フェノロサ＝エズラ・パウンド芸術詩論』東京美術　1982
マイケル・レック『エズラ・パウンド ― 二十世紀のオデュッセウス』高田美一訳　角川書店　1987
高田美一『フェノロサ遺稿とエズラ・パウンド』近代文藝社　1995
福田陸太郎，安川昱編『エズラ・パウンド研究』山口書店　1986
安川昱『エズラ・パウンドとギリシャ悲劇』関西大学東西学術研究所　2000
新倉俊一『詩人たちの世紀 ― 西脇順三郎とエズラ・パウンド』みすず書房　2003
土岐恒二，児玉実英監修『記憶の宿る場所 ― エズラ・パウンドと20世紀の詩』思潮社　2005

エリオット

深瀬基寛『ティ・エス・エリオット』研究社出版　1937
西脇順三郎『T・S・Eliot』研究社出版　1956
ハロルド・ラスキ他『エリオットの功罪』大竹勝編訳　荒地出版社　1958
熊代荘歩『エリオットと詩の問題』北星堂　1958
寺田建比古『T・S・エリオット ― 砂漠の中心』研究社出版　1963
安田章一郎『T・S・エリオット研究 ― 文学の周辺』南雲堂　1966
平井正穂編『エリオット』研究社出版　1967
安田章一郎『エリオットと伝統』研究社出版　1977
ノースロップ・フライ『T・S・エリオット』遠藤光訳　清水弘文堂　1981
ピーター・アクロイド『T・S・エリオット』武谷紀久雄訳　みすず書房　1988
越沢浩『T・S・エリオットと英文学』勁草書房　1988
徳永暢三『T・S・エリオット』清水書院　1992
星野徹『車輪と車軸 ― T・S・エリオット論』沖積舎　1997

◇参考文献◇

山田祥一『T・S・エリオット論考』鳳書房　2007

ハート・クレイン

森田勝治『ハート・クレイン「橋」研究』近代文藝社　1999

ロバート・ロウエル

徳永暢三『ロバート・ロウエル』研究社出版　1981

ギンズバーグ

諏訪優『アレン・ギンズバーグ』弥生書房　1969

アッシュベリー

飯野友幸『ジョン・アッシュベリー ―「可能性への讃歌」の詩』研究社出版　2005

スナイダー

山里勝巳『場所を生きる ― ゲーリー・スナイダーの世界』山と渓谷社　2006

プラス

皆見昭，渥美育子編『シルヴィア・プラスの世界』南雲堂　1982

皆見昭『詩人の素顔―シルヴィア・プラスとテッド・ヒューズ』研究社出版　1987

ロナルド・ヘイマン『シルヴィア・プラス―フェミニズムの象徴的詩人の生と死』徳永暢三，飯野友幸訳　彩樹社　1995

ジャネット・マルカム『シルヴィア・プラス ― 沈黙の女』井上章子訳　青土社　1997

井上章子『シルヴィア・プラスの愛と死』南雲堂　2004

木村慧子『シルヴィア・プラス』水声社　2005

演劇

倉橋健『アメリカの現代劇 ― ユージン・オニール以後』古今書房　1946

アラン・S・ダウナー『アメリカ現代劇』成田成壽，末永国明訳　評論社　1957

アラン・S・ダウナー『アメリカの演劇』大島良行，横尾和歌子訳　文修堂　1969

鈴木周二『現代アメリカ演劇』評論社　1977

倉橋健『現代アメリカの演劇』南雲堂　1978

L・エイベル『メタシアター』（エピステーメ叢書）高橋康也，大橋洋一訳　朝日出版社　1980

大平和登『ブロードウェイ』作品社　1980

末永国明，石塚浩司編著『戦後アメリカ演劇の展開』文英堂　1983

大平和登，荒井良雄『ブロードウェイ！　ブロードウェイ！』朝日新聞社　1985

鴫原眞一編『モダン・アメリカン・ドラマ』研究社出版　1989

現代演劇研究会編『現代英米の劇作家たち』英潮社新社　1990

田川弘雄，鈴木周二編著『アメリカ演劇の世界』研究社出版　1991

倉橋健『芝居をたのしむ』南雲堂　1993

◇ 参 考 文 献 ◇

高島邦子『20世紀アメリカ演劇 ― アメリカ神話の解剖』国書刊行会　1993
池内靖子『フェミニズムと現代演劇　英米女性劇作家論』田畑書店　1994
高島邦子『アメリカ演劇研究 ― アメリカン・リアリズムのレトリック』国書刊行会　1996
セオドア・シャンク『現代アメリカ演劇　オルタナティヴ・シアターの探求』鴻英良, 星野共, 大島由紀夫訳　勁草書房　1998
酒本和男, 来住正三編『イギリス・アメリカ演劇事典』新水社　1999
一之瀬和夫, 外岡尚美編著『境界を越えるアメリカ演劇 ― オールタナティヴな演劇の理解』ミネルヴァ書房　2001
一之瀬和夫, 外岡尚美『たのしく読める英米演劇』ミネルヴァ書房　2001
内野儀『メロドラマからパフォーマンスへ ― 20世紀アメリカ演劇論』東京大学出版会　2001
笹田直人, 堀真理子, 外岡尚美編著『概説アメリカ文化史』ミネルヴァ書房　2002
喜志哲雄『英米演劇入門』研究社出版　2003
清水純子『アメリカン・リビドー・シアター ― 蹂躙された欲望』彩流社　2004
長田光展『アメリカ演劇と「再生」』中央大学出版部　2004

現代演劇研究会編『現代演劇』英潮社　1979-
No.2　『特集テネシー・ウィリアムズ』1979
No.4　『特集エドワード・オールビー』1980
No.6　『特集ニール・サイモン』1983
No.8　『特集サム・シェパード』1985
No.10　『特集ユージン・オニール』1989
No.13　『特集ディヴィッド・マメット』1998
No.15　『特集アーサー・ミラー』2002
No.16　『特集デイヴィッド・ヘア』2005
No.17　『特集リリアン・ヘルマン/メガン・テリー』2007

全国アメリカ演劇研究者会議編『アメリカ演劇』法政大学出版局　1987-
1　「エドワード・オールビー特集」1987
2　「テネシー・ウィリアムズ特集」1987
3　「ソーントン・ワイルダー特集」1989
4　「マックスウェル・アンダーソン特集」1990
5　「ユージーン・オニール特集」1991
6　「アーサー・ミラー特集」1992
7　「リリアン・ヘルマン特集」1994
8　「ニール・サイモン特集」1995
9　「エルマー・ライス特集」1997

◇ 参 考 文 献 ◇
10 「デイヴィッド・マメット特集」1998
11 「ウィリアム・インジ特集」1998
12 「サム・シェパード特集」2000
13 「ジョージ・コフマン特集」2001
14 「ユージーン・オニール特集 II」2002
15 「オーガスト・ウィルソン特集」2003
16 「トニー・クシュナー特集」2004
17 「アーサー・ミラー特集 II」2005
18 「マリア・アイリーン・フォルネス特集」2006
19 「エドワード・オールビー特集 II」2007

オニール
木村俊夫『ユージーン・オニール』燈書房 1953
山内邦臣『ユージン・オニール研究 ― 詩魂と悲劇』(京大英文学評論叢書 第2巻) 山口書店 1964
山名章二『自伝と鎮魂―ユージーン・オニール研究』成美堂 1987
山内邦臣編著『ユージン・オニール』(現代英米文学セミナー双書 14) 山口書店 1988
黒川欣映編『現代演劇としてのユージン・オニール ― 法政大学第13回国際シンポジウム』法政大学出版局 1990

ヘルマン
ピーター・フィーブルマン『リリアン・ヘルマンの思い出』本間千枝子他訳 筑摩書房 1992

テネシー・ウィリアムズ
ブルース・スミス『テネシー・ウィリアムズ最後のドラマ』鳴海四郎訳 白水社 1995
ロナルド・ヘイマン『テネシー・ウィリアムズ ― がけっぷちの人生』平野和子訳 平凡社 1995
雨宮栄一『テネシー・ウィリアムズ台詞論』鳳書房 1997
デイキン・ウィリアムズ, シェパード・ミード『テネシー・ウィリアムズ評伝』奥村透訳 山口書店 1988
テネシー・ウィリアムズ『テネシー・ウィリアムズ回想録』鳴海四郎訳 白水社 1999
ドナルド・スポトー『テネシー・ウィリアムズの光と闇』土井仁訳 英宝社 2000

アーサー・ミラー
西田実, 宮内華代子編著『アーサー・ミラー』(現代英米文学セミナー双書 No.27) 山口書店 1982
佐多真徳『アーサー・ミラー ― 劇作家への道』研究社出版 1984
アーサー・ミラー『北京のセールスマン』倉橋健訳 早川書房 1987

◇ 参 考 文 献 ◇

アーサー・ミラー『アーサー・ミラー自伝（上・下）』倉橋健訳　早川書房　1996
川野美智子『アーサー・ミラーの半世紀―現代史を告発する』英宝社　2000
有泉学宙『アーサー・ミラー』（世界の作家―人と文学）勉誠出版　2005
サイモン
ニール・サイモン『書いては書き直し』（ニール・サイモン自伝1）酒井洋子訳　早川書房　1997
ニール・サイモン『第二幕』（ニール・サイモン自伝2）酒井洋子訳　早川書房　2001
オールビー
高島邦子『エドワード・オールビーの演劇 ― モダン・アメリカン・ゴシック』あぽろん社　1991

思想
エマソン
齋藤光『エマソン』研究社出版　1957
石田憲次『エマーソンとアメリカのネオ・ヒューマニズム』研究社出版　1958
安藤正瑛『エマソンとその辺縁』関書院　1963
尾形敏彦『エマスンとソーロウの研究』風間書房　1972
酒本雅之『アメリカ・ルネッサンスの作家たち』岩波新書　1974
尾形敏彦『エマスン研究』山口書房　1979
藤田佳子『アメリカ・ルネッサンスの諸相，エマスンの自然観を中心に』あぽろん社　1998
ソーロウ
東山正芳『ソーロウ研究』弘文堂　1961
東山正芳『ヘンリー・ソーロウの生活と思想』南雲堂　1972
川津孝四『ソロー研究』北星堂　1972
山崎時彦『非政治的市民の反抗，ヘンリー・ソーロウ評伝』世界思想社　1973
亀井俊介（解説）『H. D. ソロー』（「アメリカ古典文庫4」）研究社出版　1977

小説
大橋健三郎『危機の文学 ― アメリカ三〇年代の小説』南雲堂　1957
クロード＝エドモンド・マニー『小説と映画 ― アメリカ小説時代』中村真一郎，三輪秀彦訳　講談社　1958
リチャード・チェイス『アメリカ小説とその伝統』待鳥又喜　北星堂　1960
アルフレッド・ケイジン『現代アメリカ文学史 ― 現代アメリカ散文の一解釈』杉木喬，佐伯彰一，大橋健三郎他訳　南雲堂　1964

◇ 参 考 文 献 ◇

エドワード・マーゴリーズ『アメリカの息子たち ― 20世紀黒人作家論』大井浩二訳　研究社出版　1971
ロバート・ボーン『アメリカの黒人小説』斎藤数衛訳　北沢図書出版　1972
レスリー・フィードラー『終わりを待ちながら』井上謙治, 徳永暢三訳　新潮社　1972
小山田義文『アメリカユダヤ系作家』評論社　1976
トニー・タナー『言語の都市』佐伯彰一, 武藤脩二訳　白水社　1980
風呂本惇子『アメリカ黒人文学とフォークロア』山口書店　1986
クローディア・テイト編『黒人として女として作家として』高橋茅香子訳　晶文社　1986
レスリー・フィードラー『消えゆくアメリカ人の帰還』渥美昭夫, 酒本雅之訳　新潮社　1989
レスリー・フィードラー『アメリカ小説における愛と死』佐伯彰一, 井上謙治, 行方昭夫, 入江隆則訳　新潮社　1989
ジャック・カボー『喪われた大草原 ― アメリカを創った15の小説』寺門泰彦, 平野幸仁, 金敷力訳　太陽社　1990
マイケル・オークワード『アメリカ黒人女性小説：呼応する魂』木内徹訳　彩流社　1993
井上謙治『アメリカ小説入門』研究社出版　1995
マルコム・ブラッドベリ『現代アメリカ小説 ― 1945年から現代まで』英米文化学会訳　彩流社　1997
板橋好枝, 高田賢一編著『アメリカ小説の変容 ― 多文化時代への序奏』ミネルヴァ書房　2000
荒このみ『アフリカン・アメリカン文学論 ―「ニグロのイディオム」と想像力』東京大学出版会　2004
ヒューストン・A・ベイカー・ジュニア『モダニズムとハーレム・ルネッサンス―黒人文学とアメリカ』小林憲二訳　未来社　2006

ホーソーン

鈴木重吉『鏡と影―ホーソーン文学の研究』研究社出版　1969
大井浩二『ナサニエル・ホーソン論 ― アメリカ神話と想像力』南雲堂　1974
酒本雅之『ホーソーン―陰画世界への旅』冬樹社　1977
青山義孝『ホーソーン研究 ― 時間と空間と終末論的想像力』英宝社　1991
松坂仁伺『ホーソーン研究 ― 前テキストの美学』旺史社　1995
西前孝『記号の氾濫 ―「緋文字」を読む』旺史社　1996
矢作三蔵『アメリカ・ルネッサンスのペシミズム ― ホーソーン, メルヴィル研究』開文社出版　1996
丹羽隆昭『恐怖の自画像 ― ホーソーンと「許されざる罪」』英宝社　2000
川窪啓資『Nathaniel Hawthorne: His Approach to Reality and Art』開文社出版　2003

◇ 参 考 文 献 ◇

入子文子『ホーソーン・《緋文字》・タペストリー』南雲堂　2004
川窪啓資編著『ホーソーンの軌跡 ― 生誕二百年記念論集』開文社出版　2005

ポウ

谷崎精二『エドガァ・ポオ，人と作品』研究社出版　1967
江口裕子『エドガァ・ポオ論考 ― 芥川竜之介とエドガァ・ポオ』（東京女子大学学会研究叢書5）創文社　1968
八木敏雄『エドガー・アラン・ポオ研究 ― 破壊と創造』南雲堂　1968
小山田義文『エドガー・ポーの世界 ― 詩から宇宙へ』思潮社　1969
八木敏雄『ポオ―グロテスクとアラベスク』冬樹社　1978
宮永孝『文壇の異端者　エドガー・アラン・ポーの生涯』ゆまにて出版　1979
栃山美知子『聖なるいかさま師　ポウ』アポロン社　1988
巽孝之『E. A. ポウを読む』岩波書店　1995
板橋好枝，野口啓子『E. A. ポーの短編を読む ― 多面性の文学』勁草書房　1999

メルヴィル

林信行『メルヴィル研究』南雲堂　1958
寺田建比古『神の沈黙 ― ハーマン・メルヴィルの本質と作品』筑摩書房　1968
杉浦銀策『メルヴィル ― 破滅への航海者』冬樹社　1981
大橋健三郎編『鯨とテキスト ― メルヴィルの世界』国書刊行会　1983
酒本雅之『沙漠の海 ― メルヴィルを読む』研究社出版　1985
八木敏雄『白鯨解体』南雲堂　1986
千石英世『白い鯨のなかへ ― メルヴィルの世界』南雲堂　1990
中村紘一『メルヴィルの語り手たち』臨川書店　1991
福岡和子『変貌するテキスト ― メルヴィルの小説』英宝社　1995
牧野有通『世界を覆う白い幻影 ― メルヴィルとアメリカ・アイディオロジー』南雲堂　1996

オールコット

師岡愛子編著『ルイザ・メイ・オルコット ―「若草物語」への道』表現社　1995

マーク・トウェイン

永原誠『マーク・トウェインを読む』山口書店　1992
吉田弘重『マーク・トウェイン研究 ― 思想と言語の展開』南雲堂　1993
池上日出夫『アメリカ文学の源流 ― マーク・トウェイン』新日本出版社　1994
亀井俊介『マーク・トウェインの世界』南雲堂　1995
今村楯夫『トム・ソーヤーとハックルベリー・フィン ― マーク・トウェインのミシシッピの河』求龍堂　1996
後藤和彦『迷走の果てのトム・ソーヤ ― 小説家マーク・トウェインの軌跡』松柏社　2000
有馬容子『マーク・トウェインの新研究 ― 夢と晩年のファンタジー』彩流社　2002

◇参 考 文 献◇

飯塚英一『旅行記作家マーク・トウェイン ― 知られざる旅と投機の日々』彩流社　2005
日本マーク・トウェイン協会『マーク・トウェイン研究と批評』南雲堂　1-6号既刊　2002
　-2007
ハウエルズ
武田千枝子『ハウエルズとジェイムズ ― 国際小説に見る相互交流の軌跡』開文社出版
　2004
ビアス
西川正身『孤絶の諷刺家アンブローズ・ビアス』新潮選書　1974
ジェイムズ
高橋正雄編『ヘンリー・ジェイムズ研究』北星堂　1966
谷口睦夫編『ヘンリー・ジェイムズ』（20世紀英米文学案内）研究社出版　1967
谷口睦夫編著『[シンポジウム] ヘンリー・ジェイムズ研究』南雲堂　1977
渡辺久義『ヘンリー・ジェイムズの言語』北星堂　1978
桂田重利『まなざしのモチーフ ― 近代意識と表現』近代文藝社　1984
中村真一郎『小説家ヘンリー・ジェイムズ』集英社　1991
大西昭男『見ようとする意志 ― ヘンリー・ジェイムズ論』関西大学出版部　1994
岩瀬悉有，鴨川卓博，須賀有加子編著『隠された意匠 ― 英米作家のモチーフと創造』南雲
　堂　1996
青木次生『ヘンリー・ジェイムズ』芳賀書店　1998
古茂田淳三『「ねじのひねり」とその前後の小説』英宝社　2001
市川美香子『ヘンリー・ジェイムズの語り ― 一人称の語りを中心に』大阪教育図書　2003
別府恵子，里見繁美編著『ヘンリー・ジェイムズと華麗な仲間たち ― ジェイムズの創作世
　界』英宝社　2004
R・L・ゲイル著『ヘンリー・ジェイムズ事典』（アメリカ文学ライブラリー　第7巻）別府
　恵子，里見繁美共訳　雄松堂出版　2007
ノリス
有馬健一『フランク・ノリスとサンフランシスコ ― アメリカの自然主義小説論』桐原書店
　1996
中川法城『アメリカの自然主義小説―クレイン，ノリス，ロンドン，ドライサーを読む』英
　宝社　2001
高取清『フランク・ノリス ― 作品と評論』彩流社　2003
クレイン
押谷善一郎『スティーヴン・クレイン ― 評価と研究』山口書店　1981
押谷善一郎『スティーヴン・クレインの詩 ― 研究と鑑賞』山口書店　1984
押谷善一郎『スティーヴン・クレインの印象主義的技法』大阪教育図書　1987

◇ 参 考 文 献 ◇

ドライサー
村山淳彦『セオドア・ドライサー論 ― アメリカと悲劇』南雲堂　1987
岩元巌『シオドア・ドライサーの世界 ― アメリカの現実　アメリカの夢』成美堂　2007
K・ニューリン編『セオドア・ドライサー事典』(アメリカ文学ライブラリー　第19巻) 村山淳彦訳　雄松堂出版　2007

キャザー
濱田政二郎『キャザー研究』南雲堂　1960/74 (改訂版)
石井桃子編『キャザー』(20世紀英米文学案内) 研究社出版　1967
小林健治『辺境の文学 ― ウィラ・キャザー論考』研究社出版　1972
大森衞『ウィラ・キャザーの小説 ― 一つの生き方の探求』開文社出版　1976
佐藤宏子『キャザー ― 美の祭司』冬樹社　1977
稲沢秀夫『アメリカ女流作家論 ― キャザー，バック，マッカラーズの世界』審美社　1978
枡田隆宏『ウィラ・キャザー ― 時の重荷に捉われた作家』大阪教育図書　1995

グラスゴー
相本資子『エレン・グラスゴーの小説群 ― 神話としてのアメリカ南部』英宝社　2005

ロンドン
アーヴィング・ストーン『馬に乗った水夫』早川書房　1977
中田幸子『ジャック・ロンドンとその周辺』北星堂　1981
大浦暁生監修，ジャック・ロンドン研究会編『ジャック・ロンドン』三友出版　1989

アンダソン
高田賢一，森岡裕一編著『シャーウッド・アンダソンの文学 ― 現代アメリカ小説の原点』ミネルヴァ書房　1999

ヘンリー・ミラー
筒井正明『ヘンリー・ミラーとその世界』南雲堂　1973

フィッツジェラルド
アンドルー・ターンブル『完訳フィッツジェラルド伝』永岡定夫，坪井清彦訳　コビアン書房　1988
伊豆大和『フィッツジェラルドの長編小説』旺史社　1988
永岡定夫『特講フィッツジェラルド』コビアン書房　1996
村上春樹『ザ・スコット・フィッツジェラルド・ブック』中央公論社　1999
永岡定夫『フィッツジェラルド研究余滴』英宝社　2003

フォークナー
ジョン・フォークナー『響きと怒りの作家 ― フォークナー伝』佐藤亮一訳　荒地出版社　1964
原川恭一『魔神の歌 ― W. フォークナー作品論集』表現社　1964
蟻二郎『W. フォークナーの小説群 ― その〈全体化〉理論の展望』南雲堂　1976

◇参 考 文 献◇

アーヴィング・ハウ『ウィリアム・フォークナー』赤祖父哲二訳　冬樹社　1976
岡庭昇『フォークナー — 吊るされた人間の夢』筑摩書房　1975
大橋健三郎『フォークナー研究』全3巻　南雲堂　1977-1982
西山保『ヨクナパトーファ物語 — 私のフォークナー』古川書房　1986
小山敏夫『ウィリアム・フォークナーの短編の世界』山口書店　1988
寺沢みずほ『民族強姦と処女膜幻想 — 近代日本・アメリカ南部・フォークナー』御茶ノ水書房　1992
大橋健三郎『フォークナー』中公新書　1993
平石貴樹『メランコリックデザイン — フォークナー初期作品の構想』南雲堂　1993
田中久男『ウィリアム・フォークナーの世界 — 自己増殖のタペストリー』南雲堂　1997
林文代『迷宮としてのテクスト — フォークナー的エクリチュールへの誘い』東京大学出版会　2004
ロバート・W・ハンブリン，チャールズ・A・ピーク共編『ウィリアム・フォークナー事典』（アメリカ文学ライブラリー　第12巻）寺沢みずほ訳　雄松堂出版　2006

ヘミングウェイ

クルト・ジンガー『死の猟人 — ヘミングウェイ伝』石一郎訳　荒地出版社　1962
瀧川元男『アーネスト・ヘミングウェイ再考』南雲堂　1968
カーロス・ベイカー『アーネスト・ヘミングウェイ』大橋健三郎，寺門泰彦監訳　新潮社　1974
嶋忠正『ヘミングウェイの世界』北星堂　1975
佐伯彰一『書いた，恋した，生きた — ヘミングウェイ伝』研究社出版　1979
フィリップ・ヤング『アーネスト・ヘミングウェイ』利沢行夫訳　冬樹社　1991
マイケル・レイノルズ『ヘミングウェイの方法』日下洋右，青木健訳　彩流社　1991
ヘンリー・ヴィラード，ジェイムズ・ネイゲル『ラブ・アンド・ウォー』高見浩訳　新潮社　1997
日本ヘミングウェイ協会編『ヘミングウェイを横断する — テクストの変貌』本の友社　1999
マーサリーン・ヘミングウェイ・サンフォード『ヘミングウェイと家族の肖像』清水一雄訳　旺史社　1999
日下洋右編著『ヘミングウェイの時代 — 短編小説を読む』彩流社　1999

スタインベック

稲沢秀夫『スタインベックの世界：〈怒りの葡萄〉と〈エデンの東〉』思潮社　1978
テツマロ・ハヤシ『スタインベック作品論』坪井清彦監訳　英宝社　1978
大竹勝，利沢行夫編『スタインベック研究』荒地出版社　1980
江草久司編『スタインベック研究　短編小説論』八潮出版社　1987，増補版1991
ルイス・オウウェンズ『ジョン・スタインベック『怒りのぶどう』を読む — アメリカのエ

デンの果て』中山喜代市，中山喜満訳　関西大学出版部　1993
山下光昭『スタインベックの小説』大阪教育図書　1994
稲沢秀夫『ジョン・スタインベック文学の研究』学習院大学研究叢書28　1995

ウェルティ
ソーントン不破直子『ユードラ・ウェルティーの世界 ― 饒舌と沈黙の神話』コビアン書房　1988
河内山康子『ユードラ・ウェルティ ― 作品と人柄の魅力』旺史社　2004

トマス・ウルフ
古平隆『汝故郷に帰るなかれ ― トマス・ウルフの世界』南雲堂　2000

ヒューズ
ハンス・オストロム『ラングストン・ヒューズ事典』（アメリカ文学ライブラリー　第13巻）木内徹訳　雄松堂出版　2006

ハーストン
ロバート・E・ヘメンウェイ『ゾラ・ニール・ハーストン伝』中村輝子訳　平凡社　1997

ライト
高橋正雄『悲劇の遍歴者―リチャード・ライトの生涯』中央大学出版部　1968

ボウルズ
ロベール・ブリアット『ポール・ボウルズ伝』谷昌親訳　白水社　1994
ゲイリー・パルシファー編『友人が語るポール・ボウルズ』木村恵子，篠目清美，藤田佳澄訳　白水社　1994
ミシェル・グリーン『地の果てのタンジール ― ボウルズと異境の文学者たち』新井潤美，太田昭子，小林宜子，平川節子訳　河出書房新社　1994

バロウズ
思潮社編集部編『バロウズ・ブック』思潮社　1992
バリー・マイルズ『ウィリアム・バロウズ ― 視えない男』ファラオ企画　1993
沢野雅樹『死と自由 ― フーコー，ドゥルーズ，そしてバロウズ』青土社　2000

マラマッド
岩元巌『マラマッド ― 芸術と生活を求めて』冬樹社　1979
佐渡谷重信編著『バーナード・マラマッド研究』泰文堂　1987

ベロウ
渋谷雄三郎『ベロウ ― 改心の軌跡』冬樹社　1978
田畑千秋『ソール・ベローを読む』松籟社　1994
牛渕悦久『ソール・ベローの物語意識』晃洋書房　2007

マッカラーズ
岡田春馬『現代アメリカ文学の世界 ― 南部作家の「孤独と愛」を中心に』八潮出版　1971

◇参考文献◇

サリンジャー
渥美昭夫,井上謙治編『サリンジャーの世界』荒地出版社　1969
安藤正瑛　『アメリカ文学と禅 ― サリンジャーの世界』英宝社　1970
渥美昭夫,井上謙治,岩元巌,小原広忠,寺門泰彦編訳『J. D. サリンジャー』冬樹社　1977（論文集）
利沢行夫『サリンジャー』冬樹社　1978
イアン・ハミルトン『サリンジャーをつかまえて』海保真夫訳　文藝春秋社　1992
田中啓史『ミステリアス・サリンジャー ― 隠されたものがたり』南雲堂　1996

ヴォネガット
北宋社編集部編『吾が魂のイロニー ― カート・ヴォネガットJrの研究読本』北宋社　1984

メイラー
野島秀勝『ノーマン・メイラー』研究社出版　1971
ロバート・F・ルーシッド編『ノーマン・メイラー』岩元巌,石塚浩司訳　冬樹社　1976

ボールドウィン
ファーン・マージャ・エックマン『ジェイムズ・ボールドウィンの怒りの遍歴』関口功訳　冨山房　1970

スタイロン
中村紘一『アメリカ南部小説の愉しみ ― ウィリアム・スタイロン』臨川書房　2005

ディック
北宋社編集部編『アブクの城 ― フィリップ・K・ディックの研究読本』北宋社　1983

カポーティ
稲沢秀夫『トルーマン・カポーティ研究』南雲堂　1970
ジョージ・プリンプトン『トルーマン・カポーティ』野中邦子訳　新潮文庫　2006

モリソン
藤平育子『カーニヴァル色のパッチワーク・キルト―トニ・モリスンの文学』学芸書林　1996
大社淑子『トニ・モリスン ― 創造と解放の文学』平凡社　1996
加藤恒彦『トニ・モリスンの世界 ― 語られざる,語り得ぬものを求めて』　世界思想社　1997
吉田迪子『トニ・モリスン』清水書院　1999
エリザベス・A・ボーリュー編『トニ・モリスン事典』（アメリカ文学ライブラリー　第15巻）荒このみ訳　雄松堂出版　2006

アップダイク
岩元巌,鴨川卓博編著『セクシュアリティと罪の意識 ― 読み直すホーソーンとアップダイク』南雲堂　1999
鈴江璋子『ジョン・アップダイク研究 ― 初期作品を中心に』開文社出版　2003

◇ 参 考 文 献 ◇

ジャック・ドベリス『ジョン・アップダイク事典』（アメリカ文学ライブラリー　第16巻）鈴江璋子訳　雄松堂出版　2006
ピンチョン
木原善彦『トマス・ピンチョン ─ 無政府主義的奇跡の宇宙』京都大学学術出版会　2001
カーヴァー
平石貴樹，宮脇俊文編著『レイ，ぼくらと話そう ─ レイモンド・カーヴァー論集』南雲堂　2004
オースター
飯野友幸，栩木玲子，秋元孝文『ポール・オースター』（現代作家ガイド1）彩流社　1996
ギブスン
巽孝之『ウィリアム・ギブスン』（現代作家ガイド3）彩流社　1997
エリクソン
越川芳明『スティーヴ・エリクソン』（現代作家ガイド2）彩流社　1996

第 八 部

翻訳文献

訳書名・訳者・版元・刊行年

◇翻訳文献 I◇

作家解説 I

フランクリン　1706-90

The Autobiography
「仏蘭克林　金言玉行録」　山田邦彦　杉　本　明17
「名花之余薫」　　　　　　御手洗正和　丸　善　明20
「ベンジャミン・フランクリン自叙伝」
　　　望月興三郎（玉砕軒主人）　上田済生堂　明22
「ベンジャミン・フランクリン自叙伝, 上巻」
　　　　　　　　　　川上武者　浅岡書籍店　明30
「フランクリン自伝講訳」深沢由次郎　静寿館　明30
「フランクリン自叙伝」　竹村　脩　内外出版協会　明43
「フランクリン自叙伝」　金井朋和　実業之日本社　昭11
「フランクリン自伝」　　松本慎一　岩波文庫　昭12
「フランクリン自伝」
　　　　　　　　松本慎一・西川正身　岩波文庫　昭32
「回想録」（「世界大思想全集」5）
　　　　　　　　　　久保　芳和　河出書房　昭34
「フランクリン自伝」（「世界ノンフィクション全集」
　18）　　　松本慎一・西川正身　筑摩書房　昭35
「富欄克林自伝」　　　楊　景邁　協志工業叢書　昭37
「フランクリン自伝」（「世界人生全集」5）
　　　　　　　　松本慎一・西川正身　筑摩書房　昭38
「フランクリン自伝」（「富に至る道」を含む）
　　　　　　　　　　荒木敏彦　角川文庫　昭39
「フランクリン自伝」　鶴見俊輔　旺文社文庫　昭42
「フランクリン自伝」（「世界の名著」40）
　　　　　　　　　　渡辺利雄　中央公論社　昭45
「フランクリン自伝」　斎藤正二　講談社文庫　昭48
「フランクリン自伝」　岡本忠軒　潮　文　庫　昭48
「フランクリン自伝」
　　　　松本慎一・西川正身　岩波クラシックス　昭57
「フランクリン自伝」
　　　　　　　　渡邊利雄　中公クラシックス　平16

The Way to Wealth
「富に至る道」（「世界人生論全集」5）
　　　　　　　　　　西川正身　筑摩書房　昭38
「富に至る道他」（「アメリカ古典文庫」1）
　　　　　　　　　　池田孝一　研究社　昭50
「フランクリンの手紙」蕗沢比枝　モダン日本社　昭17
「フランクリンの手紙」蕗沢忠枝　岩波文庫　昭26
「出世暦」　　　菅野徳助・奈倉次郎　玄黄社　明40

Advice to a Young Tradesman
「若き商人への手紙」
　　　　　　　　ハイブロー武蔵　総合法令出版　平16
「人生を幸せへと導く 13 の習慣」
　　　　　　　　ハイブロー武蔵　総合法令出版　平15

Poor Richard's Almanack
「プーア・リチャードの暦」
　　　　　　　　　　真島一男　ぎょうせい　平08
「一粒千金理財の種蒔き」黒田太久馬　酒井清蔵　明20
「能率増進の実際」
　　　　　　　下中弥三郎・須崎国武　平凡社　大07

ブラウン　1771-1810

Wieland
「ウィーランド」（「世界幻想文学大系」3）
　　　　　　　　　　志村正雄　国書刊行会　昭51
Edgar Huntly
「エドガー・ハントリー」八木敏雄　国書刊行会　昭54

アーヴィング（ワシントン）　1783-1859

The Sketch Book
「スケッチブック釈義」全 8 巻
　　　　　　　　　　新井清彦　文港堂　明26-30
「スケッチブック」全 2 巻
　　　　　　　　　　浅野和三郎　大日本図書　明34
「スケッチブック」　中村徳助　国華堂書店　明44
「全訳スケッチブック講義」若月保治　日進　大03
「新世界浦島物語」
　　　　　　奈倉次郎・沢村寅二郎　三省堂　昭03
「スケッチブック」（「世界古典文庫」）
　　　　　　　　　田代三千稔　日本評論社　昭03
「スケッチブック」　桃井津根雄　弘文社　昭03
「スケッチブック哀話集」松本　環　成武堂　昭04
「スケッチ・ブック　全訳」
　　　　　　　　　　佐久間原　外語研究社　昭08
「スケッチブック」　高垣松雄　岩波文庫　昭10
「スケッチブック」全 2 巻
　　　　　　　　　田代三千稔　日本評論社　昭25
「新浦島物語：スケッチブックより」
　　　　　　　　　伊佐　襄　童話春秋社　昭25
「スケッチブック」　田部重治　角川文庫　昭28,44
「スケッチブック」　伊佐　襄　同和春秋社　昭29
「スケッチブック」吉田甲子太郎　新潮文庫　昭32,平12

A History of the Life and Voyages of
Christopher Columbus
「コロンブスの生涯」全 2 巻
　　　　　　　　　　湯村貞太郎　有光社　昭16

The Alhambra
「アランブラ物語」全 2 巻　馬場久吉　岩波文庫　昭17
「アルハンブラ宮殿の秘密」
　　　　　飯島淳秀　中央公論社・ともだち文庫　昭24
「アルハンブラ物語」　江間章子　講談社文庫　昭51
「アルハンブラ物語」全 2 巻
　　　　　　　　　　平沼孝之　岩波文庫　平09

Life of Washington
「大ワシントン伝」全 3 巻　並河　亮　東京堂　昭24

Abbotsford
「スコットランドの吟遊詩人を訪ねて」
　　　　　　　　斉藤　昇　文化書房博文社　平09
「ウォルター・スコット邸訪問記」
　　　　　　　　　　斉藤　昇　岩波文庫　平18
「明治翻訳文学全集　新聞雑誌編」17
　　　　　　　　山縣五十雄ほか　大空社　平09
「リップ・ヴァン・ウィンクル」

◇翻　訳　文　献　Ｉ◇

（「世界少年少女文学全集」7（アメリカ編1））			
	松村達雄	創元社	昭30
「リップ・ヴァン・ウィンクル」			
	高橋康也・高橋迪	新書館	昭56
「三美姫物語」	磯部精一	宝文館	明37
「ムーアの泉」	大野道雄	中央出版社	昭24
「翻訳新声」	前橋孝義	開新堂	明25
「閣竜」	森本駿	青木嵩山堂	明26
「西洋怪奇講談」	神山俊峯	大学館	明40
「マホメット伝」	小林一郎	東邦書院	昭15
「スペイン千一夜」	六波羅勇	日新書院	昭23

クーパー　　　　　　　　　　　　　1789-1851

The Last of the Mohicans
「モヒカン族の最後」	梶木隆一	新少国民社	昭23
「モヒカン族の最後」	橋本福夫	早川書房	昭25
「モヒカン族の最後」（「世界名作文庫」）			
	小西茂木	偕成社	昭26
「モヒカン族の最後」	橋本福夫	早川書房	昭26
「モヒカン族の最後」（「世界名作全集」46）			
	東野達夫	黎明社	昭36
「モヒカン族の最後」	白木茂	小学館	昭39
「モヒカン族のさいご」（「世界名作全集」46）			
	野村愛正	講談社	昭42
「モヒカン族のさいご」（「世界の名作図書館」40）			
	矢野徹	講談社	昭44
「モヒカン族の最後」（「世界名作シリーズ」8）			
	犬飼和雄	学習研究社	昭49
「モヒカン族の最後」（「少年少女世界文学全集：国際版」18）			
	坂斉新治	小学館	昭53
「モヒカン族の最後」全2巻			
	犬飼和雄	ハヤカワ文庫NV	平05
「モヒカン族の最後」	足立康	福音館書店	平05
「海上大冒険談」	村上濁浪庵（俊蔵）	春陽堂	明33

The Pioneers, or the Sources of the Susquehanna
「開拓者たち」全2巻	村山淳彦	岩波文庫	平14

The American Democrat
「アメリカの民主主義者他」			
	小原広忠	研究社	昭51

エマソン　　　　　　　　　　　　　1803-82

Nature
「自然論・学者論・自然論・報償論」			
	大谷正信	大日本図書	明39
「自然論」	片上伸	南北社	大04
「自然論」（「エマアソン全集」7）			
	戸川秋骨	国民文庫刊行会	大07
「自然論」	中村詳一	越山社	大09
「自然論」（「世界大思想全集」5）			
	柳田泉	春秋社	昭06
「自然論」	片上伸	岩波文庫	昭08
「自然論」	柳田泉	春秋社	昭08
「自然について」	斎藤光	日本教文社	平08
「エマアソン論文選集」	戸川秋骨	阿蘭陀書店	大06
「エマソン論文集」全3巻			
	戸川秋骨	岩波文庫	昭13-14
「エマスン詩集」	中村詳一	聚英閣	大12

Essays
「精神について」	入江勇起男	日本教文社	平08
「人間教育論」	市村尚久	明治図書出版	昭46

The American Scholar
「アメリカの学者」（「世界大思想全集」5）			
	柳田泉	春秋社	昭06
「アメリカの学者他3編（神学校講演をふくむ）」			
（「英米名著叢書」）			
	高木八尺・斎藤光	新月社	昭22

English Traits
「大英国民」	水島耕一郎	博文館	大01
「英国印象記」（「エマアソン全集」5）			
	平田禿木	国民文庫刊行会	大07
「英国の印象」（「英米名著叢書」）			
	加納秀夫	新月社	昭23
「英国印象記」（「エマアスン選集」2）			
	平田禿木	関書院	昭24
全2巻			
「英国の印象」（「アメリカ文学選集」）			
	加納秀夫	研究社	昭32

Journals
「エマソン日記抄」（「英米名著叢書」）			
	富田彬	新月社	昭23
「エマソンの日記抄」（「アメリカ思想史」9）			
	富田彬	有新堂	昭35

May-Day and Other Pieces
「五月祭その他（抄）」（「世界名詩集大成」）			
	斎藤光	平凡社	昭34

The Rhodora
「ロドーラ」『アメリカ名詩選』			
	渡辺信二	本の友社	平09

Representative Men
「偉人論　標註」	大谷正信	大日本図書	昭36
「偉人論講話」	栗原元吉	東亜堂書房	大02
「代表偉人論」（「エマソン全集」3）			
	平田禿木	国民文庫刊行会	大07
「代表偉人論」（「世界大思想全集」5）			
	柳田泉	春秋社	昭06
「代表偉人論」	平田禿木	玄黄社	昭07
「代表偉人論」	柳田泉	春秋社	昭08
「代表偉人論」	柳田泉	春秋社松柏館	昭16
「代表偉人論」全4巻	柳田泉	春秋社松柏館	昭20
「代表偉人論　第5」	柳田泉	春秋社	昭21
「代表偉人論」	柳田泉	春秋社	昭24
「文明論」	佐藤重紀	博文館	明23
「処世論」	高橋五郎	玄黄社	明43
「社交論」	高橋五郎	日進堂	昭02

Emerson in Concord
「哲人エマースン」			
	松尾孝輔・土屋巴	丁未出版社	大11
「恵磨遜の書簡」	民友社	民友社	明34

651

◇翻訳文献 I ◇

「恵馬遜傑作集」　　大谷正信　大日本図書　明39
「学問の仕方」　　市橋善之助　星光社　昭25
「エマアスン選集」全2巻
　　　　戸川秋骨・平田禿木　関書院　昭24
「エマソン選集」全7巻　　日本教文社　昭35-36
「エマーソン論文集」　水島慎次郎　内外出版協会　明43
「エマーソン論文集」　戸川秋骨　玄黄社　明44
「論文集」（「エマアソン全集」1、2）
　　　　　　　　　　平田禿木　国民文庫刊行会　大07
「エマスン論文集」　　原　一郎　筑紫書房　昭23
「エマソン論文集」全2巻
　　　　　　　　　　酒本雅之　岩波文庫　昭47-48
「エマソンの言葉」　　志賀　勝　西村書店　昭23
「代表偉人論・自然論・論文鈔」（「世界大思想全集」
　　21）　　　　　　柳田　泉　春秋社　昭06
「エマアソン全集」全8巻
　　　　戸川秋骨・平田禿木　国民文庫刊行会　大07
「エマアソン全集」全8巻
　　　　戸川秋骨・平田禿木　日本図書センター　平07

ホーソーン　　　　　　　　　　1804-64

Fanshawe
「ファンショー　恋と冒険の軌跡」
　　　　　　　　　　西前　孝　旺史社　平02
Twice-Told Tales
「ツワイス・トールド・テールズ」
　　　　　　　　　松本信夫　大日本図書　明39
「トワイス・トールド・テールズ」
　　　　　長澤英一郎・今田耶亜生子　冨山房　昭14
「トワイス・トールド・テールズ」
　　　　　　　　　　金　勝久　培風館　昭22
「トワイス・トールド・テールズ」
　　　　　　　　　　田中　準　鳳文書林　昭24
「トワイストールドテールズ　訳註」
　　　　　　　　　　金　勝久　培風館　昭25
「トワイス・トウルド・テイルズ」
　　　　　　　　　長澤英一郎　研究社出版　昭26
「トワイス・トールド・テールズ」
　　　　　　　　　　柏倉俊三　角川文庫　昭33
「トワイス・トウルド・テイルズ」
　　　　　　　　　　泉田　栄　白帝社　昭45
「トワイス・トールド・テールズ」全2巻
　　　　　　　井坂義雄ほか　桐原書店　昭56-57
Biographical Stories for Children
「英米五傑伝記物語」　篠田昌武　警醒社　明28
「伝記物語」　　　　　吉田　潔　金剌芳流堂　明39,45
「五偉人の少時」　　　松川渓南　東雲堂　明40
「伝記物語」　　　　　清　涼言　杉並書店　昭16
「こころの眼　少年少女偉人物語」
　　　　　　　　　　窪田啓二　宝雲舎　昭23
「六人の偉人物語」　　村上啓夫　東洋館　昭27
「伝記物語」　　　　　守屋陽一郎　角川文庫　昭34
「伝記物語　英文対訳」中西秀男　北星堂書店　昭40
「伝記物語」　　　　　石橋幸太郎　大学書林　昭42

Young Goodman Brown
「若いグッドマン・ブラウン」（「アメリカ短篇名
　作集」）　　　　　　小島信夫　学生社　昭36
「若いグッドマン・ブラウン」（「世界文学全集」
　1）　　　　　　　　志村正雄　学習研究社　昭53
「若いグッドマン・ブラウン」（「世界文学全集」
　30）　　　　　　　　大橋健三郎　集英社　昭55
The Scarlet Letter
「緋文字」　　　　　　富永蕃江　東文館　明36
「緋文字」　　　　　　佐藤　清　日本基督教興文協会　大06
「スカーレット・レター」神　芳郎　精華堂書店　大12
「緋の文字」　　　　　馬場孤蝶　国民文庫刊行会　昭02
「緋文字」（「世界文学全集」11）
　　　　　　　　　　福原麟太郎　新潮社　昭04
「緋文字」　　　　　　佐藤　清　岩波文庫　昭04,30
「緋文字」　　　　　　福原麟太郎　大泉書店　昭22
「緋文字」　　　　　　村上至孝　世界文学社　昭23
「緋文字」（「世界文学全集」）福原麟太郎　河出書房　昭26
「緋文字」　　　　　　福原麟太郎　三笠書房　昭26
「緋文字」（「世界文学全集」）福原麟太郎　河出書房　昭27
「緋文字」　　　　　　福原麟太郎　角川文庫　昭27,平07
「緋文字」（「世界名作選」）福原麟太郎　白水社　昭29
「緋文字」　　　　　　鈴木重吉　新潮文庫　昭32
「緋文字」　　　　　　大田三郎　河出文庫　昭32
「緋文字」　　　　　　福原麟太郎　平凡社　昭34
「緋文字」　　　　　　刈田元司　旺文社文庫　昭42
「緋文字・美の芸術家他」（「世界文学全集」
　　　　　　　　　　大橋・小津　集英社　昭45
「緋文字」（「世界文学全集」32）
　　　　　　　　　　大井浩二　講談社　昭49
「緋文字」（「キリスト教文学の世界」20）
　　　　　　　　　　刈田元司　主婦の友社　昭53
「緋文字」（「世界文学全集」5）
　　　　　　　　　　太田三郎　河出書房新社　平01
「完訳緋文字」　　　　八木敏雄　岩波文庫　平04
「緋文字」（「世界の文学セレクション36」12）
　　　　　　　　　　工藤昭雄　中央公論社　平06
The House of the Seven Gables
「七破風の屋敷」　　　鈴木武雄　泰文堂　昭39
「七破風の屋敷」　　　大橋健三郎　筑摩書房　昭41
「呪いの館」　　　　　鈴木　武　角川文庫　昭46
「七破風の屋敷」（「世界文学大系」35）
　　　　　　　　　　大橋健三郎　筑摩書房　昭48
A Wonder Book
「不思議物語」　　　　古竹慎一郎　弘学館書店　大02
「ワンダブック　ゴーガンノ頭」
　　　　　　　　　　紀太藤一　武田芳進堂　大13
「ワンダ・ブック」　　三宅幾三郎　岩波文庫　昭12
「ワンダー・ブック」　土井　治　新月社　昭24
「ワンダ・ブック　子どものためのギリシア神話」
　　　　　　　　　　三宅幾三郎　岩波少年文庫　昭28
「ワンダ・ブック」　　武田雪夫　同和春秋社　昭29
「ワンダー・ブック」　吉田甲子太郎　新潮文庫　昭32
「ワンダブック」　　　中村妙子　角川文庫　昭43
「新訳ギリシア神話　ワンダ・ブック」

◇ 翻 訳 文 献 Ｉ ◇

|　　　　　　　　　　　　中川正文　文研出版　昭44
「ワンダー・ブック」　鈴木俊平　朝日ソノラマ　昭52
「ワンダー・ブック」　野原とりこ　立風書房　昭58
　　The Gorgon's Head & The Golden Touch
「ゴーゴンの首　触れれば黄金に変る力　対訳」
　　　　　　　　　　　堀田正亮　南雲堂　昭54
　　The Gorgon's Head
「ゴルゴンの首」　井坂陽一郎　評論社　昭61
「七人の風来坊他4篇」　福原麟太郎　岩波文庫　昭27
「優しき少年他10篇」　佐藤清　岩波文庫　昭32
　　The Blithedale Romance
「ブライズデイル・ロマンス　幸福の谷の物語」
　　　　　　　　　　　西前孝　八潮出版社　昭59
「ブライズデイルロマンス」
　　　　　　　　　　　山本雅　朝日出版社　昭63
　　The Marble Faun
「大理石の牧神」全2巻
　　　　　　　島田太郎ほか　図書刊行会　昭59
　　Our Old Home
「われらが故国」
　　　　土田訓康　愛知文教大学学術委員会　平11
　　Tanglewood Tales
「タングルウッド物語　世界のファンタジー」
　全2巻　　　　　松山信直　東洋文化社　昭56
「ギリシア神話物語」全2巻
　　　　　　　　　　　神宮輝夫　新書館　昭62
「あざ　ほか2編」　泉田栄　政文堂　昭51
「文学における独自性と関連性」
　　　　　　　　　　　鈴木史朗　未来社　昭53
「泉の幻影」　　　　　泉田栄　明玄書房　昭54
　　The Great Stone Face
「巨人岩」　　　　　　村岡花子　羽田書店　昭23
「人面の大岩」　　　　大石真　講談社　昭47
「人面の大岩」　酒本雅之・竹村和子　国書刊行会　昭63
　　Mosses from an old Manse
「わが旧牧師館への小径」斉藤昇　平凡社　平17
　　Wakefield
「ウェイクフィールド」　柴田元幸　新潮社　平16
「ドラウンの木像ほか」　清水武雄ほか
　　　　　　　ニューカレントインターナショナル　平01
「予言の肖像画」　荒正人　時事通信社出版局　昭31
「優しき少年　ホーソン短編集」
　　　　　　　　　　　佐藤清　岩波文庫　昭09
「ホオソーン傑作選集」　清水起正　外語研究社　昭09
「ホーソン短編集」　村山勇三　春秋社　昭12
「ホーソン短編集」　長澤・今田　冨山房　昭14
「ホーソン短編集」　福原麟太郎　岩波文庫　昭27
「ホーソン短編集」　荒正人　時事通信社　昭31
「ホーソン短編小説集」　坂下昇　岩波文庫　平05
「ナサニエル・ホーソーン短篇全集」全2巻
　　　　　　　　国重純二　南雲堂　平06-11
「ラパシーニの娘」（「ホーソン選集」1)
　　　　　　　　　　　葛原義雄　みえ書房　昭23
「ホーソン」（「世界文学全集」1)
　　　　　　　　　　　志村正雄　学習研究社　昭53|「ホーソーン」（「世界文学全集」30)
　　　　　　　　　　　大橋健三郎　集英社　昭55
「ホーソーン集」（「明治翻訳文学全集　新聞雑誌
　編」18)　　大島正健ほか　大空社　平09
「美の芸術家」　　　　矢作三蔵　開文社　平20

ロングフェロー　　　　　　　　　1807-82

　　Voices of the Night
「夜の声（全）」（「世界名詩集大成」11、アメリカ篇)
　　　　　　　　　　　大和資雄　平凡社　昭37
　　Ballads and Other Poems
「村の鍛冶」（欧米名詩集）大和田建樹　博文館　明27
　　Evangeline
「乙女の操」　　　高須芳次郎（梅渓）　新潮社　明39
「涙の彼方に　詩物語」　山内六郎　平凡社　大15
「イ〔ヴァ〕ンヂエリン」　幡谷正雄　新潮社　昭02
「エヴァンジェリン　哀詩」　斎藤悦子　岩波文庫　昭05
「エバンジェリン」　関口野薔薇　天沼幼稚園　昭09
「イヴァンヂエリン」　幡谷正雄　新潮文庫　昭09
「エヴァンジェリン」　大木惇夫　英和出版　昭24
　　The Song of Hiawatha
「ハイワサのちいさかったころ」
　　　　　　　白石かずこ　ほるぷ出版　平01
「ハイアワサの歌」　三宅一郎　作品社　平05
　　The Courtship of Miles Standish
「将軍の恋」　　　　　牧田勝　建文館　明44
「プリモスの美人」　西津光太郎　東文館　明35
「英詩評吟」　井上文慈郎（活泉）　警醒社　明40
「ロングフエロウ詩集」　生田春月　越山堂　大12
「ロングフェロウ詩集」　松山敏　文英堂書店　大14
「ロングフェロウ詩集」　伊藤宗輔　厚生閣　大15
「ロングフェロの詩」　松山敏　功人社　昭10
「ロングフェロの詩」　松山敏　宥文社　昭11
「ロングフェロウ詩集」　松山敏　人生社　昭28
「アメリカ抒情詩集」　日夏耿之介　河出書房　昭28
「アメリカ抒情詩集」（「世界詩人全集」3)
　　　　　　　　　　　志賀勝　河出書房　昭30

ホイッティア　　　　　　　　　　1807-92

「ジョーン・ジー・ホイッテヤ宗教詩選」
　　　　　　　　　　　平川楽山　　　　昭31
　　Songs of Labor
「労働讃歌」（名詩集大成11「アメリカ篇」)
　　　　　　　　　　　斎藤光　平凡社　昭34

ポウ　　　　　　　　　　　　　　1809-49

　　The Fall of the House of Usher
「没落」　　　　　　　岡田実麿　北文館　大02
「アッシャー館の滅落」　谷崎精二　泰平館書店　大02
「アッシャー館の滅落」　谷崎精二　言誠社書店　大09
「アッシャア家の没落」（「海外文学新選」27)
　　　　　　　　　　　谷崎精二　新潮社　大14

◇ 翻 訳 文 献 I ◇

「アッシャー館の没落」　岡田実麿　近代社　大15
「アツシヤ家の没落」　幡谷正雄　健文社　大15
「アッシャ家の没落」　八幡正雄　健文社　昭03
「アッシァア家の没落」(「世界文学全集」11・ポオ
　傑作集ノ内)　谷崎精二　新潮社　昭04
「アッシャア家の没落」　佐々木直次郎　第一書房　昭06
「アッシャア家の没落」　谷崎精二　新潮文庫　昭09
「アッシャア家の没落」　谷崎精二　春陽堂　昭16
「アッシャ館の崩壊」　葉河憲吉　出水書園　昭21
「アッシャの崩壊」　蕗沢忠枝　大虚堂書房　昭22
「アッシャア家の没落」　谷崎精二　大泉書店　昭22
「アッシャア家の崩壊」
　　　　　佐々木直次郎　共和出版社　昭23
「アッシャーの崩壊」　谷崎精二　春陽堂　昭23
「アッシャーの崩壊」　松村達雄　青磁社　昭24
「アッシャア家の崩壊」(「世界文学全集」
　　　　　松村達雄　河出書房　昭25
「アッシャア家の崩壊」佐々木直次郎　新潮文庫　昭26
「アッシャー家の崩壊他9篇」
　　　　　佐々木直次郎　角川文庫　昭26,41
「アッシャーの崩壊」　松村達雄　河出書房　昭27
「アッシャーの没落」　谷崎精二　春陽堂　昭30
「アツシヤー家」
　　　　出水春三・黒田健二郎　関書院出版　昭32
「アッシァア家の没落」(「エドガア・アラン・ポオ
　小説全集」2)　谷崎精二　春秋社　昭37
「アッシャー家の崩壊」　松村達雄　偕成社　昭41
「アッシァア家の崩壊」　久米元一　岩崎書店　昭43
「アッシァア家の没落」(「エドガア・アラン・ポオ
　全集」2)　谷崎精二　春秋社　昭44,平10
「アッシャー家の没落」　吉田健一　集英社　昭45
「アッシャー家の崩壊」(「世界文学ライブラリー」8)
　　　　　　　　小泉一郎　講談社　昭46
「赤死病の仮面、アッシャー家の崩壊」
　(「世界文学大系」37)　小川和夫　筑摩書房　昭48
「アッシャー家の崩壊」　松村達雄　偕成社　昭48
「アッシャー家の崩壊・モルグ街の殺人・黄金虫・
　黒猫」(「世界文学全集」32)
　　　　　小泉一郎・八木敏雄　講談社　昭49
「アッシャー館の崩壊」(「世界文学全集」14)
　　　　　　　　丸谷才一　集英社　昭51
「アッシャー家の崩壊」(「世界文学全集」1)
　　　　　　　　永川玲二　学習研究社　昭53
「アッシャー家の崩壊・黄金虫・黒猫ほか」(「世界
　文学全集」30)　富士川義之　集英社　昭55
「アッシャー館の崩壊・黄金虫・黒猫・モルグ街の
　殺人ほか」(「世界の文学セレクション36」12)
　　　　　吉田健一・丸谷才一　中央公論社　平06
「ポーの黒夢城（アッシャー家の崩壊・黒猫）」
　　　　　　　　岡田柊　大栄出版　平08
「アッシャー家の崩壊　ポー短篇集」
　　　　　沢田京子　ニュートンプレス　平09
「アシャー家の崩壊」　大岡玲　小学館　平10
「アシャー館の崩壊」(ポー名作集)
　　　　　　　　丸谷才一　中央公論新社　平13

「アッシャア屋形崩るるの記」
　　　　　　　日夏耿之介　学習研究社　平16

The Murders in the Rue Morgue

「モルグ街の殺人」　平野威馬雄　アルス　大13
「モルグ街の殺人」(「世界文学全集」)
　　　　　　　　谷崎精二　新潮社　昭04
「モルグ街の殺人」　江戸川乱歩　平凡社　昭07
「モルグ街の殺人事件」佐々木直次郎　第一書房　昭07
「モルグ街の殺人」　谷崎精二　新潮文庫　昭14
「モルグ街の殺人」　谷崎精二　春陽堂　昭16
「モルグ街の殺人事件他」
　　　　　佐々木直次郎　角川文庫　昭20,29,43
「モルグ街の殺人」　谷崎精二　大泉書店　昭22
「モルグ街の殺人」　蕗沢忠枝　太虚堂書房　昭22
「モルグ街の殺人事件」
　　　　　佐々木直次郎　共和出版社　昭23
「モルグ街の殺人」(「ポオ小説全集」3)
　　　　　　　　谷崎精二　春陽堂　昭23
「モルグ街の殺人事件」(「世界文学全集」)
　　　　　佐々木直次郎　河出書房　昭25
「モルグ街の殺人事件」佐々木直次郎　新潮文庫　昭26
「モルグ街の殺人事件」(ポオ傑作集)
　　　　　佐々木直次郎　河出書房　昭27
「モルグ街の殺人事件：盗まれた手紙他1篇」
　　　　　　　　中野好夫　岩波文庫　昭29
「モルグ街の殺人他9篇」(「探偵双書」)
　　　　　　　　江戸川乱歩　春陽堂　昭31
「モルグ街の殺人」(「エドガア・アラン・ポオ小説
　全集」1)　谷崎精二　春秋社　昭37,平10
「モルグ街の殺人」(「世界推理小説名作選」)
　　　　　　　　丸谷才一　中央公論社　昭38
「モルグ街の殺人」(「エドガア・アラン・ポオ全
　集」1)　谷崎精二　春秋社　昭44
「モルグ街の殺人」(「世界文学ライブラリー」8)
　　　　　　　　八木敏雄　講談社　昭46
「モルグ街の怪事件」　久米元一　あかね書房　昭48
「モルグ街の殺人」(「世界文学大系」37)
　　　　　　　　小川和夫　筑摩書房　昭48
「モルグ街の怪事件」　白木茂など　岩崎書店　昭49
「モルグ街の殺人」(「世界文学全集」32)
　　　　　　　　八木敏雄　講談社　昭49
「モルグ街の殺人」(「世界文学全集」14)
　　　　　　　　丸谷才一　集英社　昭51
「モルグ街殺人事件」(「世界文学全集」1)
　　　　　　　　永川玲二　学習研究社　昭53
「モルグ街の殺人」(「世界文学全集」30)
　　　　　　　　富士川義之　集英社　昭55
「モルグ街の殺人事件」　矢崎節夫　春陽堂書店　昭55
「モルグ街の怪事件」　白木茂　岩崎書店　平05
「モルグ街の殺人事件」　金原瑞人　集英社　平09
「モルグ街の怪事件」　堀内一郎　岩崎書店　平13
「モルグ街の殺人」(ポー名作集)
　　　　　　　　丸谷才一　中央公論新社　平13
「モルグ街の殺人事件」　金原瑞人　岩波少年文庫　平14

The Black Cat

◇ 翻 訳 文 献 I ◇

「黒猫」	畑 荷香	新古文林	明40
「黒猫：蛙」	浜林生之助	建 文 社	大14
「黒猫」	谷崎精二	新 潮 社	昭04
「黒猫譚」	江戸川乱歩	平 凡 社	昭07
「黒猫」	佐々木直次郎	第 一 書 房	昭08
「黒猫」	深沢由次郎	外語研究社	昭08
「黒猫他6篇」	森村 豊・沢田卓爾	岩波文庫	昭09,25
「黒猫他7篇」	谷崎精二	新潮文庫	昭14
「黒猫」	谷崎精二	春 陽 堂	昭16
「黒猫 小説」	堀木克三	地 平 社	昭22
「黒猫」	岸本 彰	美和書房	昭22
「黒猫」	郡山千次	双 樹 社	昭22
「黒猫」	谷崎精二	大泉書店	昭22
「黒猫」	谷崎精二	蒼 樹 社	昭22
「黒猫」	蘆沢忠枝	太虚堂書房	昭22
「黒猫」	佐々木直次郎	共和出版社	昭23
「黒猫」	谷崎精二	春陽堂	昭23
「黒猫他17篇・詩抄」	中野好夫	河出書房	昭24
「黒猫」	松村達雄	青 磁 社	昭24
「黒猫他6篇」 森村 豊・沢田卓爾	岩波文庫	昭25
「黒猫」（「世界文学全集」）	中野好夫	河出書房	昭25
「黒猫・黄金虫」	佐々木直次郎	新潮文庫	昭26
「黒猫」（ポオ傑作集）	中野好夫	河出書房	昭27
「黒猫他5篇」	田中西二郎	河出書房	昭27
「黒猫他3篇」	中野好夫	岩波文庫	昭28
「黒猫他5篇」	田中西二郎	河出文庫	昭29
「黒猫」（「エドガア・アラン・ポオ小説全集」1）			
	谷崎精二 春秋社	昭37,平10
「黒猫・黄金虫」	青山光二	偕 成 社	昭39
「黒猫他」（「世界文学全集」8）			
	松村達雄	河出書房新社	昭40
「黒猫・黄金虫」	刈田元司	旺文社文庫	昭41
「黒猫・黄金虫」	大橋吉之輔	角川文庫	昭41
「大うずまき・黒猫」	谷崎精二	偕 成 社	昭42
「黒猫・黄金虫」	佐々木直次郎	新 学 社	昭43
「黒猫・黄金虫」	鈴木幸夫	ポプラ社	昭44
「黒猫」（「エドガア・アラン・ポオ全集」1）			
	谷崎精二	春 秋 社	昭44
「黒猫・黄金虫」	八木敏雄	講談社文庫	昭46
「黒猫」（「世界文学ライブラリー」8）			
	小泉一郎	講 談 社	昭46
「黒ねこ」	久米 穣	朝日ソノラマ	昭47
「黒猫」（「世界文学大系」37）小川和夫	筑摩書房	昭48
「黒猫」（「世界文学全集」32）小泉一郎	講 談 社	昭49
「黒猫」	福島正実	集 英 社	昭50
「黒猫」（「世界文学全集」14）丸谷才一	集 英 社	昭51
「黒猫」（「世界文学全集」）			
	大庭みな子	学習研究社	昭53
「黒猫・黄金虫」	松村達雄	筑摩書房	昭53
「黒猫・モルグ街の殺人事件」			
	中野好夫	岩波文庫	昭53
「黒猫」（「世界文学全集」30）			
	富士川義之	集 英 社	昭55
「黒猫」（「少年少女世界の名作」16）			
	大林 清	偕 成 社	昭58

「黒猫」	佐々木直次郎	全国学校図書館協議会	昭60
「黒ねこ」	白木 茂	講談社青い鳥文庫	昭61
「黒猫・黄金虫」（「少年少女世界文学館」13）			
	松村達雄・繁尾久	講 談 社	昭63
「黒猫・モルグ街の殺人」（「世界文学全集」5）			
	松村達雄	河出書房新社	平01
「黒猫」	富士川義之	集英社文庫	平04
「黒猫」	大岡 玲	小 学 館	平10
「黒猫」（ポー名作集）	丸谷才一	中央公論新社	平13
「黒猫・モルグ街の殺人事件」			
	小川高義	光文社古典新訳文庫	平18

The Gold-Bug

「黄金虫」	本間久四郎	文禄堂	明41
「金色の鎧虫」	平野威馬雄	金 剛 社	大15
「黄金虫」	吉田雨耳	博 文 社	大15
「黄金虫」	谷崎精二	新 潮 社	昭04
「黄金虫」	江戸川乱歩	平 凡 社	昭07
「黄金虫」	佐々木直次郎	第 一 書 房	昭07
「黄金虫」	谷崎精二	新潮文庫	昭09
「黄金虫」	谷崎精二	春 陽 堂	昭16
「黄金虫」	谷崎精二	大泉書店	昭22
「黄金虫 他9篇」	蘆沢忠枝	太虚堂書房	昭22
「黄金虫」	佐々木直次郎	共和出版社	昭23
「黄金虫」（「ポオ小説全集」6）			
	谷崎精二	春 陽 堂	昭23
「黄金虫」	作間史郎	自由書院	昭24
「こがね虫」	童話春秋社		昭24
「黄金虫」	佐々木直次郎	河出書房	昭25
「黄金虫」	佐々木直次郎	新潮文庫	昭26
「黄金虫」	西川正身	筑摩書房	昭26
「黄金虫」	佐々木直次郎	河出書房	昭27
「こがね虫」	谷崎精二	創 元 社	昭28
「こがね虫」	谷崎精二	同和春秋社	昭33
「黄金虫」（「エドガア・アラン・ポオ小説全集」1）			
	谷崎精二 春秋社	昭37,平10
「黄金虫」	松村達雄	講 談 社	昭38
「こがね虫」（「少年少女新世界文学全集」8）			
	谷崎精二	講 談 社	昭39
「黄金虫」（「世界の名作図書館」33）			
	松村達雄	講 談 社	昭44
「黄金虫」（「エドガア・アラン・ポオ全集」1）			
	谷崎精二	春 秋 社	昭44
「黄金虫」（「世界文学ライブラリー」8）			
	八木敏雄	講 談 社	昭46
「黄金虫ほか7篇」	八木敏雄ほか	講談社文庫	昭46
「黄金虫」（「世界文学全集」14）			
	丸谷才一	集 英 社	昭51
「黄金虫・黒ねこ」	亀山龍樹	春陽堂書店	昭52
「黄金虫」（「世界文学全集」）			
	志貴 宏	学習研究社	昭53
「黄金虫」（「世界文学全集」30）			
	富士川義之	集 英 社	昭55
「黄金虫」	大岡 玲	小 学 館	平10
「黄金虫」（ポー名作集）	丸谷才一	中央公論新社	平13
「黄金虫」	大岡 玲	小 学 館	平10

◇ 翻訳文献 I ◇

「黄金虫・アッシャー家の崩壊：他九篇」
　　　　　　　　八木敏雄　岩波文庫　平18
「オーギュスト・デュパン」堀内一郎　岩崎書店　平13

The Purloined Letter

「偸まれた手紙」	平野威馬雄	アルス	大13
「盗難書類」	谷崎精二	新潮社	昭04
「竊まれた手紙」	江戸川乱歩	平凡社	昭07
「偸まれた手紙」	佐々木直次郎	第一書房	昭07
「盗難書類」	谷崎精二	新潮文庫	昭14
「偸まれた手紙」	佐々木直次郎	岩波文庫	昭14
「盗まれた手紙」	川越　鼎	明朗社	昭21
「盗難書類」	谷崎精二	大泉書店	昭22
「偸まれた手紙」	佐々木直次郎	共和出版社	昭23
「盗難書類」	谷崎精二	春陽堂	昭23
「盗まれた手紙」	松村達雄	青磁社	昭24
「偸まれた手紙」	佐々木直次郎	河出書房	昭25
「偸まれた手紙」	佐々木直次郎	新潮文庫	昭26
「偸まれた手紙」	佐々木直次郎	河出書房	昭27
「ぬすまれた手紙」	中野好夫	創元社	昭28
「盗まれた手紙」	中野好夫	岩波文庫	昭29
「ぬすまれた手紙」	砧　一郎	早川書房	昭30

「盗まれた手紙」（「世界文学ライブラリー」8）
　　　　　　　　八木敏雄　講談社　昭46
「盗まれた手紙」（「世界文学全集」1）
　　　　　　　　志貴　宏　学習研究社　昭53
「盗まれた手紙」富士川義之　国書刊行会　平01
「盗まれた手紙」堀内一郎　岩崎書店　平13
「盗まれた手紙」（ポー名作集）
　　　　　　　　丸谷才一　中央公論新社　平13

The Masque of the Red Death

「赤き死の仮面」	谷崎精二	泰平館書店	大02
「赤き死の仮面」	谷崎精二	言誠社書店	大09
「赤き死の仮面」	谷崎精二	新潮社	大14
「赤き死の仮面」	谷崎精二	新潮社	昭04
「赤き死の仮面」	江戸川乱歩	平凡社	昭07
「赤き死の仮面」	谷崎精二	新潮文庫	昭09
「赤き死の仮面」	谷崎精二	春陽堂	昭16
「赤き死の仮面」	谷崎精二	大泉書店	昭22
「赤い死の舞踏会」	吉田健一	若草書房	昭23
「赤き死の仮面」	谷崎精二	春陽堂	昭23
「赤死病」の仮面」	松村達雄	青磁社	昭24
「赤死病」の仮面」	松村達雄	河出書房	昭25,27
「赤死病」の仮面」（ポオ傑作集）
松村達雄　河出書房　昭27
「赤死病の仮面」	田中西二郎	河出文庫	昭29

「赤き死の仮面」（「エドガア・アラン・ポオ小説全集」2）
　　　　　　　　谷崎精二　春秋社　昭37,10
「赤き死の仮面」（「エドガア・アラン・ポオ全集」2）
　　　　　　　　谷崎精二　春秋社　昭44
「赤死病の仮面」（「世界文学ライブラリー」8）
　　　　　　　　八木敏雄　講談社　昭46
「赤死病の仮面」（「世界文学大系」37）
　　　　　　　　小川和夫　筑摩書房　昭48
「赤死病の仮面」（「世界文学全集」32）
　　　　　　　　八木敏雄　講談社　昭49
「赤死病の仮面」（「世界文学全集」14）
　　　　　　　　富士川義之　集英社　昭51
「赤死病の仮面」（「世界文学全集」1）
　　　　　　　　永川玲二　学習研究社　昭53
「赤死病の仮面」（「世界文学全集」30）
　　　　　　　　富士川義之　集英社　昭55

The Raven and Other Poems

「大鴉」	佐藤一英	椎の木社	昭08
「大鴉」	日夏耿之助	野田書房	昭10
「大鴉」	日夏耿之助	訪書書局	昭11
「大鴉」	葉河憲三	出水書園	昭21
「鴉その他の詩集」	島田謹二	平凡社	昭34
「詞画集　大鴉」	日夏耿之介	薔薇十字社	昭47
「大鴉」	日夏耿之介	学習研究社	平16
「大鴉」	日夏耿之介	沖積舎	平17

The Poetic Principle

「詩の原理」	村上不二雄	研究社	昭10
「詩作の哲理」	谷崎精二	春陽堂	昭19
「詩の原理」	谷崎精二	春陽堂	昭19
「詩と詩論」	葉河憲三	出水書園	昭22

「詩の原理　詩作の哲理」（「エドガア・アラン・ポオ小説全集」5）
　　　　　　　　谷崎精二　春秋社　昭38
|「詩の原理」| 阿部　保 | 彌生書房 | 昭63 |

Eureka

|「ユリイカ」| 牧野信一・小川和夫 | 芝書店 | 昭10 |
|「ユウレカ」| 西村孝次 | 山本書店 | 昭10 |
「ユリイカ　精神的並びに物質的宇宙論」
　　　　　　　　谷崎精二　春陽堂　昭19
|「われ発見せり　ユウレカ」| 西村孝次 | 創元社 | 昭24 |
「ユリイカ―精神的ならびに物質的宇宙論」（「エドガア・アラン・ポオ小説全集」5）
　　　　　　　　谷崎精二　春秋社　昭38
「ユリイカ―精神的ならびに物質的宇宙論」（「エドガア・アラン・ポオ全集」5）
　　　　　　　　谷崎精二　春秋社　昭45
「ユリイカ」（「世界文学大系」37）
　　　　　　　　牧野信一・小川和夫　筑摩書房　昭48

|「病院横町の殺人犯」| 森　鷗外 | 春陽堂 | 昭07 |
|「病院横町の殺人犯」| 森　鷗外 | 角川書店 | 昭24 |

Marginalia

|「覚書　マルジナリア」| 吉田健一 | 芝書店 | 昭10 |
|「マリジナリア」| 吉田健一 | 創元社 | 昭23 |
「マアジナリア」（「エドガア・アラン・ポオ全集」6）
　　　　　　　　谷崎精二　春秋社　昭45
「ポオ詩集」	若目田武次	越山堂	大11
「ポオ全詩集」	佐藤一英	聚英閣	大12
「ポオ全詩集」	伊藤嶠信	紅玉堂	大15
「ポオ秀詞三十余品」	日夏耿之介	洗心書林	昭22
「ポー詩集」	中野好夫ほか	実業之日本社	昭23
「詩抄」	島田謹二	河出書房	昭25,27
「エドガア・ポオ詩集」	島田謹二	醋燈社	昭25
「ポオ詩集」	日夏耿之介	創元社	昭25
「ポオ詩集」	阿部　保	新潮文庫	昭31
「エドガア・ポオ詩集」（「世界名詩集大成」・アメリカ編）
　　　　　　　　島田謹二　平凡社　昭37

◇ 翻 訳 文 献 I ◇

「ポオ詩集」	阿部　保	彌生書房	昭42
「ポオ詩集」	福永武彦・入沢康夫	新潮社	昭43
「ポウ詩論集」	益田道三	岩波文庫	昭15
「ポオ詩論集第1・詩の原理」			
	工藤昭雄・前川祐一	国文社	昭34
「ポオ詩集」（「エドガア・アラン・ポオ全集」6）			
	谷崎精二	春秋社	昭45
「ポオ詩と詩論」福永武彦ほか　創元推理文庫　昭54
「ポオ詩集」	日夏耿之助	講談社文芸文庫	平07
「ポー詩集」福永武彦・入沢康夫　小沢書店　平08
「ポー詩集　対訳」	加島祥造	岩波文庫	平09
To Helen
「ヘレンヘ」（「アメリカ名詩選」）
	渡辺信二	本の友社	平09
「ポー短篇集」（「アメリカの文学」）
	田桐大澄	八潮出版社	昭30
「ポー短篇集」	田桐大澄	八潮出版社	昭39
「ポオ」	江戸川乱歩	改造社	昭04
「ポオ傑作集」(世界文学全集)谷崎精二　新潮社　昭04
「エドガア・アラン・ポオ小説全集」全5巻
	佐々木直次郎	第一書房	昭06-08
「エドガア・アラン・ポー名作選書5」
	谷崎精二	蒼樹社	昭22
「エドガア・ポオ小説全集」全5巻
	谷崎精二	春陽堂	昭16-19
「ポー傑作集　訳註原文付」勝田孝興　南郊社　大14
「ポオ傑作集」	谷崎精二	大泉書店	昭22
「ポオ全集1〜6」	谷崎精二	春陽堂	昭23
「ポオ選集1」	中野好夫　実業之日本社	昭23
「ポオ短篇集」	森　鷗外	角川書店	昭23
「エドガ・アラン・ポオ」中野好夫　河出書房　昭25
「ポオ黒猫他17篇・詩抄」(世界文学全集)
	中野好夫	河出書房	昭25
「ポー短篇集」	田中　凖	広文堂	昭25
「ポオ傑作集」（「世界文学豪華選」11）
	中野好夫ほか	河出書房	昭27
「ポー代表作選集」全3巻
	一力秀雄ほか	鏡浦書房	昭35-36
「ポー名作集」	丸谷才一	中公文庫	昭48
「ポー名作集」	丸谷才一	中央公論新社	平13
「エドガー・アラン・ポー短篇集」
	西崎　憲	ちくま文庫	平19
「エドガー＝アラン・ポー怪奇・探偵小説集」
全2巻	谷崎精二	偕成社文庫	昭60
「エドガア・アラン・ポオ小説全集」全5巻
	佐々木直次郎	第一書房	昭06-08
「ポオ小説全集」全6巻　谷崎精二　春秋社　昭23-31
「定本エドガア・アラン・ポオ小説全集」全5巻
	谷崎精二	春秋社	昭37-38
「ポー小説全集」全4巻
	阿部知二ほか	創元推理文庫	昭49
「ポオ小説全集」全4巻　谷崎精二　春秋社　平10
「ポオのSF」全2巻	八木敏雄	講談社文庫	昭54-55
「ポオ作品集」（「世界文学ライブラリー」8）
	八木敏雄ほか	講談社	昭46

| 「エドガア・アラン・ポオ全集」全6巻 |
| | 谷崎精二 | 春秋社 | 昭44-45 |
| 「ポオ全集」全3巻 |
| | 佐伯彰一・福永武彦・吉田健一　東京創元新社　昭38 |
| 「ポー集」（「明治翻訳文学全集　新聞雑誌編」19） |
| | 饗庭篁村ほか | 大空社 | 平08 |

ソーロウ　　　　　　　　　　　　　　1817-62

Walden; or Life in the Woods

| 「トロー森林生活」 | 水島耕一郎 | 文成社 | 明44 |
| 「森林生活」 | 水島耕一郎 | 成光館書店 | 大02 |
| 「森林生活・生の価値」水島耕一郎　中央出版社　大04 |
「自然人の瞑想」	柳田　泉	春秋社	大10
「森の生活」	今井嘉雄	新潮社	大14
「ウォルデン」	古舘清太郎	春秋社	昭05
「ウォルデン」（「世界大思想全集」32）
	古舘清太郎	春秋社	昭05
「トロー森林生活」	水島耕一郎	南天堂	昭08
「森の生活」	古舘清太郎	春秋文庫	昭08
「哲人の森林生活」	水島耕一郎	南天堂	昭08
「森の生活」	今井嘉雄	新潮文庫	昭09
「ウォルデン」	今井規清	大泉書店	昭23
「ウォルデン池畔にて」	酒井　賢	養徳社	昭23
「ウォルデン―森の生活」	岡本　通	筑紫書房	昭24
「ウォルデン」	宮西豊逸	三笠書房	昭25
「森の生活―ウォールデン」全2巻
	神吉三郎	岩波文庫	昭26,54
「森の生活―ウォルデン」	神吉三郎	角川文庫	昭26
「森の生活―ウォルデン」	富田　彬	岩波文庫	昭28
「森の生活（ウォルデン）」富田　彬	角川文庫	昭28
「自然と人生（自然と人生、市民としての抵抗他」
	矢野義勝	新鋭社	昭32
「ウォルデン」	富田　彬	筑摩書房	昭38
「新訳・森の生活　ウォールデン」
	真崎義博	JICC出版局	昭56
「森の生活」	神原栄一	荒竹出版	昭58
「森の生活　ウォールデン　愛蔵版」
	真崎義博	JICC出版局	平01
「森の生活　ウォールデン」
	真崎義博　宝島社文庫	平01,10,14
「森の生活　ウォールデン」全2巻
	飯田　実　ワイド版岩波文庫	平03,13
「森の生活　ウォールデン」
	佐渡谷重信　講談社学術文庫	平03
「森の生活」	金関寿夫	佑学社	平05
「森の生活　ウォールデン」全2巻
	飯田　実	岩波文庫	平07
「ウォールデン　森で生きる」
	酒本雅之	ちくま学芸文庫	平12
「ウォールデン　森の生活」今泉吉晴	小学館	平16
「森の生活」	真崎義博	宝島社	平17

Civil Disobedience

| 「市民としての反抗」 | 富田　彬 | 岩波文庫 | 昭24 |
| 「市民的抵抗の思想」 | 山崎時彦 | 未来社 | 昭53 |

657

◇ 翻 訳 文 献 Ⅰ ◇

「市民の反抗 他五篇」　　　飯田 実　岩波文庫　平09
　　The Maine Woods
「メインの森」　　　大出 健　冬樹社　昭63
「メインの森 真の野生に向う旅」
　　　　　　　　小野和人　金星堂　平04
「メインの森 真の野生に向う旅」
　　　　　　　　小野和人　講談社　平06
　　Faith in a Seed
「森を読む 種子の翼に乗って」
　　　　　　　　伊藤詔子　宝島社　平07
　　In Wildness is the Preservation of the
　　World, from Henry David Thoreau
「野性にこそ世界の救い」酒本雅之　森林書房　昭57
「散歩」　　　　　　　　富田 彬　岩波書店　昭24
「主義なき生活」　　　　富田 彬　岩波文庫　昭24
「ジョーン・ブラウン大尉の熱に弁ず」
　　　　　　　　　　　　富田 彬　岩波書店　昭24
「人生論」　　　　　　　荻野 樹　万里閣　昭23
「ソーローの言葉」　　　志賀 勝　西村書店　昭22
　　Elevating Ourselves: Thoreau on Mountains
「山によるセラピー」　仙名 紀　アサヒビール　平14
　　Thoreau on Water
「水によるセラピー」　仙名 紀　アサヒビール　平13
　　Thoreau on Land: Nature's Canvas
「風景によるセラピー」仙名 紀　アサヒビール　平14
　　Wild Fruits
「野生の果実 ソロー・ニュー・ミレニアム」
　　　　　　伊藤詔子・城戸光世　松柏社　平14
　　The River
「ザ・リバー」　　　真崎義博　宝島社　平05
　　Cape Cod
「コッド岬 海辺の生活」飯田 実　工作舎　平05
「コンコード川・コッド岬他」
　　　　　　　　　木村・島田・斉藤　研究社　昭52
「H.D. ソロー」(「アメリカ古典文庫」4)
　　　　　　　　　木村晴子ほか　研究社出版　昭52
　　Resistance to Civil Government
「一市民の反抗：良心の声に従う自由と権利」
　　　　　　　　　　　　山口 晃　文遊社　平17
　　Walking
「ウォーキング」　　大西直樹　春風社　平17
　　Epigram
「警句」(「アメリカ名詩選」)渡辺信二　本の友社　平09

ホイットマン　　　　　　　　1819-92

　　Leaves of Grass
「草の葉」全2巻　　富田砕花　大鎧閣　大08-09
「草の葉」　　　　　長沼重隆　東興社　昭04
「草の葉」　　　　　堀井梁歩　春秋社　昭06
「ホヰットマン詩集 草の葉」
　　　　　　　　　　　　有島武郎　岩波文庫　昭09
「草の葉」　長沼重隆　日本読書購買利用組合　昭21
「草の葉」　　　　　堀井梁歩　春秋社松柏館　昭21
「草の葉」全2巻　　有島武郎　冨岳本社　昭21-22
「草の葉」　　　　　有島武郎　共和出版社　昭23
「草の葉 詩集」　　富田砕花　朝日新聞社　昭24
「草の葉」(「世界文学選書」39) 全2巻
　　　　　　　　　　　長沼重隆　三笠書房　昭25
　　　　　　　　　　　長沼重隆　三笠書房　昭28
「自由と愛と生命―ホイットマン詩集『草の葉』―」
　　　　　　　　　　　白鳥省吾　池田書店　昭31
「草の葉」(現代訳詩集)有島武郎　筑摩書房　昭32
「草の葉 ホイットマン詩集」
　　　　　　　　長沼重隆　角川文庫　昭34,平11
「草の葉」(「世界名詩集大成」)
　　　　　　　　　　　長沼重隆　平凡社　昭34
「草の葉」(「世界文学全集」48)
　　　　　　　　　　　長沼重隆　河出書房新社　昭38
「草の葉 ホイットマン詩集」全3巻
　　　杉木 喬・鍋島能弘・酒本雅之　岩波文庫　昭44-46
「草の葉」　　　　　富田砕花　グラフ社　昭46
「草の葉」全3巻
　　　　　　　鍋島能弘・酒本雅之　岩波文庫　昭46
「草の葉 詩集」　　富田砕花　第三文明社　平02
「草の葉 抄訳詩集」常田四郎　旺史社　平10
「草の葉」全3巻　　酒本雅之　岩波文庫　平10
「ホイットマン詩集」白鳥省吾　新潮社　大08
「ホヰットマン詩集」全2巻
　　　　　　　　　　有島武郎　叢文閣　大10-12
「ホイットマン詩鈔」白鳥省吾　日本評論社　大11
「ホイットマン詩集」松山 敏　文英堂　大14,15
「ホイットマン詩集」松山 敏　成光館　昭03
「ホイットマン詩集」有島武郎　春陽堂　昭07
「ホイットマンの詩集」松山 敏　崇文館　昭08
「ホイットマン詩集」白鳥省吾　新潮文庫　昭09,29
「ホイットマン詩集」白鳥省吾　養徳社　昭23
「ホイットマン詩撰」
　　　　　　木口公十・夜久正雄　吾妻書房　昭24
「ホイットマン詩集」白鳥省吾　大泉書店　昭24
「ホイットマン詩集」浅野 晃　酔灯社　昭25
「ホイットマン詩集」白鳥省吾　教養文庫　昭29
「ホイットマン詩集」(「世界の詩」27)
　　　　　　　　　　白鳥省吾　彌生書房　昭40
「ホイットマン詩集」(「青春の詩集 外国篇」3)
　　　　　　　　　　長沼重隆　白鳳社　昭41
「ホイットマン詩集」浅野 晃　金園社　昭41,42
「ホイットマン詩集」白鳥省吾　彌生書房　昭41
「ホイットマン新詩集」岡田 豊　日本文芸社　昭42
「ホイットマン詩集」福田陸太郎　三笠書房　昭43
「ホイットマン詩集」河野一郎　新潮社　昭43
「ホイットマン詩集」長沼重隆　白鳳社　昭44,50
「ホイットマン詩集」木島 始　思潮社　平06
「ホイットマン詩集 対訳」木島 始　岩波文庫　平09
　　Democratic Vistas
「民主主義展望」
　　　　　木村艸太郎　日本読書購買利用組合　昭22
「民主主義の展望」(全集5)
　　　　　木村艸太郎　日本読書購買利用組合　昭22
「民主主義展望」　　志賀 勝　創元社　昭24

「民主主義展望」　　　志賀　勝　創元社　昭24,25
「民主主義展望」　　　志賀　勝　岩波文庫　昭28
「民主主義の展望」（世界大思想全集）
　　　　　　　　　鍋島能弘　河出書房新社　昭34
「民主主義の予想」（「世界の思想」7）
　　　　　　　　　鍋島能弘　河出書房　昭41
「民主主義の展望」　鵜木奎治郎　研究社　昭51
「民主主義の展望」佐渡谷重信　講談社学術文庫　平04
「愛するものへの手紙」　長沼重隆　荒地出版社　昭33

Specimen Days and Collect
「自選日記」　　　　高村光太郎　叢　文　閣　大10
「わが生の日々」（世界人生論全集）6）
　　　　　　　　　安藤一郎　筑摩書房　昭38
「ホイットマン自選日記」全2巻
　　　　　　　　　杉木　喬　岩波文庫　昭42-43

November Boughs
「十一月の枝」　　　柳田　泉　春秋社　大10
「十一月の枝」柳田　泉　日本読書購利用組合　昭23

One's-Self I Sing
「じぶん自身をわたしはうたう」（「アメリカ名詩選」）
　　　　　　　　　渡辺信二　本の友社　平09

Good-Bye My Fancy
「わが空想よさらば」柳田　泉　社翁全集刊行会　大10
「わが空想よさらば」
　　　　　　　柳田　泉　日本読書購利用組合　昭23
「論文集」　　　　古舘清太郎　春秋社　昭05
「老詩人の応答」　古舘清太郎　春秋社　昭05
「驢馬の足跡」　　古舘清太郎　春秋社　昭05
「ウォルト・ホイットマン」（「アメリカ古典文庫」
　5）　　　　　　　亀井俊介　研究社出版　昭51
「ホイットマン　論文集」（「世界大思想全集」32）
　　　　　　　　　古舘清太郎　春秋社　昭05
「ウォルト・ホイットマン全集」全6巻
　　　　　　　柳田　泉　日本読書購利用組合　昭21-23

メルヴィル　　　　　　　　　　1819-91

Typee
「南海の仙郷」　　　橋本福夫　大観堂　昭18
「南海物語」　　　　橋本福夫　早川書房　昭25
「タイピー　南太平洋の愛と恐怖」
　　　　　　　　　本多喜久夫　白揚社　昭35
「タイピー」（「世界文学全集」14）
　　　　　　　　　土岐恒二　集英社　昭51
「タイピー」（「世界文学全集」39）
　　　　　　　　　土岐恒二　集英社　昭54
「タイピー　ポリネシア奇譚」（「メルヴィル全集」1）
　　　　　　　　　坂下　昇　国書刊行会　昭56
「タイピー　ポリネシヤ綺譚」
　　　　　　　　　坂下　昇　福武文庫　昭62
「タイピー」　　　渕脇耕一　ニュートンプレス　平09

Omoo
「南太平洋の漂客　オムー」目黒真澄　青木書店　昭18
「オムー」（「メルヴィル全集」2）
　　　　　　　　　坂下　昇　国書刊行会　昭57

Moby-Dick; or, The Whale
「海の野獣」　　　　平井豊一　大東出版社　昭14
「白鯨」（新世界文学全集 1）阿部知二　河出書房　昭16
「白鯨」全3巻　　　阿部知二　筑摩書房　昭24-30
「白鯨」全2巻　　田中西二郎　三笠書房　昭25
「白鯨」全2巻　　田中西二郎　新潮文庫　昭27
「白鯨」全3巻　　　富田　彬　角川文庫　昭31
「白鯨」　　　　　　宮西豊逸　三笠書房　昭31
「白鯨」　　　　　　西崎一郎　時事通信社　昭31
「白鯨」全3巻　　　阿部知二　岩波文庫　昭31-32
「白鯨」（「世界文学大系」32）
　　　　　　　　　阿部知二　筑摩書房　昭35
「白鯨」（「世界文学全集Ⅱ」9）
　　　　　　　　　阿部知二　河出書房新社　昭38
「白鯨」（「世界文学全集 24」）
　　　　　　　　　阿部知二　筑摩書房　昭42
「白鯨」（「世界の名作 30」）阿部知二　集英社　昭42
「白鯨」　　　　　　亀山竜樹　岩崎書店　昭42
「白鯨」　　　　　　宮西豊逸　偕成社　昭43
「白鯨」（「世界文学全集」36）
　　　　　　　　　阿部知二　集英社　昭46
「白鯨・書記バートルビ」（「世界文学大系」36）
　　　　　　　　　阿部知二　筑摩書房　昭47
「白鯨」（「新集世界の文学」11）
　　　　　　　　　野崎　孝　中央公論社　昭47
「白鯨」　　　　　　林　信行　ニトリア書房　昭47
「白鯨」（「世界の文学」11）
　　　　　　　　　野崎　孝　中央公論社　昭47
「白鯨」全2巻　　　高村勝治　旺文社文庫　昭48
「白鯨　モビー・ディック」全2巻
　　　　　　　　　坂下　昇　講談社文庫　昭48
「白鯨」（「世界文学全集」36）
　　　　　　　　　阿部知二　講談社　昭50
「白鯨」（「世界文学全集」38）
　　　　　　　　　幾野　宏　集英社　昭55
「白鯨」全2巻（「メルヴィル全集」7、8）
　　　　　　　　　坂下　昇　国書刊行会　昭57-58
「白鯨」（「世界文学全集」7）
　　　　　　　　　阿部知二　河出書房新社　平01
「白鯨」（「世界の文学セレクション 36」16）
　　　　　　　　　野崎　孝　中央公論社　平06
「白鯨」　　　　　　原　光　八潮出版社　平06
「白鯨」　　　　　渕脇耕一　ニュートンプレス　平09
「白鯨　モービィ・ティック」全2巻
　　　　　　　　　千石英世　講談社文芸文庫　平12
「白鯨」全3巻　　　八木敏雄　岩波文庫　平16

The Happy Failure
「幸福な失敗」　　　尾川欣也　評論社　昭46

Israel Potter
「イスラエル・ポッター　流浪五十年」
　　　　　　　　　原　光　八潮出版社　平12

Pierre; or, The Ambiguities.
「ピエール」（「メルヴィル全集」9）
　　　　　　　　　坂下　昇　国書刊行会　昭56
「ピエール」　　　　坂下　昇　国書刊行会　平11

◇ 翻 訳 文 献 I ◇

The Encantadas, Bartleby, the Scrivener, Billy Budd. The Piazza Tales
「地の涯の海　ベニト・セレノ」　　林 哲也　思索社　昭23
「魔の群島・バートルビー（「回廊」、「鐘楼」、「リンゴ材のテーブルを含む」）」（「英米名作ライブラリー」）　寺田建比古・桂田重利　英宝社　昭32
「バートルビー、船乗りビリーバッド」　北川悌二・原田敬一　南雲堂　昭35

Bartleby, the Scrivener
「書記バートルビー」（「アメリカ短篇名作集」）　阿部知二　学生社　昭36
「バートルビー」（「世界の文学」53）　田中西二郎　中央公論社　昭42
「地の涯の海・魔の島々」　林 信行　ニトリア書房　昭47
「書記バートルビ」（「世界文学大系」36）　阿部知二　筑摩書房　昭47
「幽霊船」　坂下 昇　岩波文庫　昭54
「バートルビー、ベニトー・セレイノー」（「世界文学全集」39）　土岐恒二・千石英世　集英社　昭54
「代書人バートルビー」　酒本雅之　国書刊行会　昭63
「バートゥルビィ　魔法郡島　ベニト・セレノ」（メルヴィル中短篇集）　原 光　八潮出版社　平07

The Confidence-Man
「信用詐欺師」（「メルヴィル全集」11）　坂下 昇　国書刊行会　昭58
「詐欺師」　原 光　八潮出版社　平09

Clarel
「クラレル　聖地における詩と巡礼」　須山静夫　南雲堂　平11

Billy Budd
「ビリー・バッド」　坂下 昇　岩波文庫　昭51
「船乗りビリーバッド」（「キリスト教文学の世界」20）　原田敬一　主婦の友社　昭53
「ビリーバッド　イスラエル・ポッター」（「メルヴィル全集」10）　坂下 昇　国書刊行会　昭57
「乙女たちの地獄　H.メルヴィル中短篇集」全2巻　杉浦銀策　国書刊行会　昭58
「メルヴィル中短篇集」　原 光　八潮出版社　平07
「メルヴィル全集」全12巻　坂下 昇　国書刊行会　昭56-58

ディキンソン　　　　1830-86

「ディキンソン詩集（抄）」（「世界名詩集大成」11）　安藤一郎　平凡社　昭34
「エミリ・ディキンソン詩抄」　新倉俊一　篠崎書林　昭37
「エミリ・ディキンソン詩集」　加藤菊雄　白揚社　昭41
「ディキンソン詩集」（「世界詩人全集」12）　新倉俊一　新潮社　昭44
「エミリ・ディキンスン詩集」　中島 完　国文社　昭48
「エミリィ・ディキンスン詩集」　岡 隆人　桐原書店　昭53
「エミリ・ディキンスン詩集」　中林孝雄　松柏社　昭61
「ディキンスン詩集」　新倉俊一　思潮社　平05
「自然と愛と孤独と」（詩集）　中島 完　国文社　昭39
「自然と愛と孤独と：詩集．続」　中島 完　国文社　昭48,平11
「自然と愛と孤独と：詩集．続々」　中島 完　国文社　昭58
「自然と愛と孤独と：詩集．第4集」　中島 完　国文社　平06
「愛があるとしたら」　岸田理生　サンリオ　昭53
「もし愛がすぐそこにあるのなら：エミリ・ディキンスン詩集」　中島 完　サンリオ　昭58
「愛と孤独と：エミリ・ディキンソン詩集」全3巻　谷岡清男　ニューカレント・インターナショナル　昭62-63,平01
「49（わたしが失ったとしても）」「（アメリカ名詩選）」　渡辺信二　本の友社　平09
「エミリの窓から」　武田雅子　蜂書房　昭63
「エミリ・ディキンスンの手紙」　山川瑞明・武田雅子　弓書房　昭59
「エミリ・ディキンスンのお料理手帖」　武田雅子・鵜野ひろ子　山口書店　平02
「色彩のない虹：対訳エミリー・ディキンスン詩集」　野田 壽　ふみくら書房　平08
「対訳ディキンソン詩集」　亀井俊介　岩波文庫　平10

トウェイン　　　　1835-1910

The Celebrated Jumping Frog of Calaveras County and Other Sketches
「賭け蛙」　佐々木邦　丁未出版社　大05
「跳ね蛙」　加賀谷林之助　昇龍堂　大15
「跳ね蛙」　杉木 喬　八雲書店　昭24
「キャラヴェラス郡の名高き跳び蛙　怪物」　上野直蔵・松山信直　南雲堂　昭35
「キャラベラス郡の有名な跳ぶカエル」（「世界文学全集」2）　三浦朱門　学習研究社　昭54

The Innocents Abroad, The New Pilgrim's Progress
「赤毛布外遊記」全3巻　濱田政二郎　新月社　昭24
「赤毛布外遊記」全3巻　濱田政二郎　岩波文庫　昭26
「欧州ユーモア旅行」　森 いたる　岩崎書店　昭37
「地中海遊覧記」全2巻　吉岡栄一・錦織裕之　彩流社　平09
「赤毛布外遊記」全3巻（名作翻訳選集　英米篇）　濱田政二郎　本の友社　平10
「イノセント・アブロード　聖地初巡礼の旅」全2巻　勝浦吉雄・勝浦寿美　文化書房博文社　平16

Roughing It
「西部旅行綺談」（「世界ユーモア文学全集」9）

◇ 翻 訳 文 献 Ⅰ ◇

	野崎　孝	筑摩書房　昭35
「西部旅行綺談」	神宮輝雄	岩崎書店　昭37
「西部旅行綺談」	野崎　孝	筑摩書房　昭44,53
「西部放浪記」全2巻		
	吉田映子・木内　徹	彩流社　平10

The Gilded Age

「金メッキ時代」全2巻	那須頼雅	山口書店　昭55
「金メッキ時代」全2巻	柿沼孝子	彩流社　平13

The Adventures of Tom Sawyer

「トム・ソウヤー物語」		
	佐々木邦	家庭読物刊行会　大08
「トム・ソウヤー物語」	佐々木邦	春秋社　昭14
「トム・ソウヤーの冒険」	佐々木邦	春陽堂　昭07
「トム・ソーヤーの冒険」	渋沢青花	文化書房　昭08
「トム・ソウヤの冒険」	佐々木邦	講談社　昭14
「トム・ソーヤーの冒険」	石田英二	岩波文庫　昭21
「世界名作物語トム・ソーヤーの冒険」		
	渋沢青花	童話春秋社　昭22
「トム・ソウヤの冒険」(「世界名作全集」8)		
	佐々木邦	講談社　昭25
「トム・ソーヤーの冒険」	佐藤利吉	角川文庫　昭25
「トム・ソーヤーの冒険」(「世界文学選集」)		
	大久保康雄	三笠書房　昭26
「トム・ソーヤの冒険」	仁科　春彦	黎明社　昭26
「トム・ソーヤーの冒険」	大久保康雄	新潮社　昭27
「トム・ソーヤーの冒険」		
	石井桃子	岩波少年文庫　昭27
「トム・ソーヤーの冒険」	大久保康雄	三笠書房　昭27
「トム・ソーヤーの冒険」	大久保康雄	新潮文庫　昭28
「トム・ソーヤーの冒険」		
	吉田甲子太郎	創元社　昭29
「トム・ソーヤーの冒険」(「世界名作全集」19)		
	関・阿部ほか	平凡社　昭35
「トム・ソーヤーの冒険」	筒井敬介	偕成社　昭36
「トム・ソーヤーの冒険」(「少年少女新世界文学全集」8)		
	中野好夫	講談社　昭39
「トム・ソーヤーの冒険」	斎藤正二	角川文庫　昭39
「トム・ソーヤーの冒険」(「世界の名作」27)		
	神戸淳吉	講談社　昭40
「トム・ソーヤの冒険」(「少年少女世界の文学」10)		
	光吉夏弥	河出書房　昭41
「トム・ソーヤーの冒険」	飯島淳秀	講談社　昭41
「トム・ソーヤーの冒険」		
	吉田甲子太郎	偕成社　昭42
「トム・ソーヤーの冒険」	亀山竜樹	講談社　昭42
「トム・ソーヤーの冒険」	鈴木幸夫	旺文社文庫　昭44
「トム＝ソーヤーの冒険」(「少年少女講談社文庫」A-7)		
	亀山竜樹	講談社　昭47
「トム・ソーヤーの冒険」(「ジュニア版世界の文学」6)		
	幾野　宏	集英社　昭49
「トム＝ソーヤの冒険」	高杉一郎	学習研究社　昭50
「トム・ソーヤの冒険」	白柳美彦	実業之日本社　昭51
「トム・ソーヤーの冒険」	吉田新一	国土社　昭52
「トム・ソーヤーの冒険」		
	飯島淳秀	玉川大学出版部　昭52
「トム・ソーヤーの冒険」		
	瀬川昌男	春陽堂少年少女文庫　昭53
「トム・ソーヤの冒険」(「子どものための世界名作文学」8)		
	長谷川甲二	集英社　昭53
「トム＝ソーヤーの冒険」(「少年少女世界の文学」6)		
	前田三恵子	暁教育図書　昭53
「トム・ソーヤの冒険」	坂下　昇	講談社文庫　昭53
「トム・ソーヤの冒険」	岡上鈴江	ポプラ社　昭54,平17
「トム＝ソーヤーの冒険」		
	吉田甲子太郎	偕成社　昭57
「トム・ソーヤの冒険」	亀井俊介	集英社　昭57
「トム＝ソーヤの冒険」	亀山竜樹	講談社　昭62
「トム・ソーヤーの冒険」全2巻		
	石井桃子	岩波少年文庫　昭63,平13
「トム＝ソーヤの冒険」		
	飯島淳秀	講談社青い鳥文庫　平01
「トム・ソーヤの冒険」(「少年少女世界名作の森」11)		
	亀井俊介	集英社　平02
「トム・ソーヤーの冒険」	高杉一郎	講談社文庫　平02
「トム・ソーヤーの冒険」	加島祥造	第三文明社　平02
「トム・ソーヤーの冒険」	亀山竜樹	集英社　平06
「トム＝ソーヤーの探偵」		
	斉藤健一	講談社青い鳥文庫　平07
「トム・ソーヤーの冒険」		
	潤脇耕一	ニュートンプレス　平09
「トム・ソーヤーの冒険」(「世界名作文学集」)		
	吉田新一	国土社　平16
「トム・ソーヤーの冒険」全2巻		
	渡辺南都子	童心社　平16
「トム・ソーヤーの冒険」	大塚勇三	福音館書店　平16
「トム・ソーヤーの冒険」(「トウェイン完訳コレクション」)		
	大久保博	角川文庫　平17

Tom Sawyer, Detective

「トム・ソーヤーの探偵・探検」		
	大久保康雄	新潮社　昭30
「トム・ソーヤーの探偵」		
	大久保康雄	東京創元社　昭32
「トム・ソーヤーの名探偵」(「マーク・トウェーン名作全集」4)		
	亀井俊夫	岩崎書店　昭37

Tom Sawyer, Abroad

「名探偵トム・ソーヤー　ソーヤーの大旅行」		
	白柳美彦	実業之日本社　昭51

The Prince and the Pauper

「少年小説　乞食王子」	巌谷小波ほか	文武堂　明32
「王子と乞食」	村岡花子	平凡社　平02
「乞食王子」	久米元一	文化書院　昭22
「王子と乞食」全2巻	村岡花子	実業之日本社　昭24
「乞食王子」	大田黒克彦	講談社　昭25
「王子と乞食」	村岡花子	岩波文庫　昭25
「乞食王子」	中島蒲紅	黎明社　昭26
「乞食王子」	村岡花子	三十書房　昭26
「王子と乞食」	寺井康雄	角川文庫　昭27
「王子と乞食」	松本恵子	新潮文庫　昭29
「こじき王子」	平塚武二	講談社　昭32
「王子と乞食」	渋沢青花	同和春秋社　昭33

◇翻 訳 文 献 I◇

「王子とこじき」 谷崎精二 小学館 昭35
「王子とこじき」 筒井敬介 偕成社 昭36
「王子とこじき」 村岡花子 岩崎書店 昭37
「王子とこじき」(「少年少女新世界文学全集」10)
　　　　　　　西川正身 講談社 昭39
「王子とこじき」(「世界の名作」11)
　　　　　　　大木惇夫 講談社 昭40
「王子とこじき」(「世界名作全集」7)
　　　　　　　塩谷太郎 講談社 昭41
「王子とこじき」(「世界の名作図書館」15)
　　　　　　　白木 茂 講談社 昭42
「王子とこじき」 久保田輝男 学習研究社 昭50
「王子とこじき」 白木 茂 玉川大学出版部 昭51
「王子とこじき」 平賀悦子 春陽書店 昭52
「王子とこじき」(「子どものための世界名作文学」6)
　　　　　　　竹崎有斐 集英社 昭53
「王子とこじき」全2巻 河田智雄 偕成社文庫 昭54
「王子とこじき」 竹崎有斐 集英社 平06
「王子と乞食」 堀千恵子 ニュートンプレス 平09
「王子と乞食」(「マーク・トウェインコレクション」13) 山本長一 彩流社 平11

Life on the Mississippi
「ミシシッピー河上の生活」(「百花文庫」)
　　　　　　　上野直蔵 創元社 昭23
「ミシシッピーの人びと」(マーク・トウェーン短篇全集) 西崎一郎・須藤信子 鏡浦書房 昭35
「ミシシッピー河上の生活」
　　　　　　　勝浦吉雄 文化書房博文社 平05
「ミシシッピの生活」全2巻(「マーク・トウェインコレクション」2A) 吉田映子 彩流社 平06

Adventures of Huckleberry Finn
「ハックルベリー物語」 佐々木邦 精華書院 大10
「ハックルベリイの冒険」 佐々木邦 春秋社 大15
「ハックルベリイの冒険」 佐々木邦 春陽堂 昭07
「ハックルベリー・フィンの冒険」全2巻
　　　　　　　中村為治 岩波文庫 昭16,25
「ハックルベリーの冒険」 佐々木邦 講談社 昭21
「ハックルベリー・フィンの冒険」
　　　　　　　中村為治 河出書房 昭25
「ハックルベリーの冒険」 渋沢青花 童話春秋社 昭25
「ハックルベリー・フィンの冒険」
　　　　　　　吉田甲子太郎 創元社 昭31
「ハックルベリー・フィンの冒険」(「アメリカ文学選集」) 石川欣一 研究社出版 昭33
「ハックルベリー・フィンの冒険」
　　　　　　　村岡花子 新潮文庫 昭34
「ハックルベリー・フィンの冒険」全2巻
　　　　　　　斎藤正二 角川文庫 昭34
「ハックルベリーの冒険」
　　　　　　　白木 茂 岩崎書店 昭37,60
「ハックルベリイの冒険」 佐々木邦 小学館 昭38
「ハックルベリー・フィンの冒険」(「少年少女世界の文学」10) 小島信夫 河出書房 昭41
「ハックルベリー・フィンの冒険」
　　　　　　　刈田元司 旺文社文庫 昭44

「ハックルベリー・フィンの冒険」
　　　　　　　野崎 孝 講談社文庫 昭46
「ハックルベリー・フィンの冒険」(「世界文学大系」35) 石川欣一 筑摩書房 昭48
「ハックルベリー・フィンの冒険」(「世界文学全集」53) 野崎 孝 講談社 昭51
「ハックルベリ＝フィンの冒険」
　　　　　　　久保田輝男 学研世界名作シリーズ 昭51
「ハックルベリー＝フィンの冒険」
　　　　　　　吉田甲子太郎 偕成社文庫 昭51
「ハックルベリー・フィンの冒険」全2巻
　　　　　　　西田 実 岩波文庫 昭52
「ハックルベリー・フィンの冒険」
　　　　　　　大岩順子 春陽堂少年少女文庫 昭54
「ハックルベリー・フィンの冒険」(「世界文学全集」2) 加島祥造 学習研究社 昭54
「ハックルベリー・フィンの冒険」(「世界文学全集」54) 渡辺利雄 集英社 昭55
「ハックルベリィの冒険」
　　　　　　　小島信夫 河出書房新社 平05
「ハックルベリー・フィンの冒険」
　　　　　　　加島祥造 架空社 平07
「ハックルベリイ・フィンの冒険」(「マーク・トウェインコレクション」7) 山本長一 彩流社 平08
「ハックルベリー＝フィンの冒険」全2巻
　　　　　　　斉藤健一 講談社青い鳥文庫 平08
「ハックルベリー・フィンの冒険」全2巻
　　　　　　　大塚勇三 福音館書店 平09
「ハックルベリー・フィンの冒険」
　　　　　　　勝浦吉雄 文化書房博文社 平10
「ハックルベリー・フィンの冒険」
　　　　　　　大久保博 角川書店 平11
「完訳ハックルベリ・フィンの冒険」
　　　　　　　加島祥造 ちくま文庫 平13
「ハックルベリー・フィンの冒険」
　　　　　　　大久保博 角川文庫 平16

A Connecticut Yankee in King Arther's Court
「夢の宮廷」 蕗沢忠枝 岡倉書房 昭26
「ヤンキーのゆめの冒険」(「世界名作全集」174)
　　　　　　　内田 庶 講談社 昭35
「アーサー王宮廷のヤンキー」(「ハヤカワSFシリーズ」) 小倉多加志 早川書房 昭38
「アーサー王宮廷のヤンキー」
　　　　　　　小倉多加志 ハヤカワ文庫 昭51
「アーサー王宮廷のヤンキー」
　　　　　　　龍口直太郎 創元推理文庫 昭51
「アーサー王宮廷のヤンキー」
　　　　　　　大久保博 角川文庫 昭55
「ハンク・モーガンの冒険 アーサー王宮廷のコネチカット・ヤンキー」
　　　　　　　大久保博 論創社 昭59
「アーサー王とあった男」 亀山竜樹 岩崎書店 昭61
「アーサー王宮廷のコネチカット・ヤンキー」
　　　　　　　渕脇耕一 ニュートンプレス 平09
「アーサー王宮廷のコネチカット・ヤンキー」

◇翻訳文献 I◇

砂川宏一　彩流社　平12
The Tragedy of Pudd'nhead Wilson
「抜けウヰルソン」　佐々木邦　改造社　昭04
「間抜けのウィルソン」(『世界の文学』26)
　　　　　　　　野崎孝　中央公論社　昭41
「まぬけのウィルソンとかの異形の双生児」
　　　　　　　　村川武彦　彩流社　平06
「まぬけのウィルソン」
　　　　　　矢島京子　ニュートンプレス　平09
Personal Recollections of Joan of Arc
「マーク・トウェーンのジャンヌ・ダルク　ジャンヌ・ダルクについての個人的回想」
　　　　　　　　大久保博　角川書店　平08
What is Man?
「人間とはなにか」　百瀬・松本　南雲堂　昭41
「人間とは何か」　中野好夫　岩波文庫　昭48
「人間とは何か」　中野好夫　ワイド版岩波文庫　平05
Eve's Diary
「アダムの日記」　本間久四郎　文禄堂　明40
「アダムの日記」
　　　　　龍口直太郎・杉木喬　八雲書店　昭24
「イヴの日記ほか5編」龍口直太郎　岩波文庫　昭27
「アダムとイヴの日記」　大久保博　旺文社文庫　昭51
「アダムとイヴの日記」　大久保博　福武文庫　平07
「アダムとイヴの日記」(「マーク・トウェインコレクション」3)　柿沼孝子　彩流社　平07
The Mysterious Stranger
「不思議な人」(「マーク・トウェーン短篇全集」5)
　　　　　　斎藤光・奥幸雄　鏡浦書房　昭34
「不思議な少年」　中野好夫　岩波文庫　昭44,平11
「不思議な余所者」(『世界文学全集』54)
　　　　　　　　中川敏　集英社　昭55
「不思議な少年第44号」　大久保博　角川文庫　平06
The Autobiography of Mark Twain
「マーク・トウェイン自伝」(『アメリカ古典文庫』6)　渡辺利雄　研究社出版　昭50
「マーク・トウェイン自伝」勝浦吉雄　筑摩書房　昭59
「マーク・トウェイン自伝」全2巻
　　　　　　　　勝浦吉雄　ちくま文庫　平01
「バーレスク風自叙伝」　大久保博　旺文社文庫　昭62
「レオポルド王の独白　彼のコンゴ統治についての自己弁護」　佐藤喬　理論社　昭43
「バック・ファンショーの葬式他十三編」
　　　　　　　　坂下昇　岩波文庫　昭52
「マーク・トウェイン動物園」
　　　　　　　　須山静夫　晶文社　昭55
The Love Letters of Mark Twain
「マーク・トウェインのラヴレター」
　　　　　中川慶子・宮本光子　彩流社　平11
「ちょっと面白い話」　大久保博　旺文社文庫　昭55
「ちょっと面白い話　また」
　　　　　　　　大久保博　旺文社文庫　昭57
「ちょっと面白いハワイ通信」全2巻
　　　　　　　　大久保博　旺文社文庫　昭58
「『自由の国』から　マーク・トウェインの遺言」

「マーク・トウェイン晩年作品集」
　　　　那須頼雅ほか　神戸女子大学英文学会　平07
Bites-Size Twain
「世界一の毒舌家マーク・トウェイン150の言葉」
　　　　　　　　ディスカヴァー21編集部
　　　　　　　　ディスカヴァー・トゥエンティワン　平11
「新選マーク・トウェイン傑作集」
　　　　　　　　大久保博　旺文社文庫　昭60
「マーク・トウェインコレクション」全17巻
　　　　　　　　金谷良夫ほか　彩流社　平06-13
「マーク・トウェーン名作集」全10巻
　　　　　　　　佐々木邦　改造社　昭04,14
「マーク・トウェーン短篇全集」全6巻
　　　　　　　　鍋島能弘ほか　鏡浦書房　昭34-35
「マーク・トウェーン短篇集」
　　　　　佐藤喬・西山浅次郎　新潮文庫　昭36
「マーク・トウエン短編集」
　　　　　　　　古沢安二郎　新潮文庫　昭36
「マーク・トウェーン短篇全集」全5巻
　　　　　　　　鍋島能弘　出版協同社　昭51
「マーク・トウェーン短編全集」全5巻
　　　　　　　　斎藤光ほか　出版協同社　昭51
「マーク・トウェーン短編集」全3巻
　　　　　　勝浦吉雄　文化書房博文社　平05-06
「マーク・トウェイン集」(「明治翻訳文学全集　新聞雑誌編」20)　山県五十雄ほか　大空社　平08

ジェイムズ（ヘンリー）　1843-1916

Madame de Mauves
「モーヴ夫人　他三篇」行方昭夫　八潮出版社　昭52
Roderick Hudson
「ロデリック・ハドソン」(『世界文学大系』45)
　　　　　　　　谷口陸男　筑摩書房　昭38
The American
「アメリカ人」(『現代アメリカ文学全集』6)
　　　　　　　　高野フミ　荒地出版社　昭33
「アメリカ人」(『世界文学全集 II』12)
　　　　　　　　西川正身　河出書房　昭34
The Europeans
「ヨーロッパの人」　上杉明　春秋社　昭49
「ヨーロッパ人」　阿出川祐子　ぺりかん社　昭53
Daisy Miller
「デイジー・ミラー」　渡辺・川田　岩波文庫　昭15
「デイジー・ミラー」(『新世界文学全集』)
　　　　　　　　西川正身　河出書房　昭16
「デイジー・ミラー」　西川正身　新潮文庫　昭32
「デイジー・ミラー」　西川正身　筑摩書房　昭38
「デイジー・ミラー」(『世界文学大系』49)
　　　　　　　　西川正身　筑摩書房　昭47
「デイジー・ミラー」　行方昭夫　角川文庫　昭50
「デイジー・ミラー他三篇」
　　　　　　　　行方昭夫　八潮出版社　平01
「デイジー・ミラー」　行方昭夫　岩波文庫　平15
An International Episode

663

◇翻訳文献 I◇

「国際挿話」　　　平田禿木　国民文庫　大04
「国際挿話」　沖田一・水之江有義　英宝社　昭31
「国際エピソード」　上田勤　岩波文庫　昭31

Hawthorne
「ホーソン研究」　　　小山敏三郎　南雲堂　昭39
「ホーソーン」(「ヘンリー・ジェイムズ作品集」8)
　　　　　　　　青木次生ほか　国書刊行会　昭58

Washington Square
「女相続人」　　　蕗沢忠枝　角川文庫　昭25
「ワシントン・スクエア」
　　　　　　　河島弘美　キネマ旬報社　平09

The Portrait of a Lady
「ある婦人の肖像」(「世界文学全集」39)
　　　　　　　　　斎藤光　筑摩書房　昭44
「ある婦人の肖像」(「世界文学大系」49)
　　　　　　　斎藤光ほか　筑摩書房　昭47
「ある婦人の肖像」(「ヘンリー・ジェイムズ作品
　集」1)　　　行方昭夫　国書刊行会　昭58
「ある婦人の肖像」全3巻　行方昭夫　岩波文庫　平08

The Bostonians
「ボストンの人々」(「世界の文学」26)
　　　　　　　　　谷口陸男　中央公論社　昭41

The Princess Casamassima
「カサマシマ公爵夫人」(「世界文学全集」57)
　　　　　　　　大津栄一郎　集英社　昭56

The Aspern Papers
「アスパンの恋文」(「アスパンの恋文」、「教え子」、
　「ほんもの」含む)　行方昭夫　八潮出版社　昭40
「アスパンの恋文」　行方昭夫　岩波文庫　平10
「嘘つき」　　　　行方昭夫　福武文庫　平01

The Altar of the Dead
「死者の祭壇」　　　　野中恵子　審美社　平04

The Spoils of Poynton
「ポイントン邸の蒐集品」　有馬輝臣　山口書店　昭58
「ポイントンの蒐集品」(「ヘンリー・ジェイムズ
　作品集」2) 大西昭男・多田敏男　国書刊行会　昭59

What Maisie Knew
「メイジーの知ったこと」青木次生　あぽろん社　昭57
「メイジーの知ったこと」(「ヘンリー・ジェイムズ
　作品集」2)　　　川西進　国書刊行会　昭59

In the Cage
「檻の中」(「ヘンリー・ジェイムズ短編選集」4)
　柴田稔彦・行方昭夫・川西進・大津栄一郎
　　　　　　　　　　　　　　音羽書房　昭43
「檻の中」(「ヘンリー・ジェイムズ作品集」2)
　　　　　　　　　青木次生　国書刊行会　昭59

The Turn of the Screw
「ねじの廻轉　女家庭教師の手記」
　　　　　　　　　　富田彬　岩波文庫　昭11
「ねじの回転」　佐伯彰一　荒地出版社　昭33
「ねじの回転」(「現代アメリカ文学全集」6)
　　　　　　　　　佐伯彰一　荒地出版社　昭34
「ねじの回転」(「世界文学大系」45)
　　　　　　　　　佐伯彰一　筑摩書房　昭34
「ねじの回転」　蕗沢忠枝　新潮文庫　昭37,平17

「ねじの回転」(「世界文学大系」49)
　　　　　　　　　佐伯彰一　筑摩書房　昭47
「ねじの回転」　　谷本泰子　旺文社文庫　昭53
「ねじの回転」　　野中恵子　審美社　平05
「ねじの回転」　　行方昭夫　岩波文庫　平15
「ねじの回転」
　　　南條竹則・坂本あおい　創元推理文庫　平17

The Sacred Fount
「聖なる泉」(「ゴシック叢書」9)
　　　　　　　　　青木次生　国書刊行会　昭54

The Wings of the Dove
「鳩の翼」(「世界文学全集」54)
　　　　　　　　　青木次生　講談社　昭49
「鳩の翼」(「ヘンリー・ジェイムズ作品集」3)
　　　　　　　　　青木次生　国書刊行会　昭58
「鳩の翼」全2巻　青木次生　講談社文芸文庫　平09

The Ambassadors
「使者たち」(「世界文学全集」26)
　　　　　　工藤好美・青木次生　講談社　昭43
「使者たち」　　大島仁　八潮出版社　昭43,59
「使者たち」(「ヘンリー・ジェイムズ作品集」4)
　　　　　　工藤好美・青木次生　国書刊行会　昭59
「大使たち」全2巻　青木次生　岩波文庫　平19

The Golden Bowl
「黄金の盃」(「ヘンリー・ジェイムズ作品集」5)
　　　　　　　　　工藤好美　国書刊行会　昭58
「金色の盃」　　青木次生　あぽろん社　平01
「金色の盃」全2巻　青木次生　講談社文芸文庫　平13

The American Scene
「アメリカ印象記」(「アメリカ古典文庫」10)
　　　　　　　　　青木次生　研究社出版　昭51

The Ivory Tower
「象牙の塔」(「ヘンリー・ジェイムズ作品集」6)
　　　　　　岩瀬悉有・上島建吉　国書刊行会　昭60

The Sense of the Past
「過去の感覚」(「ヘンリー・ジェイムズ作品集」6)
　　　　　　岩瀬悉有・上島建吉　国書刊行会　昭60

The Art of the Novel
「小説の技法」(「英米文芸論双書」8)
　　　　　　　　　高村勝治　音羽書房　昭45
「ヘンリー・ジェイムズ『ニューヨーク版』序文
　集」　　　　　多田敏男　関西大学出版部　平02
「ロンドン生活他」
　　　　　　　　　多田敏男　英潮社　平07
「風景画家　ヘンリー・ジェイムズ名作短編集」
　　　　　　　　　仁木勝治　文化書房博文社　平10

A Little Tour in France
「フランスの田舎町めぐり」
　　　　　　　　　千葉雄一郎　図書出版社　平04
「模造真珠　他四篇」　多田敏男　英潮社　平09

Italian Hours
「郷愁のイタリア」　千葉雄一郎　図書出版社　平07

The Beast in the Jungle
「ジャングルの猛獣」　高野フミ　荒地出版社　昭43
「密林の野獣」(「ヘンリー・ジェイムズ短篇選集」4)

◇翻 訳 文 献 I◇

柴田稔彦・行方昭夫・川西 進・大津栄一郎
音羽書房 昭43
「密林の獣」(「ヘンリー・ジェイムズ作品集」7)
行方昭夫ほか 国書刊行会 昭58
「密林の獣」(「集英社ギャラリー・世界の文学」16)
大原千代子 集英社 平03
「ジャングルのけもの」 野中恵子 審美社 平05
「友だちの友だち」
大津栄一郎・林節雄 国書刊行会 平01
A Small Boy and Others
「ヘンリー・ジェイムズ自伝 ある少年の思い出」
舟阪洋子ほか 臨川書店 平06
「ヘンリー・ジェイムズ短篇集」
大津栄一郎 岩波文庫 昭60
「ヘンリー・ジェイムズ短篇傑作選」
多田敏男 英宝社 平04
「H. ジェイムズ名作集」
仁木勝治 文化書房博文社 昭60
「ヘンリー・ジェイムズ短編集」(「五十男の日記」、
「一束の手紙」、「視点」、「ブルックスミス」、
「ヨーロッパ」)
大西昭男・多田敏男 あぽろん社 昭38
「智慧の樹」(「ポールバ館」、「移り気な男」、「結婚」、「智慧の樹」)
大西昭男・多田敏男 あぽろん社 昭40
「四度の出会い・初老」
沖田 一・水之江有義 英宝社 昭31
「ゴースト・ストーリー」 鈴木武雄 角川文庫 昭47
「ヘンリー・ジェイムズ短編選集」全2巻
上島建吉ほか 音羽書房 昭43-44
「ヘンリー・ジェイムズ短篇集」全4巻
谷口陸男・斎藤光ほか 音羽書房 昭43-45
「ヘンリー・ジェイムズ短篇集」
金子桂子 渓水社 平15
「ヘンリー・ジェイムズ作品集」全8巻
青木次生ほか 国書刊行会 昭58-60

ノリス　　　　　　　　1870-1902

McTeague
「死の谷（マクティーグ）」全2巻
石田英二・井上宗次 岩波文庫 昭32
The Octopus
「オクトパス（上）」 犬田 卯 曉書院 昭08
「オクトパス─鉄道トラスト物語」
八尋 昇 新聞月報社 昭44
「オクトパス カリフォルニア物語」
八尋 昇 彩流社 昭58
The Pit
「小麦」全2巻 犬田 卯 肇書房 昭17
「小麦相場他」(「英米名ライブラリー」)
小野協一 英宝社 昭31
The Third Circle
「第三圏内他」(「新興文学全集」14、米国篇2)
鎚田研一 平凡社 昭04

ドライサー　　　　　　1871-1945

Sister Carrie
「女優キャリー」全3巻 小津次郎 青渓書房 昭26
「女優キャリー 栄光を求めて」全3巻
小津次郎 三都書房 昭26
「シスター・キャリー」(上)(「アメリカ文学選集」)
小津次郎 研究社 昭34
「黄昏」全2巻 小津次郎 早川書房 昭28
「黄昏（キャリ）」全2巻 村山 隆 角川文庫 昭29
「シスター・キャリー」全2巻
村山淳彦 岩波文庫 平09
Jennie Gerhardt
「ジェニー・ゲルハート」(「世界文学全集Ⅱ」9)
高垣松雄 新潮社 昭06
「ジェニー・ゲルハート」全2巻
高垣松雄 新潮文庫 昭09
Free and Other Stories
「田舎医者、自由」(「英米名作ライブラリー」)
杉木喬・滝川元男 英宝社 昭32
「亡き妻フィービー・アルバーティン」
（双書「20世紀の珠玉」）
斎藤光・木内信敬 南雲堂 昭35
「亡き妻フィービー」(「世界短篇文学全集」14)
河野一郎 集英社 昭39
「亡妻フィービー」(「ドライサー短編集・人と作品」)
日高正好 EM外語研究所 昭58
「ルーシア・アーニータ」(「世界文学全集」87)
橋本福夫・井上謙治 講談社 昭54
「村の医者」 松本正雄 新潮社 昭05
An American Tragedy
「アメリカの悲劇」 田中 純 大衆公論社 昭05
「アメリカの悲劇」全2巻 田中 純 三笠書房 昭15
「アメリカの悲劇」全2巻 田中 純 早川書房 昭25
「陽のあたる場所」 田中 純 早川書房 昭27
「陽のあたる場所（アメリカの悲劇）」(「ハヤカワポケットブックス」)全3巻
田中 純 早川書房 昭29
「アメリカの悲劇」 大久保康雄 河出書房 昭33
「アメリカの悲劇」全4巻
大久保康雄 新潮文庫 昭35-36
「アメリカの悲劇」全4巻
橋本福夫 角川文庫 昭38-43
「アメリカの悲劇」(「デュエット版「世界文学全集」)
宮本陽吉 集英社 昭45
「アメリカの悲劇」(「世界文学全集」27)
宮本陽吉 集英社 昭50
「アメリカの悲劇」全2巻(「世界文学全集」63、64)
宮本陽吉 集英社 昭53
Plays of the Natural and Supernatural
「窓の灯り」(「世界戯曲選集」)
森川庸子 白水社 昭27
The Bulwark
「とりで」(「二十世紀文学選集」)

◇翻訳文献 I ◇

クレイン（スティーヴン） 1871-1900

Maggie: A Girl of the Streets
「巷の娘」　大久保康雄　東西書房　昭25
「街の女マギー」（「アメリカ文学選集」）
　　　　　大橋健三郎　研究社出版　昭32
「街の女マギー」（「世界文学大系」91）
　　　　　大橋健三郎　筑摩書房　昭39
「街の女マギー（ニューヨークバウアリー物語）」
　　　　岩月精三、岡田量一　彩流社　昭57
「マギー・街の女　オープン・ボート」
　　　　　大坪精治　大阪教育図書　昭60

The Red Badge of Courage
「赤い武功章」　林 信行・横沢四郎　新鋭社　昭31
「赤い武功章　ほか3編」西田 実　岩波文庫　昭49
「赤い武功章」　繁尾 久　旺文社文庫　昭52
「赤い武勇章　ほか二編」
　　　　谷口陸男、沢田和夫　八潮出版社　昭59

The Blue Hotel
「青いホテル」（「英米名作ライブラリー」）
　　　　　大橋健三郎　英宝社　昭31
「青いホテル」（「世界短篇文学全集」13・アメリカ文学19世紀）大橋健三郎　集英社　昭39

A Bride Comes to Yellow Sky
「花嫁イエロースカイに到来」（「アメリカ文学選集」）
　　　　　大橋健三郎　研究社出版　昭32
「花嫁イエロー・スカイに到来」（「アメリカ短篇名作集」）
　　　　　大橋健三郎　学生社　昭36

The Third Violet
「第三のすみれ　永遠の忍耐」
　　　　　大坪精治　大阪教育図書　昭57

The Open Boat
「オープン・ボート」（「青いホテル・豹の目」）
　　　　大橋健三郎・林信行　英宝社　昭31
「オープン・ボート」（「世界短篇文学全集」13）
　　　　　大橋健三郎　集英社　昭39
「オープン・ボート」大坪精治　大阪教育図書　昭60

The Monster and Other Stories
「怪物」（「アメリカ文学選集」）
　　　　　大橋健三郎　研究社出版　昭32
「怪物」（「20世紀の珠玉」）松山信直　南雲堂　昭35

Whilomville Stories
「天使の子──ホワイロンヴィル物語」
　　　　　押谷善一郎　大阪教育図書　昭53

Tales of Adventure
「冒険物語」　鏡味国彦　文化書房博文社　昭50
「詩集」（抄）（「世界名詩集大成」11）
　　　　　大橋健三郎　平凡社　昭34

キャザー　1873-1947

Alexander's Bridge
「アレグザンダーの橋」桝田隆宏　大阪教育図書　平08

上田 勤　河出書房　昭27

O Pioneers !
「おお開拓者よ！」岡本成蹊　改造社　昭25
「おお開拓者よ！」（「現代アメリカ文学全集」2）
　　　　　小林健治　荒地出版社　昭32

My Ántonia
「私のアントニーア」（「二十紀文学選集」）
　　　　　浜本政二郎　河出書房　昭26
「私のアントニーア」浜本政二郎　河出書房　昭31
「私のアントニーア」（「マスコット文庫」）
　　　　　亀山竜樹　講談社　昭42
「私のアントニーア　わが夢と安らぎの大地」
　　　　　磯貝瑶子　一粒社　昭62

One of Ours
「われらの一人」　福井吾一　成美堂　昭58

Paul's Case
「ポールの場合、悪い噂」
　　　　浜本政二郎・鈴木幸夫　英宝社　昭31
「ポールの反逆他3篇」（「現代アメリカ文学全集」）
　　　　　須藤信子　荒地出版社　昭32
「魔の絶壁他」　新庄哲夫　新鋭社　昭33

A Lost Lady
「迷へる女」　中村能三　三笠書房　昭15
「さまよう女」　林 信行　ダヴィド社　昭31
「迷える夫人」　厨川圭子　研究社出版　昭32
「迷える夫人」（「現代アメリカ文学全集」2）
　　　　　龍口・小林　荒地出版社　昭32
「迷える夫人」桝田隆宏　大阪教育図書　平10

The Professor's House
「教授の家」　安藤正英　英宝社　昭49

My Mortal Enemy
「私の不倶戴天の敵」信岡春樹　創元社　昭60
「ハリスお祖母さん他」高畑・田辺　南雲堂　昭30

Neighbour Rosicky
「隣人ロジッキー」　山屋三郎　モダン日本社　昭16
「隣人ロジキー」（「ポールの場合・悪い噂」）
　　　　浜田・鈴木　英宝社　昭31
「ロジキー爺さん」（「世界文学大系」92）
　　　　　西川正身　筑摩書房　昭33
「ロシッキー父さん」高畑・田辺　南雲堂　昭35

Death Comes for the Archbishop
「死を迎える大司教」（「現代アメリカ文学全集」2）
　　　刈田元司・川田周雄　荒地出版社　昭32
「死を迎える大司教」（「現代アメリカ文学全集」3）
　　　刈田元司・川田周雄　荒地出版社　昭42

Shadow on the Rock
「岩の上の影他」（「世界女流作家全集」4）
　　　　　山屋三郎　モダン日本社　昭16

Obscure Destinies
「幸薄くとも他」　宮西豊逸　昭森社　昭17

Lucy Gayhert
「愛のたそがれ」　中村能三　三笠書房　昭15
「別れの歌」　龍口直太郎　新潮社　昭15,24,26
「別れの歌」（「世界文学選書」18）
　　　　　龍口直太郎　三笠書房　昭24
「別れの歌」（「現代世界文学・英米篇」3）

◇ 翻 訳 文 献 I ◇

	龍口直太郎	三笠書房	昭26
「別れの歌」　龍口直太郎　三笠書房(若草文庫)　昭28
「別れの歌（ルーシー・ゲイハート）」
　　　　　　　　　　　　　龍口直太郎　角川文庫　昭29
「愛のたそがれ　ルシイ・ゲイハート」
　　　　　　　　　　　　中村能三　河出書房　昭30
「別れの歌」　　　　　　亀山竜樹　講談社　昭41
　Sapphira and the Slave Girl
「サフィラと奴隷娘」　高野彌一郎　大観堂　昭16
「サフィラと奴隷娘」　高野彌一郎　本の友社　平10
　The Novel Démeublé
「家具をとりはらった小説」（「現代アメリカ文学全集」2）
　　　　　　　　　　　須藤信子　荒地出版社　昭32

グラスゴー　　　　　　　1873-1945

　Barren Ground
「不毛の大地」　板橋好枝ほか　荒地出版社　平07
　Vein of Iron
「愛と悲しみ」　　　　大木千枝子　新鋭社　昭31

フロスト　　　　　　　　1874-1963

　A Boy's Will
「少年のこころ」（「世界詩人全集」5）
　　　　　　　　　　　　安藤一郎　河出書房　昭30
「少年のこころ（全）」（「世界名詩集大成」11）
　　　　　　　　　　　　安藤一郎　平凡社　昭34
「少年のこころ（全）」（「世界詩人全集」12）
　　　　　　　　　　　　安藤一郎　河出書房　昭43
「少年のこころ（「証しの樹」、「スティーブルの藪」、他2篇）」（「世界詩人全集」12）
　　　　　　　　　　　　安藤一郎　新潮社　昭43
「少年の心　ロバート・フロスト詩集」
　　　　　　　　　　　　藤本雅樹　国文社　昭60
「ロバート・フロスト詩集　愛と問い」
　　　　　　　　　　　　安藤千代子　近代文芸社　平04
　North of Boston
「ボストンの北」（「世界詩人全集」12）
　　　　　　　　　　　　安藤一郎　新潮社　昭43
「ボストンの北　ロバート・フロスト詩集」
　　　　　　　　　　　　藤本雅樹　国文社　昭59
　Mountain Interval
「山の合間」（「世界詩人全集」12）
　　　　　　　　　　　　安藤一郎　新潮社　昭43
　New Hampshire
「ニューハンプシャー」（「世界詩人全集」12）
　　　　　　　　　　　　安藤一郎　新潮社　昭43
「フロストの仮面劇」　飯田正志　近代文芸社　平14
　Complete Poems of Robert Frost
「ロバート・フロストの詩　訳詩と評釈」葉原幸男
　　　　　　　　ニューカレントインターナショナル　昭63
「白い森のなかで」　おざきさえこ　ほるぷ出版　昭58
　West-Running Brook
「西へ流れる小川」（「世界詩人全集」12）

　　　　　　　　　　　　安藤一郎　新潮社　昭43
　A Further Range
「遙かな山並」（「世界詩人全集」12）
　　　　　　　　　　　　安藤一郎　新潮社　昭43
　A Witness Tree
「証しの樹（抄）」（「世界名詩集大成」11）
　　　　　　　　　　　　村上至孝　平凡社　昭34
「証しの樹」（「世界詩人全集」12）
　　　　　　　　　　　　安藤一郎　新潮社　昭43
　The Constant Symbol
「不変のシンボル・詩がつくる表象」（「世界詩論体系」2）
　　　　　　　　　　　　安藤一郎　思潮社　昭39
　Steeple Bush
「スティープルの藪」（「世界詩人全集」12）
　　　　　　　　　　　　安藤一郎　新潮社　昭43
　Christmas Trees
「モミの手紙」　　　　みらいなな　童話屋　平11

ロンドン　　　　　　　　1876-1916

　The People of the Abyss
「どん底の人々」　　　辻潤　改造社　大08
「どん底（奈落）の人々」和気律次郎　叢文閣　大09
「どん底（奈落）の人々」和気律次郎　改造文庫　昭04
「奈落の人々」　　　　山本政喜　万有社　昭25
「奈落の人びと」　　　新庄哲夫　潮文庫　昭48
「どん底の人々」　　　辻井栄滋　社会思想社　昭60
「どん底の人々　ロンドン1902」
　　　　　　　　　　　　行方昭夫　岩波文庫　平07
　The Call of the Wild
「荒野の呼声」　　　　堺利彦　叢文閣　大08
「野性の呼声」　　　　堺利彦　叢文閣　昭03
「野性の呼声」　　　　花園兼定　英文学社　昭04
「野性の呼声」　　　　花園兼定　改造文庫　昭06
「野性の呼声」　　　　堺利彦　春陽堂　昭07
「野性の呼声」　　　　花園兼定　改造文庫　昭11
「野性の呼声」　　　　花園兼定　外語研究社　昭12
「野性の呼声」　　　　山本政喜　万有社　昭25
「荒野の呼声」　　　　山本政喜　角川文庫　昭28
「荒野の呼声」　　　　岩田欣三　岩波文庫　昭29
「荒野の呼声」　　　　三浦新市　河出文庫　昭30
「荒野の呼声」　　　　山本政喜　三笠書房　昭30
「荒野の呼声」（「世界名作全集」148）
　　　　　　　　　　　　岩田良吉　講談社　昭31
「荒野の呼声」（「世界大ロマン全集」28）
　　　　　　　　　　　　阿部知二　創元社　昭32
「荒野の呼声」（「アメリカ文学選集」）
　　　　　　　　　　　　尾上政次　研究社　昭32
「野生の呼声」（「現代アメリカ文学全集」14）
　　　　　　　　　　　森岡栄　荒地出版社　昭33,43
「野性の呼声」　　　　大石真　新潮文庫　昭34
「荒野の呼声」（「世界名作全集」29）
　　　　　　　　　　　　瀬沼・石田　平凡社　昭35
「荒野の叫び声」（「世界名作全集」）
　　　　　　　　　　　　仁科春彦　黎明社　昭36

667

◇翻訳文献 I◇

「荒野の呼び声」　　　阿部知二　小学館　　昭39
「野性の呼び声」　　　小松茂男　牧書房　　昭42
「荒野のよび声」　　　白木　茂　あかね書房　昭42
「野性の呼び声」　　　龍口直太郎　旺文社文庫　昭43
「荒野のよび声」（「世界の名作図書館」36）
　　　　　　　　　　　岩田良吉　講談社　　昭45
「荒野の呼び声」　　　白木　茂　集英社　　昭50
「荒野の呼び声」　　　阿部知二　偕成社文庫　昭52
「野性の呼び声」（「世界文学全集」3）
　　　　　　　　　　　新庄哲夫　学習研究社　昭52
「野性の呼び声」　　　矢崎節夫　春陽堂書店　昭53
「野性の呼び声」（「世界文学全集」87）
　　　　　　　　　　　井上謙治　講談社　　昭54
「野生の呼声」（「世界動物名作全集」24）
　　　　　　　　　　　辺見　栄　講談社　　昭55
「野性の呼び声」　　　野村勇一　鴻出版　　昭60
「荒野の呼び声」　　　海保眞夫　岩波文庫　平09
「野性の呼び声」　　　吉田秀樹　あすなろ書房　平11
「野性の呼び声」　　　辻井栄滋　社会思想社　平13
「野生の叫び」　　　　田中晏男　京都修学社　平16
「野性の呼び声」　　　辻井栄滋　本の友社　平18
「野性の呼び声」深町眞理子　光文社古典新訳文庫　平19

White Fang
「ホワイトファング（白牙）」堺　利彦　叢文閣　大14
「ホワイトファング（白牙）」堺　利彦　改造社　昭04
「白い牙」　　　　　　北村寿八　新潮社　　昭06
「荒野に生れて（白い牙）」本多顕彰　岩波文庫　昭11
「白い牙」　　　　　　北村寿八　新潮文庫　昭15
「白い牙」　　　　　　山本政喜　万有社　　昭25
「白い牙」　　　　　　山本政喜　角川文庫　昭28
「白い牙」　　　　　　本多顕彰　岩波文庫　昭32
「白い牙」（「世界大ロマン全集」28）
　　　　　　　　　　　阿部知二　創元社　　昭32
「白い牙」　　　　　　白石佑光　新潮文庫　昭33,平18
「白い牙」（「少年少女世界の名作」26）
　　　　　　　　　　　喜多　謙　偕成社　　昭39
「白いきば」　　　　　龍口直太郎　講談社　昭39
「白いきば」　　　　　白木　茂　あかね書房　昭42
「白い牙」　　　　　　白木　茂　ポプラ社　昭44
「白いきば」　　　　　鈴木幸夫　旺文社文庫　昭47
「白いきば」　　　　　藤川正信　学習研究社　昭50
「白いきば」　　　　　矢崎節夫　春陽堂書店　昭52
「白い牙」　　　　　　喜多　謙　偕成社　　昭58
「白いきば」　　　　　阿部知二　河出書房新社　平07
「白牙」　　　　　　　辻井栄滋　社会思想社　平14

The Sea-Wolf
「海の狼」（「百万人の世界文学」）
　　　　　　　　　　　山本政喜　三笠書房　昭30
「海の狼」（「世界文学全集」3）
　　　　　山本政喜・川端香男里　学習研究社　昭52
「海の狼」　　　　　　関　弘　トパーズプレス　平08

The Iron Heel
「鉄踵」　　　　　　　寺田　鼎　平凡社　　昭04
「鉄の踵」　　　　　　山本政喜　万有社　　昭26
「鉄の踵」　　　　　　小栞　一　新樹社　　昭62

Martin Eden
「絶望の青春」　斉藤数衛・木内信敬　新鋭社　昭31

Before Adam
「アダム以前」　　　篠崎彦三郎　洛陽堂　　大05
「アダム以前」　　　清水　宜　春秋堂　　昭07
「太古の呼び声」　　辻井栄滋　平凡社　　平06
「アダム以前」　　　清水　宜　ゆまに書房　平16

John Barleycorn
「ジョン・バーリコーン　酒と冒険の自伝的物語」
　　　　　　　　　　辻井栄滋　社会思想社　昭61

The Road
「アメリカ浮浪記」　辻井栄滋　新樹社　　平04
「ジャック・ロンドン放浪記」
　　　　　　　　　　川本三郎　小学館　　平07

The Scarlet Plague
「赤死病」　　　　　辻井栄滋　新樹社　　平07

The Minions of Midas
「死の同心円」　　　井上謙治　国書刊行会　昭63
「極北の地にて」　辻井栄滋・大矢健　新樹社　平08,平17
「アメリカ残酷物語」
　　　　　　　　　　辻井栄滋・森孝晴　新樹社　平11
「試合　ボクシング小説集」
　　　　　　　　　　辻井栄滋　社会思想社　昭62
「ジャック・ロンドン大予言」
　　　　　　　　　　辻井栄滋　晶文社　　昭58
「ジャック・ロンドン自伝的物語」
　　　　　　　　　　辻井栄滋　晶文社　　昭61
「ジャック・ロンドン選集」全6巻
　　　　　　　　　　辻井栄滋　本の友社　平18

アンダソン（シャーウッド）1876-1941

Winesburg, Ohio
「ウインスバーグ・オハイオ」
　　　　　　　　新居格・山崎勉治　平凡社　昭04
「ワインズバーグ物語」　山屋三郎　春陽堂　昭08
「ワインズバーグ・オハイオ」（「現代アメリカ文学
　選集」1）　　　　　山屋三郎　荒地出版社　昭32
「ワインズバーグ・オハイオ」
　　　　　　　　　　橋本福夫　新潮文庫　昭34
「ワインズバーグ・オハイオ」
　　　　　　　　　　山屋三郎　角川文庫　昭38
「ワインズバーグ・オハイオ」（「現代アメリカ文学
　選集」7）　　　　　山屋三郎　荒地出版社　昭42
「ワインズバーグ・オハイオ」（「世界文学全集」31）
　　　　　　　　　　金関寿夫　集英社　　昭49
「ワインズバーグ・オハイオ」（「世界文学全集」87）
　　　　　　　小島信夫・浜本武雄　講談社　昭54
「ワインズバーグ・オハイオ」（「世界文学全集」69）
　　　　　　　　　　金関寿夫　集英社　　昭54
「ワインズバーグ物語」（「昭和初期世界名作翻訳全集」150）
　　　　　　　　　　山屋三郎　ゆまに書房　平19
「ワインズバーグ・オハイオ」
　　　　　　小島信夫・浜本武雄　講談社文芸文庫　平09

Poor White

◇ 翻 訳 文 献 I ◇

「貧乏白人」(「現代アメリカ文学全集」1)
　　　　　　　　　大橋吉之輔　荒地出版社　昭32
The Triumph of the Egg
「卵の勝利」　　吉田甲子太郎　新潮社　大13
「女になった男・卵」谷口・宮崎　英宝社　昭31
「卵他」　　　　宮崎芳三　英宝社　昭31
Many Marriages
「幾度もの結婚」　森本真一　近代文芸社　平15
Dark Laughter
「暗い青春」　　清水俊二　三笠書房　昭15
「夜の逢引き」　飯島淳秀　角川文庫　昭28
「黒い笑い」　　斎藤光　八潮出版社　昭39
Home Town
「樫の茂る丘へ　アメリカ昔語り」
　　　　　　　　　森本真一　近代文芸社　平07
「アンダアソン集」長部兼一郎　新潮社　昭05
「アンダスン短編集」橋本福夫　新潮文庫　昭51
「アンダーソン短編集」白岩英樹　近代文芸社　平13

スティーヴンズ　　　　　1879-1955

Harmonium
「足踏みオルガン」(「名詩集大成」11「アメリカ篇」)
　　　　　　　　　福田陸太郎　平凡社　昭34
Ideas of Order
「美と秩序の理念」(中部日本詩人双書)
　　　　　　　　　池谷敏忠　宇宙時代出版部　昭38
The Plot against the Giant
「巨人を防ぐたくらみ」(「世界現代詩選―世界文学全集」27)成田成寿・福田陸太郎　三笠書房　昭30
Poems of Our Climate
「われわれの気候の時」(「世界詩人全集」6)
　　　成田成寿・福田陸太郎　河出書房　昭31
Notes Toward a Supreme Fiction
「至高芸術についてのおぼえ書き」(「世界文学全集」35)　金関寿夫　集英社　昭43
The Snow Man
「雪の男」(「アメリカ名詩選」)
　　　　　　　　　河本皓嗣　岩波書店　平05
「ウオレス・スティーヴンズ詩集」(「世界詩人全集」21「現代詩集II」)鍵谷幸信　新潮社　昭44
「ウォレス・スティーヴンズ詩集」
　　　　　　　　　池谷敏忠　千載正文館　昭44
「ウォレス・スティーヴンズ格言集」
　　　　　　　　　池谷敏忠　千載正文館　昭46
「類推の意味」(「世界詩論大系」3)
　　　　　　　　　松田幸雄　思潮社　昭39
「場所のない描写　ウォーレス・スティーヴンズ詩集」加藤文彦・酒井信雄　国文社　昭61

ウィリアムズ（ウィリアム・カーロス）
　　　　　　　　　　　　　　　1883-1963

Springn and All
「春とすべて」(「世界名詩集大成」11)

　　　　　　　　　河野一郎　平凡社　昭34
Paterson
「パタソン」　　田島伸吾　沖積舎　昭60
「パターソン」　沢崎順之助　思潮社　平06
The Farmer's Daughters
「農家の娘」　　飯田隆昭　太陽社　平15
「ブリューゲルの絵その他の詩　W.C.ウイリアムズ詩集」アスフォデルの会　国文社　昭57
「アメリカ詩とイギリス詩のアンケートにこたえて」
　　(「世界詩論体系」2)　片桐ユズル　思潮社　昭39
「投射詩論によせて」(「世界詩論体系」2)
　　　　　　　　　片桐ユズル　思潮社　昭39
「ウィリアム・カーロス・ウィリアムズ詩集」
　　(「世界詩人全集」5)
　　　　安藤一郎・福田陸太郎　河出書房　昭30
「ウィリアム・カーロス・ウィリアムズ詩集」
　　　　　　片桐ユズル・中山啓　国文社　昭40
「ウィリアムズ詩集」(「現代の芸術叢書」27)
　　　　　　　　　鍵谷幸信　思潮社　昭43
「ウィリアムズ詩集（抄）」(「世界詩人全集」21、「現代詩集II」)　鍵谷幸信　新潮社　昭44
「ウィリアムズ詩集」(「海外詩文庫」15)
　　　　　　　　　原成吉　思潮社　平17
The Autobiography of William Carlos Williams
「ウィリアム・カーロス・ウィリアムズ自叙伝」
　　　　アスフォデルの会　思潮社　平20

ルイス（シンクレア）　　　1885-1951

Main Street
「本町通り」　　前田河広一郎　新潮社　昭06,25
「本町通り」全3巻　斎藤忠利　岩波文庫　昭45-48
Babbitt
「バビット」　　刈田元司　主婦の友社　昭47
Bethel Merriday
「若き女優」　　平野光江　今日の問題社　昭51
Cass Timberlane
「夫婦物語」全2巻
　　　　瀬沼茂樹・金子哲郎　早川書房　昭45-48
Arrowsmith
「アロウスミスの生涯」全3巻
　　　　　　　　　鵜飼長寿　東華堂　昭17-18
「アロウスミスの生涯」(「20世紀文学選集」)
　　全2巻　　　　鵜飼長寿　河出書房　昭27
「アロースミスの生涯」岩崎良三　荒地出版社　昭33
「アロウスミスの生涯」(「現代アメリカ文学選集」10)　岩崎良三ほか　荒地出版社　昭42
「ドクターアロースミス」内野儀　小学館　平09
Elmer Gantry
「妖精ガントリー」前田河広一郎　今日の問題社　昭15
「エルマー・ガントリー」全2巻
　　　　三浦新市・三浦富美子　角川文庫　昭36-37
Selected Short Stories
「貸車の駅者」　鍵田研二　平凡社　昭04
「貸馬車御者」(「英米名作ライブラリー」)

◇翻訳文献 I◇

Kingsblood Royal　　　　　　橋口保夫　英宝社　昭33
「血の宣言」全2巻　龍口直太郎　リスナー社　昭24-25
The God-Seeker
「神を求める人」全2巻　龍口直太郎　三笠書房　昭25
「幽霊パトロール」（「EQMM アンソロジー」 I ）
　　　　　　　　　　　小笠原豊樹　早川書房　昭37
「短編集」（「英米名作ライブラリー」）
　　　　　　　　　　　上野・橋口　英宝社　昭33

パウンド　　　　　　　　1885-1972

Personae
「仮面（抄）」（「ヒュウ・セルウィン・モーバリー
　〈全〉、キャントウズ〈抄〉含む）」（「世界名詩
　大成」11、アメリカ篇）　岩崎良三　平凡社　昭43
「仮面」　　　　小野正和・岩原康夫　書肆山田　平03
Lustra and Cathay
「大祓」　　　　小野正和・岩原康夫　書肆山田　平17
Hugh Selwyn Mauberley
「ヒュウ・セルウィン・モーバリー（全）」
　（「世界名詩集」22）　　　岩崎良三　平凡社　昭34
The Cantos
「キャントウズ（抄）」（「世界詩人全集」6）
　　　　　　　　　　　岩崎良三　河出書房　昭30
「キャントウズ」（「世界名詩集大成」11、
　アメリカ篇）　　　　　　岩崎良三　平凡社　昭34
The Pisan Cantos
「ピサ詩篇」　　　　　　　新倉俊一　みすず書房　平16
T.S. Eliot
「T.S. エリオット」（「エリオット選集」別巻）
　　　　　　　　　　　永川玲二　彌生書房　昭34
A Few Don'ts
「べからず少々」（「世界詩論体系」2）
　　　　　　　　　　　上田　保　思潮社　昭39
How to Read
「文学精神の源泉」　木下常太郎　金星堂　昭08
「世界文学の読みかた」　上田　保　宝文館　昭28
「文学の読み方（抄）」（「世界詩論大系」2）
　　　　　　　　　　　上田　保　思潮社　昭39
「文学精神の源泉」　木下常太郎　大空社　平06
ABC of Reading
「詩学入門」　　沢崎順之助　冨山房　昭54
「消えた微光」　小野正和・岩原康夫　書肆山田　昭62
A Retrospect
「回想」（「世界詩論体系」2）上田　保　思潮社　昭39
「消えた微光」　小野正和・岩原康夫　書肆山田　昭62
「パウンド詩集」　　　岩崎良三　荒地出版社　昭31
「パウンド詩集（抄）」（「世界詩人全集」21）
　　　　　　　　　　　岩崎良三　新潮社　昭44
「エズラ・パウンド詩集」　新倉俊一　角川書店　昭51
「エズラ・パウンド詩集」　新倉俊一　小沢書店　平05
「パウンド詩集」　　　城戸朱里　思潮社　平10

ムア　　　　　　　　1887-1972

Observations
「観察」（「世界名詩集大成」11「アメリカ篇」）
　　　　　　　　　　　片桐ユズル　平凡社　昭34
The Mind Is an Enchanting Thing
「精神とはすてきなものだ」（「現代アメリカ詩集・
　世界の現代詩」2）　片桐ユズル　飯塚書店　昭30
Selected Poems
「選詩集」（「世界名詩集大成」11「アメリカ篇」）
　　　　　　　　　　　片桐ユズル　平凡社　昭34

エリオット　　　　　　　　1888-1965

Prufrock and Other Observations
「プルーフロックとその他の観察」（「世界名詩大
　成」10）　　　　　　　上田　保　平凡社　昭23
「プルーフロックとその他の観察」
　　　　　　　　　　　深瀬基寛　筑摩書房　昭29
「プルーフロックとその他の観察」（「世界名詩大
　成」10）　　　　　　　上田　保　平凡社　昭34
「プルーフロックとその他の観察」（「世界文学大
　系」57）　　　　　　　深瀬基寛　筑摩書房　昭35
Inventions of the March Hare
「三月兎の調べ：詩篇 1909-1917 年」
　　　　　　　　　　　村田辰夫　国文社　平14
Poems
「詩集」（「世界詩人全集」6）
　　　　　　　　　　　深瀬基寛　河出書房　昭13
「詩集」（「世界文学大系」57）　深瀬基寛　中央公論社　昭35
「詩集」（「エリオット全集」1）
　　　　　　　　　　　深瀬基寛　中央公論社　昭35,46
Ara Vos Prec.
「詩集一九二〇」（「世界名詩集大成」10）
　　　　　　　　　　　上田　保　平凡社　昭34
The Sacred Wood
「完全なる批評家・伝統と個人的才能」（「文学論パ
　ンフレット」1）　　北村常夫　研究社出版　昭06
「完全なる批評家・伝統と個人的才能」（「世界文学
　体系」57）　　　　　　深瀬基寛　筑摩書房　昭35
「完全なる批評家・伝統と個人的才能」（「エリオッ
　ト全集」5）　　　　　深瀬基寛　中央公論社　昭35
「伝統と個人の才能」（「英米文芸論双書」12）
　　　　　　　　　　　安田章一郎　研究社出版　昭42
The Waste Land
「荒地」　　　　　　　西脇順三郎　創元社　昭27,30
「荒地」　　　　　　　中桐雅夫　荒地出版社　昭28
「荒地」（「現代世界文学全集」26）
　　　　　　　　　　　吉田健一　新潮社　昭29
「荒地」（「世界詩人全集」6）
　　　　　　　　　　　西脇順三郎　河出書房　昭30
「荒地」（「世界文学大系」57）
　　　　　　　　　　　深瀬基寛　筑摩書房　昭35

◇ 翻 訳 文 献 Ⅰ ◇

「荒地」(「エリオット全集」1)
　　　　　　深瀬基寛　中央公論社　昭35,46
「荒地」　　福田陸太郎・森山泰夫　大修館　昭42
「荒地」(「世界名詩集」4)
　　　　　　西脇順三郎　平凡社　昭43

The Hollow Men
「うつろな人々」エリオット
　　　　　　深瀬基寛　筑摩書房　昭29
「うつろな人間」(「世界名詩集大成」10)
　　　　　　上田保　平凡社　昭34
「うつろな男たち」(「エリオット選集」4)
　　　　　　高松雄一　彌生書房　昭34,43
「うつろな人々」(「世界文学大系」57)
　　　　　　深瀬基寛　筑摩書房　昭35
「うつろな人々」(「エリオット全集」1)
　　　　　　深瀬基寛　中央公論社　昭35,46

Dante
「ダンテ」(「エリオット全集」5)
　　　　　　吉田健一　中央公論社　昭35,46

Ash-Wednesday
「聖灰水曜日」(「世界名詩集大成」10)
　　　　　　上田保　平凡社　昭34
「聖灰水曜日」(「エリオット全集」1)
　　　　　　上田保　中央公論社　昭35,46
「聖灰水曜日」(「世界文学大系」57)
　　　　　　安章一郎　筑摩書房　昭35

Thoughts after Lambeth
「ランベス会議の感想」　大竹勝　荒地出版社　昭32
「ランベス会議の感想」(「エリオット全集」5)
　　　　　　中村保男　中央公論社　昭32

The Use of Poetry and the Use of Criticism
「詩の用と批評の用」　岡本昌夫　増進堂　昭19
「詩の効用と批評の効用」　鮎川信夫　荒地出版社　昭29
「詩の効用と批評の効用」(「エリオット全集」3)
　　　　　　上田保　中央公論社　昭35

After Strange Gods
「異神を追ひて」　中橋一夫　生活社　昭18
「異神を求めて　現代異端入門の書」
　　　　　　大竹勝　荒地出版社　昭32

The Rock
「岩の合唱」(「エリオット全集」1)
　　　　　　上田保　中央公論社　昭35,46

Murder in the Cathedral
「寺院の殺人」(「現代世界文学全集」26)
　　　　　　福田恆存　新潮社　昭29
「寺院の殺人」(「エリオット全集」2)
　　　　　　福田恆存　中央公論社　昭35,46
「寺院の殺人」(「ノーベル賞文学全集」24)
　　　　　　福田恆存　主婦の友社　昭47
「大聖堂の殺人」(「世界文学大系」71)
　　　　　　小津次郎　筑摩書房　昭50
「寺院の殺人」　髙橋康也〈リキエスタ〉の会　平13

Essays Ancient and Modern
「古今評論集」　大竹勝　荒地出版社　昭33

The Family Reunion
「一族再会」(「現代世界文学全集」26)
　　　　　　福田恆存　新潮社　昭29
「一族再会」(「エリオット全集」2)
　　　　　　福田恆存　中央公論社　昭35,46

Old Possum's Book of Practical Cats
「おとぼけおじさんの猫行状記」(「エリオット全集」1)　二宮尊道　中央公論社　昭35,46
「ふしぎ猫マキャヴィティ」北村太郎　大和書房　昭53
「キャッツ：T.S.エリオットの猫詩集」
　　　　　　北村太郎　大和書房　昭58
「キャッツ：ボス猫・グロウルタイガー絶対絶命」
　　　　　　たむらりゅういち　ほるぷ出版　昭63
「キャッツ：ポッサムおじさんの猫とつき合う法」
　　　　　　池田雅之　ちくま文庫　平07

The Idea of a Christian Society
「西欧社会の理念」　中橋一夫　新潮社　昭29
「西欧社会の理念」(「エリオット全集」5)
　　　　　　中橋一夫　中央公論社　昭35,46
「キリスト教社会の理念」(「現代キリスト教思想叢書」3)　安章一郎　白水社　昭48

Four Quartets
「四つの四重奏」　鍵谷幸信　紫星堂　昭30
「四つの四重奏」　二宮尊道　南雲堂　昭33,41
「四つの四重奏」(「エリオット全集」1)
　　　　　　二宮尊道　中央公論社　昭35,46
「四つの四重奏」　池谷敏忠　宇宙時代社　昭38
「四つの四重奏」(「世界詩人全集」16)
　　　　　　西脇順三郎　新潮社　昭43
「四つの四重奏」(「西脇順三郎全集」3)
　　　　　　筑摩書房　昭46

Notes towards the Definition of Culture
「文化とは何か」　深瀬基寛　弘文堂　昭26,42
「文化とは何か」(「エリオット全集」5)
　　　　　　深瀬基寛　中央公論社　昭35,46

The Cocktail Party
「カクテル・パーティ」　福田恆存　小山書店　昭26
「カクテル・パーティ」　福田恆存　創元文庫　昭27
「カクテル・パーティ」(「世界文学全集」26)
　　　　　　福田恆存　新潮社　昭29
「カクテル・パーティ」(「エリオット全集」2)
　　　　　　福田恆存　中央公論社　昭35,46

The Three Voices of Poetry
「詩の三つの声」　丸元淑生　国文社　昭31
「詩の三つの声」(「エリオット全集」3)
　　　　　　綱淵謙錠　中央公論社　昭35,46

The Confidential Clerk
「秘書」(「エリオット全集」2)
　　　　　　松原正　中央公論社　昭35,46

The Elder Statesman
「老政治家」(「エリオット全集」2)
　　　　　　松原正　中央公論社　昭35,46

To Criticize the Critic
「批評家を批評する」
　　　　　　池谷敏忠　名古屋英米現代詩研究会　昭49

◇ 翻訳文献 I ◇

「文学と文学批評」	工藤好美	南雲堂	昭35
「エリオット文学論」	北村常夫	金星堂	昭08
「エリオット文学論」	北村常夫	新樹社	昭21

The Varieties of Metaphysical Poetry

「クラーク講演」	村田俊一	松海社	平13
「教育について」	丸小哲雄	玉川大学出版部	昭59

Tradition and the Individual Talent

「伝統と個人の才能」	安田章一郎	研究社出版	昭42
「伝統と個人の才能」(『世界文学大系』71)	平井正穂	筑摩書房	昭50
「T.S. エリオット断章」	池谷敏忠	視я発行所	昭55

Knowledge and Experience in the Philosophy of F.H. Bradley

「F.H. ブラッドレーの哲学における認識と経験」	村田辰夫	南雲堂	昭61
「エリオット詩集」(『世界詩人全集』6)	深瀬基寛	河出書房	昭13
「エリオット詩集」	上田保	白水社	昭29
「エリオット詩集」	上田保ほか	思潮社	昭40,50
「エリオット詩集」	田村隆一	彌生書房	昭42
「エリオット詩集」(『世界詩人全集』16)	西脇順三郎・上田保	新潮社	昭43
「エリオット詩集」(『カラー版世界の詩集』15)	上田保	角川書房	昭48
「エリオット選集」全5巻別巻1	吉田健一ほか	彌生書房	昭34,43
「エリオット全集」全5巻	深瀬基寛ほか	中央公論社	昭35
「エリオット全集」(新装版)全5巻	深瀬基寛ほか	中央公論社	昭46
「文芸批評論」	矢本貞幹	岩波文庫	昭13,37
「詩と批評」	鮎川信夫	荒地出版社	昭29
「詩劇論集」	網淵謙錠	緑書房	昭31
「T.S. エリオット詩論集」	星野徹・中岡洋	国文社	昭42
「T.S. エリオット文学批評選集 形而上詩人たちからドライデンまで」	松田俊一	松柏社	平04
「エリオット評論選集」	臼井善隆	早稲田大学出版部	平13

オニール　　　1888-1953

Bound East for Cardiff

「脚本カーヂフへ」	北村・小松	三田文学	大13
「帰らぬ船出」(『海洋文学名作叢書』)	小稲義男	海洋文化社	昭16
「カーディフさして東へ」(『オニール一幕物集』)	井上宗次・石田英二	新潮社	昭31

Thirst

「渇き」(『現代演劇10 ユージン・オニール』)	竹中昌宏	英潮社新社	平01

Before Breakfast

「朝食前」(『オニール一幕物集』)	井上宗次・石田英二	新潮社	昭31

The Long Voyage Home

「長い帰りの船路」	北村喜八	新潮社	大13
「長い帰りの船路」(『オニール一幕物集』)	井上宗次・石田英二	新潮社	昭31

In the Zone

「スパイ」((『海洋文学名作叢書』)	小稲義男	海洋文化社	昭16
「交戦海域」(『オニール一幕物集』)	井上宗次・石田英二	新潮社	昭31

Ile

「鯨」(『オニール一幕物集』)	井上宗次・石田英二	新潮社	昭31

Fog

「霧」(『現代世界戯曲選集』6)	菅原卓	白水社	昭29

The Moon of the Caribbees

「カリブ島の月」(『オニール一幕物集』)	井上宗次・石田英二	新潮社	昭31

Where the Cross Is Made

「十字架の印のあるところ」(『オニール一幕物集』)	井上宗次・石田英二	新潮社	昭31

The Rope

「綱」(『オニール一幕物集』)	井上宗次・石田英二	新潮社	昭31

The Dreamy Kid

「夢小僧」(『オニール一幕物集』)	井上宗次・石田英二	新潮社	昭31

Beyond the Horizon

「地平線の彼方」	北村喜八	世界戯曲全集刊行会	昭03
「地平の彼方」	清野暢一郎	岩波文庫	昭10

Anna Christie

「アンナ・クリスティ」(『女は歩む』)	岩堂全智	高踏社	昭02
「アンナ・クリスティ」	北村喜八	世界戯曲全集刊行会	昭03
「アンナ・クリスティ」	石田英二	岩波文庫	昭26
「アンナ・クリスティ」(『オニール名作集』)	喜志哲雄	白水社	昭50

The Emperor Jones

「皇帝ジョーンズ」(『先駆芸術叢書』6)	本田満津二	金星堂	大14, 昭05
「皇帝ジョウンズ」	北村喜八	世界戯曲全集刊行会	昭03
「皇帝ジョーンズ」(『前衛文芸選集』5)	本田満津二	金星堂	昭05
「皇帝ジョーンズ」	井上宗治	岩波文庫	昭28
「皇帝ジョーンズ」(『現代世界演劇全集2』)	沼沢治治	白水社	昭46

Diff'rent

「特別な人」	法政大学アメリカ演劇研究室	法政大学出版局	昭61

The Straw

「藁」(『女は歩む』)	岩堂全智	高踏社	昭02

The Hairy Ape

「獣物」	鈴木善太郎	金星堂	大14
「毛猿」	北村喜八	世界戯曲全集刊行会	昭03
「毛猿」	北村喜八	平凡社	昭04

◇ 翻 訳 文 献 I ◇

「毛猿」　　　　　　　井上宗次　岩波文庫　昭28
Welded
「溶接されたもの」(「ノーベル賞文学叢書」9)
　　　　　　　　　　三好十郎　今日の問題社　昭17
「溶接されたもの」　　三好十郎　本の友社　平07
All God's Children Got Wings
「すべて神の子には翼がある」
　　　　　　　　清野暢一郎　河出文庫　昭30
「すべて神の子には翼がある」(「オニール名作集」)
　　　　　　　　　　小池規子　白水社　昭50
「すべて神の子には翼がある」(「世界文学全集」88)
　　　　　　　　　宮内華代子　講談社　昭55
Desire Under the Elms
「楡の下の慾望」　　加来章子　文藝春秋　昭02
「楡の木陰」　和田利正・森永義一　金星堂　昭02
「楡の木陰の慾望」(「近代劇全集37」)
　　　　　　　　　　鈴木善太郎　第一書房　昭05
「楡の木陰の慾情」　井上宗次　岩波文庫　昭26, 49
「楡の木陰の慾望」　　　菅原　卓　白水社　昭29
「楡の木蔭の欲望」(「世界文学全集」II-25)
　　　　　　　　　　　菅原　卓　白水社　昭31
「楡の木蔭の欲望」　清野暢一郎　角川文庫　昭33
「楡の木影の欲望」(「世界名作集」17)
　　　　　　　　　　　菅原　卓　平凡社　昭34
「楡の木蔭の欲望」(「世界文学全集」75)
　　　　　　　　　菅原　卓　河出書房新社　昭36
「楡の木の下の欲望」(「オニール名作集」)
　　　　　　　　　　　管　泰男　白水社　昭50
「楡の木陰の欲望」(「世界文学全集」88)
　　　　　　　　　　　西田　実　講談社　昭55
The Great God Brown
「偉大な神ブラウン」
　　　　　北村喜八　世界戯曲全集刊行会　昭03
「偉大なる神ブラウン」(「現代アメリカ文学全集」13)
　　　　　　　　　　倉橋　健　荒地出版社　昭34
「偉大なる神ブラウン」(「オニール名作集」)
　　　　　　　　　　倉橋　健　白水社　昭50
Strange Interlude
「奇妙な幕間狂言」
　　　　　　井上宗治・石田英二　岩波文庫　昭14
Dynamo
「ダイナモ」　　　　　志賀　勝　新生堂　昭06
Mourning Becomes Electra
「帰郷（喪服はエレクトラに相應し 第一部）」
　　　　　　　阪倉篤孝ほか　春陽堂　昭10
「喪服はエレクトラに相応のはし」
　　　　　　井上宗治ほか　春陽堂文庫　昭12
「喪服の似合ふエレクトラ」
　　　　　　　　清野暢一郎　弘文堂書房　昭15
「喪服の似合うエレクトラ」
　　　　　　　　清野暢一郎　岩波書店　昭27
「喪服の似合うエレクトラ」(「現代アメリカ文学全集」13)
　　　　　　　　清野暢一郎　荒地出版社　昭34
「喪服の似合うエレクトラ」(「現代アメリカ文選」10)
　　　　　　　　清野暢一郎　荒地出版社　昭42

「喪服の似合うエレクトラ」(「ノーベル賞文学全集」20)
　　　　　　　　　管　泰男　主婦の友社　昭47
Ah, Wilderness
「ああ、荒野」　　　北村喜八　文藝春秋　昭23
Days without End
「限りないいのち」
　　　　　井上宗治・石田英二　岩波文庫　昭13, 24
The Iceman Cometh
「氷人来る」　井上宗治・石田英二　新潮社　昭30
A Moon for the Misbegotten
「日陰者に照る月」(「今日の英米演劇」1)
　　　　　　　　　　喜志哲雄　白水社　昭43
Long Day's Journey into Night
「夜への長い旅路」　清野暢一郎　白水社　昭31
「夜への長い旅路」(「世界文学大系」90)
　　　　　　　　　沼沢洽治　筑摩書房　昭40
「夜への長い旅路」(「オニール名作集」)
　　　　　　　　　　沼沢洽治　白水社　昭50
Hughie
「ヒューイ」(「現代演劇10　ユージン・オニール」)
　　　　　　　　　来住正三　英潮社新社　平01

ドス・パソス　　　　　　1896-1970

Manhattan Transfer
「マンハッタン乗換駅」　西田　実　中央公論社　昭44
U.S.A.
「U.S.A.」全6巻　　並河　亮　改造社　昭25-26
「U.S.A.」全6巻　　並河　亮　新潮文庫　昭32-34
「U.S.A.」全2巻　　渡辺利雄ほか　岩波文庫　昭52-53
Tour of Duty
「世界戦線を往く」　田代三千稔　早川書房　昭26
Adventures of a Young Man
「ある青年の冒険」(「現代アメリカ文学全集」17)
　　　　　　　　　　杉木　喬　荒地出版社　昭33
The 42nd Parallel
「北緯42度」　　　　早坂二郎　新潮社　昭06
「北緯四十二度線」　尾上政次　三笠書房　昭30
「北緯四十二度線」(「世界文学大系」75)
　　　　　　　　　尾上政次　筑摩書房　昭49
In All Countries
「あらゆる国々にて」
　　　　　西田　実・大橋健三郎　中央公論社　昭44
Journeys between Wars
「さらばスペイン」　　青山　南　晶文社　昭48

シャーウッド（ロバート）　1896-1955

Roosevelt and Hopkins
「第二次世界大戦　ルーズヴェルトとホプキンズ」
　　(「現代史大系」5・6)　村上光彦　みすず書房　昭32

フィッツジェラルド　　　　1896-1940

This Side of Paradise

673

◇翻訳文献 I◇

「楽園のこちら側」(「現代アメリカ文学全集」3)　高村勝治　荒地出版社　昭32
「風の中の一家他」(「現代アメリカ文学全集」)　佐藤亮一　荒地出版社　昭23

The Vegetable, or From President to Postman
「植物　大統領から郵便配達人へ　戯曲」　大橋千秋　大阪教育図書　平13

The Great Gatsby
「偉大なるギャッビー」(「アメリカ文学選集」第1期)　野崎孝　研究社出版　昭32
「夢淡き青春　グレート・ギャッビィ」　大貫三郎　角川文庫　昭32
「偉大なるギャッビー」(「世界文学全集」18)　野崎孝　集英社　昭41
「グレート・ギャッビー」　野崎孝　新潮文庫　昭49
「華麗なるギャッビー」　佐藤亮一　講談社文庫　昭49
「夢淡き青春──グレート・ギャッビー」　橋本福夫　ハヤカワNV文庫　昭49
「華麗なるギャッビー」　橋本福夫　ハヤカワ文庫　昭49
「華麗なるギャッビー」　守屋陽一　旺文社文庫　昭53
「偉大なるギャッビー」(「世界文学全集」76)　野崎孝　集英社　昭54
「偉大なるギャッビー」　野崎孝　新潮社　平06
「グレート・ギャッビー」　村上春樹　中央公論新社　平18

Babylon Revisited
「雨の朝巴里に死す」　清水光　三笠新書　昭30
「雨の朝巴里に死す他2篇」　飯島淳秀　角川文庫　昭30,43
「雨の朝パリに死す」(「現代アメリカ文学全集」3)　佐藤亮一　荒地出版社　昭32
「バビロン再訪」(「アメリカ短篇名作集」)　野崎孝　学生社　昭36
「雨の朝、パリに死す　ほか五編」　佐藤亮一　講談社文庫　昭48
「雨の朝パリに死す」　守屋陽一　旺文社文庫　昭54
「バビロン再訪」(「世界文学全集」76)　沼澤洽治　集英社　昭54
「バビロン再訪」(「崩壊　フィッツジェラルド作品集」3)　沼澤洽治　荒地出版社　昭56
「バビロン再訪　フィッツジェラルド短篇集」　沼澤洽治　集英社文庫　平02
「バビロンに帰る　ザ・スコット・フィッツジェラルド・ブック2」　村上春樹　中央公論社　平08
「バビロンに帰る」　村上春樹　中公文庫　平11
「再びバビロンで」(「スコット・フィッツジェラルド作品集　わが失われし街」)　中田耕治　響文社　平15

The Last Tycoon
「ラスト・タイクーン」　米田敏範　三笠書房　昭52
「ラスト・タイクーン」　乾信一郎　ハヤカワ文庫NV　昭52
「ラスト・タイクーン」　大貫三郎　角川文庫　昭52
「最後の大君」(「世界文学全集」76)　沼澤洽治　集英社　昭54

All the Sad Young Men

「冬の夢・罪の許し」(「英米名作ライブラリー」)　西和直・森岡栄　英宝社　昭31

Tender Is the Night
「夜はやさし」(「現代アメリカ文学全集」)　龍口直太郎　荒地出版社　昭32
「夜はやさし」全2巻　谷口陸男　角川文庫　昭35

The Crack-Up
「裕福な青年・壊れる」(「英米短篇小説選集」)　宮本陽吉・永川玲二　南雲堂　昭33
「こわれる」(「女のロマネスク」3)　青山南　晶文社　昭49
「マイ・ロスト・シティー　フィッツジェラルド作品集」　村上春樹　中央公論社　昭56
「マイ・ロスト・シティー」　村上春樹　中公文庫　昭59,平18

Afternoon of an Author
「ある作家の午後」(「フィッツジェラルド作品集」3)　渥美・井上ほか　荒地出版社　昭56
「フィッツジェラルド短篇集」　佐伯泰樹　岩波文庫　平04
「フィッツジェラルド短篇集」(「現代アメリカ文学選集」7)　佐藤亮一・徳永暢三　荒地出版社　昭42
「フィッツジェラルド短編集」　野崎孝　新潮文庫　平02
「フィッツジェラルド作品集」全3巻　渥美昭夫ほか　荒地出版社　昭56
「フィッツジェラルドの手紙　愛と挫折の生涯から」　永岡定夫・坪井清彦　荒地出版社　昭57

ワイルダー（ソーントン）　1897-1975

The Bridge of San Luis Rey
「運命の橋」(「世界新名作選集」4)　伊藤整　新潮社　昭15
「サン・ルイス・レイ橋」　松村達雄　岩波文庫　昭26
「運命の橋」　伊藤整　新潮社　昭29
「サン・ルイス・レイの橋」(「現代アメリカ文学全集」1)　伊藤整　荒地出版社　昭32

The Long Christmas Dinner and other Plays
「長いクリスマス・ディナー」(「わが町　アメリカ文学選集」)　鳴海四郎　研究社　昭32
「ロング・クリスマス・ディナー」(「ソーントン・ワイルダー一幕劇集」)　時岡茂秀　劇書房　昭54
「長いクリスマスディナー」(「世界文学全集」88)　鳴海四郎　講談社　昭55

Queens of France
「フランスの女王たち」(「ソートン・ワイルダー一幕劇集」)　時岡茂秀　劇書房　昭54

Pullman Car Hiawatha
「特急寝台列車ハヤワサ号」(「ソートン・ワイルダー一幕劇集」)　時岡茂秀　劇書房　昭54
「特急寝台車」(「わが町:アメリカ文学選集」)　鳴海四郎　研究社　昭32
「特急寝台車」(「世界文学全集88」)　鳴海四郎　講談社　昭55

Love and How to Cure It

「恋いわずらいのなおし方」(「ソートン・ワイ
　ルダー一幕劇集」)　　時岡茂秀　劇書房　昭54
　Such Things Only Happen in Books
「小説なればこそ」(「わが町:アメリカ文学選集」)
　　　　　　　　　鳴海四郎　研究社　昭32
「小説なればこそ」(「世界文学全集88」)
　　　　　　　　　鳴海四郎　講談社　昭55
　The Happy Journey to Trenton and Camden
「楽しき旅路」(「ソートン・ワイルダー一幕劇集」)
　　　　　　　　　時岡茂秀　劇書房　昭54
「楽しき旅路」(「わが町:アメリカ文学選集」)
　　　　　　　　　鳴海四郎　研究社　昭32
「楽しき旅路」(「世界文学全集88」)
　　　　　　　　　鳴海四郎　講談社　昭55
　Our Town
「わが町他4篇」(「現代アメリカ文学選集」)
　　　　　松村達雄・鳴海四郎　研究社　昭32
「わが町」(「現代世界演劇」)　鳴海四郎　白水社　昭46
「わが町」(「キリスト教文学の世界」22)
　　　　　　　　　鳴海四郎　主婦の友社　昭52
「わが町」(「世界文学全集」88)
　　　　　　　　　松村達雄　講談社　昭55
「わが町」　　　　額田やえ子　劇書房　平02,07
「わが町」(「ソートン・ワイルダー劇曲集」1)
　　　　　　　　　鳴海四郎　新樹社　平07
「わが町」　額田やえ子　劇書房 best play series　平13
「わが町」　　　鳴海四郎　ハヤカワ演劇文庫　平19
　The Skin of Our Teeth
「危機一髪」(「ソートン・ワイルダー戯曲集」2)
　　　　　　　　　水谷八也　新樹社　平07
　The Matchmaker
「結婚仲介人」(「ソートン・ワイルダー劇曲集」3)
　　　　　　　　　水谷八也　新樹社　平07
　Theophilus North
「ミスター・ノース」　村松潔　文藝春秋　平01
　The Eighth Day
「第八の日に」　　宇野利泰　早川書房　昭52

フォークナー　　　　　　1897-1962

　Soldier's Pay
「兵士の給与」　　　山尾三郎　早川書房　昭27
「兵士の貰った報酬」　西崎一郎　時事通信社　昭31
「兵士の給与」全2巻　山尾三郎　角川文庫　昭32
「兵士の貰った報酬」　加島祥造　新潮社　昭45
「兵士の報酬」(「フォークナー全集」2)
　　　　　　　　　原川恭一　冨山房　昭53
　Sartoris
「サートリス」(「新しい世界の文学」25)
　　　　　　　　　林信行　白水社　昭40
「サートリス」(「フォークナー全集」1)
　　　　　　　　　斉藤忠利　冨山房　昭53
「サートリス」　　　林信行　白水社　平16
　The Sound and the Fury
「響きと怒り」(「現代世界文学全集」17)
　　　　　　　　　高橋正雄　三笠書房　昭29
「響きと怒り」　　　高橋正雄　三笠書房　昭34
「響きと怒り」(「フォークナー全集」5)
　　　　　　　　　尾上政次　冨山房　昭44
「響きと怒り」(「新世界文学全集」11)
　　　　　　　　　大橋健三郎　新潮社　昭45
「響きと怒り」(「世界文学」41)
　　　　　　　　　加島祥三　新潮社　昭46
「響きと怒り」　　　高橋正雄　講談社文庫　昭47
「響きと怒り」(「世界文学全集」89)
　　　　　　　　　高橋正雄　講談社　昭50
「響きと怒り」　高橋正雄　講談社文芸文庫　平09
「響きと怒り」全2巻
　　　　　　　平石貴樹・新納卓也　岩波文庫　平18
　As I Lay Dying
「死の床に横たわる時」　大貫三郎　角川文庫　昭34
「死の床に横たわりて」(「世界文学全集」59)
　　　　　　　　　佐伯彰一　筑摩書房　昭42
「死の床に横たわりて」(「世界文学大系」73)
　　　　　　　　　佐伯彰一　筑摩書房　昭49
「死の床に横たわりて」(「世界文学全集」36)
　　　　　　　　　佐伯彰一　集英社　昭49
「死の床に横たわりて」(「フォークナー全集」6)
　　　　　　　　　阪田勝三　冨山房　昭49
「死の床に横たわりて」(「世界文学全集」89)
　　　　　　　　　佐伯彰一　講談社　昭50
「死の床に横たわりて」(「世界文学全集」89)
　　　　　　　　　佐伯彰一　講談社文庫　昭50
「死の床に横たわりて」
　　　　　　　佐伯彰一　講談社文芸文庫　平12
　Sanctuary
「サンクチュアリ　罪の祭壇」
　　　　　　西川正身・龍口直太郎　月曜書房　昭25
「サンクチュアリ」(「現代世界文学全集」18)
　　　　　　西川正身・龍口直太郎　新潮社　昭29
「サンクチュアリ」
　　　　　　西川正身・龍口直太郎　新潮文庫　昭30
「サンクチュアリ」　　大橋健三郎　角川文庫　昭37
「サンクチュアリ」(「世界の文学」43)
　　　　　　　　　西川正身　中央公論社　昭43
「サンクチュアリ」　大橋健三郎　河出書房新社　昭45
「サンクチュアリ」(「世界文学全集」61)
　　　　　　　　　西川正身　集英社　昭46
「サンクチュアリ」(「世界文学」41)
　　　　　　　　　佐伯彰一ほか　新潮社　昭46
「サンクチュアリ」(「フォークナー全集」7)
　　　　　　　　　大橋健三郎　冨山房　平04
「サンクチュアリ」(「世界の文学セレクション36」
　31)　　　　　　西川正身　中央公論社　平06
「サンクチュアリ」　加島祥造　新潮文庫　平14
　Light in August
「八月の光」(「世界文学全集Ⅰ」45)
　　　　　　　　　高橋正雄　河出書房新社　昭36
「八月の光」(「世界文学全集」30)
　　　　　　　　　加島祥造　新潮社　昭39

◇翻訳文献 I ◇

「八月の光」　　　　　　　加島祥造　新潮文庫　昭42
「八月の光」(「世界文学全集」Ⅱ-20)
　　　　　　　　　　　　高橋正雄　河出書房　昭42
「八月の光」(「フォークナー全集」9)
　　　　　　　　　　　　須山静夫　冨山房　　昭43
「八月の光」(「世界文学」41)
　　　　　　　　　　　　加島祥造　新潮社　　昭45
「八月の光」　　　　　　西川正身　中央公論社　昭48

Pylon
「空の誘惑」　　　　　大橋健三郎　ダヴィッド社　昭29
「パイロン」(「世界文学大系」61)
　　　　　　　　　　　　大橋健三郎　筑摩書房　昭34
「標識塔」(「フォークナー全集」11)
　　　　　　　　　　　　後藤昭次　冨山房　　　昭46

Absalom, Absalom!
「アブサロム、アブサロム！」(「現代アメリカ文学全集」8)
　　　　　西脇順三郎・大橋吉之輔　荒地出版社　昭33
「アブサロム・アブサロム」
　　　　　　　　　　　大橋吉之輔　荒地出版社　昭40
「アブサロム、アブサロム」(「世界文学全集」4)
　　　　　　　　　　　　篠田一士　集英社　　昭41
「アブサロム、アブサロム！」(「フォークナー全集」12)　　大橋吉之輔　冨山房　　昭43
「アブサロム、アブサロム！」(「世界文学」42)
　　　　　　　　　　　　篠田一士　集英社　　昭45
「アブサロム、アブサロム！」(「世界文学大系」73)
　　　　　　　　　　　大橋吉之輔　筑摩書房　昭49
「アブサロム、アブサロム！」(「世界文学全集」36)
　　　　　　　　　　　　篠田一士　集英社　　昭49
「アブサロム、アブサロム！」
　　　　　　　　　　　　篠田一士　集英社文庫　昭53
「アブサロム、アブサロム！」(「世界文学全集」78)
　　　　　　　　　　　　篠田一士　集英社　　昭54
「アブサロム、アブサロム！」全2巻
　　　　　　　　　　　　高橋正雄　講談社文芸文庫　平10
「アブサロム、アブサロム！」(「世界文学全集」I-09)
　　　　　　　　　　　　篠田一士　河出書房新社　平20

The Unvanquished
「征服されざる人々」(「世界の文学」43)
　　　　　　　　　　　　西川正身　中央公論社　昭42
「征服されざる人々」　　赤祖父哲二　旺文社文庫　昭49
「征服されざる人々」(「フォークナー全集」13)
　　　　　　　　　　　　斎藤光　　冨山房　　　昭50
「征服されざる人々」(「世界の文学セレクション36」31)　　西川正身　中央公論社　平06

The Wild Palms
「野性の情熱」　　　　大久保康雄　日比谷出版社　昭25
「野性の情熱」　　　　大久保康雄　三笠書房　　昭26
「野性の棕梠」(「世界文学全集」16)
　　　　　　　　　　　大久保康雄　新潮社　　　昭29
「野性の情熱」　　　　大久保康雄　河出書房　　昭31
「野性の棕櫚」(「フォークナー全集」14)
　　　　　　　　　　　　井上謙治　冨山房　　　昭43
「野性の棕櫚」(「世界文学」42)

　　　　　　　　　　　　橋本福夫　新潮社　　　昭45
「野生の棕櫚」(「世界文学全集」5)
　　　　　　　　　　　　加島祥造　学習研究社　昭53

The Hamlet
「村」(「フォークナー全集」15)
　　　　　　　　　　　　田中久男　冨山房　　　昭58

Go Down, Moses
「行け、モーセ」(「フォークナー全集」16)
　　　　　　　　　　　　大橋健三郎　冨山房　　昭49

The Bear
「熊」(「現代アメリカ文学全集」8)
　　　　　　　　　　　大橋健三郎　荒地出版社　昭33
「古老たち・熊他」　　赤祖父哲二　旺文社文庫　昭48
「熊」(「フォークナー全集」16)
　　　　　　　　　　　大橋健三郎　冨山房　　　昭48
「熊」(「世界文学大系」73)
　　　　　　　　　　　大橋健三郎　筑摩書房　　昭49
「熊狩り」(「フォークナー全集」24)
　　　　　　　　　　　　志村正雄　冨山房　　　昭56
「熊他三編」　　　　　　加島祥造　岩波文庫　　平12

Intruder in the Dust
「墓場への闖入者」　　　加島祥三　早川書房　　昭26
「墓地への侵入者」(「フォークナー全集」17)
　　　　　　　　　　　　鈴木建三　冨山房　　　昭44
「駒さばき」(「フォークナー全集」18)
　　　　　　　　　　　　山本晶　　冨山房　　　昭53

Requiem for a Nun
「尼僧への鎮魂歌」(「フォークナー全集」19)
　　　　　　　　　　　　阪田勝三　冨山房　　　昭42

Knight's Gambit
「騎士の陥穽」　　　　大久保康雄　鶏社　　　　昭26
「騎士の陥穽」　　　　大久保康雄　新鋭社　　　昭32

A Fable
「寓話」　　　　　　　　阿部知二　岩波書店　　昭35
「寓話」全2巻　　　　　阿部知二　岩波文庫　　昭49
「寓話」(「フォークナー全集」20)
　　　　　　　　　　　　外山昇　　冨山房　　　平09

The Reivers
「自動車泥棒　一つの思い出」
　　　　　　　　　　　　高橋正雄　講談社　　　昭38

A Rose for Emily
「エミリーへの薔薇」(「フォークナー全集」8)
　　　　　　　　　　　　林信行　　冨山房　　　昭43
「エミリーに薔薇を」(「世界文学全集」36)
　　　　　　　　　　　　西川正身　集英社　　　昭49
「エミリーへのバラ」(「世界文学全集」89)
　　　　　　　　　　　　高橋正雄　講談社　　　昭50
「薔薇をエミリーに」(「キリスト教文学の世界」22)　　　　飯島淳秀　主婦の友社　昭52
「エミリーにバラを」(「世界文学全集」5)
　　　　　　　　　　　　龍口太郎　学習研究社　昭53
「エミリーに薔薇を・髪の毛」(「世界文学全集」78)　　　　西川正身　集英社　　　昭54
「エミリーの薔薇」(フォークナー短篇集)
　　　　　　　　　　　　龍口直太郎　新潮文庫　昭55

◇ 翻 訳 文 献 I ◇

「エミリーに薔薇を」　　高橋正雄　福武文庫　昭63
　　The Wishing Tree
「魔法の木」　　　木島 始　冨山房　昭43
「魔法の木」　　　木島 始　福武文庫　平01
「待伏せ」(「現代世界文学全集」17)
　　　　　　　　　　高橋正雄　三笠書房　昭29
「フォークナー全集」全25巻　　冨山房　昭42-58
「フォークナー全集」全27巻
　　　　　　　大橋健三郎ほか　冨山房　平02-09
〔短編集〕
「エミリーの薔薇」(「エミリーの薔薇」、「猟犬」、「廻れ右」、「あの夕陽」、「乾燥の九月」、「デルタの秋」、「納屋は燃える」、「くまつづらの匂い」)　　龍口直太郎　コスモポリタン社　昭27
「アメリカ短篇集」(「乾燥した九月」「市民文庫」)
　　　　　　　　　　西川正身　河出書房　昭28
「紅葉・待伏せ・ウォッシュ・あの夕陽・エミリーの薔薇」(「現代世界文学全集」17巻)
　　　　　　　　　　高橋正雄　三笠書房　昭29
「エミリーの薔薇他 4 篇」(「エミリーの薔薇」、「猟犬」、「方向転換」、「デルタの秋」、「くまつづらの匂い」)　　龍口直太郎　角川文庫　昭30
「フォークナー短篇集」(「嫉妬」、「エミリーの薔薇」、「乾燥の九月」、「あの夕陽」、「納屋は燃える」、「孫むすめ」「ウォッシュ」)
　　　　　　　　龍口直太郎　新潮文庫　昭30
「二人の兵隊」(「現代アメリカ短篇集」)
　　　　　　　　佐藤亮一　荒地出版社　昭31
「エミリーへの薔薇・猟犬」(「エミリーへの薔薇」、「亀裂」、「猟犬」、「黒衣の道化」、「ユーラ」(「英米名作ライブラリー」)
　　　　　　高橋正雄・大橋吉之輔　英宝社　昭31
「ミシシッピー」(「世界文学大系」61)
　　　　　　　　　　西川正身　筑摩書房　昭34
「ミシシッピー」(「世界文学大系」73)
　　　　　　　　　　西川正身　筑摩書房　昭49
「ミシシッピー」(「世界文学大系」73)
　　　　　　　　　　西川正身　筑摩書房　昭49
「触まれた葉・紅葉・正義・あの夕陽・エミリーへの薔薇・ウォッシュ・女王ありき・過去・デルタの秋」(「世界文学全集」4巻)
　　　　　高橋正雄・篠田一士　集英社　昭35
「乾いた九月」(「世界短篇文学全集」14・アメリカ文学20世紀」)　　西川正身　集英社　昭39
「滅びざるもの・エミリーのための薔薇・あの夕陽・裂け目・エピソード・嫉妬」(20世紀の珠玉双書「コールドウェル・フォークナー」)
　　　　　　　　　福田 実　南雲堂　昭39

ナボコフ　　　　　　　　　　1899-1977

　　The Real Life of Sebastian Knight
「セバスチャン・ナイトの真実と生涯」(「海外秀作シリーズ」)　　富士川義之　紀伊国屋書店　昭45
「セバスチャン・ナイトの真実と生涯」

　　　　　　　　富士川義之　講談社　昭45
「セバスチャン・ナイトの真実の生涯」(「世界文学全集」101)　　富士川義之　講談社　昭51
「セバスチャン・ナイトの真実の生涯」
　　　　　　富士川義之　講談社文芸文庫　平11
　　Bend Sinister
「ベンドシニスター」　富士川義之　サンリオ文庫　昭53
「ベンドシニスター」　加藤光也　サンリオ文庫　昭61
「ベンドシニスター」　加藤光也ほか　みすず書房　平13
　　Lance
「ランス」(「現代アメリカ文学全集」II)
　　　　　　　　　大津栄一郎　白水社　昭45
　　Lolita
「ロリータ」全2巻
　　　　　　大久保康雄　河出ペーパーバックス　昭34
「ロリータ」　　　大久保康雄　河出文庫　昭37
「ロリータ」(「人間の文学」28)
　　　　　　　　大久保康雄　河出書房新社　昭42
「ロリータ」(「エトランゼの文学」1)
　　　　　　　　大久保康雄　河出書房新社　昭49
「ロリータ」(「海外小説選」15)
　　　　　　　　大久保康雄　河出書房新社　昭52
「ロリータ」　　　大久保康雄　新潮文庫　昭55
「ロリータ」　　　若島 正　新潮社　平17
「ロリータ」　　　若島 正　新潮文庫　平18
　　Pnin
「プニン」　　　大橋吉之輔　新潮社　昭46
　　Nabokov's Dozen
「ナボコフの一ダース」
　　　　　　　　中西秀男　サンリオSF文庫　昭54
「ナボコフの一ダース」　中西秀男　ちくま文庫　平03
　　Invitation to a Beheading
「断頭台への招待」(「世界の文学」8)
　　　　　　　　　富士川義之　集英社　昭52
　　Pale Fire
「青白い炎」　　　富士川義之　ちくま文庫　平15
　　The Gift
「賜物」(「新しい世界の文学」44)
　　　　　　　　　大津栄一郎　白水社　昭41
「賜物」全2巻　　大津栄一郎　福武文庫　平04
　　The Defense
「ディフェンス」　　若島 正　河出書房新社　平11
　　Nabokov's Quartet
「四重奏・目」　小笠原豊樹　白水社　昭43,平04
　　Despair
「絶望」(「新世界文学全集」52)
　　　　　　　　　大津栄一郎　白水社　昭44
　　Speak Memory
「ナボコフ自伝 記憶よ、語れ」
　　　　　　　　　大津栄一郎　晶文社　昭54
　　King, Queen, Knave
「キング、クイーンそしてジャック」
　(「世界の文学」8)　　出淵 博　集英社　昭52
　　Ada; or Ardor
「アーダ」全2巻　　斎藤数衛　早川書房　昭52

677

◇翻訳文献 I◇

Mashen'ka
「マーシェンカ」　　　　大浦暁生　新潮社　昭47
Transparent Things
「透明な対象」若島　正・中田晶子　国書刊行会　平14
A Russian Beauty and Other Stories
「ロシア美人」　　　　北山克彦　新潮社　平06
The Enchanter
「魅惑者」　　　　　出淵　博　河出書房新社　平03
The Exploit (Glory)
「青春」　　　　　　渥美昭夫　新潮社　昭49
Camera Obscura, or Laughter in the Dark
「マグダ」　　　　川崎竹一　河出書房新社　昭35
「マグダ」(「人間の文学」9)
　　　　　　　　　篠田一士　河出書房新社　昭42
「マルゴ」(「人間の文学」9)
　　　　　　　　　篠田一士　河出書房新社　昭40
「マルゴ」　　　　　篠田一士　河出書房　昭42
「マルゴ」(「海外小説選」32)
　　　　　　　　　篠田一士　河出書房新社　昭55
Nikolai Gogol
「ニコライ・ゴーゴリ」青山太郎　紀伊国屋書店　昭48
「ニコライ・ゴーゴリ」青山太郎　平凡社　平08
Look at the Harlequins!
「道化師をごらん！」筒井正明　立風書房　昭55
Lectures on Literature
「ヨーロッパ文学講義」野島秀勝
　　　　　　　　　ティビーエス・ブリタニカ　昭57,平05
Lectures on Russian Literature
「ロシア文学講義」　小笠原豊樹
　　　　　　　　　ティビーエス・ブリタニカ　昭57,平05
Lectures on Don Quixote
「ナボコフのドン・キホーテ講義」
　　　　　行方昭夫・河島弘美　晶文社　平04
「ロシアに届かなかった手紙」
　　　　　　　　　加藤光也　集英社　昭56
「ナボコフ短篇全集」全2巻
　　　　　　　　　諫早勇一ほか　作品社　平12-13
Dear Bunny, Dear Volodya:
the Nabokov-Wilson Letters, 1940-1971
「ナボコフ＝ウィルソン往復書簡集：1940-1971」
　　　　　中村紘一・若林　正　作品社　平16
「ナボコフ書簡集」全2巻
　　　　　江田孝臣・三宅昭良　みすず書房　平12

ヘミングウェイ　　　　　　1899-1961

In Our Time
「インディアン・キャンプ」
　　　　　　　　　北村太郎　荒地出版社　昭30
「われらの時代に」(「ヘミングウェイ全集」2)
　　　　　　　　　高橋正雄　三笠書房　昭31
「インディアン部落」(ヘミングウェイ短篇集)
　　　　　　　　　谷口陸男　研究社出版　昭32
「インディアン部落」(ヘミングウェイ傑作選)
　　　　　　　　　高村勝治　大日本雄弁会講談社　昭32

「われらの時代に」(「現代アメリカ文学全集」7)
　　　　　　　　　北村太郎　荒地出版社　昭32
「われらの時代に」(「ヘミングウェイ全集」1)
　　　　　　　　　高橋正雄　三笠書房　昭38
「インディアン部落」(ヘミングウェイ短篇集)
　　　　　　　　　谷口陸男　八潮出版社　昭41
「われらの時代に」(「現代アメリカ文学選集」1)
　　　　　　　　　北村太郎　荒地出版社　昭42
「インディアン部落」(「世界文学大系」74)
　　　　　　　　　谷口陸男　筑摩書房　昭46
「われらの時代」　　秋元　寛　角川文庫　昭47
「インディアン部落・不敗の男他」
　　　　　　　　　谷口陸男　岩波文庫　昭47
「われらの時代に」(「ヘミングウェイ全集」1)
　　　　　　　　　高橋正雄　三笠書房　昭48
「ニック・アダムズ物語」高橋正雄　三笠書房　昭48
「インディアン部落」(「世界文学全集」90)
　　　　　　　　　佐伯彰一　講談社　昭49
「われらの時代に」(「ヘミングウェイ全集」1)
　　　　　　　　　高橋正雄　三笠書房　昭49
「われらの時代　ヘミングウェイ短編集」
　　　　　　　　　松元　寛　角川文庫　昭49
「われらの時代に」　高村勝治　三笠書房　昭52
「われらの時代　ヘミングウェイ短編集1」
　　　　　　　　　北村太郎　荒地出版社　昭57
「われらの時代に」　宮本陽吉　福武文庫　昭63
「インディアン部落」(「ヘミングウェイ短篇集」1)
　　　　　　　　　谷口陸男　岩波文庫　昭63
「われらの時代・男だけの世界」(「ヘミングウェイ
　全短編」1)　　高見　浩　新潮文庫　平07
The Torrents of Spring
「春の奔流」　　　　中田耕治　河出文庫　昭30
「春の奔流」(「ヘミングウェイ全集」2)
　　　　　　　　　竹内道之助　三笠書房　昭31
「春の奔流」(「ヘミングウェイ全集」3)
　　　　　　　　　竹内道之助　三笠書房　昭39
「春の奔流」(「ヘミングウェイ全集」4)
　　　　　　　　　竹内道之助　三笠書房　昭48,49
The Sun Also Rises
「日はまた昇る」　　大久保康雄　三笠書房　昭29
「日はまた昇る」(「ヘミングウェイ全集」3)
　　　　　　　　　高村勝治　三笠書房　昭30
「日はまた昇る・キリマンジャロの雪」
　　　　　　　　　高村勝治・福田陸太郎　三笠書房　昭30
「日はまた昇る」　　大久保康雄　新潮文庫　昭30
「日はまた昇る」　　高村勝治　三笠書房　昭32,48
「陽はまた昇る」　　及川　進　角川文庫　昭32
「日はまた昇る」　　谷口陸男　岩波文庫　昭33
「日はまた昇る」(「ヘミングウェイ全集」2)
　　　　　　　　　高村勝治　三笠書房　昭39
「日はまた昇る・武器よさらば」(「世界文学全集」
　60)　大橋吉之輔・石　一郎　筑摩書房　昭41
「日はまた昇る」(「世界文学全集」42)
　　　　　　　　　宮本陽吉　講談社　昭42
「日はまた昇る」　　守屋陽二　旺文社文庫　昭45

◇ 翻 訳 文 献 Ⅰ ◇

「日はまた昇る」(「世界文学全集」43)
　　　　　　　　　大久保康雄　新潮社　昭45
「日はまたのぼる」(「世界文学大系」74)
　　　　　　　　　大橋吉之輔　筑摩書房　昭46
「日はまた昇る」　　宮本陽吉　旺文社文庫　昭47
「日はまた昇る」　　宮本陽吉　講談社文庫　昭47
「日はまた昇る」(「ヘミングウェイ全集」3)
　　　　　　　　　高村勝治　三笠書房　昭48,49
「日はまた昇る」(「世界文学全集」90)
　　　　　　　　　宮本陽吉　講 談 社　昭49
「日はまた昇る」(「世界文学全集」77)
　　　　　　　　　佐伯彰一　集 英 社　昭52
「日はまた昇る」　　佐伯彰一　集英社文庫　昭53
「日はまた昇る」　　高見　浩　角川春樹事務所　平12
「日はまた昇る」　　高見　浩　新潮文庫　平15

Men without Women
「男だけの世界」(「ヘミングウェイ全集」1)
　　　　　　　　　滝川元男・西川正身　三笠書房　昭30
「男だけの世界」(「ヘミングウェイ全集」1)
　　　　　　　　滝川元男・大久保康雄　三笠書房　昭38,48
「女のいない男たち」　高村勝治　講談社文庫　昭52
「女のいない男たち　ヘミングウェイ短編集2」
　　　　　　　　　鮎川信夫　荒地出版社　昭57

The Killers
「殺人者」　　　　　大久保康雄　三笠文庫　昭28
「殺人者」　　　　　大久保康雄　新潮文庫　昭28
「殺人者」(「ヘミングウェイ全集」1)
　　　　　　　　　西川正身　三笠書房　昭30
「殺し屋」(「ヘミングウェイ傑作選」)
　　　　　　　　　高村勝治　大日本雄弁会講談社　昭32
「殺人者」(「ヘミングウェイ短篇集」)
　　　　　　　　　谷口陸男　研究社出版　昭32
「殺し屋」(「ヘミングウェイ短篇集」)
　　　　　　　　　谷口陸男　八潮出版社　昭41
「殺し屋」(「世界文学大系」74)
　　　　　　　　　谷口陸男　筑摩書房　昭46
「殺し屋達」(「世界文学全集」77)
　　　　　　　　　沼澤洽治　集 英 社　昭52
「殺し屋」(「世界文学全集」6)
　　　　　　　　　龍口直太郎　学習研究社　昭53
「殺し屋」(「ヘミングウェイ短編集」2)
　　　　　　　　　鮎川信夫　荒地出版社　昭57
「殺し屋」(「ヘミングウェイ短篇集」1)
　　　　　　　　　谷口陸男　岩波文庫　昭63
「殺し屋」(「世界の文学セレクション36」32)
　　　　　　　　　大橋健三郎　中央公論社　平05

A Farewell to Arms
「武器よさらば」　　小田　律　天人社　昭05
「武器よさらば」(「ヘミングウェイ選集」2)
　　　　　　　　　大久保康雄　日比谷出版社　昭26
「武器よさらば」　　大久保康雄　三笠書房　昭27
「武器よさらば」　　福田　実　創元文庫　昭28
「武器よさらば」(「ヘミングウェイ選集」2)
　　　　　　　　　高村勝治・石　一郎　河出書房　昭30
「武器よさらば」　　大久保康雄　新潮文庫　昭30,53
「武器よさらば」　　高村勝治　河出新書　昭30
「武器よさらば」(「現代世界文学全集」18)
　　　　　　　　　大久保康雄　新潮社　昭30
「武器よさらば」全2巻(「ヘミングウェイ全集」
　　7、8)　　　　大久保康雄　三笠書房　昭30
「武器よさらば」(「ヘミングウェイ全集」4)
　　　　　　　　　竹内道之助　三笠書房　昭31
「武器よさらば」全2巻　石　一郎　角川文庫　昭32,33
「武器よさらば」全2巻　谷口陸男　岩波文庫　昭32
「武器よさらば・われらの時代に・女のいない
　男たち他」　　　高村勝治　荒地出版社　昭32
「武器よさらば」　　高村勝治　垂水書房　昭33,35
「武器よさらば」　　竹内道之助　三笠書房　昭33
「武器よさらば・日はまた昇る」
　　　　　　　　　大久保康雄　新潮社　昭35
「武器よさらば・王道」(「世界名作全集」)
　　　　　　　　　石　一郎・小林清　筑摩書房　昭35
「武器よさらば」(「ヘミングウェイ全集」3)
　　　　　　　　　竹内道之助　三笠書房　昭39
「武器よさらば」(「世界文学大系」60)
　　　　　　　　　石　一郎　筑摩書房　昭41
「武器よさらば」(「世界文学全集Ⅰ」20)
　　　　　　　　　高村勝治　河出書房　昭42
「武器よさらば」　　高村勝治　講 談 社　昭42
「武器よさらば」
　　　　　　　大久保康雄・岡本　潤　金の星社　昭42
「武器よさらば」　　高村勝治　偕成社　昭42
「武器よさらば」　　山本和夫　岩崎書店　昭43
「武器よさらば」(「世界文学大系」74)
　　　　　　　　　石　一郎　筑摩書房　昭46
「武器よさらば」(「世界文学ライブラリー」27)
　　　　　　　　　高村勝治　講 談 社　昭46
「武器よさらば」　　高村勝治　講談社文庫　昭46
「武器よさらば」(「世界文学全集」90)
　　　　　　　　　高村勝治　講 談 社　昭48,49
「武器よさらば」(「ヘミングウェイ全集」4)
　　　　　　　　　竹内道之助　三笠書房　昭49
「武器よさらば」　　石　一郎　筑摩書房　昭53
「武器よさらば」(「世界文学全集」6)
　　　　　　　　　井上謙治　学習研究社　昭53
「武器よさらば」(「世界の文学セレクション36」
　　32)　　　　大橋健三郎　中央公論社　平05
「武器よさらば」　　高見　浩　新潮文庫　平18
「武器よさらば」全2巻
　　　　　　　　　金原瑞人　光文社古典新訳文庫　平19

Death in the Afternoon
「午後の死」(「ヘミングウェイ全集」6)
　　　　　　　　　佐伯彰一　三笠書房　昭31
「午後の死」(「ヘミングウェイ全集」4)
　　　　　　　　　佐伯彰一・宮本陽吉　三笠書房　昭39
「午後の死」(「ヘミングウェイ全集」5)
　　　　　　　　　佐伯彰一・宮本陽吉　三笠書房　昭41
「午後の死」(「ヘミングウェイ全集」5)
　　　　　　　　　佐伯彰一・宮本陽吉　三笠書房　昭48,49

Green Hills of Africa

◇ 翻 訳 文 献 I ◇

「アフリカの緑の丘」(『ヘミングウェイ全集』5)
　　　　　　　　　西村孝次　三笠書房　昭31
「アフリカの緑の丘」(『ヘミングウェイ全集』2)
　　　　　　　　　西村孝次　三笠書房　昭39
「アフリカの緑の丘」(『ヘミングウェイ全集』6)他
　　　　　　　　　西村孝次　三笠書房　昭41
「アフリカの緑の丘」(『ヘミングウェイ全集』3)
　　　　　　　　　西村孝次　三笠書房　昭48,49

Winner Take Nothing

「勝者には何もやるな」(『ヘミングウェイ全集』1)
　　　　　　　　　谷口陸男　三笠書房　昭30
「勝者には何もやるな」(『ヘミングウェイ全集』1)
　　　　　　　　　谷口陸男　三笠書房　昭38,48
「勝者には何もやるな」(『現代アメリカ文学選』1)
　　　　　　　　　谷口陸男　荒地出版社　昭42
「勝者には何もやるな」　高村勝治　講談社文庫　昭52
「勝者には何もやるな　ヘミングウェイ短編集 3」
　　　　　　　　　井上謙治　荒地出版社　昭57
「勝者に報酬はない・キリマンジャロの雪」(『ヘミングウェイ全短編』2)　高見浩　新潮文庫　平08

To Have and Have Not

「持てる者持たざるもの」(現代アメリカ小説全集)
　　　　　　　　　高木秀夫　三笠書房　昭15
「持つことと持たざること」
　　　　　　　　　中田耕治　荒地出版社　昭29
「持てるもの持たざるもの」　中田耕治　河出新書　昭31
「持つと持たぬと」(『ヘミングウェイ全集 6)
　　　　　　　　　佐伯彰一　三笠書房　昭31
「持つと持たぬと」(『ヘミングウェイ全集 6)
　　　　　　　　　佐伯彰一　三笠書房　昭39
「持つと持たぬと」(『ヘミングウェイ全集』7)
　　　　　　　　　佐伯彰一　三笠書房　昭41
「持つと持たぬと」(『ヘミングウェイ全集』5)
　　　　　　　　　佐伯彰一　三笠書房　昭48,49

The Snows of Kilimanjaro

「キリマンジャロの雪」　大久保康雄　三笠文庫　昭27
「キリマンジャロの雪」
　　　　　　　　　龍口直太郎　角川文庫　昭29,44,平06
「キリマンジャロの雪」　大久保康雄　新潮文庫　昭28
「キリマンジャロの雪」
　　　　　　　　　龍口直太郎　角川文庫　昭29,44,平06
「キリマンジャロの雪」　中田耕治　河出文庫　昭30
「キリマンジャロの雪」(『ヘミングウェイ全集』3)
　　　　　　　　　福田陸太郎　三笠書房　昭30
「キリマンジャロの雪」(ヘミングウェイ短篇集)
　　　　　　　　　谷口陸男　研究社出版　昭32
「キリマンジャロの雪」(ヘミングウェイ傑作選)
　　　　　　　　　高村勝治　大日本雄弁会講談社　昭32
「キリマンジャロの雪・二つの心の河」
　　　　　　　　　石　一郎・江島祐二　南雲堂　昭34
「キリマンジャロの雪」(『ヘミングウェイ全集』1)
　　　　　　　　　福田陸太郎　三笠書房　昭38
「キリマンジャロの雪」(『世界短篇文学全集』14・アメリカ文学20世紀」)
　　　　　　　　　谷口陸男　集英社　昭39
「キリマンジャロの雪」　高村勝治　旺文社文庫　昭41

「キリマンジャロの雪」(ヘミングウェイ短篇集)
　　　　　　　　　谷口陸男　八潮出版社　昭41
「キリマンジャロの雪」(『世界文学大系』74)
　　　　　　　　　谷口陸男　筑摩書房　昭46
「キリマンジャロの雪」(死者の博物誌・密告：他十一編)
　　　　　　　　　谷口陸男　岩波文庫　昭47
「キリマンジャロの雪」(『世界文学全集』90)
　　　　　　　　　佐伯彰一　講談社　昭49
「キリマンジャロの雪」(『世界文学全集』77)
　　　　　　　　　沼澤洽治　集英社　昭52
「キリマンジャロの雪」(勝者には何もやるな)
　　　　　　　　　高村勝治　講談社文庫　昭52
「キリマンジャロの雪」(『世界文学全集』6)
　　　　　　　　　龍口直太郎　学習研究社　昭53
「キリマンジャロの雪」(『世界文学全集』24)
　　　　　　　　　大久保康雄　河出書房新社　平01
「キリマンジャロの雪」(『世界の文学セレクション36』32)　大橋健三郎　中央公論社　平05
「キリマンジャロの雪」(『ヘミングウェイ全短編』2)
　　　　　　　　　高見浩　新潮文庫　平08

For Whom the Bell Tolls

「誰がために鐘は鳴る」全2巻
　　　　　　　　　大井茂夫　青年書房　昭16
「誰がために鐘は鳴る」全2巻
　　　　　　　　　大久保康雄・相良健　三笠書房　昭16
「誰がために鐘は鳴る」(『現代世界文学・英米篇』8) 全2巻　大久保康雄　三笠書房　昭26-27
「誰がために鐘はなる」(『ヘミングウェイ全集』7, 8) 全2巻　大久保康雄　三笠書房　昭30
「誰がために鐘はなる」(『世界文学全集』39)
　　　　　　　　　大久保康雄　河出書房新社　昭36
「誰がために鐘はなる」(『ヘミングウェイ全集』5, 6) 全2巻　大久保康雄　三笠書房　昭38-39
「誰がために鐘はなる」(『世界文学全集』23)
　　　　　　　　　大久保康雄　河出書房新社　昭39
「誰がために鐘は鳴る」(『ヘミングウェイ全集』8)
　　　　　　　　　大久保康雄　三笠書房　昭41
「誰がために鐘はなる」(『世界文学全集』カラー版 30)　大久保康雄　河出書房新社　昭41
「誰がために鐘は鳴る」(『世界文学全集』44)
　　　　　　　　　大久保康雄　新潮社　昭45
「誰がために鐘はなる」(『世界文学全集』37)
　　　　　　　　　大久保康雄　集英社　昭47
「誰がために鐘はなる」全2巻
　　　　　　　　　大久保康雄　新潮文庫　昭48
「誰がために鐘は鳴る」(『ヘミングウェイ全集』6)
　　　　　　　　　大久保康雄　三笠書房　昭48,49
「誰がために鐘は鳴る」(『世界文学全集』24)
　　　　　　　　　大久保康雄　河出書房新社　平01

Across the River and into the Trees

「河を渡って木立の中へ」　大久保康雄　三笠書房　昭27
「河を渡って木立の中へ」(『ヘミングウェイ全集』9)
　　　　　　　　　大久保康雄　三笠書房　昭31
「河を渡って木立の中へ」(『ヘミングウェイ全集』7)
　　　　　　　　　大久保康雄　三笠書房　昭39,48

「河を渡って木立の中へ」(「ヘミングウェイ全集」9)
　　　　　　　　大久保康雄　三笠書房　昭42

The Old Man and the Sea
「老人と海」　　　　福田恆存　タトル商会　昭30
「老人と海」(「ヘミングウェイ全集」10)
　　　　　　　　　福田恆存　三笠書房　昭31
「老人と海」(「ヘミングウェイ全集」7)
　　　　　　　　　福田恆存　三笠書房　昭39,48
「老人と海」　　福田恆存　新潮文庫　昭41,平15
「老人と海」(「ヘミングウェイ全集」10)
　　　　　　　　　福田恆存　三笠書房　昭41
「老人と海」(「対訳ヘミングウェイ」2)
　　　　　　　　林原耕三・坂本和男　南雲堂　昭47
「老人と海」(「世界文学全集」77)
　　　　　　　　　　　野崎　孝　集英社　昭52
「老人と海」(「世界の文学セレクション 36」32)
　　　　　　　　　大橋健三郎　中央公論社　平05

A Moveable Feast
「移動祝祭日―回想のパリ―」(「ヘミングウェイ
　全集」8)　福田陸太郎　三笠書房　昭39,40
「移動祝祭日」(「ヘミングウェイ全集」10)
　　　　　　　　　福田陸太郎　三笠書房　昭41
「回想のパリ―移動祝祭日」(「ヘミングウェイ全
　集」7)　　　福田陸太郎　三笠書房　昭48
「移動祝祭日」　　福田陸太郎　岩波書店　平02

Island in the Stream
「海流の中の島々」全2巻　沼澤洽治　新潮社　昭46
「海流のなかの島々」(「ヘミングウェイ全集」8)
　　　　　　　　　沼澤洽治　三笠書房　昭48
「海流のなかの島々」全2巻
　　　　　　沼澤洽治　新潮文庫　昭52,平19

The Dangerous Summer
「危険な夏」　　　　永井　淳　角川文庫　昭46
「危険な夏」(「ヘミングウェイ全集」5)
　　　　　　　　　大井浩二　三笠書房　昭48
「危険な夏」　　　　諸岡敏行　草思社　昭62
[短篇集]
「殺人者と狩猟者他1篇」龍口直太郎　角川文庫　昭29
「白い象のような山々、鱒釣り」
　　　　　　　福田　実・米山一彦　英宝社　昭31
「蝶々と戦車」　　中田耕治　河出書房新社　昭41
「蝶と戦車」(「世界文学大系」74)
　　　　　　　　　谷口陸男　筑摩書房　昭46
「蝶々と戦車・何を見ても何かを思いだす」(「ヘミ
　ングウェイ全短篇」3)　高見　浩　新潮社　平09

The Garden of Eden
「エデンの園」　　　沼澤洽治　集英社　平01
「エデンの園」　　沼澤洽治　集英社文庫　平02
「死者の博物誌・密告　他十一編」
　　　　　　　　　谷口陸男　岩波文庫　昭47
「何を見ても何かを思いだす　ヘミングウェイ未
　発表短篇集」　　高見　浩　新潮文庫　平05
「ヘミングウェイ短篇集」
　　　　　　大久保康雄　新潮文庫　昭28,平04
「ヘミングウェイ短篇集」

「ヘミングウェイ短篇集」中田耕治・北村太郎　荒地出版社　昭30
「ヘミングウェイ短篇集」谷口陸男　研究社出版　昭32
「ヘミングウェイ短篇集」谷口陸男　八潮出版社　昭41
「ヘミングウェイ短篇集」全2巻
　　　　　　　　　鮎川信夫　荒地出版社　昭57
「ヘミングウェイ短篇集」全2巻
　　　　　　　　　谷口陸男　岩波文庫　昭62-63
「ヘミングウェイ全短篇」全3巻
　　　　　　　　　高見　浩　新潮文庫　平07-09
「ヘミングウェイ全短編」全2巻
　　　　　　　　　高見　浩　新潮文庫　平08
「ヘミングウェイ傑作選」
　　　　　　高村勝治　大日本雄弁会講談社　昭32
「ヘミングウェイ全集」全2巻
　　　　　　秋山　嘉・谷　阿休　朔風社　昭58,平05
「ヘミングウェイ釣り文学傑作集」
　　　　　　　　　倉本　護　木本書店　平15
「ヘミングウェイ選集」全2巻
　　　　　　　　　福田　実　創元文庫　昭28
「ヘミングウェイ全集」全11巻
　　　　　　　西川正身ほか　三笠書房　昭30-31
「ヘミングウェイ全集」全9巻
　　　　　　　　大久保康雄ほか　三笠書房　昭38-40
「ヘミングウェイ全集」全10巻
　　　　　　　　佐伯彰一ほか　三笠書房　昭41-42
「ヘミングウェイ全集」全8巻、別冊2巻
　　　　　　　福田陸太郎ほか　三笠書房　昭48-49

Hemingway in Love and War
「ラブ・アンド・ウォー　第一次大戦のヘミング
　ウェイ」　　　　高見　浩　新潮文庫　平09

スタインベック　　　　1902-68

Cup of Gold
「黄金の杯」　鍋島能弘・乾幹雄　和広出版　昭53
「黄金の杯」(「スタインベック全集」1)
　　　　　　浜口　脩・加藤好文　大阪教育図書　平13

The Pastures of Heaven
「天の牧場・疑わしい戦い」(「現代世界文学全集」
　20)　　　　　　橋本福夫　三笠書房　昭30
「天の牧場」(「スタインベック全集」1)
　　　　　加藤光男・西村千稔・伊藤義生　大阪教育図書　平13
「天の牧場　父と母へ捧ぐ」関本方子　北潮社　平16

To a God Unknown
「知られざる神に」(「20世紀の文学」3)
　　　　　　　　　高橋悦男　現代出版社　昭44
「知られざる神に」(「スタインベック全集」2)
　　　　　山下光昭・中山喜代市　大阪教育図書　平13

Tortilla Flat
「おけら部落」　　　瀬沼茂樹　六興出版社　昭27
「おけら部落」　　　瀬沼茂樹　創芸社　昭28
「おけら部落」　　　瀬沼茂樹　角川文庫　昭30
「ドーティヤ平」　　田辺五十鈴　南　雲　堂　昭35
「おけら部落」(「世界文学大系」87)
　　　　　　　　　瀬沼茂樹　筑摩書房　昭38

◇翻訳文献 I ◇

「トーティラ・フラット」
　　　　　　　　大橋吉之輔　主婦の友社　昭46
「おけら部落」（「世界文学大系」75）
　　　　　　　　瀬沼茂樹　筑摩書房　昭49
「トーティーヤ・フラット」（「スタインベック全集」2）
　　　　　　　大友芳郎・那知上佑　大阪教育図書　平13

In Dubious Battle

「疑わしい戦い」全2巻
　　　　　　　　橋本福夫　ダヴィッド社　昭29
「疑わしい戦い」（「現代世界文学全集」20）
　　　　　　　　橋本福夫　三笠書房　昭30
「疑わしき戦い」（「スタインベック全集」3）
　　　　　　廣瀬英一・小田敦子　大阪教育図書　平09

The Red Pony

「赤い小馬」　　　西川正身　新潮社　昭28
「赤い小馬」　　　西川正身　新潮文庫　昭30,58
「赤い小馬他2篇」　菅原清治　角川文庫　昭30,33,43
「赤い小馬」（「現代アメリカ文学全集」12）
　　　　　　　　西田　実　荒地出版社　昭33
「赤い小馬」（「世界文学全集」18）
　　　　　　　　西川正身　集英社　昭41
「赤い小馬」　　　西川正身　偕成社文庫　昭41
「赤い小馬」　　　白木　茂　岩崎書店　昭42
「赤い小馬」　　　龍口直太郎　旺文社文庫　昭47
「赤い小馬」（「世界文学全集」41）
　　　　　　　　西川正身　集英社　昭50
「赤い小馬」　　　西川正身　偕成社文庫　昭52

Of Mice and Men

「廿日鼠と男たち」　大門一男　三笠書房　昭14
「二十日鼠と人間」　足立　重　大東亜書房　昭14
「二十日鼠と人間と」　足立　重　大隣社　昭14
「二十日鼠と人間」　大門一男　三笠書房　昭27
「二十鼠と人間」　大門一男　三笠文庫　昭27
「二十日鼠と人間」　大門一男　新潮文庫　昭28
「二十日鼠と人間」　石田信夫　河出書房　昭30
「廿日鼠と人間」　杉木　喬　角川文庫　昭35
「二十日鼠と人間」（「世界文学大系」87）
　　　　　　　　杉木　喬　筑摩書房　昭38
「廿日鼠と人間」　足立　重　大隣社　昭39
「はつかねずみと人間たち」
　　　　　　　　繁尾　久　旺文社文庫　昭45
「二十日鼠と人間」（「世界文学大系」75）
　　　　　　　　杉木　喬　筑摩書房　昭49
「二十日鼠と人間」（「世界文学全集」3）
　　　　　　　　大門一男　学習研究社　昭52
「二十日ねずみと人間」（「キリスト教文学の世界」22）
　　　　　　　　大浦暁生　主婦の友社　昭52
「ハツカネズミと人間」　大浦暁生　新潮文庫　平06
「はつかねずみと人間　小説・戯曲」（「スタインベック全集」4）　高村博正　大阪教育図書　平12

The Long Valley

「スタインベック短篇集」　大久保康雄　新潮社　昭29
「長い谷間」　　　石川信夫　河出書房　昭29
「長い谷間」（抄）　石川信夫　河出文庫　昭31
「菊、大連峰」（抄）　阪田勝三・森清　英宝社　昭31

「菊」（「世界短篇文学全集」14・アメリカ文学20世紀）　　石　一郎　集英社　昭39
「長い盆地」（「スタインベック全集」5）
　　　　　　　　江草久司ほか　大阪教育図書　平12

The Grapes of Wrath

「怒りの葡萄」　　新居　格　四元社　昭14
「怒りの葡萄」全2巻　新居　格　第一書房　昭15
「怒りの葡萄」全2巻　大久保康雄　六興出版社　昭26
「怒りの葡萄」（「世界文学全集」21）
　　　　　　　　大久保康雄　新潮社　昭28
「怒りの葡萄」全3巻　大久保康雄　新潮文庫　昭30
「怒りの葡萄」　高村勝治・石　一郎　河出書房　昭30
「怒りの葡萄」全3巻　石　一郎　角川文庫　昭31,43
「怒りのぶどう」全3巻　大橋健三郎　岩波文庫　昭36
「怒りの葡萄」（「世界文学全集」32）
　　　　　　　　大久保康雄　新潮社　昭37
「怒りのぶどう」（「世界文学全集Ⅱ」19）
　　　　　　　　石　一郎　河出書房新社　昭37
「怒りの葡萄」（「世界文学全集」45）
　　　　　　　　谷口陸男　講談社　昭43
「怒りのぶどう」　石　一郎　偕成社　昭43
「怒りの葡萄」（「新世界文学全集」46）
　　　　　　　　大久保康雄　角川書店　昭45
「怒りの葡萄」全2巻　谷口陸男　講談社文庫　昭47
「怒りのぶどう」（「世界文学全集」91）
　　　　　　　　谷口陸男　講談社　昭49
「怒りの葡萄」（「世界文学全集」41）
　　　　　　　　野崎　孝　集英社　昭50
「怒りの葡萄」（「世界文学全集」92）
　　　　　　　　谷口陸男　講談社　昭52
「怒りのぶどう」　石　一郎　筑摩書房　昭53
「怒りの葡萄」（「世界文学全集」79）
　　　　　　　　野崎　孝　集英社　昭55
「怒りのぶどう」（「世界の文学セレクション36」35）　尾上政次　中央公論社　平07
「怒りのぶどう」（「スタインベック全集」6）
　　　　　　　　中山喜代市　大阪教育図書　平09

The Moon Is Down

「月は沈みぬ」　龍口直太郎　六興出版社　昭26
「月は沈みぬ」　龍口直太郎　新潮文庫　昭28
「月は沈みぬ」　龍口直太郎　角川文庫　昭28
「月は沈みぬ」　須山静夫　角川文庫　昭44
「月は沈みぬ　小説・戯曲」（「スタインベック全集」8）　白神栄子・高村博正　大阪教育図書　平10

Cannery Row

「罐詰横丁」　　石川信夫　荒地出版社　昭31
「キャナリー・ロウ　缶詰横町」
　　　　　　　　井上謙治　福武文庫　平01
「キャナリー・ロウ」（「スタインベック全集」9）
　　　　　　　　井上謙治　大阪教育図書　平08

The Wayward Bus

「気まぐれバス」　大門一男　六興出版社　昭26
「気まぐれバス」全2巻　大門一男　角川文庫　昭31
「気まぐれバス」　大門一男　新潮文庫　昭40
「気まぐれバス」（「スタインベック全集」10）

◇ 翻 訳 文 献 I ◇

杉山隆彦・酒井康宏・山下　巌　大阪教育図書　平11
The Pearl
「真珠」　　　　　　　大門一男　六興出版　昭26
「真珠」　　　　　　　大門一男　角川文庫　昭32
「真珠」（「現代アメリカ文学全集」21）
　　　　　　　　　　　佐藤亮一　荒地出版社　昭33
「真珠」（「現代アメリカ文学選集」5）
　　　　　　　　　　　佐藤亮一　荒地出版社　昭42
「真珠」（「スタインベック全集」10）
　　　　　　　　　中山喜代市　大阪教育図書　平11
A Russian Journal
「戦後ソヴェート紀行」　角　邦雄　新人社　昭23
「戦後ソヴェート紀行」　角　邦雄　北海道新聞社　昭23
「戦後ソヴェート紀行」　角　邦雄　角川文庫　昭26
「戦後ソヴェート紀行」　角　邦雄　角川書店　昭30
「ロシア紀行」（「スタインベック全集」14）
　　　　　　　今村嘉之・藤田佳信　大阪教育図書　平08
Burning Bright
「燃ゆる炎」（「現代アメリカ文学全集」12）
　　　　　　　　　　　佐藤亮一　荒地出版社　昭33
「燃ゆる炎」（「現代アメリカ文学選集」5）
　　　　　　　　　　　佐藤亮一　荒地出版社　昭42
「爛々と燃える　劇小説・戯曲」（「スタインベック全集」8）　中島最吉・田中啓介　大阪教育図書　平10
East of Eden
「エデンの東」全2巻
　　　　　　　野崎　孝・大橋健三郎　早川書房　昭30
「エデンの東」全4巻
　　　　　　野崎　孝・大橋健三郎　ハヤカワNV文庫　昭47
「エデンの東」（「スタインベック全集」12・13）
　　　　　全2巻　鈴江璋子・掛川和嘉子・有木恭子
　　　　　　　　　　　　　　　大阪教育図書　平11
「エデンの東」全2巻　　土屋政雄　早川書房　平17
Sweet Thursday
「たのしい木曜日」　清水・小村・中山　市民書房　昭59
The Short Reign of Pippin IV
「ピピン四世・うたかた太平記」
　　　　　　　　　　　中野好夫　角川書店　昭38
「ピピン四世三日天下」　中野好夫　角川文庫　昭43
「ピピン四世の短い治世」（「スタインベック全集」15）　　橋口保夫　大阪教育図書　平10
Once There Was a War
「かつて戦争があった」（「世界文学大系」87）
　　　　　　　　　　　尾上政治　筑摩書房　昭38
「かつて戦争があった　第二次大戦従軍記」
　　　　　　　　　　　角　邦雄　弘文堂　昭40
「かつて戦争があった」（「世界文学全集」18）
　　　　　　　　　西川正身ほか　集英社　昭41
「かつて戦争があった」（「スタインベック全集」14）　小野迪明　大阪教育図書　平08
The Winter of Our Discontent
「われらが不満の冬」　野崎　孝　新潮社　昭37
「われらが不満の冬」（「スタインベック全集」15）
　　　　　　　　井上博嗣・要　弘　大阪教育図書　平10
Travels with Charley in Search of America

「チャーリーとの旅」　大前正臣　弘文堂　昭39
「チャーリーとの旅　アメリカを求めて」
　　　　　　　　　大前正臣　サイマル出版会　昭62
「チャーリーとの旅」（「スタインベック全集」16）
　　　　　　　矢野重治・上　優二　大阪教育図書　平10
「チャーリーとの旅」　竹内　貢　ポプラ社　平19
America and Americans
「アメリカとアメリカ人」
　　　　　　　　　大前正臣　サイマル出版会　昭44
「アメリカとアメリカ人」（「スタインベック全集」16）　深沢俊雄　大阪教育図書　平10
「アメリカとアメリカ人　文明論的エッセイ」
　　　　　　　　　　　大前正臣　平凡社　平14
The Log from the Sea of Cortez
「コルテスの海」
　　　　　　吉村則子・西田美緒子　工作舎　平04
「コルテスの海航海日誌」（「スタインベック全集」11）　仲地弘善　大阪教育図書　平09
The Acts of King Arthur and His Noble Knight
「アーサー王と気高い騎士達の行伝」（「スタインベック全集」20）
　　　　　　　多賀谷悟・橋口保夫　大阪教育図書　平13
「創作日記—（エデンの東）ノート」
　　　　　　　　　　　田辺五十鈴　早川書房　昭51
Steinbeck: a Life in Letters
「スタインベック書簡集　手紙が語る人生」（「スタインベック全集」19）
　　　　　　　浅野敏夫・佐川和茂　大阪教育図書　平08
「スタインベック短篇集」
　　　　　　　　　　　大久保康雄　新潮文庫　昭29
「スタインベック全集」全20巻
　　　　　　　　橋口保夫ほか　大阪教育図書　平08-13

ヘルマン　　　　　　　　　　　　　1905-84

The Children's Hour
「子供の時間」（「現代世界戯曲選集」6）
　　　　　　　　　　　杉山　誠　白水社　昭29
「子供の時間」（「英米秀作戯曲シリーズ」1）
　　　　　　　　　　　小池美佐子　新水社　昭55
「噂の二人」（「悲劇喜劇」1980年7月号）
　　　　　　　　　　　小田島雄志　早川書房　昭55
「子供の時間」（リリアン・ヘルマン戯曲集）
　　　　　　　　　　　小田島雄志　新潮社　平07
The Little Foxes
「子狐たち」（リリアン・ヘルマン戯曲集）
　　　　　　　　　　　小田島雄志　新潮社　平07
Watch on the Rhine
「ラインの監視」（「テアトロ」234号）
　　　　　　　　　　　村山知義　テアトロ　昭38
「ラインの監視」（リリアン・ヘルマン戯曲集）
　　　　　　　　　　　小田島雄志　新潮社　平07
Another Part of the Forest
「森の別の場所」（リリアン・ヘルマン戯曲集）
　　　　　　　　　　　小田島雄志　新潮社　平07

683

◇ 翻 訳 文 献 Ⅰ ◇

The Autumn Garden
「秋の園」(「現代世界戯曲選集」9)
　　　　　　　　　井上 定　白水社　昭29
「秋の園」(「現代海外戯曲」3)
　　　　　　　　　井上 定　白水社　昭30
「秋の園」(リリアン・ヘルマン戯曲集)
　　　　　　　　小田島雄志　新潮社　平07
Toys in the Attic
「屋根裏部屋のおもちゃ」(リリアン・ヘルマン戯曲集)
　　　　　　　　小田島雄志　新潮社　平07
An Unfinished Woman
「未完の女　リリアン・ヘルマン自伝」
　　　稲葉明雄・本間千枝子　平凡社　昭56
「未完の女　リリアン・ヘルマン自伝」
　　　稲葉明雄・本間千枝子　平凡社ライブラリー　平05
Pentimento
「ジュリア」　　　中尾千鶴　パシフィカ　昭53
「ジュリア」　　　大石千鶴　早川書房　平01
Scoundrel Time
「眠れない時代」　小池美佐子　サンリオ　昭54
「眠れない時代」　小池美佐子　サンリオ文庫　昭60
「眠れない時代」　小池美佐子　ちくま文庫　平01
Maybe
「メイビー・青春の肖像」小池美佐子　新書館　昭57
Eating Together
「一緒に食事を　回想とレシピと」
　　　　　　　　小池美佐子　影書房　平09

ライト（リチャード）　1908-60

Uncle Tome's Children
「アンクルトムの子供たち」
　　　　　　　　皆河宗一　新潮社　昭30
「アンクルトムの子供たち」(「今日の文学」)
　　　　　　　　皆河宗一　晶文社　昭45
Native Son
「アメリカの息子」(「黒人文学全集」1, 2)
　　　　　　　　橋本福夫　早川書房　昭36
「アメリカの息子」全2巻
　　　　　　　　橋本福夫　ハヤカワNV文庫　昭47
Black Boy
「ブラック・ボーイ」　高橋正雄　月曜書房　昭27
「ブラック・ボーイ―ある幼年期の記録」全2巻
　　　　　　　　野崎 孝　岩波文庫　昭37
「ブラック・ボーイ、アメリカの飢え」(「世界文学全集」92)　高橋正夫　講談社　昭53
「続ブラック・ボーイ」　北村崇郎　研究社出版　昭51
The Outsider
「失楽の孤独」(「新鋭海外文学叢書」) (全2巻)
　　　　　　　　橋本福夫　新潮社　昭30
「アウトサイダー」全2巻　橋本福夫　新潮社　昭47
White Man, Listen
「白人よ開け」　海保真夫・鈴木主悦　小川出版　昭44
Eight Men
「八人の男」(今日の文学)

　　　　　　　赤松光雄・田嶋恒雄　晶文社　昭44
Lawd Today
「かがやく明けの星・濁流」(双書「20世紀の珠玉」)　小林健治・高村勝治　南雲堂　昭35
「ひでえぜ今日は！」
　　　　　　　古川博己・絹笠清二　彩流社　平12
Pagan Spain
「異教のスペイン」　石塚秀志　彩流社　平14
American Hunger
「アメリカの飢え」　高橋正雄　講談社　昭53
〔短篇集〕
「河のほとり」(「黒人文学全集」8)
　　　　　　　　伊藤堅二　早川書房　昭36
「アメリカのニグロ文学」(「黒人文学全集」8)
　　　　　　　　古川博己　早川書房　昭36
「長い黒い歌」(「世界短篇文学全集」14)
　　　　　　　　斎藤忠利　集英社　昭39

ボウルズ　1910-99

The Sheltering Sky
「極地の空」(「新鋭海外文学叢書」)
　　　　　　　　大久保康雄　新潮社　昭30
「シェルタリング・スカイ」大久保康雄　新潮文庫　平03
The Delicate Prey
「かよわき餌食」　嶋 忠正　南雲堂　昭35
The Spider's House
「蜘蛛の家」(「ポール・ボウルズ作品集」4)
　　　　　　　　　　　　　　白水社　平07
「優雅な獲物」　四方田犬彦　新潮社　平01
Let it Come Down
「雨は降るがままにせよ」　飯田隆昭　思潮社　平06
「遠い木霊」(「ポール・ボウルズ作品集」1)
　　　　　　　　越川芳明　白水社　平06
「真夜中のミサ」(「ポール・ボウルズ作品集」2)
　　　　　　　　越川芳明　白水社　平06
Up Above the World
「世界の真上で」(「ポール・ボウルズ作品集」3)
　　　　　　　　木村恵子　白水社　平05
Their Heads Are Green, Their Hands Are Blue
「孤独の洗礼」(「ポール・ボウルズ作品集」5)
　　　　　　　　杉浦悦子　白水社　平06
「無の近傍」(「ポール・ボウルズ作品集」5)
　　　　　　　　高橋雄一郎　白水社　平06
「止まることなく　ポール・ボウルズ自伝」(「ポール・ボウルズ作品集」6)　山西治男　白水社　平07

ウィリアムズ（テネシー）　1911-83

Moony's Kid Don't Cry
「痩せた黄色い猫」(「悲劇喜劇」1958年8月)
　　　　　　　　児玉品子　早川書房　昭33
At Liberty
「罠」(「テネシイ・ウィリアムズ一幕劇集」)
　　　　　　　　中田耕治　早川書房　昭41

翻訳文献 I

The Glass Menagerie
「ガラスの動物園」　　　田島　博　新潮文庫　昭32
「ガラスの動物園」(「テネシー・ウィリアムズ戯
　曲選集」2)　　　　鳴海四郎　早川書房　昭55
「ガラスの動物園」　　小田島雄志　新潮文庫　昭63
「ガラスの動物園」　　松岡和子　劇書房　平05

A Streetcar Named Desire
「欲望という名の電車」
　　　　　田島　博・山下　修　大阪創元社　昭27
「欲望という名の電車」
　　　　　　田島　博・山下　修　新潮文庫　昭31
「欲望という名の電車」(「現代世界演劇全集13」)
　　　　　　　　　　鳴海四郎　白水社　昭46
「欲望という名の電車」(「テネシー・ウィリアム
　ズ戯曲選集」1)　　鳴海四郎　早川書房　昭52
「欲望という名の電車」小田島雄志　新潮文庫　昭63
「欲望という名の電車」小田島恒志　慧文社　平17

Summer and Smoke
「夏と煙」(「現代アメリカ文学全集」13)
　　　　　　　　　　鳴海四郎　荒地出版社　昭34
「夏と煙」(「現代英米戯曲選」)
　　　　　　　　　　鳴海四郎　南雲堂　昭40
「夏と煙」(「現代アメリカ文学選集2」)
　　　　　　　　　　鳴海四郎　荒地出版社　昭42
「夏と煙」(「双書：20世紀の珠玉8」)
　　　　　　　　　　鳴海四郎　南雲堂　昭50
「夏と煙」(「テネシー・ウィリアムズ戯曲選集」1)
　　　　　　　　　　鳴海四郎　早川書房　昭52
「夏と煙」　　　　　　田島　博　新潮文庫　昭47

Moony's Kid Don't Cry
「坊やのお馬」(「テネシイ・ウィリアムズ一幕劇集」)
　　　　　　　　　　鳴海四郎　早川書房　昭41

The Long Stay Cut Short, or, The Unsatisfactory Supper
「ベビイ・ドル」(「テネシイ・ウィリアムズ一
　幕劇集」)　　　　　中田耕治　早川書房　昭41

The Dark Room
「暗い部屋」(「テネシイ・ウィリアムズ一幕劇集」)
　　　　　　　　　　中田耕治　早川書房　昭41

The Case of the Crushed Petunias
「踏みにじられたペチュニア事件」(「テネシイ・
　ウィリアムズ一幕劇集」)倉橋　健　早川書房　昭41

Two on a Party
「二人三脚」(「ハード・キャンディ」)
　　　　　　　　　　寺門泰彦　白水社　昭56

Rubio Y Morena
「ルビオとモレナ」　　雨宮栄一　學藝書林　昭55
「ルビオとモレナ」(「ハード・キャンディ」)
　　　　　　　　　　寺門泰彦　白水社　昭56

The Mysteries of the Joy Rio
「ジョイ・リオの秘密」(「ハード・キャンディ」)
　　　　　　　　　　寺門泰彦　白水社　昭56

One Arm
「片腕」(「呪い」)　志村正雄　白水社　昭47, 56, 59

The Malediction
「呪い」(「呪い」)　河野一郎　白水社　昭47, 56, 59

The Poet
「詩人」(「呪い」)　志村正雄　白水社　昭47, 56, 59

Chronicle of a Demise
「ご崩御の記」(「呪い」)
　　　　　　　　志村正雄　白水社　昭47, 56, 59

Desire and the Black Masseur
「欲望と黒人マッサージ師」(「呪い」)
　　　　　　　　志村正雄　白水社　昭47, 56, 59

Portrait of a Girl in Glass
「ガラスの少女像」(「呪い」)
　　　　　　　　志村正雄　白水社　昭47, 56, 59
「ガラスの中の娘」(T. ウイリアムズ　フィリップ・
　ロス　F. オコーナー　J. C. オーツ短編集)
　　　　　　　　　　園部明彦　太陽社　昭51

The Important Thing
「とてもだいじなこと」(「呪い」)
　　　　　　　　河野一郎　白水社　昭47, 56, 59
「たいせつなこと」(T. ウイリアムズ　フィリップ・
　ロス　F. オコーナー　J. C. オーツ短編集)
　　　　　　　　　　園部明彦　太陽社　昭51

The Angel in the Alcove
「出窓の天使」(「呪い」)
　　　　　　　　河野一郎　白水社　昭47, 56, 59

The Field of Blue Children
「青い子どもたちの原っぱ」(「呪い」)
　　　　　　　　河野一郎　白水社　昭47, 56, 59
「空色のこどもたちの野原」(T. ウイリアムズ　フィ
　リップ・ロス　F. オコーナー　J. C. オーツ短編集)
　　　　　　　　　　園部明彦　太陽社　昭51

The Night of Iguana
「イグアナの夜」(「呪い」)
　　　　　　　　志村正雄　白水社　昭47, 56, 59
「イグアナの夜」(T. ウイリアムズ　フィリップ・
　ロス　F. オコーナー　J. C. オーツ短編集)
　　　　　　　　　　園部明彦　太陽社　昭51

The Yellow Bird
「黄色い鳥」(「呪い」)
　　　　　　　　志村正雄　白水社　昭47, 56, 59

The Roman Spring of Mrs. Stone
「ストーン夫人のローマの春」
　　　　　　田島　博・山下　修　創元社　昭28
「ストーン夫人のローマの春」
　　　　　　田島　博・山下　修　新潮社　昭31
「ストーン夫人のローマの春」(テネシー・ウィリ
　アムズ小説集)　　斎藤倍子　白水社　昭56

The Rose Tattoo
「バラの刺青」　　　　菅原　卓　白水社　昭31
「薔薇のいれずみ」　　田島　博　新潮文庫　昭48

I Rise in Flame, Cried the Phoenix
「不死鳥は叫ぶわれ炎のなかに起てり、と」
　　(「テネシイ・ウィリアムズ一幕劇集」)
　　　　　　　　　　中田耕治　早川書房　昭41

Three Players of a Summer Game
「夏の遊戯」(「ハード・キャンディ」)

◇翻訳文献 I◇

Camino Real
「カミノ・レアル」(『テネシイ・ウィリアムズ一幕劇集』)　中田耕治　早川書房　昭41
「カミノ・レアル」(『世界文学全集』88)　大庭みな子　講談社　昭55

The Coming of Something to the Widow Holly
「ホーリー未亡人に起こったこと」(T.ウイリアムズ　フィリップ・ロス　F.オコーナー　J.C.オーツ短編集)　園部明彦　太陽社　昭51
「ホリー家の後家さんの身に起こったこと」(『ハード・キャンディ』)　寺門泰彦　白水社　昭56

Something Unspoken
「語られざるもの」(『テネシイ・ウィリアムズ一幕劇集』)　中田耕治　早川書房　昭41

Talk to Me Like the Rain and Let Me Listen
「話してくれ，雨のように」(『テネシイ・ウィリアムズ一幕劇集』)　鳴海四郎　早川書房　昭41
「話してくれ，雨のように」(『しらみとり夫人／財産没収ほか』)　鳴海四郎　ハヤカワ演劇文庫　平19

The Resemblance Between a Violin Case and a Coffin
「バイオリン・ケースと棺桶」(『ハード・キャンディ』)　寺門泰彦　白水社　昭56

Hard Candy
「ハード・キャンディ」(『ハード・キャンディ』)　寺門泰彦　白水社　昭56

The Matters by the Tomato Patch
「トマト畑のそばのマットレス」(『ハード・キャンディ』)　寺門泰彦　白水社　昭56

The Vine
「蔓草」(『ハード・キャンディ』)　寺門泰彦　白水社　昭56

27 Wagons Full of Cotton
「二十七台分の棉花」(『テネシイ・ウィリアムズ一幕劇集』)　中田耕治　早川書房　昭41

The Purification
「浄化」(『悲劇喜劇』1958年4月号)　木村優　早川書房　昭33
「浄化」(『テネシイ・ウィリアムズ一幕劇集』)　中田耕治　早川書房　昭41

The Lady of Larkspur Lotion
「しらみとり夫人」(『テネシイ・ウィリアムズ一幕劇集』)　鳴海四郎　早川書房　昭41
「しらみとり夫人」(『しらみとり夫人／財産没収ほか』)　鳴海四郎　ハヤカワ演劇文庫　平19

The Last of My Solid Gold Watches
「わが最後の金時計」(『悲劇喜劇』1959年1月号)　木村優　早川書房　昭34
「わが最後の金時計」(『テネシイ・ウィリアムズ一幕劇集』)　倉橋健　早川書房　昭41

Auto-Da-Fe
「火刑」(『悲劇喜劇』1958年4月号)　内村直也・木村優　早川書房　昭33
「火刑」(『テネシイ・ウィリアムズ一幕劇集』)　寺門泰彦　白水社　昭56

Lord Byron's Love Letter
「バイロン卿の恋文」(『悲劇喜劇』1959年1月号)　木村優　早川書房　昭34
「バイロン卿の恋文」(『テネシイ・ウィリアムズ一幕劇集』)　鳴海四郎　早川書房　昭41

The Strange Kind of Romance
「風変りなロマンス」(『悲劇喜劇』1958年4月号)　鳴海四郎・木村優　早川書房　昭33
「風変りなロマンス」(『テネシイ・ウィリアムズ一幕劇集』)　鳴海四郎　早川書房　昭41
「風変りなロマンス」(『しらみとり夫人／財産没収ほか』)　鳴海四郎　ハヤカワ演劇文庫　平19

The Long Goodbye
「ロング・グッドバイ」(『テネシイ・ウィリアムズ一幕劇集』)　倉橋健　早川書房　昭41
「ロング・グッドバイ」(『しらみとり夫人／財産没収ほか』)　鳴海四郎　ハヤカワ演劇文庫　平19

Hello from Bertha
「バーサから宜しく」(『悲劇喜劇』1959年1月号)　木村優　早川書房　昭34
「バーサよりよろしく」(『テネシイ・ウィリアムズ一幕劇集』)　鳴海四郎　早川書房　昭41
「バーサよりよろしく」(『しらみとり夫人／財産没収ほか』)　鳴海四郎　ハヤカワ演劇文庫　平19

This Property is Condemned
「財産没収」(『悲劇喜劇』1959年1月号)　木村優　早川書房　昭34
「財産没収」(『テネシイ・ウィリアムズ一幕劇集』)　倉橋健　早川書房　昭41
「財産没収」(『しらみとり夫人／財産没収ほか』)　鳴海四郎　ハヤカワ演劇文庫　平19

Cat on a Hot Tin Roof
「やけたトタン屋根の上の猫」　田島博　新潮社　昭32
「やけたトタン屋根の上の猫」　田島博　新潮文庫　昭34
「やけたトタン屋根の上の猫」　小田島雄志　新潮文庫　平11

Suddenly Last Summer
「この夏、突然に」(『今日の英米演劇1』)　菅原卓　白水社　昭43

Orpheus Descending
「地獄のオルフェウス」(『世界文学大系』95)　鳴海四郎　筑摩書房　昭40
「地獄のオルフェウス」(『世界文学全集』88)　鳴海四郎　講談社　昭55
「地獄のオルフェウス」(『テネシー・ウィリアムズ戯曲選集』2)　鳴海四郎　早川書房　昭55

Portrait of a Madonna
「あるマドンナの肖像」(『現代世界戯曲選集』6)　川口一郎　白水社　昭29
「あるマドンナの肖像」(『テネシイ・ウィリアムズ一幕劇集』)　中田耕治　早川書房　昭41

Period of Adjustment
「適応期間」(『現代演劇』2)

◇翻訳文献 I◇

The Eccentricities of a Nightingale　坂本和男　南雲堂　昭54
「風変りなナイチンゲール」(「夏と煙」)
　　　　　　　　　　田島　博　新潮文庫　昭47
The Knightly Quest
「夜のドン・キホーテ」　　　西田　実　白水社　昭56
Mama's Old Stucco House
「おふくろの漆喰塗りのぼろ家」(「夜のドン・
　キホーテ」)　　　　　　　西田　実　白水社　昭56
Man Bring This Up Road
「男のひと、これ、持ってくる」(「夜のドン・
　キホーテ」)　　　　　　　西田　実　白水社　昭56
The Kingdom of Earth
「地上の天国」(「夜のドン・キホーテ」)
　　　　　　　　　　　　　西田　実　白水社　昭56
"Grand"
「おばあちゃん」(「夜のドン・キホーテ」)
　　　　　　　　　　　　　西田　実　白水社　昭56
In the Bar of a Tokyo Hotel
「東京のホテルのバーにて」(「悲劇喜劇」1970
　年1月号)　　　　　　　鳴海四郎　早川書房　昭45
「東京のホテルのバーにて」(「しらみとり夫人／
　財産没収ほか」) 鳴海四郎　ハヤカワ演劇文庫　平19
Small Craft Warnings
「小舟注意報」(「新劇」1974年2月号)
　　　　　　　　　　　　　鳴海四郎　白水社　昭49
Eight Mortal Ladies Possessed
「死に憑かれた八人の女」(テネシー・ウィリア
　ムズ小説集)　　　　　　須山静夫　白水社　昭56
Moise and the World of Reason
「モイーズ」　　　　　　　鳴海四郎　白水社　昭56
Memoirs
「テネシー・ウィリアムズ回想録」
　　　　　　　　　鳴海四郎　白水社　昭53, 平11
「テネシー・ウィリアムズ小説集」　全6巻
　　　　　　　　　　　　寺門泰彦ほか　白水社　昭56

マラマッド　　　　　　　　　1914-86

The Natural
「汚れた白球」　　　　　　鈴木武樹　角川新書　昭45
「奇跡のルーキー」　　　　真野明裕　早川文庫NV　昭59
The Assistant
「アシスタント」　　　　　酒本雅之　荒地出版社　昭44
「アシスタント」　　　　　繁尾　久　角川文庫　昭46
「アシスタント」　　　　　加島祥造　新潮文庫　昭47
The Magic Barrel
「魔法の樽」　　　　　　　邦高忠二　荒地出版社　昭43
「魔法のたる」　　　　　　繁尾　久　角川文庫　昭45
「魔法の樽」(「世界の文学」33)
　　　　　　　　　　　　　西川正身　集英社　昭51
A New Life
「もうひとつの生活」　　　宮本陽吉　新潮社　昭38,45
The Fixer
「修理屋」　　　　　　　　橋本福夫　早川書房　昭44

An Exorcism
「悪魔ばらい」(「現代アメリカ短編選集」Ⅲ)
　　　　　　　　　　　　　西田　実　白水社　昭45
Pictures of Fidleman
「フィデルマンの絵」(「今日の海外小説」13)
　　　　　　　　　　　西田　実　河出書房新社　昭45
Rembrandt's Hat
「レンブラントの帽子」
　　　　　　小島信夫・浜本武雄・井上謙治　集英社　昭50
Dubin's Lives
「ドゥーヴィン氏の冬」　　小野寺健　白水社　昭55
God's Grace
「コーンの孤島」　　　　　小野寺健　白水社　昭59
The Silver Crown
「銀の冠」(「集英社ギャラリー世界の文学」17)
　　　　　　　　　　　　　小島信夫　集英社　平01
The Stories of Bernard Malamud
「マラッド短篇集」　　　　加島祥造　新潮文庫　昭46

ベロウ　　　　　　　　　　　1915-2005

Dangling Man
「宙ぶらりんの男」　　　　井内雄四郎　太陽社　昭42
「宙ぶらりんの男」　　　　太田　稔　新潮文庫　昭46
「宙ぶらりんの男」　　　　繁尾　久　角川文庫　昭47
「宙ぶらりんの男」(「世界文学全集」101)
　　　　　　　　　　　　　野崎　孝　講談社　昭51
「宙ぶらりんの男」　　　　野崎　孝　講談社　昭52
The Victim
「犠牲者」(「新しい世界の文学」41)
　　　　　　　　　大橋吉之輔・後藤昭次　白水社　昭41
「犠牲者」　　　　　　　　太田　稔　新潮文庫　昭48
「犠牲者」(「世界の文学」)
　　　　　　　　大橋吉之輔・後藤昭次　白水社　昭54,平13
The Adventures of Augie March
「オーギー・マーチの冒険」(「現代アメリカ文学全
　集」19)　　　　　　　　刈田元司　荒地出版社　昭34
「オーギー・マーチの冒険」(「現代アメリカ文学
　選集」2)　　　　　　　　刈田元司　荒地出版社　昭42
「オーギー・マーチの冒険」全2巻
　　　　　　　　　　　　　渋谷雄三郎　早川書房　昭56
A Father - To - Be
「未来の父」(「現代アメリカ短編選集」Ⅲ)
　　　　　　　　　　　　　谷口陸男　白水社　昭45
Seize the Day
「この日をつかめ」　　　　大浦暁生　新潮文庫　昭46
「この日をつかめ」　　　　繁尾　久　角川文庫　昭47
「現在をつかめ」(「20世紀の文学」6)
　　　　　　　　　　　　　栗原行雄　現代出版社　昭45
「現在をつかめ」(「モダン・クラシックス」)
　　　　　　　　　　　　　栗原行雄　河出書房新社　昭47
「その日をつかめ」(「世界の文学」33)
　　　　　　　　　　　　　宮本陽吉　集英社　昭51
「その日をつかめ」　　　　宮本陽吉　集英社文庫　昭53
Henderson the Rain King

◇翻訳文献 I◇

「雨の王ヘンダースン」(「新しい世界の文学」51)
　　　　　　　　　佐伯彰一　中央公論社　昭42
「雨の王ヘンダソン」　佐伯彰一　中公文庫　昭63
Herzog
「ハーツォグ」宇野利泰　ハヤカワ・ノヴェルズ　昭45
「ハーツォグ」全2巻
　　　　　　　宇野利泰　ハヤカワ文庫NV　昭56
Mosby's Memories
「モズビーの思い出」　徳永暢三　新潮社　昭45
Mr. Sammler's Planet
「サムラー氏の惑星」　橋本福夫　新潮社　昭49
The Bellarosa Connection
「ベラローザ・コネクション」宇野利泰　早川書房　平04
The Actual
「埋み火」　　　　　真野明裕　角川春樹事務所　平10
A Theft
「盗み」　　　　　　宇野利泰　早川書房　平02
The Dean's December
「学生部長の十二月」　渋谷雄三郎　早川書房　昭58
Humboldt's Gift
「フンボルトの贈り物」全2巻
　　　　　　　　　　大井浩二　講談社　昭52
「ソール・ベロー短篇集」　繁尾久　角川文庫　昭49

ミラー（アーサー）　　　1915-2005

The Pussycat and the Expert Plumber Who was a Man
「猫とパイプ職人」(「アメリカ・ラジオ・ドラマ
　　傑作集」)　　　　　内村直也　宝文館　昭29
The Man Who Had All the Luck
「倖せをつかんだ男」(「悲劇喜劇」1968年7,8月号)
　　　　　　　　　　菅原　卓　早川書房　昭43
Grandpa and the Statue
「おじいさんと自由の女神」(「現代世界戯曲選集2」)
　　　　　　　　　　菅原　卓　白水社　昭29
Focus
「焦点」(「モダンクラシックス」)
　　　　　　　　　枡田良一　河出書房新社　昭48
All My Sons
「みんなわが子」(「アーサー・ミラー全集」1)
　　　　　　　　　　菅原　卓　早川書房　昭32
「みんな我が子」(「アーサー・ミラー全集」1)
　　　　　　　　　　倉橋　健　早川書房　昭63
Death of a Salesman
「セールスマンの死―ある個人的な対話　二幕と
　　鎮魂祈祷」　菅原　卓・大村　敦　早川書房　昭25
「セールスマンの死」(「アーサー・ミラー全集」1)
　　　　　　　　　　菅原　卓　早川書房　昭32
「セールスマンの死」(「アーサー・ミラー全集」1)
　　　　　　　　　　倉橋　健　早川書房　昭63
「セールスマンの死」
　　　　　　　倉橋　健　ハヤカワ演劇文庫　平18
Monte Saint Angelo
「モンテ・サンタンジェロ」(「ママなんか死んじ
　　まえ」)　　　辻　久也・有泉学宙　山口書店　昭56
「モンテ・サンタンジェロ」(「野生馬狩り」)
　　　　　　　　　岡崎涼子　早川書房　昭57
The Crusible
「るつぼ」(「アーサー・ミラー全集」2)
　　　　　　　　　　菅原　卓　早川書房　昭33
「るつぼ」(「アーサー・ミラー全集」2)
　　　　　　　　　　倉橋　健　早川書房　昭59
A View from the Bridge
「橋からの眺め」(「アーサー・ミラー全集」2)
　　　　　　　　　　菅原　卓　早川書房　昭33
「橋からの眺め」(「現代演劇」8)
　　　　　　　　　金丸十三男　南雲堂　昭44
「橋からの眺め」(「アーサー・ミラー全集」2)
　　　　　　　　　　倉橋　健　早川書房　昭59
A Memory of Two Mondays
「二つの月曜日の思い出」(「アーサー・ミラー全
　　集」4)　　　　　　倉橋　健　早川書房　昭49
I Don't Need You Any More
「ママなんか死んじまえ」
　　　　　　辻　久也・有泉学宙　山口書店　昭56
「ママなんかもう要らない」(「野生馬狩り」)
　　　　　　　　　岡崎涼子　早川書房　昭57
Please Don't Kill Anything
「思い出の浜辺」(「ママなんか死んじまえ」)
　　　　　　辻　久也・有泉学宙　山口書店　昭56
「お願い、殺さないで」(「野生馬狩り」)
　　　　　　　　　岡崎涼子　早川書房　昭57
The Misfits
「余計者」(「ママなんか死んじまえ」)
　　　　　　辻　久也・有泉学宙　山口書店　昭56
「野生馬狩り」　　　岡崎涼子　早川書房　昭57
Glimplse at a Jockey
「騎手のたわごと」(「ママなんか死んじまえ」)
　　　　　　辻　久也・有泉学宙　山口書店　昭56
「ある騎手との会話」(「野生馬狩り」)
　　　　　　　　　岡崎涼子　早川書房　昭57
The Prophecy
「予言」(「ママなんか死んじまえ」)
　　　　　　辻　久也・有泉学宙　山口書店　昭56
「予言」(「野生馬狩り」)　岡崎涼子　早川書房　昭57
Jane's Blanket
「ジェインのもうふ」
　　　厨川圭子　偕成社　昭46 / 日本ライトハウス　平03
After the Fall
「転落の後に」(「悲劇喜劇」1966年1,2月号)
　　　　　　　　　　菅原　卓　早川書房　昭41
「転落の後に」(「アーサー・ミラー全集」3)
　　　　　　　　　　菅原　卓　早川書房　昭43,49
「転落の後に」(「アーサー・ミラー全集」3)
　　　　　　　　　　倉橋　健　早川書房　昭61
Incident of Vichy
「ヴィシーでの出来事」(「悲劇喜劇」1966年8月号)
　　　　　　　　　　菅原　卓　早川書房　昭41
「ヴィシーでの出来事」(「アーサー・ミラー全集」3)

◇ 翻 訳 文 献 I ◇

　　　　　　　　　　　　菅原　卓　早川書房　昭43, 49
「ヴィシーでの出来事」(「アーサー・ミラー全集」3)
　　　　　　　　　　　　倉橋　健　早川書房　昭61
　Fame
「名声」(「ママなんか死んじまえ」)
　　　　　辻　久也・有泉学宙　山口書店　昭56
「名声」(「野生馬狩り」)　岡崎涼子　早川書房　昭57
　Fitter's Night
「戦艦修理工の夜」(「ママなんか死んじまえ」)
　　　　　辻　久也・有泉学宙　山口書店　昭56
「夜勤」(「野生馬狩り」)　岡崎涼子　早川書房　昭57
　Search for a Future
「将来の探求」(「現代アメリカ短篇選集」Ⅲ)
　　　　　　　　　　　　西田　実　白水社　昭45
「未来を求めて」(「ママなんか死んじまえ」)
　　　　　辻　久也・有泉学宙　山口書店　昭56
「未来へ」(「野生馬狩り」)　岡崎涼子　早川書房　昭57
　The Price
「代価」(「アーサー・ミラー全集」4)
　　　　　　　　　　　　倉橋　健　早川書房　昭49
　The Creation of the World and Other Business
「世界の創造とその他の仕事」(「悲劇喜劇」1974
　年9, 10月号)　　　　　倉橋　健　早川書房　昭49
「世界の創造とその他の仕事」(「アーサー・ミラ
　ー全集」5)　　　　　　倉橋　健　早川書房　昭60
　The Archbishop's Ceiling
「大司教の天井」(「アーサー・ミラー全集」6)
　　　　　　　　　　　　倉橋　健　早川書房　平10
　The American Clock
「アメリカの時計」(「アーサー・ミラー全集」5)
　　　　　　　　　　　　倉橋　健　早川書房　昭60
　Salesman in Beijing
「北京のセールスマン」　倉橋　健　早川書房　昭60
　Timebends
「アーサー・ミラー自伝」倉橋　健　早川書房　平08
　Broken Glass
「壊れたガラス」(「アーサー・ミラー全集」6)
　　　　　　　　　　　　倉橋　健　早川書房　平10
　Mr. Peter's Connection
「ピーターズ氏の関係者たち」(「現代演劇」15)
　　　　　　　　　　　　桑原文子　英潮社　平14
「アーサー・ミラー全集」全4巻
　　　　　　　　　菅原　卓ほか　早川書房　昭32, 34-39
「アーサー・ミラー全集」全6巻
　　　　　　　　　倉橋　健ほか　早川書房　昭59-平10

マッカラーズ　　　　　　　　1917-67

　The Heart Is a Lonely Hunter
「話しかける彼等」　　中川のぶ　四季書房　昭15
「心は孤独な猟人」(「現代アメリカ文学全集」5)
　　　　　　　　　　江口裕子　荒地出版社　昭32
「心は孤独な猟人」(「現代アメリカ文学全集」9)
　　　　　　　　　　江口裕子　荒地出版社　昭42
「愛すれど心さびしく」山本恭子　秋元書房　昭44

「心は孤独な猟人」　　河野一郎　新潮文庫　昭47
　Reflections in a Golden Eye
「黄金の眼に映るもの」(「新集世界文学全集」44)
　　　　　　　　　　宮本陽吉　中央公論社　昭46
「黄金の眼に映るもの」田辺五十鈴　講談社文庫　昭50
「黄金の眼に映るもの」(「世界文学全集」100)
　　　　　　　　　　田辺五十鈴　講談社　昭52
　The Ballad of the Sad Café
「哀れなカフェの物語」　山下　修　英宝社　昭34
「悲しい酒場の唄」(「双書20世紀の珠玉」11)
　　　　　　　　荻野目博通・関口　功　南雲堂　昭39
「悲しきカフェのうた」(「世界文学大系」94)
　　　　　　　　　　尾上政次　筑摩書房　昭40
「騎手」(「ニューヨーカー短編集」Ⅲ)
　　　　　　　　　　鳴海四郎　早川書房　昭44
「哀しい酒場の唄」(「キリスト教文学の世界」21)
　　　　　　　　　　渥美昭夫　主婦の友社　昭52
「悲しき酒場の唄／騎手」(世界の文学)
　　　　　　　　　　西田　実　白水社　昭57
「悲しき酒場の唄」　　西田　実　白水社　平02
「悲しき酒場の唄」　　西田　実　白水Uブックス　平04
　The Member of Wedding
「結婚式のメンバー」　竹内道之助　三笠書房　昭33
「結婚式のメンバー」　鳴海四郎　白水社　昭43
「結婚式のメンバー」　渥美昭夫　中央公論社　昭47
「夏の黄昏」　　　　　加島祥造　福武文庫　平02
　Clock Without Hands
「針のない時計」(「海外秀作シリーズ」)
　　　　　　　　　　佐伯彰一　講談社　昭46
「針のない時計」　　佐伯彰一　講談社文庫　昭46
　A Domestic Dilemma
「家庭の悲哀ほか」(「双書20世紀の珠玉」)
　　　　　　　　　　滝川元男ほか　南雲堂　昭35
「家庭の事情」(「現代アメリカ短編選集」Ⅲ)
　　　　　　　　　　西田　実　白水社　昭45
　The Sojourner
「過客」(「世界短編文学全集」14・アメリカ文学
　20世紀)　　　　　佐伯彰一　集英社　昭39
「流浪の人」　　　　　渥美昭夫　主婦の友社　昭52
　The Mortgaged Heart
「カーソン・マッカラーズ短篇集　少年少女たち
　の心の世界」　　　　浅井明美　近代文芸社　平05

サリンジャー　　　　　　　　1919-

　The Catcher in the Rye
「危険な年齢」　　　　橋本福夫　ダヴィッド社　昭27
「ライ麦畑でつかまえて」(「新しい世界の文学」
　20)　　　　　　　　野崎　孝　白水社　昭39
「ライ麦畑でつかまえて」(世界の文学)
　　　　　　　　　　野崎　孝　白水社　昭54
「ライ麦畑でつかまえて」
　　　　　　　　　　野崎　孝　白水Uブックス　昭59
「ライ麦畑でつかまえて」野崎　孝　白水社　昭60
「キャッチャー・イン・ザ・ライ」

689

◇翻訳文献 I◇

村上春樹　白水社　平15

Nine Stories

「九つの物語」(「現代の芸術叢書」Ⅲ)
　　　　　　　　　　山田良成　思潮社　昭38
「九つの物語」(「サリンジャー選集」4)
　　　　　　繁尾　久・武田勝彦　荒地出版社　昭44
「九つの物語」　　　鈴木武樹　角川文庫　昭44
「九つの物語」(「世界文学全集」愛蔵版 45)
　　　　　　　　　　中川　敏　集英社　昭48
「ナイン・ストーリーズ」　野崎　孝　新潮文庫　昭49
「九つの物語」(「世界文学全集」101)
　　　　　　　　　　沼沢洽治　講談社　昭51
「九つの物語」　　　中川　敏　集英社文庫　昭52
「九つの物語」(「世界文学全集」81)
　　　　　　　　　　中川　敏　集英社　昭53
「九つの物語」　　沼沢洽治　講談社文庫　昭55
「九つの物語」(「サリンジャー作品集」3)
　　　　　　　　鈴木武樹　東京白川書院　昭56
「九つの物語」　　中川　敏　集英社文庫　平19

The Laughing Man

「笑う男」(「現代アメリカ短編選集」Ⅱ)
　　　　　　　　　　野崎　孝　白水社　昭45

Fanny and Zooey

「フラニー／ゾーイー」(「サリンジャー選集」1)
　　　　　　　　　原田敬一　荒地出版社　昭43
「フラニーとゾーイー」　野崎　孝　新潮社　昭43
「フラニー・ゾーイー」　鈴木武樹　角川文庫　昭47
「フラニーとゾーイー」　野崎　孝　新潮文庫　昭51
「フラニーとズーイ」　高村勝治　講談社文庫　昭54
「フラニーとズーイ」(「サリンジャー作品集」4)
　　　　　　　　鈴木武樹　東京白川書院　昭56

Raise High the Roof Beam, Carpenters and Seymour

「大工よ、屋根の梁を高く上げよ」(「サリンジャー選集」4)　滝沢寿三　荒地出版社　昭44
「大工よ、屋根の梁を高く上げよ　シーモア序章」(「今日の海外小説」11)
　　　　　　野崎　孝・井上謙治　河出書房新社　昭45
「大工らよ、屋根の梁を高く上げよ」
　　　　　　　　　鈴木武樹　角川文庫　昭47
「大工よ、屋根の梁を高く上げよ・シーモア序章」
(「海外小説選」19)
　　　　　　野崎　孝・井上謙治　河出書房新社　昭53
「大工よ、屋根の梁を高く上げよ・シーモアー序章」　野崎　孝・井上謙治　新潮文庫　昭55,平16
「大工らよ、屋根の梁を高く上げよ」(「サリンジャー作品集」5)　鈴木武樹　東京白川書院　昭56

The Young Folks

「若者たち」(「サリンジャー選集」2)
　　　　　　刈田元司・渥美昭夫　荒地出版社　昭43
「若者たち」　　　　鈴木武樹　角川文庫　昭46
「若者たち」(「サリンジャー作品集」1)
　　　　　　　　鈴木武樹　東京白川書院　昭56

Hapworth 16, 1924

「ハプワース 16、1924」　原田敬一　荒地出版社　昭52

「一九二四年、ハプワースの16日目」(「サリンジャー作品集」6)
　　　　　　繁尾　久・大塚アヤ子　東京白川書院　昭56

A Perfect Day for Bananafish

「バナナ魚日和」　　沼沢　治　講談社　昭48
「バナナ魚にはもってこいの日」(「サリンジャー作品集」3)
　　　　　　　　鈴木武樹　東京白川書院　昭56
「倒錯の森」(「サリンジャー選集」3)
　　　　　　刈田元司・渥美昭夫　荒地出版社　昭43
「倒錯の森」　　　鈴木武樹　角川文庫　昭45
「倒錯の森」(「サリンジャー作品集」2)
　　　　　　　　鈴木武樹　東京白川書院　昭56
「サリンジャー選集」全4巻、別巻1
　　　　　　刈田元司ほか　荒地出版社　昭43-44
「J.D.サリンジャー作品集」
　　　　　　繁尾　久・武田勝彦　文建書房　昭39
「サリンジャー作品集」全6巻
　　　　　　鈴木武樹ほか　東京白川書院　昭56

ヴォネガット　　　　　　1922-2007

Player Piano

「プレイヤー・ピアノ」
　　　　　　浅倉久志　ハヤカワ文庫SF　昭50,平17

The Sirens of Titan

「タイタンの妖女」　浅倉久志　ハヤカワSFシリーズ　昭47
「タイタンの妖女」　浅倉久志　ハヤカワ文庫SF　昭52

Mother Night

「母なる夜」(「新しい世界の文学」62)
　　　　　　　　池澤夏樹　白水社　昭48
「母なる夜」　　池澤夏樹　白水Uブックス　昭59
「母なる夜」　　飛田茂雄　ハヤカワ文庫SF　昭62

Cat's Cradle

「猫のゆりかご」　伊藤典夫　早川書房　昭43
「猫のゆりかご」　伊藤典夫　ハヤカワ文庫SF　昭54

God Bless You, Mr. Rosewater

「ローズウォーターさん、あなたに神のお恵みをまたは、豚に真珠」　浅倉久志　早川書房　昭52
「ローズウォーターさん、あなたに神のお恵みを」
　　　　　　浅倉久志　ハヤカワ文庫SF　昭57

Welcome to the Monkey House

「モンキー・ハウスへようこそ」
　　　　　　伊藤典夫ほか　早川書房　昭58
「モンキー・ハウスへようこそ」全2巻
　　　　　　伊藤典夫ほか　ハヤカワ文庫SF　平01

Slaughterhouse-Five

「屠殺場五号」　　伊藤典夫　早川書房　昭48
「スローターハウス5」伊藤典夫　ハヤカワ文庫SF　昭53

Happy Birthday, Wanda June

「さよならハッピーバースデイ」
　　　　　　　　朝倉久志　早川書房　昭59
「さよならハッピー・バースデイ」
　　　　　　　　浅倉久志　晶文社　昭61

Breakfast of Champions

「チャンピオンたちの朝食」 浅倉久志 早川書房 昭59
「チャンピオンたちの朝食」
　　　　　　　　　　　浅倉久志　ハヤカワ文庫SF 平01
Slapstick; or Lonesome No More!
「スラップスティック　または、もう孤独じゃない！」　　　　　　　浅倉久志　早川書房　昭54
「スラップスティック　または、もう孤独じゃない！」　　　　　浅倉久志　ハヤカワ文庫SF 昭58
Jailbird
「ジェイルバード」　　　浅倉久志　早川書房　昭56
「ジェイルバード」　　浅倉久志　ハヤカワ文庫SF 昭60
Palm Sunday
「パームサンデー　自伝的コラージュ」
　　　　　　　　　　　　　　飛田茂雄　早川書房　昭59
「パームサンデー　自伝的コラージュ」
　　　　　　　　　　　飛田茂雄　ハヤカワ文庫NF 平01
Deadeye Dick
「デッドアイ・ディック」　　浅倉久志　早川書房　昭59
「デッドアイ・ディック」
　　　　　　　　　　　浅倉久志　ハヤカワ文庫SF 平10
Galapagos
「ガラパゴスの箱船」　　浅倉久志　早川書房　昭61
「ガラパゴスの箱舟」 浅倉久志　ハヤカワ文庫SF 平07
Hocus Pocus
「ホーカス・ポーカス」　　浅倉久志　早川書房　平04
「ホーカス・ポーカス」
　　　　　　　　　　　浅倉久志　ハヤカワ文庫SF 平10
Bagombo Snuff Box
「バゴンボの嗅ぎタバコ入れ」
　　　　　　　　　浅倉久志・伊藤典夫　早川書房　平12
Timequake
「タイムクエイク　時震」　浅倉久志　早川書房　平10
「タイムクエイク」　　浅倉久志　ハヤカワ文庫SF 平15
Fates Worse than Death
「死よりも悪い運命」　　　浅倉久志　早川書房　平05
Bluebeard
「青ひげ」　　　　　　　浅倉久志　早川書房　平01
「青ひげ」　　　　　浅倉久志　ハヤカワ文庫SF 平09
Wampeters, Foma and Granfalloons
「ヴォネガット、大いに語る」
　　　　　　　　　　　　飛田茂雄　サンリオ文庫　昭59
「ヴォネガット、大いに語る」
　　　　　　　　　　　飛田茂雄　ハヤカワ文庫NF 昭63
A Man without a Country
「国のない男」　　　　　金原瑞人　NHK出版　平19
Armagedon in Retrospect
「追憶のハルマゲドン」　浅倉久志　早川書房　平20

メイラー　　　　　　　1923-2007

The Naked and the Dead
「裸者と死者」全3巻　山西栄一　改造社　昭24-25
「裸者と死者」全3巻　山西英一　新潮文庫　昭27
「裸者と死者」（『世界文学全集』40,41）
　　　　　　　　　　　　　　山西英一　新潮社　昭36
「裸者と死者」（『ノーマン・メイラー全集』1,2）
　全2巻　　　　　　　　　山山西英一　新潮社　昭44
「裸者と死者」（『世界文学全集』愛蔵版44）
　　　　　　　　　　　　　　山西英一　集英社　昭49
Barbary Shore
「バーバリの岸辺」　　　　山西英一　新潮社　昭27
「バーバリの岸辺」（『ノーマン・メイラー全集』3）
　　　　　　　　　　　　　　山西英一　新潮社　昭44
The Deer Park
「鹿の園」（『現代世界文学全集』41）
　　　　　　　　　　　　　　山西英一　新潮社　昭30
「鹿の園」（『ノーマン・メイラー全集』4）
　　　　　　　　　　　　　　山西栄一　新潮社　昭44
「鹿の園」　　　　　　　　山西栄一　新潮文庫　昭45
Advertisements for Myself
「ぼく自身のための広告」全2巻
　　　　　　　　　　　　　　山西英一　新潮社　昭37
「ぼく自身のための広告」（『ノーマン・メイラー全集』5）　　　　　　　山西英一　新潮社　昭44
The Presidential Papers
「大統領のための白書」　　山西英一　新潮社　昭41
「大統領のための白書」（『ノーマン・メイラー全集』6）　　　　　　　　山西英一　新潮社　昭44
An American Dream
「アメリカの夢」（『世界文学全集Ⅲ』29）
　　　　　　　　　　　　　　山西栄一　河出書房新社　昭41
「アメリカの夢」（『ノーマン・メイラー全集』7）
　　　　　　　　　　　　　　山西栄一　新潮社　昭44
Cannibals and Christians
「人食い人とクリスチャン」（『ノーマン・メイラー全集』8）　　　　山西栄一　新潮社　昭44
Why Are We in Vietnam?
「なぜぼくらはヴェトナムへ行くのか？」（『ノーマン・メイラー選集』1）邦高忠二　早川書房　昭45
「なぜぼくらはヴェトナムへ行くのか？」
　　　　　　　　　　　　　　邦高忠二　早川書房　平07
The Armies of the Night
「夜の軍隊」（『ノーマン・メイラー選集』2）
　　　　　　　　　　　　　　山西栄一　早川書房　昭45
Miami and the Siege of Chicago
「マイアミとシカゴの包囲」（『ノーマン・メイラー選集』）　　　　　　山西栄一　早川書房　昭52
The Idol and the Octopus
「偶像と蛸」（『ノーマン・メイラー選集』4）
　　　　　　　　　　　　　　邦高忠二　早川書房　昭52
The Prisoner of Sex
「性の囚人」　　　　　　　　山西栄一　早川書房　昭46
Marilyn
「マリリン―その実像と死」中井　勲　継書房　昭48
The Gospel According to the Son
「奇跡」　　　　　　　　斉藤健一　角川春樹事務所　平10
「聖書物語」　　　　　　斉藤健一　角川春樹事務所　平11
The Fight
「ザ・ファイト」　　　　生島治郎　集英社　昭51,平09
The Executioner's Song

691

◇翻訳文献Ⅰ◇

「死刑執行人の歌　殺人者ゲイリー・ギルモアの物語」全2巻　　岡枝慎二　同文書院　平10
St. George and the Godfather
「聖ジョージとゴッドファーザー」
　　　　　　　　　　飛田茂雄　早川書房　昭55
Tough Guys Don't Dance
「タフ・ガイは踊らない」　吉田誠一　早川書房　昭60
A Fire on the Moon
「月にともる火」（「ノーマン・メイラー選集」3）
　　　　　　　　　　山西栄一　早川書房　昭47
「月にともる火」　　　山西栄一　早川書房　平07
Genius and Lust
「天才と肉欲　ヘンリー・ミラーの世界を旅して」
　　　　　　野島秀勝　ティビーエス・ブリタニカ　昭55
Sports Classics
「ラスト・アメリカン・ヒーロー　ベスト・オブ・スポーツコラム」　岡山徹ほか　東京書籍　昭63
「黒ミサ」　　　　野島秀勝　集英社　昭52
Why Are We at War?
「なぜわれわれは戦争をしているのか」
　　　　　　　　　　田代泰子　岩波書店　平15
「一分間に一万語」　山西栄一　河出書房新社　昭39
「彼女の時の時」（「全短篇集」）
　　　　　　　　　　山西栄一　新潮社　昭43
「ノーマン・メイラー選集」全5巻
　　　　　　　　山西栄一ほか　早川書房　昭45-52
「ノーマン・メイラー全集」全8巻
　　　　　　　　　　山西栄一　新潮社　昭44

ボールドウィン　　　　　　　1924-87

Previous Condition
「宿命」（「現代アメリカ短編選集」Ⅱ）
　　　　　　　　　　野崎孝　白水社　昭45
Go Tell It on the Mountain
「山にのぼりて告げよ」（「黒人文学全集」3）
　　　　　　　　　　斎藤数衛　早川書房　昭36
Giovanni's Room
「ジョヴァンニの部屋」（「新しい世界の文学」15）
　　　　　　　　　　大橋吉之輔　白水社　昭39
「ジョヴァンニの部屋」（世界の文学）
　　　　　　　　　　大橋吉之輔　白水社　昭54
「ジョヴァンニの部屋」
　　　　　　　大橋吉之輔　白水Uブックス　昭59
Nobody Knows My Name
「誰も私の名を知らない　人種戦争の嵐の中から」（「フロンティア・ブックス」）
　　　　　　　　　　黒川欣映　弘文堂　昭39
Another Country
「もう一つの国」　　野崎孝　新潮社　昭39
「もう一つの国」（「世界文学全集」19）
　　　　　　　　　　野崎孝　新潮社　昭40
「もう一つの国」（現代の世界文学）
　　　　　　　　　　野崎孝　集英社　昭44
「もうひとつの国」全2巻　野崎孝　新潮文庫　昭47

「もうひとつの国」（「世界文学全集」愛蔵版45）
　　　　　　　　　　野崎孝　集英社　昭48
「もう一つの国」　　野崎孝　集英社文庫　昭52
「もう一つの国」（「世界文学全集」83）
　　　　　　　　　　野崎孝　集英社　昭55
The Fire Next Time
「黒人はこう考える」　黒川欣映　弘文堂　昭38
「次は火だ」　　黒川欣映　弘文堂新社　昭43
Blues for Mister Charlie
「白人へのブルース」　橋本福夫　新潮社　昭41
「白人へのブルース」　橋本福夫　新潮文庫　昭46
Going to Meet the Man
「出会いの前夜」武藤脩二・北山克彦　太陽社　昭42
No Name in the Street
「巷に名もなく―闘争のあいまの手記―」
　　　　　　　　　　橋本福夫　平凡社　昭50
A Dialogue: Baldwin and Nikki Giovanni
「われわれの家系」　連東孝子　晶文社　昭52
Sonny's Blues
「ソニイのブルース」（「黒人文学全集」8）
　　　　　　　　　　邦高忠二　早川書房　昭36
「ソニーのブルース他」（「現代アメリカ文学選集」4）
　　　　　　　　　　木内信敬　荒地出版社　昭42
If Beale Street Could Talk
「ビール・ストリートに口あらば」（「世界の文学」33）
　　　　　　　　　　沼沢洽治　集英社　昭51
Jimmy's Blues Selected Poems
「ジミーのブルース　ボールドウィン詩集」
　　　　　　　　　　田中久美子　山口書店　平11
「悪魔が映画をつくった」山田宏一　時事通信社　昭52
「怒りと良心　人種問題を語る」
　　　　　　　　　　大庭みな子　平凡社　昭48
「アメリカの息子のノート」
　　　　　　　　　　佐藤秀樹　せりか書房　昭43
「脱出」（黒人作家短篇集）　赤松光雄　新潮社　昭49

カポーティ　　　　　　　　　1924-84

Miriam
「ミリアム」（「世界文学大系」94）
　　　　　　　　　　宮本陽吉　筑摩書房　昭40
Other Voices, Other Rooms
「遠い声遠い部屋」（「海外新鋭文学叢書」）
　　　　　　　　　　河野一郎　新潮社　昭30
「遠い声遠い部屋」　河野一郎　新潮社　昭44
「遠い声遠い部屋」　河野一郎　新潮文庫　昭46
A Tree of Night and Other Stories
「夜の樹・ミリアム」
　　　　　　　斎藤数衛・河野一郎　南雲堂　昭32
「夜の樹」　　　龍口直太郎　新潮社　昭45
「夜の樹」　　　川本三郎　新潮文庫　平06
The Headless Hawk
「無頭の鷹」（「現代アメリカ短編選集」Ⅱ）
　　　　　　　　　　河野一郎　白水社　昭45
Local Color

「ローカル・カラー」(「ローカル・カラー／観察日記」)　小田島雄志　早川書房　昭63

The Grass Harp
「草の竪琴」　鍋島能弘・島村 力　新鋭社　昭31
「草の竪琴」(「現代アメリカ文学全集」10)
　　　　　鍋島能弘・西崎一郎　荒地出版社　昭32
「草の竪琴」(「現代アメリカ文学選集」2)
　　　　　鍋島能弘・西崎一郎　荒地出版社　昭42
「草の竪琴」　小林 薫　新潮社　昭46
「草の竪琴」　大澤 薫　新潮文庫　平05

Breakfast at Tiffany's
「ティファニーで朝食を」　龍口直太郎　新潮社　昭35
「ティファニーで朝食を」　龍口直太郎　新潮文庫　昭43
「ティファニーで朝食を」　村上春樹　新潮社　平20

Observation
「観察日記」　小田島雄志　早川書房　昭63

In Cold Blood
「冷血」　龍口直太郎　新潮社　昭42
「冷血」　龍口直太郎　新潮文庫　昭53
「冷血」　佐々田雅子　新潮社　平17
「冷血」　佐々田雅子　新潮文庫　平18

A Christmas Memory
「クリスマスの思い出」　村上春樹　文藝春秋　平02

The Dogs Bark
「犬は吠える」
　　　　　小田島雄志　ハヤカワ・リテラチャー　昭52
「犬は吠える」全2巻　小田島雄志　早川書房　昭63
「犬は吠える」　小田島雄志　早川epi文庫　平18

Music for Chameleons
「カメレオンのための音楽」　野坂昭如　早川書房　昭58
「カメレオンのための音楽」
　　　　　野坂昭如　ハヤカワepi文庫　平14

One Christmas
「あるクリスマス」　村上春樹　文藝春秋　平01

I Remember Grandpa
「おじいさんの思い出」　村上春樹　文藝春秋　昭63

Answered Prayers
「叶えられた祈り」　川本三郎　新潮社　平11
「叶えられた祈り」　川本三郎　新潮文庫　平18
「カポーティ短篇集」　河野一郎　ちくま文庫　平09
「誕生日の子どもたち」　村上春樹　文藝春秋　平14

スタイロン　1925-2006

Lie Down in Darkness
「闇の中に横たわりて」(「新しい世界の文学」36)
　　　　　須山静夫　白水社　昭41
「闇の中に横たわりて」　須山静夫　白水社　平13

The Long March
「ロング・マーチ」(「今日の文学」7)
　　　　　須山静夫　晶文社　昭44

The Confessions of Nat Turner
「ナット・ターナーの告白」(「今日の海外小説」16)　大橋吉之輔　河出書房新社　昭45
「ナット・ターナーの告白」(「海外小説選」27)
　　　　　大橋吉之輔　河出書房新社　昭54

A Tidewater Morning
「タイドウォーターの朝」　大浦暁生　新潮社　平11

Darkness Visible
「見える暗闇　狂気についての回想」
　　　　　大浦暁生　新潮社　平04

Sophie's Choice
「ソフィーの選択」(現代世界の文学)全2巻
　　　　　大浦暁生　新潮社　昭58
「ソフィーの選択」全2巻　大浦暁生　新潮文庫　平03

サイモン　1927-

Come Blow Your Horn
「カム・ブロー・ユア・ホーン」(「ニール・サイモン戯曲集」1)　酒井洋子　早川書房　昭63

Barefoot in the Park
「はだしで散歩」(「ニール・サイモン戯曲集」1)
　　　　　鈴木周二　早川書房　昭63

The Odd Couple
「おかしなカップル」(悲劇喜劇1976年4・5月号)
　　　　　酒井洋子　早川書房　昭51
「おかしな二人」(「ニール・サイモン戯曲集」1)
　　　　　酒井洋子　早川書房　昭63
「おかしな二人」　酒井洋子　ハヤカワ演劇文庫　平18

Plaza Suite
「プラザ・スイート」(「ニール・サイモン戯曲集」1)
　　　　　酒井洋子　早川書房　昭63

Last of the Red Hot Lovers
「浮気の終着駅」(「ニール・サイモン戯曲集」3)
　　　　　安西徹雄　早川書房　昭60

The Gingerbread Lady
「ジンジャー・ブレッド・レディ」(「ニール・サイモン戯曲集」2)　酒井洋子　早川書房　昭59

Prisoner of Second Avenue
「二番街の囚人」(「ニール・サイモン戯曲集」2)
　　　　　酒井洋子　早川書房　昭59

The Sunshine Boys
「サンシャイン・ボーイズ」(「ニール・サイモン戯曲集」2)　酒井洋子　早川書房　昭59
「サンシャイン・ボーイズ」
　　　　　酒井洋子　ハヤカワ演劇文庫　平19

The Good Doctor
「名医先生」(「ニール・サイモン戯曲集」2)
　　　　　鳴海四郎　早川書房　昭59

California Suite
「カリフォルニア・スイート」(「ニール・サイモン戯曲集」3)　酒井洋子　早川書房　昭60

Murder by Death
「名探偵登場」　小鷹光信　三笠書房　昭51

Chapter Two
「第二章」(「ニール・サイモン戯曲集」2)
　　　　　福田陽一郎・青井陽治　早川書房　昭59

The Cheap Detective
「名探偵再登場」　小鷹光信　三笠書房　昭53

◇ 翻 訳 文 献 I ◇

I Ought to be in Pictures
「映画に出たい！」(「テアトロ476号)
　　　　　　　　　福田陽一郎　白水社　昭57
「映画に出たい！」(「ニール・サイモン戯曲集」3)
　　　　　　　　　福田陽一郎　早川書房　昭60
Brighton Beach Memoirs
「思い出のブライトン・ビーチ」(「ニール・サイモン戯曲集」4)
　　　　　　　　　鳴海四郎　早川書房　昭63
Biloxi Blues
「ビロクシー・ブルース」(「ニール・サイモン戯曲集」4)
　　　　　　　　　鳴海四郎　早川書房　昭63
Broadway Bound
「ブロードウェイ・バウンド」(「ニール・サイモン戯曲集」4)
　　　　　　　　　酒井洋子　早川書房　昭63
Rumors
「噂」(「ニール・サイモン戯曲集」5)
　　　　　　　　　酒井洋子　早川書房　平05
Lost in Yonkers
「ヨンカーズ物語」(「ニール・サイモン戯曲集」5)
　　　　　　　　　酒井洋子　早川書房　平05
Jake's Women
「ジェイクの女たち」(「ニール・サイモン戯曲集」5)
　　　　　　　　　酒井洋子　早川書房　平05
Rewrite
「書いては書き直し」　酒井洋子　早川書房　平09
「ニール・サイモン戯曲集」全6巻
　　　　　　　　　酒井洋子ほか　昭59-平20

オールビー　　　　　　　　1928-

The Zoo Story
「動物園物語」(「エドワード・オールビー全集」2)
　　　　　　　　　鳴海四郎　早川書房　昭49
「動物園物語」(「動物園物語/ヴァージニア・ウルフなんかこわくない」)
　　　　　　　　　鳴海四郎　ハヤカワ演劇文庫　平18
The Sandbox
「砂箱」(「ブラック・ユーモア選集」6)
　　　　　　　　　中嶋夏　早川書房　昭45,51
「砂箱」(「オールビー全集」2)
　　　　　　　　　鳴海四郎　早川書房　昭49
The Death of Bessie Smith
「ベッシー・スミスの死」(「エドワード・オールビー全集」2)
　　　　　　　　　鳴海四郎　早川書房　昭49
Fam and Yam
「有名氏と無名氏」(「エドワード・オールビー全集」2)
　　　　　　　　　鳴海四郎　早川書房　昭49
The American Dream
「アメリカの夢」(「エドワード・オールビー全集」2)
　　　　　　　　　鳴海四郎　早川書房　昭49
Who's Afraid of Virginia Woolf?
「ヴァジニア・ウルフなんかこわくない」(世文大系95「現代劇集」)
　　　　　　　　　鳴海四郎　筑摩書房　昭40
「ヴァージニア・ウルフなんかこわくない」(「エドワード・オールビー全集」1)
　　　　　　　　　鳴海四郎　早川書房　昭44
「ヴァージニア・ウルフなんかこわくない」(「動物園物語/ヴァージニア・ウルフなんかこわくない」)
　　　　　　　　　鳴海四郎　ハヤカワ演劇文庫　平18
The Ballad of the Sad Café
「悲しき酒場の唄」(「エドワード・オールビー全集」4)
　　　　　　　　　鳴原真一　早川書房　昭56
Tiny Alice
「タイニー・アリス」(「エドワード・オールビー全集」1)
　　　　　　　　　鳴原真一　早川書房　昭56
Malcolm
「マルカム」(「エドワード・オールビー全集」5)
　　　　　　　　　鳴原真一　早川書房　昭57
A Delicate Balance
「デリケート・バランス」(「エドワード・オールビー全集」1)
　　　　　　　　　鳴海四郎　早川書房　昭44
Everything in the Garden
「庭園のすべて」(「エドワード・オールビー全集」5)
　　　　　　　　　鳴原真一　早川書房　昭57
Box and Quotations From Chairman Mao Tse-Tung
「箱と毛沢東語録」(「現代世界演劇」7)
　　　　　　　　　中村保男　白水社　昭45
All Over
「ご臨終」(「エドワード・オールビー全集」3)
　　　　　　　　　鳴原四郎　早川書房　昭55
Seascape
「海の風景」(「エドワード・オールビー全集」3)
　　　　　　　　　鳴原四郎　早川書房　昭55
Listening
「聴き取り（室内劇)」(「エドワード・オールビー全集」6)
　　　　　　　　　鳴原真一　早川書房　昭61
Counting the Ways
「花占い（寄席)」(「エドワード・オールビー全集」6)
　　　　　　　　　鳴原真一　早川書房　昭61

ディック　　　　　　　　1928-82

World of Chance
「太陽クイズ」　　　小尾芙佐　早川書房　昭43
Solar Lottery
「偶然世界」　　　小尾芙佐　ハヤカワ文庫SF　昭52
The Cosmic Puppet
「宇宙の操り人形　P.K.ディック初期の長編SF」
　　　　　　　　　仁賀克雄　朝日ソノラマ　昭59
「宇宙の操り人形」　仁賀克雄　ちくま文庫　平04
10 Short Stories
「悪夢機械」　　　浅倉久志　新潮文庫　昭62
Eye in the Sky
「虚空の眼」　　　大滝啓裕　サンリオSF文庫　昭61
「虚空の眼」　　　大滝啓裕　創元推理文庫　平03
We Can Build You
「あなたを合成します」
　　　　　　　　　阿部重夫　サンリオSF文庫　昭60
「あなたをつくります」　佐藤龍雄　創元SF文庫　平14
The Man in the High Castle

◇ 翻 訳 文 献 Ⅰ ◇

「高い城の男」
　　　　　　川口正吉　ハヤカワ・SF・シリーズ　昭40
「高い城の男」　浅倉久志　ハヤカワ文庫SF　昭59
　　Martian Time Slip
「火星のタイム・スリップ」
　　　　　　小尾芙佐　ハヤカワ・SF・シリーズ　昭41
「火星のタイム・スリップ」
　　　　　　小尾芙佐　ハヤカワ文庫SF　昭55
　　Dr.Bloodmoney
「ブラッドマネー――博士の血の贖」
　　　　　　阿部重夫・阿部啓子　サンリオSF文庫　昭62
「ドクター・ブラッドマネー：博士の血の贖」
　　　　　　佐藤龍雄　　　　創元SF文庫　平17
　　The Three Stigmata of Palmer Eldritch
「パーマー・エルドリッチの三つの聖痕」（海外
SFノヴェルズ）　　浅倉久志　早川書房　昭53
「パーマー・エルドリッチの三つの聖痕」
　　　　　　浅倉久志　ハヤカワ文庫SF　昭59
　　Clans of the Alphane Moon
「アルファ系衛生の氏族たち」
　　　　　　友枝康子　サンリオSF文庫　昭61
「アルファ系衛生の氏族たち」
　　　　　　友枝康子　創元SF文庫　平04
　　Do Androids Dream of Electric Sheep?
「アンドロイドは電気羊の夢を見るか？」
　　　　　　浅倉久志　ハヤカワ・SF・シリーズ　昭44
「アンドロイドは電気羊の夢を見るか？」
　　　　　　浅倉久志　ハヤカワ文庫SF　昭52
　　Ubik
「ユービック」　浅倉久志　ハヤカワ文庫SF　昭53
「ユービック　スクリーンプレイ」
　　　　　　浅倉久志　ハヤカワ文庫SF　平15
　　The Man Who Japed
「いたずらの問題」　大森　望　創元SF文庫　平04
　　Flow My Tears, the Policeman Said
「流れよ我が涙、と警官は言った」
　　　　　　友枝康子　サンリオSF文庫　昭56
「流れよ我が涙、と警官は言った」
　　　　　　友枝康子　ハヤカワ文庫SF　平01
　　Now Wait for Last Year
「去年を待ちながら」
　　　　　　寺地五一・高木直二　創元推理文庫　平01
　　Radio Free Albemuth
「アルベマス」　大滝啓裕　サンリオSF文庫　昭62
「アルベマス」　大滝啓裕　創元SF文庫　平07
　　A Scanner Darkly
「暗闇のスキャナー」飯田隆昭　サンリオSF文庫　昭55
「暗闇のスキャナー」山形浩生　創元推理文庫　平03
「スキャナー・ダークリー」
　　　　　　浅倉久志　ハヤカワ文庫SF　平17
　　The Zap Gan
「ザップ・ガン」　大森　望　創元推理文庫　平01
　　The Maze of Death
「死の迷宮」　飯田隆昭　サンリオSF文庫　昭54
「死の迷路」　山形浩生　創元推理文庫　平01

　　The World Jones Made
「ジョーンズの世界」白石　朗　創元推理文庫　平02
　　The Game-Players of Titan
「タイタンのゲーム・プレーヤー」
　　　　　　大森　望　創元推理文庫　平02
　　Nick and the Glimmung
「ニックとグリマング」菊池　誠　筑摩書房　平03
　　In Pursuit of Valis
「フィリップ・K・ディック我が生涯の弁明」
　　　　　　大滝啓裕　アスペクト　平13
　　The Shifting Realities of Philip K. Dick
「フィリップ・K・ディックのすべて　ノンフィク
ション集成」　飯田隆昭　ジャストシステム　平09
　　Our Friends from Frolix 8
「フロリクス8から来た友人」
　　　　　　大森　望　創元SF文庫　平04
　　The Minority Report
「マイノリティ・リポート　ディック作品集」
　　　　　　浅倉久志ほか　ハヤカワ文庫SF　平11
　　Mary and the Giant
「メアリと巨人」菊池　誠・細美遥子　筑摩書房　平04
　　We Can Remember It for You Wholesale
and 11 Other Stories
「模造記憶」　浅倉久志ほか　新潮文庫　平01
　　Lies, Inc.
「ライズ民間警察機構　テレポートされざる者
完全版」　森下弓子　創元SF文庫　平10
「怒りの神」　仁賀克雄　サンリオSF文庫　昭57
「逃避シンドローム」友枝康子　サンリオ　昭61
「父さんもどき」（20世紀SF.2（1950年代））
　　　　　　中村　融・山岸　真　河出文庫　平12
「人間狩り」　仁賀克雄　集英社　昭57
「人間狩り　フィリップ・K・ディック短篇集」
　　　　　　仁賀克雄　ちくま文庫　平03
「人間狩り」　仁賀克雄　論創社　平18
「ウォー・ゲーム　ファンタジー＆SF短編集」
　　　　　　仁賀克雄　朝日ソノラマ　昭60
「ウォー・ゲーム　フィリップ・K・ディック短
篇集2」　仁賀克雄　ちくま文庫　平04
「宇宙の眼」　中田耕治　早川書房　昭34
「永久戦争」　浅倉久志　新潮文庫　平05
「顔のない博物館」仁賀克雄　北宋社　昭58
「探検隊帰る」（影が行く　ホラーSF傑作選）
　　　　　　中村　融　創元SF文庫　平12
「逆まわりの世界」小尾芙佐　ハヤカワ・SF・シリーズ　昭46
「逆まわりの世界」小尾芙佐　ハヤカワ文庫SF　昭58
　　The Penultimate Truth
「最後から二番目の真実」
　　　　　　山崎義大　サンリオSF文庫　昭59
「最後から二番目の真実」佐藤龍雄　創元SF文庫　平19
「シュビュラの目　ディック作品集」
　　　　　　浅倉久志ほか　ハヤカワ文庫SF　平12
「シミュラクラ」　汀　一弘　サンリオSF文庫　昭61
「戦争が終り、世界の終りが始まった」

◇翻訳文献Ⅰ◇

　　　　　　　　　　飯田隆昭　晶文社　昭60
「小さな場所で大騒ぎ」　飯田隆昭　晶文社　昭61
「地図にない町」　仁賀克雄　ハヤカワ文庫NV　昭51
「テレポートされざる者」
　　　　　　　　　　鈴木聡　サンリオSF文庫　昭60
「ウォー・ヴェテラン　ディック中短篇集」
　　　　　　　　　　仁賀克雄　現代教養文庫　平04
　Valis
「ヴァリス」　大滝啓裕　サンリオSF文庫　昭57
「ヴァリス」　大滝啓裕　創元推理文庫　平02
　The Divine Invasion
「聖なる侵入」　大滝啓裕　サンリオSF文庫　昭57
「聖なる侵入」　大滝啓裕　創元推理文庫　平02
　The Transmigration of Timothy Archer
「ティモシー・アーチャーの転生」
　　　　　　　　大滝啓裕　サンリオSF文庫　昭59
「ティモシー・アーチャーの転生」
　　　　　　　　　大滝啓裕　創元SF文庫　平09
　The Best of Philip K.Dick
「パーキー・パットの日々」(「ディック傑作集」1)
　　　　　　　　浅倉久志ほか　ハヤカワ文庫SF　平03
「時間飛行士へのささやかな贈物」(「ディック傑
　作集」2)　浅倉久志　ハヤカワ文庫SF　平03
　The Golden Man
「ゴールデン・マン」(「ディック傑作集」3)
　　　　　　　　浅倉久志ほか　ハヤカワ文庫SF　平04
「まだ人間じゃない」(「ディック傑作集」4)
　　　　　　　　浅倉久志ほか　ハヤカワ文庫SF　平04
　Paycheck Classic Stories
「ペイチェック　ディック作品集」
　　　　　　　　浅倉久志ほか　ハヤカワ文庫SF　平16
「ザ・ベスト・オブ・P.K.ディック」全4巻
　　　　　　　　浅倉久志ほか　サンリオSF文庫　昭58-60

バース（ジョン）　　1930-

　The Floating Opera
「フローティング・オペラ」岩元巌　講談社　昭55
「フローティング・オペラ」
　　　　　　　　田島俊雄　サンリオ文庫　昭62
　The End of the Road
「旅路の果て」(「新しい世界の文学」56)
　　　　　　　　　　志村正雄　白水社　昭47
「旅路の果て」　志村正雄　白水Uブックス　昭59
　The Sot-Weed Factor
「酔いどれ草の仲買人」全2巻(世界の文学　35、
　36)　　　　　　　野崎孝　集英社　昭54
　The Last Voyage of Somebody the Sailor
「船乗りサムボディ最後の船旅」全2巻
　　　　　　　　　志村正雄　講談社　平07
　Letters
「レターズ」全2巻　岩元巌ほか　国書刊行会　平12
　Giles Goat-Boy
「やぎ少年ジャイルズ」全2巻（ゴシック叢書
　16、17）

　　　　　　　　渋谷雄三郎・上村宗平　国書刊行会　昭57,平04
　Lost in the Funhouse
「びっくりハウスの迷子」(「現代の世界文学シ
　リーズ」24)　沼沢洽治　集英社　昭43
　Chimera
「キマイラ」　　　　　国重純二　新潮社　昭47
「キマイラ」（現代世界の文学）
　　　　　　　　　　国重純二　新潮社　昭55
　Sabbatical
「サバティカル　あるロマンス」
　　　　　　　　　　志村正雄　筑摩書房　平06
　The Friday Book
「金曜日の本　エッセイとその他のノンフィクシ
　ョン」　　　　　　志村正雄　筑摩書房　平01
　On with the Story
「ストーリーを続けよう」志村正雄　みすず書房　平15

モリソン　　1931-

　The Bluest Eye
「青い眼がほしい」　大社淑子　朝日新聞社　昭56
「青い眼がほしい」(トニ・モリスン・コレクショ
　ン)　　　　　　　大社淑子　早川書房　平06
「青い眼がほしい」　大社淑子　ハヤカワepi文庫　平13
　Sula
「鳥を連れてきた女」大社淑子　早川書房　昭54
「スーラ」(トニ・モリスン・コレクション)
　　　　　　　　　　大社淑子　早川書房　平07
　Song of Solomon
「ソロモンの歌」　　金田真澄　早川書房　昭55
「ソロモンの歌」(トニ・モリスン・コレクション)
　　　　　　　　　　金田真澄　早川書房　平06
　Tar Baby
「誘惑者たちの島」　藤本和子　朝日新聞社　昭60
「タール・ベイビー」(トニ・モリスン・コレクシ
　ョン)　　　　　　藤本和子　早川書房　平07
　Beloved
「ビラヴド（愛されし者）」全2巻
　　　　　　　　　　吉田廸子　集英社　平02
「ビラヴド」　　　　吉田廸子　集英社文庫　平10
　Playing in the Dark
「白さと想像力　アメリカ文学の黒人像」
　　　　　　　　　　大社淑子　朝日新聞社　平06
　Jazz
「ジャズ」(トニ・モリスン・コレクション)
　　　　　　　　　　大社淑子　早川書房　平06
　Paradise
「パラダイス」(トニ・モリスン・コレクション)
　　　　　　　　　　大社淑子　早川書房　平11
　The Big Box
「子どもたちに自由を！」長田弘　みすず書房　平14
　Love
「ラブ」(トニ・モリスン・コレクション)
　　　　　　　　　　大社淑子　早川書房　平17
「トニ・モリスン・コレクション」全7巻

◇ 翻 訳 文 献 Ⅰ ◇

アップダイク　　　　　　　　1932-

The Poorhouse Fair
「プアハウス・フェア」(「20世紀の文学」2)
　　　　　　　　　平野幸仁　現代出版社　昭44
「老瘋院の祭り」　　平野幸仁　太陽社　昭45
「プアハウス・フェア」須山静夫　新潮文庫　昭46
Rabbit, Run
「走れ、うさぎ」(「新しい世界の文学」19)
　　　　　　　　　宮本陽吉　白水社　昭39
「走れ、うさぎ　改訂版」(「新しい世界の文学」19)　　　　　　宮本陽吉　白水社　昭50
「走れウサギ」(世界の文学)宮本陽吉　白水社　昭54
「走れウサギ」全2巻
　　　　　　　　　宮本陽吉　白水Uブックス　昭59
The Same Door
「同じ一つのドア」(アプダイク作品集)
　　　　　　　　　鮎川信夫　荒地出版社　昭44
「同じ一つのドア」　武田勝彦　角川文庫　昭45
「同じ一つのドア」　宮本陽吉　新潮社　昭47
The Happiest I've Been
「いちばん幸福だったとき」(「現代アメリカ短編選集」Ⅲ)　寺門泰彦　白水社　昭45
Pigeon Feathers
「鳩の羽根」(新しい世界の短編)
　　　　　　　　　寺門泰彦　白水社　昭43
The Centaur
「ケンタウロス」(「新しい世界の文学」51)
　　　　　　　　　寺門泰彦・古宮照雄　白水社　昭43
「ケンタウロス」寺門泰彦・古宮照雄　白水社　平13
Of the Farm
「農場」(「今日の海外小説」4)
　　　　　　　　　河野一郎　河出書房新社　昭44
「農場」(「海外小説選」8)
　　　　　　　　　河野一郎　河出書房新社　昭52
Assorted Prose
「一人称単数」　寺門泰彦　新潮社　昭52
A Child's Calendar
「十月はハロウィーンの月」
　　　　　　　　　長田弘　みすず書房　平12
The Music School
「ミュージック・スクール」須山静夫　新潮社　昭45
Couples
「カップルズ」全2巻　宮本陽吉　新潮社　昭45
「カップルズ」全2巻　宮本陽吉　新潮文庫　昭50
Rabbit, Redux
「帰ってきたウサギ」全2巻
　　　　　　　　　井上謙治　新潮社　昭48
Museum and Woman
「美術館と女たち」(現代世界の文学)
　　　　　　　　　宮本陽吉　新潮社　昭55
A Month of Sundays
「日曜日だけの一カ月」(現代世界の文学)
　　　　　　大社淑子ほか　早川書房　平06-11
Marry Me
「結婚しよう」(現代世界の文学)
　　　　　　　　　井上謙治　新潮社　昭63
「結婚しよう」　岩元巌　新潮社　昭53
「結婚しよう」　岩元巌　新潮文庫　昭63
The Coup
「クーデタ」　池沢夏樹　講談社　昭56
Rabbit Is Rich
「金持になったウサギ」(現代世界の文学)全2巻
　　　　　　　　　井上謙治　新潮社　平04
The Witches of Eastwick
「イーストウィックの魔女たち」(現代世界の文学)
　　　　　　　　　大浦暁生　新潮社　昭62
「イーストウィックの魔女たち」
　　　　　　　　　大浦暁生　新潮文庫　平03
Rabbit at Rest
「さよならウサギ」全2巻　井上謙治　新潮社　平09
Too Far to Go
「メイプル夫妻の物語」　岩元巌　新潮文庫　平02
Gertrude and Claudius
「ガートルードとクローディアス」
　　　　　　　　　河合祥一郎　白水社　平14
Golf Dreams
「ゴルフ・ドリーム」　岩元巌　集英社　平09
Brazil
「ブラジル」　寺門泰彦　新潮社　平10
Rabbit Angstrom
「ラビット・アングストローム　4部作」全2巻
　　　　　　　　　井上謙治　新潮社　平11
Hugging the Shore
「アップダイクの世界文学案内」
　　　　　　　　　中尾秀博　東京書籍　平06
Toward the End of Time
「終焉」　風間賢二　青山出版社　平16
「ベック氏の奇妙な旅と女性遍歴」
　　　　　　　　　沼沢洽治　新潮社　昭51
「美しき夫たち」　沼沢洽治　筑摩書房　平05
「アメリカの家庭生活　短編小説集」
　　　　　　　　　大津栄一郎　講談社　昭60
「アップダイク自選短編集」岩元巌　新潮文庫　平07
「祖母の指貫他2篇」(「世界文学大系」94)
　　　　　　　　　宮本陽吉　筑摩書房　昭40
「アプダイク作品集」　鮎川信夫　荒地出版社　昭44

ロス（フィリップ）　　　　　1933-

Defender of the Faith
「信仰の擁護者」(「現代アメリカ短編選集」Ⅱ)
　　　　　　　　　井上謙治　白水社　昭45
Goodbye, Columbus
「さようならコロンバス」(「世界文学全集」19)
　　　　　　　　　佐伯彰一　集英社　昭40
「さようならコロンバス」(「現代の世界文学」)
　　　　　　　　　佐伯彰一　集英社　昭44
「さようならコロンバス」(「世界の文学」34)

697

◇翻訳文献 I◇

佐伯彰一　集英社　昭51
「さようならコロンバス」佐伯彰一　集英社文庫　昭52
When She Was Good
「ルーシイの哀しみ」(「現代の世界文学」)
　　　　　　斎藤忠利・平野信行　集英社　昭47
「ルーシイの哀しみ」
　　　　斎藤忠利・平野信行　集英社文庫　昭52
Portnoy's Complaint
「ポートノイの不満」(「現代の世界文学」)
　　　　　　　　　　宮本陽吉　集英社　昭46
「ポートノイの不満」　宮本陽吉　集英社文庫　昭53
Our Gang
「われらのギャング」　青山　南　集英社　昭52
The Breast
「乳房になった男」(「現代の世界文学」)
　　　　　　　　　　大津栄一郎　集英社　昭49
「乳房になった男」大津栄一郎ほか　集英社文庫　昭53
The Great American Novel
「素晴らしいアメリカ野球」(「世界の文学」34)
　　　　　　　　　　中野好夫　集英社　昭51
「素晴らしいアメリカ野球」(「現代の世界文学」)
　　　　　　中野好夫・常盤新平　集英社　昭53
「素晴らしいアメリカ野球」
　　　　　　　　　中野好夫　集英社文庫　昭53
My Life as a Man
「男としての我が人生」　大津栄一郎　集英社　昭53
Reading Myself and Others
「素晴らしいアメリカ作家」青山　南　集英社　昭55
The Professor of Desire
「欲望学教授」　　　　　佐伯泰樹　集英社　昭58
The Ghost Writer
「ゴースト・ライター」　青山　南　集英社　昭59
Zuckerman Unbound
「解き放たれたザッカーマン」佐伯泰樹　集英社　昭59
The Anatomy Lesson
「解剖学講義」　　　　宮本陽吉　集英社　昭61
The Counterlife
「背信の日々」　　　　宮本陽吉　集英社　平05
Patrimony: A True Story
「父の遺産」　　　　　柴田元幸　集英社　平05
Deception
「いつわり」　　　　　宮本陽一郎　集英社　平05
「狂信者イーライ」(「現代の世界文学」)
　　　　　　　佐伯彰一・宮本陽吉　集英社　昭48
「快速・精神分析号・道化はわが身に」(T. ウイリ
　アムズ　フィリップ・ロス　F. オコーナー
　J.C.オーツ短編集)　吉元清彦　太陽社　昭51
The Human Stain
「ヒューマン・ステイン」上岡伸雄　集英社　平16
The Dying Animal
「ダイング・アニマル」　上岡伸雄　集英社　平17

デリーロ　　　　　　　　　　1936-

White Noise
「ホワイト・ノイズ」　　森川展男　集英社　平05
Libra
「リブラ　時の秤」全2巻　真野明裕　文藝春秋　平03
The Day Room
「白い部屋 デイルーム」　吉田美枝　白水社　平03
Mao II
「マオ II」　　　　　　渡辺克昭　本の友社　平12
Underworld
「アンダーワールド」全2巻
　　　　　　上岡伸雄・高吉一郎　新潮社　平14
The Body Artist
「ボディ・アーティスト」上岡伸雄　新潮社　平14
Cosmopolis
「コズモポリス」　　　　上岡伸雄　新潮社　平16

ピンチョン　　　　　　　　　　1937-

V.
「V.」全2巻　三宅卓雄ほか　国書刊行会　昭54,平01
The Crying of Lot 49
「競売ナンバー49の叫び」　志村正雄　サンリオ　昭60
「競売ナンバー49の叫び」　志村正雄　筑摩書房　平04
Entropy
「エントロピー」(「現代アメリカ短編選集」III)
　　　　　　　　　　　　井上謙治　白水社　昭45
Gravity's Rainbow
「重力の虹」全2巻　越川芳明ほか　国書刊行会　平05
Law-lands
「低地」(スロー・ラーナー)志村正雄　筑摩書房　昭63
The Secret Intergration
「秘密のインテグレーション」(スロー・ラーナー)
　　　　　　　　　　　　志村正雄　筑摩書房　昭63
The Small Rain
「少量の雨」(スロー・ラーナー)
　　　　　　　　　　　　志村正雄　筑摩書房　昭63
Slow Learner
「スロー・ラーナー」　　志村正雄　筑摩書房　昭63
「スロー・ラーナー」　志村正雄　ちくま文庫　平06,20
Vineland
「ヴァインランド」　　　佐藤良明　新潮社　平10

アーヴィング（ジョン）　　　　1942-

Setting Free The Bears
「熊を放つ」　　　　　村上春樹　中央公論社　昭61
「熊を放つ」全2巻　　村上春樹　中公文庫　平01,08
「熊を放つ」全2巻（村上春樹翻訳ライブラリー）
　　　　　　　　　　　　　　　中央公論新社　平20
The Water-Method Man
「ウォーターメソッドマン」全2巻
　　　　　　　　川本三郎ほか　国書刊行会　平01

◇ 翻 訳 文 献 Ⅰ ◇

「ウォーターメソッドマン」全 2 巻
　　　　　　　　　　川本三郎　新潮文庫　平05
158-Pound Marriage
「158 ポンドの結婚」　斎藤数衛　サンリオ　昭62,平01
「158 ポンドの結婚」　斎藤数衛　新潮文庫　平02
The World According to Garp
「ガープの世界」全 2 巻　筒井正明　サンリオ　昭58
「ガープの世界」全 2 巻
　　　　　　　　　筒井正明　サンリオ文庫　昭60-66
「ガープの世界」全 2 巻　筒井正明　新潮文庫　昭63
The Hotel New Hampshire
「ホテル・ニューハンプシャー」全 2 巻
　　　　　　　　　　中野圭二　新潮社　昭61
「ホテル・ニューハンプシャー」全 2 巻
　　　　　　　　　　中野圭二　新潮文庫　平01
The Cider House Rules
「サイダーハウス・ルール」全 2 巻
　　　　　　　　　　真野明裕　文藝春秋　昭62
「サイダーハウス・ルール」全 2 巻
　　　　　　　　　　真野明裕　文春文庫　平08
「サイダーハウス・ルール　シナリオ対訳」
　　　　　　　藤真利子・伊東奈美子　愛育社　平12
A Prayer for Owen Meany
「オウエンのために祈りを」全 2 巻
　　　　　　　　　　中野圭二　新潮社　平11
「オウエンのために祈りを」全 2 巻
　　　　　　　　　　中野圭二　新潮文庫　平18
A Son of the Circus
「サーカスの息子」全 2 巻　岸本佐知子　新潮社　平11
The Fourth Hand
「第四の手」　　　　小川高義　新潮社　平14
Trying to Save Piggy Sneed
「ピギー・スニードを救う話」小川高義　新潮社　平11
「ピギー・スニードを救う話」小川高義　新潮文庫　平19
My Movie Business
「マイ・ムービー・ビジネス　映画の中のアーヴィング」　　　　村井智之　扶桑社　平12
A Widow for One Year
「未亡人の一年」全 2 巻
　　　　　　　都甲幸治・中川千帆　新潮社　平12
「未亡人の一年」全 2 巻
　　　　　　　都甲幸治・中川千帆　新潮文庫　平17
Until I Find You
「また会う日まで」全 2 巻　小川高義　新潮社　平19

オースター　　　　　　　　　1947-

The Locked Room
「鍵のかかった部屋」　柴田元幸　白水社　平01,09
「鍵のかかった部屋」　柴田元幸　白水Uブックス　平05
The Art of Hunger
「空腹の技法」　柴田元幸・畔柳和代　新潮社　平12
「空腹の技法」　柴田元幸・畔柳和代　新潮文庫　平16
The Music of Chance
「偶然の音楽」　　　　柴田元幸　新潮社　平10
「偶然の音楽」　　　　柴田元幸　新潮文庫　平13
The Invention of Solitude
「孤独の発明」　　　　柴田元幸　新潮社　平03
「孤独の発明」　　　　柴田元幸　新潮文庫　平08
In the Country of Last Things
「最後の物たちの国で」　柴田元幸　白水社　平06
「最後の物たちの国で」
　　　　　　　　　　柴田元幸　白水Uブックス　平11
City of Glass
「シティ・オヴ・グラス」
　　　　　　　　山本楡美子・郷原宏　角川書店　平01
「シティ・オヴ・グラス」
　　　　　　　　山本楡美子・郷原宏　角川文庫　平05
「シティ・オヴ・グラス」森由美子　講談社　平07
Disappearances
「消失　ポール・オースター詩集」
　　　　　　　　　　飯野友幸　思潮社　平04
Smoke & Blue in the Face
「スモーク＆ブルー・イン・ザ・フェイス」
　　　　　　　　　　柴田元幸ほか　新潮文庫　平07
Mr. Vertigo
「ミスター・ヴァーティゴ」柴田元幸　新潮社　平13
「ミスター・ヴァーティゴ」柴田元幸　新潮文庫　平19
Moon Palace
「ムーン・パレス」　　柴田元幸　新潮社　平06
「ムーン・パレス」　　柴田元幸　新潮文庫　平09
Ghosts
「幽霊たち」　　　　　柴田元幸　新潮社　平01
「幽霊たち」　　　　　柴田元幸　新潮文庫　平07
Leviathan
「リヴァイアサン」　　柴田元幸　新潮社　平11
「リヴァイアサン」　　柴田元幸　新潮文庫　平14
Lulu on the Bridge
「ルル・オン・ザ・ブリッジ」
　　　　　　　　　　畔柳和代　新潮文庫　平10
Timbuktu
「ティンブクトゥ」　　柴田元幸　新潮社　平18
The Story of My Typewriter
「わがタイプライターの物語」
　　　　　　　　　　柴田元幸　新潮社　平18
True Stories
「トゥルー・ストーリーズ」柴田元幸　新潮社　平16
「トゥルー・ストーリーズ」柴田元幸　新潮文庫　平20
Collected Poems of Paul Auster
「壁の文字　ポール・オースター全詩集」
　　　　　　　　　　飯野友幸　TOブックス　平17

キング　　　　　　　　　　　1947-

Carrie
「キャリー」　　　　　永井淳　新潮社　昭50
「キャリー」　　　　　永井淳　新潮文庫　昭60
Salem's Lot
「呪われた町」　　　　永井淳　集英社　昭52
「呪われた町」全 2 巻　永井淳　集英社文庫　昭58

699

◇ 翻 訳 文 献 Ⅰ ◇

The Shining
「シャイニング」全2巻　　深町眞理子　パシフィカ　昭53,55
「シャイニング」全2巻　　深町眞理子　文春文庫　昭61,平20
Rage
「ハイスクール・パニック」飛田野裕子　扶桑社　昭63
The Dead Zone
「デッド・ゾーン」全2巻　吉野美恵子　新潮文庫　昭62
The Long Walk
「死のロングウォーク」　沼尻素子　扶桑社　平01
Firestarter
「ファイアスターター」全2巻　深町眞理子　新潮文庫　昭57
Cujo
「クージョ」　　　　　　永井淳　新潮文庫　昭58
Roadwork The Bachman Books vol. 3
「ロードワーク　バックマン・ブックス3」
　　　　　　　　　　　諸井修造　扶桑社　平01
「最後の抵抗」　　　　諸井修造　扶桑社　平04
The Running Man
「バトルランナー」　　酒井昭伸　サンケイ文庫　昭62
「バトルランナー」　　酒井昭伸　扶桑社　平01
Christine
「クリスティーン」全2巻　深町眞理子　新潮文庫　昭62
Pet Sematary
「ペット・セマタリー」全2巻
　　　　　　　　　　　深町眞理子　文春文庫　平01
Cycle of the Werewolf
「マーティ」　　　風間賢二　学研ホラーノベルズ　平08
「人狼の四季」　　風間賢二　学研M文庫　平12
Thinner
「痩せゆく男」　　　真野明裕　文春文庫　昭63
The Talisman
「タリスマン」全2巻　矢野浩三郎　新潮文庫　昭62
It
「It」全2巻　　　小尾芙佐　文藝春秋　平03
「It」全4巻　　　小尾芙佐　文春文庫　平06
Misery
「ミザリー」　　　矢野浩三郎　文藝春秋　平02
「ミザリー」　　　矢野浩三郎　文春文庫　平03,20
The Eyes of the Dragon
「ドラゴンの眼」全2巻
　　　　　　　　　　雨沢泰　アーティストハウス　平13
The Tommyknockers
「トミーノッカーズ」全2巻
　　　　　　　　　　吉野美恵子　文藝春秋　平05
「トミーノッカーズ」全2巻
　　　　　　　　　　吉野美恵子　文春文庫　平09
The Dark Half
「ダーク・ハーフ」　　村松潔　文藝春秋　平04
「ダーク・ハーフ」全2巻　村松潔　文春文庫　平07
The Stand
「ザ・スタンド」全2巻　深町眞理子　文藝春秋　平12
「ザ・スタンド」全5巻　深町眞理子　文春文庫　平16

Needful Things
「ニードフル・シングス」全2巻
　　　　　　　　　　芝山幹郎　文藝春秋　平06
「ニードフル・シングス」全2巻
　　　　　　　　　　芝山幹郎　文春文庫　平10
Gelard's Game
「ジェラルドのゲーム」　二宮馨　文藝春秋　平09
「ジェラルドのゲーム」　二宮馨　文春文庫　平14
Dolores Claiborne
「ドロレス・クレイボーン」矢野浩三郎　文藝春秋　平07
「ドロレス・クレイボーン」矢野浩三郎　文春文庫　平10
Insomnia
「不眠症」全2巻　　芝山幹郎　文藝春秋　平13
Rose Madder
「ローズ・マダー」　　白石朗　新潮社　平08
「ローズ・マダー」全2巻　白石朗　新潮文庫　平11
The Green Mile
「グリーン・マイル」全6巻　白石朗　新潮社　平09
「グリーン・マイル」　白石朗　新潮文庫　平12
The Regulators
「レギュレイターズ」　山田順子　新潮社　平10
「レギュレイターズ」全2巻　山田順子　新潮文庫　平11
Desperation
「デスペレーション」　山田順子　新潮社　平10
「デスペレーション」全2巻　山田順子　新潮文庫　平12
Bag of Bones
「骨の袋」全2巻　　白石朗　新潮社　平12
「骨の袋」全2巻　　白石朗　新潮文庫　平15
Riding the Bullet
「ライディング・ザ・ブレット」
　　　　　　　　　白石朗　アーティストハウス　平12
Hearts in Atlantis
「アトランティスのこころ」全2巻
　　　　　　　　　　白石朗　新潮社　平14
「アトランティスのこころ」全2巻
　　　　　　　　　　白石朗　新潮文庫　平14
The Girl Who Loved Tom Gordon
「トム・ゴードンに恋した少女」
　　　　　　　　　池田真紀子　新潮社　平14
「トム・ゴードンに恋した少女」
　　　　　　　　　池田真紀子　新潮文庫　平19
Dreamcatcher
「ドリームキャッチャー」全4巻
　　　　　　　　　　白石朗　新潮文庫　平15
The Dark Tower. The Gunslinger
「ガンスリンガー・暗黒の塔1」
　　　　　　　　　池央耿　角川書店　平04
「ガンスリンガー」　池央耿　角川文庫　平10
「ダーク・タワーⅠ　ガンスリンガー」
　　　　　　　　　風間賢二　新潮文庫　平17
The Drowing of the Three
「ダーク・タワーⅡ　運命の3人」全2巻
　　　　　　　　　風間賢二　新潮文庫　平18
The Waste Lands

700

◇ 翻 訳 文 献 I ◇

Wizard and Glass
「ダーク・タワーIII 荒地」全2巻
　　　　　風間賢二　新潮文庫　平09,18
「ダーク・タワーIV 魔導師と水晶球」全3巻
　　　　　風間賢二　新潮文庫　平18

Wolves of the Calla
「ダーク・タワーV カーラの狼」全3巻
　　　　　風間賢二　新潮文庫　平18

Song of Susannah
「ダーク・タワーVI スザンナの歌」全2巻
　　　　　風間賢二　新潮文庫　平18

The Dark Tower
「ダーク・タワーVII 暗黒の塔」全3巻
　　　　　風間賢二　新潮文庫　平18

The Drawing of the Three
「ザ・スリー・暗黒の塔2」　池　央耿　角川書店　平08
「ザ・スリー」　池　央耿　角川文庫　平11

The Wasteland
「荒地」　風間賢二　角川書店　平09
「荒地・暗黒の塔3」全2巻 風間賢二　角川文庫　平11

Wizard and Glass
「魔導師の虹」全2巻　風間賢二　角川書店　平12
「魔導師の虹・暗黒の塔4」全2巻
　　　　　風間賢二　角川文庫　平14

Skeleton Crew Vol.1
「骸骨乗組員」(「スティーヴン・キング短編傑作全集」1)　矢野浩三郎ほか　サンケイ文庫　昭61
「骸骨乗組員」　矢野浩三郎ほか　扶桑社　昭63

Skeleton Crew Vol.2
「神々のワード・プロセッサ」(「スティーヴン・キング短編傑作全集」2)
　　　　　矢野浩三郎ほか　サンケイ文庫　昭62
「神々のワード・プロセッサ」
　　　　　矢野浩三郎　扶桑社　昭63

Skeleton Crew Vol.3
「ミルクマン」　矢野浩三郎ほか　扶桑社　昭63

Night Shift Vol.1
「深夜勤務」(「スティーヴン・キング短編傑作全集」4)　高畠文夫　サンケイ文庫　昭61
「深夜勤務」　高畠文夫　扶桑社　昭63

Night Shift Vol.2
「トウモロコシ畑の子供たち」(「スティーヴン・キング短編傑作全集」5)
　　　　　高畠文夫　サンケイ文庫　昭62
「トウモロコシ畑の子供たち」高畠文夫　扶桑社　昭63

Different Seasons Part 1
「スタンド・バイ・ミー」　山田順子　新潮文庫　昭62

Different Seasons Part 2
「ゴールデンボーイ　恐怖の四季春夏編」
　　　　　浅倉久志　新潮文庫　昭63

Four Past Midnight I
「ランゴリアーズ」　小尾芙佐　文藝春秋　平08
「ランゴリアーズ」　小尾芙佐　文春文庫　平11

Four Past Midnight II
「図書館警察」　白石　朗　文藝春秋　平08
「図書館警察」　白石　朗　文春文庫　平11

Nightmare & Dreamscapes
「いかしたバンドのいる町で」
　　　　　永井　淳ほか　文藝春秋　平12
「いかしたバンドのいる街で」
　　　　　白石　朗ほか　文春文庫　平18
「ドランのキャデラック」
　　　　　小尾芙佐ほか　文春文庫　平18
「メイプル・ストリートの家」
　　　　　永井　淳ほか　文春文庫　平18
「ブルックリンの八月」
　　　　　吉野美恵子ほか　文春文庫　平18
「ヘッド・ダウン」　永井　淳ほか　文藝春秋　平12
「スティーヴン・キング短編傑作全集」全5巻
　　　　　矢野浩三郎ほか　サンケイ文庫　昭61-63

Everything's Eventual I
「第四解剖室」　白石　朗ほか　新潮文庫　平16

Everything's Eventual II
「幸運の25セント硬貨」
　　　　　浅倉久志ほか　新潮文庫　平16

Night Visions 5
「スニーカー」　吉野美恵子ほか　ハヤカワ文庫NV　平02

Black House
「ブラック・ハウス」全2巻
　　　　　矢野浩三郎　新潮文庫　平16

Nightmares in the Sky
「中空の夢魔」　高橋伯夫　JICC出版局　平01

On Writing
「小説作法」
　　　　　池　央耿　アーティストハウス　平13

Danse Macabre
「死の舞踏」　安野　玲　福武書店　平05
「死の舞踏」安野　玲　ベネッセコーポレーション　平07
「死の舞踏　ホラー・キングの恐怖読本」
　　　　　安野　玲　パジリコ　平16
「ポプシー」(ナイト・ソウルズ)
　　　　　山田順子　新潮文庫　平04

I Shudder at your Touch
「レベッカ・ポールソンのお告げ　13の恐怖とエロスの物語」　大久保寛　文春文庫　平06
「レベッカ・ポールソンのお告げ」
　　　　　大久保寛　文春文庫　平06

Prime Evil
「ナイト・フライヤー」　浅倉久志　新潮文庫　平01
「フィルムの中の吸血鬼たち　新・死霊伝説」
　(ヴァンパイア・コレクション)
　　　　　高畠文夫　角川文庫　平11
「第四解剖室」(サイコ　ホラー・アンソロジー)
　　　　　白石　朗　祥伝社　平10

Bare Bones
「悪魔の種子　スティーヴン・キングインタビュー」　風間賢二ほか　リブロポート　平05

From A Buick 8
「回想のビュイック8」全2巻
　　　　　白石　朗　新潮文庫　平17

◇翻訳文献 I◇

Cell
「セル」全2巻　　　　　白石　朗　新潮文庫　平19
　Lisey's Story
「リーシーの物語」全2巻　白石　朗　文藝春秋　平20

ギブスン　　　　　　　　　　1948-

　Johnny Mnemonic Novelization
「JM」　　　　　　　　　嶋田洋一　角川文庫　平07
「JMハンドブック」
　　　　　　　　　ギャガ・コミュニケーションズ　平07
　Virtual Light
「ヴァーチャル・ライト」　浅倉久志　角川書店　平06
「ヴァーチャル・ライト」　浅倉久志　角川文庫　平11
　Idoru
「あいどる」　　　　　　浅倉久志　角川書店　平09
「あいどる」　　　　　　浅倉久志　角川文庫　平12
　All Tomorrow's Parties
「フューチャーマチック」　浅倉久志　角川書店　平12
　The Miracle Worker
「奇跡の人」　　　額田やえ子　劇書房　昭59,平15
　Count Zero
「カウント・ゼロ」　　　　黒丸　尚　早川書房　昭62
「クローム襲撃」　　　浅倉久志ほか　早川書房　昭62
　Neuromancer
「ニューロマンサー」　黒丸　尚　ハヤカワ文庫　昭61
「冬のマーケット」
　　　　　　　　中村　融・山岸　真　河出文庫　平13
　Mona Lisa Overdrive
「モナリザ・オーヴァドライヴ」
　　　　　　　　　　　　黒丸　尚　早川書房　平01
　The Difference Engine
「ディファレンス・エンジン」黒丸　尚　角川書店　平03
「ディファレンス・エンジン」全2巻
　　　　　　　　　　　　黒丸　尚　角川文庫　平05
　Pattern Recognition
「パターン・レコグニション」浅倉久志　角川書店　平16

◇ 翻 訳 文 献 Ⅱ ◇

作家解説 Ⅱ

ブラッドストリート　　　　C.1612-72

To My Dear and Loving Husband
「わたしの大切な愛する夫へ」（アメリカ名詩選）
　　　　　　　渡辺信二　本の友社　平09

テイラー　　　　　　　　　C.1642-1729

God's Determinations
「神の予定」（エドワード・テイラーの詩、その心）
　　　　　　　三宅晶子　すぐ書房　平07
Prologue
「プロローグ」（アメリカ名詩選）
　　　　　　　渡辺信二　本の友社　平09
「エドワード・テイラー詩集」
　　　　　　　園部明彦　創英社　平14

ウルマン　　　　　　　　　1720-72

Journal
「ジョン・ウールマン」　前田多門　警醒社　大03
「ウールマンの日記」　浜田政二郎　西村書店　昭23
「ウルマンの日記」（「世界人生論全集」5）
　　　　　　　浜田政二郎　筑摩書房　昭38
「ウルマンの日記」　沢田敬也　聖文社　昭52

エドワーズ　　　　　　　　1703-58

Philosophy of Religion
「宗教哲学概論」　上野隆誠　理想社出版部　昭06
Sinners in the Hands of an Angry God
「怒りの神　エドワーツ説教集」
　　　　　　　伊賀　衛　西村書店　昭23
「怒れる神の御手の中にある罪人
　申命記32章35節　説教」飯島　徹　CLC出版　平03
A Divine and Supernatural Light Immediately Imparted to the Soul by the Spirit of God, Shown to be Both a Scriptural and Rational Doctrine
「聖なる超自然の光　マタイ16章17節　説教」
　　　　　　　飯島　徹　CLC出版　平04
The Excellency of Jesus Christ
「イエス・キリストの卓越性　説教集」
　　　　　　　飯島　徹　キリスト新聞社　平05

ペイン　　　　　　　　　　1737-1809

Common Sense
「コンモン・センス」　小松春雄　日本評論社　昭25
「コモン・センス」　小松春雄　岩波文庫　昭28
「常識：コモンセンス」　鍋島能弘　新鋭社　昭32
「コモン・センス：他三篇」小松春雄　岩波文庫　昭51

The Rights of Man
「道理之世」全8巻　深間内基　明教書肆　明09
「人権論　第2篇」全2巻
　　　　　　　五十嵐豊作　実業之日本社　昭23
「人間の権利」　西川正身　岩波文庫　昭46
The Age of Reason
「理性の時代」　渋谷一郎　泰社社　昭57
Agrarian Justice
「土地配分の正義」（近代土地配率思想の源流）
　　　　　　　四野宮三郎　御茶の水書房　昭57

ジェファソン　　　　　　　1743-1826

「議会典例」　　元老院　元老院　明23
「議会慣例要録」　貴族院事務局　明31
「ジェファソンの民主主義思想」
　　　　　　　富田虎男　有信堂　昭36
Notes on the State of Virginia
「ヴァジニア覚え書」　中屋健一　岩波文庫　昭47

フレノー　　　　　　　　　1752-1832

The Wild Honey Suckle
「野性のすひかづら他」（アメリカ詩選）
　　　　　　　大和資雄　新月社　昭22
「野生のすいかずら」（アメリカ名詩選）
　　　　　　　渡辺信二　本の友社　平09

ブライアント　　　　　　　1794-1878

「アメリカ詩選」（英米名著）大和資雄　新月社　昭22
「アメリカ抒情詩集」　日夏耿之介　河出書房　昭28

シムズ　　　　　　　　　　1806-70

The Yemassee
「イェマシー族の最後」　中村正広　山口書店　平07

ストウ　　　　　　　　　　1811-96

Uncle Tom's Cabin
「奴隷トム」　百島冷泉　内外出版協会　明40
「奴隷トム物語」　山野虎市　金の星社　大14
「アンクル・トムス・ケビン」（「世界大衆文学全集」13）
　　　　　　　和気律次郎　改造社　昭02
「アンクル・トムス・ケビン」（「世界家庭文学名著選」11）
　　　　　　　今井嘉雄　春秋社　昭02
「アンクル・トムス・ケビン」（「英米世界名著全集」37）
　　　　　　　津田芳雄　英文世界名著全集刊行所　昭03
「アンクル・トムス・ケビン」全3巻
　　　　　　　今井嘉雄　春秋社　昭08
「アンクル・トムス・ケビン」（「世界大衆文学名作選集」1）
　　　　　　　和気律次郎　改造社　昭14
「アンクルトム物語」　北川千代　講談社　昭21
「奴隷トムの話」　横田　広　雄生閣　昭22

703

◇翻訳文献 II◇

「トム小父さんの木小屋」
　　　　　三宅恵子　日本基督教団日曜学校部　昭23
「トム爺の小屋」　永田義直　嫩草書房　昭23
「完訳アンクル・トムズ・ケビン」全2巻
　　　　　和気律次郎　創元社　昭24
「アンクル・トム物語」前田晁　童話春秋社　昭25
「アンクル・トムズ・ケビン」全2巻
　　　　　吉田健一　新潮文庫　昭27
「アンクル・トムズ・ケビン」(「世界少年少女文学全集」7（アメリカ編 1))
　　　　　田中西二郎　創元社　昭30
「アンクル・トムス・キャビン」
　　　　　前田晁　同和春秋社　昭30
「トムじいやの小屋」　杉木喬　岩波少年文庫　昭33
「アンクル・トムス・ケビン」
　　　　　田中西二郎　東京創元社　昭35
「アンクル・トム物語」吉田甲子太郎　講談社　昭36
「アンクル・トムの小屋」(少年少女世界名作文学全集)
　　　　　大久保康雄　小学館　昭36
「トムおじの小屋」　阿部知二　講談社　昭39
「アンクル・トム物語」(世界少女名作全集)
　　　　　岸なみ　岩崎書店　昭39
「アンクル・トム物語」　北川千代　講談社　昭40
「完訳アンクル・トムズ・ケビン—奴隷の生活の物語」全2巻
　　　　　山屋三郎・大久保博　角川文庫　昭40-41
「アンクル・トムの小屋」　村岡花子　潮出版社　昭42
「アンクルトムの小屋」全2巻
　　　　　大橋吉之輔　旺文社文庫　昭42
「アンクル・トムの小屋」(「少年少女世界の文学」11)
　　　　　丸谷才一　河出書房　昭42
「アンクル・トムの小屋」　中山知子　ポプラ社　昭43
「アンクル・トムの小屋」(名作文庫)
　　　　　大久保康雄　小学館　昭43
「アンクル・トムの小屋」田中西二郎　偕成社　昭43
「アンクル・トムの小屋」(「世界の名作図書館」12)
　　　　　岡上鈴江　講談社　昭44
「アンクル・トム物語」(世界少女名作全集)
　　　　　岸なみ　岩崎書店　昭48
「アンクル・トムの小屋」(少年少女世界文学全集)
　　　　　佐々木仁　小学館　昭52
「アンクル・トムの小屋」(少年少女世界文学全集)
　　　　　相沢次子　春陽堂書店　昭53
「アンクル・トムの小屋」　宇野輝雄　集英社　昭57
「アンクル・トムの小屋」(くれよん文庫)
　　　　　相沢次子　春陽堂書店　平01
「アンクル・トムの小屋」　神鳥統夫　岩崎書店　平03
「アンクル・トムの小屋」丸谷才一　河出書房新社　平05
「アンクル・トムの小屋」
　　　　　森下麻矢子　ニュートンプレス　平09
「新訳アンクル・トムの小屋」小林憲二　明石書店　平10

The Minister's Wooning
「牧師の求婚」　鈴木茂々子　ドメス出版　平14
「家事要法」　海老名晋　有隣堂　明14

アルジャー　　　　　　　　　　　　1832-99

The Secret Drawer
「秘密の小箱」　刈田元司　講談社　昭35
Ragged Dick; or, Street Life in New York
「成功物語：ボロ着のディック」
　　　　　大呂義雄・島村馨　太陽社　昭50
「ぼろ着のディック」　畦柳和代　松柏社　平18

オールコット　　　　　　　　　　　1832-88

Hospital Sketches
「病院のスケッチ」　谷口由美子　篠崎書林　昭60
Little Women
「四少女」　内山賢次　春秋社　大12
「小さき人々　全訳」　清涼言　双樹社　大14
「小婦人」　平田禿木　外語研究社　昭08
「四少女」全2巻　内山賢次　春秋文庫　昭08
「若草物語」　矢田津世子　少女画報社　昭09
「リットル・ウイメン」　平田禿木　外語研究社　昭11
「四人姉妹」全2巻　松本恵子　新潮文庫　昭14
「全訳愛の学園（小さき人々)」
　　　　　清涼言　杉並書店　昭14
「愛の姉妹—リットルウイメン」
　　　　　清涼言　図南書房　昭14
「リットル・ウィメン」　平田禿木　外語研究社　昭16
「四人姉妹」全2巻　松本恵子　大泉書店　昭23
「若草物語」　水谷まさる　京華出版社　昭23
「若草物語」　矢田津世子　金の星社　昭24
「リトウル・ウィメン」　清涼言　霞ヶ関書店　昭24
「四人姉妹物語」　服部清美　教育出版　昭24
「四人の少女1」全2巻　寿岳しづ　岩波文庫　昭24
「若草物語」　中村佐喜子　名曲堂出版部　昭24
「若草物語」全4巻　寿岳しづ　岩波文庫　昭24-27
「若草物語」全2巻　吉田勝江　角川文庫　昭25,27
「四人の少女」全3巻　松原至大　講談社　昭25
「若草物語」全2巻　大久保康雄　三笠書房　昭25
「若草物語」(世界文学選書20)
　　　　　大久保康雄　三笠書房　昭25
「若草ものがたり」　松本恵子　主婦之友社　昭25
「若草物語—四少女 1—」吉田勝江　角川文庫　昭25,43
「若草物語　第3部」全2巻
　　　　　磯野富士子　法政大学出版局　昭25-27
「若草物語　第3部」　磯野富士子　法政大学出版局　昭25
「若草物語」全2巻　松本恵子　新潮文庫　昭26
「若草物語」(世界映画化名作全集)
　　　　　大久保康雄　三笠書房　昭26
「四人の少女2」全2巻　寿岳しづ　岩波文庫　昭27
「若草物語」全3巻　大久保康雄　三笠書房　昭27-29
「若草物語」(「世界少年少女文学全集」8)
　　　　　安藤一郎　創元社　昭28
「若草物語」　大久保康雄　河出文庫　昭30

◇ 翻 訳 文 献 Ⅱ ◇

| 「若草物語」 | 松本恵子　ダヴィッド社　昭33 |
| 「若草物語」 | 安藤一郎　東京創元社　昭35 |
| 「若草物語」（「オルコット少女名作全集」1） |
| | 白木　茂　昭36 |
| 「若草物語」（「少年少女世界名作全集」9） |
	伊藤　整　講談社　昭37
「小婦人」	北田秋圃　彩雲閣　昭39
「若草物語」	大久保康雄　三笠書房　昭40
「若草物語」	恩地三保子　旺文社文庫　昭41
「若草物語」（アイドル・ブックス）
	松本恵子　ポプラ社　昭41
「若草物語」（「少年少女世界の文学」12）
	安藤一郎　河出書房　昭41
「若草物語」（「世界名作全集」14）
	酒井朝彦　講談社　昭41
「若草物語」（「若い人たちのための世界名作への招待」11）
	大久保康雄　三笠書房　昭42
「若草物語」全2巻　安藤一郎　偕成社　昭42
「若草物語」（「世界の名著」13）
	野上　彰　ポプラ社　昭43
「新訳若草物語」	山主敏子　文研出版　昭44
「若草物語」	山主敏子　偕成社　昭47
「若草物語」（「世界少女名作全集」2）
	白木　茂　岩崎書店　昭47
「若草物語」　山主敏子　春陽堂少年少女文庫　昭52
「若草物語」	谷口由美子　集英社　昭53
「若草物語」	岡上鈴江　ぎょうせい　昭54
「若草物語」	岡上鈴江　小学館　昭57
「若草物語」	中山知子　講談社青い鳥文庫　昭60
「若草物語」	矢川澄子　福音館書店　昭60
「若草物語」（「少年少女世界文学館」9）
	中山知子　講談社　昭62
「若草物語」	中山知子　講談社文庫　昭62
「若草物語」全2巻　安藤一郎　偕成社文庫　昭62
「若草物語」	山主敏子　金の星社　昭62
「四人の姉妹」全2巻　遠藤寿子　岩波少年文庫　昭62
「若草物語」	山主敏子　春陽堂くれよん文庫　平01
「若草物語」	伊藤佐喜雄　偕成社　平01
「若草物語」（「少年少女世界名作の森」4）
	植松佐知子　集英社　平02
「若草物語」	白木　茂　岩崎書店　平03
「若草物語」全2巻　掛川恭子　講談社文庫　平05-07
「若草物語」（「世界文学の玉手箱」16）
	安藤一郎　河出書房新社　平06
「若草物語」全2巻　片岡しのぶ　あすなろ書房　平12

An Old-Fashioned Girl
| 「ポリー（昔気質の一少女）」吉田勝江　岩波文庫　昭14 |
| 「ポリー　昔気質の一少女」 |
| | 吉田勝江　北方出版社　昭24 |
| 「昔気質の一少女　ポリー　続」 |
| | 吉田勝江　北方出版社　昭25 |
| 「昔気質の一少女」全2巻　吉田勝江　角川文庫　昭26 |
| 「続昔気質の一少女」 | 吉田勝江　角川文庫　昭27 |
| 「昔かたぎの少女」 | 村岡花子　朋文堂　昭34 |
| 「美しいポリー」（「オルコット少女名作全集」5） |
	村岡花子　岩崎書店　昭36
「美しいポリー」	白木　茂　講談社　昭38
「美しきポリー」	足沢良子　講談社　昭41
「美しいポリー」	村岡花子　ポプラ社　昭42
「美しいポリー」	村岡花子　岩崎書店　昭48
「美しいポリー」	山主敏子　小学館　昭58
「おしゃれなポリー」	岡上鈴江　ポプラ社　昭63

Little Men
| 「小さき人々」 | 清　涼言　双樹社　大14 |
| 「小さき人々」 | 清　涼言　現実社　昭09 |
| 「全訳愛の学園（小さき人々）」 |
	清　涼言　杉並書房　昭14
「愛の学園」	清　涼言　岡南書房　昭14
「子供達」	清　涼言　霞ヶ関書房　昭14

Eight Cousins
| 「いとこものがたり」 | 代山三郎　世界社　昭23 |
| 「八人のいとこ」全2巻　松原至大　冨山房　昭25-26 |
| 「八人のいとこたち」（若草文庫） |
| | 村岡花子　三笠書房　昭33 |
| 「八人のいとこ」 | 村岡花子　角川文庫　昭35 |
| 「八人のいとこ」（「世界名作全集」45） |
| | 村永貞夫　講談社　昭42 |
| 「八人のいとこたち」（赤毛のアンシリーズ） |
| | 村岡花子　ポプラ社　昭42 |
| 「八人のいとこ」 | 山主敏子　旺文社文庫　昭50 |

Under the Lilacs
| 「木陰の家」全2巻　磯野富士子　中央公論社　昭17,24 |
| 「リラの花かげ」 | 代山三郎　十字屋書店　昭24 |
| 「ライラックの花の下」 | 松原至大　小学館　昭33 |
| 「ライラックの木かげ」（「オルコット少女名作全集」10） |
| | 岡上鈴江　岩崎書店　昭36 |
| 「ライラックの木かげ」（「世界少女名作全集」19） |
	岡上鈴江　岩崎書店　昭48
「ライラックの木かげ」	中村妙子　小学館　昭58
「リラの花さく家」	山主敏子　偕成社　平01

Flower Fables
| 「花ものがたり」（「オルコット少女名作全集」11） |
	中山知子　岩崎書店　昭36
「花物語」	勝又紀子　講談社　昭42
「花物語」	松原至大　角川文庫　昭44

Rose in Bloom
| 「花ざかりのローズ」（若草文庫） |
| | 村岡花子・佐川和子　三笠書房　昭33 |
| 「花ざかりのローズ」 |
| | 村岡花子・佐川和子　角川文庫　昭36 |
| 「花ざかりのローズ」 |
| | 村岡花子・佐川和子　ポプラ社　昭42 |
| 「花ひらくローズ」 | 山主敏子　旺文社文庫　昭51 |

Jack and Jill
| 「ジャックとジル」（「世界少年少女文学全集」2） |
| | 大久保康雄　東京創元社　昭32 |
| 「ジャックとジル」（「世界名作全集」） |
| | 松原至大　講談社　昭35 |

A Garland for Girls
| 「乙女の幸福」 | 窪田啓二　宝雲社　昭23 |

◇ 翻 訳 文 献 II ◇

「続若草物語」（世界文学選書）
　　　　　　　大久保康雄　三笠書房　昭25
「続若草物語」　中村佐喜子　名曲堂出版部　昭25
「続若草物語―四少女 2―」全 2 巻
　　　　　　　吉田勝江　角川文庫　昭27
「続若草物語」（若草文庫）大久保康雄　三笠書房　昭28
「愛の四少女」（「オルコット少女名作全集」2）
　　　　　　　山本藤枝　岩崎書店　昭36
「若草物語　続」谷口由美子　講談社青い鳥文庫　平07
「第三若草物語」　大久保康雄　三笠書房　昭29
「第三若草物語―プラムフィールドの子供たち」
　　　　　　　吉田勝江　角川文庫　昭36
「プラムフィールドの子どもたち　若草物語」
　　　谷口由美子　講談社青い鳥文庫　平05
「第四若草物語―ジョースボーイズ」
　　　　　　　吉田勝江　角川文庫　昭38,43
「故郷の人びと」　中山知子　国土社　昭52
　　The Quiet Little Woman
「みじかい 3 つのクリスマス物語」
　　　清水奈緒子　小さな出版社　平12
　　A Long Fatal Love Chase
「愛の果ての物語」　広津倫子　徳間書店　平07
「おばあさまの天使　オルコット小品集」
　　　　　　　大久保エマ　女子パウロ会　昭52
「オルコット少女名作全集」全 12 巻
　　　　　　　白木　茂ほか　岩崎書店　昭36

ハート　　　　　　　　1836-1902

　　THE LUCK OF ROARING CAMP AND OTHER SKETCHES
　　The Outcasts of Poker Flat
「ポーカー・フラットの追放者」（「世界短篇小説大系」亜米利加篇）　木村信児　近代社　昭01
「ポーカー・ララットの追放者たち」（「世界短篇文学全集」13　アメリカ19世紀）
　　　　　　　植村郁夫　集英社　昭39
　　The Luck of Roaring Camp
「ローアリング・キャンプの福の神」（「世界短編小説大系」亜米利加篇）　柳田　泉　近代社　昭01
　　California Stories
「カリフォルニア物語」　横沢四郎　養徳社　昭25
　　High Water Mark
「洪水」（「鷗外全集」13、翻訳篇）
　　　　　　　森　鷗外　岩波書店　昭30
　　The Queen of the Pirate Isle
「海賊島の女王さま」　岸田理生　新書館　昭53

エグルストン　　　　　　1837-1902

「処世経済法」　蘆川忠雄　実業之日本社　明40

アダムズ　　　　　　　　1838-1918

　　The Education of Henry Adams
「ヘンリー・アダムズの教育」
　　　　　　　刈田元司　教育書林　昭30
「ヘンリー・アダムズの教育」
　　　　　　　刈田元司　八潮出版社　昭46

ビアス　　　　　　　　　1842-1914頃

　　In the Midst of Life
「生命のさ中に」（「世界文学叢書」55）
　　　　　　　中川　驍　世界文学社　昭24
「いのちの半ばに」　西川正身　岩波文庫　昭30,57
「オウル・クリーク橋の出来事」（米米名作ライブラリー「青いホテル」）　林　信行　英宝社　昭31
「アウル・クリーク橋事件」（「アメリカ短篇名作集」）　加納・大橋　学生社　昭36
「アウル・クリーク橋の一事件」（「世界短編文学全集」13　アメリカ19世紀）　西川正身　集英社　昭39
「アウル・クリーク橋の一事件」（「ビアス選集」1）
　　　　　　　奥田俊介　東京美術　昭45
「いのち半ばに」　中村能三　創土社　昭45
「生のさなかにも」　中村能三　東京創元社　昭62
　　Can Such Things Be?
「怪物他」（「世界恐怖小説全集」）
　　　　　　　大西尹明　東京創元社　昭33
「怪物他」　　大西尹明　創元推理文庫　昭44
　　The Devil's Dictionary
「悪魔の辞典」　西川正身　岩波書店　昭39
「悪魔の辞典　完訳」　奥田俊介ほか　創土社　昭47
「悪魔の辞典」第 2 巻　郡司俊男　こびあん書房　昭49
「悪魔の辞典」
　　　奥田俊介・倉本　護・猪狩　博　角川文庫　昭50
「イラスト悪魔の辞典」　奥田俊介　弓書房　昭55
「悪魔の辞典　正・続全訳」
　　　　　　　郡司利男　こびあん書房　昭57
「新編悪魔の辞典」　西川正身　岩崎書店　昭58
「新編悪魔の辞典」　西川正身　岩波文庫　平09
「新撰・新訳悪魔の辞典」　奥田俊介　講談社　平12
「筒井版悪魔の辞典　完全補注」
　　　　　　　筒井康隆　講談社　平14
「続・悪魔の辞典」　郡司利男　こびあん書房　昭52
　　The Shadow on the Dial
「悪魔の寓話」　奥田俊介　創土社　昭47
「豹の眼」　　福田　実　新人社　昭24
「豹の眼」　　中川　驍　世界文学社　昭24
「豹の眼他 3 篇」　林　信行　英宝社　昭31
「修道士と絞刑人の娘」　倉本　護　創土社　昭55
「空にうかぶ騎士」（「少年少女世界の文学」6）
　　　　　　　小野　章　暁教育図書　昭53
「ビアス短篇集」　大津栄一郎　岩波文庫　平12
「死の診断　ビアス怪奇短篇集」
　　　　　　　髙畠文夫　角川文庫　昭54

◇翻訳文献 II◇

「ビアス傑作短篇集」全2巻
　　　　　　　奥田俊介ほか　東京美術　　平01
「ビアス怪談集」　中西秀男　講談社文庫　昭52
「ビアス怪異譚」　飯島淳秀　創土社　　　昭49
「ビアス選集」全5巻 猪狩 博ほか 東京美術 昭43-46
「ビアス選集」全3巻 猪狩 博ほか 悠久出版 昭43-44

ケイブル　　　　　　　　　　　　1844-1925

The Grandissimes
「グランディシム一族　クレオールたちのアメリカ
　南部」　杉山直人・里内克己　彩流社　平11
「シュー・ジョージ」(「世界短篇文学全集」13
　アメリカ文学19世紀)　尾上政次　集英社　昭39

ジュエット　　　　　　　　　　　1849-1909

A White Heron and Other Stories
「白鷺」(現代アメリカ短編集)
　　　　　　　大竹 勝　荒地出版社　　　平08
「白さぎ」(「世界短篇文学全集」13　アメリカ文
　学19世紀)　石井桃子　集英社　　　　　昭39
「シラサギ」(「女たちの時間」レズビアン短編小説集)
　　　　　　　利根川真紀　平凡社ライブラリー　平10
「マーサの愛しい女主人」(「女たちの時間」レズ
　ビアン短編小説集)
　　　　　　　利根川真紀　平凡社ライブラリー　平10
The Country of the Pointed Firs
「ダネットの白い柵」　田村 晃　新鋭社　昭31

バーネット　　　　　　　　　　　1849-1924

Little Lord Fauntleroy
「小公子」若松賤子(岩本嘉志子)　女学雑誌社　明24
「小公子」若松賤子・岩本嘉志子　博文館　明30
「小公子」　巌谷小波　新橋堂　　　　　　明43
「小公子」　巌谷小波　日本書院出版部　　大12
「小公子」(「世界名著梗概叢書」12)
　　　　　　　文献書院　文献書院　　　　大12
「小公子　全訳」　水野葉舟　誠文堂文庫　大12
「小公子」　若松賤子　改造文庫　　　　　昭04
「小公子」　若松賤子　岩波文庫　　　　　昭13
「小公子・小公女」佐佐木直策　改造社　　昭25
「小公子」(世界名作文庫)毛利 操 文化建設社 昭25
「小公子」(「世界文学選書」119)
　　　　　　　中村能三　三笠書房　　　　昭26
「小公子」　中村能三　新潮文庫　　　　　昭28
「小公子・小公女」(「世界少年少女文学全集」9
　(アメリカ編3))
　　　　　川端康成・野上 彰　創元社　　昭28
「小公子」　吉田甲子太郎　岩波少年文庫　昭28
「小公子」　谷村まち子　同和春秋社　　　昭32
「小公子」　三宅房子　黎明社　　　　　　昭32
「小公子」　御園百合子　東光出版社　　　昭32
「小公子」　松原至大　角川文庫　　　　　昭33

「小公子」(「世界名作全集」)三宅房子　黎明社　昭35
「小公子」　菅 節子　聖パウロ女子修道会　昭35
「小公子」(「少年少女世界名作文学全集」9)
　　　　　　　川端康成　小学館　　　　　昭35
「小公子」　堀 寿子　黎明社　　　　　　昭36
「小公子」　白木 茂　講談社　　　　　　昭36
「小公子」(「少年少女新世界文学全集」9 (アメリ
　カ古典編2))
　　　　　　　杉木 喬　講談社　　　　　昭38
「小公子」　二反長 半　岩崎書店　　　　昭39
「小公子」(「世界名作全集」3)
　　　　　　　千葉省三　講談社　　　　　昭40
「小公子」(「世界の名作」13)岸 なみ 講談社 昭40
「小公子」(「世界名作全集」)
　　　　　　　三井ふたばこ　講談社　　　昭41
「小公子」(「世界の名著」)川端康成 ポプラ社 昭42
「小公子・小公女」(「世界の名作図書館」18)
　　　　　　　村岡花子・岸 なみ　講談社　昭43
「小公子」(「名著復刻全集」)
　　　　　　　若松賤子　日本近代文学館　昭43
「小公子」　中村妙子　旺文社　　　　　　昭44
「小公子」　三浦富美子　文研出版　　　　昭45
「小公子」　岸 なみ　玉川大学出版部　　昭51
「小公子」全2巻　川端康成　春陽堂書店　昭52
「小公子」　白木 茂　国土社　　　　　　昭52
「小公子」(「少年少女世界の文学」7)
　　　　　　　中山知子　暁教育図書　　　昭52
「小公子」　岡上鈴江　旺文社文庫　　　　昭53
「小公子」(「子どものための世界名作文学」25)
　　　　　　　岡上鈴江　集英社　　　　　昭54
「小公子」(「少年少女世界の名作」16)
　　　　　　　山主敏子　集英社　　　　　昭57
「小公子」　足沢良子　小学館　　　　　　昭62
「小公子」　村岡花子　講談社青い鳥文庫　昭62
「小公子」　坂崎麻子　偕成社文庫　　　　昭62
「小公子セディ」　吉野壮児　角川文庫　　昭62
「小公子」(「世界文学の玉手箱」2)
　　　　　　　川端康成　河出書房新社　　平04
「小公子」　若松賤子　岩波文庫　　　　　平06
The Secret Garden
「秘密の花園」　岩下小葉　実業之日本社　大06
「秘密の園」　清水暉吉　朝日新聞社　　　昭16
「秘密の花園」　中島薄紅　黎明社　　　　昭27
「秘密の花園」　龍口直太郎　新潮文庫　　昭29
「秘密の花園」　吉田勝江　岩波少年文庫　昭33
「秘密の花園」(「世界児童文学全集」17)
　　　　　　　村岡花子　あかね書房　　　昭34
「秘密の花園」(「世界名作全集」)
　　　　　　　中島著紅　黎明社　　　　　昭35
「秘密の花園」(「少年少女世界名作文学全集」40)
　　　　　　　村岡花子　小学館　　　　　昭37
「ひみつの花園」　山本藤枝　岩崎書店　　昭48
「秘密の花園」　大島かおり　学習研究社　昭48
「秘密の花園」　岡上鈴江　旺文社文庫　　昭50
「秘密の花園」全2巻　中山知子　春陽堂書店　昭53

707

◇ 翻 訳 文 献 II ◇

「ひみつの花園」(「子どものための世界名作文学」4)
　　　　　　　　　　　中村妙子　集英社　昭53
「秘密の花園」　　　　猪熊葉子　福音館書店　昭54
「秘密の花園」　　　　谷村まち子　小学館　昭57
「ひみつの花園」(「少年少女世界の名作」22)
　　　　　　　　　　　前田三恵子　集英社　昭57
「秘密の花園」全2巻　吉田勝江　岩波少年文庫　昭62
「秘密の花園」全2巻　芽野美ど里　偕成社文庫　平01
「ひみつの花園」(「新編少女世界名作選」8)
　　　　　　　　　　　新川和江　偕成社　平01
「秘密の花園」(「少年少女世界名作の森」12)
　　　　　　　　　　　前田三恵子　集英社　平02
「秘密の花園」全3巻　猪熊葉子　埼玉福社会　平02
「秘密の花園」　　　　乾侑美子　小学館　平03
「秘密の花園」全2巻
　　　　　　　　中山知子　講談社青い鳥文庫　平03
「ひみつの花園」(「世界の少女名作」4)
　　　　　　　　　　　山本藤枝　岩崎書店　平03
「秘密の花園」　　　　大島かおり　学習研究社　平03
「秘密の花園」　　　　渡辺南都子　童心社　平04
「ひみつの花園」(「子どものための世界文学の森」
　4)　　　　　　　　　中村妙子　集英社　平06
「秘密の花園」　　　　野沢佳織　西村書店　平12,18

A Little Princess
「小公女」　　藤井繁一(白雲子)　聚精堂　明43
「小公女」　　　　　　伊藤整　鎌倉書房　昭24
「小公女」(「世界名作物語」)
　　　　　　　　　　　水島あやめ　講談社　昭24
「小公女」　　　　　　伊藤整　新潮文庫　昭28
「小公女」　　　　　　吉田勝江　岩波少年文庫　昭29
「小公女」　　　　川端康成・野上彰　角川文庫　昭32
「小公女」　　　　　　伊藤整　新潮文庫　昭33
「小公女」(「世界名作全集」)堀寿子　黎明社　昭36
「小公女」　　　　　　谷村まち子　岩崎書店　昭38
「小公女」(「少年少女新世界文学全集」10　アメ
　リカ古典編3)　　　曽野綾子　講談社　昭39
「小公女」(「世界の名作」14)岸なみ　講談社　昭40
「小公女」(「世界名作全集」10)
　　　　　　　　　　　三井ふたばこ　講談社　昭41
「小公女」(少年少女文庫)中山知子　春陽堂書店　昭51
「小公女」　　　　　　大島かおり　学習研究社　昭51
「小公女」　　　　　　岡上鈴江　旺文社文庫　昭51
「小公女」(「子どものための世界名作文学」11)
　　　　　　　　　　　吉田比砂子　集英社　昭53
「小公女」(「少年少女世界の名作」26)
　　　　　　　　　　　大島かおり　集英社　昭57
「小公女」(フラワーブックス)
　　　　　　　　　　　足沢良子　小学館　昭57
「小公女」全2巻　　　谷村まち子　偕成社文庫　昭60
「小公女」　　　　曽野綾子　講談社青い鳥文庫　昭60
「小公女」　　　　　　片岡しのぶ　金の星社　平01
「小公女」(「少年少女世界名作の森」6)
　　　　　　　　　　　大島かおり　集英社　平02
「小公女」(てんとう虫ブックス)
　　　　　　　　　　　足沢良子　小学館　平05

「小公女」(「世界文学の玉手箱」10)
　　　　　　　　　　　中山知子　河出書房新社　平05
「小公女」(「子どものための世界文学の森」11)
　　　　　　　　　　　吉田比砂子　集英社　平06
「小公女」　　　　　　吉田勝江　岩波少年文庫　平07
「リトル・プリンセス：映画版」
　　　　　　　　　　　清水奈緒子　文溪堂　平07
「リトル・プリンセス　完全版」
　　　　　　　　　　　伊藤整　文溪堂　平07
「小公女」(「明治翻訳文学全集・新聞雑誌編」21)
　　　　　　　　　　　藤井白雲子　大空社　平12

The White People
「白い人たち　フランシス・H・バーネットの
　幻の名作」　　　　砂川宏一　文芸社　平14

ベラミー　　　　　　　　　　　　1850-98

Looking Backward: 2000-1887
「百年後之社会　社会小説」
　　　　　　　　　　　平井広五郎　警醒社　明36
「百年後の新社会」　　堺　枯川　平民社　明37
「社会主義の世になったら」堺利彦　文化学会　大09
「顧みれば」　　　　　山本政喜　岩波文庫　昭28
「かえりみれば—2000年より1887年・ナショナリ
　ズムについて」　中里明彦　研究社出版　昭50

ショパン　　　　　　　　　　　　1851-1904

The Awakening
「めざめ」　　　　　　杉崎和子　牧神社　昭52
「目覚め」　　　　　　瀧田佳子　荒地出版社　平07
「目覚め」　　　　宮北恵子・吉岡ась喜　文溪堂　平11
「ライラックの花」(女たちの時間　レズビアン
　短編小説集)利根川真紀　平凡社ライブラリー　平10
「ケイト・ショパン短篇集」杉崎和子　桐原書店　昭63

ベラスコ　　　　　　　　　　　　1853-1931

Madame Butterfly
「お蝶夫人　歌劇」
　　　　　　　　三浦環　三浦環事務所(私家版)　昭12
「お蝶夫人　一幕物集」北村喜八　新潮文庫　昭13
「蝶々夫人」　とよしま洋　イタリアオペラ出版　平14

ボーム　　　　　　　　　　　　　1856-1919

The Wonderful Wizard of Oz
「オズのまほうつかい」曽野綾子　講談社　昭38
「オズのまほうつかい」(「少年少女新世界文学全
　集」11)　　　　　　北杜夫　講談社　昭40
「オズのまほう使い」(「世界の名作図書館」8)
　　　　　　　　　　　波多野勤子　講談社　昭42
「オズの魔法使い」(「少年少女世界の文学」13)
　　　　　　　　　　　高杉一郎　河出書房　昭42
「オズのまほうつかい」波多野勤子　旺文社　昭44

◇翻訳文献 II◇

「オズの魔法使い」	佐藤高子	ハヤカワ文庫	昭49
「オズの魔法使い」	谷本誠剛	国土社	昭53
「オズのまほうつかい」（「子どものための世界名作文学」14）	山主敏子	集英社	昭53
「オズの魔法使い」	松村達雄	講談社文庫	昭56
「オズの魔法使い」	松村達雄	講談社青い鳥文庫	昭59
「オズの魔法使い」	大村美根子	偕成社文庫	昭61
「すばらしい魔法使いオズ」	石川澄子	東京図書	昭63
「オズの魔法使い」	夏目道子	金の星社	平01
「オズの魔法使い」	渡辺茂男	福音館書店	平02
「オズの魔法使い」	本田博通	第三文明社	平02
「オズの魔法使い」	高杉一郎	河出書房新社	平07
「オズの魔法使い」	谷本誠剛	国土社	平15
「オズの魔法使い」	幾島幸子	岩波少年文庫	平15
「オズのふしぎな魔法使い」	宮本菜穂子	松柏社	平15,18

The Life and Adventures of Santa Claus

「サンタ＝クロースものがたり」	内藤理恵子	講談社	昭55
「サンタクロースの冒険」	田村隆一	扶桑社	平01
「クロースのおくりもの」	金子晴美	扶桑社	平04
「少年サンタの大冒険！」	田村隆一	扶桑社	平08

The Magic of Oz

「オズの魔法くらべ」	佐藤高子	早川書房	平04

Glinda of Ozu

「オズのグリンダ」	佐藤高子	早川書房	平06

The Lost Princess of Oz

「オズの消えたプリンセス」	佐藤高子	早川書房	平02

Rinkitink in Oz

「オズのリンキティンク」	佐藤高子	早川書房	昭63
「オズの虹の国」	佐藤高子	早川書房	昭50
「オズのオズマ姫」	佐藤高子	早川書房	昭50
「オズのエメラルドの都」	佐藤高子	早川書房	昭51
「オズのつぎはぎ娘」	佐藤高子	早川書房	昭52
「魔法がいっぱい！」	佐藤高子	早川書房	昭56
「オズのチクタク」	佐藤高子	早川書房	昭56
「オズのかかし」	佐藤高子	早川書房	昭57
「オズのブリキの木樵り」	佐藤高子	早川書房	昭59
「オズと不思議な地下の国」	佐藤高子	早川書房	昭60
「オズへつづく道」	佐藤高子	早川書房	昭61

ギルマン　1860-1935

Women and Economics

「婦人と経済」	大多和たけ	大日本文明協会	明44
「生活と両性問題」	大日本発明協会	大日本文明協会	大08

Herland

「フェミニジア　女だけのユートピア」	三輪妙子	現代書館	昭59

ガーランド　1860-1940

Main-Travelled Roads

「本街道」	押谷善一郎	大阪教育図書	平01

「獅子にふまれて」（「世界短篇文学全集」13　アメリカ19世紀）	浜本武雄	集英社	昭39

ウィスター　1860-1938

The Virginian

「ヴァージニアン」	佐藤亮一	出版協同社	昭33

ウォートン　1862-1937

The House of Mirth

「歓楽の家」	佐々木みよ子・山口ヨシ子	荒地出版社	平07

Ethan Frome

「三色の雪」	岩田一男	大学書林	昭24
「慕情　イーサン・フローム」	高村勝治	時事通信社	昭31
「イーサン・フローム」（「現代アメリカ文学全集」18）	高村勝治	荒地出版社	昭32
「イーサン・フローム」（「現代アメリカ文学選集」3）	高村勝治	荒地出版社	昭42
「イーサン・フローム」	宮本陽吉	荒地出版社	平07

The Age of Innocence

「汚れなき時代」（「現代アメリカ小説全集」8）	伊藤整	三笠書房	昭16
「エイジ・オブ・イノセンス　汚れなき情事」	大社淑子	新潮文庫	平05
「無垢の時代」	佐藤宏子	荒地出版社	平07

False Dawn

「偽れる黎明」	皆河宗一	南雲堂	昭35

The Children

「この子供たち」	松原至大	世界教育文庫刊行会	平09

O・ヘンリー　1862-1910

「オー・ヘンリー短篇集」	清野暢一郎	岩波文庫	昭27
「オー・ヘンリ短篇集」全3巻	大久保康雄	新潮文庫	昭28
「O．ヘンリー傑作集」	大久保康雄	新潮社	昭28
「オー・ヘンリイ短篇集」全3巻	飯島淳秀	角川文庫	昭33
「都市にて」（「アメリカ短篇名作集」）	三浦朱門	学生社	昭36
「オー・ヘンリー傑作集」全2巻	飯島淳秀	角川文庫	昭44,平01
「O・ヘンリー短篇集」	大久保博	旺文社文庫	昭47
「O・ヘンリー名作集」	多田幸蔵	講談社文庫	昭48
「オー・ヘンリー傑作選」	大津栄一郎	岩波文庫	昭54
「O．ヘンリー・ミステリー傑作選」	小鷹信光	河出書房新社	昭55

The Gift of the Magi

「賢者のおくりもの」	矢川澄子	冨山房	昭58
「ほんもののプレゼント」	岸田今日子	偕成社	昭63
「賢者のおくりもの　オー＝ヘンリー傑作選」	飯島淳秀	講談社青い鳥文庫	平02

709

◇ 翻 訳 文 献 Ⅱ ◇

「O. ヘンリー・ミステリー傑作選」
　　　　　　　小鷹信光　河出文庫　昭59
「最後のひと葉　オー=ヘンリー傑作短編集」
　　　　　　　大久保康雄　偕成社文庫　平01
「最後の一葉」　　大久保博　旺文社　平02
「最後の一葉」　　中山知子　岩崎書店　平02
「最後のひと葉」　有吉玉青　偕成社　平04
「最後のひと葉」　金原瑞人　岩波少年文庫　平13
「20年後」(「オー・ヘンリー　ショートストーリー
　セレクション」1)　千葉茂樹　理論社　平19
「人生は回転木馬」(「オー・ヘンリー　ショートス
　トーリーセレクション」2)　千葉茂樹　理論社　平19
「魔女のパン」(「オー・ヘンリー　ショートストー
　リーセレクション」3)　千葉茂樹　理論社　平19
「賢者の贈り物」(「オー・ヘンリー　ショートスト
　ーリーセレクション」4)　千葉茂樹　理論社　平19
「最後のひと葉」(「オー・ヘンリー　ショートス
　トーリーセレクション」5)　千葉茂樹　理論社　平19
「マディソン群の千一夜」(「オー・ヘンリー　シ
　ョートストーリーセレクション」6)
　　　　　　　千葉茂樹　理論社　平19
「千ドルのつかいみち」(「オー・ヘンリー　ショ
　ートストーリーセレクション」7)
　　　　　　　千葉茂樹　理論社　平20
「赤い酋長の身代金」(「オー・ヘンリー　ショー
　トストーリーセレクション」8)
　　　　　　　千葉茂樹　理論社　平20
「オー・ヘンリー名作集」
　　　　　　　西田義和　文化書房博文社　平02
「オー・ヘンリー傑作選」
　　　　　　　大津栄一郎　ワイド版岩波文庫　平03

ブラック・エルク　　　　1863-1950

Black Elk Speaks
「ブラック・エルクは語る」
　　　　　阿部珠理・宮下嶺夫　めるくまーる　平13

ワイルダー（ローラ）　　　1867-1957

Little House in the Big Woods
「大きな森の小さなお家」　柴田およ士　文祥堂　昭25
「大きな森の小さな家」　　白木茂　講談社　昭40
「大きな森の小さな家」　恩地三保子　福音館書店　昭47
「大きな森の小さな家」こだまともこ・渡辺南都子
　　　　　　　講談社青い鳥文庫　昭57
「大きな森の小さな家」
　　　　こだまともこ・渡辺南都子　講談社文庫　昭63
「大きな森の小さな家」　中村凪子　角川文庫　昭63
Little House on the Prairie
「草原の小さな家：少女とアメリカ・インディア
　ン」　　古川原　新教育事業協会　昭25
「大草原の小さな家」
　　　　　　　恩地三保子　福音館書店　昭47,平14
「大草原の小さな家」こだまともこ・渡辺南都子
　　　　　　　講談社青い鳥文庫　昭57
「大草原の小さな家」　中村凪子　角川文庫　昭63
「大草原の小さな家」
　　　　こだまともこ・渡辺南都子　講談社文庫　昭63
「大草原の小さな家：絵本版」
　　　　　　　和久明生　チャイルド本社　昭63
Llittle Town on the Prairie
「大草原の小さな町」　鈴木哲子　岩波少年文庫　昭32
「大草原の小さな町」こだまともこ・渡辺南都子
　　　　　　　講談社青い鳥文庫　昭61
「大草原の小さな町」
　　　　こだまともこ・渡辺南都子　講談社文庫　昭63
「大草原の小さな町」(「世界児童文学集」28)
　　　　　　　鈴木哲子　岩波書店　平05,15
「大草原の小さな町」　谷口由美子　岩波少年文庫　平12
West from Home
「遙かなる大草原　ローラの手紙」
　　　　　　　田村厚子　世界文化社　平01
Going West
「だいそうげんへのおひっこし」
　　　　　　　しみずなおこ　文溪堂　平11
A Little House Sampler
「大草原のおくりもの」　谷口由美子　角川書店　平02
The Long Winter
「長い冬」全2巻　石田アヤ　コスモポリタン社　昭24
「長い冬」全2巻　鈴木哲子　岩波少年文庫　昭30
「長い冬」(「少年少女文学全集」17)
　　　　　　　鈴木哲子　岩波書店　昭37
「長い冬」　谷口由美子　岩波少年文庫　平12
On the Banks of Plum Creek
「プラム・クリークの土手で」
　　　　　　　恩地三保子　福音館書店　昭48
「プラム川の土手で」こだまともこ・渡辺南都子
　　　　　　　講談社青い鳥文庫　昭58
「プラム川の土手で」
　　　　こだまともこ・渡辺南都子　講談社文庫　昭63
「プラム・クリークの土手で」
　　　　　　　中村凪子　角川文庫　平01
「プラム・クリークの土手で」
　　　　　　　恩地三保子　福音館文庫　平14
These Happy Golden Years
「この楽しき日々」全2巻
　　　　　　　鈴木哲子　岩波少年文庫　昭49
「この輝かしい日々」こだまともこ・渡辺南都子
　　　　　　　講談社青い鳥文庫　昭62
「この輝かしい日々」
　　　　こだまともこ・渡辺南都子　講談社文庫　昭63
「この楽しき日々」　谷口由美子　岩波少年文庫　平12
Farmer Boy
「農場の少年」　恩地三保子　福音館書店　昭48,平15
「農場の少年」こだまともこ・渡辺南都子
　　　　　　　講談社青い鳥文庫　昭60
「農場の少年」
　　　　こだまともこ・渡辺南都子　講談社文庫　昭63
The First Four Years

◇翻 訳 文 献 II◇

「はじめの四年間」　鈴木哲子　岩波少年文庫　昭50
「はじめの四年間」　谷口由美子　岩波少年文庫　平12
「新しい大地　パイオニア物語」
　　　　　　　　　庄司史郎　新紀元社　昭34
　Dance at Grandpa's
「おじいちゃんのいえのダンスパーティー」
　　　　　　　　　しみずなおこ　文渓堂　平08
　Summertime in the Big Woods
「おおきなもりのなつ」しみずなおこ　文渓堂　平10
　Winter Days in the Big Woods
「おおきなもりのふゆ」たにぐちゆみこ　文渓堂　平08
　Christmas in the Big Woods
「おおきなもりのクリスマス」
　　　　　　　　　しみずなおこ　文渓堂　平08
　On the Way Home
「わが家への道　ローラの旅日記」
　　　　　　　　　谷口由美子　岩波少年文庫　昭58,平12
　Going to Town
「まちへいく」　　たにぐちゆみこ　文渓堂　平09
　By the Shores of Silver Lake
「シルバー・レイクの岸辺で」
　　　　　　　　　恩地三保子　福音館書店　昭48,平15
「シルバー湖のほとりで」
　　　こだまともこ・渡辺南都子　講談社青い鳥文庫　昭59
「シルバー湖のほとりで」
　　　こだまともこ・渡辺南都子　講談社文庫　昭63

マスターズ　　　　　　　1868-1950

　Spoon River Anthology
「スプーン・リヴァー詩華集」
　　　　　　　　　中桐雅夫　河出書房　昭30
「スプーン・リヴァ詞集（抄）」（「世界名詩集大成」11）
　　　　　　　　　衣更着信　平凡社　昭37
「スプーン・リヴァー詩集」野中　涼　国文社　平13
「完訳スプーンリバー詞花集」
　　　　　　　　　岸本茂和　朝日出版社　平16
「マスターズ詩集」　山岡　巌　製作社　昭07

ロビンソン　　　　　　　1869-1935

　The Children of the Night
「夜の子ら（全）」（「世界名詩集大成」11）
　　　　　　　　　大和資雄　平凡社　昭37
　The Three Taverns
「リチャード・コリー他」（「世界詩人全集」5）
　　　　　　　　　福田陸太郎　河出書房　昭30

ダンバー　　　　　　　　1872-1906

　The Debt
「負債」（世界黒人詩集）
　　　　　　嶋岡　晨・松田忠徳　飯塚書店　昭50
　We Wear the Mask
「俺たちは仮面をつけている」（不思議な果実：ア

メリカ黒人詩集）　諏訪　優　思潮社　昭63

スタイン　　　　　　　　1874-1946

　Three Lives
「三人の女」　　富岡多恵子　筑摩書房　昭44
「三人の女」　　富岡多恵子　中公文庫　昭53
「三人の女」　　落石八月　マガジンハウス　平02
　Tender Buttons
「スタイン抄（抄）」春山行夫　椎の木社　昭08
「やさしい釦」　金関寿夫　書肆山田　昭53
　Geography and Plays
「地理と戯曲（抄）」（「世界詩人全集」6）
　　　　　　　　　春山行夫　河出書房　昭30
「地理と戯曲（抄）」（「世界名詩集大成」11）
　　　　　　　　　春山行夫　平凡社　昭34
　Everybody's Autobiography
「みんなの自伝」　落石八月　マガジンハウス　平05
「若きピカソのたたかい」植村鷹千代　新潮社　昭30
「ピカソ　その他」本間・金関　書肆山田　平02
　The Autobiography of Alice B. Toklas
「アリス・B・トクラスの自伝　わたしがパリで
　　会った天才たち」金関寿夫　筑摩書房　昭46
「アリス・B・トクラスの自伝　わたしがパリで
　　会った天才たち」金関寿夫　筑摩叢書　昭56
「ファウスト博士の明るい灯り」
　　　　　　　　　志村正雄　書肆山田　平04
　The World Is Round
「地球はまるい」　ばくきょんみ　書肆山田　昭62
「地球はまるい」　落石八月　ポプラ社　平17
「エイダ」（「女たちの時間：レズビアン短編集」）
　　　　　　　　　利根川真紀　平凡社ライブラリー　平10
「ミス・ファーとミス・スキーン」（「女たちの時
　　間：レズビアン短編集」）
　　　　　　　　　利根川真紀　平凡社ライブラリー　平10
　Ida, a Novel
「小説アイダ」　落石八月　マガジンハウス　平03
「パリ　フランス　個人的回想」
　　　　　　　和田旦・本間満男　みすず書房　昭52
　Flernhurst,Q.E.D
「Q.E.D（証明おわり）」志村正雄　書肆山田　昭59

ロウエル（エイミー）　　1874-1925

　Sword Blades and Poppy Seed
「剣の刃とケシの種」（「世界名詞集大成」）11）
　　　　　　　　　上田　保　平凡社　昭34
　What's O'clock?
「何時ですか」（「世界名詞集大成」）11）
　　　　　　　　　上田　保　平凡社　昭34

ウェブスター　　　　　　1876-1916

　Daddy-Long-Legs
「あしながおじさん」遠藤寿子　岩波文庫　昭08,46

◇ 翻訳文献 II ◇

「あしながおじさん」	遠藤寿子 岩波少年文庫	昭25
「あしながおじさん」	松本恵子 新潮文庫	昭29
「あしながおじさん」 中村能三 三笠書房・若草文庫		昭30
「あしながおじさん」	厨川圭子 角川文庫	昭30
「足ながおじさん」	中村能三 秋元書房	昭34
「あしながおじさん 続あしながおじさん」(「少女文学全集」12) 遠藤寿子 岩波書店		昭36
「あしながおじさん」(「少年少女新世界文学全集」12) 大平千枝子 講談社		昭37
「足ながおじさん」(「世界少女名作全集」7) 白木茂 岩崎書店		昭38
「あしながおじさん」(「少年少女世界文学全集」43) 厨川圭子 小学館		昭38
「あしながおじさん」(「世界名作全集」41) 村岡花子 講談社		昭41
「あしながおじさん」(若い人たちのための世界名作への招待) 北川悌二 三笠書房		昭41
「あしながおじさん」(「アイドル・ブックス」22) 松本恵子 ポプラ社		昭41
「あしながおじさん」 三井ふたばこ 講談社マスコット文庫		昭41
「あしながおじさん」 中村佐喜子 旺文社文庫		昭41
「あしながおじさん」(「少年少女世界名作選集」6) 恩地三保子 偕成社		昭42
「あしながおじさん」(「少年少女世界の文学」13) 谷川俊太郎 河出書房		昭42
「あしながおじさん」 厨川圭子 小学館名作文庫		昭42
「あしながおじさん」(「世界の名作図書館」26) 三井ふたばこ 講談社		昭43
「足ながおじさん」 中村能三 秋元書房		昭43
「あしながおじさん」 野上彰 ポプラ社		昭43
「あしながおじさん」 遠藤寿子 岩波少年文庫		昭44
「あしながおじさん」 坪井郁美 福音館書店		昭45
「あしながおじさん」 白木茂 潮文庫		昭46
「あしながおじさん」 北川悌二 三笠書房		昭46
「あしながおじさん」 曽野綾子 少年少女講談社文庫		昭47
「あしながおじさん」 前田三恵子 学習研究社		昭48
「あしながおじさん」 恩地三保子 偕成社文庫		昭50
「あしながおじさん」 岡上鈴江 春陽堂少年少女文庫		昭52
「あしながおじさん」(「少年少女世界の文学」18) 厨川圭子 暁教育図書		昭54
「足ながおじさん」(「子どものための世界名作文学」26) 吉田真一 集英社		昭54
「あしながおじさん」 西条ふたばこ 講談社・セシール文庫		昭57
「あしながおじさん」 厨川圭子 小学館・フラワーブックス		昭57
「あしながおじさん」(「少年少女世界の名作」28) 木村由利子 集英社		昭58
「あしながおじさん」 恩地三保子 偕成社文庫		昭59
「あしながおじさん」(「少年少女世界文学館」12) 曽野綾子 講談社		昭61
「あしながおじさん」 谷川俊太郎 理論社・フォア文庫		昭63
「あしながおじさん」(「世界の名作ライブラリー」2) 早川麻百合 金の星社		平01
「あしながおじさん」曽野綾子 講談社青い鳥文庫		平01
「あしながおじさん」 岡上鈴江 春陽堂くれよん文庫		平01
「足ながおじさん」(「少年少女世界名作の森」8) 木村由利子 集英社		平02
「あしながおじさん」 厨川圭子 小学館・てんとう虫ブックス		平02
「足ながおじさん」(「新編少女世界名作選」2) 三木澄子 偕成社		平02
「あしながおじさん」(「世界の少女名作」9) 白木茂 岩崎書店		平03
「あしながおじさん」(「世界文学の玉手箱」1) 谷川俊太郎 河出書房新社		平04
「足ながおじさん」(「子どものための世界文学の森」21) 吉田真一 集英社		平06
「あしながおじさん」 小泉龍雄 語学春秋社		平12
「あしながおじさん」 谷口由美子 岩波少年文庫		平14
「あしながおじさん」 谷川俊太郎 理論社		平16
「あしながおじさん」 坪井郁美 福音館書店		平16
「あしながおじさん 続」 遠藤寿子 岩波少年文庫		昭30
「足ながおじさん 続」 中村能三 三笠書房・若草文庫		昭30
「あしながおじさん 続」 村岡花子・町田日出子 角川文庫		昭34
「あしながおじさん 続」 松本恵子 新潮文庫		昭36
「正・続あしながおじさん」(「若い人たちのための世界名作への招待」) 北川悌二 三笠書房		昭41
「あしながおじさん 続」 町田日出子 講談社		昭41
「あしながおじさん 続」 北川悌二 偕成社文庫		昭60

When Patty Went to College
「女学生バッティ」
	遠藤寿子 三笠書房・若草文庫	昭31
「女学生 バッティ」	遠藤寿子 三笠書房	昭41

Just Patty
「おちゃめなパッティ」(「世界少女名作全集」28)	白木茂 岩崎書店	昭39
「おちゃめなパティー」	榎林哲 講談社・セシール文庫	昭56
「おちゃめなパティー」(「世界の少女名作」2)	白木茂 岩崎書店	平03
「おちゃめなパッティ」	遠藤壽子 ブッキング	平16

シンクレア　　1878-1968

Prince Hagen
「プリンス・ハアゲン」	佐野硯 金星堂	昭02

Manassas
「マナサス（南北戦争）」	浅野三郎 アルス	昭16

The Jungle
「ジャングル」	前田河広一郎 叢文閣	大14,昭03

◇ 翻 訳 文 献 Ⅱ ◇

「ジャングル」　　　前田河広一郎　春陽堂　昭09
「ジャングル」　　　　　　木村生死　三笠書房　昭25
「ジャングル」全2巻　前田河廣一郎　ゆまに書房　平16
 King Coal
「石炭王」　　　　　　堺　利彦　白揚社　大14
「底に動く」　　　　　堺　利彦　白揚社　昭01
 Jimmie Higgins
「義人ジミー」　　　　前田河広一郎　改造社　大15
 The Brass Check
「真鍮の貞操切符：ブラス・チェック」
       早坂二郎　新潮社　昭04
 100% The Story of a Patriot
「スパイ」　　　堺　利彦・志津野又郎　天佑社　大12
「スパイ」　　　　　堺　利彦　共生閣　大03
「百パーセント愛国者」（「世界文学全集Ⅱ」8）
    谷　譲次・早坂二郎　新潮社　昭05
「スパイ」全2巻　　　早坂二郎　春陽堂　昭07
「百パーセント愛国者」　早坂二郎　大洋社　昭24
 They Call Me Carpenter
「人われを大工と呼ぶ」　谷　譲次　新潮社　昭05
 Oil!
「石油」　　ポール・ケート・高津正道　平凡社　昭03
「オイル！（石油）」
   ポール・ケート・高津正道　平凡社　昭05
 Money Writers!
「米国現代文学批判」　丘　逸作　中外文化協会　昭35
「金が書く！」　　　　富田正文　新潮社　昭05
 Boston
「ボストン」全2巻
  前田河広一郎・長野兼一郎　改造社　昭04-05
 Mountain City
「資本」　　　　前田河広一郎　日本評論社　昭05
 Upton Sinclair Presents William Fox
「聖林爆撃」　　　　並河　亮　言海書房　昭10
「映画王フォックス」
    並河　亮・伊藤儀一　言海書房　昭11
 Co-op
「共同組合」　　　　前田河広一郎　第一書房　昭12
 World's End
「世界の終り」　庄野満雄・島田昇太郎　改造社　昭17
「世界の終わり（ラニー・バッド第1部）」
      並河　亮　共和出版社　昭24
「世界の末日」　　　並河　亮　中央公論社　昭25
「ラニー・バッド」全5巻
     並河　亮　共和出版社　昭24-25
「二つの世界（ラニー・バッド第2部）」
      並河　亮　共和出版社　昭25
「エレミアの世界（ラニー・バッド第3部）」
      並河　亮　共和出版社　昭26
「門は開かれたり（ラニー・バッド第4部）」
      並河　亮　共和出版社　昭25
「地獄への道（ラニー・バッド第5部）」
      並河　亮　共和出版社　昭25
「砂漠の夜の夢　第三次世界大戦の恐怖」
      並河　亮　日月社　昭32

 A World to Win
「勝利の世界」全2巻　並河　亮　国際出版　昭23
 Presidential Mission
「ラニー・バッドの巡礼：ラニー・バッド第3部」
   全2巻　　　並河　亮　リスナー社　昭23
 The Enemy Had it Too
「敵も持っていた」　　並河　亮　日月社　昭30
 The Return of Lanny Budd
「ラニー・バッドの生還」　並河　亮　桃園書房　昭29

サンドバーグ　　　　　　　　1878-1967

 Always the Young Strangers
「わが少年期」　斎藤数衛・吉田三雄　新鋭社　昭31
 Smoke and Steel
「けむりと鋼鉄（抄）」（「世界名詩集大成」11）
       片桐ユズル　平凡社　昭37
「煙と鉄（抄）」　　　河野一郎　新潮文庫　昭49
 Chicago Poems
「シカゴ詩集」（「世界詩人全集」5）
      小野十三郎　河出書房　昭30
「シカゴ詩集」　　　安藤一郎　岩波文庫　昭32
「シカゴ詩集」（「世界名詩集大成」11）
       安藤一郎　平凡社　昭34
「シカゴ詩集」（「世界名詩集」22）
       安藤一郎　平凡社　昭43
「シカゴ詩集」（「世界詩人全集」12）
       安藤一郎　新潮社　昭43
 Abraham Lincoln: The Prairie Years
「リンカーン」（「少年少女新世界文学全集」13）
       荒　正人　講談社　昭40
「若き日のリンカーン」　白木　茂　偕成社　昭40
「リンカーン」（「世界の名作図書館」44）
       上笙一郎　講談社　昭42
「エブラハム・リンカーン」全3巻
       坂下　昇　新潮社　昭47
 Good Morning, America
「おはよう、アメリカ（抄）」河野一郎　新潮文庫　昭49
「サンドバーグ詩集」（「とうもろこしを剥ぐ人に」
  〈抄〉他）　　　　安藤一郎　新潮社　昭49
「風のうた」　　　　安藤一郎　学習研究社　昭45
「サンドバーグ詩集」
    安藤一郎・河野一郎　新潮社　昭49
「サンドバーグ」（「世界少年少女文学全集」36）
       新庄哲夫　創元社　昭30

グラスペル　　　　　　　　　1882-1948

 Trifles
「ささいなこと」（アメリカ女性劇集：1900-1930）
       池内靖子　新水社　昭63

ティーズデイル　　　　　　　1884-1933

「ティスデールの詩」（現代英米詩選）

713

◇翻訳文献 II◇

　　　　　　　　　　浦瀬白雨　紅玉堂書店　大12
「ティスデール小曲集」　水谷まさる　交蘭社　大14
　Collected Poems
「地上の宿他」（『世界名詩集大成』11 アメリカ篇）
　　　　　　　　　　福田陸太郎　平凡社　昭34

ラードナー　　　　　　　1885-1933

　You Know Me, Ali: a Busher's Letters
「おれは駆けだし投手」（『世界ユーモア文学全集』
　8）　中村雅夫・田中清太郎　筑摩書房　昭36,53
「おれは駆けだし投手」　中村雅男　筑摩書房　昭44
「メジャー・リーグのうぬぼれルーキー」
　　　　　　　　　　加島祥造　筑摩書房　平15
　The Big Town
「大都会」　　　　　　加島祥造　新潮社　昭46
「大都会」　　　　　　加島祥造　新書館　昭49
　Champion
「チャンピオン他短篇集」（『現代アメリカ文学全
　集』4）　　　　　　大竹勝　荒地出版社　昭32
「チャンピオン」（『20世紀の珠玉』）
　　　　　　　　　　菅沼舜治　南雲堂　昭35
「チャンピオン」　大竹勝　荒地出版社　昭39
「チャンピオン―ラードナー短篇集」
　　　　　　　　　　大竹勝　荒地出版社　昭39
「チャンピオン他短篇集」（『現代アメリカ文学全
　選』8）　　　　　　大竹勝　荒地出版社　昭42
　Tream 'Em Rough
「息がつまりそう　リング・ラードナー短編集」
　　　　　　　　　　加島祥造　新潮社　昭46
　The Golden Honeymoon
「金婚旅行」（『現代アメリカ短篇集』）
　　　　　　　　　　佐藤亮一　荒地出版社　昭31
　Haircut
「床屋の話」（『世界短篇文学全集』14　アメリカ
　20世紀）　　　　　佐伯彰一　集英社　昭39
「ここではお静かに　リング・ラードナー短編集」
　　　　　　　　　　加島祥造　新潮社　昭47
「微笑がいっぱい　リング・ラードナー短編集」
　　　　　　　　　　加島祥造　新潮社　昭45
「アリバイ・アイク」　加島祥造　新潮文庫　昭53
「ラードナー傑作短篇集」　加島祥造　福武文庫　平01

ドゥーリトル（H.D.）　　　1886-1961

　Sea Garden
「海の園」（『世界名詩集大成』11　アメリカ篇）
　　　　　　　　　　片瀬博子　平凡社　昭34
　Tribute to Freud
「フロイトにささぐ」　鈴木重吉　みすず書房　昭58
「山精、庭園、ヘレン他」（『世界詩人全集』5）
　　　　　　　　　　安藤一郎　河出書房　昭30

ブルックス　　　　　　　1886-1963

　America's Coming-of-Age
「アメリカ成年期に達す」国重純二　研究社出版　昭51
　The Flowering of New England, 1815-1865
「花ひらくニュー・イングランド　1815-1865」
　全2巻　　　　　　石川欣一　三笠書房　昭26
「花ひらくニュー・イングランド」（アメリカ文学
　史2　1815-1865）　石川欣一　ダヴィッド社　昭28
　New England: Indian Summer
「小春日和のニュー・イングランド」（アメリカ文
　学史4　1865-1915）石川欣一　ダヴィッド社　昭28
　The World of Washington Irving
「ワシントン・アーヴィングの世界」（アメリカ文
　学史1　1800-1915）石川欣一　ダヴィッド社　昭28
　The Times of Melville and Whitman
「メルヴィルとホウィットマンの時代」（アメリカ
　文学史3　1800-1915）石川欣一　ダヴィッド社　昭29
　The Confident Years
「自信の歳月」（アメリカ文学史5　1885-1915）
　　　　　　　　　　石川欣一　ダヴィッド社　昭29
　Makers and Finders
「アメリカ文学史」全5巻
　　　　　　　　　　石川欣一　ダヴィッド社　昭28-29
「アメリカ文学史 1800-1915」
　全5巻　　　　　　石川欣一　名著普及会　昭62
　Helen Keller, Sketch for a Portrait
「ヘレン・ケラー」　坂西志保　時事通信社　昭31
　Sensory Awareness
「センサリー・アウェアネス　「気づき」―自己・
　からだ・環境との豊かなかかわり」
　　　　　　　　　　伊東博　誠信書房　昭61

ジェファーズ　　　　　　1887-1962

　Tamar and Other Poems
「タマルその他」（『世界名詩集大成』11　アメリカ
　篇）　　　　　　　外山定男　平凡社　昭34
「岩と鷹、シバ他」（『世界詩人全集』5）
　　　　　　　　　　外山定男　河出書房　昭30
　Shine, Perishing Republic
「輝け、亡びゆく共和国」（『現代アメリカ詩集・
　世界の現代詩』2）　片桐ユズル　飯塚書店　昭30
　Roan Stalion
「葦毛の種馬」（米国ゴシック作品集）
　　　　　　　　　　志村正雄　国書刊行会　昭57
「ロビンソン・ジェファーズ詩集」（『現代の芸術双
　書』32）　　　　　中島完　思潮社　昭44
「ロビンソン・ジェファーズ詩集」
　　　　　　　　　　三浦徳弘　国文社　昭61

◇ 翻 訳 文 献 Ⅱ ◇

リード（ジョン）　　　　1887-1920

Ten Days that Shook the World
「世界を震撼させた十日間」
　　　　樋口弘・佐々木元十　弘津堂書房　昭04
「世界を震撼せる十日間　ロシア革命の歴史的
　記録」　　　福沢守人　三　光　社　昭21
「世界を震撼させた十日間」全2巻
　　　　　　　原　光雄　三一書房　昭21
「世界を震撼させた十日間」篠原道雄　三一書房　昭27
「世界を震撼せる十日間」下村宗雄　彩　光　社　昭30
「世界をゆるがせた10日間」全2巻
　　　　　　　原　光雄　岩波書店　昭32
「世界をゆるがした十日間」野田開作　偕　成　社　昭40
「世界をゆるがせた10日間」
　　　　　小笠原豊樹　筑摩書房　昭42,53
「世界を震撼させた十日間」
　　　　　　大崎平八郎　角川文庫　昭47
「世界をゆるがした十日間」
　　　　　小笠原豊樹・原　暉之　筑摩叢書　昭52
「世界をゆるがした十日間」全2巻
　　　　松本正雄・村山淳彦　新日本出版社　昭52
「世界をゆるがした十日間」
　　　　　小笠原豊樹・原　暉之　ちくま文庫　平04

Insurgent Mexico
「反乱するメキシコ」
　　　　　野田・草間・野村　小川出版　昭45
「反乱するメキシコ」　　野田　隆　筑摩叢書　昭56
「或る若者の冒険」　　　高山林太郎　刀江書院　昭44

ランサム　　　　1888-1974

「選詩集（抄）」（「世界名詩集大成」11、アメリカ
　篇）　　　　成田成寿　平　凡　社　昭34

チャンドラー　　　　1888-1959

The Big Sleep
「大いなる眠り」　双葉十三郎　東京創元社　昭31
「大いなる眠り」　双葉十三郎　創元推理文庫　昭35
Farewell, My Lovely
「さらば愛しき女よ」　清水俊二　早川書房　昭31
「さらば愛しき女よ」（「世界ミステリ全集」5）
　　　　　　　清水俊二　早川書房　昭47
「さらば愛しき女よ」　藤井ひろ子　講　談　社　平12
The High Window
「高い窓」　　　田中小実昌　早川書房　昭34
「高い窓」　　　清水俊二　早川書房　昭63
The Lady in the Lake
「湖中の女」　　田中小実昌　早川書房　昭34
「湖中の女」　　清水俊二　早川書房　昭61
The Little Sister
「かわいい女」　清水俊二　東京創元社　昭32
「かわいい女」　清水俊二　創元推理文庫　昭34

Bay City Blues
「ベイ・シティ・ブルース」
　　　　　　小泉喜美子　河出書房新社　昭59
「ベイ・シティ・ブルース」
　　　　　　小泉喜美子　河出文庫　昭63
「チャンドラー美しい死顔」
　　　　　　清水俊二　講談社文庫　昭54
The Long Goodbye
「長いお別れ」（「世界探偵小説全集」）
　　　　　　清水俊二　早川書房　昭33
「長いお別れ」（「世界ミステリ全集」5）
　　　　　　清水俊二　早川書房　昭47
「ロング・グッドバイ」　村上春樹　早川書房　平19
Play Back
「プレイバック」（世界ミステリシリーズ）
　　　　　　清水俊二　早川書房　昭34
「プレイバック」（「世界ミステリ全集」5）
　　　　　　清水俊二　早川書房　昭47
「プレイバック」
　　　　　清水俊二　ハヤカワ・ミステリ文庫　昭52
Poodle Springs
「プードル・スプリングス物語」
　　　　　　菊池　光　早川書房　平02
「プードル・スプリングス物語」
　　　　　　菊池　光　ハヤカワ・ミステリ文庫　平09
No Crime in the Mountain
「にせ札を追え！」（少年SF・ミステリ文庫）
　　　　　　福島正実　国　土　社　昭58
「にせ札を追え！」（「海外SFミステリー傑作選」18）
　　　　　　福島正実　国　土　社　平07
Philip Marrowe's Last Case
「マーロウ最後の事件」　稲葉明雄　晶　文　社　昭50
「暗黒街捜査官」　　福島正実　あかね書房　昭39
「過去ある女　プレイバック」
　　　　　　小鷹信光　サンケイ出版　昭61
「フィリップ・マーロウ」稲葉明雄　集英社文庫　平09
Raymond Chandler's Philip Marlowe
「マーロウ最後の事件」
　　　　　稲葉明雄　ハヤカワミステリ文庫　平19
「恐怖の1ダース」　　中田耕治　出　帆　社　昭50
Double Indemnity
「深夜の告白」　　森田義信　小　学　館　平12
The Eager Witness
「マーロウ証言に立つ」　青木信義　語学春秋社　昭60
「マーロウ証言に立つ」（CD付）
　　　　　　青木信義　語学春秋社　平18
Raymond Chandler Speaking
「レイモンド・チャンドラー語る」
　　　　　　清水俊二　早川書房　昭42,59
The Blue Dahlia
「ブルー・ダリア」　　小鷹信光　角川書店　昭63
「チャンドラー傑作集」全4巻
　　　　　稲葉由紀・明雄　創元推理文庫　昭38-45
「チャンドラー傑作集」　稲葉明雄　番町書房　昭52
「チャンドラー短篇集」　清水俊二　早川書房　昭35

715

◇ 翻 訳 文 献 II ◇

「チャンドラー短篇全集」全4巻
　　　　　稲葉明雄　創元推理文庫　昭59-61
「キラー・イン・ザ・レイン」(「チャンドラー短篇全
　集」1) 小鷹信光ほか　ハヤカワミステリ文庫　平19
「トライ・ザ・ガール」(「チャンドラー短篇全集」2)
　　　木村二郎ほか　ハヤカワミステリ文庫　平19
「レイディ・イン・ザ・レイク」(「チャンドラー
　短篇全集」3)
　　　小林宏明ほか　ハヤカワミステリ文庫　平19
「トラブル・イズ・マイ・ビジネス」(「チャンド
　ラー短篇全集」4)
　　　田口俊樹ほか　ハヤカワミステリ文庫　平19

コーフマン　　　　　　　　　　1889-1961

　The Man Who Came to Dinner
「晩餐にきた男」(現代世界戯曲選集 9)
　　　　　　　　　　　内村直也　白水社　昭29
　Of Thee I Sing
「君のため我は歌わん」(現代世界戯曲選集 6)
　　　　　　　　　　　内村直也　白水社　昭29
　If Men Played Cards as Women
「もし男が女のようにポーカーをしたら」(「ユーモ
　ア・スケッチ傑作展」2)浅倉久志　早川書房　昭55

マッケイ　　　　　　　　　　　1889-1948

　If We Must Die
「たとえおれたちが死なねばならないとしても」
　(世界黒人詩集)
　　　嶋岡晨・松田忠徳　飯塚書店　昭50
　Spring in New Hampshire
「ニューハンプシャーの春」(不思議な果実：アメ
　リカ黒人詩集)　　諏訪優　思潮社　昭63

ポーター　　　　　　　　　　　1890-1980

　Flowering Judas
「花ひらくユダの木・昼酒他 2篇」(「英米名作ライ
　ブラリー」)　尾上政次・野崎孝　英宝社　昭32
「花ひらくユダの樹他 1編」(「現代アメリカ文学全
　集」5)　　菊池豊子　荒地出版社　昭33
「花ひらくユダの木」(対訳アン・ポーター)
　　　　　上野直蔵・太田藤一郎　南雲堂　昭47
「花咲くユダの木　K・A・ポーター短篇集」
　　　小林健治・岡田田鶴子　篠崎書林　昭57
　María Concepción
「マリア・コンセプシオン」(「世界短篇文学全集」
　14 アメリカ文学20世紀)　野崎孝　集英社　昭39
　Noon Wine
「昼酒」(「キリスト教文学の世界」20)
　　　　　　　　尾上政次　主婦の友社　昭53
　Old Mortality
「娘ごころ (愛と死の陰に)」
　　　　　　　　高橋正雄　ダヴィッド社　昭29

　Pale Horse, Pale Rider
「幻の馬　幻の騎手」　高橋正雄　晶文社　昭55
　That Tree
「あの木」(「世界短篇文学全集」14 アメリカ文学
　20世紀)　　　高橋正雄　集英社　昭39
「あの木」(対訳アン・ポーター)
　　　　　上野直蔵・太田藤一郎　南雲堂　昭47
　Circus
「サーカス」　　　　野崎孝　英宝社　昭32
　The Grave
「墓」　　　　　　　野崎孝　英宝社　昭32
　Ship of Fools
「愚者の船」(「人間の文学」12、13)
　　　　　　　工藤昭雄　河出書房新社　昭40-41
「愚か者の船」　小林田鶴子　あぽろん社　平03
　Conversation with Porter, Refugee from Indian
　Creek
「キャサリン・アン・ポーター、自己を語る－虚
　像と実像の間」　小林田鶴子　大阪教育図書　昭59

ハワード　　　　　　　　　　　1891-1939

　Gone with the Wind
「風と共に去りぬ　シナリオ」高瀬鎮夫　三笠書房　昭27
「風と共に去りぬ」全2巻
　　　　　　　大場啓蔵ほか　南雲堂　平06

ハーストン　　　　　　　　　　1891-1960

　Jonah's Gourd Vine
「ヨナのとうごまの木」徳末愛子　リーベル出版　平08
　Mules and Men
「騾馬とひと (抜粋)」　中村輝子　朝日新聞社　昭57
「騾馬とひと」　　　中村輝子　平凡社　平09
　Spunk
「スパンク」(「黒人文学全集」8)
　　　　　　　　　小西友七　早川書房　昭36
「ハーストン作品集」全3巻
　　　　　　常田景子ほか　新宿書房　平07-11

ミラー (ヘンリー)　　　　　　　1891-1980

　Tropic of Cancer
「北回帰線」　　　大久保康雄　新潮社　昭28
「北回帰線」(「ヘンリー・ミラー全集」1)
　　　　　　　　大久保康雄　新潮社　昭40
「北回帰線」　　　大久保康雄　新潮文庫　昭44
「北回帰線」　　　本田康典　水声社　平16
　Black Spring
「暗い春」　　　　吉田健一　人文書院　昭28
「暗い春」(「世界文学全集」6)
　　　　　　　　吉田健一　集英社　昭40
「暗い春」　　　　吉田健一　福武文庫　昭61
「黒い春」(「ヘンリー・ミラー・コレクション」3)
　　　　　　　　山崎勉　水声社　平16

716

◇翻訳文献 II◇

The Cosmological Eye
「宇宙的な眼」(「ヘンリー・ミラー全集」7)
　　　　　　　　　宮本陽吉　新潮社　昭43

Tropic of Capricorn
「南回帰線」(「世界文学全集II」24)
　　　　　大久保康雄　河出書房新社　昭33
「南回帰線」(「世界文学全集II」24)
　　　　　大久保康雄　河出書房新社　昭38
「南回帰線」(「人間の文学」10)
　　　　　　　大久保康雄　河出書房　昭38
「南回帰線」(「ヘンリー・ミラー全集」2)
　　　　　　　大久保康雄　新潮社　昭40
「南回帰線」(「世界文学全集II」25)
　　　　　　　大久保康雄　新潮社　昭42
「南回帰線」(「世界文学全集」39)
　　　　　　　谷口陸男　中央公論社　昭44
「南回帰線」　大久保康雄　新潮文庫　昭44
「南回帰線」(「世界文学ライブラリー」32)
　　　　　　　河野一郎　講談社　昭46
「南回帰線　完訳」清水康雄　角川文庫　昭46
「南回帰線」　河野一郎　講談社文庫　昭47
「南回帰線」(「世界文学全集」31)
　　　　　　　　幾野　宏　集英社　昭49
「南回帰線」(「世界文学全集」100)
　　　　　　　河野一郎　講談社　昭52
「南回帰線」(「世界文学全集」69)
　　　　　　　　幾野　宏　集英社　昭54
「南回帰線」　河野一郎　講談社文芸文庫　平13
「南回帰線」(「ヘンリー・ミラー・コレクション」
　2)　　　　松田憲次郎　水声社　平16

The World of Sex
「性の世界」　　吉田健一　新潮社　昭28
「性の世界」(「ヘンリー・ミラー全集」12)
　　　　　　　吉田健一　新潮社　昭42
「性の世界」(「新世界文学全集」39)
　　　　　　　谷口陸男　中央公論社　昭44

The Air-Conditioned Nightmare
「冷房装置の悪夢」大久保康雄　新潮社　昭28
「冷房装置の悪夢」大久保康雄　新潮社　昭29
「冷房装置の悪夢」(「ヘンリー・ミラー全集」9)
　　　　　　　大久保康雄　新潮社　昭42

The Smile at the Foot of the Ladder
「梯子の下の微笑」大久保康雄　新潮社　昭29
「梯子の下の微笑」(「新世界文学全集」39)
　　　　　　　谷口陸男　中央公論社　昭44
「梯子の下の微笑」(「ヘンリー・ミラー全集」6)
　　　　　　　大久保康雄　新潮社　昭46

Sexus
「セクサス」　　　谷口　徹　教材社　昭26
「セクサス」(上)(薔薇色の十字架第一部)
　　　　　　　　木屋太郎　ロゴス社　昭28
「セクサス」　　大久保康雄　新潮社　昭29
「薔薇色の十字架　第1部」
　　　　　　　大久保康雄　新潮社　昭29
「薔薇色の十字架　第1セクサス」(「ヘンリー・ミラー全集」3)　大久保康雄　新潮社　昭41
「薔薇色の十字架　第2プレクサス」(「ヘンリー・ミラー全集」4)　大久保康雄　新潮社　昭41
「薔薇色の十字架　第3ネクサス」(「ヘンリー・ミラー全集」5)　大久保康雄　新潮社　昭42
「セックサス」全2巻　谷口　徹　高風館　昭30-31
「セクサス」全2巻　大久保康雄　新潮文庫　昭45

Nexus
「ネクサス」(「世界文学全集」6)
　　　　　河野一郎・吉田健一　集英社　昭40
「ネクサス」(「ヘンリー・ミラー全集」5)
　　　　　　　大久保康雄　新潮社　昭42
「ネクサス」(「世界の文学」6)
　　　　　　　　河野一郎　集英社　昭51

The Books in My Life
「わが読書」　　田中西二郎　新潮社　昭35
「わが読書」(「ヘンリー・ミラー全集」11)
　　　　　　　田中西二郎　新潮社　昭41

The Time of the Assassins
「ランボオ論」　小西茂也　新潮社　昭30
「ランボオ論」(「ヘンリー・ミラー全集」12)
　　　　　　　小西　茂　新潮社　昭42

Quiet Days in Clychy
「静かな日の情事」村上哲夫　新流社　昭36
「クリシーの静かな日々」村上哲夫　二見書房　昭43,47
「クリシーの静かな日々」(「ヘンリー・ミラー全集」6)　大久保康雄　新潮社　昭46
「クリシーの静かな日々」(「ヘンリー・ミラー・コレクション」4)
　小林美智代・田澤晴海・飛田茂雄　水声社　平16

Big Sur and the Oranges of Hieronymus Bosch
「ビグ・サーとヒエロニム・ボッシュのオレンジ」
　(「ヘンリー・ミラー全集」13)
　　　　　　　田中西二郎　新潮社　昭46

Lawrence Durrell and Henry Miller
「ミラー・ダレル往復書簡集」
　　　　　中川　敏・田崎研三　筑摩書房　昭48

Insomnia: or, The Devil at Large
「不眠症あるいは飛び跳ねる悪魔」(「モダンクラシックス」)　吉行淳之介　河出書房新社　昭50
「不眠症あるいは飛び跳ねる悪魔」
　　　　　　　吉行淳之介　読売新聞社　昭50

My Life and Times
「愛と笑いの夜」吉行淳之介　河出書房　昭43
「わが生涯の日々」　河野一郎　講談社　昭46
「愛と笑いの夜」(「モダンクラシックス」)
　　　　　　　吉行淳之介　河出書房新社　昭47
「描くことは再び愛すること」
　　　　　　　飛田茂雄　竹内書店　昭47
「愛と笑いの夜」　吉行淳之介　角川文庫　昭51
「愛と笑いの夜」　吉行淳之介　福武文庫　昭62
「北回帰線からの手紙」
　　　　　中田耕治・深田甫　晶文社　昭47
「初恋他」(「世界文学全集II」25)
　　　　　　　吉行淳之介　河出書房新社　昭42

717

◇ 翻 訳 文 献 II ◇

Opus pistorum
「オプス・ピストルム」
　　　　　　　田村隆一　富士見ロマンス文庫　昭59

マクリーシュ　　　　　　　　1892-1982

New Found Land
「新しく発見された国土」(「世界名詩集大成」11
アメリカ篇)　　上田　保　平凡社　昭34
The Fall of the City
「都会の陥落」(アメリカ・ラジオ・ドラマ傑作集)
　　　　　　　　内村直也　宝文館　昭29
Collected Poems, 1917-1952
「ある群衆への演説」(「世界詩人全集」6)
　　　　　　　福田陸太郎　河出書房　昭30
Memorial Rain
「記念の雨」(「現代アメリカ詩集・世界の現代詩」
2)」　　　　　　片岡ユズル　飯塚書店　昭30

ライス　　　　　　　　　　　1892-1967

The Adding Machine
「計算器」(「新興文学全集」14・米国篇 2)
　　　　　　　　松本正雄　平凡社　昭04
「計算器」(「近代劇全集」37)
　　　　　　　　鈴木善太郎　第一書房　昭05
Street Scene
「街の風景」　　杉木喬　健文社　昭11
「街の風景」　　杉木喬　改造社文庫　昭14
Dream Girl
「夢みる乙女」　中川龍一　早川書房　昭26

ミレー　　　　　　　　　　　1892-1950

Renascence and Other Poems
「復活」(「世界名詩集大成」11　アメリカ篇)
　　　　　　　　片瀬博子　平凡社　昭34

バック　　　　　　　　　　　1892-1973

East Wind, West Wind
「新しきもの古きもの」
　　　　　　　松本正雄・片岡鉄平　六芸社　昭13
「東の風西の風」　深沢正策　第一書房　昭13
「東の風・西の風」　深沢正策　河北書房　昭17
「新しきもの古きもの」　深沢正策　国民社　昭20
「東の風西の風」　深沢正策　共和出版社　昭28
「東の風西の風」(「パール・バック選集」2)
　　　　　　　　深沢正策　創芸社　昭28
「東の風西の風」　村岡花子　三笠書房　昭30
「東の風、西の風」　深沢正策　創芸社　昭40
The Good Earth
「大地」　　　　新居　格　第一書房　昭10
「大地」全3巻　新居　格　共和出版社　昭24-26
「大地」全3巻　新居　格　三笠ライブラリー　昭27-28

「大地」全4巻
　　　　　新居　格・中野好夫　新潮文庫　昭28-29
「大地」全2巻 (「現代世界文学全集別巻」3～4)
　　　　　　　　　新居　格　三笠書房　昭29
「大地」(「世界文学全集 II」21)
　　　　　　　　大久保康雄　河出書房　昭30
「大地」全4巻　大久保康雄　河出文庫　昭31
「大地」全4巻　大久保康雄　角川文庫　昭32
「大地」(「少女世界文学全集」22)
　　　　　　　　藤原てい　偕成社　昭37
「大地」全2巻 (「世界の名作」)
　　　　　　　　大久保康雄　集英社　昭38
「大地」(「世界文学全集」) 全2巻
　　　　　　　　大久保康雄　河出書房新社　昭40-42
「大地」　　　　深沢正策　ポプラ社　昭41
「大地」　大久保康雄・大蔵宏之　金の星社　昭43
「大地」(「ジュニア版世界文学名作選」30)
　　　　　　　　大久保康雄　偕成社　昭44,48
「大地」全2巻　佐藤亮一　旺文社文庫　昭44
「大地」(「世界文学ライブラリー」28、29、30)
全3巻　　　　　朱牟田夏雄　講談社　昭47
「大地」全3巻　北川悌二　潮文庫　昭49
「大地」全2巻 (「世界文学全集」95、96)
　　　　　　　　朱牟田夏雄　講談社　昭49
「大地」　　　　小尾芙佐　集英社　昭50
「大地」全3巻　朱牟田夏雄　講談社文庫　昭50
「大地」(「世界文学全集」35) 小野寺健　集英社　昭50
「大地」全2巻　飯島淳秀　筑摩書房　昭53
「大地」全2巻 (「世界文学全集」84、85)
　　　　　　　　小野寺健　集英社　昭53
「大地」全3巻　佐藤亮一　春陽堂書店　昭54
「大地」(第1部) (「世界文学全集」4)
　　　　　　　　浜本武雄　学習研究社　昭54
「大地」　　　　喜多謙　偕成社　昭58
「大地」全4巻　小野寺健　岩波文庫　平09
Sons
「息子達」　　　新居　格　第一書房　昭11
「息子たち」　　新居　格　共和出版　昭24
「息子たち」(「世界文学全集 II」21)
　　　　　　　　大久保康雄　河出書房　昭30
The First Wife, and Other Stories
「第一夫人」　　本間立也　改造社　昭13
「はじめの妻」(「パール・バック選集」4)
　　　　　　　　深沢正策　創芸社　昭31
The Mother
「母」　　　　　深沢正策　第一書房　昭11
「母」(近代文庫)　深沢正策　創芸社　昭28
「母」(「パール・バック選集」2)
　　　　　　　　深沢正策　創芸社　昭28
「ザ・マザー」　青山静子　菁柿堂　昭61
The House Divided
「分裂せる家」　新居　格　第一書房　昭11
「分裂せる家」　新居　格　共和出版　昭24
「分裂せる家」(「世界文学全集・決定版 II」21)
　　　　　　　　大久保康雄　河出書房　昭30

◇ 翻 訳 文 献 Ⅱ ◇

The Exile: Portrait of an American Mother
「母の肖像」　　　　　深沢正策　第一書房　昭13
「母の生活」　　　　　村岡花子　第一書房　昭15,16
「母の肖像」(「パール・バック選集」1)
　　　　　　　　　　深沢正策　創芸社　昭28
「母の肖像・東の風、西の風」村岡花子　三笠書房　昭29
「母の肖像」　　　村岡花子　ダヴィッド社　昭27,31
「母の肖像」　　　　　村岡花子　新潮文庫　昭32
「母の肖像」　　　　　飛田茂雄　角川文庫　昭40
「母の肖像」(「アイドルブックス」)
　　　　　　　　　　村岡花子　ポプラ社　昭41
「母の肖像」　　　　　土居　耕　金の星社　昭42
「母の肖像」　　　　　城　夏子　偕成社　昭43
「新訳・母の肖像」　　佐藤亮一　芙蓉書房　昭48
「母の肖像」　　　　　村岡花子　ポプラ社　昭51
「母の肖像」(「キリスト教文学の世界」21)
　　　　　　　　　　佐藤亮一　主婦の友社　昭52

The Proud Heart
「この心の誇り」　　　鶴見和子　実業之日本社　昭15
「この心の誇り」全2巻　鶴見和子　ダヴィッド社　昭29
「この心の誇り」　　　鶴見和子　新評論社　昭30
「黙っていられない」　鶴見和子　新評論社　昭30
「この心の誇り」(「真珠版」)
　　　　　　　　　　村岡花子　ダヴィッド社　昭41

The Patriot
「愛国者」　　　　　　内山　敏　改造社　昭14

Dragon Seed
「龍子」全2巻　　　　新居　格　労働文化社　昭25
「ドラゴン・シード　大地とともに生きた家族の
　物語」全2巻　　　川戸トキ子　原書房　平07

Portrait of Marriage
「結婚の横顔」　　　　竹村健一　ダヴィッド社　昭31

Pavilion of Women

The Big Wave
「大津波」北面ジョーンズ和子ほか
　　　　　　　　　　トレヴィル・リブロポート　昭63
「愛と苦悩と放浪」全2巻
　　　　　　　　　　小林智賀平　新潮社　昭30

Peoney
「牡丹の恋」　　　　　河村　皎　嫩草書房　昭26

Kinfolk
「郷土」　　　　　　　石川欣一　毎日新聞社　昭24

God's Men
「神の人々」全2巻　　石垣綾子　毎日新聞社　昭27

The Hidden Flower
「かくれた花」　　　大久保忠利　中央公論社　昭28

Letter of Peking
「北京からの便り」　　高橋正雄　三笠書房　昭33

A Bridge of Passing
「過ぎし愛へのかけ橋」
　　　　　　　　　　河出ペーパーバックス　昭38

The Living Reed
「生きる葦」　　　　　水口志計夫　学習研究社　昭40

To My Daughters, With Love
「娘たちに愛をこめて」木村治美　三笠書房　昭58,60

The Kennedy Women
「ケネディ家の女性たち」佐藤亮一　主婦の友社　昭45

China as I See It
「私の見た中国」
　　　　　　　　　佐藤亮一・佐藤　喬　ぺりかん社　昭46

The Story Bible
「ストーリー・バイブル─聖書物語」
　　　　　　　　　　刈田元司　主婦の友社　昭47
「聖書物語　新約篇」　刈田元司　社会思想社　昭56
「聖書物語　旧約篇」　刈田元司　社会思想社　昭56
「聖書物語　新約篇」　刈田元司　現代教養文庫　平11
「聖書物語　旧約篇」　刈田元司　現代教養文庫　平11
「天使」　　　　　　　内山　敏　改造社　昭16
「天使・新しい道他」(「英米名作ライブラリー」)
　　　　　　　　　　高野フミ・石井貞修　英宝社　昭32
「教え・天使・処女懐胎」(双書「20世紀の珠玉」)
　　　　　　　　　　阪田勝三　南雲堂　昭35

Of Men and Women
「若き女性のための人生論」石垣綾子　角川文庫　昭41

The Child Who Never Grew
「母よ嘆くなかれ」
　　　　　　　　松岡久子　法政大学出版局　昭25,平05
「母よ嘆くなかれ　新訳版」
　　　　　　　　伊藤隆二　法政大学出版局　平05

Fighting Angel
「戦へる使徒　長篇小説」深沢正策　第一書房　昭12
「戦える使徒」　　　　深沢正策　ダヴィッド社　昭27
「戦える使徒」(「パール・バック選集」2)
　　　　　　　　　　深沢正策　創芸社　昭31
「戦える使徒」　　　　深沢正策　創芸社　昭40
「戦う天使」　　　　　町田日出子　芙蓉書房　昭48

Once Upon a Christmas
「わが心のクリスマス」磯村愛子　女子パウロ会　平11
「若き革命家」　　　　宮崎玉江　文芸出版　昭29
「男とは女とは」　　　石垣綾子　新評論社　昭28
「男と女」　　　　　　堀　秀彦　文芸出版　昭29
「女」　　　　　　　大久保忠利　中央公論社　昭28
「愛に生きた女たち」　岡本浜江　角川文庫　昭53
「若き支那の子」　　　宮崎玉江　新潮文庫　昭13
「日中にかける橋」　　河内博吉　原書房　昭47
「愛になにを求めるか」岡本浜江　角川文庫　昭49
「パール・バック選集」全10巻
　　　　　　　　　　深沢正策　共和出版　昭28
「パール・バック選集」全4巻
　　　　　　　　　　深沢正策　創芸社　昭31

ヘクト　　　　　　　　　　　　　**1894-1964**

The Kingdom of Evil
「悪魔の殿堂」(「世界猟奇全集」8)
　　　　　　　　　　近藤経一　平凡社　昭06

In the Midst of Death
「死の半途に」(「ミステリーマガジン」160)
　　　　　　　　　　吉田誠一　早川書房　昭44
「死の半途に」(「幻想と怪奇」2)

◇翻訳文献 II◇

　　　　　　　　　　　吉田誠一　角川文庫　昭50
「死の半途に」(「アメリカ怪談集」)
　　　　　　　　　　　吉田誠一　河出書房新社　昭64
「死のなかばに」(「恐怖と怪奇名作集」9)
　　　　　　　　　矢野浩三郎　岩崎書店　平11
　1001 Afternoons in Chicago
「1001夜・シカゴ狂想曲」(「世界大都市尖端ジャズ
　文学」2)　　愛知謙三など　春陽堂　昭05
　The Champion from Far Away
「質問を持って歩く男　他七篇」
　　　　　　　　　　　杉木　喬　木星社書院　昭05
　Crime Without Passion
「情熱なき犯罪」(「世界傑作推理12選」)
　　　　　　　　　　　新庄哲夫　光文社　昭52,61
　The Sensualists
「情事の人びと」　新庄哲夫　光文社　昭35
　The Rival Dummy
「恋敵」(「怪奇小説傑作集」2)
　　　　　　　　　　　宇野利泰　東京創元社　昭44
「恋がたき」(「怪奇小説傑作集」2)
　　　　　　　　　　　宇野利泰　東京創元社　平18
　The Shadow
「影」(「魔術ミステリー傑作選」)
　　　　　　　　　　　厚木　淳　東京創元社　昭54
「影」(「ミステリマガジン」361)
　　　　　　　　　　　泉川紘雄　早川書房　昭61
　Fifteen Murderers
「十五人の殺人者たち」(「世界短編傑作集」5)
　　　　　　　　　　　橋本福夫　東京創元社　昭36
　Chicago Nights Entertainment
「シカゴの夜」(「ミニ・ミステリ傑作集」)
　　　　　　　　　深町眞理子　東京創元社　昭50

グリーン（ポール）　　1894-1981

　White Dresses
「白い晴着」(「悲劇喜劇」1951年11月号)
　　　　　　　　　　　倉橋　健　早川書房　昭26
「白い晴着」(「学生演劇戯曲集」2)
　　　　　　　　　　　倉橋　健　早川書房　昭29
　The Goodbye
「わかれ」(「悲劇喜劇」1951年11月号)
　　　　　　　　　　　菅原　卓　早川書房　昭26
　Hymn to the Rising Sun
「昇る太陽への讃歌」(「国際演劇月上演戯曲集」)
　　　　　　　倉橋　健・松浦竹夫　早川書房　昭29

ローソン　　1894-1977

　Film in the Battle Ideas
「ホリウッドの内幕」　岩崎　昶　新評論社　昭30
　Theory and Technique of Playwriting and
　Screenwriting
「劇作とシナリオ創作：その理論と方法」
　　　　　　　岩崎　昶・小田島雄志　岩波書店　昭33,55

　The Creative Process
「映画芸術論」　　岩崎　昶　岩波書店　昭42

トゥーマー　　1894-1967

　Cane
「砂糖きび」(「黒人文学全集」4)
　　　　　　　　　　　木島　始　早川書房　昭36
　Fern
「ファーン」　　新居　格　新潮社　昭05

カミングズ　　1894-1962

　The Enormous Room
「巨大な部屋」(「現代の芸術双書」2)
　　　　　　　　　　　飯田隆昭　思潮社　昭38
「巨大な部屋」　飯田隆昭　白馬書房　昭54
　Tulips and Chimneys
「チューリップと煙突」(「世界名詩集大成」11)
　　　　　　　　　　　河野一郎　平凡社　昭37
　i : Six Non Lectures
「六つの非講話」(「世界詩論大系」2　現代アメリ
　カ詩論大系)　　藤富保男　思潮社　昭39
　Little Tree
「クリスマスのちいさな木」
　　　　　　　さくまゆみこ　光村教育図書　平14
　95 Poems
「95 poems からの17篇の訳詩」
　　　　　　　　　　　藤富保男　尖　塔　昭37
「小さなわたしさん」
　　　　　　　　　ふじとみやすお　旺文社　昭54
　Sometimes I Like to be Alone
「そとはただ春」　えくにかおり　PARCO出版　平04
「カミングス詩集」(「海外の詩人双書」3)
　　　　　　　　　　　藤富保男　書肆ユリイカ　昭33
「カミングス詩集」(「現代の芸術双書」25)
　　　　　　　　　　　藤富保男　思潮社　昭43
「カミングス詩集」(「海外詩文庫」8)
　　　　　　　　　　　藤富保男　思潮社　平09

サーバー　　1894-1961

　Is Sex Necessary?
「Sexは必要か」(一時間文庫)
　　　　　　　福田恆存・南　春治　新潮社　昭28
「Sexは必要か」　福田恆存　新潮社　昭29
「性の心理」　　寺沢芳隆　角川新書　昭29
　My Life and Hard Times
「苦しい思い出」　杉木　喬　荒地出版社　昭32
　The Middle-Aged Man On the Flying
　Trapeze
「ブランコに乗る男」(双書「20世紀の珠玉」)
　　　　　　　　　森岡　栄ほか　南雲堂　昭35
「空中ブランコに乗る中年男」
　　　　　　　鳴海四郎・西田　実　講談社　昭49

◇翻訳文献 II◇

「空中ブランコに乗る中年男」
　　　　　　西田　実・鳴海四郎　講談社文庫　昭62
Fable for Our Time, and Famous Poems Illustrated
「現代イソップ・名詩に描く」
　　　　　　　　　　福田恆存　万有社　昭25
The Male Animal
「男性動物」　　　　鳴海四郎　白水社　昭29
Many Moons
「たくさんのお月様」(「現代世界戯曲選集」6、アメリカ篇)　米吉夏弥　日米出版社　昭24
「たくさんのお月さま」今江祥智　学習研究社　昭40
「たくさんのお月さま」今江祥智　サンリオ出版　昭51
「たくさんのお月さま」
　　　　　　　　今江祥智　ブックローン出版　平01
「たくさんのお月さま」なかがわちひろ　徳間書店　平06
The Thurber Album
「サーバー・アルバム」(「現代アメリカ文学全集」4)　石川欣一　荒地出版社　昭32
「サーバー・アルバム」(「現代アメリカ文学選集」5)　石川欣一　荒地出版社　昭42
The Wonderful O
「すばらしい O」　　船戸英夫　興文社　昭43
The Secret Life of Walter Mitty and other Stories
「虹をつかむ男　他19篇」鈴木武樹　角川文庫　昭49
「虹をつかむ男（他)」(「異色作家短篇集」8)
　　　　　　　　　鳴海四郎　早川書房　昭51
Sex Ex Machina
「セックス・エックス・マキナ他」(「世界人生論全集」7)　鳴海四郎　筑摩書房　昭37
The Remarkable Case of Mr. Bruhl
「ブルール氏異聞」　鳴海四郎　集英社　昭39
「マクベス殺人事件の謎　他25篇」
　　　　　　　　　鈴木武樹　角川文庫　昭50
The Great Quillow
「おもちゃ屋のクィロー」
　　　　　　　　上条由美子　福音館書店　平08
The Last Flower
「そして、一輪の花のほかは…」
　　　　　　　　高木誠一郎　篠崎書林　昭58
「あの世からやってきた犬」
　　　　　　　　津山悌二　丸の内出版　昭46
「大おことおもちゃさん」那須辰造　偕成社　昭42
「サーバーのイヌ・いぬ・犬」鳴海四郎　早川書房　昭57
「サーバーのイヌ・いぬ・犬」
　　　　　　　　鳴海四郎　ハヤカワ文庫NE　昭60
「消えたピンチ・ヒッター　野球小説傑作選」
　　　　　　　　　永井　淳　文春文庫　昭58
「ジェイムズ・サーバー傑作選」全2巻
　　　　　　　　鈴木武樹　創土社　昭53

ウィルソン（エドマンド）　1895-1972

Axel's Castle
「アクセルの城　想像力文学の研究」
　　　　　　　大貫三郎　角川文庫　昭28
「アクセルの城」　大貫三郎　せりか書房　昭43,45
「アクセルの城　1870年から1930年にいたる文学の研究」
　　　　　　　土岐恒二　筑摩叢書　昭47
「アクセルの城」　土岐恒二　ちくま学芸文庫　平12
To the Finland Station
「フィンランド駅へ　革命の世紀の群像」全2巻
　　　　　　　岡本正明　みすず書房　平11
The Wound and the Bow
「傷と弓」(「世界文学大系」96)
　　　　　　　谷口陸男　筑摩書房　昭40
Memoirs of Hecate County
「金髪のプリンセス他」
　　　　　　　大久保康雄・橋口稔　六興出版　昭36
Who Cares Who Killed Roger Ackroyd?
「誰がアクロイドを殺そうがかまうものか」(殺人芸術)
　　　　　　　阿部主計　荒地出版社　昭34
A Piece of My Mind
「或る断想・六十歳にて思う」(「世界人生論全集」7)
　　　　　　　沢崎順之助　筑摩書房　昭37
Apologies to the Iroquois
「森林インディアンイロクォイ族の闘い」
　　　　　　　村山優子　思索社　平03
Patriotic Gore
「戦争と文学　南北戦争と作家たち」
　　　　　　　大竹　勝　評論社　昭49
「愛国の血糊　南北戦争の記録とアメリカの精神」
　　　　　　　中村紘一　研究社出版　平10
The Dead Sea Scrolls
「死海写本　発見と論争 1947-1969」
　　　　　　　桂田重利　みすず書房　昭54,平07

ローリングズ　1896-1953

The Yearling
「イアリング（一年仔)」新居　格　四元社　昭14
「一歳仔（イヤリング）」大久保康雄　三笠書房　昭14
「イアリング」　　加藤賢蔵　青年書房　昭14
「イアリング　決定版」新居　格　洛陽書院　昭15
「イアリング」全2巻　山屋三郎　新潮文庫　昭15
「イヤリング」全2巻
　　　　　　　大久保康雄　日比谷出版社　昭24
「仔鹿物語」全2巻　山屋三郎　新潮文庫　昭26
「仔鹿物語」(「百万人の世界文学」1)
　　　　　　　大久保康雄　三笠書房　昭28
「子じか物語」(「世界少年少女文学全集」10)
　　　　　　　吉田甲子太郎　創元社　昭29
「仔鹿物語」全2巻　大久保康雄　角川文庫　昭29
「育ちゆく年」全2巻　中村能三　新潮文庫　昭30
「仔鹿物語」(「現代アメリカ文学選集」11)

◇ 翻訳文献 II ◇

　　　　　　　　　山屋三郎　荒地出版社　昭32
「子じか物語」(世界少年少女文学全集)
　　　　　　　　　吉田甲子太郎　東京創元社　昭35
「子鹿物語」　　　中島薄紅　黎明社　昭35
「子鹿物語」(世界名作全集)
　　　　　　　　　大久保康雄　平凡社　昭35
「仔鹿物語」全2巻
　　　　　　　　　大久保康雄　東邦図書出版社　昭38
「子じか物語」　　大久保康雄　小学館　昭39
「子鹿物語」(世界少女名作全集)
　　　　　　　　　岡上鈴江　岩崎書店　昭39,48
「子ジカ物語」(少年少女新世界文学全集)
　　　　　　　　　阿部知二　講談社　昭40
「子じか物語」(「世界名作全集」22)
　　　　　　　　　那須辰造　講談社　昭41
「子ジカ物語」(「少年少女世界の文学」11)
　　　　　　　　　吉田甲子太郎　河出書房　昭42
「仔鹿物語」全2巻　繁尾久　旺文社文庫　昭43
「子鹿物語」　　　杉木喬　ポプラ社　昭44
「子じか物語」　　相沢次子　春陽堂書店　昭52
「子鹿物語」　　　大久保康雄　偕成社文庫　昭58
「子鹿物語」(「少年少女世界の名作」23)
　　　　　　　　　打木村治　偕成社　昭58
「子鹿物語」　　　繁尾久　講談社文庫　昭58
「子じか物語」　　阿部知二　講談社青い鳥文庫　昭59
「鹿と少年」全2巻
　　　　　　　　　土屋京子　光文社古典新訳文庫　平20
Cross Creek Cookery
「水郷物語」　　　村上哲夫　早川書房　昭26
「フロリダの人々」　栗原宣子　出版協同社　昭33

カウリー　　　　　　　　　1898-1989

Exile's Return: a Narrative of Ideas
「亡命者帰る」　大橋健三郎・白川芳郎　南雲堂　昭35
The Faulkner - Cowley File
「フォークナーと私　書簡と追憶　1944-1962」
　　　　　　　　　大橋健三郎・川原恭一　冨山房　昭43
The View from 80
「八十路から眺めれば」　小笠原豊樹　草思社　平11

クレイン(ハート)　　　　　1899-1932

「黒いタンバリン」(「世界詩人全集」6)
　　　　　　　　　安藤一郎　河出書房　昭31
The Bridge; Collected Poems
「詩集(抄)」(「世界名詩集大成」11　アメリカ編)
　　　　　　　　　大橋健三郎　平凡社　昭34
White Buildings
「白いビルディング・橋他」(「ハート・クレイン詩集」)
　　　　　　　　　榊沢厚生　国文社　昭44
Key West
「キイ・ウェスト」(「現代アメリカ詩集・世界の現代詩2」)
　　　　　　　　　片桐ユズル　飯塚書店　昭30
The Complete Poems and Selected Letters and Prose of Hart Crane
「ハート・クレイン詩集　書簡散文選集」
　　　　　　　　　東雄一郎　南雲堂　平06

テイト　　　　　　　　　　1899-1979

The Mediterranean and the Other Poems
「地中海他」(「世界詩人全集」)
　　　　　　　　　福田陸太郎　河出書房　昭31
On the Limit of Poetry
「現代詩の領域」　福田陸太郎　南雲堂　昭35,60
Tension in Poetry
「詩におけるテンション」(「世界詩論大系」2)
　　　　　　　　　福田陸太郎　思潮社　昭39

ウルフ(トマス)　　　　　　1900-38

Look Homeward, Angel
「天使よ故郷を見よ」全2巻(「三笠ライブラリー・現代世界文学篇」)　大沢衛　三笠書房　昭27-29
「天使よ故郷を見よ」全2巻
　　　　　　　　　大沢衛　新潮文庫　昭30
From Death to Morning
「大地をおおう蜘蛛の巣」(「英米名作ライブラリー」)
　　　　　　　　　細入藤太郎　英宝社　昭32
「孤独な少年他」　酒本雅之　荒地出版社　昭42
「ロースト・ボーイ他」(「現代アメリカ文学選集」6)
　　　　　　　　　酒本雅之　荒地出版社　昭42
「死よ、誇り高き兄弟」　酒本雅之　荒地出版社　昭46
You Can't Go Home Again
「汝再び故郷に帰れず」(「現代アメリカ文学全集」7)
　　　　　　　　　鈴木幸夫　荒地出版社　昭32
「風は立ちつつあり河は流れる」「汝再び故郷に帰れず」(「世界人生論全集」7)
　　　　　　　　　大橋健三郎　筑摩書房　昭37
「汝再び故郷に帰れず」(「ニュー・アメリカン・ノヴェルズ」)
　　　　　　　　　鈴木幸夫　荒地出版社　昭43

ミッチェル　　　　　　　　1900-49

Gone with the Wind
「物語　風に教りぬ」　阿部知二　河出書房　昭13
「風と共に去りぬ」全3巻
　　　　　　　　　大久保康雄　三笠書房　昭13
「風と共に去りぬ」全2巻
　　　　　　　　　深沢正策　第一書房　昭13-14
「風と共に去れり」　藤原邦夫　明窓社　昭14
「風と共に去りぬ」全4巻
　　　　　　　　　大久保康雄　三笠書房　昭15,24
「風と共に去りぬ」全2巻
　　　　　　　　　大久保康雄　三笠書房　昭24
「風と共に去りぬ」全3巻
　　　　　　　　　大久保康雄　三笠書房　昭24-26
「風と共に去りぬ」全5巻
　　　　　　　　　大久保康雄　三笠書房　昭25

◇翻訳文献 II◇

「風と共に去りぬ」全5巻（現代世界文学英米篇）
　　　　　大久保康雄　三笠書房　昭26
「風と共に去りぬ」限定版 大久保康雄　三笠書房　昭27
「風と共に去りぬ」全8巻
　　　　　大久保康雄　三笠文庫　昭27
「風と共に去りぬ」（現代世界文学全集別巻2巻）
　　　　　大久保康雄　三笠書房　昭28
「風と共に去りぬ」（「世界名作全集」20、21）
　　大久保康雄・竹内道之助　河出書房　昭28
「風と共に去りぬ」（「近代文庫」）
　　　　　深沢正策　創芸社　昭28
「風と共に去りぬ」全6巻
　　大久保康雄・竹内道之助　三笠書房　昭30
「風と共に去りぬ」（新版世界文学全集25、26）
　　大久保康雄・竹内道之助　新潮社　昭32
「風と共に去りぬ」全4巻
　　大久保康雄・竹内道之助 三笠書房・若草文庫　昭34
「風と共に去りぬ」（「世界文学全集」別巻1～3）
　　大久保康雄・竹内道之助　河出書房　昭35
「風と共に去りぬ」（「世界名作全集」63～65）
　　　　　大久保・竹内　平凡社　昭36
「風と共に去りぬ」（「世界文学全集」21、22）
　　　　　大久保・竹内　河出書房　昭39
「風と共に去りぬ」全4巻
　　大久保康雄・竹内道之助　三笠書房　昭40
「風と共に去りぬ」（「世界文学全集」カラー版32、33）　大久保・竹内　河出書房　昭41
「風と共に去りぬ」（「世界名作への招待」1、2）
　　　　　大久保・竹内　三笠書房　昭41
「風と共に去りぬ」全2巻
　　大久保康雄・竹内道之助　集英社　昭43-44
「風と共に去りぬ」（「コンパクト・ブックス・世界の名作」別巻）　大久保康雄　集英社　昭46
「風と共に去りぬ」全2巻（「世界文学全集」39）
　　大久保康雄・竹内道之助　集英社　昭48
「風とともに去りぬ」全3巻
　　大久保康雄・竹内道之助　河出書房　昭50,63
「風と共に去りぬ」全3巻
　　大久保康雄・竹内道之助　三笠書房　昭51-52
「風と共に去りぬ」全5巻
　　大久保康雄・竹内道之助　新潮文庫　昭52
「風と共に去りぬ」全3巻（「世界文学全集」86-88）
　　大久保康雄・竹内道之助　集英社　昭53
「風と共に去りぬ」（「世界文学全集」22、23）全2巻
　　大久保康雄・竹内道之助　河出書房新社　平01
「風と共に去りぬ」（カラー版）全2巻
　　大久保康雄・竹内道之助　河出書房新社　平04
「風と共に去りぬ」
　　大久保康雄・竹内道之助　新潮社　平05
Tommorrow Is Another Day
「明日は明日の風が吹く　女はすべてスカーレット」　　　　早野依子　PHP研究所　平14
Gone with the Wind: Letters 1936-1949
「『風と共に去りぬ』の故郷アトランタに抱かれて：マーガレット・ミッチェルの手紙」
　　　　　大久保康雄　三笠書房　昭58
A Dynamo Going to Waste
「マーガレット・ミッチェル十九通の手紙」
　　　　　羽田詩津子　潮出版社　平06

ジャクソン　　　　1901-91

Golden Stone
「ブライアン・ジョーンズ　ストーンズに葬られた男」　　野間けい子　大栄出版　平07

ヴァン・ドルーテン　　　　1901-57

I am a Camera
「私はカメラだ」（「現代世界戯曲選集」6）
　　　　　菅原　卓　白水社　昭29
Playwright at Work
「現代戯曲創作法」（「現代戯曲創作法」）
　　　　　河竹登志夫　早川書房　昭29

ヒューズ　　　　1902-67

The Weary Blues
「詩集　ニグロと河」斎藤忠利　国文社　昭33,39,59
Not Without Laughter
「笑はねでもなし」　　除村ヤエ　白水社　昭15
「笑いなきにあらず」（「黒人文学全集」5）
　　　　　浜本武雄　早川書房　昭36
「笑いなきにあらず」　除村ヤエ　白水社　昭40
Fine Clothes to the Jew
「晴着を質屋に　ラングストン・ヒューズ詩集」
　　　　　斎藤忠利　国文社　平09
The Dream Keeper
「夢の番人　ラングストン・ヒューズ詩集」
　　　　　斎藤忠利・寺山佳代子　国文社　平06
Fields of Wonder
「驚異の野原　L.ヒューズ詩集」
　　　　　斎藤忠利　国文社　昭52
Mulatto
「混血児」（「テアトロ」1957年5月号）
　　　　　佐藤慶松　テアトロ　昭32
I, Too, Sing America
「ぼくだってアメリカをうたう」（「世界黒人詩集」）
　　　　　嶋岡　晨・松尾忠徳　飯塚書店　昭50
Cross
「十字架」（不思議な果実：アメリカ黒人詩集）
　　　　　諏訪　優　思潮社　昭63
The Big Sea
「ぼくは多くの河を知っている」（ヒューズ自伝I）
　　　　　木島　始　河出書房新社　昭47,51
「きみは自由になりたくないか」（ヒューズ自伝II）
　　　　　木島　始　河出書房新社　昭47,51
「終りのない世界」（ヒューズ自伝III）
　　　　　木島　始　河出書房新社　昭48,51

◇ 翻訳文献 II ◇

One-Way Ticket
「片道きっぷ　詩集」　　　古川博巳　国文社　昭50
Shakespeare in Harlem
「黒人街のシェイクスピア　詩集」
　　　　　　　　斎藤忠利　国文社　昭37,平05
One Friday Morning
「ある金曜日の朝」　　　木島始　飯塚書店　昭34
Songs Called Blues
「ブルースと呼ばれる歌他」(「黒人文学全集」)
　　　　　　　　　　　木島始　早川書房　昭37
「ジャズ」　　　　　　　木島始　飯塚書店　昭35
「ジャズの本」　　　　　木島始　晶文社　昭43
「ジャズの本」　木島始　晶文社クラシックス　平10
Passing
「大目に見られて他」(「黒人文学全集」8)
　　　　　　　　　　　木島始　早川書房　昭36
「ことごとくの声あげて歌え　アメリカ黒人詩集」
　　　　　　　　　　　木島始　未来社　昭27
「ポポとフィフィナー」木島始　岩波少年文庫　昭32
Fight for Freedom
「自由のための戦列　NAACPの記録」
　　　　　　　　　　北村崇郎　小川出版　昭45
「黒人芸術家の立場　ラングストン・ヒューズ評論集」
　　　　　　　　　　　木島始　創樹社　昭52
「天使のいざこざ」　　　木島始　晶文社　昭46
The Panther and the Lash
「豹と鞭　ラングストン・ヒューズ詩集」
　　　　　古川博巳・風呂本惇子　国文社　平10
Don't You Turn Back
「ふりむくんじゃないよ　ラングストン・ヒューズ詩集」
　　　　　古川博巳・吉岡志津世　国文社　平08
「ラングストン・ヒューズ詩集」
　　　　　　　　　　木島始　書肆ユリイカ　昭34
「ラングストン・ヒューズ詩集」
　　　　　　　木島始　思潮社　昭41,44,平05
「ヒューズ自伝」全3巻
　　　　　　　木島始　河出書房新社　昭47,48,51

ニン　　　　　　　　　　　　　1903-77

The Diary of Anaïs Nin Vol. 1. 1931 - 1934
「アナイス・ニンの日記」
　　　　　　　　　　原真佐子　河出書房新社　昭49
「アナイス・ニンの日記」
　　　　　　　　　　原麗衣　ちくま文庫　平03
Little Birds
「小鳥たち」　　　　矢川澄子　新潮社　平15
「小鳥たち」　　　　矢川澄子　新潮文庫　平18

ウェスト　　　　　　　　　　　1903-40

Miss Lonelyhearts
「孤独な狼」　　　丸谷才一　ダヴィッド社　昭30
「孤独な狼」(「世界文学大系」92)
　　　　　　　　　　丸谷才一　筑摩書房　昭39

「孤独な狼」(「世界文学全集」18)
　　　　　　　　　　丸谷才一　集英社　昭41
A Cool Million
「クール・ミリオン」　　佐藤健一　角川文庫　昭48
The Day of the Locust
「いなごの日」　　　　　板倉章　角川文庫　昭45

カレン　　　　　　　　　　　　1903-46

Color
「色　カウンティ・カレン詩集」
　　　　　斎藤忠利・寺山佳代子　国文社　平10
The Wise
「賢いもの」(世界黒人詩集)
　　　　　　　嶋岡晨・松田忠徳　飯塚書店　昭50
Four Epitaphs
「四つの碑文」(不思議な果実：アメリカ黒人詩集)
　　　　　　　　　　　諏訪優　思潮社　昭63

コールドウェル　　　　　　　　1903-87

The Bastard
「私生児」　　　　　　今永要　明玄書房　昭37
The Autumn Courtship
「短篇集　秋の求婚」　　杉木喬　改造社　昭15
「秋の求婚」　　　　　　杉木喬　角川文庫　昭28
Tobacco Road
「タバコ・ロード」　　北村小松　第一書房　昭12
「タバコ・ロード」　　北村小松　三笠文庫　昭27
「タバコ・ロード」(「岩波現代叢書」)
　　　　　　　　　　　杉木喬　岩波書店　昭27
「タバコ・ロード」　　北村小松　角川文庫　昭29
「タバコ・ロード」　　龍口直太郎　新潮文庫　昭32
「タバコ・ロード」　　　杉木喬　岩波文庫　昭33
God's Little Acre
「神の小さな土地」　　龍口直太郎　三笠書房　昭27
「神の小さな土地」　　龍口直太郎　三笠文庫　昭28
「神の小さな土地他2篇」(「現代世界文学全集」19)
　　　　　　　　　　龍口直太郎　三笠書房　昭28
「神の小さな土地」　　龍口直太郎　新潮文庫　昭30
Journeyman
「巡回牧師」　　　　　龍口直太郎　月曜書房　昭25
「巡回牧師」　　　　　龍口直太郎　三笠文庫　昭27
「巡回牧師」　　　　　龍口直太郎　新潮文庫　昭30
Kneel to the Rising Sun
「昇る朝日に跪く」　　　山下修　河出新書　昭31
「昇る朝日に跪く」　　　杉木喬　平凡社　昭35
「昇る朝日に跪け」(双書「20世紀の珠玉」)
　　　　　　　　　　　福田美　南雲堂　昭39
Some American People
「サム・アメリカン・ピープル　アメリカ庶民物語」
　　　　　　　　　　北村小松　白燈社　昭28
「アメリカの民衆　1930年代の教訓」
　　　　　　　　　　　青木久男　時潮社　昭56
「孤独なアメリカ人たち」　青木久男　南雲堂　昭60

724

◇翻 訳 文 献 Ⅱ◇

Trouble in July
「七月の騒動」　　　　　龍口直太郎　新潮文庫　昭30
Georgia Boy
「南部かたぎ」　　白井泰四郎　ダヴィッド社　昭29
「ジョージア・ボーイ　山賊株式会社社長」(「世界
　ユーモア文学全集」)　城　浩一　筑摩書房　昭35
「ジョージア・ボーイ」　城　浩一　筑摩書房　昭44
「ジョージア・ボーイ」
　　　　城　浩一　筑摩書房・世界ユーモア文庫　昭53
Tragic Ground
「汚れた土地」　　　　清水俊二　六興出版社　昭25
「悲劇の土地」　井上義衛・青木久男　南　雲　堂　昭45
The Sure Hand of God
「神の確かな手」　　　　龍口直太郎　三笠書房　昭28
「没落の文化」全2巻
　　　　　　　増田義郎・平野敬一　ダヴィッド社　昭29
This Very Earth
「神に捧げた土地」　　　　橋本福夫　角川文庫　昭33
Call It Experience
「作家となる法」　　　　　田中詔二　至　誠　堂　昭40
Love and Money
「恋と金」(「新鋭海外文学叢書」)
　　　　　　　　　　　龍口直太郎　新　潮　社　昭30
Gretta
「グレター美しい淫婦ー」　今野　望　河出書房　昭31
「医師の妻グレッタ」
　　　　　　　　青木久男・井上義衛　南　雲　堂　昭47
Gulf Coast Stories
「メキシコ湾沿岸物語」(「現代アメリカ文学選」
　　8)　　　　　　龍口直太郎　荒地出版社　昭43
Claudelle Inglish
「誘惑」　　　　三浦新市　河出書房新社　昭34
「噂の女クローデル」　青木久男　南　雲　堂　昭51
Close to Home
「黒い情婦」　　　　三浦朱門　講　談　社　昭38
In Search of Bisco
「ビスコを尋ねて」　　　　横尾定理　金　星　堂　昭48
Summertime Island
「夏の島」　　金　勝久・中島　武　三興出版社　昭47
Miss Mamma Aimee
「ミス・ママ・エイミィ」
　　　　　　　　金　勝久・中島　武　興　文　社　昭45
House in the Uplands
「高台の家」　　　　　今永　要　中大出版　昭34
The Strawberry Season
「苺の季節」　　　　　　　杉木　喬　改　造　社　昭15
「苺の季節・秋の求婚　短篇集」
　　　　　　　　　　　　杉木　喬　角川文庫　昭28
「苺つみの頃」龍口直太郎・小林健治　河出文庫　昭31
「苺つみの季節、馬盗人」(「英米名作ライブラリ
　ー」)　　鈴木重吉・飯沼肇・永原誠　英　宝　社　昭32
The Earnshaw Neighborhood
「アンショウ界隈」　　金　勝久ほか　興　文　社　昭49
「コールドウェル短篇集」全2巻
　　　　　　　龍口直太郎・横尾定理　新潮文庫　昭32-34
「生きとし生けるものの物語　アースキン・コール
　ドウェル短篇集」　　加藤　修　新樹社　平13
「わが体験」　　　　　金・中島　正　和　堂　昭46
「わが体験」　　　　　金　勝久　三興出版　昭52
With All My Might
「全身全霊をこめて　アースキン・コールドウェル
　自叙伝」　　　　　青木久男　南　雲　堂　平04

ハート　　　　　　　　　　　　　1904-61

The Man Who Came to Dinner
「晩餐にきた男」　　　　　内村直也　白　水　社　昭29

シンガー　　　　　　　　　　　1904-91

The Magician of Lublin
「ルブリンの魔術師」　大崎ふみ子　吉　夏　社　平12
Short Friday
「短かい金曜日」　　　　邦高忠二　晶　文　社　昭46
Der Knekht
「奴隷」　　　　　井上謙治　河出書房新社　昭50
Enemies, a Love Story
「愛の迷路」　　　　田内初義　角川書店　昭49
「敵、ある愛の物語」　田内初義　角川文庫　平02
A Friend of Kafka and Other Stories
「カフカの友と20の物語」　村川武彦　彩　流　社　平18
「どれいになったエリア」　猪熊葉子　福音館書店　昭46
「ワルシャワで大人になっていく少年の物語」
　　　　　　　　　　　　金　敷力　新　潮　社　昭49
「メイゼルとシュリメイゼル：運をつかさどる妖
　精たちの話」　　　　木庭茂夫　冨　山　房　平51
「ヘルムのあんぽん譚」　関　憲治　篠崎書林　昭54
Naftali the Storyteller and his Horse,
Sus and Other Stories
「お話を運んだ馬」工藤幸雄　岩波少年文庫　昭56,平12
When Shlemiel Went to Warsaw and Other
Stories
「まぬけなワルシャワ旅行」
　　　　　　　　工藤幸雄　岩波少年文庫　昭58,平12
Yentl the Yeshiva Boy
「愛のイエントル」　　　邦高忠二　晶　文　社　昭59
A Day of Pleasure
「よろこびの日　ワルシャワの少年時代」
　　　　　　　　　工藤幸雄　岩波少年文庫　平02
Zlateh the Goat and Other Stories
「やぎと少年」　　　　工藤幸雄　岩波書店　昭54
「やぎと少年」(「岩波世界児童文学集」17)
　　　　　　　　　　工藤幸雄　岩波書店　平05,15
Scum
「罠におちた男」　　　　島田太郎　晶　文　社　平07
Shosha
「ショーシャ」　　　　大崎ふみ子　吉　夏　社　平14
「羽の冠」　　　　　田内初義　新書館　昭51

◇翻訳文献 II◇

エバハート　　　　　　　　1904-2005

「人間はさびしい生きもの他」(「世界名詩集大成」
アメリカ篇)　　　田村隆一　平凡社　昭34

ウォレン　　　　　　　　　1905-89

Selected Poems
「選詩集抄」(「世界名詩集大成」11、アメリカ篇)
　　　　　　　成田成寿　平凡社　昭34

Blackberry Winter
「いちご寒」(「世界短篇小説全集」14、アメリカ
文学 20 世紀)　小島信夫　集英社　昭39
「ブラックベリーウィンター」(「現代アメリカ短編
集」3)　　　　井上譲治　白水社　昭45

All the King's Men
「すべて王の民」(「新しい世界の文学」42)
　　　　　　　鈴木重吉　白水社　昭41

The Circus in the Attic and Other Stories
「宗教教育、身内他」(双書「20 世紀の珠玉」)
　　　　　　　橋口保夫　南雲堂　昭35

Band of Angels
「天使の群」(「現代アメリカ文学全集」10)
　　　　山屋三郎・並河 亮　荒地出版社　昭32
「天使の群」(「現代アメリカ文学選集」4)
　　　　　　　並河 亮　荒地出版社　昭42
「現代アメリカ作家論」
　　　　高橋正雄・武市楢夫　南雲堂　昭41

The Legacy of the Civil War
「南北戦争の遺産」
　　　　田中啓史・堀真理子　本の友社　平09

キングズリー　　　　　　　1906-95

Men in White
「白衣の人々」(「テアトロ」1973年7,8月号)
　　　　　　　中村雅男　テアトロ　昭12

Dead End
「デッド・エンド」(「テアトロ」1938年4月号)
　　　　　　　中村雅男　テアトロ　昭13

The Patriots
「愛国者」(「現代アメリカ文学全集」13)
　　　　　　　末永国明　荒地出版社　昭34
「愛国者」(「現代アメリカ文学選集」5)
　　　　　　　末永国明　荒地出版社　昭42

Detective Story
「探偵物語」　　菅原 卓　早川書房　昭28

オデッツ　　　　　　　　　1906-63

Waiting for Lefty
「レフティを待ちつつ」(「現代世界戯曲選集」6)
　　　　　　　倉橋 健　白水社　昭29

Golden Boy
「ゴオルデン・ボーイ」(「テアトロ」1939年11,12月)
　　　　　　　島中 勲　テアトロ　昭14
「ゴールデンボーイ」(「世界文庫」)
　　　　　　　清水 光　弘文堂書房　昭15

Awake and Sing
「醒めて歌え」(「テアトロ」1937年6月号)
　　　　　　　鈴木英輔　テアトロ　昭12

ハインライン　　　　　　　1907-88

The Green Hills of Earth
「地球の緑の丘」　石川信夫　元々社　昭32
「地球の緑の丘」　田中融二ほか　早川書房　昭37
「地球の緑の丘」　矢野 徹　ハヤカワ文庫SF　昭61

Red Planet
「赤い惑星の少年」(「少年少女世界科学冒険全集」7)
　　　　　　　塩谷太郎　講談社　昭31
「赤い惑星の少年」(「少年少女世界科学名作全集」9)
　　　　　　　塩谷太郎　講談社　昭36
「赤い惑星の少年」(「世界の科学名作」6)
　　　　　　　塩谷太郎　講談社　昭40

The Puppet Masters
「人形つかい」　石川信夫　元々社　昭31
「人形つかい」　福島正実　ハヤカワ文庫SF　昭51,平17

The Door into Summer
「夏への扉」　加藤 喬　講談社　昭33
「夏への扉」　福島正実　ハヤカワSFシリーズ　昭38
「夏への扉」　福島正実　ハヤカワ文庫　昭54

Starship Troopers
「宇宙の戦士」　矢野 徹　早川書房　昭42
「宇宙の戦士」　矢野 徹　ハヤカワ文庫SF　昭52

Stranger in a Strange Land
「異星の客」　井上一夫　東京創元新社　昭44

The Moon Is a Harsh Mistress
「月は無慈悲な夜の女王」
　　　　　　　矢野 徹　ハヤカワSFシリーズ　昭44
「月は無慈悲な夜の女王」
　　　　　　　矢野 徹　ハヤカワ文庫　昭51

「未来への旅」　福島寿夫　講談社　昭40
「メトセラの子ら」　矢野 徹　ハヤカワ文庫　昭51

Job: A Comedy of Justice
「ヨブ」　斉藤伯好　早川書房　昭61
「ヨブ」　斉藤伯好　ハヤカワ文庫SF　平07

To Sail Beyond The Sunset
「落日の彼方へ向けて」全 2 巻
　　　　　　　矢野 徹　ハヤカワ文庫　平09
「ハインライン傑作集」全 4 巻
　　　　　矢野 徹ほか　ハヤカワ文庫SF　昭57-60

オーデン　　　　　　　　　1907-73

The Orators: An English Study
「演説者たち」　風呂本武敏　国文社　昭52

The Dance of Death
「死の舞踏」(詩劇)(「現代世界戯曲選集」11)

◇翻訳文献 II◇

Look, Stranger　　　　　中橋一夫　白水社　昭29
「見よ、旅人よ！」(「世界名詩集大成」10)
　　　　　　　　　　　加納秀夫　平凡社　昭34
「見よ、旅人よ（全）」(「世界名詩訳」6)
　　　　　　　　　　　加納秀夫　平凡社　昭34
Spain
「スペイン」(「世界詩人全集」6)
　　　　　　　　　　　中桐雅夫　河出書房新社　昭31
The Sea and the Mirror
「海と鏡他」(「世界文学大系」71)
　　　　　　　　　　　工藤昭雄　筑摩書房　昭50
Another Time
「別な折りに」(「世界詩集大成」10)
　　　　　　　　　　　橋口稔　平凡社　昭34
「もうひとつの時代」　岩崎宗治　国文社　平09
New Year Letter
「新年の手紙」　　　風呂本武敏　国文社　昭56
For the Time Being
「しばしの間は」
　　　風呂本武敏・櫻井正一郎　国文社　昭61
The Enchaféd Flood, or The Romantic Iconography of the Sea
「怒れる海　ロマン主義の海のイメージ」
　　　　　　　　　沢崎順之助　南雲堂　昭37,49
Elegy for Young Lovers
「若い恋人たちのための悲歌」
　　　　　　　　　内垣啓一　音楽之友社　昭41
The Dyer's Hand and Other Essays
「染物屋の手」　　　中桐雅夫　晶文社　昭48
Secondary Worlds
「第二の世界」　　　中桐雅夫　晶文選書　昭45
The Age of Anxiety, A Baroque Eclogue
「不安の時代　バロック風田園詩」
　　　　　　　　　大橋勇ほか　国文社　平05
Musse des Beaux Arts
「ミュゼ・デ・ボザール」(「アメリカ現代詩101人集」)
　　沢崎順之助・森邦夫・江田孝臣　思潮社　平12
「オーデンわが読書」　中桐雅夫　晶文社　昭53
「シェイクスピアの都市」山田良成　荒竹出版　昭59
「オーデン名詩評釈　原詩と注・訳・評釈」
　　　　　　　　　安田章一郎ほか　大阪教育図書　昭56
「オーデン詩集」　　　深瀬基寛　筑摩書房　昭30
「オーデン詩集」　　　深瀬基寛　せりか書房　昭43
「オーデン詩集」(「世界詩人全集」19)
　　　　　　　　　　　中桐雅夫　新潮社　昭44
「オーデン詩集」　　　沢崎順之助　思潮社　平05
「オーデン詩集」　　　中桐雅夫　小沢書店　平05
「オーデン名詩評釈」　安田章一郎　大阪教育図書　昭56

レトキ　　　　　　　　　　1908-63

Big Wind
「嵐」(「アメリカ現代詩101人集」)
　　沢崎順之助・森邦夫・江田孝臣　思潮社　平12

「セオドー・レトキ詩集」石田安弘　思潮社　昭44
「レトキ詩集」　　　　沢井淳弘　国文社　昭59

サロイヤン　　　　　　　　1908-81

Little Children
「リトルチルドレン」　吉田ルイ子　ブロンズ新社　昭59
「リトル・チルドレン」吉田ルイ子　ちくま文庫　平02
My Heart's in the Highlands
「わが心高原に」　　　倉橋健　中央公論社　昭25
「心高原にあるもの」(「英米名作ライブラリー」)
　　　　　　　斎藤数衛・吉田三雄　英宝社　昭32
「わがこころ高原に」
　　　　　　　　　古沢安二郎　ハヤカワNY文庫　昭47
「わが心高原に」(「わが心サローヤン戯曲集」)
　　　　　　　　　　　倉橋健　早川書房　昭44,61
「わが心高原に」(「わが心高原に／おーい、救けてくれ！」)
　　　　　　　　　倉橋健　ハヤカワ演劇文庫　平20
The Time of Your Life
「君が人生の時」　　　加藤道夫　中央公論社　昭25
「君が人生の楽しき時　戯曲」(「近代文庫」28)
　　　　　　　　　　　金子哲郎　創芸社　昭28
「君が人生の時」(「ウィリアム・サローヤン戯曲集」)
　　　　　　　　　　　加藤道夫　早川書房　昭44,61
My Name Is Aram
「わが名はアラム」　　清水俊二　六興商会出版部　昭16
「わが名はアラム」　　清水俊二　月曜書房　昭26
「我が名はアラム」　　三浦朱門　角川文庫　昭32
「わが名はアラム」(「現代アメリカ文学全集」11)
　　　　　　　　　　　伊藤尚志　荒地出版社　昭33
「わが名はアラム」(「現代アメリカ文学選集」5)
　　　　　　　　　　　伊藤尚志　荒地出版社　昭43
「我が名はアラム」(「キリスト教文学の世界」22)
　　　　　　　　　　　三浦朱門　主婦の友社　昭52
「わが名はアラム」(「文学のおくりもの」28)
　　　　　　　　　　　清水俊二　晶文社　昭55
「我が名はアラム」　　三浦朱門　武江文庫　昭62
「わが名はアラム」(ベスト版)
　　　　　　　　　　　清水俊二　晶文社　平09
The Hungerers
「飢えたる者ども」(「現代世界戯曲選集」7)
　　　　　　　　　　　菅原卓　白水社　昭29
Coming Through the Rye
「夕空晴れて」(「現代世界戯曲選集」6)
　　　　　　　　　　　加藤道夫　白水社　昭29
「夕空晴れて」(「ウィリアム・サローヤン戯曲集」)
　　　　　　　　　　　加藤道夫　早川書房　昭44,61
The Human Comedy
「人間喜劇」　　　　　小野稔　中部日本新聞社　昭25
「人間喜劇」(「アメリカ文学選集」)
　　　　　　　　　　　小島信夫　研究社出版　昭32
「人間喜劇」(「文学のおくりもの、ベスト版」)
　　　　　　　　　　　小島信夫　晶文社　昭52,平09
「ヒューマン・コメディ」関汀子　ちくま文庫　平05

◇翻訳文献 II ◇

Get Away, Old Man
「小さい仲間の怒り」(「悲劇喜劇」1959年8月号)
　　　　　　　　　　　　中田耕治　早川書房　昭34
Dear Baby
「ディアベイビー」　　　関汀子　ブロンズ新社　昭59
「ディアベイビー」　　　関汀子　ちくま文庫　平03
Rock Wagram
「男：ロック・ワグラム」木暮義雄　ダヴィッド社　昭26
「ロック・ワグラム」　　内藤誠　新潮文庫　平02
The Laughing Matter
「どこかで笑ってる」清野暢一郎　ダヴィッド社　昭29
Hello Out There
「おーい、救けてくれ！」(「ウィリアム・サローヤン
　戯曲集」)　　　　　倉橋健　早川書房　昭44,61
「おーい、救けてくれ！」(「わが心高原に／おーい、
　救けてくれ！」)倉橋健　ハヤカワ演劇文庫　平20
The Whole Voyald
「サローヤン短篇集」　古沢安二郎　新潮文庫　昭33
Mama, I Love You
「わたし、ママが大好き」(「愛の小説叢書」)
　　　　　　　　　古沢安二郎　新潮社　昭32
「ママ・アイラブユー」　岸田今日子・内藤誠
　　　　　　　　　ワークショップ・ガルダ　昭53
「ママ・アイラブユー」
　　　　　岸田今日子・内藤誠　ブロンズ新社　昭58
「ママ・アイラブユー」
　　　　　岸田今日子・内藤誠　新潮文庫　昭62
One Day in the Afternoon of the World
「人生の午後のある日」大橋吉之輔　荒地出版社　昭41
「ワンデイインニューヨーク」
　　　　　　　　　今江祥智　ブロンズ新社　昭58
「ワンデイインニューヨーク」今江祥智　新潮文庫　昭63
「ワンデイインニューヨーク」
　　　　　　　　　今江祥智　ちくま文庫　平11
Papa, You're Crazy
「パパ・ユーアクレイジー」
　　　　　伊丹十三　ワークショップ・ガルダ　昭54
「パパ・ユーアクレイジー」
　　　　　　　　　伊丹十三　ブロンズ新社　昭58
「パパ・ユーア クレイジー」伊丹十三　新潮文庫　昭63
The Man with the Heart in the Highlands
「心は高原に」　　　　千葉茂樹　小峰書店　平08
The Pomegranate Trees
「ざくろ園」(「世界短篇文学全集」14)
　　　　　　　　　　小島信夫　集英社　昭39
「サロイアン傑作集」　末永国明　新鋭社　昭31
「サローヤン短篇集」　古沢安二郎　新潮文庫　昭33
「世界最大の国・オレンジ他9篇」(双書「20世紀
　の珠玉」)　　　　　元田修一　南雲堂　昭35
「ウィリアム・サローヤン戯曲集」
　　　　　加藤道夫・倉橋健　早川書房　昭44,61
Laughing Sam
「笑うサム」(「アメリカ短篇名作集」
　　　　　　　　　　小島信夫　学生社　昭36
Seventy Thousand Assyrians

「七万人のアッシリア人」(現代アメリカ作家12人集)
　　　　　　　　斎藤数衛　荒地出版社　昭43
The Summer of the Beautiful White Horse
「美しき白馬の夏」(「世界少年少女文学全集」9)
　　　　　　　　斎藤襄治　河出書房新社　昭37

ウェルティ　　　　　　　　　　　　1909-2001

A Curtain of Green
「緑色のカーテン他」(「現代アメリカ文学全集」
　15)　　　　田辺五十鈴ほか　荒地出版社　昭32
「緑色のカーテン他」(双書「20世紀の珠玉」)
　　　　　　　　　太田藤太郎　南雲堂　昭35
The Wide Net
「広い網他」(「現代アメリカ文学選集」3)
　　　　　　　　大原竜子　荒地出版社　昭42
The Golden Apples
「黄金の林檎」　　　杉山直人　晶文社　平02
「黄金の林檎」ソートン不破直子　こびあん書房　平03
Delta Wedding
「デルタの結婚式」　川上芳信　岡倉書房　昭25
「デルタの結婚式」(「世界の文学」51)
　　　　　　　　丸谷才一　中央公論社　昭42
The Robber Bridegroom
「大泥棒と結婚すれば」　青山南　晶文社　昭54
The Optimist's Daughter
「マッケルヴァ家の娘」　須山静夫　新潮社　昭49
Losing Battles
「大いなる大地」　深町真理子　角川書店　昭48
The Ponder Heart
「ポンダー家殺人事件　言葉で人を殺せるか？」
　　　　　　　ソートン不破直子　リーベル出版　平06
One Writer's Beginnings
「ハーヴァード講演　一作家の生いたち」
　　　　　　　　大杉博昭　りん書房　平05

オルソン　　　　　　　　　　　　　1910-70

The Maximus Poems IV. V. VI.
「かわせみ、ヨーロッパの死」(「世界文学全集」
　35)　　　　　　　出渕博　集英社　昭43
Selected Poems of Charles Olson
「チャールズ・オルスン詩集」
　　　　　　　北村太郎・原成吉　思潮社　平04
Maximum Letter # whatever
「マクシマス・レター第？番」(「アメリカ現代詩
　101人集」)
　　　沢崎順之助・森邦夫・江田孝臣　思潮社　平12

ビショップ　　　　　　　　　　　　1911-79

North and South
「北と南」(「世界詩人全集」6)
　　　　　　　　福田陸太郎　河出書房　昭31
「北と南」(「世界名詩集大成」11　アメリカ篇)

◇翻訳文献 II◇

　　　　　　　　　福田陸太郎　平凡社　　昭34
「エリザベス・ビショップ詩集」
　　　　　　　　　小口未散　土曜美術社出版販売　平13
　The Armadillo
「アルマジロ」（アメリカ現代詩101人集）
　　　　沢崎順之助・森　邦夫・江田孝臣　思潮社　平12
　The Map
「地図」（「アメリカ名詩選」）
　　　　　　　　　川本皓嗣　岩波書店　　平05

パッチェン　　　　　　　　1911-72
　The Dark Kingdom
「暗い王国　詩集」　真辺博章　国文社　昭35
　The State of the Nation
「国民の現状」（アメリカ現代詩101人集）
　　　　沢崎順之助・森　邦夫・江田孝臣　思潮社　平12
「ケネス・パッチェン詩集」
　　　　　　　　　石原　武　土曜美術社　昭59

チーヴァー　　　　　　　　1912-82
　The Country Husband
「郊外住まい」（「現代アメリカ短篇選集」Ⅱ）
　　　　　　　　　渥美昭夫　白水社　　昭45
　The Wapshot Chronicle
「ワップショット家の人びと」（「海外純文学シリーズ」5）
　　　　　　　　　菊池　光　角川書店　昭47
　The Wapshot Scandal
「ワップショット家の醜聞」　菊池　光　角川書店　昭50
　Bullet Park
「ブリット・パーク」（「海外純文学シリーズ」1）
　　　　　　　　　菊池　光　角川書店　昭47
　The World of Apples
「りんごの世界」（「世界文学全集」100）
　　　　　　　　　西田　実　講談社　　昭52
　Falconer
「ファルコナー」西田　実・土屋宏之　講談社　昭54
　The Stories of John Cheever
「橋の上の天使」　川本三郎　河出書房新社　平04
「妻がヌードになる場合」　西田　実　講談社　昭51

ショー（アーウィン）　　　　1913-84
　The Young Lions
「若い獅子たち」全2巻
　　　　鈴木重吉・A.E. クラウザー　筑摩書房　昭27
「若き獅子たち」全2巻
　　　　鈴木重吉・A.E. クラウザー　ちくま文庫　平04
　The Troubled Air
「乱れた大気」　工藤政司　マガジンハウス　平06
　Lucy Crown
「湖畔の情事」　佐伯彰一　三笠書房　昭34
「ルーシィ・クラウンという女」
　　　　　　　　　佐伯彰一　大和書房　昭62

　Two Weeks in Another Town
「ローマは光のなかに」工藤政司　マガジンハウス　平02
「ローマは光のなかに」　工藤政司　講談社文庫　平06
　In the French Style
「娘ごころ、フランス風に」
　　　　北山顕正・永井　袁　英宝社　昭46
　Love on a Dark Street
「夜の裏町の恋」（「短篇集」）
　　　　　　　　　長谷川正平　音羽書房　昭42
「暗い通りの恋」（「現代アメリカ短篇選集」Ⅲ）
　　　　　　　　　西田　実　白水社　　昭45
　Voices of a Summer Day
「夏の日の声」　　常盤新平　講　談　社　昭63
「夏の日の声」　　常盤新平　講談社文庫　平02
　Rich Man, Poor Man
「富めるもの貧しきもの」全2巻
　　　　　　　　　大橋吉之輔　早川書房　昭48
「富めるもの貧しきもの」全3巻
　　　　　　　　　大橋吉之輔　ハヤカワ文庫NV　平02
　Evening in Byzantium
「ビザンチウムの夜」
　　　　　　　　　小泉喜美子　Hayakawa novels　昭54
「ビザンチウムの夜」
　　　　　　　　　小泉喜美子　ハヤカワ文庫NV　昭59
　Bread Upon the Waters
「はじまりはセントラル・パークから」
　　　　　　　　　平井イサク　講　談　社　平01
「はじまりはセントラル・パークから」全2巻
　　　　　　　　　平井イサク　講談社文庫　平03
　Paris, Paris
「パリスケッチブック」　中西秀男　サンリオ　昭61
「パリ・スケッチブック」中西秀男　講談社文庫　平01
　Beggarman, Thief
「犬にもなれない男たちよ」北山克彦　サンリオ　昭55
「乞うもの盗むもの」全2巻
　　　　　　　　　北山克彦　ハヤカワ文庫NV　平03
「緑色の裸婦　アーウィン・ショー短篇集」
　　　　　　　　　小笠原豊樹　草思社　　昭58
「緑色の裸婦」　　小笠原豊樹　集英社文庫　平03
「真夜中の滑降」　中野圭二　Hayakawa novels　昭56
「真夜中の滑降」　中野圭二　ハヤカワ文庫NV　昭60
「ニューヨークは闇につつまれて」
　　　　　　　　　常盤新平　大和書房　昭56
「ニューヨークは闇につつまれて」
　　　　　　　　　常盤新平　講談社文庫　昭62
「ニューヨーク恋模様」　常盤新平　講談社文庫　平01
　The Girls in their Summer Dresses and Other Stories
「夏服を着た女たち」　常盤新平　講　談　社　昭54
「夏服を着た女たち」常盤新平　講談社文庫　昭59,平16
「夏服を着た女たち」　常盤新平　講　談　社　昭63
「夏服を着た女たち」　中田耕治　青弓社　　平04
「夏服を着た女たち」常盤新平　講談社文芸文庫　平12
「小さな土曜日」　　小泉喜美子　早川書房　昭54
「小さな土曜日」小泉喜美子　ハヤカワ文庫NV　昭60

◇ 翻訳文献 II ◇

「フランスの女を妻にした男」(ザ・ニューヨーカー・セレクション)　常盤新平　王国社　昭61
「混合ダブルス」　常盤新平　王国社　昭62
「心変わり」　常盤新平　王国社　昭60

ヘイデン　1913-80

The Whipping
「折檻」(アメリカ現代詩101人集)
　沢崎順之助・森 邦夫・江田孝臣　思潮社　平12
Veracruz
「ベラクリューズ」(不思議な果実:アメリカ黒人詩集)　諏訪 優　思潮社　昭63

シャピロ　1913-2000

Person, Place and Thing
「人と所と物」(「世界名詩集大成」11 アメリカ篇)　福田陸太郎　平凡社　昭34
The Dirty Word
「あの猥★わい語」(アメリカ現代詩101人集)
　沢崎順之助・森 邦夫・江田孝臣　思潮社　平12
The Drugstore
「ドラグ・ストア」(「現代アメリカ詩集・世界の現代詩」2)　片岡ユズル　飯塚書店　昭30
「詩と詩論」　福田陸太郎　国文社　昭32
「宗教としての現代詩」(「世界詩論大系」2)
　鍵谷幸信　思潮社　昭39

ルーカイザー　1913-80

Effort at Speech between Two People
「二人のあいだの会話の試み」(アメリカ現代詩101人集)
　沢崎順之助・森 邦夫・江田孝臣　思潮社　平12

インジ　1913-73

Come Back, Little Sheba
「帰れ、いとしのシーバ」(「今日の英米演劇」2)
　鳴海四郎　白水社　昭43
Picnic
「ピクニック 夏の日のロマンス 戯曲」
　田島 博・山下 修　河出新書　昭30
「ピクニック」(「世界文学全集II」25)
　田島 博・山下 修　河出書房　昭31
Good Luck, Miss Wychoff
「さようなら、ミス・ワイコフ」国重純二　新潮社　昭47
My Son Is a Splendid Driver
「むすこはすてきなドライバー」
　小林 薫　新潮社　昭50
The Rainy Afternoon
「雨の午後」(「悲劇喜劇」)　常磐新平　早川書房　昭41

スタフォード　1914-93

Travelling through Dark
「闇の中をドライブしたとき」(「アメリカ現代詩101人集」)
　沢崎順之助・森 邦夫・江田孝臣　思潮社　平12
「ウィリアム・スタフォード詩集」
　川村元彦　苅部書店　昭55

バロウズ　1914-97

Junkie
「ジャンキー　回復不能麻薬常用者の告白」
　鮎川信夫　思潮社　昭44,55
「ジャンキー」　鮎川信夫　河出文庫　平15
The Naked Lunch
「裸のランチ」(「人間の文学」19)
　鮎川信夫　河出書房新社　昭40
「乱打物語」　佐々木宏　浪速書房　昭44
「裸のランチ」(モダン・クラシックス)
　鮎川信夫　河出書房新社　昭46
「裸のランチ」(「海外小説選」16)
　鮎川信夫　河出書房新社　昭53
「裸のランチ」　鮎川信夫　河出書房新社　昭62
「裸のランチ 完全版」鮎川信夫　河出書房新社　平04
「裸のランチ」　鮎川信夫　河出文庫　平15
The Soft Machine
「やわらかい機械」
　世界文学翻訳研究所　浪速書房　昭40
「ソフトマシーン」
　山形浩生・柳下毅一郎　河出書房新社　平16
The Ticket That Exploded
「爆発した切符」　飯田隆昭　サンリオ　昭54
The Yage Letters
「麻薬書簡」(「現代の芸術双書」19)
　飯田隆昭・諏訪 優　思潮社　昭41
「麻薬書簡」　飯田隆昭・諏訪 優　思潮社　昭48
「麻薬書簡」(Serie fantastique)
　飯田隆昭・諏訪 優　思潮社　昭61
Nova Express
「ノヴァ急報」　諏訪 優　サンリオSF文庫　昭53
「ノヴァ急報」　山形浩生　ペヨトル工房　平07
Cities of the Red Night
「シティーズ・オブ・ザ・レッド・ナイト」
　飯田隆昭　思潮社　昭63
Queer
「おかま (クィーア)」
　山形浩生・柳下毅一郎　ペヨトル工房　昭63
The Western Lands
「ウエスタン・ランド」　飯田隆昭　思潮社　平03
My Education
「夢の書　わが教育」
　山形浩生　河出書房新社　昭63,平10

◇ 翻 訳 文 献 Ⅱ ◇

Ah Pook Is Here
「ア・プークイズヒア」飯田隆昭　ファラオ企画　平04
With William Burroughs
「ウィリアム・バロウズと夕食を　バンカーから
　の報告」　梅沢葉子・山形浩生　思潮社　平02,09
The Cat Inside
「内なるネコ」　　　　山形浩生　河出書房新社　平06
Ghost of Chance
「ゴースト」　　　　　山形浩生　河出書房新社　平08
The Last Words of Dutch Schults
「ダッチ・シュルツ最期のことば」
　　　　　　　　　　　山形浩生　白水社　平04
The Place of Dead Roads
「デッド・ロード」　　　飯田隆昭　思潮社　平02
Tornado Alley
「トルネイド・アレイ」　清水アリカ　思潮社　平04
The Adding Machine
「バロウズという名の男」山形浩生　ペヨトル工房　平04
Blad Runner, A Movie
「ブレードランナー」　　山形浩生　トレヴィル　平02

エリソン　　　　　　　　　　1914-94

Invisible Man
「見えない人間」　　　　橋本福夫　パトリア　昭33
「見えない人間」全2冊（「黒人文学全集」9、10）
　　　　　　　　　　　橋本福夫　早川書房　昭36
「見えない人間」全2冊
　　　　　　　　橋本福夫　ハヤカワNV文庫　昭49
Flying Home
「黒い鳥人」（「黒人文学全集」8）
　　　　　　　　　　　浜本武雄　早川書房　昭36
Shadow and Act
「社会・倫理・小説」（「黒人文学全集」11）
　　　　　　　　　　　邦高忠二　早川書房　昭37

ベリマン　　　　　　　　　　1914-72

Homage to Mistress Bradstreet
「ブラッドストリート夫人讃歌」（「世界文学全集」
　53）　　　　　　　沢崎順之助　集英社　昭43
The Moon and the Night and the Men
「月と夜と人間」（「アメリカ現代詩101人集」
　　　沢崎順之助・森　邦夫・江田孝臣　思潮社　平12

ファスト　　　　　　　　　　1914-2003

Citizen Tom Paine
「市民トム・ペイン「コモン・センス」を遺した男
　の数奇な生涯」　　宮下嶺夫　晶文社　昭60
Freedom Road
「自由の道」　　　　　山田　敦　青銅社　昭26
The American
「アメリカ人」　　　　山田　敦　青銅社　昭27
Spartacus
「スパルタクス」　　　村木　淳　三一新書　昭35
The Passion of Sacco and Vanzetti
「ぼくらは無罪だ！　サッコとバンゼッティの受
　難」　　　　　　松本・藤川　新評論社　昭28
「死刑台のメロディ　サッコとバンゼッティの受
　難」　　　　　　　藤川健次　角川文庫　昭47
Silas Timberman
「平凡な教師」　　　白井泰四郎　理論社　昭30
The Naked God
「邪教の神殿」　　　五島十三雄　日本外政学会　昭30
Peekskill U.S.A.
「ピークスキル事件」　松本正雄　筑摩書房　昭26
The Dinner Party
「ディナー・パーティー　ある上院議員の長い一
　日」　　　　　　　宮下嶺夫　サイマル出版会　平01
「蜃気楼」　　　　　平井イサク　早川書房　昭40

ジャレル　　　　　　　　　　1914-65

The Gingerbread Rabbit
「はしれ！ショウガパンうさぎ」
　　　　　　　　　長田　弘　岩波書店　昭54,平04,18
The Bat-Poet
「詩のすきなコウモリの話」長田　弘　岩波書店　平01
Fly by Night
「夜、空をとぶ」　　　長田　弘　みすず書房　平12
「陸にあがった人魚のはなし」出口保夫　評論社　昭56
「ランダル・ジャレル詩集」
　　　　　　　　　　　松本典久　近代文芸社　昭58
Selected Poems
「ザルツブルグでのテニスあそび」（「世界名詩集
　大成」Ⅱ　アメリカ篇）福田陸太郎　平凡社　昭34
The Lost Children
「いなくなった子供たち」（「アメリカ現代詩101人集」）
　　　沢崎順之助・森　邦夫・江田孝臣　思潮社　平12

パーシー　　　　　　　　　　1916-90

The Last Gentleman
「最後の紳士」　　　　浜野成生　冨山房　昭50
Love in the Ruins
「廃墟の愛」全2巻　　板橋好枝　講談社　昭51
The Thanatos Syndrome
「タナトス・シンドローム」全2巻
　　　　　　　　　　吉野壮児　角川書店　平01

ロウエル（ロバート）　　　　1917-77

Lord Weary's Castle
「入口と祭壇の間にて」（「世界詩人全集」21）
　　　　　　　　　　徳永暢三　新潮社　昭44
「ウェアリー卿の城」（「ロバート・ロウエル詩集」）
　　　　　　　　　　石田安弘　国文社　昭55
For the Union Dead
「連邦軍死者に捧ぐ」（「世界詩人全集」21）

731

◇ 翻 訳 文 献 Ⅱ ◇

　　　　　　　　　　　徳永暢三　新潮社　昭44
　My Last Afternoon with Uncle Devereux Winslow
「叔父デヴァルー・ウィンズローと過ごした最後
　の午後」」(「アメリカ現代詩101人集」)
　　　　　沢崎順之助・森　邦夫・江田孝臣　思潮社　平12
　The Quaker Graveyard in Nantucket
「ナンタケットのクエーカー墓地」(「現代アメ
　リカ詩集・世界の現代詩」2)
　　　　　　　　　　片桐ユズル　飯塚書店　昭30
「ナンタケットのクエーカー墓地」(「世界の文学」
　35)　　　　　　金関寿夫　集英社　昭43
「ナンタケットのクエーカー墓地」(「世界の文学」
　37)　　　　　　金関寿夫　集英社　昭54
「ロバート・ロウエル詩集」石田安弘　国文社　昭55

ブルックス　　　　　　　　　1917-2000

　When You Forgotten Sunday
「日曜日を忘れたんなら」(「アメリカ現代詩101人集」)
　　　　　沢崎順之助・森　邦夫・江田孝臣　思潮社　平12
　Of De Willams on his Way to Lincoln Cemetery
「リンカーン墓地に運ばれるウィト・ウィリアムズ」
　(世界黒人詩集)
　　　　　　　　嶋岡　晨・松田忠徳　飯塚書店　昭50

アンダソン（ロバート）　　　1917-

　Tea and Sympathy
「お茶と同情」　杉山　誠・江本澄子　白水社　昭31

ジャクスン（シャーリー）　　1919-65

　Lottery
「くじ」(「異色作家短編集」12)
　　　　　　　　深町真理子　早川書房　昭51, 平18
「なぞの幽霊屋敷」　仁賀克雄　朝日ソノラマ　昭47
「山荘綺談」　小倉多加志　早川NV文庫　昭47
「野蛮人との生活：スラップスティック式育児法」
　　　　　　　　深町真理子　ハヤカワ文庫　昭49
　The Haunting of Hill House
「たたり」　　渡辺庸子　創元推理文庫　平11
　We Have Always Lived in the Castle
「ずっとお城で暮らしてる」
　　　　　　　　山下義之　学習研究社　平06
「ずっとお城で暮らしてる」
　　　　　　　　市田　泉　創元推理文庫　平19
「こちらへいらっしゃい」深町真理子　早川書房　昭48

ダンカン（ロバート）　　　　1919-88

　Roots and Branches
「根と枝」(「アメリカ現代詩101人集」)
　　　　　沢崎順之助・森　邦夫・江田孝臣　思潮社　平12
　Earth Winter's Song
「地球の冬唄」(「アメリカ反戦詩集」)　秋津書店　昭45

ネメロフ　　　　　　　　　　1920-91

　Style
「文体」(「アメリカ現代詩101人集」)
　　　　　沢崎順之助・森　邦夫・江田孝臣　思潮社　平12

ブコウスキー　　　　　　　　1920-94

　Pulp
「パルプ」　　柴田元幸　学習研究社　平07
「パルプ」　　柴田元幸　新潮文庫　平12
　Hot Water Music
「ホット・ウォーター・ミュージック」
　　　　　　　　山西治男　新宿書房　平05
「ブコウスキーの3ダース　ホットウォーター・
　ミュージック」　山西治男　新宿書房　平10
　Women
「詩人と女たち」全2巻
　　　　　　　　中川五郎　河出書房新社　平04
「詩人と女たち」　中川五郎　河出文庫　平08
　Factotum
「勝手に生きろ！」都甲幸治　学習研究社　平08
「勝手に生きろ！」都甲幸治　学研M文庫　平13
　South of No North
「ブコウスキーの「尾が北向けば…」：埋もれた
　人生の物語」　山西治男　新宿書房　平10,13
　The Most Beautiful Woman in Town and
　Other Stories
「町でいちばんの美女」　青野　聰　新潮社　平06
「町でいちばんの美女」　青野　聰　新潮文庫　平10
　Tales of Ordinary Madness
「ありきたりの狂気の物語」青野　聰　新潮社　平07
「ありきたりの狂気の物語」青野　聰　新潮文庫　平11
　Mockingbird, Wish Me Luck
「モノマネ鳥よ、おれの幸運を願え　ブコウスキー
　詩集2」　　　　中上哲夫　新宿書房　平08
　Post Office
「ポスト・オフィス」　坂口　緑　学習研究社　平08
「ポスト・オフィス」　坂口　緑　幻冬舎　平11
　Notes of a Dirty Old Man
「ブコウスキー・ノート」　山西治男　文遊社　平07
　Shakespeare Never Did This
「ブコウスキーの酔いどれ紀行」
　　　　　　　　中川五郎　河出書房新社　平07
「ブコウスキーの酔いどれ紀行」
　　　　　　　　中川五郎　河出文庫　平15
　Septuagenarian Stew
「オールドパンク、哄笑する　チャールズ・ブコウ
　スキー短編集」　鵜戸口哲尚　ビレッジプレス　平13
　Ham on Rye
「くそったれ！少年時代」中川五郎　河出書房新社　平07
「くそったれ！少年時代」　中川五郎　河出文庫　平11
　The Captain Is Out to Lunch and the Sailors
　Have Taken Over the Ship

◇ 翻 訳 文 献 II ◇

「死をポケットに入れて」中川五郎　河出書房新社　平11
「死をポケットに入れて」　中川五郎　河出文庫　平14
　Hollywood
「パンク、ハリウッドを行く」
　　　　鵜戸口哲尚・井澤秀夫　ビレッジプレス　平11
　Play the Piano Drunk Like a Percussion Instrument Until the Fingers Begin to Bleed a Bit
「ブコウスキー詩集：指がちょっと血を流し始めるまでパーカッション楽器のように酔っぱらったピアノを弾け」　中上哲夫　新宿書房　平07

ブラッドベリー　　　　　　1920-

　Dark Carnival
「黒いカーニバル」　　伊藤典夫　早川書房　昭47
「黒いカーニバル」伊藤典夫　ハヤカワ文庫NV　昭51
　The Martian Chronicles
「火星人記録」　　　　斎藤静江　元々社　昭31
「火星年代記」　　小笠原豊樹　早川書房　昭38
「火星年代記」　小笠原豊樹　ハヤカワ文庫NV　昭51
　The Illustrated Man
「刺青の男」　　　　小笠原豊樹　早川書房　昭35
「刺青の男」　　小笠原豊樹　ハヤカワ文庫NV　昭51
　Fahrenheit 451
「華氏四五一度」　　　南井慶二　元々社　昭31
「華氏451度」　　　宇野利泰　早川書房　昭39
「華氏451度」　　宇野利泰　ハヤカワ文庫　昭50
　The Golden Apples of the Sun
「太陽の黄金の林檎」　小笠原豊樹　早川書房　昭37
「太陽の黄金の林檎」
　　　　小笠原豊樹　ハヤカワ文庫NV　昭51,平18
　The October Country
「十月はたそがれの国」　宇野利泰　創元SF文庫　昭40
　Dandelion Wine
「たんぽぽのお酒」　北山克彦　晶文社　昭46,平03,09
　A Medicine for Melancholy
「メランコリイの妙薬」（「異色作家短篇集」5)」
　　　　　　　　　　吉田誠一　早川書房　昭49,平18
　Something Wicked This Way Comes
「何かが道をやってくる」
　　　　　　　　大久保康雄　創元SF文庫　昭39
　The Machineries of Joy
「よろこびの機械」　　吉田誠一　早川書房　昭41
「よろこびの機械」吉田誠一　ハヤカワ文庫NV　昭51
　I Sing the Body Electric!
「歌おう、感電するほどの喜びを！」
　　　　　　伊藤典夫ほか　ハヤカワ文庫NV　平01
「キリマンジャロ・マシーン」伊藤典夫　早川書房　昭56
「キリマンジャロ・マシーン」
　　　　　　　　伊藤典夫　ハヤカワ文庫NV　平01
　The Halloween Tree
「ハロウィーンがやってきた」
　　　　　　　　　伊藤典夫　晶文社　昭50,平09
　Long After Midnight

「とうに夜半を過ぎて」　小笠原豊樹　集英社　昭53
「とうに夜半を過ぎて」小笠原豊樹　集英社文庫　昭57
　A Memory of Murder
「悪夢のカーニバル」　　仁賀克雄　徳間文庫　昭60
　Dead Is a Lonely Business
「死ぬときはひとりぼっち」
　　　　　　　　小笠原豊樹　サンケイ出版　昭61
「死ぬ時はひとりぼっち」小笠原豊樹　扶桑社　昭63
「死ぬときはひとりぼっち」
　　　　　　　　小笠原豊樹　文藝春秋　平17
　A Graveyard for Lunatics
「黄泉からの旅人」　　　日暮雅通　福武書店　平06
「黄泉からの旅人」　　　日暮雅通　文藝文庫　平17
　Shudder Again
「筋肉男のハロウィーン」（「13の恐怖とエロスの物語」2)
　　　　　　　　　　吉野美恵子　文春文庫　平08
　Yestermorrow
「ブラッドベリはどこへゆく：未来の回廊」
　　　　　　　　　小川高義　晶文社　平08
　Zen in the Art of Writing
「ブラッドベリがやってくる：小説の愉快」
　　　　　　　　　小川高義　晶文社　平08
　Switch on the Night
「夜をつけよう」　　今江祥智　BL出版　平10
　Driving Blind
「バビロン行きの夜行列車」
　　　　　金原瑞人・野沢佳織　角川春樹事務所　平10
　Quicker Than the Eye
「瞬きよりも速く」
　　　伊藤典夫・村上博基・風間賢二　早川書房　平11
「瞬きよりも速く」　伊藤典夫・村上博基・
　　　　　　　　　風間賢二　ハヤカワ文庫NV　平19
　The Toynbee Convector
「二人がここにいる不思議」伊藤典夫　新潮文庫　平12
　From the Dust Returned
「塵よりよみがえり」　中村融　河出書房新社　平14
「塵よりよみがえり」　中村融　河出文庫　平17
　R is for Rocket
「ウは宇宙船のウ」　大西尹明　東京創元新社　昭43
「ウは宇宙船のウ」　大西尹明　創元SF文庫　平18
「贈り物」（「クリスマス・ストーリー集」1)
　　　　　　　　　　仁賀克雄　角川文庫　昭53
「火星の笛吹き」　　　仁賀克雄　徳間書店　昭54
「火星の笛吹き」　　　仁賀克雄　徳間文庫　昭59
「火星の笛吹き」　　　仁賀克雄　ちくま文庫　平03
「監視者」　　　　　　矢野浩三郎　岩崎書店　平11
「恐怖少年」　　　　　二上洋一　朝日ソノラマ　昭50
「恐竜物語」　　　　　伊藤典夫　新潮文庫　昭59
「十月の旅人」　　　　伊藤典夫　大和書房　昭49
「十月の旅人」　　　　伊藤典夫　新潮文庫　平62
「すべての夏をこの一日に」（「スターシップ「宇宙SFコレクション」2)　都筑道夫　新潮文庫　昭60
「イカロス・モンゴルフィエ・ライト」（「スペースマン：宇宙SFコレクション」1)
　　　　　　　　　　都筑道夫　新潮文庫　昭60

◇翻 訳 文 献 Ⅱ◇

「スは宇宙（スペース）のス」
　　　　　　　　一ノ瀬直二　創元SF文庫　昭46
「火の柱」　　　　伊藤典夫　大和書房　昭55
「ブラッドベリは歌う」　中村保男　サンリオ　昭59
　Let's All Kill Constance
「さよなら，コンスタンス」越前敏弥　文藝春秋　平17
　Farewell Summer
「さよなら僕の夏」　北山克彦　晶文社　平19
　Green Shadows, White Whale
「緑の影，白い鯨」　川本三郎　筑摩書房　平19
　The Cat's Pajamas
「猫のパジャマ」　　中村 融　河出書房新社　平20

ウィルバー　　　　1921-

　Loud Mouse
「番ねずみのヤカちゃん」松岡享子　福音館書店　平04
　Opposites
「…の反対は？」　長田 弘　みすず書房　平12
　The Death of a Toad
「ヒキガエルの死」（アメリカ現代詩101人集）
　　　沢崎順之助・森 邦夫・江田孝臣　思潮社　平12

ヘイリー　　　　1921-92

　The Autobiography of Malcolm X
「マルカム X 自伝」　濱本武雄　河出書房　昭43
「マルコム X 自伝」　濱本武雄　アップリンク　平05
「完訳マルコム X 自伝」濱本武雄　中公文庫　平14
　Roots
「ルーツ」全2巻
　　　安岡章太郎・松田 銑　社会思想社　昭52
「ルーツ」全3巻
　　　安岡章太郎・松田 銑　現代教養文庫　昭53
　A Different Kind of Christmas
「北極星をめざして」　松田 銑　社会思想社　平01
　Alex Haley's Queen
「クイーン」全2巻　村上博基　新潮社　平06
　Alex Haley the Playboy Interviews
「アレックス・ヘイリープレイボーイ・インタビューズ」　住友 進　中央アート出版社　平10

ジョーンズ（ジェイムズ）　1921-77

　From Here to Eternity
「地上より永遠に」全3巻
　　　山屋三郎・鈴木重吉　筑摩書房　昭29-31
「地上より永遠に」全4巻　新庄哲夫　角川文庫　昭62
　The Thin Red Line
「シン・レッド・ライン」全2巻
　　　鈴木主税　角川文庫　平11
　The Ice-Cream Headache
「氷菓子の頭痛」　　安達昭雄　角川文庫　昭53
　Viet Journal
「一兵士の戦い」　　岡本好古　集英社　昭51

ケルアック　　　　1922-69

　On the Road
「路上」（「新世界文学双書」）
　　　　　　　　福田 実　河出書房新社　昭34
「路上」（「モダン・クラシックス」）
　　　　　　　　福田 実　河出書房新社　昭45
「路上」　　　　　　福田 実　河出文庫　昭58
「オン・ザ・ロード」（「世界文学全集」1）
　　　　　　　　青山 南　河出書房新社　平19
　The Dharma Bums
「禅ヒッピー」（「太陽選書」22）
　　　　　　　　小原広忠　太陽社　昭50
　The Subterraneans
「地下街の人びと」　古沢安二郎　新潮社　昭34
「地下街の人びと」　真崎義博　新潮文庫　平09
　Lonesome Traveler
「孤独な旅人」　　　中上哲夫　新宿書房　平08
「孤独な旅人」　　　中上哲夫　河出文庫　平16
　Big Sur
「ビッグ・サー」　渡辺洋・中上哲夫　新宿書房　平06
「ビッグ・サーの夏：最後の路上」
　　　　　　　渡辺洋・中上哲夫　新宿書房　平12
　Desolation Angels
「荒涼天使たち」全2巻　中上哲夫　思潮社　平06
　Satori in Paris
「パリの悟り」　　　中上哲夫　思潮社　平16
　The Dharma Bums
「禅ヒッピー」　　　小原広忠　太陽社　昭50
　Jack Kerouac Book of Blues
「ジャック・ケルアックのブルース詩集」
　　　　　　経田佑介・中上哲夫　新宿書房　平10
「ジェフィ・ライダー物語――青春のビートニク」
　　　　　　　　中井義幸　講談社　昭57
　Selected Poems of Jack Kerouac
「ジャック・ケルアック詩集」
　　　　　池沢夏樹・高橋雄一郎　思潮社　平03

ギャディス　　　　1922-98

　Carpenter's Gothic
「カーペンターズ・ゴシック」木原善彦　本の友社　平12

ディッキー　　　　1923-97

　Deliverance
「わが心の川」　　　酒本雅之　新潮社　昭46
　To the White Sea
「白の海へ」　　　　高山 恵　アーティストハウス　平12
　The Heaven of Animals
「動物たちの天国」（アメリカ現代詩101人集）
　　　沢崎順之助・森 邦夫・江田孝臣　思潮社　平12

◇ 翻 訳 文 献 Ⅱ ◇

シンプソン　　　　　　　　1923-

America Poetry
「アメリカ詩」（「アメリカ現代詩101人集」）
　　　沢崎順之助・森　邦夫・江田孝臣　思潮社　平12
A Dream of Governors
「支配者の夢」（「現代アメリカ詩集・世界の現代詩」2）　　　片桐ユズル　飯塚書店　昭30
「支配者の夢」（「ミネソタ詩集」）
　　　片桐ユズル・池谷敏忠　思潮社　昭42

パーディ　　　　　　　　　1923-

Malcolm
「マルコムの遍歴」（「新しい世界の文学」37）
　　　鈴木建三　白水社　昭41
The Nephew
「アルマの甥」（「今日の海外小説」15）
　　　鈴木建三　河出書房新社　昭45
Cabot Wright Begins
「キャボット・ライトびぎんず」（「今日の海外小説」22）　　　鈴木建三　河出書房新社　昭46
Eustace Chisholm and the Works
「詩人ユースティス・チザムの仲間」
　　　邦高忠二　新潮社　昭47

レヴァトフ　　　　　　　　1923-97

The Jacob's Ladder
「ヤコブの梯子　デニーズ・レヴァトフ詩集」
　　　山本楡美子　ふらんす堂　平08
Overland to the Islands
「陸路をへて島にいたる」（「アメリカ現代詩101人集」）
　　　沢崎順之助・森　邦夫・江田孝臣　思潮社　平12

ヘラー　　　　　　　　　　1923-99

Catch-22
「キャッチ—22」　飛田茂雄　早川書房　昭44
「キャッチ＝22」　飛田茂雄　ハヤカワ文庫NV　昭52
Something Happened
「なにかが起こった」全2巻　篠原慎　角川書店　昭58
Good as Gold
「輝けゴールド」　飛田茂雄　早川書房　昭56
No Laughing Matter
「笑いごとじゃない」中野恵津子　TBSブリタニカ　昭62

ギャス　　　　　　　　　　1924-

In the Heart of the Heart of the Country
「アメリカの果ての果て」　杉浦銀策　冨山房　昭43
「アメリカの果ての果て」（現代アメリカ文学選）
　　　杉浦銀策　冨山房　昭54

On Being Blue
「ブルーについての哲学的考察」
　　　須山静夫・大崎ふみ子　論創社　平07

クーミン　　　　　　　　　1925-

Joey and the Birthday Present
「ジョーイと誕生日の贈り物」
　　　長田　弘　みすず書房　平12

オコナー　　　　　　　　　1925-64

Wise Blood
「賢こい血」　須山静夫　冨山房　昭45
「賢い血」　須山静夫　ちくま文庫　平11
A Good Man Is Hard to Find
「善人、見つけがたし」　安徳軍一　太陽社　昭51
「善人はなかなかいない」（「新・ちくまの森」16）
　　　横山貞子　筑摩書房　平05
「善人はなかなかいない　フラナリー・オコナー作品集」　横山貞子　筑摩書房　平10
The Circle in the Fire
「火の中の輪」（「現代アメリカ短篇選集」Ⅰ）
　　　須山静夫　白水社　昭45
Green Leaf
「グリーンリーフ一族」（現代アメリカ作家12人集）
　　　酒本雅之　荒地出版社　昭43
The Violent Bear It Away
「烈しく攻むるものはこれを奪う」
　　　佐伯彰一　新潮社　昭46
Mystery and Manners
「秘義と習俗　アメリカの荒野より」
　　　上杉　明　春秋社　昭57
「秘義と習俗　オコナー全エッセイ集」
　　　上杉　明　春秋社　平11
Everything That Rises Must Converge
「高く昇って一点へ」（「キリスト教文学の世界」21）
　　　大橋吉之輔　主婦の友社　昭52
「オコナー短篇集」　須山静夫　新潮文庫　昭49
「フラナリー・オコナー全短篇」全2巻
　　　横山貞子　筑摩書房　平15

ホークス　　　　　　　　　1925-98

The Cannibal
「人食い」（「ジョン・ホークス作品集」1）
　　　飛田茂雄　彩流社　平09
The Lime Twig
「罠：ライム・トゥイッグ」（「ジョン・ホークス作品集」2）　田中啓史　彩流社　平09
Second Skin
「もうひとつの肌」
　　　吉田誠一・関　桂子　国書刊行会　昭58
「旅人」（「ギャラリー世界の文学」17）
　　　志村正雄　集英社　平01

◇翻 訳 文 献 Ⅱ◇

The Blood Orange
「ブラッド・オレンジ」(「ジョン・ホークス作品
　集」3)　　　　　　　迫　光　彩流社　平13
Death, Sleep &Traveler
「死、眠り、そして旅人」(「ジョン・ホークス作
　品集」5)　　　　柴田裕之　彩流社　平10
Travesty
「激突」(「ジョン・ホークス作品集」4)
　　　　　　　　　　飛田茂雄　彩流社　平09

ヴィダル　　　　　　　　　1925-

The City and the Pillar
「都市と柱」　　　　　本合　陽　本の友社　平10
「アーロン・バアの英雄的生涯」
　　　　　　　　　田中西二郎　早川書房　昭56
「1876」　　　　　田中西二郎　早川書房　昭53
Kalki
「大予言者カルキ」　　日夏　響　サンリオ　昭55
Death Like It Hot
「死は熱いのがお好き」久良岐基一　早川書房　昭35
Wasington D.C.
「ワシントン D.C.」　宇野利泰　早川書房　昭43
Myra Breckinridge
「マイラ」　　　　　　永井　淳　早川書房　昭44
Myron
「マイロン」　　　　　沢村　灌　サンリオ　昭56
Lincoln
「リンカーン」全3巻　中村紘一　本の友社　平10

アモンズ　　　　　　　　1926-2000

Hardweed Path Going
「かたい草の小道を行く」(「アメリカ現代詩101人集」)
　　　沢崎順之助・森　邦夫・江田孝臣　思潮社　平12

メリル　　　　　　　　　　1926-95

The Book of Ephraim
「イーフレイムの書」(米国ゴシック作品集)
　　　　　　　　　志村正雄　国書刊行会　昭57
「イーフレイムの書」　志村正雄　書肆山田　平12
Mirabell's Books of Number
「ミラベルの数の書」　志村正雄　書肆山田　平17
Scripts for the Pageant
「ページェントの台本」全2巻
　　　　　　　　　　志村正雄　書肆山田　平20

ギンズバーグ　　　　　　　1926-97

Howl
「咆哮　詩集」　　　古沢安二郎　那須書房　昭37
「吠えるとその他の詩についての覚え書」(「ギンズ
　バーグ詩集」)　　　諏訪　優　思潮社　昭40
「吠える」(「世界詩論大系」2)

　　　　　　　　　　諏訪　優　思潮社　昭41
Empty Mirror
「虚ろな鏡」(「ギンズバーグ詩集」)
　　　　　　　　　　諏訪　優　思潮社　昭41
「吠える」「総特集アレン・ギンズバーグ」(「現代
　詩手帖特集版」)　　　　　　思潮社　平09
Kaddish and Other Poems, 1958-1960
「カディッシュ」　諏訪　優・立花之則　思潮社　昭44
Reality Sandwiches 1953-60
「リアリティ・サンドイッチズ」(ギンズバーグ詩集)
　　　　　　　　　　諏訪　優　思潮社　昭41
Indian Journals, March 1962-May 1963
「インド日記：1962-1963」諏訪　優　サンリオ　昭55
The Yage Letters
「麻薬書簡」(「現代の芸術双書」19)
　　　　　　飯田隆昭・諏訪　優　思潮社　昭41,48
「麻薬書簡」　　飯田隆昭・諏訪　優　思潮社　昭61
The Fall of America
「アメリカの没落」　　富山英俊　思潮社　平01
「宇宙の息」　　　　　諏訪　優　晶文社　昭52
「悲しき花粉の輝き　詩集」諏訪　優　昭森社　昭53
「ギンズバーグ詩集」　諏訪　優　思潮社
　　　　　　　　　　　　　昭40,43,44,53, 平03
White Shroud
「白いかたびら：アレン・ギンズバーグ詩集」
　　　　　　　　　　高島　誠　思潮社　平03
Pentagon Exorcism
「ペンタゴン悪魔払い」(「アメリカ反戦詩集」)
　　　　　　　　　　　　　　秋津書店　昭45
「破滅を終わらせるための第一宣言」(「破滅を終ら
　せるために――ギンズバーグのことば」)
　　　　　　　　　　諏訪　優　思潮社　昭46,63

オハラ　　　　　　　　　　1926-66

A True Account of Talking to the Sun at Fire Island
「ファイア・アイランドで太陽と交わした話の真相」
　(「アメリカ現代詩101人集」)
　　　沢崎順之助・森　邦夫・江田孝臣　思潮社　平12

クリーリー　　　　　　　1926-2005

A from of Adaptation
「適応の一例」(「アメリカ現代詩101人集」)
　　　沢崎順之助・森　邦夫・江田孝臣　思潮社　平12

ブライ　　　　　　　　　　1926-

Iron John
「アイアン・ジョンの魂」野中ともも　集英社　平08
「グリム童話の正しい読み方：『鉄のハンス』が教
　える生き方の処方箋」野中ともも　集英社文庫　平11
The Winged Life
「翼ある生命　ソロー「森の生活」の世界へ」

◇翻訳文献 II◇

The Sibling Society　葉月陽子　立風書房　平05
「未熟なオトナと不遜なコドモ　兄弟主義社会」
　への処方箋」　荒木文枝　柏書房　平10
Snowfall in the Afternoon
「午後に降る雪」（「ミネソタ詩集」）
　　　　片岡ユズル・池谷敏忠　思潮社　昭42
Solitude Late at Night in the Woods
「夜の中の孤独」（アメリカ現代詩101人集）
　　沢崎順之助・森 邦夫・江田孝臣　思潮社　平12
「ロバート・ブライ詩集」池谷敏忠　松柏社　昭48
Selected Poems of Robert Bly
「ロバート・ブライ詩集」
　　　　谷川俊太郎・金関寿夫　思潮社　平05

アッシュベリー　1927-

A Wave
「波ひとつ」　佐藤紘彰　書肆山田　平03
Crazy Weather
「狂った気候」（アメリカ現代詩101人集）
　　沢崎順之助・森 邦夫・江田孝臣　思潮社　平12
Selected Poems of John Ashbery
「ジョン・アッシュベリー詩集」
　　　　大岡 信・飯野友幸　思潮社　平05

キネル　1927-

The Bear
「熊」（アメリカ現代詩101人集）
　　沢崎順之助・森 邦夫・江田孝臣　思潮社　平12

マーウィン　1927-

Tergvinder's Stone
「ターグヴィンダーの岩」（アメリカ現代詩101人集）
　　沢崎順之助・森 邦夫・江田孝臣　思潮社　平12
The Mays of Ventadorn
「吟遊詩人たちの南フランス　サンザシの花が愛を
　語るとき」　北沢 格　早川書房　平16

ライト（ジェイムズ）　1927-80

A Blessing
「祝福」（「ミネソタ詩集」）
　　　　片岡ユズル・池谷敏忠　思潮社　昭42
「祝福」（アメリカ現代詩101人集）
　　沢崎順之助・森 邦夫・江田孝臣　思潮社　平12
Address Unknown
「ホームレス　アメリカの影」
　　　　浜谷喜美子　三一書房　平05
「ジェームズ・ライト詩集」池谷敏忠　松柏社　昭48

オジック　1928-

The Shawl
「ショールの女」　東江一紀　草思社　平06

アンジェロウ　1928-

Wouldn't Take Nothing for my Journey Now
「私の旅に荷物はもういらない」
　　　　宮木洋子　立風書房　平08
Even the Stars Look Lonesome
「星さえもひとり輝く」　香咲弥須子　立風書房　平10
I Know Why the Caged Bird Sings
「歌え、翔べない鳥たちよ　マヤ・アンジェロウ自
　伝1」　矢島 翠　人文書院　昭54
「歌え、飛べない鳥たちよ　マヤ・アンジェロウ
　自伝」　矢島 翠　立風書房　平10
Gather Together in my Name
「街よ、わが名を高らかに　マヤ・アンジェロウ
　自伝2」　矢島 翠　人文書院　昭55

セクストン　1928-74

Unknown Girl in the Maternity Ward
「産科棟の無名の女」（アメリカ現代詩101人集）
　　沢崎順之助・森 邦夫・江田孝臣　思潮社　平12
Transformations
「魔女の語るグリム童話替え話」
　　　　水田宗子　静地社　昭58,63
Joey and the Birthday Present
「ジョーイと誕生日の贈り物」
　　　　長田 弘　みすず書房　平12
「アン・セクストン詩集」　矢口以文　創映出版　昭49

マーシャル　1929-

Praisesong for the Widow
「ある讃歌」　風呂本惇子　山口書店　平02

リッチ　1929-

On Lies, Secrets, and Silence
「嘘、秘密、沈黙　アドリエンヌ・リッチ女性論
　1966-1978」　大島かおり　晶文社　平01
Blood, Bread, and Poetry
「血、パン、詩　アドリエンヌ・リッチ女性論
　1979-1985」　大島かおり　晶文社　平01
Of Woman Born
「女から生まれる　アドリエンヌ・リッチ女性論」
　　　　高橋茅香子　晶文社　平02
Prospective Immigrants Please Note
「移住予定者は注意されたし」（アメリカ現代詩
　101人集）

◇ 翻 訳 文 献 Ⅱ ◇

　　　　　　沢崎順之助・森 邦夫・江田孝臣　思潮社　平12
「アドリエンヌ・リッチ詩集」
　　　　　　　　　　白石かずこ・渡部桃子　思潮社　平05

ルグィン　　　　　　　　　　1929-

Rocannon's World
「ロカノンの世界」　　青木由紀子　サンリオ　昭55
「ロカノンの世界」　　小尾芙佐　ハヤカワ文庫SF　平01
The Left Hand of Darkness
「闇の左手」　　　　小尾芙佐　早川書房　昭47
「闇の左手」　　　　小尾芙佐　ハヤカワ文庫SF　昭52
The Dispossessed
「所有せざる人々」　　佐藤高子　早川書房　昭55
「所有せざる人々」　　佐藤高子　ハヤカワ文庫SF　昭61
A Wizard of Earthsea
「影との戦い」　　清水真砂子　岩波少年少女の本　昭51
「影との戦い　ゲド戦記」（同時代ライブラリー）
　　　　　　　　　清水真砂子　岩波書店　平04
「影との戦い」　　清水真砂子　岩波書店　平11,18
The Tombs of Atuan
「こわれた腕環」清水真砂子　岩波少年少女の本　昭51
「こわれた腕環」　清水真砂子　岩波書店　平11,18
The Farthest Shore
「さいはての島へ」清水真砂子　岩波少年少女の本　昭52
「さいはての島へ」　　清水真砂子　岩波書店　平11,18
Tehanu
「帰還」　　　　清水真砂子　岩波書店　平05,11,18
The Language of the Night 1989 ed.
「夜の言葉」　　　　山田和子ほか　サンリオ　昭60
「夜の言葉」　　　　山田和子ほか　岩波書店　平04,18
「夜の言葉：ファンタジー・SF論」
　　　山田・千葉・青木・室住・小池・深町
　　　　　　　　　　　　　　岩波現代文庫　平18
「マラフレナ」全2巻　　友枝康子　サンリオ　昭58
Planet of Exile
「辺境の惑星」　　脇 明子　ハヤカワ文庫SF　平01
「ふたり物語」　　　　杉崎和子　集英社文庫　昭58
「始まりの場所」　　小尾芙佐　早川書房　昭59
A Fisherman of the Inland Sea
「内海の漁師」
　　　　　　小尾芙佐・佐藤高子　ハヤカワ文庫SF　平09
「天のろくろ」　　　脇 明子　サンリオ　昭54,59
Catwings
「空飛び猫」　　　　村上春樹　講談社　平05
「空飛び猫」　　　　村上春樹　講談社文庫　平08
Jane on her Own
「空を駆けるジェーン　空飛び猫物語」
　　　　　　　　　村上春樹　講談社　平13
「空を駆けるジェーン」　村上春樹　講談社文庫　平17
Dancing at the Edge of the World
「世界の果てでダンス　ル＝グウィン評論集」
　　　　　　　　　篠目清美　白水社　平09,18
The Word for World is Forest
「世界の合い言葉は森」

　　　　　小尾芙佐・小池美佐子　ハヤカワ文庫SF　平02
Wonderful Alexander and the Catwings
「素晴らしいアレキサンダーと、空飛び猫たち」
　　　　　　　　　村上春樹　講談社　平09
「素晴らしいアレキサンダーと、空飛び猫たち」
　　　　　　　　　村上春樹　講談社文庫　平12
「コンパス・ローズ」　　越智道雄　サンリオ　昭58
The Telling
「言の葉の樹」　　小尾芙佐　ハヤカワ文庫SF　平14
City of Illusions
「幻影の都市」　　　　山田和子　サンリオ　昭56
「幻影の都市」　　　　山田和子　ハヤカワ文庫SF　平02
「風の十二方位」佐藤高子ほか　ハヤカワ文庫SF　昭55
Catwings Return
「帰ってきた空飛び猫」　　村上春樹　講談社　平05
「帰ってきた空飛び猫」　　村上春樹　講談社文庫　平08
Always Coming Home
「オールウェイズ・カミングホーム」全2巻
　　　　　　　　　星川 淳　平凡社　平09
Orsinian Tales
「オルシニア国物語」　　峰岸 久　早川書房　昭54
「オルシニア国物語」　峰岸 久　ハヤカワ文庫SF　昭63
Leese Webster
「いちばん美しいクモの巣」
　　　　　　　　　長田 弘　みすず書房　平13
The Other Wind
「アースシーの風」　清水真砂子　岩波書店　平15,16,18
Tales from Earthsea
「ゲド戦記外伝」　　清水真砂子　岩波書店　平16,18
Changing Planes
「なつかしく謎めいて」谷垣暁美　河出書房新社　平17
Gift
「ギフト」　　　　谷垣暁美　河出書房新社　平18
The Wave in the Mind
「ファンタジーと言葉」　青木由紀子　岩波書店　平18

フリードマン　　　　　　　　1930-

Stern
「スターン氏のはかない抵抗」（「新しい世界の
　文学」54）　　　　沼沢洽治　白水社　昭46
「スターン氏のはかない抵抗」
　　　　　　　　　沼沢洽治　白水Uブックス　昭59
A Mother's Kisses
「マザーズ・キス」　　大井浩二　筑摩書房　昭45
The Dick
「刑事」　　　　　沼沢洽治　白水社　昭50
Black Angels
「黒い天使たち」　　浅倉久志　早川書房　昭47

スナイダー　　　　　　　　　1930-

Mountains and Rivers Without End
「終りなき山河」
　　　　　　山里勝己・原 成吉　思潮社　平14

◇ 翻 訳 文 献 Ⅱ ◇

Turtle Island
「亀の島：対訳」　　　　ナナオ・サカキ　山口書店　　平03
The Practice of the Wild
「野性の実践」　重松宗育・原　成吉　東京書籍　　平06
「野性の実践」　重松宗育・原　成吉　山と渓谷社　平12
Great Earth Sangha
「聖なる地球のつどいかな」
　　　　　　　　　　　　山尾三省　山と渓谷社　平10
A Place in Space
「惑星の未来を想像する者たちへ」
　　　　　山里勝己・田中泰賢・赤嶺玲子　山と渓谷社　平12
Hay for the Horses
「まぐさ」（アメリカ現代詩101人集）
　　　　　沢崎順之助・森　邦夫・江田孝臣思　潮　社　平12
Dear Mr. President
「拝啓　大統領閣下」（「アメリカ反戦詩集」）
　　　　　　　　　　　　　　　　　　　秋津書店　昭45
「スナイダー詩集：ノーネイチャー」
　　　　　金関寿夫・加藤幸子　思　潮　社　平08,14
Earth House Hold
「地球の家を保つには：エコロジーと精神革命」
　　　　　　　　　　　　片桐ユズル　社会思想社　平50

ハンズベリ　　　　　　　　　1930-65

A Raisin in the Sun
「陽なたの乾しぶどう」（現代演劇11）
　　　　　　　　　　　　小林志郎　南　雲　堂　昭46

エルキン　　　　　　　　　　1930-95

A Bad Man
「悪い男」　　　　　　寺門泰彦　新　潮　社　昭46

ウルフ（トム）　　　　　　　1931-

From Bauhaus to Our House
「バウハウスからマイホームまで」
　　　　　　　　　　　諸岡敏行　晶　文　社　昭58
A Man in Full
「成りあがり者」全2巻　古賀林幸　文春文庫　平12
In Our Time
「そしてみんな軽くなった：トム・ウルフの1970
年代革命講座」　　　　青山　南　大和書房　昭60
「そしてみんな軽くなった：トム・ウルフの1970
年代革命講座」　　　　青山　南　ちくま文庫　平02
The Painted Word
「現代美術コテンパン」　高島平吾　晶　文　社　昭59
The Bonfire of the Vanities
「虚栄の篝火」全2巻　中野圭二　文藝春秋　平03
The Right Stuff
「ザ・ライト・スタッフ」
　　　　　　　　　中野圭二・加藤弘和　中央公論社　昭56
「ザ・ライト・スタッフ：七人の宇宙飛行士」
　　　　　　　　　中野圭二・加藤弘和　中央文庫　昭58

The Electric Kool-Aid Acid Test
「クール・クールLSD交感テスト」
　　　　　　　　　　　　飯田隆昭　太　陽　社　昭46
Mauve Gloves & Madmen, Clutter & Vine,
and Other Stories. Sketches, and Essays.
「ワイルド・パーティへようこそ：トム・ウルフ
集」　　　　　　　　高島平吾　東京書籍　平04

バーセルミ（ドナルド）　　　1931-89

Amateurs
「アマチュアたち」山崎　勉・田島俊雄　サンリオ　昭57
「アマチュアたち」山崎　勉・田島俊雄　彩流社　平10
The King
「王」　　　　　　　　　柳瀬尚紀　白　水　社　平07
Unspeakable Practices, Unnatural Acts
「口に出せない習慣、奇妙な行為」
　　　　　　　　　　山崎　勉・邦高忠二　サンリオ　昭54
「口に出せない習慣、不自然な行為」
　　　　　　　　　　山崎　努・邦高忠二　彩流社　平06
「大統領」　　　　　　　志村正雄　白　水　社　昭48
City Life
「シティ・ライフ」　　　山形浩生　白　水　社　平07
Guilty Pleasures
「罪深き愉しみ」山崎　勉・中村邦生　サンリオ　昭56
「罪深き愉しみ」山崎　勉・中村邦生　彩流社　平07
Paradise
「パラダイス」　　　　　三浦玲一　彩流社　平02
Snow White
「雪白姫」　　　　　　　柳瀬尚紀　白　水　社　昭56
「雪白姫」　　　　　　柳瀬尚紀　白水Uブックス　平07
Sadness
「哀しみ」　　　　　　山崎　勉　彩流社　平10
Dead Father
「死父」　　　　　　　　柳瀬尚紀　集　英　社　昭53
Come Back, Dr. Caligari
「帰れ、カリガリ博士」　志村正雄　国書刊行会　昭55

プラス　　　　　　　　　　　1932-63

The Bell Jar
「自殺志願」　　　　　　田中融二　角川書店　昭49
「自殺志願」　　　　　　田中融二　角川文庫　昭52
「ベル・ジャー」　　　青柳祐美子　河出書房新社　平16
Ariel
「エアリアル」　　　　　徳永暢三　構　造　社　昭46
The Bed Book
「おやすみ、おやすみ」　長田　弘　みすず書房　平12
「鏡の中の錯乱」全2巻　水田宗子　牧神社　昭54
「鏡の中の錯乱：シルヴィア・プラス詩選＋シル
ヴィア・プラス──受難の女性詩人」
　　　　　　　　　　　　水田宗子　静地社　昭56
Jonny Panic and the Bible of Dreams
「ジョニー・パニックと夢の聖書：シルヴィア・
プラス短編集」

739

◇ 翻訳文献 II ◇

　　　　　皆見　昭・小塩トシ子　弓書房　昭55
　Crossing the Water
「湖水を渡って：シルヴィア・プラス詩集」
　　　　　高田宣子・小久江晴子　思潮社　平13
　The Applicant
「志願者」（アメリカ現代詩101人集）
　　　　　沢崎順之助・森　邦夫・江田孝臣　思潮社　平12
「シルヴィア・プラス詩集」皆見　昭　鷹書房　昭51
「シルヴィア・プラス詩集」徳永暢三　小沢書店　平05
　The Collected Poems
「シルヴィア・プラス詩集」
　　　　　吉原幸子・皆見　昭　思潮社　平07

タリーズ　　　　　　　　　　1932-

　The Kingdom and the Power
「王国と権力　ニューヨーク・タイムズの内幕」
　　　　　藤原恒太　早川書房　昭46
「王国と権力　ニューヨーク・タイムズをつ
　くった人々」全2巻　橋本　直　早川書房　平03
　Fame and Obscurity
「名もなき人々の街　ニューヨーク〈パート1〉」
　　　　　沢田　博　青木書店　平06
「ザ・ブリッジ　ニューヨーク〈パート2〉」
　　　　　加藤洋子　青木書店　平06
「有名と無名　ニューヨーク〈パート3〉」
　　　　　沢田　博　青木書店　平07
　Honor Thy Father
「汝の父を敬え」　　常盤新平　新潮社　昭48
「汝の父を敬え」全2巻　常盤新平　新潮文庫　平03
　Thy Neighbor's Wife
「汝の隣人の妻」　　山根和郎　二見書房　昭55

ゲルバー　　　　　　　　　　1932-2003

　The Connection
「コネクション」（「現代演劇」1）
　　　　　森　康尚　南雲堂　昭42

ソンタグ　　　　　　　　　　1933-2004

　Against Interpretation
「反解釈」　　高橋康也ほか　竹内書房　昭46
「反解釈」　　高橋康也ほか　ちくま学芸文庫　平08
　Death Kit
「死の装具」　斎藤数衛　早川書房　昭45
　Trip to Hanoi
「ハノイで考えたこと」　邦高忠二　晶文社　昭44
　Styles of Radical Will
「ラディカルな意志のスタイル」
　　　　　川口喬一　晶文社　昭49
　On Photography
「写真論」　　近藤耕人　晶文社　昭54
　Illness as Metaphor
「隠喩としての病い」　富山太佳夫　みすず書房　昭57

　AIDS and Its Metaphors
「エイズとその隠喩」　富山太佳夫　みすず書房　平02
「隠喩としての病い　エイズとその隠喩」
　　　　　富山太佳夫　みすず書房　平04
　Regarding the Pain of Others
「他者の苦痛へのまなざし」
　　　　　北条文緒　みすず書房　平15
　In Our Time In This Moment
「この時代に想う、テロへの眼差し」
　　　　　木幡和枝　NTT出版　平14
　The Volcano Lover
「火山に恋して　ロマンス」
　　　　　富山太佳夫　みすず書房　平13
「アルトーへのアプローチ」
　　　　　岩崎　力　みすず書房　平10
「狂気の遺産」　木下哲夫　宝島社　平05
　Under the Sign of Saturn
「土星の徴しの下へ」　富山太佳夫　晶文社　昭57
「キューバ・ポスター集」富田多恵子　平凡社　昭47
　I, etce etera
「わたしエトセトラ」　行方昭夫　新潮社　昭56
「アントナン・アルトー論」
　　　　　岩崎　力　コーベブックス　昭51
「良心の領界」　木幡和枝　NTT出版　平16

ゴジンスキー　　　　　　　　1933-91

　The Painted Bird
「異端の島」　青木日出夫　角川書店　昭47
「異端の島」　青木日出夫　角川文庫　昭57
　Being There
「庭師　ただそこにいるだけの人」
　　　　　高橋　啓　飛鳥新社　平17

ロード　　　　　　　　　　　1934-92

　From the House Yemanja
「イマンジャの家から」（アメリカ現代詩101人集）
　　　　　沢崎順之助・森　邦夫・江田孝臣　思潮社　平12

ストランド　　　　　　　　　1934-

　Mr. and Mrs. Baby and Other Stories
「犬の人生」　村上春樹　中央公論社　平10
「犬の人生」　村上春樹　中公文庫　平13

バラカ（リロイ・ジョーンズ）1934-

　Blues People : Negro Music in White America
「ブルース・ピープル」　飯野友幸　音楽之友社　平16
「ブルースの魂：白いアメリカの黒い音楽」
　　　　　上林澄雄　音楽之友社　昭40
　The Dutchman
「ダッチマン」（「新劇」1965年11月号）
　　　　　中西由美・荒川哲生　白水社　昭40

◇翻訳文献 Ⅱ◇

The Dutchman / Slave
「ダッチマン／奴隷」　邦高忠二　晶文社　昭44
Home : Social Essays
「根拠地」　木島 始・黄寅秀　せりか書房　昭43
The System of Dante's Hell
「ダンテの地獄組織」　高橋健次　せりか書房　昭44
Black Music
「ブラック・ミュージック」
　　　　木島 始・井上謙治　晶文社　昭44

ブローティガン　　　　　　1935-84

A Confederate General from Big Sur
「ビッグ・サーの南軍将軍」
　　　　藤本和子　河出書房新社　昭51
「ビッグ・サーの南軍将軍」(「海外小説選」30)
　　　　藤本和子　河出書房新社　昭54
「ビッグ・サーの南軍将軍」藤本和子　河出文庫　平17
Trout Fishing in America
「アメリカの鱒釣り」　藤本和子　晶文社　昭50
In Watermelon Sugar
「西瓜糖の日々」　藤本和子　河出書房新社　昭50
「西瓜糖の日々」(「海外小説選」30)
　　　　藤本和子　河出書房新社　昭53
「西瓜糖の日々」　藤本和子　河出文庫　平15
The Hawkline Monster
「ホークライン家の怪物　ゴシックウェスタン」
　　　　藤本和子　晶文社　昭50
Willard and His Bowling Trophies
「鳥の神殿」　藤本和子　晶文社　昭53
Sombrero Fallout
「ソンブレロ落下す　ある日本小説」
　　　　藤本和子　晶文社　昭51
Dreaming of Babylon
「バビロンを夢見て　私立探偵小説 1942 年」
　　　　藤本和子　新潮社　昭53
The Tokyo-Montana Express
「東京モンタナ急行」　藤本和子　晶文社　昭57
Revenge of the Lawn
「芝生の復讐」　藤本和子　晶文社　昭51
「芝生の復讐」　藤本和子　新潮文庫　平20
The Abortion
「愛のゆくえ」　青木日出夫　新潮文庫　昭50
「愛のゆくえ」　青木日出夫　早川書房　平14
So the Wind Won't Blow it All Away
「ハンバーガー殺人事件」　松本 淳　晶文社　昭60
June 30th, June 30th
「東京日記　リチャード・ブローディガン詩集」
　　　　福間健二　思潮社　平04
Rommel Drives on Deep into Egypt
「ロンメル進軍　リチャード・ブローティガン詩集」
　　　　高橋源一郎　思潮社　平03
Loading Mercury with a Pitchfork
「突然訪れた天使の日　リチャード・ブローティガン詩集」
　　　　中上哲夫　思潮社　平03

The Pill versus the Springhill Mine Disaster
「ピル対スプリングヒル鉱山事故　リチャード・ブローティガン詩集」　水橋晋　沖積舎　昭63
「チャイナタウンからの葉書」
　　　　池沢夏樹　サンリオ　昭52
「チャイナタウンからの葉書　リチャード・ブローティガン詩集」　池沢夏樹　思潮社　平02
An Unfortunate Woman: A Journey
「不運な女」　藤本和子　新潮社　平17

キージー　　　　　　1935-2001

One Flew Over the Cuckoo's Nest
「郭公の巣」(現代アメリカ文学選)
　　　　岩元 巌　冨山房　昭49
「郭公の巣」　岩元 巌　冨山房　昭54
「カッコーの巣の上で」　岩元 巌　冨山房　平08

ピアシィー　　　　　　1936-

Woman On the Edge of Time
「時を飛翔する女」　近藤和子　学藝書林　平09

ウィリアムズ（C.K.）　　　　　　1936-

From My Window
「窓からの眺め」(「アメリカ現代詩101人集」)
　　　　沢崎順之助・森 邦夫・江田孝臣　思潮社　平12

ワコスキー　　　　　　1937-

Apparitions Are Not Singular Occurences
「亡霊は珍しくはない」(「アメリカ現代詩101人集」)
　　　　沢崎順之助・森 邦夫・江田孝臣　思潮社　平12

ウィルソン（ランフォード）　　　　　　1937-

The Hot l Baltimore
「ホテル・ボルティモア」(「テアトロ」1975年12月)
　　　　小沢堯譚　白水社　昭50
The Madness of Lady Bright
「レディ・ブライトの狂気」(「現代アメリカ戯曲選集」1)
　　　　斉藤偕子　竹内書店　昭44

コーピット　　　　　　1937-

Oh Dad, Poor Dad, Mama's Hung You in the Closet and I'm Feeling So Sad
「ああ父さん　かわいそうな父さん　母さんが父さんを洋服ダンスの中にぶらさげてるんだものね　ぼく悲しいよ」(「現代演劇」2)
　　　　斉藤偕子　南雲堂　昭42
「ああ父さん、かわいそうな父さん、母さんがあんたを洋服だんすの中にぶら下げてるんだものね　ぼくはほんとに悲しいよ」(「ゴシック叢書」22)

741

◇翻訳文献 II◇

The Day the Whores Came Out to Play Tennis　　斉藤偕子　国書刊行会　昭57
「娼婦がテニスをしにきた日」(「今日の英米演劇」4)
　　斉藤偕子　白水社　昭43
Wings
「ウィングス」　　額田やえ子　劇書房　昭57

リード　　1938-

Mumbo Jumbo
「マンボ・ジャンボ」　上岡伸雄　国書刊行会　平09
Writin' is Fightin'
「書くこと、それは闘うこと」
　　松渓裕子　中央公論新社　平10

シミック　　1938-

The World Doesn't End
「世界は終わらない」　柴田元幸　新書館　平14
Dime-Store Alchemy
「コーネルの箱」　柴田元幸　文藝春秋　平15
Fork
「フォーク」(「アメリカ現代詩101人集」)
　　沢崎順之助・森　邦夫・江田孝臣　思潮社　平12

カーヴァー　　1938-88

Will You Please Be Quiet, Please?
「頼むから静かにしてくれ」
　　村上春樹　中央公論新社　平03
「頼むから静かにしてくれ」全2巻(村上春樹翻訳ライブラリー)　中央公論新社　平18
What We Talk About When We Talk About Love
「愛について語るときに我々の語ること」(「ラヴ・ストーリーズ」I)　村上春樹　早川書房　平01
「愛について語るときに我々の語ること」
　　村上春樹　中央公論新社　平02
「愛について語るときに我々の語ること」(村上春樹翻訳ライブラリー)　中央公論新社　平18
Cathedral
「大聖堂」　村上春樹　中央公論新社　平02
「大聖堂」(村上春樹翻訳ライブラリー)
　　中央公論新社　平19
Selection from Cathedral
「ささやかだけど、役にたつこと」
　　村上春樹　中央公論新社　平01
Fires: Essays, Poems, Stories
「ファイアズ（炎）」　村上春樹　中央公論新社　平04
「ファイアズ（炎）」(村上春樹翻訳ライブラリー)
　　中央公論新社　平19
No, Heroics, Please
「英雄を謳うまい」　村上春樹　中央公論新社　平14,16
Call If You Need Me
「必要になったら電話をかけて」

「必要になったら電話をかけて」(「レイモンド・カーヴァー全集」8)　村上春樹　中央公論新社　平16
Where I'm Calling From
「ぼくが電話をかけている場所」
　　村上春樹　中央公論社　昭58
「ぼくが電話をかけている場所」
　　村上春樹　中央文庫　昭61
Elephant
「象・滝への新しい小径」
　　村上春樹　中央公論新社　平06
「象」(村上春樹翻訳ライブラリー)　中央公論新社　平20
「夜になると鮭は…」　村上春樹　中央公論社　昭60
「夜になると鮭は…」　村上春樹　中公文庫　昭63
「レモンド・カーヴァー傑作選」
　　村上春樹　中央公論新社　平06
Sacks
「ふくろ」(「アメリカ小説をどうぞ」)
　　松本　淳　晶文社　平02
「Carver's Dozen レイモンド・カーヴァー傑作選」
　　村上春樹　中公文庫　平09
Carver Country
「カーヴァー・カントリー」
　　村上春樹　中央公論新社　平06
Where Water Comes Together With Other Water Ultramarine
「水の出会うところ」　黒田絵美子　論創社　平01
「水と水とが出会うところ　ウルトラマリン」
　　村上春樹　中央公論新社　平09
「水と水とが出会うところ」(村上春樹翻訳ライブラリー)　村上春樹　中央公論新社　平19
Ultramarine
「海の向こうから　レイモンド・カーヴァー詩集」
　　黒田絵美子　評創社　平02
「ウルトラマリン」(村上春樹翻訳ライブラリー)
　　中央公論新社　平19
「レイモンド・カーヴァー全集」全8巻
　　村上春樹　中央公論新社　平02-16

マクナリー　　1939-

Master Class
「マスター・クラス」　黒田絵美子　劇書房　平11
Next
「ネクスト」(「現代アメリカ戯曲選集」2)
　　喜志哲雄　竹内書店　昭46

キングストン　　1940-

The Woman Warrior
「チャイナタウンの女武者」　藤本和子　晶文社　昭53
China Men
「アメリカの中国人」　藤本和子　晶文社　昭58

◇ 翻 訳 文 献 Ⅱ ◇

ホワイト（エドマンド） 1940-

A Boy's Own Story
「ある少年の物語」 柿沼瑛子 早川書房 平02
The Beautiful Room Is Empty
「美しい部屋は空っぽ」 柿沼瑛子 早川書房 平02
Caracole
「螺旋」 浅羽爽子 早川書房 平07
States of Desire
「アメリカのゲイ社会を行く」柿沼瑛子 勁草書房 平08
Skinned Alive
「生きながら皮を剥がれて」柿沼瑛子 早川書房 平09
Our Paris
「パリでいっしょに」 中川美和子 白水社 平10
The Burning Library
「燃える図書館　ベストエッセイ　70s-90s」
柿沼瑛子 河出書房新社 平12
Marcel Proust
「マルセル・プルースト」 田中裕介 岩波書店 平14
Genet
「ジュネ伝」全2巻
鵜飼・根岸・荒木 河出書房新社 平15

レイブ 1940-

Sticks and Bones
「棒きれと骨」（「テアトロ」1981年11月）
倉橋　健・甲斐萬里江 テアトロ 昭56
The Crossing Guard
「クロッシング・ガード」
飛田野裕子・岡真知子 角川文庫 平08

メイソン 1940-

Shiloh and Other Stories
「ボビー・アン・メイソン短編集」全2巻
亀井よし子 彩流社 平01
In Country
「インカントリー」 亀井よし子 ブロンズ新社 昭63
Love Life
「ラヴ・ライフ」 亀井よし子 草思社 平03
「シャイロー」（「アメリカ小説をどうぞ」）
大橋悦子 晶文社 平02
Elvis Presley
「エルヴィス・プレスリー」外岡尚美 岩波書店 平17

ムーカジ 1940-

The Middleman and Other Stories
「ミドルマン」 遠藤晶子 河出書房新社 平02

バンクス 1940-

Continental Drift
「大陸漂流」 黒原敏行 早川書房 平03
Success Stories
「サクセス・ストーリーズ」
菊地よしみ・宮本美智子 早川書房 平03
Affliction
「狩猟期」 真野明裕 早川書房 平04
The Sweet Hereafter
「この世を離れて」 大谷豪見 早川書房 平08

ハース 1941-

A Story about the Body
「肉体に関する話」（「アメリカ現代詩101人集」）
沢崎順之助・森　邦夫・江田孝臣 思潮社 平12

タイラー（アン） 1941-

Morgan's Passing
「モーガンさんの街角」 中野恵津子 文藝春秋 平07
Saint Maybe
「もしかして聖人」 中野恵津子 文藝春秋 平04
A Patchwork Planet
「パッチワーク・プラネット」
中野恵津子 文春文庫 平11
A Slipping-Down Life
「スリッピングダウン・ライフ」
中野恵津子 文藝春秋 平05
The Clock Winder
「時計を巻きにきた少女」中野恵津子 文藝春秋 平06
Ladder of Years
「歳月の梯子」 中野恵津子 文藝春秋 平08
「歳月のはしご」 中野恵津子 文春文庫 平13
Earthly Possesions
「夢見た旅」 藤本和子 早川書房 昭62
Dinner at the Homesick Restaurant
「ここがホームシック・レストラン」
中野恵津子 文藝春秋 平02
「ここがホームシック・レストラン」
中野恵津子 文春文庫 平10
Back When We Were Grownups
「あのころ、私たちはおとなだった」
中野恵津子 文春文庫 平15
The Artificial Family
「いつわりの家族」（「ラヴ・ストーリーズ」Ⅱ）
宮本美智子 早川書房 平01
The Accidental Tourist
「アクシデンタル・ツーリスト」
田口俊樹 早川書房 平01
Breathing Lessons
「ブリージング・レッスン」中野恵津子 文藝春秋 平01
「ブリージング・レッスン」中野恵津子 文春文庫 平10

◇翻訳文献 Ⅱ◇

The Amateur Marriage
「結婚のアマチュア」　中野恵津子　文春文庫　平17

ハナ　1942-

Ray
「Dr. レイ」　藤本和子　集英社　平03
Bats Out of Hell
「地獄のコウモリ軍団」　森田義信　新潮社　平11

オールズ　1942-

I Go Back to May 1937
「1937年5月に戻る」（アメリカ現代詩101人集）
　　沢崎順之助・森 邦夫・江田孝臣　思潮社　平12

シェパード　1943-

The Rock Garden
「ロック・ガーデン」（サム・シェパード一幕劇集）
　　古山みゆき　新水社　平03
Chicago
「シカゴ」（「現代アメリカ戯曲選集」1）
　　沼沢洽治　竹内書店　昭44
Icarus' Mother
「イカルスの母」（サム・シェパード一幕劇集）
　　古山みゆき　新水社　平03
4-H Club
「4Hクラブ」（サム・シェパード一幕劇集）
　　古山みゆき　新水社　平03
Fourteen Hundred Thousand
「百四十万」（サム・シェパード一幕劇集）
　　古山みゆき　新水社　平03
Red Cross
「赤十字」（サム・シェパード一幕劇集）
　　古山みゆき　新水社　平03
Hawk Moon
「鷹の月」　黒木三世　中央公論社　平05
Buried Child
「埋められた子供」（「テアトロ」1980年8月号）
　　安井 武　テアトロ　昭55
「埋められた子供」（サム・シェパード戯曲集）
　　安井 武　新水社　昭56
True West
「トゥルー・ウェスト」（サム・シェパード戯曲集）
　　安井 武・甲斐萬里江　テアトロ　平02
Motel Chronicles
「モーテル・クロニクルズ」　畑中佳樹　筑摩書房　昭61
「モーテル・クロニクルズ」畑中佳樹　ちくま文庫　平02
Fool for Love
「フール・フォア・ラブ」（サム・シェパード戯曲集）
　　安井 武・甲斐萬里江　テアトロ　平02
The Rolling Thunder Logbook
「ディランが街にやってきた　ローリング・サンダー航海日誌」諏訪 優・菅野彰子　サンリオ　昭53

「ローリング・サンダー航海日誌　ディランが街にやってきた」　諏訪 優・菅野彰子　河出文庫　平05

ミルハウザー　1943-

In the Penny Arcade
「イン・ザ・ペニー・アーケード」（新しいアメリカの小説）　柴田元幸　白水社　平02
「イン・ザ・ペニー・アーケード」
　　柴田元幸　白水Uブックス　平10
Edwin Mulhouse
「エドウィン・マルハウス　ジェフリー・カートライト著　ある作家の生と死 (1943-1954)」
　　岸本佐知子　福武書店　平02
「エドウィン・マルハウス　ある作家の生と死」
　　岸本佐知子　白水社　平15
The Barnum Museum
「バーナム博物館」　柴田元幸　福武書店　平03
「バーナム博物館」　柴田元幸　福武文庫　平07
「バーナム博物館」　柴田元幸　白水Uブックス　平14
Martin Dressler
「マーティン・ドレスラーの夢」
　　柴田元幸　白水社　平14
Little Kingdoms
「三つの小さな王国」　柴田元幸　白水社　平10
「三つの小さな王国」柴田元幸　白水Uブックス　平13
The Knife Thrower and Other Stories
「ナイフ投げ師」　柴田元幸　白水社　平20

ジョヴァンニ　1943-

「われわれの家系」　連東孝子　晶文社　昭52
「双子座のおんな」　連東孝子　晶文社　昭53
The Women and The Men
「女と男」　木幡和枝　工作舎　昭55
Rosa
「ローザ」　さくまゆみこ　光村教育図書　平19

グリック　1943-

Morning
「朝」（アメリカ現代詩101人集）
　　沢崎順之助・森 邦夫・江田孝臣　思潮社　平12

ウォーカー　1944-

In Love & Trouble
「アリス・ウォーカー短篇集　愛と苦悩のとき」
　　風呂本惇子・楠瀬佳子　山口書店　昭60
Meridian
「メリディアン」　高橋芽香子　朝日新聞社　昭57
「メリディアン」　高橋芽香子　ちくま文庫　平01
You Can't's Keep a Good Woman Down
「いい女をおさえつけることはできない　アリス・ウォーカー短篇集」　柳沢由実子　集英社文庫　昭61

◇ 翻 訳 文 献 II ◇

The Color Purple
「紫のふるえ」　　　　　柳沢由実子　集英社　昭60
「カラーパープル」　　　柳沢由実子　集英社文庫　昭61
In Search of Our Mothers' Gardens
「母の庭をさがして」（「アリス・ウォーカー集」）
　　　全2巻　荒このみ・葉月陽子　東京書籍　平04-05
The Temple of My Familiar
「わが愛しきものの神殿」全2巻
　　　　　　　　　　　柳沢由実子　集英社　平02
Possessing the Secret of Joy
「喜びの秘密」　　　　　柳沢由実子　集英社　平07
By the Light of My Father's Smile
「父の輝くほほえみの光で」
　　　　　　　　　　　柳沢由実子　集英社　平13
Anything We Love Can be Saved
「勇敢な娘たちに」　　　柳沢由実子　集英社　平15
「自分の生を救い出すこと―芸術家の生における
　モデルの重要性について」
　　　　　　　　　　　小池美佐子　朝日新聞社　昭57

ウィルソン（オーガスト）　1945-

Fences
「フェンス」　　　　　　桑原文子　而立書房　平09
The Piano Lesson
「ピアノ・レッスン」　　桑原文子　而立書房　平12

ビーティ　1947-

The Burning House
「燃える家」　　　　　　亀井よし子　ブロンズ新社　平01
「燃える家　ほか15の短篇」
　　　　　　　　　　　亀井よし子　ソニー・マガジンズ　平14
Love Always
「愛している」　　　　　青山南　早川書房　平03
Where You'll Find Me
「あなたが私を見つける所」道下匡子　草思社　平02
Picturing Will
「ウィルの肖像」　　　　亀井よし子　草思社　平06
What Was Mine
「貯水池に風が吹く日」　亀井よし子　草思社　平05

コムニヤーカ　1947-

2527th Birthday of the Buddha
「2537年目の仏陀の誕生日」（アメリカ現代詩101人集）
　　　　沢崎順之助・森　邦夫・江田孝臣　思潮社　平12

ノーマン　1947-

'night Mother
「おやすみ、母さん」　　酒井洋子　劇書房　昭63,平13
Winter Rose
「ウィンター・ローズ」　桜井滋人　集英社文庫　昭58

マメット　1947-

Oleanna
「オレアナ」　　　　　　酒井洋子　劇書房　平06
The Cryptogram
「暗号」（「現代演劇」13）原田規梭子　英潮社　平10

クック　1947-

Blood Innocents
「鹿の死んだ夜」　　　　染田屋茂　文春文庫　平06
Sacrificial Ground
「だれも知らない女」　　丸本聰明　文春文庫　平02
Flesh and Blood
「過去を失くした女」　　染田屋茂　文春文庫　平03
Streets of Fire
「熱い街で死んだ少女」　田中靖　文春文庫　平04
Mortal Memory
「死の記憶」　　　　　　佐藤和彦　文春文庫　平11
Breakheart Hill
「夏草の記憶」　　　　　芹澤恵　文春文庫　平11
The Chatham School Affair
「緋色の記憶」　　　　　鴻巣友季子　文春文庫　平10
Instruments of Night
「夜の記憶」　　　　　　村松潔　文春文庫　平12
Night Secrets
「夜訪ねてきた女」　　　染田屋茂　文春文庫　平05
Places in the Dark
「心の砕ける音」　　　　村松潔　文春文庫　平13
The Interrogation
「闇に問いかける男」　　村松潔　文春文庫　平15
Peril
「孤独な鳥がうたうとき」村松潔　文藝春秋　平16
Into the Web
「蜘蛛の巣のなかへ」　　村松潔　文春文庫　平17
Red Leaves
「緋色の迷宮」　　　　　村松潔　文春文庫　平18
The Cloud of Unknowing
「石のささやき」　　　　村松潔　文春文庫　平19

ションゲイ　1948-

for colored girls who have considered suicide
「死ぬことを考えた黒い女たちのために」
　　　　　　　　　　　藤本和子　朝日新聞社　昭57

キンケイド　1949-

Annie John
「アニー・ジョン」　　　風呂本惇子　學藝書林　平05
Lucy
「ルーシー」　　　　　　風呂本惇子　學藝書林　平05
At the Bottom of the River
「川底に」　　　　　　　管啓次郎　平凡社　平09

◇翻訳文献 II◇

A Small Place
「小さな場所」　　　　　旦　敬介　平凡社　平09
My Brother
「弟よ、愛しき人よ　メモワール」
　　　　　　　　　　　橋本安央　松柏社　平11

エリクソン　　　　　　　1950-

Tours of the Black Clock
「黒い時計の旅」　　　柴田元幸　福武書店　平02
「黒い時計の旅」　　　柴田元幸　福武文庫　平07
Rubicon Beach
「ルビコン・ビーチ」　島田雅彦　筑摩書房　平04
Leap Year
「リープ・イヤー」　　谷口真理　筑摩書房　平07
Arc d'X
「Xのアーチ」　　　　柴田元幸　集英社　平08
Days Between Stations
「彷徨う日々」　　　　越川芳明　筑摩書房　平09
Dream
「ドリーム　エリクソンと日本作家が語る文学の
未来」　　　　　　　越川芳明　筑摩書房　平11
The Sea Came in at Midnight
「真夜中に海がやってきた」越川芳明　筑摩書房　平13

ソート　　　　　　　　　1951-

Baseball in April and Other Stories
「四月の野球」　　　　神戸万知　理論社　平11
Orange
「オレンジ」（アメリカ現代詩101人集）
　　　　　沢崎順之助・森　邦夫・江田孝臣　思潮社　平12

ダヴ　　　　　　　　　　1952-

Alfonzo Prepares to Go Over the Too
「アルフォンゾは突撃に備える」（アメリカ現代詩
101人集）
　　　　　沢崎順之助・森　邦夫・江田孝臣　思潮社　平12

フィリップス　　　　　　1952-

Fast Lanes
「ファスト・レーンズ」篠目清美　白水社　平01
Black Tickets
「ブラックチケッツ」　河村　隆　彩流社　平06
Home
「家」（アメリカ小説をどうぞ）
　　　　　　　　　　　小島希里　晶文社　平02
The Last Day of Summer
「あの夏の最後の日」　高橋周平　JICC出版局　平04

タン　　　　　　　　　　1952-

The Joy Luck Club
「ジョイ・ラック・クラブ」小沢瑞穂　角川書店　平02
「ジョイ・ラック・クラブ」小沢瑞穂　角川文庫　平04
The Kitchen God's Wife
「キッチン・ゴッズ・ワイフ」全2巻
　　　　　　　　　　　小沢瑞穂　角川書店　平04
「キッチン・ゴッズ・ワイフ」全2巻
　　　　　　　　　　　小沢瑞穂　角川文庫　平07
The Hundred Secret Senses
「私は生まれる見知らぬ大地で」全2巻
　　　　　　　　　　　小沢瑞穂　角川書店　平09
「私は生まれる見知らぬ大地で」
　　　　　　　　　　　小沢瑞穂　角川文庫　平12

アードリック　　　　　　1954-

Love Medicine
「ラブ・メディシン」　望月佳重子　筑摩書房　平02
The Beet Queen
「ビート・クイーン」　藤本和子　文藝春秋　平02
The Crown of Columbus
「コロンブス・マジック」幸田敦子　角川書店　平04
Tales of Burning Love
「五人の妻を愛した男」全2巻
　　　　　　　　　　　小林理子　角川文庫　平09
The Birckbark House
「スピリット島の少女　オジブウェー族の一家の物語」
　　　　　　　　　　　宮木陽子　福音館書店　平16
Captivity
「虜囚」（アメリカ現代詩101人集）
　　　　　沢崎順之助・森　邦夫・江田孝臣　思潮社　平12

マキナニー　　　　　　　1955-

Bright Lights, Big City
「ブライト・ライツ、ビッグ・シティ」
　　　　　　　　　　　高橋源一郎　新潮社　昭63
「ブライト・ライツ、ビッグ・シティ」
　　　　　　　　　　　高橋源一郎　新潮文庫　平03
Brightness Falls
「空から光が降りてくる」全2巻
　　　　　　　　　　　駒沢敏器　講談社　平09
Model Behaviour
「モデル・ビヘイヴィア」
　　　　　　　　　　　金原瑞人　アーティストハウス　平11
Ransom
「ランサム」　　　　　筒井正明　新潮社　昭63
Story of My Life
「ストーリー・オブ・マイ・ライフ」
　　　　　　　　　　　宮本美智子　新潮社　平01
「ストーリー・オブ・マイ・ライフ」
　　　　　　　　　　　宮本美智子　新潮文庫　平04

◇ 翻 訳 文 献 Ⅱ ◇

クシュナー　　　1956-

Angels in America
「エンジェルス・イン・アメリカ：国家的テーマに関するゲイ・ファンタジア」
　　　　　　　　　　吉田美枝　文藝春秋　平06

コーンウェル　　　1956-

Postmortem
「検死官」　　　　　相原真理子　講談社文庫　平04
「検死官」　　　　　相原真理子　講　談　社　平08
Body of Evidence
「証拠死体」　　　　相原真理子　講談社文庫　平04
All that Remains
「遺留品」　　　　　相原真理子　講談社文庫　平05
Cruel and Unusual
「真犯人」　　　　　相原真理子　講談社文庫　平05
The Body Farm
「死体農場」　　　　相原真理子　講談社文庫　平06
From Potter's Field
「私刑」　　　　　　相原真理子　講談社文庫　平07
Cause of Death
「死因」　　　　　　相原真理子　講談社文庫　平08
Unnatural Exposure
「接触」　　　　　　相原真理子　講談社文庫　平09
Hornet's Nest
「スズメバチの巣」　相原真理子　講談社文庫　平10
Point of Origin
「業火」　　　　　　相原真理子　講談社文庫　平10
Southern Cross
「サザンクロス」　　相原真理子　講談社文庫　平11
Black Notice
「警告」　　　　　　相原真理子　講談社文庫　平11
The Last Precinct
「審問」全2巻　　　相原真理子　講談社文庫　平12
Isle of Dogs
「女性署長ハマー」全2巻　矢野聖子　講談社文庫　平13
Portrait of a Killer
「切り裂きジャック」　　相原真理子　講　談　社　平15
「真相：『切り裂きジャック』は誰なのか？」
　全2巻　　　　　　相原真理子　講談社文庫　平17
Blow Fly
「黒蠅」全2巻　　　相原真理子　講談社文庫　平15
Trace
「痕跡」全2巻　　　相原真理子　講談社文庫　平16
Predator
「神の手」全2巻　　相原真理子　講談社文庫　平17
At Risk
「捜査官ガラーノ」　相原真理子　講談社文庫　平19

マイノット　　　1956-

Monkeys
「モンキーズ」　　　森田義信　新潮社　平01
Lust and Other Stories
「欲望」　　　　　　森田義信　東京書籍　平02
「かくれんぼ」（アメリカ小説をどうぞ）
　　　　　　　　　　佐藤ひろみ　晶文社　平02

ジャノウィッツ　　　1957-

Slaves of New York
「ニューヨークの奴隷たち」
　　　　　　　　　　松岡和子　河出書房新社　昭63

リー　　　1957-

Persimmons
「柿」（アメリカ現代詩101人集）
　　　　　沢崎順之助・森　邦夫・江田孝臣　思潮社　平12

パワーズ

Three Farmers on their Way to a Dance
「舞踏会へ向かう三人の農夫」
　　　　　　　　　　柴田元幸　みすず書房　平12
Garatea 2.2
「ガラティア2.2」　若島　正　みすず書房　平13

ケイニン　　　1960-

Emperor of the Air
「エンペラー・オブ・ジ・エア」
　　　　　　　　　　柴田元幸　文藝春秋　平01
Blue River
「あの夏、ブルー・リヴァーで」
　　　　　　　　　　雨沢　泰　文藝春秋　平08
The Palace Thief
「宮殿泥棒」　　　　柴田元幸　文藝春秋　平09
「宮殿泥棒」　　　　柴田元幸　文春文庫　平15
Emergency Room
「緊急救命室：医師たちが語る生と死のドラマ」
　　　　　　　　　　玉木亨ほか　朝日新聞社　平10

レーヴィット　　　1961-

Family Dancing
「ファミリー・ダンシング」
　　　　　　　　　　井上一馬　河出書房新社　昭63
「ファミリー・ダンシング」井上一馬　河出文庫　平05
The Lost Cottage
「ロスト・コテージ」（アメリカ小説をどうぞ）
　　　　　　　　　　松本　淳　晶文社　平02

◇ 翻 訳 文 献 Ⅱ ◇

  The Lost Language of Cranes
「失われしクレーンの言葉」　森田義信　角川書店　平05
  Equal Affections
「愛されるよりなお深く」
       幸田敦子　河出書房新社　平03
  A Place I've Never Been
「行ったことのないところ」
       幸田敦子　河出書房新社　平05

クープランド　　　　　　1961-

  Generation X
「ジェネレーションX：加速された文化のための
  物語たち」　　　　　黒丸　尚　角川書店　平04
「ジェネレーションX：加速された文化のための
  物語たち」　　　　　黒丸　尚　角川文庫　平07
  Shampoo Planet
「シャンプー・プラネット」　森田義信　角川書店　平07
  Life after God
「ライフ・アフター・ゴッド」
       江口研一　角川書店　平08
  Microserfs
「マイクロサーフス」　　江口研一　角川書店　平10
  God Hates Japan
「神は日本を憎んでる」　江口研一　角川書店　平13

スミス　　　　　　　　　1965-

  A Simple Plan
「シンプル・プラン」　　近藤純夫　扶桑社　平06

ダニエレヴスキー　　　　1966-

  House of Leaves
「紙葉の家」　　嶋田洋一　ソニー・マガジンズ　平14

ラヒリ　　　　　　　　　1967-

  Interpreter of Maladies
「停電の夜に」　　　　　小川高義　新潮社　平12
「停電の夜に」　　　　　小川高義　新潮文庫　平15
  The Namesake
「その名にちなんで」　　小川高義　新潮社　平16
「その名にちなんで」　　小川高義　新潮文庫　平19

第九部

索引

WORKS
PERSONS
作　品
人　名

◇索　引◇（作　品）

Works

A

A ·················252
A & P ·················515
Abe Lincoln in Illinois ·················107, 462, 619
ABC of Reading, The ·················97
Able McLaughlins, The ·················624
Abortion, The: An Historical Romance 1966
·················310
Abraham Lincoln ·················61
Abraham Lincoln: The Prarie Years ·················462
Abraham Lincoln: The War Years ·················218
Absalom, Absalom! ·················114, 459
Absolution ·················109
Accidental Tourist, The ·················321
Acquainted with the Night ·················85
Acropolis ·················107
Across the River and into the Trees ·················121
Acts of King Arthur and His Noble Knights, The ·················123
Ada ·················117
Adagia ·················91
Adding Machine, The ·················420
Adventures of Augie March, The ·················135, 496
Adventures of a Young Man ·················105
Adventures in the Alaskan Skin Trade ·················286
Adventures of Huckleberry Finn ·················67, 385
Adventures of Tom Sawyer, The ·················67, 381
Advertisements for Myself ·················145
Advise and Consent ·················626
Affiction ·················320
After Apple-Picking ·················404
After the Fall ·················137, 533
Against Interpretation ·················306
Against the Day ·················169
Agape Agape ·················281
âga du roman américan, L' ·················598
Age of Anxiety: The: A Baroque Eclogue
·················258, 613
Age of Innocence, The ·················410, 624
Age of Reason, The ·················186
Agrippa, A Book of the Dead ·················177
Ah Sin ·················197
Ah, Wilderness! ·················103
Aids and Its Metaphor ·················306
Air-Conditioned Nightmare, The ·················233
Airships ·················322
Al Aaraaf, Tamarlane and Minor Poems ·················57

Alas, Poor Richard ·················147
Alcuin: A Dialogue ·················42
Alexander's Bridge ·················81
Alhambra, The ·················45
Alice Adams ·················624
Alison's House ·················220, 618
Alive Together ·················616
All Families Are Psychotic ·················344
All God's Chillun Got Wings ·················103
Alligators, The ·················515
All My Pretty Ones ·················297
All My Sons ·················136, 483
All Over ·················155
All Revelation ·················85
All the King's Men ·················480, 625
All the Sad Young Men ·················109
All The Way Home ·················620
All Tomorrows Parties ·················177
Al Que Quiere! ·················93
Always Coming Home ·················300
Amateurs ·················303
Amazing Adventures of Kavalier & Clay, The
·················628
Ambassadors, The ·················73, 396
Ambitious Guest, The ·················355
Amen Corner, The ·················147
America and Americans ·················123
American, The ·················72
Americana ·················167
American Buffalo ·················330, 561
American Characteristics, The ·················110
American Clock, The ·················137
American Crisis, The ·················186
American Dad ·················342
American Dream, An (N. Mailer) ·················145, 536
American Dream, The (Albee) ·················155
American Daughter, An ·················332
American Hunger ·················127
American Literary Criticism from Thirties
  to the Eighties ·················37
American Notebooks, The ·················50
American Pastoral ·················165, 628
American Primitive ·················615
American Renaissance ·················30
American Scene, The ·················71
American Scholar, The ·················49
American Songbag, The ·················218
American Tragedy, An ·················77, 429

750

◇ 索 引 ◇（作 品）

America's Coming-of-Age 225
Amnesiascope 334
Among My Books 194
& 419
Anatomy Lesson, The 165
Ancient Evenings 145
Andersonville 626
An die Musik 300
Angel Levin 510
Angel of Repose 626
Angels in America: A Gay Fantasia on National Themes 576
Angels in America: Millennium Approaches 622
Angel That Troubled the Waters, The 111
Animal Kingdom, The 241
Anna Christie 103, 413, 618
Anna in the Tropics 622
Annie Allen 275, 613
Annie John 333
Annotated Lolita, The 36
Another Country 147, 526
Another Part of the Forest 125
Answered Prayers 149
Answering Voice, The: One Hundred Love Lyrics by Women 221
Anthology of New York Poets, An 284
Anything We Love Can Be Saved 326
April in Paris 300
Apology 93
Apple, The 305
Apt Pupil 556
Ararat 323
Arc d'X 334
Archaic Figure 277
Archbishop's Ceiling, The 137
Ariel 304
Arkansas 345
Armadillo, The 512
Armies of the Night, The 145
Arrivistes, The 282
Arrowsmith 95, 624
Arthur Mervyn; or, Memoirs of the Year 43
Artificial Nigger, The 285
Artist of the Beautiful, The 360
Art of Fiction, The 72
Art of Hunger, The 172
Art of Love, The 284
Art of the Novel, The 73
Ash Wednesday 101
As I Lay Dying 114, 439
Asphodel, That Greeny Flower 93
Assistant, The 133, 507
Assorted Prose 163

Astronomer, The 515
At the Bottom of the River 333
At the End of the Open Road 282, 614
At the Fishhouses 262
Auroras of Autumn, The 91
Autobiography (Franklin) 41, 351
Autobiography of Alice B. Toklas, The 216
Autobiography of Malcolm X, The 279
Autobiography of My Mother, The 333
Autobiography of William Carlos Williams, The 93
Autocrat of the Breakfast-Table, The 191
Autumn Garden, The 125
Awake and Sing 451
Awakening, The 392
Axel's Castle 240

B

Baal 337
Babbitt 95, 414
Back Country, The 301
Backward Glance O'er Travel'd Roads, A 61, 375
Bad Man, The 302
Ballad of Harp-Weaver and Other Poems, The 235, 612
Ballad of Remembrance, A 265
Ballad of the Sad Café, The 139, 476
Ballad of the Sad Café, The (drama, Albee) 155
Ballads and Other Poems (Longfellow) 53
Barbara Frietchie 55
Barbary Shore 145
Barefoot Boy, The 54
Barefoot in the Park 153
Barnum Museum, The 325
Barren Ground 83, 427
Bartleby, the Scrivener 63
Basic Training of Pavlo Hummel, The 317
Bats out of Hell 322
Battle-Ground, The 83
Battle of the Angels 131
Battle-Pieces and Aspects of the War 63
Battler, The 425
Bayou Folk 203
Bear, The 115
Bean Eaters, The 275
Beauties of Santa Cruz, The 187
Beautiful and Damned, The 109
Beautiful Changes and Other Poems, The 278
Beautiful People, The 260
Beautiful Room Is Empty, The 319
Because I could not stop for Death — 65, 377
Bech; A Book 163

751

◇索　引◇（作品）

Bees stopped ……………………………288
Beetle Leg, The ………………………286
Before the Brave ……………………263
Beggar on Horseback ………………229
Beginners of a Nation, The …………198
Begginning Place, The ………………300
Behold the Key ………………………510
Being Red ……………………………271
Being There …………………………306
Bellarosa Connection, The …………135
Bellerophoniad ………………………159
Bell, Book and Candle ………………248
Bell for Adano, A ……………………625
Bell Jar, The …………………………304
Beloved ……………………161, 569, 627
Bend Sinister …………………………117
Benefactor, The ………………………306
Bernice Bobs Her Hair ………………109
Benito Cereno …………………………63
Best Years of Our Lives, The (script) …106
Betsey Brown …………………………332
Beyond the Horizon ………103, 413, 618
Big Box, The …………………………161
Biglow Papers, The, First Series ……194
Biglow Papers, The, Second Series …194
Big Money, The ………………104, 465
Big Sleep, The ………………………227
Big Two-Hearted River ………………425
Billy Budd, Sailor …………………63, 422
Biloxi Blues ……………………153, 560
Birches …………………………………85
Bird came down the Walk, A ……65, 377
Birth-mark, The ………………………360
Birth of a Nation'hood ………………161
Black Armour …………………………222
Black Ass at the Crossroads ………121
Black Book, The ……………………161
Black Boy ……………………………127
Black Cat, The ………………………358
Black Christ …………………………251
Black Cottage, The …………………404
Black Elk Speaks ……………………211
Black Feeling, Black Talk ……………323
Black Humor …………………………301
Black Judgement ……………………323
Black Power …………………………127
Black Secret …………………………241
Black Spring …………………………233
Blacks, The: A Clown Show …………308
Black Swan …………………………289
Black Tickets …………………………337
Black Unicorn, The …………………307
Black Zodiac …………………………616
Blade Runner ………………………539
Blessed Man of Boston, The: My Grandmother's Thimble, and Fanning Island …515
Blind Man's World and Other Stories, The …204
Blithedale Romance, The ………51, 369
Blix ……………………………………75
Blizzard of One …………………307, 616
Blood …………………………………509
Blood for a Stranger ………………272
Blood Innocent ………………………331
Blood of My Blood …………………241
Blood Oranges, The …………………286
Bloody Tenet of Persecution, The …181
Bluebeard ……………………………143
Blue Hotel, The ………………………79
Blue in the Face ……………………172
Blue River ……………………………343
Blues for Mister Charlie ……………147
Blues People …………………………308
Bluest Eye, The ………………161, 541
Blue World …………………………337
Boarded Window, The ………………389
Body, The ……………………………556
Body Artist, The ……………………167
Body Farm, The ……………………341
Body of Jonah Boyd, The …………345
Bonaventure …………………………201
Bonesetter's Daughter, The ………338
Bonifacius ……………………………184
Book of Ephraim, The ………………549
Book of Illusions, The ………………173
Book of Ten Nights and a Night, The …159
Boston ………………………………219
Boston Common — More of Emerson …61
Bostonians, The ………………………72
Boswell ………………………………302
Both Your Houses ……………228, 618
Bound East for Cardiff ………………103
Boy's Life ……………………………337
Boy's Own Story, A …………………319
Boy's Town, A …………………………68
Boy's Will, A …………………………85
Bracebridge Hall ………………………45
Bravery of Earth, A …………………254
Brazil …………………………………163
Brazil, January 1, 1502 ………………262
Breakfast at Tiffany's …………149, 511
Breakfast of Champions ………143, 545
Breakheart Hill …………………331, 578
Breaking Camp ………………………311
Breast, The …………………………165
Breathing Lessons ……………321, 627
Breathing Method, The ……………556
Bride Comes to Yellow Sky, The ……78
Bride of the Innisfallen, The ………261

752

Bridge, The	242, 438
Bridge of San Luis Rey, The	111, 432, 624
Brief Wondrous Life of Oscar Wao, The	629
Bright Ambush	613
Bright Light, Big City	339
Brightness Falls	339
Brighton Beach Memoirs	153, 560
Bring me the sunset in a cup	65
Brink Road	288
British Prison-Ship, The	187
Broadway Bound	153, 560
Broadway Sights	61
Broken Glass	137
Broken Home, The	289
Brother to Dragons	255
Brown Girl, Brownstones	298
Buccaneers, The	209
Buckdancer's Choice	281
Bullet Park, The	264
Bulwark, The	77
Buried Child	552, 621
Burning Bright	123
Burning Chrome	177
Burning House, The	328
Burr	287
Burr Oaks	254
Bury the Dead	265
Bus Stop	267
By Emerson's Grave	61
By the Light of My Father's Smile	326
By the Shores of Silver Lake	212
By the Shores of the Gitchee Gumee	342

C

Cabala, The	111, 432
Cabot Wright Begins	282
Caine Mutiny, The	625
Calamus	375
Californians	226
California Suite	153
Call It Sleep	35
Call Me Ismael	263
Call of the Wild, The	87, 398
Camino Real	131
Candide	125
Cane	238
Cannery Row	123
Cannibal, The	286
Cannibal in Manhattan, A	342
Cannibals and Christians	145
Can Such Things Be?	200
Cantos, The	97, 426
Cape God	59
Capirotada: A Nogales Memoir	336

Captain Craig	214
Carpenter's Gothic	281
Carrie	174
Carrier of Ladders, The	295, 615
Catcher in th Rye, The	141, 490
Casualties of War	317
Cat on a Hot Tin Roof	131, 501, 620
Catch-22	283
Cathay	97
Cathedral (Carver)	559
Cathedral, The (Lowell)	194
Cat's Cradle	143, 529
Catwings	299
Cavalier, The	201
Cave Dwellers, The	260
Celebrated Jumping Frog of Calaveras County, and Other Sketches, The	67
Celestial Rail-road, The	360
Centaur, The	163
Certain Age, A	342
Certain Measure, A	83
Cesspool	127
Chance Acquaintance, A	68
Change of World, A	299
Changing Light at Sandover, The	289, 549
Chatham School Affair, The	331, 578
Chapel of the Hermits and Other Poems, The	54
Chapter Two	153
Charivari	286
Charles Street 148	81
Chicago	406
Chicago Poems	406
Children of Adam	375
Children of the Albatross	249
Children of the Night, The	214
Children on Their Birthdays	489
Children's Hour, The (Hellman)	125, 449
Children's Hour, The (Longfellow)	52
Child Who Never Grew, The	236
Chills and Fever	227
Chilly Scenes of Winter	328
Chimera	159
Chinese Woman Speaks, A	236
Chorus Line, A	621
Chosen Place, The: the Timeless People	298
Christmas Memory, A	149
Christmas Psalm, A	260
Christus: A Mystery	52
Chronicle of the Conquest of Granada, A	44
Chrysanthemums, The	464
Cider House Rules The	171, 564
Circle in the Fire, A	285
Circles on the Water: Selected Poems	311

◇ 索　引 ◇（作　品）

Circuit Rider, The ……198
Citizen Tom Paine ……271
City and the Pillar, The ……287
City in which I Love You, The ……342
City Life ……303
City of Glass ……172, 568
City of Illusions ……300
City of Words ……36
City Winter and Other Poems, A ……292
Civil Disobedience ……59, 362
Claiming Kin ……325
Clair de Lune ……325
Clara Howard; In a Series of Letters ……42
Clarel: A Poem and Pilgrimage in the Holy Land ……63
Clean, Well — Lighted Place, A ……120
Clock without Hands ……138
Close the Book ……220
Cloudsplitter ……320
Coast of Trees ……288
Cocktail Party ……101
Coda ……549
Coins and Coffins ……312
Cold Morning Sky ……613
Cold Spring, A ……262
Collected Essays and Occasional Writings of Katherine Anne Porter ……230
Collected Poems (Frost) ……612
Collected Poems (MacLeish) ……230, 614
Collected Poems (Merrill) ……289
Collected Poems (Moore) ……98, 613
Collected Poems, The (Plath) ……304, 615
Collected Poems (Robinson) ……214, 612
Collected Poems (Van Doren) ……613
Collected Poems (Wright) ……296, 615
Collected Poems (Wylie) ……222
Collected Poems of Charles Olson, The ……263
Collected Poems of Frank O'Hara, The ……292
Collected Poems of Howard Nemerov, The ……276, 615
Collected Poems of Wallace Stevens, The 91, 614
Collected Prose (Bishop) ……262
Collected Prose (Wylie) ……222
Collected Short Fiction of Bruce Jay Friedman, The ……301
Collected Stories (I. B. Singer) ……509
Collected Stories (J. Stafford) ……626
Collected Stories of Katherine Anne Porter, The ……230, 626
Collected Stories of William Faulkner ……115
Collected Verse (Hillyer) ……613
Color ……251
Color Curtain The ……127
Color Purple, The ……555, 627

Colossus and Other Poems, The ……304
Colossus of Maroussi, The ……233
Come Back, Dr. Caligari ……303
Come Back, Little Sheba ……267
Come Blow Your Horn ……153
Comedy in Rubber, A ……400
Come In ……85
Come Marching, Home ……272
Command the Morning ……236
Coming Soon! ……159
Common Sense ……348
Complete Poems, The: 1927-1979 (Bishop) ……262
Complete Poems, The (Crane) ……242
Complete Poems (Dunbar) ……215
Complete Poems (Jackson) ……248
Complete Poems (Sandburg) ……218, 613
Complete Poems of Marianne Moore, The ……99
Complete Prose, The (Moore) ……99
Complete Short Stories of Ernest Hemingway, The ……121
Complete Works of Kate Chopin, The ……203
Conceived in Liberty ……271
Concerning Children ……208
Conduct of Life, The ……49
Confederacy of Dunces, A ……627
Confederate General From Big Sur, A ……310
Confessions of Nat Turner, The ……151, 538, 626
Confidence-Man, The: His Masquerade ……63
Confidential Clerk, The ……101
Confident Years, 1885-1915, The ……225
Congo and Other Poems, The ……219
Connecticut Yankee in King Arthur's Court, A ……67
Connection, The ……305
Conquistador ……231, 612
Contemplations ……181
Continental Drift ……320
Continuous Life, The ……307
Contrast, The ……189
Conversion of the Jews, The ……516
Cool Million, A ……250
Coon Song ……535
Copacetic ……328
Cop and the Anthem, The ……400
Copperhead, The ……206
Cornhuskers ……218, 612
Corpus Christi ……317
Corsons Inlet ……535
Cosmic Puppet, The ……157
Cosmological Eye, The ……233
Cosmopolis ……167
Counterlife, The ……165
Counting the Ways ……155
Country Doctor, A ……202

◇ 索 引 ◇（作 品）

Country Girl, The ……257
Country of a Thousand Years of Peace, The ……289
Country of the Pointed Firs, The ……202
Count Zero ……177
Courtship of Miles Standish and Other Poems, The ……53
Coup, The ……163
Couples ……163
Cowboys ……324
Crack-Up, The ……109
Craig's Wife ……618
Crazy Sunday ……109
Criers and Kibitzers, Kibitzers and Criers ……302
Crimes of the Heart ……324, 621
Criticism and Fiction ……69
Cross-Country Snow ……425
Cross Creek ……241
Crossing Brooklyn Ferry ……374
Crossing Water ……304
Cross of Snow, The ……53
Crown of Feathers and Other Stories, A ……253
Crucible, The ……137, 499
Cruel and Unusual ……341
Cruelty ……329
Crumbling Idols ……207
Crying of Lot 49, The ……169, 537
Cryptogram, The ……330
Cup of Gold ……123
Curse of the Starving Class ……324
Curtain of Green, A ……261
Custom of the Country, The ……209
Cycle of the West, A ……211
Cynic's Word Book, The ……200

D

Daddy ……304
Daddy-Long-Legs ……403
Damnation of Theron Ware ……206
Dance, The ……93
Dancing Mind, The ……161
Dandelion Wine ……278
Dangerous Summer, The ……121
Daisy Miller ……72, 382
Dangling Man ……135
Danse Macabre ……175
Daring Young Man on the Flying Trapeze and Other Stories, The ……260
Dark at the Top of the Stairs, The ……267
Dark Carnival ……278
Darker ……307
Darker Face of the Earth, The ……336
Dark Harbor ……307
Dark Kingdom, The ……263

Dark Laughter ……89
Darkness at Noon ……256
Darkness Visible ……151
Dark Ponny ……330
Darling of the Gods, The ……204
Daughter of the Middle Border, A ……207
Daughters ……298
Daughter's Geography, A ……332
David Swan: A Fantasy ……355
Dawn ……77
Day in Coney Island, A ……509
Day of Doom, The ……182
Day of the Locust, The ……250
Day Room, The ……167
Days Before, The ……230
Days Between Stations ……334
Days to Come ……125
Days Without End ……103
Dead & the Living, The ……322
Dead End ……456
Dead Father, The ……303
Deadeye Dick ……143
Dead Zone, The ……174
Dean's December, The ……135
Dear Enemy ……217
Dear John, Dear Coltrane ……315
Death Comes for the Archbishop ……81
Death in the Afternoon ……120
Death in the Family, A ……626
Death in the Woods and Other Stories ……89
Death Kit ……306
Death of a Salesman ……137, 488, 619
Death of a Travelling Salesman ……261
Death of Bessie Smith, The ……155
Death of Longfellow ……61
Death of Me, The ……510
Death of the Hired Man, The ……404
Death of Thomas Carlyle ……61
Death, Sleep & the Traveler ……286
Deception ……165
Decoration of House, The ……209
De Daumier-Smith's Blue Period ……495
Deephaven ……202
Deer Park, The ……145
Deeslayer, The ……47
Defender of the Faith ……517
Defense, The ……117
Delicate Balance, A ……155, 620
Delicate Prey and other Stories ……129
Delights & Shadows ……617
Deliverance, The ……83, 281
Delta Wedding ……479
Delusions, Etc. ……270
Democracy ……199

◇ 索 引 ◇（作 品）

Democratic Vistas ……………………61
Descendant, The ……………………83
Descent, The ……………………93
Desert Music and Other Poems, The ……………93
Design ……………………460
Desirable Daughters ……………………318
Désirée's Baby ……………………203
Desire Under the Elms ……………103, 423, 552
Despair ……………………117
Desperation ……………………174
Devil Finds Work, The ……………………147
Devil's Dictionary, The ……………………200
Devine Invation, The ……………………156
Dharma Bums, The ……………………280
D. H. Lawrence, An Unprofessional Study …249
Dialogue [with James Baldwin], A ……………323
Diary (Sewall) ……………………183
Diary 1966-76 (Ninn) ……………………249
Diary of Anne Frank ……………………620
Diary of Cotton Mather, The ……………184
Dick, The ……………………301
Dien Cai Dau ……………………328
Difference Engine, The ……………………177
Different Hours ……………………616
Different Seasons ……………………175, 556
Dick Gibson Show ……………………302
Dinner Party, The ……………………152
Dinner at the Homesick Restaurant ………321
Dinner with Friends ……………………622
Disappearances ……………………172
Disirable Daughters ……………………318
Displaced Person, The ……………………285
Dispossessed, The (Berryman) ……………270
Dispossessed, The (Le Guin) ……………300
Distortions ……………………328
District of Columbia ……………………105
Divine Comedies (J. Merrill) ……………289, 615
Divine Comedy (Longfellow) ……………52
Devine Invasion, The ……………………156
Divinig into the Wreck ……………………299
Divinity School Address, The ……………49
Do Androids Dream of Electric Sheep?
……………………157, 539
Doctor and the Doctor's Wife, The …………425
Doctor Martino and Other Stories ………114
Dodsworth ……………………95
Dogs Bark, The ……………………149
Dogwood Tree: A Boyhood ……………163
Dolores Claiborne ……………………175
Dolphine, The ……………………274, 615
Don't Call Me by My Right Name and Other Stories ……………………282
Door into Summer, The ……………………256
Dout, a parable ……………………622

Down at the Dinghy ……………………495
Down My Heart ……………………268
Drafts and Fragments of Cantos CX-CXVII
……………………426
Dragon Seed ……………………236
Dragon's Teeth ……………………625
Dramatic Heritage ……………………207
Dr. Bloodmoney ……………………157
Dread ……………………329
Dream Catcher ……………………174
Dream Girl ……………………234
Dreaming of Babylon: A Private Eye Novel 1942 ……………………310
Dream Life of Balso Snell, The ……………250
Dream of the Unfied Field, The ……………616
Dr. Heidegger's Experiment ……………355
Dr. Heidenhoff's Process ……………204
Driving Miss Daisy ……………………621
Dr. Sevier ……………………201
Drum-Taps ……………………375
Drunk in the Furnace, The ……………295
Dry September ……………………442
Dubin's Lives ……………………133
Duck Variations, The ……………………330
Duke of Stockbridge, The ……………204
Dunyazadiad ……………………159
Duplicity of Hagraves, The ……………400
Dust Tracks on a Road ……………………232
Dust Which Is God, The ……………………613
Dutchman ……………………530
Dwarf, The ……………………278
Dyer's Hand, The ……………………258
Dying Animal, The ……………………165
Dynamo ……………………103

E

Early Autumn ……………………624
Early Ripening: American Women Poets Now
……………………311
East of Eden ……………………123, 493
Eco Maker, The ……………………343
Echoes of the Jazz Age ……………………109
Edgar Huntly; or Memoirs of a Sleep-Walker
……………………43
Edge of Sadness, The ……………………626
Edmond ……………………330
Education of Henry Adams, The ……………401
Edward Hopper ……………………307
Edwin Mullhouse ……………………325
Effect of Gamma Rays on Man-In-The-Moon Marigolds, The ……………………620
Egotist, The ……………………237
Eight Men ……………………127
Eighth Day, The ……………………110

Eighty-Yard Run, The	265
Eimi	239
Elbow Room	627
Elder Statesman, The	101
Eleanor Rigby	344
Elective Affinities	38
Electric Kool-Aid Acid Test, The	303
Electronic Nigger, The	309
Eli, the Fanatic	516
Elizabeth the Queen	228
Elmer Gantry	95
Elsie Venner	191
Emancipation: Life Fable	203
Embargo, The	190
Emerson and Others	225
Emperor Jones, The	103, 420
Emperor of the Air	343
Empire Falls	628
Emplumada	339
Enchanted Night	325
Enchanter, The	117
Endicott and the Red Cross	355
End of Something, The	425
End of the Road, The	159
End Zone	167
Enemies: A Love Story	253
English Traits	49
Enormous Radio, The	264
Enormous Room, The	239
Entropy	169, 520
Epic of the Wheat, The	74
Epic Poetry	193
Epilogue: The Praque Orgy	165
Epstein	516
Equality	204
Esmeralda	202
Essay on Man, An	527
Essays and Poems (Very)	193
Essays, First Series, Second Series (Emerson)	48, 49, 357
Essential Haiku, The: Versions of Basho, Buson and Issa	320
Estate, The	253
Esther	199
Esthetique du Mal	91
Ethan Brand: A Chapter from an Abortive Romance	51
Ethan Frome	402
Eureka: A Prose Poem	57
Europian Acquaintance	193
Europeans, The	72
Evangeline: A Tale of Acadie	53, 361
Evening	341
Everybody's Protest Novel	147
Everyman (P.Roth)	165
Everyman	420
Everything's Eventual	174
Everything That Rises Must Converge	285
Evidence of Things Not Seen, The	147
Eye, The	117
Eye in the Sky	157
Eye of the Story, The	261
Excelsior	53
Excursions	59
Executioner's Song, The	145, 627
Exile's Return	246
Expelled	264
Explanation of America, An	319
Expressions of Sea Level	288

F

Fable, A	115, 626
Fable for Critics, A	194
Fables of La Fontaine, The	99
Fabulous Miss Marie, The	309
Facts: A Novelist's Autobiography, The	165
Fahrenheit 451	278
Failure	617
Falconer	264
Fallen Angel	271
Falling	281
Fall of America, The	291
Fall of the House of Usher, The	356
Fam and Yam	155
Fame and Obscurity	305
Family Dancing	345
Family Life	320
Family Moskat, The	253
Family Reunion, The	101
Fanshawe, A Tale	51
Farewell, My Lovely	227
Farewell Symphony, The	319
Farewell to Arms, A	120, 436
Farmer Boy	212
Far North	324
Farthest Shore, The	300
Fast Lanes	337
Father Goose, His Book	206
Fathers, The	243
Fathers and Sons	120
Father-to-Be, A	135
Farthest Shore, The	299
Fear of Flying	602
Feather Crowns	318
Feeling and Precision	99
Fences	567, 621
Few Figs from Thistles, A	235
Fiction and the Figures of Life	284

◇ 索　引 ◇（作　品）

Fiddler's Farewell ················612
Field Guide ···················320
Fifth Column, The ·················120
Fifth Column and the First Forty-Nine Stories,
　The ·····················120
5th of July ····················313
Fifth Sunday ···················336
50 Poems ····················239
Figured Wheel, The ················319
Figure in the Carpet, The ··············71
Filling Station ··················262
Financier, The ···················77
Fine Clothes to the Jews ··············247
Finnegans Wake ··············216, 474
Fiorello! ····················620
Fire Bringer, A ··················215
Fire in My Hand, A: A Book of Poems ·······335
Fire Next Time, The ················147
Fire on the Moon, A ···············145
Firstborn ·····················323
First Cities, The ·················307
First Four Years, The ···············212
First Poems (Merrill) ················289
First Will and Testament ··············263
Fish, The (Bishop) ·················262
Fish, The (Moore) ··················99
Fisher King, The ·················298
Five Young American Poets ············270
Fixer, The ·················133, 626
Flagons and Apples ················226
Flag Is Born, A ··················237
Flags in the Dust ·················114
Flame and Shadow ················221
Flappers and Philosophers ············109
Flesh and Blood ·················331
Flesh and the Spirit, The ··············181
Flight ······················515
Flight to Canada ·················314
Floating Opera, The ············159, 505
Flow Cart ····················294
Flower, Fist, and Bestial Wail ···········277
Flowering Judas ·················440
Flowering Judas and Other Stories ········230
Flowering of New England, The ·········225
Flowering of the Rod, The ············224
Flowering Stone, The ···············612
Flow My Tears, the Policeman Said ·······157
Flying Change, The ················615
Flying Home and Other Stories ··········269
Fog ·······················406
Folly ······················341
Fool for Love ··················558
Fools ······················152
Forces of Plenty, The ···············325
for colored girls who have considered suicide/
　when the rainbow is enuf ···········332
Foreign Affairs ··················627
Forest Hymn, A ··················190
For Esmé — with Love and Squalor ·······495
Foregone Conclusion, A ··············69
Forgetting Elena ·················319
For Love: Poems 1950-60 ············293
For the Union Dead ···············274
XLI Poems ···················419
45 Seconds from Broadway ···········152
For Whom the Bell Tolls ·········121, 472
Fountain, The ··················103
42nd Parallel, The ············104, 465
Four-Chambered Heart, The ···········249
Four Quartets ············101, 134, 475
Fourth Hand, The ················170
Frameless Windows, Squares of Light ······340
Fragments of a Hologram Rose ··········176
Franchiser, The ·················302
Frankie and Johnny in the Clare de Lune ···317
Franny ·····················523
Franny and Zooey ············141, 523
Freedom of Will ·················185
Freedom Road ··················271
Freeing of the Dust, The ·············283
Free-Lance Pallbearers, The ···········314
Freshest Boy, The ················109
Friday Book, The ·················159
Friend of Kafkas and Other Stories, A ···253, 509
Frog, The ····················286
Frolic of His Own, A ···············281
From a Buick 8 ··················174
From A Refugee's Notebook ···········298
From Here to Eternity ··············279
From Potter's Field ················341
From Puritanism to Postmodernism:
　A History of American Literature ········36
From the Cables of Genocide: Poems on
　Love and Hunger ···············339
Front Page, The ·················237
Furnished Room, The ··············400
Further Fridays ··················159
Further Range, A ··········85, 460, 613
Fury of Aerial Bombardment, The ········254

G

Gain ······················343
Garbage ····················288
Galapagos ···················143
Galatea 2.2 ···················343
Garden, The ··················193
Garden District ·················131
Garden of Eden, The ···············121

758

Gaslight	248
Gather Together in My Name	296
Gemini: An Extended Autobiographical Statement on My First Twenty-Five Years of Being a Black Poet	323
Genealogy	61
General Died at Dawn	257
General William Booth Enters into Heaven	219
Generation X: Tales for an Accelerated Culture	344
"Genius" The	77
Genius and Lust: A Journey through the Major Writings of Henry Miller	145
Gentle Boy, The	355
Gentleman from Cracow, The	509
George Mills	302
George's Mother	79
George Washington Poems, The	312
Geography III	262
Geranium, The	285
Geronimo Rex	322
Gerontion	101, 440
Gertrude and Claudius	163
Getting Out	440
Ghosts	172, 568
Ghost Wars	617
Ghost Writer, The	165
Gift, The (Nabokov)	117
Gift, The (Steinbeck)	464
Gift of the Magi, The	400
Gilded Age, The	67
Gilead	628
Giles Goat-Boy	159
Gimpel the Fool and Other Stories	253, 509
Gin Game, The	621
Gingerbread Lady, The	153
Giovanni's Room	147
Girl	333
Girlfriend in a Coma	344
Girl of the Golden West, The	204
Girls in Their Summer Dresses, The	265
Girls on the Run	294
Glare	288
Glass Menageries, The	128, 131, 138, 478
Glengarry Glen Ross	330, 561, 621
Gloria Mundi	206
Glory	117
Gloucester Moors	215
Goat, The; or Who Is Sylvia?	155
God Down, Moses and Other Stories	115
God Hates Japan	344
God's Controversy with New England	182
God's Favorite	152
God's Grace	133
Godseeker, The	95
God's Little Acre	445
Going to Meet the Man	147
Going to the Territory	269
Gold Bug Variations, The	343
Gold Cell, The	322
Golden Age, The	287
Golden Apples (Rawlings)	241
Golden Apples, The (Welty)	261
Golden Apples of the Sun, The	278
Golden Bowl, The	73
Golden Boy	257
Gone South	337
Gone with the Wind	231, 245, 625
Gonzaga Manuscripts, The	135
Goodbye, Columbus	165, 516
Goodbye Girl, The	152
Good Country People	285
Good Doctor, The	152
Good Earth, The	236, 624
Good Life, The	339
Good Man Is Hard to Find and Other Stories, A	285
Good Morning, America	218
Goodnight Willie Lee, I'll See You in the Morning	326
Good Scent from a Strange Mountain, A	628
Goose and Tom Tom	317
Gorgon's Head, The	51
Gospel, According to the Son	145
Go Tell It on the Mountain	147, 500
Grand Design, The	105
Grandissimes, The: A Story of Creole Life	201
Grapes of Wrath, The	123, 467, 625
Grass Harp, The	149
Gravity's Rainbow	169, 544
Gray Champion, The	355
Graysons, The	198
Great American Novel, The	92, 165
Great Christian Doctrine of Original Sin Defended, The	185
Great Divine, The	215
Great Figure, The	93
Greater Inclination, The	209
Great Gatsby, The	109, 231, 428
Great God Brown, The	103
Great Goodness of Life: A Coon Show	308
Great Jones Street	167
Great News from the Mainland	121
Great Stone Face, The	51
Great White Hope, The	620
Green Bough, A	114
Green Hills of Africa	120

◇ 索　引 ◇（作　品）

Green Mile, The ·······175, 580
Green Pastures, The ·······618
Green Wall, The ·······296
Ground Work: Before the War ·······276
Ground Work II: In the Dark ·······276
Guardian Angel, The ·······191
Guard of Honor ·······625
Guy Domville ·······70
Guy Rivers ·······189

H

Haircut ·······223
Hairy Ape, The ·······103, 420
Halfway ·······290
Hamlet, The (Faulkner) ·······115
Hamlet (Very) ·······193
Hamlet and His Problems ·······101
Hand to Mouth ·······172
Happiest I've Been, The ·······515
Happy Marriage, The ·······231
Hapworth 16, 1924 ·······141
Hard Hours, The ·······614
Hard Lines ·······249
Harlem Dancer, The ·······229
Harlem Ghetto, The ·······146
Harlem Shadows ·······229
Harmonium ·······91, 418
Harvey ·······619
Haunted Palace, The ·······356
Haunting of Hill House, The ·······275
Hawkline Monster, The: A Gothic Western
　·······310
Hawthorne and His Mosses ·······62
Hazard of New Fortunes, A ·······69
Heart Is a Lonely Hunter, The ·······139, 469
Heart of a Woman, The ·······296
Heart of Maryland, The ·······204
Hearts in Atlantis ·······175
Heart's Needle ·······290, 614
Heathen Chinee, The ·······197
"Heaven"— is what I cannot reach! ·······65
Heaven's My Destination ·······111
He 'Digesteth Harde Yron' ·······99
Heidi Chronicles, The ·······570, 622
Helen in Egypt ·······224
Helen of Troy and Other Poems ·······221
Hell-Bent For Heaven ·······618
Hello, Dolly! ·······111
Hello, Out There ·······260
Helos the Helot ·······195
Henderson the Rain King ·······135, 513
Here and Now ·······283
Here Come the Clowns ·······241
Herland ·······208

HERmione ·······224
Herzog ·······135
Hey Nostradamus! ·······344
High Lonesome ·······322
High Society ·······468
High Window, The ·······227
Hills Like White Elephants ·······120
Him with His Foot in His Mouth ·······135
His Family ·······624
History of My Heart ·······319
History of New England from 1630 to
　1649, The ·······180
History of New York, A ·······45
History of the Life and Voyages of
　Christopher Columbus ·······44
History of the United States and Its People,
　A ·······198
History of the United States of America
　during the Administration of Jefferson
　and Madison ·······199
Hocus Pocus ·······143
Holder of the World, The ·······318
Holdup, The ·······329
Holiday ·······241
Hollow Men, The ·······101
Hollow of the Three Hills, The ·······376
Homage to Mistress Bradstreet ·······270
Homage to Sextus Propertius ·······97
Home, The ·······208
Home Ballads, Poems and Lyrics ·······55
Homebody/Kabul ·······340
Home Burial ·······404
Honey in the Horn ·······625
Honor Thy Father ·······305
Hook, The ·······137
Hoosier Schoolboy, The ·······198
Hoosier Scholl-Master, The ·······198
Hornet's Nest ·······341
Horses Make Landscapes Look More
　Beautiful ·······326
Hospital Sketches ·······196
Hotel New Hampshire, The ·······171
Hotel Universe ·······241
Hot l Baltimore, The ·······313
Hours, The ·······628
House Devided, A ·······236
House Made of Dawn ·······626
House of Flowers ·······149
House of Incest ·······249
House of Leaves, The ·······582
House of Mirth, The ·······209
House of Night, The ·······187
House of the Seven Gables, The ·······51
How I Learned to Drive ·······622

◇索　引◇（作　品）

How I Write	261
Howl	504
How Much?	125
Howl and Other Poems	504
How To Succeed In Business Without Really Trying	620
How to Write Short Stories	223
How We Became Human: New and selected Poems	335
Hugging the Shore	163
Hugh Selwyn Mauberley	97, 411
Human Comedy, The	260
Human Stain, The	165
Human Universe and Other Essays	263
Human Wishes	320
Humboldt's Gift	135, 547, 627
Humility, Concentration and Gusto	99
Humoresque	257
Hundred Secret Senses, The	338
Hurlyburly	317
Hydriotaphia	151
Hyla Brook	85
Hymn to the Night	53
Hyperion	53

I

I Am a Camera	248
I Am My Own Wife	622
I cannot live with You—	65
Icebound	618
Iceman Cometh, The	103
Ice Palace, The	109
Ichabod	55
Idea of Order at Key West, The	455
Ideas of Order	91, 455
Ides of March, The	111
Idiosyncrasy and Technique	99
Idiot's Delight	107, 458, 619
Idiots First	133, 510
Idoru	177
I dwell in Possibility—	65
If Beal Street Could Talk	147
I Felt a Funeral, in my Brain	65
If I Forget Thee, Jerusalem	115
If Morning Ever Comes	321
If you were coming in the Fall	65, 377
Igana Killer, The: Twelve Stories of the Heart	336
I Guess Everything Reminds You of Something	121
I Know Why the Caged Bird Sings	296
Illness as Metaphor	306
I'll Take My Stand	243, 255
Illumination	206
Illustrated Man, The	278
I Married a Communist	165
I'm Crazy	141
I'm Dancing as Fast as I Can	317
Immigrants, The	271
Importance of Being Earnest, The	534
In Abraham's Bosom	237, 618
Incident at Vichy	137
In Cold Blood	149
In Country	318
Independence Day	628
Independent Woman, An	271
Indian Burial Ground, The	187
Indian Camp	425
Indian Student, The	187
In Dubious Battle	123
In Him We Live	193
I Never Sang for My Father	272
In Love and Trouble	326
In Mad Love and War	335
Innocents Abroad, The	67
in our time	120
In Our Time	120, 425
In Our Time, In This Moment	306
In Plaster	304
Inscription for the Entrance to a Wood	190
In Search of Our Mother's Gardens	326
Inside the Blood Factory	312
Instruments of Night	331, 578
Insurgent Mexico	223
Intellectual Things	254
International, The	238
Interrogation, The	331
Interpreter of Maladies	346, 628
In the Alley	302
In the American Grain	93
In the Beauty of Lillies	163
In the Boom Boom Room	317
In the Clearing	84
In the Country of Last Things	173
In the Heart of the Heart of the Country	284
In the Mecca	275
In the Midst of Life	389
In the Penny Arcade	325
In the Village	262
In the Waiting Room	262
In the Zone	103
In This Our Life	83, 625
Into the Stone and Other Poems	281
Into the Web	331
Intruder in the Dust	115
Invention of Solitude, The	173
Inverted Forest, The	141
Invisible Man, The	492

761

◇ 索　引 ◇（作　品）

Invitation to a Beheading 107
Invocation 229
I Ought To Be in the Pictures 153
In War Time and Other Poems 55
I Remember Mama 477
Irish Eye, An 286
Iron Heel, The 87
Ironweed 627
I Saw the Figure Five in Gold 93
I Sing the Body Electric (Bradbury) 278
I Sing the Body Electric (Whitman) 375
Islands in the Stream 121
Isn't It Romantic? 332
Israel Potter: His Fifty Years of Exile 62
It 174, 175, 566
It Can't Happen Here 95
It Must Be Abstract 91
It Must Change 91
It Must Give Pleasure 91
I Thought My Father Was God, and Other True Tales from NPR's National Story Project (True Tales of American Life) 173
I, Too 430

J

Jacklight 338
Jailbird 142
Jake's Women 152
Jamaica Funeral, The 187
Jane Talbot, A Novel 42
Jasmine 318
Jason Edwards: An Average Man 207
Jazz 161
J. B. 620
Jennie Gerhardt 77
Jennifer Lorn 222
Jewbird, The 510
Jerboa, The 454
Jews without Money 35
Jigsaw 271
Jim Smiley and His Jumping Frog 66, 67
Jitney 327
Joe Tuner's Come and Gone 327
Joey and the Birthday Present 297
John Brown 255
John Browns Body 612
John March, Southerner 201
Johnny Johnson 237
Johnny Mnemonic 177
Johnny Panic and the Bible of Dreams 304
Jonah's Gourd Vine 232
Journal (Thoreau) 59
Journals (Woolman) 183
Journey in the Dark 625

Journeyman 251
Journey to Love 93
Joy Luck Club, The 338
JR 281
Judgement Day 234
Julian 531
Juneteenth 269
Jungle, The 399
Junkie 268
Just Before the War with the Eskimos 495
Just Give Me A Cool Drink of Water 'fore I Diiie 296
Justice Denied in Massachusetts 235
Just in Time: Poems 1984-1994 293

K

Kabinett Des Dr. caligari, Das 420
Kaddish 291
Kaddish and Other Poems 291
Kalki 287
Kandy-Kolored Tangerine-Flake Strreamlined Baby, The 303
Kate Beaumont 193
Keepers of the House, The 626
Kentucky Cycle, The 622
Kermess 93
Key to Uncle Tom's Cabin, A 192
Key West 242
Killer Angels, The 627
Killers, The 120
King, The 303
King Coal 219
King Fischers 277
King, Queen, Knave 117
Kingsblood Royal 95
Kiss of the Spider Woman 317
Kitchen God's Wife, The 338
Kneel to the Rising Sun 251
Knife Thrower and Other Stories, The 325
Knight's Gambit 115
Known World, The 628
Kora in Hell, Improvisations 93
Krapp's Last Tape 154, 519
Kyrie 325

L

Ladders to Fire 249
Lady Ballimore 210
Lady Chatterley's Lover 89
Lady from Dubuque, The 155
Lady in the Lake, The 227
Lady of the Aroostook, The 69
Lady on the Lake, The 510
Lamb in His Bosom 624

◇ 索　引 ◇（作　品）

Lancelot	273
Land of Bliss, The	340
Land of Unlikeness	274
Landscape with Figures	121
Lanny Budd Series	219
Lark, The	125
Last Baedeker, The	220
Last Frontier, The	271
Last Gentleman, The	273
Last Leaf, The (Holmes)	191
Last Leaf, The (O. Henry)	400
Last of the Mohicans, The	47, 353
Last of the Red Hot Lovers	153
Last Ride of Wild Bill	246
Last Tycoon, The	109
Last Yankee, The	137
Last Voyage of Somebody the Sailor	159
Late George Apley, The	625
Late Hour, The	307
Late Wife	617
Lathe of Heaven, The	542
Laughing Boy	624
Laughing Man, The	495
Laughter in the Dark	117
Laughter on the 23rd Floor	152
Laus Deo!	55
Lawd Today	127
Lawton Girl, The	206
Lazarus Laughed	103
Leader of the People, The	464
Leaning Tower The	230
Leatherstocking Tales, The	47
Leaves of Grass	61, 374
Leaving the Yellow House	135
Leese Webster	300
Lees of Happiness, The	109
Left Bank, The	234
Left Hand of Darkness, The	300
Legacy of the Civil War, The	255
Legend of Sleepy Hollow, The	45
Legends of New England in Prose and Verse	55
L'Envoi	120
Let It Come Down	129
Letter, A	194
Letters	159
Letters and Social Aims	49
Letter from a Region in My Mind	147
Letters of Emily Dickinson, The	65
Letters to My Nephew on the One Hundredth Anniversary of the Emancipation	147
Letting Go	165
Leviathan	173
Libra	167
Lice, The	295
Lie Down in Darkness	151
Lie of the Mind, A	324
Lies	312
Life after God	344
Life and Gabriella	83
Lifeguard	515
Life in the Theater, A	330
Life of Emerson, The	225
Life of Franklin Pierce	50
Life of George Washington, The	45
Life on the Mississippi	67
Life Studies	512
Life Without Principle	59
Life You Save May Be Your Own, The	285
Light around the Body, The	293
Light in August	114, 444
Lightning is a yellow Fork, The	65
Like a Bulwark	99
Lime Orchard Woman: Poems	336
Lime Twig, The	286
Lincoln	287
Lips Together, Teeth Apart	317
Literary Friends and Acquaintance	68
Literary Situation, The	246
Literature of Exhaustion, The	159
Literature of Replenishment	159
Little Foxes, The	125
Little Friend, Little Friend	272
Little House in the Big Wood	212
Little House on the Prairie	212
Little Lord Fauntleroy	202, 387
Little Me	152
Little Princess, A	202
Little Sister, The	227
Little Town on the Prairie	212
Little Women or, Meg, Jo, Beth and Amy	379
Live from Golgotha	287
Live or Die	297, 614
Living by the Word	326
Living of Charlotte Perkins Gilman, The	208
Loan, The	510
Local Color	149
Locked Room, The	172, 568
Lolita	117, 502
London Suite	153
Lonesome Dove	627
Long Christmas Dinner and Other Plays, The	111
Long Day's Journey into Night	103, 506, 620
Long Dream, The	127
Long Good-bye, The	227
Long March, The	151

◇ 索　引 ◇（作　品）

Long Trail, The ……………………………207
Long Valley, The ……………………123, 464
Long Voyage Home, The ………………103
Long Winter, The …………………………212
Look at the Harlequins! ………………117
Look Homeward, Angel ………………437
Look Homeward, Angel (drama) …………620
Looking Backward: 2000-1887 ……………388
Looking for Mr. Green ……………………135
Looking for Zora …………………………232
Look, Stranger! …………………………258
Lord Weary's Castle ………………274, 613
Losing Battles ……………………………261
Losses ……………………………………272
Lost in the Funhouse ……………………159
Lost in Translation ………………………289
Lost in Yonkers …………………………153, 622
Lost Lady, A ……………………………81, 417
Lost Language of Cranes ………………345
Lost Lunar Baedeker, The ………………220
Lost Son and Other Poems, The ………259
Lost World, The …………………………272
Lottery ……………………………………275
Loud Speaker ……………………………238
Love ………………………………………161
Love and Death in the American Novel ……29
Love in the Ruins …………………………273
Love — is anterior to Life — ………………65
Love Life …………………………………318
Love Medicine ……………………………338
Love Nest, The: and Other Stories ……223
Love Poems (O'Hara) ……………………292
Love Poems (Sexton) ……………………297
Love Song (W. C. Williams) ………………93
Love Song of J. Alfred Prufrock, The ……407
Love Songs (Loy) …………………………220
Love Songs (Teasdale) ……………221, 612
Love! Valour! Compassion! ………………317
Low-lands …………………………………169
Luck of Roaring Camp, The ……………197
Luck of Roaring Camp and Other Stories
 ………………………………………197, 380
Lucky Sam McCarver ……………………231
Lucy ………………………………………333
Lulu on the Bridge ………………………172
Lume Speto, A ……………………………97
Lunar Baedecker …………………………220
Lunar Baedecker and Time Tables ………220
Lunch Poems (O'Hara) …………………292
Lust and Other Stories …………………341
Lustra and Other Poems …………………97

M

Machine Dreams …………………………337
Machineries of Joy ………………………278
Madame Butterfly ………………………204
Madame Delphine ………………………201
Magic Barrel, The ……………………133, 510
Magician of Lubulin, The ………………253
Maggie: a Girl of the Streets ……………79
Magnalia Christi Americana: or, The
 Ecclesiastical History of New England ……184
Magnificent Ambersons, The ……………624
Mail Cross-Dresser Support Group, The ……342
Maine Woods, The …………………………59
Main Street …………………………95, 213, 412
Main-Travelled Road ……………………207
Makers and Finders: A History of the Writer
 in America ………………………………225
Making of Americans, The ………………216
Malafrena …………………………………300
Malcolm (Drama) ………………………155
Malcolm …………………………………282
Mama's Bank Account …………………248, 477
Mambo Kings Play Songs of Love, The ……627
Man Against the Sky, The ………………214
Man and the Snake ………………………389
Manhattan Transfer ………………………105
Man in the Black Suit, The ………………174
Man in the Drawer ………………………510
Man in the High Castle, The ……………157, 524
Man-Moth, The …………………………262
Manor, The ………………………………253
Mansion, The ……………………………115
Man's Woman, A …………………………75
Manuductio ad Ministerium ……………184
Manuscript Found in a Bottle, A …………56
Man Who Came to Dinner, The ……229, 252
Man Who Died Twice, The ………………214, 612
Man Who Had All the Luck, The, ………483
Man Who Knew Too Much, The: Alan
 Turing, Mathematics, and Orgins of the
 Computer ………………………………345
Man Who Studied Yoga, The ……………145
Manor, The ………………………………253
Man with the Blue Guitar, The ……………91
Many Marriages ……………………………89
Mao II ……………………………………167
Map, The …………………………………262
Ma Rainey's Black Bottom ………………327
Marble Faun, The (Faulkner) ……………114
Marble Faun, The: or, the Romance of Monte
 Beni (Hawthorne) ……………………51, 376
March ……………………………………628
Marching Men ……………………………89
Marco Millions ……………………………103
Mardi: and a Voyage Thither ………………63
María Concepción ………………………230

◇ 索 引 ◇（作 品）

Martian Chronicles, The ……………………278
Market-Place, The ……………………………206
Mark Twain's Mysterious Stranger
　Manuscripts ………………………………67
Marriage ……………………………………………99
Marry Me ………………………………………163
Marsh Island, A ……………………………202
Martian Time-Slip …………………157, 532
Martin Dressler: The Tale of an American
　Dreamer ……………………………325, 628
Martin Eden ……………………………………87
Martin Faber …………………………………189
Mary ……………………………………………117
Mary of Scotland ……………………………228
Mask for Janus, A …………………………295
Mason & Dixon ………………………………169
Masque of Judgment, The ………………215
Masque of Mercy, A …………………………85
Masque of Reason, A ………………………85
Master Class …………………………………317
Matchmaker, The ……………………………111
Maud Muller ……………………………………54
Maximus Poems Ⅳ, Ⅴ, Ⅵ ………………518
Maximus Poems, The ………………………518
Maximus Poems Volume Three …………518
Maybe …………………………………………125
May-Day and Other Pieces ………………49
May-Pole of Merry Mount, The …………355
McTeague: A Story of San Francisco …75, 393
Meadowlands …………………………………323
Medea …………………………………………226
Media the Sorceress ………………………312
Mediterranean and the Other Poems, The …243
Member of the Wedding, The …………139
Memoirs ………………………………………351
Memoranda During the War ………………61
Memory of Two Mondays, A ……………137
Menelaiad ……………………………………159
Men in White …………………………256, 618
Men Without Women ………………………120
Men, Women and Ghosts …………………217
Merchant of Yonkers, The ………………110
Mercy Street …………………………………297
Meridian ………………………………………326
Merrily We Roll Along ………………229, 252
Messiah ………………………………………287
Microserfs ……………………………………344
Midcentury ……………………………………105
Middleman and Other Stories, The ……318
Middle Passage ………………………………265
Middlesex ……………………………………628
Miller of Old Church, The …………………83
Mine ……………………………………………337
Minister's Black Veil, The ………………355

Minister's Wooing, The …………………192
Mirabell: Books of Number ……………549
Mirabell's Books of Number ……………549
Miriam …………………………………148, 489
Misery …………………………………………175
Misfits, The …………………………………136
Miss Jewett ……………………………………81
Miss Lonelyhearts ……………………250, 446
Miss Lulu Bett ………………………………618
Miss Ravenel's Conversion from Secession to
　Loyalty ……………………………………193
Miss Wyoming ………………………………344
Moby-Dick; or, The Whale ……………63, 366
Model Behavior ……………………………339
Model of Christian Charity, A …………180
Mojave …………………………………………149
Modern Chivalry; or The Adventures of
　Captain Farrago and Teague O'Reagan ……187
Modern Instance, A …………………69, 384
Moment ………………………………………535
Mona Lisa Overdrive ……………………177
Monkeys ………………………………………341
Monster, The …………………………………79
Montage of a Dream Deferred …………247
Mont-Saint-Michel and Chartres ………199
Month of Sundays, A ……………………163
Moon is distant from the Sea—, The ……65
Moon Is Down, The ………………………123
Moonlit Road, The …………………………200
Moon Palace …………………………173, 571
Moran of the Lady Letty …………………75
More Die of Heartbreak …………………135
More Love in the Western World ………163
More Matter …………………………………163
Morning of the Poem, The ………………615
Mortal Antipathy, A ………………………191
Mortality and Mercy in Vienna …………169
Mortal Memory ………………………331, 578
Mortgaged Heart, The ……………………138
Mosby's Memoirs and Other Stories …135
Mosquitoes …………………………………114
Moses, Man of the Mountain …………232
Mosses from an Old Manse ………51, 360
Most of It, The ………………………………85
Mother Goose in Prose …………………206
Mother Kind …………………………………337
Mother Love …………………………………336
Mother Night ………………………………143
Mother's Kisses, A …………………………301
Mound Builders, The ………………………313
Mountain Interval ……………………………85
Mountains and Rivers Without End ……301
Mourners, The ………………………………510
Mourning Becomes Electra ………103, 441

◇ 索　引 ◇（作品）

Moveable Feast, A	121
Moviegoer, The	522
Moy Sand and Gravel	616
Mr. Pope and Other Poems	243
Mr. Potter	333
Mr. Sammler's Planet	135
Mr. Vertigo	173
Mulatto	247
Mules and Men	232
Mumbo Jumbo	314
Murder in the Cathedral	101
Museums and Women	163
Muses Are Heard, The	149
Music for Chameleons	149
Music of Chance, The	173, 575
Music School, The	163, 515
Mute, The	469
My Aunt	191
My Ántonia	81, 408
My Brother	333
My Fair Lady	252
My First Reading — Lafayette	61
My Garden	333
My Hearts's in the Highland	260
My Kinsman, Major Molineux	51
My Life as a Man	165
My Life closed twice before its close —	65
My Literary Passions	69
My Lost City	109
My Mother, My Father and Me	125
My Name Is Aram	470
My Old Man	120
Myra Breckinridge	287
My River runs to thee —	65
Mystery of Metropolisville, The	198
My Study Windows	194
Myths and Texts	301

N

Nabokov's Dozen	107
Naked and the Dead, The	145, 486
Naked God: The Writer and the Communist Party	271
Naked Lunch, The	268
Name — of it — is "Autumn" —, The	65
Names, The	167
Namesake, The	346
Narrative of Arthur Gordon Pym, of Nantucket, The	57
Nascuntur Poetae	111
Native Guard	617
Native Joy	335
Native Son	127, 471
Nativ Son (drama)	237
Natural, The	133
Nature	49, 354
Nature — the Gentlest Mother is	65
Near Changes	616
Necessary Angel, The: Essays on Reality and the Imagination	91
Negro Artist and the Racial Mountain, The	247
Negro Speaks of Rivers, The	247, 430
Neighbors	316
Neon Vernacular	328, 616
Nephew, The	282
Nets to Catch the Wind	222
Neuromancer	177, 563
Never Again Would Bird's Song Be the Same	85
Never-Ending Wrong, The	230
Nevertheless	99
New American Poetry, The	292
New American Songbag, The	218
New and Collected Poems (Wilbur)	278, 616
New and Selected Poems (Soto)	335
New England: Indian Summer, 1865-1915	225
New Hampshire	85, 416, 612
New Life, A	133
New Spoon River, The	213
New York Trilogy, The	173, 568
Next to Nothing: Collected Poems 1926-1977	129
Nexus	233
Nick Adams Stories, The	121
Night in Acadie, A	203
Nightmare Factory, The	290
'night, Mother	557, 621
Night of the Iguana, The	131
Night Rider	255
Nights and Days	289
Night Streets	331
Nine	314
Nine Stories	141, 495
1919	104, 465
Nobel Lecture in Literature, The (Morrison)	161
Nobody Knows My Name	147
Nocturnes for the King of Naples	319
No. 44, The Mysterious Stranger	67
No Hiding Place	246
No Laughing Matter	283
None But the Lonely Heart	257
Noon Wine	230
No Place To Be Somebody	620
North and South	262, 614
North of Boston	85, 404
Not About Nightingales	131
Notes of a Nativ Son	147

◇ 索 引 ◇（作　品）

Notes on the State of Virginia	186
Notes toward a Supreme Fiction	91
No Thanks	239
Not Under Forty	81
Not Without Laughter	247
Now and Then	255, 615
Now I Lay Me	120
Now in November	625
November Boughs	61
Number One	105
Nun's Story, The	272

O

Oak and Ivy	215
Obscure Destinies	80
Observations	99
O Captain! My Captain!	375
Occuroence at Owl Creeks Bridge, An	389
October Country	278
Octopus, An	99
Octopus, The: A Story of California	75, 395
Odd Couple, The	153, 534
Odd Jobs	163
Odor of Verbena, An	114
Of Being Numerous	614
Of Mice and Men	123, 461
Of Modern Poetry	91
Of Plymouth Plantation	180
Of Thee I Sing	229, 618
Of the Farm	163
Of Time and the River	244
Oh Dad, Poor Dad, Mamma's Hung You in the Closet and I'm Feelin' So Sad	314
Oil!	219
Old Creole Days	201
Old Ironsides	191
Old Maid, The	619
Old Man and the Sea, The	121, 491, 625
Old Manse, The	360
Old Neighborhood, The	330
Old Possum's Book of Practical Cats	101
Old System, The	135
Oldtown Folks	192
Oleanna	330, 577
Ole Devil, The	413
Omensetter's Luck	284
Ommateum	288
Omoo: A Narrative of Adventures in the South Seas	63
On a Honey Bee	187
On Being Blue	284
Once	326
Once in a Lifetime	229, 252
Once Upon a Time	159

On Creating a Usable Past	38
One Christmas	149
One Flew Over the Cuckoo's Nest	311
158-Pound Marriage, The	170
Once I Knew Best of All, The	202
One Man's Initiation — 1917	105
One of Ours	81, 624
One Thing That Can Save America, The	548
One Time, One Place	261
One Touch of Venus	249
One Writer's Beginning	261
Only When I Laugh	153
On Photography	306
On the Banks of Plum Creek	212
On the Death of the Rev. Mr. George Whitefield	188
On the Road	280
On the Twentieth Century	237
On Trial	234
On with the Story	159
On Writing	121
Open Boat, The	79
Open House	259
Opening of the Field, The	276
Operation Shylock: A Confession	165
Operation Wandering Soul	343
O Pioneers!	81
Optimist's Daughter, The	261, 626
Opus Posthumous	91
Ordeal of Mark Twain, The	225
Ordinary Evening in New Haven, An	91
Oread	224
Oriental Acquaintance: or, letters from Syria	193
Orient Express	105
Ormond; or, The Secret Witness	43
Orphan, The	317
Orphan Angel, The	222
Orpheus Descending	131
Orsinian Tales	300
Osage County	623
Other Voices, Other Rooms	149, 485
Other Wind, The	300
O To Be a Dragon	99
Our Gang	165
Our Mr. Wrenn	95
Our Old Home	50
Our Town	111, 463, 619
Outcasts of Porker Flat, The	197, 380
Out of Season	120
Out of the Cradle Endessly Rocking	375
Out-of-Towners, The	152
"Out, Out"	85
Outre-Mer: A Pilgrimage Beyond the Sea	53

◇ 索 引 ◇ (作 品)

Outsider, The ·············127
Oven Bird, The ·············85
Over the Teacups ·············191
Owl's Clover ·············91

P

Pagan Spain ·············127
Painted Bird ·············306
Palace Thief, The ·············343
Pale Fire ·············117, 527
Pale Horse, Pale Rider ·············230
Pangolin, The ·············99
Paradise ·············161
Paradise Lost ·············257
Paris Bound ·············241
Paris, Texas ·············324
Partial Accounts ·············616
Partisan ·············189
Parts of a World ·············91
Passage to India ·············375
Passing Through ·············254
Passion Artist, The ·············286
Passionate Pilgrim, The ·············70
Pastoral ·············93
Pastures of Heaven, The ·············123
Paterson ·············93, 481
Pathfinder, The ·············47
Patrimony: A True Story ·············165
Patriotic Gore ·············240
Patriots, The ·············256
Pattern Recognition ·············177
Pearl, The ·············123
Peer Gynt ·············237
Pelican Brief, The ·············324
Pelican's Shadow, The ·············241
Pennsylvania Gazette, The ·············41
Pentimento ·············125, 473
People Live Here: Selected Poems 1949-83 ·············282
People of the Abyss, The ·············86
People, Yes, The ·············218
Perfect Day for Bananafish, A ·············140, 495
Peril ·············331
Perpetual War for Perpetual Peace ·············287
Perseid ·············159
Personae ·············97
Personal Narrative ·············185
Person, Place and Thing ·············266
Pet Cemetery ·············175
Petrified Forest, The ·············107, 450
Peyton Amberg ·············342
Philadelphia Story, The ·············468
Philosophy 4 ·············210
Philosophy of Composition, The ·············57
Piano Lesson, The ·············574, 622

Piazza, The ·············63
Piazza Tales, The ·············63
Picked-up Pieces ·············163
Picnic ·············497, 619
Picture Bride ·············340
Pictures from Brueghel ·············93, 614
Pictures of Fidelman ·············133
Pieces ·············293
Pierre; or, The Ambiguities ·············63, 370
Pigeon Feathers and Other Stories ·············163, 515
Pilgrimage of Henry James, The ·············225
Pilgrim's Progress, The ·············379
Pilot, The: A Tale of The Sea ·············46
Pioneers! O Pioneers! ·············60, 375
Pioneers, The ·············47
Pisan Cantos, The ·············97, 426
Pit, The: A story of Chicago ·············75
Place in Fiction ·············261
Place in the Sun, A ·············429
Place I've Never Been, A ·············345
Place of Love ·············266
Places in the Dark ·············331
Place to Come To, A ·············255
Plain Language from Truthful James ·············197
Planet News ·············291
Planet of Exile ·············300
Playback ·············227
Player Piano ·············143
Players ·············167
Playing in the Darkness ·············161
Playing the Mischief ·············193
Playwright at Work ·············248
Plaza Suite ·············153
Plexus ·············233
Plot Against America, The ·············165
Plowing the Dark ·············343
Poem for a Birthday ·············304
Poems (Auden) ·············258
Poems (Berryman) ·············270
Poems (Bryant) ·············190
Poems (Dugan) ·············614
Poems (T. S. Eliot) ·············101
Poems (Emerson) ·············49
Poems (Freneau) ·············187
Poems (Holmes) ·············191
Poems (Koch) ·············284
Poems (Whittier) ·············54
Poems (W. C. Williams,) ·············92
Poems by Edgar A. Poe ·············57
Poems by Emily Dickinson ·············64
Poems 1957-1967 (Dickey) ·············281
Poems: 1928-1931 (Tate) ·············243
Poems of Emily Dickinson, The ·············65
Poems of Nature, Collected Poems (Threau) ·············59

Poems of Our Climate, The	91
Poems of Two Friends	68
Poems on Various Subjects, Religious and Moral	188
Poems: Second Series (J. R. Lowell)	194
Poet at the Breakfast-Table, The	191
Poetic Principle, The	57
Poetics for Bullies, A	302
Poetry (Moore)	99, 454
Poetry (Sandburg)	218
Poetry Is a Destructive Force	91
Poetry of Laura Riding, The	248
Poetry Reading against the Vetnam War, The	293
Polaroids from the Dead	344
Polly	203
Polyphonic Prose	217
Pomegranate Trees, The	470
Ponder Heart, The	261
Poor and Burning Arab, The	470
Poorhaus Fair, The	163
Poor Richard's Almanack	41
Poor Richard Improved	41
Poor White	89
Porgy and Bess	149
Portable Faulkner, The	246
Porter, The	121
Portnoy's Complaint	165
Portrait of a Lady, The (H. James)	72, 383
Portrait of a Lady (T. S. Eliot)	407
Possessing the Secret of Joy	326
Postman Always Rings Twice, The	330
Postmortem	341
Pot of Earth, The	231
Power of Sympathy	29, 37
Practical Gods	616
Prairie, The (Cooper)	47
Prairies, The (Bryant)	190
Praise	320
Praisesong for the Widow	298
Prayer, The	193
Prayer for Owen Meany, A	171
Precaution : A Novel	46
Predilections	99
Preludes	407
Preparatory Meditations	182
Presbyterian Choir Singers, The	470
Presence, The	193
Present Crisis, The	194
Presidential Papers of Norman Mailer, The	145
Pretty Mouth and Green My Eyes	495
Previous Condition	147
Price, The	137
Prince and the Pauper, The	67
Princess Casamassima, The	72
Prison, The	510
Prisoner of Second Avenue, The	153
Prisoner of Sex, The	145
Prisoner's Dilemma	343
Processional	238
Proem	54
Professor at the Breakfast-Table, The	191
Professor of Desire, The	165
Professor's House, The	81
Projective Verse	263
Prologue to Kora in Hell	92
Promise, The (Steinbeck)	464
Promises (Warren)	255, 614
Promises Promises	152
Proof	622
Proofs and Theories: Essays on Poetry	323
Proposals	152
Provide, Provide	460
Prufrock and Other Observations	101, 407
Psalm of Life, A	53
Public Burning	602
Pullman Car Hiawatha	313
Punin	117
Puttermesser and Xanthippe	298
Pylon	114

Q

Quartet	117
Queen	279
Queen's Husband, The	107
Question of Mercy, A	317
Questions of Travel	262

R

Rabbit Angstrom: A Tetralogy	543
Rabbit at Rest	163, 543, 627
Rabbit Hole	623
Rabbit Is Rich	163, 543, 627
Rabbit, Run	163, 521
Rabbit Redux	163, 543
Race-ing Justice, En-gendering Power	161
Radio Free Albemuth	156
Ragged Dick: or, Street Life in New York with the Boot-Blacks	195
Ragtime	317
Raise High The Roof Beam, Carpenters	141
Raisn	514
Raisin in the Sun, A	514
Range Finding	85
Ransom	339
Rappaccini's Daughter	360
Rapture	341
Rational Meaning: A New Foundation for the	

◇ 索 引 ◇（作 品）

Definition of Words	248
Ratner's Star	167
Ravelstein	135
Raven, The	359
Raven and Other Poems, The	57
Ray	322
Reading Myself and Others	165
Real Life of Sebastian Knight, The	117
Reason in Madness	243
Reasons for Moving	307
Recognitions, The	281
Recovery	270
Re: Creation	323
Red Badge of Courage, The	79, 390
Redburn: His First Voyage	63
Red Leaves	442
Red Pony, The	122, 464
Red Wheelbarrow, The	92, 421
Reef, The	209
Reena and Other Stories	298
Reencounter, The	509
Reflections in a Golden Eye	139
Regulators	174
Reivers, The: A Reminiscence	115, 626
Rembrandt's Hat	133, 510
Renascence	235
Renascence and Other Poems	235
Rent	622
Repair	312, 616
Report on the Barnhouse Effect	142
Representative Men	49, 363
Requiem for a Nun	115
Rescued Year, The	268
Responsibilities of the Novelist, The	75
Retrieval System, The	290
Retrieved Reformation, A	400
Reunion	330
Reunion in Vienna	107
Revolutionary Petunias and Other Poems	326
Revolution in Taste, A	282
Revolutionist, The	120
Rhapsody on a Windy Night	407
Rich Boy, The	109
Rich Man, Poor Man	265
Ride Down Mount Morgan, The	137
Riding the Bullet	174
Rights of Man, The	186
Riprap	301
Rip Van Winkle	45, 352
Rise of Silas Lapham, The	69, 386
R Is for Rocket	278
Rising Glory of America, The	187
Rita Hayworth and Showshank Redemption	556
River-Merchant's Wife: A Letter	97
Rivers to the Sea	221
Road, The	628
Road Not Taken, The	85
Road to Rome, The	107
Robber Bridegroom, The	261
Rocannon's World	300
Rock, The	91
Rock-Drill	426
Rock Garden, The	324
Rock Wagram	260
Roderic Hudson	72
Roger Bloomer	238
Roger Malvin's Burial	360
Roger's Version	163
Romance of a Busy Broker, The	400
Romantic Comedians, The	83
Romantic Egoist, The	109
Roog	156
Roosevelt and Hopkins	106
Roosters	262
Roots	279
Rosa	300
Rose	342
Rose for Emily, A	442
Rose of Dutcher's Coolly	207
Rose's Dilemma	152
Rose Tattoo, The	131
Rosinante to the Road Again	105
Rosy Crucifixion, The	233
Roughing It	67
Roxy	198
r-p-o-p-h-e-s-s-a-g-r	239
Rubicon Beach	334
Rugged Path, The	107
Rumors	152
Running Dog	167
Russian Beauty, A: and Other Stories	117

S

S	163
Sabbath's Theater	165
Sabbatical, A Romance	159
Sabine Woman, The	215
Sacred Wood, The	101
Sacrificial Ground	331
Sadness	303
Sadness and Happiness	319
Saint Maybe	321
Salmagundi	45
Same Door, The	163, 515
Sanctuary	114, 443
Sandbox, The	155
Sara Crewe	202

Sartoris	114
Satan in Goray	253
Satan Says	322
Savage Holiday	127
Scandal Detectives, The	109
Scanner Darkly, The	157
Scarlet Letter, The	51, 364
Scarlet Moving Van, The	264
Scarlet Sister Mary	624
School for Scandal, The	189
Scoundrel Time	125
Scripts for the Pageant	549
Scrolls from the Dead Sea, The	240
Scuba Duba	301
Sea and the Mirror, The	258
Sea Came In at Midnight, The	334
Sea Garden	224
Sea Is My Brother, The	280
Sea of Cortez	123
Séance, The, and Other Stories	253, 509
Searching for Survivors	320
Searching Wind, The	125
Sea Rose	224
Seascape	155, 621
Seaside and the Fireside, The	52
Sea-Wolf, The	87
Second Coming, The	273
Second Skin	286
Second Threshold	241
Secret Garden, The	202
Secret Integration, The	169
Secret Life of Walter Mitty, The	240
Seduction of the Minotaur	249
Seek My Face	163
See No Evil	332
Seize the Day	135, 503
Selected Poems (C. Aiken)	612
Selected Poems 1935-65 (Eberhart)	254, 614
Selected Poems (Fletcher)	613
Selected Poems (Justice)	615
Selected Poems (Kinnell)	295, 615
Selected Poems (Kunitz)	254, 614
Selected Poems (Moore)	99, 454
Selected Poems (J. Tate)	616
Self-Portrait in a Convex Mirror	548, 615
Sequel to Drum-Tape	375
Seraph on the Suwanee	232
Seth's Brother's Wife	206
Set This House on Fire	151
Setting Free the Bears	171
Seven Ages	323
Seven Guitars	327
77 Dream Songs	270, 614
Several Poems Compiled with Great Variety of Wit and Learning By a Gentlewoman in New-England	181
77 Dream Songs	270
Sexual Perversity in Chicago	330
Sexus	233
Seymour: An Introduction	141
Shadow and Act	269
Shadow Box, The	621
Shadows on the Rock	80
Shakespeare	193
Shampoo, The	262
Shampoo Planet	344
Shawl, The	298
Shelter	337
Sheltered Life, The	83
Sheltering Sky, The	129, 487
Shield of Achilles, The	258
Shiksa Goddess	332
Shiloh and Other Stories	318
Shining, The	175
Shipping News, The	628
Shirt of Nessus	158
Ship of Fools	230
Short Friday and Other Stories	253, 509
Short Happy Life of Francis Macomber, The	121
Short Reign of Pippin IV, The	123
Shosha	253
Shoten an Goray	253
Shrike, The	619
Sign in Sidney Brustein's Window, The	302
Silence in the Snowy Fields	293
Silence Opens, The	277
Silent South, The	201
Silent Tongue	324
Silver Cord, The	231
Simpatico	324
Simple Plan, A	345
Simple Truth, The	616
Sin	329
Singing, The	312
Sinners in the Hands of an Angry God	185
Sirens of Titan, The	143
Sister Carrie	77, 394
Sisters Rosensweig, The	332
Situation of Poetry: Contemporary Poetry in Its Traditions	319
Six to One: a Nantucket Idyl	204
Skeleton in Armor, The	53
Sketch Book of Geoffrey Crayon, Gent., The	45
Skinner's Room	177
Skin of Our Teeth, The	111, 474, 619
Skipper Ireson's Ride	55

◇ 索 引 ◇（作 品）

Slapstick	142
Slaughterhouse-Five	143, 540
Slave, The (Baraka)	308
Slave, The (Singer)	253
Slaves of New York	342
Sleeping With One Eye Open	307
Slight Rebellion off Madison	141
Slow Learner	169
Small Craft Warnings	131
Small, Good Thing	559
Small Place, A	333
Small Rain, The	169
Small War on Murray Hill	107
Smoke	172
Smoke and Steel	218
Snake, The	122, 464
Snapshots of a Daughter-in-Law: Poems 1954-1962	299
Snow-Bound: A Winter Idyl	55, 378
Snow-Image: A Childish Miracle	51
Snow-Image and Other Twice-Told Tales, The	51
Snows of Kilimanjaro, The	120
Snow White	303
So Big	624
Society and Solitude	49
Solar Lottery	157
Soldiers' Pay	114
Soldier's Play, A	621
Solid Gold Cadillac, The	229
Sombrero Fallout: A Japanese Novel	310
Some Imagist Poets	217
Something Unspoken	131
Something Wicked This Way Comes	278
Some Trees	294
Song of Hiawatha, The	53, 373
Song of Myself	374
Song of Solomon	161, 550
Song of the Broad-Axe	60, 374
Song of the Open Road	374
Songs of Jamaica	229
Songs of Labor and Other Poems	54
Sonnets to Duse and Other Poems	221
Sonny's Blues	147
Son of the Circus, A	171
Son of the Middle Border, A	207
Son of the Wolf, The: Tales of the Far North	87
Sons	236
Sorrow Dance, The	283
Sophie's Choice	151, 553
So the Wind Won't Blow it Away	310
Sot-Weed Factor, The	159, 517
Soul Clap Hands and Sing	298
Souls of Black Folk, The	430
Sound and the Fury, The	114, 434
Sour Grapes	93
Southern Road	246
South Moon Under	241
South Pacific	619
Spanish Earth, The	120
Spartacus	271
Speak, Memory	117
Speaks the Nightbird	337
Specimen Days and Collect	61
Speed-the-Plow	330
Spence+ Lila	318
Sphere: The Form of a Motion	288
Spider's House, The	129
Spinoza of Market Street, The	253, 509
Spire Song	128
Splendor in the Grass	267
Spoil of Office, A	207
Spoils of Poynton, The	73
Spoon River Anthology	213, 405
Spring and All	93, 421
Spring Pools	85
Spy, The: A Tale of the Neutral Ground	46
Spy in the House of Love, A	249
Square Root of Wonderful, The	138
Stand, The	175
Star Food	343
Star Invader, The	174
Star-Spangled Girl, The	153
Starting from Paumanok	375
State of the Union	619
Stealing Beauty	341
Steam Bath	301
Steel Magnolias	324
Steeple Bush	84
Stephen Foster Story, The	237
Steps	306
Stern	301
Sticks and Bones	317
Stoic, The	77
Stone Diaries, The	628
Stonewall Jackson	243
Store, The	624
Stories of John Cheever, The	264, 627
Stories of Bernard Malamud, The	132
Stories That Could Be True: New and Collected Poems	268
Story of an Hour, The	203
Story of a Year, The	70
Story of My Life	339
Story of Our Lives, The	307
Story on Page One, The	257
Strange Country, The	121

◇索　引◇（作　品）

Strange Holiness	613
Strange Interlude	103, 433, 618
Stranger in a Strtange Land	256
Strawberry Season, The	251
Streamers	317
Streetcar Named Desire, A	131, 484, 619
Street in Bronzeville, A	275
Street Scene	435, 618
Streets of Night	105
Streets of Fire	331
Studies in Classic American Literature	29
Styles of Radical Will	306
Subject was Roses, The	620
Success is counted sweetest	65
Sucker	139
Suddenly Last Summer	131
Suitable Sorroundings, The	389
Sula	161, 546
Summer	209, 402
Summer and Smoke	131
Summons to Memphis, A	627
Sun Also Rises, The	120, 431
Sunday in the Park with George	621
Sunderland Capture	613
Sunshine Boys, The	153
Superman Comes to a Supermarket	144
Supermarket in California, A	504
Suppressed Desires	220
Survey of Modernist Poetry, A	248
Swan Song	337
Sweet Bird of Youth	131
Sweet Charity	152
Sweethearts	337
Sweet Hereafter, The	320
Sweet Smell of Success	257
Sweet Thursday	123
Swimmer, The	264
Sword Blades and Poppy Seed	217
Swords	231

T

Tabacco Road	251
Taking of Miss Janie, The	309
Tale of Sunlight, The	335
Tales (Poe)	57
Tales of a Traveller	45
Tales of a Wayside Inn	53
Tales of Soldiers and Civillians	200
Tales of the Grotesque and Arabesque	57
Tales of the Jazz Age	109
Tales of the South Pacific	625
Talisman, The	174
Talking Horse	510
Talk Stories	333
Talley & Son	313
Talley's Folly	554, 621
Tamar and Other Poems	226
Tamarlane and Other Poems	57
Tamburlaine	223
Tanglewood Tales for Girls and Boys	51
Tape for the Turn of the Year	535
Taps at Reveille	109
Tar Baby	161
Tarquin of Cheapside	109
Tawn, The	625
Tea and Sympathy	498
Teahouse of the August Moon, The	620
Teddy	495
Tehanu	300
Telling	248
Telling and Showing Her: The Earth, The Land	321
Telling the Bees	55
Tell Me How Long the Train's Been Gone	147
Tell Me, Tell Me	99
Tell My Horse	232
Temple of My Familiar, The	326
Tenants, The	133
Ten Days That Schook the World	223
Tender Buttons	216
Tender Is the Night	109, 448
Tennessee's Partner	197, 380
Tennis Court Oath, The	294
Tenth Muse, The: Lately Sprung Up in America	181
Terror and Decorum	613
Thanatopsis	190, 350
Thanatos Syndrome, The	273
Thanksgiving Visitor, The	149
That Championship Season	621
That Evening Sun	442
That Lass o'Lowrie's	202
Theft, A	135
Tenth Muse, Lately Sprung Up in America	181
Their Eyes Were Watching God	232
Their Heads Are Green and Their Hands Are Blue	129
Their Wedding Journey	68
Theophilus North	110
Theory of Flight	266
There Shall Be No Light	107, 619
These 13	114, 442
These Happy Golden Years	212
They Knew What They Wanted	424, 618
They're Playing Our Song	152
They Stooped to Folly	83
They Thirst	337
Things of This World	278, 614

773

◇ 索　引 ◇（作品）

Thin Red Line, The ……………………279
Third and Oak ………………………329
Third Life of Grange Copeland, The ……326
Thirty-Six Poems (Warren) ……………255
This is just to say ……………………92
This is New York ……………………107
This Is the Rill Speaking ………………313
This Quiet Dust, and Other Writings ……151
This Side of Paradise …………………109
Thomas and Beulah ………………336, 615
Thought on Shakespeare, A ……………61
Thousand Acres, A ……………………628
Three Bride, The ………………………318
Three-Day Blow, The …………………425
Three Farmers on the Way to a Dance ……343
Three Lives ……………………………216
Three on the Tower …………………282
Three Poems (Ashbery) ………………294
Three Shots ……………………………121
Three Soldiers …………………………105
Three Stigmata of Palmer Eldritch, The ……157
Three Stories and Ten Poems …………120
Three Tall Women ………………155, 579, 622
Thrones …………………………………426
Through One Administration …………202
Through the Eye of the Needle ………69
Through the Ivory Gate ………………336
Thy Neighbor's Wife …………………305
Tidewater Morning, A: Three Tales From Youth …………………………………151
Tidewater Tales ………………………159
Tiger's Daughter, The …………………318
Till the Day I Die ……………………257
Timbuktu ………………………………173
Time and Materials ……………………617
Time of Her Time, The ………………145
Time of Your Life, The ………………466, 619
Time Out of Joint ……………………156
Timequake ……………………………143
Times of Melville and Whitman, The ……225
Times Three ……………………………614
Tiny Alice ………………………………155
Titan, The ………………………………77
To a Contemporary Bunkshooter ………406
To a God Unknown ……………………123
To a Waterfowl ………………………190, 460
To Bedlam and Part Way Back ………297
To Elinor Wylie ………………………222
To Elsie …………………………………421
To Have and Have Not ………………120, 472
Toilet, The ……………………………308
To Kill a Mockinbird …………………626
Tokyo-Montana Express, The …………310
Tombs of Atuan, The …………………300
To My Dear and Loving Husband ……181
To My Dear Children …………………181
Topdog / Underdog ……………………622
Torrents of Spring, The ………………120
Tortilla Flat ……………………………123
To the Finland Station ………………240
Tours of the Black Clock ……………334, 572
Toward the End of the World …………163
Tower Beyond Tragedy, The …………226
Town, The (Faulkner) …………………115
Town , The (Richter) …………………625
Town and the City, The ………………280
Toys in the Attic ………………………125
Tract ……………………………………93
Tradition and the Individual Talent ……101
Tragedy of Error, A ……………………70
Tragic Ground …………………………251
Tragic Muse, The ………………………70
Trail of the Gold Seekers, The …………207
Train Trip, A …………………………121
Transformation (Hawthorne) …………376
Transformations (Sexton) ………………297
Transit of Civilization, The ……………198
Transmigration of Timothy Archer, The ……157
Transparent Things ……………………117
Transport to Summer …………………91
Traveller from Altruria, A ……………69
Travelling Through the Dark …………268
Travels of Jaimie McPheeters, The ……626
Travels with Charley …………………123
Travesty …………………………………286
Tree, a Rock, a Cloud, A ……………138
Tree Bride, The ………………………318
Tree of Night and Other Stories, A ……149, 489
Tribute to Freud ………………………224
Tribute to the Angels …………………224
Trifles ……………………………………220
Trilogy …………………………………224
Trip to Hanoi …………………………306
Tristram ………………………………214, 612
Triumph of Achilles, The ……………323
Triumph of the Egg, The ……………89
Troll Garden, The ……………………80
Tropic of Cancer ………………………249, 447
Tropic of Capricorn …………………447
Trout Fishing in America ……………310
Trudy Blue ……………………………329
True at First Light, A Fictional Memoir ……121
True West ……………………………324
Trying Conclusions: New and Selected Poems 1961-1991 …………………………276
Tulips …………………………………304
Tulips and Chimneys …………………419
Tunnel, The ……………………………284

Turandot and Other Poems ·····················294
Turn of the Screw, The ·····················73, 391
Turtle Island ·····························301, 615
Twentieth Century ··························237
Twentieth Century Pleasures, The: Prose on
  Poetry ·································320
Twice-Told Tales ························51, 355
Twice-Told Tales by Nathaniel Hawthrone
  (Poe) ···································57
Twelve Million Black Voices ················127
Two Morning Monologues ···················134
Two Men of Sandy Bar ·····················197
Two Rivulets ·······························61
Two Trains Running ························327
Two Tramps in Mud Time ····················460
Typee, A Peep at Polynesian Life ··············63

U

Ubik ····································157
Uncle Tom's Cabin ·························368
Uncle Tom's Cabin (drama) ···················371
Uncle Tom's Children ······················127
Uncle Wiggily in Conneticut ·················495
Uncommon Women and Others ·················332
Understanding Fiction ······················255
Understanding Poetry ······················255
Under the Rose ···························169
Under the Sign of Saturn ····················306
Underworld ···························167, 581
Unfinished Woman, An: a Memoir ······125, 473
Unfortunate Woman, An ····················310
Untitled Subjects ··························615
Unto the Sons ····························305
Unvanquished, The (Fast) ····················271
Unvanquished, The (Faulkner) ················114
Up Above the World ·······················129
Up Country: Poems of New England ····290, 615
Up in Michigan ···························120
Urban Convalescence, An ···················289
U.S.A. ································105, 465
Usable Past, The: The Imagination of History
  in Recent Fiction of Americas ··············38

V

V. ···································169, 528
VALIS ··································157
Vandover and the Brute ·····················75
Vein of Iron ······························83
Venetian Glass Nephew, The ·················222
Venetian Life ·····························69
Verdict, The ·····························330
Vernal Ague, The ·························187
Verses Upon the Burning of Our House ······181
Very Long Way from Anywhere Else, A ······300

Very Short Story, A ·······················120
Vicarious Years, The ······················248
Vice ···································329
Victim, The ···························135, 482
View from Eighty, The ····················246
View from the Bridge, A ····················137
Views and Reviews ························189
Village Blacksmith, The ·····················53
Vineland ······························169, 573
Violent Bear It Away, The ···················285
Virginia ·································83
Virginian ·································210
Virginie: Her Two Lives ·····················286
Virtual Light ······························177
Vision of Sir Launfal, The ···················194
Vita Nova ······························323
Viva ···································239
V-Letter and Other Poems ·············266, 613
Voice of the People, The ·····················83
Voice of the Turtle, The ····················248
Voices of Freedom ·························54
Voices of the Night ·························53
Volcano Lover, The: A Romance ··············306
Voyages ································242

W

Wahlverwandtschaften, Die ···················29
Waiting for Godot ····················154, 552
Waiting for Lefty ·····················257, 452
Wating for the End ·························35
Wakefield ·······························355
Waking, The: Poems 1933-1953 ·········259, 614
Walden; or Life in the Woods ·········59, 372
Walking ·································59
Walking to Martha's Vineyard ················616
Walls Do Not Fall, The ·····················224
Walter Briggs ·····························515
Wapshot Chronicle ······················264, 508
Wapshot Scandal ·······················264, 508
War in Eastern Europe, The ················223
War Is Kind ······························78
Washington D.C. ··························287
Waste Land, The ·······················101, 415
Watch on the Rhine ····················125, 473
Waterloo Bridge ···························107
Water-Method Man, The ···················171
Water Street ·····························289
Wating for Godot ·························552
Way Forward is with a Broken Heard, The ···326
Way to Wealth, The ························41
Wayward Bus, The ························123
Way West, The ···························625
We a BaddDDD People ····················309
Weary Blues, The ······················247, 430

◇ 索　引 ◇（作　品）

Web and the Rock, The ……………244
Week on the Concord and Merrimack Rivers, A ……………………………………59
We Have Always Lived in the Castle …………275
Western Star ……………………613
West-Running Brook ……………85
We, the People …………………234
What Are Years? ………………99
What Is Man? …………………67
What Maisie Knew ………………71
What Moon Drove Me to This? …………335
What Price Glory? ……………228
What's O'Clock? ……………217, 612
What the Grass Says ……………315
What the Light Was Like ……………277
What We Talk about When We Talk about Love ……………………………………316
When Lilacs Last in the Dooryard Bloom'd　375
When Patty Went to College ……………217
When She Was Good ……………165
Where I'm Calling From ……………559
While the Auto Waits ……………400
Whispering to Fool the Wind: Poems ………336
Whistle ……………………………279
Whistlejacket ……………………287
White Buildings …………………242
White Desert, The ………………228
White Fang ………………………87
White Heron, A: and Other Stories …………202
White-Jacket; or, the World in a Man-of-War ……………………………………63
White Man, Listen! ……………127
White Negro ……………………145
White Noise …………………167, 562
White Rose of Memphis, The ……………112
White Shroud ……………………291
White-Tailed Hornet, The ……………460
Who's Afraid of Virginia Woolf? …………155, 525
Why Are We in Vietnam ……………145
Why Marry? ……………………618
Wide Net, The …………………261
Widow for One Year, A ……………171
Wieland; or, The Transformation …………43, 349
Wife ………………………………318
Wife-wooing ……………………515
Wild Honeysuckle, The ……………187
Wild Iris, The ……………………323, 616
Wild Nights ― Wild Nights! …………65, 377
Wild Palms, The ………………114
Willa Cather in Europe ……………80
Willard and His Bowling Trophies: A Perverse Mystery ……………310
Willie Master's Lonesome Wife …………284
Williwaw …………………………287

Will to Change, The ……………299
Will You Please Be Quiet, Please? …………316
Windy McPherson's Son ……………89
Winesburg, Ohio ………………89, 409
Wine of the Puritans, The ……………225
Wings of the Dove, The ……………73
Winner Take Nothing ……………120
Winter Dreams …………………109
Winter of Our Discontent, The ……………123
Winter Scene ……………………535
Winterset …………………………453
Winter Trees ……………………304
Wise Blood ……………………285, 494
Wit ………………………………622
Witches' Loaves …………………400
Witches of Eastwick, The ……………163
With Her in Ourland ……………208
Without Stopping ………………129
Witness Tree, A ………………85, 613
Wizard of Earthsea, A ……………300
Wolf, The: A Story of Europe ……………74
Woman in White, The ……………195
Woman of Andros, The ……………111
Woman Waits for Me, A ……………375
Woman Within, The ……………83
Women and Economics ……………208
Wonder-Book for Boys and Girls, A ………51
Wonderful Wizard of Oz, The ……………206
Wonders of the Invisible World, The …………184
Woods, The ……………………330
Words ……………………………293
Words for the Wind ……………259
World According to Garp, The …………171, 551
World Doesn't End, The ……………315, 616
World Enough and Time ……………255
World of Washington Irving, The …………225
World's Body, The ………………227
World So Wide …………………95
World within the Word, The ……………284
Wreck of the Hesperus, The ……………53
Wunderkind ……………………138

Y

Yearling, The ……………………241, 625
Years of Grace …………………624
Yellow Back Radio Broke-Down …………314
Yellow Wallpaper, The ……………208
Yemassee, The …………………189
Yentl the Yeshiva Boy ……………509
Yin ………………………………615
You and I …………………………241
You Can't Go Home Again ……………244
You Can't Catch Death ……………310
You Can't Keep a Good Woman Down :

776

Stories	326
You Can't Take It with You	457, 619
You Can't Tell a Man by the Song He Sings	516
You Know Me Al	223
You'll Never Know, My Dear, How Much I Love You	515
Young Folks, The	141
Young Goodman Brown	360
Young Lions, The	265
Young Man from Atlanta, The	622
Young Woodley	248
Your Birthday in Wisconsin You Are 140	270
Yvernelle: A Legend of Feudal France	75

Z

Zamora, Lois Parkinson	38
Zigzagging Down a Wild Trail	318
Zeidlus the Pope	509
Zooey	523
Zoo Story, The	155, 519
Zuckerman Bound	165, 565
Zuckerman Unbound	165

◇ 索　引 ◇ （人　名）

PERSONS

A

Abbott, George ·················238, 620
Adams, Henry ···························199
Adams, Joan Vollmer ················268
Adler, Renata ····························602
Agee, James ·····························626
Ai (Florence Ogawa) ·················329
Aiken, Conrad ···························612
Aiken, George L. ················195, 371
Aikins, Zoë ·······························619
Albee, Edward ··········154, 620, 621, 622
Albee, Frances ··························154
Alcott, Louisa May ····················196
Alexander the Great ·················531
Alger, Horatio, Jr. ······················195
Allen, Donald ···························292
Altman, Robert ························324
Ammons, A. R. ·························288
Anderson, Maxwell ············228, 618
Anderson, Robert ····················272
Anderson, Sherwood ··················88
Angelou, Maya ·························296
Anouilh, Jean ···························125
Appel, Alfred Jr. ·························36
Appleton, Frances ······················52
Ashbery, John ··················294, 615
Asimov, Isaac ···························256
Aswell, Edward ························244
Allas, James ····························134
Auburn, David ·························622
Auden, W. H. ····················258, 613
Auer, Jane ·······························128
Auster, Paul ·····························172

B

Bacon, Francis ·························128
Bacon, Leonard ·······················613
Baker, George Pierce ·······231, 241, 244
Baldwin, James ························148
Banks, Russell ·························320
Baraka, Amiri ···························308
Barnes, Djuna ··························128
Barnes, Margaret Ayer ··············624
Barry, Philip ····························241
Barrymore, Ethel ·····················257
Barth, John ·····························158
Barthelme, Donald ····················303

Barthelme, Fredrick ··················303
Basinger, Kim ··························324
Bates, Sylvia Chatfield ···············138
Baut, Lyman Frank ···················206
Beattie, Ann ····················328, 337
Beck, Jullian ····························305
Beckett, Samuel ······················519
Belasco, David ·························204
Bellamy, Edward ·····················204
Bellow, Saul ·····················134, 627
Benét, Stephen Vincent ·······612, 613
Benét, William Rose ·················613
Bennett, Michael ·····················621
Bernstein, Aline ·······················244
Berryman, John ···········270, 297, 614
Bertolucci, Bernardo ·················128
Besant, Sir Walter ······················72
Bierce, Ambrose ······················200
bin Laden ·······························340
Bishop, Elizabeth ···············262, 614
Black Elk ·································211
Black, Jeannette ························74
Blackmur, Richard P. ···················73
Blaise, Clark ····························318
Blechman, Burt ························125
Bloom, Allan ····························135
Bly, Robert ······························293
Boas, Franz ·····························232
Bock, Jerry ·····························620
Bowles, Paul ····························128
Brackenridge, Hugh Henry ········187
Bradbury, Malcolm ·····················36
Bradbury, Ray ·························278
Bradford, William ·····················180
Bradstreet, Anne ·····················181
Brautigan, Ianthe ····················310
Brautigan, Richard ···················310
Brodsky, Joseph ······················604
Bromfield, Louis ······················624
Brooks, Cleanth ·················37, 255
Brooks, Geraldine ····················628
Brooks, Gwendolyn ············275, 613
Brooks, Van Wyck ····················225
Brown, Charles Brockden ············42
Brown, Sterling A. ····················246
Brown, William Hill ····················29
Bryant, William Cullen ···············190
Buck, John Lossing ···················236

778

◇索　引◇（人　名）

Buck, Pearl Sydenstricker　236, 624
Buffalo, Bill　211
Bukowski, Charles　277
Bullins, Ed　309
Bunyan, John　379
Burke, Valenza Pauline　300
Burnett, Frances Hodgson　202
Burnett, Whit　138, 140
Burns, Robert　461
Burroughs, William　128, 268
Burrows, Abe,　620
Burton, Brenda　327
Butler, Robert Olen　628
Byrd, William　584

C

Cable, George Washington　201
Cage, John　128
Caldwell, Erskine　251
Canin, Ethan　343
Capote, Truman　128, 148
Capra, Frank　457
Carver, Raymond　316, 337
Cassady, Neal　303
Cather, Willa　80, 624
Cervantes, Lorna Dee　339
Chabon, Michael　628
Chandler, Raymond　227
Chase, Mary　619
Cheever, John　264, 627
Chopin, Kate　203
Christofer, Michael　621
Clampitt, Amy　277
Clark, Arthur C.　256
Clemens, Samuel L.　66
Clemm, Virginia　56
Coburn, Donald L.　621
Codman, Ogden, Jr,　209
Coffin, Robert P. Tristram　613
Coll, Steve　617
Connelly, Marc　229, 618
Constantius　521
Cook, Ebeneger　517
Cook, George Cram　220
Cook, Thomas H.　331
Cooper, James Fenimore　46
Coover, Robert　602
Copland, Aaron　128
Cornwell, Patricia Daniels　341
Coupland, Douglas　344
Cowley, Malcolm　246
Cozzens, James Gould　625
Crane, Hart　242
Crane, Stephen　78, 390

Creeley, Robert　293
Cristofer, Michael　621
Crosby, Bing　257
Crouse, Russel　619
Cruz, Nilo　622
Cullen, Countee　251
Cummings, Edward Estlin　239
Cunningham, E. V.　271
Cunningham, Michael　628

D

Danielewski, Mark　346
Dante, Nicholas　621
Davis, Harold L.　625
Davis, Owen　618
de Chiara, Ann　132
De Forest, John William　193
DeLillo, Don　166
Dell, Floyd　32
Dennis, Carl　616
Denslow, William Wallace　206
Dick, Philip K.　156
Diaz, Junot　629
Dickey, James　281
Dickinson, Emily　64
Dillon, George　612
Dixon, Jeremiah　169
Doctorow, E. L.　317
Donleavy, J. P.　301
Donne, John　472
Doolittle, Hilda (H.D.)　224
Dos Passos, John (Roderigo)　104
Douglas, Claire　140
Dove, Rita　336, 615
Dreiser, Theodore Herman　76
Drury, Allen　626
Dugan Alan　614
Durrell, Laurence　233
Dunbar, Paul Laurence　215
Duncan, Robert　276
Dunn, Stephen　616

E

Eberhart, Richard　254, 614
Edson, Margaret　622
Edwards, Jonathan　185
Eggleston, Edward　198
Eggleston, George Cary　198
Eliot, T. S.　100
Elkin, Stanley　302
Ellison, Ralph　269
Emerson, Claudia　617
Emerson, Mary Moody　48
Emerson, Ralph Waldo　48

779

◇ 索　引 ◇ （人　名）

Engle, Paul ··285
Erdrich, Louise ···338
Erickson, Steve ···334
Erickson, Walter ·······································271
Eugenides, Jeffrey ····································628
Evers, Medger ··308

F

Fast, Howard ··271
Falkner, William Clark ······························112
Faulkner, William ·······························112, 626
Fellini, Federico ······································314
Ferber, Edna ···624
Fiedler, Leslie ···29
Fields, Annie ··81
Fitzgerald, Francis Scott ··························108
Flanagan, William ···································154
Flavin, Martin ···625
Fletcher, John Gould ·······························613
Flower, Benjamin O. ································207
Foote, Horton ···622
Forbes, Kathryn ·······························248, 477
Ford, Richard ···628
Fox, George ··61
Franklin, Benjamin ····································40
Frederic, Harold ·····································206
Freneau, Philip ·······································187
Friedan, Betty ··602
Friedman, Bruce Jay ·································301
Frings, Ketti ··620
Frost, Robert ································84, 612, 613
Fuller, Charles ··621
Fuller, Margaret ······································369

G

Gaddis, William Thomas ···························281
Gage, Maud ··206
Gale, Zona ···618
Gallagher, Tess ······································316
Gardner, John ··316
Garland, Hamlin ·····································207
Garner, Margaret ····································569
Garrison, William Lloyd ······························54
Gass, William Howard ······························284
Gates, Lewis ··74
Gelber, Jack ··305
Gellhorn, Martha ···································119
Genet, Jean ··308
Gershwin, Ira ···618
George, Henry ··207
Gibson, William ······································176
Gillette, William ·····································202
Gilman, Charlotte Perkins ························208
Gilman, George H. ··································208

Gilroy, Frank D. ······································620
Gingrich, Arnold ······························119, 322
Ginsberg, Allen ·································128, 291
Giotto, di Bondonne ·································133
Giovanni, Nikki ······································323
Glasgow, Ellen ·······························82, 203, 625
Glaspell, Susan ·································220, 618
Glück, Louise ···································323, 616
Godwin, William ·······································42
Goethe, Johann Wolfgang von ····················228
Gold, Michael ···································35, 110
Goodrich, Frances ···································620
Gordimer, Nadine ···································337
Gordone, Charles ····································620
Graham, Jorie ··616
Graham, Sheilah ·····································108
Grau, Shirley Anne ··································626
Green, Paul Eliot ·························237, 471, 618
Guthrie Jr., A. B. ····································625

H

Hackett, Albert ·······································620
Haley, Alex ··279
Hamilton, Alexander ·································256
Hamilton, Ian ···140
Hamlisch, Marvin ····································621
Hammersteln, Oscar ·································619
Hammett, Dashiell ························124, 227, 449
Hannah, Barry ·······································322
Hansberry, Lorraine ································302
Harjo, Joy ··335
Harnick, Sheldon ····································620
Harper, Michael S. ··································315
Hart, Moss ·································229, 252, 619
Harvey, Anne Gray ···································297
Hass, Robert ···································320, 617
Harte, Bret ··197
Hayden, Robert ······································265
Hawkes, John ··286
Hawthorne, Nathaniel ·························42, 50
H. D. (Hilda Doolittle) ·················96, 224, 283
Hecht, Anthony ·······································614
Hecht, Ben ··237
Heinlein, Robert A. ··································256
Helena ··531
Heller, Joseph ··283
Hellman, Lillian ······································124
Hemings, Sally ··334
Hemingway, Clarence ·······························118
Hemingway, Ernest ····························118, 625
Hemingway, Grace ··································118
Hemingway, Gregory ·······························119
Hemingway, Leicester ······························119
Hemingway, Madelaine ·····························119

780

◇ 索 引 ◇（人 名）

Hemingway, Marceline 119
Hemmingway, Patrick 121
Hemingway, Ursula 119
Henley, Beth 621
Henry, O. 210
Hersey, John 625
Hess, Rudolph 553
Hicks, Elias 60
Higginson, Thomas Wentworth 64
Hijuelos, Oscar 627
Hillyer, Robert 612
Hoffman, Matilda 44
Holden, William 257
Holmes, Oliver Wendell 191
Hooper, Marian 199
Hoover, J. Edgar 581
Howard, Richard 614
Howard, Sidney Coe 231, 618
Howells, William Dean 68, 396
Hughes, Hatcher 618
Hughes, Langston 247, 302
Hughes, Ted 304
Huncke, Herbert 268
Hurst, Fanny 232
Hurston, Zola Neale 232, 326

I

Ibsen, Henrik 237
Inge, William 267, 619
Irving, John 170
Irving, Washington 44
Isherwood, Christopher 248

J

Jackson, Andrew 588
Jackson, Laura (Riding) 248
Jackson, Shirley 275
Jackson, Stonewall 55
James, Henry 70
Janowitz, Tama 342
Jarrell, Randall 272
Jeffers, Robinson 226
Jefferson, Thomas 186, 256
Jenks, Tom 121
Jewewtt, Sarah Orne 202
Johnson, Bailey 296
Johnson, Josephine Winslow 624
Johnson, Marguerite 296
Johnson, Thomas H. 64
Jones, Edward P. 628
Jones, James 279
Jones, LeRoi 308
Jong, Erica 602
Joubert, Jean 283

Joyce, James 474
Julian 531
Justice, Donald 615

K

Kantor, MacKinlay 626
Kaufmann, George Simon 229, 252, 618, 619
Kazan, Elia 501
Keats, John 428
Kelly, George 618
Kelly, Grace 257
Kemble, Fanny 210
Kennedy, John F. 166, 308
Kennedy, William 627
Kerouac, Jack 280
Kesey, Ken 311
Kincaid, Jamaica 333
King, Ginevra 108
King, Stephen 174
Kingsley, Sidney 256, 618
Kingston, Maxine Hong 338
Kinnell, Galway 295, 615
Kirkwood, James 621
Kittel, Frederick August 327
Kizer, Carolyn 615
Kleban, Edward 621
Knickerbocker, Diedrich 45
Kober, Arthur 124
Koch, Kenneth 284
Koestler, Arthur 256
Komunyakaa, Yusef 328, 616
Kooser, Ted 617
Kopit, Arthur 314
Kosinski, Jertzy 306
Kramm, Joseph 619
Kumin, Maxine 290, 297, 615
Kunitz, Stanley 254, 614
Kurowsky, Agnes von 118
Kushner, Tony 340, 622

L

La Farge, John 199
La Farge, Oliver 624
Lahiri, Jhumpa 346, 628
Lapine, James 621
Lardner, Ring 223
Larson, Jonathan 622
Lawson, John Howard 238
Leary, Timothy 303
Leavitt, David 345
Le Conte, Joseph 74
Lee, Chang-Rae 35
Lee, Harper 148, 626
Lee, William 268

◇ 索　引 ◇（人 名）

Lee, Li-Young ······342
Le Guin, Ursula Kroeber ······300
Lepska, Janina ······233
Letts, Tracy ······623
Levertov, Denise ······283
Levin, Harry ······30
Levine, Philip ······616
Lewinkopf, Josek ······306
Lewis, Sinclair ······94, 524
李白 ······97
Libanius ······531
Lindsay-Abaire, David ······622
Lindsay, Howard ······619
Lindsay, Nicholas Vachel ······219
Lish, Gordon ······316
Loesser, Frank ······620
Logan, Joshua ······497, 619
London, Jack ······86
Long, Huey ······480
Long, John Luther ······204
Longfellow, Henry Wadsworth ······52
Lorde, Audre ······307
Lowell, Amy ······217, 612
Lowell, James Russell ······194
Lowell, Robert ······274, 297, 304, 613, 615
Loy, Mina (Lowy, Mina Gertrude) ······220
Lurie, Alison ······627

M

MacArthur, Charles ······237
MacLeish, Archibald ······231, 612, 614, 620
Maddern, Bess ······86
Magny, Claude Edmonde ······598
Mailer, Norman ······144, 627
Malamud, Bernard ······132, 626
Malina, Judith ······305
Mamet, David ······330, 621
Margulies, Donald ······622
Mark Twain ······66
Marquand, John Phillips ······625
Marshall, Paule ······298
Mason, Bobbie Ann ······318
Mason, Charles ······169
Mason, Marshall W. ······313, 554
Masters, Edgar Lee ······213
Mather, Cotton ······184
Matthiessen, Francis Otto ······30
Maynard, Joyce ······140
McCammon, Robert Rick ······337
McCarthy, Cormac ······628
McCarthy, Mary ······240, 516
McClung, Isabelle ······80
McClure, Eve ······233
McCullers, Carson ······138

McCullers, Reeves ······138
McGinley, Phyllis ······614
McInerney, Jay ······339
McKay, Claude ······229
McMurtry, Larry ······627
McNally, Terrence ······317
McPherson, James Alan ······627
Melville, Herman ······62
Mencken, Henry Louis ······76, 94, 126
Meredith, William ······615
Merlo, Frank ······130
Merrill, James ······289, 615
Merwin, W. S. ······295, 615
Michener, James A. ······625
Millay, Edna St. Vincent ······235, 612
Miller, Arthur ······136, 619
Miller, Caroline ······624
Miller, Jason ······621
Miller, Henry ······233
Millett, Kate ······602
Millhauser, Steven ······325, 628
Minot, Susan ······341
Mitchell, Margaret ······245, 625
Mitchell, S. Weir ······208
Mitchell, Tennessee ······88
Miłosz, Czesław ······604
Momaday, N. Scott ······626
More, Dr. Thomas ······273
Moody, William Vaughn ······215
Moore, Marianne ······98, 613
Morrison, Toni ······160, 627
Mosel Tad ······620
Moses ······474
Mrabet, Mohammed ······128
Mueller, Lisel ······616
Mukherjee, Bharati ······318
Muldoon, Paul ······616
Munch, Edward ······539

N

Nabokov, Dmitri ······116
Nabokov, Vladimir ······116
Nash, Ogden ······249
Nemerov, Howard ······276, 615
Nemiroff, Robert ······302
Nestroy, Johann: Nepomuk ······111
Newton, Benjamin ······64
Ninn, Anaïs ······249
Norman, Marsha ······329, 621
Norris, Frank ······74

O

O'Connor, Edwin ······626
O'Connor, Flannery ······285

◇ 索 引 ◇（人 名）

Odets, Clifford ·················257
O'Hara, Frank ·················292
O. Henry ·····················210
Oldham, Estelle ················112
Olds, Sharon ··················322
Oliver, Judy ··················327
Oliver, Mary ··················615
Olson, Charles ············263, 283
O'Neill, Eugene ·······102, 618, 620
Oppen, George ················614
Ortiz, Simon J. ················321
Ozick, Cynthia ················298

P

Paine, Thomas ·················186
Parker, Charlie ················530
Parks, Suzan-Lori ··············622
Patchen, Kenneth ··············263
Patrick, John ··················619
Percy, Walker ·················273
Percy, William Alexander ········273
Perkins, Maxwell ··········119, 244
Peterkin, Julia ·················624
Pfeiffer, Pauline ················119
Phillips, Jayne Anne ············377
Pierce, Franklin ················· 52
Piercy, Marge ··················311
Pinsky, Robert ·················319
Pirandello, Luigi ············110, 305
Plath, Frieda ···················304
Plath, Nicholas ·················304
Plath, Sylvia ············297, 304, 615
Poe, Edgar Allan ··············42, 56
Poitier, Sidney ·················514
Poole, Ernest ··················624
Pope, Alexander ···············527
Porter, Katherine Anne ······230, 626
Porter, William Sydney ··········210
Potter, Mary ··················· 52
Pound, Ezra ···················· 96
Powers, Richard ················343
Proulx, E. Annie ················628
Puccini, Giacomo ···············204
Purdy, James ·············155, 282
Pynchon, Thomas ···············168

R

Rabe, David ···················317
Ransom, John Crowe ·····37, 227, 255
Rawlings, Majorie Kinnan ····241, 625
Reed, Ishmael ··················314
Reed, Jimmy ··················339
Reed, John ····················223
Rice, Elmer L. ·············234, 618

Rich, Adrienne ·················299
Richards, Lloyd ················327
Richardson, Elaine Potter ········333
Richadson, Hardley ·············118
Richter, Conrad ················625
Ricketts, Edward ···············122
Rios, Alberto ··················336
Ripley, George ·················369
Robeson, Paul ·················302
Robinson, Edwin Arlington ···214, 617
Robinson, Marilynne ············628
Rodgers, Richard ···············619
Roethke, Theodore ·········259, 614
Rogers Will ···················237
Rosenberg, Harold ··············303
Ross, Harold ··················240
Roth, Henry ···················· 35
Roth, Philip ··············164, 628
Rukeyser, Muriel ···············266
Ruland, Richard ················· 36
Rusk, Ralph L. ·················354
Russo, Richard ·················628
Ryskind, Morrie ············229, 618

S

Sackler, Howard ················620
Salinger, Jerome David ··········140
Sanchez, Sonia ·················309
Sandburg, Carl ········218, 462, 612, 613
Sander, August ·················343
Saroyan, William ·········260, 619
Sayer, Zelda ···················108
Schenkkan, Robert ··············622
Schuyler, James ················615
Schultz, Philip ·················617
Schwartz, Delmore ··············547
Sewall, Samuel ·················183
Sexton, Anne ············297, 304, 614
Shaara, Michael ················627
Shange, Ntozake ················332
Shanley, John Patrick ············622
Shapiro, Karl ·············266, 613
Shaw, Elizabeth ················· 62
Shaw, George Bernard ···········228
Shaw, Irwin ···················265
Shawn, William ·················333
Shepard, Sam ············324, 621
Sheridan, Richard Brinsley ········189
Sherwood, Robert Emmet ····106, 619
Shields, Carol ··················628
Silko, Leslie Marmon ············· 35
Simic, Charles ············315, 616
Simms, William Gilmore ·········189
Simon, Neil ··············152, 622

783

◇ 索　引 ◇（人　名）

Simpson, Louis ……………………282, 614
Sinclair, Upton ………………94, 219, 625
Singer, Israel Joshua …………………253
Singer, Issac Bashevis …………………253
Sirin ………………………………………116
Silonim, Vera ……………………………116
Smiley, Jane ……………………………627
Smith, John (Captain) …………………584
Smith, June ……………………………233
Smith, Margarita G. ……………………138
Smith, Scott ……………………………345
Snodgrass, William DeWitt ……290, 614
Snyder, Gary ……………………301, 615
Sondheim, Stephen ……………………621
Song, Cathy ……………………………340
Sontag, Susan …………………………306
Soto, Gary ………………………………335
Southern, Terry ………………………600
Spencer, Herbert ………………………398
Speyer, Leonora ………………………612
Spielberg, Steven ………………326, 555
Stafford, Jean …………………………626
Stafford, William ………………………268
Stallings, Laurence ……………………228
Stegner, Wallace ………………………626
Stein, Gertrude …………110, 128, 216, 220
Steinbeck, John …………………122, 625
Steinem, Gloria …………………………602
Steiner, Rudolph ………………………547
Sterling, Bruce …………………………177
Stetson, Charles ………………………208
Stevens, David …………………………279
Stevens, Wallace …………………90, 614
Stone, Phil ………………………………112
Stowe, Harriet Beecher ……………192, 371
Strand, Mark ……………………307, 616
Staub, Peter ……………………………174
Stribling, T. S. …………………………624
Styron, William …………………150, 626

T

Talese, Gay ……………………………305
Tan, Amy ………………………………338
Tanner, Tony ……………………………36
Tarkington, Booth ……………………624
Tate, Allen ………………………243, 255
Tate, James ……………………………616
Taylor, Cora ………………………………78
Taylor, Edward …………………………182
Taylor, Henry …………………………615
Taylor, Peter ……………………………627
Taylor, Robert Lewis …………………626
Teasdale, Sara …………………221, 612
Teichman, Howard ……………………229

Theodosius ……………………………531
Thomas, Clarence ……………………161
Thoreau, Henry David …………………58
Thurber, James ………………………240
Toole, John Kennedy …………………627
Toomer, Jean …………………………238
Trethewey, Natasha ……………………617
Tyler, Anne ………………………321, 627
Tyler, Royall ……………………………189
Tynan, Kenneth ………………………305
Twain → Mark Twain

U

Uhry, Alfred ……………………………621
Updike, John ……………………162, 627

V

Van Doren, Mark ………………252, 613
Van Druten, John ……………………248
Van Duyn, Mona ………………………616
Very, Jones ……………………………193
Vidal, Gore ……………………………287
Viereck, Peter …………………………613
Villa, Pancho …………………………223
Vogel, Paula ……………………………622
Vogel, Speed …………………………283
Voigt, Ellen Bryant ……………………325
Voltaire …………………………………125
Vonnegut, Kurt Jr. ……………………142

W

Wadsworth, Charles ……………………64
Wakoski, Diane ………………………312
Walker, Alice ……………232, 326, 627
Walsh, Richard ………………………236
Warren, Robert Penn ……255, 614, 615, 625
Wasserstein, Wendy ……………332, 622
Webster, Daniel …………………………55
Webster, Jean (Alice Jane Chandler) ……217
Weidman, Jerome ……………………620
Weill, Kurt ………………………237, 435
Weinstein, Nathan Wallenstein ………250
Welsh, Mary ……………………………119
Welty, Eudora …………………261, 626
Wenders, Wim …………………………324
West, Nathanael ………………………250
Wewill, Assia …………………………304
Wharton, Edith …………………209, 624
Wheatley, Phillis ………………………188
Whistler, James Abbot McNeill ………396
White, Edmund ………………………319
White, E. B. ……………………………240
White, Maria …………………………194
Whitman, Walt ……………………60, 97

784

Whittier, John Greenleaf ·················54
Wiene, Robert ·················420
Wigglesworth, Michael ·················182
Wilbur, Richard ·················278, 614, 616
Wilder, Almanzo ·················212
Wilder, Laura Ingalls ·················212
Wilder, Thornton ·················110, 313, 619, 624
Williams, C. K. ·················312, 616
Williams Jesse Lynch ·················618
Williams, Magaret Matinson ·················164
Williams, Paulette ·················332
Williams, Roger ·················181
Williams, Tennessee ·················128, 130, 619, 620
Williams, William Carlos ·················92, 614
Willis, Patricia ·················99
Wilson, August ·················327, 621, 622
Wilson, Edmund ·················108, 240
Wilson, Lanford ·················313, 621
Wilson, Margaret ·················624
Winthrop, John ·················180
Wister, Owen ·················210
Wofford, Chloe Anthony ·················160
Wolff, Tobias ·················602
Wolfe, Thomas ·················244
Wolfe, Tom ·················303
Wollstonecraft, Mary ·················42
Woolf, Virginia ·················223
Woolman, John ·················183
Wouk, Herman ·················625
Wovoka (Jack Wilson) ·················205
Wright, Charles ·················616
Wright, Doug ·················622
Wright, Frank Lloyd ·················118
Wright, Franz ·················616
Wright, James ·················296, 615
Wright, Richard ·················126, 237
Wurdemann, Audrey ·················613

Y

Yacoubi, Ahmed ·················128
Yerkes, Charles T. ·················76
Young, Philip ·················121

Z

Zamora, Lois Parkinson ·················38
Zaturenska, Marya ·················613
Zindel, Paul ·················620
Zukofsky, Louis ·················252

◇索　引◇（作　品）

作　品

ア

ああ荒野 …………………………………102, 103
ああ、かわいそうなリチャード ………………147
ああ父さん、かわいそうな父さん、母さんがあん
　たを洋服簞笥の中にぶら下げているんだものね、
　ぼくはほんとに悲しいよ ……………………314
愛国者たち ………………………………………256
愛国の血糊 ………………………………………240
哀愁（映画） ……………………………………107
哀愁橋 ……………………………………106, 107
愛―それは生に先立つもの ………………………65
愛と苦悩のとき …………………………………326
あいどる ……………………………………176, 177
愛について語るときに我々が語ること ………316
愛の家のスパイ …………………………………249
愛のイェントル …………………………………509
愛の技術 …………………………………………284
愛の詩（W・C・ウィリアムズ） ………………93
愛の詩（オハラ） ………………………………292
愛の詩（セクストン） …………………………297
愛の巣、その他 …………………………………223
愛のために ………………………………………293
愛の場所 …………………………………………266
愛の媚薬 …………………………………………338
愛のゆくえ―歴史ロマンス1966 ……310, 509
愛の立候補宣言 …………………………………619
Ｉ・Ｂ・シンガーの短編小説 …………………**509**
愛への旅 …………………………………………92, 93
愛、勇気、友情 …………………………………317
愛らしき口もと目は緑 …………………………495
アイリッシュ・アイ ……………………………286
アウトサイダー ……………………………126, 127
アウル・クリーク橋の一事件 …………………389
青いギターを持つ男 ………………………………91
青いホテル …………………………………………78, 79
青い眼がほしい ……………35, 160, 161, **541**, 602
蒼ざめた馬・蒼ざめた騎手 ……………………230
青白い炎 ………………………………36, 117, **527**
青ひげ ………………………………………142, 143
赤い子馬 ……………………………………122, 464
赤い手押し車 ………………………………92, 421
赤い葉 ……………………………………………442
赤い武功章 ……………………………78, 79, **390**
赤い引越し自動車 ………………………………264
赤く染まって ……………………………………271
赤毛布外遊記 ………………………………66, 67, 590
証の木 …………………………………84, 85, 613

暁で造られた家 …………………………………626
暁の名誉 …………………………………………136
暁に制す …………………………………………236
アカディーの一夜 ………………………………203
アガペー、アゲイプ ……………………………281
アーカンソー ……………………………………345
秋のオーロラ ……………………………………90, 91
秋の園 ……………………………………124, 125
アキレスの勝利 …………………………………323
AKIRA ……………………………………………563
アキレスの盾 ……………………………………258
アクシデンタル・ツーリスト …………………321
アクセルの城 ……………………………………240
悪徳 ………………………………………………329
悪人はなく ………………………………………136
悪の美学 ……………………………………………91
悪魔が言うこと …………………………………322
悪魔の辞典 ………………………………………200
悪魔工場 …………………………………………290
アグリッパー死の書 ……………………………177
アクロポリス ………………………………106, 107
あけぼの ……………………………………………77
痣 ……………………………………………30, 360
アーサー王宮廷のコネティカット・ヤンキー …67
アーサー王と気高い騎士たちの行伝 …………123
アーサー王の死 …………………………………123
朝がくれば ………………………………………321
アーサー・ゴードン・ピムの物語 ………56, 57
朝の食卓の教授 …………………………………191
朝の食卓の詩人 …………………………………191
朝の食卓の独裁者 ………………………………191
朝のモノローグ二題 ……………………………134
アーサー・マーヴィン ……………………42, 43
アザミからの少しのイチジク …………………235
アシスタント …………………35, 132, 133, **507**
あしながおじさん ……………………………217, **403**
アー・シン ………………………………………197
アースシーの風 …………………………………300
アスフォデル、あの緑の花 ………………92, 93
アーダ ……………………………………………117
アダージア …………………………………………91
アダノの鐘 ………………………………………625
アダムの子供たち ……………………………61, 375
頭の中で葬式を感じた ……………………………68, 69
新しい運命の浮沈 ……………………29, 57, **356**
熱いトタン屋根の上の猫 …131, **501**, 600, 610, 620
熱い街で死んだ少女 ……………………………331

786

◇ 索　引 ◇（作　品）

アーティフィシャル・ニガー ……………285
アテネのタイモン ………………………527
アトランタから来た青年 ………………622
アトランティスのこころ ………………175
アナイス・ニンの日記 …………………249
あなたと一緒には暮らせない ……………65
貴方と私 …………………………………241
アニー・アレン ……………………275, 613
アニー・ジョン …………………………333
あの栄光の季節 …………………………621
あの夏、ブルー・リヴァーで …………343
あの夕陽 …………………………………442
アパートの鍵貸します …………………152
アブサロム、アブサロム！ …29, 34, 113, 114, **459**
アブラハムの胸に …………………237, 618
アブラハム・リンカーン …………………61
アブラハム・リンカーン―戦争の時代 …218
アブラハム・リンカーン―大草原時代 …462
アフリカの緑の丘 …………………32, 120
信天翁の子供たち ………………………249
アマガエルの小川 …………………………85
アマチュアたち …………………………303
アムニジアスコープ ……………………334
雨の王ヘンダソン ……………134, 135, 503, **513**
雨は降るがままにせよ ……………128, 129
アメリカ印象記 ……………………………71
アメリカおよびアメリカ国民の歴史 …198
アメリカ気質 …………………………92, 93
アメリカ古典文学研究 ……………………29
アメリカ小説時代 ………………………598
アメリカ小説における愛と死 ……………29
アメリカ人 ……………………………70, 72
アメリカ人たちの形成 …………………216
アメリカ成年期に達す ……………38, 225
アメリカとアメリカ人 …………………123
アメリカーナ ………………………166, 167
アメリカにおけるキリストの偉業
　　―ニューイングランド教会史 ……184
アメリカの飢え ……………………126, 127
アメリカの歌袋 …………………………218
アメリカの学者 ……………………48, 49, 354
アメリカの危機 …………………………186
アメリカの原始人 ………………………615
アメリカの高まりゆく栄光 ……………187
アメリカの説明 …………………………319
アメリカの特質 …………………………110
アメリカの時計 ……………………136, 137
アメリカの果ての果て …………………284
アメリカの鱒釣り ………………………310
アメリカの息子 ………………35, 126, 127, **471**
アメリカの息子（戯曲） ………………237
アメリカの息子のノート ………………147
アメリカの発明 …………………………319
アメリカの悲劇 ………………33, 76, 77, **429**, 594
アメリカの没落 …………………………291
アメリカの夢（メイラー） ……144, 145, **536**, 600
アメリカの夢（オールビー） ……155, 600
アメリカ文学史―稼動する物語の時空間 …38
アメリカ文学批評史 ………………………37
アメリカへの陰謀 ………………………165
アメリカ・ルネサンス ……………………30
アメリカを救う唯一のもの ……………548
アメリカン・ダット ……………………342
アメリカン・パストラル ………165, 610, 628
アメリカン・バッファロー ………330, 561
アメリカン・ブルース …………………130
アメリカン・レガシー …………………324
アーメン・コーナー ……………………147
あやまちの悲劇 ……………………………70
歩みし道を振り返って ……………61, 375
アライグマの歌 …………………………535
荒馬と女 …………………………………136
アラスカ毛皮貿易の冒険 ………………286
アラバマ物語―物真似鳥を殺すのは …626
アララト山 ………………………………323
ありうべきことか ………………………200
アリス・アダムズ ………………………624
アリス・B・トクラスの自伝 …………216
アリソンの家 ………………………220, 618
あるアメリカの娘 ………………………332
アル・アーラーフ、タマレーンほか小詩編　56, 57
ある男の入門 ………………………104, 105
アルクイン …………………………………42
あるクリスマス ……………………148, 149
あることの終わり ………………………425
ある作家のはじまり ……………………261
ある賛歌 …………………………………298
ある少年自身の物語 ……………………319
アルーストック号の婦人 ……………68, 69
ある成果 ……………………………………83
ある青年の冒険 ……………………34, 105
ある時、ある場所 ………………………261
ある年の話 …………………………………70
アルトルーリアからの旅人 …………68, 69
ある年齢 …………………………………342
アルハンブラ物語 …………………44, 45
ある旗の誕生 ……………………………237
ある婦人の肖像（H・ジェイムズ） ……70, 72, **383**
ある婦人の肖像（T・S・エリオット） …100, 407
アルベマス ………………………………156, 157
アルマジロ ………………………………512
アレグザンダーの橋 …………………80, 81
荒れ狂う夜―荒れ狂う夜よ ………65, 377
荒地 ……33, 100, 101, 169, 269, 294, 415, 416, 475
アロウスミス ………………………94, 95, 624
アーロン・バーの英雄的生涯 …………287
哀れな燃えるアラビヤ人 ………………470
アンクル・トムの小屋

787

◇ 索　引 ◇（作　品）

　　　　　　　　　　23, 26, 31, 192, 195, **368**, 388
アンクル・トムの小屋（戯曲）………23, 195, **371**
アンクル・トムの小屋を解く鍵 ……………192
アンクル・トムの子供たち …………………126
暗号 …………………………………………330
暗礁 …………………………………………209
安息角 ………………………………………626
アンダソンヴィル ……………………………626
アンダーワールド ………36, 166, 167, **581**, 602
アンドロイドは電気羊の夢を見るか？
　　　　　　　　　　　　156, 157, **539**, 563
アンドロスの女 ……………………………110, 111
アンナ・カレーニナ …………………………30, 117
アンナ・クリスティ ……102, 103, **413**, 610, 618
アンネの日記 …………………………565, 620

イ

いいえ、結構 ………………………………239
いい女をおさえつけることはできない ……326
イエス自身による福音書（奇跡）…………145
家の装飾 ……………………………………209
イエマシー族の反乱 ………………………189
家を守る人々 ………………………………626
行かなかった道 ………………………………85
いかにして我ら人となりしか ………………335
イカボッド …………………………………54, 55
怒りのぶどう
　　　　　　34, 122, 123, 144, **467**, 596, 610, 625
怒れる神の御手の中の罪人たち …………185
異境 …………………………………………306
異郷のスペイン ……………………………127
イギリスの国民性 …………………………48, 49
イギリス捕虜船 ……………………………187
生きるか、死ぬか …………………………297, 614
イグアナの殺し屋 …………………………236
イグアナの夜 ………………………………131
戦はやさし ……………………………………78
池に波立てた天使 …………………………110, 111
行け、モーセ ……………………34, 113, 115
意見と批評 …………………………………189
異国にて ……………………………………627
遺作集（W・スティーヴンズ）………………91
イザヤ書 ……………………………………451
イーサン・ブランド ……………………………51
イーサン・フローム ……………………209, **402**
意志の自由 …………………………………185
石の中へ、その他 …………………………281
石の日記 ……………………………………628
イシ―北米最後の野性インディアン ………300
いじめっ子のための詩学 …………………302
医者とその妻 ………………………………425
イーストウィックの魔女たち …………162, 163
泉 ……………………………………………103
イスラエル・ポッター ………………………62

イズラフェル …………………………………57
異星の客 ……………………………………256
偉大なアメリカ小説 …………………………92
偉大な数字 ……………………………………93
偉大なる神ブラウン …………………………103
偉大なる白人の希望 ………………………620
異端の鳥 ……………………………………306
いちごの季節 ………………………………251
一時間の物語 ………………………………203
一族再会 ……………………………………101
いちばん美しいクモの巣 …………………300
いつ汽車が出たのか教えてくれ ……………147
行ったことのないところ ……………………345
It ……………………………………174, 175, **566**
いつまでも揺れ続ける揺りかごから ………375
いつわり ……………………………………165
一人称単数 ………………………………162, 163
意図 …………………………………………460
移動祝祭日 …………………………………121
愛しい友よ、愛しい友よ ……………………272
田舎医師 ……………………………………202
イナゴの日 …………………………………34, 250
稲妻は黄色のフォーク ………………………65
イニスフォールン号の花嫁 …………………261
犬は吠える …………………………………149
いのちの半ばに ……………………200, **389**
祈り（ヴェリー）……………………………193
祈り（マッケイ）……………………………229
忌ま忌ましい悪魔 …………………………413
今ここで ……………………………………283
移民たち ……………………………………271
嫌でたまらない ……………………………191
イーフライムの書 …………………………549
イリアッド ……………………………………190
イリノイのリンカーン ……106, 107, 234, **462**, 619
刺青の男 ……………………………………278
色 ……………………………………………251
色のカーテン ………………………………127
岩 ……………………………………………91
陰 ……………………………………………615
イン カントリー ……………………………318
イン・ザ・ペニー・アーケード ………………325
隠者のチャペル、その他の詩 ………………54
インターナショナル ………………………238
インディアナッ子の先生 ……………………198
インディアナの男子生徒 ……………………198
インディアン・キャンプ …………………121, 425
インディアンの学生 …………………………187
インディアンの墓地 …………………………187
インドへ渡ろう ……………………………375
隠喩としての病 ……………………………306

ウ

ヴァインランド ………………………168, 169, **573**

◇索　引◇（作　品）

ヴァージニア……………………………………82, 83
ヴァージニア・ウルフなんかこわくない
　　……………………………………25, 154, 155, **525**
ヴァージニア覚え書き………………………………186
ヴァージニア実話……………………………………584
ヴァージニア総史……………………………………584
ヴァージニアン………………………………………210
ヴァーチャル・ライト………………………………177
ヴァーベナの香り……………………………………114
ヴァリス………………………………………156, 157
V. ……………………………………36, 168, 169, **528**
ウィアリー卿の城………………………………274, 613
ヴィヴァ………………………………………………239
ヴィシーでの出来事…………………………………137
ウィスコンシンの誕生日で貴方は140歳だ………270
ウィット………………………………………………622
ヴィーナスの接触……………………………………249
ウィーランド…………………………………42, 43, **349**
ウィリアム・ウィルソン………………………………57
ウィリアムズ自伝………………………………………93
ウィリアム・フォークナー短編選集………115, 611
ウィリアム・ブース将軍天国へ……………………219
ウィリー・マスターズの孤独な妻…………………284
ヴィルジニー…………………………………………286
ウィンターセット………………………………26, 228, **453**
ウインディ・マクファーソンの息子…………………89
ウィーンでの再会………………………………106, 107
ウェイクフィールド……………………………30, 355
ウェストン家の奇蹟…………………………………324
ヴェトナム戦争に反対する詩の朗読………………293
ヴェニスに死す………………………………………319
飢えた階級の呪い……………………………………324
ヴェニスの商人………………………………………477
ヴェニスの生活…………………………………68, 69
ヴェネチアガラスの甥………………………………222
ウォーター・ストリート……………………………289
ウォーターメソッドマン………………………170, 171
ウォルター・ブリッグズ……………………………515
ウォルター・ミティの秘められた生活……………240
ウォルデン—森の生活………………58, 59, **372**, 588
動く理由………………………………………………307
ウサギの穴……………………………………………623
失われしクレーンの言葉……………………………345
失われた月の旅行案内書……………………………220
失われた世界…………………………………………272
嘘………………………………………………………312
歌うこと………………………………………………312
歌え、悲しみの深き淵より…………………………272
歌え、翔べない鳥たちよ……………………………296
歌おう、感電するほどの喜びを……………………278
疑わしき戦い…………………………………122, 123
歌っている歌を聞いてその人をあてることは
　　できない………………………………………516
内なる女…………………………………………………83

宇宙的な眼……………………………………………233
宇宙の操り人形…………………………………156, 157
内輪もめの家…………………………………………236
美しい部屋には誰もいない…………………………319
美しきサンタ・クルス島……………………………187
美しき人々……………………………………………260
美しき変化その他……………………………………278
美しく呪われた人………………………………108, 109
虚ろな男………………………………………………101
腕利きマクローリンズ………………………………624
ヴードゥーの神々……………………………………232
ウは宇宙船のウ………………………………………278
ウパニシャッド………………………………………415
奪われた者……………………………………………270
馬のいる風景はより美しく…………………………326
海と鏡…………………………………………………258
海の狼…………………………………………………86, 87
海の庭…………………………………………………224
海の薔薇………………………………………………224
海の風景…………………………………154, 155, 610, 621
海は我が兄弟…………………………………………280
海へ注ぐ河……………………………………………221
海辺と炉辺………………………………………………52
埋められた子供…………………………324, **552**, 610, 621
裏町にて………………………………………………302
浮気の終着駅…………………………………………153
噂………………………………………………………152

エ

エアリアル……………………………………………304
エイ……………………………………………………252
A&P…………………………………………………515
映画狂い…………………………………273, **522**, 611
映画に出たい…………………………………………153
永久戦争と永久平和…………………………………287
栄光（青春）…………………………………………117
栄光何するものぞ……………………………………228
エイズとその隠喩……………………………………306
エイミィ………………………………………………239
英雄崇拝論……………………………………………363
英雄伝…………………………………………………351
エヴァニール………………………………………74, 75
エヴァンジェリン……………………………52, 53, **361**
エヴゲニー・オネーギン……………………………527
エヴリマン（P・ロス）………………………165, 611
エヴリマン……………………………………………420
エゴイスト……………………………………………237
エコー・メイカー……………………………………343
エジプトのヘレン……………………………………224
S…………………………………………………162, 163
エスター………………………………………………199
エズメに捧ぐ—愛と汚辱のうちに…………………495
エスメラルダ…………………………………………202
Xのアーチ……………………………………………334

789

◇ 索　引 ◇（作　品）

エッセー、第1集・第2集（エマソン）
　　……………………………………48, 49, **357**
エッセーと詩（ヴェリー）………………193
エデンの園 ………………………………121
エデンの東 ……………………122, 123, **493**
エドウィン・マルハウス ………………325
エドガー・ハントリー ………………42, 43
エドモンド ………………………………330
エドワード・ホッパー …………………307
エピローグ―プラハの狂宴 ……165, 565
エプスタイン ……………………………516
エマソン伝 ………………………………225
エマソンその他 …………………………225
エマソンの墓の傍らで ……………………61
エミリー・ディキンソン詩集（ヒギンソン）……64
エミリー・ディキンソン詩集（ジョンソン）64, 65
エミリー・ディキンソン書簡集 ………64, 65
エミリーへの薔薇 ………………………442
選ばれた場所、永遠の人々 ……………298
エリオット全詩集 1909-1935 ……………475
エリノア・ワイリーに …………………222
エルサレムよ、もし我汝を忘れなば ……115
エルシー・ヴェナー ……………………191
エルシーへ ………………………………421
エルボー・ルーム ………………………627
エルマー・ギャントリー ………………94, 95
エレオノーラ ………………………………57
エレナを忘れて …………………………319
エレノア・リグビー ……………………344
沿岸航海 …………………………………163
エンディコットと赤い十字架 …………355
延期された夢のモンタージュ …………247
エンジェルズ・イン・アメリカ―国家的テーマに
　関するゲイ・ファンタジア ……27, 340, **576**, 622
エンド・ゾーン ……………………166, 167
エントロピー ………………168, 169, **520**
エンプルマーダ …………………………339
エンペラー・オブ・ジ・エア …………343

オ

甥 …………………………………………282
オーイ、そこの人 ………………………260
オイル ……………………………………219
王 …………………………………………303
オウェンのために祈りを ……………170, 171
王家の血（血の宣言）……………………95
黄金の細胞 ………………………………322
黄金時代 …………………………………287
黄金の盃（H・ジェイムズ）…………71, 73
黄金の杯（スタインベック）……………123
黄金の時代 ………………………………136
黄金の西部の娘 …………………………204
黄金の眼に映るもの ……………………139
黄金のりんご（ウェルティ）……………261
黄金のリンゴ（ローリングズ）…………241
王子と乞食 …………………………………67
嘔吐 ………………………………………135
王妃の夫君 ……………………………106, 107
大いなる計画 ……………………………105
大いなる眠り ……………………………227
大いなる反抗 ……………………………136
おお開拓者よ！ …………………80, 81, 408
狼 ……………………………………………74
オオカミの息子 …………………………86, 87
大鴉 ………………………………56, 57, **359**
大鴉その他 ………………………56, 57, 359
大きな岩の顔 ………………………………51
大きな森の小さな家 ……………………212
おお、キャプテン、私のキャプテン ……375
多くの結婚 ………………………………88, 89
大騒ぎ ……………………………………317
大祓その他 …………………………………97
おお、竜になりたい ………………………99
おかしな神聖さ …………………………613
おかしな夫婦 ……………………………152
おかしな二人 ………………………152, 153, **534**
おかしな二人・女性版 …………………534
オーギー・マーチの冒険
　…………………35, 134, 135, **496**, 503, 611
小川のつぶやき …………………………313
オクトパス …………………………74, 75, **395**
奥の国 ……………………………………301
贈物（ナボコフ）…………………………117
贈り物（スタインベック）………………464
教えて、教えて ……………………………99
汚水だめ …………………………………127
オスカー・ワオの短くも素晴らしき人生 ………629
オズの魔法使い …………………………206
遅い時間 …………………………………307
恐れ ………………………………………329
墜ちた天使 ………………………………271
お茶と同情 ………………………26, 272, **498**
お茶を飲みながら ………………………191
オデッセー ………………………………190
お父チャン ………………………………304
弟よ、愛しき人よメモワール …………333
男の女 ……………………………………74, 75
男と女と幽霊 ……………………………217
男としてのわが生涯 ……………………165
踊り …………………………………………93
踊る心 ……………………………………161
同じひとつのドア ………………163, **515**
おはよう、アメリカ ……………………218
オペレーション・シャイロック ………611
O・ヘンリー賞短編集 …………………611
O・ヘンリーの短編小説 ………………**400**
オーメンセッターの幸運 ………………284
オーモンド ………………………………42, 43

◇ 索　引 ◇（作　品）

オムー …………………………………62, 63
おやすみウィリー・リー、また明日の朝ね …326
おやすみ、母さん ……………329, 557, 621
泳ぐ男 ………………………………………264
オリエント急行 ……………………………105
オールウェイズ・カモングホーム ………300
オールド・システム ………………………135
オールドタウンの人々 ……………………192
オールド・チャーチの粉屋 …………………83
オルシニア国物語 …………………………300
オール・ファミリーズ・アー・サイコティック
　………………………………………………344
オレアナ ……………………………330, 577
オレステイア ………………102, 226, 317, 441
愚かさ ………………………………………341
愚かさに身をゆだね …………………………83
終わりなき山河 ……………………………301
終わりなき日々 ……………………………103
終わりなき不正 ……………………………230
終わりを待ちながら …………………………35
音楽に寄せて ………………………………300
恩人 …………………………………………306
雄鶏 …………………………………………262
女が僕を待っている ………………………375
女のいない男たち …………………………120
女の心 ………………………………………296
女魔法使いメデイア ………………………312

カ

蚊 ……………………………… 112, 113, 114
改心した貧しいリチャード …………………41
海水面の表現 ………………………………288
概説モダニスト詩 …………………………248
回想のビュイック …………………………174
回想録 ………………………………………351
開拓者 …………………………………46, 47
開拓者よ、おお、開拓者よ …………60, 375
階段の上の暗闇 ……………………………267
海底の都市 …………………………………57
害毒を流して ………………………………193
ガイ・ドンヴィル ……………………………70
回復 …………………………………………270
回復システム ………………………………290
怪物 ……………………………………78, 79
解放―人生の寓話 …………………………203
解剖学講義 ……………………………165, 565
壊滅 …………………………………………390
ガイ・リヴァーズ …………………………189
海流の中の島々 ………………………121, 491
カヴァリエとクレイの驚くべき冒険 ……628
カウボーイたち ……………………………324
カウント・ゼロ ………………………176, 177
帰ってきたウサギ ……………162, 163, 543, 600
かえりみれば―2000年より1887年 ……204, 388

蛙 ……………………………………………286
帰るべき場所 ………………………………255
帰れ、いとしのシーバ ……………………267
帰れ、カリガリ博士 ………………………303
帰れぬ故郷 …………………………………244
鍵のかかった部屋 ……………………172, 568
書くこと ……………………………………121
拡声器 ………………………………………238
家具付の貸間 ………………………………400
カクテル・パーティ ………………………101
学部長の十二月 ……………………………135
革命家 ………………………………………120
革命的ペチュニアとその他の詩 …………326
かくも広い世界 ………………………………95
隠れる場所はない …………………………246
家具を取り払った小説 ………………………81
家系 …………………………………………61
影と行為 ……………………………………269
影との戦い …………………………………300
かけら ………………………………………293
過去をなくした女 …………………………331
カサマシマ侯爵夫人 ……………………70, 72
火山に恋して ………………………………306
賢い血 …………………………………285, 494
樫と蔦 ………………………………………215
華氏911 ……………………………………278
華氏451度 …………………………………278
ガス燈 ………………………………………248
火星年代記 …………………………………278
火星のタイム・スリップ ……156, 157, 532
化石の森 …………………106, 107, 450, 451
風と共に去りぬ ………34, 231, 245, 610, 625
風取り網 ……………………………………222
風のための言葉 ……………………………259
風の夜のラプソディ …………………100, 407
風をからかうための囁き …………………336
家族のなかの死 ……………………………626
語られざるもの ……………………………131
片目を開けて眠る …………………………307
語ること ……………………………………248
勝ち組／負け組 ……………………………622
勝ち誇る姐 …………………………………57
カッコウの巣の上で …………………311, 600
喝采 …………………………………………257
褐色の少女、褐色砂岩の家 ………………298
かつて …………………………………………326
カップルズ ……………………………162, 163
家庭 …………………………………………208
カディッシュ ………………………………291
カディッシュ，その他 ……………………291
カーディフ指して東へ …………25, 102, 103
ガートルードとクローディアス …………163
叶えられた祈り ………………………148, 149
悲しいダンス ………………………………283

791

◇索　　引◇（作　品）

悲しき酒場の唄 ………………138, 139, 155, **476**
悲しき酒場の唄（戯曲） ………………154, 155
悲しさと幸福 ……………………………………319
悲しみ ……………………………………………303
彼方なる山脈 ………………………84, 85, **460**, 613
カナダへの逃亡 …………………………………314
彼女と私たちの土地で …………………………208
彼女に言うこと示すこと―大地、土地 ………321
彼女の時の時 ……………………………………145
金のないユダヤ人 …………………………35, 596
金はあの世じゃ使えない（我が家の楽園）
　　　　　　　　　　……………229, 252, **457**, 619
金持ちになったウサギ ………163, **543**, 610, 627
金持ちの青年 ……………………………………109
樺の木々 …………………………………………85
カバラ …………………………………110, 111, 432
カビリアの夜 ……………………………………152
カピロターダ―ノガレスの思い出 ……………336
カフカの友だち ……………………………253, 509
ガープの世界 …………170, 171, **551**, 602, 611
貨幣と棺 …………………………………………312
壁は倒れない ……………………………………224
カーペンターズ・ゴシック ……………………281
カマドトリ ………………………………………85
かまどの中の酔いどれ …………………………295
神おわす …………………………………………193
神々の愛しきもの ………………………………204
神様のお気に入り ………………………………152
神である塵 ………………………………………613
神に生きる ………………………………………193
神に似ざる国 ……………………………………274
神、ニューイングランドと争い給う …………182
神の恩寵 …………………………………………133
神の探求者 ………………………………………95
神の小さな土地 ……………………………251, 445
カミノ・リアル …………………………………131
神は日本人を憎んでいる ………………………344
髪は緑色、手は青色（孤独の洗礼）……128, 129
神を称えよ …………………………………54, 55
カミング・スーン ………………………………159
亀の島 ………………………………………301, 615
カメレオンのための音楽 ………………………148
仮面 ………………………………………………97
鴨の変奏曲 ………………………………………330
ガラスの動物園……25, 128, 130, 131, 138, 267, **478**
ガラテア2.2 ………………………………………343
ガラパゴスの箱舟 …………………………142, 143
カラー・パープル ………35, 326, **555**, 602, 610, 627
カラマス …………………………………………375
カリガリ博士 ……………………………………420
カリフォルニア人 ………………………………226
カリフォルニア・スイート ……………………153
カリフォルニアのスーパーマーケット ………504
ガールズ・オン・ザ・ラン ……………………294

ガールフレンド・イン・ア・コーマ …………344
彼一人の浮かれ騒ぎ ……………………………281
彼の家族 …………………………………………624
彼は"固い鉄を消化する" ………………………99
彼らの目は神を見ていた ………………………232
彼らもまた立ち上がる …………………………136
かわいい女 ………………………………………227
渇いた九月 ………………………………………442
皮脚絆物語 ……………………………29, 46, 586
川商人の妻―その手紙 ………………………97
かわせみ …………………………………………277
川底で ……………………………………………333
河を渡って木立の中へ ……………………121, 491
歓喜の土地 ………………………………………340
観察 ………………………………………98, 99, 454
感謝祭の客 …………………………………148, 149
感情教育 …………………………………………341
感情と正確さ ……………………………………99
岩上の影 …………………………………………80
乾燥の月に雨を待つ ……………………………101
歓楽の家 ……………………………………209, 342

キ

黄色い家を残していく …………………………135
黄色い壁紙 ………………………………………208
木・岩・雲 ………………………………………138
キー・ウエスト …………………………………242
キーウエストにおける秩序の概念 ……………455
消えた微光 ………………………………………97
消えろ、消えろ― ………………………………85
記憶屋ジョニイ …………………………………177
記憶よ、語れ ……………………………………117
帰還 ………………………………………………300
危機一髪 ………………27, 110, 111, **474**, 610, 619
木々たち …………………………………………294
木々の海岸 ………………………………………288
菊 …………………………………………………464
危険な夏 …………………………………………121
騎士 ………………………………………………201
儀仗兵 ……………………………………………625
起床ラッパ ………………………………………109
絆 …………………………………………………231
犠牲者 ………………………………………135, **482**, 503
奇跡 ………………………………………………145
季節はずれ ………………………………………120
北回帰線 …………………………233, 249, **447**, 596
北と南 ………………………………………262, 614
北への旅 …………………………………………86
来るべき日々 ……………………………………125
気ちがいのぼく …………………………………141
キチン・ゴッズ・ワイフ ………………………338
既定の結末 …………………………………68, 69
ギッチーガミーの岸辺で ………………………342
キッチン・ゴッズ・ワイフ ……………………604

◇索　引◇（作品）

ギプスの中で …………………………304
キマイラ ………………………158, 159, 611
気まぐれバス ……………………………123
君が人生の時 ………260, **466**, 470, 619
奇妙な幕間狂言 ………102, 103, **433**, 618
キャサリン・アン・ポーター作品集
　　　　　　　　　　……………230, 611, 626
キャサリン・アン・ポーター評論集 ……230
キャッチ＝22 …………………………283
キャッツ …………………………………101
キャナリー・ロウ …………………122, 123
キャプテン・クレイグ ……………………214
キャボット・ライト・ビギンズ …………282
キャラヴェラス郡の名高き跳び蛙、その他のスケッチ ……………………………………67
キャリー …………………………………174
キャンディド ……………………………125
キャントーズ ……96, 97, 247, 411, **426**, 518
キャントーズ110-117草稿と断片 ………426
求婚 ………………………………………152
救済された年 ……………………………268
救出 …………………………………………83
救世主 ……………………………………287
球体―ある動きの形 ……………………288
宮殿泥棒 …………………………………343
旧牧師館 …………………………………360
旧牧師館の苔 ……………………50, 51, **360**
旧約聖書 …………………………115, 226, 418
給油所 ……………………………………262
キューレ …………………………………325
共感力 ………………………………29, 37
狂気のなかの理性 ………………………243
教授の家 ……………………………80, 81
狂信者イーライ …………………………516
強制退去者 ………………………………285
競売ナンバー49 の叫び ……36, 168, 169, **537**
恐怖と端正 ………………………………613
恐怖の四季 …………………………174, 175
玉座キャントーズ ………………………426
巨像とその他の詩 ………………………304
巨人 ……………………………………76, 77
巨大な部屋 ………………………………239
巨大なラジオ ……………………………264
虚妄など …………………………………270
距離測定 …………………………………85
霧 …………………………………………406
きりきり舞い ……………………………317
キリスト教徒の行なう慈善の手本 ……180
義理の娘のスナップショット …………299
キリマンジャロの雪 ……………………120
ギレアデ …………………………………628
キング、クイーン、ジャック ……116, 117
金鉱探索者の通った道 …………………207
キング・コール …………………………219

金枝篇 ……………………………………415
近親相姦の家 ……………………………249
金めっき時代 ………………………67, 590
金曜日の本 ………………………………159
禁欲の人 …………………………………77

ク

クィーン …………………………………279
偶然知り合ったひと ……………………68
偶然世界 ……………………………156, 157
偶然の音楽 ……………………173, **575**
空中浮揚 …………………………………602
空中ブランコに乗った勇敢な若者、
　その他の物語 ………………………260
空爆の怒り ………………………………254
空腹の技法 ………………………………172
寓話 ………………………113, 115, 610, 611, 626
草の言うこと ……………………………315
草の堅琴 ……………………………148, 149
草の葉 ………………18, 60, 61, **374**, 518, 588
くじ ………………………………………275
愚者ギンペル ………………………253, 509
愚者の船 …………………………………230
愚者の喜び ………………106, 107, **458**, 619
グーストとムトム ………………………317
崩れゆく偶像 ………………………207, 590
グッド・カントリー・ピープル ………285
グッバイ・ガール ………………………152
クーデタ ……………………………162, 163
苦難を忍びて ……………………………67
国の習慣 …………………………………209
熊 ……………………………34, 113, 115
熊を放つ ……………………………170, 171
蜘蛛女のキス ……………………………317
蜘蛛の家 ……………………………128, 129
蜘蛛の巣と岩 ……………………………244
蜘蛛の巣の中へ …………………………331
暗い王国 …………………………………263
暗い春 ……………………………………233
暗い港 ……………………………………307
暗い笑い ………………………………88, 89
クラコフからの紳士 ……………………509
クラップの最後のテープ ……………154, 519
グラナダ征服記 ……………………………44
暗闇のスキャナー …………………156, 157
暗闇の中の旅 ……………………………625
暗闇の中の笑い（マルゴ）…………116, 117
暗やみを旅して …………………………268
クララ・ハワード …………………………42
クラレル ………………………………62, 63
グランディシムズ一族 …………………201
クリス・クリストファソン ……………413
クリスタス …………………………………52
クリストファー・コロンブス伝 …………44

793

◇索　引◇（作品）

クリスマス聖歌 …………………………………260
クリスマスの思い出 …………………………148, 149
グリーン氏探索 …………………………………135
グリーンマイル ………………………174, 175, **580**
狂った愛と戦争の中で …………………………335
狂った日曜日 ……………………………………109
クールクールLSD交換テスト ……………303, 602
クール・ミリオン ………………………………250
クレイグの妻 ……………………………………618
クレイジー・キャット …………………………239
グレイスン一族 …………………………………198
グレート・ギャッツビー
　　　　　　　　………33, 108, 109, 231, **428**, 594
グレート・ジョーンズ・ストリート ……166, 167
グレンギャリー・グレン・ロス …25, 330, **561**, 621
グレンジ・コープランドの第三の人生 ………326
黒いカーニヴァル ………………………………278
黒いキリスト ……………………………………251
黒い小屋 …………………………………………404
黒い十二宮 ………………………………………616
黒いスーツの男 …………………………………174
黒い時計の旅 …………………………………334, **572**
黒い力 ……………………………………………127
黒い白鳥 …………………………………………289
黒い秘密 …………………………………………241
黒いユニコーン …………………………………307
黒い鎧 ……………………………………………222
クロスカントリー・スノー ……………………425
クロス・クリーク ………………………………241
グロスターの荒地 ………………………………215
グロテスクとアラベスクの物語 ………56, 57, 356
黒猫 ……………………………………56, 57, **358**
黒の感情、黒の話 ………………………………323
黒の審判 …………………………………………323
クローム・イエロー ……………………………113
クローム襲撃 ……………………………………177
軍鼓の響き ………………………………………375
軍事郵便その他 ……………………………266, 613

ケ

警戒 …………………………………………………46
警官と賛美歌 ……………………………………400
警句集 ………………………………………………91
計算器 ………………………………………25, 234, **420**
刑事 ………………………………………………301
継続する生 ………………………………………307
ケイト・ショパン全集 …………………………203
ケイト・ボーモント ……………………………193
刑務所のリタ・ヘイワース ……………………556
ゲイン ……………………………………………343
ケイン号の反乱 …………………………………625
劇作術 ……………………………………………248
激突 ………………………………………………286
毛猿 ………………………………………25, 103, 420

結婚 …………………………………………………99
結婚狂騒曲 ………………………………………286
結婚式の仲間 …………………………………138, 139
結婚しよう …………………………………………162, 163
結婚仲介人 …………………………………………110, 111
ケープ・コッド ……………………………………59
煙と鋼鉄 …………………………………………218
ゲロンチョン …………………………………101, 440
険しい道 ………………………………………106, 107
剣 …………………………………………………231
幻影の書 …………………………………………173
幻影の都市 ………………………………………300
謙虚、擬縮、そして楽しみ ………………………99
言語の都市 …………………………………………36
現在の危機 ………………………………………194
原罪擁護論 ………………………………………185
検屍官 ……………………………………………341
賢者の贈り物 ……………………………………400
献身 ………………………………………………138
原則なき生活 ………………………………………59
現代詩に関して …………………………………91
現代の騎士道 ……………………………………187
現代の事例 …………………………………68, 69, **384**, 386
現代のほら吹に …………………………………406
ケンタウロス …………………………162, 163, 611
ケンタッキー・サイクル ………………………622

コ

恋歌集 …………………………………………221, 612
幸運なサム・マッカーヴァ ……………………231
後裔 ……………………………………………82, 83
航海 ………………………………………………242
降下 ………………………………………………93
公開火刑 …………………………………………602
恍惚 ………………………………………………341
行進する人々 ……………………………………89
交戦海域 …………………………………………103
皇帝ジョーンズ ……………………………102, 103, 420
工程図 ……………………………………………294
公判中 ……………………………………………234
幸福なる結婚 ……………………………………231
光明 ………………………………………………206
荒野の呼び声 …………………………………86, 87, **398**
合理的意味—言葉の定義の新基礎 ……………248
降霊会 …………………………………………253, 509
五月祭その他 …………………………………48, 49
黄金虫変奏曲 ……………………………………343
氷に閉ざされて …………………………………618
氷の宮殿 …………………………………………109
氷屋来る ………………………………………102, 103
子狐たち ………………………………………124, 125
故郷の民謡、詩、抒情詩 …………………………55
故郷へ凱旋せよ …………………………………272
故郷への飛行、その他の短編 …………………269

◇ 索 引 ◇（作品）

黒人芸術家と人種の山 ……………………247
虚空の眼 ……………………………156, 157
黒人タップダンサーの選択 ………………281
黒人たち─道化芝居 ………………………308
黒人の魂 ……………………………………430
黒人は多くの河のことを語る ………247, 430
国民性の創生 ………………………………161
凍える冬景色 ………………………………328
ここがホームシックレストラン …………321
午後の死 ……………………………119, 120
地上（ここ）より永遠に ……………279, 611
心の嘘 ………………………………………324
心の傾き ……………………………………209
心の砕ける音 ………………………………331
心の罪（ロンリーハート）…………………621
心の針 …………………………274, 290, 614
心は孤独な狩人 ………………138, 139, **469**
試みの結論 1961-1991 ……………………276
孤独の発明 …………………………………172
孤児 …………………………………………317
子鹿物語 ……………………………241, 625
50詩篇 ……………………………………239
故ジョージ・アプレイ ……………………625
湖上の貴婦人 ………………………………510
湖水をわたって ……………………………304
ゴースト・ライター …………133, 165, 565
壷葬論 ………………………………………151
コズモポリス ………………………166, 167
コーソンズ入江 ………………………288, **535**
コーダ ………………………………………549
古代の姿 ……………………………………277
古代の黄昏 …………………………………145
応える声─女性による100の恋愛抒情詩 …221
湖中の女 ……………………………………227
国家の創始者 ………………………………198
骨肉 …………………………………………241
孤独な群集 …………………………………598
孤独な鳥がうたうとき ……………………331
孤独なる心 …………………………………257
孤独の発明 …………………………173, 174
言葉 …………………………………………293
ことばで生きる ……………………………326
言葉のなかの世界 …………………………284
子どもたちに自由を！ ……………………161
子供たちの時間 ……………………………52
子供について ………………………………208
子供の時間 ……………………26, 124, 125, **449**, 498
子供の埋葬 …………………………………404
「小鳥が小道をやって来た」ほか ……64, 65, **377**
ゴドーを待ちながら ……………135, 154, 552
ゴードン・ピムの物語 ……………………460
コニーアイランドの一日 …………………509
5人の若いアメリカ詩人 …………………270
コネティカットのひょこひょこおじさん …495

この家に火をかけよ ………………113, 151
この三人 ……………………………………124
この静かなる土くれ ………………………151
この時代に想う、テロへの眼差し ………306
この楽しき日々 ……………………………212
この夏突然に …………………………131, 598
この日をつかめ ………………………135, **503**
この世を離れて ……………………………320
この世の栄光 ………………………………206
この世の身体 ………………………………227
この世のものごと ……………………278, 614
このわれらが生に …………………………625
コーパス・クリスティ ……………………317
五番目の日曜日 ……………………………336
小羊をふところに抱き ……………………624
こびと ………………………………………278
小舟注意報 …………………………………131
小舟にて ……………………………………495
駒さばき ……………………………………115
ゴミ …………………………………………288
小麦取引所 ……………………………74, 75
ゴム族の結婚 ………………………………400
コモンセンス ………………………186, **348**
ゴライの悪魔 ………………………………253
コーラス・ライン …………………………621
コーラン ……………………………………129
ご臨終 ………………………………………155
ゴルゴタからの生放送 ……………………287
ゴルゴンの首 ………………………………51
コルテスの海 ………………………122, 123
コルテスの海航海日誌 ……………………123
ゴールデン・ボーイ（オデッツ）…………257
ゴールデンボーイ（キング）………………**556**
ゴールデンボーイ─恐怖の四季・春夏編
 ……………………………174, 175, **556**
これがニューヨークだ ……………106, 107
これら十三編 ………………………114, **442**
殺し屋 ………………………………………120
殺すも生かすもウィーンでは ……………169
コロンビア特別区 …………………104, 105
壊れたガラス ………………………136, 137
壊れた腕輪 …………………………………300
コンキスタドール …………………231, 612
混血児 ………………………………………247
コンコード川とメリマック川での一週間 …58, 59
コンゴその他 ………………………………219
ゴンサーガの原稿 …………………………135
コーン氏の孤島（神の恩寵）………132, 133
コントラスト ………………………22, 189, 586
根本原理─戦争以前 ………………………276
根本原理Ⅱ─暗やみのなかで ……………276

サ

再会（シンガー）……………………………509

◇索　引◇（作品）

再会（マメット）	330
最近アメリカに現われた第十番目の詩神	181
歳月とは何か	99
最後の紳士	273
最後の審判の日	18, 182
最後の一葉	400
最後の葉	191
最後の辺境	271
最後の物たちの国で	172, 173
最後のモヒカン族	46, 47, **353**
最後のヤンキー	136, 137
最後の旅行案内書	220
最初の遺書	263
最初の都市群	307
再―創造	323
さいはての島へ	300
サイダーハウス・ルール	170, 171, **564**
サイラス・ラパムの向上	68, 69, **386**
再臨	273
サウス・ムーン・アンダー	241
杯に入れて夕日を運んで	65
サーカスの息子	170, 171
魚（ビショップ）	262
魚（ムア）	99
酒瓶と林檎	226
先ごろ、ライラックが前庭に咲いた時	375
作者を探す六人の登場人物	110
柘榴の木	470
ザ・ゴールデン・ゲイト	604
些細なこと	220
ささやかだけれど、役に立つこと	559
ザ・スタンド	175
サッカー	139
殺人天使たち	627
サード・アンド・オーク	329
砂糖きび	238
サートリス	113, 114
ザ・ネイムズ	166, 167
裁きの日	234
裁きのマスク	215
砂漠の音楽その他	93
サバティカル	159
サバトの劇場	165
寂しき鳩	627
サビニの女	215
様々な時間	616
彷徨う日々	334
さまよえる魂作戦	343
寒い朝の空	613
寒い春	262
寒気と熱	227
サムラー氏の惑星	134, 135, 600
醒めて歌え	25, **451**
さようならウサギ	162, 163, **543**, 610, 627
さようなら、コロンバス	35, 164, 165, **516**, 611
さよなら僕の夏	278
サラ・クルー	202
さらなる金曜日	159
さらに高く	53
さらば愛しき女よ	227
サルマガンディ	44, 45
3月15日	111
三戯曲集（Th. ワイルダー）	110
サンクチュアリ	113, 114, 115, **443**
残酷さ	329
残酷な休日	127
サンシャイン・ボーイズ	153
山荘綺談	275
サンダーランドの捕囚	613
サンディ・バーの二人の男	197
サンドーヴァーの変化する光	289, **549**
三人の女	33, 216
三人の花嫁	318
三人の兵士	33, 104, 105
散髪の間に	223
三発の銃声	121
三部作（ドゥーリトル）	224
散文集（ビショップ）	262
散文的な物に関するポッサムおじさんの本	101
散文と詩で綴るニューイングランドの伝説	54, 55
散歩	59
サン・ルイス・レイの橋	110, 111, **432**, 624

シ

詩（ムア）	99, 454
幸せの背くらべ	154, 155, **579**, 622
JR	281
J・アルフレッド・プルーフロックの恋歌	100, 101, 407
シェイクスピア（ヴェリー）	193
シェイクスピア一考察	61
ジェイクの女たち	152
ジェイニーを奪う	309
J・B	620
ジェイミー・マクフィーターズの旅	626
ジェイルバード	142
ジェイン・タルボット	42
ジェニー・ゲアハート	76, 77
ジェニファー・ローン	222
ジェネレーションX―加速された文化のための物語たち	344
ジェファソンとマディソン政権下におけるアメリカ合衆国の歴史	199
シェルター	337
シェルタリング・スカイ	128, 129, **487**
ジェロニモ王	322
死海写本	240

◇索　引◇（作品）

シカゴ ……………………………………218, 406
シカゴ詩集 ………………………………………**406**
シカゴの性倒錯 …………………………………330
鹿殺し ……………………………………… 46, 47
鹿の死んだ夜 ……………………………………331
鹿の園 ………………………………144, 145, 151, 598
四月はパリ ………………………………………300
時間と河 …………………………………………244
時間と物質 ………………………………………617
私記 ………………………………………………185
四季 ………………………………………………556
ジグソー …………………………………………271
死刑 ………………………………………………341
死刑執行人の歌 ……………………………145, 610, 627
至高の虚構への覚書 ………………………………91
詩三十六編 ………………………………………256
事実―ある小説家の自伝 …………………………165
死者と生者 ………………………………………322
使者たち ……………………………………71, 73, **396**
死者を埋葬せよ …………………………………265
詩集（W・C・ウィリアムズ） ……………………92
詩集（エマソン） ……………………………48, 49
詩集（T・S・エリオット） ………………………101
詩集（オーデン） ………………………………258
詩集（コーク） …………………………………284
詩集（ソーロウ） …………………………………59
詩集 1957-1967（ディッキー） …………………281
詩集 1928-1931（テイト） ………………………243
詩集（デュガン） ………………………………614
詩集（ブライアント） ……………………190, 350
詩集（フレノー） ………………………………187
詩集（ベリマン） ………………………………270
詩集（ホイッティア） ……………………………54
詩集（ホームズ） ………………………………191
詩集（ムア） ………………………………………98
四重奏 ……………………………………………117
詩集第2集（J・R・ロウエル） …………………194
自信の時代 ………………………………………225
四心室の心臓 ……………………………………249
詩人の誕生 ………………………………………111
詩神の声聞こゆ …………………………………149
自身のブリザード ……………………………307, 616
シスター・キャリー ………………………33, 76, 77, **394**
死生観 ……………………………………190, **350**
詩選集 1930-65（エバハート） ……………254, 614
詩選集（クーニッツ） ……………………254, 614
詩選集（C・エイキン） …………………………612
詩選集（キネル） ………………………………615
詩選集（ジャスティス） …………………………615
詩選集（J・G・フレッチャー） …………………613
詩選集（J・テイト） ……………………………616
詩選集（ムア） ……………………………98, 99, **454**
自選日記および散文集（ホイットマン） ……60, 61
自然、こよなくやさしい母は ……………………65

自然論 ……………………………48, 49, 58, 193, **354**, 588
死体農場 …………………………………………341
自宅開放 …………………………………………259
自他を読む ………………………………………165
七月五日 ……………………………………313, 554
七破風の屋敷 ………………………………… 50, 51
失言しました ……………………………………135
失敗者 ……………………………………………617
シッピング・ニュース …………………………628
七宝とカメオ ……………………………………411
実務的な神々 ……………………………………616
失楽園 ……………………………………………123
シティ・オブ・グラス ……………………172, 568
シティ・ライフ …………………………………303
自伝（ギルマン） ………………………………208
自伝（フランクリン） ………………………41, **351**
自動車泥棒―ある回想 ……………115, 610, 626
自動車を待たせて ………………………………400
ジトニー …………………………………………327
シドニー・ブルースタインの窓 ………………302
死ぬ前に一口冷たい水を飲ませて ……………296
死、眠り、そして旅人 …………………………286
詩の朝 ……………………………………………615
死の記憶 ……………………………………331, **578**, 604
詩の原理 ……………………………………… 56, 57
詩の状況―伝統の中の現代詩 …………………319
死の装具 …………………………………………306
死の舞踏 …………………………………………175
死の床に横たわりて ………………………113, 114, **439**
詩の理解 …………………………………………255
死はうつらない―娘の回想 ……………………310
詩は破壊的な力だ …………………………………91
縛られたザッカーマン ……………………164, 165, **565**
死父 ………………………………………………303
自分自身の歌 ……………………………………270
慈悲の仮面劇 ………………………………………85
慈悲の問題 ………………………………………317
詩篇 ………………………………………………115
資本家 ………………………………………… 76, 77
市民政府への反抗 ………………………………362
市民トム・ペイン ………………………………271
市民としての反抗 ……………………………58, 59, **362**
シモツケ ……………………………………………84
ジム・スマイリーと彼の跳び蛙 …………… 66, 67
シーモアー序章― ……………………………140, 141
邪悪を見るな ……………………………………332
シャイニング ………………………………174, 175
シャイロック作戦 ………………………………165
社会と孤独 …………………………………… 48, 49
社会の柱 …………………………………………483
写真花嫁 …………………………………………340
写真論 ……………………………………………306
ジャズ ……………………………………………160, 161
ジャズ・エイジの谺 ……………………………109

797

◇索　引◇（作　品）

ジャズ・エイジの物語 …………………108, 109
ジャスミン ………………………………318
借金 ………………………………………510
斜塔 ………………………………………230
シャドー・ボックス ……………………621
ジャマイカの歌 …………………………229
ジャマイカの葬儀 ………………………187
ジャングル …………………………219, **399**
シャンプー ………………………………262
シャンプー・プラネット ………………344
ジャンブリー ……………………………129
拾遺集 ……………………………………163
11月の今 …………………………………625
十一月の枝 ……………………60, 61, 375
十月はたそがれの国 ……………………278
宗教的で道徳的な幾つかの主題についての詩…188
獣人ヴァンドーヴァー ………………74, 75
囚人のジレンマ …………………………343
修繕 …………………………………312, 616
自由の声 …………………………………54
自由の地を求めて ………………………269
自由の名のもとに ………………………271
自由の道 …………………………………271
絨毯の下絵 ………………………………71
自由を求めて ………………………164, 165
十夜一夜物語 ……………………………159
重力の虹 ……………36, 168, 169, **544**, 610, 611
ジュエット嬢 ……………………………81
宿命 …………………………………146, 147
守護天使 …………………………………191
出所 ………………………………………329
出入港禁止 ………………………………190
趣味の革命 ………………………………282
ジュリア …………………………124, 125, 473
狩猟期 ……………………………………320
巡回牧師 ……………………………198, 251
瞬間 ………………………………………535
純金のキャデラック ……………………229
巡礼紀行 ……………………………52, 53
ジョーイと誕生日の贈り物 ……………297
ジョイ・ラック・クラブ …………338, 604
ジョヴァンニの部屋 …………146, 147, 598
荘園 ………………………………………253
生涯に一度 …………………………229, 252
上下両院とも ………………………228, 618
消失 ………………………………………172
女王エリザベス …………………………228
商業中心地 ………………………………206
将軍暁に死す ……………………………257
小公子 ………………………………202, **387**
小公女 ……………………………………202
証拠と理論―詩についてのエッセー ……323
賞賛 ………………………………………320
勝者には何もやるな ……………………120

少女 ………………………………………333
傷心 ………………………………………135
消尽の文学 …………………………158, 159
小説家の責任 ……………………………74, 75
小説と人生の比喩 ………………………284
小説における場所 ………………………261
小説の技法 ………………………………72
小説の理解 ………………………………255
焦点 ………………………………………136
小人閑居して ……………………………147
情熱の芸術家 ……………………………286
情熱の巡礼 ………………………………70
少年時代 …………………………………337
少年のこころ ……………………84, 85, 404
少年の町 …………………………………68
紙葉の家 ……………………………346, **582**, 604
上品な砂礫 ………………………………616
将来は絶望感を抱いて …………………326
上流社会 …………………………………468
少量の雨 ……………………………168, 169
序曲 ………………………………………294
助言と承諾 ………………………………626
書斎の窓辺 ………………………………194
序詩（ホイッティア） ……………………54
叙事詩（ヴェリー） ………………………193
ジョージの母 ……………………………78, 79
ジョージの恋人 …………………………621
ジョージ・ホイットフィールド牧師の死について ……………………………………188
ジョージ・ミルズ ………………………302
ショーシャ ………………………………253
ショーシャンクの空に …………556, 580
初秋 ………………………………………624
ジョージ・ワシントンの詩 ……………312
女性と経済学 ……………………………208
処世論 ………………………………48, 49
ジョー・ターナーが来て行ってしまった ……327
ジョナ・ボイドの遺体 …………………345
ジョニー・ジョンソン ……………………237
ジョニー・パニックと夢の聖書 ………304
所有せざる人々 …………………………300
ショール …………………………………298
ジョン・チーヴァー短編集 ……264, 610, 627
ジョン・ブラウン ………………………255
ジョン・ブラウンのなきがら（亡骸）……612
白鷺、その他 ……………………………202
しらみ ……………………………………295
知られざる神に …………………………123
自立した女 ………………………………271
知り過ぎた男―アラン・チューリング、数学、コンピュータの起源 ……………………345
シルバー湖のほとりで …………………212
白い尾のスズメバチ ……………………460
白いかたびら ……………………………291

◇索　引◇（作品）

白いカラス……………………165
白い牙……………………86, 87
白い黒人……………………145
白い砂漠……………………228
白い象のような山々…………120
白いビルディング……………242
白い服の女……………………195
白い部屋………………………167
白さと想像力…………………161
新アメリカ詩集………………292
新アメリカの歌袋……………218
神学部講演…………………48, 49
新旧……………………255, 615
神曲（翻訳）……………………52
神曲・地獄編（翻訳）…………319
神曲（メリル）………289, 549, 615
新詩選集（ソート）……………335
ジン・ゲーム…………………621
信仰の守護者…………………516
ジンジャーブレッド・レディ…153
真珠……………………………123
新スプーンリヴァー…………213
新生……………………………323
人生研究………………274, 512
人生とゲイプリエラ……………83
人生の賛歌…………………52, 53
人生の精髄—馬鹿芝居………308
新全詩集（ウィルバー）…278, 616
寝台特急ハイアワサ号………313
身体のまわりの光……………293
神童……………………………138
真犯人…………………………341
シンプル・プラン……………345
信用詐欺師…………………62, 63
人類の七つの時代……………110
シン・レッド・ライン………279
神話と本文……………………301
親和力………………………29, 38

ス

スウィートハーツ……………337
スウィート・チャリティ……152
スカーレット・シスター・メアリー……624
スキナーの部屋………………177
過ぎ去りし日々………………230
スキャンダル探偵……………109
スクーバ・トゥーバ…………301
スケッチ・ブック………44, 45, 53
スコットランド女王メアリー…228
スズメバチの巣………………341
スター・インベーダー………174
巣立ち…………………………515
スタッズ・ロニガン……34, 144, 596
スター・フード………………343

スターン氏のはかない抵抗…301
スタンド・バイ・ミー………556
スタンド・バイ・ミー—恐怖の四季・秋冬編
　………………………174, 175, **556**
スチーム・バス………………301
ずっとお城で暮してる………275
すっぱいぶどう…………………93
スティーヴン・フォスター物語…237
すてきな娘たち………………318
自動車を待たせて……………400
ストックブリッジ伯爵………204
ストーリー・オブ・マイ・ライフ…339
ストーリーの目………………261
ストリーマーズ………………317
ストーリーを続けよう………159
ストーンウォール・ジャクソン…243
砂箱……………………………155
スパイ……………………………46
スーパーマン、スーパーマーケットへ来る…144
素晴らしいアメリカ野球……165
素晴らしいアンバーソン家の人々…624
素晴らしい平方根……………138
素晴らしきミス・マリー……309
スパルタカス…………………271
スピード・ザ・プラウ………330
スプーンリヴァー詞華集……213, **405**
スペインの大地………………120
すべて王の民………255, **480**, 625
すべて悲しき若者たち………109
すべての神の子には翼がある…103
すべての啓示……………………85
すべての幸運をえた男……136, 483
すべての私の愛しき者たち…297
スペンスとライフ……………318
スモーク…………………………43
スーラ……………160, 161, **546**
スラップスティック…………142
スリーピー・ホローの伝説……45
スローターハウス5……142, 143, **540**, 545
スロー・ラーナー……………169
スワニー河の天使……………232
スワン・ソング………………337

セ

正義を人種化すること、権力をジェンダー
　化すること………………………161
世紀の半ば………………104, 105
清潔で明るいところ…………120
成功の甘き香り………………257
成功はもっとも甘кなもの……65
聖餐の準備のための瞑想……182
誠実なジェイムズの飾らぬ言葉…197
青春の甘き小鳥………………131
聖書…………………60, 188, 366

799

◇索　引◇（作品）

精神病院へ行って戻る道半ば ……………297
星条旗の聞こえない部屋 ………………604
星条旗娘 ………………………………153
生存者探し ………………………………320
聖なる侵入 ……………………………156, 157
聖なる森 ……………………………………101
性の囚人 ……………………………………145
聖灰水曜日 …………………………………101
征服されざる者（ファスト）……………271
征服されざる人々（フォークナー）……114
西部詩大系 …………………………………211
西部の星 ……………………………………613
西部への道 …………………………………625
セヴィア博士 ………………………………201
世界の終末 …………………………………163
世界の部分 …………………………………91
世界の変化 …………………………………299
世界の真上で ……………………………128, 129
世界は終わらない ……………………315, 616
世界も時も …………………………………255
世界を手に入れた人 ………………………318
世界をゆるがした十日間 …………………223
セクサス ……………………………………233
セクシャル・ポリティックス ……………602
セクスタス・プロパティウスへの賛歌 …97, 411
セスの花嫁 …………………………………206
雪原の沈黙 …………………………………293
接骨医の娘 …………………………………338
絶望 ……………………………………116, 117
絶望の淵より ………………………………626
セバスチャン・ナイトの真実の生涯 …116, 117
ゼラニウム …………………………………285
セールスマンの死（A・ミラー）
　……………25, 136, 137, 451, 484, **488**, 598, 610, 619
セールスマンの死（ウェルティ）………261
セロン・ウェアの破滅 ……………………206
1000エーカー ………………………………628
1919年 …………………………………104, **465**
1924年、パブロース16日 ………………140, 141
閃光灯 ………………………………………338
善行のための小論 …………………………184
センザンコウ ………………………………99
全散文集（ムア）……………………………99
全散文集（ワイリー）………………………222
全詩集（ヴァン・ドーレン）………………613
全詩集（クレイン）…………………………242
全詩集（サンドバーグ）…………………218, 613
全詩集（ジャクソン）………………………248
全詩集（W・スティーヴンズ）…………91, 614
全詩集（ダンバー）…………………………215
全詩集（ヒラー）……………………………613
全詩集（プラス）………………………304, 612
全詩集（フロスト）…………………………612
全詩集（マクリーシュ）………………231, 614

全詩集（ムア）……………………………98, 99, 613
全詩集（メリル）……………………………289
全詩集 1927-1979（ビショップ）…………262
全詩集（ライト）………………………296, 615
全詩集（ロビンソン）…………………214, 612
全詩集（ワイリー）…………………………222
戦時下、その他の詩 ………………………55
戦場 …………………………………………83
善女のパン …………………………………400
戦争中の覚書 ………………………………61
戦争の犠牲者 ………………………………317
船長アイルソン荷車の人 ………………54, 55
尖塔歌 ………………………………………128
戦闘詩、及び戦争の諸相 ………………62, 63
千二百万の黒人の声 ………………………127
千年の平和の国 ……………………………289
善人はなかなか見つからない ……………285
禅ヒッピー …………………………………280
千夜一夜物語 …………………………36, 60, 600
1630年より1649年までのニューイングランドの
　歴史 ………………………………………180

ソ

ゾーイー ………………………………140, 141, 523
象牙の門を通って …………………………336
草原の輝き …………………………………267
創作の哲理 …………………………56, 57, 359
喪失 …………………………………………272
早熟―現代のアメリカ女性詩人たち ……311
装飾された車輪 ……………………………319
蔵書に囲まれて ……………………………194
そうだ、人民だ ……………………………218
続・愛について ……………………………163
続・あしながおじさん ……………………217
続軍鼓の響き ………………………………375
備えよ、備えよ ……………………………460
ソニーのブルース ………………………147, 602
その精一杯 …………………………………85
その名にちなんで …………………………346
その名は秋 …………………………………65
その日まで、又は逆光線 …………………169
ソー・ビッグ ………………………………624
ソフィーの選択 ………………151, **553**, 611
染め屋の手 …………………………………258
空から光が降りてくる ……………………339
空とび猫 ……………………………………300
空飛ぶアフリカ人 …………………………160
空に対峙する男 ……………………………214
ゾラを探して ………………………………232
ソルジャーズ・プレイ ……………………621
それにもかかわらず ………………………99
それはこの国では起こらない ……………95
それは抽象的でなければならない ………91
それは変化しなければならない …………91

◇索　引◇（作　品）

それは喜びを与えなければならない……………91
それを欲しがるものへ……………………………93
ソロモンの歌……………………………160, 161, **550**
ソンブレロ落下す―ある日本小説………………310

タ

第一詩集（メリル）………………………………289
第一頁の物語………………………………………257
対エスキモー戦争の前夜…………………………495
代価…………………………………………136, 137
タイガーの娘………………………………………318
第五列………………………………………………120
第五列と最初の四十九の短編……………………120
大工よ、屋根の梁を高く上げよ………………140, 141
大行進………………………………………………238
大寺院の殺人………………………………………101
大司教に死は来たる…………………………80, 81
大司教の天井………………………………136, 137
代償の歳月…………………………………………248
大聖堂（カーヴァー）……………………316, **559**
大聖堂（J・R・ロウエル）……………………194
大草原………………………………………………190
大草原の殺人………………………………………475
大草原の小さな家…………………………………212
大草原の小さな町…………………………………212
タイタンの妖女……………………………142, 143
大地……………………………………34, 236, 610, 624
大地の暗い顔………………………………………336
大地の壺……………………………………………231
大地の勇気…………………………………………254
タイドウォーターの朝……………………………151
タイドウォーター物語……………………………159
大道の歌……………………………………………374
大道の果てに………………………………282, 614
大統領のための白書………………………144, 145
ダイナモ……………………………………………103
タイニー・アリス…………………………………155
第二章………………………………………152, 153
第二の敷居…………………………………………241
第八の日に…………………………………………110
タイピー…………………………………………62, 63
代表的人間像……………………………48, 49, **363**
大分水嶺……………………………………………215
大平原……………………………………………46, 47
タイムクエイク……………………………142, 143
タイムズスリー……………………………………614
太陽の黄金の林檎…………………………………278
太陽の帆船…………………………………………249
大予言者カルキ……………………………………287
第四の手……………………………………………170
大陸漂流……………………………………………320
大理石の牧神（フォークナー）…………112, 114
大理石の牧神（ホーソーン）……………50, 51, **376**
大量虐殺の大綱から………………………………339
対話…………………………………………………323
ダイング・アニマル………………………………165
ダウト………………………………………………622
高い城の男………………………………156, 157, **524**
高い窓………………………………………………227
誰がために鐘は鳴る………………34, 119, 121, **472**
高く昇って一点へ…………………………………285
宝島…………………………………………………477
ダーク・ポニー……………………………………330
タコ……………………………………………………99
他者への血…………………………………………272
多声的散文…………………………………………217
助ける命は自分のかもしれない…………………285
黄昏…………………………………………………341
黄昏に燃えて………………………………………627
脱出…………………………………………………281
ダッチマン………………………………26, 308, 309, **530**
ダッチャーズ・クーリー農園のローズ…………207
多であることについて……………………………614
タナトス・シンドローム…………………………273
ダニエルの書………………………………………602
楽しい木曜日………………………………………123
多の力………………………………………………325
頼むから静かにしてくれ…………………………316
タバコ・ロード……………………………251, 596
旅路の果て………………………………158, 159, 517
旅の問い……………………………………………262
旅人の話…………………………………………44, 45
ダビュークから来た婦人…………………………155
多忙なビジネスマンのロマンス…………………400
朝の勝利…………………………………………88, 89
魂の拍手と歌うこと………………………………298
タマーその他………………………………………226
タマレーンその他………………………………56, 57
タリー＆サン………………………………………313
タリー家のボート小屋……………………313, **554**, 621
タリスマン…………………………………………174
タール人形…………………………………………160
タール・ベイビー…………………………160, 161
誰も知らない女……………………………………331
誰も私の名を知らない……………………35, 146, 147
タングルウッド物語………………………………50, 51
探検者……………………………………………46, 47
単純な真理…………………………………………616
誕生日の子供たち…………………………………489
誕生日の詩…………………………………………304
男性異性装者サポート・グループ………………342
断頭台への招待……………………………116, 117
タンバリン…………………………………………223
短編集（J・スタフォード）……………………626
短編小説の書き方…………………………………223
短編全集（I・B・シンガー）…………………509
短編全集（オコナー）……………………………611
たんぽぽのお酒……………………………………278

801

◇索　引◇（作品）

チ

血 …………………………………………509
小さな場所 ……………………………333
地獄のオルフェウス …………130, 131, 604
地獄のコウモリ軍団 …………………322
地獄のコーラ―即興 …………………93
地獄のコーラへの序詞 ………………92
地図 ……………………………………262
父親予定者 …………………………32, 135
父たち …………………………………243
父と息子 ………………………………120
父と母と私 ……………………………125
父の遺産 ………………………………165
父の輝くほほえみの光で ……………326
地中海その他 …………………………243
秩序の観念 …………………90, 91, **455**
知的な事がら …………………………254
乳房 ……………………………………165
チープサイドのタークィン …………109
地平の彼方 …………25, 102, 103, 413, 610, 618
血まみれの工場のなかで ……………312
チャタレイ夫人の恋人 ………………89
チャーリーとの旅 ……………………123
チャールズ・オルソン全詩集 ………263
チャールズ・ストリート148番地 ……81
チャンピオンたちの朝食 …142, 143, **545**
中国 ……………………………………97
中国夫婦人かく語りき ………………236
注釈つきロリータ ……………………36
中西部辺境の息子 ……………………207
中西部辺境の娘 ………………………207
中途半端な説明 ………………………616
宙ぶらりんの男 …………………135, 503
チューリップ …………………………304
チューリップと煙突 …………239, **419**
長子 ……………………………………323
長者マルコ ……………………………103
蝶々夫人 ………………………………204
長老派合唱隊 …………………………470
ちょっと言いたいこと ………………92
地理III …………………………………262
塵を無くすこと ………………………283
沈黙が開く ……………………………277
沈黙の南部 ……………………………201

ツ

追憶のバラード ………………………265
塚を築いた人々 ………………………313
月明かりの道 …………………………200
月にともる火 …………………………145
月は海から遠く離れている …………65
月の光 …………………………………325
月の旅行案内書 ………………………220
月の旅行案内書とタイムテーブル …220
月は沈みぬ ……………………………123
次は火だ …………………………146, 147
作りし人と見出せし者 ………………225
告げ口心臓 …………………………57, 358
土にまみれた旗 ………………………114
角の中の蜜蜂 …………………………625
角笛を吹き鳴らせ …………………152, 153
妻を称える ……………………………515
罪 ………………………………………329
罪と罰 …………………………………536
つらい時間 ……………………………614
剣の刃とケシの種 ……………………217

テ

出会いの前夜 …………………………147
ディア・ジョン、ディア・コルトレイン …315
デイヴィッド・スワン ……………30, 355
D・H・ロレンス ……………………249
庭園地区 ………………………………131
デイジー・ミラー …………69, 70, 72, **382**
ディエン・カイ・ダウ ………………328
帝国の陥落 ……………………………628
低地 ……………………………………169
ディック・ギブソン・ショー …302, 541
ディックとジェイン …………………541
停電の夜に→病気の通訳
ティファニーで朝食を ……148, 149, **511**
ディナー・パーティ …………………152
ディファレンス・エンジン ……176, 177
ディフェンス ………………………117
ディープヘイブン ……………………202
ティモシー・アーチャーの転生 …156, 157
ティンブクトゥー ……………………173
手紙 ……………………………………194
敵たち …………………………………253
デジレの赤ちゃん ……………………203
哲学4 …………………………………210
デスペレーション ……………………174
鉄製さながらの老艦 …………………191
デッドアイ・ディック …………142, 143
デッド・エンド …………25, 256, **456**
デッド・ゾーン ………………………174
テネシーの相棒 …………………197, 380
鉄の踵 ………………………………86, 87
鉄の気性 ……………………………82, 83
テディ ……………………………………495
テナンツ ……………………132, 133, 510
テニスコートの誓い …………………294
デモクラシー …………………………199
デュエット ……………………………152
デリケート・バランス …154, 155, 610, 620
デルタの結婚式 …………………261, **479**
田園詩 …………………………………93

◇索　引◇（作　品）

天国は届かないもの …………………………65
天才 ……………………………………76, 77
天才と肉欲——ヘンリー・ミラーの世界を旅して
　　…………………………………………145
電子仕掛けのクロ ……………………………309
天使たちは廃虚に翔く ………………………260
天使たちへの頌歌 ……………………………224
天使の戦い …………………………130, 131
天使よ故郷を見よ ………………244, **437**
天使よ故郷を見よ（戯曲）…………………620
天使レーヴィン ………………………………510
伝統と個人の才能 ……………………………101
天の鉄路 ………………………………………360
天の牧場 ……………………………122, 123
天のろくろ …………………………300, **542**
テンペスト ……………………………………258
天文学者 ………………………………………515
転落の後に ……………………136, 137, **533**
天路歴程 ………………………351, 360, 379

ト

と …………………………………………419
トイレット ……………………………………308
統一された地の夢 ……………………………616
東欧の戦争 ……………………………………223
同情の力 …………………………………………38
東京モンタナ急行 ……………………………310
道化がやって来た ……………………………241
道化師たちを見よ ……………………………117
倒錯の森 ………………………………………141
投射詩論 ………………………………………263
ドゥーゼに捧げるソネットその他 ………221
ドゥニヤード姫物語 …………………………159
動物園物語 …………………24, 25, 154, 155, **519**, 600
動物王国 ………………………………………241
ドゥービン氏の冬 …………………132, 133
塔の上の三人 …………………………………282
東洋の知己——シリアからの手紙 …………193
トゥーランドット，その他 …………………294
トゥルー・ウェスト …………………………324
透明な対象 ……………………………………117
とうもろこしの皮を剥ぐ人 ………218, 612
通り過ぎてゆく ………………………………254
どうやって運転を学んだか …………………622
トゥルー・ディ・ブルー ……………………329
遠い声，遠い部屋 ……………148, 149, **485**
遠い挿話 ………………………………………129
遠出 ………………………………………………59
時のうねり ……………………………………136
解き放たれたザッカーマン ………165, 565
時は乱れて ……………………………………156
特異性と技巧 ……………………………………99
読書のABC ……………………………………97
Dr.レイ ………………………………………322

ドグラ・マグラ ………………………………582
トーク物語 ……………………………………333
独立記念日 ……………………………………628
独立宣言書 …………………40, 186, 586
年老いたお手伝い ……………………………619
年の変わり目のためのテープ ………………535
都市の回復 ……………………………………289
都市と柱 ………………………………………287
都市の冬，その他 ……………………………292
土星の徴の下に ………………………………306
トータル・リコール …………………………156
特急20世紀号 …………………………………237
ドッズワース …………………………94, 95
突破者 …………………………………………320
凸面鏡の中の自画像 ………294, **548**, 615
ド・ドーミエ＝スミスの青の時代 …………495
トーティーヤ・フラット ……………………123
とても短い話 ………………………118, 120
止まることなく ……………………128, 129
どの月がわたしをここまで追いやったのか …335
トビネズミ ……………………………………454
飛ぶのが怖い …………………………………602
トマス・カーライルの死 ………………………61
トマスとビューラ …………………336, 615
富への道 …………………………………………41
富める者，貧しき者 …………………………265
トム・ソーヤーの冒険 ……31, 66, 67, **381**, 385
ともに生きて …………………………………616
弔う人々 ………………………………………510
ドライヴィング・ミス・デイジー …………621
ドラゴン・シード ……………………………236
ドラゴンの兄弟 ………………………………255
ドラマの遺産 …………………………………237
とりで …………………………………………………77
砦のごとく ………………………………………99
トリスタンとイゾルデ …………………………29
トリストラム ………………………214, 612
鳥たちの歌は決して再び同じにはならない …85
鳥の神殿——倒錯ミステリー ………………310
ドリーム・ガール ……………………………234
ドリーム・キャッチャー ……………………174
ドルフィン …………………………274, 615
奴隷（シンガー）……………………………253
奴隷（バラカ）……………………308, 309
奴隷解放100周年にあたり甥に宛てた手紙 …147
奴隷制——既知世界の闇 ……………………628
努力しないで出世する方法 …………………620
トロイのヘレンその他 ………………………221
泥棒花婿 ………………………………………261
トロールの庭 ……………………………………80
ドロレス・クレイボーン ……………………175
トワイス・トールド・テールズ ……30, 50, 51, **355**
とんがり樅の木の国 …………………………202
ドン・キホーテ ………………………………187

803

◇索　引◇（作品）

どん底の人々 …………………………………86
飛んでいく変化 ……………………………615
トンネル ……………………………………284

ナ

ナイン ………………………………………314
ナイチンゲールではなく …………130, 131
ナイフ投げ師 ………………………………325
内容本位 ……………………………………163
内陸―ニューイングランドの詩 …290, 615
ナイン・ストーリーズ ……………141, **495**
長い家路 ……………………………………620
長いお別れ …………………………………227
長い街道 ……………………………………207
長い帰りの船路 ……………………………103
長いクリスマス・ディナー ………110, 111
長い谷間 ……………………………123, **464**
長い冬 ………………………………………212
長い夢 ………………………………………127
泣かないで …………………………………153
半ばで ………………………………………290
流れよわが涙、と警官は言った …156, 157
亡き妻 ………………………………………617
ナショナル・ストーリー・プロジェクト …173
なぜ結婚？ …………………………………618
ナチュラル …………………………132, 133
夏 ……………………………………209, 402
なつかしきクレオールの時代 ……………201
なつかしの祖国 ……………………………50
夏草の記憶 …………………………331, **578**
ナット・ターナーの告白 …150, 151, **538**, 610, 626
夏と煙 ………………………………………131
夏の夜の夢 …………………………………418
夏服を着た女性 ……………………………265
夏への移送 ……………………………90, 91
夏への扉 ……………………………………256
77の夢の歌 …………………………270, 614
七つの時代 …………………………………323
七つの大罪 …………………………………110
七本のギター ………………………………327
何かが道をやってくる ……………………278
何もかもが究極的 …………………………174
ナボコフの一ダース ………………………117
ナポリ王のための夜想曲 …………………319
生意気な少年 ………………………………109
名もない人々 ………………………………80
成上がり者たち ……………………………282
難解な詩 ……………………………………249
何時ですか …………………………217, 612
汝の父を敬え ………………………………305
汝の隣人の妻 ………………………………305
難破船へ潜る ………………………………299
ナンバーワン ………………………………105
南部の人―ジョン・マーチ ………………201
南部の道 ……………………………………246
南部びいき …………………………………206
南北戦争の遺産 ……………………………255

ニ

肉体と魂 ……………………………………181
虹色透明塗装の流線型ガール ……………303
虹が一杯だった時―自殺を考えた黒人の女
　の子のために ……………………………332
西へ流れる川 …………………………84, 85
20世紀号に乗って …………………………237
20世紀の喜び ………………………………320
23階の笑い …………………………………152
尼僧への鎮魂歌 ……………………………115
尼僧物語 ……………………………………272
日記（ウルマン）…………………………183
日記（シューアル）………………………183
日記（ソーロウ）…………………………59
日記（ホーソーン）………………………50
日記（マザー）……………………184, 584
ニック・アダムズ物語 ……………121, 425
日光の話 ……………………………………335
日曜日だけの一ヶ月 ………………162, 163
日曜日に公園でジョージと ………………621
二度死んだ男 ………………………214, 612
二都物語 ……………………………………477
二番街の囚人 ………………………………153
二本の列車が走る …………………………327
ニューイングランド初等読本 ……………584
ニューイングランドの一婦人による多様な
　機知と学識を持って編まれた詩集 ……181
ニューイングランドは小春日和 …………225
ニューハンプシャー ……………84, 85, **416**, 612
ニューヘイヴンの普通の夕べ ……………91
ニューヨーク三部作 ………………172, 173, **568**, 602
ニューヨーク詩人傑作選 …………………284
ニューヨークの奴隷たち …………………342
ニューヨークの歴史 …………………44, 45
ニューヨーク版序文集（H・ジェイムズ）…73
ニューロマンサー ………………36, 176, 177, **563**
楡の木蔭の欲望 ……………102, 103, **423**, 424, 552
庭師　ただそこにいるだけの人 …………306
人間―蛾 ……………………………………262
人間喜劇 ……………………………………260
人間悟性論 …………………………………185
人間とは何か ………………………………67
人間と蛇 ……………………………………389
人間の宇宙その他 …………………………263
人間の希望 …………………………………320
人間の権利 …………………………………186
人間論 ………………………………………527
認識 …………………………………………281

◇ 索 引 ◇（作 品）

ヌ

ぬかるむ季節の二人の浮浪者 ……………460
盗まれた手紙 ………………………………57
盗み …………………………………………135
沼地の島 ……………………………………202

ネ

ネイティヴ・ガード ………………………617
ネイティヴ・ジョイ ………………………335
ネイティヴ・スピーカー …………………611
ネオン方言 …………………………328, 616
ネクサス ……………………………………233
猫のゆりかご ………………142, 143, **529**
猫屋敷のカナリヤ …………………………142
ねじの回転 ………………32, 71, 73, **391**
ネッソスのシャツ …………………………158
熱帯地方のアンナ …………………………622
眠りと呼ばんか ……………………………35
眠れない時代 ………………………124, 125

ノ

農場 …………………………………………163
農場の少年 …………………………………212
農奴ヘロス …………………………………195
農民の踊り …………………………………93
野鴨 …………………………………………483
残り火 ………………………………………109
野中の道をジグザグに ……………………318
ノー・プレイス・トゥ・ビー・サムバディ……620
ノーベル文学賞受賞記念講演（モリスン）……161
昇る朝日に跪け ……………………………251
飲めや歌えや ………………………………322
のろまの連合 ………………………………627

ハ

ハイアワサの歌 ………………52, 53, **373**
バイオリン弾きの別れ ……………………612
廃虚の愛 ……………………………………273
ハイジの年代記 ……………………332, **570**, 622
背信の日々 …………………………………165
背信の行方 …………………………………324
ハイデガー博士の実験 ……………………355
ハイデンホフ博士のやり方 ………………204
ハイペリオン …………………………52, 53
バイユー地方の人々 ………………………203
入れ …………………………………………85
ハーヴィー …………………………………619
パヴロ・ハメルの基礎訓練 ………………317
バー・オークス ……………………………254
バカニアーズ ………………………………209
白衣の人々 …………………………256, 618
迫害の血塗られた教理 ……………………181
白鯨 ……16, 31, 62, 63, **366**, 460, 486, 518, 544, 588

白人へのブルース …………………………147
白人よ、聞け ………………………………127
白痴を先に …………………132, 133, **510**
白髪交じりの戦士 …………………………355
ハーグレイヴスの一人二役 ………………400
厳しい風 ……………………………………125
烈しく攻めるものはこれを奪う …………285
橋 ……………………………………242, **438**
橋からの眺め ………………………………137
梯子の運び手 ………………………295, 615
始まりの場所 ………………………………300
はじめの4年間 ……………………………212
馬上の乞食 …………………………………229
走れ、ウサギ ………………162, 163, **521**, 543
バス停留所 …………………………………267
ハーストン自伝、路上の砂塵 ……………232
裸の神―作家と共産党 ……………………271
裸のランチ …………………………………268
裸足の少年 …………………………………54
裸足で散歩 …………………………153, 534
パターソン …………………92, 93, 247, **481**, 518
パターン・レコグニション ………176, 177
八月―オセージ郡 …………………………623
八月の光 ………………………34, 113, 114, **444**
八月十五夜の茶屋 …………………………620
蜂が止まった ………………………………288
80ヤード独走 ………………………………265
八人の男 ……………………………126, 127
ハーツォグ …………………134, 135, 611
$8\frac{1}{2}$ ………………………………………314
二十日鼠と人間 ……………122, 123, **461**
二十日鼠に寄せて …………………………461
八十路から眺めれば ………………………246
ハックルベリー・フィンの冒険
　…………………31, 32, 67, 89, 120, **385**
バッタ ………………………………………239
跋文 …………………………………………120
パティ，大学へ行く ………………………217
パティ・シリーズ …………………………217
ハード・タイムズ …………………………137
鳩の翼 …………………………………71, 73
鳩の羽根 ……………………162, 163, **515**, 521
波止場 ………………………………………137
バートルビー ……………………………62, 63
花占い ………………………………………155
花、こぶし、獣の哀しみ …………………277
花咲く石 ……………………………………612
花咲く杖 ……………………………………224
花咲くユダの木 ……………………230, **440**
花園 …………………………………………193
バーナード・マラマッド短編集 …………132
バーナム博物館 ……………………………325
バナナフィッシュにうってつけの日
　…………………………………140, 495, 523

805

◇索　引◇（作　品）

花開くニューイングランド……………225
ハナミズキ………………………………163
花嫁、イエロー・スカイに来たる………78
バーニスの断髪…………………………109
羽根の冠（シンガー）…………………253
羽根の冠（メイソン）…………………318
ハノイで考えたこと……………………306
母親のキス………………………………301
母の愛……………………………………336
母の自伝…………………………………333
母の庭をさがして………………………326
母なる夜……………………………142, 143
母よ嘆くなかれ…………………………236
バーバラ・フリーチー………………54, 55
バーバリの岸辺……………………144, 145
バビット………………………94, 95, **414**
バビロンを夢見て─私立探偵小説1942………310
ハーブ織のバラードその他…………235, 612
パーマー・エルドリッチの三つの聖痕……157
ハーマイオネ……………………………224
ハムレット（シェイクスピア）……101, 453
ハムレット（ヴァレリー）……………193
ハムレットと彼の問題…………………101
バラ………………………………………342
薔薇色の十字架…………………………233
バラが問題だ……………………………620
パラダイス…………………………160, 161
バラードその他の詩（ロングフェロー）………52, 53
バラの刺青………………………………131
針の穴から……………………………68, 69
針のない時計……………………………138
パリ行き…………………………………241
パリ、テキサス…………………………324
パール……………………………………337
遙か南へ…………………………………337
バルソ・スネルの夢の生活………34, 250
春とすべて……………………92, 93, **421**
春の憂い…………………………………187
春の奔流……………………………120, 431
春の水たまり……………………………85
ハルモニウム…………………90, 91, **418**, 455
ハーレム・ゲットー……………………146
ハーレムの踊り子………………………229
ハーレムの影……………………………229
ハロー、ドリー！………………………111
ハワード・ネメロフ全詩集………276, 615
反解釈……………………………………306
晩餐に来た男…………………………229, 252
パンセ……………………………………521
万人………………………………………420
万人の抗議小説…………………………147
ハンバーガー殺人事件…………………310
バーンハウス効果に関する報告書……142
半端工事…………………………………163

ハンプティ・ダンプティ………………480
反乱するメキシコ………………………223

ヒ

ピアザ……………………………………63
ピアザ物語…………………………62, 63
ピアノ・レッスン………………327, 574, 622
緋色の記憶……………………………331, **578**
ピエール………………………29, 62, 63, **370**, 422
光とはどのようなものだったか………277
引き出しの中の人間……………………510
ピクニック………………26, 267, **497**, 619
ビグロウ・ペイパーズ第1集…………194
ビグロウ・ペイパーズ第2集…………194
悲劇の土地………………………………251
悲劇の美神………………………………70
悲劇を越える塔…………………………226
飛行船……………………………………322
飛行の理論………………………………266
ビザン・キャントーズ………96, 97, 426
美術館と女たち…………………………163
秘書………………………………………101
ビッグ・サーの南軍将軍………………310
ビッグ・トゥーハーティッド・リヴァー………425
びっくりハウスの迷子………158, 159, 600
ビッグマネー……………………104, **465**
ヒッポリュトス…………………………423
必要な天使─現実と想像力についてのエッセー………………………………………91
必要なものはわかっていた……231, **424**, 618
ひでえぜ、今日は………………………127
人食い……………………………………286
人食い族とクリスチャン………………145
一つの政権の間…………………………202
人と所と物………………………………266
人びとがここに住む……………………282
人々を率いる者…………………………464
ビートル・レッグ………………………286
人々の声……………………………82, 83
日なたの干しぶどう………26, 302, **514**
陽の当る場所……………………………429
美の芸術家………………………………360
火の中の輪………………………………285
日はまた昇る……………33, 120, **431**
ひばり……………………………………125
響きと怒り………33, 113, 114, **434**, 442, 439
批評家たちのための寓話………………194
批評と虚構……………………………68, 69
ピピン四世の短い治世…………………123
火への梯子………………………………249
非凡な女たちと平凡な女たち…………332
秘密のインテグレーション……………169
秘密の園…………………………………202
秘密裡に…………………………………169

◇ 索　引 ◇（作　品）

緋文字 ……………………30, 33, 50, 51, 162, **364**, 376, 588
158ポンドの結婚 ……………………170
百の秘密の感覚 ……………………338
ヒュー・セルウィン・モーバリ ……………97, **411**
非ユダヤ的女神 ……………………332
ヒューマン・ステイン ……………165, 611
ピューリタンの酒 ……………………225
ピューリタニズムからポストモダニズムまで
　　—アメリカ文学史 ……………36, 38
病院のスケッチ ……………………196
病気の通訳（停電の夜に）…346, 604, 610, 611, 628
評決 ……………………330
標識塔 ……………………113, 114
平等 ……………………204
ピラヴド ……………………160, 161, **569**, 627
ビリー・バッド ……………………62, 63, **422**
昼酒 ……………………230
ビール・ストリートに口あらば ………147
昼と夜 ……………………287
広い網 ……………………261
ビロクシー・ブルース ……………152, 153, 560
火をもたらす人 ……………………215
壜の中の手記 ……………………56
貧乏白人 ……………………88, 89

フ

ファーザー・グースの本 ……………206
ファスト・レーンズ ……………………337
ファーノース ……………………324
ブァハウス・フェア ……………162, 163
ファミリー・ダンシング ……………345
ファミリー・ライフ ……………………320
ファルコナー ……………………264
ファンショー ……………………50, 51
不安の時代—バロック風田園詩 ……258, 613
フィオレロ！ ……………………620
フィクサー ……………………132, 133, 610, 626
フィデルマンの絵 ……………………132, 133
フィネガンズ・ウェイク ……………216, 474
フィラデルフィア物語 ……………241, **468**
フィンランド駅へ ……………………240
不運な女 ……………………310
フェミニジア ……………………208
フェニミン・ミステーク ……………602
フェンス ……………………327, **567**, 621
武器よさらば ………………33, 118, 119, 120, **436**
複眼 ……………………288, 535
覆面騎士団 ……………………255
フクロウのクローバー ……………91
ふさがれた窓 ……………………389
ふさわしい環境 ……………………389
不思議な山からの香り ……………628
不思議なよそ者第44号 ……………67
双子座の女 ……………………323

二つの月曜日の思い出 ……………136, 137
二つの流れ ……………………61
二人の新婚旅行 ……………………68
ふたり物語 ……………………300
普通の人　ジェイソン・エドワーズ ………207
プッテルメッサーとクサンティッペ ………298
舞踏会へ向かう三人の農夫 ………343, 604
船乗りサムボディ最後の船旅 ………159
プニン ……………………107
ブーム・ブーム・ルーム ……………317
不毛の大地 ……………………82, 83, **427**
フューチャーマチック ……………177
冬の景色 ……………………535
冬の木立 ……………………304
冬の夢 ……………………108, 109
ブライズデール・ロマンス ……………50, 51, **369**
ブライト・ライツ、ビッグ・シティ ………339
ブライトン・ビーチ回顧録 ……152, 153, **560**
プラザ・スイート ……………………153
ブラジル ……………………162, 163
ブラジル、1502年1月1日 ……………262
不埒な中国人 ……………………197
ブラック・エルクが語る ……………211
ブラック・チケッツ ……………………337
ブラック・ブック ……………………160, 161
ブラック・ボーイ ……………………126, 127
ブラック・ユーモア ……………………301
ブラッド・オレンジ ……………………286
ブラッドストリート夫人への賛辞 ………270
ブラッドマネー博士 ……………………157
フラッパーと哲学者 ……………108, 109
フラニー ……………………140, 523
フラニーとゾーイー ……………141, **523**
プラム川の土手で ……………………212
フランキーとジョニー ……………317
フランク・オハラ全詩集 ……………292
フランクリン・ピアスの生涯 ……………50
フランシス・マカンバーの短い幸福な生涯 ……120
フランチャイザー ……………………302
ブリージング・レッスン ……………321, 627
ブリックス ……………………74, 75
ブリット・パーク ……………………264
フリードマン短編集 ……………………301
プリマス植民地の歴史 ……………180
ブリューゲルの絵 ……………92, 93, 614
フリーランスの棺桶担ぎ ……………314
ブルー・イン・ザ・フェイス ……………172
フールズ ……………………152
ブルース・ピープル ……………………308
ブルックリン渡船場を渡って ………374
ブルーについての哲学的考察 ………284
プルーフ ……………………622
フール・フォア・ラブ ……………324, **558**
プルーフロックとその他の観察 ………101, **407**

807

◇索　引◇（作品）

ブルーブロックの恋歌 …………………………101
ブルーワールド ……………………………337
プレイヤーズ ………………………166, 167
プレイバック ………………………………227
プレイヤー・ピアノ ……………………142, 143
プレクサス ………………………………233
ブレイスブリッジ・ホール ……………44, 45
触れ屋と世話焼き …………………………302
プレリュード ………………………100, 407
ベレロフォン物語 ………………………159
フロイトに捧ぐ ……………………………224
フローティング・オペラ ……158, 159, **505**
ブロードウェイをめざして ……152, 153, 560
ブロードウェイから45秒 …………………152
ブロードウェイの光景 ……………………61
ブロンズヴィルの街路 ……………………275
プロミセス・プロミセス …………………152
フロント・ページ …………………………237
文学界の友人と知人 ………………………68
文学状況 ……………………………………246
文学と社会の目的 ……………………48, 49
分水嶺の歴史 ………………………………584
フンボルトの贈り物 ……134, 135, **547**, 610, 627
文明の推移 …………………………………198

ヘ

兵士と市民の物語 …………………………200
兵士の報酬 ………………33, 112, 113, 114
ベイトン・アンバーグ ……………………342
ヘイ・ノストラダムズ！ …………………344
ベシー・スミスの死 ………………………155
ヘスペロス号の難破 …………………52, 53
ベツィー・ブラウン ………………………332
ベック ………………………………………163
ペット・セメタリー ………………………175
ベニト・セレノ ………………………62, 63
蛇 ……………………………………122, 464
ヘミングウェイ全短編 ……………………121
ベラローザ・コネクション ………………135
ペリカンの影 ………………………………241
ペリカン文書 ………………………………324
縁の道 ………………………………………288
ペール・ギュント …………………………237
ベル・ジャー ………………………………304
ペルセウス物語 ……………………………159
ベルと本と蝋燭 ……………………………248
ベレロフォン物語 …………………………159
ヘレンに ………………………………………57
偏愛 …………………………………………99
弁解 …………………………………………93
変化の近くで ………………………………616
変化への意志 ………………………………299
辺境の惑星 …………………………………300
ペンシルヴェニア・ガゼット ……………41

変身 …………………………………………165
ペンティメント ……………………124, 125
ベンド・シニスター ………………116, 117
変貌 …………………………………………376
変容 …………………………………………297
ヘンリー・アダムズの教育 ………199, **401**
ヘンリー・ジェイムズの遍歴 ……………225

ホ

ホイッスル …………………………………279
ホイッスルジャケット ……………………286
ポイントンの蒐集品 …………………71, 73
ボヴァリー夫人 ………………30, 117, 342, 392
法王ゼイドルス ……………………………509
崩壊 …………………………………………109
崩壊した家 …………………………………289
棒きれと骨 …………………………………317
放校処分にされて …………………………264
ボウ詩集 ………………………………56, 57
暴風 …………………………………………287
ボウ物語集 ……………………………56, 57
亡命者帰る …………………………………246
亡命者のノートから ………………………298
放免 …………………………………………109
ポエトリ ……………………………………218
吠える ………………………………………504
吠える、その他 ……………………291, **504**
ポーカー・フラットの宿無し ………197, 387
ホーカス・ポーカス ………………142, 143
ポーギーとベス ……………………………149
北緯42度線 …………………………104, **465**
ぼくが電話をかけている場所 ……………559
ぼくがどんなにきみを好きか、きみにはわかる
　　まい ……………………………………515
ボクサー ……………………………………425
牧師さんの黒いヴェール …………………355
牧師志願者への指針 ………………………184
僕自身の歌 …………………………………374
ぼく自身のための広告 ……………144, 145
牧師の求婚 …………………………………192
牧草地 ………………………………………323
牧草地の出入り口 …………………………276
ぼくの親父 …………………………………120
僕の親戚モリヌー少佐 ……………………51
僕の読書始め、ラファイエット …………61
僕は電気が充満する肉体を歌う …………375
ホークライン家の怪物—ゴシック・ウェスタン
　 …………………………………………310
ぼくらはなぜベトナムにいるのか ………145
保護された生活 ………………………82, 83
補充の文学 …………………………158, 159
ボズウェル …………………………………302
ボストン ……………………………………219
ボストン・コモン、さらにエマソンについて …61

◇索　引◇（作　品）

ボストンの北 …………………84, 85, **404**, 416
ボストンの幸福な男、祖母の指貫、ファニング島 …………………………………515
ボストンの人々 ………………………70, 72
ホーソーンと『苔』………………62, 360
ホーソーンの「トワイス・トールド・テールズ論」（ポウ）……………………56, 57
ポータブル・フォークナー……………246
墓地への侵入者 ………………………115
ポッター氏 ……………………………333
ボディ・アーティスト ………166, 167
ホテル・ニューハンプシャー …170, 171
ホテル・ユニヴァース ………………241
ポートノイの不満 …………164, 165, 565
ボナヴェンチャー ……………………201
炎と影 …………………………………221
ボビー・アン・メイソン短編集 ……318
ポープ氏その他 ………………………243
ポーマノクを後にして ………………375
ホームバディーカブール ……………340
ポラロイズ・フロム・ザ・デッド …344
ポリー …………………………………203
ホリデイ ………………………………241
ボルティモア夫人 ……………………210
ホールドアップ ………………………329
ホル・バルティモア …………………313
ぼろ着のディック ……………………195
ホログラムの薔薇のかけら……………176
ホワイト・ジャケット ………………62, 63
ホワイト・ノイズ …………166, 167, **562**, 602, 617
本街道 …………………………………207
ボンダー家の心 ………………………261
本町通り ………………94, 95, 213, **412**
本当だったかもしれない物語 ………268
本名で呼ばないで ……………………282
翻訳で失われて ………………………289
奔流天に騰る …………………………618
本を閉じよ ……………………………220

マ

マイクロサーフ ………………………344
マイノリティ・リポート ……………156
マイ・フェア・レディ ………………252
マイラ …………………………………287
マイルズ・スタンディシュの求婚、その他の詩 ………………………52, 53
マイ・ロスト・シティー ……………109
マイン …………………………………337
マオⅡ …………………………166, 167, 602, 611
マクシマス詩篇 ………………263, **518**
マクシマス詩篇第3巻 ………………518
マクシマス詩篇第4, 5, 6巻 …………518
マクティーグ ……………………74, 75, **393**
マーク・トウェインの試練 …………225
マーク・トウェインの「不思議なよそ者」原稿集 ……………………………67
マグノリアの花たち …………………324
マクベス ………………………………129
負けいくさ ……………………………261
マーケット通りのスピノザ …253, 509
まさかりの歌 ……………………60, 374
マザー・カインド ……………………337
マザー・グースによるお話 …………206
マーサズ・ヴィニャード島へ歩く …616
マサチューセッツで否定された正義 ……235
マサチューセッツ湾植民地賛美歌集 ……584
マーシー・ストリート ………………297
まじめが大切 …………………………534
貧しいリチャードの暦 ……40, 41, 386
貧しいロビンの暦 ……………………41
マーシェンカ …………………116, 117
魔女は夜ささやく ……………………337
マシーン・ドリームズ ………………337
マスター・クラス ……………………317
マダム・デルフィーヌ ………………201
マーチ …………………………………628
町（フォークナー）……………113, 115
町（リクター）………………………625
待合室にて ……………………………262
町と都会 ………………………………280
街の風景 ………………25, 234, **435**, 618
街の女マギー ……………………78, 79
街よ、わが名を高らかに ……………296
マッケルヴァ家の娘（楽天主義者の娘）…261, 626
マーディ …………………………62, 63
マディソン郡のはずれの小さな反抗 ……141
マーティノ博士、その他 ……………114
マーティン・イーデン ……………86, 87
マーティン・ドレスラーの夢 …325, 604, 628
マーティン・フェイバー ……………189
マトリクス ……………………………563
間に合った ……………………………293
真昼の暗黒 ……………………………256
まぶしい光 ……………………………288
魔法の樽 ………………132, 133, **510**, 611
ママの思い出 …………………248, **477**
ママの貯金 ……………………248, 477
豆食う人たち …………………………275
麻薬常用者 ……………………………268
麻薬密売人 ……………………………305
迷える夫人 ……………………80, 81, **417**
迷える息子 ……………………………259
真夜中に海がやってきた ……………334
マラフレナ ……………………………300
マリー・ヒルの小戦 …………106, 107
マリア・コンセプシオン ……230, 440
マリー・ロジェの謎 …………………56
マルコムX自伝 ………………………279

809

◇ 索　引 ◇（作　品）

マルコム……………………………………155
マルコムの遍歴……………………………282
マリーゴールドへのガンマ線の効果………620
マルーシの巨像……………………………233
マ・レイニーのブラック・ボトム…………327
マンハッタンの奇譚クラブ………………556
マンハッタン乗り換え駅………………33, 104, 105
マンハッタンの人食い人種………………342
マンボ・キングズが愛の歌を演奏する……627
マンボ・ジャンボ…………………314, 602

ミ

見えない事実を確認する…………………147
見えない人間………………35, 269, **492**, 611
見える闇……………………………………151
未完の女………………………124, 125, 473
見事な待ち伏せ……………………………613
ミザリー………………………………175, 557
短い金曜日……………………………253, 509
ミシガンの北で……………………………120
ミシシッピ川の生活…………………………67
水先案内人……………………………………46
ミスター・ヴァーティゴ…………………172, 173
ミスター・ノース…………………………110
水鳥に寄せて………………………190, 350, 460
水の上の輪…………………………………311
ミス・ロンリーハーツ……………34, 250, **446**
ミス・ワイオミング………………………344
店……………………………………………624
魅せられて…………………………………341
道（ウェルティ）…………………………261
道（マッカーシー）………………………628
三日吹く風…………………………………425
三つの丘の窪地……………………………376
三つの詩……………………………………294
三つの短編と十の詩………………………120
ミツバチに告げて……………………………54, 55
蜜蜂に寄せて………………………………187
緑色のカーテン……………………………261
緑色の壁……………………………………296
緑の大枝……………………………………114
緑の牧場……………………………………618
ミドルセックス……………………………628
ミドル・パッセージ………………………265
ミドルマンその他……………………318, 604
未亡人の一年…………………………170, 171
みなしご天使………………………………222
南回帰線………………………………233, **447**
南太平洋……………………………………619
南太平洋物語………………………………625
ミュージック・スクール……………163, **515**
見よ、この鍵だ……………………………510
見よ、旅人よ！……………………………258
ミラベル―数の書…………………………549

ミラベルの数の書…………………………549
ミランダ物語………………………………230
ミリアム………………………………148, 489
身を横たえて………………………………120
魅惑者………………………………………117
魅惑の夜……………………………………325
民主主義の展望…………………………60, 61
みんな我が子………………………136, 137, **483**

ム

無蓋のボート……………………………78, 79
昔の隣人……………………………………330
昔むかし……………………………………159
無垢の時代………………209, **410**, 610, 624
息子たち……………………………………236
息子たちへ…………………………………305
娘たち………………………………………298
娘の地理……………………………………332
無題（R・ハワード）……………………615
無の近傍 1926-1977 全詩集…………128, 129
村…………………………………………113, 115
村にて………………………………………262
村の鍛冶屋…………………………………52, 53
ムーンパレス………………………172, 173, **571**

メ

眼……………………………………………117
名医先生……………………………………152
名犬ラッシー………………………………173
メイジーの知ったこと…………………32, 71
瞑想…………………………………………181
メイソン・ディクソン線…………168, 169
名俳句集―芭蕉・蕪村・一茶……………320
メイビー………………………………124, 125
メインの森……………………………………59
目覚め（ショパン）………………203, **392**
目覚め（レトキ）………………………259, 614
めぐり逢う時間……………………………628
メッカにて…………………………………275
メディア………………………………226, 423
メトロポリスヴィルの不思議な出来事……198
目に見えぬ世界の神秘……………………184
メネライアド………………………………159
メリディアン………………………………326
メリーマウントの五月柱…………………355
メリーランドの心…………………………204
メルヴィルとホイットマンの時代………225
メンフィスの白い薔薇……………………112
メンフィスへ帰る…………………………627

モ

申し分なし…………………………………328
もう一つの国………………146, 147, 150, **526**
もうひとつの生活……………………132, 133

◇索　引◇（作　品）

もうひとつの肌 …………………………………286
盲目男の世界 ……………………………………204
燃える家 …………………………………………328
モーガン山を下る ………………………136, 137
もし秋にいらっしゃるのならば …………65, 377
もしかして聖人 …………………………………321
もず ………………………………………………619
モスカット家の人びと …………………………253
モズビーの回想録（モズビーの思い出）……135
最も幸福だったとき ……………………………515
持つと持たぬと …………………………120, 472
モデル・ビヘイヴィア …………………………339
モード・マラー ……………………………………54
求める親族 ………………………………………325
モナリザ・オーヴァードライヴ ………176, 177
もの言う馬 ………………………………………510
もの言えぬ人々 …………………………………469
もの憂いブルース ………………………247, **430**
モハーベ砂漠 ……………………………………149
喪服の似合うエレクトラ ……………102, 103, **441**
森 …………………………………………………330
森に死す ……………………………………………89
森の入口に銘する ………………………………190
森の賛歌 …………………………………………190
森の別の場所 ……………………………124, 125
モルグ街の殺人 ……………………………56, 57
モンキーズ ………………………………………341
モン・サン・ミシェルとシャルトル …199, 401
モンテ・クリスト伯 …………………24, 102, 401

◇ヤ◇

野営撤収 …………………………………………311
野外観察図鑑 ……………………………………320
野外劇の台本 ……………………………………549
館 …………………………………………113, 115
やぎ少年ジャイル ………………………158, 159
ヤギ、またはシルヴィアは誰か ………154, 155
約束（ウォレン）………………………255, 614
約束（スタインベック）………………………464
約束ごと ……………………………………………57
役得 ………………………………………………207
役に立つ過去の創出について ……………………38
やさしい少年 ……………………………………355
やさしいボタン …………………………………216
屋敷 ………………………………………………253
野性のアヤメ ……………………………323, 616
野性の棕櫚 ………………………………113, 114
野性のすいかずら ………………………………187
奴らは渇いている ………………………………337
雇い人の死 ………………………………………404
ヤヌスのための仮面 ……………………………295
屋根裏部屋の玩具 ………………………124, 125
藪の中 ……………………………………………200
野望に燃える客人 ………………………………355

山師，モーセ ……………………………………232
山にのぼりて告げよ ……………146, 147, **500**
山の合間 ……………………………………84, 85
山の精 ……………………………………………224
山鳩の声 …………………………………………248
闇に問いかける男 ………………………………331
闇の左手 …………………………………………300
闇の中に横たわりて ……………………150, 151
闇を耕して ………………………………………343
やり方 ………………………………………………93

◇ユ◇

USA ………………5, 31, 34, 104, 105, 144, **465**, 596
優雅な獲物とその他の物語 ……………128, 129
勇敢な娘たちに …………………………………326
遊撃兵 ……………………………………………189
勇者の前で ………………………………………263
友人たちとの夕食 ………………………………622
友人ふたりの詩集 …………………………………68
郵便配達は二度ベルを鳴らす …………………330
有名氏と無名氏 …………………………………155
有名と無名 ………………………………………305
猶予期間 …………………………………………624
歪み ………………………………………………328
幽霊戦争 …………………………………………617
幽霊たち …………………………………172, 568
幽霊の客 …………………………………………356
雪ごもり …………………………………54, 55, **378**
雪白姫 ……………………………………………303
雪の十字架 …………………………………52, 53
雪人形 ………………………………………………51
雪人形、その他のトワイス・トールド・テールズ
　　　　　　　　　　　　　　　　　　50, 51
ユダヤ人に晴れ着を ……………………………247
ユダヤ人の改宗 …………………………………516
ユダヤ鳥 …………………………………………510
ユー・ノー・ミー・アル ………………………223
ユービック ………………………………156, 157
夢の国 ………………………………………………57
ユーモレスク ……………………………………257
ユリアヌス ………………………………287, **531**
ユリイカ …………………………………31, 56, 57
ユリシーズ ………………………36, 92, 515, 544
百合の美しさ ……………………………………163

◇ヨ◇

夜明けの真実 ……………………………………121
酔いどれ草の仲買人 ……………158, 159, **517**
陽気に行こう ……………………………229, 252
ヨガを研究した男 ………………………………145
よき生活 …………………………………………339
抑圧された欲望 …………………………………220
ヨクナパトーファ・サーガ ……………………112
欲望学教授 ………………………………………165

811

◇索　引◇（作　品）

欲望その他 341
欲望という名の電車 …130, 131, **484**, 598, 610, 619
夜空の皇帝 343
四つの四重奏 100, 101, 134, **475**
ヨナ書 232
ヨナのとうごまの木 232
ヨブ記 85, 152, 438
よみがえった改心 400
より暗く 307
夜訊ねてきた女 331
夜に慣れて 85
夜の家 187
夜の樹 5, 148, 149, **489**
夜の記憶 331, **578**
夜の軍隊 145
夜の声 52, 53
夜の子どもたち 214
夜の賛歌 52, 53
夜の街々 105
夜はもうない 106, 107, 619
夜はやさし 108, 109, **448**
夜への長い旅路 102, 103, 484, **506**, 610, 620
鎧を纏った骸骨 53
喜びと影 617
よろこびの機械 278
喜びの秘密 326
ヨーロッパ人 72
ヨーロッパの知己 193
ヨンカーズの商人 110
ヨンカーズ物語 152, 153, 622
41 詩編 419
四十歳以下でなく 81

ラ

ライジーア 57
ライディング・ザ・ブレット 174
ライム園の女 336
ライ麦畑でつかまえて 140, 141, **490**, 598
ライフ・アフター・ゴッド 344
ライフ・イン・ザ・シアター 330
ライフガード 515
ラインの監視 124, 125, **473**
ラヴ 160, 161
ラヴェルスタイン 135
ラヴ・ソング 220
ラヴネル嬢の連邦脱退から忠節への転向 193
ラヴ・ライフ 318
楽園喪失 257
楽園のこちら側 33, 108, 109
ラグタイム 317, 602
楽天主義者の娘 261, 626
ラザロ笑えり 103
ラスト・タイクーン 108, 109
裸者と死者 34, 144, 145, **486**, 598

ラディカルな意思のスタイル 306
落下 281
ラトナーの星 167
ラニー・バッド 219
ラバチーニの娘 30, 360
ラビット・アングストローム四部作 543
騾馬とひと 232
ラ・フォンテーヌの寓話 99
ランサム 339
ランスロット 273
ランチの詩 292
ランニング・ドッグ 166, 167
爛々と燃える 123

リ

リヴァイアサン 172, 173
リヴィア通り91番地 512
理性の仮面劇 85
理性の時代 186
リップ・ヴァン・ウィンクル 30, 45, **352**
リップス・トゥゲザー、ティース・アパート 317
リトル・ミー 152
リーナとその他の物語 298
リビー 261
リブラ・時の秤 166, 167
龍の歯 625
漁師小屋にて 262
漁夫王 298
リンカーン 287
林間の空き地にて 84
りんご 305
りんご採りの後で 404

ル

ルーグ 156
ルーシー 333
ルーシーの哀しみ 164, 165
ルージンの防御 116, 117
ルーズヴェルトとホプキンズ 106
ルーツ 279
ルーツⅡ 279
るつぼ 26, 136, 137, **499**, 598
ルビコン・ビーチ 334
ループ・ガルー：キッドの逆襲 314
ルーブリンの魔術師 253
ルネサンス 235
ルネサンスその他 235
ルル・オン・ザ・ブリッジ 172
ルル（悩める花） 618

レ

冷血 148, 149, 602
冷笑家用語集 200
レイズン 514

◇索　引◇（作品）

冷房装置の悪夢 ……………………………233
レギュレイターズ …………………………174
レターズ ……………………………158, 159
レッドバーン …………………………62, 63
レディー・レティ号のモラン …………74, 75
レフティを待ちつつ ……………25, 257, **452**
レフト・バンク ……………………………234
煉獄（翻訳）………………………………295
レント ………………………………………622
レンブラントの帽子 ……………132, 133, **510**
連邦軍戦没兵士に捧ぐ ……………………274

ロ

ロアリング・キャンプのラック ……………197
ロアリング・キャンプのラック、その他 197, **380**
老艦 …………………………………………191
牢獄 …………………………………………510
老人と海 …………………119, 121, **491**, 610, 625
老政治家 ……………………………………101
労働の歌、その他の詩 ………………………54
ロカノンの世界 ……………………………300
ローカル・カラー …………………………149
六月祭 ………………………………………269
ロクシー ……………………………………198
6対1 …………………………………………204
ローザ ………………………………………298
ロシア美人 …………………………………117
ロシナンテ再び旅立つ ……………………105
ロジャーの話 …………………………162, 163
ロジャー・ブルーマー ……………………238
ロジャー・マルヴィンの埋葬 ……………360
路上 …………………………………34, 280, 504
ローズウォーターさん、あなたに神のお恵みを
 ……………………………………………142
ローズのジレンマ …………………………152
ローゼンツヴァイク姉妹 …………………332
ロック・ガーデン …………………………324
ロックドリル・キャントーズ ……………426
ロック・ワグラム …………………………260
ロデリック・ハドソン ………………… 70, 72
ロートン家の娘 ……………………………206
路傍の旅籠屋の物語 ……………………52, 53
ローマへの道 …………………………106, 107
ロマンティック・エゴティスト …………108
ロマンティックじゃない？ ………………332
ロマンティックな喜劇役者たち ……………83
ロミオとジュリエット …………………436, 453
ローラ・ライディング詩集 ………………248
ロリータ ………………………36, 116, 117, **502**
ロリータ（戯曲）……………………………154
ローリーのあの娘 …………………………202
ロングフェローの死 …………………………61
ロング・マーチ ……………………………151
ロンドン・スイート ………………………153
ローンファル公の夢 ………………………194
ロンリー・ハート …………………………324

ワ

ワイフ ………………………………………318
ワイルド・ビルの最後の騎乗 ……………246
ワインズバーグ・オハイオ …………88, 89, **409**
わが愛する子供たちへ ……………………181
わが愛するやさしい夫へ …………………181
わが愛しきものの神殿 ……………………326
我が命尽きるまで …………………………257
若いグッドマン・ブラウン …………30, 360, 376
若きウッドリー ……………………………248
若き獅子たち ………………………34, 265, 598
若草物語 ………………………………196, **379**
わが心高原に …………………………260, 470
わが心の片隅からの手紙 …………………147
わが心の下流 ………………………………268
わが社のレン氏 …………………………94, 95
わが名はアラム …………………………260, **470**
我が文学的情熱 ………………………………69
わが町 ……………………110, 111, 432, **463**, 610, 619
若者たち ………………………………140, 141
我が家の火事に寄せる詩 …………………181
我が家は花ざかり …………………………149
わが行き先は天国 ……………………110, 111
別れの交響曲 ………………………………319
惑星ニュース ………………………………291
枠のない窓、四角い光 ……………………340
ワシントン・アーヴィングの世界 ………225
ワシントンDC ……………………………287
ワシントン伝 ……………………………44, 45
わたしがあなたを愛する都市 ……………342
私が死のために寄れなかったので ……65, 377
わたしたちとっても悪ぅい民族 …………309
私のアントニーア ……………………80, 81, **408**
私の一番よく知っていた人 ………………202
私の叔母 ……………………………………191
わたしの顔を訊ね求めよ …………………163
私の川はあなたへ注ぐ ………………………65
私の心の歴史 ………………………………319
私の死 ………………………………………510
私の人生は、閉じる前に二度閉じた ………65
私の創作法 …………………………………261
わたしの立場 …………………………243, 255
わたしの手のなかの炎 ……………………335
私の庭 ………………………………………333
私は黄金の数字5を見た ……………………93
私は、可能性に住む ………………………… 65
私はカメラだ ………………………………248
私は共産主義者と結婚した ………………165
私は私自身の妻 ……………………………622
わたしもまた ………………………………430
わたしをイシュメルと呼んでくれ ………263

813

◇ 索　　引 ◇（作　品）

私たちのこの人生において	82, 83, 623
私たちの人生の話	307
ワップショット家の人々	264, **508**, 611
ワップショット家の醜聞	264, **508**
罠　ライム・トゥイッグ	286
鰐	515
笑い男	495
笑いごとじゃない	283
笑いなきにあらず	247
笑う少年	624
割り石	301
悪い男	302, 600
われ、君を歌う	229, 618
われらが不満の冬	122, 123
われらのギャング	165
ワレラノ時代ニ	120
われらの時代に	120, **425**
我らの生涯の最良の年	106
われらの仲間	80, 81, 610, 624
我らの風土の詩	91
我ら、民衆	234
悪口学校	22, 189
ワンダー・ブック	51

人　名

ア

アイ（フローレンス・オガワ）……………**329**
アイスキュロス………………………226, 317
アーヴィング, ジョン…………37, **170**, 551, 564,
　　　　　　　　　　　　　　602, 606, 611
アーヴィング, ワシントン…………30, **44**, 53, 352,
　　　　　　　　　　　　　　586, 589
芥川龍之介……………………………………200
アシモフ, アイザック………………………256
アズウェル, エドワード……………………244
アダム…………………………………………493
アダムズ, ジョン……………………………199
アダムズ, ジョーン・ヴォルマー……………268
アダムズ, ジョン・クインシィ………………199
アダムズ, チャールズ・フランシス…………199
アダムズ, ヘンリー………………**199**, 401, 520, 591
アッシュベリー, ジョン…………20, 21, 258, 284, 292,
　　　　　　　　　　294, 548, 603, 615
アップダイク, ジョン……………35, 37, **162**, 328,
　　　　　　　　　　515, 521, 543, 600,
　　　　　　　　　　605, 610, 611, 627
アップルトン, フランシス……………………52, 53
アドラー, レナター……………………………602
アトラス, ジェイムズ………………………134
アードリック, ルイーズ……………………**338**
アヌイ, ジャン………………………………125
アベル…………………………………………493
アボット, ジョージ……………………238, 620
アポリネール, ギヨーム……………………220
アモンズ, アーチー・ランドルフ……20, **288**, 535, 601
アラン, ジョン………………………………56
アルジャー, ホレイショ2世………………**195**, 250
アルトマン, ロバート………………………324
アレキサンダー（大王）……………………531
アレン, ドナルド……………………………292
アンジェロウ, マヤ……………**296**, 602, 603
アンソニー, フローレンス…………………329
アンダソン, シャーウッド………32, 33, **88**, 112,
　　　　　　　　　　118, 120, 216, 409, 593
アンダソン, マクスウェル………26, **228**, 234, 272,
　　　　　　　　　　453, 618
アンダソン, ロバート……………26, **272**, 498
アンドラージ, カルロス・ドラムンド………307

イ

イェイツ, W・B・………………85, 96, 221, 240, 259,
　　　　　　　　　　270, 276, 295, 411, 426, 549

イエス・キリスト………111, 145, 158, 185, 219, 588
イシャウッド, クリストファ………………248
イフェロス, オスカー………………………627
イブセン, ヘンリック………………23, 237, 483
イヨネスコ, ウジェーヌ……………………137
インジ, ウィリアム……………26, **267**, 497, 619

ウ

ヴァレリー, ポール…………………………30
ヴァンゼッティ, バートロメオ……………254
ヴァン・ダイン, モナ………………………616
ヴァン・ドゥルーテン, ジョン………**248**, 477
ヴァン・ドーレン, マーク……………252, 613
ヴィアレック, ピーター……………………613
ウィグルズワース, マイケル………18, **182**, 585
ウィスター, オーウェン……………………**210**
ヴィダル, ゴア……………………**287**, 531, 604
ヴィーネ, ロベルト…………………………420
ヴィーバーン, フレッド……………………336
ヴィヨン, フランソワ………………………450
ウィリアムズ, ウィリアム・カーロス………19,
　　　　　　　90, **92**, 96, 242, 247, 252, 266,
　　　　　　　282, 283, 288, 291, 293, 421, 481, 504,
　　　　　　　512, 518, 593, 601, 610, 611, 614
ウィリアムズ, ジェシー・リンチ……………618
ウィリアムズ, C・K・………………………**312**, 616
ウィリアムズ, テネシー………25, 128, **130**, 138, 267,
　　　　　　　282, 476, 478, 484, 501, 597,
　　　　　　　598, 610, 619, 620
ウィリアムズ, ポーレット…………………332
ウィリアムズ, マーガレット・マーティンソン…164
ウィリアムズ, ロジャー……………………**181**, 585
ウィリス, パトリシア………………………99
ウィルソン, エドマンド……108, 109, 116, 120, **240**
ウィルソン, オーガスト………27, **327**, 567, 574,
　　　　　　　　　　　　621, 622
ウィルソン, ジャック………………………205
ウィルソン, デイヴィッド…………………205
ウィルソン, マーガレット…………………624
ウィルソン, ランフォード……27, **313**, 554, 604, 621
ウィルバー, リチャード……**278**, 598, 610, 611, 614,
　　　　　　　　　　　　616
ウィンズロー, エドワード…………………274
ウィンズロー, ジョサイア…………………274
ウィンスロップ, ジョン…………**180**, 184, 585
ウィンターズ, イヴォー……………319, 320
ウェヴィル, アッシャー……………………304
ヴェクテン, カール・ヴァン………………430

815

◇索　引◇（人名）

ウェスト, ナサニエル ……………34, **250**, 446, 596, 597
ウェスト, レイ・B・Jr. …………………………………440
ウェブスター, ジーン（アリス・ジェイン・
　チャンドラー）………………………**217**, 403
ウェブスター, ダニエル ………………………………55
ヴェリー, ジョーンズ ………………………………**193**
ウェルギリウス, マロ・プブリウス ……97, 111, 460
ウェルシュ, メアリー ……………………………119, 121
ウェルズ, H・G・ ……………………………………78, 116
ウェルティ, ユードラ ……………34, **261**, 321, 337,
　479, 597, 611 626
ヴォイト, エレン・ブライアント ……………………**325**
ウォヴォカ（ジャック・ウィルソン）……………**205**
ウォーカー, アリス ……………34, 35, 232, **326**, 555,
　602, 606, 610, 627
ウォーカー, レベッカ ………………………………**326**
ウォーク, ハーマン …………………………………**625**
ヴォーゲル, ポーラ …………………………………**622**
ヴォート, A・E・ヴァン …………………………………157
ウォートン, イーディス ……33, 80, **209**, 402, 410,
　590, 592, 610, 624
ウォートン, エドワード ……………………………**209**
ウォーナー, C・D・ ………………………………67, 590
ヴォネガット, カート・ジュニア ……36, **142**, 170,
　529, 540, 545, 600, 601
ウォフォード, クロウィ・アントニー …………………160
ウォーホル, アンディ ………………………………**342**
ウォルシュ, リチャード ……………………………**236**
ヴォルテール ……………………………………125, 188
ウォレン, ロバート・ペン ………19, 37, 227, 243,
　255, 480, 610, 611, 614, 615, 625
ウッド, ナタリー ……………………………………**306**
ウッドハル, ヴィクトリア …………………………**203**
ウーリー, アルフレッド ……………………………**621**
ウルストンクラーフト・メアリー ……………………42
ウルマン, ジョン …………………………**183**, 587
ウルフ, ヴァージニア …………………………70, 223
ウルフ, トバイアス …………………………………**602**
ウルフ, トマス …31, 34, **244**, 280, 437, 595, 596, 597
ウルフ, トム ……………………………**303**, 311, 602

エ

エイキン, コンラッド ………………………281, 611, 612
エイキン, ジョージ ………………………23, **195**, 371
エイキンズ, ゾイ ……………………………………**619**
エイジー, ジェイムズ ………………………………**626**
H.D.（ドゥーリトル）……19, 96, 98, 217, **224**, 283
エヴァーズ, メドガー ………………………………**308**
エウリピデス …………………………226, 312, 423
エグルストン, エドワード ………………**198**, 590
エグルストン, ジョージ・ケアリー ………………**198**
エゴヤン, アトム ……………………………………**320**
エッシャー, モーリス・C・ …………………………**582**
エドソン, マーガレット ……………………………**622**

エドワーズ, ジョナサン ……………**185**, 586, 587
エバーハート, リチャード …**254**, 266, 598, 610, 614
エマソン, クローディア ……………………………**617**
エマソン, メアリ・ムーディ ……………………………48
エマソン, ラルフ・ウォルド …17, 30, **48**, 54, 58, 59,
　60, 61, 64, 65, 85, 90, 185, 193, 194, 196, 197, 214,
　225, 259, 288, 322, 350, 354, 362, 363, 372, 374,
　535, 589
エリオット, アンドルー ……………………………**475**
エリオット, T・S・ …19, 33, 92, 96, 98, **100**, 134, 169,
　216, 226, 231, 242, 243, 258, 269, 282, 294,
　311, 312, 407, 411, 415, 416, 438, 440, 454,
　475, 593, 630
エリクソン, スティーヴ ……………**334**, 572, 604
エリス, ブレッド・イーストン ……………**339**, 342
エリソン, ラルフ ……………5, 35, **269**, 492, 598, 599, 611
エルキン, スタンリー ………………35, **302**, 600, 605
エレン, フランシス ……………………………………20
エングル, ポール ……………………………………**285**

オ

オアー, ジェイン ……………………………………**128**
オーウェル, ジョージ ………………………………**562**
大江健三郎 …………………………………………**306**
オコナー, エドウィン ………………………………**626**
オコナー, フラナリー …………………**285**, 322, 611
オジック, シンシア ………**298**, 494, 602, 603, 611
オースター, ポール ……………35, **172**, 568, 571, 571
　575, 602, 606
オースティン, ジョン ………………………………**321**
オッペン, ジョージ ……………………………**322**, 614
オーティス, サイモン ………………………………**321**
オデッツ, クリフォード …………………**25**, **257**, 451, 452
オーデン, W（ウィスタン）.H（ヒュー）. ………**258**,
　265, 270, 289, 294, 295,
　296, 299, 549, 611, 613
オニール, ジェイムズ ………………………………**102**
オニール, ユージーン ……23, 24, 24, **102**, 138, 215,
　220, 234, 413, 420, 423, 424, 433, 441, 484,
　506, 552, 593, 598, 610, 618, 620, 630
オハラ, フランク ……………………………**284**, **292**, 294
オーバーン, デイヴィッド ……………………………**622**
O・ヘンリー ……………………5, 6, **210**, 400, 592, 611
オッペン, ジョージ ……………………………………**322**
オリヴィエ, ローレンス ……………………………**137**
オリバー, ジュディ …………………………………**327**
オリバー, メアリー …………………………………**615**
オールコット, A・B・ ……………………………58, 354
オールコット, ブロンソン …………………………**196**
オールコット, ルイーザ・メイ ……………194, **196**
オールズ, シャロン …………………………………**322**
オルソン, チャールズ ……19, 92, **263**, 283, 293, 518
オールダム, エステル ………………………………**112**
オールディントン, リチャード ……………………**224**

◇索　引◇（人名）

オールビー，エドワード ……24, 25, **154**, 476, 519,
　　525, 579, 600, 603, 610, 620, 621, 622
オールビー，フランシス ………………………154

カ

カー，ジョン ……………………………………498
カー，デボラ ……………………………………498
カーヴァー，レイモンド …………**316**, 337, 559,
　　602, 606, 611
カイザー，キャロリン …………………………615
カウリー，マルコム ………………**246**, 264, 448
カイン ……………………………………474, 493
カークウッド，ジェイムズ ……………………621
カサディ，ニール ………………………………303
カザン，エリア ……………………137, 498, 501
ガーシュウィン，アイラ ………………………618
カスター，ウナ・コール ………………………226
カスター，ジョージ・アームストロング ……211
ガスナー，ジョン ………………………………252
ガスリー，ジュニア，A・B・…………………625
カズンズ，ジェイムズ・グールト ……………625
カーター，ジミー ………………………………281
カッパーフィールド，デイヴィッド …………582
ガードナー，ジョン ……………………………316
カドハタ，シンシア ……………………………35
ガーナー，マーガレット ………………………569
カニンガム，マイケル …………………………628
カフカ，フランツ ………117, 135, 165, 302, 307, 565,
　　575, 600
カポーティ，トルーマン ………5, 6, 34, 128, **148**,
　　485, 489, 511, 596, 598, 601, 602, 611
カミュ，アルベール ……………………………505
カミングズ，エドワード・エリスン ……**239**, 242,
　　419, 594, 595
カーライル，トマス ………………48, 60, 354, 363
カラス，マリア …………………………………317
ガーランド，ハムリン …32, 68, 78, 79, **207**, 590, 592
ガルシア＝マルケス，ガブリエル ………334, 336
ガルス ……………………………………………531
カルーソー，エンリコ …………………………451
カレン，カウンティ …………………20, 247, **251**
カンター，マッキンレー ………………………626

キ

キージー，ケン …………**303**, **311**, 428, 600, 605
キーツ，ジョン ……………215, 217, 254, 277, 428
キテル，フレデリック・オーガスト …………327
キネル，ゴールウェイ …………………**295**, 329, 615
キプリング，ラドヤード ………………………74
ギブスン，ウィリアム …………5, 36, **176**, 563, 607
キャザー，ウィラ ……………33, 78, **80**, 202, 408, 417,
　　590, 592, 610, 624
キャサディ，ニール ……………………………291
ギャス，ウィリアム・ハワード ………………**284**

ギャディス，ウィリアム・トマス ……………**281**
キャプラ，フランク ……………………………457
ギャラガー，テス ………………………………316
ギャリソン，ウィリアム ………………………54
キューブリック，スタンリー ……………175, **582**
キューリー，マリー ……………………………481
キルケゴール，セーレン ……………258, 273, 515
ギルマン，シャーロット・パーキンズ ………**208**
ギルマン，ジョージ ……………………………208
ギルロイ，フランク・D・ ……………………620
ギレット，ウィリアム …………………………202
キング，ジネヴラ ………………………………108
キング，スティーヴン …………5, 37, **174**, 337, 345,
　　556, 566, 580, 582, 604, 607
キング，マーティン・ルーサー …………23, 600
キングストン，マキシン・ホン ………………338
キングズリー，シドニー …………25, **256**, 456, 618
ギングリッチ，アーノルド ………………119, 322
キンケイド，ジャメイカ ……………**333**, 604, 607
ギンズバーグ，アレン ………17, 19, 92, 128, 268,
　　280, 282, **291**, 293, 303, 308,
　　311, 481, 504, 598, 601, 611
ギンズバーグ，ナオミ …………………………291
ギンズバーグ，ルイス …………………………291

ク

クーヴァー，ロバート …………………………4, 602
クーザー，テッド ………………………………617
クシュナー，トニー ………………**28**, **340**, 576, 622
クック，エベニーザー …………………………517
クック，サム ……………………………………570
クック，ジョージ・クラム ………………23, 220
クック，トマス・H・ ……………**331**, 578, 604, 607
グッドリッチ，フランセス ……………………620
クーニッツ，スタンレー …………**254**, 296, 614
クーパー，ウィリアム …………………………350
クーパー，ジェイムズ・フェニモア …………29, **46**,
　　189, 353, 586, 589
クープランド，ダグラス ………………**344**, 604, 608
クーミン，マクシン ………………**290**, 297, 615
クラウズ，ラッセル ……………………………619
クラーク，アーサー・C・ ……………………256
グラスゴー，エレン ………………33, **82**, 203,
　　241, 427, 592, 625
グラスペル，スーザン ………………**23**, **220**, 618
クラム，ジョーゼフ ……………………………619
グラント，ユリシーズ・S・ …………………210
クランピット，エイミィ ………………………**277**
クリストファー，マイケル ……………………621
グリック，ルイーズ ……………………**323**, 616
クリーリー，ボビー ……………………………293
クリーリー，ロバート …………………92, **293**
グリーン，ポール・エリオット ………**237**, 471, 618
クリントン，ウィリアム・ジェファーソン ……150

817

◇ 索 引 ◇ (人 名)

クルス, ニロ ……………………………………622
グレアム, ジョリー ……………………………616
グレアム, シーラ ………………………………108
グレイ, トマス ……………………………188, 350
グレイヴス, ロバート …………………………248, 295
クレイトン, フランシス ………………………307
クレイン, スティーヴン ………………32, 68, **78**, 390, 592
クレイン, ハート ………………19, 130, **242**, 248, 270, 438, 512
クレージー・ホース ……………………………211
クレメンス, サミュエル・L ……………………66
クレバン, エドワード …………………………621
クレム, ヴァージニア ……………………………56
クレム, マライア ………………………………56
グロー, シャーリー・アン ……………………626
クロウスキー, アグネス・フォン ……………118
クロスビー, ビング ……………………………257
クロムウェル, オリヴァー ……………………17
クーンツ, ディーン ……………………………337

ケ

ゲイジ, モード …………………………………206
ケイジン, アルフレッド ………………………417
ゲイツ, ルイス ……………………………………74
ケイニン, イーサン ……………………………**343**
ケイブル, ジョージ・ワシントン ………**201**, 590
ケージ, ジョン …………………………………128
ゲスト, バーバラ ………………………………292
ケストラー, アーサー …………………………256
ゲーテ, ヴォルフガング・フォン ……29, 38, 69, 228, 361, 363
ケネディ, ウィリアム …………………………627
ケネディ, ジョン・F ……………………27, 84, 144, 166, 167, 308, 600
ケネディ, ロバート ………………………547, 600
ケリー, グレース …………………………257, 468
ケリー, ジョージ ………………………………618
ゲール, ゾナ ……………………………………618
ケルアック, ジャック ……………34, 268, **280**, 291, 303, 308, 504, 598, 599
ゲルバー, ジャック ……………………………**305**
ゲルホーン, マーサ ……………………………119
ケンブル, ファニー ……………………………210

コ

孔子 ………………………………………………426
コーク, ケネス ……………………**284**, 292, 294
コジンスキー, イエルジ ………………………**306**
ゴーティエ, テオフィル ………………………411
ゴーディマー, ナディーン ……………………337
ゴドウィン, ウィリアム …………………29, 42
コドマン, オグデン ……………………………209
ゴードン, キャロライン ………………………243
ゴードン, チャールズ …………………………620

ゴードン, マイケル ……………………………124
コネリー, マーク …………………………229, 618
コーバー, アーサー ………………………124, 125
小林一茶 …………………………………………312
コバーン, ドナルド・L ………………………621
コーピット, アーサー …………………………**314**
コフィン, ロバート・P・トリストラム ……613
コーフマン, ジョージ・サイモン ………**229**, 252, 457, 618, 619
コープランド, アーロン ………………………128
コムニヤーカ, ユセフ ………………20, **328**, 616
コリンズ, ウィルキー …………………………195
コール, スティーヴ ……………………………617
コルテス, エルナン ……………………………231
ゴールド, ハーバード ……………………………4
ゴールド, マイケル ……………………35, 110, 596
コールドウェル, アースキン …………32, 250, **251**, 445, 596, 597
ゴールドスミス, オリヴァー ……………69, 191
ゴルドーニ, カルロ ………………………………69
コルトレイン, ジョン …………………………315
コルビエール, トリスタン ……………………243
コールマン, チェスター ………………………258
コールリッジ, サミュエル・テイラー ………48
コロンブス, クリストファー ……………438, 512
コーンウェル, パトリシア・ダニエルズ ……**341**
ゴンクール, エドモン & ジュール ……………70
コンスタンティウス ……………………………531
コンラッド, アルフレッド ……………………299
コンラッド, ジョーゼフ …………………78, 150, 169

サ

サイモン, ニール …………**152**, 534, 560, 603, 622
サザン, テリー …………………………………600
サッカレー, ウィリアム …………………………69
サックラー, ハワード …………………………620
ザッレンスカ, マリヤ …………………………613
サーバー, ウィリアム …………………………240
サーバー, ジェイムズ …………………………240
サリンジャー, ジェローム・デイヴィッド ……35, **140**, 490, 495, 523, 598, 599
サリンジャー, マーガレット …………………140
サルトル, ジャン=ポール …126, 135, 158, 273, 505
サロイヤン, ウィリアム ……**260**, 466, 470, 597, 619
サンガー, マーガレット ………………………516
ザンダー, アウグスト …………………………343
サンタヤナ, ジョージ ……………………………90
サンチェス, アルベルト …………………20, 309
サンチェス, ソニア ……………………………**309**
サンドバーグ, カール ……19, 32, 84, 213, **218**, 246, 247, 406, 462, 593, 610, 612, 613

シ

シェイクスピア ……………54, 60, 69, 97, 102, 129,

◇索　引◇（人名）

ジェイムズ, ウィリアム ·············33, 70, 84, 216
ジェイムズ, ヘンリー ···········32, 68, 69, 70, 78, 80,
　　　　　　　　　　　　85, 209, 216, 250, 382, 383,
　　　　　　　　　　　　391, 396, 590, 591, 596
シェパード, エマ ···214
シェパード, サム ·········27, 324, 552, 558, 604, 606,
　　　　　　　　　　　　610, 621
ジェファーズ, ロビンソン ·································226, 312
ジェファソン, トマス ··········186, 190, 243, 255, 256,
　　　　　　　　　　　　334, 586, 587
シェフィー, エイサ・バンディ ···································265
シェリー, パーシー・ビッシュ ·····················219, 222
シェリダン, リチャード・ブリンズリー ·········22, 189
シェンカン, ロバート ··622
ジェンクス, トム ··121
シーザー, ジュリアス ··111
シナトラ, フランク ··305
シミック, チャールズ ···································315, 616
シムズ, ウィリアム・ギルモア ··································189
シャーウッド, ロバート・E ······106, 234, 241, 450,
　　　　　　　　　　　　451, 458, 462, 595, 619
ジャクソン, アンドルー ··588
ジャクソン, シャーリー ··275
ジャクソン, スカイラー B・ ······································248
ジャクソン, ストーンウォール ····································55
ジャクソン, デイヴィッド ·································289, 549
ジャクソン, リディア ··48
ジャクソン, ローラ (ライディング) ··························248
ジャスティス, ドナルド ··615
ジャノウィッツ, タマ ·······································339, 342
シャピロ, カール ···266, 613
シャボン, マイケル ···628
シャーラ, マイケル ···627
ジャレル, ランダル ·········243, 262, 272, 274,
　　　　　　　　　　　　290, 611
シャンレイ, ジョン, パトリック ································622
シューアル, サミュエル ···································183, 585
シュウォーツ, デルモア ·································512, 547
ジュエット, サラ・オーン ···32, 80, 81, 202, 213, 590
シュタイナー, ルドルフ ··547
ジュベール, ジャン ··283
ジュネ, ジャン ···308, 319
シュムリン, ハーマン ··124
シュルツ, フィリップ ··617
ショー, アーウィン ···············34, 265, 598, 599, 611
ショー, エリザベス ··62
ショー, ジョージ・バーナード ···············23, 102, 228
ジョイス, ジェイムズ ···········70, 92, 96, 119, 121,
　　　　　　　　　　　　216, 240, 411, 474, 515
ジョヴァンニ, ニッキ ·······························20, 309, 323
ジョージ三世 ··352
ジョージ, ヘンリー ··207
ショパン, オスカー ··203
ショパン, ケイト ·····················32, 203, 392, 590, 592
ジョプリン, ジャニス ··570
ショーン, アレン ··333
ショーン, ウィリアム ··333
ジョン, オーガスタス ··220
ジョング, エリカ ··602
ションゲイ, エントザケ ··332
ジョーンズ, エドワード・P・ ·······································628
ジョーンズ, ジェイムズ ···································279, 611
ジョーンズ, リロイ ···························20, 308, 309
ジョンソン, オーガスト ··218
ジョンソン, クララ ··218
ジョンソン, ジョセフィン・ウィンズロウ ·····················624
ジョンソン, トーマス ··64, 65
ジョンソン, ベイリー ··296
ジョンソン, マーグリート ··296
ジョンソン, リンドン ···27
シーリン (ナボコフ) ··116
シルコ, レスリー・マーモン ··35
シールズ, キャロル ···628
シンガー, アイザック・バシェヴィス ·························35
　　　　　　　　　　　　253, 509, 597, 598, 630
シンガー, イスラエル・ヨシュア ································253
シンクレア, アプトン ·········32, 94, 219, 256, 399, 625
ジンデル, ポール ··620
ジンネマン, フレッド ··125
シンプソン, O・J・ ···161
シンプソン, ジョシュア・マッカーサー ·······················20
シンプソン, ルイス ··282, 614

ス

スウェーデンボルグ, エマニュエル ·················70, 363
スウィフト, ジョナサン ······································41, 187
スカイラー, ジェイムズ ···································292, 615
スコット, ウォルター ··54
スコット, リドリー ··539
ズーコフスキー, シリア ··252
ズーコフスキー, ルイス ··252
スタイネム, グロリア ··602
スタイロン, ウィリアム ·········34, 113, 150, 526, 538,
　　　　　　　　　　　　553, 601, 610, 611, 626
スタイン, ガートルード ·············19, 33, 88, 110,
　　　　　　　　　　　　119, 120, 121, 128, 216, 220,
　　　　　　　　　　　　239, 240, 425, 431, 594
スタインベック, ジョン ········34, 122, 251, 461, 464,
　　　　　　　　　　　　467, 493, 596, 597, 610, 625, 630
スターク, ジョン ···274
スタフォード, ウィリアム ··268
スタフォード, ジーン ·······································274, 626
スターリング, ブルース ···································176, 177
スターン, ロレンス ··29
スティーヴンズ, ウォレス ·······19, 21, 90, 278, 294,
　　　　　　　　　　　　418, 455, 548, 593, 610, 611, 614

819

◇索　引◇（人名）

スティーヴンズ, デイヴィッド …………………279
ステグナー, ウォレス ……………………626
ステットソン, チャールズ …………………208
ストウ, ハリエット・ビーチャー ………23, 31, 147,
　　　　　　192, 195, 202, 208, 368, 371, 590
ストラウブ, ピーター ……………………174
ストランド, マーク ………………307, 616
ストリブリング, T・S・ ……………………624
ストーリングズ, ローレンス ……………228
ストーン, フィル ……………………112
スナイダー, ゲイリー …19, 301, 322, 598, 603, 615
スノドグラス, ウィリアム・ドウィット
　　　　　　………………208, 274, 290, 614
スパイヤー, レオノーラ ……………………612
スピルバーグ, スティーヴン ……………326, 555
スペンサー, エドマンド ………50, 86, 87, 415
スペンサー, ハーバード ……………………32, 398
スマイリー, ジェーン ……………………627
スミス, アル ……………………107
スミス, ジューン ……………………233
スミス, ジョン ………………180, 270, 584
スミス, スコット ……………………345
スミス, ベシー ……………………146, 336
スミス, マーガリータ・G・ ………………138
スロニム, ヴェラー ……………………116

セ

セイヤー, エレイン ……………………239
セイヤー, スコフィールド …………………239
セイヤー, ナンシー ……………………239
セイヤー, ゼルダ ……………………108
セクストン, アルフレッド …………………297
セクストン, アン ………………19, 270, 290,
　　　　　　297, 304, 602, 603, 614
セザンヌ, ポール ………………119, 216, 421
セト, ヴィクラム ……………………604
セルヴァンテス, サーヴェドラ ……………69, 187
セルヴァンテス, ローナ・ディー ……………339

ソ

ソート, ゲアリー ………………335, 604, 607
ソフォクレス ……………………312
ゾラ, エミール ………………32, 69, 70, 74,
　　　　　　390, 393, 395
ソーロウ, ヘンリー・デイヴィッド ……17, 30, 58,
　　　　　　183, 196, 225, 290,
　　　　　　301, 362, 372, 460, 591
ソロモン, カール ……………………504
ソング, キャシー ……………………340
ソンタグ, スーザン ……………………306
ソンドハイム, スティーヴン ………………621

タ

ダイキング, E. ……………………366

タイクマン, ハワード ……………………229
タイナン, ケネス ……………………305
タイラー, アン ………………321, 627
タイラー, ロイヤル ………22, 189, 586, 587
ダイン, モナ・ヴァン ……………………616
ダヴ, リタ ………………336, 607, 615
ダーウィン, チャールズ ………32, 82, 86, 386
ターキントン, ブース ……………………624
ダグラス, クレア ……………………140
ダグラス, フレデリック ……………………215
ターケル, スタッズ ……………………137
タッカー, エレン ……………………48
巽孝之 ……………………38
ダドレー, トマス ……………………181
タナー, トニー ……………………36
ダニエレヴスキー, マーク ………346, 582, 604, 608
ダラボン, フランク ……………………580
タリース, ゲイ ……………………305
ダルク, ジャンヌ ……………………125
ダレル, ロレンス ……………………233
タン, エイミー ………………35, 338, 604, 607
ダンテ, ニコラス ……………………621
ダン, ジョン ………………151, 227, 242, 472
ダン, スティーヴン ……………………616
ダンカン, ロバート ……………………276
ダンテ, アリギエーリ ……69, 263, 295, 415, 549
ダンテ, ニコラス ……………………621
ダンバー, ジョシュア ……………………215
ダンバー, ポール・ローレンス ………19, 215, 247

チ

チーヴァー, ジョン ………35, 264, 328, 508,
　　　　　　610, 611, 627
チェイス, メアリー ……………………619
チェホフ, アントン ……23, 125, 130, 152, 264, 320
チャニング, エラリ ……………………58
チャンドラー, レイモンド ………………176, 227
チョーサー, ジェフレ ……………………405

ツ

ツルゲーネフ, イワン・セルゲーヴィッチ
　　　　　　……………………69, 70, 116

テ

ディアス, ジュノ ……………………629
デイヴィス, オーウェン ……………………618
デイヴィス, ハロルド, L・ ……………………625
デイヴィス, ベティ ………………450, 473
デイヴィス, マイルズ ………………293, 332
ディキンスン, エミリー ……18, 30, 60, 64, 220, 242,
　　　　　　270, 295, 311, 377, 591
ディクソン, ジェレマイア …………………169
ディケンズ, チャールズ ………69, 170, 296, 380
ティーズデイル, サラ ………………221, 612

820

◇ 索　引 ◇（人　名）

ディッキー, ジェイムズ……………278, **281**
ディック, フィリップ・K・ ……**36**, **156**, 524, 532, 539, 563, 600, 603
テイト, アレン………………19, 37, 227, 242, **243**, 255, 274
テイト, ジェイムズ………………………616
ディマジオ, ジョー………………………305
テイラー, エドワード……………18, **182**, 584
テイラー, エリザベス………………139, 154
テイラー, コーラ…………………………78
テイラー, ピーター………………………627
テイラー, ヘンリー………………………615
テイラー, ロバート・ルイス……………626
ディラン, ボブ…………………………291
ディロン, ジョージ……………………612
テオドシウス……………………………531
デ・キアラ, アン………………………132
デ・クーニング, ウィリアム…………284
デニス, カール…………………………616
テニスン, アルフレッド……………69, 194
デフォー, ダニエル………………………40
デ・フォレスト, ジョン・ウィリアム ……**193**
デムース, チャールズ……………………93
デモクリトス……………………………416
デューイ, ジョン………………………252
デューイ, メルヴィル……………………98
デュガン, アラン………………………614
デュボイス, W・E・B……………271, 332, 430
デリダ, ジャック………………………582
デリーロ, ドン………………36, **166**, 176, 562, 581, 602, 605, 611
デル, フロイド……………………………32
テレンティウス, アーフェル・ププリウス……110
デンズロウ, ウィリアム・ウォリス……206

ト

ドイル, コナン…………………………116
トウェイン → マーク・トウェイン
ドゥーゼ, エレノア……………………221
トゥーマー, ジーン……………20, **238**, 247
ドゥーリトル, ヒルダ…………………**224**
 （H．D．）………………19, 96, 98
トゥール, ジョン・ケネディ……………627
ドクトロウ, E・L………………………317
ドーキンス, リチャード……………32, 602
ドストエフスキー, フョードル・ミハイロヴィッチ……250, 273
ドス・パソス, ジョン………5, 31, 32, 33, 34, **104**, 112, 239, 419, 465, 486, 594, 595, 596, 610
トマス, エドワード………………………84
トマス, クラレンス……………………161
トマス, ディラン………………254, 259, 282
ドライヴァー, ウィルソニア・ベニータ …………309

ドライサー, セオドア………32, 33, 74, **76**, 126, 218, 394, 429, 496, 590, 592
トラークル, ゲオルク……………293, 296
ドリス, マイケル………………………338
トリリング, ライオネル………………252
トルストイ, レフ………………68, 69, 250, 252, 457
ドルーリー, アレン……………………626
トレザウェイ, ナターシャ……………617
ドンレヴィー, ジェイムズ・P・………600

ナ

ナイハルト, ジョン……………………211
ナッシュ, オグデン……………………**249**
ナボコフ, ウラジーミル………36, **116**, 502, 527, 595, 600
ナボコフ, セルゲイ……………………116
ナボコフ, ドミトリ……………………116
ナポレオン, ボナパルト………………363

ニ

ニクソン, リチャード……………165, 312, 600
ニーチェ, フリードリッヒ……………32, 135
ニッカーボッカー, ディートリッヒ……45
ニュートン, アイザック………………517
ニュートン, ベンジャミン………………64
ニン, アナイス………………………**249**, 276

ネ

ネストロイ, ヨハン・ネーポムク………111
ネミロフ, ロバート……………………302
ネメロフ, ハワード……………**276**, 615
ネルヴァル, ジェラール………………293
ネルーダ, パブロ………………293, 336
ネルソン, ホレーショ…………………306

ノ

ノーマン, マーシャ……………329, 557, 621
ノリス, フランク………………32, 68, **74**, 393, 395, 592

ハ

バー, アーロン…………………………187
バイク, ジェイムズ・A・………………156
ハイデガー, マルティン………………273
ハイネ, ハインリッヒ……………………69
バイロン, ジョージ……………57, 192, 549
ハインライン, ロバート・A・…………**256**
ハーヴェイ, アン・グレイ……………297
ハウスマン, A・E・……………………221
ハウエルズ, ウィリアム・ディーン……32, **68**, 70, 79, 197, 207, 225, 384, 386, 396, 405, 590, 591
パウンド, エズラ ……19, 33, 85, 92, 93, **96**, 98, 101, 119, 121, 216, 217, 224, 231, 242, 243, 247, 252, 258, 266, 270, 282, 301, 407,

821

◇索　引◇（人名）

パーカー, チャーリー ……………………293, 530
パーカー, ドロシー ………………………………282
パーキンズ, マックスウェル …………119, 244
パークヴァレッザ, ポーリーン ………………300
パークス, スーザン・ロリ ……………………622
バーグマン, イングリッド ……………………248
ハケット, アルバート …………………………620
パーシー, ウィリアム・アレグザンダー ………273
パーシー, ウォーカー ………………34, 273, 522,
598, 599, 622
ハーシー, ジョン …………………………………625
ハージョ, ジョイ ………………………335, 607
芭蕉 …………………………………………………293
パス, オクタヴィオ ……………………………266
ハース, ロバート ………………………319, 320
バース, ジョン ………………36, 37, 158, 284, 286, 301,
505, 517, 600, 605, 611
パスカル, ブーレーズ …………………………521
パステルナーク, ボリス ………………………292
ハースト, ファニー ……………………………232
ハストヴェット, シリ …………………………172
ハーストン, ゾラ・ニール ……232, 247, 326, 602
バーセルミ, ドナルド ……………303, 602, 605
バーセルミ, フレデリック ……………………303
バック, パール・S ……………34, 236, 610, 624, 630
バック, ジョン・ロッシング …………………236
バックマン, リチャード ………………………174
バッチェン, ケネス …………………………263, 276
バッハ, ヨハン・セバスチャン ………325, 426
バーディ, ジェイムズ ……………155, 282, 600
ハーディ, トマス ………………………………296
ハート, ブレット …………68, 197, 198, 380, 590, 591
ハート, モス ………………………229, 252, 457, 619
ハードウィック, エリザベス …………………274
バード, ウィリアム ……………………584, 585
ハドソン, ヘンリー ………………………………45
バトラー, ロバート・オレン …………………628
パトリック, ジョン ……………………………619
バートン, ブレンダー …………………………327
バートン, リチャード …………………………154
ハーニック, シェルドン ………………………620
ハナ, バリー ……………………………………322
バニヤン, ジョン ………………40, 50, 54, 351,
360, 379
バーネット, フランシス・ホジソン ……202, 387
バーネット, ホイット …………………138, 140
ハーパー, マイケル・S ………………20, 315
ハーパー, ワトキンズ ……………………………20
ハーバート, ジョージ …………………………262
ハマースタイン, オスカー ……………………619
ハミルトン, アレグザンダー …………………256
ハミルトン, イアン ……………………………140
ハムリッシュ, マーヴィン ……………………621

ハメット, ダシール …………124, 125, 176, 227, 449
バラカ, アミリ（リロイ・ジョーンズ）……20, 26,
308, 309, 530
バリー, フィリップ ……………………241, 468
バルザック, オノレ・ド ………………70, 72, 112
バリモア, エセル ………………………………257
パルミジャニーノ, フランシスコ ……………548
バロウズ, ウィリアム ……………128, 268, 280,
291, 598, 599, 600
バローズ, エイブ ………………………………620
パワーズ, リチャード ……………343, 604, 608
ハワード, シドニー・C ……231, 234, 424, 618
ハワード, リチャード …………………278, 614
ハワード, レスリー ……………………………450
ハーン, ラフカディオ ……………………………4
バンクス, ラッセル ……………………………320
ハンケ, ハーバート ……………………………268
バーンズ, ジュナ ………………………………128
バーンズ, マーガレット・エア ………………624
バーンズ, ロバート ………………54, 263, 461
バーンスタイン, アリーン ……………………244
バーンスタイン, レナード ……………………125
ハンスベリ, ロレイン ……………26, 302, 514
ハンニバル ………………………………………107

ヒ

ピアシィー, マージ ……………………………311
ビアス, アンブロウズ ……32, 200, 389, 591
ピアス, フランクリン ……………………50, 52
ビアット, J・J …………………………………68
ピカソ, パブロ …………………………33, 216, 220
ヒギンソン, トーマス ……………………………64
ビショップ, エリザベス ……………19, 262, 512,
597, 614
ピーター, ジョン ………………………………188
ピーターキン, ジュリア ………………………624
ビーチャー, ライマン …………………………192
ヒックス, エライアス ……………………60, 61
ヒッチボーン, フィリップ ……………………222
ビーティ, アン ……………316, 328, 337, 602, 607
ヒトラー, アドルフ ……167, 234, 510, 562, 572
ピープス, サミュエル …………………………183
ピーボディ, ソファイア …………………………50
ヒメーネス, ホアン ……………………………293
ヒューズ, ハッチャー …………………………618
ヒューズ, テッド ………………………………304
ヒューズ, ラングストン ……19, 20, 229, 247, 251,
269, 275, 302, 430
ヒューム, トーマス・E ………………96, 411
ピューリツァー, ジョーゼフ …………………610
ピランデルロ, ルイージ ………………110, 305
ビーリャ, パンチョ ……………………………223
ヒリャー, ロバート ……………………………612
ピンスキー, ロバート …………………319, 320

◇索　引◇（人名）

ピンチョン, トマス ……………29, 36, 166, **168**, 281,
　　　　　　　　286, 301, 334, 520, 528, 537,
　　　　　　　　544, 573, 600, 602, 606, 610, 611
ビン・ラディン ……………………………………340

フ

ファスト, ハワード ………………………………**271**
ファーバー, エドナ ………………………………624
ファーリンゲティ, ロレンス ……………………598
ファレル, ジェイムズ・T・ ……32, 34, 250, 251, 596
フィッツジェラルド, エドワード ………………108
フィッツジェラルド, スコット ……32, 33, **108**, 112,
　　　　　　　　216, 246, 254, 428, 448,
　　　　　　　　594, 595, 596, 610
フィッツジェラルド, メアリー …………………108
フィードラー, レスリー ………29, 30, 31, 35, 38, 132
フィリップス, ジェイン・アン …………………**337**, 602
フィルシンガー, アーネスト ……………………221
フィールズ, アニー …………………………………81
フィールディング, ヘンリー ………………………29
フーヴァー, エドガー ……………………………581
フーヴァー, ハーバート C・ ……………………107
フェリーニ, ヴィンセント ………………………518
フェリーニ, フェデリコ ……………………152, 314
フェノロサ, アーネスト ………………………96, 97
フェノロサ, メアリー ……………………………97
フォックス, マイケル・J・ ……………………339
フォークナー, ウィリアム ……4, 5, 29, 33, 34, **112**,
　　　　　　　　120, 134, 150, 151, 168, 246, 261, 322,
　　　　　　　　334, 409, 434, 439, 442, 443, 444, 459,
　　　　　　　　595, 596, 598, 610, 611, 626, 630
フォークナー, ウィリアム・クラーク …………112
フォックス, ジョージ ………………………………61
フォード, ウェブスター …………………………213
フォード, リチャード ……………………………628
フォーブス, キャスリン ……………………248, 477
ブコウスキー, チャールズ ………………………**277**
プッチーニ, ジャコモ ……………………………204
フート, ホートン …………………………………622
フーバー, エドガー ………………………………581
フーパー, マリアン ………………………………199
プファイファ, ポーリーン ………………………119
フラー, チャールズ ………………………………621
フラー, マーガレット ………………………58, 369
ブライ, ロバート ………………………278, **293**, 611
ブライア（ウィニフレッド・エラーマン）……224
ブライアント, ウィリアム・カレン ……17, **190**, 194,
　　　　　　　　350, 460, 586, 589
ブラウニング, エリザベス ………………………221
ブラウニング, ロバート ………………48, 404, 288
ブラウン, ウィリアム・ヒル ………………………29
ブラウン, サー・トマス …………………………151
ブラウン, ジョン ……………………………58, 320
ブラウン, スターリング …………………………**246**
ブラウン, チャールズ・ブロックデン ……29, **42**,
　　　　　　　　349, 586, 587
ブラウン, ヒル ……………………………………38
プラス, オットー …………………………………304
プラス, オーリリア …………………………20, 304
プラス, シルヴィア ………19, 222, 270, 282, 297,
　　　　　　　　304, 598, 605, 610, 615
プラス, ニコラス …………………………………304
ブラック・エルク …………………………………**211**
ブラック, ジャネット ………………………………74
ブラックウッド, キャロライン …………………274
ブラックマー, リチャード・パーマー ………73, 295
ブラッケンリッジ, ヒュー・ヘンリー ………16, **187**
ブラッドストリート, アン …………………18, **181**,
　　　　　　　　191, 270, 584, 585
ブラッドストリート, サイモン …………………181
ブラッドフォード, ウィリアム …………**180**, 585
ブラッドベリー, マルカム ……………………36, 38
ブラッドベリー, レイ ………………**278**, 337, 604
プラトン ……………………111, 363, 428, 463
フラナガン, ウィリアム …………………………154
ベラミー, エドワード ……………………………204
ブラームス, ヨハンネス …………………………325
フランク, アンネ …………………………………565
フランクリン, アレサ ……………………………570
フランクリン, ジェイムズ ………………………351
フランクリン, ジョサイア ………………………351
フラワー, ベンジャミン O・ ……………………207
フランクリン, ベンジャミン ……**40**, 184, 185,
　　　　　　　　186, 351, 386, 586, 587
ブランド, マーロン ……………………139, 149
フーリエ, シャルル …………………………………70
フリーダン, ベティー ……………………………602
ブリッジズ, ジェイムズ …………………………339
フリードマン, ブルース・ジェイ …**301**, 600, 603
ブリューゲル, ピーテル …………………………93
プリン, エド ………………………………………27
フリングズ, ケティ ………………………………620
プリンズ, エド ……………………………………**309**
プール, アーネスト ………………………………624
ブルー, E・アニー ………………………………628
フルシチョフ, ニキータ・S・ ……………………84
プルースト, マルセル …………240, 289, 319, 549
プルターク（プルタルコス）……………………351
ブルックス, ヴァン・ワイク ……32, 38, 88, **225**, 588
ブルックス, グェンドリン ……………20, **275**, 613
ブルックス, クレアンス …………………37, 255
ブルックス, ジェラルディン ……………………628
ブルトン, アンドレ ……………………………600
ブルーム, アラン …………………………………135
ブルーム, ハロルド …………………………535, 582
フレイヴィン, マーティン ………………………625
ブレイク, ウィリアム ……………242, 251, 254, 259,
　　　　　　　　293, 549

823

◇索　引◇（人名）

フレイザー, ジェイムズ・ジョージ ……………415
ブレーズ, クラーク ………………………318
ブレックマン, バート ………………………125
フレッチャー, ヴァレリー ……………………100
フレッチャー, ジョン・グールド ……………613
フレデリック, ハロルド …………………**206**
フレノー, フィリップ …………16, 18, **187**, 587
フロイト, ジークムント ………………224, 231
　　　　258, 269, 314, 409, 433
フロスト, エリノア ……………………………84
フロスト, ロバート ……19, 54, **84**, 96, 215,
　　　　246, 276, 290, 296, 404, 416,
　　　　460, 592, 610, 612, 613
ブロツキー, ヨシフ …………………38, 604, 630
ブローティガン, アイアンシー …………………310
ブローティガン, リチャード ………**310**, 602, 605
プロパーティウス, セクスタス …………………97
フローベール, ギュスターヴ ……70, 250, 482, 496
ブロムフィールド, ルイス ……………………624

ヘ

ヘイウッド, ヴィヴィエンヌ ……………………100
ベイカー, ジョージ・ピアス …24, 102, 231, 241, 244
ベイコン, フランシス ………………………128
ベイコン, レナード …………………………613
ペイジ, トマス・ネルソン ………………………32
ベイジンガー, キム …………………………324
ベイツ, キャシー ……………………………557
ベイツ, シルヴィア・チャットフィールド ……138
ヘイデン, ロバート ………………………**265**
ヘイリー, アレックス ……………………**279**
ペイン, トマス ……………**186**, 348, 586, 587
ヘクト, アンソニー …………………………614
ヘクト, ベン ………………………………237
ベケット, サミュエル ……135, 137, 154, 519, 552, 575
ベケット, トマス ……………………………101
ベザント, ウォルター・サー ……………………72
ヘス, ルドルフ ………………………………553
ベック, ジュリアン …………………………305
ヘップバーン, オードリー ……………………272
ヘップバーン, キャサリン ……………………468
ベートーベン, ルードヴィッヒ・ヴァン …………312
ベネ, ウィリアム・ローズ ………………222, 613
ベネ, スティーヴン・ヴィンセント…610, 612, 613
ベネット, マイケル ………………………621
ヘミングウェイ, アーシュラ …………………119
ヘミングウェイ, アーネスト …………4, 5, 30, 32, 33,
　　　　34, 112, 113, **118**, 134, 169, 216, 223, 231,
　　　　246, 405, 409, 425, 431, 436, 472, 491,
　　　　594, 595, 596, 597, 598, 610, 625, 630
ヘミングウェイ, クラレンス ………………118, 119
ヘミングウェイ, グレゴリー ……………………119
ヘミングウェイ, グレース ………………118, 119
ヘミングウェイ, パトリック …………………121

ヘミングウェイ, マーセリン ……………………118
ヘミングウェイ, マドレイン ……………………119
ヘミングウェイ, レスター ……………………119
ヘミングズ, サリー …………………………334
ベーメ, ヤコブ ………………………………293
ヘラー, ジョーゼフ ……………**283**, 301, 600, 601
ベラスコ, デイヴィッド …………………**204**
ベラミー, エドワード ………………**204**, 388
ヘリック, ロバート …………………………254
ペリクレス ……………………………………107
ベリマン, ジョン ………………19, 243, **270**, 290,
　　　　295, 297, 598, 610, 611, 614
ベルグソン, アンリ ………………………85, 216
ベルトルッチ, ベルナルド ……………128, 341
ヘルマン, リリアン ……………………26, **124**, 449,
　　　　473, 498, 597
ヘレナ ……………………………………531
ペレルマン, シドニー・ジョーゼフ ……………249
ベロウ, ソール ………………32, 35, **134**,
　　　　301, 482, 496, 503, 509, 513, 547, 598,
　　　　599, 600, 610, 611, 627, 630
ベンダース, ヴィム …………………………324
ヘンリー, パトリック ………………………586
ヘンリー, ベス ……………………………621

ホ

ボアズ, フランツ ……………………………232
ホイッスラー, ジェイムズ・A・M・ …………396
ホイッティア, ジョン・グリーンリーフ ……17, 54,
　　　　183, 378, 589
ホイットマン, ウォルト …17, 18, 19, 20, 21, 30, 31,
　　　　58, **60**, 61, 213, 218, 225, 242, 246, 247, 259, 270,
　　　　282, 288, 295, 311, 374, 375, 405, 406, 421, 426,
　　　　430, 438, 504, 518, 548, 591
ホイットマン, ジョージ ………………………60
ホィートリー, ジョン ………………………188
ホィートリー, スザンナ ……………………188
ホィートリー, ナサニエル …………………188
ホィートリー, フィリス ……………………20, **188**
ポウ, エドガー・アラン ……18, 29, 30, 37, 42, **56**,
　　　　194, 213, 295, 358, 359,
　　　　389, 421, 438, 460, 591
ボーヴォワール, シモーヌ・ド …………126, 299
ボウルズ, ジェイン ……………………129, 268
ボウルズ, ポール …………**128**, 268, 487, 597, 598
ボガード, ハンフリー ……………………450
ボーガン, ルイーズ ………………………309
ホキ徳田 ……………………………………233
ホークス, ジョン ………………**286**, 600, 601
ボーゲル, スピード …………………………283
ボスウェル, ジェイムズ ……………………302
ホーソーン, ナサニエル …………4, 29, 30, 31,
　　　　42, **50**, 52, 62, 69, 162, 185, 194, 206, 225, 246,
　　　　355, 360, 361, 364, 366, 369, 376, 589

◇索　引◇（人名）

ポーター, ウィリアム・シドニー ……………210
ポーター, キャサリン・アン ………34, **230**, 242, 261,
　　　　　　　　　　321, 440, 595, 596, 611, 626
ボック, ジェリー ……………………………**620**
ポッター, メアリー …………………………52
ホップズ, トマス ……………………………517
ボードレール, シャルル ……………30, 243, 293
ホートン, ジョージ・モーゼズ ……………20
ポープ, アレクサンダー ……………69, 191, 527
ホプキンズ, ジェラルド・マンリー ……270, 277
ホフスタッター, ダグラス …………………582
ホフマン, マチルダ …………………………44
ボーム, ライマン・フランク ………………**206**
ホームズ, オリヴァー・ウェンデル ……52, **191**
ホメロス ……………60, 190, 191, 263, 474
ホラティウス, フラックス・クゥントゥス ……97
ホールデン, ウィリアム ……………………257
ボールドウィン, ジェイムズ ……32, 35, **146**,
　　　　　　　　　150, 299, 323, 328, 500,
　　　　　　　　　526, 598, 601, 602
ボルヘス, ホルヘ・ルイス …………36, 604
ポリス, ジョー ………………………………59
ポーロ, マルコ ………………………………103
ポロック, ジャクソン ………………………284
ホワイト, E・B・ ………………………240
ホワイト, エドマンド ………………………**319**
ホワイト, セアラ ……………………………76
ホワイト, マリア ……………………………194
ボクスヴァン, ユージン ……………………235
ボワチエ, シドニー …………………………514
ポンジュ, フランシス ………………………312

マ

マイノット, スーザン ………………………**341**
マーウィン, W・S・ ………………**295**, 615
マーカンド, ジョン・フィリップス …………625
マキナニー, ジェイ …………………**339**, 342, 602
マキャモン, ロバート・リック ………………**337**
マギンリー, フィリス ………………………614
マクシマス ……………………………………518
マーク・トゥエイン ……………31, 32, **66**, 68, 89,
　　　　　　　　　120, 192, 197, 217, 223,
　　　　　　　　　225, 282, 381, 385, 590, 591
マクドウェル, エドワード …………………214
マクナリー, テレンス ………………………**317**
マクファーソン・ジェイムズ・アラン ………627
マクマートリー, ラリー ……………………627
マクラング, イザベラ ………………………80
マクリーシュ, アーチボルド ……**231**, 611, 612, 614,
　　　　　　　　　　　　　　　　　620
マーグリーズ, ドナルド ……………………622
マザー, コトン ………………………**184**, 584, 585
マシセン, ピーター …………………………150
マシセン, フランシス・オットー ……………30, 588

マーシャル, ポール …………………………**298**
マスターズ, エドガー・リー ………19, **213**, 405
マダム・ブラヴァツキー ……………………276
マダーン, ベス ………………………………86
マチス, アンリ ………………………33, 216
マチャード, アントニオ ……………………293
マッカーサー, チャールズ …………………237
マッカーシー, ジョーゼフ …………124, 125
マッカーシー, コーマック …………………**628**
マッカーシー, メアリー ……4, 240, 262, 516
マッカラーズ, カーソン ……34, **138**, 155, 469, 476,
　　　　　　　　　　　　　　596, 599
マッカラーズ, リーヴズ …………………138, 599
マックリュア, イヴ …………………………233
マッケイ, クロード …………………**229**, 247
マッケンニー, アイリーン …………………250
マッシー, レイモンド ………………………462
マディソン, ジェイムズ ……………………187
マドゥブティ, R・ハキ（ドン・L・リー）……309
マニー, クロード・エドモンド ……………598
マメット, デイヴィッド ………25, **330**, 561,
　　　　　　　　　　577, 604, 607, 621
マーモン, レスリー …………………………35
マヤコフスキー, ウラジミール ………………292
マラマッド, バーナード ……32, 34, 35, **132**,
　　　　　　　　　301, 507, 510, 598, 599,
　　　　　　　　　610, 611, 626
マラルメ, ステファヌ ………………30, 292, 294
マリーナ, ジュディス ………………………305
マルクス, カール ………86, 144, 451, 455, 460, 469
マルケス, ガルシア …………………………334
マルコム X ……………………………308, 309
マルドゥーン, ポール ………………………616
マルロー, アンドレ …………………………443
マーロ, フランク ……………………………130
マーロー, クリストファ ……………………242
マロリー, トマス ……………………123, 194
マン, エリカ …………………………………258
マンスフィールド, ジューン ………………249
マン, トマス …………………………258, 319

ミ

ミウォシュ, チェスワフ ………319, 320, 604, 630
ミケランジェロ, ブオナッローティ ……………57
ミッチェナー, ジェイムズ・A・ ……………625
ミッチェル, ウィア …………………………208
ミッチェル, テネシー ………………………88
ミッチェル, マーガレット ………34, **245**, 610, 625
ミュラー, リーゼル …………………………616
ミラー, アーサー ……………25, 26, 130, **136**, 267,
　　　　　　　　　451, 483, 484, 488, 499, 533,
　　　　　　　　　598, 599, 610, 619
ミラー, キャロライン ………………………624
ミラー, ジェイソン …………………………621

825

◇索　引◇（人名）

ミラー, ヘンリー …………………………31, 145, **233**, 249, 276, 447, 595, 596
ミルトン, ジョン ……………………………50, 60, 97, 123, 188, 215, 549
ミルハウザー, スティーヴン ……**325**, 604, 606, 628
ミレー, エドナ・セント・ヴィンセント ………………222, 229, **235**, 612
ミレット, ケイト ……………………………………………602

ム

ムア, マイケル ……………………………………………278
ムア, マリアン・クレイグ 19, 90, **98**, 262, 294, 421, 454, 593, 610, 611, 613
ムーカジ, バーラティ …………………35, **318**, 604, 606
ムッソリーニ, ベニト ……………………………………96
ムーディ, ウィリアム・ヴォーン …………………**215**
村上春樹 ……………………………………………………310
ムラベ, モハメッド ………………………………………128
ムンク, エドヴァルド ……………………………………539

メ

メイスン, マージャー ……………………………………152
メイスン, マーシャル・W ………………………313, 554
メイソン, チャールズ ……………………………………169
メイソン, ボビー・アン ………………316, **318**, 602, 606
メイナード, ジョイス ……………………………………140
メイラー, ノーマン …………34, 35, **144**, 151, 320, 486, 536, 598, 601, 610, 627
メリル, ジェイムズ …………………20, **289**, 549, 601, 615
メリル, チャールズ ………………………………………289
メルヴィル, ハーマン …………4, 16, 29, 30, 31, 50, **62**, 168, 263, 360, 366, 370, 422, 460, 518, 591
メレディス, ウィリアム …………………………………615
メンケン, ヘンリー・L ……………………76, 94, 126

モ

モア, トマス ………………………………………………273
モアハウス, マリオン ……………………………………239
毛沢東 ………………………………………………………342
モーセ ……………………………………………………474, 517
モーゼル, タッド ………………………………………620
モネ, クロード ……………………………………………421
モーパッサン, ギー・ド …………………………………203
モマディ, N・スコット …………………………………626
モリエール …………………………………………………153
モリソン, トニ ………………34, 35, **160**, 541, 546, 550, 569, 602, 605, 627, 630
モンテーニュ, ミシェル・ド ……………………………363
モンテレイ, カーロッタ ………………………………102
モンロー, ハリエット ……………………………………405
モンロー, マリリン ………………………136, 149, 533

ヤ

ヤーキース, チャールズ, T ……………………76, 77
ヤクービ, アハメッド ……………………………………128
ヤング, フィリップ ……………………………………121

ユ

ユージェニデス, ジェフェリー ………………………628
夢野久作 ……………………………………………………582
ユリアヌス …………………………………………………531
ユング, カール …………………………………296, 518

ヨ

ヨブ ……………………………………………………………85

ラ

ライス, エルマー ……………………25, **234**, 272, 420, 435, 462, 618
ライト, ジェイムズ ………………………………**296**, 615
ライト, ダグ ………………………………………………622
ライト, チャールズ ……………………………………616
ライト, フランク・ロイド ……………………………118
ライト, フランツ ………………………………………616
ライト, リチャード ………35, **126**, 146, 147, 237, 269, 471, 597
ライミ, サム ………………………………………………345
ラスキン, ジョン …………………………………………48
ラスク, ラルフ・L ……………………………………354
ラッサー, フランク ……………………………………620
ラッセル, サンダー ……………………………………276
ラーソン, ジョナサン …………………………………622
ラドクリフ, アン …………………………………………29
ラードナー, リング ……………………………118, **223**
ラパイン, ジェイムズ …………………………………621
ラヒリ, ジュンパ ……………………………35, **346**, 604, 608, 610, 611, 628
ラファージュ, オリバー ………………………………624
ラパイン, ジェイムズ …………………………………621
ラ・ファージ, ジョン ……………………………………199
ラフォルグ, ジュール …………………………………407
ラム, チャールズ ………………………………………183
ランカスター, バート …………………………………264
ランサム, ジョン・クロウ ………19, 37, **227**, 243, 255, 272, 274, 296
ランドー, ウォルター・サヴェジ ……………………48
ランボー, アルチュール …………………………292, 293

リ

リー, ウィリアム ………………………………………268
リー, チャンネ …………………………35, 604, 608, 611
リー, ドン・L …………………………………………309
リー, ハーパー …………………………………148, 626
リー, リ・ヤング ………………………………………**342**
リア, エドワード ………………………………………129

◇索　引◇（人名）

リアリー, ティモシー ……………………303
リーヴィス, F・R・ …………………383
リオス, アルベルト ………**336**, 604, 608
リクター, コンラッド …………………625
リケッツ, エドワード ………………122, 123
リスキンド, モリー ………………229, 618
リースマン, デイヴィッド ……………598
リーズ, タイタン …………………………41
リッシュ, ゴードン ……………………316
リース, タイタン …………………………41
リーチ, ヴィンセント・B・ ……………37
リチャーズ, ロイド ……………………327
リチャードソン, エレイン・ポッター …333
リチャードソン, サミュエル ……………29
リチャードソン, トニー ………………155
リチャードソン, ハドレー ……………118
リッチ, アドリエンヌ ………17, 19, 222, 258, **299**, 335, 603
リーディ, ウィリアム・マリオン ……405
リード, イシュメイル ………**314**, 602, 606
リード, ジミー …………………………339
リード, ジョン …………………………**223**
李白 ………………………………………97
リービ英雄 ………………………………604
リプリー, ジョージ ……………………369
リルケ, ライナー・マリア ……………295
リンカーン, アブラハム ………213, 218, 219, 405
リンゼイ＝アベア, デイヴィッド ……622
リンゼイ, ニコラス・ヴェイチェル ……19, **219**, 221, 247, 430
リンゼイ, ハワード ……………………619
リンドバーグ, チャールズ ……………165

ル

ルイ十五世 ………………………………145
ルイス, シンクレア …………33, 76, **94**, 126, 134, 213, 229, 412, 414, 593, 596, 624, 630
ルイス, マシュー・グレゴリー …………29
ルーカイザー, ミュリエル …19, **266**, 311, 326
ルーカス, ポール ………………………473
ルグイン, アーシュラ・クローバー …**300**, 542
ルコント, ジョーゼフ ……………………74
ルーズヴェルト, フランクリン・D ……106, 460, 596
ルーズベルト, セオドア ………210, 214, 399
ルーセル, レーモン ……………………294
ルソー, ジャン・ジャック ……………29, 38
ルッソ, リチャード ……………………628
ルーランド, リチャード ……………36, 38
ルーリー, アリソン ……………………627

レ

レイブ, デイヴィッド …………………**317**
レヴァトフ, デニーズ …………………**283**
レーヴィット, デイヴィッド ……**345**, 602
レヴィン, ハリー …………………………30
レヴィーン, フィリップ ………………616
レヴィンコプフ, ヨセク ………………306
レッツ, トレイシー ……………………623
レトキ, ヴィルヘルム …………………259
レトキ, オットー ………………………259
レトキ, セオドア ………19, 222, **259**, 281, 296, 598, 611, 614
レトキ, チャールズ ……………………259
レノン, ジョン …………………………570
レプスカ, ジャニナ ……………………233

ロ

ロイ, ミナ（ロウイ, ミナ・ガートルード）……**220**
ロウ, ケネス・T・ ……………………136
ロウエル, エイミー ……**217**, 224, 239, 274, 610, 612
ロウエル, ジェイムズ・ラッセル …52, **194**, 197, 217, 274
ロウエル, ロバート ……17, 19, 217, 243, 262, 270, 272, **274**, 282, 290, 297, 304, 512, 598, 599, 611, 613, 615
ローガン, ジョシュア ……………497, 619
ロジャーズ, ウィル ……………………237
ロジャーズ, リチャード ………………619
ロス, ハロルド …………………………240
ロス, フィリップ ………35, 37, 133, **164**, 516, 565, 598, 605, 610, 611, 628
ロス, ヘンリー ……………………4, 35
ローソン, ジョン・ハワード …………**238**
ロセッティ, クリスティーナ …………221
ローゼンバーグ, ハロルド ……………303
ロック, アラン …………………………430
ロック, ジョン ……………………40, 185
ロード, オードリー ……………………**307**
ロビンソン, エドウィン・アーリントン …19, 213, **214**, 243, 296, 612
ロビンソン, ディーン …………………214
ロビンソン, ハーマン …………………214
ロビンソン, マリリン …………………628
ロブソン, ポール ………………………302
ローリングズ, マージョリー・キナン …**241**, 625
ロルカ, ガルシア ………………………293
ロレンス, D・H・ ……29, 89, 130, 133, 249, 301, 478
ロング, ジョン・ルーサー ……………204
ロング, ヒューイ …………………255, 480
ロングフェロー, ヘンリー・ワズワース …17, 50, **52**, 69, 194, 197, 225, 239, 361, 373, 589
ロンドン, ジャック ……32, **86**, 118, 398, 592

ワ

ワイドマン, ジェローム ………………620

827

◇索　引◇（人名）

ワイラー, ウィリアム ……………………124, 449, 456
ワイリー, エリノア ………………………………**222**
ワイリー, ヘンリー ………………………………222
ワイリー, ホレイショ ……………………………222
ワイル, クルト ………………………………237, 435
ワイルダー, アルマンゾ …………………………212
ワイルダー, エイモス ……………………………110
ワイルダー, ソーントン …………27, **110**, 154, 313,
　　　　　　　　　　　　　432, 463, 474, 554, 595,
　　　　　　　　　　　　　　　　　　610, 619, 624
ワイルダー, ローズ ………………………………212
ワイルダー, ローラ・インガルス ………………**212**
ワイルド, オスカー ………………………………534
ワインシュタイン, ネイサン ……………………250
ワグナー, リヒァルト ……………………………29
ワコフスキー, ダイアン …………………………**312**
ワシントン, ジョージ ………………………210, 312
ワッサースタイン, ウェンディ …28, **332**, 570, 622
ワーディマン, オードリー ………………………613
ワーズワース, ウィリアム ……………48, 54, 97, 190,
　　　　　　　　　　　　　　　215, 251, 254, 294
ワズワース, チャールズ …………………………64
ワン, ウェイン ……………………………………172

編著者及び執筆者一覧

編著者及び執筆者一覧

《編著者》

寺門泰彦(てらかど　やすひこ)学習院大学名誉教授
東京大学大学院修士課程修了，翻訳　ラシュディ『真夜中の子供たち』，『東と西』，アップダイク『ブラジル』他．

渡辺信二(わたなべ　しんじ)立教大学教授
東京大学博士課程中退，単著『荒野からうた声が聞こえる』，『アン・ブラッドストリートとエドワード・テイラー』，翻訳『アメリカン・インディアンの歌』他．

武田千枝子(たけだ　ちえこ)学習院大学名誉教授
学習院大学大学院修士課程修了，単著『ハウエルズとジェイムズ』，共著『アメリカ文学への招待』，論文「キャサリン・アン・ポーターとヘンリー・ジェイムズ」他．

佐藤千春(さとう　ちはる)駒澤大学教授
学習院大学大学院博士課程満期退学，共著『アメリカ文学史入門』，論文「改革者としてのエマソン像」，「エマソンにおける個人と社会」他．

矢作三蔵(やはぎ　さんぞう)学習院大学教授
学習院大学大学院修士課程修了，単著『アメリカ・ルネッサンスのペシミズム』，共著『ホーソーンの軌跡』，『アメリカ文学史入門』他．

水谷八也(みずたに　はちや)早稲田大学教授
学習院大学大学院博士課程満期退学，翻訳『シェイクスピア・ヴィジュアル事典』，ドーフマン『世界で最も乾いた土地』，ワイルダー『危機一髪』他．

◇執筆者一覧◇

《執筆者》

荒井良雄（あらい　よしお）駒澤大学名誉教授
学習院大学大学院修士課程修了，単著『*Zen in English Culture*』，『シェイクスピア劇上演論』他．

岩崎博（いわさき　ひろし）法政大学講師（非常勤）
学習院大学大学院博士後期課程満期退学，論文「死の反復——『サートリス』論」，「*The Crying of Lot 49* における探求の意義」他．

遠藤晶子（えんどう　あきこ）東京電機大学准教授
学習院大学大学院博士課程満期退学，翻訳　ムーカジ『ミドルマン』，共著『バーナード・マラマッド研究』他．

逢見明久（おうみ　あきひさ）駒澤大学講師
駒澤大学大学院博士後期課程満期退学，共著『シェイクスピアと狂言』，論文「シェイクスピアにおける友情」他．

太田由紀子（おおた　ゆきこ）専修大学講師（非常勤）
学習院大学大学院博士後期課程満期退学，論文「《構造》からの脱出——*Gravity's Rainbow*研究」，「ポオの『黒猫』——そして皆，魔女になった」他．

奥村直史（おくむら　なおふみ）山梨大学准教授
学習院大学大学院博士後期課程満期退学，論文「葬儀屋ニックとヘミングウェイ」，「"Big Two-Hearted River"——ニック・アダムズのケレンシア，そしてセザンヌ」他．

影山なおみ（かげやま　なおみ）
学習院大学大学院博士後期課程満期退学，論文「*The Catcher in the Rye* に見られる女子関係について」，「神の化身——*The Catcher in the Rye* における子供たち」他．

笠原一郎（かさはら　いちろう）東京理科大学講師（非常勤）
ウェスタン・ミシガン大学修士課程修了，論文「神と機械——ロバート・フロストの宗教・科学・自然」，「ロバート・フロストの縮められた世界」他．

川村幸夫（かわむら　ゆきお）東京理科大学教授
学習院大学大学院博士後期課程満期退学，共書『世界文学逸話事典』，共訳『図解英和大辞典』他．

◇執筆者一覧◇

岸上眞子（きしがみ　まみこ）淑徳大学教授
学習院大学大学院博士後期課程満期退学，共著『アメリカの児童雑誌「セント・ニコラス」の研究』，『児童文学世界――「入門」児童文学』他.

木村慧子（きむら　けいこ）
英国ランカスター大学大学院博士課程修了（Ph.D. in English），単著『シルヴィア・プラス――父の娘，母の娘』，共訳書　ジャック・ザイプス『おとぎ話の社会史』他.

児玉晃二（こだま　こうじ）学習院大学助教
学習院大学大学院博士後期課程満期退学，論文「Kurt Vonnegut, *Bluebeard* 小論」，「*Deadeye Dick* における Midland City の消滅」他.

齋藤登（さいとう　のぼる）
学習院大学大学院博士後期課程満期退学，論文 "Rock'n Roll Will Never Die!"，「探偵はシュレーディンガーの猫を殺すのか？」他.

坂下健太郎（さかした　けんたろう）東京理科大学講師（非常勤）
学習院大学大学院博士後期課程満期退学，論文「フラナリー・オコナー『善人はなかなか見つからない』――ミスフィットとは何か」，「『ユリイカ』――ポーの宇宙を形成するもの」他.

佐藤空子（さとう　たかこ）学習院大学講師（非常勤），英・西語通訳
学習院大学大学院博士後期課程満期退学，翻訳『ザ・マン盆栽』，共訳『ボルヘスの世界』他.

関口千亜紀（せきぐち　ちあき）
ニューヨーク州立大学バッファロー校大学院博士課程修了（Ph.D.），論文 "The Physiognomy of Conduct"，"College Logic" 他.

関戸冬彦（せきど　ふゆひこ）立教大学講師（兼任講師）
明治学院大学大学院博士後期課程満期退学，共著『真理を求めて　アメリカ文学・文化を読む』他.

利根川真紀（とねがわ　まき）法政大学教授
学習院大学大学院博士後期課程満期退学，編訳書『女たちの時間――レズビアン短編小説集』，論文「娘にとっての南部――エリザベス・スペンサーの『暮れがた』」他.

◇執筆者一覧◇

難波雅紀（なんば　まさのり）実践女子大学教授
上智大学大学院博士前期課程修了，共著『英米文学のリヴァーヴ』,『アメリカの嘆き──米文学史の中のピューリタニズム』他．

広川治（ひろかわ　おさむ）首都大学東京講師（非常勤）
駒澤大学大学院博士後期課程満期退学，共著『英米文学映画化作品論』，論文「言葉・俳優・観客──新グローブ座の演劇空間」他．

増田光（ますだ　ひかる）東京純心女子大学准教授
ニューヨーク大学大学院修士課程修了，共著『アメリカの社会』，編著『アメリカ研究セミナー』他．

松ノ井真木子（まつのい　まきこ）東京昭和幼稚園英語講師
学習院大学大学院博士後期課程満期退学，論文「アーネスト・ヘミングウェイ研究──*The Torrents of Spring*」,"Hemingway and Religion" 他．

山口志のぶ（やまぐち　しのぶ）学習院大学講師（非常勤）
学習院大学大学院博士後期課程満期退学，論文「ヘンリー・ジェイムズと視覚芸術」,「Henry James, *The Spoils of Poynton* ──"The House Beautiful" をめぐる美しき戦い」他．

依田里花（よだ　りか）駒澤大学講師（非常勤）
駒澤大学大学院博士後期課程修了（文学博士），論文「ロバート・E・シャーウッド研究──平和への祈り──」,「Robert E. Sherwood の Social Comedy 3 作品」他．

アメリカ文学案内

2008年10月1日　第1版第1刷発行

編著者　　寺門　泰彦
　　　　　渡辺　信二
　　　　　武田　千枝子
　　　　　佐藤　千春
　　　　　矢作　三蔵
　　　　　水谷　八也
発行者　　原　雅久
発行所　　株式会社朝日出版社
〒101-0065　東京都千代田区西神田3-3-5
　　電　話　(03)3263-3321(代)
　　ＦＡＸ　(03)3261-0532(代)
　　振替口座　00140-2-46008
　　本文ＤＴＰ　株式会社欧友社
　　印刷・製本　図書印刷株式会社

© Yasuhiko Terakado, Shinji Watanabe, Chieko Takeda, Chiharu Sato,
Sanzo Yahagi, Hachiya Mizutani　printed in Japan, 2008
落丁・乱丁本の場合はお取り替えいたします。
ISBN 978-4-255-00430-3 C0097

篠沢秀夫　フランス文学案内

収録作家——ヴィヨン　ラブレー　ロンサール　モンテーニュ　デカルト　コルネイユ　パスカル　ラシーヌ　モリエール　ラ・フォンテーヌ　ルサージュ　マリヴォ　モンテスキュー　ヴォルテール　ディドロ　ルソー　サド　シャトーブリアン　ラマルチーヌ　ユゴー　ヴィニ　ミュッセ　サンド　バルザック　スタンダール　フロベール　ゾラ　ボードレール　ヴェルレーヌ　ランボー　マラルメ　フランス　バレス　ロラン　ペギー　プルースト　ヴァレリ　ジード　クローデル　ジロドゥ　モリヤック　アポリネール　ブルトン　アラゴン　サン=テグジュペリ　マルロー　サルトル　カミュ　アヌイ　ジュネ　ロブ=グリエ　ブランショ．
クレチャン・ド・トロワ　シラノ・ド・ベルジュラック　ペロー　ラ・ロシュフーコー　サン=シモン公爵　ボーマルシェ　ミラボー伯　スタール夫人　サント=ブーヴ　デュマ父　ゴーチエ　メリメ　ミシュレ　ヴィリエ・ド・リラダン　ゴンクール兄弟　ユイスマンス　ドーデ　モーパッサン　ロチ　ロートレアモン伯　ラフォルグ　メーテルランク　ルナール　ロスタン　ベルグソン　アラン　ジャム　マルタン・デュ・ガール　フィリップ　ジャリ　エリュアール　コクトー　ラディゲ　シュペルヴィエル　ボーヴワール　サガン　ベケット　サロート　デュラス　ビュトール　イオネスコ　バシュラール　メルロ=ポンチ　バルト　レヴィ=ストロース　フウコー　アルトー　バタイユ　ユルスナール　クロソウスキー　ル・クレジオ　トゥーサン　キニャール　レヴィナス　ドゥルーズ　デリダ——ほか．

作品解説——ローラの歌　トリスタンとイズ　ルナール（きつね）物語　バラ物語　ブリタニキュス　才女気取り　女房学校　スカパンの悪だくみ　タルチュフ　ドン・ジュアン　人間嫌い　守銭奴　町人貴族　女学者　マノン・レスコー　マリヤーヌの生涯　百科全書　エミールまたは教育について　セビリアの理髪師　フィガロの結婚　ノートルダム・ド・パリ　レミゼラブル　ロレンザッチョ　愛の妖精　谷間のゆり　いとこポンス　赤と黒　パルムの僧院　ボヴァリ夫人　感情教育　地獄の一季節　ジャン=クリストフ　失われた時を求めて　田園交響楽　法王庁の抜け穴　オンディヌ　星の王子　人間の条件　自由への道　シジフの神話　誤解　ペスト　正義の人々　アンチゴーヌ　女中たち　ニグロども　椅子——ほか．

A5判・上製・546頁・1996年5月発行・5,200円（税込み）

岡田朝雄　ドイツ文学案内　リンケ珠子

収録作家——レッスィング　ゲーテ　シラー　ジャン・パウル　ヘルダーリーン　ノヴァーリス　ホフマン　クライスト　アイヒェンドルフ　グリルパルツァー　ハイネ　メーリケ　シュティフター　ヘッベル　ヴァーグナー　ビューヒナー　シュトルム　ケラー　フォンターネ　マイヤー　ニーチェ　ハウプトマン　シュニッツラー　ヴェーデキント　ゲオルゲ　ホフマンスタール　リルケ　マン　ヘッセ　カロッサ　ムーズィル　ツヴァイク　カフカ　ブロッホ　ツックマイヤー　ブレヒト　ケストナー　ベル　グラス．ハインリヒ・フォン・フェルデケ　ヴァルター・フォン・デア・フォーゲルヴァイデ　ルター　ザックス　ベーメ　ライプニッツ　カント　ヘーゲル　ティーク　シェリング　ブレンターノ　シャミッソー　グリム兄弟　ショーペンハウアー　ミュラー　ドロステ＝ヒュルスホフ　ハウフ　マルクス　シュピーリ　ハイゼ　エーブナー＝エッシェンバッハ　フロイト　ハインリヒ・マレ　シュヴァイツァー　ユング　ボルヒェルト　ローベルト・ヴァルザー　ヤスパース　ヴィーヒェルト　アルノルト・ツヴァイク　ハイデッガー　ヴェルフェル　ベン　ヤシーン　ベンゲルグリューン　ロート　ヤーン　ユンガー　レマルク　ユンガー　ゼーガース　ノサック　アドルノ　リンザー　フリッシュ　ヴァイス　ツェラーン　ボルヒェルト　デュレンマット　イェンス　レンツ　マルティーン・ヴァルザー　ハックス　ハイナー・ミュラー　エンツェンスベルガー　エンデ　ヨーンゾン　ハントケ——ほか．

作品解説——あわれなハインリヒ　ニーベルンゲンの歌　トリスタンとイゾルデ　ミンナ・フォン・バルンヘルム　エミーリア・ガロッティ　若きヴェルターの悩み　群盗　ヴィルヘルム・マイスターの修業時代　ヒュペリーオン　メアリー・ステュアート　青い花　ヴィルヘルム・テル　こわれがめ　ファウスト　のらくら者の生活から　晩夏　緑のハインリヒ　ツァラトゥストラはこう語った　日の出前　春のめざめ　沈んだ鏡　魂の一年　トーニオ・クレーガー　ペーター・カーメンツィント　マルテ・ラウリッツ・ブリッゲの手記　イェダーマン　変身　スィッダールタ　ドゥイノの悲話　ルーマニア日記　魔の山　審判　三文オペラ　特性のない男　肝っ玉おっ母とそのこどもたち　ブリキの太鼓　モモ——ほか．

A5判・上製・478頁・2000年10月発行・5,200円（税抜き）

イギリス文学案内

野町二　荒井良雄　広川治　逢見明久

収録作家——チョーサー　スペンサー　マーロウ　シェイスクピア　ダン　ジョンソン　ミルトン　スウィフト　フィールディング　ジョンソン　スターン　ブレイク　バーンズ　ワーズワース　スコット　コウルリッジ　オースティン　バイロン　シェレー　キーツ　カーライル　テニソン　サッカレー　ディケンズ　ブラウニング　ブロンテ姉妹　エリオット　ラスキン　アーノルド　ロセッティ　メレディス　ハーディ　スティーヴンソン　ワイルド　ショー　コンラッド　バリ　イェイツ　ウェルズ　ゴールズワージー　シング　モーム　フォースター　ジョイス　ウルフ　ロレンス　エリオット　ハックスレー　プリーストリー　クローニン　カワード　オーウェル　ウォー　グリーン　ベケット　ラティガン　ゴールディング　トマス　マードック　シェファー　ピンター　ヒューズ　ストッパード　ヒーニー　エイクボーン　イシグロ．ラングランド　ベイコン　ラム　ブラウニング夫人　フィッツジェラルド　キングズレー　ロセッティ　ギッシング　ドイル　ベネット　サキ　デ・ラ・メア　ダンセイニ卿　マンスフィールド　トールキン　ヴァン・デル・ポスト　オーデン　ダレル　スパーク　エイミス　ウェイン　シリトー　オズボーン　ウィルソン　ウェスカー　ラシュディ　マキューアン　アクロイド　マルドゥーン　モーション　ボイド　ベルニエール　ロウリング——ほか．

作品解説——ベーオウルフ　カンタベリー物語　ロミオとジュリエット　ハムレット　マクベス　欽定訳聖書（旧約・新約）　テンペスト　失楽園　天路歴程　ガリヴァー旅行記　乞食オペラ　トム・ジョーンズ　ウェイクフィールドの牧師　高慢と偏見　クリスマス・キャロル　嵐が丘　虚栄の市　ディヴィッド・コッパフィールド　大いなる遺産　不思議の国のアリス　ジーキル博士とハイド氏　幸福な王子　ダーバーヴィル家のテス　シャーロック・ホームズの冒険　闇の奥　ロード・ジム　息子と恋人　人間の絆　月と六ペンス　ユリッシーズ　荒地　園遊会　インドへの道　ダロウェイ夫人　燈台めざして　恋愛対位法　チャタレイ夫人の恋人　すばらしい新世界　動物農場　ブライズヘッド再訪　1984年　ゴドーを待ちつつ　時計じかけのオレンジ　コレクター　エクウス　日の名残り　コペンハーゲン——ほか．

A5判・上製・608頁・2002年9月発行・4,800円（税抜き）

ヨーロッパ全図
EUROPE

- アイスランド ★レイキャヴィーク
- スウェーデン ★ストックホルム
- ノルウェー ★オスロ
- ヘルシ...
- バルト海
- 北海
- デンマーク コペンハーゲン
- ロシア
- アイルランド ダブリン★
- ●マンチェスター
- イギリス ロンドン★
- オランダ アムステルダム
- ベルリン★
- ワルシャワ★ ポーランド
- ブリュッセル ベルギー
- ●ケルン ドイツ ドレスデン●
- プラハ チェコ
- スロバキア ★ブラチスラバ
- ルクセンブルク ルクセンブルク
- ★パリ
- リヒテンシュタイン ファドゥーツ
- ★チューリッヒ ミュンヒェン★ ウィーン★
- ブダペスト★ ハンガリー
- フランス ベルン★ スイス オーストリア
- リュブリャナ★
- スロベニア ★ザグレブ クロアチア
- ベオ...
- ●ミラノ サラエボ★ セ...
- サンマリノ★ サンマリノ ボスニア・ヘルツェゴビナ ポドゴリ...
- アンドラ公国 ★アンドラ・ラ・ヴェリャ モナコ モナコ公国
- イタリア ティラナ★ アルバニア
- ●セゴビア
- ★マドリード ★ローマ
- ポルトガル スペイン バチカン市国
- ★リスボン
- 大西洋
- ★チュニス
- ★アルジェ マルタ共和国 ★バレッタ
- モロッコ アルジェリア チュニジア
- 地中...